Dictionnaire des synonymes et des équivalences

par

Jean Lecointe
Maître de conférences à l'Université de Paris-Sorbonne

Le Livre de Poche

Collection dirigée par
Mireille Huchon et Michel Simonin

Michèle Aquien
Dictionnaire de poétique

Mahtab Ashraf-Almassi, Denis Miannay
Dictionnaire des locutions idiomatiques françaises

Emmanuèle Baumgartner, Philippe Ménard
Dictionnaire étymologique et historique

Delphine Denis, Anne Sancier-Chateau
Grammaire du français

Mireille Huchon
Encyclopédie de l'orthographe et de la conjugaison

Olivier Millet
Dictionnaire des citations

Georges Molinié
Dictionnaire de rhétorique

Mireille Huchon est professeur à l'Université de Paris-Sorbonne.
Michel Simonin est professeur au Centre d'études supérieures de la Renaissance (C.E.S.R.).

PRÉFACE

Que faut-il entendre par le terme de « synonymes » ? Le sens commun répond : deux mots qui veulent dire la même chose. La tradition grecque, dont nous avons hérité l'expression, et en quelque manière donc, également, la notion, ne disait guère plus : « un synonyme, c'est ce qui désigne la même chose en termes différents ; c'est également ce que les philosophes nomment "polyonyme", comme, par exemple, l'épée, le glaive, la lame, le sabre » (*Scolie de Denys de Thrace*). Notons au passage la particularité qui fait du synonyme une réalité abstraite, visée au neutre, et considérée comme sous-jacente aux différents termes à travers lesquels elle s'exprime linguistiquement. Nous parlons de nos jours de synonymes, au pluriel, ou bien nous disons d'un mot qu'il est synonyme d'un autre ; la grammaire grecque semble entrevoir une idée pure du sens, dite « synonyme » dès lors qu'elle peut se réaliser diversement dans le langage.

Mais, à ce compte, existe-t-il dans le langage autre chose que des « synonymes » ? L'on aura bien du mal à trouver une idée qui ne soit susceptible de s'exprimer que par un unique terme, sans substitut possible. Peut-être quelque espèce botanique rare, encore que l'on puisse imaginer de recourir à la périphrase. Par ailleurs, « épée », « glaive », « lame », « sabre » — ou leurs correspondants dans le texte grec —, désignent-ils exactement la même chose ? Tout en se rattachant évidemment à une notion commune, ils présentent diverses nuances, et ne s'appliquent pas à des objets rigoureusement identiques, ou, du moins, ne s'emploieront pas toujours équivalemment dans le même contexte.

Aux origines de la synonymie

Que ces quelques remarques suffisent pour l'instant à donner une idée de la complexité des problèmes soulevés par la notion de synonymie, dont la lexicologie et la linguistique ont débattu à l'envi depuis la fin du XVIIe siècle, au moins. Il n'empêche que, parallèlement, depuis l'Antiquité, l'on n'a jamais cessé de dresser des listes de « synonymes ». C'est que, toutes réserves faites sur l'objet de la recension, elles répondaient à un besoin, dont nous voudrions d'abord tâcher de préciser la nature. Plus exactement, nous semble-t-il, les listes de synonymes répondent à deux types de besoins distincts, qui peuvent être considérés comme complémentaires, mais sont néanmoins à plusieurs reprises, dans l'histoire de la synonymie, apparus comme opposés.

Les plus anciennes recensions de synonymes connues, celle de Philon de Byblos (fin du Ier siècle après J.-C.), attribuée traditionnellement par erreur à Ammonios, pour le grec, ou de Nonius Marcellus (IVe siècle après J.-C.), pour le latin, se présentent essentiellement comme des tentatives de marquer la différence d'emploi entre des termes de sens voisin, souvent d'ailleurs de forme assez proche : le Pseudo-Ammonios souligne ainsi la nuance existant entre *agrios* et *agreios*, « homme farouche et de mœurs sauvages », « rustique et qui vit aux champs », ou *agein* et *pherein* : « mener, conduire, se dit des êtres animés », « porter, se dit des choses » ; quelquefois même, les termes distingués ne diffèrent que par un accent. En ce cas les « synonymes » ne sont pas loin d'être des « homonymes » : d'ailleurs, chez Nonius Marcellus, le chapitre de la synonymie fait directement suite au chapitre consacré aux homonymes ; on y trouve opposés par exemple *amor*, qui procède du jugement, et *cupido*, qui procède d'une impulsion aveugle. Nonius Marcellus souligne : ces termes « semblent avoir la même signification, mais ils présentent pourtant une nuance de sens ».

Le besoin auquel répond ce type d'exposé est clair : c'est un besoin de discrimination entre des termes faciles à confondre. Au rebours de la définition mentionnée au départ, et de la représentation spontanée, il s'agit de souligner que les « synonymes » n'ont pas exactement le même sens, et ne doivent surtout pas être employés l'un pour l'autre. L'utilisateur, en fait l'élève auquel s'adressent ces ouvrages essentiellement scolaires, est ainsi conduit à faire preuve de cette forme de maîtrise du langage, consistant en un sentiment très affiné des nuances de sens, que la tradition grammaticale latine nomme *proprietas* et que l'on désignera en France, à partir du XVIIe siècle, par le terme de « justesse ». Paradoxalement donc, cette forme de synonymie, selon l'expression d'un des plus importants « synonymistes » français du XIXe siècle, Lafaye, s'inscrit dans une visée discriminatoire plutôt « anti-synonymique ».

Il va pourtant de soi que ce n'est pas là le seul, ni même le principal besoin, qui fait avoir couramment recours à un dictionnaire de synonymes : ce que l'on cherche souvent, c'est bien un mot qui « veuille dire la même chose » qu'un autre, celui que l'on a à l'esprit, et que l'on préférerait ne pas employer une fois de plus. Le synonyme sert alors à éviter la « répétition », il s'inscrit dans une pratique de la « variation ». Ce que l'on attend dans ce cas d'une liste de synonymes, c'est qu'elle offre un assez large choix de termes susceptibles d'être effectivement employés à la place les uns des autres, tout au moins dans le contexte qui nous intéresse.

La synonymie médiévale et la variation stylistique

Il y a fort à parier que ce genre d'instruments lexicographiques, sous des formes plus ou moins sommaires, a dû exister depuis la plus haute Antiquité, même si les premiers témoignages que nous en ayons, à notre connaissance, ne remontent qu'au Moyen Age ; l'on connaît notamment des *Synonymes* de Guilllaume le Breton et de Jean de Garlande, au XIIIe siècle; l'on y trouve des listes de termes plus ou moins équivalents, souvent recensés dans des vers mnémotechniques : « *Aula vel atria, tecta, palacia, regia, castra* » (Guillaume le Breton), soit, très approximativement : « la cour, la salle, la demeure, le palais, la résidence, le château ». Pêle-mêle, nous rencontrons quelques précisions de nuances, ainsi que des chaînes dérivatives, « *ara* », l'autel, étant ainsi censé servir à former « *aruspex* », l'augure. Le couplage avec les homonymes est de règle, comme chez les grammairiens antiques.

La richesse des listes de synonymes, dans ce cas de figure, est tout à fait essentielle; en effet, la pratique de la variation, au simple sens de volonté d'éviter la répétition, telle qu'elle nous a été inculquée par l'école républicaine, n'est qu'un très faible reflet de ce que pouvait être la *variatio* de l'écriture médiévale. Guillaume le Breton s'explique en partie sur ce point : « Le lecteur désireux de manier la langue latine avec profusion pourra de multiple façon tirer profit de notre ouvrage, en fixant durablement ce qui tend à sortir d'une mémoire défaillante : il trouvera un large choix de vocables prêts à l'emploi et pourra ainsi désigner la même chose de nombreuses manières différentes. » C'est qu'en réalité le style recommandé par les théoriciens médiévaux est en grande partie fondé sur la reformulation systématique de la même idée, plusieurs fois de suite, sous des formes différentes, dans un souci d'« abondance », de profusion verbale, identifiée au « grand style ». Cette consigne se manifeste le plus visiblement dans les chaînes de termes voisins, surtout par deux ou par trois, mais éventuellement plus longues, qui viennent ponctuer les morceaux d'éloquence emphatique de la fin du Moyen Age ou du début de la Renaissance : « Comme ainsi soit qu'entre les bons et prouffitables passe temps, le tresgracieux exercice de lecture et d'estude soit de grande et sumptueuse recommendacion, duquel, sans flaterie, mon tresredoubté seigneur, vous estes treshaultement doé, je, vostre tresobeissant serviteur, desirant, comme je doy, complaire à vos treshaultes et tresnobles intencions en façon à moy possible, ose et presume ce present petit œuvre, a vostre requeste et advertissement mis en terme et sur piez, vous presenter et offrir » (Dédicace des *Cent Nouvelles Nouvelles*, milieu du xve siècle). L'on remarque immédiatement la présence des synonymes : « bons et prouffitables », « ose et presume », « presenter et offrir », que l'on trouvera encore dans les dictionnaires modernes, à commencer par celui-ci.

Mais, de façon plus complexe, la variation s'étale à cette époque dans des suites de phrases intégralement redondantes. Au début de la Renaissance, les ouvrages se multiplient qui offrent à l'utilisateur les moyens de substituer ainsi non seulement un terme à un autre, mais une expression tout entière à une autre, pour faire ronfler le discours, en accumulant non moins qu'en « variant ». Ce sont les recueils de « formules », dont Erasme, en particulier, a fourni l'un des plus renommés, le *De duplici copia rerum et verborum*, au titre significatif : « De la double abondance des idées et des mots ». Nous rencontrons ici déjà à l'œuvre cette notion d'*équivalence*, que nous nous sommes proposé de réintroduire dans la pratique moderne de la synonymie, en une sorte de retour aux sources de la synonymie française, comme nous allons bientôt le montrer. Peu importe en effet, pour répondre au besoin de variation, que l'on ait affaire à un mot synonyme, terme à terme, ou à une expression globale de même sens. La périphrase « prendre la fuite », ou, sur un registre plus plaisant et familier « prendre la poudre d'escampette », est tout aussi satisfaisante, quelquefois plus, comme substitut de « fuir » que le terme simple « se sauver » ou « s'échapper ». Or, la plupart du temps, c'est un aspect de la question que la synonymie moderne a cessé de prendre en compte, pour des raisons qui s'éclaireront dans la suite de l'exposé historique.

De la variation synonymique ou de l'essence de la littérature

Avant d'en venir à la naissance de la synonymie française, dans la deuxième moitié du XVIe siècle, et dans les perspectives stylistiques que nous venons d'indiquer, nous voudrions revenir sur la signification stylistique et littéraire de cette pratique large de la « variation ». *A priori*, il semblerait que nous ayons affaire à une rhétorique particulièrement artificielle et décadente, caractéristique d'une éloquence pédantesque et boursouflée. Les synonymes se seraient commis en bien mauvaise compagnie, en s'acoquinant avec cette forme aberrante de recherche littéraire. Les synonymistes modernes ne manqueront pas de le souligner. L'on pourrait tenter, pourtant, une certaine réhabilitation de cette sorte de pratique. Il faudrait d'abord faire remarquer que, loin d'être limitée à des phases de « décadence », elle se manifeste dans des formes d'écriture particulièrement archaïques. En tout cas, elle est à la racine du procédé le plus constant de l'écriture biblique, le parallélisme synonymique : « Le Seigneur est ma lumière et mon salut : de qui aurais-je crainte ? Le Seigneur est le rempart de ma vie : devant qui tremblerais-je ? » (Psaume XXVII, 1). Sophistication ? Décadence ? Elle aurait donc commencé fort tôt. Les deux membres du verset résultent évidemment de l'application parfaitement mécanique d'une procédure de « variation ». Le psalmiste ne consultait peut-être pas de dictionnaires de synonymes hébreux, mais il avait sa petite liste incorporée implicitement à sa compétence poétique, et il en usait d'une manière à faire frémir tous les amateurs de simplicité classique.

Nous avons déjà parlé des Grecs et des Latins ; leur *variatio* est moins systématique, mais souvent sensible ; comme nous l'avons vu, ils disposaient sûrement de recueils synonymiques plus ou moins élaborés. Mais, présidant à la formation de la littérature française elle-même, dans son état le plus « primitif », pour autant que ce terme signifie quelque chose, nous trouvons la *Chanson de Roland*. Or le procédé littéraire le plus constant y est cette même variation, opérant par la reformulation incessante de déclarations de même teneur, notamment dans ces séries de strophes sémantiquement équivalentes que la critique désigne par le terme de « laisses similaires ». Là encore, une étude attentive permet de reconstituer le bagage synonymique de l'auteur, quelquefois assez pauvre, mais faisant l'objet d'une exploitation intensive : le clairon est le « corn », le « graille », l'« olifan », la « buisine », selon les besoins de la variation, ou de la versification, avec d'ailleurs certaines différences selon les parties de l'œuvre; le drapeau est le « gunfanun », l'« enseigne », l'« estandart » ou le « dragon », dans les mêmes conditions; les chevaux sont tantôt « courans », tantôt « legers ». Peut-être certains de ces termes présentent-ils, dans certains contextes, une distinction de sens plus précise, mais elle est très difficile à apprécier, et ce qui s'impose à l'évidence, c'est qu'ils s'échangent en pleine équivalence, pour permettre la reformulation « variée ». L'on a pu montrer que les chansons de geste ultérieures enrichissent les séries synonymiques, tout en conservant le cadre d'utilisation littéraire d'origine. L'analyse pourrait également mettre à jour, assez aisément, à côté de la synonymie proprement dite, la présence de procédés de reformulation par équivalence, parfois assez voisins de ceux que proposaient les théoriciens de la Renaissance, comme de ceux que nous proposerons parfois nous-même ici.

Il ne vient à l'idée de personne d'évoquer la décadence ou la sophistication à propos de la *Chanson de Roland* : force est pourtant de constater qu'elle recourt, plutôt implicitement, admettons-le, à la même conception de la synonymie que l'éloquence amphigourique des Grands Rhétoriqueurs. C'est peut-être tout simplement que, loin d'être un symptôme de dégénérescence de la littérature, la variation synonymique et la reformulation par équivalence en constituent peut-être les procédés les plus élémentaires, quoique à bien des égards les plus rudimentaires, et partant les plus révélateurs. La pratique de la variation manifeste une prise de distance par rapport à un usage purement utilitaire de la langue : pour se faire comprendre et désigner ce que l'on a en vue, il suffit de dire une seule fois les choses, et rien n'interdit de se répéter toutes les fois que l'on veut dire la même chose. Varier, que l'on se contente d'éviter la répétition, ou que l'on reformule en d'autres termes ce que l'on vient de dire, cela participe de la gratuité, du bonheur pur de la parole, ce n'est plus seulement communication d'une information, mais déjà littérature.

Sans doute ne faut-il pas méconnaître les éventuelles fonctions linguistiques de ce type de variation : redoublement du message visant à en accroître les chances de réception, face à des facteurs de brouillage de l'émission, de « bruit », selon la terminologie de la théorie de l'information ; peut-être également support à une transmission orale, et à des techniques d'improvisation. Il faudrait aussi faire la part d'une certaine fonction pédagogique inconsciente, visant à l'inculcation et la remémoration des constituants de la langue. Mais il nous semble qu'en dernière instance, ce qui prédomine est une considération de goût, l'esquisse d'un rapport plus proprement esthétique avec l'usage de la parole. La synonymie est donc peut-être au cœur de ce qui, dans le langage, est le plus irréductiblement et authentiquement humain.

Bien sûr, faire de la littérature, ce n'est pas seulement parler pour ne rien dire, mais cela implique nécessairement, à notre sens, de ne pas parler seulement pour dire. L'utilitarisme moderne cultiverait volontiers l'idéal d'un style tout entier subordonné à des fins d'information, qui triomphe dans une certaine platitude journalistique. L'enseignant voit fréquemment se manifester chez certains élèves, par ailleurs non dénués d'aptitudes, cette incapacité à introduire dans leur expression un je-ne-sais-quoi de moelleux, de coulant, à la limite d'un peu redondant, sans lequel le discours, aussi net, exact et précis soit-il, demeure proprement illisible. Nous nous trouvons peut-être alors devant le cas extrême auquel aboutit une répudiation trop radicale de cette « verbosité » oratoire dans laquelle l'éloquence médiévale tardive communiait avec la poésie « primitive ». Un retour aux sources, donc, tel que nous en poursuivons à certains égards le projet, pourrait avoir ici valeur de thérapeutique salutaire.

Les pédagogues du Moyen Age et de la Renaissance estimaient, avec Quintilien, qu'il est moins difficile d'amener l'élève à discipliner, élaguer et préciser un style un peu trop verbeux qu'inversement à étoffer une expression trop squelettique. Le constat, au vu de notre expérience, nous paraît toujours valable. Encourager l'élève à faire le plus large usage des ressources de la langue, telles qu'elles peuvent s'offrir à lui à travers un répertoire de formules équivalentes, quitte à tolérer quelque emphase, nous paraît présenter somme toute plus d'avantages que d'inconvénients, dans un premier temps. Le souci de propriété, de justesse, tout en se formulant dès l'abord avec mesure, pourra trouver matière à s'affirmer ultérieurement avec plus d'exigence. A cet égard, le développement historique des styles français, et, de façon concomitante, celui de la synonymie, nous paraissent refléter les étapes d'une pédagogie spontanée de l'écriture, à l'échelle de toute une culture.

De la « richesse » à la « justesse » : naissance de la synonymie moderne

Le fait a été fortement souligné par B. Quemada, le principal spécialiste de la question, et nous ne pouvons qu'abonder dans son sens : ce qui marque la constitution des études synonymiques en France, c'est cette rupture majeure entre la conception ancienne, toute tournée vers la stylistique de « l'abondance », et la conception moderne, résolument adonnée à la « justesse », le tout dans une atmosphère fortement polémique. A cet égard, il convient de mettre en parallèle les titres du premier dictionnaire de synonymes français : *Synonymes, c'est-à-dire plusieurs propos propres tant en escrivant qu'en parlant, tirez quasi tous à un mesme sens, pour montrer la richesse de la langue Françoise*, dû à Gérard de Vivre (1569), et du premier grand traité de synonymie moderne, celui de l'abbé Girard (1718) : *Justesse de la langue françoise ou les différentes significations des mots qui passent pour synonymes.* « Richesse » et « justesse », l'opposition des deux termes permet, croyons-nous, de caractériser la nature de la mutation stylistique majeure de l'histoire de la langue moderne. La nuance apportée par l'abbé Girard, « mots qui passent pour synonymes », marque bien à quel point le nouveau cours des choses s'oriente vers une prise de distance par rapport à la « synonymie » proprement dite, dans la tradition littéraire.

Sans doute, nous objectera-t-on, n'existe-t-il pas de contradiction *a priori* entre cette « richesse » et cette « justesse », revendiquées respectivement par le synonymiste de la Renaissance et celui du XVIIIe siècle. Il faut d'ailleurs remarquer la façon qu'a Gérard de Vivre de qualifier ses synonymes de « propos *propres* » ; or nous avons indiqué qu'au XVIe siècle la « propriété » est la désignation courante de ce que le XVIIe siècle appelle « justesse ». Il n'y a évidemment aucune raison de principe pour opposer les deux usages de la synonymie, la recherche de l'emploi varié et celle de l'emploi précis. Il n'empêche qu'historiquement, en France, le second a eu tendance à s'affirmer contre le premier. Le dictionnaire de Gérard de Vivre s'inscrit visiblement dans la tradition du style varié et « copieux » médiéval, comme des recueils de « formules » du début de la Renaissance. Empruntons à B. Quemada l'exemple qu'il fournit de l'article *annoncer* :

1. *Quelles nouvelles annoncez-vous ?*
2. *Ils nous ont fait cet annoncement.*
3. *Il nous a rapporté aujourd'hui.*

4. *Qui vous a fait ce rapport?*
5. *Sommer quelqu'un et luy denoncer iour de payement.*
6. *On leur a faict sçavoir.*
7. *Apres leur avoir fait la denonciation.*
8. *Le denoncement fait.*
9. *Declarer, ou faire entendre.*

L'on a donc bien affaire à ce que B. Quemada appelle *énoncés équivalents*, correspondant aux « formules » des manuels latins de l'époque. Rien évidemment de plus commode pour l'utilisateur, mis en possession d'une riche provision de tours, notamment périphrastiques, dans un esprit très voisin de celui qui anime notre propre pratique de l'équivalence.

Que Girard ait ou non connu l'œuvre de son prédécesseur, il semble bien en répudier les considérants, quand il dénonce « une fausse idée de richesse », uniquement destinée à « faire parade de la pluralité et de l'abondance ». Le procès est ici instruit de toute la visée stylistique antérieure au XVIIe siècle classique, au nom de la « justesse », « qualité aussi rare qu'aimable, dont le goût est capable de faire briller le vrai et de donner de la solidité au brillant. Tout à fait éloignée du verbiage, elle enseigne à dire des choses ; ennemie de l'abus des termes, elle rend le langage intelligible (...). Enfin, j'ose le dire, l'esprit de justesse et de distinction est partout la vraie lumière qui éclaire et, dans le discours, est le trait qui distingue l'homme délicat de l'homme vulgaire ». Ainsi c'est au nom d'un idéal aristocratique que la « justesse » vient se séparer de la « richesse » encore en honneur au XVIe siècle, et même alors considérée très généralement comme la caractéristique du style « noble ». Peut-être ce dernier en vient-il à être victime de sa progressive « vulgarisation ».

Même si l'ouvrage de l'abbé Girard ne mérite pas de se voir attribuer la place décisive qui lui a été reconnue par la plupart des synonymistes des XVIIIe et XIXe siècles, il est hautement représentatif de la nouvelle direction de la synonymie française, et sans doute européenne, dont elle ne se départira plus guère, du moins en théorie, jusqu'à nos jours. Elle se veut résolument différentielle, renouant avec le Pseudo-Ammonios, et accumulant les attaques contre la synonymie « abondante ». Elle se concentre sur l'élucidation des nuances de sens entre synonymes, non sans une assez large part d'arbitraire, inévitable en ce domaine. En fait, elle récapitule les efforts tentés pendant tout le cours du XVIIe siècle pour fixer plus rigoureusement le sens des mots, tâche où avaient pu s'illustrer Vaugelas, La Bruyère, et quelques autres esprits de moindre réputation. Beauzée, en 1770, insiste une fois de plus sur « cette justesse, devenue plus nécessaire que jamais depuis que l'esprit philosophique a fait plus de progrès ». Alors que le Président Des Brosses jugeait la synonymie plutôt embarrassante pour le philosophe, tandis qu'elle aidait « infiniment au poète et à l'orateur, en donnant une grande abondance à la partie matérielle de leur style », ce qui suppose un reste de tendresse pour la manière « copieuse », à l'ancienne, Beauzée, qui conteste l'existence de synonymes exacts, la juge également utile au philosophe, pour la rigueur de l'expression des idées.

L'on ne mentionnera que pour mémoire les travaux de Condillac (milieu du XVIIIe siècle), de l'abbé Roubaud (1785), qui recourt à l'étymologie, de façon d'ailleurs souvent fantaisiste, de Guizot enfin (1809). C'est le dictionnaire, nous l'avons vu, « anti-synonymique », de Lafaye (1826), qui représente la contribution la plus importante du XIXe siècle dans ce domaine. Très méthodique, précédé d'une introduction circonstanciée, à la fois historique et linguistique, il s'inscrit néanmoins dans la droite ligne de ses prédécesseurs du XVIIIe siècle, celle de la « justesse », vouée à la discrimination des emplois voisins, dans le rejet méprisant de l'abondance lexicale : « Il y a effectivement des mots regardés comme tout à fait équivalents par les poètes, par les mauvais surtout », déclare-t-il d'emblée. Lafaye s'efforce de préciser les nuances en recourant à l'observation réelle de la langue, et en rassemblant un riche corpus d'exemples littéraires ; ses méthodes sont déjà celles de la lexicographie moderne.

Bien évidemment, le besoin continuant à s'en manifester, à côté de cette pente dominante de la synonymie, des recensions plus copieuses de synonymes, le plus souvent sans commentaires, n'ont jamais cessé d'être mises à la disposition du public. Par ailleurs, l'apparition de nouvelles formules lexicographiques, comme celles des dictionnaires analogiques ou idéologiques, est venue compléter utilement la synonymie traditionnelle. L'utilisateur moderne dispose désormais d'un choix surabondant de dictionnaires de synonymes de toute espèce, et d'instruments lexicographiques apparentés, souvent d'excellente qualité. Il nous semble cependant que la pratique des équivalences, telle qu'elle s'amorçait chez Gérard de Vivre au xvie siècle, n'a plus jamais été remise en honneur. Telle sera donc peut-être l'originalité, toute relative, du *Dictionnaire des synonymes et des équivalences*.

Dictionnaires de synonymes et dictionnaires de langue

L'on pourrait ici, à vrai dire, poser une question apparemment saugrenue, mais, croyons-nous, pertinente, du moins pour les périodes anciennes : existe-t-il d'autres dictionnaires, en fin de compte, que des dictionnaires de synonymes ? Quiconque a quelque peu pratiqué les lexiques antiques ou médiévaux, ou les premiers dictionnaires des temps modernes, a pu constater que le procédé de définition le plus usuel, si l'on peut encore parler alors de définition, consiste à renvoyer à un ou plusieurs synonymes, supposés mieux connus de l'utilisateur. Dans ce cadre, n'importe quel dictionnaire, et même un dictionnaire bilingue, comme les lexiques franco-latins du Moyen Age, ou le dictionnaire latin-français de Robert Estienne (1531), bientôt retourné en dictionnaire français-latin (1539), peut servir à l'occasion de répertoire de synonymes. C'est un fait avéré, souligné par Lafaye, que le développement de la synonymie moderne a contribué à affiner la pratique de la définition dans les dictionnaires de langue proprement dits.

Il n'est pas dans notre intention de nous étendre sur les problèmes de la définition lexicographique ; l'on pourrait toutefois noter que, jusque dans les meilleures réalisations, sa pratique est extrêmement diverse, ne reposant guère sur des principes bien clairs, et le recours à la synonymie, s'il a beaucoup régressé depuis le xvie siècle, est loin d'y être tout à fait inconnu. Un autre fait remarquable est la tendance très nette des définitions de dictionnaire à envisager le mot expliqué comme une réalité isolée, sans se soucier particulièrement de mettre en évidence les nuances de sens qui le séparent de termes voisins : la définition fournie par les dictionnaires usuels pour *paisible* a toutes chances de pouvoir tout aussi bien s'appliquer à *tranquille* et vice versa. Cela demeure un des intérêts du dictionnaire de synonymes, dès lors qu'il accepte de donner quelques éclaircissements sur la valeur des mots proposés, que d'aider à préciser leur sens, différentiellement, d'une façon qui va assez franchement au-delà de ce que l'on rencontre dans un simple dictionnaire de sens. Une réserve s'impose : les critères sur lesquels peut se fonder le synonymiste pour évaluer telle ou telle nuance de sens sont assez flous, et nous nous sommes perpétuellement heurté à cette difficulté majeure : croyant bien sentir intuitivement, en quelque sorte, une nuance, nous étions souvent en peine de la formuler exactement, n'étant pas toujours aidé par la lexicographie antérieure, en raison de cette lacune que nous venons de signaler, l'absence d'une approche différentielle du sens des mots.

Du sens des mots et de leur emploi : au-delà d'une lexicographie cartésienne ?

Toutefois, convient-il ici de s'enfermer dans le cadre de la définition, et, au-delà, du mot ? C'est bien ce que la tradition synonymique française, depuis l'abbé Girard, n'a cessé de faire en effet. C'est là un corollaire, en un sens, de sa visée principale, celle d'une appréciation normative des différences de signification, dans le cadre de la recherche de la « justesse » de la langue. Pour qui se propose d'abord de « gendarmer » l'usage des honnêtes gens, selon l'expression de Georges Molinié[1] — et, convenons-en, l'expression verbale non plus que l'ordre social ne peuvent se passer de quelques gendarmes —, c'est la confusion éventuelle entre termes qui est la préoccupation majeure. L'action « anti-synonymique » s'exercera dans la discrimination terme à terme. Elle aura d'autant plus de chances d'aboutir que l'on disposera davantage d'« idées claires et distinctes », dans un esprit tout cartésien.

Mais, plus généralement, c'est, nous semble-t-il, toute la lexicographie française traditionnelle, d'ailleurs héritière de Descartes à travers la philosophie des Lumières, Condillac, puis les idéologues, qui se trouve dominée par une représentation intellectualiste de la signification, dont Saussure ne nous a pas vraiment fait sortir, non plus que les sémantiques plus récentes, génératives et autres : le langage, dans ce type d'analyse, apparaît d'abord comme constitué de mots considérés comme l'expression d'« idées », ou, pour Saussure, d'« images mentales », ce qui revient exactement au même. En faisant le choix ici d'élargir la notion de synonyme à celle d'équivalence, nous avons conscience de nous inscrire dans une certaine forme de rupture par rapport à ces représentations sémantiques, devenues de rigueur à partir du XVIIe siècle, et toujours largement prégnantes.

1. Voir G. Molinié, *Le Français moderne*, « Que sais-je », P.U.F., Paris, 1991.

D'une façon qui réfère pour une part à Ludwig Wittgenstein[1], nous entendons nous fonder moins sur une sémantique du « sens » et de la définition, que sur une sémantique de l'emploi. Nous ne nous demanderons plus d'abord ce que « veut dire » tel ou tel terme, à quelle « idée » aussi « claire et distincte » que possible il correspond ; nous essaierons plutôt de voir quel « besoin d'expression » il vient combler, en tâchant de nous représenter ce besoin dans un contexte précis, en situation d'énonciation. Nous ne chercherons pas, par exemple, à déterminer avec le plus de précision possible « l'idée » exprimée par *avoir* — pour autant qu'il y en ait une ! — dans l'expression : *ma voisine a un chapeau de paille* ; nous essaierons d'imaginer comment l'on pourrait s'y prendre pour dire la même chose en d'autres termes. Nous trouverons alors « porter », synonyme, au sens étroit, d'« avoir » dans cet emploi, mais également une foule d'autres possibilités, celles par exemple auxquelles Balzac peut avoir recours pour varier élégamment « avoir » dans son portrait de César Birotteau : *porter*, bien sûr *(Il portait un pantalon bleu), mettre, (quand il s'habillait pour les soirées du dimanche, il mettait une culotte de soie)*, dans un emploi résultatif dont la fonction est évidemment de « varier » le passage, mais encore le recours au possessif qui fait de la pièce de vêtement le sujet d'une phrase à valeur qualificative : *Son gilet de piqué blanc boutonné carrément descendait très bas sur son abdomen*, ce qui est un moyen élégant, quoique fort banal, de varier *avoir* dans une description de ce type.

Envisageons un autre cas, cette fois en référence directe au contenu du dictionnaire, l'article *parce que*. Il est un fait qu'un dictionnaire de synonymes ordinaires, conformément à sa conception « idéologique » de la synonymie, de tradition classique, proposera seulement, terme à terme, quelques conjonctions et locutions conjonctives telles que : *comme, puisque, vu que, attendu que* ; la prise en considération du besoin d'expression, en situation, nous amène à suggérer également, comme équivalences, l'inversion des rapports, et le recours à la conséquence, avec *donc, par conséquent*, à la faveur d'un renvoi, mais aussi aux tours participiaux : *n'ayant pu* pour *parce que je n'ai pu*, aux relatives, aux tours nominaux avec une préposition à valeur causale : *à cause de, en raison de*, etc.

1. V. L. Wittgenstein, *Philosophische Untersuchungen*, Frankfurt/Main, 1971.

Bien entendu, le possessif *son* n'est absolument pas « synonyme » d'*avoir* ; c'est même avec quelque difficulté que l'on pourra dire qu'il exprime une « idée » voisine. Le fait est qu'il peut servir à remplacer le verbe en question, si l'on use d'un tour adapté, figé, et disponible. Ce type de tours, le dictionnaire d'équivalences se propose d'en opérer un recensement. Il est clair que sa démarche apparaît comme foncièrement pragmatique, au sens obvie, mais aussi au sens linguistique du terme : si en effet il répond empiriquement aux besoins de l'utilisateur, sans présupposés théoriques trop rigides, c'est aussi parce qu'il envisage la langue dans une perspective d'usage, de « performance », en situation, et non comme une structure formelle abstraite déterminée *a priori*. Il lui devient alors possible de prendre en compte ces réalités linguistiques au statut peu clair, que la lexicographie traditionnelle ne recense qu'assez erratiquement, les « tours » : en effet ceux-ci, linguistiquement, se situent dans une zone frontière entre la « langue » et la « parole », pour parler comme Saussure ; ils sont suffisamment figés, en tout cas délimités, pour entrer en ligne de compte dans la constitution de la compétence linguistique d'un locuteur averti ; la pédagogie de la langue, et notamment de l'expression littéraire, vise à faciliter leur acquisition ; néanmoins, ils n'ont pas la netteté du « lexème » proprement dit, objet de la lexicographie courante. Ils représentent ainsi une pierre d'achoppement pour la linguistique classique ou saussurienne. La « pragmatique » nous libère de ces entraves théoriques et nous permet d'envisager sereinement l'exploration du domaine encore mal délimité de l'équivalence.

De l'équivalence en général et de ce cas particulier, la synonymie

Il est peut-être temps, maintenant, de revenir sur la définition de la synonymie : le détour théorique par l'équivalence clarifie les choses, la synonymie devenant un cas particulier de l'équivalence, celui de l'équivalence terme à terme pour deux mots considérés isolément. La généralisation nous permet de nous dispenser de la notion fort embarrassante de « sens », et de nous en tenir à notre visée « pragmatique ». Seront déclarées équivalentes, relativement à un besoin d'expression donné, toutes les procédures linguistiques susceptibles d'y satisfaire de façon acceptable, et notamment, seront dits synonymes, toujours relativement à ce besoin, et non dans l'absolu, ce qui n'aurait aucun sens, les mots isolés répondant à cette condition. Nous nous dispensons ainsi de nous poser la question traditionnelle : existe-t-il de « vrais » synonymes ? Celle-ci renvoie à une définition du synonyme en terme de sens, dans l'absolu, que nous récusons donc. Tout au plus pourrions-nous nous demander, pour reformuler cette question, s'il existe des expressions susceptibles de répondre en toute circonstance aux mêmes besoins d'expression, ce qui est douteux, effectivement ; mais le problème ne présente pas le moindre intérêt, pragmatiquement parlant.

La synonymie pragmatique, en effet, dans l'idéal, ne recense pas des termes, mais des « besoins d'expression », pour lesquels elle fournit une liste d'équivalents, mots simples ou tours complexes. Il va de soi que le meilleur moyen de formuler ces « besoins d'expression », en accord avec la façon dont ils se manifestent à l'utilisateur, est de partir des mots par lesquels on les satisfait le plus fréquemment, soit du verbe *avoir* pour l'attribution d'une pièce de costume, de *parce que* pour la causalité, etc. Il est en effet bien clair que le besoin de variation, ou d'ajustement, de l'expression a de fortes chances d'être ressenti à partir d'une formulation banale, considérée à un moment donné comme insatisfaisante. Néanmoins, à partir de ce terme de départ, le rôle du synonymiste, tel que nous le concevons, ne consiste pas à se laisser guider par « l'idée » exprimée, et à développer à partir de là une chaîne d'« associations d'idées », plus ou moins floue, en qualifiant les termes ainsi découverts de synonymes, plus ou moins exacts. Il lui faut plutôt tâcher de se représenter le besoin d'expression en lien avec l'emploi — plutôt que le « sens » — considéré, pour envisager l'ensemble des moyens offerts par la langue à l'utilisateur pour y répondre.

Comme tous les principes méthodologiques, celui-ci a besoin de se voir nuancer dans l'application, et nous ne prétendons pas l'avoir toujours suivi dans la plus stricte rigueur, même si nous croyons nous y être globalement tenu, quant à l'esprit, en veillant à ce que, pour un emploi donné, la plupart des équivalents fournis puissent constituer un substitut acceptable au terme de départ, et ne se contentent pas de s'y rattacher par un vague lien d'analogie, à la différence de ce qui peut s'observer ailleurs à l'occasion.

La pratique synonymique dans le devenir de la langue : vers une pragmatique lexicale

Les nuances qui s'imposent tiennent elles aussi à la nature de la langue, qui n'est pas un système formel de nature mathématique, croyons-nous, mais une réalité vivante en perpétuelle réélaboration, et finalement toujours en voie de constitution, pour répondre aux nécessités de cette autre réalité vivante qu'est la communication entre les hommes. C'est au fond cette vision du langage qui nous conduit à récuser la séparation saussurienne de la parole et de la langue, non moins que son corollaire, la séparation de l'approche synchronique et de l'approche diachronique de la langue. Quelques réserves que nous ayons à faire sur les formes qu'a prises le recours à l'étymologie dans la pratique synonymique, chez Roubaud notamment, elle nous paraît hautement pertinente, et, en définitive, indispensable en ce domaine, encore que, pour des raisons de commodité, nous l'utilisions rarement directement.

Nous ne croyons pas qu'aucun mot ait en fait un sens rigoureusement précis, ni qu'il soit tout à fait possible de répertorier des emplois absolument délimités, tels qu'ils s'étalent dans les divisions de sens d'un article de dictionnaire de langue, avec la part d'arbitraire qu'il est facile d'y reconnaître, pour peu que l'on compare les dictionnaires entre eux, ou surtout que l'on s'essaie à l'art de la lexicographie. Certes, tous les mots ont « plusieurs sens », comme le reconnaissait déjà Aristote, mais il est extrêmement difficile de dire lesquels, et de déterminer dans quelle mesure tel sens doit être disjoint de tel autre : *avoir* a-t-il deux sens différents quand il s'applique à un vêtement et à une partie du corps ? Il est bien difficile de trancher, et, à notre avis, c'est absurde. Toujours pragmatiquement, il sera utile de fournir une typologie des divers emplois d'un terme, en fonction d'une typologie correspondante des « besoins d'expression ». Reste que, dans ce domaine, il convient de se méfier des universaux : le fait brut de la pratique langagière est une certaine situation de communication, jamais tout à fait identique aux autres, à laquelle il s'agit de faire face, si nous pouvons dire, avec les moyens du bord.

Sans doute existe-t-il une large gamme de degrés de nouveauté, de singularité, dans les situations d'expression : il y a l'inédit radical de l'expérience poétique, qui ne peut être comblé que par le recours à des formes d'expression dont la nature même est de « faire violence » au langage, ces emplois « figurés » dont le plus représentatif est la métaphore, consistant à proprement parler à faire dire aux mots autre chose que ce qu'ils disent ordinairement ; il y a, à l'autre extrémité, des emplois si usuels qu'ils peuvent apparaître définitivement figés, répondant aux situations de communication les plus répétitives et stéréotypées : *quelle heure est-il ? je vais rater mon train*, etc. Mais, dans la pratique, la très grande majorité des emplois se trouve dans une zone intermédiaire, et c'est notamment à cette zone qu'appartiennent, par définition, ceux qui font recourir à un dictionnaire de synonymes, dans la mesure même où ils supposent une difficulté d'expression, la recherche d'une variation ou d'un ajustement. La difficulté tient pour moi à dire quelque chose que je n'ai jamais dit, ou dont j'ai oublié que je l'ai déjà dit, ce qui prouve que je ne le dis pas souvent. Je compte un peu sur l'expérience accumulée des locuteurs de ma langue, telle qu'elle se trouve recueillie dans les données lexicographiques, mais c'est avec l'idée d'une nécessaire appropriation à ma situation spécifique.

Il est donc possible de faire violence au langage, jusqu'à un certain point, et à des degrés qui dépendent du statut de l'acte de communication ; bien plus, c'est indispensable, et le langage est toujours dans une certaine mesure manié dans la violence, ou, tout au moins, la tension, même quand cette violence et cette tension sont en quelque sorte déjà inscrites dans l'état de langue contemporain. Expliquons-nous plus précisément : pour constituer l'expression — absolument figée, dans l'état de langue qui est le nôtre — *jeter des phrases sur le papier*, il a fallu infliger une violence originelle au verbe *jeter* qui ne s'applique pas à des phrases en son sens « premier » et « propre », si du moins nous retenons cette désignation sémantique traditionnelle. En fait cette « violence » a dû être limitée par le fait qu'elle est venue au terme de toute une série de glissements de sens, dans des expressions comme « jeter quelque chose à la figure », où le sens concret a d'abord été perceptible, si nous nous livrons à une reconstitution hypothétique de la formation progressive de l'emploi. Le « glissement de sens » est donc essentiel à la constitution d'une langue ; il apparaît comme acceptable à partir du moment où il se tient dans certaines limites, qu'il ne peut excéder qu'au terme d'un processus historique, au-delà de la compétence des locuteurs individuels. L'histoire de la langue est tout entière faite de pareils glissements, sans lesquels notre vocabulaire serait encore celui de l'homme de Cro-Magnon.

La pragmatique de la parole nous montre donc qu'à partir d'un besoin d'expression donné, hormis en situation totalement stéréotypée, et à supposer qu'on n'éprouve pas, justement, par goût de la « variété », l'envie de renouveler le stéréotype — je dirai alors : *je vais m'envoyer un verre de blanc* plutôt que *boire* ou *prendre un verre de blanc*, affectant le verbe *envoyer* à un emploi fortement dérivé —, le locuteur est amené à satisfaire à la situation de parole en procédant à une série de glissements à partir de la somme de modèles d'expression qu'il a pu accumuler dans ses capacités mémorielles, plus ou moins classés par grandes catégories en fonction de situations plus ou moins identifiées à des types généraux. Or il est clair qu'il pourra choisir de prendre pour point de départ à l'opération de glissement un type d'expression plutôt qu'un autre. Il pourra décider de faire plutôt violence à *enfiler* qu'à *envoyer*, et donc *s'enfiler un petit verre*, plutôt que *s'en envoyer un*, voire *s'en jeter un derrière le col*.

L'on voit dès lors en quoi nous sommes ici au cœur de la problématique synonymique : pour le « besoin d'expression » considéré, selon nos conventions de départ, les termes « s'envoyer », « s'enfiler », « se jeter », seront déclarés « équivalents », et même « synonymes », puisqu'il s'agit de termes simples. « Voudront-ils dire » néanmoins la même chose ? Il est clair qu'ils seront chacun porteur d'une nuance, dans la mesure où ils conserveront, en quelque sorte, nous semble-t-il, et à la mesure de leur moindre degré de figement, une mémoire confuse du point de départ de l'opération de glissement. *S'enfiler* restera coloré de l'idée première du verbe transitif, celle d'une introduction plus ou moins délicate dans un orifice, *s'envoyer* renverra plutôt à une certaine vivacité dans la conduite à destination, *se jeter* accentuant nettement ladite vivacité, toujours en rapport avec le point de départ du glissement *jeter*. Mais, bien entendu, en fin de compte, le résultat sera le même pour le cafetier comme pour le consommateur.

L'histoire du lexique nous apprend beaucoup sur ces formes de conquête de sens nouveaux, et, de ce fait, sur les synonymes et leurs nuances. En dehors des dictionnaires de synonymes, donc, il nous semble que pour l'amateur de lexicologie différentielle, désireux d'affiner sa perception des nuances d'emploi des mots, rien ne vaut la fréquentation d'un bon dictionnaire étymologique attentif à l'histoire du mot dans la diversification de ses sens, tels ceux de Bloch et Wartburg[1] ou d'Emmanuèle Baumgartner et Philippe Ménard (dans cette même collection), ou encore les articles historiques du *Trésor de la langue française.* A titre de modèle pour ce genre d'approche historique, assurant une vision unitaire de l'unité et de la diversité du sens, hors des simplifications réductrices de méthodes structurales anhistoriques, nous ne pouvons que renvoyer à ce monument de la réflexion moderne sur le sens des mots qu'est le *Vocabulaire des institutions indo-européennes* d'Emile Benveniste[2]. Nous évoquions l'idée, apparemment saugrenue, d'une « mémoire du mot », à propos de notre petit exemple de constitution de synonymes par procédures de glissement. Nous croyons pouvoir maintenir cette hypothèse, à la lumière d'études de ce type, et de notre propre expérience de quête des nuances synonymiques : quand bien même l'emploi originel aurait été totalement occulté par l'évolution de la langue — celui, par exemple de *danger* au sens de « domination » (*dominicarium*), par opposition à *péril* issu de *periculum*, où intervient le radical exprimant l'expérience —, il nous semble que quelque chose subsiste, en « structure profonde », de ce centre de dispersion à partir duquel s'est opérée l'évolution sémantique, et que cela intervient notamment dans les cas où le besoin de discrimination se fait sentir d'avec le terme plus ou moins équivalent d'origine différente, sur des emplois particuliers. L'on persiste ainsi à être « en grand danger d'être battu », alors qu'on sera plus difficilement « en grand péril » de l'être, peut-être d'abord parce que, de sa dérivation à partir de *dominicarium*, *danger* conserve une plus grande aptitude, très sensible encore au XVIe siècle, à assumer les emplois de la notion mot-outil, où le « danger » est d'abord une éventualité d'être soumis à un aléa. Bien entendu, cette « mémoire du mot » n'a rien d'une puissance occulte, elle relève d'un « effet de structure », l'état B du développement restant conditionné dans sa structure par celle de l'état A, d'où il dérive. Il s'éclaire donc par la mise en évidence du mécanisme de son engendrement.

« Violence » donc, essentielle, de la performance linguistique vis-à-vis de la compétence, de la parole vis-à-vis de la langue, dans le jeu fondamental, constitutif, de l'opération de glisse-

1. O. Bloch et W. von Wartburg, *Dictionnaire étymologique de la langue française*, P.U.F., Paris, 1975.

2. E. Benveniste, *Le Vocabulaire des institutions indo-européennes*, Ed. de Minuit, Paris, 1969.

ment. Mais aussi, et corollairement, tension. Rien ne permet mieux de le sentir que le fait synonymique : l'idéologie du « mot juste » est ici ébranlée, du moins au sens qui lui est prêté par la synonymie classique. Celle-ci s'imagine qu'il existe un ciel des idées, un répertoire exhaustif des essences des choses, jusque dans leurs espèces ultimes, quelque part dans l'Intellect universel : le « mot juste » serait celui qui, de toute éternité, serait destiné à être accolé à l'idée précise à laquelle il a été apparié dès l'origine. La représentation pragmatique du langage dissipe cette mythologie : il n'y a pas de « mot juste » prédestiné ; il y a un besoin particulier d'expression auquel une certaine forme d'expression satisfera plus ou moins heureusement, avec des degrés de réussite divers. Le locuteur doit toujours plus ou moins « bricoler », à partir du matériau imparfait dont il dispose, dont la qualité linguistique de base est peut-être d'abord une sorte d'élasticité. Il est toujours possible de tirer sur un élastique, mais ce faisant, on lui imprime une tension plus ou moins forte, jusqu'à la limite ultime d'extensibilité, où il casse ; imaginons, sur une surface donnée, deux élastiques, d'une extensibilité qui peut être d'ailleurs différente, dont l'une des extrémités est fixée en un point donné ; considérons par ailleurs un point quelconque de la surface, auquel l'on voudrait fixer l'autre extrémité de l'un des deux élastiques. En fonction de la distance et de l'extensibilité, cela supposera une tension plus ou moins forte de l'un et l'autre élastique, à moins que le point choisi ne se situe à équidistance des deux points de fixation. Ceci nous paraît être une assez bonne représentation de la situation de choix d'une expression par un locuteur : pour répondre à mon besoin présent, je peux envisager de recourir à toute une gamme de possibilités de langue, notamment de mots ; mais, pour certaines d'entre elles, la limite de rupture sera dépassée, ou la distorsion imposée sera tellement forte qu'elle apparaîtra pénible : pensons à une expression maladroite — mais parfaitement compréhensible — comme *une idée a fait son entrée dans mon esprit* pour *a surgi*, encore que *surgir* et *faire son entrée* puissent se substituer l'un à l'autre dans des contextes différents (*il a soudain surgi dans la pièce* ou *fait son entrée dans la pièce*). L'expression sentie comme la plus « juste » sera celle qui implique la moindre tension, encore qu'une certaine tension existe toujours, ce qui fait que même là où *surgir* est senti comme plus « juste » que *faire son entrée*, *apparaître*, *se présenter*, *se montrer*, etc., ces dernières expressions restent éventuellement compréhensibles, et parfois tout à fait acceptables, même si elles ne procurent pas le même sentiment d'adéquation à « l'idée » exprimée.

Pour reprendre une notion mathématique, due à René Thom[1], dont nous usons peut-être ici imprudemment, mais dont l'application en linguistique nous paraît profitable, nous pourrions dire de la synonymie, et, au-delà, du choix de l'expression linguistique, qu'il s'agit, aussi bien historiquement, collectivement, qu'individuellement, d'une situation de *catastrophe*. Autrement dit, une situation limite, telle que plusieurs structures sont susceptibles de s'y appliquer, avec plus ou moins de convenance, et où, en fin de compte, il suffit d'un impondérable pour tout faire basculer d'un côté plutôt que de l'autre. Un peu comme une ligne de partage des eaux, sur un bombement assez aplati : il existe des zones du bombement où il fait peu de doute que la goutte de pluie dévalera plutôt un versant que l'autre, mais il existe également une zone indécise, sur le replat. Une situation de cet ordre intervient en grammaire, par exemple, dans la détermination des constructions transitives ou prépositionnelles. On *se souvient de*, on *se rappelle quelque chose*. On a un peu tendance, dans une langue relâchée, à *se rappeler de*. On observe de nombreuses hésitations de ce type pour une foule de verbes, et la grammaire historique révèle des flottements considérables. Par ailleurs, la comparaison entre langues montre qu'à un moment donné, telle langue a opté, dans le cas de certains verbes, pour une construction différente de celle qu'a choisie telle autre. L'allemand construit *sich erinnern*, se souvenir, avec la préposition *an*, qui correspondrait plutôt au français *à*, quant au sens initial. Le latin utilise le génitif, dans la langue classique, avec *memini*, puis l'accusatif, en langue tardive. Cela ne signifie absolument pas, à notre sens, comme le soutiennent certains linguistes, que ces constructions, et notamment prépositionnelles, n'ont pas de sens propre. Au contraire, il nous semble qu'en français, notamment, la préposition *de* est clairement associée à l'idée d'origine, la préposition *à* à l'idée de destination. Simplement, face à un besoin d'expression abstrait, pour lequel elle ne dispose d'aucun instrument spécifique, comme la désignation de l'objet du souvenir, la langue doit opérer un glissement, imprimer une tension aux instruments langagiers « élastiques » *à* et *de*, en fonction d'analogies approximatives, et, comme nous nous situons ici dans une zone frontière, elle peut faire basculer la

1. René Thom, *Modèles mathématiques de la morphogenèse*, « 10-18 », Union Générale d'Éditions, Paris, 1974.

construction en faveur de l'un ou de l'autre. Cela n'empêchera pas les prépositions, en elles-mêmes, de maintenir leur opposition sémantique de base, simplement ainsi « neutralisée » dans un cas limite. La fixation de la construction sera d'ailleurs fragile dans ces cas limites, et d'autant plus sujette à variations historiques, pour peu que les locuteurs reprennent l'initiative, et se montrent plus sensibles à l'attraction de l'un ou l'autre des « versants » de l'idée. C'est ce dont témoigneront les flottements divers, dans l'évolution diachronique, ainsi que les « fautes » auxquelles pourront se laisser aller des locuteurs, au regard de l'usage consacré. Il nous paraît clair, ainsi, que *se rappeler* est en train de se voir attiré vers la construction prépositionnelle avec *de*, en vertu d'une attraction par l'analogie de *se souvenir de* ; le sens originel de *rappeler*, appelant une construction transitive (ramener dans son esprit quelque chose), tend à être perdu de vue ; il perd désormais la force de compenser l'attraction de la construction concurrente, qui bénéficie en revanche d'une certaine propension des représentations linguistiques, attestée par de nombreuses langues, à associer la mémoire à un mouvement d'origine, traduit prépositionnellement, ou par le génitif, ce qui revient au même en français, langue qui a assimilé globalement le génitif à un procès d'origine, exprimé par la préposition *de*, d'une façon qui est d'ailleurs conforme à la valeur du cas en indo-européen[1]. Les structures linguistiques, infiniment moins rigides que ne tend à se le figurer une certaine linguistique structurale, s'inscrivent ainsi sur cette frange incertaine où s'imbriquent les effets de l'universel et du contingent.

La même analyse nous paraît valoir, *mutatis mutandis*, dans le domaine lexical, pour la synonymie, qui converge ainsi théoriquement avec le phénomène de l'évolution historique du sens des mots. Le « glissement de sens » n'est pas un accident de l'évolution historique, il est le régime normal, seulement quelquefois épisodiquement et partiellement neutralisé, et occulté, de l'usage des mots. Le domaine synonymique est un de ceux où il reste visible et actif. L'on voit bien que la frontière entre l'emploi possible d'une série d'équivalents constitue une zone de « catastrophe », où la valeur première de chaque expression peut constituer une raison plus ou moins forte de faire basculer le choix en sa faveur, mais où, le plus souvent, celui-ci reste assez franchement aléatoire, le « juste » choix

1. Voir J. Humbert, *Syntaxe grecque*, Klincksieck, Paris, 1972.

relevant d'une large part d'appréciation subjective. Il n'empêche que cette situation n'enlève rien à l'opposition initiale existant entre les termes en concurrence : *surgir* et *apparaître* peuvent tout à fait se disputer la préséance dans un cas d'expression donné, et sembler alors « avoir le même sens » dans cet emploi. En réalité ils restent aussi nettement distincts que *à* et *de* le restaient dans le domaine syntaxique, malgré l'apparent arbitraire de leur emploi dans certaines constructions. *Surgir* reste attaché d'abord à l'idée de passage d'un état à l'autre, désignant très fortement l'origine du mouvement, à partir d'un « point d'ancrage » linguistique initial qui est peut-être en français à chercher du côté de son doublet « sourdre », spécialisé aujourd'hui dans le surgissement de terre d'une eau courante, plutôt que dans le strict sens étymologique latin de « se lever, se réveiller » ; *apparaître* porte très fortement la marque de son « point d'ancrage » dans le registre de la vision, comme *paraître* : des difficultés peuvent bien *surgir* ou *apparaître*, ce qui revient à peu près au même, les deux verbes n'en conservent pas moins leur spécificité, susceptible de se voir réactivée dans d'autres cas, et toujours infinitésimalement perceptible, à l'état de « coloration », de nuance venant fixer la physionomie propre de l'expression choisie, d'une façon qui peut compter dans l'ordre de l'esthétique et de l'expressivité.

Equivalence et traduction

L'on peut aborder par ce biais la question de l'équivalence d'une langue à l'autre, essentielle à la pratique de la traduction. Le rapprochement entre les problèmes de la synonymie et de la traduction a déjà été opéré avec pertinence par certaines études linguistiques[1]. Nous évoquions plus haut l'identité possible entre dictionnaire de synonymes et dictionnaire bilingue : traduire, ce n'est rien d'autre que proposer un équivalent en une autre langue ; n'importe quel praticien avisé de la version sait d'ailleurs que le recours à l'équivalence terme à terme, à la « synonymie translinguistique », en quelque sorte, si l'on nous permet ce néologisme jargonnant, constitue rarement la méthode de traduction la plus satisfaisante. Le bon traducteur est justement celui qui sait ne pas s'enfermer dans une conception étroite du sens, telle que nous la dénoncions dans la lexicologie classique, mais se montre capable de remonter, de l'expression

1. Voir R. Jakobson, « Aspects linguistiques de la traduction » dans *Essais de linguistique générale*, trad. N. Ruwet, Ed. de Minuit, Paris, 1963.

en langue d'origine, au « besoin d'expression » initial auquel son emploi a répondu, pour, dans la langue de destination, satisfaire à ce même besoin en recourant à l'expression la plus appropriée, et ce d'une façon globale, en opérant sur de très larges portions de discours.

La bonne traduction n'est pas transposition, mais réécriture; elle opère pour son propre compte un acte de parole nouveau, du même ordre que l'acte de parole initial, tel que nous le décrivions plus haut, c'est-à-dire un « bricolage », une construction pragmatique à partir des ressources linguistiques disponibles, par jeu de glissements, de déplacements, pour arriver à un résultat qui soit, sinon satisfaisant, du moins le moins insatisfaisant possible. Les modalités de cette procédure nous permettent d'ailleurs d'évaluer en quelle mesure une traduction peut être satisfaisante, et ne peut jamais l'être pleinement. Les « besoins d'expression », d'une langue à l'autre, du moins dans le cadre de civilisations voisines, sont sans doute à peu près les mêmes, et, *a priori*, peuvent être considérés comme susceptibles d'être satisfaits, bon an, mal an, à partir des moyens respectifs de chaque langue (encore qu'il s'agisse là déjà d'une simplification théorique, dans la mesure où nous isolons trop la réalité complexe du « besoin d'expression », toujours étroitement lié à la réalité de l'instrument linguistique lui-même). L'on pourra donc forger, en se donnant s'il le faut un peu de mal, en français, une expression satisfaisant de façon à peu près naturelle au besoin d'expression sous-jacent au *quousque tandem, Catilina, abuteris patientia nostra*. Néanmoins, la mobilisation des ressources du français en vue de satisfaire le besoin supposé par le latin ne pourra que très difficilement, vu les physionomies très distinctes des deux langues, opérer à partir d'expressions possédant exactement le même « point d'ancrage », riches donc des mêmes connotations, pourvues du même pouvoir évocateur, se prêtant aux mêmes associations, aux mêmes « jeux de mots », au sens strict et au sens large. Le processus de distorsion signifiante n'impliquera jamais tout à fait les mêmes tensions; il ne se développera pas dans le même horizon de concurrence et complémentarité verbales; le rendu du « sens » parviendra difficilement jusqu'au rendu du « style ». Si je traduis Cicéron par : *jusques à quand, Catilina, abuseras-tu de notre patience*, je dis bien à peu près ce que dit Cicéron, mais je perds tout le pouvoir d'évocation de *abutor* formé sur *utor*, et surtout de *patientia* sur *patior*, subir, souffrir, non moins que patienter, très fortement atténué dans le français *patience*. Une équivalence plus juste pourrait chercher dans la direction d'une plus grande distance par rapport au mot à mot, dans un meilleur « senti » de l'expressivité latine. Nous ne nous y risquerons pas ici. L'on peut évidemment imaginer des déperditions expressives plus grandes encore. C'est en cela que le « bricolage » du traducteur est appelé à révéler une ingéniosité parfois fort grande, qui peut aller jusqu'à une forme de génie, proche de celui de l'écriture littéraire proprement dite, dès lors que la traduction ne se propose plus seulement de combler le plus justement possible le besoin d'expression — ce qui n'est déjà pas si mal — mais s'attelle à rendre quelque chose de l'expressivité originelle du modèle. Un dictionnaire d'équivalences, à cet égard, peut constituer un auxiliaire non dénué d'intérêt.

Glissement de sens, synonymie et paronymie : du bon usage de l'abus de langage

De même que l'état d'équilibre, en physique, n'est que la résultante nulle des forces agissant en sens opposé sur un corps, l'état d'équivalence, et partant de synonymie, en linguistique, n'est rien d'autre que l'approximative égalité des tensions subies par les termes considérés dans le processus de distorsion, constitutif du procès de signification lexicale, par lequel ils se trouvent appliqués au besoin d'expression mis en jeu. L'on constate que cette définition, un peu pédante, permet de faire un sort, d'un seul mouvement, à la synonymie proprement dite, « partielle » ou « totale », à la paronymie, éventuellement aussi à une certaine forme d'analogie ; mais surtout elle permet de relativiser l'opposition établie par la tradition, et nous-même, dans un premier temps de la réflexion, entre les deux besoins supposés justifier le recours aux listes de synonymes : en effet, dès lors que l'on prend en compte le procès de distorsion sémantique inhérent à toute opération de signification, il n'existe plus qu'une différence de degré entre un équivalent strict, susceptible de se substituer à un terme dans un emploi donné, par exemple *Souverain Pontife* pour *pape*, dans la phrase *le pape vient de rédiger une nouvelle encyclique*, toutes réserves étant faites sur la « nuance », et un terme de sens simplement « voisin », dont l'emploi s'avérerait plus « juste » que celui du terme initial, par exemple *surgir* pour *faire son entrée*, dans la phrase citée plus haut, ou *livide* pour *pâle*, plutôt que *hâve*, dans la phrase *il sortit livide de cette entrevue orageuse* ;

pâle serait possible, mais moins adéquat, *hâve* serait plutôt exclu, quoique sans doute encore compréhensible. C'est qu'un système d'« ancrage » de chacun des termes, dans le registre de la maladie, pour *hâve*, dans celui de l'émotion, pour *livide*, ou dans un registre plus neutre, pour *pâle*, dirige le choix vers une situation de tension minimale dans le glissement, l'ensemble des termes concurrents tendant d'ailleurs à se distribuer selon un système d'opposition et de complémentarité, nécessairement assez lâche, et toujours menacé de remise en cause. Entre l'emploi « correct » et l'emploi « abusif » des mots, il n'y a donc peut-être, en fin de compte, dans bien des cas, qu'une limite assez floue : user bien de la langue, ne serait-ce pas d'abord savoir jusqu'à quel point il est possible d'en abuser?

Lafaye s'efforçait déjà de formuler une loi historique, relativement aux synonymes, selon laquelle les synonymes « vrais » existeraient d'autant moins qu'une langue serait mieux unifiée. Il attribuait le fait à l'homogénéisation des usages, après une phase pendant laquelle auraient coexisté des usages différents, voire des dialectes utilisés en concomitance, où la même idée était exprimée par des termes distincts. L'unification linguistique aurait entraîné la spécialisation des termes, ou leur disparition. Lafaye entendait vraisemblablement sur ce point poursuivre la polémique entamée par Rivarol dans son *Discours sur l'universalité de la langue française* (1784) à propos des mérites respectifs du français et de l'italien, les thuriféraires de l'italien arguant du plus grand nombre de synonymes « vrais » offerts par cette langue à l'écrivain. Il était donc de bonne guerre de retourner l'argument en faisant de l'abondance de synonymes « vrais » le symptôme d'un défaut d'achèvement de la langue, d'une insuffisance d'unité et de « justesse ». Tout chauvinisme mis à part, reste qu'il y a sans doute une part de vrai dans cette manière de voir. Mais, plus largement, il nous semble qu'un certain enrichissement du lexique disponible pour tous les locuteurs, en même temps que la fixation de l'usage, suffit à rendre compte de la spécialisation, toute relative, qui persiste à coexister avec la toujours possible extension. Dans une langue relativement pauvre, l'on est nécessairement amené à « tirer le sens » des mots plus qu'on ne le ferait si l'on disposait d'un choix plus important, dont l'usage apparaît donc immanquablement plus « juste », pour peu qu'il soit correctement maîtrisé ; dans une langue plus riche et cohérente, les emprunts extérieurs ne tardent pas à se faire leur place dans le système, colorés de leur « point d'ancrage » spécifique, fonction des circonstances de leur introduction, notamment. Le français contemporain emprunte à l'anglais le mot *standing* qui entre en concurrence avec *confort* et *niveau de vie*, mais néanmoins avec une prédilection pour des contextes particuliers, notamment celui de l'ostentation du rang social, dans le cadre de la société moderne, d'une façon où le caractère d'anglicisme, et le fonctionnement dans la langue d'origine, jouent leur rôle, toujours plus par prédominance que par strict effet de détermination des emplois spécifiques.

C'est donc, selon nous, la nature même de l'exercice de la fonction langagière, consistant à faire exprimer avec souplesse la multiplicité inépuisable de la réalité et de la vie à un bagage relativement restreint de ressources linguistiques, qui entraîne l'existence de ces synonymes, qui ne sont pourtant pas exactement synonymes tout en l'étant quand même un peu. Parler, c'est toujours plus ou moins créer de la synonymie, en la nuançant par un éclairage plus ou moins subtilement singulier. Mais, bien entendu, ce n'est pas de cette synonymie singulière que traite un dictionnaire : il lui convient de prendre acte de ces multitudes d'opérations synonymiques devenues suffisamment exemplaires pour pouvoir être considérées comme intégrées à la « langue ». Il est clair que, dans le domaine de la synonymie plus qu'en aucun autre, la frontière est assez confuse entre ce dont l'intégration au fonds commun ne fait plus question et ce qui reste encore l'objet d'un acte de parole individuel assez prononcé.

Il en résulte qu'on ne saurait déterminer avec certitude quel terme doit figurer parmi les synonymes et équivalents d'un autre, en un emploi donné, alors que tel autre devrait plutôt être rejeté, et cela d'autant plus qu'il est impossible d'établir des frontières rigides entre les divers sens, ou plutôt emplois, du terme initial. On se contentera dans ce domaine d'une cote mal taillée, en faisant confiance au sens linguistique de l'utilisateur. Etant posée, conformément aux principes linguistiques même qui nous inspirent, la part de l'empirie, de l'approximation, du pragmatisme, dans l'ensemble de notre démarche, il reste qu'elle participe d'une méthodologie relativement cohérente dont il convient maintenant d'expliciter les grands axes.

Principes de sélection des entrées et de présentation des articles

En théorie, nous le précisions, l'entrée devrait correspondre à un « besoin d'expression », ou, plutôt, à une série de besoins d'expression apparentés, susceptibles d'être satisfaits par des expressions linguistiques de valeur voisine. En pratique, en fonction de l'utilisateur, il convient de partir de mots, représentatifs d'un ou plusieurs types de situations de parole. Le mot « parler » sera ainsi pris pour représentant de deux besoins d'expression généraux, la situation concrète où quelqu'un prononce des mots en présence d'interlocuteurs, comme dans la phrase *il n'arrête pas de parler*, et la désignation du contenu d'un message, d'un livre, *Hugo parle de la mort de sa fille*, qui pourrait également se traduire par des formules recourant au mot *sujet*: *le sujet du poème est la mort de Léopoldine*, etc. Pour un autre type de besoin d'expression, auquel le verbe *parler* répond à l'occasion, l'évocation d'une conversation, nous préférerons renvoyer à *bavarder*, avec quelque arbitraire, nous l'avouons.

La règle que nous nous fixons néanmoins est de faire représenter le besoin d'expression, autant que possible, par le mot qui lui correspond le plus fréquemment dans l'usage. Cela suppose bien des flottements, et nous n'avons pas eu recours à un corpus traité statistiquement, ce qui aurait été absolument impossible, d'ailleurs : il existe pour le français des études de fréquence, mais elles sont plutôt faites par mot, et non par emploi particulier des mots, ce qui nous intéresse ici. Nous nous sommes donc fié à notre intuition linguistique. De toute façon, il est sans grande importance que le principe soit ou non respecté au pied de la lettre, les renvois compensant les flottements dans le classement. Cependant, nous avons fait de notre mieux pour que l'utilisateur, qui a de fortes chances de ressentir le besoin d'expression en relation avec la présence dans son esprit d'un mot banal et assez vague plutôt que d'un mot rare et très spécifique, ait à passer par le moins grand nombre possible de renvois.

L'attachement au principe de fréquence, motivé par des raisons de commodité, mais aussi, comme nous y reviendrons, par des intentions pédagogiques, nous a conduit à privilégier des articles correspondant à certains termes de très grand emploi, assez généraux, pour lesquels nous avons voulu enrichir le choix d'équivalences, plutôt que de disperser davantage le matériau expressif dans des rubriques plus spécifiques : il nous a paru important que l'utilisateur, et notamment l'élève, trouve directement à *dire* le plus grand nombre possible d'équivalents au tour *l'auteur dit que*, formule dont il aurait spontanément tendance à abuser. Notre expérience en ce domaine nous a appris que ce type d'utilisateurs avait très généralement la paresse de se reporter aux renvois, et se contentait du donné immédiatement fourni. Nous en avons tenu compte. Plus largement, dans la sélection d'ensemble, il nous a paru plus utile de fournir des équivalences plus riches à un nombre plus restreint de termes de grande fréquence que des équivalences plus chiches à une multitude de termes pour lesquels l'utilisateur avait de très faibles chances de chercher une substitution, d'autant que le jeu des renvois permettait quand même d'intégrer un corpus lexical assez important. Il nous a semblé plus utile de développer les articles *penser, dire, avoir* ou *mettre* que de faire figurer un article *malavisé* ou *berceur.*

C'est également ce critère de fréquence qui a présidé à la sélection qui s'imposait parmi les subdivisions éventuelles des articles généraux en emplois distincts. A ce propos, nous rappelons qu'en vertu de nos présupposés linguistiques, ils ne peuvent prétendre être délimités avec une parfaite rigueur, qu'ils admettent toujours plus ou moins de chevauchements avec d'autres emplois, et reflètent souvent, dans le détail, une gamme assez vaste de cas particuliers ; par conséquent, les équivalents proposés ne s'appliqueront pas forcément à l'ensemble de ces cas. Nous regroupons ainsi dans la même rubrique les cas d'expression représentés par *Hugo parle de Léopoldine dans « A Villequier »* et *Descartes parle de l'amour dans son « Traité des Passions »* ; il va de soi que la substitution de *traiter* à *parler* ne sera tout à fait satisfaisante que dans le second cas ; elle passera difficilement dans le premier. Les restrictions dans le champ d'équivalence ne pourront alors se formuler que dans les indications relatives à l'acception spécifique du synonyme-équivalent, qui lui feront suite dans l'article de dictionnaire : **traiter** (⇧ soutenu, idée d'un discours organisé et didactique).

Nous ferons également figurer, à la suite des divers emplois retenus comme entrées, une « définition », qui doit surtout être conçue comme un instrument de repérage approximatif du type de besoin d'expression considéré. Nous ne nous astreignons pas là aux exigences que l'on formulerait pour un dictionnaire de langue, encore que nous nous soyons déjà expliqué plus haut sur ce que nous pensions d'une certaine mythologie de la définition.

Nous adopterons, dans la présentation des équivalents, un ordre souvent assez empirique, mais, là encore, relevant de quelques orientations majeures : nous présenterons d'abord, systématiquement, les « synonymes », les équivalents terme à terme. Leur classement ne sera pas totalement arbitraire : nous tâcherons d'aller d'équivalents recoupant une large part du champ d'emploi correspondant à la rubrique de départ à des équivalents ne s'appliquant qu'à un nombre de cas plus restreint ; nous irons également plutôt des équivalents stricts à des termes impliquant un glissement plus prononcé à partir de la situation d'expression de départ. Ainsi, toujours pour *parler*, au sens de *prononcer des mots*, nous irons de *dire* et *s'exprimer* à *baragouiner* et *jargonner*, dont la substitution à *parler* en ce sens ne pourra s'opérer que dans un nombre beaucoup plus limité de cas, et supposera même souvent un glissement plus sensible par rapport au fait de parler, proprement dit. Par ailleurs nous veillerons à faire en sorte que l'ordre de présentation des équivalents permette autant que possible de les distinguer récurremment les uns par rapport aux autres, grâce à une notation appropriée, le terme suivant enchérissant en quelque sorte sur le précédent. Il est évidemment en général impossible d'établir une séparation très nette entre les équivalents qui doivent figurer sous une entrée donnée et ceux qu'il est préférable d'attribuer à une entrée de sens voisin : faut-il faire figurer *baragouiner* à *parler* ou à *bafouiller* ; il figurera en fait dans les deux, avec d'ailleurs des inflexions de sens diverses. Mais, souvent, pour limiter les recoupements, nous aurons recours à un renvoi, en fin de rubrique, à une série de termes voisins servant d'entrée ailleurs dans l'ouvrage, soit, pour *parler*, *dire, discourir, bafouiller*.

Termes généraux et spécifiques

Il nous faut réserver ici un traitement à part à deux types d'équivalences, relevant de structures logiques universelles particulièrement importantes dans le discours, les termes généraux et spécifiques. Il va de soi que *chien* peut presque toujours se voir remplacé, au prix d'une déperdition de détermination, par *animal*. Il nous a donc paru utile d'indiquer cette possibilité, dans bon nombre d'articles, le « genre prochain » d'un mot n'apparaissant pas toujours au premier abord à l'utilisateur, surtout s'il n'a qu'une familiarité relative avec le maniement de la langue, comme c'est le cas de beaucoup d'élèves. Inversement, l'on sait qu'il est souvent bon de préciser l'expression, en recourant à un terme plus spécifique que le terme banal et général qui vient spontanément au bout de la langue. Nous adjoignons ainsi aux synonymes de *nom*, *patronyme, surnom, prénom*, qui peuvent être mieux venus dans un cas particulier. Souvent, notamment pour des termes généraux à valeur concrète, nous proposons un choix de termes spécifiques relativement usuels, ainsi pour *bateau* : *canot, chaloupe, kayak, péniche, paquebot, cargo, yacht, chalutier, croiseur, vedette, galère, nacelle.* La frontière est fort incertaine entre les termes à proprement parler spécifiques, et des synonymes dont les nuances propres impliquent une très forte restriction par rapport au terme de base. Nous ne verrions aucun inconvénient à ce que l'on préfère classer dans les spécifiques certains termes que nous faisons figurer dans les synonymes ordinaires, *baragouiner* et *jargonner* par rapport à *parler*, par exemple, et vice versa, *patronyme* passant ainsi dans la première partie de l'article *nom.* Nous croyons voir dans ce détail un signe que la distinction genre-espèce est d'ordre plus logique que linguistique ; la « pragmatique », ici encore, relèverait plutôt un fonctionnement empirique de la désignation, fondé sur des procédures d'extension et de glissement, dont la fixation en système d'oppositions rigoureuses n'est réalisée que sur des intervalles limités de l'espace de définition des termes.

Les équivalences larges

Nous en venons aux équivalences larges, non terme à terme, qui figureront en dernière place. Celles-ci pourraient se laisser classer en deux catégories, dont nous ne tiendrons cependant pas directement compte dans notre recension : il y a des équivalences particulières, au cas par cas, des périphrases idiomatiques, surtout, qui sont souvent plus usuelles que le mot simple. Notre logique d'ensemble aurait dû nous conduire à les placer en entrée, mais nous y avons en général renoncé pour des raisons évidentes de commodité. « Prendre la fuite » est en fait nettement plus usuel et enlevé que *fuir*, dans la langue moderne ; l'on dit plutôt, couramment, *avoir mal à la tête* que *souffrir de la tête, se mettre en colère* plutôt que *s'irriter.* Ces idiotismes méritent d'être traités exactement comme des synonymes, et nous nous étonnons que nos prédécesseurs ne l'aient fait qu'avec tant de parcimonie. Le carcan imposé en ce domaine par la représentation « idéologique » du sens nous paraît avoir pesé de tout son poids.

Il est toutefois un autre type d'équivalences — même si, là encore, la distinction ne peut être tout à fait stricte — qui procèdent en quelque sorte de « paradigmes linguistiques » d'équivalence, ou de variation. Ces équivalences s'obtiennent par l'application de schémas généraux en nombre assez restreint, ce qui nous permet souvent de les désigner par abréviation ; nous relevons d'une part l'expression fondée sur le recours à des termes appartenant à une autre catégorie grammaticale, et liés au terme de départ par dérivation, ou simplement par association sémantique usuelle ; il s'agit principalement de l'échange entre tours verbaux, nominaux, adjectivaux, voire adverbiaux : *je crains, j'ai peur, je suis effrayé* ; nous abrégerons : expr. verb., expr. nom., expr. adj. D'autre part, il existe certaines procédures plus larges, quoique fondamentalement de même type, le recours à la négation de l'opposé (nég.), et ce que nous nommerons de façon assez vague inversion (inv.), consistant par exemple à faire passer en position de sujet l'un des compléments : *l'avenir m'effraie* pour *j'ai peur de l'avenir* ; la « transformation passive » n'en est qu'un cas particulier intégré à la morphologie du verbe ; on en trouvera d'autres formes dans le corps de l'ouvrage.

Ces procédés avaient déjà été largement recensés et codifiés par les manuels médiévaux, grands amateurs de techniques de variation. A la limite, nous pourrions considérer que, dans leur généralité, ils méritent seulement d'être mentionnés en introduction à l'ouvrage, et que, par la suite, l'utilisateur pourrait les appliquer systématiquement à chaque cas, sans qu'il soit nécessaire de les lui rappeler, à moins qu'il ne soit particulièrement obtus. Mais la situation pratique n'est pas si simple. En effet ces procédures ne sont que partiellement intégrées à des paradigmes généraux. Dans le simple cas des nominalisations, par exemple, la forme nominalisée du verbe ne se déduit pas toujours de lui par simple application d'une dérivation mécanique[1] : si dérivation il y a, elle est très souvent figée par l'usage, et en particulier assez fréquemment fondée sur le radical latin plutôt que sur le radical français, comme *rédaction* pour *rédiger*, etc., quand la langue n'a pas recours à un terme de

1. Voir N. Chomsky, « Remarques sur la nominalisation » dans *Questions de sémantique*, trad. B. Cerquiglini, Ed. du Seuil, Paris, 1975.

radical totalement distinct : *peur* pour *craindre*, sans parler de nombreux équivalents très usuels : *tenir des propos* pour *parler*, *commettre une erreur* pour *se tromper*. En outre il faut penser aux mots « outils », spécialement les verbes entrant dans la formation des périphrases verbales, *prendre* dans *prendre la fuite*, *mettre* dans *mettre obstacle*, *se livrer*, *commettre*, *éprouver* dans *se livrer à la réflexion*, *commettre une erreur*, *éprouver de la joie*, etc. : leur emploi n'est pas non plus mécanique, il est déterminé par l'usage, en fonction de certaines régularités, sans doute, mais d'une façon qui est loin d'être évidente pour l'utilisateur, surtout s'il manque d'expérience. Nous avons donc pensé rendre service en relevant assez systématiquement les principaux de ces tours, cas par cas, sous forme aussi concise que possible. Ce faisant, nous nourrissions également l'intention d'encourager l'usage de tours de ce type, particulièrement utiles dès qu'il convient d'ajouter une détermination à l'expression principale, ce qui est souvent conseillé dès lors que l'on souhaite accéder à un niveau de langue un peu littéraire, ou simplement élégant : il est plus élégant et naturel de *commettre une lourde erreur*, *éprouver une joie très vive* que de *se tromper lourdement*, *se réjouir très vivement*. Là encore, l'expérience nous a appris que le novice, toujours très amateur de synonymes, ne pensait pas à ces tours indirects, souvent infiniment plus adaptés à ses besoins.

L'appréciation des nuances

Reste la question de la détermination des « nuances » des équivalents. Nous avons procédé différentiellement, en nous efforçant d'indiquer sommairement les restrictions qu'imposait le contenu sémantique de l'équivalent à la substitution au terme de départ, ou, au contraire, l'élément de coloration supplémentaire qu'il venait apporter par rapport à lui. Dans l'idéal, il eût été bon de préciser ce « point d'ancrage » à partir duquel opère le glissement synonymique, selon notre exposé théorique. Nous nous sommes en général contenté d'indications aussi concises que possible, orientant l'utilisation, et parant aux emplois les plus grossièrement impropres, en comptant également sur la vertu démonstrative des exemples. L'on ne saurait trop conseiller à l'utilisateur de contrôler l'usage du synonyme par référence à un dictionnaire de sens. Nos contraintes de volume nous obligent à nous en tenir à des données un peu sommaires. Il reste que, une fois dissipée par la « pragmatique » une certaine superstition du sens précis rigoureusement inclus dans une définition, ces indications sommaires ne sont peut-être pas loin de rendre assez bien compte de la pratique réelle de la désignation lexicale, procédant par approximations intuitives à partir de grandes lignes de clivage, plutôt que fondée sur un appareil de critères définitoires. En détachant bien un trait pertinent majeur, elles ne sont pas incapables de diriger assez efficacement le travail d'expression.

Nous caressions vaguement le projet, en entreprenant cet ouvrage, de ramener les nuances indiquées à un système de traits sémantiques rigoureusement codifié. La pratique a eu vite fait de dissiper cette illusion et de nous convertir, comme nous l'avons vu, d'une conception formaliste de la lexicologie à la prise de conscience de la dimension avant tout pragmatique du langage. Il n'empêche que certains traits universaux se manifestent à l'occasion, tels qu'ils se trouvent depuis longtemps reconnus par les abréviations des dictionnaires. Il s'agit principalement de nuances liées à des registres d'emploi, littéraire, didactique, soutenu, courant, familier, argotique, etc. ; de valeurs de force et d'expressivité, emphatique, superlatif, péjoratif, euphémistique, etc. ; de type d'emplois, propre ou figuré. On se reportera pour le détail au tableau des abréviations. Nous avons fait un usage assez constant de la notation des degrés de force, en classant les synonymes en fonction de la gradation. Pour le reste, il nous a fallu nous contenter de relever empiriquement quelques aspects du sens, rapprochements, particularités de constructions, susceptibles d'éclairer intuitivement l'utilisateur avec le plus de pertinence, en pensant notamment aux emplois abusifs contre lesquels il devait être mis en garde.

Les exemples

Nous aurions aimé proposer un choix d'exemples littéraires. Nous nous sommes en définitive contenté la plupart du temps d'exemples forgés pour les besoins de la cause. Cela a d'abord tenu à des raisons matérielles. Néanmoins, notre souci de l'équivalence, qui repose sur l'exploration d'une compétence linguistique, ne favorisait pas le recours aux exemples littéraires, qui auraient dû non seulement satisfaire à la condition d'illustrer un emploi du synonyme, mais, en outre, le faire dans un lien étroit avec la procédure de substitution. Les exemples artificiels offraient à cet égard l'avantage de s'adapter exactement à l'illustration de la procédure de substitution par équivalence, en éclairant la nuance avec le plus de rigueur possible. Nous en avons profité pour faire droit, assez fréquemment, à des besoins d'expression plus étroitement ressentis dans le cadre scolaire, notamment dans les exercices de composition française usuels dans les lycées, dissertation et commentaire composé. A l'image des tractatistes du XVIe siècle, nous n'avons pas hésité à proposer, par le biais des exemples, un certain nombre de « formules » réutilisables, et susceptibles dans bien des cas, croyons-nous, d'améliorer la rédaction. Nous mettant en quelque sorte à la place de l'élève, nous nous sommes demandé comment nous procéderions nous-même pour introduire une citation, souligner un effet de style, analyser le sentiment d'un personnage, etc., en variant les tours. Il eût été dans ce cas infiniment plus ardu de ne recenser que des citations d'auteurs en bonne et due forme.

Equivalence et pédagogie de l'expression écrite

On l'aura noté, le souci pédagogique est l'un de ceux qui ont inspiré le plus constamment notre entreprise, et jusqu'à nos méthodes d'analyse. La synonymie élargie à l'équivalence nous est assez rapidement apparue comme un instrument privilégié de pédagogie de l'expression écrite, outre les services évidents qu'elle peut rendre de façon ponctuelle. Nous évoquions plus haut cette sorte de pédagogie immanente par laquelle la langue dans son ensemble recense ses possibilités lexicales et les précise au cours de l'histoire de la culture, et nous soulignions le rôle qu'ont pu y jouer synonymie et variation. Mais pour l'individu lui-même, la recherche des équivalences, ne serait-ce que par le biais d'un dictionnaire comme le nôtre, est une source permanente d'enrichissement de la compétence lexicale. Les pédagogues du Moyen Age et de la Renaissance — et, à vrai dire, déjà de l'Antiquité — l'avaient bien vu, qui plaçaient au cœur de la pratique de l'enseignement littéraire les exercices de variation, consistant à reformuler la même idée sous le plus grand nombre de formes différentes. Nous ne nous proposons pas de réintroduire cette pratique dans les classes, encore qu'elle puisse n'y être pas forcément nuisible. Mais le simple fait pour l'élève de chercher à substituer une expression nouvelle à celle qu'il a déjà employée, ou dont il n'est pas satisfait, constitue une démarche d'enrichissement des possibilités d'expression, procédant par élargissement du connu au moins connu, conformément à la logique naturelle de tout apprentissage. En étendant la synonymie par l'équivalence, nous enrichissons d'autant la valeur pédagogique de cette démarche : elle s'ouvre au maniement des paradigmes de reformulation, elle met insensiblement l'élève — ou l'honnête homme soucieux d'améliorer l'aisance et l'élégance de sa rédaction — en possession de tout un bagage de procédés d'expression usuels, mais quelquefois plus subtils qu'il n'y paraît. Un rôle important, au XVIe siècle, est revenu à certains de ces procédés pour conférer au style ce que l'on appelle alors l'élégance, qualité qui repose moins sur des effets voyants que sur une aisance imperceptible de l'écriture, obtenue par des moyens qui ne sautent pas aux yeux du lecteur non averti. La leçon du passé peut valoir pour le présent : l'aisance apparente d'une écriture, de nos jours encore, tient pour une bonne part à la maîtrise de structures d'expression souvent mal répertoriées par la grammaire et la lexicographie, et plutôt saisies, même dans le cadre scolaire, comme relevant d'un « je-ne-sais-quoi », d'un sens intuitif, naturel de la langue, qui est plutôt affaire de don.

Sans prétendre prendre parti dans la querelle de l'inné et de l'acquis, nous croyons que, pour une part plus grande qu'on ne se l'imagine spontanément, en tout cas, l'expression écrite peut être objet d'apprentissage, et ce jusque dans quelques-unes de ses qualités que l'on pourrait être un peu vite tenté de rejeter dans l'ordre du pur ineffable. Si certains paraissent posséder d'instinct ce qui est refusé à d'autres, c'est peut-être surtout en vertu d'un apprentissage inconscient, résultant de la pratique régulière des procédures d'expression, à travers la conversation familiale cultivée, pour qui a la chance de se la voir offrir, ou la fréquentation assidue des textes. L'équivalence et la variation, explicite ou implicite, relativement à cet art de la formulation élégante, pourraient représenter une sorte de voie royale.

Nous aurions ainsi renoué avec une certaine conception « généreuse » de l'écriture et de la lexicographie qui fut celle de nos lointains prédécesseurs, à l'orée des temps modernes ; généreuse, au sens où l'on parle d'une terre généreuse ou d'un vin généreux, dans toute la profusion d'une sève, et, partant, d'une écriture expressive, dense et savoureuse. Mais peut-être également en un sens plus obvie, dans la mesure où ce dictionnaire voudrait permettre à un plus grand nombre de puiser largement à ce « trésor » de la langue, de son vocabulaire, de ses tours, de ses finesses et de ses élégances, qui constitue l'une des assises majeures de toute culture de la parole.

BIBLIOGRAPHIE

Synonymie antique et médiévale

Guillaume le Breton, *Synonyma Britonis*, édition du XVIe siècle, Paris, B.N., Rés. Z. 945-950.

Jean de Garlande, *Decades Johannis de Garlandia*, ibid.

Nonius Marcellus, *De compendiosa doctrina*, éd. L. Quicherat, Paris, 1872 (livre V).

Pseudo-Ammonius, *Traité des synonymes et homonymes grecs traduit du grec d'Ammonius par A. Pillon*, Paris, 1824.

Débuts de la synonymie moderne

J.E.J.F. Boinvilliers, *Dictionnaire universel des synonymes de la langue française*, Paris, 1826 (reproduit les préfaces des dictionnaires de Girard, Beauzée et Roubaud).

B. Lafaye, *Dictionnaire des synonymes de la langue française, avec une introduction sur la théorie des synonymes*, Paris, 1878.

Histoire des synonymes et de la lexicographie

C. Buridant, « Les binômes synonymiques » dans *Bulletin du centre d'analyse du discours*, Lille, 1980, n° 4, pp. 5-79.

C. Buridant, « Lexicographie et glossographie médiévales. Esquisse de bilan et perspectives de recherche » dans *La Lexicographie au Moyen Age*, Lille, 1986, pp. 9-46.

B. Quemada, *Les Dictionnaires du français moderne (1539-1863)*, Paris, 1984.

Théorie de la synonymie

K. Baldinger, « La synonymie, problèmes sémantiques et stylistiques » dans *Zeitschrift für französische Sprache und Literatur. Probleme der Semantik*, Wiesbaden, 1968, pp. 41-61.

I. Warnesson, « Pertinence synonymique : recherche algorithmique par agrégation des similarités » dans *Cahiers de lexicologie*, 1983, n° 42, pp. 28-57.

L'on se reportera également au numéro de 1980, déjà cité, du *Bulletin du centre d'analyse du discours* ainsi qu'au numéro 19, de septembre 1970, de la revue *Langages*.

PRÉSENTATION

Le dictionnaire présente des articles développés et des renvois, indiqués par l'abréviation v., suivie du ou des termes auxquels il convient de se reporter.

Les articles développés peuvent comprendre un ou plusieurs sens particuliers du terme, qui font également l'objet soit d'une définition, suivie de l'indication des synonymes et équivalences, soit d'un renvoi.

Pour chaque sens retenu dans l'article, l'on trouve donc :

1° une brève définition du sens, parfois illustrée d'un exemple en italique.

2° une liste de synonymes, proprement dits, en caractères gras, suivis, entre parenthèses, de l'indication de leur différence particulière de sens, par rapport au terme de départ ; le symbole ⇧ désigne une nuance de sens qui vient s'ajouter : il peut donc en quelque sorte se lire « plus » ; le symbole ⇩ une nuance de sens qui s'efface : il peut donc se lire « moins ». La notation « id. » indique que le terme est équivalent à celui qui le précède immédiatement, à la réserve des nuances, indiquées comme précédemment. Les équivalents sont autant que possible présentés par ordre d'acceptabilité décroissante : les termes les plus usuels et au sens le plus proche du terme de départ figurent en général en premier, les termes familiers, argotiques, archaïsants ou poétiques, en dernier ; mais cet ordre peut être perturbé par la constitution de chaînes d'équivalents liés plus étroitement les uns aux autres, que nous évitons de séparer : l'on trouvera ainsi, à **enlever**, l'ordre **ôter**, **retirer**, **arracher**, **ravir**, le terme le plus soutenu figurant en dernier, mais le terme **confisquer** introduit un sens un peu différent, et est suivi de la série **retrancher**, **soustraire**, termes également apparentés par des nuances particulières encore différentes.

3° des exemples, en italique, qui figurent également entre parenthèses, à la suite de chaque synonyme.

4° éventuellement, la notation « v. aussi », qui introduit des renvois supplémentaires à des termes de sens voisin, pouvant être considérés à la rigueur comme équivalents ; il conviendra alors, pour compléter l'inventaire, de se reporter à ces termes.

Les termes présentant la valeur d'équivalents stricts figurent en caractères gras, les renvois de nature simplement analogique en caractères ordinaires.

5° la notation GÉN., qui introduit des termes généraux, pouvant se substituer au terme de départ, dans certains contextes, avec une perte de précision, comme « **animal** » à « **chien** ».

6° la notation SPÉC., qui, inversement, introduit des termes plus précis, comme « **démonter, déclouer, desceller** » pour « **enlever** », avec indication de la valeur spécifique entre parenthèses, et éventuellement des exemples.

7° le symbole ≈, qui introduit les équivalences plus larges, par périphrases, transformations de la structure de la phrase, etc. Elles sont suivies d'exemples en italique, souvent accompagnés de formules, également en italique, précédées du terme « pour » : ces formules correspondent au tour construit à partir du terme de départ auquel l'équivalence vient se substituer ; ainsi, à l'entrée **bientôt** : *je reviens tout de suite* pour *je reviendrai bientôt.*

Les indications d'équivalences sont accompagnées de diverses explications d'emploi et, notamment, d'une notation abrégée de la nature du tour proposé, expr. nom. (expression nominale), expr. verb. (expression verbale), etc. Des virgules séparent des groupes qui peuvent se substituer les uns aux autres dans le tour proposé : *dans, d'ici, quelques jours, mois* doit donc se lire comme une notation abrégée de : *dans quelques jours ; dans quelques mois ; d'ici quelques jours ; d'ici quelques mois.* Un astérisque vient souligner le fait que le mot admet des équivalents, et figure ailleurs comme entrée dans le dictionnaire : l'on se reportera à cette entrée pour les substitutions possibles. Si l'on trouve **se *décider à** comme équivalent de **commencer**, l'on pourra également former, en se reportant à **décider** : se résoudre à, se déterminer à, etc.

Lorsque plusieurs termes dérivent d'un même radical, et admettent un certain nombre de synonymes présentant la même particularité, par exemple pour l'adjectif et l'adverbe, le verbe et le nom d'action, il nous arrive fréquemment de ne pas préciser les valeurs de ces synonymes à chaque entrée, et de renvoyer à l'autre terme, entre parenthèses ; ainsi pour **emprisonner** : **incarcérer, détenir, interner** (v. emprisonnement).

ABRÉVIATIONS

abs.	absolu
abstr.	abstrait
adj.	adjectif *ou* adjectival
adv.	adverbe *ou* adverbial
compl.	complément
conj.	conjonction ou conjonctive
constr.	construction
cour.	courant
didact.	didactique
écon.	économique
emphat.	emphatique
empl.	emploi
étym.	étymologique *ou* étymologiquement
euphém.	euphémisme
expr.	expression *ou* expressif
ext.	extension
f.	féminin
fam.	familier
fig.	figuré
humor.	humoristique
id.	même valeur
ind.	indirect
indéf.	indéfini
inf.	infinitif
intr.	intransitif
inv.	inversion (de construction)
iron.	ironique
jurid.	juridique
litt.	littéraire
m.	masculin
mod.	moderne
n.	nom
nég.	négation *ou* négatif
nom.	nominal
part. pas.	participe passé
part. prés.	participe présent
péjor.	péjoratif
périphr.	périphrase
pers.	personne
philo.	philosophique

pl.	pluriel
poét.	poétique
pop.	populaire
pr.	propre
prép.	préposition *ou* prépositionnel
pron.	pronom *ou* pronominal
qq.	quelque
qqch.	quelque chose
qqn	quelqu'un
sav.	savant
sg.	singulier
sub.	subordination *ou* subordonnée
surtt	surtout
syn.	synonyme
techn.	technique
tjrs	toujours
tr.	transitif
uniqt	uniquement
v.	voir
verb.	verbal
vx	vieux

SYMBOLES

⇧	enrichit le sens des nuances suivantes
⇩	appauvrit le sens des nuances suivantes
≈	introduit les équivalences
*	terme susceptible d'équivalences, s'y reporter
=	présente les mêmes nuances que
‖	expression formée à partir du terme

A

abaissement, v. décadence.

abaisser, amener à un niveau plus bas 1. matériellement : **baisser** ; **rabattre** (⇧ tirer vers le bas : *rabattre le store*) ; **descendre** (⇧ ensemble de l'objet : *il descendit sa valise du filet*) ; **amener** (⇧ voiles, drapeau) ; **incliner** (⇧ en position oblique : *incliner la tête en signe d'assentiment*) ; **courber** (id. ; ⇧ fort : *courber l'échine*) ; **pencher** (id. ; ⇧ en avant : *il se pencha par la fenêtre*). 2. en valeur ou moralement : **rabaisser** (⇧ fort) ; **ravaler** (⇧ humiliation violente : *il le ravala plus bas que terre*) ; **humilier** (⇧ uniqt pers.) ; **déprécier** (⇧ valeur) ; **vilipender** (id., ⇧ attaque très vive). || *S'abaisser :* se placer plus bas : **s'incliner, se courber, se pencher, s'humilier** ; **condescendre** (⇧ volontaire et protecteur) ; **déchoir** (⇧ de son rang).

abandon, 1. fait d'abandonner : **renonciation, défection, cession** (⇧ jurid.). 2. sentiment d'être abandonné : **délaissement** ; v. aussi **solitude**. || *Avec abandon :* avec confiance.

abandonner, v. laisser, quitter, (se) débarrasser et renoncer. || *S'abandonner, se laisser aller :* **s'épancher, se confier**.

abasourdi, v. consterné.

abasourdir, v. abrutir.

abattement, v. découragement.

abattre, 1. faire tomber : **renverser** (⇧ à la renverse, ou fig.) ; v. aussi **détruire**. 2. v. décourager.

abbaye, v. couvent.

abbé, v. prêtre.

abdication, v. démission.

abdiquer, v. démissionner.

abdomen, v. ventre.

aberrant, v. absurde.

abhorrer, v. détester.

abîme, v. précipice.

abîmer, v. casser, détériorer.

abjurer, v. se convertir.

abolir, mettre juridiquement fin à : **abroger** (⇧ loi) ; **révoquer** (⇧ mesure accordée précédemment : *Louis XIV a révoqué l'Edit de Nantes*) ; **annuler** (id., ⇩ emphat.) ; v. aussi **détruire**.

abolition, acte d'abolir : **abrogation, révocation, annulation** (v. abolir).

abominable, v. affreux.

abondamment, v. beaucoup.

abondance, 1. **grande quantité de** : **surabondance** (⇧ dépasse les besoins) ; **profusion** (id., ⇧ soutenu) ; **foison** (⇧ uniqt expr. *à foison*) ; **pléthore** (⇧ insistance sur excès) ; l'on dit *en abondance, surabondance* mais *à profusion* ; **multitude, multiplicité** (⇧ plusieurs objets : *une multiplicité de fleurs* mais non de végétation) ; **foule** (id., ⇩ soutenu) ; **déluge, cascade** (fig., ⇧ superlatif : *un déluge de compliments*). 2. v. richesse.

abondant, v . beaucoup.

abonder, 1. emploi absolu, être en abondance : **foisonner, être en surabondance, à profusion** (v. abondance). || *Abonder de :* **regorger** ; **pulluler** (⇧ pluralité, surtt êtres vivants) ; **grouiller** (id., ⇧ cour.).

abord, v. accueil.

abord (d'), locution adv. marquant le commencement : ≈ **en premier lieu** ; **pour commencer** ; **avant tout** ; **au préalable**.

abordable, qui se laisse facilement aborder (pers., région ou matière) : **accessible** ; **facile d'accès** ; **hospitalier** (⇧ uniqt région).

aborder, 1. rejoindre un rivage : **toucher** (⇧ soutenu) ; **accoster** (⇧ quai). GÉN. **atteindre** ; **accéder** ; *arriver. 2. par ext. un domaine quelconque *(il était temps pour lui d'aborder le calcul infinitésimal)* ; **s'attaquer à** (⇧ dynamique). GÉN. ***commencer** ; **se mettre à**. 3. s'adresser à une pers. inconnue : **accoster**.

aboutir, arriver à un terme 1. heureux, en emploi abs. : *ses recherches ont enfin abouti* : v. réussir. 2. non précisé, avec un compl. : v. arriver, (se) terminer, aller.

aboutissement, v. conséquence.

abrégé, v. résumé.

abréger, v. diminuer et résumer.

abreuver (s'), v. boire.

abri, lieu ou chose assurant une *protection : **gîte, repaire, refuge** (⇧ où l'on finit par arriver) ; **asile** (id., ⇧ sacré).

abriter, 1. v. protéger, contenir. 2. v. recevoir.

abrogation, v. abolition.

abroger, v. abolir.

abrupt, v. pente (en).

abruti, v. stupide.

abrutir, rendre pareil à un animal, et, par ext., diminuer fortement les capacités de la conscience : **hébéter** (⇧ plonger dans une semi-inconscience) ; **abasour-**

dir (⇧ momentané, sous un choc: *tout abasourdi par la nouvelle*).

abscons, v. caché.

absence, 1. le fait de ne pas être là: ***éloignement** (⇧ présence qq. part au loin); ***disparition** (⇧ fin de la présence); ***séparation** (⇧ obstacle entre pers.: *la séparation d'avec l'aimée*). ≈ **le vide laissé par**. 2. v. manque. 3. v. distraction.

absent, 1. qui n'est pas là. ≈ **au loin; ailleurs; disparu; manquer; faire défaut; sa place est *vide; l'on n'en trouve pas trace; introuvable**. 2. v. distrait.

absolu, 1. v. complet. 2. pouvoir absolu: v. dictature.

absolument, sans aucune limite: **entièrement** (⇩ fort); **totalement** (id.); **complètement** (id.); **radicalement** (⇧ fort; ⇩ litt.). ≈ **tout à fait** (⇩ fort); avec une expr. marquant la nécessité ou l'intention, *il voulait absolument le voir*: **à tout (aucun) prix, à toute force**.

absolution, v. pardon.

absorber, v. avaler et boire.

absoudre, v. excuser.

abstenir (s'), 1. ne pas faire une action, en général volontairement: **renoncer à** (⇧ en fin de compte); **se dispenser de** (⇧ ne pas juger utile); **se refuser à** (⇧ opposition délibérée); ***éviter de** (⇧ négatif). ≈ ***préférer, *choisir de ne pas**. 2. **renoncer à** qqch.: **se priver de** (⇧ manque); **se passer de** (⇧ supportable).

abstrait, 1. dont la réalité est celle d'un objet de raison et, par ext., difficile à se représenter, à ne surtout pas confondre avec irréel, fantastique. ≈ **purement rationnel, intelligible, conceptuel; en soi; absolu**: *l'existence en soi de l'Idéal représentée poétiquement par l'Azur mallarméen*. 2. (cour.) v. obscur.

absurde, qui s'oppose à toute logique: **illogique** (⇩ fort, faute de raisonnement); **irrationnel**; **insensé**; ***déraisonnable** (v. ce mot); **contradictoire** (⇧ contradiction; ⇩ fort); **aberrant** (⇧ fort, trouble passager de la raison). ≈ **défier le bon sens; ne pas tenir debout** (fam.); v. aussi **délirant**.

absurdité, qualité de ce qui est absurde ou chose absurde: **illogisme, contradiction, aberration** (v. absurde); v. aussi **délire** et **folie**.

abus, v. excès.

abuser, 1. v. tromper. 2. user avec excès: **exagérer** (⇧ empl. absolu: *il exagère*); **outrepasser** (⇧ un droit: *il a outrepassé ses pouvoirs*). ≈ avec **trop** et périphr. avec **exagérer**: *il exagère dans sa consommation d'alcool, il consomme trop, exagérément*.

abusif, v. exagéré.

accabler, v. attrister.

accéder, v. arriver, aborder.

accélérer, 1. intr., augmenter sa vitesse: ≈ **prendre de la *vitesse, monter en —** ; v. aussi se dépêcher. 2. tr., augmenter la vitesse de qqch.: **hâter** (⇩ violent); **presser** (⇧ incitation); **précipiter** (⇧ conduire à son terme plus vite que prévu: *il précipita son départ*); **brusquer** (id., ⇧ brutal).

accent, 1. v. prononciation. 2. v. insistance.

accentuer, v. augmenter, prononcer, insister.

acceptable, que l'on peut accepter: **admissible, supportable, tolérable** (v. permettre); **passable** (⇧ uniqt évaluation: *un devoir passable*); **médiocre** (id., ⇧ nég.). ≈ périphr. verb. avec ***accepter, admettre**, etc.

accepter, v. recevoir, permettre.

acception, v. sens.

accessible, v. abordable, compréhensible.

accessoire, v. secondaire.

accident, événement malheureux: **catastrophe, désastre, calamité** (⇧ fort, v. malheur et drame); **mésaventure** (⇧ faible;. **anicroche** (⇧ très faible, simple ennui passager). GÉN. ***événement**; **accident de la route**: **collision** (⇧ choc); **carambolage** (⇧ nombreux véhicules); **accrochage** (⇧ faibles dégâts).

accidentel, 1. qui se produit par hasard et passagèrement: **fortuit** (⇧ hasard, imprévu); **occasionnel** (⇧ positif, fréquent); **passager** (⇧ faible durée; ⇩ hasard: *une défaillance passagère ne peut faire juger de la valeur d'un être*); **conjoncturel** (⇧ lié à conjoncture, surtt économie); **contingent** (⇧ opposé à nécessaire, abstr.). 2. (cour.) dans un accident, *mort accidentelle*: v. accident.

accidentellement, de façon accidentelle: **fortuitement, occasionnellement, passagèrement, conjoncturellement** (v. accidentel); **par hasard**. ≈ **à l'occasion; par un (malheureux, fâcheux) concours de *circonstances; il lui est arrivé de; un (concours de) hasard(s), *circonstances a fait, voulu que**; sens particulier: v. accidentel.

acclamation, v. applaudissement.

acclamer, v. applaudir.

acclimater, v. habituer.

accommodant, v. facile.

accommoder, v. préparer.

accompagner, marcher en compagnie de : **escorter** (⇧ image de garde militaire, protection) ; **flanquer** (id., ⇧ de part et d'autre, surtt part. pas. : *flanqué de ses inséparables complices*) ; **suivre** (⇧ initiative à l'accompagné : *il leur suggéra de le suivre au café voisin*) ; **(re)conduire** (⇧ initiative à l'accompagnant : *il les conduisit au café le plus proche*) ; **venir avec** (⇧ neutre). ≈ expr. avec **compagnie** : **être en sa compagnie, lui tenir —** ; **ne pas laisser (faire qqch.) seul** ; **se faire son *compagnon** ; *ils se firent ses compagnons d'infortune* pour *ils l'accompagnèrent dans —* ; expr. avec **avec, en compagnie de**.

accompli, v. parfait.

accomplir, v. faire, obéir.

accord, état de correspondance mutuelle 1. pour des choses ou des pers. : **harmonie** (⇧ image musicale, sérénité) ; **affinité** (⇧ éléments communs : *il existe d'étroites affinités entre la poésie et la musique*). 2. pour des choses uniqt : **concordance** (⇧ fort, terme à terme, rencontre souvent par hasard) ; **conformité** (id., ⇧ superposition) ; **correspondance** (⇩ global) ; **rapport(s)** (⇧ vague) ; **analogie** (⇧ similitude). 3. pour des pers. uniqt : **entente** (⇧ durable) ; **sympathie** (⇧ sentiment) ; **intelligence** (⇧ uniqt expr. *en bonne, étroite intelligence*) ; **communion** (⇧ litt., spirituel : *l'idéal du lyrisme romantique est l'établissement d'une totale communion entre le poète et son lecteur*). 4. v. permission. 5. v. traité.

accord (d'), être —, marque l'existence d'une entente ou d'une communauté d'opinion : ***s'entendre** ; ***accepter** (*j'accepte* pour *je suis d'accord* ; d'où les formules **accepté, entendu**) ; **convenir** (⇧ avec un compl. : *convenir d'une date*) ; **acquiescer** (⇧ idée d'approbation : *acquiescer à ses propos*) ; **opiner** (⇧ avis identique) ; **en convenir** (⇧ concession : *il avait exagéré, il en convint*). ≈ **partager l'*opinion, le *sentiment de** ; **manifester son accord avec, son assentiment (à la position de)** ; **s'inscrire dans le même courant de *pensée que** (surtt idéologie : *Bernardin de Saint-Pierre s'inscrit dans le même courant de pensée — plutôt que est d'accord avec — Rousseau*) ; **opiner du bonnet** (fam.).

accorder, 1. mettre d'accord : **réconcilier** (⇧ après rupture). 2. faire se rejoindre des choses opposées : **concilier** (⇧ surtt goûts, activités : *il conciliait un goût décidé pour la nature et la passion des locomotives*) ; **allier** (⇧ faible, seulement juxtaposition). GÉN. ***unir**. 3. v. attribuer. || *S'accorder* : v. correspondre.

accouchement, v. enfantement.

accoucher, v. enfanter.

accoupler, v. réunir.

accoutrement, v. déguisement.

accoutumance, v. habitude.

accoutumer, v. habituer.

accrochage, v. accident.

accrocher, v. attacher.

accroissement, v. augmentation.

accroître, v. augmenter.

accueil, façon d'accueillir : **traitement** (⇧ large) ; **abord** (⇧ relatif à la personne qui accueille) ; **hospitalité** (⇧ accueil dans sa demeure).

accueillir, v. recevoir.

accumuler, v. amasser.

accusateur, qui accuse : **adversaire** (⇧ général) ; **procureur** (⇧ accusateur public, ou fig.) ; ***dénonciateur**.

accusation, acte d'accuser ou son contenu : **plaintes** (⇧ victime, ou fig. : *les plaintes de Rousseau contre les persécutions dont il aurait fait l'objet de la part de Voltaire*) ; **grief** (⇧ chef d'accusation) ; **réquisitoire** (⇧ procureur, ou fig. : *le réquisitoire de Zola contre la société*) ; **inculpation** (jurid., traduction de l'accusé devant le tribunal) ; ***reproche** (⇧ vague : *se défendre contre le reproche d'avoir abandonné ses enfants*) ; **imputation** (⇧ indirect) ; **calomnie** (⇧ non fondée) ; v. aussi **dénonciation**.

accusé, celui qui se voit reprocher une faute, jurid. : **inculpé** (v. accusation) ; **prévenu** (⇧ avant l'inculpation).

accuser, taxer de culpabilité : **se plaindre, nourrir le grief, dresser un réquisitoire, inculper, reprocher, imputer à, calomnier, dénoncer** (v. accusation) ; **dénigrer** (⇧ systématique, petites choses, péjor.). GÉN. ***attaquer**. ≈ expr. nom. **lancer, porter (adresser) une (grave) *accusation, *critique, contre (à)** ; **mettre en cause** ; **faire le procès de, intenter un — à** ; avec inv., **faire l'objet de, être en butte à des *accusations, imputations, insinuations**.

acerbe, v. amer.

acharné, v. têtu.

acharnement, v. obstination.

acharner (s'), v. continuer.

achat, action d'acheter ou son objet : **emplette** (⇧ petit) ; **commissions** (⇧ uniqt dans expr. *faires ses commissions*) ; **courses** (⇧ surtt expr. *faire des courses*). GÉN. **acquisition**.

acheter, acquérir à prix d'argent. GÉN. **acquérir** ; ***se procurer** ; v. aussi **payer**. ≈ expr. nom. **faire *l'achat, l'acquisi-**

tion de; se rendre acquéreur, possesseur; entrer en possession; devenir *propriétaire; augmenter ses biens de (⇧ important).

acheteur, qui achète: **client** (⇧ commerce régulier). GÉN. **acquéreur**; v. aussi achat et acheter.

achevé, v. parfait.

achèvement, v. fin.

achever, v. finir, tuer.

acier, v. fer.

acquérir, v. acheter, avoir.

acquiescer, v. accord (d').

acquisition, v. achat.

acquitter, v. pardonner.

acte, v. action.

acteur, 1. personne qui joue une pièce de théâtre: **interprète** (⇧ insiste sur rôle); **comédien** (⇧ profession, emploi difficile ds contexte litt.). ≈ celui qui tient, interprète le rôle, incarne le personnage à la scène. 2. personne qui joue un rôle dans une action: **protagoniste** (⇧ premier rôle); **participant** (⇩ important).

actif, qui déploie une grande activité: **dynamique** (⇧ énergie, cour.); **entreprenant** (⇧ projets); **efficace** (⇧ résultat); **agissant** (⇧ réalité de l'action).

action, 1. fait d'agir ou son déroulement: **acte** (⇧ toujours particulier, ponctuel: *il avait le goût de l'action* mais *il redoutait les conséquences de son acte*); **conduite** (⇧ manière d'agir: *sa conduite pendant la guerre n'avait pas été exemplaire*); **comportement** (id.: *le comportement d'Œnone à l'égard d'Oreste au cours de l'acte IV*); **attitude** (id., ⇧ vague); **fait** (⇧ considéré absolument sans rapport avec celui qui agit: *ils s'indignèrent quand le fait leur fut rapporté*, sauf dans expr. *faits et gestes* de qqn, actions diverses, surtt objet de vigilance: *rendre compte de ses moindres faits et gestes*); **activité** (au sg., général: *une activité incessante*, ⇩ fort; au sg. ou au pl., concret, ensemble d'actions habituelles: *activités sportives*); **travail, efforts** (⇧ durée, peine, finalité précise: *ses efforts dans le domaine social* pour *son action* —); **agissements** (⇧ péjor.); **œuvre** (id., ⇧ insistance sur résultat, emphat.); **manigances** (id., ⇧ dissimulation); ***exploit** (⇧ laudatif). GÉN. (en emploi absolu) ***événement**. ≈ **ce que *fait** qqn (v. faire); **comment, la façon dont *agit** qqn: *la façon dont il s'est comporté* (v. agir). 2. fait d'exercer un effet sur qqch.: *l'action des mass media sur l'opinion publique*; **influence** (⇧ indirect: *l'influence du milieu sur le psychisme humain*); **effet** (⇧ insiste sur conséquence); **efficacité** (⇧ action importante et constatée); v. aussi **conséquence**. 3. v. histoire.

activité, v. action, animation, occupation.

actualité, v. événement.

actuel, v. présent.

adapter, rendre qqch. apte à un usage: **accommoder** (⇧ à peu près); **approprier** (⇧ général). ≈ **faire convenir**; v. aussi arranger. || *S'adapter*: v. s'habituer. ≈ **se faire une raison**.

addition, fait d'ajouter ou ce qui est ajouté: **ajout** (⇩ nombres: *l'ajout du livre III aux* Essais); **adjonction** (id., ⇧ abstrait); **additif** (⇧ document, bref); v. aussi **ajouter**.

additionner, v. ajouter.

adepte, v. partisan.

adhérent, v. membre.

adhérer, 1. être ou devenir ***membre** d'une organisation; **entrer** (⇧ uniqt devenir membre: *il entra au parti communiste en 1945*); **s'affilier** (⇧ à l'origine pour un groupe, mais ext.: *s'affilier à une organisation révolutionnaire*); **cotiser à** (⇧ paiement); **soutenir** (⇩ fort, pas nécessairement membre). ≈ **faire partie de**: *devenir (être)* ***membre**. 2. être convaincu de qqch.: **souscrire à** ; **approuver** (⇩ fort); **soutenir** (⇩ fort); ***défendre**; v. aussi **croire**.

adjoindre, v. ajouter.

adjoint, v. auxiliaire.

adjuger, v. attribuer.

admettre, v. permettre.

administration, v. direction.

administrer, v. diriger.

admirable, v. beau.

admiration, v. enthousiasme.

admirer, v. s'enthousiasmer.

admissible, v. acceptable.

admonestation, v. reproche.

admonester, v. réprimander.

adolescent, ***jeune garçon** ou ***fille** entre enfance et âge adulte; **jouvenceau, jouvencelle** (⇧ litt., humor.). ≈ précisez l'âge: *un garçon d'une quinzaine d'années, tout juste sorti de l'enfance*; **la jeunesse, les jeunes (gens), les quinze-vingt ans**, pour les adolescents.

adonner (s'), v. pratiquer.

adopter, v. choisir, suivre.

adorable, v. charmant.

adorer, v. honorer, aimer.

adresse, 1. v. habitation. 2. qualité de celui qui sait bien se servir de ses facultés physiques ou, par ext., mentales: **dextérité** (⇧ uniqt physique); **habileté, agilité** (⇧ idée de maîtrise de corps);

ingéniosité (⇧ uniqt mental, invention) ; savoir-faire (⇧ surtt mental, compétence) ; virtuosité (⇧ maître dans un art, ou fig.). ≈ v. adroit.

adroit, qui est doué d'adresse : **habile, ingénieux** (v. adresse) ; **passé maître en** (⇧ art, ou fig.).

advenir, v. arriver.

adversaire, v. accusateur et ennemi.

adversité, v. malheur.

affabilité, v. amabilité.

affable, v. aimable.

affaibli, v. faible.

affaiblir, porter atteinte aux forces : **épuiser** (⇧ surtt physique, maladie, fatigue, ou fig.) ; **miner** (⇧ action invisible) ; **débiliter** (⇧ surtt au part. pas., moral) ; **avachir** (⇧ fort, fam., péjor.) ; v. aussi **diminuer** et **détruire**. || *S'affaiblir*, perdre des forces : **s'épuiser, s'avachir** (v. *supra*) ; **dépérir** (⇧ mort progressive) ; **s'étioler** (⇧ manque d'air et de lumière) ; **languir** (⇧ épuisement lent et peu visible) ; **décliner** (⇧ vague, surtt abstr. : *ses forces déclinent*) ; v. aussi **diminuer**.

affaiblissement, v. décadence.

affaire, v. occupation, vêtement.

affamé, 1. au pr., qui a faim : **famélique** (⇧ soutenu, pathétique). 2. au fig., qui désire ardemment : **assoiffé** (⇧ image différente : *assoiffé de pouvoir*) ; **avide** (⇧ faible ; ⇩ image) ; **altéré** (⇧ litt., surtt expr. : *altéré de sang*).

affectif, qui a rapport à l'affectivité, aux sentiments. GÉN. **psychologique**.

affection, 1. disposition des sentiments qui attache à qqn : **amour** (⇧ fort) ; **sympathie** (⇩ fort) ; **attachement** (⇩ fort) ; **tendresse** (⇧ profond, désintéressé) ; **inclination** (⇧ attirance) ; **amitié** (⇧ relation réciproque) ; **passion** (⇧ désir irrésistible, ou fig.). ≈ **sentiment (tendre, doux)** ; **se sentir des affinités avec** ; v. aussi **aimer** et **amour**. 2. v. maladie.

affectivité, sphère psychologique des sentiments à l'égard d'autrui : **sensibilité** (⇧ vague) ; v. aussi **caractère**. GÉN. **psychologie, psychisme, *sentiments**.

affectueux, porté à ressentir de l'affection (pour qqn), ou manifestant de l'affection (pour qqch.) ; **tendre** (⇧ sensibilité) ; **aimant** (⇧ uniqt pers.) ; **amical** (⇩ fort, pour pers. ; sinon choses, état ou sentiment : *amical souvenir*) ; **cordial** (id.).

affiche, v. pancarte.

affilier (s'), v. adhérer.

affinité, v. accord.

affirmation, action d'affirmer ou ce que l'on affirme : **déclaration, allégation** (v. affirmer) ; **assertion** (⇧ soutenu, discutable) ; **proposition** (⇧ énoncé logique contenu dans — : *la proposition selon laquelle tous les hommes sont égaux en droit est le fondement de la pensée démocratique*) ; **thèse** (⇧ objet de débat : *peu de gens sont prêts à accepter sans nuances la thèse de Rousseau selon laquelle l'homme est naturellement bon*) ; v. aussi idée. ≈ l'on peut souvent recourir à ***idée, *opinion**, etc., dès qu'il s'agit du contenu des paroles ; v. aussi dire.

affirmer, présenter comme vrai : **déclarer** (⇩ vérité ferme) ; **assurer** (⇧ certitude) ; **prétendre** (⇧ discutable) ; **avancer** (id., ⇩ fort) ; **soutenir** (⇧ prêt à défendre l'idée : *il soutient que la terre est plate*). GÉN. **dire, *penser**. ≈ **défendre (soutenir) l'*idée, l'*opinion, la *thèse** ; v. aussi **dire**.

affliction, v. tristesse.

affliger, v. attrister.

affluence, v. foule.

affluent, cours d'eau se jetant dans un autre ; **tributaire** (⇧ éventuellement par l'intermédiaire d'un autre cours d'eau).

afflux, v. abondance.

affoler, v. effrayer.

affranchir, v. libérer.

affranchissement, v. libération.

affreux, v. effrayant, laid.

affront, v. offense.

affronter, **aller au-devant de** qqch. ou qqn avec décision : **braver** (⇧ litt. : *braver les intempéries*) ; **s'exposer à** (⇧ uniqt choses) ; **défier** (⇧ jeter un défi, ou fig. ; ⇩ nécessairement attaque effective) ; **narguer** (⇧ défi). || *S'affronter*, v. se battre et se disputer.

affubler, v. habiller et déguiser.

agacement, v. énervement.

agacer, v. énerver.

âge, 1. durée de vie atteinte à un moment donné. ≈ l'on peut en général sous-entendre le terme : *il avait alors atteint quatre-vingts ans* ; **(parvenu) à** *(cinquante ans)* pour *à l'âge de —*. 2. v. époque.

âgé, ayant atteint un grand âge (absolu) ou un âge précis de tant d'années : ***vieux** (⇧ fort, direct) ; **décrépit** (⇧ apparence marquée) ; **sénile** (⇧ perte de ses facultés) ; ≈ v. âge.

agencer, v. arranger.

agenda, v. calendrier.

agent, v. policier.

agglomération, v. ville.

aggraver, v. augmenter || *S'aggraver*, devenir plus grave : **empirer** (⇧ litt., ⇧

fort); se ***détériorer**; s'envenimer (⇧ querelle). ≈ **aller de mal en pis**.

agir, 1. accomplir une action: ≈ **être actif; passer aux actes, aux réalisations** (⇧ quitter l'inaction). 2. **se comporter** d'une façon donnée: **se conduire** (v. action); **procéder** (⇧ dans un but précis: *comment a-t-il procédé pour obtenir ce résultat?*); **opérer** (id., cour.). ≈ expr. avec ***comportement, conduite,** etc.: *quel comportement convient-il d'adopter?*; **faire son compte** pour procéder), fam.). 3. exercer un certain effet: **influer** (v. action); **opérer** (⇧ uniqt choses). ≈ **exercer une *action**. || *S'agir (de)*: **être question de**.

agissements, v. action.

agitation, 1. v. mouvement. 2. v. nervosité. 3. troubles politiques ou sociaux: **effervescence** (⇧ esprits); **remous** (⇧ consécutif à mesure quelconque).

agité, v. nerveux.

agiter, v. remuer, troubler.

agonie, moment qui précède immédiatement la mort: **extrémité** (⇧ uniqt expr.: *être à la dernière extrémité*); v. aussi mort. ≈ **derniers moments; dernier soupir; sur son lit de mort**.

agrafer, v. attacher.

agrandir, v. augmenter.

agréable, qui procure du plaisir: **plaisant** (⇧ rare: *un lieu très plaisant*); **doux** (⇧ fort, sensation, litt. et vx: *des moments si doux*); v. aussi **bon**. ≈ **plein d'agrément**; v. aussi plaire et plaisir.

agrément, v. plaisir.

agresser, v. attaquer.

agressif, v. violent.

agression, v. attaque.

agressivité, v. violence.

agreste, v. campagnard.

agriculteur, personne qui se consacre à la culture de la terre: **cultivateur** (⇩ soutenu); **paysan** (⇧ traditionnel, mode de vie plus que profession: *les paysans chinois*); **fermier** (⇧ tient à ferme une exploitation); **exploitant agricole** (⇧ officiel et économie).

agripper, v. prendre.

aide, n. m., v. auxiliaire.

aide, n. f., action par laquelle l'on vient au secours de qqn, ou son instrument: **secours** (⇧ fort, suppose un danger, ou fig.); **assistance** (⇧ simple collaboration, ou euphémisme); **appui** (⇧ indirect: *j'ai besoin de son appui pour obtenir ce poste*); **soutien** (id.); **aumône** (⇧ somme d'argent accordée à un pauvre); **concours, coopération, collaboration** (⇧ action en commun). || *Venir à l'aide*: **— au secours, à la rescousse; donner un coup de main** (fam.); v. aussi aider.

aider, agir dans l'intention de permettre à qqn de se tirer de difficulté: **secourir, assister, appuyer, soutenir, coopérer, collaborer, venir à l'aide, donner un coup de main** (v. aide); **seconder** (= assister, ⇧ actif). ≈ **apporter, offrir son *aide; procurer son appui, soutien; prêter la main; tirer d'affaire** (⇧ réussite); **se faire le bienfaiteur** (⇧ grande générosité).

aigu, 1. v. pointu. 2. haut placé dans l'échelle des tonalités, souvent désagréable: **(très) haut** (⇩ déplaisir); **perçant** (⇧ désagréable; ⇩ tonalité); **strident** (⇧ prolongement: *le cri strident des sirènes*).

aiguisé, v. pointu.

ailleurs, 1. à un autre endroit (ou fig.): **je ne sais où** (⇧ ignorance). ≈ (pour un texte) **dans un autre passage, paragraphe, volume; à une autre occasion; dans un autre contexte; plus haut, plus bas**. 2. absent et distrait.

ailleurs (d'), v. plus (de).

aimable, qui a des manières agréables: **gentil** (⇧ fort); **poli** (⇩ cordial); **courtois** (id., ⇧ fort); **avenant** (⇧ bon accueil); **engageant** (⇧ encouragement); **affable** (⇧fort).

aimant, v. affectueux.

aimer, 1. nourrir des sentiments de sympathie plus ou moins forts pour qqn: **chérir** (⇧ tendre); **adorer** (⇧ fort, étymologiquement pour Dieu, par ext. pour toute personne très aimée); **idolâtrer** (⇧ fort encore, asservissement); **brûler** (⇧ poétique). ≈ **être amoureux de, épris de** (⇧ uniqt homme ou femme aimés); **éprouver de l'*affection; être (très) *attaché à**. 2. avoir du goût pour qqch. (notamment avec inf.: *aimer [bien] sortir*): **apprécier** (⇧ jugement); **goûter** (⇧ litt., et uniqt abstr.: *il avait peu goûté la plaisanterie*); **s'intéresser à** (⇧ faible); **adorer** (⇧ emploi un peu abusif, mais cour., très fort: *il adore les glaces; il adore faire du ski*); **raffoler de** (id.). ≈ **être *amateur de; avoir un faible pour** (⇧ pers. mais surtt chose, légère inclination); avec inv. ***plaire (bien, beaucoup,** etc.): *la peinture hollandaise lui plaît énormément* pour *il aime —* ; pour *aimer* + inf., l'on usera de la construction adv. **faire volontiers qqch.** ou expr. **ne demander, ne penser qu'à** (⇧ empressement). *Ne pas aimer*: **avoir horreur, en horreur**: *il a le travail en horreur*; **ne faire qu'à contrecœur, à son corps défendant; ne pas pouvoir sentir,**

voir en peinture (⇧ fam.); v. aussi détester.

ainsi, 1. particule de liaison, marquant une vague consécution: **de la sorte** (⇧ lourd); **donc** (⇧ conséquence plus nette); **aussi** (id., + inversion: *aussi dut-il se résoudre à abandonner son dessein*); **c'est pourquoi** (⇧ même sens); **par conséquent** (⇧ rapport logique); **par suite** (id.); **partant** (vx). ≈ **il en *résulte que**. 2. adv. de comparaison: **pareillement**; **semblablement**; **de pareille façon**; **de façon semblable**. 3. *ainsi que*, v. comme.

air, v. apparence, atmosphère, mélodie.

airain, v. bronze.

aire, v. surface.

aisance, v. richesse et facilité.

aisé, v. facile.

aisément, v. facilement.

ajouter, mettre en plus: **additionner** (⇧ surtt matière, et techn.: *il additionna le mélange d'un gramme de chlore*); **adjoindre** (⇧ élément entier, séparable: *adjoindre un index à son ouvrage*); **compléter** (⇧ idée d'apporter qqch. qui manque: *il compléta son repas par un fruit*); sens particulier: ajouter à des paroles ou des arguments, **dire encore**; **préciser (encore)** (⇧ retour détaillé sur ce qui précède); **compléter**. ≈ **apporter une précision, un complément, une nuance**; v. aussi **dire**.

alambiqué, v. compliqué.

alarmant, v. inquiétant.

alarme, 1. v. alerte. 2. v. crainte.

alarmé, v. inquiet.

alcoolique, v. ivrogne.

aléa, v. caprice, hasard.

aléatoire, v. incertain.

alentours, v. environ(s).

alerte, 1. annonce d'un danger: **alarme** (⇧ urgence: *donner l'alarme*); **branle-bas** (⇧ agitation: *branle-bas de combat*). 2. v. inquiétude.

alerter, v. avertir.

aliénation, v. folie.

aliéné, v. fou.

aligner, v. ranger.

aliment, v. nourriture.

alimentation, v. nourriture.

alimenter, v. nourrir.

alinéa, v. passage.

allaiter, v. nourrir.

alléchant, v. appétissant.

allécher, v. attirer.

allée, v. chemin.

allégation, v. affirmation, citation.

alléger, rendre plus léger: **délester** (⇧ bateau, navire, ou fig. débarrasser); **décharger** (⇧ en enlevant une charge); v. aussi **soulager**.

allégorie, v. image et emblème.

allégorique, v. symbolique.

alléguer, v. affirmer, citer.

aller, 1. faire mouvement en direction d'un lieu: **se rendre** (⇧ soutenu); **se diriger vers** (⇧ souligne la direction; ⇩ arrivée); **s'acheminer vers** (id., ⇧ en cours); **gagner** (⇧ arrivée); **se transporter** (⇧ insistance sur le déplacement, litt.: *ils se transportèrent sur le lieu du crime*). GÉN. **se déplacer**. ≈ **faire route vers, en direction de**; **prendre le chemin, la direction de** (⇩ arrivée). 2. pour une route, **conduire** quelque part: **mener**; **aboutir à**; **se diriger vers**. 3. être adapté à: *cet habit lui va*; **convenir** (⇩ fort); **seoir** (défectif: sied, seyant) || S'en aller: v. partir.

alliage, v. mélange.

alliance, accord passé entre des personnes ou des collectivités en vue d'agir en commun, le plus souvent contre un tiers: **association** (⇧ large, surtt pers.); **entente** (⇧ vague); **coalition** (⇧ surtt Etats, militaire); **ligue** (⇧ surtt politique). || *Faire alliance avec*: **conclure un accord, une entente**; **se coaliser, liguer avec**; **unir ses forces**.

allié, personne ou collectivité qui en assure une autre de son soutien contre un tiers: **associé** (v. alliance); **partenaire** (⇧ image du jeu); **coalisé** (⇧ uniqt pl. et abs.: *les coalisés forcèrent Napoléon à battre en retraite*). GÉN. **soutien**. ≈ **membres de la coalition**.

allier, v. accorder, unir.

allitération, reprise des mêmes sons, en général consonnes: **assonance** (⇧ voyelles); **harmonie imitative** (⇧ volonté d'imiter un bruit naturel: *le vers de Racine* Pour qui sont ces serpents qui sifflent sur vos têtes *vise à l'harmonie imitative par l'accumulation de* s *traduisant le sifflement de l'animal*).

allocution, v. discours.

allonger, 1. faire devenir plus long: **rallonger** (⇧ en principe une seconde fois, mais en fait équivalent cour.); **prolonger** (⇧ dans l'axe, le prolongement: *prolonger une autoroute* ou dans le temps: *prolonger la séance*); **continuer** (⇧ suite normale). 2. v. coucher.

allouer, v. attribuer.

allumer, 1. **mettre le feu** à qqch., au pr. ou au fig.: **enflammer** (⇧ soutenu); **incendier** (⇧ feu destructeur). 2. **mettre en marche** un système électrique; **enclencher** (⇩ image du feu).

allure, 1. v. marche. 2. manière.

allusion, façon de suggérer qqch. au détour d'un propos: **sous-entendu** (⇧ dissimulé); **insinuation** (⇧ malveillante). ≈ **suggestion indirecte**. ||*Faire allusion à*: **laisser entendre**; **sous-entendre**; **insinuer**; **suggérer**, **évoquer indirectement**.
almanach, v. calendrier.
alors, I. adv. de temps. 1. marque l'époque en général *(le roi de France était alors Louis XIII)*: **à ce moment**; **à cette époque**; **en ce temps-là**. 2. marque la succession d'une action à une autre *(alors, ils se précipitèrent tous sur lui)*: **à ce moment**; **sur ces entrefaites**. SPÉC. ***aussitôt**.
II. adv. de conséquence *(alors, tout est perdu)*: **dans ce cas**, **ces conditions**; v. ainsi. || *Alors que* : conj. de sub. 1. marque le temps: v. pendant que. 2. marque l'opposition: **tandis que**; **cependant que** (⇧ opposition moins forte); **quand** (⇧ litt., si confusion impossible avec conj. temporelle): *mère on m'écrit que tu blanchis comme la brousse à l'extrême hivernage Quand je devrais être ta fête* (L. S. SENGHOR); **au lieu que** (⇧ très soutenu). ≈ sans subordination, avec (**et**) ***pourtant**, etc.
altération, v. changement.
altercation, v. bagarre.
altéré, qui a soif: **assoiffé** (⇩ soutenu); v. aussi **affamé**.
altérer, v. changer, abîmer, dégrader, déguiser, détériorer et modifier.
alternative, v. choix.
alternativement, **à tour de rôle**; **tour à tour**; **successivement** (⇩ idée d'alternance régulière); **l'un après l'autre** (id.).
altier, v. orgueilleux.
altitude, v. hauteur.
alvéole, v. cellule.
amabilité, qualité d'une pers. aimable: **gentillesse**, **politesse**, **courtoisie**, **affabilité** (v. aimable); v. aussi **bonté**.
amaigrir, rendre maigre ou, au fig., moins épais: **amincir** (⇩ aspect négatif de maigreur); **amenuiser** (⇧ progressif); v. aussi **diminuer** et **maigrir**.
amaigrissement, fait d'amaigrir ou de s'amaigrir: **amincissement**, **amenuisement** (v. amaigrir); v. aussi **diminution**, **diminuer** et **maigrir**.
amalgame, v. mélange.
amant, homme qui aime et est aimé: **amoureux** (⇧ n'est pas nécessairement aimé); **ami (de cœur)** (⇧ général, ou euphémisme); **bon ami** (fam.); **(bien-) aimé** (⇧ très litt., habituel en analyse litt.: *la poétesse exprime la souffrance inspirée par l'absence de l'aimé*); **flirt** (fam.); **soupirant** (⇧ voudrait être aimé, très épris, iron.: *elle ne comptait plus les soupirants évincés*); **prétendant** (⇧ aspire à un mariage). GÉN. **objet d'** (**de son**) ***amour**, **de ses sentiments**; **l'élu de son cœur** (poét. ou humor.); la **cause de ses tourments**, etc.
amante, femme qui aime, est aimée (classique), qui entretient une liaison (mod.): **amoureuse**, **amie (bonne)**, **(bien-) aimée**, **flirt**, **objet d'amour**; v. amant; **maîtresse** (classique: femme aimée, sans plus; mod.: = amante).
amarrer, v. attacher.
amas, 1. v. tas. 2. v. abondance.
amasser, réunir en grande quantité: **accumuler** (⇧ fort); **entasser** (⇧ idée de tas); **empiler** (⇧ image de la pile, pr. ou fig.: *il empilait les pièces d'or dans sa chambre forte*); **amonceler** (id., ⇧ soutenu).
amateur, 1. qui éprouve du goût pour qqch.: **connaisseur** (⇧ compétence); **curieux** (⇧ surtt adj.: *il était curieux d'art nègre*); **passionné** (⇧ fort); **fanatique** (⇧ inconditionnel); v. aussi aimer. 2. qui pratique une activité sans être professionnel d'où, péjor., avec peu de compétence: **dilettante** (⇧ très superficiel, distingué ou péjor.). ≈ expr. nom. avec **violon d'Ingres**; **passe-temps**; **marotte**; **hobby** (angl.).
ambassadeur, v. envoyé.
ambiance, v. atmosphère.
ambigu, qui prête à des interprétations différentes: **équivoque** (⇧ fort, souvent péjor.); **ambivalent** (⇧ situation, aspects contradictoires: *il nourrissait à l'égard de sa mère des sentiments ambivalents d'amour et de haine*); **polysémique** (v. ambiguïté); v. aussi **incertain** et **obscur**.
ambiguïté, caractère ambigu: **équivoque**, **ambivalence**, **incertitude**, **obscurité** (v. ambigu); **double sens** (⇧ précis, deux possibilités, souvent volontaire); **polysémie** (⇧ techn. litt., possibilité d'assigner plusieurs sens à une expression: *Mallarmé joue sur la polysémie du terme* hyperbole *dans la* Prose pour des Esseintes).
ambition, v. désir.
ambitionner, v. vouloir et désir.
ambivalence, v. ambiguïté.
ambivalent, v. ambigu.
ambulant, qui se déplace de lieu en lieu: **errant** (⇧ au hasard: *le Juif errant*); **colporteur** (⇧ pour marchand ambulant).
âme, partie spirituelle de l'être humain, siège de la raison ou des sentiments:

cœur (⇧ surtt sentiments) : *percé jusques au fond du cœur D'une atteinte imprévue aussi bien que mortelle* (Corneille) ; **esprit** (⇧ pensées : *l'esprit agité de ces pressentiments*) ; **psychisme, psychologie** (⇧ techn., analyse scientifique : *le psychisme profondément ébranlé par ce traumatisme affectif*) ; **psyché** (id., ⇧ philo.) ; v. aussi **conscience, personnalité, sentiments.** ≈ expr. **au (plus) profond de soi-même ; for intérieur (en son —) ; vie morale, intérieure, personnelle, psychique, sentimentale,** etc.

amélioration, perfectionnement, correction, amendement, embellissement (v. améliorer) ; **progrès** (⇧ développement en quelque sorte interne : *faire accomplir des progrès* — et non apporter — *à la Science*. gén. ***modification.**

améliorer, rendre meilleur ; **perfectionner** (⇧ uniqt chose, ou abstr. : *Galilée perfectionna la lunette astronomique au point d'en faire un véritable instrument d'investigation scientifique*) ; **corriger** (⇧ supprimer des fautes) ; **amender** (id., ⇧ soutenu, surtt pour un sol ou moral : *il amenda son comportement aux approches de la vieillesse*) ; **bonifier** (⇧ surtt terrains agricoles : *les marais Pontins n'ont été bonifiés qu'assez récemment*) ; **embellir** (⇧ uniqt objet, surtt constr., améliorations extérieures, beauté : *il embellit la ville en y faisant tracer de longues avenues rectilignes.* ≈ expr. nom. **apporter des *améliorations** (v. amélioration).

aménager, v. arranger.

amendement, v. amélioration.

amender, v. améliorer, corriger.

amener, 1. v. conduire. 2. avoir pour conséquence : **attirer** (⇧ surtt à qqn, négatif : *son attitude lui attira d'emblée l'inimitié de ses sujets*) ; **procurer** (id., ⇧ positif : *procurer la sympathie*) ; **valoir** (id., ⇧ neutre : *ce geste lui valut quantité d'ennemis* ou *d'admirateurs*) ; **entraîner** (⇧ surtt événement : *l'attentat de Sarajevo entraîna le déclenchement de la guerre de 1914*) ; **occasionner** (⇧ surtt cause immédiate, apparente ou prétexte) ; **donner lieu** (⇧ vague) ; ***causer** (id.) ; **provoquer** (⇧ cause directe, efficiente) ; **déterminer** (id., ⇧ après série d'événements antérieurs) ; **déclencher** (id., ⇧ effet immédiat). ≈ **être l'*occasion, la *cause (lointaine, immédiate, déterminante) de ; être suivi de ; déboucher sur ; avoir pour *conséquence ; servir de détonateur à ;** avec inv., v. résulter. 3. v. abaisser.

amenuiser, v. amaigrir et diminuer.

amer, 1. qui produit sur le goût une sensation opposée à celle du doux : **saumâtre** (⇧ salé, ou fig.) ; **aigre** (⇧ proche de l'acide, ou fig., désobligeant) ; **acide** (⇧ corrosif, vinaigre, etc.) ; **âcre** (⇧ envahissant) ; **acerbe** (⇧ fig., indirectement agressif). 2. v. douloureux.

amertume, v. douleur et découragement.

ameublement, v. meuble.

ami, personne à qui vous unit un commerce affectueux et désintéressé : **camarade** (⇧ simple appartenance commune à un groupe formant corps, classe, armée, etc.) ; **intime** (⇧ fort, mais aussi plus large, inclut famille) ; **proche** (id., ⇩ fort) ; **familier** (id.) ; **relation** (⇩ étroit) ; **compagnon** (⇧ surtt pl., idée de présence ensemble : *Ulysse et ses compagnons*) ; **copain** (fam., ⇩ fort). ≈ en situation d'énonciation, notamment littéraire, penser à des substituts comme **correspondant, destinataire** (⇧ lettre) ; **interlocuteur** (⇧ dialogue) ; **confident(e)** (⇧ épanchement de pensées intimes ; dans théâtre classique, terme technique désignant le personnage chargé de rendre possible le dialogue).

amical, qui se fait sur le ton de l'amitié : **cordial** ; v. aussi **aimable.**

amie, v. ami et amante.

amincir, v. amaigrir.

amincissement, v. amaigrisssement.

amitié, v. affection.

amnésie, v. oubli.

amoindrir, v. diminuer.

amonceler, v. amasser.

amoral, qui est indifférent au sens moral, à la différence, en principe, de **immoral** (⇧ en contradiction avec la morale) ; en fait, des chevauchements d'emploi. ≈ **dépourvu de (tout) sens *moral, éthique.**

amorcer, v. commencer.

amour, puissant lien d'union des cœurs : v. affection ; au sens strictement sentimental ou sexuel : **liaison** ; **caprice** (⇧ momentané, léger) ; **passion** (⇧ violent, ou par ext., affaibli : *la passion de George Sand pour Chopin*) ; **amourette** (⇧ peu sérieux) ; **flirt** (id., fam.). ≈ **relations amoureuses, sentimentales.** gén. **relations, rapports, sentiments.**

amoureux, v. amant. || *Tomber amoureux* : **s'éprendre** (⇧ soutenu) ; **avoir le coup de foudre** (⇧ subit et violent) ; **s'enamourer** (vx ou iron.) ; **s'amouracher** (⇧ péjor., objet indigne : *il s'est encore amouraché d'une gourgandine*).

amour-propre, v. orgueil.

ample, v. grand.

amplement, v. beaucoup.
amplification, v. augmentation.
amplifier, v. augmenter.
ampoule, 1. petite irritation de la peau: **cloque** (⇧ brûlure). 2. objet en forme de petite bouteille (étymologiquement) servant à répandre la lumière électrique: **lampe** (⇧ large).
amusant, qui procure de l'amusement: **divertissant** (⇧ large; ⇩ franche gaieté); **drôle** (⇧ rire); **risible** (⇧ rire, mais plutôt défavorable, pas franche gaieté: *une proposition risible*); **cocasse** (⇧ rire et bizarre); **désopilant** (⇧ rire irrésistible); **rigolo** (fam.); v. aussi **comique**.
amusement, v. distraction.
amuser, v. distraire et distraction. ||*S'amuser*: **se distraire, se divertir, se délasser** (v. distraire); **jouer** (⇧ jeu plus ou moins précis: *jouer à la marelle*, ou fig.).
amuseur, v. animateur.
an, v. année.
analgésique, v. calmant.
analogie, **similitude** existant entre deux choses, surtt du point de vue de leur organisation interne: **ressemblance** (⇧ extérieur); **affinité** (⇧ goûts); **parallélisme** (⇧ savant, continu: *les parallélismes manifestes entre les intrigues de* Volupté *et du* Lys dans la vallée), v. aussi **accord, rapport** et **ressemblance**. ≈ **rapports, relations**: *il existe des rapports étroits entre le romantisme et le platonisme*; expr. avec **comparable**, ***comparaison**: *les deux réactions sont comparables à plus d'un égard*; avec **parallèle**: *éléments, développements parallèles*; *les deux événements se laissent facilement mettre en parallèle (en correspondance).*
analogue, v. semblable.
analphabète, v. illettré.
analyse, opération de l'esprit consistant à décomposer un tout en ses éléments constituants, par ext. à comprendre la structure de qqch.: **décomposition** (⇧ diviser en parties, au sens strict). GÉN. ***étude**; **examen**; **compréhension**.
analyser, se livrer à l'analyse: v. aussi **décomposer, critiquer**. GÉN. **étudier, examiner, comprendre**. ≈ **rendre compte de la structure, dégager les éléments principaux, faire ressortir les grands axes.**
anarchie, v. désordre.
anarchiste, partisan de l'anarchie, comme théorie politique: **libertaire**.
ancien, v. vieux.
anciennement, v. autrefois.
âne, 1. animal. **baudet** (⇧ mâle); **bourricot** (⇧ petit âne têtu, fam.). 2. v. stupide.
anéanti, v. consterné.
anéantir, v. détruire.
anéantissement, v. destruction.
anecdote, v. histoire.
anfractuosité, v. cavité.
ange, être spirituel envoyé par Dieu. SPÉC. **séraphin** (⇧ originellement proche de Dieu, mais surtt fortement immatériel); **chérubin** (⇧ originellement id., puissance redoutable; mod., enfantin et charmant); **archange** (⇧ originellement assez secondaire; mod., noblesse et puissance). GÉN. ***esprit**. ≈ **envoyé des cieux, messager céleste.**
angle, 1. secteur d'espace compris entre deux droites sécantes: **coin** (⇧ vague, concret); **encoignure** (⇧ entre deux murs). 2. v. aspect.
angoisse, v. souci.
angoissé, v. inquiet.
anicroche, v. accident.
animal, 1. **être vivant** en général: **vivant**. GÉN. ***être**. 2. à l'exception de l'homme: **bête** (⇧ absence d'intelligence); **brute** (⇧ fort dans manque d'intelligence). 3. personne peu intelligente: v. stupide.
animateur, personne qui anime une séance, un groupe: **organisateur** (⇧ fonction de direction); **amuseur** (⇧ simple rôle comique).
animation. 1. climat d'effervescence: **agitation** (⇧ fort, trouble: *l'accident provoqua quelque agitation dans le quartier*); **activité** (⇧ fort, mais positif: *il règne une grande activité dans le monde des affaires*). 2. v. vivacité.
animé, v. vivant.
animer, 1. procurer la vie à qqch.: **vivifier** (⇧ emphatique). 2. assurer l'animation: **organiser, amuser** (v. animateur).
animosité, v. haine.
anneau, objet de forme ronde destiné à être passé à un doigt, ou par ext. tout objet de cette forme: **bague** (seulement doigt); **alliance** (⇧ mariage); **chevalière** (⇧ homme, large); **boucle** (⇧ matériel, dans fonctions diverses, ailleurs que doigt: *une boucle de rideau*. GÉN. ***cercle** (surtt fig.: *un cercle de brume*), ***rond**.
année, espace de temps correspondant à une révolution de la Terre autour du Soleil: **an** (⇧ vx ou expr. figées: *dans trois ans*); **printemps** (⇧ poétique ou galant pour jeunes femmes: *dans l'éclat de ses dix-huit printemps*); v. aussi **date**.

annexe, n., partie secondaire d'un édifice : **dépendance** (⇧ large).
annexe, adj., v. secondaire.
annexer, v. unir.
annihiler, v. détruire.
anniversaire, célébration d'une date de naissance, ou par ext., d'un événement quelconque : **commémoration** (⇧ général, toute date : *la commémoration de la levée du siège d'Orléans par Jeanne d'Arc*).
annonce, 1. v. avis. 2. v. prédiction.
annoncer, 1. v. déclarer. 2. v. prédire.
annuel, qui revient tous les ans. GÉN. **régulier**.
annuler, v. abolir.
anoblir, conférer la noblesse, plutôt social : **ennoblir** (⇧ sens moral, abstrait : *la Pléiade a ennobli la langue française*).
anodin, v. secondaire.
anomalie, caractère de ce qui est anormal ou phénomène anormal : **bizarrerie** (fam. ⇧ faible).
anormal, 1. qui ne répond pas à la norme : **inhabituel** (⇧ faible, habitude : *un événement inhabituel*) ; **monstrueux** (⇧ être vivant, ou fig., anomalie grave) ; v. aussi **étrange**. 2. v. irrégulier.
antagonisme, v. opposition.
antérieur, qui a eu lieu avant : **précédent** (⇧ immédiatement antérieur) ; **préexistant** (⇧ qui est déjà en place : *construire à partir de fondations préexistantes*).
antérieurement, v. avant.
anticiper, v. devancer.
antidote, v. remède.
antinomie, v. contradiction.
antipathie, v. haine.
antique, v. vieux.
antithèse, v. opposition.
antonyme, v. contraire.
apaisement, v. tranquillité.
apaiser, rendre plus paisible : **calmer** (⇧ faible et momentané : *calmer les ardeurs de ses partisans*) ; **pacifier** (⇧ ramener la paix dans une région, souvent euphémisme pour ***soumettre** : *Bugeaud parvint à pacifier l'Algérie*).
aparté, v. monologue.
apathie, état de manque de réactions : **indolence** (⇧ état général, paresse : *l'indolence des climats chauds*) ; **inaction** (⇧ uniqt absence d'action) ; **léthargie**, **somnolence** (⇧ semi-sommeil) ; **torpeur** (⇧ semi-paralysie) ; **engourdissement** (⇧ difficulté à se mouvoir, pr. ou fig.).
apathique, plongé dans l'apathie : **indolent, inactif, léthargique, somnolent, engourdi** (v. apathie).
apatride, qui n'a pas de nationalité : **cosmopolite** (⇧ qui parcourt le monde sans s'attacher particulièrement à une patrie, mais peut avoir une nationalité : *l'ambiance cosmopolite de la Riviera du début du siècle*).
apercevoir, v. voir. || *S'apercevoir*; prendre conscience de qqch. : **se rendre compte** (⇩ fort) ; **découvrir** (⇧ subit, important) ; **remarquer** (⇧ attention : *il remarqua que chacun portait un insigne*) ; **constater** (⇧ neutre, objectif et extérieur : *il constata l'absence de toute préparation*).
apeuré, v. inquiet.
aphorisme, v. pensée.
apitoyer, v. émouvoir.
aplatir, v. écraser.
apocalyptique, v. effrayant.
apocryphe, v. faux.
apologie, v. défendre.
apologue, v. fable.
apophtegme, v. pensée.
apostasie, v. conversion.
apostasier, v. se convertir.
apostolat, v. mission.
apostropher, v. appeler.
apothéose, v. victoire.
apparaître, v. paraître, arriver et entrer.
apparat, v. luxe.
appareil, 1. objet fabriqué, surtt mécanique, destiné à un certain usage : **machine** (⇧ important, industrie) ; **mécanique** (⇧ insiste sur le fonctionnement interne) ; **mécanisme** (id., ⇧ concret : *le mécanisme qui commande la fermeture automatique des portes*) ; **dispositif** (id.) ; **engin** (⇧ imprécis) ; **automate** (⇧ fonctionnement spontané) ; v. aussi **instrument**. 2. v. avion.
apparemment, **en apparence** ; **vraisemblablement** (⇧ forte probabilité) ; **probablement** (id.).
apparence, 1. ce qui se manifeste extérieurement d'un objet quelconque : **extérieur** (⇧ insiste sur l'opposition avec l'intérieur : *un extérieur peu engageant*) ; **dehors** (id., surtt pers. : *il était d'un dehors agréable*) ; **écorce** (id. ; surtt dans expr. : *sous une écorce rude*) ; ***aspect (extérieur)** (⇧ ce qui se présente à la vue). 2. en insistant sur l'opposition de l'être et du paraître, ce qui, extérieurement, ne répond pas nécessairement à la réalité profonde : **extérieur, dehors, écorce** (v. 1) ; **air** (⇧ pers., très extérieur : *ne pas se laisser prendre à son air doctoral*) ; **façade** (id., ⇧ moral : *une façade de hautes vertus*) ; **teinte** (id., ⇧ très léger) ; **vernis** (id., ⇧

image). ≈ pour les choses ou abstractions : **impression (aspect) extérieure, superficielle** ; **première** — : *l'on ne doit jamais se fier à la première impression* ; **surface (des choses)**. GÉN. **caractère** ; notamment pr *présenter des apparences* : *présenter tous les caractères, toutes les particularités*. 3. En insistant sur la complète irréalité, *une pure apparence* ; **fantôme** (⇧ inconsistance : *un fantôme de certitude*) ; **ombre** (⇧ légère réalité : *il ne lui restait plus qu'une ombre de vie*).

apparent, 1. qui se manifeste clairement : *un raccord très apparent* ; **visible** (⇧ à la vue, ou fig. : *des retouches bien visibles*) ; **évident** (id., ⇩ sensation directe) ; **manifeste** (⇧ ne peut passer inaperçu : *une hâte manifeste*) ; **indéniable** (⇧ impossibilité de ne pas constater, large : *des traces indéniables d'une influence orientale*) ; **indiscutable** (id.). ≈ **qui saute aux (crève les) yeux** (fam., ⇧ fort). 2. qui n'existe qu'en apparence : **extérieur** (⇧ dehors : *une unité tout extérieure*) : **superficiel** (⇧ faible réalité, image de minceur : *une culture superficielle*) ; **illusoire** (⇧ jugement ou perception faussés : *entretenir des espoirs illusoires*). ≈ **de surface** : *son calme était purement de surface* ; **pour la montre** ; **en trompe-l'œil** (⇧ image de la peinture : *une psychologie en trompe-l'œil* ; pour un récit ou un argument : **vraisemblable** (⇧ assez grande probabilité de vérité) ; **plausible** (id., ⇧ probabilité moins grande) ; **spécieux** (⇧ argument faux, seulement apparent) ; **sophistique** (id., ⇧ volonté de faire paraître vrai par des arguties) ; v. aussi apparence.

apparenté, v. parent.

apparenter (s'), v. ressembler.

apparition, 1. fait de paraître aux yeux : **manifestation** (⇧ signes indirects : *la première manifestation du réchauffement fut la fonte de la glace*) ; v. aussi **arrivée, commencement**. 2. phénomène surnaturel : ***vision** (⇧ imagination, intérieur, relatif au voyant : *les visions de saint Antoine*). 3. v. fantôme.

appartement, partie de maison ou d'immeuble servant à l'habitation : **logement** (⇧ vague ; ⇩ distingué) : **studio** (⇧ une seule pièce principale) ; **meublé** (⇧ location avec meubles) ; **deux-pièces** ; **pied-à-terre** (⇧ petit, simple séjour passager : *le notaire de province avait un pied-à-terre à Paris*). GÉN. ***habitation**.

appartenir, 1. être la propriété de qqn : **être à** ; **revenir à** (⇧ revendication de propriété : *c'est à Clément Ader que revient la gloire d'avoir fait le premier voler un aéroplane*). ≈ avec inv., v. avoir. 2. être propre à qqn ou qqch. ; **convenir** (⇧ large) ; **revenir** (v. supra : *il ne revient qu'à Dieu de sonder les reins et les cœurs*). ≈ **être caractéristique, typique de, ne se *trouver que chez, dans** ; **caractériser, (être) essentiel, inhérent, intrinsèque à** (⇧ par nature). || Pour l'expr. *il vous appartient de* : **il ne tient qu'à vous, ne dépend que de vous**.

appâter, v. attirer.

appel, 1. v. cri. 2. (téléphonique) **communication**.

appeler, 1. donner un nom à qqch. ou qqn : **nommer** (⇧ soutenu) ; **dénommer** (id., ⇧ volonté de distinguer : *il dénomma ce corps azote*) ; **baptiser** (⇧ baptême, ou fig. ; ⇧ objets non susceptibles de baptême, même symbolique, ou nuance plaisante : *il baptisa cette pièce son « gueuloir »*) ; **qualifier de** (⇧ vague, nom ou qualité) ; **traiter de** (⇧ péjor. : *il le traita d'ivrogne*). SPÉC. **prénommer** ; **surnommer** ; **intituler** (⇧ titre d'une œuvre : *un chapitre qu'il intitula « Vengeances »*). ≈ **appliquer le *nom, terme, qualificatif de**, etc. : *la forme de croyance religieuse à laquelle Voltaire applique le nom de théisme* ; **désigner comme**. || *S'appeler* : **porter le *nom de** ; **répondre au — de** (⇧ pers.) ; **être nommé, baptisé**, etc. (v. supra). 2. s'adresser à qqn pour le faire venir : **convoquer** (⇧ officiel, supérieur : *j'ai été convoqué par le directeur*) ; **héler** (⇧ de vive voix, assez loin) ; **interpeller** (id., ⇧ soudain) ; **apostropher** (⇧ certaine agressivité, sauf emploi litt. techn. : *se faire apostropher par un ivrogne* mais *Lamartine apostrophe le Lac* (⇧ figure de rhétorique). GÉN. **s'adresser à**. ≈ **demander de venir, faire venir**.

appellation, v. nom.

appétissant, qui donne envie de manger, ou au fig., suscite une envie : **attirant** (⇧ vague et général) ; **alléchant** (⇧ forte tentation : *une offre alléchante*) ; **tentant** (id., ⇧ général) ; **affriolant** (⇧ surtt séduction féminine : *des dessous affriolants*) ; **ragoûtant** (⇧ surtt expr. : *peu ragoûtant*).

appétit, 1. sens général, v. désir. 2. désir de manger, ou fig : **faim** (⇧ fort, besoin, plutôt que sensation agréable).

applaudir, 1. battre des mains pour manifester son approbation : **acclamer** (⇧ fort, cris) ; **faire la claque** (⇧ applaudissement organisé pour entraîner les autres spectateurs : *il avait embauché ses* *condisciples pour faire la claque*) ; **ovationner** (v. applaudissement). 2. au fig., v. approuver.

applaudissement, 1. battement de mains : **acclamation, claque** (v. applaudir) ; **ovation** (⇧ général fort : *accueilli sous les ovations des tribunes*). 2. v. approbation.

application, v. attention.

appliquer, 1. mettre une chose sur une autre ; **apposer** (⇧ sur un mur, affiche) ; **plaquer** (⇧ faire tenir surtt une feuille de métal sur une surface, ou fig.) ; **coller** (⇧ au moyen de colle : *coller des timbres sur l'enveloppe*). 2. faire servir, v. employer et attribuer. || *S'appliquer*, v. convenir.

appointements, v. rémunération.

appointer, v. payer.

apport, ce que l'on apporte : **contribution** (⇧ argent, ou abs. : *la contribution de Newton à la physique*) ; **participation** (⇧ fait de participer, ou seulement somme d'argent).

apporter, 1. v. porter. 2. v. amener.

apposer, v. appliquer.

appréciable, assez important : **notable** (⇧ fort).

appréciation, v. comparaison, jugement.

apprécier, 1. v. estimer. 2. v. aimer.

appréhender, 1. v. arrêter 2. v. saisir. 3. v. craindre.

appréhension, v. crainte.

apprendre, I. verbe tr. ind., **faire connaître à autrui** ; **faire savoir** ; **informer de** (⇧ simple information ; ⇩ science : *je l'ai informé du départ de notre ami*) ; **instruire de** (id., ⇧ après un moment d'ignorance : *il les instruisit alors de l'étendue de leur infortune*) ; **faire part** (⇧ personnel : *faire part de sa décision*) ; **mettre au fait** (id.) ; **mettre au courant** (id., soutenu) ; **communiquer** (⇧ quelques emplois particuliers : *communiquer une nouvelle, un renseignement, ses sentiments, ses impressions* — pour un écrivain, notamment : *Rousseau nous communique — fait part de — ses impressions devant le lac de Bienne*) ; **enseigner** (⇧ large, ou connaissance : *enseigner la musique*) ; **expliquer** (⇧ compréhension). ≈ pour *apprendre à* + inf., **montrer comment** : *il lui montra comment se servir d'un pinceau* ; **communiquer, *transmettre (un savoir)** : *il lui communiqua sa science de la perspective, son expérience de la vie ;* **inculquer** (⇧ assimilation en profondeur : *lui inculquer les principes de la vie morale*). II. verbe tr., acquérir la connaissance 1. d'une information : **découvrir** (⇧ par ses propres moyens, ou surprise : *nous découvrons au début de l'acte III que Tartuffe est un parfait hypocrite*) ; **savoir** (⇧ information généralement indirecte : *j'ai su que vous alliez nous quitter*). ≈ **être informé, instruit**, etc. (ou : *l'on m'a appris, informé*, etc.). 2. d'un savoir plus durable. **étudier** (⇧ matière constituée : *étudier les mathématiques*) ; **s'instruire** (⇧ emploi absolu ; *s'instruire dans* est vx) ; **travailler** (⇧ fam. : *il a beaucoup travaillé sa trigonométrie*). ≈ **se mettre à** (fam., ⇧ commencer à apprendre).

apprentissage, v. enseignement.

apprêter, v. préparer.

apprivoisé, pour un animal, habitué à la fréquentation des humains, ou fig. (*La Mégère apprivoisée*) : **domestiqué, dompté, dressé** (v. apprivoiser).

apprivoiser, habituer un animal à la fréquentation des humains : **domestiquer** (⇧ race d'animaux domestiques : *les bovins ont été depuis longtemps domestiqués par l'homme*) ; **dompter** (⇧ animal sauvage, action sur l'individu : *dompter un fauve*) ; **dresser** (⇧ inculquer un comportement particulier à un animal, domestique ou sauvage : *un chien bien dressé*). GÉN. ***élever ; former**.

approbation, attitude de celui qui approuve : **assentiment** (⇩ fort) ; **applaudissement** (⇧ fort) ; **voix, suffrage** (⇧ vote, ou fig. : *l'ouvrage s'était attiré les suffrages du public unanime*).

approcher, 1. tr. mettre à côté de : **rapprocher** (⇧ courant). 2. tr. ind. **être près d'atteindre** : *approcher du but*. 3. intr. **être imminent, avancer**.

approprié, v. convenable.

approprier, v. adapter.

approuver, juger favorablement : **ratifier** (⇧ certaine autorité, surtt choix, jugement) ; **entériner** (id. ; ⇧ surtt jurid. : *il entérina les décisions de son prédécesseur*) ; ***louer** (⇧ fort) ; **applaudir** (v. approbation). ≈ **donner son assentiment, apporter son suffrage** (v. approbation) ; **faire l'*éloge** (= louer).

approximativement, v. environ.

appui, v. aide.

appuyer, 1. v. défendre et aider. 2. v. insister.

après, 1. adv., v. puis. 2. prép. marquant la postériorité : **à la suite de** (⇧ idée de **conséquence lâche** : *à la suite de ces événements, l'accès du public aux tribunes fut strictement limité*) ; **postérieurement à** (⇧ lourd, insistance sur la succession temporelle). || *D'après* : en imitant ou reproduisant. **suivant**; **selon**; **sur**.

après-midi, partie de la journée située au-delà de midi jusque vers le soir: **tantôt**, adv., pour *cet après-midi*; *le tantôt* est populaire.

à-propos, locution nom., v. justesse.

à propos de, prép. **au sujet de**; **relativement à** (⇧ officiel ou technique).

apte, v. capable.

aptitude, 1. v. disposition. 2. v. capacité.

arbitrage, recours à un tiers pour trancher d'un différend: **médiation** (⇧ vague et informel).

arbitraire, v. injuste.

arbitre, 1. personne qui rend un arbitrage: **médiateur** (v. arbitrage). 2. v. maître. 3. personne veillant au respect des règles d'un jeu. GÉN. **juge**.

arbitrer, v. juger.

arbre, végétal de haute taille pourvu d'un tronc rigide. SPÉC. **conifère**; **résineux**; **feuillu**, etc., ou plus précisément encore **chêne**; **pin**, etc. GÉN. **plante**; **végétal**. ≈ par métonymie: **tronc, fût**; au pluriel: v. bois.

arbuste, arbre d'une espèce à faible développement: **arbrisseau** (⇧ petit).

archaïque, v. vieux.

archange, v. ange.

archipel, v. île.

architecte, personne qui dessine les plans d'un bâtiment: **constructeur** (⇧ général, y compris maçon, ou commanditaire); **bâtisseur** (id., ⇧ soutenu, éventuellement goût pour les constructions: *Louis XIV fut un grand bâtisseur*); **entrepreneur** (⇧ plutôt responsable de l'aspect matériel).

architectonique, v. architectural.

architectural, qui a rapport avec l'architecture; **architectonique** (⇧ lié aux problèmes de structure et d'équilibre).

architecture: 1. art de la construction, du point de vue théorique: **urbanisme** (⇧ appliqué aux villes entières). 2. disposition d'une construction, du point de vue de cet art: *l'architecture de la cathédrale de Rouen* (ou, au fig. — *de* La Comédie humaine): **construction**; **structure** (⇧ abstrait).

archives, v. histoire.

ardent: 1. v. chaud. 2. v. vif.

ardu, v. difficile.

argent, moyen de paiement, mesure de la valeur marchande; **monnaie** (⇧ aspect concret ou économique: *petite monnaie, la circulation de la monnaie fiduciaire*); **espèces** (⇧ forme matérielle, pièces, billets); **numéraire** (id.; ⇧ banque, économie); **fonds** (⇧ sommes d'argent disponibles); **capital** (⇧ argent investi); **or** (⇧ litt. ou ironique): *le plaisir et l'or* (BALZAC); ≈ avec adj. v. **financier**; **sous** (fam.).

argot, langage de la pègre parisienne et par ext. langage populaire ou familier: **jargon** (⇧ langage difficilement compréhensible, notamment propre à certains milieux: *jargon médical*); **patois** (⇧ parler local, mais par ext. langage déformé); **dialecte** (⇧ forme particulière d'un ensemble linguistique propre à une région donnée: *le bavarois est un dialecte germanique*).

argument, 1. v. raisonnement. 2. v. preuve.

argumentation, v. raisonnement.

aristocrate, v. noble.

aristocratie, v. noblesse, bourgeoisie.

arithmétique, v. calcul.

armature, v. carcasse.

arme, instrument destiné à se battre: **armement** (⇧ ensemble d'armes); **engin de guerre** (⇧ certaine importance). GÉN. **équipement**.

armé, v. équipé.

armée: 1. ensemble d'hommes armés; **troupe** (⇩ nécessairement armée, sauf au pluriel); **forces** (⇧ général); **division, régiment, compagnie, escouade** (⇧ divisions plus ou moins importantes d'un corps de troupes); **détachement** (⇧ envoyé séparément: *un détachement d'une trentaine d'hommes se porta sur le flanc droit*).

armement, v. arme.

armer, v. équiper.

armistice, v. paix.

armoire, v. buffet.

arôme, v. parfum.

arpenter, 1. v. mesurer. 2. v. marcher.

arracher, v. déraciner.

arrangeant, v. facile.

arranger, 1. v. ranger. 2. mettre en une certaine disposition: **disposer** (⇧ général). **aménager** (⇧ surtt espace nécessitant certains travaux: *aménager un terrain de sport, un appartement*); **agencer** (⇧ insistance sur organisation: *bien agencer sa cuisine*). 3. v. réparer. 4. v. convenir.

arrêt, 1. **cessation** d'un processus: **interruption** (⇧ terme abstrait: *l'interruption de la circulation*); **halte** (⇧ dans un voyage, momentané: *une courte halte au restaurant*); **pause** (id., ⇧ destiné au repos, ou fig.: *une pause dans le rythme des réformes*); **panne** (⇧ dû à un incident technique); **répit** (⇧ momentané, saisi avec joie, dans l'attente de la reprise d'un processus négatif : *ses douleurs lui ont laissé un répit de quelques semaines*). 2. lieu d'arrêt : **station** (⇧ train, autobus) ; **gare** (⇧ train) ; **halte** (id., ⇧ facultatif). 3. v. décision.

arrêter, 1. empêcher de continuer : **retenir** (⇧ par l'arrière, ou fig., n'implique pas une action en cours, mais seulement une intention : *il le retint de se jeter à l'eau*) ; **immobiliser** (⇧ purement physique, surtt sujet inanimé, ou réfléchi : *une avarie a immobilisé le navire*) ; **enrayer** (⇧ processus malsain : *enrayer la marche à la catastrophe*) ; **entraver** (⇧ uniquement faire obstacle : *un malentendu qui entrave nos efforts de rapprochement*) ; **paralyser** (⇧ absolu, image) ; **stopper** (⇧ mécanique, ou fam., au fig.). 2. v. cesser. 3. mettre en état d'arrestation : **appréhender** (— formes légales). GÉN. **prendre** ; **se saisir de**. || *S'arrêter* : **faire halte** (⇧ durable) ; **stopper** (fam.). ≈ expr. avec **arrêt** ; **faire, marquer un *arrêt**.

arrimer, v. charger.

arrivée, fait d'arriver : **venue** (⇧ être là ; ⇩ moment précis) ; **apparition** (⇧ du point de vue de celui qui voit arriver : *Tartuffe ne fait son apparition qu'à l'acte III*) ; **entrée** (⇧ intérieur : *faire son entrée dans la ville*) ; **avènement** (⇧ en une position glorieuse : *l'avènement au trône de Louis XIV*) ; **intrusion** (⇧ soudain et inopportun).

arriver, 1. atteindre le but d'un déplacement : **parvenir** (⇧ soutenu, effort pour atteindre : *ils parvinrent enfin au terme du voyage*) ; **atteindre** (⇧ visée très forte : *atteindre le sommet, son but*) ; **gagner** (⇧ insistance sur déplacement, v. aller) ; **être rendu** (⇧ résultat, surtt expr. litt. ou fam. : *nous voici rendus*) ; **débarquer** (⇧ navire ou fam., à l'improviste : *il s'effraya en voyant débarquer sa sœur accompagnée de tous ses marmots*) ; v. aussi aborder. ≈ par rapport à un témoin situé au point d'arrivée, notamment un lecteur ou un spectateur : **apparaître, faire son entrée, son apparition** : *C'est alors que Vautrin fait son apparition dans l'intrigue.* 2. v. réussir. 3. (pour un événement) **avoir lieu** ; **se produire** (⇧ soutenu) ; **survenir** (⇧ inattendu : *alors survint le prodige*) ; **advenir** (⇧ surtt expr. *ce qu'il est advenu de lui* pr *ce qui lui est arrivé*, avec idée de la suite d'un événement) ; **se passer** (⇧ moment, déroulement : *tout se passa sans encombre*) ; v. aussi **(se) dérouler**.

arrogance, qualité d'une personne arrogante : **insolence** (⇧ insulte au moins en intention) ; **outrecuidance** (⇧ fort, orgueil) ; **désinvolture** (⇧ prendre à la légère : *il traitait ses créanciers avec beaucoup de désinvolture*) ; **impertinence** (⇧ faible, certaine ironie) ; **suffisance** (⇧ content de soi) ; **hauteur** (⇧ méprisant).

arrogant, qui traite autrui avec mépris en élevant à son égard des prétentions inadmissibles : **insolent**, **outrecuidant**, **désinvolte**, **impertinent**, **hautain**, **suffisant** (v. arrogance).

arroger (s'), v. prendre.

arroser, répandre un liquide sur qqch. : **asperger** (⇧ uniquement sens général : *il l'aspergea copieusement en roulant dans le caniveau*) ; **éclabousser** (⇧ conséquence secondaire de l'agitation d'un liquide, pers. : *un passant marcha dans une flaque d'eau et l'éclaboussa*) ; **irriguer** (⇧ champ, pour l'agriculture, par canaux) ; v. aussi **mouiller**.

art, 1. type de compétence particulier, ne reposant pas sur une théorie rigoureuse, et, par ext., toute forme de compétence, envisagée dans sa pratique : **technique** (⇧ aspect méthodique, codifié : *la technique de la dissertation*) ; **science** (⇧ théorique, ou emphat. : *l'on admirait sa science du jardinage*) ; **métier** (⇧ expérience consommée, quelquefois sans vrai talent : *des alexandrins qui témoignent de beaucoup de métier*) ; **artifice** (⇧ technique complexe et peu naturelle : *des vers qui sentent l'artifice*). GÉN. **compétence** ; **sensibilité (valeur) esthétique** : *l'appréciation de la valeur esthétique de l'œuvre, de la sensibilité de l'auteur.* 2. l'Art comme ensemble des principes qui régissent le sens de **la beauté** : **le Beau** ; **l'esthétique** (⇧ conception de l'art : *l'esthétique de Lamartine repose sur la recherche de l'évanescence*) ; v. aussi artiste et artistique.

article, 1. v. chapitre. 2. texte paraissant dans un journal : **chronique** (⇧ régulier) ; **éditorial** (⇧ en première page, commentaire d'actualité) ; **reportage** (⇧ enquête sur événements d'actualité) ; **publication** (⇧ scientifique, revue spécialisée) ; **papier** (⇧ jargon de la presse).

articuler, v. dire.

artifice, 1. v. art. 2. v. ruse.

artificiel, qui résulte de l'activité humaine et non de la nature et, par ext. peu naturel : **synthétique** (⇧ produits chimiques remplaçant un produit naturel : *caoutchouc synthétique*) ; **postiche** (⇧ surtt éléments du corps, ou fig. : *barbe postiche*) ; **conventionnel** (⇧ qui n'a de réalité qu'au regard de ce qui est admis dans un cadre donné : *l'intrigue amoureuse conventionnelle de la comédie classique*) ; **factice** (⇧ illusion pure ou impression de non réalité : *un bonheur factice*).

artiste, personne se consacrant à une activité de façon purement désintéressée, en rapport avec le sens de la beauté : **maître** (⇧ excellence) ; **génie** (⇧ supériorité quasi surnaturelle : *un génie comme Léonard de Vinci accordait pourtant la plus grande importance à des problèmes étroitement techniques*) ; **esthète** (⇧ amateur d'art, en général à la limite de la perversion : *Baudelaire a toujours joué d'un certain sadisme en esthète consommé*) ; l'on aura souvent intérêt à SPÉC. ***auteur, écrivain, peintre, musicien**, etc. GÉN. **créateur** ; **démiurge** (⇧ fort, égal de Dieu) ; sens particulier : **homme de spectacle, vedette, étoile, star** (⇧ cinéma, plutôt familier).

artistique, qui relève de l'art : **esthétique** (⇧ abstrait : *les conceptions esthétiques du symbolisme*) ; **plastique** (⇧ appel au sens des formes : *la qualité plastique des* Massacres de Scio *de Delacroix*) ; **artiste** (⇧ uniqt écriture ou goût visant à la virtuosité gratuite, surtt fin XIXe siècle : *style artiste*). SPÉC. **littéraire** ; **pictural** ; **sculptural** ; **musical** ; **architectural** : *la sensibilité picturale qui se fait jour dans* Les Orientales ; v. aussi art et artiste.

ascension, v. montée.

asile, v. abri.

aspect, 1. v. vue. 2. manière dont qqch. s'offre à la vue ou à la perception en général. 1. plutôt globalement : **forme** (⇧ précise une certaine configuration d'ensemble prise par la chose : *envisager l'art sous toutes ses formes* mais ne convient pas pour rendre *cet aspect de la personnalité de l'auteur*) ; **configuration** (⇧ précis : *la configuration du relief*) ; **physionomie** (id., ⇧ image du visage) ; **visage** (id., surtt expr. : *un nouveau, autre, le vrai visage*). 2. plutôt par parties : **côté** (⇧ partiel : *je n'envisageais pas ce côté des choses*) ; **face** ou plutôt **facette** (id.) ; **angle** (id.) position de l'observateur, surtt expr. : *sous cet (un autre) angle (de vue)* ; **point de vue** (id., expr. *de ce point de vue*) ; ***dimension** (⇧ image du repère géométrique : *une dimension métaphysique de l'œuvre qui m'avait jusque-là échappé*) ; ***détail** (⇧ aspect très précis et partiel) ; v. aussi **apparence**. ≈ **façon d'être** (⇧ pers. uniqt).

asperger, v. arroser.

aspérité, 1. v. rudesse. 2. partie qui dépasse légèrement d'une surface : **saillie** (⇧ dimension non précisée : *une importante saillie rocheuse barrait le flanc droit de la montagne*) ; **rugosité** (⇧ insignifiant ; ⇩ détaché).

asphyxier, v. étouffer.

aspirant, v. postulant.

aspiration, v. désir.

aspirer, 1. attirer par appel d'air : **inspirer** (⇧ uniqt être vivant : *il inspira une bouffée d'air pur*) ; **inhaler** (id.) ; **absorber** (⇧ général : *la chlorophylle absorbe l'azote de l'air*). 2. v. chercher, vouloir.

assaillir, v. attaquer.

assainir, v. purifier.

assainissement, v. purification.

assassin, personne qui en tue une autre volontairement : **meurtrier** (id., ⇧ soutenu) ; **homicide** (⇩ volontairement) ; **tueur** (⇧ profession ou habitude). GÉN. **criminel**.

assassinat, fait de tuer qqn criminellement : **meurtre** (⇩ péjor., ⇧ soutenu) ; **liquidation, élimination, suppression** (⇧ neutre, v. tuer) ; **exécution, mise à mort** (⇧ légal) ; **massacre, extermination** (⇧ en masse, v. tuer) ; **tuerie** (⇧ très fort, grand nombre, ou horreur, abs.) ; **homicide** (⇧ simple fait de tuer, même involontairement, jurid.) ; v. aussi **crime**.

assassiner, v. tuer.

assaut, v. attaque.

assemblée, groupe d'hommes réunis, généralement en vue de délibérer : **réunion** (⇧ imprécis, ou souvent petit groupe de discussion : *réunion électorale*) ; **rassemblement** (⇧ important, foule, surtt organisation politique, confessionnelle, etc. : *un rassemblement de motocyclistes sur la place de la Bastille*) ; **meeting** (⇧ orateurs, politique) ; **conférence** (⇧ surtt international : *conférence sur le désarmement*) ; **conseil** (⇧ diverses assemblées particulières : **Conseil d'Etat, conseil de classe**). || Sens particulier : *Assemblée nationale* ; **parlement** (⇧ en principe les deux chambres) ; **chambre** ; **congrès** (⇧ deux chambres, en France, ou aux Etats-Unis).

assembler, v. unir.

assentiment, v. approbation.

asseoir (s'), se mettre en appui sur le derrière : **s'accroupir** (⇧ sans support extérieur) ; **s'installer** (⇧ vague). ≈ **prendre un siège**.

assertion, v. affirmation.

assez, adv. 1. en suffisance, *il a assez pour vivre* : **suffisamment** (⇧ faible). 2. à un degré moyen d'intensité : *un col assez* *élevé*; **relativement**; **passablement** (⇧ fort); **moyennement** (⇧ faible); **médiocrement** (⇧ faible encore). ‖ *En avoir assez*: v. (être) fatigué.

assiéger, encercler une ville avec des troupes: **investir** (⇧ commencer à: *il décida d'investir la place qu'il dut assiéger pendant trois mois sans résultat*); **bloquer** (⇧ insistance sur la rupture des communications). ≈ **faire (mettre) le siège de (devant).**

assigner, v. attribuer.

assimilation, v. comparaison.

assimiler, 1. v. comparer. 2. v. digérer.

assistance, 1. v. aide. 3. v. public.

assistant, v. auxiliaire.

assister, 1. v. aider. 2. **être présent** à un événement ou une manifestation quelconque: **suivre** (⇧ régulier, ou continu: *il suivit le défilé du 14 Juillet à la télévision*).

association, 1. v. réunion et alliance. 2. groupe de personnes ayant un statut officiel: **société** (⇧ affaires, ou cas particuliers figés: *société savante, sportive*, plutôt vx).

associé, v. allié.

associer, v. unir.

assoiffé: 1. v. altéré. 2. v. affamé.

assombrir, 1. v. obscurcir. 2. v. attrister.

assommant, v. ennuyeux.

assonance, v. allitération.

assoupir (s'), v. dormir.

assoupissement, v. sommeil et apathie.

assourdissant, v. bruyant.

assouvir, v. satisfaire.

assumer, v. (s') occuper.

assurance, 1. v. confiance. 2. contrat assurant la protection contre un imprévu: **garantie** (⇧ vague, clause du contrat, plutôt: *une garantie tous-risques*); **protection** (⇧ général); **sécurité (sociale)** (⇧ institution particulière, santé).

assuré 1. v. sûr. 2. v. décidé. 3. qui a conclu une assurance: **garanti, protégé** (v. assurance).

assurément, v. certainement.

assurer, v. affirmer.

astre, corps céleste: **planète** (⇧ uniqt dépendant d'une étoile principale, surtt du soleil, mais comprenant aussi la lune dans l'astronomie géocentrique: *les sept planètes traditionnelles*); **étoile** (⇧ source de lumière autonome).

astreindre, v. obliger et habituer.

astuce, v. ruse.

astucieusement, v. bien.

astucieux, v. bon.

asymétrique, v. dissymétrique.

atermoyer, v. tarder.

athée, v. incroyant.

atmosphère, 1. enveloppe de gaz entourant la terre: **air** (⇧ restreint, désigne le gaz). 2. impression d'ensemble se dégageant d'une situation ou d'une œuvre d'art: **ambiance** (⇧ momentané, dynamique: *la scène se déroule dans une ambiance de délire*); **climat** (⇧ large: *il régnait un climat tendu*); **aura** (⇧ rayonnement émanant d'un objet — ou pers. — précis: *une aura de mystère entourait son séjour aux Iles*); **milieu** (⇧ circonstances plus concrètes, physiques ou sociales: *le milieu petit-bourgeois dans lequel il avait été élevé*). ≈ ***couleur, coloration générale, tonalité** d'ensemble; aussi verbe **(se) colorer**: *la fin du poème se colore de mélancolie* pour *baigne dans une atmosphère de* —; v. aussi **apparence, ciel, climat.**

atours, v. vêtement.

âtre, v. foyer.

atroce, v. effrayant.

attachement, v. affection.

attacher, 1. faire tenir qqch. au moyen d'un lien quelconque: **fixer** (⇧ solide), **lier** (⇧ spécialement avec un lien souple, soutenu: *on lia donc Ulysse au mât du navire.* SPÉC. **clouer** (⇧ clou); **accrocher** (⇧ crochet, portemanteau); **agrafer**; **épingler**; **enchaîner**; **ligoter** (⇧ liens souples serrés). 2. surtt au part. pas., établir une union entre les cœurs ou les esprits: **lier** (⇧ vague); **enchaîner** (⇧ fort, passion). ‖ *S'attacher*: v. affection.

attaque, 1. action agressive en direction de qqn, primitivement militaire: **agression** (⇧ violent, illégitime: *l'agression allemande contre la Pologne*); **assaut** (⇧ concret, sur le terrain, final); **charge** (id., ⇧ violent, surtt cavalerie). 2. v. critique.

attaquer, **passer à l'attaque**; **agresser**; **charger**; **donner l'assaut** (v. attaque); **assaillir** (⇧ inattendu, violent). GÉN. **s'en prendre à** (⇧ abstrait). ≈ **se jeter, ruer, précipiter sur, contre.** ‖ *S'attaquer à*: v. aborder, commencer.

atteindre, 1. v. toucher. 2. v. arriver.

atteinte, v. dommage.

attendre, 1. rester qq. part jusqu'à ce qu'une personne arrive: **guetter** (⇧ attention très vive; ⇩ durée: *il guettait anxieusement son arrivée*); **patienter** (⇧ patience: *veuillez patienter quelques minutes*). 2. v. espérer. ‖ *S'attendre*: juger probable qqch.: **prévoir** (⇧ solide): **escompter** (⇧ soutenu, positif:

j'escompte bien qu'il aura réussi à passer la frontière).

attendrir, v. émouvoir.

attentat, v. crime.

attentif, qui fait preuve d'attention: **concentré**, **appliqué**, **soigneux**, **vigilant** (v. attention).

attention, faculté qu'a l'esprit de se concentrer sur un objet: **concentration** (⇧ fort, état plutôt que faculté: *ce problème d'échec exige un effort de concentration*); **application** (⇧ sérieux et persévérance; ⇩ énergie: *il faisait ses devoirs avec application, mais sans véritable conviction*); **soin** (id., ⇧ fort, détail); **vigilance** (⇧ effort pour écarter le relâchement d'attention). ≈ ***regard** souvent syn., dans expr. comme *attirer, retenir le regard.* || Faire attention à: **remarquer**; **noter** (⇧ faible: *l'on pourra noter les motifs floraux des chapiteaux corinthiens*); expr. avec **attentif**: *se montrer* —, etc.

attentivement, avec *attention.

atténuer, v. diminuer.

atterré, v. consterné.

atterrir, se poser sur terre pour un avion. ≈ **toucher le sol**.

atterrissage, action d'atterrir. ≈ **arrivée, contact au sol**.

attester, v. prouver.

attiédir, 1. v. refroidir. 2. v. modérer.

attifer, v. habiller.

attirance, effet produit par qqn ou qqch. d'attirant: **attrait** (⇧ faible, ou concret, ce qui attire chez l'objet d'attirance, plutôt: *éprouver de l'attirance* mais *posséder un grand attrait*). ≈ **pouvoir d'attraction, de *séduction**.

attirant, qui attire: **attractif** (⇩ pers.: *une profession très attractive*); **attrayant** (⇧ amabilité); **séduisant, tentant, charmant** (v. attirer); v. aussi **appétissant**.

attirer, conduire à soi par une impression favorable: **charmer** (⇧ fort, surtt sentiment); **séduire** (id., ⇧ fort: *séduit par le calme du lieu, il envisagea de s'y retirer*); **tenter** (⇧ inspire le désir de possession); **allécher** (⇧ image de l'appétit); **appâter** (⇧ image de la pêche, première amorce); v. aussi **amener**.

attitude, v. position et action.

attractif, v. attirant.

attrait, v. attirance, beauté.

attraper, 1. v. prendre. 2. v. tromper. 3. être atteint d'une maladie: **contracter** (⇧ soutenu, médical: *contracter la malaria*). 4. v. réprimander.

attrayant, v. attirant.

attribuer, 1. accorder sa part dans une distribution: **adjuger** (⇧ jugement); **allouer** (⇧ somme d'argent); **décerner** (⇧ honneur: *il lui a été décerné le mérite agricole*); **assigner** (⇧ surtt une place); **octroyer** (⇧ concession sur demande insistante: *il s'est vu octroyer le droit de pâture sur les terres communales*); **concéder** (⇧ avec une certaine résistance, ou condescendance, ou administratif: *il lui a finalement concédé une partie de ses revendications; concéder le ramassage des ordures ménagères*). 2. rapporter à qqn comme relevant de lui: *attribuer à Racine les* Lettres de la religieuse portugaise ou *l'empoisonnement de la Champmeslé*; **imputer** (⇧ accusation); **prêter** (⇧ neutre; ⇩ attribution d'ouvrage: *on lui prête la rédaction de* —); v. aussi **accuser**. ≈ ***pourvoir de** (⇧ pour un auteur: *Molière a pourvu Harpagon de tous les traits de l'avare, de l'accapareur et du père indigne*); **gratifier** (id., ⇧ humoristique).

attribution, fait d'attribuer: **assignation, octroi, imputation** (v. attribuer).

attrister, rendre triste: **chagriner** (⇩ fort, pas sentiment véritable: *chagriné par cette déconvenue*); ***contrarier** (id., surtt intérêt personnel); **contrister** (⇧ fort, litt.); **peiner** (⇧ fort, sentiment véritable); **affliger** (id., ⇧ fort encore: *cette disparition l'affligea profondément*); **blesser** (⇧ fort); **désoler** (id., ⇧ certaine désapprobation pour ce qui se passe: *son obstination le désolait*, ou simple formule: *désolé de devoir vous laisser*); **consterner** (⇧ très fort, surprise); **accabler** (id., ⇧ image d'un poids insupportable: *accablé par ce dernier coup du sort, il se résigna à la mort*); **tourmenter** (⇧ assez fort, mais surtt durable, souterrain et rémanent: *il se tourmentait au sujet de l'absence de son ami*); **torture** (id., ⇧ très fort, supplice).

attroupement, v. rassemblement.

aubade, v. concert.

aubaine, v. chance.

aube, v. matin.

auberge, v. hôtel et restaurant.

aucun, pron. adj. indéf. négatif: **nul** (⇧ soutenu); **personne** (⇧ emploi uniqt pron. sans renvoi anaphorique: *je n'en ai vu aucun*, mais *je n'ai vu personne*).

audace, 1. qualité de celui qui n'a pas peur d'oser qqch. de risqué: **hardiesse** (⇧ soutenu, général et laudatif); **témérité** (⇧ trop grande, péjor.); **toupet**, **culot** (fam., ⇧ péjor.). 2. dans les relations humaines, sens péjor.: **impudence** (⇧ fort, nettement condamnable); **tou-**

pet (id., ⇧ fam. : *quel toupet !*) ; v. aussi arrogance.

audience, v. public.

auditeur, v. public.

audition, v. concert.

auditoire, v. public.

augmentation, fait d'augmenter : **croissance, grossissement, accroissement, multiplication, extension, élargissement, agrandissement, amplification, accentuation, hausse** (v. augmenter).

augmenter, 1. rendre plus grand : **accroître** (⇧ processus progressif : *il accroissait ses biens par une application constante*) ; **multiplier** (⇧ grand nombre, plutôt pluralité d'éléments ou collectif : *multiplier ses activités*, mais aussi *son capital*) ; **étendre** (⇧ image spatiale : *étendre ses propriétés*) ; **grossir** (⇧ en volume, ou fig., surtt finance : *grossir son capital*, fleuve : *débit grossi par les pluies*, ou artistique et litt. : *grossir le trait*) ; **élargir** (⇧ largeur, avec idée de s'ouvrir à un champ nouveau : *élargir ses investigations*) ; **développer** (⇧ surtout des activités : *développer ses ventes à l'étranger* ; litt., une idée : *développer un passage*) ; **hausser** (⇧ prix uniqt) ; **agrandir** (⇧ augmenter surface ou volume, objet homogène : *agrandir son appartement*) ; **amplifier** (⇧ donner plus d'importance, notamment litt., en étendue ou en effet : *la répétition du « Qu'allait-il faire dans cette galère ? » amplifie le comique de la réaction*) ; **accentuer** (id., ⇧ uniqt en effet, force : *accentuer ses efforts*) ; **arrondir** (⇧ élever à l'unité supérieure, fig. donner un accroissement appréciable). 2. devenir plus grand : **croître** (⇧ uniqt êtres vivants, ou analogie) ; **s'accroître, se multiplier, s'étendre, grossir, s'agrandir, s'élargir, s'amplifier, s'accentuer, s'arrondir** (v. 1.) ; v. aussi **grandir**.

aujourd'hui, v. maintenant.

aumône, v. aide.

auparavant, v. avant.

auprès, v. près.

aussi, 1. v. ainsi. 2. adv. de manière, *moi aussi* : **également** (⇧ équivalence) ; **pareillement** (id., ⇩ fort) ; **de même** (id.). 3. adv. de comparaison. ≈ tournures nom., avec adj. : *il n'est pas de même taille, de taille égale*, etc. pour *aussi grand*, ou v. marquant une comparaison : ***égaler, atteindre**, etc. : *le sublime de Racine n'atteint pas à l'intensité de celui de Corneille* pour *n'est pas aussi intense que* —.

aussitôt, adv. de temps, sans délai : **tout de suite** (⇩ soutenu) ; **immédiatement** (⇧ fort) ; **instantanément, à l'instant** (id.) ; **incontinent** (vx) ; **sur-le-champ** (⇧ expressif) ; **illico** (fam.). ≈ expr. **séance tenante** ; penser à la subordination, par des expr. du type : *il n'avait pas — à peine avait-il — fini de parler que la foule envahissait l'hémicycle* pour *il finit de parler ; aussitôt la foule envahit* —, et surtt **dès que**, etc.

austère, v. sévère.

austérité, v. sévérité.

auteur, 1. v. responsable. 2. personne qui écrit, notamment une œuvre donnée : **écrivain** (⇧ emploi absolu ; ⇩ œuvre précise : *l'auteur d'*Andromaque, mais *l'écrivain auquel nous devons* Andromaque ; ou œuvre supposée connue, celle que l'on étudie par exemple) ; **homme de lettres** (⇧ uniqt considéré comme une profession, hors du contexte de l'œuvre, et plutôt pour un auteur mineur : *l'homme de lettres du* XIXe ou *La Harpe, homme de lettres du début du* XVIIIe) ; **narrateur** (⇧ celui qui est censé raconter l'histoire, et n'est pas forcément l'auteur lui-même, mais plutôt en général un personnage fictif, héros principal ou simple témoin : *le narrateur de* La Recherche du temps perdu, *qu'il ne faut surtout pas confondre avec Proust, dont il est cependant comme une projection littéraire*) ; **écrivaillon, scribouillard** (⇧ péjor., mauvais) ; **plumitif** (id., ⇧ généralement vénal). SPÉC. **poète** ; **dramaturge** (⇧ théâtre) ; **conteur** (⇧ conte ou simplement récit, avec insistance sur art du récit : *La Fontaine est le plus souvent un conteur éblouissant*) ; **romancier** (⇧ roman, exclusivement) ; **prosateur** (⇧ prose) ; **philosophe** ; **critique** (⇧ auteur de critique littéraire, notamment de tout jugement porté sur un écrivain, et éventuellement proposé comme sujet de devoir) ; **essayiste**. GÉN. **artiste** (⇧ considéré du point de vue de l'Art en général, de la beauté esthétique et de ses exigences : *la présence de l'artiste dans le monde contemporain témoigne d'un appel vers des valeurs plus hautes*).

authenticité, 1. v. vérité. 2. v. sincérité.

authentique, 1. v. vrai. 2. v. sincère.

autochtone, v. barbare.

automate, v. appareil.

automatique, v. involontaire.

automne, saison de septembre à décembre : **arrière-saison** (⇧ fin de l'automne, douceur, mélancolie).

automobile, v. voiture.

autonome, v. libre.

autonomie, v. liberté.

autorisation, v. permission.
autoriser, v. permettre.
autoritaire, 1. pour une pers., qui tend à abuser de son autorité : **impérieux** (⇧ plutôt circonstanciel : *un ton impérieux*). 2. pour un régime politique, v. dictatorial.
autorité 1. ce qui confère le pouvoir d'être obéi : **pouvoir** (⇧ plutôt de fait, institué : *disposer d'un pouvoir illimité*) ; **puissance** (⇧ abstrait, déborde les limites du pouvoir au sens strict : *la puissance des Etats-Unis*) ; **domination** (⇧ soumission très forte : *le temps de la domination soviétique en Europe de l'Est semble révolu*). 2. v. influence.
autour (de), marque une situation à proximité et en cercle : **à l'entour** (⇧ soutenu) ; **à la ronde** (⇧ sur une certaine distance : *à des lieues à la ronde*). ≈ **à la périphérie, sur le pourtour** ; **à proximité** ; **devant**.
autre, 1. qui n'est pas le même : *un autre jour* ; **nouveau** (⇧ succession, remplacement : *il s'est acheté un nouveau parapluie*) ; ***deuxième**. ≈ **encore** : *il voudrait encore un verre*, v. deuxième. 2. qui n'est pas soi : **autrui** ; **les autres** ; **le (son) prochain** (⇧ moral : *aimer son prochain comme soi-même*) ; **son semblable** (id.). SPÉC. **congénère** (⇧ humor.) ; **camarade** (v. ami) ; **concitoyen** (⇧ nation) ; **collègue**, etc., GÉN. **les hommes, l'humanité**.
autrefois, adv. de temps, à une époque passée opposée à l'état présent : **jadis** (⇧ nostalgie) ; **anciennement** (⇧ surtt insistance sur changement : *la place de la Concorde, anciennement place Louis XV*) ; **naguère** (⇧ il y a peu de temps : *Saint-Pétersbourg, naguère encore Leningrad*). ≈ **dans le passé, jadis** ; **dans l'ancien temps** ; **à l'époque ancienne** ; ***avant (cela), antérieurement**, etc. (⇧ date précise de changement : *depuis la Révolution, la place a changé de nom* pour *elle s'appelait antérieurement —*).
auxiliaire, 1. n., v. secondaire. 2. adj., personne qui apporte une aide supplémentaire : **adjoint** (⇧ stable) ; **aide** (⇧ artisanat, concret) ; **assistant** (⇧ activité d'un niveau de compétence élevé : *l'assistant du chirurgien*) ; v. aussi **complice**.
avaler, 1. faire descendre dans le tube digestif : **absorber** (⇩ insistance sur mouvement des organes) ; **ingurgiter** (⇧ grande quantité ou absorption difficile, désagréable : *sa mère lui avait fait ingurgiter une pleine cuillerée d'huile de foie de morue*) ; **ingérer** (⇧ médical) ; **gober** (⇧ d'un seul trait) ; v. aussi **boire** et **manger**. 2. v. croire.
avance 1. fait d'avancer : **progression** (⇧ lent : *la progression des troupes allemandes vers Moscou fut bloquée par l'hiver*) ; **marche**. 2. distance ou espace de temps duquel on devance qqn, au pr. ou au fig. **supériorité** (⇧ uniqt fig. : *la supériorité technologique du Japon*).
avancement, 1. v. progrès. 2. fait de s'élever d'un grade à un autre : **promotion** (⇧ ponctuel : *sa promotion au grade de capitaine*, mais *le tableau d'avancement*).
avancer, 1. se diriger en avant : **s'avancer** (⇧ se détacher d'une position immobile : *ils s'avancèrent à l'appel de leur nom*) ; **progresser, marcher** (v. avance). 2. v. affirmer.
avant, 1. préposition, marquant l'antériorité. ≈ utiliser les verbes ***devancer**, ***précéder** ; expr. **le premier, en premier**, pour *avant lui, eux*. 2. adv. de temps : **auparavant** ; **précédemment** (⇧ peu de temps avant) ; **antérieurement** (⇧ vague) ; **préalablement, au préalable** (⇧ condition requise : *si vous souhaitez partir en Chine, il faudrait préalablement vous munir d'un visa*). ≈ dans un texte : **plus haut** ; **dans un *passage antérieur, précédent** ; v. aussi **autrefois** et **(d') abord**.
avantage, 1. élément de **supériorité** : **atout** (⇧ image du jeu : *il dispose de nombreux atouts par rapport à son concurrent* pour *— de nombreux avantages sur —*). 2. qualité positive de qqch., par opposition à inconvénient : **intérêt** (⇧ au sg., abstrait : *cette solution présente l'intérêt de nécessiter peu d'investissements*) ; **bénéfice** (id., ⇧ profit supplémentaire) ; **utilité** (id., ⇧ finalité précise : *l'utilité d'un lave-vaisselle est de dispenser d'une corvée biquotidienne*) ; **commodité** (⇧ aspect pratique : *le chauffage électrique offre de nombreuses commodités*). GÉN. **qualité** (⇧ objet) ; ***aspect positif** ; pour l'expression *(re)tirer (un) avantage* : **tirer profit, bénéfice, parti** ; expr. verb. **pouvoir invoquer (faire valoir) en faveur, au bénéfice, profit de** : *l'on peut faire valoir en faveur de cette décision son faible coût* pour *l'avantage de cette décision est —*.
avantager, v. favoriser.
avantageux, v. utile.
avant-dernier, situé juste avant le dernier : **pénultième** (⇧ techn. : *la pénultième*, sous-entendu *syllabe*).
avant-propos, v. introduction.
avare, qui aime l'argent pour lui-même, par ext. hostile à toute dépense : **parcimonieux** (⇧ faible, surtt hostile à la

dépense); **regardant** (id., ⇧ faible encore); **mesquin** (id., ⇧ relatif à ses moyens: *un pourboire mesquin de la part de cet homme richissime*); **pingre** (id.); **avaricieux** (vx, ⇧ péjor.); **ladre** (id., ⇧ litt.); **avide** (⇧ appétit d'argent; ⇩ répugnance à dépenser); **cupide** (id., ⇧ péjor.); **rapace** (id., ⇧ fort, brutal).

avarice, **parcimonie, mesquinerie, ladrerie, avidité, cupidité, rapacité** (v. avare).

avarie, incident affectant le fonctionnement d'un moyen de transport et, par ext. d'un mécanisme: **panne** (⇧ empêche plus gravement de fonctionner).

avec, prép. marquant 1. l'accompagnement: **en compagnie de** (⇧ uniqt animé, surtt pers.); v. aussi **accompagner**. 2. le moyen: **par** (⇧ cas précis, souvent ⇧ soutenu, figé: *par le fer et par le feu*); v. aussi **moyen (au)**. ≈ on aura souvent intérêt à préciser la modalité d'usage, notamment en analyse littéraire: **en ayant recours à, *employant, usant de, par l'emploi de**: *en ayant recours à la métaphore du feu (au terme de «flamme»), l'auteur précise la tonalité du récit* mieux que *avec* — et même *par* —; peut-être encore préférable: *l'auteur recourt à la — de façon à —*.

avenant, v. aimable.

avènement, v. arrivée.

avenir, 1. ensemble des événements qui peuvent se produire ultérieurement: **futur** (⇧ considéré davantage sous l'aspect purement temporel: *dans le futur*, mais *se préoccuper de son avenir*); **lendemain** (⇧ plus immédiat: *assurer le lendemain, à défaut de nourrir de grands projets d'avenir*). ≈ **carrière** (⇧ situation sociale); ***destinée**; **temps à venir**. 2. générations futures: **postérité** (⇧ successeurs dans une tradition: *travailler pour la postérité*).

aventure, 1. v. événement. 2. v. hasard.

avenue, v. rue.

avéré, v. vrai.

averse, v. pluie.

aversion, v. haine et détester.

averti, v. conscient.

avertir, transmettre à qqn une information qui demande son attention, notamment dans la mesure où qqch. le menace: **aviser** (⇧ neutre: *il a été avisé du dépôt d'un objet recommandé*); **informer** (id., ⇧ général); **prévenir** (⇧ en principe, idée d'informer à l'avance: *je l'ai prévenu d'avoir à se préparer*); **alerter** (⇧ fort, danger imminent). ≈ **mettre en garde** (⇧ danger net: *les médecins l'ont mis en garde contre l'abus du tabac*).

avertissement, action d'avertir: **avis, information, mise en garde** (v. avertir); **recommandation** (⇧ insistance: *il aurait bien fait de tenir compte de ses recommandations*); **suggestion** (⇧ indirect); **objurgations** (⇧ très fort, pour détourner de qqch.: *céder à ses objurgations*); **indication** (⇧ vague).

aveu, fait de reconnaître un acte: **confession** (⇧ faute, religieux ou par ext.: *recueillir la confession d'un détenu*); v. aussi **confidence**.

aveugle, personne ayant perdu l'usage de la vue. ≈ **atteint de cécité**.

aveuglement, v. folie.

aveuglément, sans penser à ce que l'on fait: **à tâtons, à l'aveuglette** (⇧ surtt manque de clarté, plutôt qu'irréflexion: *chercher la vérité à tâtons*).

avide, v. affamé et avare.

avidité, v. avarice.

avilir, v. dégrader.

avilissement, v. dégradation.

avion, engin volant: **aéroplane** (vx); **appareil** (⇧ suppose une précision préalable: *son appareil était d'un modèle déjà ancien*); **jet** (⇧ à réaction). SPÉC. **bimoteur**; **long-courrier**; **bombardier**, etc. GÉN. **engin**; **machine**.

aviron, v. rame.

avis, 1. v. opinion. 2. nouvelle répandue officiellement: **annonce** (⇧ en public, généralement oralement); **proclamation** (id., ⇧ solennel); **communication** (⇧ vague); **communiqué** (⇧ presse) || *A mon avis*: v. croire. 3. v. avertissement.

avisé, v. prudent.

aviser, v. avertir.

avocat, v. défenseur.

avoir, n. m., v. bien.

avoir, v. tr., I. marquant la possession. 1. **être en possession de**: **posséder** (⇧ insistance sur propriété); **détenir** (— insistance sur propriété, quelquefois illégitime: *il détient l'objet que vous cherchez*); **disposer de** (⇧ simple jouissance; ⇩ nécessairement propriété: *l'archevêque de Sens disposait de vastes domaines en Bourgogne*); **jouir de** (id.). ≈ **être propriétaire, possesseur, détenteur**; ***être à la tête de** (⇧ biens assez étendus, direction: *il était à la tête d'une fortune colossale*); pour un poste, un grade: **être titulaire de**, *il est titulaire du baccalauréat* pour *il a le —*. 2. entrer en possession de: **obtenir** (⇩ objet trop concret: *il a obtenu une récompense, le baccalauréat, ce qu'il désirait* — mais non *une maison*); **se procurer** (⇧ par

ses propres moyens); ***acquérir** (id.); ***acheter** (⇧ paiement); ***recevoir** (⇧ initiative d'autrui: *il a reçu la Légion d'honneur, il a été décoré de —*) ≈ avec inv., en utilisant ***donner (accorder, *attribuer**, etc.): *on lui a donné une place au théâtre* pour *il a eu —*.
II. marquant une façon d'être. **1. être pourvu de** certaines particularités physiques ou morales: *elle avait de grandes dents, mauvais caractère*: **présenter** (⇧ terme abstrait: *présenter un aspect négligé, de grandes qualités de cœur*); **offrir** (id.). ≈ **être doté de** (⇧ corps, qualités, défauts: *Cyrano était doté d'un long nez et d'un tour d'esprit singulier*); **être affligé, affecté** (id., ⇧ aspect pénible: *affligé d'une verrue sur le nez, d'une humeur acariâtre*); **être muni de** (⇧ objet ou, si partie du corps, humor.: *muni d'une canne, d'une paire de jambes interminables*); pour les parties du corps, l'on aura intérêt à varier en faisant de la partie considérée le sujet de la phrase — en évitant d'employer trop fréquemment le v. *être —, ou d'une expr. circonstancielle: *son œil pétillait de malice*, pour *l'œil pétillant de malice*, pour *il avait —*. **2.** subir l'action de diverses affections ou émotions; *avoir la grippe, du chagrin, de l'amitié pour qqn*: **souffrir de** (⇧ mal: *il souffrait d'une inflammation du pancréas* ou *de l'angoisse de la feuille blanche*); ***éprouver, ressentir** (⇧ sensation, émotion, sentiment: *il éprouvait une haine sans bornes pour toutes les formes de l'autorité*); **se sentir** (⇧ sentiment pour qqn: *il se sentait de l'inclination pour cette charmante personne*); **témoigner** (id., ⇧ manifestation extérieure: *témoigner de l'amitié*); **vouer** (id., ⇧ sentiment très fort: *de l'admiration, une haine féroce*). ≈ **être atteint de** (⇧ proche de souffrir: *Rousseau a été atteint vers la fin de sa vie du délire de la persécution*); penser aussi aux verbes simples qui correspondent souvent à des expr. formées par *avoir + un nom*: avoir peur = craindre, etc. **3.** *avoir lieu*; v. arriver.

avorter, v. échouer.

avouer, se décider à dire qqch. après des réticences: **confesser** (⇧ une faute, ou par ext.: *il m'a confessé qu'il ne se sentait pas la conscience tranquille; confesser son amour pour Hermione*); **confier** (⇧ discrètement; ⇩ réticences); **reconnaître** (⇧ un tort, un manque: *reconnaître ses limites*). ≈ **faire l'aveu, la confession.**

axiome, v. principe.

azur, adj., bleu.

azur, n., v. ciel.

B

babiller, v. bavarder.

babiole, v. bricole.

bacille, v. microbe.

bâcler, faire un travail à la hâte et mal: **expédier** (⇩ fort, pour mauvaise qualité); **saboter** (⇧ fort, pour mauvaise qualité; ⇩ nécessairement hâte).

bactérie, v. microbe.

badine, v. baguette

bafouer, traiter avec mépris et offenser en ridiculisant (une pers. ou un principe: *bafouer la loi*): **outrager** (⇧ forte offense; ⇩ ridicule); **ridiculiser** (⇧ fort); **humilier** (⇧ uniqt pers.; ⇩ ridicule); v. aussi **(se) moquer de.**

bafouiller, parler de façon indistincte: **balbutier** (⇧ ne pas parvenir à former ses mots); **bredouiller** (⇧ avec précipitation); **bégayer** (⇧ reprendre plusieurs fois les mêmes sons); **baragouiner** (⇧ langue difficilement compréhensible).

bagage, ce que l'on emporte en voyage: **affaires** (⇧ cour.: *où puis-je laisser mes affaires?*); **paquets** (⇧ supposé enveloppé, un peu vx); **paquetage** (⇧ militaire); **balluchon** (⇧ petit bagage noué, ou plaisant); **valises** (⇧ précis, bagage rectangulaire à poignée); **malles** (id., coffres de grande dimension, mais par ext., notamment expr.: *rapporter dans ses malles*); **chargement** (⇧ vague, idée de lourdeur); v. aussi **sac.**

bagarre, affrontement violent entre pers., avec échange de coups, ou fig.: **échauffourée** (⇧ davantage de personnes); **empoignade** (⇧ bref); **altercation** (⇧ soutenu; ⇩ violent); v. aussi **querelle** et **bataille.**

bagarrer (se), v. (se) battre.

bagatelle, v. bricole.

bagnole, v. voiture.

bague, v. anneau.

baguette, bâton fin et souple: **badine**

(id., ⇧ idée d'instrument pour fouetter); **verge** (id., ⇧ soutenu).

baie, v. golfe.

baignade, v. bain.

baigner (se), s'immerger dans l'eau à des fins de propreté ou de plaisir: **prendre un bain**; **se laver** (⇧ uniqt propreté); v. aussi **laver**. ≈ **faire trempette** (fam., petit bain, plaisir); **faire ses ablutions** (⇧ propreté, humor.); **prendre une douche** (⇧ précis).

bâiller, respirer en ouvrant grand et spasmodiquement la bouche, et par ext. rester en partie ouvert: *la porte bâillait*; **être béant** (⇧ large, important: *un gouffre béant*); **être entrouvert** (⇧ à demi).

bain, 1. action de se baigner: **baignade** (⇧ plaisir); **trempette** (id., fam.). 2. établissement offrant la possibilité de se baigner, surtt, au pl., à des fins curatives : **thermes** (⇧ antique ou cures); **eaux** (⇧ cure, vx : *prendre les eaux à Forges*).

baiser, v. embrasser.

baisse, v. diminution.

baisser, 1. tr., mettre plus bas: v. abaisser. 2. intr., diminuer de hauteur: v. diminuer, descendre et (s')abaisser.

bal, séance de danse publique: **sauterie** (fam., ⇧ entre intimes); **surprise-partie** (id.); **soirée dansante** (⇧ association, familial).

balade, v. promenade.

balader, v. promener.

balafre, v. cicatrice.

balancer, 1. (tr.) **agiter** d'un côté, puis de l'autre: **bercer** (⇧ doux et agréable); **dodeliner** (⇧ ne se dit guère que de la tête, doucement, et plutôt avec construction intr.: *dodeliner de la tête*); **ballotter** (⇧ surtt moyen de transport, secousses: *ballottés par le va-et-vient du wagon*). GÉN. **remuer**. 2. fam. v. (se) débarrasser. 3. (intr.) au moral: v. hésiter. || *(Se) balancer*: **s'agiter** d'un côté puis de l'autre: **osciller** (⇧ technique, déséquilibre); **bringuebaler** (⇧ fam., irrégulier, équilibre précaire); **tanguer** (⇧ embarcation, ou fig.); **vaciller** (⇧ risque de chute).

balbutier, v. bafouiller.

balcon, partie en saillie d'un édifice, placée devant une ouverture et permettant de s'y tenir: **loggia** (⇧ important, couvert); **véranda** (⇧ couverture vitrée, pas nécessairement en hauteur); **galerie** (⇧ grande dimension, circule sur toute une partie de la demeure); **bow-window** (⇧ saillie vitrée, typique maison anglaise).

balle, 1. petit objet sphérique que l'on lance pour jouer: **ballon** (⇧ gros); **pelote** (⇧ uniqt jeux précis, surtt pelote basque). 2. projectile d'un fusil ou pistolet; **cartouche** (⇧ tube rempli de poudre projetant du plomb); **plomb** (⇧ métonymie, mais plutôt petit). GÉN. **projectile**.

ballerine, v. danseuse.

ballon, 1. v. balle. 2. enveloppe gonflée d'un gaz permettant de s'élever dans les airs: **dirigeable** (⇧ peut être gouverné); **aérostat** (⇧ technique). GÉN. **aéronef** (⇧ toute machine volante).

ballot, v. paquet.

balluchon, v. paquet, bagage.

banal, v. courant.

banc, v. siège.

bandage, v. bande.

bande, 1. morceau de tissu allongé, que l'on enroule généralement autour d'une partie du corps: **bandeau** (⇧ sur front); **bandage** (⇧ uniqt plaies); **bandelette** (⇧ momie). GÉN. **pansement** (⇧ blessure). 2. toute surface longue et peu large: *une bande de terrain*; **parcelle** (⇧ vague, uniqt terrain); **raie, rayure** (⇧ plutôt plus mince, contrastant sur une autre surface: *une raie noire sur fond rouge*).

bande, ***groupe** de personnes associées pour des activités ou des buts communs, en général peu respectables, ou d'ordre familier: *bande de voleurs, de copains*; **troupe** (⇧ image militaire); **parti** (id., très litt.); **équipe** (⇧ liens étroits, petit nombre); **clan** (⇧ surtt liens dirigés contre les autres, péjor.: *le clan des polytechniciens*); **clique** (id., ⇧ péjoratif).

bandeau, v. bande.

bandelette, v. bande.

bandit, individu malhonnête opérant généralement en bande pour détrousser les voyageurs, par ext. tout individu d'une grande malhonnêteté: **brigand** (⇩ péjor.); **gangster** (⇧ mod., d'abord Amérique); **voleur** (⇧ faible, uniqt vol); **larron** (id., ⇧ soutenu ou humor.); **criminel** (⇧ fort, crimes de sang); **malandrin** (⇧ général, vx); **malfaiteur** (⇧ général, personne agissant contre l'ordre public) ≈ **pègre** (⇧ milieu constitué par les malfaiteurs: *la pègre des bas-fonds*).

banlieue, partie périphérique d'une agglomération urbaine moderne: **périphérie** (⇧ neutre, simple situation; ⇩ caractéristiques sociales); **pourtour** (id.); **faubourg** (⇧ extension immédiate du centre, plutôt dans urbanisme traditionnel : *le faubourg Saint-Germain*) ; **ceinture** (⇧ administratif ou géographique : *les communes de la ceinture parisienne*).

bannière, v. drapeau.

bannir, 1. v. exiler. 2. refuser d'admettre, *bannir le recours à la violence* : **écarter** (⇧ faible) ; **proscrire** (⇧ fort, interdiction).

banque, établissement prenant en dépôt des sommes d'argent et se livrant à des opérations financières : **caisse** (⇧ certaines banques ou établissements locaux : *caisse d'Epargne, des Dépôts ; la caisse régionale du Crédit Agricole*).

banquette, v. siège.

baptiser, v. appeler.

bar, v. café.

baragouiner, v. bafouiller.

baraque, v. cabane.

barbare, 1. n., individu étranger à la civilisation, surtt chez les Anciens : **sauvage** (⇧ peuples primitifs, XVIIIe-XIXe siècles : *le bon sauvage*) ; **indigène** (⇧ simplement originaire du pays, mais souvent connotation dépréciative, surtt colonial : *les indigènes de Polynésie*) ; **autochtone** (id., ⇧ savant) ; **aborigène** (id., ⇧ surtt Australie) ; **primitif** (⇧ idée d'une enfance de l'humanité, moderne : *les primitifs se représentent volontiers la nature comme le siège de forces surnaturelles*). 2. adj., qui est inaccessible à des sentiments d'humanité : **cruel** (⇧ précis, aime faire souffrir) ; **féroce** (id., ⇧ fort) ; **sadique** (id., ⇧ psychopathologie, ou par ext. : *le tueur sadique du métro*) ; **atroce** (⇧ souffrance insupportable, ou fig. : *un chromo d'un goût atroce*) ; **inhumain** (⇧ large : *une civilisation inhumaine*) ; **sauvage** (⇧ violence incontrôlée : *un cri sauvage*).

barbarie, 1. faible développement de la civilisation : **état de nature** (⇧ XVIIIe siècle : *un peuple demeuré dans l'état de nature*) ; **sous-développement** (⇧ économique). 2. caractère de ce qui est sans humanité ; **cruauté, férocité, sadisme, atrocité, inhumanité, sauvagerie** (v. barbare).

barbouiller, v. salir.

bariolé, de diverses couleurs plutôt criardes, au pr. ou au fig. : **coloré** (⇧ faible, pas nécessairement nombreuses) ; **multicolore** (⇩ nécessairement criard) ; **haut en couleurs** (⇧ surtt fig., moral) ; **bigarré** (⇧ contrastes) ; **chamarré** (⇧ volonté de paraître, souvent or : *un uniforme chamarré*).

barque, v. bateau.

barrer, v. boucher.

barrière, v. clôture.

bas, adj. 1. qui a peu de hauteur : **surbaissé** (⇧ plus bas que normal : *une cave surbaissée*) ; **écrasé** (⇧ de l'extérieur, forme peu élancée : *un monticule écrasé*). ≈ **peu élevé**. 2. situé à une faible hauteur : **inférieur** (⇧ dans un tout ou une gradation, plus bas : *la partie inférieure de la tour, un rang très inférieur*) ; **insignifiant** (⇧ dans une gradation uniqt, très bas : *à un niveau insignifiant*) ; **faible** (id., ⇩ fort). 3. pour un prix, peu élevé ; **modéré** (⇧ moyennement bas) ; **modique** (id., ⇧ bas encore) ; **raisonnable** (id.) ; **insignifiant** ; **faible** ; **ridicule** (⇧ très bas, nuance d'étonnement) ; **vil** (⇧ très faible, uniqt expr. *à vil prix*) ; **imbattable** (⇧ fam. concurrence). ≈ **défiant toute concurrence** (⇧ fam., comme imbattable), v. aussi **cher (pas)**. 4. au moral : *de bas procédés* ; **vil** (⇧ fort) ; **abject** (⇧ fort encore) ; ***dégoûtant**.

bas, adv., à peu de hauteur ou à un niveau inférieur : ≈ **à une faible altitude** (⇧ géographique) ; **à une position, un rang, un échelon très *bas** : *il se situait à un échelon très inférieur de la hiérarchie administrative.*

bas, n., partie inférieure de qqch. : **rez-de-chaussée** (⇧ maison) ; ***base** (⇧ surtt considération de la forme d'ensemble, idée de support : *la base de la colline était plantée de peupliers*). || *En bas (de)* : **au rez-de-chaussée** ; **à la base** ; **à l'étage inférieur** ; **au pied de** (⇧ à l'extérieur, ou élément de relief : *au pied de la tour Eiffel, de la butte Montmartre*) ; **sous** (⇧ uniqt relief, si confusion impossible : *sous les coteaux de Suresnes*).

basané, v. bronzé.

base, 1. partie inférieure d'un objet, lui servant de support : **fondations** (⇧ édifice, dans le sol) ; **assise** (⇧ rangées de pierre de fondation, ou fig.) ; **soubassement** (id., ⇧ hors du sol) ; **socle** (⇧ statue ou fig. : *le socle hercynien du relief de l'Europe*). 2. par ext. élément abstrait sur lequel repose un raisonnement, une hypothèse, etc. : l'on pourra employer presque tous les termes de 1, avec des nuances : **assise** (⇧ doctrine, construction sociale ou intellectuelle globale) ; **soubassement** (id. : *le soubassement de la théorie de l'évolution est la notion de mutation spontanée*) ; **fondement** (⇧ essentiel : *un raisonnement sans fondement*) ; ***principe** (⇧ abstrait) ; **prémisses** (id., ⇧ uniqt présupposés d'un raisonnement déductif : *sur ces prémisses,*

Newton put rendre compte à la fois de la pesanteur et des mouvements planétaires). ≈ **point (hypothèse) de départ**; **amorce**. v. aussi **(se) fonder**: *Newton s'est fondé sur —; la théorie de — repose sur* pour *la base de la théorie de —*.

baser (se), abusivement pour (se) fonder.

basilique, v. église.

bassesse, manque de noblesse dans le comportement ou les sentiments: **abjection** (⇧ fort, complaisance dans l'ignoble); **ignominie** (id., ⇧ malhonnêteté, s'applique plutôt aux actions: *l'ignominie de ses insinuations*); **vilenie** (⇧ surtt pour une action précise, litt.: *ce serait une vilenie*); **avilissement** (⇧ surtt honte); **platitude** (⇧ surtt manque de dignité, soumission, flatterie); **aplatissement** (id., ⇧ fort dans la soumission: *son aplatissement devant sa femme était total*).

bassin, 1. creux de terrain aménagé pour recevoir de l'eau: **pièce d'eau** (⇧ assez grand); **canal** (⇧ allongé: *le Grand Canal de Versailles*); **vasque** (⇧ d'assez petites dimensions: *une vasque de marbre*). 2. partie creuse d'un relief: *le Bassin parisien*; **cuvette** (⇧ petit); **dépression** (⇧ vague).

bataille, 1. affrontement physique et surtt armé entre plusieurs camps: **combat** (⇧ phase précise de l'affrontement: *les combats durèrent trois jours*); **engagement** (⇧ contact des troupes: *la bataille proprement dite fut précédée de plusieurs engagements de peu d'importance*). 2. v. conflit.

batailler, v. se battre.

bateau, engin flottant: **navire** (⇧ certaine importance); **barque** (⇧ petite dimension, surtt rames, mais on dit: *une barque de pêcheur*); **vaisseau** (⇧ important, litt. ou marine de guerre); **bâtiment** (⇧ important, surtt dans contexte impliquant déjà qu'il s'agit d'un navire, ou envisagé dans l'abstrait: *une unité de quinze bâtiments, ce fut le branle-bas sur notre bâtiment*); **rafiot** (fam. ⇧ péjor., vieux). SPÉC. **canot** (⇧ à rames); **chaloupe** (id.; ⇧ de secours sur un gros navire); **canoë** (id.; ⇧ plutôt léger); **kayak** (⇧ originellement esquimau, en peau; mod., très léger, insubmersible, pour navigation sportive dans torrents, etc.); **péniche** (⇧ fleuve); **cargo** (⇧ marchandises); **paquebot** (⇧ gros transport de passagers); **yacht** (⇧ moyen, plaisance); **chalutier** (⇧ pêche); **croiseur** (⇧ guerre, fort tonnage); **vedette** (id., petit tonnage); **galère** (⇧ rames, jusqu'au XVIIe); **nef** (⇧ Moyen Age ou poét.); **nacelle** (= barque, poét.: *les ombres que Charon passe dans sa nacelle*).

batelier, v. marin.

bâtiment, 1. v. construction. 2. v. bateau.

bâtir, 1. v. construire. 2. v. établir.

bâtisse, v. construction.

bâtisseur, v. constructeur.

bâton, morceau de bois allongé tenu à la main: **gourdin** (⇧ gros, destiné à frapper); **trique** (⇧ en général même usage, plus mince); **canne** (⇧ destiné à s'appuyer); v. aussi **baguette**.

battre, 1. donner des coups à qqn: ***frapper** (⇧ un seul coup précis); **rosser** (⇧ violent, litt.); **malmener** (⇧ vague); **taper** (⇧ simple coup peu violent avec la main, ou fam., plutôt enfantin); **assommer** (⇧ fort, perte de connaissance). SPÉC. **gifler** (⇧ avec la main, à la volée); **souffleter** (id., ⇧ litt., vx); **boxer** (⇧ poing); **fesser** (⇧ sur les fesses). GÉN. **maltraiter**. ≈ ***donner, appliquer des *coups, horions, gifles, une rossée, (administrer) une (bonne) correction**; **rouer de coups**; **donner une volée** (fam.); **porter la main sur** (⇧ litt., surtt dans interdictions: *je ne tolérerai pas que vous portiez la main sur cet enfant*); **mettre à mal** (⇧ résultat, blessures). 2. v. vaincre. 3. *battre en retraite*: v. reculer. 4. (intr.) être animé d'un mouvement alterné (surtt cœur): **palpiter** (⇧ expressif, vie). ‖ *Se battre*: échanger des coups, pour des particuliers, ou **s'affronter** par les armes, pour des collectivités, ou, au fig., s'engager au service d'une cause (pron. ou tr. ind.); **se bagarrer** (fam.); **combattre** (⇧ armé, durée, ou fig.); **batailler** (⇧ armées, petits engagements successifs, ou fig.: *le parti radical a longtemps bataillé pour l'interdiction des congrégations religieuses*); **lutter** (⇧ opposition générale, effort; ⇩ affrontement physique précis, sauf jeu: *lutter pour l'abolition de l'esclavage*); au sens moral, uniqt tr. direct, v. aussi **défendre**. ≈ **en venir aux mains** (⇧ réciproque, violent: *le ton montant, ils faillirent en venir aux mains*); v. aussi **(se) disputer** et dispute.

bavard, qui aime parler; **loquace** (⇧ litt., parle beaucoup); **volubile** (⇧ rapidement et avec plaisir); **prolixe** (⇧ quantité très forte); **intarissable** (⇧ ne s'arrête jamais); **verbeux** (⇧ grandes phrases solennelles, s'applique surtt à un discours) ≈ expr. fam. **avoir du bagou**

(beaucoup de) (⇧ idée d'abondance de choses à dire, avec aisance) ; **avoir une bonne tapette** (⇧ très fam.). GÉN. **parler.** ≈ **avoir un entretien, (tenir) une conversation (familière)** ; **faire la causette** (fam.) ; **tailler une bavette** (très familier).

bavardage, action de bavarder : **papotage, babil, bavasserie, entretien, *conversation, échange, causette, caquetage** (v. bavarder).

bavarder, parler ensemble familièrement de choses et d'autres : **causer** (⇧ litt. ou fam.) ; **papoter** (⇧ futile) ; **jacasser** (⇧ comme les pies, bruyant, futile, péjor. : *les deux commères n'arrêtaient pas de jacasser*) ; **babiller** (⇧ très futile, enfantin, souvent gentil) ; **dégoiser** (⇧ médisance) ; **bavasser** (fam., péjor., perte de temps, pour ne rien dire) ; **caqueter** (fam. ; ⇧ en disant du mal d'autrui) ; **s'entretenir** (uniqt familier : *ils s'entretinrent de l'avenir de leurs enfants*) ; **converser** (id., ⇧ idée d'une certaine tenue de l'entretien) ; **échanger** (id., ⇧ confrontation d'opinions ou informations) ; **conférer** (id., ⇧ décision à prendre).

bavure, v. tache.

bazar, v. magasin.

béat, v. heureux.

béatitude, v. bonheur.

beau, adj. I. qui suscite une émotion esthétique : 1. dans un registre simple et aimable : **joli** (⇧ petit, séduisant : *vous avez là une bien jolie petite maison*) ; **mignon** (⇧ menu, attendrissement) ; **charmant** (⇧ attirance, idée lointaine de magie, expressif) ; **ravissant** (id., ⇧ expressif encore) ; **adorable** (id., ⇧ attachement : *quel adorable bambin !*) ; **riant** (⇧ gaieté, surtt paysage : *de riants bocages*) ; **séduisant** (⇧ élevé, attirance forte) ; **attirant** (id., ⇩ fort) ; **piquant** (⇧ vivacité particulière, originalité : *elle n'était pas belle à proprement parler, mais avait un je ne sais quoi de piquant*) ; **gracieux** (⇧ sentiment d'aisance, surtt dans mouvement difficile à préciser : *une démarche gracieuse*). ≈ l'on songera évidemment à tous les tours verbaux, avec **charmer, ravir, séduire,** etc. : *l'on ne pouvait manquer d'être charmé par les traits de son visage* ; id. tours nominaux, avec **joliesse, charme,** etc. (v. beauté) : *plein de grâce ; il en émanait une subtile séduction ; auréolé d'un charme pénétrant.* 2. dans un registre plus solennel : **magnifique** (⇧ grandeur, souvent affaibli en superlatif courant de beau) ; **superbe** (id., ⇧ en principe, supériorité un peu hautaine) ; **splendide** (id., ⇧ en principe, éclat) ; **majestueux** (⇧ grandeur, noblesse, fort) ; **éblouissant** (⇧ éclat insoutenable, très fort : *une toilette éblouissante*) ; **merveilleux** (⇧ idée affaiblie de miracle, émerveillement, très expressif) ; **féerique** (id., ⇧ accent sur magie, sentiment d'irréalité : *la forêt sous le givre prenait un aspect féerique*). ≈ tours verb. avec **impressionner, émerveiller, éblouir,** etc. ; tours nominaux avec **magnificence, majesté** (v. beauté), **émerveillement, éblouissement,** etc. : *d'une incomparable splendeur, majesté ; être frappé d'admiration (émerveillement, etc.) devant la magnificence de ce spectacle* ; **à couper le souffle** (fam.). 3. exprimant certaines nuances particulières de l'émotion esthétique : **pittoresque** (⇧ charme original, mais mineur, appelant la peinture, surtt paysage) ; **harmonieux** (⇧ régularité des proportions) ; **sublime** (⇧ idée d'élévation spirituelle, même dans les objets inanimés : *sentiments, paysage sublimes*) ; **idéal** (⇧ conformité avec l'idée, la perfection des aspirations esthétiques, souvent très affaibli : *le dessin idéal de son profil*). ≈ insister sur émotion ; **éveiller l'intérêt, la curiosité** (pour pittoresque) ; **élever l'âme, inspirer des sentiments élevés, inviter à la méditation** (pour sublime) ; **satisfaire pleinement l'œil, les sens, l'esprit, donner le sentiment de la perfection** ; **d'une rare perfection** (pour idéal). 4. plus neutre et général : **esthétique** (⇧ idée de contemplation pure, souvent affaibli) ; ***artistique** (⇧ élaboration par l'art, pour œuvres qui ne sont pas exactement des œuvres d'art : *une présentation des plats très artistique*) ; v. aussi **agréable.**

II. qui suscite un sentiment de satisfaction. 1. morale *(une belle conduite)* : **admirable, magnifique, sublime** (v. I.) ; **noble** (⇧ supériorité morale) ; **généreux** (⇧ don de soi) ; **pur** (⇧ absence de calcul) ; v. aussi **bon.** 2. de l'ordre de l'impression banale (v. agréable), surtt pour le temps : *il fait beau* ; (un temps) **superbe, splendide, merveilleux, idéal** (v. I.) ; **clair** (⇧ lumière sans nuages) ; **pur** (id., ⇧ certaine fraîcheur) ; **lumineux** (⇧ lumière particulièrement vive) ; **radieux** (id., ⇧ fort).

III. *avoir beau* + inf. : v. bien que.

beaucoup, marque une grande quantité ou une grande intensité. 1. + n. : **de nombreux** (⇧ pluriel : *de nombreux avantages*) ; **abondant** (⇧ uniqt sg. : *un courrier abondant*) ; **surabondant** (id.,

⇧ fort); **quantité de** (id., ⇧ soutenu); **(bon) nombre de** (id.); **bien des** (id., ⇩ fort: *bien des gouvernements s'y sont essayé en vain*); **force** (⇧ très litt., plutôt complément: *il vida force bouteilles*); **moult** (⇧ archaïque ou humor.); ***plusieurs** (⇩ grand, seulement pluralité); **innombrables** (⇧ fort: *d'innombrables poètes célèbrent l'éclat des yeux de leur dame); **multiples** (id., souligne la diversité: *de multiples emplois possibles*); **énormément** (suivi d'un sg., superlatif: *il avait énormément d'argent*); **infiniment** (id., ⇧ fort: *avec infiniment de charme*). ≈ **une abondance, multitude, foule de** (v. abondance); **un (très, si) grand, bon nombre**; **une infinité** (⇧ illimité, surtt superlatif, un peu précieux: *j'ai trouvé dans ce livre une infinité de beaux traits*); **légion** (expressif, dans expr.: *les écrivains qui ont médité sur la fuite du temps sont légion,* et *ne pas être légion*); **pas mal de, des masses de, un tas de** (fam.); avec un effet d'insistance, l'on recourra à l'exclamatif **tant de**: *tant de richesses restent encore méconnues du public!*; fam., au sg., avec l'adj. **fou** (⇧ superlatif): *un argent fou, un charme fou, une chance folle*); de façon générale, avec un sg. ou un pl. évoquant un tout, l'on songera aux adj. d'intensité: *un art admirable, un talent remarquable, des richesses considérables.* 2. modifiant un verbe, *il travaille beaucoup*: **(très) fort** (⇧ soutenu); **énormément** (⇧ fort); **considérablement** (id., ⇧ quantité ou évaluation: *la tâche lui fut considérablement facilitée par les circonstances*); **infiniment** (⇧ émotion, sentiment: *plaire infiniment*); **follement** (id., ⇧ fort); **vivement** (⇧ intérêt, goût: *s'intéresser vivement à la peinture*); **passionnément** (id., ⇧ intense); **largement** (⇧ étendue, ou fig.: *son crédit fut largement entamé par cette désastreuse prestation*); **terriblement** (⇧ idée négative: *il avait terriblement vieilli*); **copieusement** (⇧ fonctions organiques: *boire, manger copieusement,* mais également qqs emplois divers: *injurier copieusement*). SPÉC. **dur** (⇧ travail); ***souvent** (⇧ temps, ou processus linéaire: *employer souvent une expression*). ≈ **à la passion, la folie** (⇧ goût); **d'arrache-pied** (⇧ travail); **à torrents** (⇧ pluie); l'on songera également à tous les verbes intensifs qui permettent d'éviter le recours à l'adv.: **se passionner** pour *s'intéresser beaucoup,* **enthousiasmer** pour *plaire beaucoup,* etc.; id. avec périphr. verb. et adj. intensif: **nourrir un intérêt passionné, fournir un travail considérable, inspirer une *grande tristesse, faire un emploi fréquent, abusif,** etc. 3. avec un comparatif: *beaucoup plus joli*; **bien, nettement, infiniment** (v. supra); **incomparablement** (⇧ superlatif). || *De beaucoup* (avec superlatif): **de loin.**

beauté, 1. qualité de ce qui est beau: **joliesse, charme, grâce, attrait, séduction, magnificence, splendeur, majesté, féerie, harmonie** (v. beau, I.); **perfection** (⇧ beauté sans défaut); **noblesse, générosité** (v. beau, II.). ≈ pour des nuances plus précises, l'on pourra avoir recours dans certains cas à l'adj. substantivé: **le pittoresque, le piquant, le merveilleux, le sublime**; id. par le résultat: ***réussite, impression, émotion, effet** *(la réussite de [l'impression frappante produite par, l'émotion suscitée par] ce vers tient à la richesse des sonorités; ce tableau tire tout son effet du jeu subtil du clair-obscur).* 2. l'essence du beau, surtout considéré dans ses règles et principes: **le Beau** (⇧ emphat.); **esthétique** (⇧ étude théorique du beau, ou par ext., plus philosophique ou moins emphat.). SPÉC. **grâce, idéal, sublime, pittoresque, harmonie** (v. beau); v. aussi **art.**

bébé, enfant en bas âge: **poupon** (⇧ idée de soins tendres); **nourrisson** (⇧ encore au sein, en principe, ou par ext.); **nouveau-né** (⇧ peu de temps après naissance); v. aussi **enfant.**

bec, v. bouche.

bégayer, v. bafouiller.

bélier, v. mouton.

belle-fille, épouse du fils: **bru** (⇩ courant).

belle-mère, seconde femme du père: **marâtre** (⇧ péjor.): *ô vraiment marâtre nature!* (RONSARD).

belligérance, v. guerre.

belliqueux, d'humeur guerrière: **guerrier** (⇧ nettement dispositions à la guerre au sens pr.: *les traditions guerrières des peuples balkaniques*); **belliciste** (⇧ qui pousse à la guerre, par l'action politique: *la propagande belliciste de l'Action française*); v. aussi **agressif.**

bénéfice, v. avantage.

bénéficier, v. profiter.

bénéfique, v. favorable.

bénir, 1. appeler la protection divine sur qqn ou qqch.: **consacrer** (⇧ fort, appartenance divine: *consacrer le pain et le vin*); **sacrer** (⇧ uniqt personnage princier ou ecclésiastique, avec intronisation : *Charlemagne fut sacré empereur par le pape*). 2. v. remercier.

berceau, lit à hauts bords destiné aux bébés : **moïse** (⇧ tressé).

béret, v. chapeau.

berger, homme qui garde des bêtes, plutôt des brebis : **pasteur** (⇧ en principe plus général, plutôt litt. ou fig. : *il s'est montré le pasteur de son peuple*) ; **pâtre** (⇧ jeune berger, litt. : *un pâtre grec*) ; **pastoureau** (⇧ litt., coloration méridionale ou médiévale). SPÉC. **vacher, porcher, chevrier.** GÉN. **gardien (de troupeau).**

bergerie, lieu où l'on enferme les moutons : **bercail** (⇧ très litt., presque uniqt emploi fig. : *le retour au bercail de la brebis perdue*) ; **parc (à moutons)** (⇧ simple enclos, généralement mobile). ≈ ***étable** ; **enclos.**

berner, v. tromper.

besogne, v. travail.

besogner, travailler.

besoin : 1. expression d'un manque aspirant à être comblé : *un grand besoin d'affection* ; **exigence** (⇧ besoin impératif : *les exigences de la vie sociale*) ; **nécessité** (id., ⇧ contraignant : *les nécessités du service*) ; **impératif** (id., ⇧ officiel, administratif : *les impératifs techniques*) ; ***désir** (⇧ ressenti par un être vivant, peut ne pas correspondre à un besoin élémentaire : *le désir d'éternité* (ALQUIER) ; ***manque** (v. ce mot ; ⇧ seulement considération négative, extérieure : *il constata le manque criant d'installations sanitaires* ou constr. avec de + inf.). || *Avoir besoin de* : **falloir** (⇧ changement de constr. : *il lui fallait absolument un million*) ; **nécessiter** (⇧ inanimé : *la maison nécessitait des réparations ;* ou animé envisagé comme un être passif) ; **demander, exiger** (id. : *c'était un enfant fragile qui exigeait des soins intenses*). ≈ formes négatives **ne pas pouvoir se passer de** ; avec adj. **être indispensable, utile, nécessaire**, etc. : *il lui était indispensable (il ne pouvait se passer) de fumer une cigarette après les repas*) ; avec inv. ***manquer (faire défaut)** (v. manquer) : *il nous manque un bon comptable* pour *nous avons besoin d'* — ; négativement : **n'avoir que faire (rien à faire**, moins soutenu) pour *ne pas avoir besoin* (⇧ irritation : *nous n'avons que faire des conseils de cet énergumène*). 2. v. pauvreté.

bétail, ensemble des animaux domestiques susceptibles de pâturer : **cheptel** (⇧ considéré numériquement : *un cheptel ovin de trois mille têtes*) ; **bêtes** (⇧ concret, affectif : *le berger était profondément attaché à ses bêtes*) ; **bestiaux** (⇧ concret, neutre).

bête, 1. v. animal. 2. v. stupide.

bêtise, v. stupidité.

beugler, v. crier.

bévue, v. erreur.

biaiser, user d'un moyen détourné : **louvoyer** (⇧ en changeant d'attitude plusieurs fois) ; **tergiverser** (id., ⇧ gagner du temps).

bibelot, v. bricole.

bicoque, v. maison.

bicyclette, v. vélo.

bien, adv. 1. d'une façon adaptée à la fin poursuivie : *bien danser, bien parler, bien écrire* ; l'on notera que dans cet emploi l'adv. *bien* correspond à l'adj. *bon*, et que, par conséquent, les adverbes formés à partir de synonymes de *bon*, en ce sens, valent comme synonymes de *bien*. Ainsi : **remarquablement** (⇧ fort : *un écrivain remarquable/un livre remarquablement écrit*) ; **admirablement** (⇧ fort encore) ; **parfaitement** (id., ⇧ aucune faute) ; **merveilleusement** (⇧ émerveillement : *elle fait merveilleusement la cuisine*) ; **superbement** (⇧ certaine supériorité élégante) ; **passablement** (⇧ seulement assez bien, de façon acceptable : *il joue passablement du piano*) ; **honnêtement** (id.) ; **correctement** (id.) ; en dehors de ces adv. de valeur assez générale, applicable à un grand nombre de verbes, l'on trouvera des adv. plus spécifiques, souvent préférables littérairement : **éloquemment** (⇧ discours : *il plaida si éloquemment sa cause qu'il emporta tous les suffrages*) ; **élégamment** (⇧ grâce ; discours, attitude physique : *s'habiller élégamment*) ; **confortablement** (⇧ lieu de séjour ou position : *confortablement calé dans une chauffeuse Louis XV*) ; **judicieusement** (⇧ intelligence, activité de l'esprit, ou impliquant une telle activité : *un appartement judicieusement aménagé ; une intrigue judicieusement conduite*) ; **intelligemment** (id., ⇧ vague) ; **astucieusement** (id., ⇧ fam.) ; **rigoureusement** (id., ⇧ ne laisse rien au hasard : *une scène composée très rigoureusement*) ; **soigneusement** (id., ⇧ grande attention : *Barbey étudia soigneusement les coutumes normandes avant d'écrire* L'Ensorcelée) ; **minutieusement** (id., ⇧ fort) ; **clairement** (⇧ absence d'ambiguïté : *il leur fit clairement comprendre son désaccord*) ; un cas particulier important est constitué par le registre esthétique, à partir des adverbes correspondant aux synonymes de beau (v. ce mot pour les nuances et un inventaire plus large) : **joliment, mignonnement, gracieusement, sublimement, pittoresquement, idéalement**, etc. ≈ l'on aura évidemment recours aux tours adj. : **de façon (manière) remarquable, admirable, confortable**, etc. ; tours nom. : **à la perfection ; à la satisfaction générale ; avec éloquence, élégance, jugement, intelligence, soin, minutie** ; ou encore en nominalisant l'action : *la qualité, l'élégance (souveraine), de son style (de son costume)* pour *il écrit (s'habille) bien, la rigueur (constante) de la composition, le soin (méticuleux) apporté à la préparation de l'œuvre, l'agencement de la scène* ; ou avec des périphr. comme **témoigner de, révéler** : *l'organisation du tableau (l'exécution du morceau) témoigne d'une grande sensibilité, d'une parfaite maîtrise* pour *ce tableau est bien organisé, ce morceau est bien joué.* 2. marque la conformité avec une règle, notamment morale : *il a bien agi* ; l'on notera la même correspondance avec *bon*, en ce sens : **justement** (⇧ justice) ; **honorablement** (⇧ honneur, souvent affaibli au sens de satisfaisant du point de vue moral, sans plus : *il s'était comporté honorablement sur le champ de bataille d'où il était revenu sergent*) ; **vertueusement** (⇧ sens moral élevé) ; **honnêtement** (id., ⇧ honnêteté) ; **courageusement** (⇧ risque) ; **correctement** (id., ⇧ forte idée d'une norme morale) ; **remarquablement, admirablement, sublimement, magnifiquement** (v. 1. et beau) ≈ comme en 1., pour adj. : **de façon honorable, correcte** ; mais l'on aura plutôt recours au vocabulaire des vertus morales, dans les tours nom. : **avec générosité, grandeur d'âme, noblesse** ou à des tours comme **en honnête homme, homme d'honneur, de parole, de cœur, bon citoyen, en (parfait) gentleman** : *il s'est comporté à mon égard en parfait honnête homme* ; id. avec périphr. verb. comme **faire preuve de, témoigner de** : *il a fait preuve de beaucoup de courage en se conduisant de la sorte.* 3. v. très et trop. 4. v. beaucoup. 5. *vouloir bien* : v. consentir. 6. employé comme adj., *c'est bien* : **satisfaisant** (⇧ par rapport à une exigence) ; souvent simple marque d'approbation ; v. approuver ; dans un emploi familier, *bien* attribut exprime n'importe quel jugement positif sur une pers. ou une chose : *ce livre est bien* ; pour une chose : v. 1., beau et bon : *ce livre est excellent, remarquable, admirable* (ou *c'est un livre —*) ; pour une pers., v. beau et sympathique.

bien, n. 1. ce qui appartient à qqn, surtt au pl., *de grands biens* : **propriété** (⇧ insistance sur droit de possession) ; **ressources** (⇧ souligne la mise à disposition, notamment d'argent) ; **domaine** (⇧ étendue, plutôt terres) ; **richesses** (⇧ vague, idée d'argent) ; **patrimoine** (⇧ hérité de ses ancêtres) ; **avoir** (⇧ en général modeste : *placer tout son avoir dans l'emprunt russe*) ; **possession** (id., ⇧ surtt pour une collectivité : *les possessions de la France aux Indes*) ; **moyens** (⇧ disponibilités financières : *avoir de gros moyens*). 2. *le Bien*, principe de l'action morale : **devoir** (⇧ idée d'obligation morale : *le devoir passe avant tout*) ; **moralité** (⇧ qualité d'une conduite jugée en fonction du Bien : *un homme de haute [peu de] moralité*) ; **idéal** (⇧ en tant que visé à la limite, jamais vraiment atteint : *tendu vers l'Idéal, il ne se résignait pas à la médiocrité des passions humaines*) ; **vertu** (⇧ qualité morale proprement dite).

bien-être, v. confort

bienheureux, v. heureux.

bien que, conj. de sub. marquant la concession : **quoique ; pour, tout** (+ adj.) **que** : *pour grands que soient les rois* (CORNEILLE) ; *tout avisé qu'il est* ≈ **en dépit (du fait) que** (⇧ lourd) ; **avoir beau** : *il a beau savoir parfaitement la langue, il passera difficilement pour un indigène* pour *bien qu'il sache —* ; **malgré, en dépit de** suivis d'un nom d'action : *en dépit de sa parfaite connaissance —* ; v. aussi **cependant**.

bienséant, v. convenable.

bientôt, adv. dans un intervalle de temps peu important, au regard de la période considérée : **incessamment** (⇧ fort) ; **rapidement** (⇧ insistance sur vitesse, du moins emploi soutenu : *notre ami sera rapidement de retour* ; convient mal pour un événement) ; **d'ici peu, sous peu, avant peu ; à l'instant, dans quelques instants** (⇧ intervalle de temps objectivement très court, de l'ordre de la fraction horaire). ≈ **dans peu de temps** ; notamment pour les intervalles plus longs (jours, mois : *le gouvernement tombera bientôt*), l'on précisera l'unité : *dans, d'ici, quelques jours, mois* ; également avec la périphr. **ne (n'aller) pas tarder** (*il ne tardera pas [ne va pas tarder] à revenir, à tomber*) ; **être sur le point de, (tout) près de** ; quelquefois un simple présent, appuyé ou non d'un adv., peut suffire : *je reviens tout de suite* pour *je reviendrai bientôt.*

bienveillance, v. bonté.

bière, 1. boisson à base d'orge : **cervoise** (vx). 2. v. cercueil.

bifurcation, v. carrefour.

bigarré, v. bariolé.

bigot, v. religieux.

bigoterie, v. religion.

bijou, objet précieux dont l'on se pare : **joyau** (⇧ grand prix). SPÉC. **perle, diamant, bague, broche.**

bile, 1. sécrétion du système digestif : **fiel** (⇧ animaux, ou fig., avec nuance : **plein de fiel**, d'insinuations blessantes). 2. v. colère et souci.

bille, v. boule.

billet 1. v. lettre. 2. titre de transport, spectacle, etc. : **ticket** (⇧ plutôt transport) ; **coupon** (⇧ en principe carnet, loterie, etc.) ; **récépissé** (⇧ en échange de qqch.). 3. monnaie de papier : **coupure** (⇧ adj. : *grosse coupure*) ; **papier-monnaie** (⇧ uniqt global : *l'émission de papier-monnaie*) ; **assignat** (⇧ à certaines époques, surtt Révolution française) ; v. aussi **argent.**

bipède, v. homme.

biscuit, v. gâteau.

bistre, v. sombre.

bitume, produit visqueux composé surtout d'hydrocarbures : **asphalte** (⇧ appliqué sur une chaussée).

bivouac, v. camp.

bizarre, 1. qui surprend par la singularité peu positive de sa façon d'être : **singulier** (⇧ surtt unique de son espèce ; ⇩ négatif : *il était doué d'un tour d'esprit singulier*) ; **insolite** (⇧ surtt inhabituel) ; **saugrenu** (id., ⇧ hors de propos : *il lui venait sans cesse des idées saugrenues*) ; **excentrique** (⇧ volonté délibérée de s'écarter de la norme) ; **baroque** (⇧ fort, très contrasté) ; **abracadabrant** (⇧ très fort, à peine imaginable) ; **invraisemblable** (id., ⇩ fort) ; v. aussi **étrange** et **fou.** 2. v. original.

blague, v. plaisanterie.

blaguer, v. plaisanter.

blâmable, qui mérite d'être blâmé : **répréhensible** (⇧ idée d'un blâme officiel mérité) ; **condamnable, criticable** (v. désapprouver).

blâme, v. désapprobation.

blâmer, v. désapprouver.

blanchir, v. laver.

blanchissage, v. lavage.

blasphème, v. sacrilège.

blême, v. pâle.

blêmir, v. pâlir.

blesser, 1. infliger physiquement une blessure à qqn : **égratigner** (⇧ très légèrement sur la peau) ; **érafler** (id., ⇧ superficiel) ; **contusionner** (⇧ simple choc laissant des traces, surtt au part. passé : *fortement contusionné par sa chute*) ; **meurtrir** (⇧ souligne la douleur) ; **estropier** (⇧ en principe membre sérieusement atteint, mais par ext., à valeur superlative). ≈ **mettre à mal, (se) faire mal.** 2. v. attrister et offenser.

blessure, atteinte à l'intégrité du corps : **lésion** (⇧ médical, surtt interne : *une lésion de la moelle épinière*) ; **plaie** (⇧ effet de la blessure, ouverte et persistante ; également fig., souffrance morale persistante) ; **égratignure, éraflure, contusion, meurtrissure** (v. blesser).

bleu, couleur : **azur** (⇧ poétique, ciel) ; **céruléen** (⇧ rare, très poét.). ≈ **pervenche** (⇧ clair, surtt yeux).

bloquer, v. immobiliser.

blottir (se), se réfugier dans un espace limité en se repliant sur soi : **se nicher** (⇩ repli : *il se nicha sur les genoux de sa mère*) ; **se tapir** (⇧ aplati : *il se tapit sous l'armoire*).

bœuf, v. vache.

boire, 1. absorber un liquide : **se désaltérer** (⇧ supprimer la soif) ; **se rafraîchir** (⇧ fraîcheur) ; **s'abreuver** (⇧ animaux) ; **avaler** (⇧ neutre, rapide : *il avala d'un coup son verre de pastis*) ; **ingurgiter** (⇧ grande quantité : *il était capable d'ingurgiter une quantité de bière prodigieuse*) ; **entonner** (fam., id.) ; **descendre** (id.) ; **siroter** (fam., ⇧ à petites gorgées : *siroter un whisky*). 2. absolu, **s'adonner à la boisson ; picoler** (fam.). ≈ v. ivrogne et ivrognerie.

bois, 1. ensemble d'arbres d'une certaine importance : **forêt** (⇧ important : *la forêt de Fontainebleau*) ; **sylve** (⇧ très litt., vaste étendue) ; **futaie** (⇧ arbres élevés) ; **bosquet** (⇧ petit) ; **buisson** (⇧ petit encore, plutôt épineux : *un buisson d'aubépine*) ; **bouquet** (⇧ quelques arbres seulement) ; **boqueteau** (id., ⇧ petit encore) ; **taillis** (⇧ assez récemment coupé, reprenant). ≈ **touffe d'arbres** (= bouquet) ; **massif d'arbres** (⇧ assez important). 2. matériau tiré des arbres ; **fagot** (⇧ brassée de petit bois) ; **bûche** (⇧ morceau assez gros).

boisson, liquide susceptible d'être bu : **rafraîchissement** (v. boire) ; **breuvage** (⇧ litt., mélange confectionné dans un but précis, ou humor. : *ce délectable breuvage*) ; **potion** (⇧ à des fins médicales) ; **mixture** (⇧ divers composants, souvent péjor. : *quelle est cette mix-*

ture ?) ; **nectar** (⇧ excellent, emphat. : *ce bourgogne est un vrai nectar*). GÉN. **liquide**.

boîte, 1. objet creux aux parois rigides destiné à contenir qqch. : **caisse** (⇧ gros, solide) ; **carton** (⇧ uniqt dans cette matière, assez grand : *il avait rangé le chapeau dans son carton*) ; **cassette** (⇧ pour objets précieux) ; **écrin** (⇧ bijoux) ; **coffret** (⇧ de moyenne importance, aussi objets précieux). GÉN. **récipient, réceptacle, emballage**. 2. boîte de nuit : **discothèque** (⇧ mod.) ; **dancing** (id.) ; **guinguette** (⇧ 1900, campagne) ; **café-concert** (id.) ; **cabaret** (⇧ spectacle).

boiter, avoir des difficultés à s'appuyer sur un pied en marchant : **boitiller** (⇩ fort) ; **claudiquer** (⇧ assez savant) ; **clopiner** (⇧ en se traînant un peu).

boiteux, 1. qui boite, au sens pr. : **bancal** (⇧ déséquilibre plus fort) ; **claudicant** (v. boiter). 2. qui n'est pas satisfaisant : *un vers boiteux* ; **déséquilibré** ; **faux** (⇧ pour un vers).

boitiller, v. boiter.

bombance, v. repas.

bon, I. qui correspond à la fin qu'on en attend ; en forte corrélation avec l'adv. **bien** (v. ce mot). 1. pour des choses seulement : **satisfaisant** (⇧ estimation de l'usage : *un instrument satisfaisant*) ; **efficace** (id., ⇧ insistance sur résultat : *un moyen efficace*) ; **valable** (⇧ surtt produit de l'esprit : *un argument valable*) ; **positif** (⇧ général, mod. : *des résultats positifs*) ; **propre** (⇧ mot : *voilà le mot propre*) ; **juste** (id., ⇧ calcul, raisonnement, remarque, opposé à erroné) ; **confortable, judicieux, rigoureux** (v. bien, 1.). 2. pour des personnes ou des choses : **excellent** (⇧ superlatif : *un excellent médecin*) ; **remarquable, admirable, parfait, merveilleux, superbe, passable, honnête, correct, éloquent, élégant, intelligent, astucieux, soigneux**, etc. ; (v. bien, 1.) ; v. aussi **beau**, notamment pour **idéal**, et **doux**. 3. *Etre bon en* : v. capable et réussir. 4. pour des aliments : **savoureux** (⇧ insistance sur goût : *un plat savoureux*) ; **succulent** (⇧ fort, plaisir intense) ; **délectable** (id., ⇧ fort encore) ; **exquis** (⇧ maximum de plaisir, raffinement) ; **délicieux** (id.). 5. qui répond aux normes morales : **juste, honorable, vertueux, honnête, courageux, correct** (v. bien, 2.). ≈ pour l'ensemble des emplois de I, l'on pourra recourir à des tours verbaux avec *bien* ou ses équivalents (v. bien) : *il dansait remarquablement* pour *c'était un bon danseur*, etc. ; également tours nom. avec **excellence, efficacité, valeur, perfection, mérite, talent**, etc. (v. aussi **bien**) : *souligner la valeur de l'argument, le talent de l'auteur* plutôt que *trouver que l'argument (l'auteur) est bon* ; ou encore : *un argument de valeur, un écrivain de talent, un médecin de renom, un plat d'un goût exquis* pour *un bon* — ; de façon générale, l'on préférera avoir recours à ces constructions qui permettent de nuancer le jugement de façon appréciable.

II. témoignant de la bonté, des dispositions favorables envers autrui. 1. pour une pers. : ***doux** (*gentil, aimable*, etc.) ; **brave** (⇧ fam., un peu condescendant : *un brave homme*) ; **bienveillant** (⇧ attitude portée vers le bien) ; **secourable** (⇧ vient en aide) ; **serviable** (id., ⇩ fort) ; **charitable** (id., ⇧ sentiment) ; **compatissant** (⇧ sensible à la souffrance d'autrui) ; **humain** (⇧ opposé à dur, cruel). ≈ **plein de, porté à la *bonté, bienveillance, compassion, miséricorde, compréhension** ; **enclin à l'indulgence** ; **d'une serviabilité à toute épreuve** ; tours divers avec ces mêmes noms : *sa bienveillance était sans bornes*, etc. 2. pour une chose, *avoir bon cœur* : **(être) bienveillant, charitable, secourable, compatissant**.

bonbon, petite friandise surtout composée de sucre aromatisé : **sucrerie** (⇧ vague) ; **douceur** (⇧ vague encore). SPÉC. **berlingot** (⇧ avec des arêtes vives) ; **caramel** (⇧ à base de caramel) ; **dragée** (⇧ aux amandes, forme ovale). GÉN. **friandise**.

bond, v. saut.

bondé, v. plein.

bondir, v. sauter

bonheur, 1. v. chance. 2. état de satisfaction profonde : **satisfaction** (⇧ limité, seulement dans le sens : *il ne pouvait cacher sa satisfaction d'avoir obtenu ce poste*) ; **contentement** (id., ⇧ fort, durable) ; **félicité** (⇧ très litt., bonheur parfait) ; **béatitude** (⇧ en principe vocabulaire religieux, bonheur des élus au ciel, mais par ext. bonheur entraînant l'oubli de toute autre chose) ; **plénitude** (⇧ sentiment de satisfaction absolue, au-delà des contingences matérielles) ; v. aussi **plaisir**.

bonhomme, v. homme.

boniment, v. mensonge.

bonne, v. servante.

bonnet, couvre-chef sans bord, de diverses espèces : **béret** (⇧ pour un homme, rond et plat) ; **calotte** (id., ⇧

plat, seulement dessus de la tête) ; **toque** (id., ⇧ fourrure, cylindrique) ; v. aussi **chapeau**.

bonté, qualité d'un homme bon : **douceur, gentillesse, amabilité, bienveillance, serviabilité, charité, compassion, humanité, compréhension**, etc. ; v. bon II., 1.

boqueteau, v. bois.

bord, 1. limite d'une surface : **côté** (⇧ vague, idée de position relative : *l'autre côté de la rivière*) ; **rebord** (⇧ en surélévation) ; **bordure** (⇧ en principe faisant l'objet d'un arrangement particulier, mais *en bordure de* et *au bord de* sont à peu près équivalents) ; **frange** (⇧ originellement avec effilage, pour un tissu, mais par ext., limite extrême, indécise : *aux franges de l'Europe*) ; **contour** (⇧ d'une figure, la séparant du fond : *des contours un peu estompés*) ; **lisière** (⇧ limite extrême : *à la lisière du bois*). GÉN. **extrémité**. 2. limite extrême d'une terre par rapport à la mer ou un cours d'eau : **côte** (⇧ élevé) ; **littoral** (⇧ envisagé dans son extension linéaire : *le littoral adriatique*) ; **rivage** (⇧ précisément partie en contact avec l'eau, éventuellement recouvert par la marée) ; **rive** (id., ⇧ étendue d'eau moyenne, lac, cours d'eau) ; **plage** (id., ⇧ recouvert occasionnellement par l'eau, envisagé comme lieu de séjour possible) ; **grève** (id., ⇧ vague dans sa destination) ; **berge** (⇧ relevé, plutôt rivière).

border, v. entourer.

bordure, v. bord.

borne, v. fin, limite.

borner, v. finir, limiter.

bosquet, v. bois.

bosse, v. hauteur.

botte, 1. ensemble de tiges de végétal regroupées, généralement par un lien : **gerbe** (⇧ céréales : *une gerbe de blé*) ; **bouquet** (⇧ fleurs, ou végétaux d'ornement) ; **brassée** (⇧ pouvant se porter avec les bras, à valeur superlative pour un bouquet : *une brassée de glaïeuls* ; **fagot** (⇧ petit bois) ; **meule** (⇧ de grande importance, à demeure sur le sol) ; **faisceau** (⇧ antique ou forme géométrique abstraite). 2. chaussure remontant le long des jambes : **bottine** (⇧ petit, surtt féminin) ; **brodequin** (⇧ petit, uniqt cuir).

bouche, partie du corps servant à l'ingestion des aliments : **gueule** (⇧ animaux, ou vulgaire) ; **bec** (⇧ oiseaux, ou fam. : *la pipe au bec*).

boucher, v. opposer un obstacle au passage par un lieu resserré quelconque : **obstruer** (⇧ abs., techn. : *l'évacuation d'eau était obstruée par les dépôts calcaires*) ; **obturer** (⇧ très techn., notamment photo : *obturer l'objectif*) ; **colmater** (⇧ une ouverture inopportune : *ils colmatèrent la fissure*) ; **aveugler** (⇧ fenêtre) ; **murer** (⇧ mur, orifice important : *murer la porte du jardin*) ; **barrer** (⇧ à la façon d'une barre, en travers d'une route : *le passage était barré par des éboulis*). GÉN. ***fermer**.

bouchon, 1. morceau de liège, le plus souvent, servant à boucher un récipient : **tampon** (⇧ improvisé, à partir de papier ou chiffon). 2. v. encombrement.

bouclé, v. frisé.

bouclier, 1. pièce d'armement consistant en une large surface plane ou bombée, servant à parer les coups : **écu** (⇧ médiéval) ; **pavois** (id., ⇧ grande dimension, surtt dans expr. *hisser sur le pavois*, mérovingien ou fig.). 2. fig., v. protection.

bouder, prendre une attitude contrariée et se refuser au contact des autres par mécontentement : ≈ **faire la tête (la gueule)** (⇧ fam. ou très fam.) ; v. aussi **contrarié**.

boue, terre imbibée d'eau : **bourbe** (⇧ très épais, litt.) ; **fange** (⇧ très salissant, surtt litt. et fig. : *s'enfoncer dans la fange*) ; **gadoue** (⇧ résidus d'ordures ménagères, syn. fam. de fange). GÉN. **terre**.

bouffant, v. gonflé.

bouffer, v. manger.

bouffi, v. gonflé.

bouffir, v. gonfler.

bouffon, v. comique.

bouffonnerie, v. comédie.

bouger, 1. intr., faire des mouvements : **remuer** (⇧ fort : *il n'osait pas remuer*) ; **s'agiter** (⇧ vif : *s'agiter en tout sens*) ; **se mouvoir** (⇧ déplacement, assez neutre, et soutenu : *il lui était impossible de se mouvoir en quelque direction que ce soit*) ; **se déplacer** (id.) ; **gesticuler** (⇧ très fort, avec de grands gestes : *il discourait en gesticulant*) ; **gigoter** (fam. ; ⇧ assez vif). 2. tr., mettre en mouvement : **déplacer** (⇧ insiste sur changement de place : *déplacer sans cesse les meubles*) ; **agiter** (⇧ avec force, en sens contraire : *agiter son bâton, l'air menaçant*).

bougie, tube de matière inflammable pourvu d'une mèche destiné à l'éclairage : **chandelle** (⇧ archaïque ou poét. : *dîner aux chandelles*) ; **cierge** (⇧ église : *brûler un cierge à la Sainte Vierge*) ; **flambeau** (⇧ important ; ⇩ précis pour matière) ; **torche** (⇧ en principe bois résineux, ou par ext., plus important : *Molière fut enterré à la lueur des torches*) ; **lumignon** (⇧ faible éclairage, pas nécessairement bougie) ; v. aussi lampe.

bouillant, v. chaud.

bouillir, 1. pour un liquide, atteindre son point de vaporisation : **frémir** (⇧ uniqt première agitation du liquide : *verser sur le thé de l'eau frémissante*) ; **bouillonner** (⇧ insiste sur aspect du liquide, bulles, pas seulement ébullition : *l'eau bouillonnait autour des piles du pont*). ≈ **entrer, être en ébullition.** 2. au fig., ne plus pouvoir se contenir, surtt de colère : **frémir, être en ébullition** ; **bondir** (⇧ soudain). ≈ **être en effervescence** (⇧ surtt agitation).

bouillon, v. soupe.

boule, objet de forme sphérique, souvent plein (*boule de neige*) : **sphère** (⇧ uniqt forme géométrique : *un objet céleste en forme de sphère*) ; **bille** (⇧ petit, notamment jeu d'enfant) ; **globe** (⇧ plutôt assez important, relative valeur : *le globe de la lampe*) ; v. aussi balle.

boulevard, v. rue.

bouleversé, v. ému.

bouleversement, v. changement.

bouleverser, v. changer.

bouquin, v. livre.

bourdonnement, son sourd et continu : **grondement, ronflement, ronronnement, vrombissement** (v. bourdonner). GÉN. ***bruit**.

bourdonner, faire entendre un son continu assez sourd, comme celui d'un insecte en vol : **gronder** (⇧ plus sourd et puissant : *l'orage grondait au lointain*) ; **ronfler** (⇧ évoque un dormeur, régulier : *le moteur ronflait à plaisir*) ; **ronronner** (⇧ évoque un chat, id., ⇧ doux) ; **vrombir** (⇧ puissant et brutal, souvent accélération subite). GÉN. ***résonner**.

bourgeois, personne appartenant à la classe moyenne, relativement aisée, souvent péjor. : **Monsieur** (⇧ vx, emphat. ou péjor., souvent dans la bouche d'un inférieur : *à Saumur, il passait pour un Monsieur*) ; **rentier** (⇧ vit de ses revenus sans travailler, plutôt XIXe s.) ; **cadre (moyen, supérieur)** (⇧ mod., fonction d'encadrement dans une entreprise) ; **philistin** (⇧ romantique, bourgeois étranger à tout sens artistique). ≈ surtt au pluriel, v. bourgeoisie.

bourgeoisie, ensemble des bourgeois, considéré d'un point de vue sociologique, et souvent péjor. : **aristocratie** (⇧ de rang plus élevé, noblesse liée à la naissance : *l'aristocratie d'ancien régime*) ; **oligarchie** (⇧ péjor., petite caste sociale monopolisant le pouvoir : *l'oligarchie financière*). ≈ **classes moyennes, aisées** ; **gens bien, comme il faut** (fam., ⇧ ironie, souvent hypocrisie morale : *la réprobation des gens bien*) ; v. aussi **bourgeois**.

bourgmestre, v. maire.

bourlinguer, v. voyager.

bourlingueur, v. voyageur.

bourrasque, v. orage.

bourré, v. plein.

bourreau, 1. personne chargée officiellement d'exécuter les condamnés à mort : **exécuteur des hautes œuvres** (⇧ très officiel, ou emphat.). 2. fig., personne se livrant à des actes de cruauté : **tortionnaire** (⇧ torture, physique ou morale : *dès la récréation, il se trouvait livré à ses tortionnaires*) ; v. aussi **assassin**.

bourrer, v. remplir.

bourse, 1. petit sac destiné à ranger sa monnaie : **porte-monnaie** (⇧ mod. et courant) ; **escarcelle** (⇧ très litt., ou expr. : *il n'était pas aisé de lui faire mettre la main à l'escarcelle*) ; **aumônière** (⇧ archaïque). 2. v. argent.

boursouflé, v. gonflé.

bout, 1. extrémité de qqch., plutôt matérielle : ***fin** (⇧ général, abs. : *la fin de ses épreuves*, mais *le bout du tunnel*) ; **fond** (⇧ en profondeur, ou par ext. : *au fond du couloir*). ||*Au bout de* : **à l'extrémité, la fin** ; **au terme** (⇧ durée : *au terme de son voyage*) ; v. aussi **bord, fin** et **limite**. 2. v. morceau.

bouteille, récipient en verre servant à contenir un liquide : **carafe** (⇧ plus large à la base, liquide mis pour être immédiatement consommé) ; **flacon** (⇧ de petite dimension) ; **fiasque** (⇧ large panse, cannage, plutôt Italie) ; **canette** (⇧ petit, bière). GÉN. **récipient**.

boutique, v. magasin.

boutiquier, v. commerçant.

bovidé, v. vache.

boxer, v. battre.

braillement, v. cri.

brailler, v. crier.

branche, partie d'un arbre sur laquelle poussent les feuilles : **rameau** (⇧ litt., dimension assez petite : *tendre le rameau d'olivier*) ; **ramille** (⇧ id., petit rameau fragile) ; **brindille** (⇧ très petit morceau mince d'un végétal, arbre ou plutôt herbe) ; **pousse** (⇧ nouvellement poussée) : *les pousses de l'année* ; **drageon** (id., ⇧ inopportun, plutôt sur partie basse, racines : *couper les dra-*

geons); **scion** (⇧ petit morceau destiné à être greffé); **branchage**; **ramure** (⇧ poét.); **charpente** (⇧ insiste sur grosses branches assurant le soutien); **frondaison** (⇧ avec les feuilles).

brancher, mettre en contact une partie d'un circuit, surtt électrique, sur une autre: **connecter** (⇧ techn., emploi absolu difficile: *il connecta son évacuation d'eau sur le réseau de tout-à-l'égout*); ***relier** (⇩ emploi absolu).

brandir, v. lever.

braquer, **diriger** une arme en direction de qqn; **pointer** (⇧ précis dans la direction; ⇩ menace directe: *le croiseur pointa ses batteries sur la ville*).

brasier, v. feu.

brasser, v. remuer.

brave, 1. v. courageux. 2. v. bon.

braver, 1. défier qqn en montrant qu'on ne le craint pas; **défier** (⇧ invite à l'affrontement); **provoquer** (id., ⇧ appel direct); **jeter le gant** (id., ⇧ imagé); **narguer** (⇧ avec moquerie). 2. v. affronter.

bravoure, v. courage.

brebis, v. mouton.

brèche, v. trou.

bredouiller, v. bafouiller.

bref, v. court.

brevet, v. diplôme.

bric-à-brac, 1. ensemble de vieilles affaires hétéroclites, ou fig.: **méli-mélo** (⇧ insiste sur désordre). 2. lieu présentant ce genre d'objets (fam.); **bazar** (⇧ fort pour désordre); **capharnaüm** (⇧ expressif).

bricole, petit objet, événement ou activité sans importance: **babiole** (⇧ uniqt objet); **bagatelle** (⇧ insiste sur l'insignifiance, a généralement aujourd'hui un sens plus abstrait: *perdre son temps à des bagatelles*); **colifichet** (⇧ en général plutôt bijou); **bibelot** (⇧ objet décoratif dans un intérieur); **broutille** (⇧ activité seulement); **vétille** (id., ⇧ , surtt obstacle, légèrement péjor.: *s'arrêter à des vétilles*). ≈ **(petit) rien**: *offrir un petit rien*; *se monter la tête pour des riens.*

brièveté, qualité de ce qui est bref: **rapidité** (⇧ par rapport au temps: *les moments heureux passent avec trop de rapidité*); **concision** (⇧ pour une expression, dire beaucoup en peu de mots: *la concision qui convient au style des maximes*); v. aussi **vitesse** et **précarité**, passager).

brigand, v. bandit.

brillant, 1. qui brille, physiquement: **luisant** (⇧ faible, soutenu); **éclatant** (⇧ très vif); **étincelant** (⇧ étincelles étym., affaibli); **scintillant** (⇧ id. étym., mais plutôt effet particulier à certains objets qui jettent de petits éclats variables: *un diamant scintillant*); **éblouissant** (⇧ force à détourner les yeux); **flamboyant** (⇧ flamme); **fulgurant** (⇧ violent, étym. image de la foudre); **chatoyant** (⇧ reflets variés: *un tissu de soie chatoyant*); **miroitant** (⇧ réfléchit la lumière en scintillant: *la surface miroitante de la mer*); **phosphorescent** (⇧ en principe d'une lumière propre, mais ext.: *les yeux phosphorescents des chats*); **lumineux** (⇧ vague et neutre). 2. au fig., qui se distingue par son mérite particulier: **éclatant, étincelant, éblouissant, fulgurant** (v. 1.); v. aussi **bon**.

briller, jeter une lumière vive (au pr. ou au fig.): **luire, étinceler, scintiller, flamboyer, chatoyer, miroiter** (v. brillant); **reluire** (⇧ surface polie astiquée: *ses chaussures reluisaient*).

briquer, v. nettoyer.

brise, v. vent.

briser, v. casser.

brocanteur, marchand de vieux objets d'occasion, assez disparates: **antiquaire** (⇧ uniqt objets d'une certaine valeur, meubles, etc.); **fripier** (⇧ vieux habits); **bouquiniste** (⇧ vieux livres).

brocard, v. moquerie.

brocarder, v. se moquer.

brochure, v. livre.

brodequin, v. chaussure.

bronze, alliage de cuivre et d'étain: **airain** (⇧ très litt., noble: *le serpent d'airain*).

bronzé, ayant pris une pigmentation sombre sous l'effet du soleil: **hâlé** (⇧ exposition non intentionnelle, ni esthétique, due au travail, aux intempéries: *hâlé par les embruns*); **basané** (⇧ teint naturel: *un Mexicain basané*); **cuivré** (⇧ uniqt léger hâle, agréable).

brosser, v. nettoyer.

brouhaha, v. bruit.

brouillard, masse de vapeur à ras de terre gênant la visibilité: **brume** (⇧ léger et disséminé); v. aussi **pluie**.

brouille, v. désaccord.

brouiller, 1. rendre peu clair en mélangeant: **embrouiller** (⇧ confus); **emmêler** (⇧ surtt mélange des éléments). ≈ **mettre sens dessus dessous**; **rendre inextricable, indémêlable**; v. aussi **mélanger**. 2. **mettre des personnes en mauvais termes**; **désunir, séparer** (⇧ vague et général).

brouillon, première version d'un texte: **ébauche** (⇧ général, seulement grandes lignes); **esquisse** (id., ⇧ limité encore);

canevas (⇧ seulement plan plus ou moins détaillé); **manuscrit** (⇧ rédigé à la main).

broyer, réduire en petits morceaux: **écraser** (⇧ en pressant, sans nécessairement briser: *écraser des olives*); **piler** (⇧ avec un pilon, en frappant: *piler du riz*); **concasser** (⇧ techn., morceaux assez gros); **pulvériser** (⇧ en poudre, d'un seul coup: *le pare-brise fut pulvérisé par le choc*); v. aussi **casser**.

bruit, 1. son qui n'est pas musical: **vacarme** (⇧ fort et gênant: *cessez ce vacarme*); **tapage** (id., ⇧ son plus ou moins volontaire); **raffut** (id., ⇧ fam.); **brouhaha** (⇧ involontaire, résultant d'un mélange de sons, surtt de voix, assez sourd: *un brouhaha parcourut l'hémicycle*); **rumeur** (⇧ assez fort, mélange de sons: *une longue rumeur montait des flots*); **bruissement** (⇧ continu, léger: *le bruissement des feuillages*); **murmure** (id., ⇧ doux). GÉN. ***son**. SPÉC. les espèces de bruits sont innombrables, et il est souvent bon de les bien caractériser; penser à l'aspect sonore: **claquement** (⇧ choc de deux objets); **sifflement**; **chuintement** (⇧ sifflement sourd et léger); **grincement** (⇧ aigu, surtt métal qui frotte); à l'origine du son: **gazouillement** (⇧ oiseaux); **aboiement** (⇧ chien); **feulement** (⇧ fauve), etc. 2. information mal contrôlée qui court ici et là: **rumeur** (⇧ répandu); **faux bruit** (⇧ inexact); **ragot** (⇧ inexact, péjoratif).

brûlant, v. chaud.

brûler, 1. tr. détruire par le feu: **consumer** (⇧ destruction totale); **incendier** (⇧ ensemble important, surtt bâtiments); **carboniser** (⇧ laisser à l'état de charbon); **calciner** (id., au sens moderne); **incinérer** (⇧ réduire en cendres). 2. intr.: **se consumer**; **flamber** (⇧ forte flamme). 3. v. aimer.

brun, v. sombre.

brusque, 1. qui agit sans ménagements: **brutal** (⇧ fort, violence); **bourru** (⇧ surtt peu aimable). 2. v. soudain.

brusquement, v. soudain.

brut, v. naturel.

brutal, v. violent.

brutalité, 1. v. violence. 2. v. soudaineté.

bruyant, qui fait du bruit: **sonore** (⇧ général, surtt pour la cause); **assourdissant** (id., ⇧ fort); **tonitruant** (id., ⇧ fort: *une voix tonitruante*)

bucolique, v. campagnard.

buffet, 1. meuble destiné à renfermer de la vaisselle, principalement: **armoire** (⇧ général, plutôt linge); **bahut** (⇧ général, plutôt rustique: *un large bahut campagnard*); **vaisselier** (⇧ uniqt vaisselle, plutôt à découvert); **desserte** (⇧ avec tablette servant à poser les plats après le service); **placard** (⇧ encastré dans le mur); **commode** (⇧ dans une chambre, avec tiroirs). 2. v. restaurant.

buisson, groupe de petits arbres, en général très rameux: **taillis**; **broussaille**; **bosquet** (⇧ surtt aménagé, arbres plus grands); **fourré** (⇧ épais); **halliers** (⇧ suite de buissons épais, refuge du gibier, très littéraire).

bulletin, v. journal.

bureau, 1. meuble sur lequel on écrit: **secrétaire** (⇧ avec tiroirs); **pupitre** (⇧ école, en principe incliné). GÉN. **table**. 2. local dans lequel on se livre à des travaux plus ou moins intellectuels, et, par ext., organe de décision situé dans ce local; **cabinet** (⇧ uniqt local, privé ou de certains responsables officiels de haut niveau: *le cabinet du Premier ministre*); **secrétariat** (⇧ travail précis de secrétaire, plutôt adjoint d'un responsable).

bureaucrate, v. fonctionnaire.

burlesque, v. comique.

but, 1. point visé par un tir: **cible**; **objectif** (⇧ tir d'artillerie, but réel : *tous les obus atteignirent leur objectif*). 2. **terme** d'un déplacement: **destination** (⇧ local: *arriver à destination*); **port** (⇧ uniqt expr. *arriver à bon port*). 3. terme visé par une activité quelconque: **fin** (⇧ lointain, tend à sortir de l'usage courant en ce sens, sauf expr. *arriver à ses fins, à seule fin, à toutes fins utiles*; sinon litt. ou philosophique : *toute existence a le bonheur pour fin*); **objectif** (⇧ image militaire, très atténuée, surtt mod., administratif: *il leur exposa les objectifs du plan*); **dessein(s)** (⇧ mise en œuvre mentale, par un sujet animé: *dans le dessein de s'emparer de la ville*); **visée(s)** (id., ⇧ vague et lointain: *la Serbie avait des visées sur la Bosnie*); **ambition** (⇧ vague, seulement désir fort, mais souvent lointain: *Mallarmé nourrissait l'ambition de réaliser une œuvre de poésie totale*); **plan** (id., ⇧ exécution prévue avec précision; ⇩ insistance sur terme: *son plan prévoyait l'occupation de la Ruhr*); **finalité** (⇧ abstrait; sauf emploi absolu, ne convient qu'à un inanimé: *la principale finalité de son voyage était d'ordre sentimental*). GÉN. ***cause**; **motif**; **justification**. 4. *avoir pour but*: **se proposer de** (⇧ vague, avec pour sujet plutôt une pers.: *il se proposait d'aller en Italie l'année suivante*); **nour-**

rir l'ambition de (v. supra) ; v. aussi **vouloir** ; **être destiné à** (⇧ sujet inanimé : *l'emploi de l'anacoluthe est destiné à souligner le trouble du personnage*) ; **viser à** (id., ⇩ fort). ≈ avec les synonymes ou termes généraux cités dans 3., éventuellement en inversant : *la justification de l'anacoluthe tient à la volonté de souligner* —.

buvable, qui peut être bu : **potable** (⇧ pour des raisons d'hygiène, et non de goût seulement) ; au fig., **acceptable, passable** (fam.).

buveur, v. ivre.

C

cabane, petite maison faite de matériaux légers : **hutte** (⇧ assemblage précaire, surtout primitifs) ; **cahute** (⇧ péjor., mauvais abri) ; **masure** (⇧ vraie maison, mais misérable) ; **gourbi** (⇧ originairement Afrique du Nord, mais par ext. maisonnette sordide) ; **baraque** (⇧ construction provisoire en matériau léger ; ou fam., maison, avec sens péjoratif).

cabaret, v. café.

cabas, v. panier.

cabinet, v. bureau et pièce.

câble, v. corde.

cabriole, v. saut.

caché, 1. v. cacher. 2. dissimulé à la connaissance de la plupart des gens : **secret** (⇧ fort, intention de dissimulation : *un message secret*) ; **clandestin** (⇧ qui se dissimule à l'autorité publique : *passager clandestin*) ; **occulte** (⇧ lié à une discipline ésotérique, magie, ou fig. : *des puissances occultes*) ; **mystérieux** (⇧ qui dissimule qqch., notamment son origine : *un mystérieux pouvoir d'attraction*) ; **obscur** (⇧ dont une partie reste dans l'ombre) ; **ténébreux** (id., ⇧ fort : *Une ténébreuse affaire* [BALZAC]) ; **ésotérique** (⇧ réservé à quelques initiés : *l'alchimie s'est toujours voulue un art ésotérique*) ; **hermétique** (⇧ originellement, sens voisin, mais plutôt affaibli aujourd'hui, d'une compréhension difficile, obscur : *le sens souvent hermétique des sonnets de Mallarmé*) ; **abscons** (id., ⇧ péjoratif : *un exposé abscons*).

cacher, I. soustraire à la vue ou aux recherches. 1. avec un sujet actif : *il a caché des œufs dans les plates-bandes* ; **dissimuler** (⇧ vague) ; **déguiser** (⇧ fausse apparence créée : *déguiser la vérité sous le voile des symboles*) ; **masquer** (id., idée de masque : *masquer une tache par un napperon*) ; **voiler** (⇧ légèrement) ; **enterrer** (⇧ enfouir, ou fig.) ; **camoufler** (⇧ en déguisant) ; **planquer** (fam.). 2. avec un sujet passif, *l'arbre cache la forêt* : **dissimuler, masquer, couvrir** (⇧ contact direct sur une surface, ou fig. : *les nuages couvrent le soleil*) ; **occulter** (⇧ lumière) ; **faire écran** (id.) ; **voiler** (id., ⇧ ténu).
II. ne pas faire connaître ou ne pas exprimer : **dissimuler, déguiser, masquer** ; **taire** (⇧ silence) ; **celer** (vx, ⇧ surtt expr. : *pour ne rien vous celer*). ≈ avec nég. : **ne pas découvrir, révéler**, etc.
III. *(se) cacher* : **se dissimuler, déguiser, masquer** ; **se terrer** (⇧ peur, sous terre ou par ext.) : **se planquer** (fam.).

cachette, endroit où l'on se cache : **retraite** (⇧ vague, lieu où l'on se retire pour échapper aux autres) ; **planque** (fam.). GÉN. **abri** ; **refuge**. || *En cachette* : **secrètement, clandestinement, occultement, mystérieusement** (v. caché) ; **en catimini** (⇧ de façon très discrète) ; **en sous-main** (⇧ par derrière, surtt dans une affaire : *il manipulait le gérant en sous-main*) ; **à la dérobée** (⇧ rapidement, en évitant d'être vu) ; **furtivement** (id., à la façon d'un voleur, à l'origine) ; **sous le manteau** (= clandestinement).

cachot, v. prison.

cadavre, v. mort.

cadeau, v. don.

cadence, v. rythme.

cadet, plus jeune enfant : **puîné** (vx, enfant qui vient après un autre) ; **benjamin** (⇧ le dernier de tous, souligne la jeunesse).

cadre, 1. élément qui entoure un tableau, un miroir, etc. : **encadrement** ; **bordure** (⇧ vague). 2. v. décor.

caduc, v. démodé.

café, lieu où l'on consomme des boissons : **cabaret** (⇧ un peu vieilli ou litt.) ; **bar** (⇧ en ce sens, lieu précis : *entrer dans un bar* mais *aller au café*) ; **estaminet** (⇧ Nord de la France) ; **brasserie** (⇧ bière) ; **bistro(t), (mas)troquet** (fam.). ≈ **débit de boissons** (⇧ officiel).

cage, objet grillagé destiné à enfermer un être vivant : **clapier** (⇧ lapins) ; **volière** (⇧ oiseaux, assez vaste).
cageot, v. caisse.
cahier, ensemble de feuilles de papier reliées destinées à l'écriture : **bloc-notes** (⇧ en vue de notes rapides) ; **agenda** (⇧ selon le calendrier) ; **registre** (⇧ en vue d'une nomenclature) ; **carnet** (⇧ de petite dimension) ; **calepin** (id., ⇧ petit).
cahot, v. saut.
cahute, v. cabane.
caillou, v. pierre.
caisse, grande boîte destinée à contenir des marchandises : **cageot** (⇧ d'un matériau plus léger, ajouré, surtt fruits, légumes : *un cageot de groseilles*) ; **coffre** (⇧ solide, avec couvercle) ; **malle** (id., ⇧ destiné au transport).
cajoler, v. caresser.
calamistré, v. frisé.
calamité, v. malheur.
calciner, v. brûler.
calcul, 1. activité consistant à manipuler des chiffres en vue d'un résultat : **compte** (⇧ concret, commerce, etc. : *en faisant ses comptes, il équilibrait le bilan*) ; **opération** (⇧ insiste sur la démarche formelle : *l'opération ne tombait pas juste*) ; **arithmétique** (⇧ pris comme discipline générale : *il haïssait l'arithmétique*). 2. raisonnement intéressé : v. plan.
calculer, v. compter.
calé, v. instruit.
calembour, v. jeu de mots.
calendrier, liste des jours de l'année pourvus de diverses indications : **almanach** (⇧ développé, avec renseignements plus précis, et diverses annotations plus ou moins sérieuses : *l'Almanach Vermot*) ; **agenda** (⇧ avec place pour prendre des notes) ; **éphémérides** (⇧ avec indications astronomiques).
calepin, v. cahier.
calibre, v. dimension.
câliner, v. caresser.
calligraphie, v. écriture.
calligraphier, v. écrire.
calmant, produit atténuant l'excitation nerveuse : **tranquillisant** (⇧ affections nerveuses importantes) ; **sédatif** (⇧ pour effet instantané) ; **analgésique** (⇧ contre la douleur).
calme, adj., v. tranquille.
calme, n., v. tranquillité.
calmer, 1. mettre un terme à un état d'agitation : **apaiser** (⇧ fort, état final plus tranquille) ; **modérer** (⇧ faible, ramener à une agitation moins grande) ; **dompter, maîtriser** (⇧ vague, se rendre maître). 2. diminuer une excitation nerveuse ou une émotion : **soulager** (⇧ impression de mieux-être) ; **rassurer** (⇧ fin d'inquiétude) ; **apaiser** ; **tranquilliser** (id., ⇧ insistance sur état de tranquillité obtenu : *tranquillisé par ces assurances*).
calomnie, faux bruit répandu sur qqn : **médisance, diffamation** (v. calomnier).
calomnier, répandre sur qqn de fausses informations désobligeantes : **médire** (pas nécessairement faux, ⇩ fort : *il ne cessait de médire de son voisinage*) ; **diffamer** (⇧ fort, porter atteinte à la réputation : *il s'estimait diffamé*) ; **dénigrer** (⇧ nombreuses attaques contre la valeur de qqn : *dénigrer les travaux d'un rival*) ; **vilipender** (id., ⇧ fort).
calotte, v. chapeau.
calquer, v. imiter.
calumet, v. pipe.
camarade, v. ami.
cambrioler, v. voler.
cambrioleur, v. voleur.
camelot, v. marchand.
camelote, v. marchandise.
camion, véhicule lourd destiné au transport de marchandises : **poids lourd** (⇧ général, insiste sur poids) ; **camionnette** (⇧ petit) ; v. aussi **voiture**. SPÉC. **tracteur** (⇧ avec remorque) ; **benne** (⇧ avec caisson arrière basculant) ; **(camion-)citerne** (⇧ pour le transport de liquides ou gaz) ; **trois, cinq-tonnes**, etc. (⇧ en référence au tonnage). GÉN. **véhicule (lourd)**.
camoufler, v. déguiser.
camp, 1. lieu où un groupe en déplacement s'installe provisoirement : **campement** (⇧ insiste sur l'installation : *prévoir le campement*) ; **bivouac** (⇧ pour une nuit, près du feu, surtt militaire) ; **cantonnement** (⇧ place attribuée à des groupes de soldats : *répartir les cantonnements dans les villages de l'arrière*). 2. v. parti.
campagnard, qui se rattache à la campagne : **rural** (⇧ abstrait, géographique : *les difficultés du monde rural*) ; **rustique** (⇧ insiste sur simplicité un peu primitive : *une installation rustique*) ; **champêtre** (⇧ tonalité un peu poétique : *les charmes de la vie champêtre*) ; **agreste** (id. ; ⇧ certaine sauvagerie, très litt. : *un décor agreste*) ; **bucolique** (⇧ surtt qualité litt., poétique de la campagne) ; **pastoral** (⇧ présence de troupeaux, ou sens voisin de bucolique).
campagne, 1. territoire non bâti, opposé à la ville : **champs** (⇧ espace dégagé) : *le poète s'en va dans les champs* (HUGO) ; **nature** (⇧ général,

absence de la main humaine, activité de la végétation) : *vivez, froide nature, et revivez sans cesse* (VIGNY). 2. ensemble d'opérations militaires menées en une période donnée : **expédition** (⇧ envoi de troupes hors du sol national : *l'expédition des Dardanelles*) ; **opérations** (⇧ insiste sur le détail de la stratégie : *les opérations de 1917 sur la Somme*) ; **offensive** (⇧ en attaque, plus ponctuel : *l'offensive des Ardennes*) ; **intervention** (⇧ opération militaire à l'étranger, suscitée par un conflit quelconque : *l'intervention américaine au Viêt-nam*).

campanile, v. clocher.

campement, v. camp.

camper, établir un campement : **bivouaquer, cantonner** (v. camp). ≈ **dresser la tente.**

canaille, v. voyou.

canalisation, v. tuyau.

canapé, long siège à dossier sur lequel il est possible de s'allonger : **divan** (⇧ bas, sans dossier) ; **chaise-longue** (⇧ fauteuil avec prolongement pour étendre les jambes) ; **sofa** (⇧ trois dossiers) ; **ottomane** (⇧ dossier arrondi).

canarder, v. tirer.

cancan, v. médisance.

cancaner, v. médire.

cancer, maladie résultant d'une prolifération désordonnée des cellules : **tumeur** (⇧ général, toute prolifération anormale, cancéreuse ou non : *tumeur bénigne, maligne*) ; **leucémie** (⇧ cancer du sang).

cancre, v. paresseux.

candeur, v. naïveté.

candidat, personne qui se présente pour faire l'objet d'un choix, examen, élection, offre d'emploi : **impétrant** (⇧ administratif, en vue d'un grade) ; **postulant** (⇧ ordre religieux ou demande de poste) ; **prétendant** (⇧ trône, ou mariage) ; **aspirant** (⇧ une place administrative).

candidature (poser sa), postuler, prétendre, aspirer (v. candidat).

candide, v. naïf.

canicule, v. été.

canif, v. couteau.

canne, v. bâton.

canoë, v. bateau.

canot, v. bateau.

cantatrice, v. chanteuse.

cantine, v. restaurant.

cantique, chant d'église : **psaume** (⇧ tiré du livre des Psaumes, dans la Bible, ou par ext. chant religieux) ; **hymne** (féminin, en principe, pour prières chrétiennes, masculin pour chants païens ou profanes) ; **antienne** (⇧ assez bref, liturgique) ; **motet** (⇧ à plusieurs voix, médiéval). GÉN. ***chant.**

cantonnement, v. camp.

cantonner, v. limiter.

canular, v. plaisanterie.

cap, langue de terre avançant dans la mer : **promontoire** (⇧ élevé) : *le pâtre promontoire au chapeau de nuées* (HUGO) ; **pointe** (⇧ surtt dans désignations géographiques figées : *la pointe du Raz*). ≈ **avancée (de la côte).**

capable, 1. qui peut faire qqch. : **susceptible** (⇧ vague, n'insiste pas sur le pouvoir : *un livre susceptible de vous intéresser*) ; **propre à** (id. ; ⇧ soutenu, capacité toute spéciale) ; **apte** (⇧ disposition générale et constante) ; **habile à** (⇧ compétence particulière : *habile à travailler le bois*). ≈ **à même de** : *je crois être à même de vous donner satisfaction* ; **de taille à** (⇧ force, physique ou spirituelle : *il est tout à fait de taille à affronter cette épreuve*) ; **de nature à** (⇧ vague : *un événement de nature à vous faire réfléchir*) ; constr. avec les verbes ***pouvoir**, ***savoir**, et leurs équivalents, ou le n. ***capacité** : ***avoir (être doté de) la (les) capacité(s), le don, de**, etc. 2. qui possède une compétence remarquable : **compétent** (⇧ savoir, expérience) ; **doué** (⇧ qualités innées) ; **fort** (fam., en ce sens) ; v. aussi **adroit** et **bon**. ≈ **à la hauteur** (⇧ fam.) : *il s'est montré tout à fait à la hauteur.*

capacité, 1. ce qui rend capable de qqch. : **aptitude, compétence, don(s), force** (v. capable) ; **faculté** (⇧ domaine précis, durable : *doté de la faculté de s'endormir à volonté*) ; **pouvoir** (id., ou en vertu d'une autorité : *il a le pouvoir de le faire remettre en liberté*) ; **art** (⇧ capacité fine, ou iron., surtt dans expr. : *avoir l'art de dévier la conversation*). ≈ avec l'adj. ***capable**, les verbes ***pouvoir**, ***savoir**. 2. v. volume.

cape, v. manteau.

capharnaüm, v. bric-à-brac.

capital, adj., v. important.

capital, n., v. argent.

capitale, 1. ville où siège le gouvernement d'un Etat : **métropole** (⇧ large, sens non strictement administratif : *New York est une des principales métropoles du monde moderne*) ; **chef-lieu** (⇧ uniqt petite circonscription administrative, département, canton, etc.). 2. v. majuscule.

capitaliste, v. riche.

capitulation, fait de se rendre, pour une armée, en principe sous certaines conditions : **reddition** (⇩ idée de conditions : *contraint à une pure et simple reddition*).

capituler, 1. se remettre au pouvoir de l'adversaire, pour une armée, sous certaines conditions, en principe du moins : **se rendre** (⇩ conditions). 2. (fig.) v. céder.

capote, v. manteau.

caprice, 1. désir subit, passager et peu motivé : **fantaisie** (⇧ aspect léger et imaginatif, parfois même déraisonnable, en un sens péjor. : *pris de la fantaisie de manger des fraises en plein mois de janvier*) ; **lubie** (⇧ franchement péjor., idée fixe soudaine et irrationnelle : *il avait conçu la lubie de se faire rembourser ses emprunts russes*) ; **foucade** (⇧ particulièrement inopiné, violent et déraisonnable, péjor.) ; **toquade** (id. ; ⇧ fam.). GÉN. **envie (soudaine)** ; **volonté** (surtt pl., notamment expr. fam. : *lui passer toutes ses volontés*). ≈ avec **folie**, notamment expr. **faire une folie, des folies**, au sens de s'accorder une satisfaction peu raisonnable, au sens strict, mais en général sympathique et anodine. 2. notamment dans le domaine sentimental : v. amour. 3. variation imprévisible ; *les caprices de la fortune* : **imprévu** (⇧ objectif ; ⇩ expressif) ; **aléa** (id., ⇧ idée de risque encouru : *subir les aléas du cours de la bourse*). GÉN. ***variation**.

capricieux, qui est sujet à de fréquents caprices : **lunatique** (⇧ insiste sur changements fréquents d'humeur) ; **fantasque** (⇧ imagination peu contrôlée : *d'humeur fantasque, il se prenait fréquemment d'enthousiasmes vite retombés*) ; **extravagant** (⇧ fort et péjor., qui n'a pas le sens commun). GÉN. ***instable**. ≈ **sujet à des caprices, lubies**, etc. (v. caprice).

capter, v. obtenir.

captieux, v. trompeur.

captif, v. prisonnier.

captiver, v. intéresser.

captivité, v. emprisonnement.

capture, action de s'emparer de qqch., prisonnier ou gibier : **prise** (⇧ général) ; **arrestation** (⇧ uniqt personne, en vue d'une inculpation) ; **butin** (⇧ fig., uniqt emploi absolu : *tout fier de son butin, il nous montra un beau lièvre*).

capturer, v. prendre.

capuchon, partie d'un vêtement destinée à couvrir la tête : **capuche** (⇧ en principe amovible) ; **chaperon** (vx).

caqueter, v. bavarder.

car, conj., v. parce que.

car, n. m., véhicule de gros tonnage destiné au transport des personnes : **autocar** ; **autobus** ; **bus**.

carabine, v. fusil.

caractère, 1. v. lettre. 2. v. particularité. 3. ensemble des dispositions morales durables d'une personne et notamment d'un personnage fictif, tel qu'il est défini par l'auteur : **personnalité** (⇧ général, idée de qualité individuelle, ne convient pas à un personnage fictif : *toutes les facettes d'une personnalité complexe comme celle de Rousseau*) ; **psychologie** (⇧ objet d'analyse, plutôt appliqué à terme général : *la psychologie de l'adolescent*) ; **tempérament** (⇧ tendance générale, supposée liée à la nature profonde : *par tempérament peu porté aux résolutions extrêmes*) ; **individualité** (⇧ lié à l'individu) ; **identité** (⇧ sentiment d'être soi-même) ; **naturel** (⇧ inné, vague : *d'un naturel affable*) ; **nature** (id., ⇧ définition plus large et profonde de l'être, svt d'un point de vue moral : *sa nature était fondamentalement perverse*) ; **humeur** (⇧ disposition seulement momentanée, ou considérée sous cet angle : *une femme d'humeur acariâtre*) ; **mœurs** (⇧ au sens moderne, plutôt manière de vivre, sauf qq. expr. figées : *un homme de mœurs douces et engageantes*) ; v. aussi **âme**. ≈ **physionomie (morale)** ; **traits, aspects, tendances, ressorts (psychologiques, moraux)** : *le trait dominant (le plus saillant) du personnage d'Harpagon est son avarice sordide.*

caractériser, préciser les particularités propres à qqch. : **spécifier** (⇧ rendre plus explicite : *spécifier les buts à atteindre*) ; v. aussi **décrire**, **définir** et **préciser**.

caractéristique, adj., qui est propre à qqch. et le signale à l'attention : **typique** (⇧ appliqué à des catégories générales, groupes, lieux, etc. : *une coutume typique des Balkans*) ; **spécifique** (⇧ abstr., intellectuel : *un trait spécifique de sa personnalité*) ; **distinctif** (id. ; ⇧ pouvoir de distinguer : *la marque distinctive que constituait un grain de beauté*).

caractéristique, n., v. qualité.

carambolage, v. accident.

carboniser, v. brûler.

carburant, produit alimentant un moteur à combustion : **combustible** (⇧ chauffage) ; **aliment**.

carcasse, 1. ensemble des os et de la chair d'un corps : **squelette** (⇧ os seulement) ; v. aussi **corps**. 2. ensemble des matériaux constituant le support de l'assemblage d'un objet, notamment lorsqu'il n'en subsiste rien d'autre, et sens fig. : **charpente** (⇧ poutres ; ⇩ idée de nudité : *la charpente métallique du hangar*) ; **ossature** (⇧ image des os) ; **armature** (id.) ; **squelette** (⇧ sens fig., insiste généralement sur mise à nu : *le squelette d'un pont bombardé; une intrigue réduite à son squelette*).

carence, v. manque.

caresser, 1. passer la main sur un corps avec douceur : **flatter** (⇧ surtt partie du corps d'un animal : *il lui flattait la nuque*) ; **cajoler** (⇧ vague, au sens pr., surtt pers.) ; **câliner** (id.). 2. au sens fig., traiter qqn avec douceur, en général pour s'attirer ses bonnes grâces : ***flatter** (⇧ intéressé) ; **amadouer** (⇧ une pers. *a priori* hostile) ; **câliner, cajoler** (⇧ tendresse).

cargaison, v. charge.

cargo, v. bateau.

caricature, v. imitation.

carillon, v. cloche.

carillonner, v. sonner.

carnage, ensemble d'actes de violence particulièrement sanglants : **boucherie** (⇧ fam.) ; **massacre** (⇩ fort, n'insiste pas sur horreur et sang) ; **tuerie** (id. ; ⇧ fort) ; **hécatombe** (⇧ insiste plutôt sur le nombre de victimes) ; **holocauste** (⇧ insiste sur la destruction totale qui s'ensuit ; idée de sacrifice).

carnassier, v. carnivore.

carnet, v. cahier.

carnivore, qui se nourrit de viande : carnassier (⇧ uniqt animaux, scientifique).

carpette, v. tapis.

carré, I. n. m., quadrilatère à quatre angles droits et quatre côtés égaux. GÉN. **quadrilatère.** ≈ au pl. : **quadrillage** ; **damier** (⇧ analogie du jeu).

II. adj. 1. qui revêt la forme d'un carré : **quadrangulaire** (⇩ au sens strict, angles droits et côtés égaux). 2. v. sincère.

carreau, v. dalle.

carrefour, point d'intersection de plusieurs routes, et fig. : **croisement** (⇧ insiste sur l'intersection, surtt registre routier : *marquer l'arrêt à un croisement*) ; **intersection** (id.) ; **croisée des chemins** (id., mais surtt sens fig. : *se trouver à la croisée des chemins*) ; **embranchement** (⇧ insiste sur la possibilité de choix entre parcours, registre routier : *parvenu à un embranchement, il consulta la carte*) ; **bifurcation** (id.) ; **patte-d'oie** (⇧ embranchement multiple à partir d'une voie unique qui se subdivise) ; **rond-point** (⇧ présence d'un terre-plein central).

cartable, v. sac.

carte, I. petit morceau de carton 1. destiné à être remis à une relation : **carton** (⇧ surtt invitation) ; **bristol** (fam., vx). 2. à jouer. SPÉC. au pl. **bridge, belote, poker, tarots**, etc.

II. représentation figurée d'une étendue géographique : **plan** (⇧ d'un espace réduit, ville, maison) ; **mappemonde** (⇧ sphérique, ensemble de la terre) ; **planisphère** (id., ⇧ plan).

cartel, v. horloge.

carton, v. carte, papier.

cas, ensemble des données relatives à un événement : **fait** (⇧ insiste sur l'événement lui-même : *un fait de cet ordre est de nature à nous inquiéter*) ; **circonstances** (⇧ insiste sur les données extérieures à l'événement : *dans de pareilles circonstances, il ne lui restait qu'à abandonner*) ; **situation** (id., ⇧ renvoie à un comportement à adopter : *sa situation ne laissait guère place à des échappatoires*) ; **occasion** (id., ⇧ favorable : *l'occasion ne se représentera pas de sitôt*) ; **opportunité** (id., ⇧ nettement favorable) ; **éventualité** (⇧ envisagé comme futur : *se préparer à l'éventualité d'un conflit armé*) ; **occurrence** (⇧ surtt expr. : **en l'occurrence** pour *en cette occasion*) ; v. aussi **possibilité** ; vocabulaire jurid. : **affaire, procès.** || *Au cas où* : v. si.

cascade, v. abondance, chute.

case, 1. petite habitation primitive, surtout africaine : **hutte** (⇧ vague géographiquement, sommaire : *la hutte d'un charbonnier*) ; **paillote** (⇧ paille, ou équivalent) ; v. aussi **cabane.** 2. subdivision d'une surface, comparable à celle d'un damier, destinée à se voir attribuer un contenu : **compartiment** (⇧ idée de limites très nettes) ; **alvéole** (⇧ image de la cire d'abeille, compartiment régulier) ; **subdivision** (⇧ général, abstrait).

caser, v. placer et marier.

casque, pièce d'armement protégeant le crâne : **heaume** (⇧ médiéval). SPÉC. **salade** (⇧ XVIe-XVIIe, avec visière) ; **morion** (⇧ médiéval, bords relevés).

casquette, v. chapeau.

cassant, v. fragile.

casse-croûte, v. repas.

casser, 1. mettre qqch. en morceaux : **briser** (⇧ soutenu, insiste sur fragments : *briser un miroir*) ; **rompre** (⇧ objet continu que l'on dissocie plutôt en deux éléments : *rompre le pain, l'unité ; rompre ses liens*) ; **broyer** (⇧ en petits morceaux, ou de façon totale : *un corps broyé par les roues du train*) ; **fracasser** (⇧ de façon violente et soudaine, avec bruit, ou fig.) ; **disloquer** (⇧ insiste sur séparation violente des parties) ; **abîmer**

(⇧ insiste plutôt sur dégâts provoqués, seulement partiels) : *abîmer un jouet*; v. aussi **détériorer** et **broyer**. 2. v. destituer.

cassette, v. boîte.

caste, v. catégorie.

cataclysme, v. catastrophe.

catalogue, v. liste.

cataracte, v. chute.

catastrophe, épouvantable malheur arrivant soudainement : **calamité** (⇧ affecte plutôt un groupe, de façon générale : *ces calamités naturelles, le gel et l'inondation*) ; **fléau** (id., ⇧ insiste sur régularité, aspect endémique : *quel fléau que la guerre !*) ; **cataclysme** (⇧ d'origine naturelle, d'une extrême violence, tout à fait exceptionnel, surtt tremblements de terre, etc.) ; **désastre** (⇧ insiste plutôt sur le résultat : *la grêle a été un désastre pour le vignoble*) ; v. aussi **accident, malheur, drame**.

catégorie, division classificatoire d'un caractère général : **espèce** (⇧ subdivision, surtt êtres vivants, ou philo. : *une espèce de coléoptères particulièrement rare*) ; **genre** (⇧ généralisation, philo. ou banale : *ce genre de personnes est peu digne de confiance*) ; **groupe** (⇧ aspect collectif) ; **type** (⇧ figure représentative, ou emplois cour. : *un type d'homme peu recommandable*) ; **famille** (⇧ image des relations de parenté, au fig., dans certains emplois : *une famille d'esprits portée à la critique*) ; **classe** (⇧ emploi surtout logique, ou expr. figées : *une classe d'âge*) : **caste** (⇧ Inde, très fermé, ou ext.) : *la République de Platon est gouvernée par une caste de philosophes*); v. aussi **sorte** et **suite**.

cathédrale, v. église.

catholicisme, fait d'appartenir à l'Eglise catholique, et ses conséquences : **catholicité** (⇧ qualité particulière d'une doctrine du point de vue de l'Eglise, ou ensemble des pays catholiques). GÉN. **christianisme** (⇧ s'applique à l'ensemble des disciples de Jésus-Christ, orthodoxes et protestants compris) ≈ **Eglise (catholique romaine)**; **religion catholique**; **papisme** (péjor., expr. protestante, vx); **orthodoxie (catholique)** (⇧ conformité à la doctrine officielle de l'Eglise romaine : *l'orthodoxie des* Pensées *de Pascal est souvent sujette à caution*).

catholique, qui relève de l'Eglise catholique romaine. GÉN. **chrétien** (v. catholicisme). ≈ **orthodoxe** (v. catholicisme).

catimini (en), v. cachette (en).

cauchemar, v. rêve.

cause, 1. ce dont découle qqch., physiquement ou logiquement : **raison** (⇧ envisagé sous l'angle logique ou psychologique : *chercher la raison de cet éboulement* mais *la foudre a été la cause de cet incendie*) ; **explication** (id., ⇧ global : *il donnait comme explication au phénomène l'accumulation d'énergie statique*) ; **pourquoi** (⇧ fam. ou philo., surtt expr. : *chercher le pourquoi des choses*) ; **origine** (⇧ lointain, indirect : *les origines de la guerre de Cent Ans remontent au* XIII*e* *siècle*) ; **point de départ** (id., ⇧ idée d'une chaîne cumulative d'événements : *le point de départ de la discussion*) ; **source** (id., ⇧ lointain et indirect encore) ; **prodromes** (⇧ premières manifestations d'un processus : *les prodromes de décadence sensibles dès la fin de la République*) ; **signes avant-coureurs** (id., ⇧ précis) ; **motif** (⇧ cause consciente et déclarée d'une action : *le motif de la déclaration de guerre fut l'activité des terroristes serbes*) ; **prétexte** (id., ⇧ simplement avancé, cache les intentions véritables : *il ne s'agissait que d'un prétexte cachant une volonté d'expansion territoriale*) ; **mobile** (id., ⇧ d'un acte répréhensible, vocabulaire jurid. : *un assassinat dont le mobile semble avoir été le vol*) ; **occasion** (⇧ simple relation indirecte, circonstance favorisant l'action : *ce fut l'occasion de longues disputes*) ; **objet** (⇧ ce sur quoi porte une certaine action ou un sentiment : *Rome l'unique objet de mon ressentiment*) ; **sujet** (id. : *des sujets de mécontentement*). ≈ expr. verb. : **ce qui a *causé, entraîné, déclenché**, etc. (v. causer) ; *ce qui déclencha, justifia, détermina, motiva, l'entrée en guerre, ce fut l'attentat de Sarajevo* pour *la cause de la guerre* — ; avec inv., en employant les n. ***conséquence, effet** : *la guerre fut la conséquence* — , et les verbes correspondants (v. résulter) ; v. aussi **but**. || *A cause de* : **en raison de** ; **sous le prétexte de** ; **en considération de** (⇧ prise en compte de certains éléments : *en considération des services rendus*) ; **par suite de** (⇧ plutôt simple consécution : *par suite d'encombrements*) ; **sous l'effet de** (⇧ action directe : *sous l'effet du gel, de la souffrance*) ; **sous le coup de** (id., ⇧ moral, événement néfaste : *sous le coup de la douleur*) ; **sous l'empire de** (⇧ influence néfaste sur l'âme : *agir sous l'empire de la passion, de l'alcool*) ; l'on pourra recourir également à la subordination ; v. parce que. 2. ce qui fait l'objet d'un procès et d'une défense, au sens pr.

ou fig. : **parti** (⇧ large : *prendre le parti du vainqueur*) ; **camp** (⇩ idée de défense : *se ranger dans le camp du* —) ; **idéal** (⇧ emploi absolu : *combattre pour un noble idéal*) ; v. aussi **défendre**.

causer, 1. être la cause de qqch. : **motiver, occasionner** (v. cause) ; **provoquer** (⇧ réaction négative, directe : *la lecture de l'article provoqua son mécontentement*) ; **entraîner** (⇧ relation, surtout pensée, plus ou moins directe, avec idée d'enchaînement : *c'est ce qui devait entraîner sa chute*) ; **amener** (id., ⇧ indirect encore) ; **conduire à** (id.) ; **déclencher** (⇧ mise en route soudaine d'un processus : *déclencher une guerre*) ; **déchaîner** (id., ⇧ processus violent, surtt psychologique : *déchaîner la colère des paysans*) ; **déterminer** (⇧ amener une décision après une phase d'hésitation) ; **susciter** (⇧ réaction humaine : *susciter le mécontentement, l'enthousiasme*) ; **produire** (⇧ vague, plutôt avec terme abstrait : *produire un effet détestable, indésirable*) ; **faire naître** (⇧ réaction ou état, surtt psychologique : *faire naître une rivalité*) ; **donner lieu à** (⇧ fournir un objet, un prétexte, à certaines oppositions entre personnes : *donner lieu à d'interminables controverses*) ; **impliquer** (⇧ résultat envisagé dans le cadre d'une hypothèse : *cette décision impliquerait de graves conséquences*) ; v. aussi **exciter**. ≈ expr. nom. : **être la *cause, la raison de** ; **être à l'origine, à la source de** ; **servir de (donner, fournir) prétexte, motif à** : *le conflit austro-serbe fournit prétexte à l'intervention allemande* ; **avoir pour *résultat, effet, conséquence** (v. ces termes) : *ces mots eurent pour effet de le mettre en colère* pour *causèrent sa colère* ; avec inv., en utilisant ***résulter** : *il en résulta l'intervention allemande* pour *c'est ce qui causa* — ; **(être) dû à** pour renvoyer à une cause : *un éboulement dû à des infiltrations* pour *causé par* —. 2. v. bavarder.

causerie, v. conférence.

causette, v. bavardage.

caustique, v. moqueur.

cavale, v. cheval.

cavalier, personne se déplaçant à cheval : **écuyer** (⇧ cirque) ; **jockey** (⇧ champ de courses).

cave, partie d'un bâtiment située au-dessous du niveau du sol : **sous-sol** (⇧ pas nécessairement totalement sous terre) ; **caveau** (⇧ petites dimensions) ; **crypte** (⇧ église, château) ; **chai** (⇧ vin) ; **cellier** (⇧ en vue de la conservation de comestibles ; ⇩ nécessairement souterrain).

caverne, anfractuosité souterraine de plus ou moins grandes dimensions : **grotte** (⇧ petit) ; **tanière** (⇧ repaire d'une bête) ; **antre** (id., litt. et vx, au sens pr.) ; **spélonque** (⇧ rare, très littéraire).

cavité, partie creuse d'un volume quelconque : **creux** (⇧ surtout relief : *un creux de rocher*) ; **anfractuosité** (id., ⇧ soutenu) ; **excavation** (⇧ dans le sol, plutôt artificiel) ; v. aussi **trou**.

céans, v. ici.

cécité, v. aveugle.

céder, 1. intr., ne pas opposer de résistance à la volonté de qqn : **s'incliner** (⇧ insiste sur l'acceptation : *s'incliner devant les circonstances*) ; **se soumettre** (⇧ insiste sur la position de subordination : *se soumettre à tous ses caprices*) ; **se résigner** (⇧ soumission finale, après résistance, avec pour objet le sort imposé : *se résigner à la défaite*) ; **plier** (⇧ image, résistance abandonnée : *il a fini par plier devant les injonctions de ses supérieurs*) ; v. aussi **obéir**. 2. tr., v. abandonner.

ceindre, v. entourer.

ceinture, pièce d'habillement, souvent en cuir, entourant la taille : **ceinturon** (⇧ militaire) ; **cordelière** (⇧ monastique, de corde).

ceinturon, v. ceinture.

célèbre, qui est connu par beaucoup de monde : **connu** (⇧ faible : *un artiste connu*) ; **illustre** (⇧ mérite éclatant : *l'illustre savant Louis Pasteur*) ; **éminent** (id.) ; **fameux** (⇧ très large réputation : *un cru fameux de Bordeaux*) ; **réputé** (id., ⇩ fort : *les foies gras du Périgord sont réputés*) ; **renommé** (id.) ; **populaire** (⇧ réputation positive auprès du grand nombre : *un homme d'Etat très populaire*). ≈ expr. **universellement connu** ; **de renom** ; **jouir d'une grande réputation** ; **son nom est sur toutes les lèvres** ; **connu comme le loup blanc** (familier).

célébrer, v. fêter.

célébrité, **réputation, renommée, renom, popularité** (v. célèbre) ; v. aussi **gloire**.

celer, v. cacher.

célérité, v. vitesse.

céleste, v. divin.

célibataire, qui n'est pas marié : **(vieux) garçon** (⇧ assez péjor.) ; **(vieille) fille** (⇧ assez péjor.) ; **demoiselle** (id.).

cellier, v. cave.

cellule, 1. petite chambre d'un prisonnier ou d'un religieux : **chambrette** (⇧

large, sans idée de réclusion); **cachot** (⇧ prison, basse et obscure); **cul-de-basse-fosse** (⇧ souterrain, sans lumière ni air); **oubliettes** (id.). **2.** petit espace délimité comme dans les rayons de cire d'abeille: **alvéole**; v. aussi **case**. **3.** plus petit degré d'organisation biologique: **noyau** (⇧ élément central d'une cellule).

censé, v. supposer.

censeur, v. critique.

censurer, v. critiquer.

centre, point situé à équidistance des côtés d'une figure: **milieu** (⇧ ligne, ou par ext.: *le milieu de la route*); **cœur** (⇧ ensemble organisé: *le cœur de l'usine*); **noyau** (⇧ formation autour d'une partie plus dense: *le noyau d'une cellule*).

cependant, particule d'opposition: **pourtant** (⇧ fort dans l'opposition: *je le lui avais pourtant bien dit*); **toutefois** (⇧ neutre, avec idée d'exception par rapport à un cas général: *toutefois je n'en ferai rien*); **néanmoins** (⇧ soutenu); **nonobstant** (vx ou humor., style pandore: *nonobstant et subséquemment*). ≈ **malgré (en dépit de) cela, malgré tout**; **en tout cas**; **(il) n'empêche que**; l'on pourra recourir également à la subordination, avec, dans le premier ou le second membre, ***bien que, alors que, tandis que**, etc., dont on n'oubliera pas qu'ils ne peuvent se substituer purement et simplement à *cependant*, dans un style soutenu, et exigent la présence d'une proposition principale: *il passait pour un philanthrope, alors qu'il exploitait durement son personnel*; l'on pourrait également penser à la relative: *lui qui passait pour —, exploitait —*.

cercle, 1. figure géométrique dont tous les points sont équidistants du centre: **rond** (⇧ banal et cour.: *un rond de champignons*); **circonférence** (⇧ géométrique, ou seulement partie extérieure: *la circonférence d'une sphère*); **orbe** (très soutenu, plutôt trajectoire astrale: *les orbes célestes*). 2. v. groupe.

cercueil, caisse destinée à contenir un cadavre: **bière** (⇧ surtt expr. figées: *mettre en bière*, et registre lexical des funérailles); **sarcophage** (⇧ pierre, antique, ou représentation dans une cérémonie solennelle).

cérébral, v. intellectuel.

cérémonie, ensemble de pratiques rituelles liées à une occasion solennelle, le plus souvent religieuse: **rite** (⇧ codification des gestes: *c'était chez nous un véritable rite que le coucher des enfants*); **liturgie** (⇧ ensemble de rites, exclusivement religieux: *la liturgie de la messe*); **rituel** (id.); **célébration** (⇧ insiste sur le déroulement); **fête** (⇧ insiste sur la date de l'événement, en principe fixée, plutôt joyeux: *les fêtes de Noël*); **solennité** (⇧ caractère exceptionnel de l'occasion: *Pâques est la principale solennité chrétienne*); **commémoration** (⇧ en souvenir d'un événement: *la commémoration du 11 Novembre*). GÉN. **manifestation**.

cerner, v. entourer.

certain, v. évident, sûr et vrai.

certainement, d'une façon certaine: **à coup sûr** (⇧ fort, sans aucune nuance de doute); **assurément** (id.; ⇧ soutenu).

certificat, v. diplôme.

certitude, v. croyance.

cerveau, organe responsable de la pensée: **cervelle** (⇧ boucherie, ou fam.: *ne rien avoir dans la cervelle*); **encéphale** (⇧ anatomie); **matière grise** (fam.); v. aussi **tête** et **intelligence**.

cessation, v. fin, interruption.

cesser, v. finir.

cessez-le-feu, v. paix.

césure, v. coupe.

chagrin, v. contrariété.

chagriner, v. contrarier.

chahut, bruit et agitation violents produits généralement intentionnellement à des fins de plaisanterie ou de protestation: **remue-ménage** (⇧ surtt agitation, sans nécessairement intention); **vacarme** (⇧ surtout bruit très violent: *un insupportable vacarme*); **tapage** (id., ⇧ provenant de personnes agitées: *tapage nocturne*); **chambard** (fam.; ⇧ désordre, risque de casse).

chai, v. cave.

chaîne, v. suite.

chair, 1. partie non osseuse d'un corps: **viande** (⇧ en général pour la consommation). 2. v. corps.

chaise, v. siège.

chaise longue, v. canapé.

chalet, v. maison.

chaleur, 1. propriété d'être chaud: **chaud** (surtt expr. figées: *le chaud et le froid*); **touffeur** (⇧ étouffante); **canicule** (⇧ période de grandes chaleurs). 2. qualité morale de ce qui présente une certaine force de sentiment: **ardeur** (⇧ fort, litt.: *rien ne peut égaler l'ardeur de son enthousiasme*); **flamme** (id.; ⇧ imagé); **feu** (id.: *un esprit plein de feu*); **vivacité** (⇧ insiste sur rapidité et force: *il le reprit avec vivacité*); **ferveur** (⇧ certaine participation intime proche de l'adhésion religieuse: *prier avec ferveur*); v. aussi **enthousiasme**.

chaloupe, v. bateau.
chamailler (se), v. se disputer.
chambard, v. chahut.
chambardement, v. changement.
chambarder, v. changer.
chambre, 1. pièce d'habitation, surtt (sens mod.) destinée au sommeil : **mansarde** (⇧ située sous les combles) ; **galetas** (⇧ sordide) ; **cellule** (⇧ monastique, prison) ; **piaule** (⇧ argot) ; **turne** (⇧ argot estudiantin, notamment Ecole normale). GÉN. **pièce** ; **logement**. 2. v. assemblée.
champ, 1. espace de terre cultivée : **terrain** (⇧ pas nécessairement culture) ; **pré** (⇧ herbe à pâture) ; **prairie** (id. ; ⇧ vaste) ; **parcelle (de terre)** (⇧ insiste sur le découpage de la propriété) ; **lopin** (id. ; ⇧ petit) ; v. aussi **terre**. SPÉC. **labour** (⇧ terre labourée) ; **chaume** (⇧ moisson coupée à ras) ; **plantation** (⇧ arbres) ; **verger** (⇧ arbres fruitiers) ; **clos** (⇧ clôture) ; **friche** (⇧ non cultivé). 2. v. campagne.
champ (sur-le-), v. aussitôt.
champêtre, v. campagnard.
champion, 1. v. défenseur. 2. personne qui excelle dans la compétition, le plus souvent sportive : **recordman** (⇧ qui détient un record) ; **vedette** (⇧ large, personne connue) ; **as** (⇧ emphatique, surtt aviation, auto, un peu vieilli) ; **maître** (⇧ jeux intellectuels, échecs, etc.).
championnat, v. compétition.
chance, hasard considéré plutôt comme pouvant être favorable : **bonheur** (⇧ fort, ou politesse : *avoir le bonheur de vous rencontrer*) ; **aubaine** (⇧ occasion offerte par la chance : *profiter de l'aubaine*) ; **veine** (fam., ⇧ expr.) ; v. aussi **hasard, possibilité**.
chanceler, menacer de perdre l'équilibre et, au fig., de s'écrouler : **vaciller** (⇧ fort) ; **tituber** (⇧ sous l'effet d'un obscurcissement des facultés, alcool, etc.) ; **chavirer** (⇧ sens pr., navire ; sens fig., surtt mental : *tout parut chavirer autour de lui*) ; v. aussi **tomber**. ≈ **trembler** (⇧ surtt sens fig. : *la société tremble sur ses bases*).
chandail, v. maillot.
chandelle, v. bougie.
changeant, qui est sujet à changement : **variable** (⇧ idée d'un certain hasard : *temps variable*) ; **instable** (⇧ ne demeure pas longtemps dans un même état : *d'humeur instable, il ne restait jamais plus de deux mois dans la même place*) ; **versatile** (⇧ moral, change d'avis) ; **divers** (⇧ fantaisie, superficiel : *divers dans ses attachements*) ; **ondoyant** (id. ; ⇩ franchise) ; **protéiforme** (⇧ nombreux aspects divers, ne laissant pas deviner la nature profonde) ; **inconstant** (⇧ surtout sentiments amoureux) : *je t'aimais inconstant, qu'aurais-je fait fidèle ?* (RACINE) ; **volage** (id. ; ⇧ péjor.) ; v. aussi **capricieux**.
changement, fait de changer ou ce qui change : **modification, transformation, métamorphose, bouleversement, révolution, chambardement, altération, déformation, dégradation, variation, évolution, progrès, développement, renouvellement** (v. changer) ; **mutation** (⇧ subit, dans le cadre d'une évolution) ; **innovation** (⇧ insiste sur nouveauté) ; **revirement** (⇧ changement de direction, au fig. : *l'opinion a opéré un revirement*) ; v. aussi **remplacement**. ≈ expr. verb. avec ***changer**.
changer, I. tr, 1. v. remplacer. 2. rendre autre, du moins en partie : **modifier** (⇧ sur certains points : *modifier son opinion*) ; **transformer** (⇧ insiste sur la forme d'ensemble du résultat opposée à la forme de départ : *transformer une pièce en garage*) ; **métamorphoser** (id., ⇧ fort, image d'une transformation magique, soudaine : *métamorphosée par le bonheur*) ; **bouleverser** (⇧ changements très importants : *bouleverser les habitudes*) ; **révolutionner** (id., ⇧ fort, soudain : *révolutionner la science*) ; **chambarder** (fam., id., ⇧ négatif) ; **altérer** (⇧ dégradation) ; **infléchir** (⇧ modification légère dans un nouveau sens : *infléchir sa politique*) ; **déformer** (id., ⇧ idée de perte d'une forme originelle valable : *déformer les propos tenus*) ; **défigurer** (id., ⇧ fort) ; v. aussi **dégrader** et **cacher**. ≈ **apporter (faire subir) des *changements, modifications, à qqch.**
II. tr. ind., changer d'avis : **se dédire, se raviser, se rétracter** ; — de direction : virer, tourner ; — de place : v. bouger.
III. intr., devenir autre : **se modifier, se transformer, se métamorphoser, se déformer, se dégrader** ; **varier** (⇧ changements divers et continus n'allant pas dans un sens précis : *souvent femme varie, bien fol est qui s'y fie*) ; **évoluer** (⇧ peu à peu, image biologique) ; **progresser** (id., ⇧ dans un sens positif) ; **se développer** (⇧ en augmentant, en quantité ou qualité : *la Corée du Sud s'est beaucoup développée ces derniers temps*) ; **se renouveler** (⇧ idée de nouveauté, de rajeunissement). ≈ **subir des (de nombreux, grands) *changements, modifications**, etc ; **connaître une évolu-**

tion, des mutations, faire (accomplir) des progrès (v. changement). || Expr. on a peine à le reconnaître ; ce n'est plus le même homme, etc. ; prendre (revêtir) un nouvel *aspect, un visage différent, de nouvelles *formes, *apparences ; pour *ne pas changer* : (être) *durable, immuable, *immobile, stable, inchangé.

chanson, v. chant.

chansonnier, v. chanteur.

chant, 1. suite de paroles émises sur un air musical : **chanson** (⇧ s'applique uniqt à un chant déterminé, et non à l'acte de chanter lui-même : *une chanson populaire*) ; **ritournelle** (fam. ; ⇧ chanson légère et d'usage rebattu, également sens fig. : *il nous assène sans cesse les mêmes ritournelles*) ; **rengaine** (id., surtt populaire, à la mode) ; **refrain** (⇧ en principe uniqt partie de la chanson qui revient régulièrement, mais, par métonymie, chanson : *résonner de gais refrains*) ; **air** (⇧ normalement seulement musique, mais peut s'appliquer par ext. à une chanson, surtt litt.) : *un air languissant et funèbre* (NERVAL) ; **mélodie** (id. ; insiste surtt sur la musique) ; **mélopée** (id., ⇧ monotone) ; **ode** (⇧ antique, s'applique plutôt aujourd'hui à un genre poétique : *l'ode à la joie*). SPÉC. **cantique** (⇧ religieux : *parmi le chant des psaumes et des cantiques*) ; **psaume** (id. ; ⇧ plutôt tiré de la Bible : *psaumes de David*) ; **hymne** (en principe masc., sauf si chrétienne, fém. ; ⇧ religieux ou très solennel : *hymne national*) ; **berceuse** (⇧ pour endormir un enfant) ; **complainte** (⇧ sur un ton mélancolique, surtt folklore).

chanter, émettre un chant : **chantonner** (⇧ à mi-voix, de façon plus ou moins indistincte et machinale : *travailler en chantonnant*) ; **fredonner** (id., ⇧ net) ; **psalmodier** (⇧ sur un ton relativement monocorde, à la façon des lectures liturgiques : *psalmodier des versets coraniques*) ; **entonner** (tr., ⇧ commencer un chant : *ils entonnèrent la Marseillaise*) ; **gazouiller** (⇧ oiseaux, léger, agréable) ; **siffler** (id. ; ⇧ continu et aigu : *le merle sifflait*) ; **pépier** (id. ; ⇧ petits cris faiblement articulés) ; **roucouler** (id. ; surtt pigeons). ≈ **faire entendre, retentir, lancer un *chant** ; **interpréter** (tr. ; ⇧ dans le cadre d'une représentation : *interpréter un lied de Schubert*).

chanteur, euse, personne qui chante : **chantre** (⇧ église) ; **chansonnier, ère** (⇧ music-hall, surtt humour) ; **cantatrice** (⇧ opéra) ; **diva** (id. ; ⇧ célébrité) ; **vedette**. SPÉC. **ténor** (⇧ homme, registre aigu) ; **basse** (id., ⇧ grave) ; **baryton** (id., ⇧ intermédiaire) ; **soprano** (⇧ femme, aigu) ; **choriste** (⇧ dans un chœur) ; **soliste** (⇧ en solo). GÉN. **interprète**.

chantonner, v. chanter.

chantre, v. chanteur.

chaos, v. désordre.

chaparder, v. voler.

chapeau, partie de l'habillement se mettant sur la tête, plutôt à rebords : **couvre-chef** (⇧ général, souvent iron. : *affublé d'un couvre-chef difficilement identifiable*) ; **coiffure** (⇧ vague encore) ; v. aussi **bonnet**. SPÉC. **béret** (⇧ assez plat, en tissu, sans rebords) ; **casquette** (⇧ plat, à visière) ; **képi** (id. ; ⇧ haut, militaire) ; **calotte** (⇧ très plat, seulement haut de la tête : *la calotte du chanoine*) ; **panama** (⇧ d'été, en végétal très souple) ; **sombrero** (⇧ à larges bords, mexicain).

chapelle, v. église.

chapitre, v. partie.

chapitrer, v. réprimander.

charabia, façon de parler peu compréhensible : **galimatias** (⇧ soutenu, surtt fausse prétention obscure : *on est allé jusqu'à accuser Corneille de donner parfois dans le galimatias*) ; **jargon** (⇧ mots bizarres, notamment des spécialistes : *jargon médical*) ; v. aussi **argot**.

charcuterie, viande de porc prête à la consommation : **cochonnaille** (fam. ou gastronomique).

charge, 1. ce que l'on porte : **fardeau** (⇧ insiste sur le poids : *ployer sous le fardeau*) ; **faix** (id. ; ⇧ très litt.) ; **poids** (⇧ insiste sur aspect pesant : *le poids des soucis*) ; **chargement** (⇧ véhicule : *un chargement de pommes de terres*). SPÉC. **cargaison** (⇧ navire) ; **charretée** (⇧ charrette). 2. v. fonction. 3. vocabulaire jurid. : **présomption, accusation**. 4. pl., dépenses obligatoires : v. impôt.

chargement, v. charge.

charger, 1. placer une charge sur une pers. ou un moyen de transport : **empiler** (⇧ en piles) ; **arrimer** (⇧ en les fixant grâce à des attaches). GÉN. **mettre**. 2. confier une mission à qqn, *il a été chargé de recueillir les cotisations*) : **préposer** (⇧ affectation particulière : *préposé au contrôle des pièces*) ; **déléguer** (⇧ idée d'une transmission de pouvoirs : *déléguer au vice-président la signature du contrat*) ; **commettre** (⇧ très soutenu ou administratif). 3. v. accuser.

charitable, v. bon.

charité, v. bonté.

charmant, qui exerce une grande

force de séduction, étym. par pouvoir magique, ou, affaibli, qui plaît beaucoup, notamment par son caractère : **ravissant** (⇧ beauté, attendrissement : *une robe ravissante*) ; **adorable** (id., ⇧ expressif, notamment gentillesse : *un adorable bébé*) ; **fascinant** (⇧ très fort, ne permet pas de détourner le regard ou l'attention : *le monde fascinant des grands fonds marins*) ; **ensorcelant** (⇧ emphat., idée de sorcellerie encore sensible) ; **enchanteur** (⇧ plaisir un peu magique, étym. affaiblie : *un rivage enchanteur*) ; v. aussi **beau**.

charme, v. beauté.

charmer, exercer une séduction particulière, étym. comme par un pouvoir magique : **envoûter** (⇧ magie encore sensible, soumission totale, ou fig. : *comme envoûté par cette jeune femme*) ; **ravir, fasciner, ensorceler** (v. charmant) ; **séduire** (⇧ analogie du charme amoureux, très fort : *j'ai été séduit par la beauté du paysage*) ; **hypnotiser** (⇧ fasciner comme par hypnose : *hypnotisé par l'éclat de l'or*) ; **éblouir** (⇧ sens fig., produire un grand effet) ; **captiver** (⇧ grand intérêt qui retient toute l'attention : *savoir captiver le lecteur*) ; **enchanter, ravir** (⇧ très agréable) ; v. aussi **intéresser, plaire** et **séduire**. ≈ **produire, faire un (grand) effet, une profonde impression sur, à**.

charnel, v. matériel.

charnier, v. cimetière.

charpente, v. carcasse.

charrier, v. transporter et (se) moquer.

chasser, 1. poursuivre le gibier : **braconner** (⇧ illégalement) ; **traquer** (tr., ⇧ rechercher jusque dans son repaire : *traquer le cerf dans les fourrés*) ; **courre** (tr., ⇧ uniqt le gros gibier, à courre : *courre le cerf*). 2. mettre qqn hors d'un lieu, d'une place, etc., avec quelque violence : **expulser** (⇧ violent, ou jurid. : *expulser un individu en situation irrégulière*) ; **déloger** (⇧ d'un emplacement où l'on ne devrait pas se trouver, et notamment militaire : *déloger l'ennemi de ses avant-postes*) ; **mettre à la porte** (⇧ d'un lieu clos, ou surtout d'un établissement : *on a fini par le mettre à la porte de l'usine*) ; **congédier** (⇧ d'un emploi, sans violence particulière : *congédier un employé*) ; v. aussi **destituer** et **renvoyer**.

chasseur, personne qui chasse du gibier : **braconnier** (⇧ de façon illégale) ; **trappeur** (⇧ Grand Nord, pour la fourrure) ; **veneur** (archaïque, ⇧ gros gibier pour le compte d'un prince) ; **rabatteur** (⇧ chargé de rabattre le gibier vers les chasseurs proprement dits) ; **tireur** (⇧ insiste sur l'acte de tirer au fusil).

chaste, v. pur.

chasteté, v. pureté.

chat, félin domestique : **minet** (fam., ⇧ affectueux) ; **minou** (id., ⇧ fam. encore) ; **matou** (⇧ mâle ; assez fam., plutôt péjor.) ; **raminagrobis** (⇧ très litt., emphase ironique) ; **chaton** (⇧ petit). SPÉC. **siamois** ; **persan** ; **angora** ; **chartreux** ; **(chat de) gouttières**. GÉN. **félin**.

château, demeure aristocratique d'une certaine ampleur : **palais** (⇧ ampleur et luxe remarquables, demeure du prince, ou en italien, équivalent du français *hôtel* : *le palais du Louvre* ; *le palais Farnèse*) ; **hôtel** (⇧ à la ville, vx ou expr. figées : *hôtel de Rohan* ; mod. **hôtel particulier**) ; **manoir** (⇧ à la campagne, modeste, plutôt ancien) ; **gentilhommière** (⇧ petit château à la campagne) ; **rendez-vous de chasse** (⇧ petit, en forêt). GÉN. **demeure**. SPÉC. **château-(fort)** ; **forteresse** (⇧ vague) ; **citadelle** (id., ⇧ s'applique plutôt à la partie la plus forte d'une ville fortifiée, ou à un ensemble fortifié de grande ampleur : *la citadelle de Carcassonne*) ; **donjon** (⇧ en principe uniqt tour principale, mais par métonymie l'ouvrage entier : *le donjon de Loches*).

châtier, v. punir.

châtiment, v. punition.

chatouiller, frotter légèrement la surface de la peau de façon à déclencher le rire : **titiller** (⇧ sens fig. : *un parfum qui titille les narines*) ; v. aussi **caresser**.

chatoyer, v. briller.

chaud, d'une température élevée : **brûlant** (⇧ fort, brûlure ou fig.) ; **bouillant** (⇧ liquide, à température d'ébullition, ou fig. : *du thé bouillant*) ; **étouffant** (⇧ uniqt atmosphère, difficilement respirable) ; **torride** (⇧ uniqt climat, temps, chaleur sèche difficilement supportable).

chaudière, v. chauffage.

chauffage, 1. action de chauffer : **chauffe** (vx, sauf pour désigner le temps pendant lequel chauffe qqch.). 2. procédé permettant de chauffer : **chaudière** (⇧ le lieu de combustion) ; **calorifère** (vx) ; **radiateur** (⇧ assure la diffusion dans les pièces) ; v. aussi **fourneau**.

chauffer, rendre chaud : **réchauffer** (⇧ ce qui s'est refroidi entre temps : *réchauffer la soupe*) ; **échauffer** (⇧ progressif, ou moral : *échauffer la bile*) ; **faire bouillir** (⇧ jusqu'à ébullition).

chauffeur, personne qui conduit un véhicule automobile, pour soi ou pour autrui : **conducteur** (⇩ employé) ; **pilote** (⇧ course ou avion) ; **chauffard** (fam., péjor., ⇧ mauvais conducteur).

chaumière, v. maison.

chaussée, v. rue.

chausson, chaussure généralement en matière légère, destinée à être portée à la maison : **pantoufle** (⇧ sans talon ; connotation plus confortable, sinon soutenu ou régional) ; **espadrille** (⇧ en toile, semelle de corde) ; **babouche** (⇧ oriental) ; **mule** (⇧ féminin) ; v. aussi **chaussure**.

chaussure, partie de vêtement destinée à protéger le pied : **soulier** (⇧ cuir, un peu vieilli, ou soutenu) ; **brodequins** (⇧ gros, montant) ; **godasse**, **godillot** (fam.) ; **savate** (⇧ vieille chaussure usée). SPÉC. **botte** (⇧ recouvre une partie du mollet) ; **bottines** (id. ; ⇧ petites) ; **sandales** (⇧ plates, ajourées) ; **escarpin** (⇧ minces, élégantes, plutôt féminin) ; **sabot** (⇧ en bois, du moins semelle) ; **galoche** (⇧ semelle de bois) ; **mocassin** (⇧ chez les Indiens d'Amérique, ou marche et sport) ; **tennis** (⇧ en toile, basses, en principe pour ce sport) ; **basket** (id. ; ⇧ montantes).

chauvin, v. patriote.

chef, personne placée à la tête d'un groupe : **dirigeant** (⇧ entreprise, association : *les dirigeants du parti communiste*) ; **leader** (⇧ parti ou groupe d'opinion : *leader de l'opposition*) ; **meneur** (id. ; ⇧ péjor, agitation : *l'on arrêta tous les meneurs de la grève*) ; **patron** (⇧ entreprise, ou fam. : *le patron envisage des licenciements*) ; **employeur** (⇧ offrant du travail) ; ***directeur** (⇧ fonction précise à la tête d'un secteur, d'une entreprise ou d'une administration : *directeur d'école*) ; **responsable** (⇧ insiste sur la charge de responsabilités, plutôt que sur la subordination : *le responsable de l'embauche* ; **animateur** (⇧ insiste sur activité dans les échanges au sein du groupe, idées, etc. : *l'animateur du club de bridge*) ; **commandant** (⇧ militaire) ; v. aussi **patron**. ≈ v. diriger.

chef-d'œuvre, v. œuvre.

chemin, 1. voie de petite dimension en général sans revêtement : **sentier** (⇧ très petit, simple trace de passage : *un sentier à travers bois*) ; **sente** (id. ; ⇧ rare et litt.) ; **raidillon** (⇧ en pente raide) ; **piste** (mal déterminé, à travers grandes étendues : *piste caravanière*) ; v. aussi **route**, **rue**, **allée**. GÉN. **voie**. 2. parcours d'un point à un autre, pr. ou fig. : ***route** (⇧ longue distance : *la route des Indes* mais *le chemin de l'école*) ; **trajet** (⇧ insiste sur le déplacement lui-même : *s'arrêter en cours de trajet*) ; **parcours** (id. ; ⇧ aspect géographique du déplacement : *le parcours du Tour de France*) ; **circuit** (⇧ avec retour au point de départ) ; **itinéraire** (⇧ exclusivement l'aspect géographique : *itinéraire de Paris à Jérusalem*).

chemin de fer, v. train.

cheminer, v. marcher.

chemise, pièce de vêtement recouvrant le buste et les bras, généralement faite de toile ou d'un tissu de même type : **chemisette** (⇧ en principe à manches courtes) ; **corsage** (⇧ de femme) ; **chemisier** (id.) ; **maillot** (⇧ ne ferme pas par des boutons, ou seulement à l'échancrure) ; **brassière** (⇧ petit enfant).

chemisette, v. chemise.

chemisier, v. chemise.

chenapan, v. voyou.

cher, 1. à quoi ou à qui l'on est attaché : **précieux** (⇧ fort, image de la valeur matérielle, qqfois idée d'utilité : *un précieux souvenir*). ≈ v. aimer. 2. qui coûte beaucoup d'argent : **coûteux** (⇧ fort, souligne la dépense entraînée : *un coûteux service d'argenterie*) ; **inabordable** (⇧ trop cher pour que l'on puisse acheter : *les appartements parisiens atteignent maintenant des prix inabordables* ; **inaccessible** (id.) ; **onéreux** (⇧ insiste sur le poids entraîné sur le budget : *un loyer trop onéreux pour cette famille modeste*) ; **dispendieux** (⇧ dépense excessive : *des fêtes dispendieuses*) ; **ruineux** (id. ⇧ fort, entraîne la ruine : *un train de vie ruineux*). ≈ **hors de prix** (⇧ très cher) ; avec inv. : **ne pas être à bon marché, (à un prix) abordable, dans les moyens, à la portée de qqn** ; **d'un coût prohibitif, exorbitant** ; v. aussi **valoir**. || *Pas cher* : **économique** (⇧ pour un type de dépense : *une formule très économique*) ; **avantageux** (id., ⇧ souligne le gain : *prix avantageux*) ; **intéressant** (id., ⇧ cour. en ce sens). ≈ **(à) bon marché** : *des produits très bon marché, mais de qualité médiocre* ; **à *bas *prix, prix réduit**, etc.

chercher, essayer de trouver : **rechercher** (⇧ objet déterminé, déjà connu ou conçu : *rechercher un criminel, la perfection* mais *chercher une épicerie*) ; **aspirer à** (⇧ uniqt abstrait : *aspirer à la tranquillité*). ≈ expr. : **être (se mettre) en quête de** (vx, au sens concret ; soutenu, ⇧ uniqt sens abstrait : *être en quête d'absolu*) ; **être à la recherche de** (⇧ sens très général). || *Chercher à* : v. essayer.

chérir, v. aimer.
chétif, v. faible.
cheval, animal domestique, de transport ou de trait : **cavale** (⇧ très litt. et style noble) ; **coursier** (id.) ; **bidet** (⇧ petite taille, surtt péjor.). SPÉC. **jument** (⇧ femelle) ; **poulain** (⇧ jeune) ; **étalon** (⇧ reproduction, d'où insistance sur vigueur, pureté du sang) ; **destrier** (⇧ médiéval, guerre) ; **palefroi** (id. ; ⇧ voyage) ; **haquenée** (id. ; ⇧ de dame) ; **percheron** (⇧ espèce, surtt pour labour). GÉN. **monture**.
chevalière, v. anneau.
chevelure, v. cheveux.
cheveu(x), pilosité recouvrant le crâne : **chevelure** (⇧ ensemble) ; **toison** (⇧ au pr. mouton, souligne l'abondance : *pourvue d'une superbe toison rousse*) ; **crinière** (⇧ au pr. cheval, insiste sur abondance, légèrement fam., péjor. ou iron.) ; **tignasse** (⇧ péjor., ébouriffé, mal coiffé : *une tignasse particulièrement rebelle*) ; **poil** (⇧ uniqt pour indiquer la couleur : *le poil poivre et sel*). ≈ v. tête.
chèvre, mammifère domestique d'espèce caprine : **bique, biquet, biquette** (⇧ fam.) ; **cabri** (⇧ régional, Midi, et expr. : *sauter comme un cabri*).
chien, mammifère domestique, principalement employé pour la chasse, la garde, ou de compagnie : **chiot** (⇧ tout jeune) ; **toutou** (⇧ fam., enfantin ou amitié, pittoresque : *oh ! le gentil toutou !*) ; **cabot** (⇧ fam., péjor.). SPÉC. **molosse** (⇧ énorme et féroce) ; **mâtin** (id. ; ⇧ plutôt archaïque, chasse ou garde) ; **limier** (⇧ pisteur) ; **lévrier** (⇧ race, chasse au lièvre) ; **caniche** (⇧ race) ; **berger allemand, briard** (id.), etc. ; **cocker** (id.) ; **bouledogue** (id.). ≈ **(fidèle) compagnon** ; **meute** (⇧ groupe de chiens de chasse) ; **(obéissant, intelligent, féroce) animal**.
chiffre, v. nombre.
chimérique, v. imaginaire.
chiot, v. chien.
chiper, v. voler.
chirurgien, v. médecin.
choc, rencontre violente de deux corps, ou fig. : **heurt** (⇧ violence moins soulignée, peut désigner une altercation : *leur cohabitation était marquée par de nombreux heurts*) ; **coup** (⇧ insistance sur le résultat infligé à l'un des corps : *le coup l'atteignit sous l'épaule*) ; **impact** (⇧ souligne le point de contact) ; **traumatisme** (⇧ organisme, surtt moral : *un grave traumatisme consécutif à un abandon*) ; **commotion** (id., temporaire).
choir, v. tomber.
choisir, **retenir**, parmi un ensemble de possibilités, qqch. ou qqn ; **élire** (⇧ sens politique, sinon vx ou figé : *élire domicile*) ; **nommer** (⇧ pour un poste, par un supérieur : *c'est lui qu'on a fini par nommer*) ; **désigner** (id. ; ⇩ nécessairement supérieur : *il a été désigné à l'unanimité des voix*) ; **préférer** (⇧ marquer une inclination plus grande pour ce choix, par rapport à d'autres : *il a préféré la retraite à l'agitation du monde*) ; **opter pour** (⇧ entre des possibilités incompatibles : *il opta finalement pour la carrière des armes*) ; **se décider pour** (id., ⇧ après hésitation : *ils finirent par se décider pour la montagne*) ; **trancher pour** (id., ⇧ mettre fin à l'hésitation par une décision ferme, comme au tribunal) ; **sélectionner** (⇧ le ou les meilleurs : *sélectionner les plants les plus vigoureux*) ; **trier** (⇧ retenir certaines choses selon un critère déterminé : *trier les semences*). ≈ **faire (le) choix de** ; **porter son choix, ses suffrages, sur** : *c'est finalement sur le décasyllabe que son choix se porta*) ; **jeter son dévolu sur** (⇧ avec l'intention d'obtenir, qqn ou qqch.) ; avec inv. : **obtenir la préférence** ; **attirer (à soi) les suffrages** ; **(*sembler) *convenir le mieux, être le plus approprié, etc.** : *le décasyllabe lui parut finalement convenir le mieux à ses desseins.* || *Choisir de* + inf. : **aimer mieux** (⇧ entre deux possibilités : *il aima mieux démissionner que se soumettre*) ; **préférer, faire (le) choix** ; v. aussi **décider**. ≈ **prendre (adopter) le parti de** : *l'auteur a adopté le parti de ne jamais nous communiquer les pensées intimes de ses héros.*
choix, 1. acte de choisir une personne ou un objet : **élection, nomination, désignation, préférence, option, sélection, parti** (v. choisir) ; v. aussi **décision**. 2. situation appelant à choisir *(un choix difficile)* : **alternative** (⇧ deux possibilités : *placé devant l'alternative, mourir de faim ou capituler*) ; **dilemme** (id., ⇧ intellectuel, raisonnement). || *Avoir le choix* : **être placé devant une alternative, un dilemme** ; *ne pas avoir le choix* : **ne pas avoir d'autre possibilité**.
choquer, infliger un choc, au physique ou au moral : **heurter** (⇧ id. mais moins violent : *heurté par cette insinuation malveillante*) ; **ébranler** (id. ; ⇧ conséquence sur la solidité, matérielle ou morale, d'une position : *ébranlé par la mort de son fils*) ; **secouer** (id., ⇧ choc violent, qui entraîne des allées et

venues ; au moral, plutôt tristesse, désarroi : *encore tout secoué par les récents événements*) ; **traumatiser** (⇧ uniqt moral, sens voisin, registre psychologique mod. : *un redoublement allait traumatiser le malheureux chéri*) ; **scandaliser** (⇧ uniqt moral, fort : *son comportement le scandalisait*) ; **offusquer** (⇧ amour-propre ou sens des convenances : *offusqué par des propos aussi osés*).

chorégraphie, v. danse.

chose, toute réalité existant séparément : **objet** (⇧ concret : *un objet contondant*) ; **corps** (⇧ insiste sur matière : *un corps étranger à l'organisme*) ; **réalité** (⇧ abstr. : *la guerre est une réalité que l'on ne peut se dissimuler*) ; **être** (⇧ abstr. encore, surtt animé : *l'homme est un être de chair*) ; v. aussi **événement**. ≈ l'on aura souvent intérêt à spécifier en fonction du contexte : *ce meuble, cet instrument*, etc. pour *cette chose* ; avec une relative, à la place de *la chose que*, le démonstratif ce est préférable : *ce que*.

choyer, v. soigner.

chrétien, v. catholique.

christianisme, v. catholicisme.

chronique, v. histoire.

chronologie, v. histoire.

chuchoter, v. murmurer.

chute, 1. fait de tomber : **culbute** (⇧ en arrière) ; **dégringolade** (⇧ le long d'une pente) ; **glissade** (⇧ en glissant, ou progressif) ; **écroulement** (⇧ pour un édifice, soudain, ou fig. : *l'écroulement de la voûte du chœur* ou *l'écroulement de la puissance maya*) ; **effondrement** (id. ; ⇧ total, facilement fig. : *la crise entraîna l'effondrement des cours*) ; v. aussi **décadence**. 2. cours d'eau tombant d'une hauteur : **cascade** (⇧ uniqt petit débit, et notamment jardin : *la Grande Cascade du château de Marly*) ; **cataracte** (⇧ fleuve de grande importance : *les cataractes du haut Nil*) ; **rapide** (⇧ pente moins brutale : *pagayer parmi les rapides*) ; **saut** (⇧ expr. figées : *le Saut du Doubs*).

chuter, v. tomber.

cible, v. but.

cicatrice, marque laissée sur la peau par une blessure après guérison, ou fig. : **balafre** (⇧ sur le visage, fortement visible) ; **stigmate** (⇧ étym., clou, mais surtt moral : *les stigmates d'une enfance douloureuse*) ; **couture** (⇧ si recousu, ou fig.) ; v. aussi **blessure**. GÉN. **marque** ; **trace**.

ciel, 1. partie supérieure de l'atmosphère et tout l'espace situé au-delà : **cieux** (⇧ poét.) ; **firmament** (⇧ en principe uniqt partie supérieure du ciel, considérée comme fixe, mais surtt emphat., poét. : *la lune parut au firmament*) ; **atmosphère** (⇧ météorologique, enveloppe gazeuse de la terre : *le ballon-sonde s'éleva dans l'atmosphère*) ; **espace** (⇧ site des astres : *la conquête de l'espace*) ; **éther** (id. ; ⇧ poét., au sens mod.) ; **infini** (id. ; ⇧ insistance sur illimité). ≈ **espaces célestes**, **éthérés** ; **espace sidéral** ; **dôme**, **voûte céleste** ; voûte étoilée (⇧ nuit, étoiles) ; **hauteurs** ; **nuages** ; **nues** (⇧ poét. ou figé : *s'élever dans les nues*). 2. demeure divine : **paradis** (⇧ chrétien, séjour des âmes bienheureuses) ; **au-delà** (⇧ s'applique généralement à tout lieu susceptible d'accueillir des êtres immatériels, paradis, enfer, etc. : *tenter de communiquer avec l'au-delà*) ; **là-haut** (⇧ fam.) ; **éden** (⇧ paradis terrestre) ; **sein d'Abraham** (⇧ périphr. biblique) ; **empyrée** (id. ; étym. ciel supérieur igné ; plutôt séjour de la majesté divine : *celui qui trône dans l'empyrée*) ; **Olympe** (⇧ païen, séjour des dieux) 3. v. Dieu.

cierge, v. bougie.

cime, v. sommet.

cimeterre, v. épée.

cimetière, terrain destiné à l'ensevelissement des corps : **nécropole** (⇧ de vastes dimensions, surtt antique : *la nécropole de Thèbes*) ; **ossuaire** (⇧ uniqt os ; Ancien Régime : *les ossuaires bretons*, ou guerres mod. : *l'ossuaire de Douaumont*) ; **columbarium** (⇧ urnes funéraires) ; **charnier** (⇧ médiéval, ou, mod., enterrement massif à la hâte : *les charniers de Katyn*) ; **catacombe** (⇧ souterrain, premiers chrétiens). GÉN. **enclos**.

cinéaste, personne qui travaille à la réalisation d'un film : **réalisateur** (⇧ qui assume à titre artistique la responsabilité de la réalisation : *le célèbre réalisateur François Truffaut*) ; **metteur en scène** (id. ; ⇩ spécifiquement cinéma) ; **producteur** (⇧ responsabilité financière).

cinéma, 1. technique consistant à projeter sur un écran des images animées : ≈ **septième art** ; **grand écran** (⇧ par opposition à la télévision). 2. lieu où l'on présente des projections : GÉN. **salle (de cinéma)** : *aller voir un film dans une salle de la rive gauche.*

cinglé, v. fou.

cingler, v. fouetter.

circonférence, v. rond, tour.

circonspect, v. prudent.

circonspection, v. prudence.

circonstance, v. cas.

circuit, v. chemin et voyage.

circulaire, v. rond.
circulation, passage de véhicules dans les rues : **trafic**.
circuler, v. passer.
citation, passage cité : **allégation, référence** (v. citer). GÉN. **passage** ; ***développement** (mentionné). SPÉC. **formule**, ***expression, jugement, maxime, vers**, ***phrase, paragraphe, page**, ***texte**, etc. ; v. aussi citer et dire.
cité, v. ville.
citer, **rapporter** un passage d'un auteur au cours d'un développement : **alléguer** (⇧ pour en tirer argument : *l'on pourrait alléguer ici en faveur de la thèse la formule fameuse de Galilée*) ; **mentionner** (⇧ vague, éventuellement simple allusion) ; **se référer à, faire référence à** (id. ; ⇧ en principe, renvoi au texte : *nous voudrions nous référer à un opuscule peu connu de Pascal*) ; **signaler** (⇧ faire connaître l'existence, rapidement : *signalons les travaux de Lucien Febvre sur la question*). ≈ dans une dissertation notamment, il n'est nullement indispensable de reprendre systématiquement le verbe *citer* ou le nom *citation*, avant chaque citation effective ; l'on aura en général intérêt à rapporter directement les propos cités, en les intégrant à un résumé du contexte, et en précisant les références du passage (auteur, ouvrage, etc.) : *du premier vers : «J'ai longtemps habité sous de vastes portiques», se dégage l'impression immédiate d'une antiquité immémoriale* plutôt que *citons le vers* —, etc. ; pour l'introduction du nom de l'auteur, v. dire ; qq. formules possibles, cependant : **on lit (peut lire), à la ligne** —, ou **lit-on (peut-on lire)** —, postposé ; **c'est ce qu'attestent, que soulignent, révèlent, manifestent**, les vers, etc.
citoyen, v. habitant.
civil, v. poli.
civilisation, 1. ensemble des éléments contribuant à l'organisation d'une société ayant atteint un certain degré de développement, *la civilisation de l'Egypte ancienne* : **culture** (⇧ éléments spirituels, art, littérature, science, religion) ; **société** (⇧ vague, surtt relations entre les hommes, économie, etc.) ; **mode de vie** (⇧ surtt attitudes concrètes : *le mode de vie des Anciens différait profondément du nôtre*). GÉN. ***monde (moderne, antique**, etc.). 2. mouvement par lequel l'humanité se civilise ; **progrès** (⇧ sur mouvement : *on n'arrête pas le progrès*) ; **évolution** (⇧ moins marqué en valeur) ; **développement** (⇧ économique, à moins de préciser : *le développement de l'instruction, des sciences et techniques*, etc.).
civilisé, qui relève d'un certain degré de civilisation : **cultivé, évolué, développé** (v. civilisation) ; **policé** (⇧ règles de conduite, ordre social bien respecté : *les mœurs policées des nations germaniques*) ; **sociable** (⇧ en un sens atténué, apte à la vie en société : *un individu de caractère profondément sociable*).
civiliser, doter d'une civilisation : **cultiver, développer, faire évoluer, policer** (v. civilisation et civilisé) ; v. aussi **instruire**.
civilité, v. politesse.
civisme, v. patriotisme.
clair, 1. v. lumineux. 2. qui ne prête pas à confusion : **lumineux** (⇧ fort, particulièrement clair et aidant à mieux comprendre : *un exposé lumineux*) ; **limpide** (id. ; ⇩ insistance sur qualité du contenu) ; **explicite** (⇧ ne laisse pas d'éléments dans l'ombre : *il s'est montré parfaitement explicite sur ce point*) ; **net** (⇧ bien défini : *une condamnation très nette*) ; v. aussi **compréhensible**.
clameur, v. cri.
clandestin, v. caché.
clandestinement, v. cachette (en).
claque, v. gifle.
clarifier, v. expliquer.
clarté, 1. v. lumière. 2. qualité de ce qui est clair, sans ambiguïté : **limpidité, netteté** (v. clair) ; **précision** (⇧ soin du détail : *décrire toujours avec précision*).
classe, 1. v. catégorie. 2. ensemble d'élèves en fonction d'une classification scolaire : **section** (⇧ abstrait, en fonction du cursus ou des programmes : *section enfantine*) ; **division** (⇧ âge, primaire) ; **niveau** (id. ; ⇧ vague, ttes études) ; **série** (⇧ type particulier d'enseignement notamment en fonction des matières : *bac série A*). GÉN. **groupe**. 3. **salle** (de classe) : **étude** (⇧ pensionnaires, hors de cours). GÉN. **salle** ; v. aussi **école**.
classement, v. rangement.
classer, v. ranger.
classique, v. traditionnel.
clause, v. condition.
clergé, v. église et prêtre.
cliché, v. lieu commun.
client, v. acheteur.
climat, 1. ensemble des particularités météorologiques d'une région : **température** (⇧ uniqt chaud ou froid). ≈ **conditions atmosphériques, météorologiques, climatiques**. 2. v. atmosphère.
clinique, v. hôpital.
cloche, instrument de métal grossière-

ment en forme de demi-sphère destiné à sonner : **clochette** (⇧ petit) ; **grelot** (⇧ toujours très petit : *les grelots de la selle*) ; **campane** (⇧ rare, uniqt clocher) ; **carillon** (⇧ ensemble de cloches sonnant ensemble) ; **bourdon** (⇧ de grandes dimensions, grave : *le bourdon de Notre-Dame*) ; **sonnerie** (⇧ son d'une cloche, ou d'un équivalent, pour marquer des limites horaires : *les cancres guettent la sonnerie avec impatience*).

clocher, tour destinée à abriter des cloches : **campanile** (⇧ plutôt italien, ou par ext. : *le campanile du Sacré-Cœur*) ; **beffroi** (⇧ laïc, surtt hôtel de ville). GÉN. ***tour** : *les tours de Notre-Dame.*

cloison, v. mur.

cloître, v. couvent.

cloîtrer, v. enfermer.

clore, v. fermer, finir.

clôture, dispositif entourant un espace et visant à le séparer de l'extérieur : **barrière** (⇧ simple séparation, n'entoure pas nécessairement : *une barrière se dressait sur le passage*) ; **palissade** (⇧ faite de planches, continue : *palissade de chantier*) ; **grille** (⇧ faite de barreaux de métal) ; **grillage** (⇧ fait de fils de fer tressés : *le grillage était troué en de nombreux points*) ; **enceinte** (⇧ de pierre, importante, éventuellement véritable muraille : *l'enceinte du parc du château*) ; v. aussi **mur**. GÉN. **entourage**.

clôturer, v. entourer, finir.

clou, pointe de fer destinée à assurer une fixation : **pointe** (⇧ technique ou régional : *des pointes de dix*).

clouer, v. attacher.

clown, acteur comique d'un cirque : **pitre** (⇧ général). SPÉC. **guignol** ; **bouffon** ; **paillasse** (⇧ type particulier).

club, v. groupe.

coaliser, v. unir.

coalition, v. alliance.

cocasse, v. comique.

cochon, v. porc, sale.

code, v. loi.

coercition, v. contrainte.

cœur, 1. organe central de la circulation sanguine : par métonymie, **poitrine** ; **sein** (⇧ noble) : *le sein percé d'une flèche.* 2. siège de l'affectivité, des sentiments ou émotions, représenté métaphoriquement comme un organe : ***sentiment(s)** (⇧ abstrait, surtt à l'égard d'autrui : *découvrir, dévoiler, ses sentiments* pour *ouvrir son cœur*) ; **émotion(s)** (id., ⇧ réaction instantanée : *exprimer son émotion*) ; ***sensibilité** (⇧ disposition générale : *profondément atteint dans sa sensibilité* pour *touché au cœur*) ; v. aussi **âme**. ≈ l'on pourra souvent tourner par des termes désignant simplement la personne elle-même, dans ce qu'elle a de plus intime : **le fond de l'être, de soi** : *atteint au plus profond de soi-même, de son être (âme)* pour *au fond du cœur* ; ainsi avec les adj. **profond, intime** : *sentiments, émotions, profonds, intimes* ; ou même simplement **être** : *de tout son être* pour *de tout son cœur.* 3. dispositions à la bonté, à la générosité : *un homme de cœur* ; v. bon et bonté. 4. v. centre.

coffre, v. caisse.

coffret, v. boîte.

cognée, v. hache.

cogner, v. frapper.

cohérence, v. logique.

cohérent, v. logique.

cohue, v. foule.

coiffer, arranger les cheveux de qqn : **peigner** (⇧ avec un peigne) ; **brosser** (⇧ avec une brosse) ; **démêler** (⇧ mettre en ordre régulier). || *Se coiffer* : **se peigner, se brosser** ; **s'arranger (les cheveux)**.

coiffure, 1. état de la chevelure : SPÉC. **chignon** (⇧ cheveux relevés au-dessus de la tête) ; **tresse** (⇧ tressés) ; **natte** (id. ; ⇧ pendante) ; **brosse** (cheveux courts, relevés). 2. partie de vêtement destinée à couvrir la tête : **couvre-chef** (⇧ plaisant) ; **chapeau** (⇧ à bords) ; **bonnet, béret** (⇧ sans bords) ; **casquette** (⇧ visière).

coin, 1. v. angle. 2. v. lieu.

coïncidence, rencontre fortuite et peu probable de deux événements : **rencontre** (⇧ vague) ; **concomitance** (⇧ indique la rencontre en même temps, mais pas nécessairement l'improbabilité : *la concomitance des deux anniversaires facilita le rassemblement*) ; **simultanéité** (id.). ≈ **concours de circonstances** (⇧ conséquence de la rencontre de divers événements : *par un fâcheux concours de circonstances, il se trouva obligé de s'embarquer en pleine tempête*).

coïncider, v. correspondre.

col, 1. partie de vêtement entourant le cou : **collerette** (⇧ plissé ou ornemental) ; **encolure** (⇧ passage du cou dans le vêtement) ; **jabot** (⇧ rabattu, généralement dentelle). 2. passage entre deux hauteurs : **défilé** (⇧ encaissé) ; **brèche** (⇧ fissure entre des rochers : *la brèche de Roland*).

colère, violente émotion généralement consécutive à une offense, mouvement d'indignation : **ire** (vx, très litt., ou figé : *laisser libre cours à son ire*) ; **fureur** (⇧ fort : *rouge de fureur*) ; **furie** (⇧ fort encore : *rien ne pouvait retenir sa* *furie*) ; **rage** (id. ; ⇧ image de la maladie) ; **emportement** (⇧ perte de contrôle de soi : *livré à son emportement*) ; **courroux** (⇧ soutenu : *juste courroux*). || *(Etre, se mettre) en colère* : **(être, se mettre) en rage, fureur, furie, courroux** ; **être hors de soi** ; **ne plus se contenir, se contrôler** ; **s'emporter** ; **s'irriter** (⇧ faible, simple agacement, souvent : *il s'irritait de son retard*) ; **se fâcher** (⇧ fam., en général peu grave : *je vais finir par me fâcher*) ; **perdre son calme, son sang-froid** ; **(être, se mettre) en rogne, pétard** (⇧ fam.) ; v. aussi **bouillir** (⇧ fort, idée de manque de maîtrise de soi).

coléreux, qui se met facilement en colère : **irascible** (⇧ litt.) ; **irritable** (⇧ surtt humeur) ; **emporté** (id., ⇧ fort : *d'un caractère emporté*) ; **rageur** (v. colère).

colifichet, v. bricole.

collaborateur, v. auxiliaire.

collaboration, v. aide.

collaborer, v. aider.

collation, v. repas.

collecter, v. ramasser.

collecteur, v. tuyau.

collectif, v. général.

collection, ensemble d'objets recueillis, notamment à des fins de curiosité : **assortiment** (⇧ choix d'objets de diverses sortes, plutôt d'utilité ou de consommation : *un assortiment de chocolats*) ; v. aussi **suite**.

collectiviser, v. nationaliser.

collectivisme, v. socialisme.

collège, v. école.

collégiale, v. église.

collégien, v. élève.

collègue, personne qui exerce la même activité : **confrère** (⇧ médecins, avocats).

coller, assembler deux objets par contact de façon temporaire, ou durable, au moyen d'un produit adhésif : **appliquer** (⇧ ne désigne explicitement que le simple contact : *appliquer son doigt sur la feuille*) ; **apposer** (⇧ simple fait de fixer sur l'objet : *apposer une affiche sur un mur*) ; **faire adhérer** (⇧ souligne l'effort pour assurer le lien : *faire adhérer une rustine à la chambre à air*) ; v. aussi **attacher** et **mettre**.

collier, ensemble de petits objets tressés destiné à être porté autour du cou : **rivière** (⇧ uniqt *rivière de diamants*) ; **chaîne** (⇧ simplement métal tressé) ; **torque** (⇧ d'un seul bloc, celtique).

colline, élévation de terrain de moyenne hauteur : **butte** (⇩ haut, ou emploi figé : *la butte Montmartre*) ; **éminence** (⇧ dépasse le reste du relief : *s'arrêter sur une éminence pour observer le paysage*) ; **coteau** (⇧ le long d'une vallée : *les coteaux de Suresnes*) ; **monticule** (⇧ assez petit).

collision, v. accident.

colloque, v. conférence.

colmater, v. boucher.

colombe, v. pigeon.

colombier, v. pigeonnier.

colonne, 1. élément d'architecture long et peu large, plutôt cylindrique, destiné à soutenir la partie haute de l'édifice : **pilier** (⇧ épais, forme non précisée) ; **pilastre** (⇧ fausse colonne plate engagée, servant à la décoration) ; **fût** (⇧ ne désigne que le corps de la colonne, ou par métonymie : *les fûts élancés du Parthénon*). 2. v. armée.

coloré, v. bariolé.

coloris, v. couleur.

colossal, v. grand.

combat, v. bataille et guerre.

combatif, qui s'engage avec ardeur dans la lutte : **pugnace** (⇧ large, qualités de persévérance et d'énergie nécessaires à la lutte, mais divers domaines : *un avocat pugnace*) ; **batailleur** (⇧ recherche la bataille en un sens négatif : *un critique batailleur*) ; **belliqueux** (⇧ surtt au pr. en rapport avec la guerre : *un monarque belliqueux*) ; **bagarreur** (⇧ fam., surtt coups, ou figuré).

combattre, v. battre.

combinaison, v. mélange.

comble, adj., v. plein.

comble, n., v. paroxysme.

combustible, v. carburant.

comédie, 1. pièce de théâtre destinée à faire rire : **farce** (⇧ populaire, grosse plaisanterie : *le comique de farce du* Médecin malgré lui) ; **bouffonnerie** (⇧ nombreuses mimiques, comique facile ; plutôt type de situation que genre littéraire proprement dit : Le Bourgeois Gentilhomme *finit dans une atmosphère de bouffonnerie*). ≈ ***pièce, scène, saynète, sketch, comique**. 2. v. plaisanterie.

comédien, v. acteur.

comestible, v. mangeable.

comique, qui provoque le rire, comme dans la comédie : **farcesque, bouffon** (v. comédie) ; **grotesque** (⇧ idée de ridicule appuyé : *le rôle grotesque de M. Jourdain*) ; **inénarrable** (⇧ fort, extrêmement drôle) ; **hilarant** (id.) ; **cocasse** (⇧ qui amuse par une situation inattendue : *un quiproquo cocasse*) ; **désopilant** (id. ; ⇧ fort) ; **burlesque** (⇧ résultant d'un mélange de situations ou de tons : *le* *langage burlesque des Turcs de Molière*; **tordant** (fam.); v. aussi **amusant.** ≈ **à mourir de rire**; **à se tordre, à se rouler par terre** (fam.).

commandant, v. chef.

commandement, acte de commander: **ordre** (⇧ précis, en situation: *obtempérer aux ordres*); **injonction** (id.; ⇧ situation d'autorité moins nette: *se plier aux injonctions de ses voisins*); **sommation** (⇧ menace de sanction immédiate); **prescription** (⇧ à caractère général, notamment religieux, moral: *les prescriptions du décalogue*); **précepte** (id.; ⇧ général encore: *les préceptes de la morale*).

commander, pour un supérieur, demander à un inférieur de faire qqch.: **ordonner, enjoindre, sommer, prescrire** (v. commandement); v. aussi **demander**.

comme, 1. adv. marquant la comparaison ou la conformité: *gai comme un pinson*; *comme il convient en pareil cas*; **à l'instar de** (⇧ très litt., marque plutôt une imitation volontaire: *à l'instar d'Alexandre, Bonaparte caressait un rêve oriental*); **ainsi que** (en ce sens, ⇧ assez litt., plutôt en tête d'expr.: *ainsi que dans un rêve, ils traversaient la campagne neigeuse*); **de même que** (id., ⇧ souligne le parallélisme; ⇩ simple conformité: *il disparut de même qu'il était entré*). ≈ **tel** (+ nom, assez litt.: *telle l'abeille, il faisait son miel de toute fleur*); **aussi** (+ adj.) **que** *(aussi léger que l'alouette)*; **de la même façon, manière que**. 2. avec valeur d'addition; *comme nous l'avons déjà vu*; **ainsi que**; **de même que** (en ce sens, uniqt + nom: *Hugo, de même que Lamartine, professe un credo humanitaire*); **aussi bien que, non moins que** (id.); ≈ *comme* peut être omis dans certains cas et être remplacé par des incises: *nous l'avons vu, vous le savez bien,* pour *comme vous le savez.*

commémoration, v. anniversaire.

commémorer, v. fêter.

commencement, point à partir duquel qqch. se déploie dans l'espace ou dans le temps: **début** (⇧ ponctuel, temporel: *le début d'une belle carrière*); ***origine** (⇧ idée de cause: *les origines de Rome*); **naissance** (⇧ être vivant, ou fig.: *la naissance de la tragédie*); **genèse** (id.; ⇧ souligne l'idée de développement initial); **point de départ** (id.); ***apparition** (⇧ insiste sur passage à l'existence et manifestation: *l'apparition de la vie sur terre*); **formation** (id.; ⇧ souligne la durée: *la formation des orages*); **constitution** (id.; ⇧ idée de rassembler les éléments initiaux, notamment pour un groupe); **préliminaires** (⇧ préparatifs précédant un événement: *les préliminaires des négociations*); **exorde** (⇧ discours oratoire); ***introduction** (⇧ texte, première présentation); **entrée en matière** (id., ⇧ vague); **incipit** (⇧ texte, première ligne, terme de bibliographie); **préambule** (id., ⇧ développement préliminaire); **ébauche, esquisse, déclenchement, amorce, mise en train, en route, ouverture** (v. commencer). ≈ avec les adj. **premier, initial**: **premières lignes, formes**: *les premières formes de vie sur terre;* **état premier, initial**: *les phases initiales du conflit.* || *Au commencement*: **au début, à l'origine, pour commencer**; **primitivement** (⇧ indique une modification ultérieure: *primitivement, il était prévu une colonnade*); v. aussi **(d') abord**.

commencer, I. tr. **1.** conférer à qqch. un premier degré d'existence dans le temps: **entreprendre** (⇧ projet sérieux, avec insistance sur le projet, plus que sur la réalisation partielle: *il a entrepris la rédaction de ses mémoires*); **entamer** (⇧ image de la première atteinte portée à un objet à découper, marque une coupure, n'insiste pas sur le terme: *entamer des négociations*); **attaquer** (fam.; ⇧ difficulté, énergie: *demain, j'attaque la peinture du salon*); **s'attaquer à** (id., ⇧ courant); **ébaucher** (⇧ les grandes lignes d'un dessin ou d'un projet: *ébaucher un projet de rapprochement*); **esquisser** (id.); **déclencher** (⇧ un processus qui se développe ensuite de lui-même: *déclencher les hostilités*); **amorcer** (id., ⇧ insistance sur caractère embryonnaire d'un premier stade, néanmoins réalisé: *amorcer un revirement*); **engager** (id., ⇧ surtt relations avec autrui, combat, etc.); **lancer** (id.: *lancer la discussion*). ≈ **mettre en train, en route, en chantier** (⇧ travail, affaire); **poser les premiers jalons de** (⇧ simple état préparatoire: *il posa les premiers jalons du rapprochement franco-allemand*). **2.** être dans la première phase de qqch., *commencer son discours par ces mots*; **ouvrir** (⇧ vague); **inaugurer** (⇧ fonctions: *inaugurer son septennat par une série de mesures drastiques*). II. intr., présenter un premier stade de développement dans le temps ou l'espace: **s'ébaucher, s'esquisser, se déclencher, s'amorcer, se mettre en train, route, s'ouvrir** (v. I.); **débuter** (⇧ temporel : *débuter dans la carrière des armes*) ; ***partir** (⇧ local, ou fig., insiste sur point de départ : *il est parti de cette hypothèse*) ; **éclater** (⇧ soudain, brutal : *l'orage était sur le point d'éclater*) ; **se former** (⇧ début d'un organisme ou d'un processus : *l'Etat capétien s'est formé de bonne heure*) ; **se constituer** (id.) ; **naître** (⇧ image de la venue à la vie, fig.) ; **se lever** (⇧ jour, ou fig. : *une nouvelle ère se lève à l'horizon*) ; **poindre** (id., ⇧ litt.) ; **éclore** (⇧ plante, ou fig.). ≈ **prendre son départ**. || *Commencer à* : **se mettre à** (⇧ très vague idée d'action en cours : *se mettre à travailler*, mais *il se mit à pleuvoir*. ≈ **se *décider à** (⇧ insistance sur décision). || *Commencer par* : **débuter par** ; **s'ouvrir sur** (⇧ pour un texte, un spectacle, etc. : *la pièce s'ouvre sur un long monologue*). ≈ avec **d'*abord, en premier lieu, d'entrée de jeu**, etc. (*le dramaturge introduit d'entrée de jeu un long monologue*).

commentaire, v. explication.

commenter, v. expliquer.

commerçant, personne qui se livre au commerce : **marchand** (⇧ marché, cour. ou vx pour commerçant : *les marchands du Temple*) ; **négociant** (⇧ certaine importance : *négociant en vins*) ; **grossiste** (⇧ en gros) ; **mandataire** (⇧ uniqt Halles de Paris : *mandataire aux Halles*) ; **débitant** (⇧ certains commerces, vin, tabac : *débitant de boissons*) ; **boutiquier** (⇧ qui tient une boutique, plutôt petite).

commerce, 1. activité consistant en l'achat et la vente de marchandises : **négoce** (⇧ certaine importance ; v. négociant) ; **trafic** (⇧ péjor., illicite : *faire le trafic de l'héroïne*) ; **traite** (⇧ uniqt esclaves : *la traite des Noirs*). 2. v. magasin.

commettre, v. faire.

commis, v. employé.

commisération, v. pitié.

commission, v. achat.

commode, adj. 1. qualifiant une chose ou un état qui présente des facilités d'utilisation : **pratique** ; **fonctionnel** (⇧ adapté à sa fonction, se dit surtout d'équipements assez volumineux : *une cuisine fonctionnelle*). 2. qualifiant une pers. (fam., *il n'est pas commode*) : **accommodant, complaisant, indulgent**.

commode, n., v. buffet.

commodément, v. facilement.

commodité, v. avantage.

commotion, v. choc.

commun, v. courant.

communauté, v. société.

commune, v. ville.

communication, activité par laquelle plusieurs personnes se transmettent des informations : **échange** (⇧ général : *les difficultés d'échange entre deux personnes de milieux très différents*) ; **contact** (id. ; ⇧ idée de mise en rapport directe : *les contacts avec nos agents sont devenus dangereux*) ; **relations** (⇧ général encore) ; **transmission** (⇧ technique, surtt milit. : *assurer les transmissions entre les lignes*) ; **liaison** (id. ; ⇧ idée de continuité : *la liaison avec l'arrière est interrompue*).

communion, v. accord.

communiquer, 1. se transmettre des informations, pour des personnes : **échanger, entrer en contact, en relation, en liaison** (v. communication) ; **correspondre** (⇧ par voie de lettres). 2. v. confier.

communisme, v. socialisme.

compact, v. épais.

compagne, v. épouse.

compagnie, fait d'être avec d'autres personnes ou groupe de personnes : **société** (⇧ soutenu, abstrait : *rechercher la société de ses semblables*) ; v. aussi **groupe**.

compagnon, v. ami.

comparaison, 1. acte de comparer, au sens courant : **confrontation, appréciation, évaluation, mise en parallèle, en regard** (v. comparer). 2. figure de style consistant à mettre en regard un objet et une image ; **assimilation, identification** (v. comparer) ; **équivalence** (⇧ suppose un jugement de valeur, ou une sensation esthétique : *établir une équivalence entre les mouvements de la foule et l'agitation des flots*) ; **(mise en) correspondance** (⇧ perception d'un rapport, notamment symbolique).

comparer, 1. mettre deux choses en regard pour en évaluer les ressemblances et les différences : **confronter** (⇧ idée de jugement, de vérification : *confronter le récit avec les faits*) ; **rapprocher** (⇧ de façon approximative : *l'on rapprochera ce vers de celui d'Horace)* ; **apprécier** (⇧ mesure de la valeur ; ⇩ mise en regard : *apprécier les deux hypothèses*) ; **évaluer** (id.) ; **opposer** (⇧ volonté de souligner les différences, surtout de valeur : *opposer Trajan à Néron*). ≈ **mettre en parallèle** (⇧ correspondance) ; **mettre en regard** (id., ⇧ large) ; **peser les mérites respectifs** (⇧ jugement de valeur). 2. établir une comparaison, au sens rhétorique, entre une chose et une autre, faisant image, *comparer une jeune fille à une rose*: **assimiler** (⇧ ressemblance qui tend à l'identité; convient surtout si la comparaison est sous-entendue: *le destin de l'homme est assimilé par le poète à une navigation sur une mer en furie*); **identifier** (id., ⇧ fort); **égaler** (⇧ degré de valeur: *égaler la beauté du paysage à celle du paradis*); ≈ **établir une *comparaison, une équivalence, une correspondance entre.**

compenser, v. équilibrer.

compétence, 1. ensemble de ce qui relève de qqn: **ressort** (⇧ insiste plus strictement sur délimitation: *cette affaire n'est pas de mon ressort*); **juridiction** (⇧ strictement juridique: *ne pas relever de la juridiction de la cour d'appel*). 2. v. capacité.

compétent, v. capable.

compétiteur, v. concurrent.

compétition, 1. fait pour diverses personnes de chercher à surpasser les autres: **concurrence** (⇧ surtt commercial, ou fig.: *la concurrence entre les grands groupes financiers*); **émulation** (⇧ volonté d'exceller: *l'émulation entre les meilleurs élèves de la classe*); **rivalité** (⇧ sentiment de relative jalousie: *un climat empoisonné par les rivalités personnelles*). 2. manifestation sportive mettant aux prises divers concurrents: **championnat** (⇧ désignation du tenant d'un titre: *le championnat de France de football*); **concours** (⇧ vague, informel: *un concours de bridge*); **épreuve** (⇧ vague encore, surtt partie déterminée d'une compétition: *l'épreuve de saut aux jeux Olympiques*); **match** (⇧ deux équipes); **rencontre** (id.).

complet, auquel rien ne manque pour être parfait: **entier** (⇧ sans que rien n'ait été ôté d'un tout, plutôt continu: *dévorer un poulet entier*; *parcourir la terre entière*, mais *faire le tour complet de la planète*); **total** (⇧ appliqué à une série d'éléments ou à une réalité susceptible de degrés d'intensité ou de réalisation: *la somme totale, la guerre totale*); **intact** (⇧ sans rien de brisé); **intégral** (⇧ qui est donné dans la totalité de sa réalité ou de son acception: *le texte intégral*; *une stupidité intégrale*); **exhaustif** (⇧ qui prend en compte tous les éléments sans en excepter aucun: *un dépouillement exhaustif des archives départementales*); **parfait** (⇧ idée de valeur: *une parfaite connaissance de l'Antiquité grecque*); **absolu** (⇧ à un degré supérieur de perfection, dépassant toute limitation: *le savoir absolu*); **radical** (étym. depuis la racine, d'où ⇧ degré particulièrement élevé de la qualité considérée: *une erreur radicale*).

complètement, de façon complète: **entièrement, totalement, intégralement, exhaustivement, parfaitement, absolument, radicalement** (v. complet). ≈ expr. **en entier**; **in extenso** (surtt pour un texte: *publier sa thèse in extenso*).

compléter, ajouter à quelque chose ce qui lui manque: **parfaire** (⇧ amener à son point d'achèvement: *parfaire l'ouvrage commencé par son prédécesseur*); **parachever**; **perfectionner** (id.); **rajouter**; v. aussi **finir**.

complexe, v. compliqué.

complication, 1. caractère de ce qui est compliqué: **complexité, confusion** (v. compliqué). 2. v. difficulté.

complice, personne qui participe à l'action illicite d'une autre: **comparse** (⇧ rôle secondaire); **auxiliaire** (⇧ aide apportée); **compère** (⇧ dans une escroquerie, qui est de mèche pour égarer le naïf: *un compère lui indiquait le jeu de son adversaire*). ≈ **(être) de mèche.**

complicité, fait d'être complice: **intelligence** (⇧ surtt chez l'adversaire: *avoir des intelligences dans la place*); **connivence** (⇧ accord préalable).

compliment, v. éloge.

complimenter, v. féliciter.

compliqué, qui présente de nombreux aspects difficiles à démêler; **complexe** (⇧ insiste sur multitude de facteurs, plutôt que sur embrouillement: *la réalité est toujours complexe*); **embrouillé** (⇧ insiste sur l'emmêlement des éléments: *un dossier embrouillé où viennent se combiner plusieurs vieilles querelles*); **confus** (⇧ insiste sur manque de clarté: *des propos confus et sans ordre*); **alambiqué** (⇧ d'une complication qui provient d'une recherche excessive: *discours emphatique et alambiqué*); **inextricable** (⇧ où l'on ne peut se retrouver, pour un enchevêtrement, au pr. ou fig.); **tarabiscoté** (⇧ pour un ornement); v. aussi **obscur.**

complot, action secrète de plusieurs personnes visant à des fins diverses, en général criminelles ou subversives: **intrigue** (⇧ beaucoup plus faible, moyens relevant seulement des pressions, des luttes d'influence: *une intrigue l'a évincé de son poste de direction*); **machination** (id.; ⇧ noir; ⇩ idée de collaboration: *victime d'une machination, il fut enfermé au château d'If*); **conspiration** (⇧ action politique, ou fig.: *la conspira-*

tion des Egaux) ; **conjuration** (id. ; ⇧ lien par des serments).

comploter, ourdir un complot : **intriguer, machiner, conspirer** (v. complot).

comportement, v. action.

composer, 1. v. écrire. 2. v. former. || *Se composer*, v. contenir.

composition, 1. ce dont qqch. est composé : **teneur** (⇧ surtt corps chimiques : *la teneur en alcool de cette boisson*). 2. façon dont qqch. est composé : **structure** (⇧ idée d'édifice, système de correspondances : *la structure du sonnet*) ; **construction** (id. ; ⇧ idée d'élaboration : *la construction du roman*) ; **plan** (⇧ figure d'ensemble, partie par partie : *le plan initial des* Pensées) ; **organisation** (⇧ effort de mise en ordre générale : *l'organisation des parties*). 3. v. texte.

compréhensible, qui peut être compris : **intelligible** (⇧ surtt langage : *des paroles à peine intelligibles*) ; **accessible** (⇧ à la portée de beaucoup : *un exposé accessible de questions pourtant difficiles*) ; **concevable** (⇧ que l'on peut imaginer, surtout avec une idée d'éventualité : *une attitude concevable*) ; **défendable** (⇧ idée de justification) ; v. aussi clair.

compréhension, v. connaissance.

comprendre, 1. démêler par l'esprit la signification ou la nature de qqch. : **saisir** (⇧ pensée ou propos circonstanciels : *je ne saisis pas bien votre raisonnement*) ; **pénétrer** (⇧ surtt sens, ou intention cachée : *pénétrer les desseins de l'adversaire*) ; **démêler** (id., ⇧ embrouillé) ; **concevoir** (⇧ représentation abstraite : *ne pas concevoir comment il a pu procéder*) ; **se représenter** (id.) ; **voir (bien)** (id., ⇧ vague et général) ; **entendre** (vx, surtt langue étrangère : *je n'entends pas le japonais*, ou expr. : *j'entends bien*) ; **se rendre compte** (⇧ au bout d'un certain temps : *se rendre compte de son erreur*) ; **réaliser** (id., ⇧ sentiment de réalité : *réaliser la perte de ses espoirs*) ; **prendre conscience de** (id., ⇧ acte de lucidité : *prendre conscience de ses erreurs*). GÉN. v. connaître. ≈ **tirer au clair** (⇧ affaire embrouillée : *je n'arrive pas à tirer au clair les raisons qui l'ont poussé à ce geste*) ; pour *ne pas comprendre*, avec inv. ; **échapper (à)** : *le sens de cette phrase m'échappe*, et donc **ne pas échapper** : *il ne lui échappait pas que sa proposition rencontrerait bien des réticences* pour *il comprenait* —. 2. v. contenir.

comprimer, v. serrer.

compte, v. calcul.

compter, manipuler des nombres, notamment déterminer le nombre d'éléments d'un ensemble : **calculer** (⇧ procéder à des combinaisons de nombres : *calculer la dépense globale*) ; **dénombrer** (⇧ uniqt nombre d'éléments : *dénombrer les bêtes du troupeau*) ; **chiffrer** (⇧ évaluer un nombre, et surtt une dépense : *chiffrer le coût de la construction*).

compulser, v. examiner.

concéder, v. attribuer.

conception, v. idée.

concerner, présenter un rapport avec qqch. : **regarder** (⇧ idée d'un domaine de compétence : *cette affaire regarde la justice*) ; **relever de** (id.) ; **toucher** (⇧ rapport étroit, conséquences : *une insinuation qui touche à sa réputation*) ; **intéresser** (⇧ souligne les conséquences).

concert, représentation musicale : **récital** (⇧ autour d'un artiste particulier) ; **audition** (⇧ de peu d'importance, occasionnel : *une audition d'élèves du conservatoire*) ; **aubade** (⇧ rapide, donné en l'honneur de qqn, en principe à l'aube, mais par ext. à toute heure ; ⇧ fanfare, etc. : *une aubade de la musique de la Garde républicaine au jardin des Tuileries*).

concevoir, v. comprendre.

conciliant, v. facile.

concilier, v. accorder.

concis, v. dense.

concision, v. brièveté.

conclure, 1. tirer une conclusion d'un raisonnement : **déduire** (⇧ souligne la nécessité : *il est possible de déduire de cette déclaration que l'auteur connaissait Lucrèce*) ; **inférer** (id. ; ⇧ savant, surtt dans expr. *en inférer*) ; **induire** (⇧ plutôt par analogie). 2. v. finir. || *Se conclure*, v. finir.

conclusion, 1. proposition que l'on déduit d'un raisonnement parvenu à son terme : **leçon** (⇧ d'ordre moral, surtt d'après expérience : *sachons tirer la leçon de cet échec*) ; **enseignement** (id.) ; **morale** (id., ⇧ précis sur ordre moral, plutôt d'une histoire) ; **conséquence** (⇧ enchaînement logique ; ⇩ terme : *tirer les conséquences de sa décision*) ; **résultat** (id., ⇧ image du calcul : *il parvenait à ce résultat que l'hypothèse de départ était erronée*). 2. dernière partie d'un texte ou d'un discours ; **dénouement** (⇧ pièce de théâtre, ou, par ext., d'un récit) : **épilogue** (⇧ développement annexe, ajouté pour résumer les développements ultérieurs de l'intrigue, ou formuler certaines remarques d'ordre général) ; **péroraison** (⇧ discours oratoire, souvent emphatique). GÉN. **fin.** || *En conclusion*: **pour nous résumer**; **en définitive**; **en dernière analyse**. . ≈ expr. comme : **il ne (nous) reste (plus qu') à.**

concomitant, v. simultané.

concordance, v. accord.

concours, v. aide, examen.

concret, v. matériel.

concurrence, v. compétition.

concurrent, 1. qui essaie de l'emporter sur un autre : **rival** (⇧ qui dispute sérieusement la première place : *un dangereux rival*) ; **compétiteur** (⇧ surtt pour briguer la même place : *son compétiteur à l'Académie*) ; **adversaire** (⇧ vague, opposition : *triompher de tous ses adversaires dès la première série d'épreuves*). 2. sens affaibli dans le cadre d'un concours, d'un examen : **candidat, participant.**

condamnable, v. blâmable.

condamner, 1. juger coupable : **frapper** (+ compl. : *frapper d'une interdiction de séjour*). ≈ **infliger (une peine)** (+ compl. de peine : *infliger une amende, une peine de réclusion à perpétuité* pour *condamner à*) ; pour l'inculpé : *se voir infliger —* ; **écoper de** (fam. : *il a écopé de trois mois avec sursis* pour *il a été condamné à —*) ; v. aussi **punir.** 2. v. désapprouver.

condition, 1. ce qui doit exister pour que qqch. ait lieu : **clause** (⇧ contrat) ; **exigence** (⇧ venant de qqn, ou ext.). 2. v. rang.

conducteur, v. chauffeur.

conduire, 1. faire aller quelque part en montrant le chemin : **mener** (⇧ vague et général : *mener ses hommes sans ménagement*) ; **amener** (⇧ insistance sur le but : *ils l'amenèrent à la ville la plus proche*) ; **guider** (⇧ indication de la route : *guider à travers une région hostile*) ; **diriger** (⇧ indiquer une direction précise, au pr. ou fig. : *on le dirigea vers les études de lettres*). 2. pour une chose, avoir pour point d'aboutissement ; **mener, amener** (*il fut amené à modifier ses vues*) ; ***entraîner** (⇧ force d'influence : *être entraîné à des malversations*) ; **aboutir** (⇧ insistance sur terme : *ce chemin aboutit au village*) ; **aller** (id., ⇧ vague et courant). 3. diriger la marche d'un moyen de transport ; **piloter** (⇧ avion ou véhicule rapide : *piloter une voiture de course*) ; **gouverner** (⇧ barque). || *Se conduire*: v. agir.

conduit, v. tuyau.

conduite, v. action, tuyau.

confectionner, v. faire.

conférence, 1. exposé de matières diverses fait devant un public à des fins d'instruction : **exposé** (⇧ vague, rapide, insiste sur simple prise de parole : *un exposé sur la situation en Afghanistan*) ; **causerie** (⇩ solennel). 2. réunion à un haut niveau débattant de questions de grande importance, politique, etc., et se proposant plutôt de prendre des décisions : *la conférence de Genève sur le désarmement*; **congrès** (⇧ simple discussion, du moins au sens mod. : *un congrès de pharmaciens* mais *le congrès de Vienne*, vx) ; **colloque** (id. ; ⇧ sujet d'étude, plutôt scientifique : *vingt-cinquième colloque sur les relations humaines dans l'entreprise*) ; **symposium** (id. ; ⇧ savant) ; **séminaire** (⇧ durée ou régularité) ; **entretien** (id. ; ⇧ figé : *les entretiens de Bichat*) ; **table ronde** (⇧ discussion ouverte à un large éventail d'opinions).

confesser, v. avouer.

confession, v. aveu et religion.

confiance, 1. attitude par laquelle on s'en remet sans crainte à une autre personne : **foi** (⇧ fort, expression d'une adhésion plus ou moins irrationnelle : *il avait foi en sa parole*) ; **créance** (⇧ surtt vérité de paroles : *il accordait peu de créance à ses dires*) ; **crédit** (id.) ; v. aussi **croyance.** ≈ **se fier à**, en pour *faire confiance*: *ne pas se fier à ses promesses*; v. aussi **croire.** 2. absence de crainte : **assurance** (⇧ fort, idée de certitude, confiance en soi : *parler fort et avec assurance*) ; **aplomb** (id. ; ⇧ calme, maîtrise de soi, parfois péjor. : *il ne manque pas d'aplomb*) ; **toupet, culot** (id., au sens péjor., fam.) ; **outrecuidance** (⇧ exagéré, insolent) ; **présomption** (⇧ mal fondé, peu conscient de sa faiblesse : *sa présomption l'a entraîné à briguer un poste où il ne saurait manquer de se ridiculiser*) ; v. aussi **tranquillité.**

confidence, secret que l'on révèle à qqn en particulier : ***aveu** (⇧ sans idée obligatoire de secret, difficile à dire : *l'aveu de son amour pour Hippolyte*) ; v. aussi **secret.**

confier, 1. remettre qqch. à qqn avec confiance : **laisser (en dépôt)** (⇧ un objet : *laisser des titres en dépôt chez un ami*) ; **remettre** (id. ; ⇧ insiste sur la transmission) ; **transmettre** (id.) ; **déléguer** (⇧ une tâche, fonction : *il délégua ses pouvoirs de police au premier adjoint*). || *Se confier* : **s'ouvrir** (⇧ demander conseil : *s'en ouvrir à son confesseur*) ; **s'épancher** (⇧ laisser libre

cours à l'expression de ses sentiments : *s'épancher auprès d'un ami à la suite d'un chagrin*) ; **se livrer** (⇧ remise totale de soi). 2. transmettre une information confidentielle : **communiquer** (⇧ vague) ; **faire part** (id.) ; **avouer, faire la confidence de** (v. confidence).
configuration, v. forme.
confirmer, v. prouver.
confisquer, v. prendre.
confiture, fruits que l'on conserve en les cuisant avec du sucre : **marmelade** (⇧ surtout orange, britannique) ; **gelée** (⇧ entièrement liquide) ; **pâte** (⇧ épais, notamment : *pâte de coings*).
conflit, v. guerre, désaccord, lutte.
confondre, 1. prendre l'un pour l'autre : **assimiler** (⇧ volontairement : *il assimile ce commerce à un vol*) ; **identifier** (⇧ insiste sur fait de considérer comme identique, à tort ou à raison : *identifier les deux choses dans son esprit*). 2. faire apparaître en public les intentions cachées de qqn : **démasquer** (⇧ suppose une dissimulation plus nette : *démasquer l'imposteur*). ≈ **percer à jour les intentions.**
conforme, v. convenable.
conformité, v. accord.
conformément à, v. selon.
confort, éléments rendant agréable le cadre de vie : **bien-être** (⇧ fort et général : *le progrès technique a apporté à l'homme moderne un certain bien-être matériel*) ; **aises** (⇧ insiste sur l'absence de gêne, surtt expr. *aimer ses aises*).
confortable, qui est doté du confort : **douillet** (⇧ fort, douceur) ; **bourgeois** (⇧ idée d'aisance financière) ; **cossu** (⇧ insiste sur l'apparence d'aisance financière : *un petit appartement cossu dans le 16e arrondissement*) ; v. aussi **commode.** ≈ **tout confort** (cour. : *un immeuble tout confort*).
confrère, v. collègue.
confronter, v. comparer.
confus, qui n'est pas clair, où plusieurs choses se mêlent inextricablement : **incohérent** (⇧ manque de logique : *tenir des propos incohérents*) ; **indistinct** (⇧ manque de netteté des traits, pr. ou fig.) ; **trouble** (⇧ aspect douteux, notamment moralement : *des intentions troubles*) ; **ambigu** (⇧ plusieurs sens possibles : *une expression ambiguë*) ; v. aussi **obscur, compliqué.** ≈ formes nég. : *phrase peu *claire* ; *explications pas très nettes*, etc.
confusion, v. désordre, erreur.
congé, v. vacances.
congédier, v. renvoyer.
congeler, v. geler.
congénital, v. inné.
congrès, v. conférence.
conjecture, v. supposition.
conjecturer, v. supposer.
conjoint, v. époux.
conjoncture, v. cas, situation.
conjoncturel, v. accidentel.
conjoncturellement, v. accidentellement.
conjugal, des époux : **matrimonial** (id. ; rare) ; **nuptial** (⇧ lié à la cérémonie du mariage : *marche nuptiale*).
connaissance, 1. fait ou manière de connaître : **compréhension** (⇧ dans sa nature profonde, son explication : *une bonne compréhension des mécanismes de l'analyse*) ; **intelligence** (id., ⇧ savant, en ce sens : *l'intelligence des phénomènes repose sur l'observation et la déduction*) ; **perception** (⇧ lié à l'observation externe : *parvenir à une perception exacte des antagonismes sociaux*) ; **sentiment** (⇧ intuitif : *un sentiment très vif de la faiblesse de la nature humaine*) ; **intuition** (⇧ fondé sur une conviction immédiate : *une profonde intuition des réactions du malade*) ; **représentation** (⇧ façon dont les choses apparaissent à la conscience : *se faire une représentation discutable de l'ordre social*) ; **notion** (id. ; au pl., indique une connaissance partielle : *avoir quelques notions d'anglais*) ; **expérience** (⇧ fondé sur une longue pratique des choses : *l'expérience des relations publiques*) ; **familiarité** (⇧ expérience importante débouchant sur une parfaite aisance : *sa grande familiarité avec la littérature grecque*) ; **maîtrise** (⇧ s'applique plutôt à une compétence : *sa parfaite maîtrise de la langue anglaise*) ; v. aussi **capacité.** ≈ v. connaître. 2. ce que l'on connaît, notamment au pl. : **savoir** (⇧ fort : *un savoir encyclopédique*) ; **science** (⇧ fort encore, emphat. : *une science sans défaut*) ; **instruction** (⇧ lié à l'enseignement reçu) ; **culture** (⇧ général) ; **compétence** (⇧ spécialisé) ; **érudition** (⇧ connaissance approfondie d'une multitude de détails, plutôt que compréhension large : *une érudition infaillible en matière de numismatique*) ; **lumière** (souvent au pl., ⇧ connaissances partielles, mais éclairantes : *avoir des lumières sur une question*, surtt ton de la conversation bien élevée). 3. v. ami.
connaisseur, v. amateur.
connaître, I. disposer dans l'esprit d'informations relatives à l'existence ou à la nature de qqch. 1. plutôt relatives à

l'existence seule : *connaître la bataille de Marignan* ; **apprendre** (⇧ souvent au passé, avec un fait : *j'ai appris son départ*) ; **savoir** (id., ⇧ soutenu). ≈ **être au courant, au fait de** (⇧ événement : *il était au courant des derniers rebondissements de l'affaire*) ; **avoir entendu parler, eu vent de** (⇧ indirectement) ; **être instruit de** : *il était déjà instruit de toute l'affaire* ; **avoir connaissance** || *Ne pas connaître* : **ignorer** (⇧ ne pas savoir) ; **méconnaître** (⇧ plutôt mal). 2. plutôt relatives à la nature de la chose : **comprendre, maîtriser** (v. connaissance) ; **savoir** (⇧ surtt une langue : *savoir le russe*) ; **posséder** (id.) ; **dominer** (⇧ parfaite connaissance, surtt d'une compétence : *dominer le calcul intégral*). ≈ **avoir (posséder, détenir) une connaissance, un savoir, une science**, etc. (v. connaissance) ; avec inv. : **ne pas avoir de secret pour** : *l'astronomie n'avait pas de secrets pour lui* pour *il connaissait à fond —*. 3. verbe outil, avec divers noms d'action ou d'affection, *connaître le malheur* : v. avoir.
II. être en relation avec qqn. ≈ **être lié avec, *ami de** ; **fréquenter** (⇧ relations habituelles) ; **avoir rencontré, fait la connaissance de** ; avec inv. **présenter** : *Untel m'a été présenté.*

connivence, v. complicité.

conquérir, s'emparer d'un territoire par la guerre : **occuper** (⇧ installation) ; **soumettre** (⇧ briser la résistance) ; **envahir** (⇧ entrée dans le pays) ; v. aussi **invasion.**

consacrer, v. donner.

conscience, 1. faculté de l'esprit par laquelle la réalité d'un phénomène s'impose à nous *(la conscience d'être épié)* : **sentiment** (⇧ vague et intuitif : *le sentiment de sa faiblesse*) ; **lucidité** (⇧ sens de la réalité) ; **impression** (⇧ seulement vague et incertain : *l'impression de ne pas être sur la bonne voie* ; notamment en un sens absolu, l'état de claire appréhension des choses, de vigilance de l'esprit, par opposition à l'inconscient : ***attention** (⇧ mobilisé dans une direction précise : *un fait auquel il n'avait pas porté attention*) ; v. aussi **connaissance.** || *Perdre conscience* : **perdre connaissance** (⇧ fort) ; v. aussi **dormir** et **s'évanouir.** || **avoir (prendre) conscience de** : v. comprendre. ≈ **être *conscient de.** 2. faculté de saisir immédiatement le bien et le mal : **moralité** (⇧ général, moins personnalisé, ensemble des principes régissant le bien et le mal) ; **sens moral** (⇧ plutôt état de développement de la conscience : *un homme dépourvu de tout sens moral*) ; **conviction** (⇧ idée morale profonde, éventuellement acquise, mais à laquelle on adhère avec une force irrésistible : *agir conformément à ses convictions*) ; **for intérieur** (⇧ surtt expression : *dans son for intérieur*) ; v. aussi **bien**, adv., 2.

conscient, 1. qui a conscience de qqch. : **averti** (⇧ par une information : *averti des risques qu'il prenait*) ; **prévenu** (id.). ≈ **au fait, au courant** ; v. aussi **connaître** et **savoir.** 2. en état de conscience claire ; **éveillé** (⇧ par rapport au sommeil) ; **lucide** (⇧ par rapport à un manque de sens du réel). ≈ **en pleine possession de ses moyens, ses facultés.**

conseil, 1. v. avertissement. 2. v. assemblée.

conseiller, v. avertir et recommander.

conseiller, n., personne qui donne des conseils : **inspirateur** (⇧ source indirecte d'idées ou de décision : *il a été l'inspirateur de ce projet de loi*) ; **instigateur** (id., ⇧ entreprise négative : *l'instigateur de la révolte*) ; **directeur** (⇧ uniqt sens religieux : *il suit tous les avis de son directeur (de conscience)* ; **égérie** (⇧ uniqt femme, en général un peu iron. : *Mme Récamier, qui fut l'égérie de Chateaubriand*) ; **guide** ; **mentor** (⇧ pers. qui sert de conseiller à un jeune homme).

consentement, v. permission.

consentir, v. permettre.

conséquence, 1. ce qui est causé par qqch. : **résultat** (⇧ d'une action ou opération impliquant une conséquence : *leur démarche eut pour résultat l'annulation de la vente*) ; **fruit** (⇧ désiré : *le fruit de ses efforts*) ; **effet** (⇧ général, idée d'action : *la menace resta sans effet*) ; **suite (logique)** (⇧ simple succession, sans intention, convient mieux à des phénomènes sans intervention de la volonté humaine : *mourir des suites d'un accident*) ; **incidence** (⇧ dans l'abstr., par rapport à autre chose : *l'incidence possible de la baisse du florin sur le cours des changes*) ; **impact** (⇧ idée de choc) ; **retombée** (⇧ image de la bombe atomique, positif ou négatif, mod.) ; **séquelle** (⇧ effet persistant d'une ancienne blessure, maladie : *il souffre encore des séquelles de la petite vérole*) ; **contrecoup** (⇧ effet indirect : *la formation des Vosges fut le contrecoup du plissement alpin*) ; **répercussion** (⇧ surtt au pl., indirect et lointain : *la chute de l'empire soviétique ne pourra manquer d'avoir des répercussions en Extrême-Orient et* *aux Antilles*) ; **retentissement** (⇧ accueil fait à un événement dans l'opinion : *l'annonce de Valmy eut aussitôt un grand retentissement en Allemagne*). ≈ avec inv., v. cause et causer ; avec un verbe, v. résulter. 2. v. conclusion. || *En conséquence* : v. ainsi.

conséquent, v. logique.

conserver, 1. préserver de la disparition : **sauvegarder** (⇧ défense contre des menaces diverses : *sauvegarder un site naturel*) ; **préserver** (id.) ; **entretenir** (⇧ travaux divers nécessaires : *entretenir la maison de son grand-père, en y faisant de fréquentes réparations*) ; **garder** (⇧ uniqt idée de maintien dans le temps : *garder des fruits pendant tout l'hiver*) ; **maintenir** (souvent suivi d'un compl. abstr., ⇧ mod., sinon **maintenir en état** : *maintenir son contrôle sur l'entreprise*). 2. ne pas se débarrasser : **garder**.

considérable, v. grand.

considérablement, v. beaucoup.

considération, v. respect et développement.

considérer, avoir un certain point de vue sur qqch. ou qqn, *considérer Baudelaire comme le plus grand poète français* : **tenir pour** (*ils le tenaient pour le plus grand poète du siècle*) ; **réputer** (⇧ ne s'emploie guère qu'au passif : *il était réputé avoir mauvais caractère*) ; **regarder comme** (vx) ; **trouver** (⇧ uniqt avec adj., souligne l'appréciation : *je trouve ce livre peu intéressant*) ; **estimer** id. ; ⇧ soutenu, souligne la subjectivité : *estimer inutile d'insister*) ; v. aussi **juger**.

consistance, v. solidité.

consistant, v. solide.

consister, être constitué par qqch., *en quoi consiste ce travail ?* : **se composer de** (⇧ diversité d'éléments : *l'appartement se compose d'une salle de séjour et d'une cuisine*) ; **résider en** (⇧ sujet abstrait : *où réside la difficulté ?*) ; v. aussi **former**.

consoler, aider qqn à surmonter sa peine : **réconforter** (⇧ faible, secours partiel, s'applique égalt à la fatigue, au découragement, etc : *réconforté par cette nouvelle, il continua sa route*) ; **rasséréner** (⇧ large, rendre la paix de l'âme) ; v. aussi **calmer**.

consommer, v. manger.

conspiration, v. complot.

conspirer, v. comploter.

constamment, v. toujours.

constant, v. durable.

constater, se rendre compte de la réalité d'une situation : **noter** (⇧ volonté de retenir : *il nota l'absence du contremaître*) ; **enregistrer** (id. ; ⇧ fort) ; **remarquer** (⇧ se signale particulièrement à l'attention : *remarquer qu'elle avait changé de robe*) ; v. aussi **voir**. ≈ **prendre (bonne) note de**.

consterné, frappé d'un profond accablement à la suite d'un événement : **anéanti** (⇧ fort, totalement privé de réaction : *anéanti par ce soudain revers*) ; **atterré** (id. ; ⇧ désapprobation : *atterré par un pareil égoïsme*) ; **abasourdi** (⇧ perte de réaction, surtt événement difficile à croire) ; v. aussi **décourager**.

constituer, v. former et établir.

constitution, v. loi.

constructeur, qui construit : **bâtisseur** (v. construire) ; v. aussi **architecte**.

construction, 1. fait de construire qqch. : **édification**, **érection** (v. construire). 2. ce qui est construit : **bâtiment** (⇧ précis, plutôt maçonnerie : *un bâtiment de pierre de taille* mais *une construction de branchages*) ; **bâtisse** (id. ; ⇧ péjor. : *une bâtisse d'une laideur à faire peur*) ; **édifice** (id. ; ⇧ d'assez grande ampleur : *un édifice public*) ; **monument** (id. ; ⇧ seulement si intérêt particulier, qui le recommande à la postérité, en principe, mais large ext., envisagé plutôt du point de vue esthétique : *la gare était un monument sans grâce*) ; v. aussi **maison**.

construire, assembler des matériaux en vue d'élever un bâtiment : **bâtir** (⇧ maçonnerie, v. construction) ; **édifier** (id. ; ⇧ emphat. : *édifier une cathédrale*) ; **ériger** (⇧ monument vertical, ou solennel : *ériger un monument aux morts*) ; **élever** (⇧ vague et neutre, soutenu).

consulter, v. examiner.

consumer (se), v. brûler.

contact, v. relation, communication.

contaminer, v. salir.

contempler, v. regarder.

contemporain, v. présent.

contenance, v. volume.

contenir, 1. posséder à l'intérieur de soi : **renfermer** (⇧ objets : *la cathédrale renferme une statue de Michel-Ange*) ; **receler** (id. ; ⇧ soutenu : *une province qui recèle des trésors d'art méconnus*) ; **abriter** (⇧ élément de valeur : *les Invalides abritent le tombeau de l'Empereur*) ; **mesurer** (⇧ pour un récipient : *le tonneau mesure trois hectolitres*) ; **inclure** (⇧ pour un ensemble d'éléments : *l'Union soviétique incluait les pays Baltes*) ; v. aussi **se composer de**. 2. v. retenir.

content, qui éprouve du plaisir, notamment de qqch. : **satisfait** (⇧ idée plus forte d'exaucement du désir, de possession en suffisance : *satisfait de son sort*) ; **heureux** (⇧ épanouissement d'ensemble : *heureux d'en avoir fini*) ; **ravi** (id. ; ⇧ fort) ; **enchanté** (id. ; ⇧ fort encore, ou politesse : *enchanté de vous rencontrer*) ; ***joyeux** (⇧ gaieté particulière). ≈ **être bien, fort aise de** (litt.) : *vous chantiez, j'en suis fort aise* (La Fontaine).

contenter, v. satisfaire. || *Se contenter de*, ne pas demander davantage : **s'accommoder de** (⇧ acceptation aisée, mais n'exclut pas un désir de mieux : *il avait appris à s'accommoder de son sort*) ; **se satisfaire de** (⇧ surtt expr. : *se satisfaire de peu*) ; **se résigner à** (⇧ par obligation : *se résigner à sa pauvreté*). ≈ avec inv., **suffire** : *ses maigres ressources lui suffisaient.*

conter, v. raconter.

contestable, v. discutable.

contigu, v. proche.

contingent, v. accidentel.

continu, sans interruption : **ininterrompu** (⇧ présentation négative : *un flot ininterrompu de paroles*) ; **incessant** (⇧ dans le temps) ; **continuel** (id.) ; **permanent** (id., ⇧ stabilité : *une agitation permanente*) ; **perpétuel** (id.) ; **persistant** (id. ; ⇧ durée au-delà d'un certain point souhaitable) ; v. aussi **durable**.

continuation, v. suite.

continuel, v. durable et continu.

continuellement, v. toujours.

continuer, 1. tr., ne pas arrêter de faire qqch. : **poursuivre** (⇧ volonté d'aller jusqu'au bout : *poursuivre ses études au-delà du baccalauréat*) ; **perpétuer** (⇧ uniqt par rapport à une activité ancestrale : *perpétuer la tradition* ; v. aussi **conserver**). 2. intr., ne pas s'arrêter de faire qqch. : **persister à** (+ inf., contre des résistances : *persister à refuser de voter*) ; **insister** (⇧ auprès d'une pers., pour une demande) ; **persévérer** (⇧ intention louable : *persévérer dans ses efforts*) ; **s'acharner à** (id. ; ⇧ avec une vigueur particulière, pas toujours positive : *il s'acharne à apprendre le latin*) ; **s'obstiner (à)** (id. ; ⇧ acte de volonté, entêtement : *s'obstiner à nier les faits*) ; v. aussi **durer**.

contour, v. bord.

contracter, v. attraper.

contradiction, 1. présence de deux aspects ne pouvant logiquement coexister : **incompatibilité** (v. contraire : *l'incompatibilité des deux attitudes*) ; **discordance** (id.) ; **antinomie** (⇧ philo. : *relever une antinomie dans la pensée de son adversaire*) ; **antithèse** (figure de rhétorique). 2. fait d'apporter un argument contraire : **contestation**, ***opposition, objection, réfutation, démenti**.

contradictoire, v. absurde, contraire.

contraindre, v. obliger.

contrainte, force exercée de façon à obliger qqn à qqch. : **obligation** (⇧ uniqt moral, intellectuel : *lui imposer l'obligation de se taire*) ; **coercition** (⇧ uniqt abstrait, général : *refuser l'emploi de la coercition*) ; v. aussi **force** et **nécessité**.

contraire, 1. qui est directement opposé dans un même genre, ou par ext. : **antonyme** (⇧ sens linguistique, savant, terme de vocabulaire : sombre *est l'antonyme de* clair) ; **antithétique** (⇧ qui forme antithèse, marque une opposition de style ou de ton : *les notions antithétiques de liberté et d'obéissance*) ; **opposé** (⇧ large, implique une mise en regard qui n'est même pas forcément toujours négative : *il était tout l'opposé de son frère ; une tonalité opposée apparaît dans la seconde partie*) ; **inverse** (⇧ implique un changement de sens, pr. ou fig. : *adopter la démarche inverse, de l'observation à la théorie*) ; **divergent** (⇧ qui s'oriente dans une autre direction : *une opinion divergente*) ; **concurrent** (⇧ qui vient disputer la prééminence, au moins au sens fig.) ; **contradictoire** (⇧ qui ne peut être accordé avec le premier terme : *deux attitudes contradictoires, l'orgueil et la servilité*) ; **incompatible** (id., ⇧ insiste sur impossibilité de l'accord : *cette concession semblait incompatible avec son art*) ; **complémentaire** (⇧ qui vient compléter en se distinguant : *un point de vue complémentaire pourrait être apporté par une approche psychologique*). ≈ avec les n. **opposition, antithèse, contradiction, complémentarité** ; avec le n. **contraste** ou le verbe **contraster** (⇧ faire ressortir par sa différence : *la mélancolie du refrain vient contraster avec l'allégresse des strophes*) ; avec le n. **paradoxe**, l'adj. **paradoxal** (⇧ pensée qui vient heurter le sens commun, souvent, mais pas nécessairement, en raison d'une contradiction, terme dont *paradoxe* n'est absolument pas synonyme : *une alliance paradoxale entre l'aspiration à la vie et la résignation à la mort*) ; avec le n. **antagonisme** (⇧ rivalité, concurrence : *un antagonisme s'établit entre la logique discursive et le mouvement lyrique*) ; également avec des métaphores comme celle du contrepoint : *le frémissement sensuel vient souligner en contrepoint la tension de la volonté héroïque*).

contrarié, **mécontent, chagriné, fâché, indisposé** (v. contrarier) ; v. aussi **triste**.

contrarier, 1. mettre un obstacle à une action quelconque ; **contrecarrer** (⇧ intentionnel) ; v. aussi **s'opposer**. 2. procurer du mécontentement, disposer défavorablement ; **mécontenter** (⇧ neutre) ; **chagriner** (⇧ légère tristesse) ; **fâcher** (id., ⇧ colère ou dépit) ; **indisposer** (⇧ disposition à l'égard de qqn) ; v. aussi **attrister**.

contrariété, **mécontentement, chagrin, fâcherie** (v. contrarier) ; v. aussi **tristesse**.

contraste, v. **contraire**.

contraster, présenter un aspect très différent qui ressort par comparaison avec autre chose : **ressortir** (⇧ effet de mise en valeur : *le rouge de la robe ressortait sur le blanc du mur*) ; **trancher** (⇧ opposition, plutôt positivement : *un poème dont la qualité tranche sur la médiocrité du reste du recueil*) ; **détonner** (⇧ insiste sur l'opposition, négativement : *dans cette ambiance détendue, sa véhémence détonnait*) ; v. aussi **contraire**.

contravention, 1. v. faute. 2. sanction infligée pour une infraction à la loi : **procès-verbal** (⇧ en principe, constat d'infraction) ; **contredanse** (fam.) ; **amende** (⇧ somme à payer).

contrebalancer, v. équilibrer.

contredire, s'opposer à ce que dit qqn : **désavouer** (⇧ un subordonné : *désavouer les propos de son secrétaire*) ; **réfuter** (⇧ démonstration de fausseté : *réfuter les arguments de l'accusation*) ; **contester** (⇧ refus) ; v. aussi **démentir**. ≈ **s'inscrire en faux** (⇧ avec force : *s'inscrire en faux contre cette insinuation*).

contrée, v. pays.

contrefaçon, v. imitation.

contrefaire, v. imiter.

contresens, interprétation erronée et contraire d'une expression : **faux-sens** (⇩ grave, altération du sens et non contradiction). GÉN. ***erreur** : ‖*A contresens* : **à l'inverse, en sens inverse, à rebrousse-poil**, etc.

contrevenir, v. désobéir.

controverse, v. discussion.

convaincre, amener qqn à admettre la vérité de ce que l'on dit : **persuader** (⇧ insiste davantage sur l'attitude que sur l'opinion : *je l'ai persuadé d'aller voir le médecin*) ; **dissuader** (⇧ de ne pas faire : *dissuader qqn de se donner la mort*) ; v. aussi **démontrer**.

convenable, 1. adapté à la situation : **adéquat** (⇧ à un but : *l'outil adéquat pour ce travail*) ; **approprié** (id.) ; **idoine** (vx ou iron.) ; **opportun** (⇧ au moment, ou appliqué à un moment : *saisir le moment opportun pour l'aborder*) ; **à propos** (⇧ situation, surtt considérée dans le temps : *une réplique qui vient à propos*) ; **conforme** (⇧ construction avec un complément, idée de règle, d'attente : *une tenue conforme au règlement*) ; v. aussi **adapter**. 2. conforme aux bonnes mœurs : **correct** (⇧ idée plus forte de règle : *une tenue parfaitement correcte*) ; **décent** (⇧ ne choque pas la pudeur).

convenir, 1. être adapté à qqch. ou qqn : **aller** (⇧ neutre, uniqt pers. : *son habit lui allait parfaitement ; cette solution me va très bien*) ; **seoir** (id. ; ⇧ litt.) ; **s'adapter à** (⇧ idée d'une correspondance directe : *solution qui s'adapte à nos besoins*) ; **s'appliquer à** (⇧ sujet abstr. : *la définition s'applique bien à son cas*) ; v. aussi **convenable**. 2. v. **plaire**. 3. v. **(d') accord** et **reconnaître**.

convention, v. règle et traité.

conventionnel, v. traditionnel.

conversation, échange de propos entre personnes : **entretien** (⇧ sérieux : *demander un entretien à son patron*) ; **dialogue** (⇧ insiste sur la forme de l'échange, éventuellement dans un cadre litt. : *le dialogue s'engagea sur les questions qui leur tenaient à cœur*) ; **tête-à-tête** (⇧ entre deux pers. uniqt, en privé) ; **pourparlers** (⇧ négociation : *les pourparlers entre les belligérants*) ; **négociation(s)** (⇧ en vue d'un accord) ; **tractations** (id. ; ⇧ assez confus) ; v. aussi **bavardage** ; ***discussion** (⇧ contradiction). GÉN. **échange (de vues)** ; **rencontre**.

converser, v. bavarder.

conversion, 1. fait de choisir une nouvelle religion : **adhésion** (⇧ insiste sur l'acceptation du contenu de la nouvelle foi : *son adhésion aux principes de l'islam*) ; **apostasie** (⇧ du point de vue de la religion ou de la doctrine que l'on quitte : *l'apostasie de l'empereur Julien*) ; **reniement** (id. ; ⇧ fort et courant) ; **abjuration** (id. ; ⇧ solennel, devant l'autorité ecclésiastique). 2. **changement** (d'idées, d'opinions) ; **transformation** (d'un taux).

convertir, v. transformer. ‖ *Se convertir*, choisir une nouvelle religion : **adhé-**

rer, apostasier, renier, abjurer (v. conversion).

conviction, v. croyance.

convive, personne qui prend son repas en compagnie d'autres : **invité** (⇧ insiste sur le fait d'avoir été prié d'assister au repas : *le maître de maison faisait honneur à ses invités*) ; **hôte** (id. ; ⇧ emphat.).

convoiter, v. vouloir.

convoitise, v. désir.

convoquer, v. appeler.

coopérer, v. aider.

copain, v. ami.

copie, v. imitation.

copier, v. imiter.

copieusement, v. beaucoup.

corbeille, v. panier.

corde, fils tressés pour obtenir un lien épais et solide : **cordage** (⇧ navire) ; **câble** (⇧ particulièrement fort, se dit plutôt aujourd'hui d'attaches métalliques tressées) ; **filin** (id. ; ⇧ mince) ; **ficelle** (⇧ corde fine, emballages, etc) ; **cordelette** (⇧ entre ficelle et corde) ; **cordon** (⇧ petit, destiné à serrer qqch. : *cordon de la bourse*) ; **lacet** (⇧ petit, lisse, pour souliers ou destiné à étrangler qqn, surtt oriental).

cordial, v. affectueux.

corne, protubérance osseuse située sur la tête d'un animal : **bois** (⇧ cerf, etc.) ; **andouiller** (⇧ ramification de ce type de cornes) ; **ramure** (⇧ ensemble du même type de cornes) ; **défense** (⇧ dent proéminente de certains ongulés, éléphant, sanglier, etc.).

corporel, v. matériel.

corps, 1. partie physique de l'être humain : **chair** (⇧ terme religieux, idée de faiblesse, de domination des instincts : *la chair est faible)* ; **physiologie** (⇧ fonctionnement du corps, médical : *la physiologie humaine résiste mal aux virus*) ; **cadavre** (⇧ mort) ; **dépouille (mortelle)** (id. ; ⇧ soutenu) ; **carcasse** (fam.). 2. v. matière.

corpulent, v. gros.

correct, 1. v. convenable. 2. v. vrai.

correction, 1. fait de corriger : **révision, amélioration, rectification, remaniement, retouche(s)** (v. corriger). 2. v. politesse.

corrélation, v. rapport.

correspondance, 1. v. analogie. 2. échange de lettres : **lettres** (⇧ souligne l'aspect matériel : *les lettres de Balzac à Mme Hanska*) ; **courrier** (⇧ insiste sur le transport postal : *relever le courrier*) ; v. aussi **lettre**.

correspondant, v. interlocuteur.

correspondre, 1. être en rapport avec qqch. : **répondre** (⇧ rapport assez vague) : *les parfums, les couleurs et les sons se répondent* (Baudelaire) ; **s'accorder** (⇧ harmonie : *deux tons qui s'accordent parfaitement*) ; **s'harmoniser** (ou **s'harmonier**, vx ; id. ; ⇧ emphat.) ; **aller avec, ensemble** (id. ; ⇧ vague : *cette cravate va bien avec votre veste*) ; **coïncider** (⇧ idée de superposition).

corridor, v. passage.

corriger, 1. éliminer une erreur, une imperfection : **rectifier** (⇧ uniqt erreur : *rectifier l'orthographe du mot*) ; **amender** (⇧ surtt comportement : *amender sa conduite*) ; **réviser** (⇧ ensemble d'éléments, comportement global, texte, etc. : *réviser l'édition de son livre* mais aussi *son point de vue*) ; **revoir** (id. ; ⇩ approfondi) ; **remanier** (id. ; ⇧ important) ; **retoucher** (id. ; ⇩ important). gén. **améliorer**. 2. v. punir.

corroborer, v. prouver.

corrompre, v. séduire. || *Se corrompre*, v. pourrir.

corrosion, v. usure.

corruption, v. dégradation.

corsage, v. chemise.

cosmopolite, v. apatride.

costume, v. vêtement.

costumé, v. habillé, déguisé.

costumer, v. habiller.

côte, v. montée.

côté, 1. partie d'un objet ou d'une figure située à droite ou à gauche : **flanc** (⇧ d'abord corps humain, mais par ext., édifice, armée : *sur le flanc droit de l'église*). 2. v. bord. || *A côté de* : v. près de.

cotiser, v. adhérer.

côtoyer, v. longer.

cou, partie du corps située entre la tête et le torse : **gorge** (⇧ partie avant) ; **nuque** (⇧ partie arrière).

couche, 1. v. lit. 2. étendue mince d'une matière se superposant à une autre : **banc** (⇧ uniqt minéraux : *un banc de sable*) ; **lit** (⇧ plutôt résultant d'un dépôt, naturel ou volontaire : *faire rôtir des brochettes sur un lit de braises*; **strate** (⇧ géologique, ou fig. : *toutes les strates calcaires du Bassin parisien*) ; **pellicule** (⇧mince) ; **enduit, épaisseur** (⇧ épais). 3. sens fig. : classe, catégorie (*couches sociales).*

coucher, placer en position horizontale : **allonger** (⇧ en longueur, surtt une pers. : *allonger le corps sur le divan*) ; **étendre** (⇧ déployer : *étendre un tissu sur le sol*). || *Se coucher*, se mettre en position horizontale, notamment pour dormir : **s'allonger**, **s'étendre** ; **gésir** (⇧ uniqt 3e pers. sg. ou pl., ou part. prés., immobilité cadavérique : *il gisait sur le sol*) ; **se mettre au lit** ; **s'aliter** (id. ; ⇧ idée de maladie).

couchette, v. lit.

coude, 1. v. angle. 2. v. courbe.

coudoyer, v. fréquenter.

couler, 1. se déplacer pour un liquide : **s'écouler** (⇧ insiste sur le fait de sortir d'un récipient : *de l'eau s'écoulait du robinet*) ; **jaillir** (id. ; ⇧ violemment : *le jet d'eau jaillissait de la fontaine*) ; **dégoutter** (⇧ goutte à goutte) ; **ruisseler** (⇧ à flots) ; **dégouliner** (⇧ lentement : *la pluie dégouline sur la vitre*). 2. envoyer un navire au fond de l'eau : **torpiller** (au moyen d'une torpille) ; **envoyer par le fond** (⇧ vague) ; **saborder** (⇧ acte volontaire de l'équipage) ; également intr., aller au fond pour un navire : **sombrer** ; **faire naufrage** (⇧ pas nécessairement entièrement coulé).

couleur, impression produite sur la vue par la fréquence de la lumière : **teinte** (⇧ variation précise d'une couleur : *une autre teinte de rose*) ; **ton** (⇧ valeur générale d'un ensemble de couleurs, ou de teintes : *dans un ton clair*) ; **coloris** (⇧ effet global des couleurs d'un objet : *le coloris de la tapisserie*).

couloir, v. passage.

coup, choc reçu par une personne que l'on frappe : **horion** (⇧ assez violent, dans une bagarre, litt.) ; **claque** (⇧ pour corriger, plutôt sur la joue) ; **gifle** (id.) ; **tape** (⇧ sans force, parfois amical) ; v. choc.

coup d'Etat, action consistant à renverser illégalement le pouvoir en place : **putsch** (⇧ militaire : *le putsch d'Alger*) ; **pronunciamento** (id. ; ⇧ pays hispaniques, jadis coutumiers du fait).

coup de théâtre, v. événement.

coup (tout à), v. soudain.

coupable, qui a commis une faute : **fautif** (⇧ uniqt faute morale, responsabilité légère ; ⇩ justice : *s'estimer fautif d'avoir négligé de le mettre en garde*) ; **responsable** (⇧ fait d'être la cause, en général, en un sens plutôt négatif : *le haut commandement peut être en partie jugé responsable de la défaite de 1940*) ; **délinquant** (⇧ jurid., qui commet des délits) ; v. aussi **accusé**.

coupe, 1. v. vase. 2. division du vers : **césure** (⇧ uniqt à l'hémistiche, à la sixième syllabe pour l'alexandrin) ; **hémistiche** (⇧ désigne la partie de vers isolée par la césure ; l'on peut dire *à l'hémistiche* pour désigner la place de la césure).

couper, 1. séparer un corps en plusieurs parties au moyen d'un instrument tranchant : **trancher** (⇧ avec netteté : *trancher la tête*) ; **sectionner** (⇧ partie du corps : *sectionner le tendon*) ; **tailler** (⇧ tissu, ou large morceau découpé : *se tailler une large tranche de pain*) ; **taillader** (⇧ chair, plusieurs coupures : *le visage tailladé par la lame*) ; **amputer** (⇧ uniqt chirurgie, un membre) ; **inciser** (⇧ faire une fente, surtt chirurgie) ; **hacher** (⇧ en nombreux petits morceaux : *hacher les carottes*). 2. v. interrompre.

couple, v. paire.

couplet, v. strophe.

coupure, 1. blessure résultant de l'action de couper : **incision** (⇧ faite volontairement : *les sauvages se pratiquent des incisions sur le visage*) ; **scarification** (id. ; ⇧ superficiel, chirurgie, rites primitifs) ; **entaille** (⇧ nette et profonde : *il s'était fait une entaille au doigt avec son sécateur*) ; v. aussi **cicatrice**. 2. v. interruption.

courage, 1. vertu consistant à dominer sa peur : **bravoure** (⇧ face à un danger bien net, notamment à la guerre : *un acte de bravoure*) ; **vaillance** (⇧ spécifiquement guerrier encore) ; **hardiesse** (⇧ opposé à la timidité, esprit d'entreprise : *la hardiesse de ses desseins effrayait son entourage*) ; **intrépidité** (⇧ fort, parfois un peu péjor.) ; **témérité** (⇧ manque de prudence, excès) ; **héroïsme** (⇧ exceptionnel, très laudatif : *l'héroïsme de la Vieille Garde ne put renverser le cours de la bataille*). 2. qualité consistant à faire appel à son **énergie** : **fermeté**, **volonté**, **résolution**.

courageux, qui a du courage : **brave**, **vaillant**, **hardi**, **intrépide**, **téméraire**, **héroïque** (v. courage).

couramment, v. souvent.

courant, qui se présente souvent : **commun** (⇧ soutenu, idée de généralité : *le cas le plus commun*) ; **ordinaire** (⇧ conforme à l'ordre des choses, peu remarquable : *le cours ordinaire des choses*) ; **normal** (id. ; ⇧ idée de norme, de conformité : *une agitation peu normale*) ; **habituel** (⇧ idée de ce qui arrive le plus fréquemment) ; **banal** (⇧ qui n'a rien de surprenant, du fait de sa fréquence) ; **répandu** (⇧ insiste sur le nombre de gens qui le pratiquent : *une coutume très répandue en Bretagne*) ; v. aussi **habituel**.

courbatu, v. fatigué.

courbe, adj., qui présente l'aspect d'un

arc de cercle : **recourbé** (⇧ s'applique à des objets dont on souligne l'opposition avec la ligne droite : *une défense recourbée*) ; **coudé** (⇧ pour tuyaux) ; **tordu** (⇧ par effet d'une violence, ou donnant l'impression, par ext. du sens premier, d'avoir subi une torsion : *le pylône avait été tordu par la foudre*) ; **incurvé** (⇧ forme considérée en général : *façade incurvée*) ; **arrondi** (⇧ corps solide, surface extérieure : *une colline arrondie*) ; **sinueux** (⇧ qui forme de nombreuses courbes, surtt route : *itinéraire sinueux*).

courbe, n., ligne en forme d'arc de cercle : **arc (de cercle)** (⇧ strictement cercle) ; **sinuosité** (⇧ parmi plusieurs courbes, v. courbe, adj.) ; **boucle** (⇧ se refermant sur elle-même, mais par ext. : *la côte faisait une boucle*) ; **tournant** (⇧ route : *prendre ses tournants à gauche*) ; **virage** (⇧ uniqt du point de vue d'un véhicule : *ralentir dans les virages*) ; **méandre** (⇧ rivière).

courber, v. abaisser.

courir, se déplacer à pied à grande vitesse : **s'élancer** (⇧ uniqt départ : *il s'élança sur ses traces*) ; **détaler** (id. ; ⇧ rapide et expr., surtt devant une menace : *les lapins détalèrent à son approche*) ; **filer** (⇧ fort, imagé : *il filait comme le vent*) ; **galoper** (id. ; ⇧ image du cheval).

couronne, v. royauté.

courrier, v. correspondance.

courroux, v. colère.

cours, v. déroulement.

cours, 1. **cours d'eau**, mouvement des eaux s'écoulant dans un lit ; **canal** (⇧ artificiel) ; **rivière** (⇧ assez vague, d'une certaine importance) ; **fleuve** (⇧ important, en principe débouchant sur la mer) ; **ruisseau** (⇧ petit) ; **torrent** (⇧ eaux tumultueuses, montagne) ; **ru** (⇧ petit, en plaine, souvent intermittent). || *Donner libre cours à :* **ne pas se retenir, s'abandonner**. 2. prix de marchandises : **cote, taux** (*le cours des halles, le cours de l'or*). 3. enseignement : **conférence, leçon, classe**.

course, 1. v. marche. 2. épreuve sportive de vitesse pour coureurs à pied : **sprint** (⇧ faible longueur, ou fin d'épreuve) ; **marathon** (⇧ longue distance) ; **cross-country** (⇧ tous terrains). 2. v. achat.

court, qui n'est pas long : **bref** (⇧ dans le temps : *une brève interruption*) ; **limité** (⇧ général, indique simplement une limite, mais le plus souvent intervenant vite : *il ne disposait que d'un temps limité, d'un espace limité*) ; **direct** (⇧ pour un itinéraire : *le chemin le plus direct pour la gare*) ; **abrégé** (⇧ pour un ouvrage, qui a été réduit : *une version abrégée du Gaffiot*) ; **concis** (⇧ qui dit beaucoup en peu de mots) ; **succinct** (⇧ pour un exposé, très court et même plutôt trop) ; **elliptique** (⇧ qui sous-entend une partie de ce qu'il veut dire, souvent difficile à interpréter, un peu mystérieux : *il a tenu des propos elliptiques sur ses projets d'avenir*) ; **laconique** (⇧ paroles, très dense et bref) ; v. aussi **rapide**.

courtois, v. poli et aimable.

courtoisie, v. amabilité.

couteau, instrument à lame longue et tranchante : **canif** (⇧ petit couteau repliable) ; **coutelas** (⇧ gros) ; **bistouri** (⇧ de chirurgien) ; **poignard** (⇧ destiné au combat) ; **surin** (id., argot).

coutelas, v. couteau.

coûter, v. valoir.

coûteux, v. cher.

coutume, v. habitude.

couvent, lieu où demeurent des religieux : **monastère** (⇧ important : un monastère cistercien) ; **abbaye** (id. ; ⇧ surtt passé) ; **moutier** (id. ; vx ou plaisant) ; **cloître** (⇧ insiste sur réclusion : *la paix du cloître*).

couvrir, placer qqch. sur un objet : **recouvrir** (⇧ entièrement : *recouvrir la table d'une nappe*) ; **envelopper** (⇧ de tous les côtés : *envelopper le colis de papier journal*).

crachin, v. pluie.

craindre, éprouver un sentiment de recul à l'idée d'un danger : **avoir peur** (⇧ cour., plutôt danger présent, sensible : *avoir peur du noir*) ; **redouter** (⇧ idée d'avenir envisagé : *redouter un hiver rigoureux*) ; **appréhender** (⇧ idée d'avenir plus nette encore : *appréhender la suite des événements*) ; **trembler** (⇧ aspect physique, fort : *je tremble qu'il ne l'apprenne*) ; **s'effrayer, être effrayé** (⇧ fort encore : *effrayé par la menace*) ; **s'épouvanter, être épouvanté** (⇧ fort encore : *épouvanté à l'idée de devoir paraître en public*) ; **être terrorisé** (id.).

crainte, sentiment de celui qui craint : **peur, appréhension, effroi, épouvante, terreur** ; **panique** (⇧ éperdu et en général collectif : *prise de panique, la foule se précipita vers la sortie*).

craintif, qui est enclin à la crainte : **peureux** (⇧ fort) ; **timoré** (⇧ à l'idée d'entreprendre qqch.).

crâne, v. tête.

crapule, v. voyou.

crasse, v. saleté.

crasseux, v. sale.

créateur, v. Dieu et artiste.
création, v. monde et œuvre.
créativité, v. imagination.
crédule, v. naïf.
créer, donner l'existence à partir de rien, pour Dieu, d'où faire exister : **produire** (⇧ plutôt idée de travail aboutissant à une mise à la disposition du public : *produire un chef-d'œuvre*) ; v. aussi **faire** et **imaginer**.
crêpé, v. frisé.
crêper, v. friser.
crépu, v. frisé.
crépuscule, v. soir.
crête, v. sommet.
crétin, v. stupide.
creuser, faire un trou à l'intérieur d'une masse quelconque : **forer** (⇧ en principe avec un foret, en tournant : *forer un puits de pétrole, un trou dans le mur*) ; **fouiller** (⇧ la terre, pour chercher qqch. ou établir un vide, carrière, cave, etc. : *le terrain a été fouillé*) ; **évider** (⇧ l'intérieur d'un tube, etc.).
creux, adj., v. vide.
creux, n., v. cavité.
crever, v. percer, mourir.
cri, son aigu et fort émis par la voix : **exclamation** (⇧ bref, marquant un mouvement des sentiments) ; **clameur** (⇧ confus, émanant d'une foule : *les clameurs des supporters*) ; **hurlement** (⇧ particulièrement fort, souvent douleur) ; **vocifération** (id. ; ⇧ mécontentement) ; **braillement** (id. ; ⇧ péjor., cris sans raison) ; **huée** (⇧ d'une foule, fort, exprime la réprobation : *accueilli par des huées au sortir de l'hémicycle*).
crier, pousser des cris : **s'exclamer, hurler, vociférer, brailler,** (v. cri) ; **clamer** (toujours avec compl., surtt expr. figées : *clamer son innocence, sa douleur* ; **huer** (tjrs compl. animé, pers. prise à partie : *il se fit huer copieusement par la foule*) ; **gueuler** (fam.).
crime, action délictueuse d'une particulière gravité, notamment meurtre : **forfait** (⇧ emphat. : *comment qualifier de pareils forfaits ?*) ; **délit** (⇩ fort). GÉN. **faute**. SPÉC. v. assassinat, vol.
criminel, v. assassin.
cristal, v. verre.
critique, I. n. m., personne qui juge une œuvre : **commentateur** (⇧ explication continue de l'œuvre) ; **juge** (⇧ acte d'appréciation positive ou surtout négative : *Pascal a trouvé en Voltaire un juge sans indulgence*) ; **censeur** (⇧ appréciation négative). GÉN. ***auteur**.
II. n. f. 1. étude d'une œuvre tendant à formuler une appréciation à son sujet : **étude** (⇧ général et objectif) ; **examen** (⇧ réflexion systématique et approfondie) ; **compte rendu** (⇧ œuvre d'actualité, étude rapide) ; v. aussi **analyse**. 2. expression d'un désaccord, global ou portant sur un point précis, vis-à-vis d'une pensée, d'une conduite, d'une œuvre, etc. : **objection** (⇧ sur un point précis, d'ordre intellectuel : *il s'est exposé à de nombreuses objections en soutenant l'antériorité des mégalithes par rapport aux civilisations de l'ancien Orient*) ; **réserve** (⇩ fort, simplement hésitation, ou euphém. : *manifester des réserves à l'égard d'une théorie*) ; **réticence** (id., ⇩ fort encore : *une opinion qui n'a pas été accueillie sans réticences*) ; **attaque** (⇧ fort, avec intention polémique) ; **éreintement** (⇧ fort encore, très expr., critique systématique et malveillante) ; **réfutation** (⇧ critique systématique, menée point par point, en vue d'établir la fausseté d'une position : *la réfutation de l'optimisme leibnizien par Voltaire dans* Candide) ; **réprimande** (⇧ d'ordre surtout moral : *s'attirer une réprimande de la part de ses supérieurs*) ; **condamnation** (⇧ fort, global et catégorique) ; **diatribe** (⇧ violente tirade accumulant les critiques : *se livrer à une violente diatribe contre la politique gouvernementale*) ; v. aussi **reproche** et critiquer.
critique, adj., emploi mod., 1. moment de crise, *situation critique* : **dangereux, difficile, grave, sérieux** ; **crucial, décisif**. 2. *avoir un œil critique* : **observateur, soupçonneux**.
critiquer, 1. se livrer à l'étude d'une œuvre : **étudier, examiner, rendre compte, analyser** ; v. critique. ≈ **faire, procéder à la critique, l'étude**, etc. 2. manifester un désaccord, global ou portant sur un point précis, à l'égard d'une opinion, d'une œuvre, d'une conduite, etc. : **réfuter, éreinter, réprimander, condamner** (v. critique) ; **blâmer** (⇧ fort, d'ordre surtout moral, litt.) ; **dénigrer** (⇧ bassement et systématiquement) ; **stigmatiser** (id., ⇧ fort encore, très litt. : *stigmatiser la conduite des dirigeants du pays*) ; v. aussi **désapprouver, calomnier** et **discuter**. ≈ **soulever des objections** ; **manifester, exprimer, des réserves, des réticences** ; **se livrer à des attaques** ; **adresser des réprimandes, reproches** ; **trouver à redire à** : *il trouvait à redire à ses moindres propos* ; **formuler une condamnation** ; **dresser un (véritable) réquisitoire contre** ; avec inv. : **faire l'objet de, s'attirer, prêter le flanc à des critiques, attaques**, etc.

croire, admettre la vérité de qqch. ou la valeur de l'attitude de qqn sans la garantie d'une évidence sensible, d'où 1. sur la foi d'une ferme conviction intime, *je vous crois, croire en la réalité des phénomènes parapsychiques*: **avoir confiance, foi en** et **faire confiance à** (⇧ qqn); **ajouter foi à** (⇧ plutôt discours: *ne pas ajouter foi à ses propos*); **avoir la conviction, l'assurance, la certitude** (+ proposition complétive: *j'ai la conviction que vous êtes dans le vrai*; v. croyance); au sens fort, surtt religieux: *croire en Dieu*; **avoir foi en Dieu**, et emploi abs.: *croire*; **avoir la foi.** ≈ **être persuadé, convaincu, assuré**: *il était persuadé de son bon droit.* 2. par crédulité: **accepter** (+ n.: *accepter n'importe quelle fable*); **admettre** (id.); **avaler** (⇧ fam.); **gober** (⇧ très fam.). 3. avec une part d'hésitation, estimer seulement vraisemblable: ***penser** (⇧ vague); **estimer** (⇧ insiste sur la part d'approximation: *il estimait avoir fait son possible*); **avoir l'impression** (⇧ insiste sur le caractère subjectif et incertain de l'affirmation: *j'ai l'impression que nous nous sommes égarés*); **juger** (⇧ insiste sur l'appréciation portée; convient mal pour une vérité d'ordre objectif). ≈ **être d'avis** (⇧ opinion générale ou décision pratique: *les Anciens étaient plutôt d'avis que la Terre était le centre du monde* ou *je suis d'avis que vous devriez changer de véhicule,* et, litt., **m'est avis que**; avec ***sembler**: *il me semble que vous avez raison* ou *vous me semblez (paraissez) avoir* — ; l'on peut recourir aussi à divers tours nom.: **à (mon) avis**; tours prépositionnels: **selon moi, d'après moi**; **selon (mon) opinion**; **(mon) opinion est que**; v. aussi **dire.** 4. à tort, contrairement à la réalité: *il croyait qu'on ne lui disait pas la vérité*; **s'imaginer**; **se figurer** (⇧ irréalité); également **penser, être persuadé, convaincu, avoir l'impression.** ≈ **se mettre dans la tête** (⇧ fam.); **avoir idée** (id.).

croisement, v. carrefour.

croiser, v. rencontrer.

croissance, v. augmentation.

croître, v. pousser et augmenter.

croquer, v. manger.

croquis, v. dessin.

croyance, fait de croire qqch.: **conviction** (⇧ très enraciné, intime: *la profondeur indubitable de ses convictions religieuses*); **foi** (id.; ⇧ religieux, ou par ext.: *une foi à toute épreuve en l'action de la providence*); **certitude** (⇧ absence de doute: *rien ne pouvait ébranler ses certitudes*); **superstition** (⇧ mal fondée, primitive: *la superstition selon laquelle les chats noirs portent malheur*); ***opinion** (⇧ vague, simple ensemble de ce que l'on admet pour vrai: *opinions politiques, philosophiques*); **idées** (⇧ encore plus vague, en ce sens, plutôt intellectuel: *à chacun ses idées! les idées philosophiques de Hugo sur la métempsycose*); v. aussi **religion.**

croyant, pers. qui a des croyances religieuses: **religieux** (⇧ insiste sur l'état d'esprit); **pratiquant** (⇧ va à la messe, etc.); **pieux** (⇧ souligne la conviction dans l'observation de la religion); **dévot** (⇧ extérieur, quelquefois péjor.); v. aussi **religieux** et croire.

cruauté, v. barbarie.

cruel, v. barbare.

cueillir, v. ramasser.

cuire, 1. intr., se modifier sous l'action de la chaleur, pour un aliment, de façon à se prêter à la consommation: **rôtir** (⇧ par exposition directe à la flamme: *le poulet était en train de rôtir*); **frire** (⇧ dans un corps gras: *faire frire des pommes de terre*); **mijoter** (⇧ à petit feu, longtemps: *faire mijoter le ragoût*); **brûler** (⇧ au-delà du degré convenable). 2. tr., faire se modifier un aliment: **rôtir, mijoter, frire, brûler**; **mitonner** (id.; ⇧ soin particulier: *elle lui mitonnait de bons petits plats*); **cuisiner** (⇧ ensemble des apprêts liés à la préparation d'un aliment).

cuisine, 1. art de préparer les aliments: **gastronomie** (⇧ consommation). ≈ **art culinaire.** 2. pièce où l'on cuisine: **office** (vx, ⇧ maison de maître).

cuisiner, v. cuire.

cuisinier, personne qui cuisine: **chef** (⇧ restaurant); **maître queux** (⇧ médiéval ou iron.); **cordon bleu** (⇧ laudatif); **marmiton** (⇧ jeune cuisinier, aidant le chef).

cul, v. derrière.

culot, v. audace.

culotte, partie de vêtement couvrant le bas du corps et les jambes, en principe s'arrêtant au mollet, ou par ext.: **pantalon** (⇧ toute la jambe); **short** (⇧ au-dessus du genou).

culte, v. religion.

cultivateur, v. agriculteur.

cultivé, v. civilisé, instruit.

cultiver, 1. travailler une terre pour la faire produire: **planter** (⇧ mettre des plantes en terre: *planter du maïs*); **labourer** (⇧ remuer le sol pour le préparer aux semailles); **semer** (⇧ répandre la graine); **défricher** (⇧ pour

la première fois, en débarrassant des broussailles) ; **travailler** (⇧ tr., ensemble des opérations agricoles : *travailler la terre*). GÉN. **soigner** : *soigner ses laitues avec amour.* ≈ **mettre en culture** (⇧ pour la première fois). 2. v. civiliser et éduquer.
culture, v. instruction et civilisation.
curé, v. prêtre.
curieux, 1. qui aime découvrir des choses nouvelles : **indiscret** (⇧ péjor., trop curieux). 2. v. étrange.
curiosité, 1. qualité de celui qui est curieux : **indiscrétion**. 2. tourisme, chose rare : **particularité** ; **singularité** ; **rareté**.
cyclone, v. orage.

D

daigner, accepter de faire qqch. : ***consentir à** ; **condescendre à** (⇧ à l'égard d'un inférieur) ; souvent formules de politesse, *daignez agréer mes hommages* : **veuillez (bien)**. ≈ **avoir l'obligeance, l'amabilité de** ; **accepter** ; **juger digne de soi, *utile de.**
dallage, v. pavement.
dalle, plaque de pavement en pierre : **carreau** (⇧ petite dimension ; ⇩ matière précise) ; au pl., v. pavement.
dame, v. femme.
danger, ce qui menace la sûreté de qqch. ou qqn : **péril** (⇧ gravité ; soutenu) ; **risque** (⇧ probabilité évaluable ; ⇩ gravité : *des risques minimes*) ; v. aussi **possibilité** et **menace**. ‖ *Etre en danger de* : **être menacé par** ; **s'exposer à**. ≈ **menaces** ; **menacer** : *devant les menaces de guerre.*
dangereux, qui présente du danger : **périlleux, risqué** (v. danger) ; **hasardeux** (⇧ de grandes chances d'échec) ; **aléatoire** (⇧ souligne la part du hasard) ; v. aussi **mauvais, imprudent, sérieux**. ≈ **présenter de (sérieux) risques** ; **s'exposer à (certains) risques en** ; **risquer d'entraîner, d'exposer à de graves conséquences.**
danse, mouvement du corps exécuté rythmiquement en musique : **chorégraphie** (⇧ art de la —) ; **ballet** (⇧ représentation théâtrale) ; **bal** (⇧ séance de —). SPÉC. **valse** ; **tango** ; **rock** ; **sarabande**, etc., GÉN. **mouvements** ; **figures.**
danser, exécuter une danse. GÉN. **évoluer** ; **se déplacer (sur la piste)**. ≈ tournures nom. : **se livrer (au plaisir de), s'abandonner à la (griserie de la)** danse ; v. danse.
danseuse, qui danse par plaisir ou profession : **ballerine** (⇧ professionnelle, théâtre) ; **étoile** (⇧ premier rôle) ; **cavalière** (⇧ partenaire).
date, époque à laquelle s'est déroulé un événement : **moment** (⇧ général) ; **période** (⇧ durée) ; **année.**
dater, 1. *dater de* : **remonter à** (⇧ ne s'applique qu'à un événement, et pas à une chose : *la construction de ce monument* — et non pas le monument lui-même — *remonte au XIIe siècle*). ≈ tourner par un compl. de temps : *un monument élevé au XIIe siècle.* 2. v. vieillir et démodé.
davantage, v. plus.
débâcle, v. défaite.
débandade, v. défaite.
débarbouiller, v. laver.
débarquer, v. arriver.
débarrasser, écarter un obstacle (au sens pr. ou fig.) 1. devant qqn, *rien ne pouvait le débarrasser de ses scrupules* : **décharger** (⇧ fardeau, obligation) ; **dégager** (⇧ lien : *dégager de sa parole*) ; **dépêtrer** (⇧ situation embrouillée). 2. d'un endroit : **déblayer** (⇧ désordre) ; **nettoyer** (⇧ malpropreté, au moins fig.) ; **dégager**. ≈ **faire place nette** ; **mettre de l'ordre** ; **ranger**. ‖*Se débarrasser de* : ***abandonner** (⇩ péjor.) ; **éliminer** (⇧ retrancher d'un ensemble) ; **évincer** (qqn ; ⇧ prendre la place) ; v. aussi **quitter.**
débat, action de débattre, discuter une question 1. avec divergence d'intérêts ou de sentiments : **contestation** ; **litige** (⇧ image judiciaire) ; **différend** (⇧ léger affrontement) ; **conflit** (⇧ vif affrontement). 2. avec simple divergence de points de vue : **discussion** (⇩ opposition nette) ; **controverse** (⇧ abstrait) ; **polémique** (⇧ agressivité ; surtt philo., religieux, politique). ≈ ***question (*discutée)** ; **divergence de, difficulté à concilier les *points de vue.** ‖Expr. : **le tout est de savoir si** (pour *le fond du débat* —).
débattre, v. discuter.
débauche, abus des plaisirs, surtt

sexuels 1. en tant que comportement : **corruption** (⇧ général) ; **dissipation** (id.) ; **vice** ; **libertinage** (⇧ immoralité sexuelle, raffinement). 2. en tant qu'acte : **orgie** (⇧ festin) ; **bacchanale** (litt. ; ⇧ bruit). ≈ **mener une vie dissolue** ; **lâcher la bride à ses instincts** ; **faire la vie, la noce** (pop.) ; **mener une vie de patachon** (id.).
débaucher, v. séduire.
débile, 1. v. faible. 2. (argot) v. stupide.
débiliter, v. affaiblir.
débiter, v. vendre.
déblayer, v. débarrasser.
déborder, 1. (pour un liquide) répandre son contenu : **sortir de son lit** (⇧ fleuve). 2. v. dépasser.
déboucher, v. ouvrir.
debout, sur ses pieds : **droit** (⇧ fort) ; ***levé** (⇧ opposé à couché).
débris, v. morceau.
débrouiller, v. éclaircir. || *Se débrouiller* (fam.), trouver un moyen pour **se tirer d'affaire**. ≈ **trouver une solution** ; **s'en sortir** (fam.) ; *il s'est bien débrouillé* (fam.) : **il a bien réussi, réalisé une belle ascension sociale.**
début, v. commencement.
débuter, v. commencer.
décadence, état de ce qui va en s'abaissant : **abaissement** ; ***ruine** (⇧ résultat) ; **déclin** (⇩ fort : *le déclin de la puissance soviétique*) ; **dépérissement** (⇧ affaiblissement interne, progressif). GÉN. ***évolution (dangereuse, préoccupante, fatale)** ; **déchéance** (⇧ moral) ; **dégradation** (id.) ; **crise**. ≈ **(être) menacé, en voie de *destruction, en proie à des *troubles, livré à l'anarchie, sur le point de *périr, atteint dans ses forces vives** (litt.).
décamper, v. partir.
décédé, v. mort.
décence, 1. v. convenance. 2. v. retenue : **pudeur** (⇧ ne pas s'offrir au regard, surtout corps, ou fig.) ; **dignité** (⇧ élévation) ; **tenue** (⇧ respect de soi) ; **correction** (⇧ large ; ⇩ sentiment).
décent, v. convenable et décence.
déception, fait de constater un résultat qui ne répond pas à ce que l'on en attendait, *éprouver une grave déception* : **désappointement** (⇧ forte attente) ; **déconvenue** (⇧ insuccès) ; **désillusion** (⇧ idée fausse) ; **déboire** (mod., plutôt pl., ⇧ regret) ; **désabusement** (⇧ état de défiance et pessimisme général). ≈ ***tristesse** ; **être décontenancé, *trompé dans son attente** ; **revenir de son aveuglement** (⇧ fort) ; **ouvrir enfin les yeux** ; **les écailles lui sont tombées des —** (⇧ imagé, litt., très expr.) ; **être dessillé** (⇧ litt.).
décerner, v. attribuer.
décevoir, **désappointer** ; v. déception ; v. aussi **tromper.**
déchaîner, v. causer.
décharger, v. alléger.
déchéance, 1. privation d'une fonction ou dignité : **déposition** (⇧ sanction souvent violente) ; **destitution** (v. destituer) ; **dégradation, avilissement** (⇧ fort). 2. v. abaissement.
déchet, 1. ce qui tombe d'une matière qu'on travaille : **chute** (⇧ tissu, bois, papier ; ⇩ général) ; **rognure** (⇧ taille des bords : *rognure d'ongle*) ; **résidu** (⇧ industrie ou phénomène physico-chimique). SPÉC. **copeau** (⇧ bois) ; **limaille** (⇧ métal) ; **épluchure** (⇧ légumes) ; **scorie** (⇧ métal, ou fig. : *les scories nombreuses de la production littéraire pléthorique de Balzac*). 2. résidu destiné à être jeté : **détritus** ; **rebut** (⇧ surtt expr. *mettre au rebut*). GÉN. ***ordures.**
déchiffrer, v. lire.
déchiqueter, v. déchirer.
déchirer, 1. mettre en morceaux sans découper avec un instrument idoine : **lacérer** (⇧ volontaire, surtt livres) ; **déchiqueter** (⇧ très petits morceaux : *un corps déchiqueté par la mitraille*). GÉN. v. détériorer. ≈ **mettre en pièces, en charpie** ; pour la peau : **écorcher** ; **érafler** ; **égratigner** ; **griffer**. 2. (fig.) v. attaquer. 3. (surtt part. pas. *déchiré* ; litt.) v. émouvoir. ≈ **fendre le cœur** (⇧ expr.) ; **arracher les entrailles** (id.).
déchirure, v. coupure et déchirer ; pour un tissu (et fig.) : **accroc.**
décidé, 1. qui n'hésite pas : **résolu** (⇧ volonté ferme : *un gaillard d'aspect résolu*) ; **délibéré** (⇧ sans hésitation apparente) ; **déterminé** (⇧ jusqu'aux conséquences extrêmes) ; **assuré** (⇧ confiance en soi) ; v. aussi **courageux** ≈ **sûr de soi** ; **sans états d'âme** ; **que rien n'ébranle** ; **libre de toute *hésitation**, etc. 2. qui a pris une décision : v. décider. ≈ ***prêt à** ; **avoir la ferme intention de**, etc.
décider, 1. (qqch.), adopter une conduite après délibération : **résoudre** (⇧ fermeté) ; **se déterminer à** (⇧ insiste sur l'aboutissement de la délibération) ; **arrêter** (⇧ engagement sur le détail : *arrêter un plan de campagne*). GÉN. ***choisir.** ≈ **prendre l'initiative de** (⇧ être le premier) ; **se mettre en tête de**, et périphr. avec ***décision** : **prendre la —**, etc. ; **faire le choix de** ; éga-

lement *sembler ou *juger *bon, *utile, *nécessaire, se voir *obligé de (⇧ euphém.) : *je me vois obligé de mettre un terme à notre collaboration* pour *j'ai décidé de* —. 2. (qqn) à, amener à vouloir : **déterminer** (⇧ fin d'une hésitation) ; **résoudre** (⇧ intentionnel).

décisif, v. important.

décision, 1. ce qui a été décidé : **résolution** (v. décider) ; **parti** (⇧ dans expr. *prendre le parti de* ; ⇧ choix difficile). GÉN. ***choix**. 2. qualité d'un homme décidé : **résolution, détermination, assurance, initiative** (v. décidé et décider).

déclaration, action de déclarer ou ce que l'on déclare : **proclamation, annonce, indication** (v. déclarer) ; v. aussi **affirmation**.

déclarer, 1. faire connaître de façon manifeste (qqch. ou que + complétive) : **proclamer** (⇧ solennellement) ; **annoncer** (⇧ nouveauté) ; **exposer** (⇧ développement) ; **indiquer** (⇧ uniqt rapidement) ; **signaler** (id. ; ⇧ à l'occasion de qqch.). 2. (très affaibli) v. **dire**.

déclenchement, v. commencement.

déclencher, v. causer, allumer.

décliner, v. diminuer.

décollage, v. départ.

décoller, v. partir.

décombres, v. ruines.

décomposer, 1. dissocier mentalement un tout en ses parties : ***analyser** (⇧ reconnaissance de chaque partie). GÉN. ***étudier**. ≈ **procéder à l'analyse, l'*étude de** ; **disséquer** (au sens fig.) ; **dégager la *structure, isoler les *éléments de**. 2. séparer réellement les parties d'un tout : **désagréger** (⇧ destruction progressive) ; **désintégrer** (⇧ action atomique, soudaine et totale, ou fig.). GÉN. ***détruire**. ≈ **dissoudre** (⇧ aucun reste) || *Se décomposer* : v. sens 2 et pourrir.

déconcerté, v. surpris.

déconcerter, v. surprendre.

déconseiller, inviter qqn à ne pas faire qqch. : **dissuader** (⇧ argumentation) ; **décourager** (⇧ ôter la force) ; **détourner** (⇧ obtention du résultat ; ⇩ précis). ≈ **admonester** (litt.) ; **s'efforcer de faire renoncer** (à un projet) ; **mettre en garde contre** ; **émettre des réserves** ; **un avis défavorable**.

décor, fig., **arrière-plan** d'un tableau ou d'une situation : **cadre** (⇩ vision) ; **fond, toile de fond** (⇧ en retrait : *la toile de fond de* L'Education sentimentale *est constituée par les événements de 1848*) ; **environnement** (⇧ général, abstr. : *situer l'environnement de la scène* pour *poser le décor* —) ; **milieu** (id. ; ⇧ humain). ≈ ***situer, *préciser l'*atmosphère, les *circonstances** ; **mettre en perspective**.

décorer, v. orner.

découler, v. dépendre, résulter.

découper, v. couper.

découragement, v. abattement ; perte d'énergie morale consécutive à des difficultés : **désespoir** (⇧ perte totale de volonté d'agir) ; **désespérance** (litt. ; id. ; ⇧ définitif) ; **lassitude** ; **démoralisation** (v. décourager).

décourager, v. abattre : **démoraliser** (⇧ fort) ; **désespérer** (v. désespoir) ; **lasser** (⇧ à la longue) ; **rebuter** (⇧ obstacles réitérés) ; **écœurer** (⇧ sentiment de répulsion) ; **dégoûter** (id.). || *Se décourager* : v. décourager 1. ≈ **perdre *espoir, abandonner tout** — ; **se sentir à bout (de *forces)** ; **céder au *découragement**.

décousu, v. désordonné.

découverte, action de trouver, surtout dans domaine scientifique : **invention** (⇧ objet nouveau : *l'invention de la pénicilline* — et non d'un continent, d'une espèce animale) ; **trouvaille** (⇧ heureux, ingénieux ; ⇩ important ; mod., surtt attribut : *ce fut une belle trouvaille que celle du rasoir jetable*).

découvrir, 1. trouver qqch. jusque-là caché : *découvrir le coupable* ; **repérer** (⇧ position) ; **dépister** (⇧ suivre la trace) ; **deviner** (⇧ conjecture) ; **percer (à jour)** (uniqt un secret, mystère ; ⇧ pénétration). 2. faire une découverte scientifique : *Pasteur a découvert le vaccin contre la rage* ; ***inventer** (v. découverte). ≈ **faire la *découverte de** ; **mettre à jour, en évidence** ; pour les sens 1 et 2, v. aussi ***trouver**.

décrasser, v. laver.

décrépit, v. âgé.

décrépitude, v. vieillesse.

décret, v. loi.

décréter, v. ordonner.

décrire, v. peindre.

décroître, v. diminuer.

dédaigner, 1. v. mépriser. 2. v. refuser.

dédaigneux, v. méprisant.

dédain, v. mépris.

dedans, v. intérieur.

dédicacer, v. dédier.

dédier, 1. v. consacrer. 2. faire hommage d'un livre : **dédicacer** (⇧ inscription). GÉN. ***offrir, *présenter**.

déduction, v. raisonnement.

déduire, v. conclure.

déesse, être divin féminin : **divinité**

(⇧ général) ; **déité** (litt.). SPÉC. **muse** (⇧ inspiration) ; **nymphe** (⇧ eaux). GÉN. **esprit** ; **figure céleste**.

défaillance, v. évanouissement.

défaillir, v. (s')évanouir.

défaite, le fait pour une armée d'être vaincue : **insuccès** (⇩ fort) ; **déroute** (⇧ fuite générale) ; **débandade** (id. ; ⇧ désordre) ; **débâcle** (id. ; ⇧ définitif). GÉN. ***échec** : *l'échec allié devant les Ardennes.* ≈ **écrasement** (d'une armée par une autre) ; **infliger une sévère leçon à** (fig. ; moralisateur).

défaut, 1. absence de qqch. : ***manque** ; **carence**, *un défaut de méthode.* || *Faire défaut* : v. manque et manquer. 2. ***imperfection** physique ou morale : **faiblesse** (⇧ neutre) ; **tare** (⇧ fort et durable) ; **vice** (⇧ fort, surtt moral, mais : *cet animal — cet engin — présente un vice de constitution — de fabrication*) ; **défectuosité** (⇧ uniqt inanimé : *les défectuosités du matériel fourni*) ; **travers** (⇧ moral, bizarrerie : *il n'avait pu se garder de certains travers, peut-être inhérents à la condition d'homme de lettres*) ; **ridicule** (⇧ moral, risible). GÉN. ***aspects**, ***traits *négatifs** : *il se plaisait à souligner les traits négatifs de la personnalité de son adversaire.* ≈ le sens 1 peut empiéter sur le sens 2, génériquement, d'où **déficience**, etc. (v. manque) ; périphr. : **ce qu'on peut trouver à (lui) *reprocher** ; **ce qui (chez lui) prête le flanc à la *critique** ; **ce qui (par où) pèche**... *ce qui pèche dans cet argument, c'est la faiblesse des présupposés* pour *le défaut de cet argument, c'est —* ; **des sujets de *reproche**.

défavorable, 1. qui présente une attitude **hostile** à qqn ou qqch. (sujet animé) : *le général se montrait résolument défavorable à l'entrée de la Grande-Bretagne dans le Marché commun* ; **opposé** ; *contraire* (⇧ animé : *il n'a cessé de lui être contraire* et expr. : *un sort contraire*). ≈ expr. verb. : ***s'opposer à** ; **contrecarrer** ; ou nom. : **manifester de *l'hostilité à (l'égard de)** ; avec inv. : *ce projet rencontrait chez lui la plus vive opposition ; il s'était toujours heurté de sa part à une hostilité déclarée.* 2. qui représente un inconvénient (sujet inanimé) : *une situation défavorable*, v. désavantageux.

défavoriser, v. désavantager.

défectueux, v. imparfait.

défectuosité, v. défaut.

défendre, 1. protéger (⇧ supériorité) contre qqch. ou qqn : **soutenir** (⇧ aide supplémentaire : *les Etats-Unis ont soutenu — plutôt que défendu — l'Angleterre contre le Reich à partir de 1941*) ; ***secourir** (⇧ général) ; **plaider (pour, en faveur de)** (⇧ avocat, ou par ext.). ≈ expr. nom. : **prendre, assurer la défense** ; **venir, voler au *secours** ; **apporter son *soutien** ; **se ranger aux côtés, dans le camp de** ; **prendre le parti de** : *Zola prit le parti du capitaine Dreyfus face aux attaques dont il était l'objet* ; **se déclarer en faveur de**. 2. v. interdire.

défendu, qui n'est pas permis : v. **interdit** ; **illicite** (⇧ par la morale ou la loi) ; **illégal** (⇧ par la loi). ≈ nég. de ***permettre**.

défense, 1. action de protéger : **protection, soutien, secours** ; v. défendre. 2. action d'interdire : v. interdire et ses formes nom. : **interdiction**, etc. 3. ouvrage servant à la — : **fortification** ; **retranchement**. SPÉC. : **remparts** ; **murailles**, etc. 4. propos tenus pour défendre un accusé : *la* Défense et Illustration de la langue française (DU BELLAY) ; **apologie** (⇧ litt. ; laudatif dans langage cour.) ; **plaidoirie, plaidoyer** (⇧ avocat, pr. ou fig.) ; **justification** (⇧ imputation précise ; souvent objet : *justification de* ou *pour* ; ⇩ emploi général : *accusé d'avoir exécuté des otages, il invoqua pour justification l'obéissance aux ordres*).

défenseur, qui défend une personne ou une cause 1. physiquement, au pr. ou fig. : **protecteur** ; **soutien** ; **allié** (⇧ faible) ; **champion** (⇧ moral ou fig. ; sinon VX : *il se voulait le champion des droits de l'homme*). 2. par la parole ou moralement : **avocat** (⇧ jugement, pr. ou fig.) ; **partisan** (⇧ simple opinion) ; **tenant** (id.). ≈ expr. avec ***défense**, ***défendre** ; v. aussi ***favorable**, ***faveur**, ***favoriser**.

déférence, v. respect.

défi, **provocation** à un duel, au pr. ou fig. : *lancer un défi ; mettre au défi* (fig.) : **jeter le gant** (⇧ emploi absolu) ; v. inviter. || *Relever le défi* : **relever le gant** ; **ne pas se dérober** (⇧ faible ; ⇩ image).

défiant, v. méfiant.

déficience, v. défaut et manque.

déficit, v. manque.

défier, jeter un défi : **provoquer** (v. défi) ; v. aussi **affronter**. ≈ v. défi.

défigurer, v. déformer.

défilé, 1. **passage** encaissé entre deux hauteurs : **gorge(s)** (⇧ rivière) ; **cañon** (⇧ exotique, vaste) ; **couloir** ; **passage**. 2. mouvement d'un groupe en colonne :

cortège (⇧ personne accompagnée, au sens strict) ; **théorie** (⇧ antique, ou iron. : *une théorie de figures loufoques*) ; **procession** (⇧ religieux, ou fig.) ; **cavalcade** (⇧ chevaux).

défiler, v. passer.

définir, 1. **préciser** le contenu d'un terme ou d'un concept : **caractériser** (⇧ imprécis ; différence propre : *l'atmosphère du poème est difficile à caractériser*) ; **exposer** (⇧ neutre) ; **déterminer** (⇧ imprécis) ; **spécifier** (⇧ distinction, précision supplémentaire après première approche : *il faudrait ici spécifier, dans le contexte baudelairien, ce que l'on doit entendre par spirituel*) ; **qualifier** (exactement) (⇧ attributs divers ; ⇩ définition du contenu au sens strict : *la conception hugolienne du monde pourrait être qualifiée de réalisme de l'imaginaire* pour *définie comme —*) ; **désigner** (id. ; ⇧ vague). ≈ **dégager les principaux** ***éléments**, ***clarifier le *contenu**, le ***sens**. 2. v. fixer.

définitif, qui est fixé sans qu'on puisse rien y changer : **déterminé** (⇧ faible) ; **arrêté** (id. ; ⇧ décision : *mon jugement est arrêté*) ; **irrévocable** (⇧ fort, sans retour) ; **irrémédiable** (⇧ négatif, fort : *un désastre irrémédiable*) ; v. aussi **définitivement**.

définition : **caractérisation** ; **spécification** ; v. définir.

définitive (en), **en fin de compte** ; **en dernière analyse** ; **tout compte fait** ; **finalement** ; **en conclusion** ; **à bien en juger**.

définitivement, **sans retour** ; **à (tout) jamais** ; **irrévocablement**, etc. (v. définitif).

défoncer, briser ou détériorer gravement un objet présentant une paroi ou revêtant la forme d'une surface plate : *défoncer la porte, le dallage* : **enfoncer** (⇧ uniqt surface plate : *enfoncer une porte, une serrure* et non un fauteuil ou une caisse). GÉN. ***briser**, ***détériorer**, **mettre hors d'état**.

déformer, modifier (négativement) la forme de : **altérer** (⇧ faible ; ⇩ objets concrets : *l'aspect de la ville s'en trouva altéré* plutôt que la ville même) ; **défigurer** (⇧ personne, ou fig., fort) ; **dénaturer** (⇧ perte totale de sens ou aspect : *mes propos ont été dénaturés*) ; **falsifier** (id., ⇧ fraude) ; **mutiler** (⇧ perte d'un membre ou d'une partie) ; **écorcher**, **estropier**, **massacrer** (⇧ langue ou mots) ; v. aussi **détériorer**. GÉN. ***endommager**, ***transformer**, ***modifier**. ≈ **faire subir des altérations à** (v. supra).

défraîchi, v. usé.

défricher : 1. travailler un terrain : **essarter** ; **débroussailler** ; v. aussi **cultiver**. 2. fig. **débrouiller**, **dégrossir** un problème ; **démêler** (⇧ confus) ; **éclaircir** (⇩ fort).

défunt, v. mort.

dégager, 1. v. débarrasser. 2. *dégager une idée* : **extraire** ou **mettre en évidence** une idée parmi un ensemble en général flou ; **isoler** (⇧ sélection) ; **détacher** (id. ; ⇩ fort) ; **avancer** (⇧ neutre) ; **faire apparaître** ; **mettre en lumière** (id. : *vous vous efforcerez de mettre en lumière les principaux aspects des positions esthétiques de Diderot*). || *(Se) dégager* : v. (se) libérer ; pour un gaz ou au fig. : *l'émotion qui se dégage de ce tableau* ; **émaner** (⇩ idée) ; **s'exhaler** (id.). ≈ avec inv., ***inspirer**, ***suggérer** : *ce tableau ne peut manquer d'inspirer une émotion poignante ;* pour une impression, recourir plutôt à **laisser**, **communiquer**.

dégât, ***dommage** résultant d'une action ou d'un événement violents : **ravage(s)** (⇧ fort) ; **dévastation** (⇧ étendue) ; **méfait** (+ compl. de n. obligatoire : *les méfaits de l'alcool* mais *il était aisé de constater les dégâts*). ≈ tourner par un verbe comme ***détériorer**, **abîmer**.

dégel, fonte naturelle de la glace : **débâcle** (⇧ cours d'eau, mer).

dégénérer, 1. s'éloigner des qualités de sa lignée : **s'abâtardir** (⇧ péjor.). 2. perdre ses qualités ; v. (se) détériorer.

dégouliner, v. couler.

dégourdi, v. éveillé.

dégoût, 1. défaut d'appétit causé par une **répugnance** : **répulsion** (⇧ vif éloignement ; ⇩ image gustative) ; **nausée** (⇧ envie de vomir) ; **haut-le-cœur** (id.) ; **écœurement** (id., ⇩ fort) ; **éloignement** (⇧ faible). ≈ recourir aux expr. verb., comme **répugner** (v. dégoûter), et adj. (v. dégoûtant) ; insister sur résultat : *la seule vue des épinards le rendait malade, le faisait vomir.* 2. au moral, **aversion** (⇩ sentiment physique d'écœurement) pour qqch. ; **horreur** (⇧ violence, peur ; ⇩ écœurement : *toute violence lui faisait horreur*) ; **antipathie** (⇧ surtt pers., mais fig., cour.). ≈ reprendre les syn. du sens 1 au fig. : *la seule idée de verser le sang lui donnait la nausée.*

dégoûtant, qui inspire le dégoût : **répugnant** ; **repoussant** ; **nauséabond** ; **écœurant** ; **horrible** (v. dégoût) ; **peu ragoûtant** (⇧ litote) ; **infect** (au pr. ou fig.) ; **abject** (⇧ moral, dépravation) ; **ignoble** (id. ; ⇩ fort).

dégoûter, 1. ôter l'appétit, au sens passif (pr. ou fig.) : **répugner** (+ complément d'objet ind. : *tout cela lui répugnait profondément*) ; v. dégoût. 2. parvenir à détourner de qqch. par écœurement : *il avait réussi à me dégoûter des mathématiques* ; **éloigner** (⇧ faible) ; **décourager** (⇧ difficulté ; ⇩ sentiment physique). ≈ **inspirer de l'aversion** (v. dégoût) : *mon professeur de quatrième était parvenu à m'inspirer une aversion insurmontable pour les mathématiques.*

dégradation, 1. v. dommage et dégât. 2. *abaissement moral : **avilissement, corruption**, etc. (v. dégrader) ; **déliquescence** (⇧ perte de consistance ou d'énergie).

dégrader, 1. v. détériorer, dommage, dégât. 2. abaisser moralement : **avilir** (⇧ fort) ; **pervertir** (⇧ vice, souvent) ; **corrompre** (id., ⇧ pers. surtt : *les régimes totalitaires ont perverti l'usage de la science*, mais *Manon Lescaut est parvenue à corrompre Des Grieux*) ; **déshonorer** (⇧ réputation) ; **profaner** (⇧ qqch., sacré) ; **prostituer** (⇧ fort, uniqt au fig., pour objets abstraits : *prostituer la poésie au service de la politique*, sinon sens pr. différent) ; **aveulir** (⇧ perte d'énergie morale). ≈ expr. nom., v. dégradation ; **entraîner sur la voie du vice** ; **détourner du droit chemin** ; **faire manquer à ses devoirs, faillir à soi-même** (⇧ pers.) ; **détourner de sa mission, fonction, à des fins impures.**

degré, état ponctuel d'intensité ou de développement : **échelon** (⇧ hiérarchie : *il s'est élevé au plus haut échelon de sa profession*) ; **stade** (⇧ processus) : *l'impérialisme, stade suprême du capitalisme* (Lénine) ; **niveau** (⇧ image de la ligne horizontale, surtt liquide, comparatif) ; **point** (⇧ uniqt expr. : *à un certain, très haut, au plus haut point*).

dégringoler, v. tomber.

déguenillé, aux habits en guenille : **dépenaillé** (⇧ négligence) ; **loqueteux** (⇧ pauvreté, péjor.). GÉN. ***négligé**. ≈ **en haillons, en loques.**

déguerpir, v. partir.

déguisement, ce avec quoi l'on se déguise : **accoutrement, travestissement** (v. déguiser) ; **travesti** (⇧ pour une fête) ; **masque** (⇧ visage). ≈ **costume** (de carnaval).

déguiser, 1. modifier l'apparence extérieure d'une pers. de sorte qu'on ne la reconnaisse pas : **accoutrer** (⇩ emploi absolu : *accoutré d'un domino de soie* ou *ainsi accoutré* à la différence de, *il s'était déguisé pour Mardi gras*) ; **travestir** (⇧ être pris pour un autre) ; **masquer** (⇧ surtt masque, au pr.). GÉN. **costumer, habiller.** 2. tromper par une fausse apparence ; v. dissimuler ; les mêmes syn. qu'en 1, au fig. ; **farder** (⇧ image du fard) ; **maquiller** (id.) ; **camoufler.**

déguster, v. savourer.

dehors, 1. adv., v. extérieur. 2. n., v. apparence.

déifier, litt., faire de qqn un dieu : **diviniser**. ≈ **rendre, adresser** (et inv. **faire l'objet d'**) **un culte** : *l'on peut dire que dans* Les Contemplations *Léopoldine fait l'objet d'un véritable culte de la part de Hugo* ; **élever au rang des, d'un *dieu(x)** ; **dresser un autel** ; v. aussi (au fig.) aimer, louer.

déisme, croyance en un Dieu unique indépendamment de toute confession religieuse : **théisme** (⇧ savant), *le théisme professe un credo plus étoffé que le déisme : il accepte qu'un culte soit rendu à la Divinité* (R. Pomeau). L'on se gardera bien de désigner par ces termes n'importe quelle conviction religieuse, opposée à l'athéisme. Il faut distinguer le **déisme** (ou **théisme**) de Voltaire ou de Hugo et la **foi** (*religieuse, chrétienne, catholique), la **croyance en** (**l'existence de**) Dieu, de Pascal ou de Verlaine.

déité, v. dieu, déesse.

déjeuner, v. repas.

déjouer, v. empêcher.

délabré, v. ruiner, détériorer.

délai, 1. ***temps** accordé pour l'exécution d'une tâche : *dans un délai de trois mois* ; **laps de temps** ; **limite**. ≈ **avant, sous, à échéance de, au terme de.** 2. **prolongation** de temps : **répit** (⇧ fin d'état désagréable) ; **sursis** (⇧ militaire, jurid., ou fig.) ; **atermoiement** (⇧ manœuvre de l'intéressé).

délaissement, v. abandon.

délaisser, v. négliger, laisser.

délassement, v. repos, distraction.

délasser, v. reposer, distraire.

délateur, v. dénonciateur.

délayer, 1. au pr., ajouter un liquide à un produit pour en atténuer la densité : **liquéfier** (⇧ totalement liquide) ; **détremper** (⇧ humidité uniquement). 2. au fig., pour une pensée, un discours : étendre exagérément : **noyer** (dans + compl.). ≈ **faire du délayage** (fam.) ; **allonger la sauce** (id.) ; **se noyer dans des considérations annexes, filandreuses** ; **s'étendre à plaisir** ; **tenir des propos diffus.**

délectation, v. plaisir.

délecter, v. plaire.
délégué, personne en charge d'une mission de la part d'une autre ou d'un groupe d'autres : **représentant** ; **émissaire** (⇧ mission temporaire) ; **mandataire** (⇧ pouvoir sur point précis) ; v. aussi envoyé.
déléguer, v. envoyer.
délester, v. alléger.
délibération, examen d'une question visant à aboutir à une prise de décision. 1. entre plusieurs pers. : v. discussion. 2. intérieure : v. pensée.
délibérer, v. discuter et penser.
délicat, 1. v. fragile. 2. v. difficile. 3. d'une grande sensibilité ; dans un sens laudatif : **fin** (⇧ intuition) ; **subtil** (⇧ intelligence, parfois compliquée) ; **raffiné** (⇧ mœurs, goûts) ; dans un sens péjor. : **douillet** (⇧ physique) ; **difficile** (⇧ goûts) ; ***susceptible** (⇧ moral) ; **chatouilleux** (au fig., ⇧ surtt amour-propre).
délicatesse, v. délicat ; sens particulier : 1. qualité de celui qui marque une attention toute spéciale pour ménager autrui : **tact** (⇩ sentiment) ; ***discrétion** (id., ⇧ négatif) ; **sensibilité** (⇧ expression du sentiment) ; 2. v. goût.
délice, v. plaisir.
délicieux, v. bon.
délier, v. libérer.
délimiter, v. fixer.
délinquant, v. coupable.
délire, 1. état de dérèglement des fonctions mentales : **hallucination(s)** (⇧ trouble des fonctions des sens, vision, etc.). GÉN. ***folie** ; **aliénation, perturbation (mentale)** ; **trouble de l'esprit.** ≈ expr. verb. **perturber** ; **divaguer**. 2. état de suspension totale ou partielle des facultés rationnelles ; appliqué péjor. à des propos, opinions ou comportements estimés peu rationnels ; **égarement** (⇧ surtt sentiment) ; **divagation(s)** (⇧ image de l'errance).
délirer, v. déraisonner et délire.
délit, v. faute.
délivrance, v. libération.
délivrer, v. libérer.
déloger, v. chasser.
déloyal, v. infidèle.
déluge, v. pluie.
demain, le jour qui suit aujourd'hui : **le lendemain** (⇧ d'un point de vue extérieur : *le lendemain, tout se passa bien*) ; v. aussi **bientôt**.
demande, 1. v. question. 2. action de s'adresser à qqn pour obtenir de lui qqch. : **prière** (⇧ infériorité, insistance) ; **réclamation** (⇧ plainte, droit de retour supposé ; v. demander) ; **requête** (⇧ solennel, officiel) ; **sollicitation** (⇧ litt., insistance) ; **exigence** (⇧ ne supporte pas le refus, ou très pressant : *ne pas plier devant les exigences de la partie adverse*) ; **revendication** (⇧ devant l'autorité) ; **adjuration** (⇧ litt., pathétique).
demander : I. poser une question : **questionner, interroger** (⇧ emploi abs. : *il l'interrogea longuement* mais *il lui demanda si...* ; il convient donc de recourir aux deux points, ou au discours indirect libre [*il l'interrogea : songes-tu — songeait-il — vraiment à entrer dans les ordres ?*]) ; **sonder** (id., ⇧ investigation). ≈ **chercher à savoir (si...)** ; **poser la question** ; **s'enquérir** : *il s'enquit du résultat de ses travaux* pour *il lui demanda (quel était) —*.
II. chercher à obtenir : v. aussi demande ; **réclamer** : *il lui réclamait ses gages* ; **solliciter** (⇧ litt. ou épistolaire, officiel : *j'ai l'honneur de solliciter de votre haute bienveillance...*) ; **exiger** (⇧ ordre) ; **revendiquer** (v. demander) ; **prier** ; **supplier** (⇧ humilité, pathétique).
III. indique qu'une condition doit être remplie, *cela demande du soin* : **exiger** (⇧ fort) ; **requérir** (⇧ litt. : une *plante qui requiert des soins assidus*) ; **supposer** (⇧ préalablement : *un poste qui suppose la connaissance de l'anglais*) ; **nécessiter** (⇧ indispensable) ; v. aussi **besoin (avoir)**.
démanger, 1. v. gratter. 2. (fam.) fait pour qqn d'être fortement tenté de : *le désir le démangeait de* ; ***brûler, griller de désir, d'envie de.**
démarche, 1. v. marche. 2. **tentative** faite auprès de qqn (sg. ou pl.) : ***efforts** ; v. demande.
démarrage, v. départ.
démarrer, v. partir.
démasquer, v. découvrir.
démêlé, v. dispute.
démêler, 1. v. distinguer. 2. v. expliquer.
de même que, v. comme.
démence, v. folie.
dément, v. fou.
démenti, déclaration qui dément qqch. : **dénégation** (⇧ fait de nier) ; **désaveu** (⇧ global, refus de légitimer) ; v. démentir.
démentir, prétendre faux, contrairement à ce qui est avancé : **infirmer** (⇧ juridique ou journalistique) ; **contredire** (⇧ opposition à la pers. qui parle).
démesure, manque du sens de la mesure : **orgueil** (⇧ vice) ; **présomption** (id., ⇧ surestimer ses forces) ; **outrance**

(⇧ surtt propos); **hybris** (grec, litt., ⇧ héros tragique); v. aussi **excès**.

démesuré, v. grand.

démettre, v. destituer.

demeure, v. habitation.

demeurer, v. rester.

demi (à), v. moitié (à).

démission, action de démissionner: **abdication**; **désistement**; **résignation de fonction**; v. démissionner. GÉN. ***départ**.

démissionner, abandonner sa fonction: **se démettre**; **abdiquer** (⇧ souverain); **se désister** (⇧ renoncer finalement à obtenir, généralement en faveur de qqn); **résigner** (⇧ tjrs avec complément d'objet, surtt terme comme *charge, poste*: *il a résigné sa charge de garde des Sceaux*). ≈ expr. nom. avec ***démission**: **présenter sa —**; **annoncer son départ**.

démocrate (**démocratique**, adj.), 1. partisan de la démocratie: **républicain** (⇧ marqué, institutions précises, historique); **populaire** (⇧ dans les expr. « Etat, régime populaire », vx); **libéral** (⇧ anglo-saxon, accent sur libertés, notamment économiques). 2. par ext. personne acceptant de bon gré les règles du jeu démocratique: ≈ **accepter la discussion, la contradiction**; **ne pas céder à l'autoritarisme**.

démocratie, **république**; **Etat populaire**; v. démocrate. SPÉC. **régime parlementaire, parlementarisme**. GÉN. **liberté(s) (civiques)**; **État de droit**.

démodé, passé de mode: **désuet** (⇧ passé déjà suffisamment éloigné, souvent attendrissement: *cet été, le noir est démodé* mais *dans ce fond de province, l'on observait encore quelques coutumes* [*délicieusement*] *désuètes*); **suranné**; (⇧ plutôt coutume, expr., idée de temps, sans valeur péjor.: *une élégance délicieusement surannée*); **périmé** (⇧ non valable actuellement); **dépassé** (⇧ péjor., opposé au progrès); **vieillot** (id.); **caduc** (⇧ litt., qui n'est plus valable: *des dispositions légales caduques*); **obsolète** (id., ⇧ savant). GÉN. **vieilli**; **daté**. ≈ ***dater**; **ne plus avoir cours**; **être sorti de l'usage**; **avoir fait son temps**; **être tombé en désuétude** (⇧ surtt usage: *le port du haut-de-forme est tombé en désuétude*); v. aussi **vieux**.

demoiselle, v. fille.

démolir, 1. v. détruire. 2. v. critiquer.

démolition, v. destruction.

démon, v. diable.

démoniaque, v. diabolique.

démonstration, 1. v. preuve. 2. v. marque(s).

démontrer, v. prouver.

démoralisation, v. découragement.

démoraliser, v. décourager.

démuni, v. privé (de).

démunir, v. priver (de).

dénaturer, v. déformer.

dénégation, v. démenti.

dénier, v. nier, refuser.

dénigrer, v. critiquer.

dénombrement, v. dénombrer et recensement.

dénombrer, faire le compte d'un ensemble d'objets, élément par élément: **recenser** (⇧ administratif, ou fig.); **inventorier** (⇧ liste); **énumérer** (⇧ désigner un à un; ⇩ calcul); v. aussi compter. ≈ **faire l'inventaire**; **passer en revue**; **dresser l'état**; **procéder à la recension**.

dénommer, v. appeler.

dénoncer, livrer à l'autorité une pers. susceptible d'être poursuivie: **livrer** (⇧ vague); **vendre** (⇧ péjor., argent, au moins fig.); **donner** (⇧ couleur argotique); **rapporter** (⇧ enfantin, fam.: *elle rapportait auprès de la maîtresse*); **moucharder** (⇧ à la police, ou ext.); v. aussi dénonciateur et **trahir**.

dénonciateur, celui qui dénonce: **délateur** (⇧ soutenu, péjor.); **indicateur** (⇧ en échange de rémunération); **accusateur** (⇧ attaque); **mouchard** (v. dénoncer). GÉN. **traître**; **faux frère**; **renégat** (tous ces termes supposent que l'intéressé est un associé de celui qu'il dénonce).

dénoter, v. signifier.

dénouement, ***fin** d'une pièce de théâtre: **épilogue** (⇧ épisode en retrait par rapport à l'action principale); **conclusion** (⇧ large). ≈ **péripétie finale**; **coup de théâtre final** (⇧ imprévu); **scène de reconnaissance finale** (⇧ particulier, identification des pers., fréquent); **résolution du drame, de l'action, du conflit**.

denrée, v. marchandise.

dense, 1. v. épais. 2. pour une pensée, un texte: **riche** (⇧ contenu, vague); **concis** (⇧ style, dit beaucoup en peu de mots); **condensé** (id., ⇧ volonté); **concentré** (⇧ pensée intense); **ramassé** (⇧ expression vive). ≈ **ne pas donner dans le *délayage**; **cultiver la concision, l'art de la formule**; **savoir frapper la maxime suggestive, la sentence brève, donner un tour elliptique à sa pensée**.

dent, organe de la mastication chez l'homme: **croc** (⇧ animal, ou fig., péjor., fam.: *d'un coup de croc*); **quenotte** (⇧ enfant, fam.). SPÉC. **incisive**; **canine**;

molaire. ≈ **mâchoire**; **dentition** (⇧ collectif).

dentelle, tissu ajouré: **broderie** (⇧ fil sur tissu; sans jours); **guipure** (⇧ fil ou soie); **point** (⇧ manière, lieu).

dénué, v. privé (de).

dénuement, v. pauvreté.

déparer, v. enlaidir.

départ, action de partir (v. partir): **partance** (⇧ transports, techn., surtt expr.: *en partance*). SPÉC. **démarrage** (⇧ auto); **décollage, envol** (⇧ avion); **appareillage** (navire); ***fuite** (⇧ fuir); ***démission** (⇧ poste: *l'on s'attend à sa démission de l'intérieur* pour *à son départ*). ≈ ***séparation**; **prendre congé**; **(faire ses) adieux**.

département, 1. domaine de compétence: v. domaine. 2. division administrative du territoire français; v. région.

dépassé, v. démodé.

dépasser, 1. devancer en allant plus vite: **distancer** (⇧ loin devant: *il ne tarda pas à distancer tous ses concurrents*); **doubler** (⇧ véhicules, cour.); v. aussi **passer**. 2. être plus long: **déborder** (⇧ bord); **mordre, empiéter sur** (⇧ considère l'espace extérieur). 3. v. surpasser. ≈ syn. de 1, au fig. 4. passer les capacités: *cette affaire me dépasse*; **échapper** (⇧ faible); emploi cour., fam.; **déconcerter, étonner**.

dépaysement: 1. (négatif) sentiment de **malaise** (général) devant un milieu étranger: **désarroi** (⇧ large). 2. (positif) fait d'échapper à son décor familier: **exotisme** (⇧ fort, esthétique: *Pierre Loti a fondé sa réputation sur les procédés d'un exotisme un peu artificiel*); **évasion** (⇧ large).

dépayser, faire changer de pays: **déraciner** (⇧ négatif); **exiler** (⇧ contrainte, punition); || *(Se) dépayser*: ≈ **changer d'air, de cadre, d'horizon**; v. aussi **dépaysement**.

dépêche, communication rapide: **télégramme** (⇧ télégraphe); **pneumatique** (par tube, vx); **missive** (⇧ officiel, commercial ou iron.); v. aussi **lettre**.

dépêcher, 1. v. envoyer. 2. se dépêcher: faire vite; **se hâter** (⇧ soutenu); **se presser** (⇧ inquiétude, qqfois agitation); **s'empresser** (⇧ consentement, dévouement: *il s'empressa de lui donner satisfaction*); **accélérer** (⇧ emploi abs., cour.); **se grouiller** (fam.). ≈ expr. circonstancielle et adv.: **à la, en toute hâte**; **sans perdre de temps**; ***immédiatement**; **instamment**: *nous devons instamment résoudre ce problème.*

dépeindre, v. peindre.

dépendance, 1. fait de dépendre de qqn ou qqch.: **subordination** (⇧ hiérarchie); **domination** (⇧ pouvoir écrasant: *être sous la domination de*); **asservissement** (⇧ surtt expr.: *l'asservissement aux circonstances*); v. aussi **dépendre**. 2. lien logique: **corrélation** (⇧ scientifique: *il existe d'étroites corrélations entre les phases de la lune et les marées*); **rapport(s)** (⇧ général); **solidarité** (⇧ vague); v. dépendre.

dépendre, 1. être conditionné par; *son passage en troisième dépendra des résultats de fin d'année*: **tenir à** (⇧ soutenu, événement réalisé: *la réussite de son plan a tenu à de nombreux facteurs*); **résulter de** (id., ⇧ conséquence directe); **découler** (id., ⇧ image du cours d'eau). ≈ avec inv.: **influer sur**; **conditionner**; **hypothéquer**; v. aussi **selon**. 2. être soumis à l'autorité de: **relever de (la compétence de)** (⇧ général); **ressortir à (la compétence, l'autorité de)** (⇧ surtt chose). ≈ **être du domaine, du ressort, de la compétence de** (⇧ surtt choses: *les affaires de fausses factures sont de la compétence du tribunal administratif*); avec inv.: ***contrôler**; ***régir** : *Dieu seul, en fin de compte, régit la marche des événements* pour *la — ne dépend que de —*; **avoir la haute main sur**; v. aussi **dépendance**.

dépense, action de dépenser son argent: **frais**, pl. (coût de la défense, ⇧ concerne une opération: *les frais d'agence*); **débours** (⇧ commercial, argent avancé); **prodigalités** (⇧ surabondant); **dilapidation** (⇧ épuisement de l'avoir); v. aussi **dépenser**; **investissement** (⇧ revenu futur escompté); **placement** (⇧ actions en Bourse). GÉN. **effort (financier)**: *il dut consentir un effort considérable pour renflouer l'affaire de son fils.*

dépenser, employer son argent: **débourser** (⇧ tirer de son avoir); **investir, prodiguer, dilapider** (v. dépense); **dissiper**; **gaspiller** (⇧ pour rien); **croquer** (id., fam.); **placer** (v. dépenser); ≈ expr. **ne pas regarder à la dépense** (⇧ fort). GÉN. **mettre**: *je ne voudrais pas y mettre plus de cent francs*; **donner**; **sortir**.

dépensier, qui a tendance à dépenser: **prodigue** (⇧ fort); **panier percé** (id., ⇧ fam.); **gaspilleur** (v. dépenser). ≈ **peu regardant (à la dépense)**.

dépérir, v. (s')affaiblir.

dépérissement, v. décadence.

dépêtrer, v. débarrasser.

dépeuplement, diminution de la population d'une région : **dépopulation** (⇧ général, démographique : *la baisse du taux de natalité fait peser sur la France la menace de la dépopulation*). GÉN. **baisse de la population.**
dépister, v. découvrir.
dépit, v. déception.
dépité, v. décevoir.
déplacé, 1. v. déplacer. 2. qui ne convient pas aux circonstances : **inopportun** (⇩ fort) ; **inconvenant** (⇧ convenances) ; **incorrect** (id., ⇧ mauvaise éducation) ; **grossier** (id., ⇧ fort) ; **incongru** (⇧ illogique).
déplacement, v. voyage.
déplacer, changer qqch. de place : **déranger** (⇧ ordre modifié) ; **bouger** (cour.). || *(Se) déplacer* ; v. aller, voyager.
déplaire, 1. ne pas plaire : *le livre lui a déplu* ; ***ennuyer** (⇧ livre, spectacle, peu intéressant). ≈ **ne pas intéresser, retenir l'attention** ; v. plaire. 2. causer de la contrariété à qqn ; **blesser** (⇧ fort, souffrance) ; ***choquer** (⇧ fort, émotion) ; **heurter** (id.) ; ***ennuyer** ; v. aussi **contrarier.**
déplaisant, qui déplaît : **désagréable** (⇧ vague) ; **fâcheux** (⇧ circonstance : *un fâcheux événement*) ; **blessant** ; **choquant** (v. déplaire).
déplorable, v. mauvais.
déplorer, v. regretter.
dépopulation, v. dépeuplement.
déportation, action de déporter : **relégation** ; **internement** ; **exil** ; v. déporter.
déporter, établir par la force loin de chez soi, notamment dans un camp d'internement : **reléguer** (⇧ simple assignation à un lieu) ; **interner** (⇧ emprisonnement nécessaire ; ⇩ insistance sur déplacement) ; **exiler** (⇧ hors de sa patrie) ; **bannir** (id. ; ⇧ jurid. ou vx). GÉN. déplacer. ≈ **contraindre à l'émigration.**
déposer, 1. v. mettre. 2. v. destituer.
déposition, v. déchéance, témoignage.
déposséder, ôter la disposition de ses biens : ***dépouiller** (⇧ fort, pathétique) ; **spolier** (id., ⇧ injustice) ; **exproprier** (⇧ légal, généralement) ; **évincer** (⇧ au profit d'un autre) ; **déshériter** (⇧ lors d'un héritage) ; **désavantager** (id. ; ⇩ totalement). GÉN. ***priver.**
dépouillé, 1. v. privé. 2. v. simple.
dépouillement, v. simplicité.
dépouiller, 1. arracher la peau : **écorcher** (⇧ blessure, ou fig. : *il avait la réputation d'écorcher le contribuable*) ; **démunir** (⇧ neutre). 2. v. déposséder.
dépourvu, v. privé (de).
dépréciation, v. déprécier.
déprécier, 1. rabaisser la valeur marchande de qqch. : **dévaloriser** ; **dévaluer** (⇧ monnaie, surtt : *il est question de dévaluer le franc*). 2. au fig., rabaisser la valeur de qqch. ou qqn ; **discréditer** (⇧ nuire à réputation) ; **déconsidérer** (⇧ ruiner la réputation) ; v. aussi **mépriser.**
dépression, 1. v. vallée. 2. **abattement moral** ; v. découragement et tristesse.
déprimé, v. triste.
depuis peu, il y a peu de temps : **dernièrement** (⇧ événement ponctuel ; ⇩ durée : *dernièrement, il était aux Antilles* mais (duratif) *depuis peu, la situation s'améliore*) ; **récemment** (id., ⇧ temps défini moins proche) ; **fraîchement** (id.) ; **naguère** (id., ⇧ soutenu). ≈ modalité : **commencer seulement.**
député, 1. v. envoyé et délégué. 2. ***représentant élu du peuple** : **membre** (+ n. de l'assemblée : *membre du parlement*) ; **parlementaire.** GÉN. **élu.**
déracinement, action d'arracher à ses racines ou état en résultant ; ne s'emploie couramment que pour les pers. : **arrachage** (⇧ uniqt végétaux) ; **abattage** (uniqt arbres ou immeubles). GÉN. **arrachement** ; v. aussi **dépaysement** (sens nég.) et **tristesse.**
déraciner, 1. **arracher** une plante : **abattre** (⇧ arbres) ; **extirper** (⇧ insistance sur extraction et élimination) ; **sarcler** (⇧ nettoyer le terrain, ensemble de plantes). 2. au fig. : v. dépayser.
déraisonnable, 1. (pers.) qui n'est pas sensible aux injonctions de la raison : **insensé** (⇧ très fort) ; **inconscient** (⇧ ne se rend pas compte) ; v. aussi **fou.** 2. (chose) qui est incompatible avec la raison ; **irrationnel** (⇧ incompatibilité radicale : *le projet irrationnel de concilier la magie et la science* mais *l'ambition déraisonnable de se hisser au premier rang de l'Etat*) ; **illogique** (id., ⇧ fort) ; ***délirant** ; **irréfléchi** (⇧ faible, trop rapidement conçu) ; également, au fig. ; **insensé** ; **fou** (v. 1.). GÉN. **inacceptable** ; **dangereux** ; **absurde.** ≈ **ne pas avoir le sens commun** ; **ne pas tenir debout** (fam.) ; v. aussi **déraisonner.**
déraisonner, s'écarter de la raison, en un sens fort, ou atténué : **divaguer** (⇧ errance) ; **extravaguer** (⇧ bizarrerie) ; **radoter** (⇧ surtt vieillard, ou fig.) ; **battre la campagne** (fam., ⇧ fort) ; v. aussi **délirer.** ≈ **ne pas être dans son bon sens, manquer de —, de logique, du sens des réalités,** etc.
dérangement, 1. v. folie. 2. obstacle apporté au fonctionnement de qqch. :

*trouble (⇧ confusion); **perturbation** (id.); **désordre, désorganisation** (⇧ insiste sur l'ordre perturbé). 3. interruption des activités d'une personne occupée; **gêne** (v. déranger, 3).

déranger, 1. v. déplacer. 2. v. troubler. 3. interrompre une occupation: **gêner** (⇧ fort); **importuner** (id., ⇧ formules de politesse: *pardonnez-moi de vous importuner*).

dérèglement, v. dérangement, désordre, débauche.

dérégler, v. troubler.

dérisoire, v. petit.

dériver, v. résulter.

dernier, 1. qui suit tous les autres: **final** (⇧ aucun successeur possible); **ultime** (litt., ⇧ souligne l'imminence de la fin: *négliger une ultime possibilité de salut*); **suprême** (⇧ poét., sauf expr.: *un suprême effort*, etc.). 2. qui vient d'avoir lieu: *les dernières nouvelles*; **passé** (⇧ uniqt date: *la semaine passée*).

dérober, v. voler. || *Se dérober*; **éviter, s'éclipser, se cacher, se dissimuler** (⇧ devant qqn); **éluder, esquiver** (⇧ une question); **faiblir, fléchir** (⇧ faiblesse physique: *ses jambes se dérobèrent sous elle*).

déroulement, manière pour une action d'avoir lieu dans la durée: **cours** (⇧ vague); **marche** (id., ⇧ solennel: *tenter d'interrompre la marche de l'Histoire*); **succession** (+ pl.: *la succession des événements*); ***évolution** (⇧ transformation éventuelle: *suivre l'évolution de la conjoncture*); **développement** (id., ⇧ image de croissance); **devenir** (⇧ abstr.). v. aussi **(se) dérouler**. ≈ le **processus** (savant) pour *le déroulement des événements*.

dérouler, v. étendre. || *Se dérouler*: pour une action, se situer dans la durée: **se passer** (⇧ neutre); **avoir lieu, se produire** (id., ⇧ ponctuel); **évoluer, se succéder, se développer** (v. déroulement). ≈ expr. nom. avec les **péripéties, rebondissements** de la situation.

déroute, v. défaite.

dérouter, v. surprendre et dépayser.

derrière, 1. partie arrière d'une chose: **dos** (⇧ uniqt certains objets: *le dos du miroir*); **revers** (id., autres objets: *le revers de la médaille*). 2. partie inférieure du tronc: **postérieur** (⇧ humor.); **fesses** (⇧ partie charnue, usage soumis à restriction en fonction des convenances, souvent fam.); **cul** (id.; ⇧ en fait terme spécifique, souvent remplacé par l'euphém. *derrière*).

désabusement, v. déception.

désabuser, v. désillusionner.

désaccord, manque d'entente entre personnes: **divergence** (⇧ opinions); **dissentiment** (id., ⇧ soutenu); **division** (⇧ fort, séparation globale); **discorde** (litt.; ⇧ état durable); **différend** (⇧ forte opposition); **dissension** (⇧ opposition d'intérêts dans un groupe); **brouille** (⇧ caractère passager); **mésintelligence** (⇧ difficultés durables, mais pas rupture); **rupture** (⇧ fin de collaboration); **brouille** (id.; ⇧ peu grave); **mésentente** (⇧ constant); **conflit** (⇧ entre pers. ou groupes précis); **zizanie** (⇧ groupe, durable: *il réussit à semer la zizanie dans le camp adverse*). GÉN. **opposition**. ≈ **ne pas parvenir à s'entendre, s'accorder; l'incompatibilité des humeurs, des tempéraments, le heurt des caractères; des choix inconciliables.**

désagréable, 1. (chose) qui déplaît: ***déplaisant**; **pénible** (⇧ souffrance); ***ennuyeux**; **contrariant** (⇧ s'oppose aux intentions: *une nouvelle fort contrariante*); **gênant** (⇧ obstacle); **insupportable** (⇧ fort); **odieux** (⇧ moral). 2. (pers.) qui cherche à attirer le mécontentement d'autrui: **désobligeant** (⇧ offense indirecte à l'amour-propre); **offensant** (id., ⇧ fort, offense directe); **détestable** (⇧ fort, haine); **odieux** (id.); **impoli** (⇧ convenances).

désagréger, v. décomposer.

désagrément, v. ennui.

désaltérer (se), v. boire.

désappointement, v. déception.

désapprouver, porter un jugement défavorable: **blâmer** (⇧ soutenu, fort); **réprouver** (⇧ catégorique); **condamner** (⇧ culpabilité); **flétrir** (⇧ litt., insistance). ≈ **élever des *réserves, réticences quant à son comportement** (⇧ faible); **manifester son opposition**; nég. d'***approuver** et syn.; **juger inacceptable, intolérable**, etc.

désastre, v. catastrophe.

désavantage, v. inconvénient.

désavantager, mettre en position d'infériorité; **défavoriser**; **léser** (⇧ faire du tort); **handicaper** (⇧ fort).

désavantageux, qui présente des inconvénients: **défavorable** (⇧ large); **dommageable** (⇧ conséquences fâcheuses: *retard très dommageable à l'exécution du marché*).

désaveu, v. démenti.

descendant, personne qui descend d'une autre: **lignée** (⇧ ensemble des personnes issues d'une même origine, génération après génération: *la lignée de Caïn*); **postérité** (⇧ ensemble des descendants d'une personne, considérés comme lui succédant: *pourvu par le Seigneur d'une abondante postérité*).

descendre, 1. aller vers le bas: **dégringoler** (⇧ plus ou moins en tombant: *dégringoler du premier étage*); **dévaler** (⇧ une pente, très vite: *dévaler l'escalier à toute allure*). ≈ **se jeter à bas** (⇧ monture: *se jeter à bas de son cheval*). 2. v. diminuer.

descente, 1. fait de descendre: dégringolade (v. descendre). 2. v. pente.

description, v. peinture.

désenchantement, v. déception.

désert, 1. adj. v. vide. 2. n., impropre à la vie humaine: **solitude** (⇩ hostile); **retraite** (⇧ idée de se retirer; ⇩ inhabité).

déserter, v. quitter.

déserteur, soldat qui abandonne son poste, ou fig.: **insoumis** (⇧ refus de s'engager; ⇩ désertion); **transfuge** (⇧ passe à l'ennemi); au fig., v. aussi **traître**.

désespéré, v. décourager.

désespérer, v. décourager.

désespoir, v. découragement.

déshabillé, v. nu et déshabiller.

déshabiller (se), ôter ses vêtements: **(se) dévêtir** (⇧ soutenu); **(se) découvrir** (⇧ vague, parfois coiffure); **(se) dénuder** (⇧ totalement). ≈ **se mettre à son aise** (en ce sens); ***enlever ses vêtements**.

déshabituer, faire perdre l'habitude de: **désaccoutumer**.

déshériter, v. déposséder.

déshonneur, v. honte.

déshonorer, 1. v. dégrader. 2. v. séduire.

déshydrater, v. sécher.

desiderata, v. désir.

désigner, v. indiquer, choisir.

désillusion, v. déception.

désillusionner, ôter ses illusions: désabuser (v. décevoir); **dégriser** (⇧ image de l'ivresse).

désinfecter, v. purifier.

désintégrer, v. décomposer.

désintéressé, qui n'est pas inspiré par l'intérêt personnel: 1. (pers.) ***généreux** (⇧ donner); **altruiste** (⇧ souci des autres); **impartial** (⇧ neutralité). 2. (chose) **gratuit** (⇩ moral).

désir, tendance qui porte à s'assurer la possession ou la jouissance d'un bien quelconque: **envie** (⇧ soudain); **appétit** (⇧ nourriture, ou abstr.: *il se laissait facilement emporter par ses appétits sensuels*); **convoitise** (⇧ fort, plutôt péjor., au détriment d'autrui); **vœu** (⇧ imprécis, lointain); **souhait** (id.); **soif** (fig., ⇧ intense: *sa soif de pouvoir était insatiable*); **faim** (id.); **aspiration** (id., ⇧ idéal: *sa situation ne comblait pas ses aspirations*); **tendance** (⇧ vague); **tentation** (⇧ provoqué par un objet, résistance); **ambition** (+ verbe, but éloigné: *il nourrissait l'ambition d'obtenir le Goncourt*); **rêve(s)** (⇧ imagination, lointain); **desiderata** (⇧ formulés dans cadre officiel, ou fig.); v. aussi **volonté**. ≈ expr. verb. du type ***souhaiter passionnément**; **être assoiffé de**, etc.; v. vouloir.

désirer, v. vouloir.

désireux, qui désire: **attaché à** (⇧ persistance); **avide de** (⇧ fort); **impatient de** (⇧ hâte); **curieux de** (⇧ envie de connaître). ≈ expr. adv. **tout au désir de** ou expr. verb.; v. vouloir.

désister (se), v. démissionner.

désobéir, ne pas obtempérer à un ordre donné: **se rebeller** (⇧ actif, violent); **se révolter, s'insurger contre** (id., ⇧ fort); **enfreindre** (+ compl. d'objet direct); **braver** (id., ⇧ défi); **contrevenir à** (+ compl. d'objet ind., jurid.); **transgresser** (⇧ impératif moral); v. aussi **résister**. GÉN. **s'opposer à**. ≈ **refuser de se plier à**; **se soustraire à la volonté de**; **se refuser à suivre**; avec nég. d'***obéir**.

désobéissance: **indocilité**; **indiscipline**; **insubordination**.

désobéissant, qui désobéit souvent: **indocile, insubordonné** (⇧ litt., difficile à manier); **rebelle** (⇧ fort); **indiscipliné, insupportable** (⇧ fam.).

désobligeant, v. désagréable.

désœuvré, v. inactif.

désœuvrement, v. inaction.

désolé, v. triste.

désordonné, qui est en désordre: **confus**; **incohérent**; **décousu**; v. désordre.

désordre, état de ce qui n'est pas en ordre: **confusion** (⇧ fort, mélange total); **chaos** (⇧ ruine de toute organisation); **anarchie** (⇧ Etat); **fouillis** (fam., ⇧ atténué); **pagaille** (fam., ⇧ fort); **fatras** (id.); **désorganisation** (⇧ abstrait, administration, gestion); **incohérence** (⇧ idées, volonté); **décousu** (⇧ style). ≈ **pêle-mêle**; **au hasard**; **sens dessus dessous** (fam.) pour *en désordre*.

désorganisation, v. désordre.

désorganiser, v. troubler.

dessécher, v. sécher.

dessein, 1. v. volonté. 2. v. projet.

dessin, représentation graphique d'un objet: **croquis** (⇧ rapide); **relevé** (⇧ restitution d'ensemble); **esquisse** (⇧ inachevé); **schéma** (⇧ assez vague, pour donner une idée d'ensemble, notamment techn.: *le schéma du dispositif* *électronique*; et emplois fig.); v. aussi **peinture, image et représentation**. SPÉC. **crayon**; **fusain**; **sanguine**; **lavis** (⇧ encre), etc., ou selon l'objet représenté: **portrait**; **paysage**, etc.

dessiner, faire le dessin de qqch.: **croquer, relever, esquisser** (v. dessin); **tracer** (⇧ général, insiste sur le trait: *tracer un cercle au tableau*); **représenter** (⇧ général, insiste sur le fait de reproduire l'image, assez litt. en cet emploi: *l'artiste a voulu représenter une coupe de fruits*); **reproduire** (id.; ⇧ ressemblance); **figurer** (id.); v. aussi **peindre**.

dessous, 1. adv. en position inférieure: *il habite au-dessous*: **à l'étage inférieur**. 2. prép. *au-dessous de*; **plus bas que**; **à un moindre *degré que**. 3. n. *le dessous de l'affaire*; ***secret**; **clé**; v. aussi **infériorité**.

dessus, 1. adv. (v. dessous): **à l'étage supérieur**; **à un plus haut *degré**. 2. prép. **plus haut que**; **à un plus haut *degré que**. 3. n. *(avoir le) dessus*; **avantage, supériorité**; v. vaincre, surpasser.

destin, principe selon lequel le cours des choses se déroule selon une inéluctable nécessité, par ext. le cours des choses considéré comme plus ou moins inéluctable, et appliqué à telle pers. ou telle chose: *le destin pitoyable de Louis XVI*; **destinée** (⇧ particulier); **fatalité** (⇧ uniqt général: *la fatalité* — et non *sa — a voulu qu'il se trouve sur les lieux de l'attentat*); **providence** (id., ⇧ positif, sagesse divine); **fatum** (id., ⇧ très soutenu, antique); **sort** (⇧ hasard); **fortune** (id., ⇧ litt.); **condition** (⇧ permanent; ⇩ idée de déterminisme: *il lui était difficile d'accepter de se plier à sa condition*); **étoile** (⇧ image astrologique, surtt expr.: *né sous une bonne —*; *croire en son —*.

destinataire, v. interlocuteur.

destinée, v. destin.

destituer, chasser de son poste: **révoquer** (⇧ grave); **démettre** (⇧ de ses fonctions); **relever** (id.); **déposer** (⇧ dignité supérieure); **détrôner** (⇧ prince régnant); **limoger** (fam., militaire à l'origine); **suspendre** (⇧ provisoire); **casser** (⇧ pour un fonctionnaire, sanction). GÉN. ***chasser**; **priver**, ***évincer de ses fonctions**. ≈ avec inv.: **devoir, être contraint de renoncer à ses fonctions, céder la place**, ***démissionner, faire valoir ses droits à la retraite** (⇧ militaire ou iron.); expr. nom. avec ***destitution**, ***démission**: *le ministre lui a demandé sa démission*.

destitution, v. déchéance.

destrier, v. cheval.

destructeur, qui entraîne d'importantes destructions: *un ouragan destructeur*: **ravageur, dévastateur** (v. ravager); **meurtrier** (⇧ morts). GÉN. **catastrophique**. ≈ expr. avec ***ravages**, ***dévastation**, etc. ou verbes correspondants: *un fléau qui semait l'horreur et la dévastation*.

destruction, action de détruire ou son résultat: **démolition, anéantissement, ruine, renversement, écrasement, disparition, élimination, chute** (v. détruire); v. aussi **ruine**.

désunir, 1. v. séparer. 2. v. brouiller.

détacher, 1. v. séparer. 2. administration: **affecter** (*affecter dans un autre secteur)*. 3. enlever une tache: **nettoyer, dégraisser**. || *(Se) détacher*: **faire saillie**; **ressortir**: *le refrain fait bien ressortir le motif de la fuite du temps*; **se profiler** (⇧ vu de profil, ou fig., mais avec plutôt sens de **s'annoncer**: *le motif de l'assassinat se profile dès les premières pages du* Rouge et le Noir); **se découper** (⇧ uniqt concret, netteté du contour: *la flèche de la cathédrale de Tolède se découpe sur le ciel sombre*).

détail, élément précis d'un ensemble: **particularité** (⇧ aspect propre à l'objet); **circonstance** (⇧ uniqt événement, plutôt externe: *précisez-moi toutes les circonstances de l'accident*). GÉN. **élément**. || *En détail*: **avec minutie, minutieusement**; **amoureusement** (⇧ sympathie); **complaisamment**. ≈ expr. avec **s'attarder, se complaire**: *Balzac se complaît à décrire les moindres aspects de la ville de Saumur*; le v. **détailler**, pris en ce sens: *il détaille le mobilier de la pension*.

détailler, v. détail.

détenir, v. avoir.

détendre, rendre moins tendu: **relâcher** (⇧ lâche, au pr. ou au fig.: *leurs relations se sont relâchées au fil du temps*). || *Se détendre*: diminuer la pression nerveuse: **se relaxer** (⇧ technique); v. aussi **(se) distraire**.

détente, v. distraction.

détention, v. emprisonnement.

détérioration, v. dommage et détériorer.

détériorer, porter atteinte à l'état de qqch.: **abîmer** (⇧ fort); **endommager** (⇧ partiel); **casser** (⇧ total); **dégrader** (⇧ aspect extérieur, surtt monuments); **esquinter** (fam., ⇧ partiel); **détraquer** (⇧ mécanisme déréglé: *il a détraqué sa* *montre en la remontant*); **délabrer** (⇧ au part. pas., *délabré*, effet du temps). || *(Se) détériorer*: **se dégrader**; **se détraquer**; **s'abîmer** (⇧ uniqt très concret: *ce vélo* — et non *cette situation* — *s'abîme*); **empirer** (⇧ état initial déjà mauvais).

déterminé, v. décidé.

déterminer, 1. v. fixer. 2. v. décider.

déterminisme, v. fatalisme.

déterrer, sortir de terre: **exhumer** (⇧ techn. ou fig.: *exhumer un manuscrit perdu de Montaigne*).

détester, manifester des sentiments totalement négatifs à l'égard de qqn ou qqch.: **haïr** (⇧ soutenu); **abhorrer** (⇧ horreur); **exécrer** (⇧ fort, mortel); **abominer** (⇧ très fort, condamnation morale radicale, ou fig., plaisant: *il abominait les raviolis*); **en vouloir** (⇧ rancune, uniqt pers.); **vomir** (⇧ très fort, litt.: *vomir ces intrigues*). ≈ périphr. **nourrir, ressentir de la *haine, de l'aversion**; **ne pas (parvenir à) *supporter, souffrir**: *il ne pouvait souffrir les individus arrogants et imbus d'eux-mêmes*; **ne pas pouvoir sentir, voir** (fam.); **prendre en grippe** (⇧ début, fam.); expr. nom. **avoir en horreur, en exécration, en abomination** (⇧ surtt choses); avec inv. **inspirer de la *haine, *répugner**.

détonner, v. contraster.

détourné, v. indirect et détourner.

détourner, 1. v. écarter. 2. affecter à un autre usage que son usage légitime (notamment des fonds): **distraire**; **soustraire** (à, ⇧ insistance sur retrait); v. aussi voler.

détremper, v. délayer.

détresse, v. malheur.

détritus, v. déchet.

détromper, v. désillusionner.

détrôner, v. destituer.

détruire, supprimer l'existence de qqch. en tant que résultat d'un processus de construction, naturel ou artificiel. 1. un bâtiment: **démolir** (⇧ action humaine volontaire); **anéantir** (⇧ complet); **annihiler** (id.; ⇧ savant, abstr.: *annihiler toute résistance*); **ruiner** (⇧ progressif: *un édifice ruiné par le temps*); **consumer** (⇧ feu); **abattre** (⇧ violent, soudain: *le vent a abattu un pylône de haute tension*); **renverser** (id., ⇧ image de la chute à la renverse); **mettre à bas** (⇧ action de faire tomber, pr. ou fig.). **raser** (id.; ⇧ totalement); 2. une personne: **anéantir**; ***tuer**; **exterminer** (⇧ fort, global: *Hitler avait projeté d'exterminer le peuple juif*); **liquider** (id., fam.); v. aussi **tuer**. 3. un état de choses ou une réalité abstraite: **ruiner**; **abattre**; **anéantir**; **écraser** (⇧ force irrésistible); **renverser** (⇧ surtt régime politique); **abolir** (⇧ fin définitive par décret d'une situation établie: *abolir l'esclavage*). GÉN. **faire *disparaître**; **éliminer**; **mettre un *terme à (l'existence de)** (surtt sens 1 et 2). ≈ expr. nom. avec ***destruction, élimination**: *procéder à l'élimination (physique) de l'opposition parlementaire*; avec ***chute**: *la Révolution française a entraîné la chute de l'Ancien Régime* pour *a détruit* —; par inv., avec ***s'effondrer, ne pas *résister à**, etc.: *l'Empire romain s'est effondré sous les coups des Barbares* pour *les Barbares ont détruit* —.

deuil, 1. v. tristesse. 2. v. mort.

deuxième, adj. ordinal de deux: **second** (⇧ soutenu); **autre** (⇩ idée de nombre); **nouveau** (⇧ effacement du premier); **prochain** (⇧ dans une succession). GÉN. ***suivant**: *dans le paragraphe suivant*. ≈ **de plus**: *Hugo utilise une fois de plus l'adjectif «formidable»* pour *une deuxième fois* (et d'ailleurs tout autre ordinal); expr. avec **encore**: *il voudrait encore un verre* pour *un (deuxième)* —; expr. avec les verbes ***répéter**; **réitérer**; **(re)doubler**; *réitérer son exploit* pour *accomplir son — une deuxième fois*.

dévaloriser, v. déprécier.

devancer, 1. v. précéder. 2. faire qqch. avant: **prévenir** (⇧ évitement: *il réussit à prévenir les menaces d'agression*); **anticiper** (⇧ événement abstr.: *anticiper sur la suite du récit*); **gagner de vitesse**; **prendre de court** (⇧ surprise); **couper l'herbe sous le pied** (⇧ fam., imagé); **prendre les devants** (⇧ emploi abs.).

dévastation, v. dégât.

dévaster, v. ravager et détruire.

développement, 1. v. déroulement. 2. action consistant à développer une idée dans un discours ou un texte, ou résultat de cette action: **traitement** (⇧ uniqt sens abstrait: *le traitement du thème se fait sur le mode humoristique*); **exposé** (⇧ global; ⇩ idée de partie du texte); **passage** (⇧ partie du discours); **tirade** (⇧ théâtre, ou fortement théâtralisé: *il se lançait facilement dans des tirades enflammées contre le régime*); **considérations** (⇧ sur un sujet, opinion développée: *considérations sur le sublime*); **diatribe** (⇧ polémique). ≈ ***paragraphe** (= d'un alinéa à l'autre); **mouvement oratoire, lyrique**, etc. 3. v. changement.

développer, v. augmenter.
développer (se), v. changer.
devenir, passer d'un état à un autre : **se transformer, se changer en** (+ uniqt n. : *aux abords de Genève, les pentes escarpées des Alpes se changent en agréables coteaux*) ; **passer** (⇧ grade, expr. : *il est passé général de brigade, passé maître en dissimulation*) ; **se faire** (⇧ commencer à devenir, surtt expr. : *il se fait vieux*). ≈ ***prendre, *revêtir un *aspect plus...** *en descendant vers l'estuaire, la vallée prend (se met à prendre) peu à peu un aspect plus riant*; **se mettre à *être, se *montrer** : *il se mit alors à se montrer odieux avec son entourage* pour *il devint —*; périphr. avec **tendre à** : *la vie tend à être de plus en plus difficile* pour *la vie devient —*.
dévêtir, v. déshabiller.
devin, personne douée de capacités de prévision ou pénétration surnaturelles : **prophète** (⇧ action divine, avenir) ; **visionnaire** ; **augure** (⇧ Rome, oiseaux, ou fig.) ; **voyant** (⇧ mod., commercial : *une voyante extralucide*, ou sens poét. : *[le poète] c'est lui, le Voyant [Hugo]*) ; **vaticinateur** (⇧ emphase, souvent ironique) ; **pythonisse** (⇧ antique, ou iron. pour **voyante** : *une pythonisse de la rue Saint-Martin*) ; **pythie** (*la Pythie*, celle de Delphes) ; **médium** (⇧ large, spiritisme).
deviner, v. prédire.
dévisager, v. regarder.
dévoiler, v. révéler.
devoir, verbe. 1. avoir à payer (une somme) ou fig. : **redevoir**. ≈ **être débiteur** ; **être en dette (avoir une dette) à l'égard de qqn de, redevable à qqn de** (⇧ moral) ; avec inv., *la France a sur ce pays une créance de trois milliards* pour *ce pays doit —*. 2. être placé dans la nécessité (physique ou morale) de (+ inf.) ; **avoir à** ; **être *obligé de** (⇧ contrainte) ; **être dans la nécessité de** (⇧ fort) ; **être tenu de** (⇧ moral). ≈ **il faut que je** (v. falloir) ; **il m'incombe de** (⇧ charge morale) ; v. aussi expr. nom. avec devoir (n.) : *il était de son devoir de*. 3. modalité du futur : *je devais aller à l'Opéra* ; **être pour** ; **il est prévu que**.
devoir, n. : ce qui nous est imposé par la loi morale ou notre condition sociale : **obligation** (⇩ moins volontairement consenti) ; **tâche** (⇧ action à accomplir) ; **charge** (⇧ imposé par fonction) ; **responsabilité** (id., ⇧ conséquences : *il s'était vu confier la lourde responsabilité de licencier une partie du personnel*) ; **corvée** (⇧ pénible, à contrecœur). ≈ expr. verb. avec le verbe devoir.
dévorer, 1. v. manger. 2. v. brûler. 3. v. lire.
dévot, v. croyant.
dévotion, v. religion.
dextérité, v. adresse.
diable, esprit du mal, ou fig. : **démon** (⇧ soutenu) ; **mauvais esprit** (⇧ large) ≈ n. pr. (ou antonomase) : **le Diable** ; **Satan** ; **Lucifer** ; **Belzébuth** ; **le Mauvais, Malin, Maudit**. || *Ce n'est pas un mauvais diable* : **bougre**.
diabolique, digne du diable : **démoniaque** ; **infernal** (⇧ chose ; sinon signifie insupportable) ; **satanique** (⇧ fort, sens étym. encore perceptible).
dialogue, v. conversation.
dialoguer, v. parler.
dictateur, qui dispose d'un pouvoir absolu : **tyran, despote, autocrate** (v. dictature).
dictatorial, pour un pouvoir politique, ou par ext., détenu par un seul homme sans aucune limite : **tyrannique, despotique, autoritaire, absolu** (v. dictature).
dictature, pouvoir autoritaire d'un seul homme : **tyrannie** (⇧ moral ; ⇩ institution politique) ; **despotisme** (id., ⇧ soutenu, polémique) ; **autocratie** (⇧ sav., surtt monarchie ou fig. : *jusqu'à la révolution de 1917, la Russie fut une autocratie : elle ne tarda pas à devenir une dictature communiste*) ; **absolutisme** (⇧ historique, monarchie). ≈ **régime autoritaire, totalitaire**.
dictionnaire, ouvrage réunissant des mots pourvus d'une définition ou traduction : **lexique** (⇧ abrégé) ; **glossaire** (id., ⇧ termes rares) ; **encyclopédie** (⇧ connaissances : *une encyclopédie du savoir contemporain*).
dicton, v. proverbe.
diète, v. régime.
Dieu, 1. être infini principe de tout être : **le Seigneur** (⇧ judéo-chrétien, foi) ; **l'Eternel** (id., ⇧ juif ou protestant) ; **la Divinité** (⇧ abstr., philo.) ; **le Tout-Puissant** (⇧ puissance) ; **le Créateur (de l'univers)** (⇧ création) ; **le bon Dieu** (fam. ou clérical, XIXe s.) ; **l'Être suprême** (⇧ déiste, vx) ; **le Ciel** (⇧ abstr., emphat., métonymie : *puisque le Ciel en a décidé ainsi*). 2. être supérieur dans le polythéisme (ou fig.) : **divinité** (⇧ vague) ; **déité** (id., ⇧ litt.) ; **immortel** (⇧ classique, surtt pl. : *un des immortels*) ; **idole** (⇧ polémique, adoration d'une image) ; **génie** (⇧ secondaire). GÉN. **esprit** ; **être (créature) céleste, spirituel, surnaturel, surhumain** ; v. aussi **déesse**.
diffamation, v. calomnie.
différence, caractère par lequel un

être n'est pas identique à un autre. 1. caractère qui le définit : *pourriez-vous me préciser la différence entre un chameau et un dromadaire ?*; ***opposition**; **contraste** (⇧ fort); **distinction** (⇧ constatée par l'esprit : *il n'est pas commode d'opérer la distinction entre les deux termes*); **départ** (⇧ soutenu, *faire le départ de deux choses*); **nuance** (⇧ difficilement perceptible : *la nuance d'emploi entre* accueillir *et* recevoir. 2. caractère non essentiel, qualité, valeur, etc., souvent aspect : **dissemblance** (⇧ apparence); **dissimilitude** (id., ⇧ abstrait); **divergence** (⇧ objets abstraits, surtt opinions); **discordance** (⇧ manque d'harmonie); **écart** (⇧ surtt mesure : *un grand écart d'âge*); **distance** (id., ⇧ souvent inégalité); **inégalité** (⇧ supériorité de l'un sur l'autre); **disparité** (id., ⇧ soutenu); **diversité** (⇧ multiplicité); **variété** (id.).

différencier, établir une différence entre deux objets : **distinguer, opposer**; v. différence.

différend, v. désaccord.

différent, 1. qui diffère de : ***opposé, distinct, autre, contraire, divergent, dissemblable, distant, inégal, divers, varié** (v. différence). ≈ v. les antonymes : **identique**; ***semblable**, ***égal**, etc. et leurs syn. ou équivalents, avec nég. : **ne pas être identique, se confondre avec** (sens 1); **ne pas atteindre à la hauteur de**; expr. nom. avec différence : **présenter d'importantes —**. 2. v. plusieurs.

différer, être différent de : **l'emporter sur** (⇧ supériorité); **s'opposer, se distinguer, diverger, s'écarter, se différencier**; (v. différence, différencier et différent). ≈ avec expr. nom. ou adj. : **présenter d'importants écarts par rapport à, se caractériser, singulariser, par rapport à,** || **en ce que** : *les Pygmées se singularisent parmi les peuples d'Afrique par l'archaïsme de leurs techniques de chasse* pour *diffèrent des —*.

difficile, 1. qui n'est pas facile : **ardu** (⇧ soutenu, ⇧ effort, surtt intellectuel); **malaisé**; **dur** (⇧ résistance; ⇩ expr. impersonnelle); **pénible** (⇧ souffrance ou effort); **complexe** (id.); **compliqué** (⇧ nombreux facteurs, cour.); **embarrassant** (⇧ hésitation); **épineux** (⇧ surtt problème); **délicat** (⇧ finesse). ≈ expr. nom. avec difficulté; **présenter, soulever, se heurter à des *difficultés**. 2. v. délicat et exigeant.

difficilement, avec difficulté : **malaisément** (v. difficile). ≈ **avec difficulté, peine**.

difficulté, 1. caractère de ce qui est difficile : ***danger** (⇧ menace); **complexité**; **complication** (v. difficile; au pl. éléments qui rendent plus difficile); ***inconvénient** (⇧ source précise de difficulté). 2. ce qui complique l'exécution d'un projet : *son projet se heurta à de graves difficultés*; ***obstacle** (⇧ précis); **problème** (⇧ cour.); **complications** (v. 1.); **résistances** (⇧ action opposée); **entrave** (⇧ gêne); **tiraillement** (⇧ oppositions entre pers.).

difforme, v. laid.

diffuser, v. répandre.

diffusion, fait de répandre qqch. : **propagation** (⇧ surtt rumeur, maladie : *la propagation de la lèpre en Europe*); **émission** (⇧ radio); **vulgarisation** (⇧ doctrine).

digérer, 1. au pr., rendre les aliments propres à l'assimilation par l'organisme : **assimiler** (⇧ idée d'intégration à l'organisme). 2. au fig., **intégrer** qqch. à sa substance propre : **assimiler** (en particulier sens intellectuel, des connaissances; mais aussi société : *assimiler une vague migratoire*); **phagocyter** (⇧ savant, imagé, éliminer une menace).

digne, v. fier. || *Etre digne de* : v. mériter.

dignité, 1. v. décence. 2. v. honneur.

digression, développement qui s'éloigne du sujet : **parenthèse** (⇧ insiste sur l'interruption du développement); **excursus** (⇧ savant); **hors-d'œuvre** (⇧ ornemental, litt.); **épisode secondaire, accessoire** (⇧ narration). ≈ ***développement accessoire, annexe**. || *Faire une digression* : **perdre le fil de son discours; se lancer dans des considérations accessoires; dévier de l'intrigue** (principale) (⇧ récit).

dilapider, v. dépenser.

dilatation, augmentation de volume : **expansion** (⇧ fluide ou fig.).

dilettante, v. amateur.

dimension, 1. **mesure** d'un objet selon l'espace : **proportion** (⇧ rapportée à d'autres mesures); **format** (⇧ rapporté à un type établi en imprimerie : *un cahier de format in-octavo*); **taille** (⇧ hauteur, surtt); **calibre** (⇧ surtt munitions : *un obus de gros calibre*); v. aussi **étendue**. GÉN. ***grandeur**. 2. nombre d'axes nécessaires à la constitution du repère d'un espace, et par ext. niveau de développement ou domaine d'investigation : *une dimension encore inconnue de la création poétique*; **échelle** (⇧ quantité); ***aspect** (⇧ extérieur); ***sphère**.

diminuer, 1. verbe tr. : rendre plus petit (appliqué surtt à une quantité, une qualité ou une valeur) : **réduire** (⇧ soutenu) ; **abréger** (⇧ quantité continue ou ouvrage uniqt : *l'abus du tabac a abrégé la durée* — mais difficilement *le nombre — de ses jours*) ; **raccourcir** (id. ; ⇩ soutenu) ; **écourter** (⇧ surtt durée) ; **atténuer** (⇧ la force de qqch. : *atténuer la portée de la remarque*) ; **minimiser** (id. ; ⇧ uniqt pensée) ; **restreindre** (⇧ une étendue), au pr. et au fig. : *restreindre ses compétences*) ; **amoindrir** (⇧ valeur, force, possession : *son pouvoir s'est trouvé amoindri par l'octroi de la Charte*) ; **amenuiser** (id.) ; **amputer** (⇧ privation d'une partie, ou fig. : *amputer la France d'un cinquième de son territoire*) ; **rétrécir** (⇧ souligne la perte d'étendue : *rétrécir la chaussée*). GÉN. **porter atteinte à** (⇧ qualité, force, valeur uniqt) ; ***altérer**. 2. verbe intr. : ***devenir plus *petit** (songer à des variantes comme : *se fait de jour en jour plus réduit, insignifiant*) : **se réduire, se raccourcir** ou **raccourcir** ; **s'amoindrir, s'amenuiser** (v. 1.) ; **décroître** (⇧ soutenu) ; **baisser** (⇧ cour., surtt donnée dénombrable, force ou valeur) ; **décliner** (⇧ force, intensité : *à partir de la mort de sa mère, son talent ne cessa de décliner*) ; **rétrécir** (v. 1 ; ⇧ surtt vêtement) ; **rapetisser** (cour.) ; **s'effondrer** (⇧ brutalement). GÉN. **s'altérer** (⇧ qualité) ; v. aussi **s'affaiblir**. ≈ **perdre en valeur, force, intensité** ; expr. nom. avec ***diminution** : **subir une forte, être en forte —**.

diminution, action de diminuer : **réduction, abrégement, raccourcissement, rétrécissement, atténuation, restriction, amoindrissement, amenuisement, amputation, baisse, déclin, effondrement, altération, affaiblissement, perte de valeur, etc.**, v. diminuer ; **décroissance** (⇧ surtt êtres vivants, ou analogie).

diplôme, document officiel attestant une compétence, surtout universitaire : **titre** (⇧ dignité obtenue) ; **certificat** (⇧ diplômes particuliers : *certificat d'étude*) ; **brevet** (id., autres, en particulier, compétences professionnelles : *un brevet de pilote*) ; **peau d'âne** (⇧ iron.).

dire, I. faire connaître par la parole. 1. dire un mot : **prononcer** (⇧ son) ; **proférer** (⇧ voix haute) ; **débiter** (péjor. ; ⇧ suite de mots : *débiter un discours sans queue ni tête*) ; **articuler** (⇧ netteté). SPÉC. ***murmurer** ; **laisser échapper** ; ***crier**, etc. 2. dire que (pour *ne pas* —, v. nier) : ***déclarer** ; ***affirmer** (⇧ positif) ; ***expliquer** (⇧ détails, raisons) ; ***raconter** (⇧ histoire) ; **formuler** (⇧ insiste sur façon de dire : *il vaudrait mieux formuler cette idée de façon plus concise*). SPÉC. ***suggérer** (⇧ information indirecte ou atténuée) ; **stipuler** (⇧ contrat) ; **ajouter** (⇧ après autres propos) ; **souligner** (⇧ insistance).
II. mot outil très fréquent, marquant simplement l'attribution à qqn, sans nécessité d'une émission de voix : 1. de propos quelconques : v. aussi sens I, 2, emplois figurés ; v. aussi **écrire** ; pour des propos brefs, en analyse littéraire : ***employer les *termes** ; ***user de *l'expression**. ≈ **l'on *notera, l'on voit apparaître (l'expression**, etc.) ; *l'on remarquera l'emploi par Rimbaud, au dernier vers du sonnet, de l'expression paradoxale : belle hideusement.* 2. d'opinions quelconques : *les épicuriens disent que le plaisir constitue le Souverain Bien.* ***penser** ; **soutenir** ; **prétendre** (v. affirmer) ; **préciser** (⇧ détail signalé). ≈ tours circonstanciels : **selon, pour, d'après, à en croire, si l'on *croit (tel auteur, ses *propos)** : *si l'on en croit Pascal, l'homme serait la plus malheureuse de toutes les créatures*, etc. ; penser aussi que, bien souvent, **dire** peut être tout simplement omis, dès lors que l'auteur des propos ne fait pas de doute, notamment s'il a été mentionné plus haut, et qu'aucun autre locuteur supposé n'est intervenu entre-temps ; on se dispensera ainsi à peu de frais de bien des pénibles « *l'auteur dit que* ».

direct, v. immédiat.

directeur, personne chargée de la direction d'une entreprise ou d'un service : **administrateur, gestionnaire, gérant** (v. diriger) ; v. aussi **chef**.

direction : 1. v. sens. 2. action de diriger ; **administration, conduite, gestion, gouvernement** (v. diriger) ; v. aussi **pouvoir**. 3. personnes chargées de diriger, désignées de façon indéterminée : *la direction n'est pas responsable des objets volés* ; **administration** ; **autorité(s) supérieure(s)** (⇧ pouvoir, surtt administratif) ; **bureaux** (⇧ généralement polémique) ; v. aussi **chef**.

diriger, 1. ***conduire** dans un certain sens : **orienter** (⇧ carrière) ; **guider** (⇧ accompagner, au moins moralement) ; **piloter** (⇧ avion, ou fam. : *il le pilota dans les milieux d'affaires*) ; v. aussi **chef**. ≈ périphr. : **mettre sur la *voie** ; **guider ses pas vers**. 2. **être à la tête de** : **administrer** (⇧ souci précis des affaires); **conduire** (⇧ rôle souligné); **gérer** (⇧ souvent, aspect matériel: *elle gère le rayon librairie d'un grand magasin*); **gouverner** (⇧ autorité suprême de l'Etat, ou fig.). ≈ expr. nom. avec direction: **assurer la *direction**, ou périphr.: **avoir la responsabilité de; tenir les rênes, les leviers de commande de; avoir sous son *autorité**, etc. || *Se diriger*, v. aller.

disciple, v. élève.

discipline, 1. v. ordre. 2. v. matière.

discorde, v. désaccord.

discourir, faire un *discours; **pérorer** (⇧ longuement et avec emphase, péjor.: *il pérorait avec autorité*); v. aussi **dire** et **parler**. ≈ **faire un *discours; présenter un exposé, une communication**, etc.

discours, 1. v. style. 2. propos longs et solennels tenus en public: **harangue** (⇧ exhortation); **allocution** (⇩ solennel); **exposé** (⇧ neutre, présentation objective); **communication** (⇧ scientifique: *sa communication à l'Académie des Sciences fit grande impression*); v. aussi **développement, monologue** et **parole**.

discret, qui montre de la discrétion: **réservé, retenu, circonspect** (v. discrétion); **secret** (⇧ par rapport à soi, ne parle pas); v. aussi **délicat** et **silencieux**.

discrétion, qualité de celui qui évite d'imposer trop fortement sa présence: sa société ou sa personnalité à autrui, surtt par égard pour celui-ci: **réserve** (⇧ par rapport à soi plus qu'à autrui); **retenue** (id., ⇧ maîtrise de soi); **circonspection** (⇧ méfiance ou prudence); v. aussi **délicatesse**.

discussion, 1. fait de discuter: **examen (critique)** (⇩ négatif); **critique** (⇧ négatif). GÉN. **étude; réflexion sur.** ≈ **mise en perspective**; v. aussi expr. avec discuter. 2. opposition d'opinions: **débat** (⇧ sujet sérieux); **controverse** (⇧ échange d'arguments); **polémique** (⇧ agressif, surtt affaires de l'esprit); **dispute** (vx, ou expr. consacrées, surtt théologiques: *la dispute de la Grâce)*; **querelle** (id., ⇧ large: la querelle des Anciens et des Modernes). GÉN. **opposition; palabre** (⇧ long, en vue d'un accord parfait). ≈ ***désaccord(s); litige; divergences**: *des divergences surgirent entre théologiens à propos du salut des infidèles. Le point litigieux (en litige) était le mode de leur incorporation à l'Eglise.* 3. v. dispute. 4. v. conversation.

discutable, qui peut être discuté: **contestable** (⇧ fort); **douteux** (⇧ fort, doute); **sujet à caution** (⇧ demande de confirmation).

discuter, 1. verbe tr., examiner en débattant: **critiquer, étudier, réfléchir sur, palabrer** (v. discussion 1.); **mettre en doute, en question** (⇧ doute); **conteste** (⇧ négatif, refus). GÉN. **s'interroger, se pencher sur**: *il vaudrait la peine de se pencher sur cette affirmation de Sainte-Beuve.* ≈ expr. nom.: **soumettre à la *discussion; examiner le bien-fondé de; éprouver la validité** *(de l'hypothèse)*. 2. verbe intr., s'opposer l'un à l'autre à propos d'une opinion: **débattre, controverser, disputer, polémiquer** (v. discussion 2.); **argumenter** (⇧ démonstration); **ergoter** (⇧ détails oiseux, mauvaise foi). GÉN. **s'opposer; s'affronter.** ≈ expr. nom. avec **discussion, litige, désaccord**, etc. (v. discussion 2.): *une vive polémique s'engagea entre Voltaire et Rousseau à propos de l'utilité du luxe dans la société* pour *Voltaire et Rousseau discutèrent —*. 3. v. parler. 4. chercher un accord avec un partenaire ou un adversaire: **négocier, traiter** (v. conversation). ≈ **engager des négociations, tractations, pourparlers** (v. conversation).

disgracieux, v. laid.

disjoindre, v. séparer.

disparaître, 1. cesser de paraître à la vue; pour qqn ou qqch.: **s'évanouir** (⇧ aucune trace: *O combien de marins... dans le vaste océan se sont évanouis* (Hugo); **se volatiliser** (id., ⇧ fort, surprise); **s'évaporer** (id.); **s'effacer** (⇧ éloignement progressif); pour qqn: **s'éclipser** (⇧ discrètement); pour qqch.: **se dissiper** (⇧ dispersion progressive: *le brouillard se dissipa au cours de la matinée*); v. aussi **partir**. 2. cesser d'exister; pour qqn: v. mourir; pour qqch.: **disparaître** (*la lèpre disparut d'Europe vers la fin du Moyen Age*). ≈ **cesser de sévir, d'être employé, d'apparaître (ne plus —); être supprimé, extirpé, aboli.**

disparité, v. différence.

disparition, 1. v. départ, absence. 2. fait de cesser d'être visible: **effacement**. 3. fait de cesser d'exister: v. mort, destruction.

disparu, v. absent.

dispenser, v. distribuer. || *Se dispenser*, v. s'abstenir.

disperser, répandre çà et là: **éparpiller** (⇧ nombreux endroits divers); **disséminer** (id., ⇧ intentionnel); **semer** (⇧ image, complément de lieu: *il a semé ses affaires le long de la route*); **répandre** (⇧ image liquide, continu, positif: *répandre la bonne parole*). || *Se disper-*

ser: **s'éparpiller**; **s'égailler** (⇧ surtt militaire, ou fig.); **se débander** (⇧ fuir).

disponible, v. prêt.

disposer, 1. v. mettre. 2. v. préparer. 3. v. avoir.

dispositif, v. appareil.

disposition, 1. v. ordre. 2. pl., dispositions, qualités rendant apte à qqch.: **capacités** (⇧ emploi absolu, sans compl., ou avec de: *il a de grandes capacités intellectuelles, de travail* mais *il a de remarquables dispositions pour le piano*); **facultés** (id., ⇧ esprit); **aptitudes**; **dons** (⇧ naturel); **facilités** (⇧ absence de peine); v. aussi **génie**.

dispute, 1. v. discussion. 2. opposition violente entre personnes entraînant un échange de paroles agressives: **altercation** (⇧ soutenu, violent, rapide); **querelle** (⇧ soutenu, durable); **discussion** (⇧ soutenu; ⇩ fort); **démêlé** (⇧ compliqué, plutôt durable); **litige** (id.; ⇧ uniqt jurid.); **prise de bec** (⇧ fam., rapide); **accrochage** (id.); **explication** (⇧ sérieux); v. aussi **désaccord**. GÉN. **conflit**; **opposition**. ≈ **règlement de compte** (⇧ fort).

disputer, v. discuter. || *Se disputer*, avoir une dispute: **se quereller**; **s'affronter** (⇧ violent, au moins moralement); **s'opposer** (⇧ général, vague); **se chamailler** (⇧ fam., peu grave, enfants); **s'expliquer** (v. dispute, sens 2). ≈ expr. nom. avec **altercation**, etc. (v. dispute): *ils ont eu un sérieux accrochage à propos de la politique de l'entreprise* pour *ils se sont disputés —*.

dissension, v. désaccord.

dissimulation, action de cacher ses pensées et ses projets à autrui, dans le but de tromper, ou caractère d'une pers. qui y est encline: **duplicité** (⇧ tromperie active, double jeu); **fausseté** (id., ⇩ fort); ***hypocrisie** (⇧ fort, décalage entre paroles et pensée; ⇩ but précis); **sournoiserie** (⇧ péjor.; ⇩ soutenu).

dissimulé, porté à la dissimulation: **renfermé** (⇩ péjor., intention de nuire); **faux**, **hypocrite**, **sournois** (v. dissimulation). ≈ **plein de fausseté**, etc. (v. dissimulation); **ne pas jouer franc jeu**, **cartes sur table**; **ne pas être franc du collier** (fam.).

dissimuler, 1. tr., v. cacher. 2. intr. ≈ expr. avec ***dissimulation**: **faire preuve de —**.

dissiper, 1. v. disperser. 2. v. dépenser. || *Se dissiper*: v. disparaître, chahut.

dissocier, v. séparer.

dissuader, persuader qqn de ne pas faire qqch.: **déconseiller** (à qqn de —, ⇧ tentative non nécessairement réussie): *j'eus beau lui déconseiller ce voyage, il n'en fit qu'à sa tête*; **décourager** (⇧ action sur le moral); **détourner** (⇧ large).

dissymétrique, présentant des parties dissemblables de part et d'autre de son axe: **asymétrique**.

distance, 1. longueur de l'intervalle séparant deux objets: **écart** (⇧ proximité: *l'écart entre les deux points n'est que de quelques millimètres*); **éloignement** (⇧ loin: *l'éloignement de la Terre par rapport à la Lune*); **recul** (⇧ en se dirigeant en arrière: *prendre du recul pour embrasser du regard l'ensemble de la façade*). GÉN. **étendue**; **espace**; **intervalle**; l'expr. *à une distance...* n'a pas véritablement de syn. direct ≈ **écarté de**; **éloigné de**; **séparé de**; **situé**; *éloignés de (situés à) cent mètres l'un de l'autre* pour *à une distance de —*; *séparés par un intervalle de deux centimètres*. 2. v. différence.

distancer, v. dépasser.

distinct, v. différent.

distinction, v. différence.

distingué, qui se signale positivement par ses manières ou son habillement: **élégant** (⇧ costume); **raffiné** (⇧ manières).

distinguer, 1. v. voir. 2. v. différencier. || *Se distinguer*: acquérir une réputation par un exploit: **se signaler**; **s'illustrer** (⇧ fort, gloire: *il s'est illustré pendant les guerres d'Italie*; **se singulariser** (⇧ péjor.); **se faire remarquer** (⇧ neutre, si positif; péjor., dans emploi fam.).

distraction, 1. état de celui qui ne parvient pas à fixer son attention sur ce qui devrait la retenir: **inattention** (⇧ général; ⇩ objets d'attention requis par circonstances); **absence** (⇧ ponctuel; ⇩ état permanent: *il était sujet à des absences* mais *il était d'une grande distraction*); **étourderie** (⇧ état permanent, légèreté dans réflexion). 2. **divertissement**, **amusement**, **délassement**, **détente récréation**, (v. distraire), .

distraire, 1. v. détourner. 2. apporter un relâchement à la tension de l'esprit, surtt en amusant: **divertir** (⇧ agréable); **amuser** (⇧ sourire); **délasser** (⇧ relâcher la fatigue); **désennuyer** (⇧ rupture de monotonie); **égayer** (⇧ gaieté); ***détendre** (⇧ insiste sur relâchement de la tension nerveuse, assez large: *une promenade au grand air constituerait une excellente occasion de se détendre*); **récréer** (⇧ idée de changement, gaieté). || *Se distraire*: **se divertir**, etc. (v. supra).

distrait, sujet à la distraction : **inattentif**, **absent**, **rêveur**, **étourdi** (v. distraction) ; **absorbé** (⇧ insiste sur élément qui cause la distraction) ; **préoccupé** (id., ⇧ souci). ≈ **être dans la lune** (fam.).

distrayant, qui distrait : **divertissant**, **amusant**, **délassant**, **détendant**, **récréatif** (v. distraire).

distribuer, donner qqch. à plusieurs pers. une à une : ***partager** (⇧ idée de division) ; **répartir** (⇧ souci de la proportion : *il a réparti son bien entre ses héritiers*) ; **dispenser** (⇧ soutenu, noblesse : *le Ciel nous a dispensé les plus précieux des dons, le souffle de la vie et l'usage de la raison*). GÉN. ***donner** ; **fournir** ; **attribuer**. ≈ **faire part** (proche de dispenser).

distribution, action de distribuer : **partage**, **répartition**, **don**, **attribution** (v. distribuer).

divan, v. canapé.

divergence, v. désaccord.

divers, 1. v. différent. 2. v. varié. 3. v. plusieurs.

diversité, 1. v. différence. 2. v. variété.

divertir, v. distraire.

divertissant, v. distrayant.

divertissement, v. distraction.

divin, qui a rapport à Dieu ou aux dieux : **surnaturel** (⇧ supériorité sur nature : *un monde où opèrent des puissances surnaturelles*) ; **céleste** ; **transcendant** (⇧ abstrait, vague, dépasse la compréhension : *l'amour-passion constitue pour le romantisme le lieu d'une révélation transcendante*). ≈ v. Dieu.

diviniser, v. déifier.

divinité, v. Dieu.

diviser, séparer en parties : **décomposer** (⇧ abstrait, structure visible : *décomposer l'atome en ses éléments constituants, le raisonnement en deux propositions*) ; **subdiviser** (⇧ division plus précise : *subdiviser le chapitre en paragraphes*) ; v. aussi **séparer** et partager.

division, v. désaccord.

divorce, fait de divorcer : **répudiation**, **séparation** (v. divorcer).

divorcer, faire dissoudre son mariage par la justice : **répudier** (⇧ dans des pays à législation inégalitaire selon les sexes, renvoyer son conjoint : *la législation islamique permet au mari de répudier assez facilement l'une de ses épouses*) ; **se séparer** (⇧ large, n'implique pas un acte jurid., ou désigne une séparation sans dissolution du contrat) ; **(se) quitter** (id.).

divulguer, v. répandre.

docile, qui se plie volontiers aux ordres reçus : ***obéissant** (⇩ faiblesse de caractère) ; **discipliné** (⇧ sens de l'ordre) ; **sage** (id.) ; **soumis** (⇧ fort, manque de caractère).

docilité, qualité d'une pers. docile : **obéissance**, **discipline**, **soumission**, **souplesse** (v. docile).

docteur, v. médecin.

doctrine, v. théorie.

document, 1. élément apportant un témoignage sur qqch. : **papier** (⇧ neutre, cour., écrit) ; **pièce** (⇧ valeur particulière) ; **dossier** (⇧ documentaire). GÉN. **témoignage**. 2. v. information.

domaine, 1. v. bien. 2. ensemble de matières relevant d'une compétence donnée : **sphère** (⇧ emphat. ; *dans la sphère des affects, il se dissimule encore bien des ressorts cachés*) ; **champ** (de recherche) (⇧ vague) ; **terrain** (id.) ; **matière** (⇧ précis) ; **secteur** (⇧ d'une discipline). || *Etre du domaine de* : — **de la compétence**, **du ressort** ; **relever de**.

domestique, n., v. serviteur.

domestique, adj., v. familial.

domicile, v. habitation.

dominant, v. principal.

domination, v. autorité.

dommage, 1. mal causé à qqn : **tort** (⇧ injustice) ; **atteinte** (⇧ vague, abstrait : *porter une grave atteinte à son honneur*) ; **préjudice** (⇧ jurid.). 2. à qqch. : ***dégâts** (⇧ fort) ; **détérioration** (⇧ neutre ou officiel) ; **dégradation** (id., surtt édifices) ; **ravages** (⇧ très fort).

dompter, v. apprivoiser.

don, 1. fait de donner ou chose que l'on donne : **cadeau** (⇧ amitié) ; **présent** (⇧ emphat., respect ; ⇩ cordial) ; **offrande** (⇧ religieux ou bienfaisance) ; **donation** (⇧ jurid. : *la donation à l'Etat d'œuvres de Picasso*) ; **legs** (id., ⇧ héritage). 2. v. disposition.

donc, v. ainsi.

donnée, **élément** posé d'avance à partir duquel se développe une réflexion, *les principales données de l'intrigue* : **fondement** (⇧ général ; ⇩ posé comme de l'extérieur : *si je comprends bien le fondement de votre démarche*) ; ***principe** (id. ; ⇧ emphat.) ; **base** (⇩ soutenu).

donner, appliquer à un objet une action ayant pour but que son destinataire se trouve vis-à-vis de l'objet dans une situation le plus souvent marquée par le verbe *avoir*, en ses différents sens, fortement corrélés sémantiquement avec ceux de *donner*.

I. qqch. à qqn. 1. gratuitement : **offrir** (⇧ insistance sur gratuité). ≈ **faire *don**,

cadeau, présent; au fig. *donner sa vie, son temps*, etc.: **consacrer**; **vouer**; **sacrifier** (⇧ fort, renoncement). ≈ **mettre au service de**. 2. sans désintéressement particulier, *donner son ticket à l'employé*: **remettre**; **confier** (⇧ veiller sur); **céder** (⇧ abandon de propriété: *il a cédé son entreprise à une multinationale*); **fournir, procurer** (⇧ produit: *il m'a fourni le papier dont j'avais besoin pour mon imprimante*); **vendre** (⇧ paiement).

II. des actes ou des manifestations diverses: **fournir** (⇧ concret); procurer (⇧ abstrait; des nuances d'emploi sont imposées par l'usage: l'on *fournit* ou *procure* une information, mais l'on ne peut que *procurer* un plaisir; ne conviennent pas en 4.); en particulier: 1. avec l'idée de ***dire** : *donner son avis, ses impressions, sentiments*, etc. **communiquer**; (⇧ information); **émettre** (id., ⇧ uniqt intellectuel: *émettre un avis* mais *communiquer, exprimer, confier*, etc. *ses impressions*); **exprimer** (⇧ extérioriser); **indiquer** (⇧ sommaire); **confier** (⇧ confidence ou affaibli: *l'auteur nous confie ses impressions devant la marche des événements*); **suggérer** (id., ⇧ timide); ***exposer** (⇧ circonstancié); **présenter, expliquer** (v. exposer). || *Donner une explication, information*: **apporter**. ≈ **faire part de**: *il lui fit aussitôt part de sa réaction*; en particulier, avec inv., pour *l'auteur nous donne...*: *l'on voit* **se dégager, se manifester, se préciser, s'exprimer** *ici la conception propre à Baudelaire des correspondances entre les sens*, ou *ce qui s'exprime ici, c'est —*. 2. avec l'idée de *consentir, *donner la permission*; **accorder**. 3. avec l'idée de *causer, *donner des soucis, de la joie, une impression*, etc.; **causer**; **susciter**; **occasionner**: *la maladie de son épouse lui occasionnait de graves tracas*; **valoir** (⇧ idée de profit ou inconvénient: *son accident lui a valu un séjour de trois mois à l'hôpital*). ≈ **être, représenter, une *cause, occasion, un motif, sujet**, etc. (v. cause et causer). 4. avec l'idée de faire sentir: *donner une bonne correction*; **infliger, administrer** (⇧ négatif: *il lui administra une volée de bois vert*); **appliquer** (⇧ neutre: *il lui appliqua une bonne gifle* ou *un baiser sur la joue*).

dormir, s'adonner au sommeil: **sommeiller** (⇧ sommeil léger); **somnoler** (⇧ demi-sommeil); **faire un somme** (fam., ⇧ courte durée); **être endormi** (⇧ changement d'état); **ronfler** (⇧ fam. en ce sens). GÉN. **reposer** (⇧ soutenu, paisible); **se reposer**. ≈ expr. nom. avec ***sommeil**: *il était plongé dans un profond sommeil*; **prendre du repos**; **être dans les bras de Morphée** (humor.), **au royaume des songes** (poét. et humor.).

dos, 1. partie arrière du corps humain; **colonne vertébrale** (⇧ anatomique); **échine** (vx, sauf animaux ou expr.: *plier l'échine*, sens fig.). 2. partie arrière de qqch.: **verso** (⇧ papier); **arrière**.

doter, v. fournir.

double, adj., à deux éléments semblables: **géminé** (⇧ techn.: *une baie géminée gothique*).

double, n., v. copie.

doubler, v. dépasser.

double sens, v. ambiguïté.

douceur, qualité de ce qui est doux; pour qqch.: **agrément, suavité** (v. doux); pour qqch. ou qqn: ***délicatesse**; pour qqn **gentillesse** (⇧ serviable); **amabilité** (⇧ extérieur); **indulgence** (⇧ sans sévérité); v. aussi **bonté**.

doué, 1. v. muni. 2. v. capable. ≈ **présentant des dispositions** (v. ce mot).

douillet, v. délicat.

douleur, sensation de peine, physique ou morale: **souffrance** (⇧ permanent, fort); **torture** (⇧ intolérable); **supplice** (id., ⇧ situation plus que sensation même: *le supplice que constituait pour lui la ruine de ses efforts*, mais *la torture que lui infligeait—*); **tourment** (id., ⇧ moral); **calvaire** (id., ⇧ permanent, image); **martyre** (id.). SPÉC. **névralgie, migraine** (⇧ tête); **irritation** (⇧ diffus, localisé); **inflammation** (id.; ⇧ brûlure); uniqt morale: **peine** (⇧ atténué ou vague); **affliction** (⇧ événement malheureux); **détresse** (⇧ sentiment d'abandon); **accablement** (⇧ écrasement). GÉN. **mal**; **maux**; **épreuve**; v. aussi **tristesse**. ≈ **par les symptômes**: ***cris, *pleurs, gémissements** (au pr. ou fig.), etc.: *le poète laisse libre cours à ses pleurs, fait entendre son cri* pour *exprime sa souffrance*.

douloureux, 1. qui est cause de douleur: *un douloureux souvenir*; **torturant, pénible, affligeant, accablant, éprouvant** (v. douleur); **cruel** (⇧ pathétique, litt.); **cuisant** (⇧ amour-propre, surtt: *un cuisant échec*); v. aussi **triste**. 2. qui fait mal; **endolori** (⇧ persistant). GÉN. **sensible**.

doute, I. état de celui qui ne sait pas avec certitude. 1. ce qu'il doit faire: **hésitation** (⇩ manque de fermeté);

incertitude (⇧ insistance sur l'ignorance) ; **indécision** (⇧ décision non prise) ; **irrésolution** (⇧ incapacité de se tenir à la décision prise : *en proie à l'irrésolution, il risquait de laisser lui échapper la conduite des événements*). ≈ expr. adj. avec **hésitant, incertain,** etc. et verb. avec les verbes correspondants ; **ne pas parvenir à se résoudre, se fixer, prendre une décision** ; **rester flottant, en suspens** ; **se poser la question, le dilemme** (⇧ deux possibilités). 2. ce qu'il doit penser de qqch. ; **incertitude** ; **scepticisme** (⇧ négatif ; *la réalité des phénomènes extraterrestres lui inspirait le plus grand scepticisme*) ; **objection** (⇧ argument contraire : *il nourrissait des objections quant à l'immortalité de l'âme*). ≈ expr. adj. **laisser sceptique** : *la réalité des — le laissait sceptique* ; **être dubitatif.**

II. attitude générale consistant à remettre en cause les vérités tenues pour acquises : *le doute devint à la mode en France vers le début de la Régence* ; **agnosticisme** (⇧ domaine religieux, philo.) ; **esprit critique** (⇩ fort) ; **scepticisme** (⇧ général et systématique).

douter, 1. v. hésiter. 2. mettre en doute une vérité. ≈ **regarder avec, tenir en suspicion** ; **ne pas prendre au sérieux, traiter à la légère** (⇧ ironie) ; **faire peu de cas de, ne pas accorder foi à** ; *il n'accordait aucune foi à ce qu'il tenait pour de purs racontars* ; **critiquer le bien-fondé** ; **n'être pas convaincu** ; **s'interroger sur, quant à** : *à la suite de la mort de sa fille, Lamartine se prit à s'interroger sur l'existence de Dieu* pour *se mit à douter de —* ; v. aussi **doute** I, 2 et II.

douteux, v. incertain.

doux, 1. qui procure une sensation agréable mais peu vive : ***agréable** (⇧ vague) ; **suave** (⇧ soutenu, délicat) ; ***délicat** ; ***tranquille.** 2. dont l'attitude est dépourvue de toute agressivité ; **paisible** ; **gentil, aimable, indulgent** (v. douceur).

dramatique, 1. relatif au théâtre, *un auteur dramatique* : **théâtral** (⇧ uniqt objet : *la représentation théâtrale*). 2. (emploi discutable, quoique très cour.) ; qui soulève une vive émotion : ***émouvant** (⇩ fort) ; **poignant** (⇧ serre le cœur) ; **tragique** (⇧ destinée) ; **pathétique** (⇧ litt.). 3. (id.) très grave ; **difficile** (⇩ fort) ; **dangereux** ; **crucial** (⇧ décisif : ⇩ grave).

drame, 1. pièce de théâtre comportant des épisodes graves, mais pas nécessairement entièrement grave, comme la **tragédie**, cependant syn. possible par ext. GÉN. **pièce (de théâtre)** ; **œuvre.** 2. (emploi cour., discutable) événement particulièrement grave ou émouvant : **tragédie** ; **catastrophe** ; v. malheur.

drapeau, pièce de tissu attachée horizontalement à une hampe et servant d'emblème : **étendard** (⇧ litt.) ; **couleurs** (⇧ insiste sur couleurs, souvent utilisé dans expr. fig., surtt journalistiques : *défendre les couleurs de la France aux jeux Olympiques*) ; **pavillon** (⇧ marine) ; **bannière** (⇧ Moyen Age, ou procession religieuse) ; **oriflamme** (⇧ Moyen Age, ou emphat.) ; **fanion** (⇧ petite dimension) ; **pavillon** (⇧ navire).

dressé, v. apprivoisé.

dresser, v. apprivoiser.

droit, adj. 1. qui est disposé en ligne droite : **rectiligne** (⇧ géométrie) ; **horizontal** (⇧ parallèle à l'horizon ; ⇩ rigoureux) ; **vertical** (⇧ de haut en bas ; ⇩ rigoureux). 2. v. honnête.

droit, n. 1. ensemble de ce qui a rapport à la **loi**, naturelle ou positive : **justice** (⇧ positif) ; **jurisprudence** (⇧ discipline qui étudie le droit) ; v. aussi **loi.** 2. possibilité légale. || *Avoir le droit de* : **permission** ; **autorisation.**

droiture, v. honnêteté.

drôle, v. comique et amusant.

duper, v. tromper.

dur, 1. qui oppose une résistance matérielle : **ferme** (⇩ fort) ; **coriace** (⇧ aliments). 2. peu accessible à des sentiments d'humanité ; **brutal** (⇧ violence) ; **insensible** (⇧ fort ; ⇩ violence) ; **impitoyable** (⇧ absence de pitié) ; **implacable** (id., ⇧ ne supporte pas l'opposition) ; **inexorable** (id., ⇧ prière inutile). 3. v. difficile.

durable, qui dure longtemps : **stable** (⇧ reste semblable) ; **constant** (id., ⇧ soutenu) ; **immuable** (⇧ ne change jamais : *un rite immuable*) ; **invariable** (id. ; ⇧ surtt retour de la même chose) ; **inaltérable** (⇧solidité : *éclat inaltérable, bonne humeur —*) ; **indéfectible** (id. ; uniqt sentiment : *un attachement indéfectible à la cause du prince*) ; **continuel** (⇧ ne cesse jamais : *un bruit continuel*) ; **persistant** (⇧ qui dure au-delà d'un terme précis ; ⇩ nécessairement longueur : *une douleur persistante se déclara au côté droit*) ; **permanent** (⇧ ne cesse jamais pendant l'espace considéré ; ⇩ durée longue : *une agitation permanente*) ; **incessant** (id.) ; **éternel** (⇧ sans fin, ou fig.) ; **perpétuel** (⇧ souligne l'absence d'interruption : *il y*

règne une humidité perpétuelle, une perpétuelle agitation) ; **interminable** (⇧ ne finit jamais, péjor. : *une séance interminable*) ; **sempiternel** (⇧ qui revient sans cesse, litt. et péjor. : *des plaintes sempiternelles*).
durée, v. temps.
durer, 1. occuper un espace de temps ; *durer trois minutes* : **se prolonger pendant, sur** (⇧ durée, au-delà du terme) ; **prendre, occuper, demander** (⇧ idée de temps accordé à cet usage : *faire le tour du pâté de maisons lui prit [demanda] cinq minutes*) ; **s'étaler sur** (⇧ durée importante, souvent plus que prévue : *la décadence de l'Empire s'étala sur [prit] cinq siècles*) ; **s'étendre** (id., ⇧ vague). ≈ expr. avec **falloir** : *il lui fallut trois ans pour prendre Carthage* (comme prendre, demander) ; avec **atteindre** (⇧ longueur exceptionnelle) et durée : *la durée du règne de Louis XIV atteignit soixante-treize ans*, et inversement : — *n'atteignit pas cinq ans* ; expr. **pendant, sur une *durée de**, etc. 2. continuer à exister ; **subsister** (⇧ neutre) ; ***continuer** (id.) ; **se poursuivre** (id.) ; **se maintenir** ; **survivre** (⇧ pers., ou fig.) ; **s'éterniser** (⇧ pas de fin, fig., péjoratif).
dureté, qualité de ce qui est dur : **fermeté, brutalité, insensibilité** (v. dur), v. aussi **solidité** et **barbarie**.
dynamique, v. actif.
dynastie, v. famille.

E

eau, liquide composé d'oxygène et d'hydrogène : **onde** (⇧ poét., désigne la surface d'une étendue d'eau, fleuve, mer, etc.) ; **flots** (id. ; évoque plutôt une certaine agitation) : *les flots harmonieux* (LAMARTINE).
ébahi, v. surpris.
ébahissement, v. surprise.
éblouir, 1. briller de façon si forte que la vue en est troublée : **aveugler** (⇧ fort, impossibilité de voir : *aveuglé par la réverbération, il sortit de la route*) ; v. aussi **briller**. 2. v. impressionner.
éblouissant, v. brillant.
ébranler, v. ruiner.
ébriété, v. ivresse.
écarlate, v. rouge.
écart, v. distance.
ecclésiastique, v. prêtre et religieux.
échantillon, élément représentatif d'un ensemble d'objets, d'une matière : **exemplaire** (⇧ uniqt d'une série : *un exemplaire de son ouvrage*) ; **spécimen** (⇧ d'une espèce animale, ou d'un livre, à des fins publicitaires : *un spécimen remarquable de la faune amazonienne*).
échapper, v. éviter et s'enfuir.
échauffer, v. chauffer.
échec, fait de ne pas réussir, impliquant une certaine forme d'humiliation : **insuccès** (⇧ faible et neutre) ; **déconvenue** (⇧ contrairement à une attente : *s'attirer une série de déconvenues*) ; **mécompte** (⇧ partiel) ; **revers** (⇧ grave : *d'importants revers commerciaux l'avaient acculé à la faillite*) ; **défaite** (⇧ fort, compétition ou guerre) ; **fiasco** (⇧ total, fam., peu honorable : *la pièce fut un fiasco total*).
échelle, instrument pourvu de barreaux permettant de monter qq. part : **escabeau** (⇧ sous forme de petit escalier pliant).
échine, v. dos.
échouer, ne pas réussir : **manquer** (⇧ sujet abstrait : *la combinaison a manqué*) ; **rater** (id. ; ⇧ fam.) ; **avorter** (⇧ sujet abstrait, surtt projet, échec rapide, avant véritable commencement de réalisation : *une entreprise qui avorta bientôt*). ≈ **déboucher sur un échec** ; **faire fiasco, faire long feu** ; **s'attirer une déconvenue** ; **perdre la partie** ; avec nég., v. réussir.
éclabousser, v. salir.
éclair, v. foudre.
éclaircir, v. expliquer.
éclaircissement, v. explication.
éclairer, apporter de la lumière : **illuminer** (⇧ lumière très vive, ou intention de mettre en valeur un monument, si sujet animé : *la façade illuminée du Louvre*) ; v. aussi **briller**.
éclatant, v. brillant.
éclater, se rompre par suite d'une pression interne : **exploser** (⇧ par suite d'un mécanisme d'explosion, poudre, etc.) ; **sauter** (id.). GÉN. **se briser**.
éclore, v. naître.
écœurant, v. dégoûtant.
écœurement, v. dégoût.
école, 1. lieu où l'on diffuse un ensei-

gnement : **institution** (⇧ surtt emplois figés : *une institution privée*) ; **cours** (⇧ école privée) ; **pension** (id. ; ⇧ admet des internes, surtt XIXᵉ). SPÉC. **collège** (⇧ enseignement secondaire, en France) ; **lycée** (id. ; plus important ou classes plus élevées). 2. enseignement en lui-même, suivi par disciples : *l'école romantique ;* **doctrine, système**.

écolier, v. élève.

économe, qui évite de trop dépenser : **parcimonieux** (⇧ plutôt péjor.) ; **regardant (à la dépense)** (id.) ; **chiche** (⇧ franchement péjoratif) ; **épargnant** (vx, comme adj.) ; v. aussi **avare**. ≈ **peu dépensier, peu porté à la dépense** ; expr. **regarder à la dépense ; être près de ses sous** (fam.) ; **ne pas les lâcher facilement** (très fam.).

économie, 1. ensemble des relations régissant les biens matériels dans une société : **marché** (⇧ l'ensemble de l'offre et de la demande : *le marché des céréales est en crise*) ; **commerce** (⇧ ensemble des achats et des ventes : *le déficit du commerce extérieur*) ; **échanges** (⇧ très général, circulation des biens : *un ralentissement des échanges*) ; **production** (⇧ se limite à ce qui est produit, indépendamment de la commercialisation) ; **industrie** (id. ; ⇧ uniqt fabrication). 2. qualité d'une personne qui dépense peu : **épargne** (⇧ fait de mettre de l'argent de côté : *la propriété, fruit du travail et de l'épargne*) ; **parcimonie** (⇧ hésitation à dépenser) ; v. aussi **avarice**.

économique, 1. qui a rapport avec l'économie : **commercial, productif, industriel** (v. économie). 2. v. cher.

économiser, accumuler en évitant de dépenser : **épargner ; mettre de côté** (⇧ connotation familière : *il mettait de l'argent de côté pour ses vieux jours*) ; **thésauriser** (⇧ accumulation improductive : *thésauriser au lieu d'investir*) ; **lésiner** (⇧ chercher à faire des économies sur les moindres choses : *lésiner sur le beurre*) ; **gratter** (⇧ fam., toujours appliqué à une dépense particulière : *gratter sur le loyer*) ; **ménager** (⇧ des ressources, des forces, pour faire durer : *ménager ses efforts*).

écorchure, v. blessure.

écouter, v. entendre.

écraser, faire se réduire sous un poids considérable : **écrabouiller** (fam., ⇧ fort) ; **comprimer** (⇧ pression, sans envisager les conséquences : *comprimé au fond du wagon de métro*) ; **aplatir** (⇧ de façon à rendre plat, ou fig. : *aplati comme une crêpe*) ; **broyer** (⇧ idée de dislocation, sans spécification du poids) ; **réduire, anéantir** (⇧ fig., combat) ; **accabler, surcharger** (⇧ impôts).

écrier (s'), v. crier.

écrin, v. boîte.

écrire, 1. tracer des signes correspondant à un énoncé linguistique : **inscrire** (⇧ sur un matériau dur ou afin de garder la trace : *des maximes inscrites en lettres d'or* ; inscrire le nom sur le registre) ; **graver** (⇧ uniqt dans une matière dure) ; **noter, prendre note de** (⇧ surtt pour garder trace d'un propos, d'une idée : *noter une adresse sur son agenda, un cours*, etc.) ; **marquer** (⇧ insiste sur la trace laissée) ; **calligraphier** (⇧ avec le souci de la beauté de l'écrit) ; **gribouiller** (⇧ signes confus, peu lisibles, voire dépourvus de sens : *l'enfant gribouillait sur le journal*) ; **griffonner** (⇧ peu lisible, souvent à la hâte : *griffonner un mot pour le concierge*) ; **dactylographier** ou **taper (à la machine)** (⇧ machine à écrire) ; **transcrire** (⇧ en partant d'un premier écrit, ou éventuellement en insistant sur l'activité de passage de l'oral à l'écrit : *transcrire le discours en sténo*). GÉN. **tracer** : *tracer des lettres sur son cahier d'écriture.* ≈ **consigner (par écrit)** (⇧ volonté de conserver : *consigner par écrit la teneur de l'accord*) ; **mettre, coucher par écrit** (⇧ passage de l'oral à l'écrit) ; **jeter sur le papier** (⇧ quelques idées avant la mise en forme). 2. s'adresser à qqn par lettre : **correspondre avec** (⇧ réciprocité). ≈ **adresser, envoyer, faire parvenir, une** ***lettre**. 3. composer des ouvrages écrits : **rédiger** (⇧ insiste sur la phase de mise par écrit : *se décider à rédiger ses mémoires*) ; **composer** (⇧ général, suppose une certaine activité d'organisation des idées : *composer un poème*) ; **libeller** (⇧ uniqt écrit à caractère plutôt officiel, insistance sur la formulation : *libeller un sujet de devoir*). ≈ tours nom. avec **rédaction, composition** : *la rédaction du texte remonte au début des années 20* pour *l'auteur a écrit le texte* — ; l'on emploiera éventuellement ***achever** pour souligner la date de fin de rédaction, pour des œuvres longues, en opposition avec ***commencer, entreprendre** ; qqfois **être l'auteur de** : *Hugo est l'auteur des* Misérables pour — *a écrit* —. 4. émettre une opinion par écrit, *Pascal écrit que le cœur a ses raisons* : v. dire et penser.

écriture, 1. système permettant de transcrire la parole par écrit : **alphabet** (⇧ liste de caractères correspondant à des sons simples : *l'alphabet hébreu*) ;

graphie (⇧ forme particulière d'une écriture donnée : *la graphie allemande de l'alphabet latin*) ; **graphisme** (id. ; ⇧ lié à une recherche plus précise : *adopter un graphisme original pour une affiche*). 2. manière d'écrire : **graphie** ; **plume** (⇧ contenu plus que forme des caractères : *la plume inimitable de Voltaire*) ; v. aussi **style**.

écrivain, v. auteur.

écrouler (s'), v. tomber.

écu, v. bouclier, emblème.

écurie, v. étable.

éden, v. paradis.

édifice, v. construction.

édifier, v. construire.

éditer, procéder à l'édition d'un ouvrage : **publier, faire paraître, imprimer, tirer** (v. édition).

édition, fait de rendre un ouvrage propre à la diffusion auprès du public : **publication** (⇧ diffusion elle-même) ; **parution** (⇧ moment précis de la mise en circulation : *la parution de son roman est prévue pour la fin juin*) ; **impression** (⇧ fait d'imprimer) ; **tirage** (⇧ impression et surtout nombre d'exemplaires : *un tirage de deux mille exemplaires*).

éducateur, v. enseignant.

éducation, v. enseignement.

éduquer, v. enseigner.

effacer, 1. faire disparaître une trace écrite, peinte, dessinée, etc. : **gommer** (⇧ avec une gomme) ; **gratter** (⇧ avec un instrument dur qui arrache le papier) ; **rayer** (⇧ en faisant un trait sur ce que l'on veut supprimer) ; **biffer** (⇧ avec force, rage, et notamment jurid.) ; **raturer** (⇧ rayer pour corriger : *un brouillon très raturé*). 2. v. détruire.

effectuer, v. faire.

effervescence, v. agitation.

effet, v. conséquence.

efficace, qui possède une action réelle : **agissant** (⇧ surtt n. abstrait, ou intervention : *une charité agissante ; un remède très agissant*) ; **actif** (id. ; ⇧ également personne, mais marque moins alors l'efficacité proprement dite qu'une tendance générale à l'action) ; **efficient** (⇧ s'applique surtt à une pers., anglicisme) ; v. aussi **actif, capable** et **utile**.

efficacité, v. action.

efficient, v. efficace.

effigie, v. image.

effondrer (s'), v. tomber.

efforcer (s'), v. essayer.

effort, mobilisation de son énergie physique ou morale en vue d'un résultat : **peine, ahan** (⇧ uniqt physique, dans expr. : *à grand ahan*) ; **contention** (⇧ savant, fort, surtt esprit : *épuisé par la contention qu'avait exigée la résolution du problème*) ; **tension** (⇧ plutôt moral : *tension nerveuse*) ; **concentration** (⇧ uniqt moral, plutôt absorption de l'attention par un but unique).

effraction, v. vol.

effrayant, qui inspire une très grande peur : **terrifiant** (⇧ fort) ; **épouvantable** (⇧ fort encore) ; **effroyable** (id.) ; **terrible** (⇧ phénomène considéré dans sa puissance : *une terrible menace*) ; **redoutable** (id. ; ⇧ insiste davantage encore sur la menace potentielle : *une maladie redoutable*) ; **horrible** (⇧ sentiment de répulsion : *crime horrible*) ; **abominable** (id. ; ⇧ fort, digne de malédiction) ; **monstrueux** (id. ; ⇧ idée de comportement anormal).

effrayer, inspirer de l'effroi : **terrifier, épouvanter, horrifier** (v. effrayant) ; **terroriser** (⇧ très fort, durable, notamment dans un but conscient : *terrorisée par son mari*) ; **effaroucher** (⇧ surtt méfiance subite) ; **affoler** (⇧ faire perdre le contrôle de ses moyens) ; **angoisser** (⇧ sentiment de peur diffuse et durable : *l'avenir l'angoissait*). ≈ **faire peur** (⇩ fort) ; **inspirer** — ou, avec inv., **ressentir, éprouver de l'effroi, de l'épouvante** ; **être saisi d'effroi, d'épouvante**, etc. (v. peur) : *il fut saisi d'épouvante à la vue de l'incendie* pour *la vue — l'effraya.*

effroi, v. peur.

effroyable, v. effrayant.

égal, 1. v. plat. 2. qui est de même quantité ou intensité : **équivalent** (⇧ valeur approximative : *une somme équivalente*) ; v. aussi **analogue** et **semblable**.

égaler, être égal : **équivaloir** (⇧ en valeur : *sa fortune équivalait à la mienne*) ; **valoir** (id., ⇧ valeur précise, ou idée de comparaison : *Paris vaut bien une messe*) ; **atteindre** (⇧ du point de vue du relativement inférieur : *son talent n'atteignait pas celui de Mozart*).

égalité, fait d'être égal : **parité** (⇧ surtt valeurs financières, ou situation juridique : *parité des cours ; exiger la parité de membres*) ; v. aussi **ressemblance**.

égarement, v. délire.

égarer, v. perdre. || *S'égarer*, v. se perdre.

église, 1. organisation religieuse, surtt au sg. *l'Eglise* : **clergé** (⇧ uniqt les prêtres et religieux) ; **épiscopat** (⇧ ensemble des évêques) ; **sacerdoce** (⇧ le pouvoir spirituel, en tant qu'abstraction, surtt historique : *la querelle du sacerdoce et de l'empire*) ; **hiérarchie (ecclésiastique, catholique)** (⇧ l'ensemble des autorités de l'Eglise, pape, évêques) ; **Vatican, Saint-Siège, papauté** (⇧ pape). 2. bâtiment du culte chrétien : **cathédrale** (⇧ siège d'un évêque) ; **chapelle** (⇧ petite dimension) ; **basilique** (⇧ certaine ampleur, en principe culte particulier, saint, etc. : *la basilique de Lourdes*) ; **collégiale** (⇧ en principe ancien siège d'un chapitre) ; **sanctuaire** (⇧ général, tout lieu saint, au pr. ou fig. : *un sanctuaire marial, préhistorique* ; **temple** (⇧ emphat., ou protestant) ; v. aussi **couvent**.

égoïsme, fait de n'éprouver d'attachement que pour soi-même : **égocentrisme** (⇧ insiste sur le fait de se considérer comme le centre de tout) ; **narcissisme** (⇧ tendance à se fixer sur sa propre image : *le fréquent narcissisme des acteurs de renom*) ; **amour-propre** (⇧ sens du XVIIe, aujourd'hui plutôt sentiment de fierté personnelle) ; **individualisme** (⇧ manque de sens de la collectivité).

égoïste, qui a tendance à l'égoïsme : **égocentrique, narcissique, individualiste** (v. égoïsme) ; **personnel** (⇧ très occupé par soi-même).

égorger, v. tuer.

égratigner, v. blesser.

égratignure, v. blessure.

élaborer, v. préparer.

élan, v. mouvement.

élancer (s'), prendre sa course dans une direction : **se lancer** (⇧ dans un espace, ou fig. : *se lancer dans le vide, dans les affaires*) ; **fondre sur** (⇧ idée de mouvement soudain en vue d'un assaut : *fondre sur sa proie*) ; **se précipiter** (⇧ brusquerie particulière, insistance sur le but : *se précipiter dans ses bras*) ; **se ruer** (id. ; ⇧ fort, impatience, violence même : *se ruer vers la sortie*).

élastique, v. flexible.

élection, v. choix.

élégance, qualité de ce qui se distingue par sa tenue, ses manières, etc. : **distinction** (⇧ fort, supériorité nette, surtt manières) ; **chic** (⇧ surtt vestimentaire) ; **bon genre** (⇧ allure générale positive) ; **classe** (⇧ supériorité indéfinissable, surtt expr. : *avoir de la classe*) ; v. aussi **beauté**.

élégant, 1. adj., qui possède de l'élégance : **distingué, chic** (v. élégance). 2. n., personne qui se pique d'élégance : **dandy** (⇧ veut se singulariser, iron.) ; **gandin** (⇧ très soucieux de son apparence, iron., fam. : *faire le gandin*).

élément, partie la plus simple dont est composé un tout : **composant** (⇧ chimie ou mécanique : *les composants de l'air*) ; **composante** (⇧ formation sociale, atmosphère, etc. : *la principale composante de l'humour de Voltaire est l'ironie*) ; **facteur** (⇧ donnée intervenant à titre de cause dans un phénomène : *le principal facteur de trouble dans la société moderne est le chômage*) ; v. aussi **cause, dimension** et **partie**.

élévation, 1. v. hauteur. 2. **noblesse, grandeur, sublime, héroïsme** (v. élevé).

élève, personne qui suit les leçons d'une autre : **écolier** (⇧ dans une école proprement dite) ; **collégien, lycéen** (v. école) ; **étudiant** (⇧ université) ; **disciple** (⇧ qui adopte les doctrines d'un maître : *Platon et ses disciples*).

élevé, 1. v. haut. 2. d'une supériorité morale particulière : **noble** (⇧ idée d'une certaine distinction par rapport au vulgaire : *une noble cause*) ; **grand** (⇧ emphase rhétorique, surtt expr. figées : *grande idée, grands sentiments*, parfois iron.) ; **sublime** (⇧ à un degré très fort, provoquant une admiration mêlée de stupeur : *sublime dévouement*) ; **éminent, supérieur** (⇧ position dans la hiérarchie) ; **héroïque** (⇧ dépassement de soi : *comportement héroïque face à l'ennemi*).

élever, 1. v. lever. 2. v. construire. 3. dispenser à une pers. jeune les soins qui lui permettront de devenir adulte : **éduquer** (⇧ ensemble des dispositions morales inculquées : *éduqué par les frères*) ; **instruire** (⇧ transmission des connaissances) ; **former** (⇧ envisage en général tout ce qui contribue à constituer une personnalité : *former la jeunesse*) ; **nourrir** (⇧ soit sens propre, alimentation, soit au fig., vx, sauf expr. : *nourri dès son enfance des leçons de l'Évangile*) ; v. aussi **enseigner**. *S'élever* : v. monter.

éliminer, v. enlever et tuer.

élite, partie la plus remarquable d'un ensemble de personnes : **(fine) fleur** (⇧ uniqt avec compl., litt. : *la fleur de la jeunesse des écoles*) ; **aristocratie** (⇧ au sens fig., classe supérieure : *l'aristocratie des grands corps de l'Etat*) ; **gratin** (fam., iron.) ; **fin du fin** (id.).

éloge, fait de louer qqch. : **louange** (⇧ mod., souvent emploi absolu : *ne récolter que des louanges*, ou expr. : *chanter les louanges de son employé, discours à la louange du roi*) ; **félicitation** (⇧ pour une action particulière, pas nécessairement méritoire : *lui adresser des félicitations pour son élection*) ; **compliment** (⇧ rapide, aimable : *adresser des compli-*

ments sur sa cuisine à la maîtresse de maison) ; **panégyrique** (⇧ discours, ou hyperbolique : *entonner un véritable panégyrique de sa gestion*) ; **dithyrambe** (id. ; *se livrer à des dithyrambes à son sujet*) ; **apologie** (⇧ volonté de défendre une cause). ≈ pour *faire l'éloge*, v. louer.

élogieux, qui constitue un éloge : **louangeur**, **dithyrambique** (v. éloge) ; **laudatif** (⇧ faible, très favorable) ; **flatteur** (⇧ agréable pour l'amour-propre).

éloigné, qui se trouve loin : **lointain** (⇧ fort : *pays lointain*) ; **écarté** (⇧ distance par rapport à des lieux habités : *une vallée écartée*) ; **reculé** (id. ; ⇧ difficulté de communication : *jusque dans les contrées les plus reculées*) ; **perdu** (id. ; ⇧ fort) ; **retiré** (⇧ insiste sur l'idée de calme) ; **isolé** (⇧ sans voisinage proche).

éloignement, v. distance, dégoût.

éloigner (s'), partir loin de qqch. : s'en aller (⇧ simple départ) ; **s'écarter** (⇧ distance destinée seulement à assurer la séparation : *s'écarter du passage*) ; **s'absenter** (⇧ rester absent un certain temps) ; **disparaître** (id. ; ⇧ aucune nouvelle : *il disparut de la Cour pendant cinq ans*).

éloquence, 1. art de la parole : **rhétorique** (⇧ insiste sur l'ornement, le pouvoir de persuasion) ; **art oratoire** (id. ; ⇩ péjor.). 2. qualité de celui qui parle bien : **verve** (⇧ dans un registre plaisant, conversation, etc. : *raconter une anecdote avec beaucoup de verve*) ; **faconde** (⇧ abondance de paroles, pas toujours sérieux : *homme jovial et plein de faconde*).

éloquent, qui a de l'éloquence ; pour sujet animé : **convaincant**, **persuasif** (⇧ usage de la parole pour convaincre) ; **disert** (⇧ aisance) ; pour sujet inanimé, **expressif**, **parlant**, **révélateur**, **significatif** : *un regard éloquent.*

élucider, v. expliquer.

éluder, v. éviter.

émancipation, v. libération.

émanciper, v. libérer.

émaner, v. venir.

emballer, v. envelopper.

embarcation, v. bateau.

embarras, v. gêne.

embarrasser, v. gêner.

embauche, fait d'embaucher : **engagement**, **enrôlement**, **recrutement** (v. embaucher).

embaucher, donner un emploi à qqn : **engager** (⇧ emplois particuliers, théâtre, domesticité) ; **enrôler** (⇧ armée, ou travail en groupe) ; **recruter** (⇧ recherche de la part de l'employeur : *recruter des contrôleurs*).

embaumer, v. sentir.

embellir, rendre plus beau : **enjoliver** (⇩ noble : *des giroflées enjolivaient le balcon*) ; ***orner** (⇧ en ajoutant un élément adventice : *orner le jardin de statues*) ; **parer** (⇧ idée d'un élément ostentatoire) ; **décorer** (id. ; ⇧ idée d'un décor d'ensemble : *décorer un salon de guirlandes*) ; **ornementer** (⇧ directement intégré à l'objet, notamment motif ornemental : *plat ornementé de grecques*) ; **flatter** (⇧ au sens de représenter plus beau que la vérité : *portrait flatté*) ; **idéaliser** (id. ; ⇧ dans le sens de la beauté idéale).

embêtement, v. ennui.

embêter, v. ennuyer.

emblème, objet ou figure représentant une abstraction : **insigne** (⇧ appartenance à un groupe : *l'insigne de la Légion*) ; **symbole** (⇧ philo., abstrait : *l'olivier, symbole de la paix*) ; **armes**, **armoiries**, **écu**, **écusson** (⇧ nobiliaire, héraldique : *les armes de Paris portent la devise* fluctuat nec mergitur) ; v. aussi signe.

embonpoint, v. grosseur.

embrasser, donner un baiser : **baiser** (⇧ litt., en ce sens : *il le baisa sur la joue*) ; **enlacer**, **étreindre** (⇧ étym.) ; au fig. : **choisir une orientation, adopter**.

embrouillé, v. compliqué, obscur.

embrouiller, v. mélanger.

embûche, v. piège.

embuscade, v. piège.

émerger, v. sortir.

émerveillé, v. surpris.

émigrant, v. émigré.

émigration, fait de quitter sa patrie pour un pays étranger : **immigration** (⇧ du point de vue du pays d'accueil) ; **migration** (⇧ n'envisage que le fait du transfert de populations d'un pays à l'autre : *les grandes migrations*) ; **exil** (⇧ insiste sur le départ plus ou moins forcé du pays d'origine : *prendre le chemin de l'exil*) ; **exode** (⇧ déplacement massif de population par suite de difficultés quelconques : *l'exode rural*).

émigré, personne qui émigre : **immigrant**, **exilé**, **migrant** (v. émigration) ; **émigrant** (⇧ surtt départ d'Europe vers l'Amérique au XIXe siècle début XXe siècle) ; **réfugié** (⇧ chassé de chez lui par des dangers divers : *un réfugié politique*) ; **expatrié** (⇧ insiste uniqt sur l'éloignement du pays natal) ; **rapatrié** (⇧ revenu sur sa terre d'origine contre sa volonté : *rapatrié d'Algérie*).

émigrer, quitter son pays pour un autre : **immigrer, s'exiler, migrer, se réfugier, s'expatrier, être rapatrié** (v. émigration et émigré). ≈ **partir en exil, exode ; prendre le chemin de l'exil.**

éminence, v. hauteur.

éminent, v. remarquable.

émissaire, v. envoyé.

emmêler, v. mélanger.

emmener, **1.** v. conduire. **2.** v. emporter.

emmitoufler, v. envelopper.

émotion, état d'agitation intense et soudaine des affections de l'âme : **agitation** (⇧ tendance à des mouvements divers et contradictoires : *en proie à une violente agitation, il ne savait plus ce qu'il faisait*) ; **bouleversement** (⇧ fort, suppose un complet changement de dispositions) ; **trouble** (⇧ difficulté à disposer de ses facultés ordinaires : *son trouble se manifesta à son bégaiement* ; **choc** (⇧ cause soudaine de l'émotion : *sous le choc de la nouvelle*) ; **saisissement** (⇧ effet lié à la soudaineté : *tremblant de saisissement*) ; **émoi** (vx, surtt expr. : *en émoi*). GÉN. **sentiment ; état (intérieur).**

émouvant, qui émeut : **bouleversant, troublant, saisissant, impressionnant, touchant, attendrissant** (v. émouvoir) ; **navrant** (⇧ tristesse et impuissance) ; **déchirant** (id. ; ⇧ fort) ; **poignant** (⇧ émotion qui étreint) ; **pathétique** (⇧ fort, pitié : *une scène d'adieux particulièrement pathétique*) ; v. aussi **dramatique**. ≈ **à fendre l'âme, le cœur.**

émouvoir, **1.** susciter une émotion plus ou moins forte chez qqn : **agiter, bouleverser, troubler, choquer, saisir** (v. émotion) ; **perturber** (⇧ désordre psychologique, plus ou moins durable : *perturbé par le changement d'habitudes*) ; **affecter** (⇩ fort ; ⇧ surtout chagrin : *il avait été très affecté par la mort de son père*) ; **impressionner** (⇧ fort effet, surtt sur l'imagination : *impressionné par son courage*) ; **retourner** (⇧ fort, effet sur les sens : *tout retourné par l'accident*). **2.** surtt au sens d'un mouvement de sympathie, de pitié : **toucher** (⇧ mouvement du cœur : *touché par tant de gentillesse*) ; **apitoyer** (⇧ pitié : *apitoyé par ses souffrances*) ; **attendrir** (⇧ faisant suite à un refus de céder : *se laisser attendrir par ses prières*) ; **fléchir** (id. ; ⇧ litt.) ; **amadouer** (⇧ de façon familière : *il finit par se laisser amadouer*) ; v. aussi consterné. ≈ **aller (droit) au cœur** : *cette attention lui alla droit au cœur* ; avec inv. : **ne pas se montrer insensible à, se laisser toucher par, ressentir de la *sympathie pour.**

empaqueter, v. envelopper.

emparer (s'), v. prendre.

empâté, v. gras.

empêcher, faire que qqch. ne puisse se produire, *empêcher de dormir* : **faire, mettre obstacle à** (+ n. : *faire obstacle à ses projets*) ; **s'opposer à** (⇧ nuance de volonté, si sujet animé : *il s'est opposé à leur mariage*, mais plutôt moins fort, si sujet inanimé : *le mauvais temps s'oppose à un voyage*) ; **éviter** (⇧ volonté délibérée d'empêcher un événement négatif : *il n'a pas pu éviter que la justice s'en mêle*) ; **interdire** (id. ; ⇧ fort : *les circonstances interdisaient de procéder à l'embarquement*) ; **gêner** (⇧ obstacle surmontable, simple inconvénient : *le bruit le gênait pour travailler*) ; **retenir** (⇧ motifs influençant une décision : *des scrupules divers le retinrent d'intervenir dans la querelle*) **dissuader** (id. ; ou ⇧ tentative volontaire de persuader qqn de ne pas faire qqch. : *ils parvinrent à le dissuader de mettre fin à ses jours*). ≈ avec nég. **ne pas *permettre, laisser** : *les circonstances ne lui ont pas permis de réaliser ses projets* ; **ne pas rendre possible (rendre impossible)** ; avec inv., **ne pas pouvoir, *réussir à — par suite, à cause de** ou dans un tour consécutif : *ne pas réussir à s'endormir en raison du bruit ; il y avait trop de bruit pour arriver à —.*

empereur, v. roi.

empester, v. sentir (mauvais).

empiffrer (s'), v. manger.

empiler, v. amasser.

empire, v. royaume.

empirer, v. s'aggraver.

emplacement, v. lieu.

emplette, v. achat.

emplir, **1.** pour un agent animé, placer un contenu dans un contenant jusqu'à le rendre plein : **remplir** (⇧ en principe après avoir vidé, mais par ext.) ; **bourrer** (⇧ totalement, sans laisser d'espace : *une malle bourrée de livres*) ; **bonder** (id. ; ⇧ plutôt au part. pas., pour une foule : *un compartiment bondé*) ; **garnir** (⇧ objets solides : *garnir une étagère de livres* ; ⇩ liquide) ; **charger** (id. ; ⇧ idée d'un poids, moyen de transport, etc. : *charger un tombereau de paille*). **2.** pour un contenu, occuper l'espace interne d'un contenant : **envahir** (⇧ idée de progression, ou résultat : *une pièce envahie de bric-à-brac*) ; **infester** (⇧ animal nuisible : *chambre infestée de cafards*) ; **occuper** (⇧ statique).

emploi, v. travail.
employé, personne travaillant pour un patron ou une institution quelconque (pour un travail manuel, v. plutôt ouvrier): **salarié** (⇧ insiste sur le salaire); **fonctionnaire** (⇧ administration publique); **agent** (⇧ certains types d'activité, en position plutôt subalterne: *agent commercial*); **préposé** (⇧ surtt administration des postes, ou bureaux divers).
employer, v. utiliser.
employeur, v. chef.
empoigner, v. prendre.
empoisonné, qui contient du poison: **vénéneux** (⇧ pour une plante: *un champignon vénéneux*); **toxique** (⇧ pour toute substance qui l'est naturellement).
empoisonnement, trouble de la santé dû à l'action d'une substance toxique: **intoxication** (⇧ uniqt involontaire: *une intoxication alimentaire*).
empoisonner, 1. rendre malade par le moyen de poison: **intoxiquer** (⇧ par une chose, involontairement: *intoxiqué par le plomb*). 2. au fig., jeter le trouble dans les rapports entre personnes: **troubler, gâter, envenimer** (⇧ rendre plus grave un trouble déjà existant; *envenimer la querelle*).
emportement, v. colère.
emporter, prendre qqch. avec soi pour le placer ailleurs: **enlever** (⇧ fait de faire disparaître); **emmener** (⇧ en principe seulement être vivant, mais par ext., fam.: *emmener le chien en vacances*); **entraîner** (⇧ traction assez forte: *tout entraîner dans son sillage*); **arracher** (id.; ⇧ rupture: *le vent arrachait les tuiles*); **transporter** (⇧ insiste sur le déplacement: *transporter la bouteille de gaz*). || *S'emporter*: v. colère (se mettre en); expr. *l'emporter*, avoir la supériorité: **prévaloir, triompher de, *vaincre, dominer**.
empreinte, v. trace.
empresser (s'), v. se dépêcher.
emprisonnement, fait de mettre en prison: **incarcération** (⇧ insiste sur l'entrée elle-même et l'acte jurid.: *procéder à l'incarcération du prévenu*); **détention** (⇧ long, ou à titre préventif); **réclusion** (⇧ surtt employé avec qualificatif: *réclusion à perpétuité*); **internement** (⇧ sans jugement, à des fins administratives: *l'internement des civils étrangers pendant une guerre*); **séquestration** (⇧ par des privés); **enfermement** (⇧ plutôt sens fig.); **captivité** (⇧ général, soldat ou passé: *la captivité de François Ier à Madrid*).
emprisonner, mettre en prison: **incarcérer, détenir, interner, séquestrer** (v. emprisonnement); **écrouer** (⇧ enregistrement); v. aussi **enfermer**. ≈ **placer sous les verrous** (⇧ imagé); **mettre à l'ombre** (fam.).
empyrée, v. ciel.
ému, en proie à une vive émotion: **agité, bouleversé, troublé, choqué, saisi, perturbé, affecté, impressionné, retourné** (v. émouvoir).
émulation, v. compétition.
encadrement, v. cadre.
encaissé, v. étroit.
encaisser, v. toucher.
enceinte, v. clôture.
encenser, v. louer.
encercler, v. entourer.
enchaînement, v. suite.
enchanté, v. content.
enchanter, v. charmer et intéresser.
enclencher, v. allumer.
enclore, v. entourer.
encombrement, difficulté de circulation liée à la présence d'un grand nombre de véhicules: **embouteillage** (cour.; ⇧ fort); **bouchon** (id.; fam.).
encombrer, apporter de la gêne par la place occupée: **embarrasser** (⇩ fort); **obstruer** (⇧ idée de faire obstacle au passage: *des gravats obstruaient la chaussée*); **embouteiller** (v. encombrement); v. aussi **boucher**.
encouragement, action d'encourager: **incitation, invitation, invite, exhortation, approbation** (v. encourager).
encourager, inciter qqn à entreprendre ou poursuivre une entreprise, en lui inspirant de la confiance en soi: **inciter** (⇧ initiative entière: *inciter au vol*); **inviter** (⇧ souligne la volonté: *il l'invitait à davantage s'engager dans l'affaire*); **conforter** (⇧ apporter une raison de plus pour rester fidèle à une attitude: *conforté dans son opinion*); **exhorter** (⇧ discours appuyé et plutôt solennel: *exhorter à la prudence*); v. aussi **approuver, décider, pousser**.
encyclopédie, v. dictionnaire.
endolori, v. douloureux.
endommager, v. détériorer.
endormir (s'), passer de la veille au sommeil: **s'assoupir** (⇧ seulement demi-sommeil, bref: *il ne put s'empêcher de s'assoupir quelques instants dans son fauteuil*); v. aussi **dormir**.
endroit, v. lieu.
endurant, v. fort.
endurer, v. supporter.

énergie, v. force.
énergique, v. ferme.
énervant, qui énerve : **agaçant, horripilant, exaspérant, irritant** (v. énerver) ; v. aussi **insupportable**.
énervement, ce qui énerve : **agacement, impatience, exaspération**.
énerver, se rendre progressivement difficile à supporter à la sensibilité de qqn : **agacer** (⇩ fort : *son impertinence m'agaçait*) ; **horripiler** (⇧ fort pour l'effet d'énervement, mais phénomène anodin : *horripilé par son bégaiement*) ; **impatienter** (⇧ idée d'attente de la fin du phénomène : *impatienté par sa lenteur*) ; **crisper** ; **excéder** (⇧ très fort, au point qu'on ne supporte plus : *excédé, il lui retourna une paire de claques*) ; **exaspérer** (id. ; ⇧ fort encore, emploi moins figé) ; **ulcérer** (⇧ litt. ; ⇧ fort, surtt offense : *ulcéré par ces remarques, il partit en claquant la porte*) ; **irriter** (⇧ fort, colère, mais souvent atténué). ≈ **mettre à bout, hors de soi**.
enfance, premier âge de la vie. ≈ **jeune temps** (fam.) ; v. aussi **jeunesse**.
enfant, personne au début de son existence : **petit garçon, petite fille** (⇧ déjà plus un bébé) ; **garçonnet, fillette** (id.) ; **petit** (⇧ avec nuance de tendresse) ; **gamin** (⇧ enfant des rues, sinon fam.) ; **gosse** (fam.) ; **môme, moutard** (très fam.) ; **marmaille** (id. ; ⇧ collectif : *la voici encore avec toute sa marmaille*).
enfanter, donner naissance à : **mettre au monde** (⇧ cour.) ; **donner le jour** (⇧ emphat.) ; **accoucher** (⇧ phénomène physiologique : *accoucher d'un enfant prématuré*) ; **engendrer** (⇧ en principe plutôt le père, mais emploi large usuel) ; **procréer** (⇧ très litt. ou techn., insiste sur fait de se reproduire : *femme en âge de procréer*). ≈ avec le verbe **avoir** (cour. : *elle a eu un garçon*).
enfantin, qui est propre ou conviendrait à un enfant : **puéril** (⇧ péjor. : *un comportement puéril pour un homme de cette valeur*) ; **infantile** (id., ou techn. : *rire infantile ; maladie infantile*).
enfer, 1. lieu de séjour des damnés, pr. ou fig. : **géhenne** (⇧ biblique). ≈ **feu éternel**. 2. au pl., séjour des morts chez les Anciens : **Champs Elysées** (⇧ pour les âmes des justes) ; **Tartare** (⇧ pour les méchants). ≈ **rives du Styx, du Cocyte ; chez Pluton**.
enfermer, placer dans un lieu clos sans possibilité de sortir : **cloîtrer** (⇧ ne pas permettre à qqn de sortir, la plupart du temps : *il tenait son épouse cloîtrée*) ; **séquestrer** (⇧ fort encore, notamment faire prisonnier pour quelque temps, à titre privé : *séquestrer le patron dans son bureau*) ; **murer** (⇧ comme par un mur, surtt fig. : *muré dans son silence*) ; **interner** (⇧ dans un cadre officiel, judiciaire ou médical) ; **boucler** (fam. : *son père l'avait bouclé à la maison*) ; v. aussi **emprisonner**.
enfin, adv., marque la fin d'une attente : **finalement** (⇩ subjectif : *finalement, tout s'arrangea*). ≈ **à la fin** (⇧ objectif) ; **pour finir** (comme finalement) ; v. aussi **conclusion**.
enflammer, 1. v. allumer. 2. v. exciter.
enflé, v. gonflé.
enfler, v. gonfler.
enfoncer, faire pénétrer qqch. en appuyant : **planter** (⇧ de façon à faire tenir, ou fig. : *planter un piquet dans le sol ; il lui planta son couteau dans le ventre*) ; **ficher** (id. ; ⇧ insiste sur le fait que l'objet tient : *ficher une cheville dans le mur*) ; **plonger** (⇧ dans un liquide ou assimilé : *plonger le bras dans l'eau*).
enfouir, v. enterrer.
enfreindre, v. désobéir.
enfuir (s'), partir d'un endroit pour échapper à des poursuites : **fuir** (⇧ soutenu) ; **se sauver** (⇧ cour.) ; **s'échapper** (⇧ poursuite déjouée : *s'échapper de l'embuscade*) ; **s'évader** (⇧ de prison : *s'évader d'un camp de prisonniers*) ; **filer** (assez fam. ; ⇧ avant d'être vu ou pris, en vitesse : *avant qu'il ait pu se reprendre, le coquin avait filé*) ; **déguerpir** (id.) ; **décamper** (fam. ; ⇧ vite). ≈ **prendre la poudre d'escampette** (fam. ; ⇧ discrètement) ; **prendre ses jambes à son cou** (fam. ; ⇧ à toute vitesse) ; **prendre le large** (fam. ; ⇧ loin).
engagement, v. embauche.
engager, v. embaucher.
engendrer, v. enfanter.
engin, v. instrument.
engourdissement, v. apathie.
engueuler, v. réprimander.
enguirlander, v. réprimander.
énigmatique, v. mystérieux.
enjambée, v. pas.
enjeu, v. mise.
enjoindre, v. commander.
enjoliver, v. embellir.
enjoué, v. joyeux.
enlaidir, rendre laid : **défigurer** (⇧ fort : *le paysage est défiguré par cette usine*) ; **déparer** (⇧ élément qui jure).
enlèvement, 1. fait d'enlever une personne : **rapt, kidnapping, prise d'otage** (v. enlever). 2. fait d'ôter des objets d'un endroit, *enlèvement des*

ordures ménagères: **ramassage** (⇧ idée de rassemblement) ; **collecte** (id. ; ⇧ administratif).

enlever, 1. faire que qqch. ne soit plus à un endroit donné ou n'appartienne plus à qqn, *enlever le couvercle de la casserole*: **ôter** (⇧ soutenu : *il lui ôta ses derniers scrupules*) ; ***retirer** (⇧ privation : *retirer le permis de conduire*) ; **arracher** (⇧ avec violence : *lui arracher des mains son portefeuille*) ; **ravir** (⇧ soutenu, objet abstrait ou d'une importance particulière : *lui ravir la première place*) ; **confisquer** (⇧ avec autorité, qqch. dont on ôte la possession : *confisquer le pistolet à amorces d'un écolier*) ; **retrancher** (⇧ d'un ensemble : *retrancher un chapitre de son ouvrage*) ; **soustraire** (id. ; ⇧ emplois particuliers : *soustrait à l'affection des siens* pour *décédé*) ; **effacer** (⇧ en surface, tache, inscription, etc. : *effacer les graffitis des couloirs du métro*) ; **supprimer, éliminer, faire disparaître**, etc. (v. détruire) ; v. aussi **couper, débarrasser, déshabiller, emmener, emporter, prendre, priver** de et **déposséder.** SPÉC. ***déplacer** (⇧ changement de lieu) ; **démonter** (⇧ assemblage : *démonter le placard de la cuisine*) ; **déclouer** (⇧ clous) ; **desceller** (⇧ fixé dans une maçonnerie). ≈ avec ***disparaître**, par inv. (⇧ retrait définitif, agent non spécifié : *la plupart des fontaines Wallace ont disparu de la capitale* pour *on a enlevé* —) ou ***partir**, ***manquer**. 2. pour un vêtement : **ôter** ; **quitter** (litt.) ; **se débarrasser** (⇧ idée de gêne : *il se débarrassa de son pardessus*) ; **tomber** (⇧ uniqt expr. *tomber la veste*) ; v. aussi **(se) déshabiller**. 3. s'emparer d'une personne à des fins criminelles : **ravir** ; **kidnapper**. ≈ **prendre en otage** (⇧ en vue d'exercer d'éventuelles représailles) ; v. aussi enlèvement.

ennemi, personne qui est en conflit avec une autre : **adversaire** (⇧ large, également simple compétition : *mon adversaire aux échecs*) ; **antagoniste** (id.) ; **opposant** (⇧ sens surtout politique, ennemis du pouvoir en place) ; v. aussi **concurrent**.

ennui, 1. sentiment de malaise dû au manque d'intérêt que l'on prend à ce que l'on fait : **lassitude** (⇧ au bout d'un certain temps, par effet de monotonie : *il ressentait une profonde lassitude à devoir reprendre sans cesse le même programme*) ; **dégoût** (⇧ fort, sentiment de répulsion). 2. pl., *des ennuis*, inconvénients divers résultant d'une situation désagréable : **difficultés** (⇧ idée d'obstacle par rapport à un but : *rencontrer des difficultés d'argent*) ; **désagrément** (⇩ fort) ; **souci** ; **embarras** (⇧ idée de gêne ; ⇩ fort) ; **tracas** (⇧ insistance sur le souci causé, le mal qu'il faut se donner : *son élection lui a valu beaucoup de tracas*) ; **avanie** (⇧ insiste sur la succession, et souvent l'intention malfaisante qui en est la cause : *s'exposer à toutes sortes d'avanies de la part de son supérieur*) ; **déboires** (⇧ déception) ; **embêtements, enquiquinements, emmerdements** (⇧ fam. et très fam.) ; v. aussi **difficulté, gêne, souci**.

ennuyer, 1. ne pas inspirer d'intérêt : **lasser, dégoûter** (v. ennui 1.) ; **fatiguer** (⇧ surtt par retour permanent de la même chose : *il me fatiguait par son bavardage incessant*) ; **assommer** (⇧ fort : *son style m'assomme*) ; **embêter, enquiquiner, barber, raser, emmerder, faire suer, casser les pieds** (⇧ fam. et très fam.). ‖ *S'ennuyer*: **se morfondre** (⇧ fort, surtt par manque d'occupation : *il se morfondait dans ce coin de province assommant*) ; v. aussi les verbes précédents à la forme pron. : **s'embêter**, etc. 2. v. contrarier.

ennuyeux, 1. qui ne présente pas d'intérêt : **monotone** (⇧ absence de variété : *les moutonnements monotones de la Beauce*) ; **fastidieux** (⇧ durée excessive, surtt : *un fastidieux pensum*) ; **rebutant** (⇧ qui inspire le désir d'abandonner : *une discipline rebutante*) ; **lassant, fatigant, assommant, embêtant, enquiquinant, barbant, rasant, emmerdant, suant, casse-pieds**, (⇧ fam. et très fam.) ; v. ennuyer. 2. v. gênant.

énoncer, v. exprimer.

énorme, v. grand.

énormément, v. beaucoup.

enquête, v. recherche.

enragé, v. furieux.

enregistrer, v. noter.

enrôler, v. embaucher.

enseignant(e), personne qui enseigne : **maître, maîtresse (d'école)** (⇧ surtt usuel au f., pour désigner une institutrice, fam. ; sinon emphat. ou vx) ; **instituteur, trice** (⇧ enfants) ; **professeur** (⇧ âgés) ; **précepteur** (⇧ leçons individuelles : *Fénelon fut précepteur du duc de Bourgogne*) ; **éducateur, pédagogue** (v. enseignement).

enseignement, 1. fait d'enseigner : **instruction** (⇧ insiste sur la personne visée : *l'instruction de la jeunesse* mais *l'enseignement des mathématiques*) ; **éducation** (⇧ global, mœurs, etc. : *l'éducation a notamment des fins civiques*) ;

formation (⇧ large encore); **pédagogie** (⇧ art d'enseigner); **apprentissage** (⇧ du point de vue de celui qui apprend, relativement au savoir: *l'apprentissage des langues*); **acquisition** (id.; ⇧ spécification de l'idée de savoir: *l'acquisition des bases du raisonnement logique*). 2. ce que l'on enseigne: **cours** (⇧ séance d'enseignement: *un cours à la Sorbonne*); **matière** (⇧ type général de connaissances enseignées, confiées à un enseignant spécialisé: *négliger toutes les matières, en dehors de l'éducation physique*); **discipline** (id.); ***leçon** (⇧ contenu précis donné à apprendre à un élève, ou cours particulier) *réciter sa leçon*; *Pangloss, qui donnait une leçon de physique expérimentale à la femme de chambre* (VOLTAIRE). 2. conclusion que l'on tire d'une expérience: **instruction, leçon**; **morale, moralité** (⇧ surtt apologue: *la moralité de la fable est qu'il faut éviter de céder à la flatterie*). GÉN. ***conclusion**.

enseigner, transmettre des connaissances, notamment dans le cadre scolaire: **professer** (⇧ une matière, à un niveau élevé: *professer la physique nucléaire au Collège de France*); v. aussi **apprendre**.

ensemble, adv. l'un avec l'autre: **conjointement** (⇧ part prise par chacun: *organiser conjointement la réunion*); **collectivement** (⇧ en groupe: *prendre collectivement les décisions*); **en commun** (id.; ⇧ partage: *ils prenaient tous leurs repas en commun*); **à la fois** (⇧ identité de temps: *ne répondez pas tous à la fois*); **en même temps** (id.; ⇧ insiste davantage); **simultanément** (id.; ⇧ abstrait); **de concert** (⇧ fait d'agir en coordination); **de conserve** (⇧ pour des bateaux, ou fig.: *naviguer de conserve*).

ensemble, n., objets considérés comme un tout: **groupe** (⇧ surtt pers.); **collection** (⇧ réunis à dessein, ou didact.); v. aussi **suite** et **sorte**.

ensemencer, v. semer.

enserrer, v. entourer.

ensevelir, v. enterrer.

ensevelissement, v. enterrement.

ensuite, adv., après ce qui précède: **puis** (⇧ faible). ≈ **après, à la suite de cela**; **par la suite** (⇧ envisage une période assez longue).

entasser, v. amasser.

entendement, v. raison.

entendre, 1. percevoir par les oreilles: **ouïr** (⇧ vx, sauf expr. *j'ai ouï dire*); **écouter** (⇧ volontairement, avec attention: *écouter un concert*); **percevoir** (⇧ général, idée de prise de contact par les sens: *l'on ne percevait pas le moindre son*); **distinguer** (id.; ⇧ idée de reconnaissance du son: *l'on pouvait distinguer le timbre du cor*). 2. v. comprendre.

enterrement, cérémonie consistant à porter un corps en terre: **funérailles** (⇧ soutenu); **obsèques** (⇧ officiel); **ensevelissement** (vx ou litt.: *l'ensevelissement d'Atala*); **inhumation** (⇧ techn., désigne plus précisément le fait de placer dans le tombeau: *procéder à l'inhumation du corps*).

enterrer, 1. recouvrir de terre: **enfouir** (⇧ insiste sur le fait de creuser: *enfouir un trésor*). 2. mettre un cadavre en terre: **ensevelir, inhumer** (v. enterrement).

entêté, v. têtu.

entêtement, v. obstination.

enthousiasme, état d'excitation intense de l'esprit le plaçant dans des dispositions particulièrement favorables à l'égard d'une personne, d'une idée, d'un spectacle, etc.: **admiration** (⇧ faible, simple degré élevé de jugement positif); **exaltation** (⇧ insiste surtt sur l'excitation: *son exaltation le portait à gesticuler sans cesse*); **fanatisme** (⇧ perte du sens critique ou moral, péjor. ou iron.: *l'admiration qu'il portait à son idole allait jusqu'au fanatisme*); **engouement** (⇧ adhésion subite et souvent passagère: *son engouement pour le surréalisme le céda bientôt à la passion des porcelaines chinoises*); **passion** (⇧ manque de mesure); **extase** (⇧ perte de conscience, surtt fig., dans l'ordre des émotions, plutôt: *en extase à l'écoute de son morceau de musique favori*).

enthousiasmer (s'), se prendre d'un intérêt très fort pour qqch., accompagné d'un état d'excitation intense: **admirer, s'exalter, s'engouer, se passionner, s'extasier** (v. enthousiasme); **se pâmer** (⇧ idée d'évanouissement, au fig.). ≈ **être éperdu d'admiration**.

enthousiaste, qui éprouve de l'enthousiasme: **fanatique, passionné, extatique** (v. enthousiasme).

entier, v. complet.

entourage, v. parent.

entourer, mettre autour ou se trouver autour: **ceindre** (⇧ surtt vêtement, vx, ou aménagement important: *ceindre une ville de remparts; un parc ceint de haies*); **envelopper** (⇧ idée de recouvrement total: *envelopper le corps d'une couverture*); **entortiller** (⇧ un tissu ou cordage, avec de nombreux tours: *s'entortiller la jambe de bandages*); **border** (⇧ présence au bord, pas nécessairement tour complet, étendue plutôt mince : *une pelouse bordée de buis*) ; **clore, enclore** (⇧ idée de fermeture) ; **clôturer** (id. ; ⇧ uniqt clôture au sens strict) ; **environner** (⇧ uniqt sujet inanimé, insiste plutôt sur le simple voisinage : *des vignes en friche environnaient la demeure*) ; **avoisiner** (id. ; ⇧ insistance plus forte sur la seule proximité : *les communes qui avoisinent la capitale*) ; **enserrer** (⇧ idée de tenir à l'étroit : *vallée enserrée par des parois rocheuses*) ; **encercler** (⇧ au sens pr., militaire, avec des intentions hostiles, mais sens fig. possible : *les hauteurs qui encerclent la ville de Grenoble*) ; **cerner** (id. ; ⇧ fort : *cernés par l'adversaire, il ne leur restait plus qu'à se rendre*, et fig.) ; v. aussi **accompagner, fermer, garnir.** ≈ avec les prép. **au milieu, au cœur, au centre, au sein de**, etc. : *un village situé au cœur d'un riant paysage* pour *entouré de* —, ou **autour, à l'entour de, *près de** : *des pentes s'étendaient à l'entour du parc, une bordure de tilleuls courait autour* — pour *qui entouraient* —, notamment **faire courir autour** pour toute forme de clôture, surtt plantation : *faire courir une charmille autour du bassin*, mais aussi *une moulure autour du plafond*, **faire cercle autour** (⇧ pour des personnes) ; avec les n. **pourtour, circonférence** (v. cercle) : *présenter sur son pourtour* pour *être entouré.*

entrain, v. joie.

entraîner, v. exercer, causer.

entre, prép., marquant le fait d'être entouré d'autres choses ou de figurer dans un ensemble de choses : **au milieu de** (⇧ surtt sens local : *avancer au milieu des bruyères*) ; **parmi** (⇧ insiste sur l'insertion dans l'ensemble : *brave parmi les braves*).

entrebâiller, v. ouvrir.

entrecouper, v. interrompre.

entrée, v. arrivée, commencement.

entreprenant, v. actif.

entreprendre, v. décider et commencer.

entreprise, 1. v. projet. 2. ensemble de personnes et de biens intervenant comme unité dans l'activité économique : **usine** (⇧ production industrielle) ; **affaire** (⇧ considéré plutôt du point de vue des mises de fonds : *faut-il investir encore dans cette affaire ?*) ; **établissement** (⇧ insiste sur la localisation, et surtt emploi au pl. avec le nom : *les établissements X à Clermont*) ; **maison** (⇧ emploi avec nom, ou nuance de familiarité : *un employé qui avait trente ans de maison*) ; **exploitation** (⇧ surtt agricole) ; v. aussi **commerce** et **usine.**

entrer, 1. passer de l'extérieur à l'intérieur d'un lieu : **pénétrer** (⇧ met particulièrement en relief le franchissement de la limite, avec des connotations diverses, crainte, mystère, etc. ou simplement emphase : *ils allaient enfin pénétrer dans le Saint des Saints*) ; **s'introduire** (⇧ effraction, difficulté ou simplement discrétion : *s'introduire sans être invité*) ; **se faufiler** (⇧ très discret) ; **se glisser** (id. ; ⇧ certaine souplesse, au pr. ou fig. : *se glisser dans la cheminée*) ; **s'engouffrer** (⇧ précipitamment) ; **monter** (⇧ pour des véhicules : *monter dans le bus*). GÉN. ***arriver.** ≈ **faire son entrée** (⇧ assez solennel, ou fig. : *faire son entrée dans le monde de la politique*) ; **faire son apparition** (v. arriver) ; **faire irruption** (⇧ entrée soudaine et inattendue : *faire irruption dans la salle au milieu d'une séance de spiritisme*). 2. v. adhérer.

entretenir, v. conserver.

entretenir (s'), v. bavarder.

entretien, v. conversation.

entrevoir, v. voir.

entrevue, v. rencontre.

énumérer, v. dénombrer.

envahir, v. emplir.

enveloppe, ce qui entoure qqch. pour le protéger : **emballage** (⇧ pour une expédition : *retirer le colis de son emballage*) ; **paquet** (id. ; ⇧ l'ensemble de l'objet et de l'emballage) ; **revêtement** (⇧ protection : *revêtement plastique d'une couverture de livre*) ; **housse** (⇧ matière textile, notamment protection de la poussière) ; **étui** (⇧ de matière dure et d'usage durable : *étui à lunettes*) ; **gaine** (⇧ allongé : *gaine de fil électrique*) ; **fourreau** (id. ; ⇧ surtt arme blanche).

envelopper, couvrir entièrement qqch., en général pour protéger : **emballer, empaqueter** (v. enveloppe) ; **emmitoufler** (⇧ vêtements, contre le froid : *bien emmitouflé dans son capuchon et son cache-col*) ; **draper** (⇧ d'un tissu, avec des plis, ou par ext. : *drapé dans son peignoir et sa dignité*) ; v. aussi **couvrir** et **entourer.**

envenimer, v. empoisonner.

envergure, v. largeur.

envie, 1. v. désir. 2. désir haineux de ce que possède autrui : **jalousie** (⇧ nuance affective plus forte : *la préférence que l'on témoignait à son aîné lui inspirait une vive jalousie*).

envier, éprouver de l'envie : **jalouser** (v. envie).

envieux, qui éprouve de l'envie: **jaloux** (v. envie).

environ, 1. adv., marque une approximation: **à peu près** (⇧ cour.); **approximativement** (⇧ techn. et emphat.); **autour de** (⇧ assez cour., vague: *une maison qui valait autour d'un million de francs*); **quelque** (id.: *l'épave reposait à quelque quinze mètres de fond*; **dans les** (id.; ⇧ assez cour.); **presque** (⇧ un peu inférieur).
II. n. pl., lieux qui avoisinent un autre lieu: **alentours** (⇧ plus proche); **abords** (⇧ en s'approchant: *à la multiplication des terrains vagues, on sent les abords de la grande ville*); **voisinage** (⇧ surtt emploi prép.: *une maison dans le voisinage de Rouen*); **parages** (⇧ par rapport à ici: *il habite dans les parages*); v. aussi **banlieue**.

environner, v. entourer.

envisager, v. projeter.

envol, v. vol.

envoler (s'), s'élever dans les airs pour un oiseau ou un appareil: **décoller** (⇧ avion). ≈ **prendre l'air**.

envoyé, personne envoyée par une autre pour la représenter: **messager** (⇧ porteur d'un message); **émissaire** (⇧ mission secrète); **ambassadeur** (⇧ représentant officiel auprès d'une puissance étrangère); **plénipotentiaire** (⇧ disposant des pleins pouvoirs de négociation); v. aussi **délégué**.

envoyer, 1. faire se diriger qqn ou qqch. en direction d'un lieu précis: **expédier** (⇧ qqch., plutôt lettre, colis, ou fam.: *expédier un paquet en Suisse*); **adresser** (⇧ surtt courrier: *adresser une lettre*); **poster** (⇧ uniqt courrier, insiste sur dépôt); **dépêcher** (⇧ qqn, plutôt avec une mission précise, très soutenu: *dépêcher son adjoint auprès du directeur de la filiale*); **détacher** (id.; ⇧ administratif); **déléguer** (id.; ⇧ fonction de représentation). ≈ **faire parvenir** (⇧ poste, etc.); **mettre à la poste, à la boîte** (id.). 2. v. jeter.

épais, 1. v. gros. 2. qui présente une certaine consistance, ou un nombre important de composants sur un faible espace: **dense** (⇧ savant: *la forêt dense vient succéder à la savane; l'or est le plus dense des métaux usuels*); **dru** (⇧ pour une végétation, ou assimilé: *des buissons particulièrement drus*); **touffu** (⇧ idée d'obstacle à la progression, ou fig.: *forêt touffue*); **consistant** (⇧ solidité, idée de matière abondante, d'où, éventuellement, nourrissante: *un porridge particulièrement consistant pour le petit déjeuner*); **compact** (⇧ idée de matière très serrée, difficile à désagréger). ≈ expr. **à couper au couteau** (fam., pour un brouillard).

épaisseur, caractère de ce qui est épais: **densité**, **consistance**, **compacité** (v. épais).

épancher (s'), v. confier.

épanoui, v. heureux.

épargne, v. économie.

épargner, v. économiser.

épée, arme blanche à la lame longue: **glaive** (⇧ antique ou poét., en principe plutôt court); **sabre** (⇧ à un seul tranchant, souvent courbe); **rapière** (⇧ longue, surtt XVIIe); **fleuret** (⇧ fin, escrime); **cimeterre** (⇧ oriental, sabre particulièrement recourbé); **braquemart** (⇧ court, surtt plaisant, utilisé chez Rabelais).

épeler, v. dire, lire.

éphémère, v. passager.

épidémie, v. maladie.

épier, v. espionner.

épilogue, v. conclusion.

épisode, v. événement.

épître, v. lettre.

éplucher, enlever la peau d'un fruit, d'un légume: **peler** (⇧ soutenu: *peler une orange*); **gratter** (⇧ simple passage de couteau, carottes, etc.); **décortiquer** (⇧ enveloppe dure, noix, etc.).

éponger, v. sécher.

époque, espace de temps d'une certaine durée pourvu de certaines particularités: **période** (⇧ suppose une certaine division de la durée en phases successives: *pendant la période de l'occupation*); **ère** (⇧ de longue durée, liée à des caractéristiques de grande ampleur: *l'ère glaciaire*); **âge** (id.; ⇧ lié à certaines particularités techn., ou traits de civilisation: *l'âge du bronze, l'âge des cavernes*); ***temps** (id.; ⇧ vague: *les temps préhistoriques*); **siècle** (⇧ en principe cent ans, mais par ext.: *le siècle de Louis XIV*); v. aussi **date**.

épouser, v. se marier.

épouvantable, v. effrayant.

épouvante, v. crainte.

épouvanter, v. effrayer.

époux, personne liée à une autre par le mariage: **mari**, **femme** (⇧ cour.); **conjoint** (⇧ jurid.); **compagnon**, **compagne** (⇧ effet litt., ou euphémisme pour concubin).

éprendre (s'), v. amoureux.

épreuve, v. compétition, malheur.

éprouver, v. expérimenter et ressentir.

épuisé, v. fatigué.

épuiser, 1. vider entièrement, au pr. ou

fig. : **tarir** (⇧ à l'origine, épuisement naturel d'une source, mais ext. : *tarir la source principale de ses revenus*). 2. v. fatiguer.

équilibre, 1. position stable d'un corps quelconque, soumis à des forces contraires : **aplomb** (⇧ étymologiquement, position mesurée par le fil à plomb, d'où position stable, plutôt d'un corps étiré vers le haut, et au fig. sens moral, fam. : *remettre un vase d'aplomb*) ; **stabilité** (⇧ insiste sur l'absence de déplacement, plutôt que sur la position elle-même, au pr. ou fig. : *menacer la stabilité des institutions*) ; **assiette** (vx, sauf expr. ; ⇧ position apte à assurer l'équilibre d'un corps, ou fig. : *n'être pas dans son assiette*). 2. état de bonne maîtrise des facultés psychologiques : **pondération** (⇧ tendance à éviter les réactions excessives : *un juge plein de pondération*) ; **maîtrise de soi** (⇧ domination sur ses impulsions) ; **santé morale**.

équilibrer, faire tenir en équilibre, au pr. ou fig. : **contrebalancer** (⇧ insiste sur l'action de l'un des termes : *le rôle du parlement doit contrebalancer l'autorité de l'exécutif*) ; **compenser** (⇧ par rapport à un mal, un manque : *compenser l'absence de contrôle par la rigueur des sanctions encourues*) ; **balancer** (⇧ correspondre approximativement à l'autre terme).

équipe, v. groupe.

équiper, v. fournir.

équivoque, v. ambigu, ambiguïté.

érafler, v. blesser.

éraflure, v. blessure.

ère, v. époque.

éreinter, v. critiquer.

ériger, v. construire.

errer, aller à l'aventure : **vagabonder** (⇧ plus durablement, ou par fantaisie : *laisser vagabonder ses pensées*) ; **flâner** (⇧ par plaisir, sans se presser : *flâner dans les rues commerçantes*) ; **déambuler** (⇧ marcher sans but dans un lieu donné : *déambuler le long du quai*) ; **rôder** (⇧ péjor., mauvaises intentions ; v. aussi **(se) promener**.

erreur, fait de se tromper : **faute** (⇧ manque au respect d'une règle, d'une logique, ou implications graves : *faute d'orthographe, de raisonnement* ; *une faute de jugement dont les conséquences allaient se révéler incalculables*) ; **bévue** (⇧ surtt de jugement, grossière, mais plutôt anodine : *accumuler les bévues*) ; **inexactitude** (⇧ manque de précision) ; **sottise** (⇧ qui traduit un manque d'intelligence, plutôt fam. en ce sens : *vous allez faire une sottise*) ; ***confusion** (⇧ fondée sur le fait de prendre une chose pour une autre) ; **inexactitude** (⇧ faible, pas tout à fait juste) ; **quiproquo** (⇧ confusion fondée sur une mauvaise perception de l'identité des personnes, de leurs intentions ou du sens de leurs propos : *un quiproquo avait failli conduire à l'arrestation d'un homonyme*) ; **méprise** (id. ; ⇧ surtt prendre une personne pour une autre) ; **malentendu** (id. ; ⇧ lié aux intentions mal comprises, de façon plus large : *leur querelle repose sur un malentendu*) ; **paralogisme** (⇧ faute de raisonnement) ; **vice de raisonnement** (id.) ; **illusion** (⇧ idée fausse que l'on se fait de qqch. : *une illusion de bonheur*). ≈ avec le verbe se ***tromper** et ses syn. : *vous vous égarez* pour *vous commettez une lourde erreur* ; **manque, défaut de jugement, de lucidité** (⇧ général).

érudition, v. savoir.

escabeau, v. échelle.

escalader, v. monter.

escalier, ensemble de marches permettant de monter à un étage : **montée** (⇧ dans une ruelle, en ville : *la montée du Réservoir*). ≈ v. marches.

escarpin, v. chaussure.

esclaffer (s'), v. rire.

esclavage, état d'esclave : **servitude** (⇧ soutenu, facilement fig. : *la dictature réduit les peuples en servitude*) ; **asservissement** (⇧ fait de devenir esclave) ; v. aussi **domination**.

esclave, homme qui est la propriété d'un autre : **serf** (⇧ Moyen Age, demi-servitude) ; **captif** (⇧ prise de guerre, surtt dans l'Antiquité).

escompter, v. espérer.

escorter, v. accompagner.

escroc, v. voleur.

escroquer, v. voler.

ésotérique, v. caché.

espace, 1. portion de lieu, notamment comprise entre des limites données : **étendue** (⇧ surface ; ⇩ limites : *une vaste étendue d'eau*) ; **intervalle** (⇧ situation entre des limites : *l'intervalle compris entre deux mots*) ; **interstice** (id. ; ⇧ réduit : *profiter pour s'agripper de l'interstice entre les moellons du mur*) ; v. aussi **distance**. 2. v. ciel.

espèce, v. sorte.

espérance, v. espoir.

espérer, attendre que se produise un événement favorable : **souhaiter** (⇧ insiste plutôt sur le désir que sur l'attente : *souhaiter que le temps s'améliore,* *sans trop d'illusions*) ; **s'attendre à** (⇧ prévoir avec une forte probabilité, en bien ou en mal : *il s'attendait à une année mémorable*) ; **compter sur** (⇧ forte confiance : *compter trop sur la générosité humaine*) ; **escompter** (⇧ attente trop confiante, souvent déçue) ; **tabler sur** (⇧ dans le cadre d'un calcul sur l'avenir, supposer réalisée une condition donnée : *tabler sur l'arrivée précoce du printemps*) ; **se flatter de** (⇧ en comptant, souvent à tort, sur sa réussite personnelle : *il se flattait de mettre la Russie à genoux en une seule campagne*) ; v. aussi **vouloir**.

espiègle, v. éveillé.

espion, personne chargée de recueillir des renseignements auprès de l'ennemi : **agent (secret, de renseignement)** (⇧ insiste sur l'appartenance à un service organisé : *un agent du K.G.B.*) ; **indicateur** (⇧ chargé de renseigner la police) ; **mouchard** (id. ; ⇧ infiltré dans les rangs d'un groupe surveillé par la police : *exécuter un mouchard de la Gestapo*).

espionnage, acte d'espionner et ensemble des activités qui s'y rattachent : **renseignement** (⇧ neutre, ou euphém. : *les services de renseignement de la présidence de la République ; faire du renseignement*).

espionner, surveiller secrètement : **épier** (⇧ banalement, dans un but anodin : *la concierge épie les faits et gestes de tous les locataires*) ; **guetter** (⇧ dans l'attente d'une éventualité précise : *il le guetta sur le chemin*) ; **se tenir, être aux aguets** (⇧ insiste sur l'attitude de celui qui guette) ; v. aussi **surveiller**.

espoir, fait d'espérer : **espérance** (⇧ abstrait et général : *la vertu d'espérance*) ; **attente, désir** (⇧ général) ; **confiance** (⇧ attitude de tranquillité, certitude : *envisager l'avenir avec confiance*) ; **assurance** (id. ; ⇧ fort : *une pleine assurance de réussir)* ; **optimisme** (⇧ idée que tout finit par tourner bien : *garder un solide optimisme dans toutes les circonstances difficiles*) ; **aspiration** (⇧ idéal).

esprit, v. âme, intelligence, fantôme.

esquinter, v. détériorer.

esquiver, v. éviter.

essai, fait d'essayer : **expérience, expérimentation, test, vérification, contrôle, tentative** (v. essayer).

essayer, 1. mettre à l'épreuve la qualité de qqch. : **expérimenter** (⇧ techn., méthode, comportement : *expérimenter un nouveau régime*) ; **tester** (⇧ qualité d'un produit : *tester une lessive*) ; **contrôler** (⇧ avec autorité sur le produit : *une production strictement contrôlée avant l'empaquetage*) ; **vérifier** (id. ; ⇧ neutre) ; **goûter** (⇧ uniqt aliments, ou fig. : *goûter à la vie de château*) ; **tâter de** (⇧ mode de vie : *tâter de la prison*) ; **passer** (⇧ uniqt vêtement). ≈ **faire l'essai de** ; **procéder au contrôle, à la vérification, à la dégustation de** ; **soumettre à un test**. 2. mettre en œuvre des moyens pour parvenir à une fin, plutôt avec l'idée d'un succès aléatoire : **tenter de** (⇧ soutenu, souligne la difficulté : *tenter de remédier à la situation)* ; **tâcher de** (⇧ avec moins de résolution ou d'effort, notamment dans des injonctions polies : *vous tâcherez de le convaincre de venir*) ; **chercher à** (⇧ neutre, insiste sur la fin visée : *chercher à mettre en difficulté le gouvernement*) ; **s'efforcer de** (⇧ effort) ; **s'évertuer à** (⇧ obstination peu raisonnable, malgré les échecs : *s'évertuer à apprendre l'espéranto*) ; **s'ingénier à** (⇧ par tous les moyens, idée d'imagination et d'obstination, plutôt péjor.). ≈ **tout faire, faire (tout) son possible, ce que l'on peut, de son mieux, l'impossible, pour** : *faire son possible pour réconcilier les belligérants* ; **mettre (toute) son énergie, son ardeur à** ; **se donner du mal, de la peine, pour** ; **poursuivre l'intention de** (⇧ insiste surtt sur le but recherché, indépendamment de l'effort : *l'intention ici poursuivie par l'auteur est de créer un climat de mystère* pour *l'auteur essaye ici de —*) ; v. aussi **vouloir**.

essence, v. nature.

essentiel, v. principal.

essoufflé, qui n'arrive plus à reprendre son souffle : **époumoné** (⇧ à force de parler ou crier) ; **haletant** (⇧ avec une respiration courte et sonore) ; **hors d'haleine** (⇧ fort).

essuyer, v. sécher.

estaminet, v. café.

estampe, v. image.

esthétique, v. beau et artistique.

estimer, 1. déterminer approximativement la valeur de qqch. : **évaluer** (⇧ plus précisément : *évaluer les dégâts à trois millions de francs*) ; **apprécier** (⇧ vague et général, souvent positif : *apprécier le volume de travail fourni*) ; **expertiser** (⇧ dans le cadre d'une procédure officielle ; + compl. indiquant une valeur : *expertiser un tableau en vue de l'assurance*) ; **mesurer** (⇧ calcul, objectif). GÉN. **déterminer**. 2. concevoir une opinion positive de qqn : **apprécier** (⇧ en fonction d'une connaissance, une expérience particulières : *apprécier le travail* *d'un subordonné*); **considérer** (⇧ surtt au part. passé, à valeur générale, sinon vx: *un notable fort considéré dans sa commune*); **faire cas de** (⇧ idée d'une importance accordée: *faire grand cas de l'opinion de ses électeurs*). ≈ expr. nom.: **témoigner, manifester, porter, de l'estime, de la considération, de la déférence; tenir en grande, haute estime.** 3. v. considérer.

estomac, organe supérieur du système digestif: **gésier** (⇧ oiseaux); **panse** (⇧ seconde poche, propre aux ruminants). ≈ v. ventre.

estropier, v. blesser.

étable, lieu où s'abritent des bestiaux. SPÉC. **écurie** (⇧ chevaux); **bergerie** (⇧ moutons, chèvres); **porcherie** (⇧ porcs).

établir, 1. donner un commencement à une règle, une institution, etc.: **fixer** (⇧ règle: *fixer les principes de la constitution*); **fonder** (⇧ institution, organisme: *Ignace de Loyola a fondé la Compagnie de Jésus*); **instituer** (⇧ début solennel: *c'est la Troisième République qui institua la célébration du 14 Juillet*); **instaurer** (id.; ⇧ insistance sur la nouveauté: *instaurer un nouvel ordre des choses*); **constituer** (⇧ association); **créer** (⇧ neutre, à partir de rien: *créer une entreprise*); **organiser** (id., souligne les divers facteurs à mettre en rapport); **bâtir** (⇧ fig., image de la construction: *les Romains ont bâti leur empire sur une armée de citoyens*); **introduire** (⇧ en empruntant ce qui existe déjà ailleurs: *Parmentier introduisit en France la culture de la pomme de terre*); **implanter** (id.; ⇧ insistance sur la solidité de l'innovation: *implanter l'usage de l'informatique*). 2. v. prouver.

établissement, 1. **fixation, fondation, institution, instauration, introduction, instauration, implantation** (v. établir). 2. v. entreprise. 3. v. école.

étaler, v. étendre, montrer.

étanche, v. imperméable.

état, 1. manière d'être: **situation** (⇧ insiste sur circonstances extérieures: *sa situation financière est catastrophique*); **position** (⇧ plutôt en relation avec des personnes: *placé dans une position difficile vis-à-vis de son beau-père*). ≈ **condition physique** (⇧ état général de santé); **forme** (id.; ⇧ cour.). 2. l'Etat, les institutions publiques considérées comme un tout abstrait: **pouvoirs publics** (⇧ concret, responsables: *dénoncer l'incurie des pouvoirs publics*); **collectivité** (⇧ représentation de l'ensemble des citoyens: *gaspiller les fonds de la collectivité*); **administration** (⇧ considéré dans son aspect d'organisation: *les lenteurs à réagir de l'administration*); **pouvoir** (⇧ insiste sur le camp détenteur de l'autorité: *les responsabilités du pouvoir dans la répression*); **régime** (⇧ en tant que présentant une forme particulière, démocratie, dictature, de gauche, de droite, etc.: *un suppôt du régime communiste bulgare*); v. aussi **gouvernement** et **pays**.

été, saison chaude: **belle saison** (⇧ vague, moment de l'année bénéficiant de conditions météorologiques satisfaisantes); **canicule** (⇧ période des plus grandes chaleurs).

éteindre, 1. arrêter un feu: **étouffer** (⇧ en supprimant l'air). 2. mettre fin au fonctionnement d'un appareil: **fermer** (⇩ image du feu: *fermer la télévision*); **couper** (⇧ soudainement, et dans un cas exceptionnel, en agissant sur l'alimentation: *couper le gaz avant de partir*). GÉN. ***arrêter**.

étendard, v. drapeau.

étendre, faire occuper un plus grand espace, plutôt à l'horizontale: **allonger** (⇧ en longueur, plutôt membres: *allonger le bras vers la poignée*); **étirer** (⇧ en dépassant la longueur habituelle: *étirer ses muscles contractés par l'immobilité*); **déployer** (⇧ ce qui est plié ou replié, ou par ext.: *déployer ses ailes*); **dérouler** (⇧ ce qui est roulé: *dérouler le tapis rouge en son honneur*); **étaler** (⇧ insiste sur la mise à plat: *étaler la peinture sur le mur*); **tendre** (⇧ en soumettant à une tension permanente: *tendre un rideau devant la fenêtre*). || *S'étendre*, occuper une certaine surface: **se déployer, s'étaler** (⇧ idée d'ampleur, en liaison avec l'image du verbe au sens pr.; v. étendre: *le spectacle grandiose des cimes enneigées se déployait devant lui dans toute sa splendeur*); **se dérouler** (⇧ idée de découverte progressive). ≈ v. occuper.

étendu, v. grand.

étendue, 1. v. espace. 2. mesure de l'espace occupé: **surface** (⇧ à plat: *l'étendue du jardin*; **superficie** (id.; ⇧ techn.); **dimension** (⇧ techn., idée d'un ordre de grandeur: *le coût varie selon la dimension de l'appartement*); v. aussi **grandeur**.

éternel, **perpétuel** (⇧ fort); **sempiternel** (⇧ sans arrêt); **continuel, interminable** (⇧ fort, notion de durée uniqt); v. aussi **durable**.

éternité, durée sans limite. ≈ **temps**

infini, infinité de temps; siècles des siècles (⇧ biblique).
éternuement, v. toux.
éternuer, v. tousser.
éther, v. ciel.
éthique, v. moral.
étirer, v. étendre.
étincelle, petite flamme de durée très brève: **escarbille** (⇧ échappée notamment d'une chaudière à charbon); **flammèche** (⇧ important: *des flammèches échappées à l'incendie risquaient de le propager dans tout le quartier*).
étoffe, v. tissu.
étoile, v. astre.
étonnant, v. surprenant.
étonné, v. surpris.
étonnement, v. surprise.
étonner, v. surprendre.
étouffant, v. chaud.
étouffer, 1. empêcher de respirer: **asphyxier** (⇧ effet physiologique dû à l'interruption de l'alimentation en oxygène, ou l'inhalation d'un gaz toxique: *asphyxié par son réchaud à gaz*); **étrangler** (⇧ en serrant le cou); **oppresser** (⇧ simple difficulté à respirer: *une chaleur oppressante*). 2. intr., avoir du mal à respirer, notamment en raison de la chaleur, ou réfléchi, ne plus parvenir à respirer: **s'asphyxier**; **suffoquer** (⇧ éprouver de plus en plus de difficulté à s'oxygéner, ou fig.: *suffoquer à l'inhalation du contenu du flacon*). 3. empêcher de se développer: **écraser** (⇧ une action violente, complot, etc.: *écraser la rébellion naissante*); **juguler** (id.; ⇧ neutre: *juguler toute opposition*); **mater** (id.; ⇧ action énergique); **neutraliser** (⇧ rendre inoffensif: *neutraliser la résistance adverse*); **réprimer** (⇧ large, idée de ramener à un stade antérieur un processus, un geste, mais aussi une action hostile: *réprimer un soupir; réprimer une grève*); v. aussi **détruire, effacer**.
étourderie, v. distraction.
étrange, qui surprend par son apparence, sa manière d'être: **bizarre** (⇧ idée d'une certaine anomalie, parfois ridicule: *un bizarre attirail*); **curieux** (⇧ qui suscite la curiosité, l'étonnement: *une curieuse façon de parler*); **insolite** (⇧ faisant contraste avec l'habitude: *une tenue de soirée insolite dans ce quartier démuni*); **saugrenu** (⇧ qui n'est pas à sa place, souvent déraisonnable: *l'idée saugrenue d'élever un crocodile chez soi*); **farfelu** (id.; ⇧ certaine fantaisie); **extravagant** (⇧ fort, témoigne d'une originalité délirante); v. aussi **surprenant**.
étranger, n., qui n'est pas du pays: **allogène** (⇧ terme plutôt géographique, appartenant à une population venue d'ailleurs); **métèque** (⇧ péjor., individu douteux); v. aussi **émigré**.
étranger, adj., qui n'appartient pas à la catégorie considérée: **extérieur** (⇧ insiste sur l'appartenance à une autre catégorie: *des considérations extérieures à l'affaire*). ≈ **sans rapport, sans lien avec**.
étrangler, v. tuer.
être, I. verbe, 1. posséder l'existence: **exister** (⇧ cour. en ce sens: *Dieu existe*); **subsister** (⇧ continuer à exister: *il subsiste de nombreux témoignages de l'époque romaine*); v. aussi **avoir** *(il y a)* et **vivre**. 2. avoir une position dans un lieu: **se trouver** (⇧ soutenu: *nous nous trouvons dans la salle de bal du château*). 3. verbe outil marquant l'identité d'un sujet avec qqch.: **consister en** (⇧ pour marquer une définition ou un contenu: *le dessert consistait en un énorme baba au rhum*); **constituer** (⇧ ranger dans une catégorie générale, notamment délits: *cette intrusion constituait une infraction à l'étiquette*); **représenter** (id.; ⇧ large: *sa découverte représentait un apport considérable à la théorie des quanta*).
II. n., celui qui existe, vit; **personne** (⇩ fort, sens affectif); **individu** (⇧ neutre ou même péjor.); v. **chose** et **homme**.
étriqué, v. étroit.
étroit, 1. qui n'est pas large: **resserré** (⇧ idée d'un manque d'espace: *les parois resserrées de la vallée permettaient à peine le passage de la route*); **encaissé** (⇧ pour une vallée, insistance sur la pente abrupte des parois); **étriqué** (⇧ péjor., manque excessif d'ampleur, notamment fig.: *habit étriqué; une morale étriquée de petite-bourgeoise*); **réduit, restreint, exigu** (⇧ faible espace, plutôt qu'étroitesse: *logement exigu*). 2. très solide et direct, pour des relations: **serré** (⇧ forte insistance sur la dépendance *entretenir des liens serrés avec la franc-maçonnerie*); **intime** (⇧ familiarité: *une amitié intime*).
étroitesse, v. petitesse.
étude, v. examen.
étudiant, v. élève.
étudier, 1. travailler dans le but de s'instruire: **apprendre** (⇧ insiste sur résultat: *la volonté d'apprendre*); **bûcher** (fam.; ⇧ effort: *bûcher les maths pour l'examen de septembre*); v. aussi **travailler**. 2. v. apprendre. 3. v. examiner.
étui, v. enveloppe.

évacuer, v. vider.
évader (s'), v. s'enfuir.
évaluer, v. estimer.
évangélisation, v. mission.
évanouir (s'), 1. tomber en syncope : **se pâmer** (vx en ce sens ; ⇧ sous l'effet d'une forte émotion, et surtt au fig., éprouver une vive admiration, iron. : *se pâmer d'aise*) ; **défaillir** (⇩ fort, simple étourdissement). ≈ **perdre connaissance** (⇧ très usuel) ; **se trouver mal** (⇧ vague) ; **tomber dans les pommes** (fam.) ; **tourner de l'œil** (fam. ; ⇩ fort) ; **avoir des, être pris de vapeurs** (⇧ simple défaillance, habituelle, XVIIIe ou iron. : *la marquise avait ses vapeurs, et se fit apporter des sels*). 2. v. disparaître.
évanouissement, fait de perdre connaissance : **pâmoison, défaillance, vapeurs** (v. s'évanouir) ; **syncope** (⇧ terme médical).
évasion, v. fuite.
éveillé, 1. qui ne dort pas : **conscient** (⇧ insiste sur état psychologique : *encore conscient malgré l'anesthésie locale*) ; **debout** (⇧ qui n'est plus au lit : *déjà debout à cette heure ?*). 2. qui fait preuve de vivacité d'esprit : **dégourdi** (⇧ capacité à se débrouiller en toute circonstance : *un gaillard fort dégourdi*) ; **vif** (⇧ rapidité de réaction : *un esprit vif et agile*) ; **délié** (id. ; ⇧ s'applique surtt à l'esprit, sinon vx : *intelligence déliée*) ; **espiègle** (⇧ porté à la plaisanterie, voire la désobéissance sans méchanceté, pour un enfant).
éveiller, tirer du sommeil : **réveiller** (⇧ assez soudainement, notamment pour une raison quelconque : *la sonnerie le réveilla tout à coup*) ; **ranimer** (⇧ après une perte de conscience : *les pompiers le ranimèrent rapidement*). ≈ **ramener à lui, à elle** (⇧ à la suite d'un assoupissement ou d'un évanouissement : *la fraîcheur du soir le ramena à lui*). || *S'éveiller* : **se réveiller, se ranimer.** ≈ **revenir à soi** ; **reprendre connaissance** (⇧ après évanouissement) ; **reprendre ses sens** (id.).
événement, ce qui arrive à un moment donné, et modifie en quelque manière le cours des choses : **fait** (⇧ neutre, objectif, insiste sur la réalité plutôt que sur l'inflexion du cours des choses : *un fait historique avéré*) ; **fait divers** (⇧ d'importance secondaire, relaté notamment dans la rubrique correspondante des journaux) ; **phénomène** (⇧ scientifique : *la marée est un phénomène lié à la lune*) ; **actualité** (ensemble des événements survenus au moment présent) ; **incident** (⇧ entraîne des conséquences légères : *la livraison a été retardée par un incident technique*) ; **accident** (⇧ inaccoutumé, et souvent conséquences plus ou moins graves) ; **circonstance** (⇧ surtt au pl., ce qui accompagne l'événement, du point de vue de la personne concernée : *vu les circonstances, il lui était impossible de s'absenter*) ; **aventure** (⇧ qui arrive à qqn, plutôt inaccoutumé) ; **péripétie** (⇧ élément d'une intrigue, et, par ext., d'une histoire un peu mouvementée : *raconter toutes les péripéties de son voyage*) ; **épisode** (id. ; ⇩ nécessairement mouvementé : *un épisode fameux de la guerre de Trente Ans*) ; **scène** (⇧ d'une pièce et par ext. de toute intrigue) ; **déroulement** (+ compl., insiste sur la suite des événements : *le déroulement de la guerre de Sécession*) ; v. aussi **drame, malheur** et **situation.** SPÉC. **coup de théâtre** (⇧ événement subit et inattendu). ≈ **le cours des choses** (⇧ général et vague : *s'employer à agir sur le cours des choses*) ; tours avec **arriver, se produire,** etc.
éventualité, v. cas.
éventuel, v. possible.
évertuer (s'), v. essayer.
évidemment, adv., marque que quelque chose va de soi : **visiblement, manifestement (v. évident)** ; **bien sûr** (⇧ cour., affaibli : *bien sûr, il oubliera de venir*) ; **bien entendu** (id. ; ⇧ soutenu) ; **à coup sûr** (⇧ fort, certaine assurance sur l'avenir, nuance affective : *à coup sûr, il aura manqué son train*) ; **à tout coup** (id. ; ⇧ fam.) ; **immanquablement, infailliblement** (⇧ nécessité ; v. évident) ; **sans aucun doute** (⇧ idée de certitude) ; **sans conteste** (id. ; ⇧ soutenu) ; **indubitablement, incontestablement, assurément** (id. ; v. évident). ≈ expr. **(comme) cela va de soi, cela coule de source** ; **cela ne fait pas de doute** ; **cela ne fait pas un pli** (fam.).
évident, qui s'impose à l'opinion, de soi-même, sans doute possible : **clair** (⇧ surtt ds expr. : *il est clair que nous tenons le coupable ; l'affaire est claire*) ; **manifeste** (⇧ soutenu, souligne que chacun peut s'en rendre compte : *une erreur manifeste*) ; **visible** (⇧ idée de constatation par les yeux) ; **criant** (⇧ fort, s'impose absolument, en bien et surtout en mal : *une injustice criante*) ; **flagrant** (id. ; ⇧ idée de coupable pris sur le fait : *erreur flagrante*) ; **indiscutable, indubitable, incontestable, indéniable, irréfutable** (⇧ insiste sur l'exclusion de la

possibilité de discussion, doute, critique, dénégation, ou réfutation, emphat.) ; **certain** (⇧ dont on ne peut douter, mais pas nécessairement au premier abord : *des conclusions certaines*) ; **sûr** (id.) ; **assuré** (id. ; ⇧ idée d'une vérification supplémentaire) ; **formel** (id. ; ⇧ idée de la certitude de celui qui émet l'opinion, avec toute la rigueur nécessaire : *son avis est formel*) ; v. aussi **vrai**. ≈ expr. verb. **aller de soi, couler de source, ne pas faire de doute, pas un pli** (v. évidemment) ; **être hors de doute** ; **il n'y a pas, il ne fait pas le moindre doute que** ; **être clair comme le jour** ; **clair comme de l'eau de roche** (⇧ fam.) ; **sauter aux yeux** (⇧ cour. : *cela saute aux yeux qu'il a fait une confusion*).

évincer, v. déposséder.

éviter, 1. avec un n., faire en sorte de ne pas s'exposer à qqch. : **échapper à** (⇧ action subie : *échapper à la peine capitale*) ; **couper à** (fam. ; id.) ; **écarter**, **esquiver** (⇧ volontairement, en cherchant un détour : *esquiver des questions gênantes*) ; **éluder** (id. ; ⇧ surtt décision, prise de position : *éluder les difficultés*) ; **contourner** (id. ; ⇧ image du détour) ; **parer à** (⇧ action délibérée pour s'opposer à qqch. : *parer à la menace allemande*) ; v. aussi **empêcher**. 2. avec un verbe, *éviter de*, réussir à ne pas faire : **se garder de** (⇧ idée d'une attention particulière : *se garder de faire la moindre allusion à l'affaire*) ; v. aussi s'abstenir. ≈ tours nég. avec ***réussir** ou ***essayer** : *réussir, parvenir à, veiller à, essayer de, ne pas choquer l'auditoire*.

évoluer, v. changer.

évolution, v. changement.

évoquer, v. parler.

exact, v. vrai.

exactitude, v. vérité, précision.

exagération, fait d'exagérer : **amplification** (⇧ dans la façon de présenter qqch. : *l'amplification est un des traits dominants de l'épopée*) ; **hyperbole** (⇧ figure de style, dans le but de souligner l'expression) ; **outrance** (⇧ surtt dans les sentiments, les jugements, aller au-delà de la mesure : *il ne savait pas formuler une appréciation sans outrance*) ; **fanfaronnade** (⇧ pour se faire valoir : *las de ses perpétuelles fanfaronnades, il se décida à le mettre au pied du mur*) ; **vantardise** (⇧ pour se mettre en valeur).

exagéré, qui dépasse la mesure : **amplifié, hyperbolique, outré, forcé** (v. exagération et exagérer) ; **excessif** (v. excès), **abusif** ; **immodéré** (⇧ insiste sur absence complète de mesure : *un goût immodéré pour les boissons fortes*) ; **effréné** (id. ; ⇧ fort encore, sans aucun frein : *des dépenses effrénées*) ; **débridé** (id. ; ⇧ plutôt faculté mentale, passion ; *une fantaisie débridée*) ; **outrancier** (⇧ fort : *une vulgarité outrancière*) ; **exorbitant** (⇧ surtt prix, très fort : *tarif exorbitant, exigences exorbitantes*). ≈ expr. verb., v. exagérer.

exagérer, aller trop loin dans son comportement ou ses déclarations : **amplifier** (v. exagération) ; **grossir, forcer** (⇧ de façon peu conforme au naturel, ou par ext. : *forcer la satire*) ; **outrer** (⇧ général, présentation des choses ou sentiments : *une interprétation outrée du personnage de l'avare*) ; **grossir** (⇧ neutre) ; **dramatiser** (⇧ une situation, en la présentant comme plus grave qu'elle n'est : *dramatiser la portée de la querelle*) ; **abuser** (⇧ emploi absolu, dépasser la mesure dans un comportement) ; **surestimer** (⇧ trop haute opinion de qualités). ≈ expr. **aller trop loin** ; **dépasser la mesure, les bornes** ; **passer les bornes, les limites du supportable** ; **en faire trop** ; **en rajouter** (fam.) ; **ne pas y aller de main morte** (très cour.).

exaltation, v. enthousiasme.

exalter, v. louer. || *S'exalter*, v. (s')enthousiasmer.

examen, 1. épreuve visant à vérifier le niveau scolaire atteint par qqn : **concours** (⇧ nombre de places limité) ; **contrôle** (⇧ vérification occasionnelle des connaissances) ; **test** (⇧ rapide, simple indication fournie sur les capacités générales) ; **interrogation** (⇧ plutôt orale, épreuve en elle-même). GÉN. **épreuve**. 2. **étude, analyse, contrôle, inspection** (v. examiner).

examiner, passer qqch. en revue avec attention : **scruter** (⇧ concentration du regard : *son regard semblait le scruter avec perplexité*) ; **considérer** (⇧ vague, simple fait de fixer son attention : *il le considéra un moment avec stupeur*) ; **étudier** (⇧ fort, réflexion : *étudier longuement la question*) ; ***analyser** (⇧ en s'efforçant de décomposer les différents éléments constituants : *analyser le contenu du rapport*) ; **éplucher** (fam. ; minutieusement, pour noter éventuellement une erreur : *éplucher les comptes de la société*) ; inspecter (⇧ à la recherche de qqch., notamment d'un défaut : *inspecter les alentours pour s'assurer des surprises éventuelles*) ; **contrôler** (id. ; ⇧ idée d'opération administrative, plus ou moins systématique : *contrôler les papiers* *d'identité*) ; **inspecter** (⇧ systématique, surtt administratif) ; **consulter** (⇧ un livre, dossier, pour en obtenir une information précise : *consulter le dictionnaire des synonymes*) ; v. aussi **regarder, analyser** et **critiquer**.

exaspérer, v. énerver.

excédent, v. excès.

excéder, v. énerver.

excellence, v. perfection.

excellent, v. bon et parfait.

excepté, v. sauf.

exception, cas qui échappe à la règle : **anomalie** (⇧ caractère contraire à ce que l'on attendrait habituellement : *relever une anomalie dans le fonctionnement des signaux*) ; **singularité, particularité** (⇧ par rapport au cas général : *une particularité de la région*) ; **entorse** (*faire une entorse au règlement*) ; **dérogation** (⇧ permission spéciale accordée pour échapper aux règles ordinaires : *une dérogation aux règlements d'urbanisme*).

exceptionnel, v. rare.

excès, 1. ce qui dépasse la mesure prévue : **excédent** (⇧ quantitatif : *excédent de poids, de production*) ; **surplus** (⇧ ce qui reste, non utilisé) ; **reste** (id. ; ⇧ après consommation : *les restes de nourriture*) ; **surnombre** (⇧ par rapport à un dénombrement, surtt expr. : *des effets, du personnel en surnombre*). 2. fait de dépasser la mesure, surtout dans un comportement : **abus** (⇧ idée de mauvaise utilisation : *l'abus du tabac*) ; **débordement** (⇧ moral ou verbal : *des débordements oratoires*) ; v. aussi **débauche** et **exagération**. ≈ expr. verb. avec **abuser, exagérer** : *abuser de la nourriture* pour *se livrer à des excès de* — . 3. v. abondance.

excessif, v. exagéré.

excessivement, v. trop.

excitation, v. nervosité.

exciter, 1. déclencher une réaction, surtout psychologique, *exciter les risées* : **soulever** (⇧ idée de réaction soudaine et générale : *soulever une tempête de protestations*) ; **déchaîner** (id. ; ⇧ réaction massive et impétueuse : *déchaîner un tonnerre d'applaudissements*) ; **piquer** (⇧ surtt réaction d'intérêt : *piquer sa curiosité*). GÉN. **susciter, déclencher** ; v. aussi **causer** et **donner**. 2. accroître l'intensité d'une réaction : **attiser** (⇧ idée d'action plutôt prolongée : *attiser la haine*) ; **aviver** (⇧ rendre plus vif, assez neutre) ; **stimuler** (⇧ réaction positive : *stimuler l'ardeur au travail*) ; **aiguillonner** (id. ; ⇧ fort) ; **exacerber** (⇧ porter à un point très élevé, avec sujet plutôt inanimé : *l'âge exacerba leur rivalité*) ; **exaspérer** (id. ; ⇧ fort encore). 3. mettre dans un état de tension nerveuse élevé : **agacer** (⇧ réaction de rejet ; mod., ou action pénétrante sur les nerfs, vx ou très litt. : *l'odeur agaçante du jasmin*) ; **aguicher** (⇧ uniqt désir sexuel) ; **émoustiller** (id., ou appétit quelconque) ; **surexciter** (⇧ intense) ; v. aussi **énerver**.

exclamation, v. cri.

exclusif, v. seul.

exclusivement, v. seulement.

excursion, v. promenade.

excuse, 1. raison donnée pour se défendre d'un possible reproche, sans le repousser entièrement : **raison** (⇧ général, simple explication) ; **motif, prétexte, explication** (id. ; v. cause) ; **justification** (⇧ volonté de souligner que le reproche n'est pas fondé) ; **défaite** (⇧ moyen peu convaincant de se disculper : *il ne trouva d'autre défaite que d'invoquer la fatalité*) ; **faux-fuyant** (id. ; ⇧ souligne la volonté de se tirer d'embarras) ; **échappatoire** (id.) ; **décharge** (⇧ surtt expr. : *il faut invoquer à sa décharge la situation délicate dans laquelle il s'est trouvé placé*). 2. regret que l'on témoigne pour un acte quelconque : **pardon** (⇧ fort, dans expr. : *demander pardon* pour *présenter ses excuses*) ; **regret** (⇧ cérémonieux, officiel : *la maison tient à vous exprimer ses regrets pour une omission tout involontaire*).

excuser, 1. défendre qqn d'un reproche : **justifier** (v. excuse) ; **disculper** (⇧ écarter l'idée d'une faute) ; **couvrir** (⇧ de la part d'un supérieur qui prend la défense d'un subordonné : *l'Administration couvre presque systématiquement ses agents*). ≈ **faire valoir, invoquer en faveur, à la décharge de qqn** ; **prendre la défense** ; v. aussi **défendre**. 2. ne pas retenir une faute : **pardonner** (⇧ fort, affectif : *pardonner les offenses*) ; **passer sur** (⇧ volonté de ne pas tenir compte : *passer sur l'incorrection des termes employés*) ; **absoudre** (⇧ vocabulaire religieux, ou par ext., très emphat. ou iron. : *vous voudrez bien absoudre ces fantaisies d'auteur*) ; **remettre** (⇧ litt. ou religieux : *remettre les fautes*). ≈ expr. **passer l'éponge** ; **tenir qqn pour quitte** ; **ne pas lui tenir rigueur** ; **accorder des circonstances atténuantes**. || *S'excuser* : **se justifier, se disculper, invoquer à sa décharge**, etc. (v. 1.). ≈ **présenter des excuses** ; **exprimer ses regrets** ; **demander pardon** ; **solliciter l'indulgence, la compréhension** ; **demander de ne pas**

tenir rigueur, de bien vouloir passer sur, absoudre, etc. (v. 2).

exécrable, v. mauvais.

exécrer, v. détester.

exécuter, v. faire.

exemplaire, 1. n., v. échantillon. 2. adj., qui peut servir d'exemple : **édifiant** (⇧ qui donne une instruction morale : *mener une vie édifiante*) ; v. aussi **parfait**.

exemple, 1. cas particulier illustrant une affirmation générale : **illustration** (⇧ plus extérieur : *fournir une illustration du comportement du personnage*) ; **spécimen** (⇧ concret : *spécimen d'écriture gothique*). GÉN. **cas (précis)**. ≈ dans le cadre d'un exposé relatif à une œuvre, les exemples sont en général des **analyses, citations** de **passages, épisodes, situations (précis, déterminés)**, ou même d'**expressions**. 2. ce qui est digne d'être imité : **modèle** (⇧ idée de perfection plus nette : *il s'était proposé Chateaubriand pour modèle*) ; **idéal** (⇧ difficile à atteindre dans sa perfection). || *Suivre l'exemple, prendre exemple sur*, et emplois d'**exemple** au sens large : **suivre, marcher sur les traces** ; **subir l'influence, le rayonnement, la contagion de** ; v. aussi **imiter**.

exercer, 1. soumettre à des activités régulières pour entretenir ou améliorer une faculté : **entraîner** (⇧ dans un but d'amélioration des performances) ; **cultiver** (⇧ activité mentale, ou générale : *cultiver ses talents musicaux*) ; **entretenir** (⇧ maintien en état : *entretenir son anglais pendant les vacances*) ; v. aussi **pratiquer**. || *S'exercer* : **s'entraîner, s'entretenir** ; **s'endurcir** (⇧ des capacités de résistance à une difficulté quelconque : *s'endurcir contre la souffrance*) ; **se faire la main** (⇧ insiste plutôt sur une pratique à titre de préparation, d'essai) ; **s'essayer** (id.). 2. avoir une activité professionnelle : **pratiquer** (⇧ concret : *pratiquer l'acupuncture* mais *exercer la médecine*) ; **se livrer à** (⇧ surtt avec compl. général, ou péjor. : *se livrer à de nobles tâches* ou *de louches trafics*) ; **s'acquitter** (⇧ surtt des fonctions : *s'acquitter de sa charge de député de façon irréprochable*) ; **remplir** (id.).

exercice, 1. fait de s'exercer : **entraînement** (v. exercer) ; **application** (⇧ effort et volonté durable : *à force d'application, il était parvenu à maîtriser les déclinaisons latines*) ; **ascèse** (⇧ domaine moral ou religieux) ; v. aussi **pratique**. 2. activité particulière destinée à exercer, notamment dans le domaine scolaire : **devoir** (⇧ sérieux, destiné à être rendu et noté) ; **problème** (⇧ mathématique, long et complexe). SPÉC. **dissertation, dictée, leçon**, etc. GÉN. **travail, tâche**. 3. v. pratique.

exhaustif, v. complet.

exhiber, v. montrer.

exhortation, v. encouragement.

exhorter, v. encourager.

exhumer, v. déterrer.

exigeant, qui est porté à demander beaucoup, aux autres ou à soi-même : **pointilleux** (⇧ défaut) ; **rigoureux** (⇧ qualité de précision, sérieux, avec idée de sévérité quand le terme s'applique à l'attitude envers autrui, ce dernier emploi étant un peu vieilli : *un esprit rigoureux dans ses déductions ; ne pas parvenir à fléchir un maître rigoureux*) ; **difficile** (⇧ se satisfait difficilement) ; v. aussi **précis, sévère**.

exigence, v. demande.

exiger, v. demander.

exigu, v. étroit.

exilé, v. émigré.

exiler, v. déporter.

existence, v. vie et vérité.

expédier, v. envoyer.

expérience, 1. longue familiarité avec les choses qui en procure une forme de connaissance : **pratique** (⇧ concret, suppose une activité : *une compétence technique entièrement fondée sur la pratique*) ; **usage** (⇧ en ce sens, uniqt avec un compl., plutôt relations humaines : *averti par son usage de la cour*) ; **habitude** (⇧ neutre, uniqt effet de répétition). 2. processus permettant de vérifier une vérité générale d'après le réel : **épreuve** (⇧ vague, implique l'idée d'une évaluation) ; **test** (id. ; langue techn. ou cour. : *les tests de fiabilité ne se sont pas révélés concluants*) ; **expérimentation** (⇧ scientifique, sens ponctuel ou plus général, mais plutôt ensemble d'expériences : *l'expérimentation in vivo*) ; **observation** (id. ; ⇧ fait d'observer, sans souligner la mise en œuvre de conditions artificielles : *une série d'observations sur la mesure du temps a paru valider le principe de relativité restreinte*) ; **essai** (⇧ d'un mécanisme).

expérimenter, faire l'expérience de qqch. : **éprouver, tester, observer, essayer** ; ***constater** (⇧ insiste sur résultat, fondé sur une observation directe) ; v. aussi **essayer**. ≈ **mettre à l'épreuve, à l'essai** ; **faire l'essai** ; **se rendre compte**.

expier, v. payer.

expirer, v. finir et mourir.

explication, 1. **interprétation, com-**

mentaire, explicitation, éclaircissement, clarification (v. expliquer); **exégèse** (⇧ explication minutieuse d'un texte, notamment en s'appuyant sur des considérations historiques, en particulier pour la Bible); **glose** (⇧ courte explication savante d'un passage). 2. **justification** (v. expliquer); v. aussi **excuse**.

explicite, v. clair.

expliquer, 1. faire comprendre ce qui n'est pas clair: **interpréter** (⇧ donner un sens: *interpréter les hiéroglyphes de l'obélisque de Louxor*); **commenter** (⇧ en apportant des précisions supplémentaires: *commenter un vers de Virgile*); **gloser** (⇧ proposer une explication seulement vraisemblable à un passage de texte); **expliciter** (⇧ ce qui restait seulement implicite, insuffisamment clair); **éclaircir** (⇧ en débrouillant un point obscur: *éclaircir le sens du message*); **clarifier** (id.; ⇧ une situation); **élucider** (⇧ un mystère: *élucider l'énigme de la chambre close*); **démêler** (⇧ affaire embrouillée). ≈ **préciser, dégager, le sens, la portée exacte** (⇧ d'un texte); **rendre compte (du sens) de**; **se livrer à, tenter l'exégèse**; **tirer au clair** (⇧ une situation); **apporter des précisions**. 2. donner la raison de qqch.: **justifier** (⇧ idée de réponse à une accusation: *justifier son retard*). ≈ **rendre compte**; **essayer, proposer de *comprendre, d'interpréter (un phénomène à partir, en se fondant sur)** ; **permettre de, aider à *comprendre** (⇧ surtt avec un sujet inanimé: *tout cela n'aide guère à comprendre pourquoi il n'a jamais terminé son œuvre*); **assigner pour cause, comme origine**: *assigner pour cause au mouvement des marées l'attraction lunaire* pour *expliquer —par—*; **mettre en lumière**; **jeter un, éclairer d'un jour nouveau**; **donner, fournir, pour raison, motif, prétexte**.

exploit, action remarquable: **performance** (⇧ uniqt domaine sportif; ⇩ emphat.: *une brillante performance aux jeux Olympiques*); **record** (id.; ⇧ précis, meilleure performance jamais réalisée); **haut fait** (⇧ emphat., histoire, un peu archaïque: *les hauts faits du chevalier Bayard*); **prouesse** (id.; souvent iron., sinon, mod., surtt pl., fig.: *faire des prouesses en mathématiques*); **fait d'armes** (⇧ uniqt militaire). GÉN. **action, prestation**. ≈ **action d'éclat** (⇧ héroïsme); avec des verbes comme **s'illustrer, se distinguer** pour *accomplir un exploit*.

exploitant (agricole), v. agriculteur.

exploitation, 1. v. ferme. 2. v. oppression.

exposé, v. conférence.

exposer, v. présenter.

exposition, 1. présentation publique d'œuvres d'art, machines, etc.: **salon** (⇧ très officiel, tenu régulièrement: *salon de la machine agricole, des Indépendants*); **galerie** (⇧ lieu d'exposition permanent); **foire** (⇧ uniqt industrie, agriculture); **présentation** (⇧ sous forme de spectacle, surtt mode); **rétrospective** (⇧ consacré à toute la carrière d'un artiste: *rétrospective Picasso*). 2. début d'une œuvre littéraire narrative, présentant les données de l'action: **présentation (du récit, des circonstances)** (⇧ insiste sur cette fonction; ⇩ techn.); ***introduction** (⇧ général); v. aussi **commencement**.

exprès, v. volontairement.

expression, 1. fait ou moyen d'exprimer qqch., *l'expression des sentiments*: **manifestation, traduction, communication, objectivation, extériorisation, formulation** (v. exprimer). 2. façon particulière de parler: **formule** (⇧ présentant une certaine qualité de vigueur et de concision: *selon la formule de Pascal, l'homme est un roseau pensant*); **tour** (⇧ aspect grammatical ou stylistique: *user d'un tour archaïque*); **tournure** (id.; ⇧ certaine originalité); **construction** (⇧ uniqt grammatical: *une construction rare avec tâcher suivi de la préposition à*); **idiotisme** (⇧ tour particulier à une langue, un dialecte); **locution** (⇧ passé dans l'usage: *une locution proverbiale*, ou grammatical: *locution conjonctive*); v. aussi **phrase, vers**. GÉN. ***mot(s), terme(s)**: *selon les propres termes de l'auteur*. SPÉC. **gallicisme** (⇧ idiotisme français); **anglicisme** (id.; ⇧ anglais); **latinisme, hellénisme, germanisme, italianisme**, etc.; **archaïsme** (⇧ vieille langue); l'on aura toujours intérêt dans le cadre d'une analyse de texte à spécifier en recourant à la terminologie grammaticale et stylistique: **nom, adjectif, verbe, complément, groupe de mots**, etc., ou **image, métaphore, périphrase**, etc. ≈ **façon de parler** (⇧ insiste sur la forme particulière plutôt que sur le sens); **groupe de termes** (⇧ insiste sur les rapports existant entre les éléments de l'expression); v. aussi **dire**.

exprimer, rendre perceptible par des signes extérieurs, notamment par le langage: **exposer, manifester** (⇧ fort, de façon claire : *manifester son mécontentement*) ; **traduire** (⇧ de façon indirecte : *des inflexions de voix qui traduisaient la colère*) ; ***communiquer** (⇧ en direction d'autrui : *Lamartine cherche à communiquer l'émotion ressentie devant la perte de la bien-aimée*) ; **objectiver** (⇧ philo., représentation objective, surtout pour soi : *tenter d'objectiver une réticence instinctive*) ; **formuler** (⇧ insiste sur la mise en forme : *formuler ses désirs*) ; **refléter, rendre** (⇧ pour une chose, un signe : *un terme qui rend bien ce que je ressens*) ; v. aussi **indiquer** et **montrer** ; ≈ **(chercher à) faire ressentir, faire éprouver, partager, peindre, représenter, rendre sensible** ; **faire connaître** ; **donner libre cours à** (⇧ absence de retenue dans les sentiments eux-mêmes, mais avec en général pour conséquence leur expression : *Ronsard dans* Les Amours *laisse libre cours à sa passion pour Cassandre*).

exproprier, v. déposséder.

expulser, v. chasser.

exquis, v. bon.

exténué, v. fatigué.

extérieur, 1. adj, qui se situe hors de qqch. : **externe** (⇧ fort, ou tourné vers l'extérieur : *la face externe de la sphère*) ; **extrinsèque** (⇧ logique, origine distincte : *faire intervenir des considérations extrinsèques à l'affaire*). 2. n., ce qui se voit de qqch. : **dehors** (⇧ en opposition plus forte au dedans) ; v. aussi **apparence**.

extérioriser, v. exprimer.

exterminer, v. tuer.

externe, v. extérieur.

extraire, v. tirer.

extraordinaire, qui inspire de l'étonnement par son caractère inhabituel : **exceptionnel** (⇧ rareté, conserve en général son sens propre : *des dispositions exceptionnelles pour le piano*) ; **prodigieux** (⇧ image du miracle : *un prodigieux artiste*) ; **fantastique** (⇧ semble dépasser le réel : *faire des progrès fantastiques en quelques mois*) ; **merveilleux** (⇧ idée de surnaturel très affaiblie, toujours positif : *une beauté merveilleuse*) ; **sensationnel** (⇧ étymologiquement, qui produit un grand effet, mais affaibli souvent : *une nouvelle sensationnelle*) ; **phénoménal** (⇧ rareté digne d'être remarquée, plutôt expressif et cour. : *un toupet phénoménal*) ; **incroyable** (⇧ difficile à admettre, ou par ext. : *avec une incroyable promptitude*) ; **inouï** (id. ; ⇧ fort) ; **inimaginable** (id. ; ⇧ fort, qu'on n'oserait imaginer) ; **faramineux** (id. ; fam. ; ⇧ idée d'invraisemblance, par hyperbole : *des dépenses faramineuses*) ; **fabuleux** (id.) ; **stupéfiant** (⇧ effet de stupeur, par invraisemblance, intensité, ou parfois indignation : *la stupéfiante nouvelle du débarquement de l'empereur*) ; v. aussi **surprenant**.

extravagant, v. étrange.

extravaguer, v. déraisonner.

extrêmement, v. très.

extrémité, v. bout, agonie.

extrinsèque, v. extérieur.

exulter, v. se réjouir.

F

fable, petit récit illustrant une morale : **apologue** (⇧ savant, plutôt bref : *un apologue d'Esope*) ; **parabole** (⇧ évangélique) ; v. aussi **histoire**.

fabricant, v. industriel.

fabrique, v. usine.

fabriquer, v. faire.

fabuleux, v. imaginaire et extraordinaire.

façade, v. apparence.

face, v. visage.

facétie, v. plaisanterie.

fâché, v. contrarié et (en) colère.

fâcher, v. contrarier.

fâcheux, v. gênant.

facile, 1. qui se fait sans peine : **aisé** (⇧ soutenu : *un inconvénient fort aisé à éviter*) ; **simple** (⇧ par suite de l'absence de complication : *un problème très simple à résoudre*) ; **commode** (⇧ offrant des dispositions favorables : *très commode d'emploi*) ; **abordable** (⇧ uniqt objet de compréhension : *une lecture abordable pour des enfants*) ; **accessible** (id.) ; v. aussi **possible**. ≈ expr. avec **difficulté(s) : ne pas présenter, offrir, de — (particulières, majeures) ; sans —** ou autres expr. : **se prêter à**, *se prêter à l'escalade* pour *être facile à escalader* ; v. aussi **facilement, facilité**. 2. d'un caractère enclin à s'accorder avec autrui : **accommodant** (⇧ disposé à des concessions) ; **conciliant** (⇧ qui cherche à régler les conflits) ; **complaisant** (⇧ va dans le sens d'autrui, éventuellement péjor. : *un mari complaisant*) ; **arrangeant** (⇧ disposé à trouver une solution amiable : *un chef d'établissement arrangeant*) ; v. aussi **faible**. SPÉC. une femme facile, légère, de mœurs légères.

facilement, avec facilité : **aisément, commodément, simplement** (v. facile). ≈ **sans difficulté** ; **sans (aucun) mal, peine** : *l'on verra sans peine* ; **ne pas avoir de mal, peine à faire** pour *faire facilement* : *il n'eut aucun mal à enjamber la barrière.*

facilité, caractère de ce qui est facile : **simplicité, commodité** (v. facile) ; **aisance** (⇧ uniqt appliqué à la facilité dont témoigne qqn : *conduire avec aisance*). ≈ v. facilement, difficile, difficilement.

façon, caractère particulier d'une action : **manière** (⇧ soutenu : *je n'aime pas sa manière de parler*) ; **mode** (⇧ avec un n., dans certaines expr. : *mode de vie, d'action, de comportement*) ; **genre** (id. : *genre de vie, de comportement, d'écriture*) ; **guise** (⇧ uniqt dans expr. : *à sa guise*, avec l'idée d'un acte de libre fantaisie) ; v. aussi **forme** et **sorte**. ‖ *Façon de parler* : v. expression ; *façon d'écrire* : v. style ; *façon de faire* : v. action ; *de cette façon* : v. ainsi ; *de quelle façon* : v. comment.

facteur, v. postier, élément.

factice, v. artificiel.

faction, v. parti.

faculté, v. capacité, possibilité et université.

fade, qui a peu de goût : **insipide** (⇧ sans saveur, désagréable : *se dégoûter d'une nourriture insipide*) ; **plat** (⇧ qui manque de relief, au pr. ou fig. : *une intrigue très plate*) ; **languissant** (⇧ uniqt fig., manque de péripéties, de mouvement).

fagoté, v. habillé.

fagoter, v. habiller.

faible, I. adj. 1. qui manque de vigueur, pour une pers. : **fragile** (⇧ manque de résistance) ; **débile** (litt., ou sens spécialisé, handicap mental ; ⇧ surtt appliqué à des n. abstraits : *une volonté débile*) ; **chétif** (⇧ développement insuffisant) ; **fluet** (⇧ surtt minceur, liée à idée de manque de force) ; **frêle** (⇧ idée de minceur et manque de solidité) ; **maladif** (⇧ idée de maladie présente ou fréquente) ; **malingre** (⇧ maladie et manque de développement) ; **anémié, anémique** (⇧ idée de manque de sang, de forces) ; **asthénique** (id. ; ⇧ savant) ; **rachitique** (⇧ au sens pr., atteint de troubles physiologiques particuliers, mais par ext., péjor., faiblement développé). ≈ **peu (pas très) solide, résistant, vigoureux**. 2. v. **fragile**. 3. qui manque de caractère : **mou** (⇧ péjor., manque de volonté) ; **inconsistant** (⇧ souligne le manque de présence morale) ; v. aussi **facile**. ≈ **sans caractère, sans volonté** ; **ne rien avoir dans le ventre, être un ventre-mou** (fam.). 4. v. petit.

II. n., expr. *avoir un faible pour* : **faiblesse, goût, inclination, préférence, penchant**.

faiblesse, état de ce qui est faible : **fragilité, débilité, asthénie, rachitisme, mollesse, inconsistance, manque de caractère, volonté** (v. faible).

faillir, verbe défectif, être sur le point de faire une action plutôt négative : **manquer** (⇧ très litt. : *manquer de tomber en passant le seuil*). ≈ expr. avec l'adv. **presque** : *je l'ai presque écrasé* pour *j'ai failli —*) ; expr. cour. avec les locutions **un peu plus, encore un peu** : *un peu plus et je l'écrasais* ; avec l'expr. **il s'en est fallu de peu, d'un rien** : *il s'en est fallu d'un rien que je ne l'écrase* ; v. aussi **presque**.

faim, besoin de manger : **appétit** (⇧ doux, agréable : *dévorer son petit déjeuner avec appétit*) ; **fringale** (fam. ; ⇧ particulièrement fort et inopiné : *être pris d'une fringale de lecture*) ; **voracité** (⇧ qualité de qui dévore ce qu'on lui présente, plutôt péjor.) ; **boulimie** (⇧ au pr. besoin de manger perpétuel et maladif, mais par ext., faim insatiable) ; **inanition** (⇧ état de privation de nourriture avancé, ou fig. : *il se sentait sur le point de périr d'inanition*) ; v. aussi **désir**.

fainéant, v. paresseux.

faire, 1. donner à qqch. forme ou réalité, *faire un tricot, un livre* : **fabriquer** (⇧ activité techn. d'assemblage : *fabriquer une locomotive*) ; **confectionner** (⇧ activité techn. à caractère mécanique moins prononcé : *confectionner un puzzle, une jupe*) ; **produire** (⇧ activité régulière, surtt industrielle : *un atelier qui produit des bicyclettes*) ; **réaliser** (⇧ insistance sur le résultat, avec plus ou moins de difficulté : *réaliser un tunnel sous la Manche, un chef-d'œuvre*) ; **créer** (⇧ production à partir de rien, en principe Dieu seul : *le monde a été créé en six jours*) ; ***construire** (*construire une loco-*

motive). SPÉC. **préparer, cuisiner** (⇧ cuisine, v. aussi cuire) ; **peindre, sculpter** (⇧ arts) ; **aménager** (⇧ jardin, architecture intérieure : *aménager un parterre de fleurs, une terrasse*) ; **composer** (⇧ musique, littérature : *composer une symphonie, un sonnet*) ; notamment en littérature : **écrire, rédiger, mettre au point**, etc. (v. écrire et auteur). 2. adopter un certain comportement, produire un certain effet, *faire un travail, une mauvaise action* : **exécuter** (⇧ selon un dessein prévu d'avance, par soi ou autrui : *exécuter les agrandissements indiqués par le devis*) ; **effectuer** (⇧ réalisation effective : *effectuer toutes les vérifications nécessaires*) ; **procéder à** (⇧ importance, complexité ou longueur relative de la tâche : *procéder à la révision de la constitution, à d'importants aménagements*) ; **s'occuper de, se consacrer à, se livrer à** (⇧ mobilisation de temps et de forces : *se livrer à des recherches mathématiques, se consacrer à ses études*) ; **accomplir** (⇧ acte quelconque, mené à son terme : *accomplir un exploit, des progrès remarquables*) ; **commettre** (id. ; ⇧ mauvaise action : *commettre un crime*) ; **perpétrer** (id. ; ⇧ fort) ; v. aussi **exercer, pratiquer**. ≈ pour désigner un tour litt., une figure de style, l'on préférera à **faire** les v. **employer, avoir recours à** (v. utiliser), et surtout des tours plus recherchés, renvoyant le procédé en fonction de sujets ou de complément de moyen, etc. : *le recours à la métaphore aquatique permet de souligner...* ou *par le biais d'une métaphore aquatique, l'auteur souligne...* plutôt même que *l'auteur emploie une — pour souligner...*, sans parler du verbe *faire*. 3. avoir une attitude donnée, *ce que fait le héros*. ≈ l'on pourra user de tours comme **se comporter, se conduire** (v. agir), ou plutôt de tours nom. avec **comportement, conduite, attitude** (v. action) : *(quelle est) l'attitude du héros dans cette scène ?* 4. produire un effet donné, faire du bruit : v. causer. ‖ *Faire semblant*, v. semblant (faire).

faisable, v. possible.

fait, v. événement.

faîte, v. sommet.

fallacieux, v. trompeur.

falloir, verbe impers., marque l'obligation ou la nécessité : ***devoir** ; **se devoir de** (⇧ obligation morale plus nette : *je me dois de lui rendre sa politesse*) ; **être obligé, tenu, astreint** (v. obligé) ; **être nécessaire** (⇧ fort et insistant : *il est nécessaire que vous en passiez par là*) ; **être indispensable** (⇧ pressant : *il est indispensable qu'il passe chez moi avant huit heures*) ; **convenir** (⇧ simple raison qui n'oblige pas strictement : *il conviendrait de lui porter secours*) ; **seoir** (id. ; ⇧ nette exigence, très recherché) ; **être inévitable, fatal** (⇧ nécessité objective, notamment dans le futur : *il est inévitable qu'il paie un jour ses forfaits* pour *il faudra bien —*. ≈ tours adv. : **nécessairement, inévitablement, fatalement, quoi qu'il arrive** ; tours avec l'adv. bien : *vous feriez bien, seriez bien avisé de* pour *il faudrait que vous —* ; tours nég. : **ne pas pouvoir (ne pas avoir le droit de) ne pas, refuser de**, etc. ; *vous ne pouvez pas ne pas* (ou *vous dispenser d') assister à cette cérémonie* ; v. aussi nécessaire et utile.

falsifier, v. imiter.

famélique, v. affamé.

fameux, v. célèbre.

familial, qui a rapport avec la famille : **domestique** (⇧ lié à la maison, au foyer : *querelle domestique*) ; **parental** (⇧ concerne les parents : *autorité parentale, milieu parental*).

familiariser. v. habituer.

famille, ensemble de personnes liées par des liens de parenté : **lignée** (⇧ insiste sur l'ascendance) ; **lignage** (id. ; ⇧ aristocratique : *un seigneur de haut lignage*) ; **race** (vx en ce sens) ; **sang** (id.) ; **dynastie** (⇧ famille régnante, ou fig. : *la dynastie capétienne*) ; **parenté** (⇧ insiste sur les liens de naissance, directs ou indirects) ; **foyer** (⇧ ensemble restreint des parents et des enfants : *un foyer uni*) ; **couple** (⇧ uniqt mari et femme) ; **ménage** (id. ; ⇧ large) ; **maisonnée** (⇧ suppose un assez grand nombre de pers., plutôt expr. : *au milieu de l'effervescence de toute la maisonnée*) ; **nichée** (⇧ certain nombre d'enfants, affectueux : *la mère de famille avec toute sa nichée*).

famine, période d'insuffisance grave des ressources alimentaires : **disette** (⇩ fort : *à partir du début du XVIIIe siècle, la France ne connut plus que de simples disettes*).

fanatique, qui professe pour ses croyances une adhésion sans réserve allant jusqu'à faire violence à ceux qui ne les partagent pas : **intolérant** (⇧ refus de l'opinion d'autrui : *la politique intolérante des régimes communistes*) ; **enthousiaste** (vx ; ⇧ adhésion sans réserve, mais sans agressivité) ; **exalté** (id.) ; **sectaire** (⇧ surtt refus de prendre en compte ce qui ne vient pas étroitement de son bord : *l'anticléricalisme* *sectaire du début du siècle*); **excité** (fam.; ⇧ insiste surtt sur l'état psychologique, avec ses conséquences imprévisibles).

fanatisme, attitude d'un fanatique: **intolérance**, **sectarisme** (v. fanatique).

fanfare, v. orchestre.

fantaisie, v. imagination, caprice.

fantastique, v. extraordinaire, imaginaire.

fantôme, au sens pr. image d'une personne défunte se manifestant aux vivants: **spectre** (⇧ funèbre et effrayant: *le spectre du père d'Hamlet*); **revenant** (⇧ folklore, croyances populaires: *ne pas croire aux revenants*); **esprit** (⇧ vague et litt.); **ombre** (⇧ litt., ce qui survit au corps dans les croyances antiques).

farce, v. plaisanterie.

farceur, v. plaisantin.

fardeau, v. charge.

farder, v. déguiser.

farouche, v. sauvage.

fascinant, v. charmant.

fasciner, v. charmer.

faste, v. luxe.

fastidieux, v. ennuyeux.

fastueux, v. luxueux.

fatal, qui ne peut manquer de se produire, en considération de la destinée: **inéluctable** (⇧ insiste sur l'impossibilité de faire obstacle: *la marche inéluctable du temps*); **inexorable** (⇧ étym., qu'il est impossible de fléchir, et par ext.: *la fuite inexorable des années*); v. aussi **inévitable**.

fatalité, v. destin.

fatigant, qui fatigue: **épuisant**, **exténuant**, **éreintant**, **crevant** (v. fatiguer).

fatigue, perte de forces: **épuisement**, **exténuation**, **éreintement**, **surmenage** (v. fatigué).

fatigué, dont les forces sont affaiblies par l'effort, la maladie, l'âge, etc.: **épuisé** (⇧ fort, à la limite extrême des forces: *épuisé par ce dernier effort*); **exténué** (id.; ⇧ fort encore); **harassé** (⇧ sentiment physique); **fourbu** (id.; ⇧ fort); **courbatu** (⇧ effet physique plus net, courbature, crispation musculaire, ou fig.); **éreinté** (⇧ absolument à bout de forces: *éreinté d'avoir biné toute la journée sous le soleil*); **surmené** (⇧ par un rythme de travail trop intense, mod.: *surmené et nerveux, il se rendait insupportable à son entourage*); **crevé** (fam.); v. aussi décourager. ≈ **recru**, **accablé**, **rompu de fatigue**; **à bout (de forces)**; **ne plus en pouvoir** (cour.); **sur les genoux** (fam.).

fatiguer, donner de la fatigue: **épuiser**, **exténuer**, **harasser**, **éreinter**, **surmener**, **crever**, **accabler de fatigue** (v. fatigué).

fatum, v. destin.

faubourg, v. banlieue.

fauché, v. pauvre.

faucher, v. voler.

fausseté, v. dissimulation.

faute, 1. ce qui s'oppose à une règle de conduite, notamment morale: **péché** (⇧ religieux: *le péché originel*); **crime** (⇧ grave, violation de la loi: *le crime ne paie pas*); **méfait** (⇧ résultat envisagé: *s'efforcer de réparer ses méfaits*); **peccadille** (⇧ très faible gravité, excusable: *il n'avait à se reprocher que des peccadilles*); **délit** (⇧ souligne simplement l'infraction à une disposition légale: *le défaut de port de la ceinture de sécurité est un délit*); **infraction** (⇧ avec complément surtt; règle, loi: *une infraction au code de la route*); **contravention** (id.; ⇧ rare en ce sens); **transgression** (id.; ⇧ général, abstr.); **manquement** (id.; ⇧ grave, devoir, loi morale: *un manquement à la déontologie professionnelle*). ≈ **mauvaise action**. 2. ce qui s'oppose à une règle pratique, notamment grammaticale, *faute d'orthographe*: **erreur** (⇧ déficience dans le raisonnement: *une erreur de calcul*); **bévue** (⇧ assez importante confusion); **coquille** (⇧ imprimerie: *le texte de l'article était rendu incompréhensible par plusieurs coquilles typographiques*).

fauteuil, v. siège.

fautif, v. coupable.

faux, 1. qui est contraire à la vérité objective: **erroné** (⇧ raisonnement, idée: *une interprétation erronée de la pensée de Descartes*); **inexact** (⇧ manque de rigueur, mais par ext.: *aboutir à un résultat inexact*); **fautif** (⇧ envisagé de façon globale: *calcul, raisonnement fautif*); **incorrect** (⇧ vague); **imaginaire** (⇧ absence de réalité: *une maladie imaginaire*); **inventé** (id.; ⇧ souligne le propos délibéré: *un prétexte inventé*); **fabuleux** (id.; ⇧ peu vraisemblable); **mensonger** (⇧ plutôt pour des propos, nouvelles: *le bruit mensonger de sa démission*); **controuvé** (id.; ⇧ s'applique également à des faits); **apocryphe** (id.; ⇧ erreur d'attribution: *une anecdote apocryphe relative à Voltaire*). ≈ expr.: **sans (dépourvu de tout) fondement**; **mal fondé**; avec le verbe **pécher** (⇧ pour un raisonnement): *un raisonnement qui pèche en plusieurs points* pr *est faux*; **ne pas tenir debout** (⇧ fort, péjor., fam.); avec nég., v. vrai. 2. dont l'apparence est contraire à la réalité : **falsifié** (⇧ souligne l'acte de dissimulation : *des documents d'identité falsifiés*) ; **simulé** (⇧ attitude : *une sympathie simulée*) ; **feint** (id.) ; **postiche** (⇧ pour un attribut physique, ou fig. : *cheveux postiches*). ≈ avec le préfixe **pseudo** : *la pseudo-science alchimique.*

favorable, qui est à l'avantage de qqn : **avantageux** (⇧ idée de profit, plus nette : *situation, marché avantageux*) ; **bénéfique** (⇧ insiste sur résultat : *les effets bénéfiques du grand air*) ; **bienveillant, indulgent** (⇧ qui favorise) ; **propice** (⇧ surtt pour une situation, offre une occasion qu'il faut saisir : *saison propice aux longues promenades*) ; **faste** (⇧ uniqt pour un jour, une occasion, soutenu : *jour faste, à marquer d'une pierre blanche*) ; v. aussi **bon.**

favoriser, 1. marquer une préférence pour qqn : **privilégier** (⇧ faire une exception) ; **avantager** (⇧ action concrète : *avantager une équipe par rapport à l'autre dans le décompte des pénalités*) ; **pousser** (fam. ; ⇧ pour l'obtention de places). ≈ **marquer de la préférence** ; **témoigner de partialité, parti-pris** ; **accorder des privilèges, des passe-droits.** 2. offrir des conditions favorables à qqch. : **encourager** (⇧ fort, certaine stimulation morale) ; **faciliter** (⇧ faible, simple absence d'obstacle : *le percement du tunnel du Mont-Blanc a facilité les échanges entre la France et l'Italie*). ≈ **être favorable, bénéfique, propice** (v. favorable) ; **offrir des conditions, un terrain *favorables.**

fécond, v. fertile.

fécondité, v. fertilité.

féerique, v. beau.

feindre, v. semblant (faire).

félicitations, discours adressés pour féliciter : **compliments, congratulations** (v. féliciter) ; v. aussi **éloge.**

félicité, v. bonheur.

féliciter, témoigner à qqn de sa satisfaction à la suite d'un événement heureux, surtt par politesse : **complimenter** (⇧ louange) ; **congratuler** (⇧ simple politesse) ; v. aussi **louer.** ≈ **adresser ses félicitations, compliments** ; **témoigner sa joie, son admiration.**

femme, 1. personne adulte du sexe féminin : **dame** (⇧ terme de politesse, ou désignation courante : *une dame d'un certain âge*) ; **demoiselle** (⇧ non mariée, surtt jeune) ; **donzelle** (id. ; ⇧ péjor. : *voyez la donzelle* !) ; v. aussi **fille.** GÉN. **personne** : *jeune personne, personne aimée* ; *personne du sexe* (vx.). 2. v. époux.

fenêtre, ouverture destinée à éclairer un bâtiment : **baie (vitrée)** (⇧ d'une certaine dimension) ; **croisée** (vx ou litt. ; ⇧ désigne en principe le châssis : *une dame assise à sa croisée*). SPÉC. **lucarne** (⇧ petite fenêtre, plutôt dans un toit) ; **œil-de-bœuf** (id. ; ⇧ circulaire) ; **hublot** (id. ; ⇧ navire) ; **vasistas** (⇧ parallèle à la toiture). GÉN. **ouverture.**

fente, partie vide longue et étroite s'ouvrant dans une surface quelconque : **fissure** (⇧ mince, résulte plutôt d'une légère dislocation : *des fissures commençaient à apparaître sur la paroi*) ; **lézarde** (id. ; ⇧ précisément maçonnerie) ; **crevasse** (⇧ important, même origine, notamment glace, peau) ; **interstice** (⇧ insiste plutôt sur l'espace ainsi dégagé, v. intervalle) ; **faille** (⇧ de très grande importance, notamment relief : *une faille profonde s'ouvrait entre les deux sommets*) ; **fêlure** (⇧ sur un objet fait de main d'homme, notamment poterie : *la fêlure du vase*).

fer, métal gris, travaillable et résistant : **acier** (⇧ en principe additionné de carbone, plus solide). GÉN. **métal.**

ferme, I. n., terre agricole mise en fermage, et, par ext., tout domaine agricole, et surtout les locaux : **métairie** (⇧ en principe métayage, plutôt plus modeste) ; **fermette** (⇧ diminutif, souvent résidence secondaire) ; **mas, bastide** (⇧ régional, Midi) ; **ranch** (Etats-Unis). GÉN. **domaine, exploitation (agricole).** II. adj., 1. qui fait preuve de fermeté : **résolu, tenace, volontaire, énergique, obstiné, opiniâtre, entêté, de caractère** (v. fermeté) ; **inflexible** (⇧ très fort) ; v. aussi **persévérant.** 2. v. solide.

fermer, 1. tr., supprimer temporairement ou définivement une ouverture : **clore** (⇧ litt. ; ⇧ fort, durable : *ils trouvèrent porte close : leur ami était parti en vacances*) ; **verrouiller** (⇧ verrou) ; **cadenasser** (⇧ cadenas) ; **boucler** (⇧ des bagages, ou fam., fermer solidement et avec soin) ; **boucher** (⇧ obstacle non prévu expressément à cet effet : *boucher les interstices avec du papier journal*) ; **obturer** (id. ; ⇧ techn. : *obturer la fuite d'eau*) ; **condamner** (⇧ définitivement, plutôt une ouverture dans une maison : *condamner une fenêtre*) ; **barrer** (⇧ un passage) ; **barricader** (id. ; ⇧ volonté de défense). 2. v. éteindre. 3. intr., interrompre ses activités, pour un magasin, une entreprise, etc. : **faire relâche** (⇧ simple congé); **chômer** (id.; ⇧ insistance sur absence de travail).

fermeté, attitude consistant à ne pas céder facilement, aux obstacles et surtt aux autres: **résolution** (⇧ volonté de s'en tenir à ce qui est décidé); **ténacité** (⇧ résistance au temps et aux difficultés: *poursuivre son objectif avec ténacité*); **caractère** (⇧ global, qualité de la personnalité: *un homme de caractère*); **volonté** (⇧ souligne surtt l'attitude face à soi-même: *réussir à force de volonté*); **énergie** (id.; ⇧ global et vague, force morale); **obstination** (⇧ résistance au découragement, parfois péjor.); **opiniâtreté** (id.; ⇧ force inlassable); **entêtement** (id.; ⇧ péjor.); **inflexibilité** (v. ferme); v. aussi **persévérance**. ≈ avec nég., v. faible.

fermier, v. agriculteur.

féroce, v. barbare.

férocité, v. barbarie.

fertile, qui produit facilement et en abondance: **productif** (⇧ techn., mod.: *les terres hautement productives du Bassin parisien*); **gras** (⇧ uniqt terre, surtt tours figés: *les gras pâturages de Normandie*); **plantureux** (id.; ⇧ très litt.); **fécond** (⇧ pour une espèce animale; litt., pour une terre, et sinon un peu emphat.: *une invention féconde en bienfaits*); **prolifique** (id.; ⇧ fort, et parfois légèrement péjor., qui écrit beaucoup, voire trop: *Hugo, poète prolifique*); v. aussi **abondant**.

fertilité, **productivité, fécondité, prolificité** (v. fertile).

ferveur, v. chaleur.

fesses, v. derrière.

festin, v. repas.

fête, ensemble de **réjouissances** organisé à une occasion particulière: **festivités** (⇧ assez important, plutôt officiel: *les festivités du 14 Juillet*); **réjouissances** (⇧ insiste sur la joie, les amusements proposés); **gala** (⇧ très haute société); **kermesse** (⇧ plutôt paroissial, ou par ext.); **foire** (⇧ plus ou moins lié à des activités commerciales, agriculture, industrie, etc., ou simplement avec importante présence d'attractions foraines: *la foire du Trône*); **solennité** (⇧ fort); v. aussi **cérémonie**.

fêter, marquer une occasion par des réjouissances: **célébrer** (⇩ nécessairement réjouissances: *célébrer l'anniversaire de son père*); **arroser** (⇧ surtt boisson, fam.: *arroser la naissance du petit dernier*); **commémorer** (⇧ souvenir solennel: *commémorer la Libération de Paris*); **solenniser** (id.; ⇧ fort). GÉN. **marquer**.

feu, processus de désagrégation d'une matière sous l'effet de la chaleur, accompagné de flammes: **flamme** (⇧ insiste sur l'effet lumineux); **foyer** (⇧ emplacement prévu pour du feu: *se réchauffer les mains à la chaleur du foyer*); **brasier** (⇧ très ardent: *la maison en proie aux flammes n'était déjà plus qu'un immense brasier*); **fournaise** (⇧ originellement four très ardent, mais par ext. feu particulièrement fort); **combustion** (⇧ scientifique, désigne strictement le processus physique: *un poêle à combustion lente*).

feuillage, ensemble des feuilles d'un arbre: **feuilles** (⇧ concret, précis, par opposition à l'effet global de *feuillage*); **branchage** (⇧ insiste plutôt sur le bois); **ramure, ramilles** (id.); **frondaison** (⇧ à la fois feuilles et branches).

feuille, 1. partie plate et mince d'un végétal: **fane** (⇧ certains légumes, plutôt à tubercules, pommes de terre, radis, etc.); v. aussi **feuillage**. 2. mince morceau de papier: **page** (⇧ nécessairement dans un cahier ou un livre); **copie** (⇧ feuille isolée, destinée à l'écriture); **feuillet** (⇧ techn., imprimerie: partie de feuille coupée, ou par ext.); **folio** (⇧ techn., feuillet d'un livre numéroté par feuillet).

feuilleter, v. lire.

feuilleton, v. roman.

fiançailles, promesse de mariage officielle: **accordailles** (⇧ archaïque et rural); **promesse de mariage** (⇧ juridique, souvent engagement privé, dans le cadre d'une liaison). GÉN. **engagement**.

fiancé, fiancée, personne liée à une autre par les fiançailles: **futur(e)** (fam.); **promis(e)** (⇧ vx, rural); **prétendu** (fam., régional).

fiasco, v. échec.

fiasque, v. bouteille.

fictif, v. imaginaire.

fiction, v. invention.

fidèle, qui garde ses engagements, ne varie pas dans ses affections: **constant** (vx ou très litt.); **sûr** (⇧ sur qui l'on peut compter); **dévoué** (⇧ prêt à rendre service en toutes circonstances); **sincère** (⇧ absence de dissimulation dans le sentiment); **loyal**. (id.; ⇧ qualité de franchise en toute circonstance).

fidélité, qualité d'une pers. fidèle: **constance, dévouement, sincérité, loyauté** (v. fidèle).

fier, 1. qui a un sentiment très fort de sa dignité, pouvant aller jusqu'à afficher sa supériorité à l'égard des autres: **hautain**, arrogant (⇧ attitude supérieure); **altier** (id.; ⇧ litt.); **dédaigneux** (⇧ fait peu de cas d'autrui); **distant** (⇧ simple manque de familiarité); **réservé** (id.; ⇩ fort); v. aussi **orgueilleux**. 2. qui est satisfait de qqn ou qqch.: heureux, satisfait; v. aussi **content**. || *Fier de*, qui éprouve une satisfaction mêlée d'orgueil: **infatué** (litt., péjor.).

fierté, v. orgueil.

fièvre, élévation anormale de la température du corps: 1. pr., **température** (cour.; surtt expr. *avoir, faire, de la température*); **fébrilité** (⇧ état général). 2. fig. **agitation, délire, excitation, frénésie** (⇧ fort).

figer, v. immobiliser.

figure, v. forme, visage, image.

figurer, v. dessiner, représenter. || *Se figurer*, v. imaginer.

file, suite de personnes ou d'objets les uns derrière les autres: **rangée** (⇧ idée d'ordre précis, fixe: *rangée d'arbres, rangée de spectateurs*); **rang** (id.; ⇧ idée de place parmi un ensemble: *le premier rang de fauteuils*); **queue** (⇧ uniqt pers. en attente: *faire la queue au guichet*); v. aussi **ligne** et **rang**.

filer, v. partir.

filet, cordes nouées, en général pour prendre des animaux, surtt poissons: **chalut** (⇧ très grande dimension, dérivant); **nasse** (⇧ en principe tendu sur un cadre); **rets** (très litt., surtt expr.: *ne pas se laisser prendre dans ses rets*); **panneau** (⇧ chasse, surtt expr. fam.: *tomber dans le panneau*); **lacs, lacet** (vx, poét.); **cordon** (⇧ uniqt troupes en mission de surveillance: *l'accès à l'Elysée était barré par un cordon de troupes*).

fille, 1. jeune personne de sexe féminin: **enfant, petite fille** (⇧ très jeune); **fillette** (id.); **gamine** (id., fam.); **gosse** (id.); **adolescente** (⇧ vers douze-seize ans); **jeune fille** (id., ⇧ éventuellement plus âgée); v. aussi **demoiselle**. GÉN. **personne**. 2. v. prostituée.

film, bande sensible destinée à l'enregistrement d'images, d'où le spectacle offert à partir de celle-ci: **pellicule** (⇧ uniqt support matériel); **projection** (⇧ insiste sur la séance: *assister à une projection privée*); **court (long) métrage** (⇧ précise la longueur); **navet** (fam., péjor.); **feuilleton** (⇧ à épisodes). ≈ **œuvre, réalisation (cinématographique)**; **prise de vue** (⇧ de faible importance, plutôt privée).

filmer, enregistrer des images sur un film: **tourner** (⇧ s'applique à un film particulier: *John Ford tournait alors* La Chevauchée fantastique); **prendre** (⇧ pour une courte scène: *prendre les enfants en train de jouer*).

filou, v. voleur.

fils, personne de sexe masculin envisagée relativement à ses parents: **garçon** (⇧ jeune, cour.); **enfant** (⇧ affectif: *lui arracherait-on son enfant?*); **petit** (id., fam.); **rejeton** (iron.: *digne rejeton d'une pareille famille!*); **héritier** (⇧ en fonction de l'héritage, ou iron.).

fin, I. n. f., 1. point où qqch. (durée, action, espace, etc.) s'arrête: **terme** (⇧ durée, action, parcours: *mener une entreprise jusqu'à son terme*); **(dernière) limite** (⇧ d'un espace, d'une quantité: *parvenu à la limite des terres explorées*); **expiration** (⇧ d'un délai: *l'expiration de son congé*); **cessation** (⇧ d'un phénomène durant dans le temps, insiste sur l'arrêt: *cessation des hostilités*); **arrêt** (id.; ⇧ large); **clôture** (⇧ d'une période officiellement déterminée: *la clôture de la saison de chasse*); **achèvement** (⇧ d'une entreprise qui atteint son but: *l'achèvement des travaux*); **aboutissement** (id.; ⇧ idée d'un résultat: *l'aboutissement de toute une vie de réflexion*); **couronnement** (id.; ⇧ emphat.); **apothéose** (id.; ⇧ emphat. encore); **consommation** (très litt.; ne se dit guère que dans l'expr.: *consommation des siècles*); v. aussi **bout, conclusion, destruction, mort**. ≈ expr. avec les adj. **final, dernier, ultime**: **point final, phase finale**; **dernière partie**; **dernier(es), ultime(s), moment(s), minute(s)**, acte; **dernières lignes, derniers mots** (⇧ pour un texte, ou fig.); **(descente de) rideau** (⇧ spectacle, ou fig.); v. aussi **finir**. || *Arriver à ses fins*: atteindre son but. 2. v. but.

II. adj., 1. de faible épaisseur et d'une certaine délicatesse: **mince** (⇩ délicatesse; ⇧ *une feuille de papier très mince*); **ténu** (⇧ manque de substance: *un filet de voix très ténu*); **délié** (très litt.; ⇧ fort, délicat). 2. v. pur. 3. v. intelligent.

final, qui marque la fin: **définitif** (⇧ idée que cela ne recommencera plus: *conclusion définitive de l'ouvrage*); v. aussi **dernier**.

finalement, v. enfin.

financer, v. payer.

financier, adj., en rapport avec l'argent; **pécuniaire** (⇧ uniqt personnel: *des difficultés pécuniaires*); **monétaire** (⇧ monnaie, économie); v. aussi **argent**.

finesse, 1. **minceur, ténuité** (v. fin). 2. v. intelligence.

finir, 1. tr., conduire qqch. à sa fin : **terminer** (⇩ cour.) ; **achever** (⇧ idée que l'on a réussi ce que l'on avait entrepris : *achever la construction de la cathédrale*) ; **parachever** (id. : ⇧ idée d'une perfection supplémentaire) ; **parfaire** (id.) ; **boucler** (fam. ; ⇧ un ouvrage, un article, etc.) ; **conclure** (⇧ notamment un discours, mais également un processus, au fig.) ; **clore, clôturer, couronner** (v. fin). ≈ expr. nom. **mettre fin, (un) terme à** ; **mettre le point final** (fam.) ; **porter à son point d'achèvement** ; **mettre la dernière main à**. 2. intr., arriver à sa fin : **se terminer, s'achever, se clore, se conclure** (v. 1.) ; **expirer, cesser** (v. fin). ≈ **prendre fin** ; **arriver, parvenir, à son terme, son point d'aboutissement, à expiration** ; **tourner court** (⇧ de façon soudaine et imprévue).

firmament, v. ciel.

fisc, v. impôt.

fiscalité, v. impôt.

fixe, v. immobile.

fixer, 1. v. attacher. 2. établir de façon stable, *fixer un prix* : **déterminer** (⇧ idée de précision) ; **définir** (id. ; ⇧ souvent le contenu d'une notion : *définir la notion de propriété foncière*) ; **délimiter** (⇧ idée de contour, plutôt espace, ou fig. : *délimiter le domaine respectif de chacun*) ; **établir** (⇧ vague, idée de première fois : *établir une nouvelle règle de succession au trône*) ; **assigner** (⇧ avec un compl. ind., marquant la destination : *assigner une place à un invité*) ; v. aussi **établir**.

flacon, v. bouteille.

flair, v. odorat.

flamber, v. brûler.

flamme, v. feu, chaleur.

flanc, v. côté.

flâner, se promener sans but particulier : **musarder** (⇧ forte idée d'inoccupation) ; **folâtrer** (⇧ idée de mouvements gais, enfantins) ; **batifoler** (id.) ; **badauder** (⇧ forte idée de curiosité) ; **baguenauder** (⇧ un peu péjor., ou humor.) ; **se balader, vadrouiller** (fam.) ; **traîner** (fam., péjor.) ; v. aussi **errer**. GÉN. **se promener** ; **s'amuser**. ≈ **lécher les vitrines, faire du lèche-vitrines** (⇧ pour regarder les magasins).

flanquer, v. mettre.

flaque, v. mare.

flasque, v. mou.

flatter, adresser à qqn des louanges excessives : **aduler** (⇧ litt., emphat. : *souverain adulé de tous les courtisans*) ; **flagorner** (⇧ en s'abaissant d'une façon particulièrement servile) ; **encenser** (⇧ image du culte : *perpétuellement encensé par une critique complaisante, il avait fini par se croire du génie*) ; v. aussi **caresser** et **louer**. ≈ **adresser des *flatteries** ; **faire preuve d'obséquiosité**.

flatterie, louange excessive : **adulation, flagornerie, encens** (v. flatter) ; **obséquiosité** (⇧ attitude globale : *un courtisan plein d'obséquiosité*) ; v. aussi **éloge**.

flatteur, n., personne qui flatte : **adulateur, flagorneur, encenseur** (v. flatter) ; **obséquieux** (adj., v. flatterie) ; **thuriféraire** (⇧ encenseur, en style noble) ; **caudataire** (⇧ spécialisé à cet usage) ; **porte-coton** (⇧ très péjor.) ; **lèche-bottes** (très fam. et péjor.).

flatteur, adj., v. élogieux.

fléau, v. malheur.

flèche, projectile envoyé par un arc : **fléchette** (⇧ petit) ; **trait** (⇧ style noble) ; **dard** (⇧ uniqt style poét. : *le cœur transpercé de ce dard acéré*) ; **carreau** (⇧ arbalète).

fléchir, v. plier, émouvoir.

flemmard, v. paresseux.

flemme, v. paresse.

fleurir, devenir fleur : **éclore** (⇧ insiste sur l'ouverture) ; **s'épanouir** (⇧ insiste sur les pétales déployés).

fleuve, v. cours d'eau.

flexible, qui plie facilement : **souple** (⇧ insiste sur la facilité des mouvements, notamment pour des corps vivants) ; **pliable** (⇧ en vue d'un usage artificiel) ; **pliant** (id. ; ⇧ fort) ; **élastique** (⇧ capacité d'extension, et retour à la forme primitive).

flirt, v. amour.

floraison, état des plantes en fleurs : **épanouissement** (⇧ insiste sur ouverture) ; **efflorescence** (⇧ savant).

flot, v. mer et eau.

flotte, groupe de navires : **flottille** (⇧ petits navires) ; **escadre** (⇧ division d'une flotte : *escadre de torpilleurs*) ; **armada** (⇧ d'après la flotte de Philippe II, flotte très importante, souvent iron. : *dépêcher une véritable armada dans le golfe Persique*).

flottement, v. hésitation.

flotter, 1. rester à la surface de l'eau : **surnager** (⇧ contrairement à ce que l'on pourrait attendre : *seuls quelques barils surnageaient*) ; **nager** (⇧ par ext., plutôt dans le liquide, sans couler tout à fait). 2. se maintenir dans l'air : **voltiger** (⇧ avec un mouvement assez rapide) ; **voler** (⇧ rapide encore) ; **claquer** (⇧ avec un bruit de claquement : *le drapeau claquait au vent*) ; **ondoyer** (⇧ avec une agitation molle comme celle des flots).

flou, v. vague.

flûte, instrument de musique à vent : **flageolet** (⇧ aigu, et surtt litt., pastoral) ; **chalumeau** (⇧ bergers, rustique) ; **syrinx** (id. ; ⇧ grec antique) ; **pipeau** (id.) ; **galoubet** (id. ; ⇧ provençal) ; **flûtiau** (id. ; ⇧ dépréciatif) ; **fifre** (⇧ militaire).

flux, v. marée.

foi, v. croyance, religion.

foire, v. fête, marché.

foison, v. abondance.

foisonner, v. abonder.

folie, état de dérangement mental : **démence** (⇧ fort, surtt maladie au sens strict : *il a fini par sombrer dans la démence*) ; **aliénation (mentale)** (⇧ terme techn., médical et jurid. : *manifester des symptômes d'aliénation mentale*) ; **délire** (⇧ crise momentanée : *pris de délire, il s'est jeté par la fenêtre*) ; **déséquilibre** (⇧ faible, ou euphémisme : *souffrir d'un grave déséquilibre nerveux*) ; **déraison** (⇧ général, pas nécessairement maladie) ; **aveuglement** (id. ; ⇧ refus de voir clair). SPÉC. **névrose** : **psychose** ; **schizophrénie** ; **paranoïa**. ≈ **maladie mentale, psychique** ; **dérangement cérébral** ; **troubles de la personnalité**.

folklore, v. tradition.

fonction, place de qqch. relativement à une organisation d'ensemble : **rôle** (⇧ souligne la contribution active à la marche de l'ensemble : *le rôle capital de l'ADN dans la transmission du message génétique*) ; **utilité** (⇧ cour., dans la perspective d'une utilisation) ; **office** (id. ; ⇧ soutenu) ; **place** (⇧ image spatiale : *la place de l'exécutif dans la constitution*) ; **charge** (⇧ qui est confiée : *la charge d'éduquer la jeunesse*) ; **mission** (id. ; ⇧ emphat., en particulier religieux, ou ext.) ; **tâche** (⇧ neutre, insiste sur ce qu'il faut faire) ; v. aussi **but** et **travail**.

fonctionnaire, v. employé.

fonctionner, v. marcher.

fondamental, v. important.

fondation, v. fondement et établissement.

fondement, ce sur quoi repose qqch., au pr. ou fig. : **base** (⇧ partie inférieure de l'objet : *vaciller sur sa base*) ; **fondation(s)** (⇧ ce qui est enfoui dans le sol, ou par ext. : *rasé jusqu'aux fondations*) ; **soubassement** (⇧ ce qui dépasse du sol, dans les travaux de fondation) ; **assise** (⇧ maçonnerie) ; **infrastructure** (⇧ ensemble des travaux nécessités) ; **soutènement** (⇧ travaux particuliers, destinés à soutenir ce qui menace de glisser, terrain, édifice). ≈ **point de départ** (⇧ uniqt fig.).

fonder, v. établir.

fondre, 1. tr., faire passer un solide à l'état liquide : **liquéfier** (⇧ sans forte élévation de température) ; **dissoudre** (⇧ en plaçant dans un liquide : *dissoudre le sucre dans la tasse de thé*). 2. intr., passer à l'état liquide, pour un solide : **se liquéfier, se dissoudre** (v. 1.). 3. *fondre sur :* v. (s')élancer. 4. v. unir.

fontaine, v. source.

fonte, fait de fondre : **liquéfaction, dissolution** (v. fondre) ; **fusion** (⇧ se dit plutôt des métaux, minéraux, etc., ou scientifique : *lave en fusion*).

force, qualité de ce qui exerce un effet particulièrement intense : **puissance** (⇧ abstrait, élément naturel, autorité, etc. : *la puissance des lois*) ; **intensité** (⇧ pour mesurer un degré de force : *l'intensité de sa concentration*) ; **violence** (⇧ idée d'un degré de force qui dépasse la norme : *une tempête d'une extrême violence*) ; **vitalité, vigueur** (⇧ physique, état général du corps : *ses muscles avaient perdu la vigueur de la jeunesse*) ; **énergie** (⇧ intensité générale de l'effort, physique ou moral : *travailler avec énergie*) ; **verdeur** (⇧ uniqt expr. où l'on envisage la possibilité de sa disparition : *encore dans toute sa verdeur*) ; **résistance, robustesse** (⇧ qualité générale d'un corps disposant de force physique) ; v. aussi **volonté**.

forcé, v. obligatoire.

forcer, v. obliger.

forer, v. percer.

forêt, v. bois.

forfait, v. crime.

forger, v. inventer.

formation, fait de former : **composition, constitution** (v. former) ; v. aussi **création, commencement**.

forme, 1. apparence visible de qqch., *la forme de la bouteille* : **dessin** (⇧ insiste sur les lignes : *il nous décrivit le dessin général du parc*) ; **tracé** (id. ; ⇧ continuité de la ligne : *le tracé des frontières*) ; **contour** (⇧ insiste sur la limite extérieure) ; **configuration** (⇧ d'un ensemble complexe : *la configuration des lieux*) ; **conformation** (⇧ techn., plutôt corps vivant : *la conformation de l'œsophage*) ; **silhouette** (⇧ simple apparence générale, telle qu'elle se découpe sur le fond : *la silhouette d'un clocher à l'horizon*) ; **figure** (vx ; ⇧ géométrique) ; v. aussi **apparence**. 2. façon dont se réalise concrètement une catégorie abstraite, *une forme de littérature, de gouvernement*; v. sorte.

former, 1. v. créer, établir. 2. entrer dans un tout comme élément : **composer** (⇧ insiste plutôt sur la combinaison : *les trois ordres qui composaient la société de l'Ancien Régime*) ; **constituer** (⇧ fondement de l'existence : *un corps constitué d'oxygène et d'hydrogène*).

formule, v. expression.

formuler, v. exprimer.

fort, qui est doué de force : **puissant, intense, violent, vigoureux, énergique, vert, robuste** (v. force) ; **résistant** (⇧ repousse les atteintes, en général, et, notamment pour un être vivant, supporte les maladies, efforts, etc. : *carton très résistant, tempérament très résistant*) ; ***solide** (id.) ; **costaud** (fam. ; ⇧ s'applique à un homme, ou même éventuellement un objet, particulièrement fort ou résistant) ; **invulnérable** (⇧ ne peut être atteint).

fortuit, v. accidentel.

fortune, v. destin, richesse.

fosse, v. tombe.

fou, atteint de folie : **dément, aliéné, déséquilibré, névrosé, psychotique, schizophrène, paranoïaque** (v. folie) ; **forcené** (⇧ souvent employé comme n., mod., fou furieux qui se retranche chez lui) ; **insensé** (⇧ général, manque de toute raison, mais pas nécessairement maladie) ; **dérangé** (cour.) ; **détraqué** (fam. ; ⇧ certain danger, notamment agressions sexuelles) ; **cinglé, dingue, maboul, siphonné, toqué, timbré, zinzin** (très fam.). ≈ **malade mental** ; **être atteint, souffrir de *folie, dérangement mental, etc.** ; **ne pas jouir, être en possession, de toutes ses facultés (mentales), de tout son bon sens** ; **être (un peu) atteint** (fam.) ; **avoir un grain** (fam.) ; **perdre la raison, la tête pour devenir fou** ; **perdre la boule** (id. ; ⇧ fam.).

foucade, v. caprice.

foudre, arc électrique lié à certains phénomènes atmosphériques : **éclair** (⇧ insiste sur la lumière) ; **tonnerre** (⇧ insiste sur le bruit) ; **fulguration** (⇧ sans bruit).

fouet, instrument fait de lanières, destiné à frapper un animal ou une pers. : **verges** (⇧ fait de tiges de végétal, plutôt correction modérée : *les verges étaient d'un recours fréquent dans la pédagogie antique*) ; **martinet** (⇧ petit, pour les enfants) ; **cravache** (⇧ court, cheval) ; **chat à neuf queues** (⇧ exotique, supplice).

fouetter, 1. frapper avec un fouet : **flageller** (⇧ supplice, surtt Antiquité : *flageller un esclave coupable*) ; **fustiger** (⇧ surtt au fig.) ; **cravacher** (⇧ cravache) ; **cingler** (⇧ un seul coup bref : *d'un revers, il le cingla au visage*). 2. atteindre brutalement comme un coup de fouet : **cingler** (⇧ très bref : *une branche vint lui cingler le visage*).

fouiller, chercher qqch. parmi de nombreux objets : **fureter** (⇧ discrètement et agréablement : *fureter dans les boîtes des bouquinistes*) ; **fouiner** (⇧ péjor.) ; **fouir** (⇧ creuser) ; **explorer** ; **perquisitionner** (⇧ policier, dans un appartement) ; v. aussi **chercher**. ≈ **passer au peigne fin** (⇧ soin extrême, notamment police).

fouillis, v. désordre.

fouiner, v. fouiller.

foule, 1. grande quantité de personnes : **monde** (cour. ; ⇧ surtt expr. : *beaucoup de monde, un monde fou*) ; **affluence** (⇧ abstrait, désigne le fait qu'il y ait un grand nombre de personnes dans une occasion donnée : *étonné d'une telle affluence au spectacle*) ; **cohue** (⇧ idée de bousculade : *il y avait cohue sur les boulevards*) ; **presse** (litt. ; ⇧ insiste sur l'entassement). 2. le plus grand nombre des hommes, souvent péjor. : **multitude** (⇧ abstrait : *se tenir éloigné des sentiments de la multitude*) ; **masse** (⇧ péjor., ou, au pl., idéologique : *s'élever au dessus de la masse*) ; **vulgaire** (⇧ aristocratique) ; **peuple** (⇧ neutre). ≈ **le grand nombre** ; **le vulgum pecus**. 3. *une foule de*, pour *un grand nombre de* : **multitude** (⇧ fort, difficile à dénombrer) ; **masse** (id. ; ⇧ souvent idée d'apparence compacte, de poids : *une masse de dossiers encombrait le bureau*) ; **quantité** (⇧ neutre) ; **tas** (id., fam.) ; v. aussi **beaucoup, abondance**.

four, v. fourneau.

fournaise, v. feu.

fourneau, appareil destiné à chauffer des plats : **réchaud** (⇧ soutenu) ; **cuisinière** (⇧ en principe muni d'un four) ; **four** (⇧ fermé, à l'intérieur duquel on place le plat) ; **gazinière** (⇧ cuisinière à gaz) ; **gaz** (cour. ; ⇧ surtt expr. : *mettre un plat sur le gaz*) ; **poêle** (⇧ bois ou charbon, avec plaque sur le dessus, surtt chauffage, mais parfois aussi cuisine).

fournir, mettre qqch. à la disposition de qqn : **procurer** (⇧ soutenu, pas nécessairement de façon directe : *procurer un emploi à qqn*) ; **assurer** (⇧ avec certitude : *assurer le vivre et le couvert*) ; **apporter, présenter, produire** ; **pourvoir de** (⇧ idée d'une acquisition durable :

pourvu par la nature de dons remarquables) ; **munir** (⇧ idée d'une acquisition profitable : *ses maîtres l'avaient muni d'un appréciable bagage de connaissances*) ; **équiper** (⇧ idée d'un attirail présentant une certaine utilité : *l'équiper de chaussures de sport*) ; **doter** (id. ; ⇧ souvent idée de la répartition de certaines ressources) ; **garnir** (⇧ idée d'ornement, ou provision : *un étalage bien garni*) ; v. aussi **donner**.

fourré, v. buisson.

foyer, 1. **âtre, cheminée** ; v. aussi **feu** ; par ext. **maison, famille, pénates** (fam.). 2. **centre, source** (⇧ point de départ d'un mouvement).

fracas, v. bruit.

fraction, v. partie.

fragile, 1. qui casse facilement : **cassant** (⇧ s'applique plutôt à une matière qu'à un objet proprement dit : *du plastique cassant*) ; **cassable** (⇧ souligne l'éventualité, notamment emplois techn. : *verre cassable* par opposition à *incassable*) ; **délicat** (⇧ surtt objets que l'on abîme facilement : *vernis délicat*) ; v. aussi **faible**. 2. qui est sujet à disparaître ou s'altérer facilement : **précaire** (⇧ insiste sur les menaces : *équilibre précaire*) ; **éphémère** (⇧ qui dure peu : *bonheur éphémère*) ; **périssable** (⇧ souligne en général la nécessité ou la probabilité de la fin : *un édifice fait de matière périssable*) ; **vulnérable** (⇧ souligne les atteintes dont il peut faire l'objet) ; v. aussi **passager** et **faible**.

fragilité, caractère de ce qui est fragile : **délicatesse, *précarité, vulnérabilité** (v. fragile) ; v. aussi **faiblesse**.

fragment, v. morceau.

fraîcheur, v. froid.

frais, 1. adj., v. froid. 2. n. m., v. dépense.

franc, v. sincère.

franchir, v. passer.

franchise, v. sincérité.

frappant, v. impressionnant.

frapper, donner des coups : **taper** (⇧ simples petits coups à plat, ou fam. : *taper sur la table pour se faire entendre*) ; **marteler** (⇧ à de nombreuses reprises comme avec un marteau) ; **heurter** (⇧ involontairement : *heurter de la tête le haut de la porte*) ; **cogner** (id. ; ⇧ plus fort : *aller cogner contre le mur*) ; **percuter** (id. ; ⇧ techn., souligne la force du coup : *la voiture alla percuter contre le trottoir*).

fraude, v. tromperie.

frauder, v. tromper.

freiner, 1. intr., actionner le mécanisme de ralentissement d'un véhicule : **ralentir** (⇧ général, simple perte de vitesse : *ralentir dans les virages*) ; **décélérer** (id. ; ⇧ technique). 2. tr., v. ralentir.

frêle, v. faible.

frémir, v. trembler.

fréquemment, v. souvent.

fréquence, fait de se produire souvent : **répétition** (⇧ simple fait de se reproduire : *la répétition du phénomène serait inquiétante*) ; **retour** (id.) ; **réitération** (⇧ savant) ; **récurrence** (id. ; ⇧ techn., abstrait : *une obsédante récurrence d'éléments similaires*) ; **périodicité** (⇧ qui revient à intervalles réguliers).

fréquent, v. souvent et habituel.

fréquenter, se rendre souvent à un endroit, ou chez qqn : **hanter** (⇧ présence très fréquente, souvent péjor. : *hanter les mauvais quartiers*) ; **courir** (⇧ avec beaucoup d'empressement : *un restaurant très couru*) ; **visiter** (⇧ vague, simple visite) ; **frayer avec** (⇧ compagnie fréquente, plutôt péjor.) ; **pratiquer** (très litt. ; ⇧ idée d'une connaissance de la personne ainsi acquise) ; **côtoyer** (⇧ uniqt brièvement) ; **coudoyer** (id. ; ⇧ rapide encore). ≈ **être lié, en relation, avec** (⇧ insiste sur les rapports sociaux ou sentimentaux).

fresque, v. peinture.

friche, v. lande.

frigidaire, v. réfrigérateur.

frimousse, v. visage.

frire, v. cuire.

frisé, qui présente de nombreuses boucles serrées : **bouclé** (⇩ serré) ; **ondulé** (⇩ serré encore ; ⇧ simple mouvement de la chevelure) ; **frisotté** (⇧ irrégulier, petites boucles, parfois iron.) ; **crépu** (⇧ très serré, propre à certaines races, notamment noire) ; **crêpé** (⇧ gonflé) ; **calamistré** (vx ou litt. et péjor. ; ⇧ frisé au fer, avec souvent idée d'affectation : *jeune perruche peinte, teinte et calamistrée*). ≈ v. friser.

friser, rendre frisé : **boucler, onduler, frisotter, crêper, calamistrer** (v. frisé). ≈ **faire une permanente** (⇧ en chauffant, de façon durable) ; **faire une mise en plis** (id. ; ⇧ rapide).

frisson, v. tremblement.

frissonner, v. trembler.

frivole, qui trouve de l'agrément à des riens, ou présente un agrément de cet ordre : **futile** (⇧ insiste sur le peu d'importance, plutôt que sur l'agrément : *des soucis futiles*) ; **insignifiant** (id. ; ⇧ uniqt chose, de peu d'importance).

frivolité, caractère de ce qui est frivole : **futilité, insignifiance** (v. frivole).

froid, I. adj. 1. d'une température assez

basse : **glacé** (⇧ fort, sensation de glace) ; **glacial** (⇧ fort encore) ; **frais** (⇧ modérément froid) ; **réfrigéré** (⇧ par suite d'une action artificielle : *local réfrigéré*) ; **frisquet** (fam.). 2. pour une pers., peu disposé à manifester d'émotion : **insensible** (⇧ insiste sur absence d'émotion ressentie, et pas seulement manifestée) ; **impassible** (⇧ souligne l'absence de manifestation : *considérer le drame d'un visage impassible*) ; **flegmatique** (⇧ souligne le tempérament calme : *Anglais flegmatique*) ; **glacé, glacial** (⇧ image, et idée d'hostilité latente : *accueillir ses propositions d'un air glacé*) ; **glaçant** (id. ; ⇧ insiste sur l'effet produit).
II. n., le faible degré de température, ou la sensation qu'il produit : **froidure** (vx, litt.). GÉN. **température** ; **temps**.

froncé, v. plissé.

frontière, v. limite.

frotter, passer une chose sur une autre, notamment pour nettoyer : **astiquer** (⇧ pour faire briller) ; **lustrer** (id. ; ⇧ un tissu, cuir, etc.) ; **fourbir** (id. ; ⇧ une arme) ; **polir** (⇧ pour rendre plus lisse) ; **poncer** (id. ; ⇧ une surface préparée, en fin d'opération : *poncer l'enduit*) ; **frictionner** (⇧ un corps vivant, pour réchauffer ou soigner : *frictionner le bras avec de l'alcool*) ; v. aussi **nettoyer**. ≈ **faire briller, reluire**.

froussard, v. peureux.

frousse, v. peur.

fructueux, v. utile.

fruit, 1. production d'une plante destinée à envelopper les graines : **baie** (⇧ petit, notamment certains arbustes : *baie de laurier, de gui*). GÉN. **production, récolte** (*les fruits de la terre*). 2. v. conséquence. 3. **résultat** d'un travail, **produit**.

fruste, v. simple et lourd.

frustrer, v. priver.

fugace, v. passager.

fugitif, adj., v. passager.

fugitif, n., qui s'enfuit : **fuyard** (⇧ d'un champ de bataille, souvent péjor.) ; **évadé** (⇧ d'une prison) ; **réfugié** (⇧ insiste sur le lieu d'accueil : *les réfugiés du Cambodge installés en Thaïlande*).

fuir, v. (s')enfuir.

fuite, action de fuir : **évasion** (⇧ hors d'une prison, ou fig. : *une évasion réussie de la centrale de Fresnes*) ; **débandade** (⇧ d'un groupe, surtt d'une armée, en désordre : *à l'annonce de la mort du chef, ce fut la débandade*) ; **sauve-qui-peut** (id. ; ⇧ fort) ; **exode** (⇧ collectif, hors d'une région donnée : *l'exode des Arméniens de Turquie*) ; **escapade, fugue** (⇧ pour peu de temps).

fumée, produit gazeux visible qui se dégage d'une combustion : **fumerolle** (⇧ de certains phénomènes volcaniques) ; **émanation** (⇧ tout produit gazeux émanant de la combustion, visible ou plutôt invisible : *des émanations toxiques provenant de l'usine*) ; **exhalaison** (id. ; ⇧ appliqué à des phénomènes agréables : *une exhalaison lumineuse baignait le paysage auroral*) ; **vapeur** (⇧ en principe uniqt eau, ou par ext., idée de légèreté, transparence).

fumer, 1. passer à la fumée un produit comestible pour le conserver : **boucaner** (vx ; ⇧ exotique, Antilles anciennes). 2. consommer du tabac : **pétuner** (vx) ; **griller** (⇧ uniqt emploi tr. : *griller une cigarette de temps à autre*) ; **cloper** (argot).

funèbre, qui évoque la mort : **mortuaire** (⇧ en rapport direct avec la mort : *chambre mortuaire*) ; **funéraire** (⇧ qui a trait avec les funérailles, au sens matériel : *cortège funéraire*) ; **macabre** (⇧ tonalité d'ensemble évoquant la mort, plutôt péjor. : *une mise en scène macabre*) ; voir aussi **triste**.

funérailles, v. enterrement.

funeste, v. mauvais.

fureter, v. fouiller.

fureur, état de violente colère, ou fig. : **rage** (⇧ agressif, destructif : *bouillir de rage*) ; **exaspération** (⇧ par suite d'une accumulation de contrariétés insupportables : *pris d'exaspération devant ce nouveau retard*) ; **déchaînement** (⇧ plutôt avec un compl. inanimé : *le déchaînement des flots*) ; **furie** (id. ; ⇧ également appliqué à une pers., dans des cas de fureur particulièrement intense, surtt dans expr. *en furie, pris de furie*) ; v. aussi **colère**.

furibond, v. furieux.

furie, v. fureur.

furieux, pris de fureur : **furibond** (⇧ plutôt iron.) ; **déchaîné** (⇧ qu'on ne peut plus retenir dans sa colère) ; **enragé** (⇧ fort, v. aussi **(en) colère**). ≈ **en rage (furie), pris de —** ; **en proie à l'exaspération** ; **bouffi de rage** ; **fumer, bouillir de rage**.

furtivement, v. (en) cachette.

fusil, arme à feu portative : **carabine** (⇧ de plus petit calibre) ; **mitraillette** (⇧ tir à répétition) ; **fusil-mitrailleur** (id.) ; **tromblon** (⇧ à canon évasé, ou pour un vieux fusil, péjor.) ; **mousqueton** (⇧ court, porté en bandoulière, encore courant en 14-18) ; **mousquet** (⇧ XVIIe) ; **arquebuse** (⇧ XVIe) ; **flingue** (fam.).

fusiller, exécuter à coups de fusil : **passer par les armes** (⇧ officiel). GÉN. ***exécuter**.
fusionner, v. unir.
fût, v. tronc.
futile, v. frivole.
futilité, v. frivolité.
futur, v. avenir.

G

gâcher, faire un mauvais emploi de qqch. : **gaspiller** (⇧ idée d'emploi dispersé et inutile : *gaspiller ses forces*) ; **galvauder** (⇧ emploi indigne de la valeur : *galvauder une noble cause*) ; v. aussi **utiliser**. GÉN. **perdre**.
gadoue, v. boue.
gaffe, v. maladresse.
gaffeur, v. maladroit.
gagnant, pers. qui gagne dans un jeu : **vainqueur** (⇧ compétition sportive : *vainqueur aux jeux Olympiques*) ; **lauréat** (⇧ d'un concours : *lauréat du concours général, des jeux télévisés*).
gagner, 1. obtenir un certain profit, plutôt grâce à une activité quelconque, *il gagne beaucoup d'argent* : **toucher** (⇩ idée d'activité : *toucher une grosse commission*) ; **encaisser** (⇧ n'envisage que le fait de mettre en caisse) ; **ramasser** (fam. ; ⇧ dans une affaire quelconque, ou au jeu) ; **empocher** (id.). 2. être le meilleur dans un jeu : **l'emporter** (⇧ sur qqn, souligne la compétition : *que le meilleur l'emporte !*) ; **remporter** (id. ; ⇧ insiste sur le résultat : *remporter la première manche*) ; **battre** (id., cour. ; ⇧ avec un complément d'objet direct : *battre tous ses concurrents à plate couture*) ; **écraser** (id. ; ⇧ fort) ; **triompher** (id. ; ⇧ idée de gloire, surtt dans jeu qui oppose directement deux adversaires : *triompher de son adversaire en cinq sets*) ; **surclasser** (id. ; ⇧ techn., avec une large avance) ; v. aussi **vaincre**. ≈ **être, sortir, vainqueur** ; **remporter** la **victoire** (un **triomphe**). 3. v. aller.
gai, v. joyeux.
gaieté, v. joie.
gain, v. profit.
gaine, v. enveloppe.
galerie, v. passage, musée.
galet, v. pierre.
galette, v. gâteau.
galimatias, v. charabia.
galoper, v. courir.
galvauder, v. gâcher.
gambader, v. sauter.
gamin, v. enfant.
gangster, v. bandit.
gant, partie de l'habillement revêtant les mains : **moufle** (⇧ détache seulement le pouce) ; **mitaine** (⇧ doigts découverts).
garage, 1. local destiné à garer des véhicules : **hangar** (⇧ large, simple local couvert de vastes dimensions, pour abriter des véhicules, marchandises, etc.) ; **parking** (⇧ destiné à de nombreux véhicules, anglicisme) ; **remise** (vx). 2. v. garagiste.
garagiste, détenteur d'un atelier de réparation automobile : **réparateur** (⇧ insiste sur l'activité de réparation) ; **mécanicien** (⇧ tâche précise, éventuellement simple ouvrier). ≈ **concessionnaire** suivi du nom de la marque, ou sous-entendu : *porter la voiture chez le concessionnaire.*
garantie, ce qui assure contre un risque : **assurance** (⇧ déclaration ou disposition juridique : *donner l'assurance de son soutien*) ; **engagement** (⇧ promesse solennelle, éventuellement fondée sur des gages : *prendre un engagement*) ; **gage** (⇧ objet de valeur remis, ou simplement comportement pouvant donner confiance : *il avait déjà reçu des gages de sa bonne foi*) ; **caution** (⇧ sous forme d'une avance pécuniaire, perdue en cas de manquement à l'engagement, ou par ext.).
garantir, 1. plutôt qqn, **assurer** une garantie contre un risque : **cautionner** (v. garantie). ≈ **se porter garant** ; **donner toute assurance** ; **donner des gages** ; **rassurer à propos de**. 2. plutôt pour qqch., écarter le risque d'une atteinte quelconque : **préserver de** (⇧ d'un mal interne : *préserver de la rouille, de la corruption*) ; **prémunir contre** (⇧ idée d'une disposition particulière, en vue du futur) ; **immuniser** (⇧ médical, contre une maladie, ou par ext. : *immunisé contre la tuberculose par le BCG*) ; v. aussi **protéger**.
garçon, 1. v. enfant, adolescent. 2. v. serveur.
garder, v. conserver, surveiller.

gardien, personne chargée de garder qqch. : **concierge** (⇧ immeuble) ; **portier** (⇧ institution) ; **huissier** (⇧ administration) ; **geôlier** (vx ou litt. ; ⇧ prison) ; **surveillant** (⇧ prison, musée, etc.) ; **maton** (prison ; argotique).

gardien de la paix, v. policier.

gare, v. arrêt.

garer, placer un véhicule à l'arrêt dans un emplacement donné : **parquer** (cour. ; ⇧ dans un emplacement approprié) ; **ranger** (⇧ large, idée d'ôter du passage : *il se rangea le long du trottoir*) ; v. aussi **arrêter**.

garnir, v. fournir.

gaspiller, v. dépenser.

gâteau, dessert à base de farine et de sucre : **pâtisserie** (⇧ général, surtt commerce : *elle avait l'habitude d'acheter des pâtisseries à son goûter*) ; **galette** (⇧ peu levé, en principe). GÉN. **douceur** ; **dessert**. SPÉC. **biscuit** (⇧ sec) ; **petit-beurre** (⇧ sec, petite dimension) ; **petit four** (⇧ petit, pour une collation) ; **cake** (⇧ fourré aux fruit confits) ; **tarte** (⇧ plat, couvert de fruits) ; **baba au rhum** (⇧ imbibé de rhum), etc.

gauche, 1. côté opposé à la droite : **bâbord** (⇧ marine). 2. v. maladroit.

gaucherie, v. maladresse.

gausser (se), v. (se) moquer.

gazette, v. journal.

gazon, v. herbe.

gazouiller, v. chanter.

géant, adj., v. grand.

géant, n., personne d'une taille anormalement élevée : **colosse** (⇧ force physique) ; **mastodonte** (id., plutôt fam. et iron. ; ⇧ grosseur) ; **hercule** (id. ; ⇩ insistance sur taille) ; v. aussi **grand**.

geindre, v. gémir.

gelée, effet du grand froid : **gel** (⇧ le froid en lui-même : *le mur s'est fissuré sous l'effet du gel*) ; **givre** (⇧ fine pellicule de glace se déposant sur les objets : *les arbres étaient couverts de givre*) ; **verglas** (⇧ pellicule très mince et glissante sur les routes : *déraper sur le verglas*).

geler, 1. intr., se transformer en glace pour un liquide : **figer** (⇧ insiste plutôt sur l'épaississement : *l'huile fige dans la bouteille*) ; **prendre** (⇧ début du processus). 2. tr., transformer en glace : **congeler** (⇧ par un procédé mécanique, en vue de la conservation) ; **glacer** (⇧ uniqt en surface, ou très froid).

gémir, crier faiblement sous l'effet de la douleur : **geindre** (⇧ voix très faible, intermittente, ou, fam., sens fig.) ; **se plaindre** (⇧ net, plutôt litt. en ce sens) ; **se lamenter** (⇧ fort, également litt. en ce sens). GÉN. ***crier**.

gémissement, cri de douleur : **geignement**, **plainte**, **lamentation** (v. gémir).

gênant, qui gêne : **embarrassant**, **déconcertant** (v. gêner) ; **ennuyeux** (⇧ source de soucis : *une situation ennuyeuse*) ; **fâcheux** (⇧ idée de contrariété assez forte qui s'exprime : *voilà qui est fâcheux !*) ; **regrettable** (⇧ désapprobation, ou volonté d'excuse : *un regrettable incident est venu interrompre notre émission*).

gendarme, v. policier.

gendarmerie, v. police.

gêne, état ou situation constituant un obstacle : **difficulté** (⇧ vague : *éprouver de la difficulté à parler en public*) ; **incommodité** (id.) ; **dérangement** (⇧ perturbation apportée) ; **embarras** (⇧ souligne une certaine forme d'hésitation : *se trouver dans l'embarras pour choisir*) ; **importunité** (⇧ insiste sur temps inopportun) ; v. aussi **obstacle**.

gêné, 1. qui se trouve dans une situation où il rencontre des obstacles, surtt psychologiques : **embarrassé** (⇧ idée de charge, d'hésitation : *embarrassé par cette question indiscrète*) ; **troublé** (⇧ insiste sur effet de perturbation psychologique : *troublé, il ne put s'empêcher de bégayer*) ; **incommodé** (⇧ perturbation physique) ; **emprunté** (⇧ s'applique surtt à des manières maladroites : *air emprunté*). 2. v. gêner.

gêner, constituer un obstacle 1. objectif, *gêner la circulation* : **embarrasser** (⇧ insiste sur la masse de l'obstacle) ; **entraver** (⇧ fort, obstacle : *sa résistance entravait les efforts de conciliation*) ; **bloquer**, **obstruer** (⇧ obstacle total au passage) ; **empêcher** (⇧ obstacle total à une action : *empêcher le retour au calme*) ; **contrarier**, **importuner**, **déranger** (⇧ plutôt par rapport à un ordre de choses prévu : *le déranger dans son travail*) ; **encombrer** (⇧ par accumulation : *encombrer la chaussée*) ; **embarrasser** (id. ; ⇧ souvent idée de charge : *embarrassé par sa valise*) ; **engoncer** (⇧ uniqt pour une pers. gênée par des vêtements où le cou disparaît, ou au fig. : *engoncé dans sa veste, dans sa dignité*) ; **handicaper** (⇧ plutôt insuffisance organique, ou fig. : *il était handicapé par sa petite taille*) ; v. aussi **boucher**. ≈ **faire**, **mettre obstacle à**. 2. subjectif, *gêner son interlocuteur* : **embarrasser**, **troubler** (v. gêné) ; **intimider** (⇧ fort, timidité) ; **déconcerter** (⇧ par un fait inattendu :

déconcerté par le tour que prenait la situation) ; **dérouter** (id. ; ⇧ fort).

général, 1. qui s'en tient à un point de vue d'ensemble : **global** (⇧ insiste sur la totalité : *une analyse globale de la situation*) ; **collectif** (⇧ en liaison avec un groupe d'individus : *certains comportements collectifs peuvent représenter une menace pour l'ordre social*) ; **générique** (⇧ appliqué de façon stricte à un genre logique : *le celtique constitue la désignation générique d'une famille de langues d'origine indo-européenne*). ≈ **dans les grandes lignes**. 2. qui vaut dans tous les cas ou la plupart : **universel** (⇧ fort, sans exception : *c'est une loi universelle de l'histoire que la décadence inéluctable des grands empires*) ; **unanime** (⇧ assentiment général) ; **total** (⇧ souligne plutôt l'intensité ou l'étendue : *la ruine totale du pays*) ; v. aussi **courant** et **complet**.

généralement, de façon très courante : **communément** (⇧ soutenu, idée d'accord : *il est communément admis que l'Afrique orientale est le berceau de l'humanité*) ; **couramment** (⇧ idée de fréquence) ; v. aussi **souvent**. ≈ **en général** ; **dans la plupart des cas**.

génération, v. naissance.

généreux, qui donne volontiers : **libéral** (⇧ idée d'une certaine fortune que l'on dispense volontiers) ; **large** (⇧ opposé à l'idée de mesquinerie : *un large pourboire*) ; **munificent** (⇧ idée de dépenses somptueuses) ; **charitable** (⇧ sentiment d'humanité : *se montrer charitable à l'endroit des malheureux*) ; **prodigue** (⇧ avec excès) ; v. aussi **dépensier**.

générosité, qualité d'une pers. généreuse : **libéralité, largesse, munificence, charité, prodigalité** (v. généreux).

genèse, v. naissance et commencement.

génial, v. intelligent.

génie, don d'intelligence exceptionnel : **talent** (⇧ faible : *musicien de talent, Mendelssohn n'avait pas le génie de Beethoven*) ; **don(s)** (⇧ disposition naturelle, plus vague : *un enfant aux dons évidents pour le dessin*) ; v. aussi **disposition** et **intelligence**. GÉN. **esprit**, ***intelligence, nature**.

génisse, v. vache.

genre, v. sorte.

gens, désignation collective d'un ensemble de personnes : **personnes** (⇧ individualisé : *il se trouve des personnes à qui la musique déplaît*) ; **individus** (id. ; ⇧ spécificité, parfois péjor. : *les réactions devant le tableau sont très variables selon les individus*) ; **hommes** (⇧ très général, emphat., notamment ton des maximes) : *les hommes ne vivraient pas longtemps en société s'ils n'étaient dupes les uns des autres* (La Rochefoucauld) ; ***foule** (⇧ avec idée de masse, par opposition à quelques-uns, plutôt péjor.) ; **monde** (⇧ dans certaines expr. : *tout le monde, se moquer du monde*, etc.) ; v. aussi **homme**. ≈ l'on aura intérêt à recourir à des pronoms à valeur généralisante, **on** et **nous** et aux formes dérivées : *ce que l'on dit* pour *les gens disent* ; *on ne donne rien si libéralement que ses conseils* (La Rochefoucauld) ; *si nous résistons à nos passions, c'est plus par leur faiblesse que par notre force* (id.) pour *si les gens* —. L'on pourra également songer à de simples démonstratifs, **ceux qui, celui qui** pour *les gens qui* : *ceux qui croient avoir du mérite se font un honneur d'être malheureux* (id.) ; l'on aura souvent intérêt à spécifier : *auteurs, habitants, citoyens, enfants, étudiants*, etc.

gentil, v. aimable.

gentilhomme, v. noble.

gentillesse, v. amabilité.

geôle, v. prison.

geôlier, v. gardien.

gérant, v. directeur.

gérer, v. diriger.

germe, v. graine.

geste, v. mouvement.

gesticuler, v. bouger.

gestion, v. direction.

giboulée, v. pluie.

gicler, v. jaillir.

gifle, coup donné sur la joue avec la main : **claque** (⇧ enfant) ; **tape** (⇩ fort ; ⇧ plutôt amical : *une tape sur l'épaule en signe de bon accueil*) ; **calotte** (fam. ; ⇧ en principe sur la tête, mais, usuellement, plutôt gifle peu grave) ; **baffe, tarte, beigne** (fam.) ; **soufflet** (⇧ avec valeur d'insulte, surtt en matière d'honneur : *un soufflet qu'il convient de laver dans le sang*). ≈ **aller-retour** (fam.) ; **giroflée à cinq feuilles** (id.).

gifler, appliquer sa main avec force sur la joue de qqn : **claquer, taper, calotter, baffer, souffleter** (v. gifle) ; v. aussi **frapper**. ≈ **donner, appliquer, administrer une (paire de) gifle(s)** ; **flanquer une gifle** (fam.).

gigantesque, v. grand.

gigoter, v. bouger.

gîte, v. maison.

givre, v. gelée.

glace, dessert fait de crème et de sucre congelés : **sorbet** (⇧ à base de pulpe de fruits). GÉN. **rafraîchissement**. ≈ **crème glacée**.

glacer, v. geler.

glacial, v. froid.

glacière, v. réfrigérateur.

glaive, v. épée.

glisser, progresser sur une surface lisse par simple effet de l'élan : **patiner** (⇧ avec des patins) ; **déraper** (⇧ en risquant la chute : *déraper sur le verglas*) ; **riper** (⇧ pour un objet, un outil : *la lime ripa sur la surface du métal*) ; v. aussi **tomber**.

global, v. général.

globe, v. boule.

gloire, ce qui fait qu'un homme est très largement connu en raison de ses mérites : **célébrité** (⇧ insiste surtt sur le fait d'être connu, pas nécessairement en bien) ; **notoriété** (id. ; ⇧ limité : *il jouissait d'une certaine notoriété dans les milieux littéraires*) ; **popularité** (⇧ opinion favorable, mais plutôt liée à de la sympathie qu'à l'admiration pour les mérites, auprès d'un large public : *la popularité du général Boulanger représentait une menace pour le régime républicain*) ; **consécration** (⇧ état de celui qui voit ses mérites enfin largement reconnus : *la bataille d'*Hernani *apporta enfin à Hugo une véritable consécration*) ; **réputation** (⇧ ce que l'on dit de la pers., en bien ou en mal : *il s'était acquis une grande réputation de sévérité*) ; **prestige** (⇧ très favorable, source d'influence : *Merleau-Ponty a joui d'un grand prestige auprès des jeunes philosophes des années cinquante*) ; **renommée** (id. ; ⇧ emphat. : *sa renommée avait passé les frontières*) ; **renom** (id.) ; **honneur** (⇧ lié à une conduite irréprochable qu'à des mérites particuliers ; ⇩ connu : *défendre son honneur injustement mis en cause par la presse*) ; **lauriers** (⇧ métaphore, très emphatique).

glorieux, v. célèbre.

glorifier, v. louer.

glose, v. explication.

glossaire, v. dictionnaire.

glouton, v. gourmand.

gobelet, v. verre.

gober, v. avaler, croire.

goinfre, v. gourmand.

goinfrer (se), v. manger.

golfe, partie incurvée de la côte où la mer s'avance : **baie** (⇧ petit et offrant un meilleur abri) ; **rade** (⇧ souligne la qualité du mouillage pour les navires, assez vaste : *la rade de Brest*) ; **anse** (⇧ petit encore) ; **crique** (id. ; ⇧ resserré, mouillage) ; **fjord** (⇧ ancien lit de glacier, très profondément encaissé et enfoncé dans les terres, pays scandinaves) ; **calanque** (id. ; ⇧ Provence) ; **aber** (id. ; ⇧ Bretagne).

gommer, v. effacer.

gonflé, qui présente un volume supérieur à son état normal : **dilaté, distendu, enflé, boursouflé, bouffi, tuméfié, bombé, cloqué** (v. gonfler) ; **turgescent** (⇧ organe, par effet d'un flux quelconque) ; **turgide** (id.) ; **ballonné** (⇧ surtt ventre, par effet de gaz) ; **bouffant** (⇧ uniqt vêtement, tissu : *le pantalon bouffant des zouaves*).

gonfler, 1. tr., faire gagner de volume, notamment en insufflant un gaz : **dilater** (⇧ simple gain de volume : *dilater le verre en l'exposant à la chaleur*) ; **distendre** (⇧ au point de faire perdre la forme : *pis distendu par le lait*) ; **enfler** (⇧ une partie du corps, maladif : *l'infection lui enflait les amygdales*) ; **boursoufler** (id. ; ⇧ déformation très nette : *les yeux boursouflés par le sommeil*) ; **bouffir** (id. ; ⇧ très disgracieux). 2. intr., prendre du volume : **se dilater, se distendre** ; **enfler** ; **se boursoufler** ; **bouffir** ; **se tuméfier** (⇧ par suite de coups) ; **bomber** (⇧ faire une bosse) ; **cloquer** (⇧ série de cloques, petits gonflements de la surface : *la peinture cloquait en plusieurs places*).

gorge, partie du corps située en arrière de la bouche : **gosier** (cour.) ; **pharynx, larynx** (⇧ médical).

gosse, v. enfant.

gouffre, v. ravin.

gourdin, v. bâton.

gourmand, qui prend un grand plaisir à manger : **glouton** (⇧ au point de manger excessivement : *un glouton et un ivrogne*) ; **insatiable** (⇧ ne peut être rassasié, péjor.) ; **vorace** (id. ; ⇧ certaine précipitation dans l'absorption, péjor.) ; **goinfre** (id. ; fam. ; ⇧ fort) ; **goulu** (id. ; ⇩ fort) ; **gourmet** (⇧ qui apprécie, délicat, sans abus : *un fin gourmet*) ; **gastronome** (id. ; ⇧ idée de compétence technique). ≈ **fine-gueule** (fam. ; ⇧ amateur) ; **porté sur la bonne chère**.

gourmandise, qualité d'un gourmand : **gloutonnerie, voracité, goinfrerie** (v. gourmand).

goût, 1. impression produite par une substance sur les organes gustatifs : **saveur** (⇧ soutenu, plutôt positif : *la saveur toute particulière de la fraise des bois*) ; **parfum** (⇧ odorat, au sens pr., mais convient à tout goût particulièrement vif et agréable, assimilable à une sensation olfactive : *le parfum subtil de la menthe sauvage se laissait percevoir en arrière-fond de la liqueur*) ; **arôme** (id. ; ⇧ fort et agréable : *l'inimitable arôme du vieil armagnac*) ; **bouquet** (id. ; ⇧ particulièrement riche et agréable, se dit surtt d'un vin ou alcool) ; **fumet** (id. ; ⇧ plat cuisiné : *le fumet du rôti*). 2. faculté par laquelle l'esprit apprécie ce qui est beau ou bon, *un homme de goût* : **jugement** (⇧ général, intellectuel : *ses jugements esthétiques sont discutables*) ; **discernement** (⇧ faculté de faire la différence : *juger des peintres à la mode avec beaucoup de discernement*). 3. tendance à apprécier telle ou telle chose, *le goût du paradoxe* : **amour** (⇧ vague, sentimentalement fort : *l'amour de l'art*) ; **attirance** (⇧ souligne la force d'attraction : *son attirance pour le morbide*) ; **prédilection** (id. ; ⇧ privilégié : *une prédilection pour les jeunes femmes blondes*) ; **faible** (⇧ idée d'une préférence qui porte souvent à tentation, souvent iron. : *avoir un faible pour le dessert*). 4. v. mode et style.

goûter, 1. prendre un peu d'un mets pour en apprécier le goût : GÉN. ***essayer**. 2. v. savourer et aimer.

gouvernant, pers. chargée du gouvernement d'un pays : **dirigeant** (v. gouverner) ; **chef d'Etat** (⇧ uniqt pouvoir suprême : *une réunion des chefs d'Etat des principales puissances occidentales*) ; v. aussi **chef**.

gouvernement, instance chargée de la direction de la nation : **ministère** (⇧ surtt IIIe et IVe Républiques, en fonction de la responsabilité devant le parlement : *faire tomber le ministère*) ; **Etat** (⇧ indépendamment des personnes et des partis, l'autorité publique : *défier l'autorité de l'Etat*) ; **pouvoir** (⇧ autorité abstraite des gouvernants, plutôt péjor. : *le pouvoir a réagi par la répression*) ; **régime** (⇧ en fonction du type d'institutions, d'idéologie politique : *le régime communiste*).

gouverner, être à la tête de l'Etat : ***diriger** (⇧ général : *les politiques qui dirigent le pays le conduisent à sa perte*) ; **régir** (⇧ suivi d'un n. abstrait : *régir les affaires de la France*) ; **régner** (⇧ pour un monarque : *le roi règne, mais ne gouverne pas*).

grâce, v. beauté et pardon.

gracieux, v. beau.

grade, rang occupé dans une hiérarchie officielle : **échelon** (⇧ Administration, rémunération : *un échelon de la grille de rémunération de la fonction publique*) ; **indice** (id. ; ⇧ subdivision plus fine) ; **rang**, **degré** (⇧ vague et général).

graduel, v. progressif.

graduellement, v. peu à peu.

grain, v. graine.

graine, organe reproducteur d'un végétal : **grain** (⇧ récolté ou semé : *un grain de blé*) ; **semence** (⇧ considéré dans son emploi agricole, collectivement : *répandre la semence dans la terre*) ; **germe** (⇧ élément spécifiquement reproducteur de la graine, ou abstrait, fig. : *un germe de discorde*) ; **ferment** (⇧ uniqt emploi fig. : *un ferment de révolte*).

graisseux, v. gras.

grand, 1. au physique, d'une dimension qui sort de la moyenne : **haut** (⇧ en hauteur) ; **élevé** (id. ; ⇧ fort : *des remparts très élevés*) ; **long** (⇧ selon une dimension linéaire, spatiale ou temporelle : *de longues jambes, un long voyage*) ; **gros** (⇧ en volume : *un gros tonneau*) ; **vaste** (⇧ en étendue : *de vastes plaines*) ; **étendu** (id.) ; **ample** (id. ; ⇧ idée de place disponible : *un ample manteau*) ; **spacieux** (id. ; ⇧ surtt local : *des pièces spacieuses*) ; **large** (⇧ en largeur, ou vague et soutenu : *un large sourire*) ; **immense** (⇧ général et superlatif : *l'immense étendue de la mer*) ; **colossal** (id. ; ⇧ masse ou hauteur : *la masse colossale de la grande Pyramide*) ; **énorme** (id.) ; **gigantesque** (id. ; ⇩ masse soulignée) ; **démesuré** (⇧ emphat. encore, au-delà de la mesure) ; **illimité** (id. ; ⇧ en surface : *l'espace illimité de l'éther*) ; **infini** (id. ; ⇧ fort encore). ≈ expr. nom. : **de haute taille, d'une — gigantesque, colossale**, etc. (⇧ pers.) ; **de puissante stature** (id.) ; **d'une hauteur, étendue, de dimensions, considérable(s), impressionnante(s), prodigieuse(s)**, etc. (⇧ objets) ; **de belles, vastes dimensions** ; **sans bornes, sans fin** (⇧ espace) ; v. aussi **géant**. 2. généralement, qui dépasse la moyenne : **considérable** (⇧ fort : *des revenus considérables*) ; **important** (⇧ en fonction des effets, ou par ext. : *un personnage très important à la Cour*) ; **gros, étendu, vaste, immense, énorme, illimité**, etc. (v. 1, au fig. : *un pouvoir très étendu, une très vaste influence, une immense popularité, une énorme fortune, une fortune colossale*) ; **majeur** (⇧ souligne l'importance relativement à autre chose : *un événement majeur de l'histoire contemporaine*) ; **essentiel** (id. ; ⇧ fort : *jouer un rôle essentiel dans les tractations*) ; **intense** (⇧ pour des phénomènes qualitatifs, des forces : *un froid intense,* *un amour intense*) ; **admirable** (⇧ idée de jugement positif : *soigner sa mère avec un dévouement admirable*) ; **remarquable** (id.) ; **épouvantable** (⇧ nég., fort : *une catastrophe épouvantable*) ; ***effroyable, terrible**, etc. (id.) ; v. aussi **extraordinaire** et **important**. ≈ expr. nom. : **d'une importance considérable, majeure, essentielle**, etc. ; **de toute première, de la plus haute, importance** ; avec nég. : **non négligeable** (⇧ faible : *un rôle non négligeable dans la propagation de la maladie*) ; **qui ne doit pas être sous-estimé, négligé** ; **sans égal** ; **sans limite** (⇧ notamment effet : *pouvoir sans limite*) ; expr. diverses : **hors pair** (⇧ emphat. : *une intelligence hors pair*) ; assez souvent, *grand* est un équivalent de **beaucoup** : *avec une grande patience, avec beaucoup de patience*.

grandeur, qualité de ce qui est grand 1. au sens physique : **hauteur, longueur, grosseur, vastitude** (très litt.), *étendue, ampleur, largeur* (v. grand, 1.) ; **taille** (⇧ en hauteur, uniqt pers., ou idée d'un ordre de grandeur : *un livre réduit à la taille d'un timbre-poste*) ; ***dimension** (⇧ vague). 2. au sens général : **importance, intensité, étendue** (v. grand, 2.) ; **gravité** (⇧ pour une faute : *reconnaître la gravité de son crime*) ; **énormité** (id. ; ⇧ fort) ; **atrocité** (id. ; ⇧ aspect cruel). 3. qualité morale ce ce qui dépasse le médiocre : **supériorité** (⇧ valeur comparative : *la supériorité morale des Grecs tenait en leur farouche amour de la liberté*) ; **dignité, noblesse, valeur** (⇧ qualité morale, syn. de *grandeur d'âme* ; v. aussi **importance**.

grandiose, v. impressionnant.

grandir, devenir plus grand : **croître** (⇧ idée d'un développement organique, ou au fig., soutenu : *sa fortune n'arrête pas de croître*) ; **pousser** (⇧ uniqt pour les plantes, parties du corps — cheveux, etc. — ou au fig., iron. pour pers. : *les broussailles ont poussé partout*) ; **se développer** (⇧ insiste sur l'extension à partir d'un état d'existence potentielle : *son intelligence s'est beaucoup développée ces derniers temps*) ; v. aussi **augmenter**.

grand-mère, mère de l'un des parents : **aïeule** (⇧ très soutenu) ; **mémé** (fam.) ; **mamie** (⇧ soutenu) ; **bonne-maman, grand-maman** (vx ; ⇧ assez litt.) ; **mère-grand** (⇧ litt. et fam., contes).

grand-père, père de l'un des parents : **aïeul** (⇧ très soutenu) ; **pépé** (fam.) ; **papy** (⇧ soutenu) ; **bon-papa** (vx, ⇧ litt.) ; **grand-papa** (id.).

gras, 1. qui présente la consistance de la graisse ou est couvert de graisse : **graisseux** (⇧ taches : *un chiffon graisseux*) ; **huileux** (⇧ liquide : *cheveux huileux*) ; **poisseux** (⇧ surtt aspect collant : *un bonbon poisseux*). 2. qui a de la graisse : **grassouillet** (fam. ; ⇧ moyennement gras) ; **dodu** (⇧ bonne santé, ou idée d'appétit) ; **replet** (⇧ idée de rondeur) ; **potelé** (⇧ agréable : *la main potelée d'un bébé*) ; **plantureux** (⇧ uniqt pour une femme, formes généreuses) ; **enveloppé** (fam. ; euphémisme) ; **rondouillard** (fam. ; ⇧ iron.) ; **adipeux** (cour. ; ⇧ péjor., plutôt repoussant). ≈ **bien en chair** (⇧ idée de formes rondes, mais sans excès désagréable) ; v. aussi **grand** et **gros**.

gratis, v. gratuitement.

gratitude, v. reconnaissance.

gratte-ciel, v. immeuble.

gratter, 1. passer un corps dur et mince sur un autre corps comme pour en détacher des particules : **racler** (⇧ souligne le but d'arracher la pellicule superficielle : *se racler le dessous des bottes*) ; **frotter** (⇩ fort) ; **râper** (⇧ avec une râpe, instrument plat à dents, ou par ext. : *râper les carottes*) ; **poncer** (⇧ pour polir, comme avec la pierre ponce) ; v. aussi **user**. 2. (fam.) provoquer des démangeaisons : **démanger** (⇧ soutenu : *la peau me démange*) ; **chatouiller** (⇧ léger, assez fam. en ce sens).

gratuit, qui ne coûte rien : **désintéressé** (⇧ insiste sur disposition du donateur : *une offre désintéressée*) ; **bénévole** (⇧ uniqt pour des services non rémunérés : *la participation bénévole aux œuvres de la Croix-Rouge*) ; **gracieux** (⇧ terme surtt jurid., dans expr. : *à titre gracieux*, sans contrepartie financière).

gratuitement, sans demander de contrepartie financière, ou au fig. : **bénévolement, gracieusement** (v. gratuit) ; **gratis** (⇧ désinvolte : *demain, on rase gratis*). ≈ **pour rien** ; **à l'œil** (fam.) ; **sans payer** ; **sans bourse délier** (assez soutenu) ; **sans rien demander (pour soi)**.

grave, v. sérieux.

gravement, v. sérieusement.

graver, v. écrire.

gravier, v. pierre.

gravité, v. importance.

gravure, v. image.

gré (contre son), v. involontairement.

gredin, v. voyou.

grelot, v. cloche.

grelotter, v. trembler.

grève, cessation du travail dans un but revendicatif : **débrayage** (⇧ de courte durée, sur le lieu de travail : *une série de débrayages d'une heure dans les ateliers*) ; **lock-out** (⇧ fermeture temporaire de l'entreprise du fait d'une décision patronale : *la direction répliqua à la grève par le lock-out*). ≈ **arrêt de travail** (⇧ temporaire). || *Faire grève* : cesser le travail ; **débrayer**.

grief, v. accusation.

grièvement, v. sérieusement.

grignoter, v. manger et ronger.

grimace, expression contorsionnée du visage : **moue** (⇧ légère, exprimant plutôt l'insatisfaction : *elle fit la moue en apprenant son rang médiocre au concours*) ; **rictus** (⇧ involontaire, très grave contrariété, sentiment malsain, ou maladie : *les lèvres déformées en un rictus vindicatif*).

grimper, v. monter.

grincer, faire entendre un bruit strident, pour un objet sujet à des frottements, porte, etc. : **crisser** (⇧ dents, ou par ext. : *les pneus crissaient à chaque tournant*).

grogner, v. se plaindre.

gros, qui dépasse la mesure en volume, 1. pour une pers. : **fort** (⇧ par euphémisme, pour **gras**) ; **corpulent** (⇧ moyennement gros, ton descriptif, ou éventuellement euphémisme) ; **obèse** (id. ; ⇧ excessif et maladif) ; **bedonnant** (⇧ insiste sur le ventre) ; **replet** (⇧ embonpoint) ; **ventripotent** (id. ; ⇧ iron. et expressif) ; **énorme** (⇧ fort) ; v. aussi **gras**. 2. pour une chose : **volumineux** (⇧ souligne le volume, assez techn. : *un meuble trop volumineux pour passer par la porte*) ; **épais** (⇧ insiste sur une seule dimension : *un épais dossier*) ; **énorme** (⇧ fort : *un énorme diamant*) ; v. aussi **grand**.

grosseur, qualité de ce qui est gros : **corpulence**, **obésité** (v. gros, 1.) ; **embonpoint** (⇧ sans excès : *en vieillissant, il avait pris un peu d'embonpoint*) ; **volume**, **épaisseur**, **énormité** (v. gros, 2.).

grossier, pour un mot, une plaisanterie, contraire aux bonnes mœurs : **obscène** (⇧ surtt sexuel) ; **gras** (⇩ fort ; ⇧ vague : *une plaisanterie un peu grasse*) ; **ordurier** (⇧ fort, insupportable : *des jurons orduriers*) ; **croustillant** (⇧ seulement esquissé) ; **leste** (id.) ; **gaillard** (id. ; ⇧ certaine joyeuseté) ; **polisson** (id. ; ⇧ idée d'ironie) ; **graveleux** (⇧ sous-entendus peu moraux et assez déplaisants) ; **pornographique** (⇧ à caractère délibérément contraire à la morale sexuelle, plutôt techn. : *littérature pornographique*) ; **scatologique** (⇧ en référence aux excréments).

grossir, augmenter de volume, pour une pers. : **engraisser** (⇧ techn., animaux ou point de vue médical) ; **forcir** (⇧ faible : *vous avez un peu forci, ces derniers temps*) ; **épaissir** (id. ; ⇧ négatif) ; **s'empâter** (⇧ surtt traits du visage, qui perdent leur netteté). ≈ **prendre du poids, des kilos**.

grotesque, v. comique.

grotte, v. caverne.

grouiller, v. abonder.

groupe, ensemble de personnes réunies par un lien quelconque : **attroupement** (⇧ dans un lieu public, personnes rassemblées) ; **peloton** (⇧ uniqt course cycliste, au sens mod.) ; **poignée** (⇧ petit groupe) ; **équipe** (⇧ collaboration : *une équipe cycliste*) ; **groupement** (⇧ à caractère permanent, notamment associatif : *un groupement politique factieux*) ; **cercle** (⇧ activité intellectuelle, jeu ou étude : *cercle de bridge, cercle littéraire*) ; **cénacle** (id. ; ⇧ idée de groupe d'initiés, iron. : *certains cénacles parisiens voudraient régenter toute la vie intellectuelle de la nation*) ; **école** (⇧ partage d'une doctrine esthétique, scientifique, philosophique, etc. : *l'école impressionniste*) ; **courant** (id. ; ⇧ large, pas nécessairement groupe à proprement parler : *le courant néo-classique et méditerranéen du début des années vingt*) ; v. aussi **ensemble**.

groupement, v. groupe.

grouper, v. unir.

guenille, v. vêtement.

guérir, 1. tr., arracher à la maladie : **sauver** (⇧ en cas de péril grave : *sur le point de mourir, il a été sauvé par une intervention chirurgicale*) ; **rétablir** (⇧ sujet inanimé : *son traitement l'a rétabli*). ≈ **tirer de là** (fam. ; ⇧ gravité) ; **rendre la santé** (⇧ comme rétablir) ; **remettre sur pied** (id. ; ⇧ fam.). 2. intr., retrouver la santé : **se rétablir** (⇧ progressivement : *après de longs mois de souffrances, il s'est enfin rétabli*) ; **se remettre** (id. ; ⇧ retour à l'ensemble de l'état antérieur : *il est parti en vacances pour se remettre, après sa dépression nerveuse*). ≈ **recouvrer la santé**.

guérison, fait de guérir : **salut**, **rétablissement** (v. guérir) ; **convalescence** (⇧ période pendant laquelle l'on achève de guérir : *ne se remettre tout à fait qu'après une longue convalescence*). ≈ **retour à la santé**.

guerre, affrontement armé entre plusieurs Etats : **conflit (armé)** (⇧ abstrait, général : *en cas de conflit, la France se rangerait aux côtés de la Russie*) ; **hostilités** (⇧ l'ensemble des opérations : *le début des hostilités*) ; **belligérance** (⇧ désigne l'état juridique de nations en guerre : *le traité de Versailles mit fin à la belligérance entre la France et l'Allemagne*) ; **campagne** (⇧ ensemble d'opérations militaires menées à un moment donné contre un adversaire : *la campagne de Russie*) ; **opérations** (⇧ détail des combats sur le champ de bataille) ; v. aussi **bataille**.
guerrier, v. militaire.
guetter, v. espionner.
gueule, v. bouche, visage.
gueuler, v. crier.
guider, v. diriger.
guise, v. façon.
gymnastique, discipline consistant en exercices corporels : **éducation physique** (⇧ scolaire) ; **sport** (⇧ vague, plutôt compétition) ; **athlétisme** (⇧ sports individuels, course, saut, etc.).

H

habile, v. adroit.
habileté, v. adresse.
habillé, qui porte des vêtements : **vêtu** (⇧ soutenu) : *vêtu de probité candide et de lin blanc* (HUGO) ; **revêtu** (⇧ signe d'une fonction : *revêtu de la pourpre cardinalice*) ; **couvert** (⇧ protection : *couvert d'épaisses fourrures*) ; **mis** (⇧ uniqt expr. figées : *être bien mis*) ; **costumé** (⇧ déguisement : *costumé en Arlequin*) ; **attifé** (⇧ fam., péjor.) ; **affublé** (⇧ vêtement ridicule) ; **accoutré** (id.) ; **fringué** (fam. ; ⇧ péjor. : *mal fringué*) ; **nippé** (id.) ; **fagoté** (id. : *fagoté comme l'as de pique*) ; **ficelé** (id.) ; v. aussi **déguiser**. ≈ expr. : **être sur son trente et un** (fam. ; ⇧ particulièrement bien habillé, pour une occasion solennelle) ; l'on songera au verbe **porter**, ainsi qu'à ***avoir** et ses synonymes en ce sens.
habiller, recouvrir de vêtements : **vêtir, revêtir, couvrir, costumer, attifer, affubler, accoutrer** (v. habillé). || *S'habiller* : **se vêtir, se revêtir, se couvrir, se costumer, s'affubler, se fringuer, se nipper, se ficeler** (v. habillé) ; v. aussi **mettre** et **se déguiser**.
habit, v. vêtement.
habitant, celui qui habite qq. part : **occupant** (⇧ pour un logement, sans nécessairement des droits : *s'enquérir de l'occupant du rez-de-chaussée*) ; **citoyen** (⇧ insiste sur les droits politiques : *les citoyens des Etats-Unis*) ; **indigène** (⇧ dépréciatif, ou iron. : *les indigènes de Nouvelle-Guinée*) ; **autochtone** (⇧ souligne l'origine locale, par opposition à l'origine étrangère, plutôt ethnologique, emploi absolu : *s'enquérir des usages des autochtones*) ; **insulaire** (⇧ d'une île). ≈ **population** pour *les habitants* : *la population des grandes villes est mieux scolarisée.*
habitation, endroit où l'on habite : ***maison** (⇧ isolé, solide) ; **demeure** (⇧ emphat. : *une vaste demeure*) ; **logement** (⇧ dans un immeuble, ou plus abstrait : *ne disposer que d'un logement insuffisant*) ; **logis** (⇧ plutôt vx) ; **appartement** (⇧ uniqt immeuble collectif) ; **domicile** (⇧ souligne plutôt la localisation : *indiquer son domicile sur la fiche de police*) ; **résidence** (id. ; ⇧ emphat.) ; **gîte** (⇧ souligne le refuge offert, souvent à titre provisoire : *ne pas trouver de gîte*) ; v. aussi **maison**.
habiter, avoir un lieu pour séjour ordinaire : **demeurer** (⇧ soutenu : *il demeurait de préférence à la campagne*) ; **rester** (pop. ou régional) ; **loger** (⇧ souligne l'attribution d'un logement : *loger chez ses parents*) ; **résider** (⇧ souligne la localisation) ; **être domicilié** (id. ; ⇧ officiel : *il était domicilié au 15, rue de la Pompe*) ; **occuper** (⇧ souligne la présence qq. part : *occuper l'appartement de sa mère*) ; **coucher** (⇧ la nuit) ; **séjourner** (⇧ pour un temps limité) ; **peupler** (⇧ uniqt collectivité : *les tribus qui peuplent le sud de l'Australie*) ; **gîter** (⇧ animaux, surtt lièvre, ou fam. : *où peut-il bien gîter ?*) ; **nicher** (id. ; ⇧ difficile à trouver, ou peu naturel) ; **crécher** (fam.) ; **vivre** (⇧ vague, ensemble des activités : *aller vivre à la campagne*).
habitude, 1. ce que l'on fait le plus souvent : **coutume** (⇧ imposé par le groupe, ou très régulier : *se plier aux coutumes locales ; avoir coutume de se lever de bonne heure*) ; **usage** (⇧ uniqt

groupe : *un usage reçu dans la bonne société*) ; **pratique** (⇧ l'activité accomplie : *le dessous-de-table est une pratique courante dans les transactions immobilières*) ; **mœurs** (⇧ uniqt pl., général : *les mœurs ne cessent d'évoluer*) ; **manières** (⇧ comportement social : *apprendre les bonnes manières*) ; **rite** (⇧ religieux, ou, par ext., très formel : *c'était un rite invariable à la maison que celui des crêpes de la Chandeleur*) ; **tradition** (id. ; ⇩ religieux ; ⇧ idée de transmission depuis le passé) ; **manie** (⇧ particulière, maladive et plutôt ridicule : *la désagréable manie d'essuyer son couteau sur sa serviette*) ; **accoutumance** (⇧ fait de prendre une habitude : *l'accoutumance au tabac*). ≈ expr. **les us et coutumes** (⇧ tradition locale). 2. fait d'être habitué, *l'habitude du travail*: **accoutumance**, familiarité (v. habituer).

habitué, qui a l'habitude : **accoutumé, familiarisé, acclimaté, fait à** (v. habituer) ; **rompu** (⇧ idée d'une expérience parfaite) ; **coutumier de** (⇧ idée d'un comportement fréquent, sans plus : *il n'était pas coutumier de ce genre de retard*) ; **familier de** (⇧ pratique courante : *ne pas être familier des salles de jeu*).

habituel, qui se produit le plus souvent : **accoutumé** (⇧ tjrs relatif à qqn : *ne pas se départir de sa prudence accoutumée*) ; **machinal, familier, coutumier** (id.) ; **accoutumé, usuel** (⇧ en fonction d'un usage : *la forme usuelle du mot*) ; **invétéré** (⇧ acquis depuis longtemps, et impossible à ôter : *une pratique invétérée de la boisson*) ; **fréquent** (⇧ particulièrement souvent : *de fréquentes visites*) ; **régulier** (⇧ qui revient à intervalles égaux : *la fréquentation régulière des offices*) ; **permanent** (⇧, par hyperbole, comme sans interruption) ; **rituel** (⇧ comme défini par la religion, souvent plaisant : *la phrase rituelle de bienvenue*) ; v. aussi **courant** et **durable**.

habituer, faire prendre l'habitude : **accoutumer** (⇧ attitude globale plutôt que comportement : *accoutumer les enfants à l'effort suivi*) ; **astreindre** (⇧ idée de contrainte : *astreint dès son plus jeune âge à la plus stricte exactitude*) ; **familiariser** (⇧ par rapport à un élément extérieur : *familiariser les élèves avec les nombres complexes*) ; **acclimater** (⇧ par rapport à un milieu : *s'acclimater à son nouvel emploi*) ; v. aussi **adapter**. || *S'habituer*: **s'accoutumer, s'acclimater à** ; **se familiariser avec** ; **se faire à** (⇧ idée d'une certaine difficulté : *se faire difficilement à sa nouvelle condition*).

hache, instrument de fer servant à couper des matériaux résistants en frappant : **cognée** (⇧ bûcheron).

hacher, v. couper.

haine, sentiment qui pousse à vouloir du mal à autrui : **aversion** (⇧ idée de se détourner de qqn ou qqch. : *une aversion sans borne pour toute espèce de fraude*) ; **éloignement** (id. ; ⇩ fort : *il ne m'inspirait que de l'éloignement*) ; **répulsion** (id. ; ⇧ sentiment de dégoût quasi physique) ; **hostilité** (⇧ idée d'une certaine attitude active : *manifester son hostilité à toute occasion*) ; **animosité** (⇧ état permanent, s'exprimant indirectement : *son animosité ressortait dans le moindre de ses propos*) ; **malveillance** (⇧ disposition défavorable, plus ou moins dissimulée) ; **inimitié** (⇧ simple manque d'estime, plus ou moins mêlé d'hostilité contenue) ; **antipathie** (⇧ surtt disposition hostile spontanée : *tout en lui ne lui inspirait qu'antipathie*) ; **horreur** (⇧ fort) ; **exécration** (⇧ très fort, mais surtt expr. : *avoir en exécration*) ; **ressentiment** (⇧ consécutif à une offense passée) : *Rome, l'unique objet de mon ressentiment* (CORNEILLE).

haïr, v. détester.

hâlé, v. bronzé.

haleine, v. respiration.

haler v. tirer.

haleter, v. respirer.

halle, v. marché.

hallier, v. buisson.

hallucination, v. vision.

halte, v. arrêt.

hameau, v. ville.

handicaper, v. gêner.

hanter, v. fréquenter.

harangue, v. discours.

hardi, v. courageux.

hardiesse, v. courage.

harmonie, v. accord.

harmoniser, v. unifier.

hasard, ce qui règle les événements imprévisibles : **chance** (⇧ positif : *la chance lui a souri*) ; **aubaine** (⇧ situation favorable particulière : *par une bonne aubaine, il le rencontra sur le pas de sa porte*) ; ***destin** (⇧ idée d'un hasard régi par une nécessité supérieure : *se soumettre à son destin*) ; **aléas** (⇧ aspects particuliers du hasard, plutôt négatifs : *les aléas de la Bourse*) ; **impondérables** (id. ; ⇧ impossibilité de prévoir) ; **contingence** (⇧ philo.) ; **sort** (⇧ personnifié : *endurer les coups du sort*) ; **fortune** (id. ; ⇧ positif) ; v. aussi **cas**. ||

Par hasard : sans qu'on puisse prévoir : **par aventure** (⇧ litt.) ; **par chance** (⇧ positif) ; **fortuitement** (⇧ souligne l'absence de délibération : *il se trouvait là tout à fait fortuitement*).

hasarder, v. risquer.

hasardeux, v. dangereux.

hâte, v. vitesse.

hâter, v. accélérer. || *Se hâter*, v. se dépêcher.

hâtif, qui se fait plus tôt que prévu, souvent trop tôt : **prématuré** (⇧ souligne l'excès : *éviter les jugements prématurés*) ; **précipité** (id. ; ⇧ fort : *une réaction précipitée éveillerait l'attention de l'adversaire*) ; **précoce** (⇧ positif : *une intelligence précoce*) ; **bâclé** (⇧ pour un travail, vite et mal fait) ; v. aussi **rapide**.

hâtivement, de façon hâtive : **à la hâte, en (toute) hâte** ; **à la va-vite** (fam. ; ⇧ péjor.) ; v. aussi **vite**.

hausser, v. augmenter.

haut, v. grand.

hauteur, 1. mesure dans le sens vertical : **altitude** (⇧ uniqt position en référence à la géographie : *l'altitude moyenne du plateau tibétain*) ; **élévation** (vx) ; **niveau** (⇧ sans précision de degré : *quel niveau a atteint l'inondation ?*) ; v. aussi **grandeur**. 2. élément élevé d'un relief : **éminence** (⇧ moyen, par contraste avec le relief environnant : *Laon, ville située sur une éminence*) ; **monticule** (⇧ petit) ; **butte** (id.) ; **tertre** (id.) ; **colline** (⇧ dimension médiocre, arrondi) ; **crête** (⇧ ligne de sommet d'une hauteur) ; **dune** (⇧ sable) ; v. aussi **montagne**.

héberger, v. recevoir.

hébéter, v. abrutir.

hébreu, v. juif.

héler, v. appeler.

herbage, v. herbe.

herbe, plante de très faible hauteur, à tiges souples : **gazon** (⇧ ensemble, plutôt tondu, à but décoratif) ; **fourrage** (⇧ destiné à l'alimentation du bétail) ; **herbage** (⇧ terrain destiné à fournir du fourrage) ; **verdure** (⇧ très général, tout ce qui est vert dans le paysage, comme ensemble : *un pavillon noyé dans la verdure*).

herbivore, v. végétarien.

héréditaire, v. inné.

héritage, biens transmis par une personne décédée : **succession** (⇧ général, l'ensemble des dispositions prises : *une succession difficile*) ; **partage** (⇧ division entre héritiers : *faire les partages de son vivant*) ; **legs** (⇧ disposition particulière d'une succession en faveur de qqn : *le legs Rothschild aux musées nationaux*) ; **patrimoine** (⇧ ensemble des biens familiaux, par rapport à la transmission : *sauvegarder le patrimoine en écartant les collatéraux par des artifices légaux*).

hériter, recevoir un bien à la suite du décès de son propriétaire : **recueillir** (⇧ vague). ≈ **avoir, recevoir en partage** ; avec inv., en utilisant **léguer** : *une terre qui m'a été léguée par ma tante* pour *que j'ai héritée de —*.

héritier, personne qui hérite : **légataire** (⇧ par suite d'une disposition testamentaire précise : *faire de son neveu son légataire universel*).

héroïne, v. personnage.

héroïque, v. courageux.

héroïsme, v. courage.

héros, 1. personne qui se distingue du commun par ses qualités remarquables : **grand homme** (⇧ historique : *aux grands hommes, la patrie reconnaissante*) ; **brave** (⇧ souligne le courage, surtt rhétorique : *le brave des braves*) ; **preux** (⇧ courage militaire, plutôt médiéval) ; **surhomme** (⇧ très emphat.) ; **martyr** (⇧ idée de sacrifice : *les martyrs de la Commune*). 2. v. personnage.

hésitation, fait d'hésiter : **tergiversation, atermoiement, indécision, flottement** (v. hésiter) ; **scrupule** (⇧ sur la valeur morale d'une action : *éprouver des scrupules à le priver de son emploi*) ; v. aussi **doute**.

hésiter, ne pas oser prendre une décision immédiate : **tergiverser** (⇧ chercher plus ou moins à gagner du temps : *il savait ne pouvoir se dérober, mais il tergiversait*) ; **atermoyer** (⇧ repousser de jour en jour : *quand donc cesserez-vous d'atermoyer ?*) ; **flotter** (⇧ entre plusieurs décisions : *flotter entre les deux camps*) ; **balancer** (id. ; ⇧ négatif : *il n'y a pas à balancer*) ; **se tâter** (fam.) ; v. aussi **douter**. ≈ expr. fam. : **ne pas savoir sur quel pied danser** ; avec nég. **ne pas (parvenir à) se décider à**.

hétéroclite, v. varié.

heure, v. moment.

heureux, qui se trouve dans le bonheur : **bienheureux** (⇧ fort, ou iron. : *vous êtes bienheureux de pouvoir supporter cela sans irritation*) ; **ravi** (⇧ d'un événement précis : *ravi de cette occasion*) ; **fortuné** (⇧ disposition spéciale du sort, très litt. : *le sol fortuné de l'Italie*) ; v. aussi **content** et **joyeux**. ≈ expr. **être au comble du bonheur, aux anges, au septième ciel**.

heurt, v. choc.

heurter, v. frapper.

hideux, v. laid.
hilarant, v. comique.
hilarité, v. joie.
hisser, v. lever.
histoire, 1. la science du passé : **archéologie** (⇧ fouilles) ; **préhistoire** (⇧ avant l'invention de l'écriture). 2. textes traitant de matières historiques : **chronique** (⇧ récit suivi des événements, plutôt médiéval : *les* Chroniques *de Froissart*) ; **annales** (id. ; ⇧ Antiquité, ou fig.) ; **biographie** (⇧ d'un individu) ; **vie** (id.). 3. l'ensemble des événements historiques : **passé** (⇧ restrictif : *étudier le passé pour mieux comprendre le présent*). ≈ **cours des choses** (⇧ vague : *on n'arrête pas le cours des choses*). 4. le fil des événements tel qu'il est raconté : **récit** (⇧ soutenu : *faire le récit de la campagne d'Italie*) ; **narration** (⇧ techn. : *une narration conduite avec verve*) ; **relation** (vx, ou spécialisé : *une relation de voyage*) ; **anecdote** (⇧ courte, vraie ou fausse : *une anecdote sur le séjour de Bonaparte à Brienne*) ; **historiette** (id. ; ⇧ rare, et plutôt plaisant) ; **conte** (⇧ imaginaire : *quel conte me faites-vous là ?*) ; **fable** (id. ; ⇧ litt. : *les fables antiques*). 5. plus particulièrement, le cours des événements dans une œuvre littéraire : **intrigue** (⇧ soutenu : *l'intrigue des comédies de Molière repose presque toujours sur un amour contrarié*) ; **action** (⇧ large, souligne le mouvement : *l'action se déroule en Espagne*) ; **trame** (⇧ considérée dans ses grandes lignes) ; **affabulation** (⇧ imagination : *sur l'événement historique de l'assassinat d'Alexandre de Médicis, Musset a greffé toute une affabulation pathétique*). ≈ expr. **suite des péripéties** ; **déroulement de l'action, des événements** ; **succession des épisodes**.
historique, v. vrai.
homélie, v. sermon.
homicide, v. assassin.
hommage, v. respect.
homme, 1. l'espèce humaine en soi ou considérée comme représentée par ses membres : **être humain** (⇧ concret, souvent pathétique : *ne pas traiter les esclaves comme des êtres humains*) ; **humain** (⇧ surtt au pl., ou avec article indéfini : *les humains, un humain*, notamment par opposition à de possibles créatures raisonnables non humaines, dieux ou extra-terrestres) ; **humanité** (⇧ abstrait : *faire peu de cas de l'avenir de l'humanité*). ≈ expr. **créature douée de raison, être raisonnable, pensant** ; **(notre) espèce (humaine)** (⇧ comme l'humanité : *notre espèce se caractérise par son ardeur à se détruire elle-même*) ; **(notre) nature (humaine)** : *le fond de la nature humaine n'est pas pur.* 2. une personne quelconque de sexe masculin : **personne** (⇩ sexe précisé : *je l'ai adressé à la personne qui pouvait le renseigner*) ; **individu** (⇧ singularité, souvent péjor. : *un individu à la mine patibulaire*) ; **personnage** (⇧ insistance sur aspect particulier : *un curieux personnage*) ; **sujet** (⇧ en fonction d'un intérêt particulier, scolaire, social, etc. : *un brillant sujet, un mauvais sujet*) ; **quidam** (⇧ banalité, plutôt péjor. et fam.) ; **bonhomme** (id.) ; **type** (id. ; très fam.) ; **hère** (⇧ uniqt expr. : *un pauvre hère*) ; **garçon** (⇧ jeune homme). GÉN. **être** (⇧ + souvent adj. : *c'était un être dur et vindicatif*) ; **créature** (id.).
honnête, conforme aux règles élémentaires de la morale sociale : **probe** (⇧ très soutenu, uniqt pers. : *un négociant digne et probe*) ; **intègre** (⇧ surtt par rapport à la corruption : *magistrat intègre*) ; **incorruptible** (id. ; ⇧ précis) ; **honorable** (⇧ large, idée de réputation) ; **droit** (⇧ forte valeur morale, franchise) ; **consciencieux** (⇧ en particulier par rapport au travail accompli) ; **moral** (⇧ pour une chose, en ce sens, plus large : *un procédé peu moral*) ; **légal** (id. ; ⇧ précis, loi : *disposition peu honnête, mais parfaitement légale*).
honnêteté, qualité de ce qui est honnête : **probité, intégrité, incorruptibilité, honorabilité, droiture, conscience, loyauté, moralité, légalité** (v. honnête) ; **rectitude** (⇧ correspond à droit, dans un registre plutôt plus soutenu que *droiture*).
honneur, souci de l'estime que l'on vous porte ou que l'on se porte : **dignité** (⇧ fort et intime : *il se sentait atteint dans sa dignité par les soupçons qui pesaient sur sa conduite*) ; **fierté** (⇧ nettement sentiment de sa valeur propre : *le sens de sa fierté ne lui permettait pas de se mêler à la tourbe des solliciteurs*) ; **gloire** (vx) ; v. aussi **orgueil**.
honoraires, v. salaire.
honorer, manifester son estime pour qqn ou qqch., par des témoignages particuliers : **respecter** (⇧ vague, surtt attitude générale, parfois purement négative : *respecter la propriété d'autrui*) ; **vénérer** (⇧ forte connotation religieuse, ou emphat. : *maître vénéré*) ; **révérer** (id.) ; **adorer** (⇧ en principe uniqt Dieu). ≈ expr. **tenir en grand honneur, en haute estime ; avoir la plus profonde estime, le plus profond respect, la plus**

grande déférence; **traiter avec**; (entourer de) respect, déférence, etc.; **vouer un (véritable) culte à**.

honte, 1. sentiment que l'on éprouve à l'idée d'un abaissement de l'image de soi: **confusion** (⇧ faible, simple situation quelque peu humiliante); **vergogne** (⇧ uniqt expr. *sans vergogne*); v. aussi embarras. 2. abaissement objectif de soi: **humiliation** (⇩ jugement moral objectif: *l'humiliation qu'aurait constituée pour lui une faillite*); **déshonneur** (⇧ insiste sur appréciation d'autrui: *éviter le déshonneur d'une capitulation*); **infamie** (⇧ grave condamnation morale); **turpitude** (id.; ⇧ fort, très litt.: *mettre au grand jour la turpitude de ses prévarications*); **opprobre** (⇧ rejet de tous: *s'attirer l'opprobre par sa conduite scandaleuse*).

honteux, 1. qui éprouve de la honte: **confus** (v. honte); v. aussi **gêné**. 2. qui entraîne la honte: **humiliant, déshonorant, infâme** (v. honte), **avilissant, dégradant, ignominieux** (⇧ fort).

hôpital, établissement où l'on soigne des malades: **clinique** (⇧ privé); **maison de santé** (⇧ repos, affections psychiques); **maternité** (⇧ accouchement); **hospice** (⇧ vieillards misérables, terme qui tend à être évité par euphémisme, l'on dira plutôt **maison de retraite**).

horloge, mécanisme placé à demeure quelque part pour donner l'heure: **pendule** (⇧ petites dimensions, sur une cheminée ou commode); **carillon** (⇧ avec sonnerie de cloches); **coucou** (⇧ imite le chant de l'oiseau); **cartel** (⇧ encadrement, plutôt de style); **réveil(réveille-matin)** (⇧ avec sonnerie pour se réveiller).

horoscope, v. prédiction.

horreur, v. haine.

horrible, v. effrayant, laid.

horripilant, v. énervant.

horripiler, v. énerver.

hospitalier, v. abordable.

hospitalité, v. accueil.

hostilité, v. haine.

hôtel, établissement qui loue des chambres: **auberge** (⇧ rural); **hôtellerie** (⇧ prétentieux); **meublé** (⇧ location avec meubles); **pension de famille** (⇧ familial); v. aussi **restaurant**.

houspiller, v. réprimander.

huer, v. crier, désapprouver.

humanité, v. homme et bonté.

humble, v. modeste.

humecter, v. mouiller.

humeur, état général des dispositions psychologiques, surtt en fonction du moment: **tempérament** (⇧ constant: *de tempérament plutôt jovial*); **complexion** (id.; ⇧ psychologique); **dispositions** (⇧ insiste sur l'attitude à l'égard d'autrui, surtt dans expr.: *être dans de bonnes [mauvaises, meilleures] dispositions*); **composition** (id., surtt expr.: *être de bonne composition*); **poil** (fam., surtt expr.: *être de bon, mauvais poil*); v. aussi **caractère, caprice**. ≈ **être bien, mal luné** (fam.) pour *être de bonne, mauvaise humeur*.

humide, imprégné d'eau: **mouillé** (⇧ eau nettement présente, et pas seulement vague imprégnation); **trempé** (⇧ fort, complètement: *ils revinrent de sous l'averse les habits trempés*); **détrempé** (⇧ sol).

humilier, placer dans une situation d'infériorité blessante: **rabaisser** (⇧ ce qui paraît élevé: *rabaisser son orgueil*); **confondre** (⇧ en révélant une prétention injustifiée: *il le confondit en établissant son ignorance des faits*); **moucher** (fam.; ⇧ une personne arrogante: *il s'est bien fait moucher par la concierge*). ≈ **mettre plus bas que terre**; **écraser sous sa superbe**; **rabaisser le caquet** (fam.); v. aussi **abaisser**. || *S'humilier*, se placer en position d'infériorité : **s'abaisser, se rabaisser**; **se prosterner** (⇧ totale soumission, en général hyperbolique: *je me prosterne devant vos charmes*).

humilité, v. modestie.

humoristique, qui relève de l'humour: **ironique** (v. humour); v. aussi **amusant, comique**.

humour, façon de dégager l'aspect plaisant de la réalité: **ironie** (⇧ distance par rapport à ce que l'on dit, souvent critique: *il s'attira quelques remarques empreintes d'ironie sur sa mise*); v. aussi **plaisanterie**.

hurler, v. crier.

hutte, v. cabane.

hygiène, principes d'une vie saine: **salubrité** (⇧ surtt administratif: *œuvre de salubrité publique*); **propreté** (⇧ général).

hygiénique, v. sain.

hymne, v. chant.

hyperbole, v. exagération.

hyperbolique, v. exagéré.

hypocrisie, fait de professer des principes moraux en les enfreignant en cachette: ***dissimulation** (⇧ fait de se cacher); **duplicité** (⇧ jouer double jeu); **pharisaïsme** (⇧ surtt en matière religieuse, avec affectation de dureté dans la condamnation, ou par ext. : *le phari-*

saïsme arrogant de certains milieux bien-pensants) ; **tartuferie** (id. ; ⇧ surtt ostentation de piété) ; **jésuitisme** (⇧ façon de s'accommoder un peu facilement avec des principes : *il établissait une distinction entre la gourmandise et la gastronomie qui n'était pas exempte de jésuitisme)* ; **bigoterie** (⇧ piété maniaque, sans nécessairement dissimulation).

hypocrite, qui fait preuve d'hypocrisie : ***dissimulé, pharisien, fourbe, imposteur, tartufe, jésuite, bigot** (v. hypocrisie) ; v. aussi **menteur**.

hypothèse, v. supposition.

hypothétique, v. incertain.

hystérie, v. nervosité.

I

ici, à l'endroit où l'on se trouve : **là** (⇧ loin, ou par ext.) ; **céans** (vx, ou iron. ; ⇧ dans une maison : *veuillez déloger de céans).* ≈ expr. **à (en) cet endroit, en ce(s) lieu(x)** ; pour une œuvre litt. : **dans ce *passage**.

icône, v. image.

idéal, adj., v. parfait.

idéal, n., v. perfection.

idée, ce qui est présent à la pensée : **pensée** (⇧ large, général : *la pensée de Mallarmé se laisse parfois assez difficilement appréhender)* ; **théorie** (⇧ abstrait, philo. et systématique : *la théorie de l'art pour l'art)* ; **doctrine** (id. ; ⇧ complet et systématique : *les doctrines socialistes)* ; **thèse** (⇧ que l'on soutient : *il défend des thèses controversées sur l'origine de la vie)* ; **principe** (⇧ régissant une conduite : *une vie fidèle aux principes du stoïcisme)* ; **vues** (⇧ général, sur un sujet : *je ne partageais pas ses vues)* ; **idéologie** (⇧ ensemble d'idées partagées par un groupe de pers. : *un article où transparaît l'idéologie marxiste de l'auteur)* ; **conception** (⇧ global, façon générale d'envisager qqch. : *les conceptions philosophiques de Hugo relèvent d'un certain panthéisme)* ; **concept** (⇧ philo., uniqt idée considérée pour elle-même, indépendamment de celui qui pense : *le concept de raison suffisante)* ; **thème** (⇧ sujet vague d'un discours : *le thème principal développé dans le poème est celui de la fuite du temps)* ; **réflexion** (⇧ général, plutôt emploi abstrait, suppose un approfondissement : *la réflexion de Montesquieu sur l'Etat l'a conduit à prendre ses distances par rapport à la monarchie)* ; **notion** (⇧ précis, façon de voir qqch., plutôt avec compl. : *une notion assez approximative de la justice* ; ou emploi assez voisin de *concept*, moins philo. : *la notion de bonheur au XVIIIe siècle)* ; **représentation** (id. ; ⇧ image : *les représentations médiévales d'un univers sphérique)* ; **opinion** (⇧ façon de juger, assez superficielle : *exposer son opinion sur l'affaire Dreyfus)* ; **élucubration** (⇧ fumeux : *les élucubrations romantiques sur les affinités électives)* ; v. aussi **croyance, opinion, pensée** et **principe**. ≈ expr. **façon (manière) de voir, de *penser, *comprendre, se représenter**.

identifier, v. reconnaître.

identique, v. semblable.

idéologie, v. idée.

idéologue, v. philosophe.

idiome, v. langue.

idiot, v. stupide.

ignorance, 1. fait d'ignorer : **méconnaissance** (⇧ connaissance insuffisante : *échouer par méconnaissance du terrain)* ; **inconscience** (⇧ fait de ne pas se rendre compte : *son inconscience du danger risque de l'exposer à de sérieux mécomptes)* ; **incompréhension** (⇧ fait de ne pas comprendre) ; v. aussi **erreur** et **négligence**. ≈ expr. nég. **faute de connaître** (⇧ uniqt circonstanciel : *faute de bien connaître la région, il s'égara rapidement)* ; **manque d'*information** ; v. connaissance. 2. manque d'instruction : **inculture, incompétence, inexpérience, défaut d'instruction** (v. ignorant) ; **illettrisme** (v. ignorant ; mais ce terme a plutôt valeur collective, dans un sens assez techn. : *les tests d'incorporation ont révélé les ravages de l'illettrisme dans la société contemporaine)* ; **analphabétisme** (id.).

ignorant, qui manque d'instruction : **illettré** (⇧ ne sait ni lire, ni écrire, ou à peine) ; **analphabète** (id. ; ⇧ ignorance de la lecture : *la population de l'Inde compte encore une majorité d'analphabètes)* ; **inculte** (⇧ manque de culture, de connaissances générales, péjor.) ; **ignare** (⇧ péjor., ne sait pas ce qu'il devrait savoir: *un enseignant ignare et prétentieux*); **béotien** (litt. et péjor.; plutôt n., individu totalement inculte, comme étaient supposés l'être les habitants de Thèbes aux yeux des Athéniens: *quel béotien! il serait capable de prendre le Pirée pour un homme*); **incompétent** (⇧ manque de savoir-faire, relativement à la tâche à accomplir: *un personnel incompétent*); **inexpérimenté** (⇧ par manque d'habitude des choses: *un jeune avocat inexpérimenté*); v. aussi **incapable.** ≈ expr. nom. **d'une ignorance crasse; d'une incompétence notoire; sans (dépourvu de toute) instruction.**

ignorer, **méconnaître**; v. connaître (ne pas).

île, terre entourée d'eau: **archipel** (⇧ plusieurs).

illégal, v. interdit.

illettré, v. ignorant.

illicite, v. interdit.

illusion, ce que l'on se représente à tort comme réel ou vrai: **hallucination** (⇧ uniqt perception sensorielle irréelle: *sujet à des hallucinations depuis le début de sa maladie*); **aberration** (⇧ surtt effet d'optique); **mirage** (id.; ⇧ par ext., espoir imaginaire: *le mirage de la grande ville*); **chimère** (⇧ projets extravagants: *s'abandonner à des chimères*); **rêverie** (id.; ⇧ faible); **utopie** (⇧ projet déraisonnable d'une certaine ampleur, notamment en matière sociale: *l'utopie d'une société sans classes*); v. aussi **espoir** et **rêve.**

illustration, v. image.

illustre, v. célèbre.

image, 1. représentation plutôt de petite dimension d'une personne ou d'un objet, *il épingla au mur une image de la Madone*: **gravure** (⇧ en principe en noir et blanc, obtenue par gravage, mais usage souvent assez large: *admirer les gravures de l'édition de Jules Verne*); **eau-forte** (id.; ⇧ techn. de gravure particulière, à l'acide: *les eaux-fortes de Rembrandt*); **lithographie** (id.; ⇧ techn. à la pierre); **estampe** (id.; ⇧ général, plutôt gravures anciennes: *le cabinet des estampes*); **illustration** (⇧ dans un livre); **vignette** (id.; ⇧ de petite dimension, surtt en début de chapitre, plutôt impression ancienne); **planche** (id.; ⇧ assez importante, souvent plusieurs images, à des fins didactiques: *les planches de l'Encyclopédie*); **figure** (id.; ⇧ schématique, à des fins d'explication); **miniature** (⇧ dans un manuscrit: *les célèbres miniatures des* Très Riches Heures du Duc de Berry); **enluminure** (id.; ⇧ ornementation du texte lui-même); **reproduction** (⇧ insiste sur le fait de reproduire, plutôt une œuvre d'art déjà existante: *une reproduction de la Joconde*); **vue** (⇧ paysage: *la pièce s'ornait d'une superbe vue du théâtre de Marcellus par le Piranèse*); **effigie** (⇧ d'une pers., sous quelque forme que ce soit: *l'effigie du duc figurait sur la pièce*); **portrait** (id.; ⇧ tableau); **icône** (⇧ religieuse, orientale: *une icône russe*); **iconographie** (⇧ ensemble d'images sur un sujet: *l'iconographie byzantine*); v. aussi **représentation, peinture, dessin, tableau.** 2. v. représentation. *3. forme d'expression littéraire suggérant une sensation, et notamment expression indirecte et figurée par un objet sensible, *l'image rebattue de la flamme de l'amour*: **métaphore** (⇧ uniqt emploi figuré, plutôt limité à un seul terme, dans le cas de la métaphore simple, ou série de termes bien précise, pour la métaphore filée); **comparaison** (⇧ en présence d'un terme explicite de comparaison, *comme, ainsi que*, etc.); **allégorie** (⇧ en vue de l'évocation de réalités abstraites personnifiées, au sens mod. usuel: *l'allégorie de la Paix couronnée de rameaux d'olivier*); **figure** (⇧ insiste sur la force de la représentation et sur le sens indirect: *le laurier, figure de la gloire du poète*); **symbole** (⇧ souligne la signification indirecte de l'image: *les flots, symbole de la fuite du temps*); v. aussi **idée, thème.**

imaginaire, qui n'existe que dans l'imagination: **fictif** (⇧ idée de construction délibérée, par convention, notamment litt. ou jurid.: *Dumas a mêlé dans ses romans historiques événements réels et événements fictifs*); **inventé** (⇧ souligne l'acte de fiction délibéré: *il s'agit d'une anecdote inventée*); **fantaisiste** (⇧ idée de manque de sérieux: *des renseignements fantaisistes*); **fantastique** (⇧ qui suppose une certaine incompatibilité avec le sens du réel; dans le domaine littéraire, le fantastique désigne une forme de *merveilleux* qui tend à maintenir une certaine coloration réaliste: *les nouvelles fantastiques de Maupassant*); **fantasmagorique** (⇧ fort, plutôt péjor.); **merveilleux** (⇧ de pure fiction, sans souci des limites de la réalité: *les Orientaux se plaisent au récit de contes merveilleux*); **fantasmatique** (⇧ qui manifeste l'extériorisation d'obsessions personnelles: *la représentation fantasmatique du Juif dans la littérature anti-*

sémite) ; **onirique** (⇧ qui appartient au rêve : *Rimbaud, dans* Le Bateau ivre, *s'abandonne à sa vision onirique*) ; **visionnaire** (⇧ procédant d'une faculté de représentation supra-sensible : *le paysage visionnaire des étendues sélénites dans* En rade *de Huysmans*) ; **mythique** (⇧ qui est transmis par une tradition peu fiable, mais largement répandue : *le royaume mythique du Prêtre Jean*) ; **fabuleux** (id. ; ⇧ idée emphat., qui peut parfois l'emporter sur l'irréalité à proprement parler) ; v. aussi **extraordinaire, incroyable, irréel.** ≈ expr. nom. **de (pure) fiction** ; **pur produit, sorti, de l'imagination (de l'auteur**, etc.) ; **être pure *imagination, affabulation, une pure fable** ; expr. fig. fam. : **histoire, conte, à dormir debout** ; v. aussi **imagination** et **imaginer.**

imagination, faculté par laquelle l'esprit se représente des objets en leur absence, notamment quand ils n'existent pas : **fantaisie** (⇧ surtt représentations peu cohérentes, plutôt agréables, en fonction du caprice : *dans l'ornementation du décor, le peintre a laissé libre cours à sa fantaisie*) ; **inspiration** (⇧ ce qui fournit des idées, en général, à un artiste, écrivain, etc.) ; **fiction** (⇧ œuvres d'imagination de l'écrivain) ; **créativité** (⇧ capacité de produire des conceptions nouvelles, plutôt mod. et abstrait : *la pédagogie moderne se propose de laisser libre cours à la créativité de l'enfant*) ; **invention** (⇧ souligne le fait de trouver des idées, surtt dans des expr. comme : *un grand don d'invention*) ; **inventivité** (id. ; ⇧ insiste sur le fait de trouver du neuf, plutôt en vue de la résolution de questions techn., pratiques : *faire preuve d'une inventivité sans limites dans le traitement des figures secondaires*) ; v. aussi **découverte, idée.** ≈ **capacité, (dons) visionnaire(s)** (⇧ plus nettement tourné vers l'irréel) ; **pouvoir créateur, *capacité d'invention, esprit inventif** (comme créativité, inventivité).

imaginer, 1. faire surgir dans son esprit l'image de qqch. en son absence : **s'imaginer** (id.) ; **se représenter** (⇧ insiste sur le sentiment de présence, d'un objet plutôt réel : *avoir du mal à se représenter la scène*) ; **se figurer** (⇧ surtt dans expr. suggérant un doute sur la réalité : *se figurer que l'on gagnera à coup sûr le gros lot*) ; **fantasmer** (mod. ; ⇧ emploi absolu ; se livrer à des imaginations gratuites et souvent extravagantes : *fantasmer sur le résultat de ses placements*). 2. v. **inventer.**

imbécile, v. stupide.

imbécillité, v. stupidité.

imitation, fait d'imiter qqch. ou son résultat : **reproduction, copie, calque, contrefaçon, mime, simulation, caricature, plagiat, démarquage, parodie, pastiche** (v. imiter).

imiter, produire un objet ou adopter un comportement semblable à un autre : **reproduire** (⇧ uniqt qqch. ; insiste sur la similitude : *reproduire la signature de son supérieur*) ; **copier** (⇧ reproduction absolument complète : *il copiait en tout les façons de son entourage*) ; **décalquer** (id. ; ⇧ conformité minutieuse) ; **calquer** (id. ; ⇧ surtt expr. *calquer son comportement, attitude, etc. sur celui, celle d'autrui* ; emploi avec l'objet direct de ce que l'on imite, vx) ; **falsifier** (⇧ péjor., à des fins frauduleuses) ; **contrefaire** (ou en se moquant : *contrefaire des billets de banque*) ; **s'inspirer de** (⇧ imitation lointaine, seulement idée générale : *Corneille s'est inspiré d'un auteur espagnol pour écrire* Le Cid) ; **mimer** (⇧ des gestes, attitudes physiques) ; **singer** (⇧ un comportement, un style, ou qqn, de façon servile et maladroite : *la petite-bourgeoisie s'emploie souvent à singer les manières de la grande*) ; **simuler** (⇧ uniqt un état d'esprit, de santé, pour tromper : *simuler la folie*) ; **caricaturer** (⇧ dans une intention de dérision) ; **plagier** (⇧ surtt litt., reproduire un auteur en le modifiant seult sur des détails) ; **démarquer** (id. ; ⇩ étroit) ; **parodier** (id. ; ⇧ dans une intention humoristique) ; **pasticher** (id. ; ⇧ à titre d'exercice de virtuosité littéraire : *Rebout et Muller se sont plu à pasticher de grands auteurs français*). ≈ expr. verb. **réaliser une reproduction, exécuter une copie, se livrer à un plagiat, pastiche, une parodie**, etc. (v. imitation) ; **prendre modèle, *exemple sur** : *les Romains ont très généralement pris modèle sur les Grecs* pour — *ont imité* — ; **prendre (avoir) pour modèle** ; **trouver son inspiration (une source d' —) chez** : *Molière a trouvé une bonne part de son inspiration chez Plaute et Térence* ; **partir de** (⇧ vague relation d'origine) ; avec inv. *Plaute est le modèle dont il est parti, s'est inspiré* ; **suivre les traces, marcher sur les traces** (⇧ dans un sens moral assez général : *Scipion Emilien ne tarda pas à marcher sur les traces de son père adoptif*) ; l'on pensera également à des tours prépositionnels **à la manière de, à l'instar de** (v. comme), **dans le style, le genre de** (⇧ en littérature) : *composer* *une ballade à la manière de Villon* pour *imiter (pasticher) Villon dans une ballade.*

immatériel, v. invisible.

immédiat, 1. qui se produit sans délai : **instantané** (⇧ fort, insiste sur l'instant qui suit : *une réaction instantanée*) ; **subit** (⇧ idée d'imprévisibilité) ; **soudain** (id.) ; **imminent** (⇧ s'applique à ce dont l'arrivée est attendue dans un délai très proche : *péril imminent, départ imminent*). ≈ v. aussitôt. 2. qui intervient sans intermédiaire : **direct** (⇧ général : *successeur direct*).

immédiatement, v. aussitôt.

immense, v. grand.

immerger, v. plonger.

immeuble, bâtiment d'une certaine hauteur : **building** (⇧ Amérique) ; **gratte-ciel** (id. ; ⇧ très grande hauteur) ; **H.L.M.** (cour. ; ⇧ abréviation d'« habitation à loyer modéré », très souvent à étages, et utilisé couramment pour tout immeuble moderne à caractère populaire) ; **grand ensemble** (id. ; ⇧ ensemble d'immeubles important) ; **bloc (d'habitation)** (id. ; ⇧ idée d'ensemble assez compact, et désignation administrative : *habiter au bloc 25*) ; **barre** (id. ; ⇧ de très grande longueur : *l'on a procédé à la démolition de plusieurs barres des Minguettes*) ; v. aussi **construction, habitation** et **maison**.

immigrant, v. émigré.

immigration, v. émigration.

immigré, v. émigré.

imminent, v. immédiat.

immiscer (s'), v. mêler (se).

immobile, qui ne bouge pas ou ne change pas : **fixe** (⇧ pour un objet, par fonction : *prendre repère sur un point fixe*) ; ou avec idée de concentration sur un point : *les yeux fixes*) ; **fixé** (id. ; ⇧ insiste sur l'acte qui a imposé la fixité : *des frontières définitivement fixées*) ; **inerte** (⇧ pour une pers. idée d'incapacité quelconque à se mouvoir, notamment évanouissement, etc.) ; **paralysé** (id. ; ⇧ sous l'effet d'un facteur physiologique ou psychologique) ; **cloué** (⇧ fam. pour une pers. idée d'une impossibilité à se mouvoir, souvent volontaire, toujours avec un complément de lieu : *rester cloué sur sa chaise*) ; **planté** (id. ; ⇧ fam., péjor. : *qu'as-tu donc à rester planté là, au lieu d'aller travailler ?*) ; **figé (sur place)** (⇧ idée d'une immobilisation générale du corps, surtt état nerveux : *figé par la terreur*) ; **pétrifié** (id. ; ⇧ fort : *pétrifié par la nouvelle*) ; **médusé** (id. ; ⇧ surtt fig.) ; **statufié** (id. ; ⇧ expressif) ; **stable** (⇧ permanence et l'équilibre : *un plateau parfaitement stable*) ; **statique** (id. ; ⇧ idée d'une qualité essentielle d'absence de mouvement, opposé à dynamique ; *des figures statiques, à l'arrière-plan*) ; **inébranlable** (⇧ impossible à faire bouger) ; v. aussi **durable, semblable** et **tranquille**. ≈ expr. nom. **au repos** ; **à l'arrêt** ; **à l'affût, aux aguets** (⇧ pour guetter qqch.) ; **à la même place, dans la même position** ; **sans (aucun) mouvement** ; **ne pas donner signe de vie** (⇧ impression de mort) ; **ne pas faire le moindre geste, ne pas bouger (se déplacer, céder) d'un pouce** pour *rester totalement immobile.*

immobiliser, rendre immobile : **fixer, paralyser, clouer, figer, pétrifier, statufier, stabiliser** (v. immobile) ; v. aussi **arrêter**.

immobilité, fait d'être immobile : **fixité, paralysie, stabilité, statisme** (v. immobile) ; v. aussi **inaction**.

immodéré, v. exagéré.

immoral, v. amoral.

immoralisme, v. immoralité.

immoralité, caractère de ce qui est contraire à la morale : **dépravation** (⇧ d'une pers. ou de ce qui se rattache à une pers., à un degré très fort : *dénoncer la dépravation des mœurs de la société contemporaine*) ; **amoralisme** (⇧ attitude de totale indifférence à la morale : *la politique a souvent tendance à donner dans l'amoralisme*) ; **immoralisme** (⇧ attitude d'esprit plus ou moins philo. récusant les notions morales de bien et de mal : *les disciples de Nietzsche prêchent l'immoralisme*) ; **laxisme** (⇧ péjor., attitude tendant à montrer beaucoup d'indulgence à l'égard de conduites moralement discutables) ; **permissivité** (néologisme péjor. ; ⇧ façon de désigner une certaine attitude, estimée caractéristique des sociétés contemporaines, qui vise à autoriser un très grand nombre de conduites considérées traditionnellement comme immorales, au nom du respect de la liberté individuelle) ; v. aussi **débauche**.

immortaliser, rendre immortel : **perpétuer** (⇧ insiste sur le prolongement de la durée d'existence, pas nécessairement pour tjrs : *perpétuer la tradition*) ; **pérenniser** (⇧ durée à travers les siècles) ; **éterniser** (⇧ fort, v. éternel). ≈ **assurer la survie** ; **transmettre à la postérité, aux générations à venir** ; **assurer, valoir une renommée éternelle**.

immortalité, qualité de ce qui est immortel : **éternité, infinité** (v. immortel) ; **pérennité** (⇧ insiste sur la subsistance permanente : *veiller à la pérennité des institutions républicaines*) ; **survie** (⇧ maintien au-delà de la mort : *travailler à la survie de son nom ; croire à la survie de l'âme dans l'au-delà*) ; **immortalisation, perpétuation, éternisation** (v. immortaliser). ≈ **vie éternelle, future** (⇧ uniqt religieux) ; **félicité éternelle** (id.).

immortel, adj., qui ne meurt jamais : **éternel** (⇧ général, qui échappe à toute limitation de temps : *l'ordre éternel de la nature*) ; **impérissable** (⇧ s'applique plutôt à des inanimés : *s'acquérir une gloire impérissable*) ; ***infini** (⇧ large, hors de toute limite, pour des inanimés : *un bonheur infini au terme des vicissitudes de cette vie terrestre*) ; v. aussi **durable**. ≈ **sans fin** : *jouir d'un bonheur, d'une gloire, sans fin.*

immortel, n., v. Dieu.

immuable, v. durable.

immuniser, v. garantir et protéger.

impact, v. choc et conséquence.

impardonnable, que l'on ne peut pardonner : **inexcusable, injustifiable, irrémissible** (v. excuser) ; **inqualifiable** (⇧ intensité de la faute plutôt que pardon à proprement parler). ≈ **indigne de pardon.**

imparfait, à quoi il manque qqch. pour être pleinement satisfaisant : **incomplet** (⇧ matériel, quantitatif : *un jeu de construction incomplet*) ; **approximatif, inachevé** (⇧ n'a pas été terminé : *la symphonie inachevée*) ; **insatisfaisant** (⇧ en fonction de ce que l'on attend) ; **défectueux** (⇧ qui implique un défaut : *une installation défectueuse*) ; **insuffisant** (⇧ idée de complément à apporter) ; **médiocre** (⇧ atteint tout juste la moyenne, plutôt péjor. : *obtenir des résultats médiocres*) ; v. aussi **laid, mauvais**. ≈ périphr. **qui n'atteint pas à (loin de) la perfection ; ne pas présenter toute la *perfection désirable.**

impartial, v. juste.

impartialité, v. justice.

impasse, v. rue.

impassible, v. froid.

impatience, qualité de qui est impatient : **ardeur, impulsivité, nervosité** (v. impatient : *ne pas pouvoir réfréner l'ardeur de ses troupes*) ; **impétuosité** (⇧ disposition à l'action très forte et immédiate) ; **excitation** (⇧ état général de forte intensité des affects, pouvant entraîner une vive impatience : *les enfants étaient remplis d'excitation à l'idée de prendre le départ*) ; v. aussi **énervement**.

impatient, qui ne supporte pas d'attendre : **ardent** (litt. ; ⇧ désir très vif, supportant difficilement les obstacles : *un guerrier ardent au combat*) ; **bouillant** (id.) ; **impulsif** (⇧ qui agit en fonction du désir immédiat : *de tempérament impulsif, il lui fallait passer aussitôt aux actes*) ; **nerveux** (⇧ agitation intérieure, et surtt inquiétude) ; v. aussi **rapide**. ≈ verbe **s'impatienter** ; expr. verb. **ronger son frein** (litt.) ; **bouillir, griller, frémir d'*impatience ; brûler d'envie, de curiosité, du désir ; être sur des charbons ardents** (⇧ inquiétude) ; **être sur le gril** (id.) ; **ne pas (plus) tenir en place** (fam.).

impatienter (s'), v. impatient.

impeccable, v. parfait.

impeccablement, v. parfaitement.

impénétrable, v. inaccessible.

impensable, v. impossible et incroyable.

imperceptible, v. invisible.

imperfection, v. défaut.

impérieux, v. autoritaire.

impérissable, v. immortel.

imperméable, adj., qui ne laisse pas passer ce qui vient de l'extérieur, en particulier l'eau : **étanche** (⇧ se dit plutôt d'un ensemble fermé : *caisson, montre étanches*) ; **hermétique** (⇧ qualité de la fermeture : *un joint hermétique*). ≈ **hermétiquement clos.**

imperméable, n., **ciré** ; v. manteau.

impersonnel, qui fait abstraction de toute personnalité : **objectif** (⇧ idée de la seule prise en compte de la réalité des choses : *un exposé fait sur un ton objectif*) ; **neutre** (⇧ sans parti pris ni engagement personnel) ; **froid** (v. ce mot).

impertinence, v. arrogance.

impertinent, v. arrogant.

imperturbable, v. tranquille.

impétrant, v. candidat.

impie, v. incroyant.

impiété, v. incroyance.

impitoyable, qui n'a pas pitié : **inflexible** (⇧ dont on ne peut ébranler la résolution : *se heurter à la rigueur d'un maître inflexible*) ; **inhumain** (⇧ large, envisage surtt la pitié comme expression de la nature humaine) : *Rome vous a nommé, je ne vous connais plus. Voilà le caractère inhumain ; le caractère humain est le contraire* (PASCAL) ; v. aussi **dur** et **barbare**. ≈ **au cœur dur ; sans entrailles ; dépourvu d'humanité ; inaccessible à la *pitié.**

implacable, v. dur.

implanter, v. établir, fixer.

implicite, v. sous-entendu.

impliquer, v. causer, supposer.
implorer, v. demander.
impoli, qui ne respecte pas les règles de la politesse : **mal poli** (cour. ; ⇧ fort) ; **mal élevé** (⇧ général, suppose un manque d'éducation de la pers.) ; **incorrect** (⇧ grave et large : *une attitude profondément incorrecte*) ; **discourtois** (⇧ assez soutenu, surtt ton général) ; **incivil** (id. ; assez litt.) ; **impertinent, insolent, irrespectueux, grossier** (⇧ fort, manque de respect des convenances, brutal et insultant) ; **goujat** (⇧ fort encore, uniqt pour une pers., insiste sur le comportement et les sentiments : *il s'est comporté avec cette jeune femme en parfait goujat*) ; **mufle** (id. ; ⇩ fort) ; **mal embouché** (⇧ insiste sur le langage brutal et incorrect) ; **vulgaire** (⇧ en ce sens, plutôt pour des propos, propres à des gens de mauvaise éducation). ≈ **sans gêne** (⇧ avec un égoïsme qui ne respecte pas les convenances) ; expr. verb. **manquer d'éducation, de savoir-vivre** ; **ne pas savoir se conduire (dans le monde, en société)**.
impolitesse, attitude impolie : **mauvaise éducation, incorrection, grossièreté, goujaterie, muflerie, vulgarité, sans-gêne, manque de savoir-vivre** (v. impoli).
impondérable, v. hasard.
importance, caractère de ce qui est important : **sérieux, gravité, signification** (v. important) ; **portée** (⇧ envisage l'étendue des conséquences : *un événement d'une grande portée scientifique*) ; **poids** (id. ; ⇧ souligne l'influence, plutôt litt.) ; **enjeu** (⇧ pour une controverse, une lutte : *savoir mesurer l'enjeu du débat*) ; v. aussi **grandeur**. ≈ v. important. || *Avoir de l'importance* : **compter** (⇧ pour un événement ou une pers. : *un facteur qui compte*) ; **importer** (id. ; ⇧ soutenu) ; **entrer en jeu, en ligne de compte** (⇧ parmi d'autres éléments).
important, 1. qui peut présenter des conséquences pour la pers. ou la situation concernées : **sérieux** (⇧ idée de conséquences dommageables) ; **grave** (id. ; ⇧ fort : *disposer de la vie d'un homme est toujours une chose grave*) ; **primordial, essentiel, capital** (⇧ très fort, de la plus grande importance : *une découverte capitale dans le traitement des maladies virales*) ; **fondamental** (⇧ sur quoi tout repose) ; **majeur** (id. ; ⇧ idée de supériorité) ; **décisif** (id. ; ⇧ idée de non-retour : *un fait décisif*) ; **considérable** (⇧ étymologiquement, qui mérite l'attention, mais souvent atténué, au sens de très important) ; **significatif** (⇧ qui importe notamment par ce qu'il montre indirectement). ≈ **digne de (qui mérite) considération** ; **lourd de conséquences (incalculables)** ; **d'importance** (vx ou litt.) ; **à ne pas négliger, à ne pas prendre à la légère** ; **à prendre au sérieux** ; v. aussi négliger ; v. aussi importance. 2. v. grand.
importer, v. importance (avoir de l').
importuner, v. déranger.
imposant, v. impressionnant.
imposer, v. obliger.
imposition, v. impôt.
impossibilité, caractère de ce qui est impossible : **vanité** (⇧ pour un projet, espoir plutôt déraisonnable : *constater la vanité de l'entreprise*). ≈ v. impossible. || *Etre dans l'impossibilité* : v. incapacité et pouvoir.
impossible, 1. qui ne peut être fait ou arriver : **infaisable, irréalisable, inapplicable, inexécutable, impraticable, impensable, inconcevable** (v. possible) ; **inextricable, insoluble** (⇧ pas de solution) ; **utopique** (⇧ qui relève de vues de l'esprit sur le futur : *des projets utopiques de transformation de la société*) ; **chimérique** (id. ; ⇧ idée de rêve) ; v. aussi **absurde** et **invraisemblable**. ≈ avec nég., v. possible ; **être au-dessus des forces de qqn** : *un travail au-dessus de ses forces* ; **dépasser, outrepasser, les possibilités, les moyens** ; **relever de l'utopie** ; v. aussi **pouvoir**. 2. v. insupportable.
imposteur, personne qui se fait passer pour ce qu'elle n'est pas : **charlatan** (⇧ par rapport à des compétences prétendues : *ce guérisseur n'est qu'un charlatan*) ; **usurpateur** (⇧ qui prend la place d'un autre, surtt souverain : *les légitimistes n'appelaient Napoléon que l'Usurpateur*) ; v. aussi **hypocrite**.
imposture, v. tromperie et hypocrisie.
impôt, ce que l'on doit payer à une collectivité publique : **contributions** (⇧ terme administratif : *le service des contributions directes*) ; **taxe** (⇧ impôt indirect frappant certaines marchandises ou certains services : *la taxe à la valeur ajoutée*) ; **droit** (⇧ général, surtt appliqué à des impôts liés à des services juridiques divers : *s'acquitter des droits de succession*) ; **redevance** (⇧ vague, en principe à échéance fixe, tend à s'appliquer à certaines taxes spécialisées) ; **charge** (⇧ assez général, tout ce qui pèse financièrement sur qqn : *l'augmentation constante des charges salariales*) ; **prélèvement** (id. ; ⇧ terme d'économie : *la*

part croissante des prélèvements obligatoires dans la production nationale brute) ; **fiscalité** (⇧ l'ensemble du système : *l' Ancien Régime était caractérisé par l'existence d'une fiscalité erratique*) ; **imposition** (⇧ modalités précises du système : *envisager de modifier l'imposition des revenus élevés*) ; **taxation** (id. ; ⇧ pour les taxes : *revoir la taxation des alcools*) ; **tribut** (⇧ surtt dans l'Antiquité, imposé à des populations soumises : *le tribut dû à Rome par chaque cité fédérée*). SPÉC. **patente** (⇧ commercial) ; **dîme, taille, gabelle** (⇧ impôts d'Ancien Régime, sur les grains, destiné au clergé, impôt royal et taxe sur le sel, respectivement). ≈ **système fiscal.**

impotent, v. infirme.

impraticable, v. impossible.

imprécation, v. malédiction.

imprécis, v. vague.

imprécision, fait d'être imprécis : ***vague** (assez soutenu, surtt pour des termes : *l'on remarquera le vague de ses propos ; rester dans le vague*) ; **flou** (id. ; ⇧ idée d'une image brouillée) ; v. aussi **ambiguïté**. ≈ **manque de netteté, de précision ; caractère vague, flou.**

impréparation, v. improvisation.

impression, 1. image, généralement imprécise, produite sur l'esprit par un phénomène extérieur : **effet** (⇧ souligne la conséquence : *l'effet produit sur le lecteur par la reprise anaphorique de...*) ; **sensation** (⇧ directement lié aux sens, idée de subjectivité : *éprouver une vive sensation de déplaisir*) ; **sentiment** (⇧ davantage lié à l'affectivité) ; **émotion** (id. ; ⇧ fort, ébranlement de la sensibilité : *dans* Les Phares, *Baudelaire parvient à nous communiquer quelque chose de l'émotion que lui font éprouver les chefs-d'œuvre des arts plastiques*) ; **conviction** (⇧ forte idée de certitude : *avoir la conviction d'être épié*) ; **réaction** (⇧ actif, ce qui émane en retour de la sensibilité du récepteur : *susciter des réactions d'enthousiasme, d'effroi* ; en un sens un peu affaibli, l'on pourra parler de sa réaction devant tel ou tel spectacle) ; v. aussi **sentiment, souvenir.** ≈ pour éviter le recours systématique au tour *donner, suggérer une impression,* l'on pourra élargir à des éléments de contenu plus objectifs, notamment avec inv. : *de cette image* **semble se dégager une *atmosphère, un climat de mystère** ; *ce tableau* **baigne dans, semble tout imprégné, chargé d'une atmosphère** *mélancolique,* ou encore, tout simplement, *de mélancolie,* en spécifiant l'impression. 2. v. idée, opinion. 3. v. édition. || *Donner l'impression de,* v. sembler.

impressionnable, v. sensible.

impressionnant, d'une dimension ou d'une intensité qui produit une forte impression : **frappant** (⇧ choc sur la sensibilité, et aspect inhabituel) ; **marquant** (⇧ souvenir ineffaçable) ; **grandiose** (⇧ idée très forte de grandeur, très positif : *le spectacle grandiose du lever du soleil sur les glaciers*) ; **imposant** (id.) ; **spectaculaire** (⇧ de nature à satisfaire le goût du spectacle, ou par ext. : *un plongeon spectaculaire du haut de la falaise*) ; v. aussi **grand** et **beau.**

impressionner, produire une impression très intense sur qqn : **choquer** (⇧ dans un sens négatif : *profondément choqué par cette scène d'horreur*) ; **frapper** (id. ; ⇧ vague) ; **toucher** (⇧ affectif) ; **ébranler** (id. ; ⇧ fort, effet global sur le système nerveux, souvent avec modification de point de vue : *ébranlé par son apparente bonne foi, le jury commença à douter de sa culpabilité*) ; **émouvoir, affecter** (⇩ fort) ; **interloquer** (⇧ surtt au participe passé, déconcerter au point de couper la parole : *interloqué par cette repartie, il ne sut que répondre*) ; **en imposer** (⇧ impression qui impose le respect) ; **éblouir** (id. ; ⇧ fort, admiration très vive). ≈ **faire (une vive, forte) impression, faire grande impression ; produire beaucoup d'effet.**

imprévisible, v. imprévu.

imprévu, qui n'a pas été prévu : **imprévisible** (⇧ souligne l'impossibilité, souvent à valeur d'excuse) ; **fortuit** (⇧ hasard : *par suite de circonstances fortuites, le train a pris dix minutes de retard*) ; **inopiné** (⇧ caractère soudain, contraire à l'attente : *la venue inopinée d'un hôte supplémentaire*) ; **inattendu** (⇧ surprise, plutôt positif ou amusant : *les conséquences inattendues d'une expérience malencontreuse*) ; **inespéré** (id. ; ⇧ franchement positif, malgré une attente inverse : *un succès inespéré au baccalauréat*) ; v. aussi **accidentel** et **soudain.**

imprimer, v. éditer.

improbable, v. incertain.

improductif, v. stérile.

impropre, v. incapable.

improvisation, 1. fait d'agir sans préparation : **impréparation** (⇧ insiste sur l'état constitué par le manque de préparation, admet un régime : *l'état d'impréparation de l'armée française en 1914 faillit tourner à la catastrophe*). ≈ **manque de préparation, de précaution.**

2. ce que l'on improvise : **impromptu** (⇧ uniqt pour petit poème ou petit morceau de musique).

improviste (à l'), v. soudain.

improviser, composer de la littérature ou de la musique sans préparation, ou fig. ; v. aussi **imaginer**. ≈ **composer sur-le-champ**.

imprudence, fait de ne pas prendre suffisamment de précautions : **négligence, irréflexion, témérité, manque de précautions** (v. prudent).

imprudent, 1. celui qui ne prend pas suffisamment de précautions : **négligent** (⇧ manque de soin, pouvant avoir des conséquences graves : *il est très négligent dans l'entretien de son véhicule*) ; **irréfléchi** (⇧ manque de réflexion) ; **malavisé** (⇧ manque de jugement) ; **téméraire** (⇧ manque de conscience du danger). ≈ **peu précautionneux** (v. prudent). 2. pour une attitude, qui témoigne d'un manque de prudence : en plus des mêmes termes : **inconsidéré** (⇧ manque de prise en compte de la situation : *un engagement inconsidéré*) ; v. aussi **dangereux**.

impudeur, v. indécence.

impudique, v. indécent.

impuissant, qui ne peut rien faire : **désarmé** (⇧ image des armes qui font défaut : *des pouvoirs publics désarmés devant l'augmentation de la criminalité*) ; **démuni** (⇧ manque de ressources) ; v. aussi **incapacité**. ≈ **sans armes** (fig.) ; expr. verb. **ne rien pouvoir faire, n'y rien pouvoir** ; v. pouvoir.

impulsion, v. mouvement et tendance.

impur, 1. mêlé d'éléments qui compromettent la qualité essentielle de la chose, notamment en un sens moral et religieux : **immonde** (⇧ par rapport au sacré, vx : *la loi de Moïse considère certaines nourritures comme immondes*) ; **trouble** (⇧ image d'une eau qui n'est pas claire, surtt pour des intentions, etc. : *animé de sentiments troubles*) ; v. aussi **immoral**. 2. v. sale.

impureté, v. saleté.

imputer, v. accuser.

inabordable, 1. v. inaccessible. 2. v. cher.

inacceptable, que l'on ne peut accepter : **inadmissible** (⇧ fort, indignation : *des procédés inadmissibles*) ; **irrecevable** (⇧ impossibilité d'accepter) ; **intolérable** (⇧ fort encore, volonté de réprimer) ; ***insupportable** (⇧ plutôt vx en ce sens, avec l'idée d'exclusion, sinon implique plutôt une sensation passive).

inaccessible, 1. à quoi on ne peut accéder : **inabordable** (⇧ rivage : *les côtes inabordables de la Terre de Feu*) ; **impénétrable** (⇧ région, espace : *l'impénétrable forêt amazonienne*). 2. v. incompréhensible.

inactif, 1. qui n'agit pas : **passif** (⇧ manque de réaction : *rester passif devant les menées de la subversion*) ; **apathique** (id. ; ⇧ idée d'un certain tempérament maladif entraînant l'indifférence : *son deuil l'avait rendu profondément apathique*, ou au fig.) ; **inerte** (⇧ idée de totale inactivité, image de l'absence de mouvement). 2. qui n'a pas d'activité professionnelle ou autre, adj. ou n. : **chômeur** (n. ; ⇧ sans emploi) ; **oisif** (⇧ qui ne cherche pas à travailler, très péjor. : *de riches rentiers oisifs*) ; **désœuvré** (⇧ ne sait pas quoi faire, souvent péjor. : *la jeunesse aristocratique désœuvrée du* XIX*e* *siècle y trouvait souvent matière à nourrir son spleen*) ; **inoccupé** (⇧ simple constat objectif) ; **retraité** (⇧ à cause de l'âge). ≈ **sans emploi** (⇧ peut être utilisé comme n. : *la masse des sans-emploi*) ; **demandeur d'emploi** (⇧ terme administratif : personne supposée chercher du travail).

inaction, 1. fait de ne pas agir : **passivité, apathie, inertie** (v. inactif) ; **incurie** (⇧ large, manque de souci d'un responsable à l'égard de son devoir : *l'incurie des pouvoirs publics favorise la dégradation de la voirie*). 2. fait de ne pas avoir d'activité : **chômage, oisiveté, désœuvrement, retraite** (v. inactif) ; **inactivité** (⇧ état général, permanent : *l'inactivité est préjudiciable à l'équilibre de l'être humain*) ; farniente (⇧ agréable désœuvrement) ; v. aussi **vacances**.

inadmissible, v. inacceptable.

inadvertance, v. inattention.

inanimé, v. immobile.

inanition, v. faim.

inapte, v. incapable.

inaptitude, v. incapacité.

inattendu, v. imprévu.

inattentif, v. distrait.

inattention, manque d'attention : **inadvertance** (⇧ occasionnel : *laisser les fenêtres ouvertes par inadvertance*) ; **négligence** (id.) ; **insouciance** (⇧ état d'esprit) ; **mégarde** (id. ; ⇧ uniqt expr. *par mégarde*) ; v. aussi **distraction**.

inauguration, cérémonie destinée à célébrer qqch. de nouveau : **ouverture** (⇧ pour une chose susceptible d'être ouverte, local, route, etc. : *l'ouverture d'une grande surface*) ; **baptême** (⇧ surtt navire) ; **vernissage** (⇧ exposition) ;

consécration, dédicace (⇧ bâtiment religieux) ; v. aussi **commencement**.

inaugurer, 1. procéder à l'inauguration : **baptiser, consacrer** (v. inauguration). 2. v. commencer.

incapable, qui ne peut pas accomplir une tâche ou servir à un usage donnés : **impropre, inapte, inhabile, incompétent** (v. capable) ; **inadapté** (⇧ pour une chose, en vue d'un usage : *un outil inadapté au travail sous l'eau*) ; **insuffisant** (⇧ par manque, pour une chose, pour une pers., désigne un manque de compétence assez criant) ; **maladroit, malhabile** (v. adroit) ; ***impuissant** (⇧ surtt expr. **impuissant à** : *impuissant à mettre un terme à l'agression*). ≈ expr. **bon à rien** (fam., péjor., à la fois n. et adj. : *ce n'est qu'un bon à rien ; ton bon à rien de mari*) ; avec nég. **ne pas être capable, en état, à même de** : v. capable et pouvoir.

incapacité, fait de ne pas pouvoir faire qqch. ou servir à qqch. : **inaptitude, incompétence, inadaptation, insuffisance, maladresse, impuissance** (v. incapable) ; **impéritie** (⇧ litt.) ; **nullité** (cour. ; ⇧ uniqt pour une pers., désigne un degré affligeant d'incompétence : *un employé d'une nullité crasse*). || *Etre dans l'incapacité de* : **dans l'impossibilité, l'impuissance**. ≈ v. capacité et pouvoir.

incarcération, v. emprisonnement.

incarcérer, v. emprisonner.

incarner, v. représenter.

incassable, v. solide.

incendie, feu ravageant un ensemble important d'objets : **embrasement** (⇧ moment précis où tout prend feu : *l'embrasement soudain des frondaisons*) ; **brasier** (⇧ intensif, désigne uniqt le feu lui-même : *les combles n'étaient plus qu'un brasier fumant*) ; **conflagration** (⇧ uniqt au sens fig. : *la première étincelle du conflit déboucha sur une conflagration universelle*) ; **sinistre** (⇧ général, toute destruction d'envergure par un élément naturel, envisagé en fonction des dégâts : *l'assurance refusait de couvrir le sinistre*) ; v. aussi **feu**.

incendier, v. brûler.

incertain, 1. qui n'est pas sûr de ce qu'il doit faire ou penser : **indécis** (⇧ en fonction d'une décision : *indécis sur la continuation de ses études*) ; **irrésolu** (id. ; v. aussi décidé) ; **dubitatif** (⇧ insiste sur le doute) ; **perplexe** (⇧ le manque de clarté de la situation) ; **embarrassé** (⇧ idée d'une gêne) ; v. aussi **hésiter**. ≈ v. doute et douter. 2. qui n'est pas établi avec certitude : **douteux** (⇧ forte idée de doute : *un fait très douteux*) ; **improbable** (⇧ faible probabilité : *une hypothèse improbable*) ; **problématique** (⇧ questions posées, notamment sur l'évolution de la situation : *l'avenir problématique de la Communauté européenne*) ; **hypothétique** (⇧ sur de simples hypothèses, ou, par ext., prêtant à suppositions : *l'existence hypothétique d'une dixième planète ; un projet dont la réussite reste hypothétique*) ; **conjectural** (id. ; ⇧ strictement lié à ce qui n'existe que par hypothèse : *un fait purement conjectural*) ; **aléatoire** (id. ; ⇧ idée de hasard, risque : *poursuivre un gain aléatoire*) ; **hasardeux** (id. ; ⇧ peut également s'appliquer à une pensée : *une hypothèse hasardeuse sur l'origine de la vie*) ; **discutable** (⇧ uniqt opinion, ne peut être admise sans discussion) ; **contestable** (id.). ≈ **peu sûr, peu assuré ; mal assuré, mal établi ; que rien ne vient corroborer** (⇧ surtt pour un fait conjectural, une théorie) ; **qui ne repose sur rien (de précis)** (id.) ; **sujet à caution** ; expr. verb. : **prêter à conjectures, à discussion, contestation ; à prendre avec prudence ; laisser perplexe, dubitatif ; ne pas inspirer confiance ; ne pas être parole d'Evangile** (fam. ; ⇧ pour des propos qu'il ne faut pas croire aveuglément) ; v. aussi doute et douter. 3. v. vague.

incertitude, 1. état de celui qui ne sait ce qu'il doit faire : **indécision, irrésolution, doute, perplexité, embarras** (v. incertain) ; v. aussi **hésitation**. 2. v. doute.

incessamment, v. bientôt.

incessant, v. durable.

incidence, v. conséquence.

incident, v. événement.

incinérer, v. brûler.

incipit, v. commencement.

inciser, v. couper.

incision, v. coupure.

incitation, v. encouragement.

inciter, v. pousser.

inclination, v. affection.

incliner, v. abaisser.

inclure, v. contenir.

incoercible, v. irrésistible.

incohérence, v. désordre.

incohérent, v. désordonné.

incommodé, v. malade.

incompatible, qui ne peut s'accorder avec autre chose : **inconciliable** (⇧ fort, idée d'opposition : *deux points de vue inconciliables*). ≈ **ne pas (bien) aller ensemble** (cour.) ; **ne pas s'accorder**.

incompétence, v. incapacité.
incompétent, v. incapable.
incomplet, v. imparfait.
incompréhensible, que l'on ne peut comprendre : **inintelligible, inaccessible, inconcevable, indéfendable, inexplicable, obscur** (v. compréhensible).
inconcevable, v. incompréhensible.
inconciliable, v. incompatible.
inconnu, qui n'est pas connu. 1. chose : **méconnu** (⇧ qui mériterait d'être connu : *les ressources touristiques méconnues de l'Est de la France*) ; ***mystérieux** (⇧ idée d'aspects cachés suscitant la curiosité ou l'inquiétude : *il allait pénétrer pour la première fois dans la mystérieuse demeure*) ; **énigmatique** (⇧ qui suscite des questions non résolues quant à son origine : *une phénomène météorologique énigmatique*) ; **ignoré** (⇧ par négligence) ; v. aussi **obscur**. 2. pers. : **étranger** (⇧ qui n'est pas du lieu) ; **anonyme** (⇧ dont on ignore le nom : *un auteur anonyme du* XII*e siècle*).
inconsciemment, sans en avoir conscience : **machinalement, automatiquement, instinctivement, spontanément** (v. inconscient) ; v. aussi **involontairement**.
inconscient, I. adj. 1., qui passe inaperçu de la conscience : **machinal** (⇧ par effet de répétition : *feuilleter le livre d'un geste machinal*) ; **automatique** (id. ; ⇧ idée de réaction constante) ; **instinctif** (⇧ sous l'effet d'une impulsion innée, ou par ext. : *une crainte instinctive des serpents*) ; **spontané** (⇧ sans réflexion, calcul : *un mouvement spontané de générosité*) ; **involontaire** (⇧ contraire à la volonté, mais en général perçu par la conscience : *réprimer un mouvement involontaire de recul*). 2. qui ne mesure pas la réalité des faits, notamment d'un danger : **irresponsable** (⇧ sans tenir compte des conséquences).
II. n., l'ensemble des processus psychiques échappant à la conscience : **subconscient** (⇧ à la limite de la conscience : *tout en percevant dans son subconscient qu'il était en train de faire une erreur, il s'avança vers la sortie*) ; **ça** (⇧ psychanalytique). ≈ **moi profond**.
inconsidéré, v. imprudent.
inconstance, v. infidélité.
inconstant, v. changeant, infidèle.
incontestable, v. évident.
inconvénient, conséquence défavorable de qqch. : **défaut** (⇧ élément négatif en soi-même : *le défaut de cette solution est d'être extrêmement onéreuse*) ; **désavantage** (⇧ en comparaison avec d'autres choses) ; **ennui** (⇧ fam., en ce sens, uniqt expr. : *l'ennui de la vie en province, c'est un certain éloignement de la fermentation intellectuelle*) ; **désagrément** (⇩ fort) ; **difficulté** (⇧ par rapport à un but à atteindre : *un plan qui présente de nombreuses difficultés*) ; **contrainte** (⇧ plutôt conséquence indirecte, imposée : *un animal à la maison est source de contraintes diverses*) ; **sujétion** (id. ; ⇧ soutenu, contrainte imposée par une situation qui asservit en quelque sorte : *la sujétion imposée par le travail à la chaîne*). ≈ expr. **aspect, côté négatif ; point noir** (⇧ fort, expressif) ; **retombées négatives** (⇧ jargon mod. : *craindre les retombées négatives de l'industrialisation sur l'environnement*) ; **ne pas présenter que des avantages** pour *avoir certains inconvénients* ; **présenter des risques, *des dangers** (⇧ fort) ; v. aussi conséquence et défavorable.
incorrect, 1. v. faux, 2. v. impoli.
incorruptibilité, v. honnêteté.
incorruptible, v. honnête.
incrédule, 1. qui ne croit pas ce qu'on lui dit : **sceptique** (⇧ qui élève des doutes) ; **dubitatif** (⇧ uniqt propos, attitude : *d'un air dubitatif*). 2. v. incroyant.
incrédulité, v. incroyance.
incriminer, v. accuser.
incroyable, que l'on ne peut croire, ou par ext., valeur intensive : **invraisemblable** (⇧ qui est contraire à la réalité habituelle des choses, ou par ext., avec valeur expressive : *une histoire invraisemblable de vampires et de loups-garous*) ; **rocambolesque** (⇧ avec de nombreuses circonstances peu vraisemblables) ; **inimaginable** (⇧ simple valeur intensive, avec réaction vive : *il dépense des sommes inimaginables*) ; **inconcevable** (id.) ; **inouï** (id.) ; **impensable** (id.) ; v. aussi **extraordinaire** et **faux**. ≈ **à dormir debout** (fam.).
incroyance, état de qui est incroyant : **athéisme, incrédulité, libre pensée, agnosticisme, scepticisme, indifférence** (religieuse), **irréligion, mécréance, paganisme, hérésie** (v. incroyant). ≈ v. aussi croyance.
incroyant, qui n'admet pas de principes religieux : **athée** (⇧ plus précisément refuse l'existence de Dieu : *le matérialisme athée de la philosophie marxiste*) ; **incrédule** (⇧ réticence à l'égard des vérités religieuses, considérées comme naïves : *sous la Régence, il devint de bon ton de se montrer incrédule*) ; **esprit fort** (id. ; ⇧ affectation de supériorité d'intelligence, péjor. : *il vous*

va bien de jouer les esprits forts) ; **libre penseur** (⇧ refus de toute subordination de la pensée à un dogme, surtt dans un contexte militant, XIXe siècle : *Hugo comme Michelet se voulurent libres penseurs*) ; **agnostique** (⇧ refuse de se prononcer en matière religieuse, faute de certitudes : *un savant agnostique*) ; **sceptique** (⇧ met en doute toute certitude, au moins métaphysique) ; **indifférent** (⇧ qui se désintéresse des questions religieuses, attitude souvent attribuée au monde moderne, d'un point de vue ecclésiastique : *hostile au catholicisme ou tout au moins indifférent*) ; **irréligieux** (⇧ tempérament indifférent ou hostile à la religion : *un esprit profondément irréligieux*) ; **infidèle** (⇧ du point de vue d'une religion, toute pers. n'y adhérant pas, assez agressif, plutôt vieilli : *les Croisés coururent sus à l'Infidèle*) ; **mécréant** (id. ; ⇧ péjor. ; a pris parfois le sens d'athée, avec une nuance plaisante : *moi qui suis un vieux mécréant, Monsieur le Curé*) ; **païen** (⇧ adepte d'une religion polythéiste, ou à valeur polémique) ; **hérétique** (⇧ qui, à l'intérieur d'une religion donnée, professe des opinions jugées erronées du point de vue adopté : *le pape déclara Luther hérétique*). ≈ expr. nom. ; **sans religion, sans confession** (⇧ administratif) ; expr. verb. : **ne pas avoir la foi, de religion** ; **se tenir à l'écart de toute religion** ; avec nég. **ne pas *croire, être *croyant** ; **faire profession d'athéisme** ; **ne croire ni Dieu ni Diable** (⇧ expressif, humor.) ; **bouffer du curé** (fam. ; ⇧ anticléricalisme agressif) ; **non pratiquant, ne pas pratiquer** (⇧ simple absence de participation au culte : *croyant, mais non pratiquant*).

inculpation, v. accusation.

inculpé, v. accusé.

inculper, v. accuser.

inculquer, v. apprendre.

inculte, v. ignorant, stérile.

inculture, v. ignorance.

incurable, que l'on ne peut guérir : **inguérissable** (⇧ techn. ; s'applique plutôt au fig. : *un chagrin inguérissable*) ; **chronique** (⇧ maladie dont l'on souffre en permanence, qui ne guérit pas d'elle-même : *souffrir d'un rhume chronique*) ; **condamné** (⇧ uniqt pour le malade, mort certaine : *il est condamné ; il n'en a plus que pour quelques semaines*).

incurie, v. négligence, inaction.

incurvé, v. courbe.

indécence, caractère de ce qui est indécent : **incorrection, impudeur, impudicité, inconvenance, immodestie, lubricité, lascivete** (v. indécent).

indécent, qui est contraire aux bonnes mœurs, notamment dans le costume : **incorrect** (⇧ neutre, euphém.) ; **impudique** (⇧ directement contraire à la pudeur, assez affirmé, lexique très moralisant, un peu vieilli : *horrifié par la mise impudique des jeunes filles de la nouvelle génération*) ; **choquant** (⇧ idée de réaction scandalisée) ; **provocant** (⇧ appel direct au désir érotique : *elle arborait un décolleté provocant*) ; **immodeste** (vx ; ⇧ ton du sermon) ; **lubrique** (⇧ sexualité manifeste et malsaine : *jeter sur sa voisine des regards lubriques*) ; **lascif** (⇧ invite intense à l'activité sexuelle) ; v. aussi **obscène** et **grossier**. ≈ **peu convenable**.

indécis, v. incertain, vague.

indécision, v. incertitude.

indéfectible, v. durable.

indéfini, v. vague.

indélébile, v. ineffaçable.

indéniable, v. évident.

indépendance, v. liberté.

indépendant, v. libre.

indestructible, v. solide.

indicateur, v. dénonciateur.

indication, v. signe.

indice, v. signe et preuve.

indicible, v. inexprimable.

indifférence, manque d'intérêt 1. pour qqch. : **désintérêt** (⇧ perte d'intérêt : *ses performances ne suscitèrent bientôt plus qu'un désintérêt complet*) ; **désintéressement** (⇧ uniqt par rapport au profit : *il le soutint avec désintéressement*) ; **impassibilité, détachement** (⇧ attitude de distance par rapport aux choses de ce monde, philo. ou mystique : *il avait fini par accéder à un parfait détachement*). 2. pour qqn : **froideur** (⇧ attitude peu engageante) ; **éloignement** (⇧ fort, certaine attitude négative).

indifférent, 1. qui ne se sent pas concerné par ce qui arrive : **détaché** (v. indifférence) ; **désintéressé** (comme désintéressement, v. indifférent) ; **extérieur** (⇧ ne pas entrer dans l'affaire). 2. qui ne se laisse pas toucher par un sentiment : **insensible** (⇧ certaine dureté) ; **inaccessible** (⇧ uniqt vis-à-vis d'un sentiment que l'on pourrait ressentir : *inaccessible à la pitié*) ; **imperméable** (id.).

indigence, v. pauvreté.

indigène, v. barbare.

indigent, v. pauvre.

indignation, sentiment éprouvé devant un fait inadmissible : **révolte** (⇧

fort : *un sentiment de révolte devant la condition faite aux esclaves noirs*).

indigner, inspirer de l'indignation : **révolter** (v. indignation) ; **scandaliser** (⇧ choc moral très fort : *scandalisé par ce manque de scrupules*) ; **exaspérer, irriter** (⇧ agacement) ; **offusquer** (⇧ faible, idée d'un manque de respect : *tant de familiarité l'offusquait*) ; **outrer** (⇧ très fort, souvent un peu iron. : *elle se retira, outrée de ce sans-gêne*). || *S'indigner* : **s'offusquer** ; **être révolté, outré, scandalisé**.

indiquer, faire connaître en fournissant des éléments d'information : ***montrer** (⇧ concrètement, par des gestes notamment : *il lui montra comment se servir de l'appareil*) ; **signaler** (⇧ en attirant l'attention : *un voyant qui signale le manque d'huile*) ; **désigner** (⇧ une chose particulière, par un signe quelconque : *je lui désignai l'enseigne du tabac*) ; **enseigner** (vx, en ce sens ; ⇧ précis) ; **marquer** (⇧ munir d'un signe distinctif, ou au fig., avec une intensité particulière : *marquer son mécontentement*) ; **manifester** (⇧ fait de rendre visible) ; **révéler** (⇧ faire connaître une chose cachée, au moyen d'un indice : *par le rythme haché du vers, l'auteur nous révèle son émotion*) ; **suggérer** (id. ; ⇧ indirectement) ; **dénoter** (id. ; ⇧ interprétation d'un signe : *un comportement qui dénote un manque de bon sens*) ; **traduire** (id. ; ⇧ idée d'une équivalence : *l'exclamation traduit ici l'indignation ressentie*) ; **trahir** (id. ; ⇧ involontairement : *trahir son émotion par le ton de sa voix*) ; v. aussi **signifier** et **exprimer**. ≈ **(être le) signe de**.

indirect, qui n'est pas direct : **détourné** (⇧ idée d'une volonté d'éviter qqch. : *des moyens détournés de parvenir à son but*) ; **sinueux** (⇧ idée de nombreux détours, difficiles à saisir, péjor. : *user de procédés sinueux*) ; **allusif** (⇧ de façon détournée).

indiscipline, v. désobéissance.

indiscipliné, v. désobéissant.

indiscret, v. curieux.

indiscrétion, v. curiosité.

indiscutable, v. évident.

indispensable, v. nécessaire.

indistinct, v. vague.

individu, v. homme.

individualisme, v. égoïsme.

individualiste, v. égoïste.

individualité, v. caractère.

individuel, qui correspond à un seul individu : **personnel** (⇧ soulignant la nature profonde de la pers. : *tenir à ses goûts personnels*) ; **subjectif** (⇧ pour une appréciation, en fonction de la pers. : *une notation très subjective*) ; **particulier** (⇧ souligne plutôt l'opposition avec le cas général : *s'il fallait tenir compte de tous les cas particuliers, l'on n'en finirait plus*) ; **distinct** (id. ; ⇧ souligne les différences : *chaque cas pose un problème distinct*) ; **spécifique** (id. ; ⇧ souligne la forme particulière) ; **singulier** (id. ; ⇧ accentue le caractère unique) ; **isolé** (⇧ souligne la séparation du groupe) ; **privé** (⇧ par opposition à public : *les intérêts privés, la propriété privée*) ; **propre** (⇧ qui dépend strictement de l'individu ; constr. absolue assez rare, surtt expr. figées : *sa propre opinion, son propre domaine*). ≈ avec un complément de nom : **des individus** ; **des particuliers** (⇧ par opposition aux collectivités ; *prendre la défense des droits des particuliers*).

individuellement, pris un par un : **isolément** (⇧ souligne la séparation : *à chaque cas pris isolément, on pourrait trouver une solution*). ≈ **à part** ; **en particulier** ; **en soi**.

indocile, v. désobéissant.

indolence, v. paresse.

indolent, v. paresseux.

indubitable, v. évident.

indubitablement, v. évidemment.

indulgence, tendance à ne pas juger avec sévérité : **compréhension** (⇧ s'efforcer de comprendre les raisons, pour excuser) ; **clémence** (litt. ; ⇧ tendance au pardon : *la clémence d'Auguste*) ; **tolérance** (⇧ ne pas imposer son point de vue, ou exigences modérées : *faire preuve de tolérance envers les incartades de la jeunesse*) ; **complaisance** (id. ; ⇧ allant jusqu'à un manque de rigueur morale : *sa complaisance envers les écarts de conduite de son épouse ne manquait pas de faire jaser*) ; **laxisme** (⇧ tendance générale à laisser faire) ; v. aussi **bonté, pitié**.

indulgent, qui fait preuve d'indulgence : **compréhensif, clément, tolérant, complaisant, laxiste** (v. indulgence).

industrie, v. économie et usine.

industriel, personne qui dirige une industrie : **chef d'entreprise** (⇧ général, toute activité économique) ; **fabricant** (⇧ insiste sur le produit, toujours exprimé ou sous-entendu : *un fabricant de machines-outils*) ; **entrepreneur** (⇧ bâtiment, travaux publics) ; **manufacturier** (vx ; ⇧ d'une manufacture) ; voir aussi **chef**. ≈ ***chef (d'entreprise)**, dirigeant, patron, propriétaire, d'industrie, d'usine.

inédit, v. nouveau.

ineffable, v. inexprimable.

ineffaçable, que l'on ne peut effacer: **indélébile** (⇧ techn.: *encre indélébile*).

inefficace, qui n'a pas d'action réelle: **inactif, inefficient** (v. efficace); **inopérant** (⇧ à la fois pour une pers. ou une chose, sans résultat concret: *le remède s'est révélé inopérant*); **vain** (⇧ général, inutile: *de vaines querelles*); **infructueux, stérile** (id.; ⇧ surtt pour des discussions, efforts: *des parlotes stériles*); v. aussi **inutile**.

inefficacité, fait de n'être pas efficace: **inaction, inefficience, vanité, stérilité** (v. inefficace); v. aussi **inutilité**.

inégal, v. différent, irrégulier.

inégalité, v. différence.

inéluctable, v. inévitable.

inéluctablement, v. inévitablement.

inénarrable, v. comique.

inepte, v. stupide.

ineptie, v. stupidité.

inépuisable, qu'on ne peut épuiser: **intarissable** (⇧ image de la source, notamment paroles: *un causeur intarissable*); v. aussi **durable**. ≈ **n'être jamais à court**.

inéquitable, v. injuste.

inerte, v. inactif et immobile.

inertie, v. inaction, résistance.

inespéré, v. imprévu.

inesthétique, v. laid.

inévitable, que l'on ne peut empêcher de se produire: **inéluctable** (⇧ emphat., idée d'une nécessité d'ordre supérieur: *le déclin inéluctable des grandes civilisations*); **forcé, fatidique, fatal** (⇧ idée de destinée, souvent affaibli, en pensant à un enchaînement logique de circonstances: *il était fatal qu'il courût à cette catastrophe*); **imparable** (⇧ contre quoi l'on n'a pas de parade, de défense, se dit plutôt pour un coup, ou au fig.: *un crochet imparable du droit*); **infaillible** (vx ou litt., mais *infailliblement* est usuel; ⇧ aucune erreur possible sur le résultat: *vous vous engagerez infailliblement sur la voie de la capitulation*); **immanquable** (id., pour ce terme et l'adv.; ⇧ souligne l'absence d'exceptions); **irrévocable** (⇧ idée d'une impossibilité de changement, surtt pour une décision); **irréversible** (⇧ souligne l'impossibilité de revenir en arrière, surtt pour un processus: *s'engager dans un engrenage irréversible*); **certain, assuré, sûr** (⇧ absence de doutes de la part du locuteur: *sa perte est assurée*); ***obligatoire** (⇧ idée de fait imposé par la loi; peut avoir un sens voisin d'*inévitable* en langage fam.: *il va se casser la figure, c'est obligatoire*); **obligé** (id.); v. aussi **nécessaire et destin**. ≈ expr. avec **faire**: **quoi qu'il (on) fasse, que vous fassiez**, etc.; **l'on aura beau faire** (fam.); **(il n'y a) rien à (y) faire**: *rien à faire, la récolte sera perdue* pour *la récolte sera inévitablement perdue*; **ne pas couper à qqch.** (fam.): *on ne coupera pas à l'averse* pour *l'averse est inévitable*; *on n'y coupera pas*; expr. verb. avec ***empêcher**: **rien ne pourra empêcher, faire obstacle**.

inévitablement, de façon inévitable: **inéluctablement, fatalement, infailliblement, immanquablement, irrévocablement, irréversiblement, certainement, assurément, sûrement, obligatoirement, inexorablement** (⇧ image de l'impossibilité d'apitoyer le destin: *l'on s'achemine inexorablement vers la guerre*); v. aussi **nécessairement**. ≈ **à coup sûr**; **à tous les coups, à tout coup** (fam.: *à tous les coups, il gagne la partie*); v. aussi inévitable.

inexact, v. faux.

inexactitude, manque de rigueur impliquant généralement une forme de fausseté: **imprécision** (⇧ insistance sur la fausseté: *l'imprécision de ses calculs ne permet pas de déterminer avec certitude l'heure de passage de la comète*); **à-peu-près** (⇧ tendance générale: *se plaire dans l'à-peu-près*); v. aussi **erreur**.

inexcusable, v. impardonnable.

inexistant, v. imaginaire.

inexorablement, v. inévitablement.

inexpérience, v. ignorance.

inexpérimenté, v. ignorant.

inexplicable, v. mystérieux.

inexprimable, que l'on ne peut exprimer: **ineffable** (litt.; ⇧ très emphat., mystère et souvent mysticisme: *c'est peut-être seulement par la musicalité du vers que le poète entend suggérer l'ineffable*); **indicible** (id; ⇧ souvent valeur d'intensité émotive: *joie, horreur indicibles*); **incommunicable** (⇧ insiste sur l'impossibilité de transmettre à autrui).

inextricable, v. compliqué.

infaillible, v. inévitable.

infailliblement, v. inévitablement.

infâme, v. honteux.

infamie, v. honte.

infantile, v. enfantin.

infécond, v. stérile.

infect, v. dégoûtant et mauvais.

infecter, v. empoisonner.

inférence, v. raisonnement.

inférer, v. conclure.
inférieur, adj. qui est placé en dessous : **moindre** (⇧ simple point de vue quantitatif : *un salaire moindre que celui de son voisin*) ; **subalterne** (id. ; ⇧ à un échelon peu élevé, fonction peu importante : *occuper une fonction subalterne dans l'administration des eaux et forêts*) ; v. aussi **petit**, **bas**. ≈ **avoir le dessous** (⇧ dans un affrontement) ; **ne pas être en position de force** (id. ; ⇧ plutôt rapport de forces global).
inférieur, n. personne placée en dessous : **subordonné** (⇧ dans une hiérarchie, avec lien d'obéissance direct : *un chef de bureau redouté de ses subordonnés*).
infériorité, 1. état de ce qui est inférieur : **faiblesse** (⇧ souligne le manque de forces) ; **subordination** (v. inférieur) ; 2. ce qui vous rend inférieur à autrui : **désavantage** (⇧ surtt dans un affrontement : *la confrontation tournait à son désavantage*) ; **handicap** (⇧ ce qui représente un élément négatif, dès le départ, lors d'une compétition, un affrontement : *partir avec le handicap d'une taille médiocre*).
infernal, v. diabolique, insupportable.
infester, v. emplir.
infidèle, 1. qui ne garde pas ses engagements : **déloyal** (⇧ idée de dissimulation) ; **parjure** (⇧ manque à un serment) ; **perfide** (vx en ce sens ; ⇧ délibérément) ; **félon** (⇧ Moyen Age, lien vassalique). 2. qui ne se montre pas fidèle en sentiments : **inconstant** (⇧ varie souvent) : *Je t'aimais inconstant, qu'aurais-je fait fidèle ?* (RACINE) ; **volage** (⇧ fort) ; **léger** (⇩ fort) ; **coureur** (fam. ; ⇧ intéressé par les bonnes fortunes) ; **adultère** (⇧ dans le mariage, faute caractérisée). ≈ **cœur d'artichaut** (fam. ; s'enflamme facilement pour des objets divers). 3. v. incroyant.
infidélité, manque de fidélité : **déloyauté**, **parjure**, **perfidie**, **félonie**, **inconstance**, **légèreté**, **adultère** (v. infidèle).
infini, v. grand et éternel.
infiniment, v. très.
infinité, v. beaucoup.
infirme, qui ne dispose pas de toutes ses facultés, surtt physiques : **invalide** (⇧ souligne plutôt l'affaiblissement des capacités, notamment de travail : *invalide de guerre*) ; **estropié** (⇧ souligne la détérioration d'un organe, surtt d'un membre) ; **handicapé** (⇧ infériorité entraînée : *handicapé mental*) ; **mutilé** (⇧ membre amputé) ; **impotent** (⇧ incapacité à se mouvoir, se dit surtt de vieillards) ; **inadapté** (⇧ difficulté à prendre place dans la société, d'ordre social ou psychologique) ; v. **faible** et **malade**.
infirmière, pers. qui s'occupe des malades : SPÉC. **fille de salle** (⇧ uniqt tâches ménagères) ; **aide-soignante** (⇧ degré inférieur) ; **garde-malade** (⇧ garde à domicile).
infirmité, **invalidité**, **handicap** (v. infirme).
inflation, baisse du cours de la monnaie : **hausse des prix** (⇧ phénomène plus limité, en fonction des prix, sans prendre en compte l'aspect monétaire).
infléchir, v. changer.
inflexible, v. ferme et impitoyable.
infliger, v. donner.
influence, capacité d'amener autrui à penser ou agir pour une part conformément à notre point de vue : **ascendant** (⇧ idée de domination : *il a pris un grand ascendant sur ses élèves*) ; **emprise** (id. ; ⇧ fort et négatif : *le tsar était tombé sous l'emprise d'un moujik sibérien alcoolique et débauché*) ; **crédit** (⇧ confiance et estime : *les théories de Freud jouissent d'un grand crédit auprès de certains intellectuels*) ; **pouvoir**, **rayonnement**, **poids** (⇧ idée d'une capacité à orienter les décisions : *ses déclarations avaient un grand poids à la Chambre*) ; **autorité** (⇧ large, respect entraînant une approbation de principe : *l'autorité d'Aristote ne se vit pratiquement jamais battue en brèche avant la fin du Moyen Age*) ; v. aussi **action**.
influencer, exercer une influence : **marquer** (⇧ au passé : *Racine a été profondément marqué par le jansénisme de Port-Royal*) ; **déteindre sur** (⇧ idée d'une sorte d'imitation inconsciente : *les façons de la Cour ont fini par déteindre sur lui*) ; **suggestionner** (⇧ action visant à déterminer un certain comportement sur autrui par des insinuations indirectes) ; **influer sur** (⇧ sur des événements : *influer sur le cours de l'histoire*) ; **agir sur** (id ; ⇧ vague) ; **peser sur** (⇧ un événement ou une décision, à titre d'élément pris en considération : *des considérations d'ordre moral pesèrent sur sa décision*). ≈ expr. verb. : **exercer une influence, une emprise, jouir d'un crédit**, etc. (v. influence) ; **marquer de son empreinte**.
influent, qui dispose d'une influence sur les autorités. ≈ **haut placé**, **important**, **puissant**.
information, message transmettant un

savoir ponctuel sur qqch. : **renseignement** (⇧ dans le cadre d'une demande précise, à but utilitaire : *obtenir des renseignements sur la qualité de l'hôtellerie suisse*) ; **indication** (id. ; ⇧ vague et partiel) ; **tuyau** (fam. ; ⇧ renseignement utile et confidentiel : *un tuyau sur le tiercé de demain*) ; **nouvelle** (⇧ concernant des événements récents, notamment radio, télévision, journaux : *écouter les nouvelles*) ; **document** (⇧ écrit, fournissant des informations, au sens mod.). ≈ **journal (télévisé)** (⇧ dans le sens particulier d'émission d'information).

informer, v. apprendre.

infortune, v. malheur.

infortuné, v. maheureux.

infraction, v. faute.

infructueux, v. stérile et inutile.

infus, v. inné.

ingénier (s'), v. essayer.

ingénu, v. naïf.

ingénuité, v. naïveté.

ingérer, v. avaler. || *S'ingérer :* v. (se) mêler.

ingrat, qui ne garde pas reconnaissance : **oublieux** (⇧ insiste sur l'oubli).

ingratitude, défaut de qui est ingrat : **oubli** (⇧ simplement fait de ne pas se rappeler) ; **méconnaissance** (⇧ souvent avec complément, consiste à ne pas estimer un bienfait à sa juste valeur : *la méconnaissance des services rendus*).

inguérissable, v. incurable.

ingurgiter, v. avaler.

inhabituel, v. rare.

inhaler, v. respirer.

inhumain, v. barbare.

inhumanité, v. barbarie.

inhumation, v. enterrement.

inhumer, v. enterrer.

inimaginable, v. incroyable.

inimitable, qui ne peut être imité, avec nuance laudative : **incomparable** (⇧ fort, absolument au-dessus de tout) ; **sans égal, sans pareil** (id.).

inimitié, v. haine.

inintelligible, v. incompréhensible.

ininterrompu, v. continu.

inique, v. injuste.

iniquité, v. injustice.

initial, v. premier.

initialement, v. commencement.

injonction, v. commandement.

injure, parole insultante adressée à qqn : **insulte** (⇧ forte idée de mise en cause de la pers.) ; **invective** (litt. ; ⇧ idée de propos organisés, plutôt discours que simple injure : *se répandre en invectives contre le responsable de ses malheurs*) ; **grossièretés** (⇧ insiste sur l'aspect ordurier des termes) ; **gros mots** (id. ; fam.). || *Faire injure,* **affront, offense, outrage.**

injurier, dire des injures : **insulter, invectiver** (v. injure) ; **engueuler** (fam. ; ⇧ reproches violents plutôt qu'injures à proprement parler) ; **incendier** (fig.) ; v. aussi **réprimander.** ≈ **chanter pouilles** (litt. ; plaisant) ; **couvrir d'injures ; se répandre en insultes.**

injuste, qui ne respecte pas la justice : **inéquitable** (⇧ situation aboutissant à favoriser qqn au détriment d'autrui : *un partage inéquitable*) ; **inégal** (id. ; ⇧ neutre, souligne moins l'aspect de manquement à la justice : *l'échange inégal*) ; **partial** (⇧ souligne le parti-pris de la personne : *un arbitre partial*) ; **immérité** (⇧ du point de vue de la victime d'un traitement quelconque : *une punition imméritée*) ; **injustifié** (⇧ large, sans raison valable) ; **immotivé** (id. ; ⇧ précise l'absence de raison quelconque) ; **inique** (litt. ; ⇧ avec valeur d'indignation : *l'Allemagne, dans le cadre du traité de Versailles, s'estimait victime d'un traitement inique*) ; **illégitime** (⇧ souligne l'opposition à la loi positive, ou plutôt à une idée de la loi : *des revendications illégitimes*) ; **arbitraire** (⇧ souligne le manque de fondement de l'attitude, dépendant du caprice : *l'internement arbitraire par lettre de cachet*) ; **léonin** (⇧ se dit uniqt d'un contrat, imposé à l'un des contractants placé dans l'impossibilité de refuser sa signature, ou par ext.).

injustice, ce qui est contraire à la justice : **inégalité, partialité, iniquité, arbitraire** (v. injuste) ; **favoritisme** (⇧ tendance à favoriser qqn, surtt relations familières : *faire preuve de favoritisme à l'égard de son fils cadet*) ; **passe-droit** (⇧ faveur). ≈ **déni de justice** (⇧ situation d'injustice criante : *la condamnation du capitaine Dreyfus constitue un déni de justice*).

injustifié, v. injuste.

inné, qui appartient de naissance à qqn : **congénital** (⇧ se dit plutôt d'un élément pathologique : *une malformation congénitale de la moelle épinière*) ; **naturel** (⇧ large, surtt pour dispositions : *un sens naturel de l'harmonie*) ; **héréditaire** (⇧ transmission par la lignée) ; **atavique** (id. ; ⇧ idée d'une sorte de transmission mystérieuse : *la méfiance atavique du monde slave à l'égard des prétentions germaniques*) ; **intrinsèque** (⇧ large, qui appartient en soi à qqch. : *il avait percé à jour la perversité intrinsèque du person-*

nage) ; **infus** (⇧ d'origine théologique, transmis directement par Dieu ; mod., uniqt expr. plaisante : *avoir la science infuse*). ≈ **de naissance** ; **de nature** ; expr. fam. : **avoir dans le sang** : *il a la musique dans le sang.*

innocence, fait de n'être pas coupable. ≈ **bonne foi** (⇧ manque de conscience d'une culpabilité, parfaite sincérité : *il m'a convaincu de sa bonne foi*) ; v. aussi coupable.

innocent, 1. qui n'est pas coupable. ≈ **hors de cause** (⇧ souligne la non-participation aux faits : *le tribunal l'a rapidement mis hors de cause*) ; **ne pas être impliqué dans l'affaire** (id.) ; v. coupable, innocence et innocenter. 2. incapable de commettre le mal ; v. naïf.

innocenter, déclarer innocent : **acquitter** (⇧ dans le cadre du verdict d'un tribunal) ; **disculper** (⇧ écarter l'accusation : *triomphalement disculpé des accusations que l'on portait contre lui*) ; **blanchir** (cour. ; ⇧ idée d'une pureté de réputation retrouvée) ; **réhabiliter** (⇧ après une première condamnation injuste : *sa mémoire a été récemment réhabilitée*) ; **relaxer** (⇧ dégager de sa peine, ou ext.) ; v. aussi **excuser**. ≈ **mettre hors de cause** (v. innocent) ; **décharger d'accusation** (vx ou techn.) ; **laver de toute accusation, de tout soupçon, déclarer non coupable.**

innombrable, v. beaucoup.

innovation, v. changement.

inopiné, v. imprévu.

inopinément, v. soudain.

inouï, v. extraordinaire.

inquiet, qui redoute confusément qqch. : **anxieux** (⇧ fort, crainte plutôt moins objective, état psychologique : *d'un tempérament anxieux, il appréhendait toujours les changements*) ; **angoissé** (id. ; ⇧ sentiment plus fort et manifeste) ; **tourmenté** (⇧ sous l'effet de contradictions intérieures : *un esprit tourmenté, en proie à de perpétuels scrupules*) ; **soucieux** (⇩ fort, simple incertitude sur le développement de la situation : *le retard des paiements le rendait soucieux*) ; **effrayé, terrifié**, etc. (v. effrayer) ; **préoccupé, tracassé, alarmé** (v. inquiéter). ≈ **en proie à l'*inquiétude, au *souci** ; avec nég. **n'être pas tranquille** ; v. aussi (s')inquiéter et craindre.

inquiéter, causer de l'inquiétude : **angoisser, tourmenter, soucier** ; **préoccuper** (⇧ idée d'une présence insistante dans l'esprit, avec un certain degré d'appréhension : *l'avenir de son aîné le préoccupait*) ; **tracasser** (⇧ souci persistant, plutôt plus agaçant que grave : *cette affaire le tracassait*) ; **alarmer** (⇧ inquiétude vive et soudaine : *alarmé par ces rumeurs*) ; v. aussi **effrayer**. ≈ expr. verb. : **causer de l'inquiétude, du souci**, etc. (v. inquiétude) ; **être, constituer un sujet d'inquiétude, de préoccupation pour** ; avec nég. **ne pas rassurer, tranquilliser** : *il n'était pas rassuré devant toute cette agitation guerrière.* ‖ *S'inquiéter* : **se tourmenter, se tracasser, s'alarmer** ; **appréhender** (⇧ à propos d'un événement imminent : *il appréhendait le passage de l'oral*) ; v. aussi **(s')effrayer**. ≈ **se faire du souci, du tracas** ; **ressentir, éprouver de l'appréhension** ; **se faire du mauvais sang, de la bile** (fam.) ; **se ronger les sangs** (fam.) ; **ne plus vivre** (fam. : *elle ne vivait plus dans l'attente des résultats du concours*).

inquiétude, état de celui qui est inquiet : **anxiété, angoisse, tourment, souci, préoccupation, tracas, alarme, appréhension, bile** (v. inquiet et inquiéter) ; v. aussi **peur**.

insalubre, v. malsain.

insatiable, v. gourmand.

inscrire, v. écrire.

insensé, v. fou.

insensibilité, v. dureté.

insensible, v. dur.

insensiblement, v. peu à peu.

insérer, v. mettre.

insidieux, v. trompeur.

insigne, adj., v. célèbre.

insigne, n., v. emblème.

insignifiant, de peu d'importance : **secondaire** (⇧ d'une importance qui n'est pas de premier plan : *un incident secondaire*; **anodin** (⇧ sans gravité) ; **minime** (⇧ de très faible importance : *ne pas se troubler d'imperfections minimes)*; v. aussi **petit**.

insinuer, v. suggérer.

insipide, v. fade.

insistance, fait d'insister : **instance** (⇧ uniqt expr. : **demander avec instance**).

insister, 1. mettre en relief avec une force particulière : **souligner** (⇧ image du mot mis en valeur : *l'on ne soulignera jamais assez l'originalité de la pensée de Montaigne*) ; **accentuer** (⇧ en augmentant la valeur : *l'assonance accentue le caractère troublant du vers*) ; **appuyer sur** (⇧ renforce la volonté de persuasion : *je voudrais appuyer sur ce point*) ; **s'appesantir sur** (⇧ idée d'arrêt un peu pénible, surtt nég. : *je ne voudrais pas m'appesantir sur cette question*) ; v. aussi **développer**. ≈ **mettre l'accent sur** ;

mettre en valeur, en relief; attirer l'attention sur. 2. v. continuer.
insociable, v. sauvage.
insolence, v. arrogance.
insolent, v. arrogant.
insolite, v. étrange.
inspecter, v. examiner.
inspection, v. examen.
inspirateur, v. conseiller.
inspiration, idée communiquée à l'esprit comme de l'extérieur, éventuellement par la divinité; notamment, en matière artistique, l'ensemble des idées se présentant spontanément à l'esprit de l'artiste: **illumination** (⇧ d'ordre intellectuel: *saisi par une illumination, Archimède s'écria: Eurêka*); **révélation** (⇧ idée de manifestation de ce qui était caché jusque-là); **verve** (⇧ uniqt pour un écrivain, capacité à s'exprimer abondamment avec esprit; ⇧ emphat.: *la verve intarissable de La Fontaine*); **veine** (id., vx; ⇧ insiste plutôt sur l'abondance, et s'emploie surtt avec une détermination: *une riche veine lyrique*); **muse** (⇧ poétique, surtt emploi avec spécification: *sa muse est plutôt encline à la poésie légère*); **souffle** (⇧ dynamisme sensible dans l'œuvre, surtt poétique: *voici des vers qui ne manquent pas de souffle*); **enthousiasme** (vx en ce sens; ⇧ possession divine, influx surnaturel); **fureur poétique** (id.); **matière** (⇧ au sens du contenu de l'inspiration: *à court de matière, le poète a visiblement cédé à la tentation du remplissage*); v. aussi **imagination, idée.** ≈ **chaleur de l'imagination; bouillonnement intérieur.**
instable, v. changeant.
installer, v. arranger.
instance, v. insistance.
instant, v. moment.
instantané, v. immédiat.
instantanément, v. aussitôt.
instar (à l'), v. comme.
instaurer, v. établir.
instinct, v. tendance.
instinctif, v. inconscient.
instinctivement, involontairement.
instituer, v. établir.
instituteur, trice, v. enseignant.
institution, v. établissement et école.
instruction, 1. v. enseignement. 2. qualité d'un homme instruit: **culture, érudition** (v. instruit); **connaissances** (⇧ large); v. aussi **connaissance.**
instruire, v. élever et apprendre.
instruit, qui a de l'instruction: **cultivé** (⇧ large, curiosité d'esprit); **érudit** (⇧ savoir spécialisé très poussé); v. aussi **savant.**

instrument, ce dont on se sert dans un but quelconque: **outil** (⇧ précisément travail manuel: *un outil de menuisier*); **ustensile** (⇧ maison: *des ustensiles de cuisine*); **engin** (⇧ plus important: *un engin de travaux publics*); v. aussi **appareil** et **chose.**
insubordonné, v. désobéissant.
insuccès, v. échec.
insuffisance, 1. v. manque. 2. v. incapacité.
insuffisant, 1. qui ne suffit pas: **déficient** (⇧ souligne le manque: *un travail déficient*); **défectueux** (⇧ présente un défaut); v. aussi **imparfait** et **mauvais.** 2. v. incapable.
insulte, v. injure.
insulter, v. injurier.
insupportable, 1. pour une chose, que l'on ne peut supporter: **intolérable** (⇧ fort, svt également dans un sens moral: *une douleur intolérable; un comportement intolérable*); **insoutenable** (⇧ s'applique plutôt à des sensations: *malheur, spectacle insoutenable*); **atroce** (⇧ fort; *il a rendu l'âme dans d'atroces souffrances*); **inadmissible** (⇧ uniqt sens moral, ce que l'on ne peut permettre: *votre conduite est inadmissible*); **inacceptable** (id.; ⇩ fort); **scandaleux** (id.; ⇧ idée de ce qui choque). 2. qui se rend pénible à son entourage: **invivable** (fam.; ⇧ caractère déplaisant); **impossible** (id.); **odieux** (⇧ fort, méchanceté); **tyrannique** (⇧ autorité sans limites); **despotique** (id.); **difficile** (⇧ caractère peu accommodant); v. aussi **délicat, difficile, désobéissant** et **exigeant.** ≈ **casse-pieds** (fam.).
insurger (s'), v. (se) révolter.
insurrection, v. révolution.
intact, v. complet.
intarissable, v. inépuisable.
intégral, v. complet.
intégralement, v. complètement.
intégralité, v. tout.
intègre, v. honnête.
intégrité, v. honnêteté.
intellect, v. intelligence.
intellectuel, adj., qui relève de l'intelligence: **mental** (⇧ large, toutes les activités de l'esprit: *il a le niveau mental d'un enfant de quatre ans; ne pas jouir de toute sa santé mentale*); **moral** (⇧ souligne l'opposition avec l'aspect physique: *une souffrance purement morale*); **spirituel** (⇧ opposé à matériel, envisage la sphère générale des activités de l'esprit: *totalement étranger au monde des préoccupations spirituelles; le développement spirituel de l'humanité*); **psychique**

(⇑ envisage ce qui relève de l'activité interne de l'esprit, en insistant sur les aspects irrationnels : *troubles psychiques*) ; **psychologique** (id. ; ⇑ insiste davantage sur ce qui régit le comportement, les sentiments : *un état psychologique d'excitation intense*) ; **cérébral** (⇑ insiste sur l'aspect organique, lié au cerveau). ≈ avec un compl. de n. : **de l'intellect, de l'esprit, de l'âme**.

intellectuel, n., pers. surtt portée vers l'activité de l'esprit : **clerc** (⇑ très soutenu, souvent péjor. ; l'intellectuel comme représentant d'une catégorie, investie de certaines responsabilités : *la trahison des clercs* [J.BENDA]).

intelligence, 1. le siège de la pensée : **esprit** (⇑ large, envisage l'ensemble des activités non strictement matérielles, tout en insistant sur la pensée, à la différence de l'*âme* : *garder l'esprit toujours en alerte*) ; **intellect** (⇑ techn., philo. : *une activité créatrice toute dominée par les pures exigences de l'intellect*) ; **entendement** (id. ; vx ou philo.) ; **pensée** (⇑ activité de l'intelligence : *l'emportement partisan qui nuit à la sérénité de la pensée*) ; **raison** (⇑ faculté de tirer des conséquences, ou, plus généralement, faculté ordonnatrice et modératrice de l'esprit, par opposition notamment aux affects, passions, à la partie irrationnelle de l'âme : *le sage sait soumettre les passions à l'autorité de la raison*) ; v. aussi **âme** et **raison**. 2. qualité d'une pers. intelligente : **perspicacité, sagacité, lucidité, finesse, subtilité** (v. intelligent) ; **bon sens** (⇑ idée d'une capacité spontanée, familière, à juger avec justesse : *une remarque pleine de bon sens*) ; **ingéniosité, discernement** (⇑ surtt aptitude à juger sans confusion) ; **pénétration** (⇑ idée d'une faculté qui perce à jour ce qui est obscur) ; v. aussi **adresse, génie, capacité**. ≈ **acuité, vivacité d'esprit**.

intelligent, qui montre une capacité particulière à résoudre des problèmes, à comprendre les situations : **perspicace** (⇑ aptitude particulière à démêler une situation : *un enquêteur perspicace*) ; **sagace** (id.) ; **lucide** (⇑ fait de voir clair, ne pas se faire d'illusions : *il restait lucide au sein même de l'adulation*) ; **fin** (⇑ discernement des petites nuances) ; **subtil** (id. ; ⇑ idée d'une certaine complexité : *un esprit subtil qu'il n'était pas toujours facile de suivre dans toutes ses démarches*) ; ***malin** (fam. ; ⇑ intelligence pratique, ruse) ; **génial** (⇑ superlatif) ; **judicieux** (⇑ pour une action : *un choix judicieux*) ; v. aussi **adroit** et **capable**. ≈ expr. nom. : **doué de perspicacité, pénétration**, etc. (v. intelligence) ; **d'une *intelligence remarquable, supérieure** ; **plein de bon sens** ; **ne pas manquer de bon sens** ; **de ressource** (⇑ habileté particulière à faire face à une situation : *un homme de ressource*) ; **avoir l'esprit vif, délié, alerte**.

intelligible, v. compréhensible.

intempérance, v. ivresse.

intempérie, v. temps.

intense, v. fort.

intensité, v. force.

intention, v. volonté.

intentionnel, v. volontaire.

intentionnellement, v. volontairement.

intercéder, v. prier.

intercepter, v. prendre.

interdiction, fait de ne pas permettre qqch., plutôt dans un cadre officiel : **défense** (⇑ courant, cadre direct et familier : *sortir malgré la défense de ses parents*) ; **prohibition** (⇑ uniqt cas particuliers, surtt interdiction portant sur une activité ou un produit spécifiques : *la prohibition de la drogue, du commerce des armes*). GÉN. ***impossibilité**. ≈ avec nég. **sans l'autorisation** pour *malgré l'interdiction*.

interdire, ne pas permettre : **défendre, prohiber** (v. interdiction) ; **proscrire** (⇑ aspect solennel, interdiction absolue : *proscrire le tabac dans les trains de banlieue*). ≈ avec nég. **ne pas *permettre, autoriser** : *la baignade n'est pas autorisée sur cette plage* pour — *est interdite* ; **déclarer illicite**.

interdit, 1. qui n'est pas permis : **défendu, prohibé, proscrit, impossible, non autorisé** (v. interdire et interdiction) ; **illicite** (⇑ dans le cadre d'une interdiction officielle : *un trafic illicite*) ; **illégal** (⇑ contre la loi). 2. qui ne sait que répondre, qui perd contenance : **déconcerté, pantois, stupéfait, confondu**.

intéressant, qui suscite de l'intérêt : **captivant** (⇑ se dit surtt pour une histoire, lecture, film, etc. ; insiste sur le fait d'être pris par l'histoire : *il trouva* Le Comte de Monte-Cristo *si captivant qu'il le dévora d'un seul trait*) ; **passionnant** (id. ; ⇑ fort, participation intense) ; **palpitant** (⇑ idée d'une participation qui retentit sur l'émotion, de façon quasi physique, faisant battre le cœur : *à la fin du chapitre, l'intrigue devient véritablement si palpitante qu'on ne peut s'empêcher d'entamer le suivant*) ; **fascinant** (⇑ fort encore, valeur superlative, séduction telle qu'on ne peut s'en détacher); **enrichissant** (⇧ en fonction de l'enseignement procuré: *un ouvrage d'une lecture très enrichissante*); **stimulant** (⇧ en fonction de la réflexion suscitée: *un article très stimulant sur le nouvel ordre économique mondial*). ≈ expr. nom.: **d'un (très) grand, du plus haut intérêt**; **à vous couper le souffle** (fam.; pour une intrigue particulièrement dramatique); expr. verb. avec ***intéresser**.

intéresser, 1. qui retient l'attention: **captiver, passionner, fasciner** (v. intéressant); **enthousiasmer** (⇧ très fort, sentiment de dépossession de soi, ou valeur superlative: *j'ai été absolument enthousiasmé par votre conférence*); **conquérir** (⇧ image d'une certaine séduction: *ce roman m'a conquis*); **subjuguer** (⇧ très fort, image de l'asservissement: *on reste subjugué par la puissance magnétique des images*); **enchanter, ravir** (⇧ idée de charme). GÉN. ***plaire**. ≈ **prendre de l'intérêt, trouver de l'agrément, du charme** à une lecture, un spectacle. 2. v. concerner.

intérêt, 1. ce que provoque dans l'esprit un objet particulièrement digne d'attention, ou capacité pour cet objet de provoquer un tel effet: **curiosité** (⇧ neutre, simple désir momentané de connaître: *piquer la curiosité du lecteur par une présentation typographique insolite*); **attention** (⇧ simple attitude de concentration sur un objet); **valeur** (⇧ général, idée d'appréciation: *l'on ne manquera pas de noter la valeur de la remarque*); **pertinence** (⇧ insiste sur le rapport de l'objet avec ce qui préoccupe: *une analyse psychologique d'une grande pertinence*). ≈ expr. avec **profit** au sens fig.: *l'on tirera grand profit de la lecture de cet ouvrage fondamental* pour *cet ouvrage présente un grand intérêt*. 2. v. profit. 3. v. avantage.

intérieur, adj., qui se trouve dedans: **interne** (⇧ techn., point de vue de l'objet considéré: *les dissensions internes qui ravagent l'opposition*); **intime** (⇧ souligne la proximité, au moins figurée, de la partie la plus inaccessible de l'objet: *la personnalité intime de chacun; les tourments intimes du poète*); **central** (⇧ proximité du centre: *accéder à l'unité centrale de commandement*); **intestin** (⇧ uniqt dans l'expr.: *querelles intestines*); v. aussi **individuel**.

intérieur, n., 1. ce qui se trouve audedans: **dedans** (⇧ cour., pour un objet concret, ou plutôt litt., en un sens moral: *pénétrer le dedans du moi; l'espace du dedans*); **profondeurs** (⇧ souligne la distance de la surface: *sonder les profondeurs de la terre; explorer le labyrinthe des profondeurs de l'âme*); **fond** (id.; ⇧ avec complément: *le fond de son cœur*); **intimité** (⇧ uniqt sens moral: *le poète nous introduit progressivement dans l'intimité de ses sentiments*); **intériorité** (id.; ⇧ large, tout ce qui enveloppe l'activité de l'esprit dans ce qu'elle a d'invisible de l'extérieur: *le symbolisme prône le refus de l'engagement et le repli sur l'intériorité*). 2. v. appartement, logement.

intériorité, v. intérieur.

interlocuteur, personne à laquelle on parle: **destinataire** (⇧ d'une lettre, en principe; emploi techn. dans certaines théories linguistiques, pour désigner celui à qui s'adresse le message); **récepteur** (⇧ dans le cadre d'une situation de communication, par opposition à l'émetteur; emploi techn. dans le cadre de la théorie générale de l'information, éventuellement transposable en analyse littéraire, en termes de message: *le lecteur, en tant que récepteur, est invité à décrypter le symbole mallarméen, résultat d'une sorte de codage hermétique*); **correspondant** (⇧ lettre).

interloqué, v. surpris.

intermédiaire, personne qui assure la liaison entre deux autres: **médiateur** (⇧ en vue d'assurer une conciliation); **relais** (⇧ simple transmission); **mandataire** (⇧ chargé d'un pouvoir par une des parties); **interprète** (⇧ transmet la pensée d'autrui: *je voudrais ici me faire l'interprète de mes camarades, et demander une augmentation substantielle de salaire*); **intercesseur** (⇧ surtt sens théologique, celui qui prend la défense des autres auprès de puissances supérieures: *la Vierge et les saints sont considérés par le catholicisme comme des intercesseurs des âmes fidèles auprès de Dieu*); **entremetteur** (⇧ mod., surtt prostitution, ou affaires sordides). || *Par l'intermédiaire*: **par l'entremise, le truchement**.

interminable, v. long.

intermittence, v. interruption.

international, qui concerne l'ensemble des nations: **cosmopolite** (⇧ voyage: *la Suisse de l'entre-deux-guerres, lieu de rencontre d'une intelligentsia cosmopolite*); **mondial** (⇧ souligne l'extension et l'unité: *le nouvel ordre politique mondial*); **supra-national** (⇧ souligne l'exercice d'une autorité qui se place au-dessus du cadre national: *la* *mise en place d'institutions supranationales*).

interne, v. intérieur.

internement, v. emprisonnement.

interner, v. emprisonner.

interpeller, v. appeler.

interprétation, fait de donner un sens à qqch. : **présentation** (⇧ volonté de donner une certaine apparence à un fait : *sa présentation de l'affaire différait en tout de celle de son rival*) ; **version** (id. ; ⇧ surtt expr. *version des faits*) ; **élucidation** (⇧ mise au clair, de façon indiscutable : *l'élucidation de l'énigme par le savant archéologue*) ; **clé** (⇧ ce qui donne l'interprétation juste : *la clé de l'allégorie est à chercher du côté de la philosophie néo-platonicienne*) ; **lecture** (⇧ pour un texte, dans une perspective critique : *la lecture psychanalytique de Baudelaire ne m'a jamais tout à fait convaincu*) ; **herméneutique** (⇧ art de l'interprétation en général : *l'herméneutique stoïcienne appliquée à la mythologie grecque*) ; v. aussi **explication**, **sens** et **traduction**.

interprète, v. traducteur et acteur.

interpréter, 1. proposer un sens : **comprendre** (⇧ large : *l'on peut se demander comment comprendre le dernier vers*) ; **commenter, expliquer, élucider, lire** (v. interprétation) ; v. aussi **expliquer** et **traduire**. ≈ expr. verb. : **proposer une *interprétation, une lecture, une clé**, etc. (v. interprétation). 2. v. jouer.

interrogation, v. examen et question.

interroger, v. demander.

interrompre, provoquer un moment d'arrêt : **couper** (⇧ brutal, surtt élément continu, flux : *couper le courant, la parole*) ; **discontinuer** (vx) ; **bloquer** (⇧ idée d'un obstacle : *bloquer la révision constitutionnelle par son abstention*) ; **suspendre** (⇧ dans l'attente d'une condition de reprise quelconque : *suspendre la séance pour permettre des consultations*) ; **déranger** (⇧ en apportant une gêne : *il se vit dérangé dans son travail par une visite inopinée*) ; **entrecouper** (⇧ uniqt pour celui qui agit, par une activité différente quelconque : *entrecouper l'effort de moments de récréation, entrecouper ses propos de sanglots*) ; v. aussi **arrêter**.

interruption, fait d'interrompre ou moment pendant lequel on s'interrompt : **coupure, suspension** (v. interrompre) ; **intermittence** (⇧ moment limité de cessation d'un processus ou d'un état, intervenant à plusieurs reprises : *durant ses intermittences de lucidité, Nerval composa les plus beaux de ses poèmes*) ; **pause** (⇧ plutôt dans un but de repos, mais aussi, par ext., ce qui apporte une certaine diminution d'activité ou de rigueur : *une pause dans la croissance économique*) ; **intervalle** (⇧ en ce sens, insiste simplement sur le moment compris entre deux points de la durée) ; **rémission** (⇧ dans une maladie) ; v. aussi **arrêt**.

interstice, v. espace.

intervalle, v. espace et interruption.

intervenir, v. (se) mêler et arriver.

intervention, 1. fait de venir participer à une action dans laquelle on n'était pas impliqué jusque-là : **participation** (⇧ général) ; **ingérence** (⇧ idée que l'on n'est pas concerné, action illégitime : *l'ingérence des Etats-Unis dans la politique intérieure des Etats d'Amérique latine*) ; **immixtion** (id.) ; **médiation, intercession, entremise** (v. intermédiaire). ≈ **bons offices** (⇧ idée d'une action de rapprochement entre deux parties : *la France fut mise en contact avec l'Irak grâce aux bons offices du Vatican*). GÉN. ***action**. 2. v. opération.

intervertir, v. remplacer.

intestin, adj., v. intérieur.

intestin, n., v. ventre.

intime, v. intérieur.

intituler, v. appeler.

intolérable, v. insupportable.

intolérance, v. fanatisme.

intolérant, v. fanatique.

intoxication, v. empoisonnement.

intoxiquer, v. empoisonner.

intransigeant, qui n'admet aucun compromis : **inflexible** (⇧ surtt refus de s'attendrir) ; **inébranlable** (⇧ insiste surtt sur la résolution : *il restait inébranlable dans sa certitude*) ; **intraitable** (⇧ idée d'une certaine dureté de caractère).

intrépide, v. courageux.

intrépidité, v. courage.

intrigue, v. complot, histoire et ruse.

intriguer, v. comploter et surprendre.

intrinsèque, v. inné et appartenir.

introduction, 1. première partie d'un discours ou d'un texte : **préface** (⇧ extérieur au corps de l'ouvrage : *dans la préface de* Cromwell, *Hugo propose une théorie générale du drame*) ; **avant-propos** (id. ; ⇧ rapide) ; **avis au lecteur** (id. ; ⇧ bref encore) ; **avertissement** (id.) ; **prière d'insérer** (id. ; ⇧ très bref) ; **préambule** (⇧ précautions préalables, considérations générales : *en préambule, nous voudrions mettre le lecteur en garde contre une interprétation hâtive de* *nos intentions*) ; **prologue** (⇧ œuvre narrative, surtt théâtre ; développement qui a une fonction de préparation et de présentation : *le prologue des tragédies antiques fait souvent intervenir une divinité*) ; **prélude** (⇧ image musicale, à peu près équivalent de *prologue*) ; **entrée en matière** (⇧ dans le cadre d'un exposé, souligne la présentation du propos) ; **exorde** (⇧ ancienne rhétorique : *l'exorde de la* Seconde Catilinaire) ; **exposition** (⇧ surtt théâtre, insiste sur la présentation au spectateur des données principales de l'intrigue ; par ext. dans toute œuvre narrative : *l'exposition, dans la tragédie classique, s'opère généralement au fil du premier acte, notamment par le recours à des confidents*) ; **présentation** (⇧ général, souligne l'exposé des premiers éléments) ; **préliminaire** (⇧ vague, tout ce qui précède le discours proprement dit, notamment expr. *en préliminaire à l'étude, poser quelques préliminaires*) ; v. aussi **commencement.** ≈ **propos, note liminaire** (⇧ souligne le fait de s'attarder comme sur le seuil du discours, souvent avec valeur d'avertissement : *qu'on nous permette d'abord quelques considérations liminaires*) ; **annonce du développement** (⇧ insiste sur effet d'anticipation) ; **considérations préalables** ; **précautions oratoires** (⇧ mise en place du rapport avec le public) ; l'on pourra éviter l'expr. *en introduction* par le recours à diverses tournures adv. : **préalablement, en préalable, d'entrée de jeu, d'emblée 2.** fait d'introduire : **installation, insertion** (v. mettre).

introduire, v. mettre, établir et présenter. || *S'introduire* : v. entrer.

intrusion, v. arrivée.

intuition, v. connaissance.

inusable, v. solide.

inusité, v. rare.

inusuel, v. rare.

inutile, qui ne sert à rien : **vain** (⇧ en fonction d'une activité qui n'aboutit pas ou est envisagée comme ayant peu de chances d'aboutir : *tous ses efforts pour le retenir sont restés vains*) ; ***stérile** (id. ; ⇧ image de la terre qui ne produit pas : *s'enliser dans des débats stériles*) ; ***inefficace** (⇧ souligne l'absence d'effet) ; **infructueux** (⇧ sans résultat : *efforts infructueux*) ; **superflu** (⇧ idée de surabondance par rapport au suffisant et au nécessaire : *rejeter le superflu pour ne conserver que le strict nécessaire*) ; **superfétatoire** (id. ; ⇧ fort, assez ampoulé : *une prose volontiers prolixe en ornements superfétatoires*) ; **redondant** (⇧ pour des propos, tendance à redire la même chose : *style ampoulé et redondant*) ; **pléonastique** (id. ; ⇧ technique, s'applique exclusivement à l'expression redoublée : *l'emploi pléonastique de monter en haut*) ; **gratuit** (⇧ souligne l'absence de toute motivation, notamment utilitaire, positivement ou négativement, selon le contexte : *l'activité artistique est de nature profondément gratuite ; un crime gratuit*) ; **creux** (⇧ pour des propos ou pensées, vide de contenu) ; **vide** (id.) ; **oiseux** (id. ; ⇧ perte de temps) ; **parasite** (⇧ dont la présence en trop nuit à la qualité du reste : *un corps de bâtiment désagréablement flanqué de constructions parasites*) ; **adventice** (⇧ qui vient s'ajouter en plus, sans utilité véritable : *encombré de développements adventices, le fil de la narration se perd assez vite*). ≈ avec nég., v. utile : **sans *utilité, intérêt ; dépourvu *d'utilité, d'intérêt ; sans objet** (⇧ souligne l'absence de but : *une démarche désormais sans objet, après le décès du responsable*) ; **sans effet, sans résultat** (v. inefficace) ; expr. **de trop** (⇧ même idée que superflu) ; **bon à rien** (fam.) (⇧ pour un objet, souligne l'absence de fonction ou d'efficacité) ; expr. verb. **ne servir à rien** et tours divers avec **servir** intransitif (vx ou tour archaïsant, sentencieux : *rien ne sert de courir* (La Fontaine) pour *il est inutile*) —; **ne mener à rien** (⇧ insiste sur le résultat : *des projets qui ne mènent à rien*) ; **rester lettre morte** (⇧ pour des conseils, avertissements, décisions : *tout ce que j'ai pu suggérer est resté lettre morte*) ; tours particuliers : **à quoi bon** (⇧ ton de découragement : *à quoi bon se donner tant de mal !* pour *il est inutile de* —) ; **n'être, ne pas valoir la peine** (cour.) : *ce n'est pas la peine de se déranger ; le détour ne vaut pas la peine* ; **être peine perdue** ; expr. formulaire fam. : *le jeu n'en vaut pas la chandelle.*

inutilement, sans résultat : **vainement, stérilement, inefficacement, gratuitement** (v. inutile). ≈ **en vain** (soutenu) ; **pour rien ; en pure perte** (⇧ souligne les efforts finalement inutiles) ; **pour des prunes** (familier).

inutilité, fait de n'être pas utile : **vanité** (litt. ; v. inutile) ; **inefficacité, stérilité, superfluité, gratuité** (v. inutile) ; **inanité** (très litt. ; ⇧ se dit uniqt d'efforts, soucis, etc. : *constater l'inanité de son entreprise*) ; **futilité** (id. ; ⇧ manque de sérieux).

invalide, v. infirme.
invalidité, v. infirmité.
invariable, v. durable.
invariablement, v. toujours.
invasion, fait de s'installer par la force sur le territoire d'autrui : **envahissement** (⇧ souligne l'action) ; **déferlement** (⇧ image des flots qui montent, expressif : *le déferlement des Barbares sur l'Empire romain*) ; **débarquement** (⇧ par mer) ; **occupation** (⇧ souligne le fait pour le vainqueur de placer le pays sous son emprise : *l'occupation de la France par l'Allemagne nazie*) ; **incursion** (⇧ simple passage momentané : *parer aux incursions des nomades sur la zone frontière* ; **raid** (⇧ incursion rapide et violente : *un raid aérien sur Dresde*) ; **razzia** (id. ; ⇧ terme arabe, plutôt pillage).
invective, v. injure.
invectiver, v. injurier.
inventaire, v. dénombrer.
inventé, v. irréel.
inventer, 1. v. découvrir et trouver. 2. prêter l'existence à ce qui n'existe pas : **imaginer** (⇧ souligne la capacité de représentation : *imaginer toute une histoire pour se disculper*) ; **forger** (⇧ invention de toutes pièces) ; v. aussi **imaginer**.
inventeur, personne qui invente des machines, procédés techn. : **créateur** (⇧ souligne la nouveauté, s'applique à des réalités plus larges : *le créateur de l'industrie moderne des textiles synthétiques*) ; **fondateur** (⇧ premier à explorer un champ du savoir : *Lavoisier fut le fondateur de la chimie moderne*) ; **découvreur** (⇧ pour des phénomènes scientifiques, terres nouvelles, etc. : *Christophe Colomb, le découvreur de l'Amérique*).
invention, v. découverte et imagination.
inventivité, v. imagination.
inventorier, v. dénombrer.
inverse, v. contraire.
investigation, v. recherche.
investir, 1. v. assiéger. 2. employer de l'argent à constituer un capital destiné à rapporter ultérieurement : **placer** (⇧ s'emploie surtt pour l'achat de titres boursiers : *placer ses économies en bons du Trésor*) ; v. aussi **dépenser**.
investissement, 1. v. siège. 2. argent investi : **placement** (v. placer) ; v. aussi **dépense**.
inviolable, v. sacré.
invisible, que l'on ne peut voir, et, souvent, par ext., qui échappe aux sens : **immatériel** (⇧ qui n'est pas du ressort de la matière : *les anges, créatures immatérielles*, ou, au fig., tellement fin que cela semble ne pas avoir de matière : *des dentelles d'une légèreté immatérielle*) ; **impalpable** (⇧ souligne l'impossibilité de toucher, le manque de matière qui confine à l'inexistence) ; **insaisissable** (⇧ souligne la difficulté à fixer) ; **fugitif** (⇧ que l'on ne perçoit qu'un court instant : *comment rendre compte des nuances fugitives de la lumière sur les flots ?*) ; **évanescent** (⇧ suggère l'idée d'une disparition quasi immédiate : *des figures évanescentes se profilaient dans les nuages*) ; **imperceptible** (⇧ que l'on ne remarque pas, plutôt en raison de sa petitesse, ou de son peu d'importance : *apporter à son tableau des retouches imperceptibles*) ; **indiscernable** (⇧ idée d'une différence, d'un détail qui passe inaperçu).
invitation, 1. ce au moyen de quoi l'on invite à un repas, etc. : **convocation** (⇧ idée d'un ordre) ; **faire-part** (⇧ annonce). 2. v. encouragement.
invite, v. encouragement.
invité, v. convive.
inviter, 1. demander de venir à un repas, une cérémonie, etc. : **convier** (litt. ; ⇧ certaine marque d'intérêt : *convié au banquet des anciens*) ; **retenir à** (⇧ alors que l'invité est déjà sur place : *comme la conversation se prolongeait, il m'a retenu à dîner*) ; **prier à** (vx). 2. v. encourager et pousser à.
invivable, v. insupportable.
invocation, v. prière.
involontaire, v. inconscient.
involontairement, de façon involontaire : v. inconsciemment. ≈ **contre son gré** ; **malgré soi** ; **de force** (⇧ souligne la violence imposée) ; **à son corps défendant** ; **à contrecœur** (⇧ faible, avec déplaisir).
invoquer, v. prier.
invraisemblable, v. incroyable.
invulnérabilité, v. force.
invulnérable, v. fort et solide.
irascible, v. coléreux.
ire, v. colère.
ironie, v. humour et moquerie.
ironique, v. moqueur.
irrationnel, v. déraisonnable.
irréalisable, v. impossible.
irréel, qui n'existe que dans l'imagination : **inexistant** (⇧ souligne le simple fait de ne pas exister) ; **imaginaire**, **inventé**, **forgé** (v. inventer) ; v. aussi **imaginaire** et **faux**.
irréfléchi, v. imprudent.
irréflexion, v. imprudence.

irréfutable, v. évident.
irrégulier, 1. qui n'est pas conforme à la règle : **anormal** (⇧ règle jurid., morale ou habitude : *une situation anormale de vacance des institutions*) ; **illégitime** (⇧ contre le droit : *exercer un pouvoir illégitime*) ; **usurpé** (⇧ id. ; ⇧ idée de prise de possession : *un titre usurpé*) ; **indû** (⇧ non fondé : *une réclamation indue*) ; v. aussi **interdit** et **injuste**. 2. qui ne revient pas à temps égal : **inégal** (⇧ souligne les différences) ; **intermittent** (⇧ interruptions).
irréligieux, v. incroyant.
irréligion, v. incroyance.
irrémédiable, v. définitif.
irrémédiablement, v. définitivement.
irrépressible, v. irrésistible.
irréprochable, auquel on ne peut adresser de reproches : **inattaquable** (⇧ par rapport à des accusations possibles) ; **irrépréhensible** (rare) ; **insoupçonnable** (⇧ pas de soupçons possibles) ; v. aussi **honnête**. ≈ **au-dessus de tout soupçon**.
irrésistible, plus fort que toute résistance : **invincible** (⇧ idée de combat et de victoire) ; **irrépressible** (⇧ uniqt avec des sentiments, tendances : *pris d'une hilarité irrépressible*) ; **incoercible** (id.).
irrésolu, v. indécis.
irrésolution, v. indécision.
irrespect, manque de respect : **insolence** (⇧ fort, attitude de défi, notamment dans des propos : *une réplique d'une rare insolence*) ; **irrévérence** (⇧ attitude générale peu sensible à ce qui est dû de respect) ; **impertinence** (⇧ occasionnel, pointe souvent railleuse) ; v. aussi **arrogance**.
irrespectueux, qui manque de respect : **insolent, irrévérent, impertinent** ; **frondeur** (⇧ attitude de contestation, de désobéissance superficielle).
irresponsabilité, v. imprudence.
irresponsable, v. imprudent.
irrévérence, v. irrespect.
irrévérent, v. irrespectueux.
irréversible, v. inévitable.
irréversiblement, v. inévitablement.
irrévocable, v. inévitable.
irrévocablement, v. inévitablement.
irriguer, v. arroser.
irritable, v. coléreux.
irritant, v. énervant.
irritation, v. colère.
irrité, v. colère.
irriter (s'), v. colère (se mettre en) et énerver.
irruption (faire), v. entrer.
islam, religion de Mahomet : **islamisme** (⇧ système de pensée de l'islam radical, au sens mod.) ; **mahométisme** (vx). ≈ **religion (foi) musulmane, islamique** ; **religion mahométane** (vx) ; **le Coran** (⇧ d'après le livre saint). SPÉC. **sunnisme** ; **chiisme**.
islamique, v. musulman.
islamisme, v. islam.
isolé, v. individuel et seul.
isolement, v. solitude.
isolément, v. individuellement.
isoler, tenir dans la solitude : **séparer, éloigner, écarter** (⇧ souligne le fait de tenir loin du groupe) ; **rejeter** (⇧ fort, volonté de ne pas admettre). ≈ **tenir à l'écart**.
israélien, v. juif.
israélite, v. juif.
issu, v. venir.
issue, v. sortie.
itinéraire, v. chemin.
ivre, qui a trop bu : **ivrogne** (⇧ habituel : *c'est un parfait ivrogne*) ; **alcoolique** (⇧ scientifique) ; **éthylique** (id. ; ⇧ techn.) ; **buveur** (⇧ neutre) ; **intempérant** (⇧ didactique, euphém.) ; **pochard** (fam.) ; **soûlaud** (fam.) ; **soûl** (fam., en ce sens : *soûl comme une grive*) ; **éméché** (fam. ; ⇧ léger) ; **gris** (id. ; ⇧ litt. ; surtt expr. *un peu gris*) ; **pompette** (fam.) ; **rond** (fam.). || *Etre ivre* : **s'enivrer** (⇧ soutenu) ; **être pris de boisson** (⇧ pour l'ivresse occasionnelle) ; **se soûler** (fam.) ; **prendre une cuite** (fam. ; id.) ; **s'adonner à la boisson, *boire** (⇧ pour l'alcoolisme).
ivresse, état d'un homme ivre : **ivrognerie, alcoolisme, éthylisme, boisson, intempérance, cuite** (fam. v. ivre) ; **ébriété** (⇧ techn., officiel : *en état d'ébriété*) ; **soûlographie** (⇧ plaisant, grande séance d'ivrognerie).
ivrogne, v. ivre.
ivrognerie, v. ivresse.

J

jacasser, v. bavarder.
jachère, v. lande.
jacquerie, v. révolution.
jadis, v. autrefois.
jaillir, fait de sortir très vite de qqch., surtt pour un liquide : **gicler** (⇧ fort, jet, plutôt par éclaboussement : *de l'encre gicla sur son habit*) ; **fuser** (⇧ comme une fusée, notamment au fig. : *des rires fusèrent dans la salle)*; **surgir** (⇧ simple idée d'apparition soudaine, plutôt en sortant de quelque part, image étym. de la source) ; **sourdre** (⇧ image de la source encore nettement sensible, écoulement faible : *des gouttes sourdaient de la base du tonneau*) ; v. aussi **couler** et **sortir**.
jalouser, ressentir de la jalousie : **envier** (v. jalousie). ≈ **prendre ombrage** (⇧ dépit devant le succès supérieur d'autrui).
jalousie, mécontentement ressenti devant le bien qui advient à autrui, notamment l'affection qui lui est portée : **envie** (⇧ uniqt pour des biens, une situation : *son ascension sociale ne fut pas sans exciter l'envie*) ; v. aussi **haine**.
jaloux, qui éprouve de la jalousie : **envieux** (v. jalousie).
jamais, adv. nég. de temps, à aucun moment. ≈ **de sa vie** (⇧ emphat., plutôt anticipation : *il jura de ne le revoir de sa vie*) ; **en aucun cas** (⇧ dans des expr. générales : *il ne faut en aucun cas s'aventurer dans ces parages*) ; **sous aucun prétexte** (id.) ; expr. verb. **s'abstenir de, éviter de** : *les classiques s'abstenaient, évitaient de faire suivre d'une consonne un e atone après voyelle* pour — *ne faisaient jamais suivre* — ; il faut également penser à des tours usant de **toujours** avec négation.
jambe, membre inférieur du corps : **patte** (⇧ animaux, ou fam.) ; **gambettes** (fam., plaisant) ; **guiboles** (fam., péjor.). SPÉC. **cuisse** (⇧ haut de la jambe) ; **mollet** (⇧ partie inférieure arrière) ; **jarret** (⇧ hauteur du genou, arrière).
jaquette, v. veste.
jardin, espace cultivé attenant à des habitations, le plus souvent : **potager** (⇧ cultures destinées à l'alimentation) ; **jardinet** (⇧ petit) ; **clos** (⇧ entouré de murs, plutôt cultures d'arbres fruitiers) ; **verger** (⇧ exclusivement arbres fruitiers) ; **parc** (⇧ planté d'arbres, ornemental : *le parc de Versailles*) ; **square** (⇧ jardin public, de petites dimensions). ≈ **espace vert** (⇧ général, jargon urbanistique : *implanter des espaces verts dans le tissu urbain*) ; **lopin (de terre)** (⇧ désigne plutôt le terrain, de faible surface, mais souvent en vue d'un usage horticole amateur).
jardinage, art de jardiner : **maraîchage** (⇧ professionnel) ; **horticulture** (id.) ; **floriculture** (id. ; ⇧ uniqt fleurs). ≈ **culture maraîchère**.
jardiner, s'occuper d'un jardin : v. **cultiver**. ≈ **faire du jardinage**.
jardinet, v. jardin.
jargon, v. argot.
jarre, v. vase.
jarret, v. jambe.
jaser, v. médire.
jatte, v. vase.
jaunâtre, v. jaune.
jaune, couleur : **jaunâtre** (⇧ d'un jaune peu net, péjor.) ; **doré** (⇧ brillant, or) ; **blond** (⇧ pour des cheveux, ou fig. : *les épis blonds*) ; **citron** (⇧ couleur du fruit, assez vif) ; **safran** (⇧ poétique).
jaunir, devenir jaune : **se dorer, blondir** (v. jaune).
jérémiade, v. plainte.
jésuite, v. hypocrite.
jésuitisme, v. hypocrisie.
jet, fait de jeter : **lancement, projection, émission** (v. jeter) ; **lancer** (⇧ activité sportive en elle-même : *le lancer du poids*).
jet, v. avion.
jeter, 1. envoyer avec force qqch. à distance : **envoyer** (⇧ insiste plutôt sur la destination, plutôt que sur la force : *envoyer la balle dans l'autre camp*) ; **lancer** (⇧ en direction d'un but, ou selon une trajectoire maîtrisée : *lancer le javelot*) ; **projeter** (⇧ souligne l'impulsion, volontaire ou non : *il fut projeté contre le mur sous l'effet du souffle*) ; **propulser** (⇧ effet d'une force motrice, au sens pr., mais ext. dans le langage courant) ; **précipiter** (⇧ de haut en bas, ou souligne particulièrement la violence : *ils furent précipités contre le bastingage*) ; **éjecter** (⇧ en faisant sortir : *être éjecté de son siège*) ; **flanquer** (fam.) ; **expédier** (fam., en ce sens). 2. faire sortir de soi : **émettre** (⇧ large : *émettre*

des protestations), **proférer, pousser** (un cri). 3. faire disparaître d'auprès de soi des objets dont on n'a plus l'usage : **se débarrasser de** (⇑ souligne la disparition d'un encombrement) ; **se défaire de** (⇑ neutre) ; **déblayer** (⇑ souligne la place faite : *déblayer le couloir des cartons qui l'encombraient*) ; **bazarder** (fam.). ≈ **mettre au rebut** (⇑ assez général, soutenu) ; **mettre à la poubelle, à la casse** (⇑ spécifique) ; **ficher en l'air** (fam. : *j'ai fichu en l'air tous mes vieux cours de math*).

jeu, 1. activité à laquelle on s'adonne pour le seul plaisir : **passe-temps** (⇑ souligne le fait d'occuper le temps : *il occupait son après-midi à divers passe-temps innocents*) ; **plaisir** (⇑ général, souligne l'agrément, plutôt vx en ce sens : *pendant que le roi vaquait à ses plaisirs, le Cardinal veillait aux affaires de l'Etat*) ; **réjouissance** (⇑ dans un ensemble : *annoncer le programme des réjouissances*) ; v. aussi **distraction**. 2. le fait de jouer, dans ses modalités concrètes : **partie** (⇑ souligne la division en séances, pour des jeux comme les cartes, les sports collectifs, etc. : *arriver après le début de la partie ; faire une partie de bridge*). 3. fait de jouer de la musique, une pièce, etc. : **interprétation** (⇑ souligne la qualité personnelle : *je n'aime pas son interprétation des* Polonaises *de Chopin*). 4. v. jouet. || *Jeu de mots*: **calembour** (⇑ souligne l'aspect un peu artificiel et bon enfant) ; **contrepèterie** (⇑ interversion de lettres le plus souvent obscène) ; **plaisanterie** (⇑ général). ≈ **mot d'esprit** (⇑ pas nécessairement strictement fondé sur les mots).

jeune, adj., qui est encore dans la première partie de la vie : **petit** (⇑ en très bas âge : *un enfant encore très petit*) ; **juvénile** (⇑ qualité de ce qui évoque la jeunesse : *une ardeur juvénile animait encore ce vieillard*) ; **vert** (⇑ souligne une certaine vigueur, surtt chez des pers. qui ne sont plus jeunes : *encore vert*) ; **novice** (⇑ inexpérimenté). ≈ **en bas âge** (⇑ enfants, plutôt officiel : *des dispositions en faveur des mères d'enfants en bas âge*) ; **au berceau** ; **d'âge tendre** (⇑ jusqu'à l'adolescence, plutôt expressif) ; **dans la fleur de l'âge** ; **en pleine vigueur, dans la force de l'âge** (⇑ adulte, qui n'est pas encore touché par le vieillissement).

jeune, n., v. adolescent. || *Jeune fille*: v. adolescent et fille. || *Jeune homme*: v. adolescent et garçon.

jeûne, fait de ne pas manger : **abstinence** (⇑ uniqt viande, vocabulaire ecclésiastique) ; **diète** (⇑ médical).

jeunesse, 1. temps qui s'étend entre l'enfance et l'âge mûr : v. adolescence. ≈ **jeune temps** (fam., sentencieux : *dans mon jeune temps*) ; **jeunes années, jeunes ans** (id.) ; **jeune âge** (⇑ plus proche de l'enfance). 2. qualité de ce qui est jeune : **fraîcheur, ardeur, verdeur** (v. jeune) ; **jeune âge**.

joie, sentiment de satisfaction lié à une situation heureuse : **allégresse** (litt. ; ⇑ fort, comble de joie, idée d'une certaine légèreté : *les cérémonies se déroulèrent dans l'allégresse*) ; **jubilation** (id. ; ⇑ emphat., saut de joie, au sens pr.) ; **exultation** (id. ; très litt.) ; **liesse** (très litt. ; id. ; ⇑ surtt pour un groupe) ; **enthousiasme** (⇑ souligne plutôt la participation intense) ; ***bonheur** (⇑ durable, souligne davantage la situation que l'état psychologique : *tout au bonheur de se savoir aimé*) ; **satisfaction** (⇑ assouvissement d'un désir ; ⇑ intense : *éprouver une profonde satisfaction à l'idée de partir en vacances*) ; **contentement** (id.) ; **ravissement** (id. ; ⇑ très fort, comme en extase, mais affaibli) ; **enchantement** (id. : *à l'idée de ce voyage, il était dans l'enchantement*) ; **gaieté** (⇑ état agréable se manifestant par des dispositions aimables) : **bonne humeur** (⇑ constant, simple : *le travail s'accomplissait dans la bonne humeur*) ; **entrain** (⇑ certaine ardeur dans l'activité) ; **jovialité** (⇑ attitude générale dans les relations avec autrui, très cordiale et gaie) ; **enjouement** (⇑ disposition à une attitude aimable et souriante) ; **hilarité** (⇑ fait de rire : *la remarque déclencha son hilarité*) ; v. aussi **plaisir**.

joindre, v. unir.

joli, v. beau.

jonction, v. union.

joue, partie du visage située de part et d'autre de la bouche et du nez : **bajoues** (⇑ péjor., flasque) ; **pommettes** (⇑ un peu au-dessus, partie saillante).

jouer, 1. v. distraire (se). ≈ **faire joujou** (fam. ; ⇑ pour un enfant). 2. v. tromper. 3. pour un acteur, un musicien, donner sa version d'un morceau, d'une pièce : **exécuter** (⇑ uniqt musique : *il exécuta le morceau au piano*) ; **interpréter** (v. jeu) ; **représenter** (⇑ global, pour une troupe : *on représente* L'Avare *au Français*) ; **donner** (id. ; ⇑ insiste sur la présence au programme, pièce, film, musique).

jouet, 1. objet avec lequel joue un enfant : **jeu** (⇑ plutôt plus complexe : *un*

jeu de petits chevaux); **joujou** (⇧ langage enfantin). 2. v. victime.
jouir, v. profiter.
jouissance, v. plaisir.
jour, 1. période de révolution de la terre autour d'elle-même : **journée** (⇧ vague, insiste plutôt sur la période d'activité : *avez-vous passé une bonne journée à la mer ?*). ||*En ces jours de...* (⇧ général) : **époque, période, moment, temps**. 2. v. lumière.
journal, 1. imprimé paraissant régulièrement et en général porteur de nouvelles : **presse** (sg. collectif pour *les journaux* : *on lit dans la presse du soir que le gouvernement médite un remaniement ministériel*) ; **périodique** (⇧ parution régulière, sans précision) ; **quotidien** (⇧ tous les jours) ; **hebdomadaire** (⇧ toutes les semaines) ; **gazette** (vx) ; **magazine** (⇧ délais plus longs, souvent illustré) ; **revue** (⇧ périodicité assez longue, articles de fond, littérature, etc.) ; **bulletin** (⇧ lié à des organisations : *Bulletin Officiel de l'Education Nationale*) ; **organe** (⇧ surtt expression d'un parti politique, tjrs, avec compl. : L'Humanité, *organe du parti communiste français*) ; **canard** (fam.) ; **feuille de chou** (fam., péjor.). 2. v. mémoires.
journalier, v. quotidien.
journalisme, tout ce qui touche à la rédaction des journaux : **presse** (v. journal : *il travaille dans la presse sportive*). ≈ **activité, monde journalistique** ; pour *faire du journalisme* : **tenir une chronique** (v. journaliste) ; **faire des piges** (⇧ jargon de la presse ; articles occasionnels).
journaliste, personne qui écrit dans les journaux : **reporter** (⇧ chargé de se rendre sur place, en vue de reportages) ; **rédacteur** (⇧ souligne l'activité d'écriture, emploi régulier) ; **chroniqueur** (⇧ tient une chronique, série d'articles sur un thème constant, de numéro en numéro) ; **éditorialiste** (⇧ écrit l'éditorial) ; **publiciste** (vx ; ⇧ surtt politique, un peu péjor.) ; **correspondant** (⇧ installé dans un endroit précis, pour les nouvelles locales) ; **envoyé spécial** (id. mais pour un événement particulier).
journée, v. jour.
journellement, v. quotidiennement.
jouxter, v. près de.
jovial, v. joyeux.
joyau, v. bijou.
joyeusement, de façon joyeuse : **allégrement, gaiement, jovialement** (v. joie). ≈ **avec *joie, bonne humeur**, etc.
joyeux, qui éprouve de la joie : **allègre, jubilant, exultant, enthousiaste, heureux, satisfait, content, ravi, enchanté, gai, de bonne humeur, jovial, enjoué, hilare** (v. joie) ; **réjoui** (⇧ surtt expr. *vous m'en voyez tout réjoui*). ≈ **plein de gaieté** ; **fou de joie** ; **le cœur en joie** ; **jubiler, exulter** (v. joie) ; **sauter de joie** ; **boire du petit lait, être aux anges, au septième ciel** (familier).
jubilation, v. joie.
jubiler, v. joyeux.
jucher, v. percher.
judaïque, v. juif.
judaïsme, religion des juifs : **Synagogue** (vx ; ⇧ théologie chrétienne : *l'Eglise, rivale de la Synagogue*) ; **rabbinisme** (⇧ en référence à la doctrine des rabbins). ≈ **religion juive, israélite, hébraïque** (v. juif) ; **culte mosaïque** (vx).
judiciaire, en rapport avec la justice : **juridique** (⇧ directement lié aux lois).
judicieux, v. intelligent.
juge, personne chargée de prononcer des décisions de justice : **magistrat** (⇧ vague, toute personne ayant une autorité judiciaire, procureur, etc.) ; **juré** (⇧ personne tirée au sort pour faire partie du jury, qui se prononce dans certains types de procès).
jugement, 1. action de faire comparaître en justice ou son résultat : **procès** (⇧ déroulement de l'action : *son procès dure depuis deux jours*) ; **débats** (⇧ discussion autour de l'affaire) ; **cause** (⇧ du point de vue de l'inculpé : *un avocat amateur de causes perdues*) ; **affaire** (id.) ; **décision, verdict** (⇧ décision des juges) ; **sentence** (id. ; ⇧ insiste sur la peine) ; **arrêt** (⇧ degrés de compétence élevés, valeur générale : *un arrêt de la Cour de cassation*). 2. v. raison. 3. opinion portée sur un auteur : ***critique** (⇧ défavorable, au sens mod.) ; **appréciation** (⇧ souligne la valeur attribuée : *une appréciation plutôt perfide sur le dernier Goncourt*) ; v. aussi **opinion**.
juger, 1. émettre un jugement sur qqch., au pr. ou au fig. : **prononcer** (⇧ dans l'usage mod., plutôt avec un compl. : **prononcer un jugement, une sentence, un arrêt** ou réfléchi : *vous allez avoir à vous prononcer sur le sort de l'accusé*) ; **apprécier** (⇧ valeur : *comment apprécier la qualité de son travail ?*) ; **évaluer** (id.) ; **jauger** (⇧ rare, idée d'une estimation approximative) ; v. aussi **estimer**. ≈ **rendre une sentence, un verdict, un arrêt** ; v. aussi **condamner**. 2. v. considérer (comme).
juif, qui relève de la religion d'Israël, ou de la communauté ethnique qui s'y

rattache : **israélite** (⇧ Antiquité, pour la nation, ou acception religieuse) ; **judaïque** (⇧ directement lié à la religion juive ancienne) ; **hébreu** (⇧ en rapport avec la haute antiquité juive, ou la langue, l'hébreu : *un manuscrit hébraïque*) ; **rabbinique** (⇧ directement lié à l'enseignement des rabbins : *la littérature rabbinique*) ; **mosaïque** (⇧ en rapport avec Moïse, fondateur de la religion juive : *observer la loi mosaïque*) ; **israélien** (⇧ en rapport avec l'Etat moderne d'Israël).

jumeau, pour des enfants nés d'un même accouchement : **triplés, quadruplés, quintuplés** ; **besson** (vx).

jument, v. cheval.

jupe, v. robe.

juré, v. juge.

jurement, v. juron.

jurer, 1. v. promettre. **2.** prononcer un juron : **blasphémer** (⇧ d'un point de vue religieux, en invoquant le nom de Dieu) ; sacrer (vx ; ⇧ par emportement).

juridique, v. judiciaire.

jurisprudence, v. droit.

juron, exclamation grossière : **jurement** (vx) ; **blasphème** (v. jurer). ≈ **gros mot** (fam.).

jus, liquide s'échappant d'un objet, surtt comestible : **suc** (⇧ de certaines plantes, supposé en concentrer les propriétés) ; lait (id. ; ⇧ pour certains végétaux, **notamment à usage industriel** : le lait de l'hévéa destiné à la fabrication du caoutchouc) ; **sauce** (⇧ d'une viande cuisinée).

juste, 1. qui est conforme au bon droit : **équitable** (⇧ sans favoriser personne : *partage équitable*) ; **égal** (id. ; ⇧ neutre) ; **impartial** (⇧ souligne l'absence de parti pris) ; **objectif** (⇧ qui n'est pas influencé par des considérations personnelles) ; **mérité** (⇧ pour une récompense ou une punition : *une promotion méritée*) ; **justifié** (id. ; ⇧ souligne les raisons) ; **motivé** (id.) ; **légitime** (⇧ par rapport à la loi considérée en soi : *des prétentions légitimes*) ; **légal** (⇧ simplement en référence aux lois existantes : *une iniquité parfaitement légale*) ; **intègre** (⇧ pour une pers., uniqt, qui ne se laisse pas corrompre : *un magistrat intègre*) ; v. aussi **honnête**. 2. v. vrai.

justement, avec justice : **équitablement, également, impartialement, légitimement, légalement** (v. juste).

justesse, v. vérité.

justice, 1. le principe de ce qui est juste : **équité, égalité, impartialité, légitimité, légalité** (v. juste) ; **bon droit** (⇧ emphat.). 2. v. droit.

justifier, 1. v. excuser et juste. 2. v. prouver.

juvénile, v. jeune.

K

kayak, v. bateau.

képi, v. chapeau.

kermesse, v. fête.

kidnapper, v. enlever.

kidnapping, v. enlèvement.

kilt, v. robe.

L

là, v. ici.

labeur, v. travail.

labyrinthe, réseau compliqué de chemins entrecroisés : **dédale** (⇧ du nom du constructeur du Labyrinthe, où Minos l'enferma, par ext. lieu plein de détours : *un dédale de passages et de ruelles*) ; **lacis** (litt. ; ⇧ réseau de fils dans la dentelle, par ext. petits chemins entrecroisés : *un lacis de galeries*) ; **enchevêtrement** (⇧ vague et souvent fig. : *un enchevêtrement de difficultés*).

lacérer, v. déchirer.

lacet, v. corde.

lâche, 1. adj., non serré : **détendu** (⇧ précis dans ce sens : *une corde détendue*) ; **flottant** (⇧ souvent pour du tissu : *des vêtements flottants*) ; **vague** (fig. : *un discours vague*) ; **mou** (péjor. : *un système mou*). 2. adj. et n., sans courage :

peureux (⇧ tempérament, notamment pour les enfants ; ⇧ moral) ; **poltron** (⇧ banal, parfois plaisant : *c'est un poltron, il ne pense qu'à fuir*) ; **couard** (litt. ; ⇧ fort : *mon régiment n'admet pas les couards*) ; **pusillanime** (litt. ; ⇧ idée de timidité, manque d'audace : *il est trop pusillanime pour oser prendre la tête d'un complot*) ; **pleutre** (litt. ; ⇧ péjor. : *c'est un pleutre, une loque quand il s'agit de lutter*) ; **froussard, dégonflé** (fam. : *espèce de dégonflé*). ≈ **poule mouillée** (fam.).

lâcher, 1. tr., diminuer la tension : **détendre** (⇧ idée de rendre à sa tension naturelle : *vous pouvez détendre le ressort à présent*) ; **desserrer** (⇧ corriger un excès de tension : *desserrer les lacets de ses chaussures*) ; **relâcher** (⇧ donner libre cours ; parfois fig. : *des mœurs relâchées*). 2. tr., interrompre la prise ou le contact : **abandonner** ; **larguer** (⇧ techn. : *larguer les amarres* ou *larguer les bombes d'un avion*) ; **lancer** (⇧ actif : *lancer des pierres est dangereux*) ; **semer** (fam. dans ce sens, uniqt concret, en faisant route : *ses amis l'ont semé*) ; **quitter** (⇧ pour des pers. : *il a quitté sa famille*) ; **laisser** (⇧ général ; dans un registre fam., s'emploie souvent en composition avec un infinitif : *laisser tomber*). 3. intr., ne pas résister : **céder** (⇧ idée de résistance jusqu'au dernier moment : *le câble a cédé à l'arrivée du téléphérique*) ; **se casser, se rompre** (⇧ idée de fragilité : *le fil s'est rompu en deux points*).

lâcheté, fait d'être lâche : **poltronnerie, couardise, pusillanimité, pleutrerie, frousse** (v. lâche) ; v. aussi **peur**.

lacis, v. labyrinthe.

laconique, v. court.

lacune, espace anormalement vide : ***manque** (⇧ général : *il essaie de combler son manque de culture*) ; **carence** (⇧ fort : *il est dangereux de prolonger cette carence de pouvoir*) ; **omission** (⇧ volontaire) ; **trou** (⇧ précis : *il y a ici un trou dans le texte*) ; **hiatus** (litt. ; ⇧ idée d'interruption : *il existait un hiatus dans la reconstitution de son emploi du temps*).

ladre, v. avare.

ladrerie, v. avarice.

laid, qui n'est pas beau : **vilain** (⇧ fort au sens moral : *une vilaine action* ; ⇩ fort au sens esthétique, plutôt fam.) ; **horrible** (⇧ fort, notion d'effroi : *une horrible blessure*) ; **affreux** (id. ; ⇧ péjor. : *quelle affreuse maison !*) ; **hideux** (id. ; ⇧ monstrueux : *des créatures hideuses peuplaient mon cauchemar*) ; **difforme** (⇧ souligne le sentiment de déformation, contre nature) ; **repoussant** (id. ; ⇧ idée de dégoût) ; **abominable** (⇧ très fort) ; **disgracieux** (litt. ; ⇩ fort ; ⇧ dénote un jugement esthétique : *cette courbure est disgracieuse*) ; **inesthétique** (id. ; ⇧ souligne les considérations esthétiques) ; **moche** (fam. ; ⇧ péjor.) ; v. aussi **effrayant**. ≈ expr. nom. avec **laideur** : **d'une grande, rare *laideur** ; **à vomir** ; **à faire peur** ; **quelle horreur** ! pour *que c'est laid !*

laideur, qualité de ce qui est laid : **hideur, difformité** (v. laid) ; **horreur** (⇧ uniqt moral).

laisser, I. cesser de tenir en main qqch., au pr. ou fig., ou renoncer à le faire. 1. au sens le plus direct : **abandonner** (⇧ renoncement à la détention : *abandonner ses affaires sur la plage ; abandonner ses enfants*) ; **lâcher** (⇧ insiste sur le fait de ne plus maintenir la prise : *il a lâché le manche de la pelle*) ; **céder** (⇧ relais, vente : *céder un fonds de commerce*) ; **relâcher** (⇧ après avoir saisi une première fois : *relâcher un prisonnier*) ; **déposer** (⇧ insiste sur le fait que l'on se décharge, au pr. ou fig. : *je l'ai déposé à la gare*) ; **délaisser** (⇧ certaine forme de désintérêt : *délaisser ses études, sa famille*) ; **quitter** (⇧ séparation : *quitter sa patrie, sa femme*) ; **déserter** (⇧ idée d'une séparation d'un groupe, de l'armée notamment : *déserter la Cour*) ; v. aussi **quitter**. 2. notamment renoncer à emporter ou supprimer, *laisser des imperfections* : **oublier** (⇧ du fait de n'y avoir pas pensé) ; **conserver** (⇧ insiste sur la valeur positive) ; **garder** (⇧ continuation de la situation antérieure : *garder l'essentiel de la première version du chapitre*) ; **préserver** (⇧ fort, volonté de protection : *préserver des espaces boisés*) ; **maintenir** (⇧ volonté de continuité) ; **épargner** (⇧ par contraste avec le sort d'autres : *épargner les femmes et les enfants*) ; v. aussi **oublier, garder**. ≈ **laisser en place, en état** ; avec nég. **ne pas enlever, toucher à** ; **ne pas *changer, ne rien changer à**. 3. dans le but de mettre autrui en possession de l'objet : **transmettre** (⇧ idée d'un passage continu, succession, etc. : *une habitude qui m'a été transmise par mes ancêtres*) ; **léguer** (⇧ particulièrement héritage) ; **passer** (cour., idée de transmission de la main à la main : *il m'a passé un mot*).
II. ne pas empêcher de faire, + inf. : v. permettre. ≈ avec nég. **ne pas *empêcher, *interdire**.

laisser-aller, v. négligence.

lambeau, v. morceau.
lamentable, v. triste.
lamentation, v. gémissement, plainte.
lamenter (se), v. gémir et (se) plaindre.
lampe, ustensile diffusant de la lumière : **ampoule** (⇧ uniqt la partie en forme de poire, dans une lampe électrique) ; **lanterne** (⇧ avec protection, disposé à l'extérieur : *s'avancer dans la cour, la lanterne à la main*) ; **falot** (id. ; ⇧ gros ; emploi vieilli) ; **lumignon** (⇧ faible éclairage) ; **lampion** (⇧ décoratif, pour une fête).
lancement, v. jet.
lancer, n., v. jet.
lancer, verbe, envoyer au loin : ***jeter** (⇩ idée d'application : *les enfants s'amusent à jeter des pierres dans la mare*) ; **projeter** (⇧ techn. : *ce canon projette ses boulets à quelques centaines de mètres*) ; **émettre** (⇧ précisément dans le cadre d'une communication, ou d'un rayonnement : *les naufragés ont émis un S.O.S.*) ; **décocher** (litt. ; ⇧ idée de coup : *il lui a décoché un coup de poing dans le visage*) ; v. aussi **jeter**.
lande, terre inculte : **garrigue** (⇧ précis, située dans le Midi) ; **maquis** (id. ; ⇧ en Corse) ; **friche** (⇧ terrain abandonné : *il faudrait songer à exploiter cette friche* ; s'emploie surtt dans l'expression *en friche*) ; **jachère** (⇧ terre qu'on laisse reposer dans le cadre d'un système d'assolement).
langage, v. langue.
langue, système d'expression : **langage** : (⇧ général) : *le langage des fleurs et des choses muettes* (BAUDELAIRE) ; **idiome** (⇧ techn., langue particulière : *ces indigènes parlaient un idiome encore inconnu*) ; **dialecte** (didactique ; forme régionale d'une langue donnée : *le picard est un dialecte de langue d'oïl*) ; **parler** (⇧ précis encore : *le parler des garçons des rues*) ; **jargon** (⇧ péjor. ; désigne une façon de parler peu compréhensible, notamment le langage techn. hermétique de certaines disciplines scientifiques : *l'obscur jargon des médecins*) ; **vocabulaire** (⇧ du seul point de vue des mots : *l'auteur a recours à un vocabulaire rare et recherché*) ; **lexique** (id. ; ⇧ techn. : *le lexique de Racine est beaucoup plus limité que celui de Corneille*) ; **expression** (⇧ techn. et général, façon de s'exprimer : *l'expression écrite manque d'aisance*) ; v. aussi **argot** et **style**.
lanterne, v. lampe.
laps de temps, v. moment.
larcin, v. vol.
large, 1. de grande dimension : **ample, évasé, élevé, étendu** (v. largeur) ; v. aussi **grand**. 2. v. généreux.
largesse, v. générosité.
largeur, grande dimension : **ampleur** (⇧ fort, souvent fig. : *c'est un phénomène d'une ampleur sans précédent*) ; **élévation** (id ; ⇧ laudatif : *une incomparable élévation de pensée*) ; **envergure** (au sens pr., uniqt pour l'espace compris entre les ailes d'un oiseau ou appareil volant ; au sens fig., comme le précédent : *un homme d'une grande envergure*) ; **carrure** (⇧ largeur d'épaules, au sens pr. ; solidité, au sens fig. : *il a la carrure d'un chef*) ; **étendue** (⇧ général : *une immense étendue d'eau*) ; v. aussi **grandeur**.
larguer, v. lâcher.
larme, liquide sécrété par les yeux : **pleur** (⇧ désigne toute l'action de pleurer, surtt au pl. : *des pleurs de compassion*) ; **goutte** (⇧ précis, souvent au fig. : *une goutte de lait*) ; **sanglot** (⇧ phénomène convulsif : *ses sanglots répétés ne s'arrêtaient pas*).
larmoyer, v. pleurer.
larron, v. voleur.
larynx, v. gorge.
las, frappé de lassitude : ***fatigué, épuisé, abattu, dégoûté** (v. lassitude) ; v. aussi **fatigué**.
lascif, v. indécent.
lasciveté, v. indécence.
lasser, causer de la lassitude : **fatiguer, épuiser, abattre, ennuyer, dégoûter** (v. lassitude).
lassitude, faiblesse mêlée de découragement : ***fatigue** (⇩ idée de découragement : *une grande fatigue annonce parfois une maladie*) ; **épuisement** (id. ; ⇧ fort : *l'épuisement qui succède à un effort intense*) ; **abattement** (⇧ fort : *l'abattement avait suivi les émotions du deuil*) ; **ennui** (⇧ idée de désintérêt : *l'ennui le détourna même de ses amis*) ; **dégoût** (id. ; ⇧ fort, repousse loin de l'activité : *le dégoût qui le prit lui fut fatal*).
latrines, v. toilettes.
lavage, fait de laver : **lavement** (⇧ uniqt liturgie : *le lavement des pieds*) ; **nettoyage, lessivage, récurage, blanchissage, débarbouillage, détachage, purification, désinfection, décrassage** (v. laver) ; **lessive** (⇧ uniqt pour des habits : *faire une grande lessive*).
lavatory, v. toilettes.
laver, 1. rendre propre au moyen d'eau : **nettoyer** (⇧ avec d'autres moyens que l'eau, éventuellement : *nettoyer à sec*) ;

lessiver (⇧ avec un détergent, à une grande échelle : *il faut lessiver ces murs avant de les peindre*) ; **récurer** (⇧ à fond, maison, vaisselle, difficilement pers.) ; **blanchir** (⇧ précis, uniqt linge, plutôt dans le cadre d'une activité professionnelle : *la pension assure le blanchissage des vêtements des internes ; nourri et blanchi*) ; **débarbouiller** (⇧ uniqt visage) ; **détacher** (⇧ précis, enlever les taches) ; **purifier** (⇧ fort, éliminer des éléments étrangers : *il faudrait purifier cette eau*) ; **désinfecter** (id. ; ⇧ techn., surtt contamination microbienne : *désinfectez les ustensiles dont vous avez besoin*) ; **décrasser** (⇧ objet très sale : *j'ai décrassé le moteur toute la matinée*). || *Se laver* : **se nettoyer, se débarbouiller, se décrasser** (v. 1). ≈ **faire sa toilette ; prendre un bain ; faire ses ablutions** (⇧ iron.). 2. v. innocenter.

laxisme, v. indulgence et immoralité.

laxiste, v. indulgent.

lazzi, v. moquerie.

leader, v. chef.

lèche-cul, v. flatteur.

leçon, 1. partie d'un enseignement : **cours** (⇧ précis, cadre officiel) ; **enseignement** (⇧ général : *c'est un enseignement plus profond qu'il n'y paraît*) ; **instruction** (id. ; ⇧ indique souvent le résultat : *il a reçu très tôt de solides instructions*) ; **répétition** (⇧ précis : *il suit des répétitions de danse et de musique*) ; **précepte** (⇧ abstrait et général : *les préceptes que les Anciens nous ont laissés*). 2. conclusion morale, tirée d'une expérience ou conseil : **avertissement** (⇩ fort : *tes avertissements m'ont été d'un grand secours*) ; **morale** (⇧ général : *son aventure lui a servi de morale*) ; **remontrances** (litt. ; ⇧ idée d'autorité : *qui est-il pour me faire de telles remontrances ?*) ; v. aussi **réprimande**.

lecteur, personne qui lit un livre : **liseur** (⇧ désigne qqn qui a l'habitude de beaucoup lire : *c'est une grand liseuse de romans*) ; **public** (⇧ collectif et général, ceux auxquels s'adresse une œuvre : *l'écrivain face à son public*) ; **auditoire** (⇧ le public, dans la mesure où il accueille une œuvre : *Hugo a très vite trouvé un vaste auditoire populaire*). ≈ **amateur de lecture, de livres ; destinataire de l'ouvrage.**

lecture, v. interprétation.

légal, v. permis et juste.

légalité, v. justice et loi.

légendaire, qui relève de la légende : **mythique, fabuleux** (v. légende) ; v. aussi **imaginaire**.

légende, récit merveilleux à caractère plutôt populaire : **mythe** (⇧ idée de fondement important : *on retrouve ce mythe dans plusieurs civilisations*) ; **conte** (⇧ précis, souvent adressé aux enfants) ; **fable** (id. ; vx en ce sens ; met l'accent sur l'aspect fictif ou littéraire) ; **saga** (⇧ spécial, légende médiévale scandinave, ou ext.) ; v. aussi **histoire**.

léger, qui a un poids peu important : 1. au sens pr. : **fin** (⇧ mention de la forme, peu épais : *une fine couche de vernis*) ; **impondérable** (litt. ; ⇧ fort : *une plume est quasiment impondérable*) ; **aérien** (litt. en ce sens ; ⇧ laudatif : *une allure aérienne*). 2. au sens fig., souvent péjor. : **superficiel** (⇧ idée de vide, ne va pas au fond des choses : *sa conversation est désespérément superficielle*) ; **frivole** (⇧ préoccupations vaines : *les sujets de ces comédies sont frivoles*) ; **volage** (litt. ; ⇧ insouciance, surtt en amour dans les emplois mod.) ; **badin** (id. ; ⇧ caractérise un ton, souvent enclin à la plaisanterie : *les propos badins qui circulent dans les salons*) ; **inconséquent** (⇧ jugement moral négatif, manque de suite : *sa conduite est inconséquente pour un adulte*) ; v. aussi **infidèle**.

légèrement, sans peser : **délicatement** (⇧ idée de précaution : *il faut soulever ces objets précieux délicatement*) ; **faiblement** (⇧ idée de peu de force : *la brise soufflait faiblement*) ; **superficiellement** (⇧ idée de peu d'importance, uniqt en surface : *une carrosserie superficiellement éraflée*) ; **inconsidérément** (⇧ moral : *une décision prise inconsidérément*). ≈ **à peine** (⇧ idée d'atténuation : *je l'ai à peine influencée dans sa démarche*) ; **à la légère** (⇧ moral, péjor. : *il juge tout le monde beaucoup trop à la légère*).

légèreté, qualité de ce qui est léger : 1. pr., v. souplesse. 2. fig., **finesse, superficialité, frivolité, inconséquence** (v. léger).

législation, v. loi.

légitime, v. juste.

légitimer, v. excuser.

legs, v. héritage.

léguer, v. laisser et transmettre.

lendemain, v. demain.

lent, qui ne va pas vite : **long** (⇧ caractérise l'action : *il est long à venir*) ; **indolent, mou, nonchalant** (⇧ désigne l'allure générale, peu préoccupée : *les êtres nonchalants ne se pressent jamais*) ; **traînard** (fam. ; toujours derrière) ; **endormi** (fam. ; ⇧ peu actif : *il est* *toujours aussi endormi dans ses affaires*). ≈ avec nég., v. rapide et vite.

lentement, sans rapidité : **doucement** (⇩ fort : *il est encore faible, il marche doucement*) ; **tranquillement** (⇧ désigne l'allure : *ils se sont promenés tranquillement*) ; **insensiblement** (⇧ pour exprimer un mouvement progressif qui ne se laisse pas percevoir immédiatement : *le soleil descend insensiblement sur l'horizon*) ; **progressivement** (id. ; ⇧ souligne le mouvement par étapes) ; **piano** (fam. ; de l'italien : *allons-y piano, il y aura du monde*). ≈ ***peu à peu** (⇧ idée de gradation : *il se remet peu à peu de son accident*) ; **sans se presser** ; avec nég., v. vite.

léonin, v. injuste.

léser, v. nuire.

lessive, v. lavage.

lessiver, v. laver.

léthargie, v. sommeil.

lettre, 1. signe graphique : **caractère** (⇧ général : *les caractères chinois, plus proches de nos mots que de nos lettres, sont des idéogrammes*) ; **signe** (⇧ vague : *ces signes alignés étaient indécryptables*) ; **initiale** (⇧ précis, lettre commençant un nom : *on signe les pages d'un acte avec les seules initiales*) ; **monogramme** (id. ; motif composé d'une ou plusieurs initiales : *un joli monogramme brodé sur un mouchoir*). 2. écrit envoyé à qqn d'absent : **message** (⇧ précis ; ⇩ long et contenu plus restreint : *l'ordre lui est parvenu par message*) ; **billet** (id. : *il lui glissa un billet doux dans la manche*) ; **mot** (id. : *elle me dit dans son mot de ne pas tarder*) ; **pli** (⇧ officiel ou administratif, en principe replié, sans enveloppe : *il reçut cette lettre sous pli cacheté*) ; **carte** (⇧ papier fort comme support : *je t'ai adressé une carte de Madrid*) ; **épître** (litt. ; ⇧ longueur et référence aux anciens : *les développements rhétoriques des épîtres de Cicéron*) ; **missive** (⇧ brièveté et urgence du contenu : *une missive le pressait de rentrer*) ; **dépêche** (⇧ spécial, contient une information de dernière minute : *une dépêche arriva au journal vers minuit*) ; ***correspondance** (⇧ échange de lettres : *la correspondance de Flaubert*). ≈ **quelques mots** ; **deux, quelques lignes**. 3. au pl., v. littérature.

leurrer, v. tromper.

lever, 1. tr., déplacer vers le haut : **dresser** (⇧ précis, mettre droit : *la fierté lui fait dresser la tête*) ; **hausser** (id. ; ⇧ mettre plus haut : *l'architecte veut hausser la maison d'un mètre*) ; **élever** (⇧ rendre plus haut : *élevez les deux bras à l'horizontale*) ; **soulever** (⇧ prendre du sol ou plus bas que soi : *soulever les haltères*) ; **relever** (⇧ idée de rétablissement : *le soldat releva son camarade blessé*) ; **hisser** (⇧ avec un cordage : *hissez les voiles*) ; **monter** (⇧ transporter vers une hauteur importante : *ils ont monté le piano au sixième étage par la fenêtre avec un monte-charge*) ; **prélever** (⇧ sens écon. : *prélever des impôts supplémentaires*). 2. intr. **fermenter, gonfler, monter** (⇧ pâte) ; **pousser** (⇧ jardin).

lexique, v. dictionnaire et langue.

liaison, 1. ce qui tient ensemble plusieurs choses : **lien** (⇧ général et fort : *les liens du sang*) ; union (⇧ fort et exprime une volonté d'être liés : *l'union matrimoniale*) ; **relation** (⇧ neutre et abstrait : *une relation de cause à effet*) ; ***rapport** (id. : *il n'y a aucun rapport entre les deux affaires*) ; **assemblage** (⇧ techn. : *l'assemblage des pièces d'un moteur*) ; **correspondance, lien, connexion** (id. : *les connexions d'un circuit électrique*) ; **contact, jonction** (id. ; ⇧ idée de rencontre : *le point de jonction de deux voies fluviales*) ; **alliance** (⇧ précis, souvent dans le domaine politique : *l'alliance conclue par les deux partis*) ; **filiation** (⇧ liaison entre les idées) ; **association** (id. ; ⇧ domaine légal : *une association loi 1901, à but non lucratif*). 2. v. amour.

libeller, v. écrire.

libéral, v. généreux.

libéralité, v. générosité.

libération, fait de libérer : **délivrance, affranchissement, élargissement, émancipation** (v. libérer).

libérer, rendre libre : **délivrer** (⇧ idée de rompre une captivité : *il a ouvert la cage pour délivrer l'animal*) ; **affranchir** (⇧ précis, rendre la liberté à un esclave, ou sens fig. : *affranchi de toutes contingences matérielles*) ; **relaxer, relâcher** (⇧ idée de détention, de la part de celui qui détient : *le prisonnier fut relâché après une semaine aux arrêts de rigueur*) ; **élargir** (id. ; ⇧ terme techn. pour la libération d'un prisonnier) ; **dégager** (⇧ général : *dégager quelqu'un de ses promesses*) ; **décharger** (id. : *il a été déchargé de ses responsabilités*) ; **émanciper** (⇧ idée d'une tutelle abandonnée pour maturité). ≈ **défaire de** (⇧ général : *il faut te défaire de tes mauvaises habitudes*).

libertaire, v. anarchiste.

liberté, état de ce qui est libre : **indépendance** (⇧ idée d'absence de subordination : *il prit son indépendance vis-à-vis de sa famille*) ; **autonomie** (⇧ idée de relativité : *l'autonomie des Etats fédérés s'arrête au domaine international*) ; **libération** (⇧ envahisseur) ; **pouvoir** (id. ; ⇧ demande un complément qui le précise : *il a le pouvoir d'annuler notre contrat*) ; **droit** (⇧ restreint : *je n'ai pas le droit de sortir*) ; **licence** (litt. ; ⇧ libre choix laissé, dans un cadre assez solennel : *vous aurez toute licence de disposer de vos après-midi*; en un sens fort, et emploi absolu, liberté excessive). ≈ **libre arbitre** (⇧ philo. : *c'est le libre arbitre qui rend l'homme responsable*).

libertin, v. débauché.

libertinage, v. débauche.

libre, qui jouit de la liberté : **indépendant** (⇧ précis, nie des obligations extérieures : *la presse dans un pays démocratique est indépendante du pouvoir*) ; **autonome** (id. ; ⇧ suppose certaines conditions : *le fonctionnement autonome d'une association dans les limites imposées par la loi*) ; **dégagé** (⇧ idée de suppression des contraintes : *la route est enfin dégagée*) ; **disponible** (⇩ fort ; ⇧ idée d'occasion : *est-il disponible demain soir ?*) ; **vacant** (⇧ pour les choses uniqt : un poste vacant) ; **spontané** (⇧ psychologique, pour un comportement : *l'accusé a fait des aveux spontanés*) ; v. aussi **volontaire**.

libre arbitre, v. liberté.

libre penseur, v. incroyant.

licence, v. liberté.

licenciement, v. renvoi.

licencier, v. renvoyer.

licite, v. permis.

lien, v. liaison.

lier, v. attacher.

liesse, v. joie.

lieu, partie d'espace : **endroit** (⇧ précis, en vue d'un usage : *nous déjeunons toujours à cet endroit*) ; **emplacement** (⇧ relativement à ce qui doit s'y trouver situé, uniqt choses : *l'édifice sera construit sur cet emplacement*) ; **place** (⇧ désigne ce qui l'occupe, notamment personnes : *c'est la place ordinaire du chef de famille*) ; **position** (⇧ précis : *déterminer la position d'un navire sur une carte marine*) ; **théâtre** (⇧ pour un événement : *cette salle a été le théâtre de l'assassinat du duc de Guise*) ; **site** (⇧ vague, renvoie à l'ensemble des conditions locales, sens souvent esthétique fréquent dans l'emploi mod. : *cette baie présente un site admirable*) ; **point** (⇧ précis et exigu : *le point de rencontre de deux routes*) ; **coin** (fam. dans ce sens : *c'est un joli coin, agréable en été*) ; v. aussi **pays**. || *Avoir lieu* : v. arriver. || *Donner lieu* : **donner matière, sujet, occasion.**

lieu commun, idée ou expression toutes faites : **stéréotype** (⇧ aspect figé : *un sonnet rempli de stéréotypes galants*) ; **poncif** (litt. ; ⇧ fort et péjor. : *des poncifs académiques*) ; **cliché** (⇧ fam., id.) ; **topos** (⇧ terme de rhétorique, cadre de pensée fourni d'avance à l'orateur par l'enseignement) ; **banalité** (⇧ général et vague, péjor. : *un discours ennuyeux, plein de banalités*) ; **généralité** (⇩ fort ; ⇧ seulement manque de détails : *cet article, composé de généralités, n'apporte rien de nouveau*) ; **truisme** (litt. ; ⇧ idée qui va de soi : *l'idée de ce grand auteur a fini par prendre valeur de truisme*) ; **évidence** (⇩ fort ; ⇧ insiste sur l'idée). ≈ **idée reçue** (⇩ fort, peut être fausse : *l'idée reçue selon laquelle les poètes composeraient dans l'élan de l'inspiration est sans fondement solide*) ; **image, idée *usée.**

lignage, v. famille.

ligne, trait allongé : **trait** (⇩ long) ; **droite** (⇧ spécial, terme mathématique) ; **raie** (⇧ vague : *la carrosserie était marquée d'une raie*) ; **tracé** (⇧ général, souligne l'idée d'un dessin : *le tracé de cette autoroute n'est pas encore décidé*) ; **contour** (⇧ précis, forme extérieure d'une figure : *le contour du visage est moins net sur l'esquisse*) ; **frontière** (⇧ idée de séparation entre deux zones : *la frontière entre les deux territoires est ici marquée de fils de fer*) ; **bande** (⇧ large : *une longue bande de terrain non cultivée*).

lignée, v. famille.

ligoter, v. attacher.

ligue, v. alliance.

liguer (se), v. unir.

limaille, v. déchet.

limite, ligne qui sépare ou termine : **frontière** (⇧ précis, notamment entre Etats : *le Rhin sert de frontière à plusieurs pays*) ; **lisière** (litt. ; id. ; ⇧ spécialisé : *la lisière de la forêt*) ; **séparation** (⇧ abstrait : *la séparation des pouvoirs*) ; **démarcation** (⇧ spécial, souligne la différence établie : *on peut très bien suivre sur la carte la démarcation*) ; **borne** (⇧ précis, au pluriel dans ce sens) : *le soleil rayonnait dans l'étendue sans bornes* (HUGO) ; ***fin, terme** (⇧ général, idée de fin : *parvenir au terme de la vie*) ; ***bord** (⇧ souligne la partie d'espace placée sur la limite : *nous irons nous promener au bord de l'eau*) ; **extrémité** (⇧ idée d'une étendue qui se prolonge jusqu'à un point : *le cap Nord, situé à l'extrémité de la Scandinavie*) ; *bout (id. ; ⇧ fam : *à l'autre bout du monde*) ; **confins** (litt. : *aux confins du royaume*).

limiter, imposer une limite : **délimiter** (⇧ précis, avec idée d'une répartition : *il faut délimiter ton domaine de recherche*) ; **circonscrire** (id. ; ⇧ fort : *circonscrire une discussion autour d'une œuvre*) ; **borner** (⇧ idée d'un obstacle précis, ou fig. : *les paysans bornaient leurs champs avec de gros blocs de schiste ; borner ses ambitions à un échelon local*) ; **cantonner** (⇧ dans un espace, lieu ou domaine : *se cantonner à l'étude des coléoptères*) ; **encadrer** (⇧ spécial, surtt pour un tableau ou un dessin) ; **restreindre** (⇧ idée d'une diminution d'espace : *le budget a été restreint cette année*) ; **réduire** (⇧ idée d'amoindrissement dominante : *il faudra réduire la consommation d'eau*) ; v. aussi **diminuer** et **définir**. ≈ **s'en tenir à** (⇧ idée de volonté de s'arrêter : *je m'en suis tenu à mes instructions*) ; **se contenter de** (⇧ idée de nécessité : *il faudra se contenter de deux repas par jour*) ; **assigner une limite** ; **mettre des bornes**.

limitrophe, v. proche.

limoger, v. destituer.

limpide, v. clair.

limpidité, v. clarté.

linceul, drap qui recouvre un mort : **suaire** (⇧ surtt pour le Christ).

linge, ensemble de pièces de tissu de maison : **lingerie** (⇧ précis, surtt linge de corps).

liquider, v. vendre et tuer.

lire, déchiffrer ce qui est écrit : **décoder**, **décrypter**, **déchiffrer** (⇧ précis, idée d'application, comme pour un message chiffré, étymologiquement : *des signes difficiles à déchiffrer*) ; **ânonner** (⇧ peine) ; **épeler** (⇧ spécial, lire lettre par lettre : *épeler son nom au téléphone*) ; **feuilleter** (⇧ idée de nonchalance, pour prise de connaissance rapide : *feuilleter le journal*) ; **parcourir** (⇧ idée de rapidité : *je n'ai eu que le temps de parcourir votre manuscrit*) ; **consulter** (⇧ idée de sélection en vue d'une information précise : *il vous faudra consulter les articles du Code*) ; **compulser** (litt. ; id. ; ⇧ systématique : *compulser les archives départementales*) ; **dévorer** (fam. ; ⇧ idée de passion et de hâte : *je dévore chacun des livres de mon auteur préféré*) ; **bouquiner** (fam. ; ⇧ idée de nonchalance et de plaisir : *il passe ses journées à bouquiner au soleil dans le jardin*).

liseur, v. lecteur.

lisière, v. bord.

lisse, sans aspérités à la surface : **poli** (⇧ idée d'usure : *les galets polis par la mer*) ; **uni** (⇩ fort : *un crépi uni*) ; **égal** (id. : *le sol du terrain est à peu près égal*) ; **lustré** (⇧ fort, brillant : *les Argentins ont souvent les cheveux lustrés*) ; **glacé** (⇧ luisant) ; **satiné** (⇧ précis, aspect du satin : *il n'écrit que sur du papier satiné*) ; **doux** (⇧ vague, sensation produite : *cette surface est douce au toucher*).

liste, suite de noms sélectionnés et classés : **catalogue** (⇧ spécial, opère le dénombrement d'un ensemble d'objets en vue de son utilisation : *un catalogue d'exposition très détaillé et donnant de nombreuses explications*) ; **nomenclature** (id. ; ⇧ techn., insiste sur la désignation des objets : *la nomenclature des termes employés en biochimie*) ; **répertoire** (id. ; ⇧ ordre alphabétique, à des fins d'enregistrement : *un répertoire de toutes les personnes présentes à une réunion*) ; **énumération** (⇧ général, simple fait de mentionner des noms à la suite : *il s'est livré à une énumération des recettes de cuisine locale*) ; **inventaire** (⇧ volonté d'exhaustivité : *faire l'inventaire d'une succession*).

lit, endroit où l'on se couche : **couche** (litt. : *il s'aménagea une couche avec de la paille et son manteau*) ; **couchette** (⇧ surtt train, cabine de bateau, etc. : *les couchettes d'un compartiment de train*) ; **divan** (⇧ précis, sans bois de lit : *il s'étend souvent sur le divan du salon, dans l'après-midi*) ; **grabat** (⇧ précis et misérable : *la vieille femme n'avait qu'un grabat à même le sol dans sa cabane*).

litige, v. dispute.

littérature, ensemble des productions littéraires : **belles-lettres** (⇧ général et noble : *l'étude des belles-lettres était alors un passage obligé pour la carrière juridique*) ; **écriture** (⇧ précisément acte de faire de la littérature : *se consacrer entièrement à l'écriture*) ; ***poésie** (⇧ restreint, mais peut désigner la littérature en général : *il s'est mêlé jadis de poésie*). ≈ **les œuvres littéraires** (⇧ précis, désigne la production littéraire dans sa forme achevée) ; **l'art d'écrire** (⇧ précis, désigne les principes ou le talent) ; ***auteur** peut servir d'équivalent, à l'occasion : *les auteurs anciens* pour *la littérature ancienne* ; v. aussi **livre**.

littoral, v. côte.

liturgie, v. cérémonie.

livide, v. pâle.

livre, assemblage de pages : **écrit** (⇧ précis, ne désigne que le contenu écrit : *il ne parle jamais de lui dans ses écrits*) ; **œuvre** (id. ; ⇧ idée de cohérence esthétique : *c'est sa plus grande œuvre*) ; **ouvrage** (id. ; ⇧ général : *un ouvrage sur la peinture*) ; **volume** (⇧ précis, désigne la matérialité du livre : *la bibliothèque compte cinq mille volumes*) ; **tome** (id. ; ⇧ désigne l'un des volumes qui composent une œuvre : *cet épisode se trouve dans le tome trois*) ; **recueil** (⇧ ensemble de pièces diverses, notamment poèmes, nouvelles : Spleen et idéal *constitue la première partie du recueil*) ; **manuel** (⇧ d'enseignement) ; **manuscrit** (⇧ écrit à la main) ; **brochure** (⇧ peu d'importance : *il n'y avait pas grand intérêt à cette brochure*) ; **opuscule, fascicule** (id. ; ⇧ petit : *un fascicule de quinze pages*) ; **publication** (⇧ général, en fonction de l'édition : *les publications de cette maison d'édition sont passionnantes*) ; **imprimé** (id. ; ⇧ insiste sur l'impression seule : *ils publient toujours de beaux imprimés*) ; **bouquin** (fam., neutre : *c'est un très beau bouquin*).

livrer, v. porter.

localité, v. ville.

locution, v. expression.

logement, v. habitation.

loger, v. habiter et recevoir.

logique, adj., conforme à la raison : **raisonnable** (⇧ large, sens pratique : *il ne serait pas raisonnable de sortir par ce temps*) ; **rationnel** (⇩ fort ; ⇧ suivant le raisonnement : *une organisation rationnelle*) ; **cohérent** (⇧ général, désigne un ensemble : *il a géré toute sa carrière d'une façon très cohérente*) ; **méthodique** (⇧ fort, désigne un ensemble de principes que l'on suit pas à pas : *son dessein suivait un ordre méthodique très clair*) ; **conséquent** (⇧ vague et général : *il a été, dans sa décision, conséquent avec lui-même*) ; **nécessaire** (⇧ fort, désigne l'impossibilité que la chose n'ait pas lieu : *l'élimination des responsables est une suite nécessaire de leur échec*) ; **cartésien** (⇧ général, référence au philosophe Descartes, uniqt pour ce qui relève d'une personne : *un esprit cartésien*).

logique, n., v. raison.

logis, v. habitation.

loi, règle impérative, souvent écrite : **décret** (⇧ précis, concerne un seul cas, émane du pouvoir exécutif) ; **ordonnance** (id. : *une ordonnance royale autorisant l'usage du français dans les actes juridiques*) ; **règle** (⇧ général : *les règles grammaticales ; les règles de la vie en société*) ; **principe** (id. ; ⇧ idée de fondement : *les grands principes de la morale*) ; **code** (⇧ désigne un ensemble de lois ou de règles : *le code civil ; le duel s'inscrivait dans un code de l'honneur très strict*) ; **légalité** (⇧ l'ensemble de ce qui est autorisé par la loi : *enfreindre la légalité*) ; **législation** (⇧ l'ensemble des lois dans leur application, notamment dans un domaine précis : *la législation française en vigueur en matière de droit commercial*) ; v. aussi **droit**.

loin, qui se situe à une grande distance : ≈ **à une grande distance** ; **à des lieues** (⇧ emphat.) ; **à des kilomètres** (⇧ mod.) ; **au diable (Vauvert), à perpète** (⇧ expressif et fam.) ; **dans une région *éloignée**.

lointain, v. éloigné.

loisir, moment disponible pour faire ce que l'on veut : **détente** (⇧ insiste sur le fait de s'occuper à des activités reposantes) ; **délassement** (id. ; ⇧ soutenu) ; v. aussi **distraction, inaction** et **repos**.

long, qui s'étend beaucoup ou dure longtemps : **allongé** (⇧ idée de dépassement de la moyenne : *ils ont dans cette région les membres allongés*) ; **oblong** (⇧ mentionne la largeur inférieure à la longueur : *une table oblongue*) ; **étendu** (⇧ idée de grandeur : *il possède des terres très étendues*) ; **longiligne** (⇧ désigne le type de forme : *une silhouette longiligne et gracieuse*) ; **infini** (⇧ fort, sans fin : *ces plages paraissaient infinies*) ; **interminable** (id. ; ⇧ souvent péjor., pour le temps : *ses sermons sont toujours interminables*) ; **longuet** (fam., ⇧ péjor. : *j'ai trouvé le temps un peu longuet pendant la conférence*) ; **lent** (⇧ seulement pour le temps).

longer, passer parallèlement à quelque chose de long : **côtoyer** (litt. dans ce sens : *nous avons côtoyé la lisière du bois sur plus de cent kilomètres*) ; **border** (⇧ pour un espace, constituer ainsi une sorte de limite : *ce chemin borde le champ jusqu'au bout*) ; **raser** (⇧ idée de passage au plus près possible : *l'avion rase les collines trop dangereusement ; raser les murs*). ≈ **aller le long de**.

longtemps, durant un temps long : **longuement** (⇧ subjectif : *nous avons longuement discuté au téléphone*) ; **beaucoup** (⇧ insiste sur la quantité ou la régularité : *il a beaucoup nagé dans sa jeunesse*) ; **lentement** (⇧ insiste sur l'allure : *l'animal, blessé, avança plus lentement sur la route*). ≈ en précisant l'unité de temps : **(pendant) de longs**

mois, **de longues années, de longs siècles**: *il est resté de longs mois sans donner de ses nouvelles.*

longuement, v. longtemps.

longueur, la plus grande dimension d'un objet: **étendue** (⇧ idée de grandeur: *de grandes étendues de terres cultivées*); **grandeur** (⇧ insiste sur l'ampleur: *ce monument funéraire est d'une exceptionnelle longueur*); **durée** (⇧ uniqt dans le temps: *à l'équinoxe, la durée du jour égale celle de la nuit*); ***distance** (⇧ neutre, idée d'intervalle: *la distance d'un arbre à un autre est constante dans notre allée*); v. aussi ***distance**.

lopin, v. champ.

loquace, v. bavard.

lorgner, v. regarder.

lorgnon, v. lunettes.

lorsque, v. quand.

lot, v. part.

louange, v. éloge.

louer, donner des louanges: **complimenter** (⇩ fort: *on l'a complimentée pour sa robe de bal*); **vanter** (⇧ pour les choses: *vanter les mérites de quelqu'un*); **glorifier** (⇧ solennel, souvent religieux: *Alexandre se faisait glorifier à l'égal d'un dieu*); **magnifier** (⇧ idée de rendre plus beau: *ce personnage fut abusivement magnifié par la légende*); **flatter** (⇧ souvent péjor.: *les courtisans qui n'étaient capables que de flatter le souverain*); **encenser** (id.; ⇧ fort); **célébrer** (⇧ solennel et officiel: *nous allons célébrer le courage de nos troupes dans notre spectacle*); v. aussi **féliciter** et **approuver**. ≈ **faire l'éloge, le panégyrique** (v. éloge); **chanter les louanges** (souvent iron.); **porter aux nues** (id.; ⇧ fort).

louper, v. manquer.

lourd, ayant un poids important. 1. au sens pr.: **pesant** (⇧ objectif pour les objets, subjectif pour les choses abstraites: *un discours pesant*); **massif** (⇧ désigne l'aspect compact: *une table en bois massif*); ***épais** (id.: *d'épais nuages arrivaient de l'ouest*); **dense** (id.; ⇧ évoque la consistance: *l'eau est plus dense que l'air*). 2. au sens fig.: **grave** (⇧ idée d'importance: *c'est une grave décision*); **écrasant** (⇧ fort: *ces tâches sont écrasantes pour une seule personne*); **accablant** (id.; ⇧ limite de l'insupportable: *une douleur accablante*); **étouffant** (id.; ⇧ se dit souvent du temps: *une chaleur étouffante*); **pénible** (⇧ sens moral; idée de souffrance: *ces souvenirs portent toujours avec eux de pénibles émotions*); **dur** (id.; ⇧ idée de difficulté: *une dure épreuve*); v. aussi **important**. 3. pour des personnes: **lourdaud, balourd** (fam.; ⇧ iron.); **pataud** (⇧ idée de lenteur: *une démarche pataude*); ***maladroit** (⇧ désigne des gestes malaisés: *il est trop maladroit pour patiner*); **fruste** (⇧ idée d'absence de politesse: *des manières frustes*).

lourdeur, qualité de ce qui est lourd: **pesanteur, massivité, épaisseur, densité, gravité, pénibilité, dureté, maladresse** (v. lourd); v. aussi **poids**.

loyal, v. fidèle et honnête.

loyauté, v. honnêteté.

lubie, v. caprice.

lucarne, v. fenêtre.

lucide, v. intelligent.

lucidité, v. intelligence.

lucratif, v. rapporter.

lueur, v. lumière.

lugubre, v. triste.

luire, v. briller.

luisant, v. brillant.

lumière, ce qui éclaire: **lueur** (⇧ faible: *on ne discernait plus dans l'âtre que quelques lueurs rougeâtres*); **clarté** (⇧ diffus, désigne la qualité de la lumière: *il régnait dans cette pièce une vive clarté*); **éclat** (⇧ fort: *en cette période, l'éclat du soleil devient dangereux*); **jour** (litt. en ce sens: *dans ces tableaux, le jour est atténué par la douceur de la palette*); **éclairage** (⇧ techn.: *le problème délicat de l'éclairage dans un musée*); **illumination** (id. au sens pr., avec souvent une valeur superlative: *l'illumination nocturne des monuments d'une ville*); **luminosité** (⇧ qualité de la lumière).

lumineux, qui jette ou renvoie de la lumière: **luisant** (⇧ neutre: *l'aspect luisant des cheveux lustrés*); **éclairé** (⇧ souligne la source de lumière: *des fenêtres éclairées*); **phosphorescent** (⇧ spécifique, qui émet de la lumière comme le phosphore: *certains petits animaux sont phosphorescents, comme le ver luisant*); **fluorescent** (id.; ⇧ se dit de certaines matières synthétiques colorées: *les cyclistes portent souvent des brassards fluorescents la nuit*); **éblouissant** (⇧ fort, que l'on ne peut regarder en face: *un éclair éblouissant traversa le ciel*); **rutilant** (⇧ fort, désigne un objet luxueux: *il se déplaçait toujours dans un cabriolet rutilant*); v. aussi **brillant**.

luminosité, v. lumière.

lunettes, verres correcteurs pour la vue: **besicles** (vx et iron.: *mon père oublie toujours ses besicles quelque part*); **lorgnon** (id.; ⇧ anciens verres sans monture, tenus à la main ou pinçant le nez); **binocle** (id.: *il vous regardait sévèrement en ajustant son binocle*); **face-à-main** (id.; ⇧ avec un manche). ≈ **verres (correcteurs)** (⇧ techn.: *ces verres ne sont pas assez forts*).

lutte, opposition parfois violente entre adversaires: **affrontement** (⇧ général: *la guerre fut la dernière étape dans l'affrontement des deux pays*); **conflit** (⇧ précis: *il entre en conflit avec toutes les personnes qui travaillent avec lui*); **concurrence** (⇧ spécialisé, souvent cadre professionnel: *la concurrence est serrée pour ce marché*); **compétition** (id.; ⇧ souvent cadre sportif ou fig.: *les deux élèves se livraient à une compétition acharnée*); **rivalité** (id.; ⇩ fort: *la rivalité fait souvent office d'émulation*); **joute** (litt. et fig.: *de brillantes joutes oratoires*); **bataille** (⇧ vague: *je me refuse à entrer dans la bataille*); **duel** (⇧ précis, oppose deux adversaires, parfois fig.: *il a remporté maint duel politique*); v. aussi **bataille, guerre**.

lutter, livrer une lutte: **combattre** (⇧ précis, désigne les moyens méthodiques: *il faut combattre cette maladie à tous les niveaux*); **se *battre** (id.; ⇧ désigne un combat physique: *ils se sont encore battus dans la cour de l'école*); **s'affronter** (⇧ général: *les deux clans s'affrontent depuis toujours dans leur village*); **rivaliser** (⇧ spécifique, positif: *ils rivalisaient d'efforts pour l'obtention de la première place*); **résister** (⇧ précis, idée de l'opposition à une initiative de l'adversaire: *il résistait courageusement quand la cause était déjà perdue*); **batailler** (fig.; ⇧ désigne de petits combats: *il faut tous les jours batailler contre la paresse générale.* ≈ **en venir, être aux prises avec qqn** (litt.; ⇧ désigne un moment de la lutte: *ils en vinrent aux prises rapidement*).

luxe, mode de vie fondé sur des dépenses superflues: **opulence** (⇧ met l'accent sur la richesse: *il nage dans l'opulence depuis son enfance*); **faste** (litt.; ⇧ désigne l'ostentation: *le faste des demeures vénitiennes avait marqué son imagination*); **apparat** (id.: *l'apparat des réceptions royales scandalisa son esprit démocratique*); **pompe** (id.; ⇧ souvent péjor.: *le duc fut reçu en grande pompe*); **superflu** (⇧ précis et négatif: *son goût du superflu lui a fait dilapider sa fortune*); **magnificence** (⇧ noble et positif, désigne aussi la beauté du luxe: *la magnificence des palais orientaux*); **splendeur, somptuosité** (id.; ⇧ évoque la libéralité: *des cérémonies d'une somptuosité inouïe*); **abondance** (⇩ fort; ⇧ général: *vivre dans l'abondance*). ≈ expr. **mener grand train**; v. aussi **niveau (de vie)**.

luxueux, plein de luxe: **opulent, fastueux, pompeux, magnifique, somptueux** (v. luxe).

lycée, v. école.

lycéen, v. élève.

M

macabre, v. funèbre.

macchabée, v. mort.

mâcher, broyer qqch. avec les dents: **mâchonner** (⇧ idée de continuité, de nonchalance); **mâchouiller** (fam.; ⇧ péjor.: *il ne cessait de mâchouiller l'extrémité de son crayon*); **mastiquer** (⇧ terme techn., dans le cadre de la digestion ou pour les animaux); v. aussi mordre.

machinal, v. inconscient.

machinalement, v. inconsciemment.

machination, v. complot.

machine, v. appareil.

machiner, v. comploter.

mâchonner, v. mâcher.

mâchouiller, v. mâcher.

maculer, v. salir.

madré, v. malin.

madrier, v. poutre.

magasin, 1. établissement où l'on expose et vend des marchandises: **commerce** (⇧ général; ⇩ précis: *un petit commerce au coin de la rue*); **supermarché** (⇧ grand, pour alimentation et produits usuels); **succursale** (⇧ chaîne de magasins); **boutique** (⇧ petit local: *elle tient une charmante boutique d'articles de cuir*); **échoppe** (id.; ⇧ adossée contre un mur); **bazar** (id.; ⇧ bas prix et toutes sortes d'ustensiles); **débit** (⇧ pour tabac et boissons). 2. lieu où l'on entrepose des marchandises: **réserve** (⇧ petit local, à l'arrière d'un commerce); **entrepôt** (⇧ grand local, souvent hangar) ; **dock** (⇧ sur un port, souvent au pluriel).

magazine, v. journal.

mage, v. magicien.

magicien, personne qui pratique la magie : **prestidigitateur** (⇧ artiste du spectacle : *un numéro de prestidigitateur*) ; **sorcier** (⇧ pouvoirs surnaturels, souvent maléfiques : *elle fut brûlée comme sorcière*) ; **thaumaturge** (litt. ; ⇧ qui fait des miracles) ; **mage** (⇧ idée de noblesse et de sagesse) ; **nécromant** et **nécromancien** (très litt. ; ⇧ magie noire) ; **devin** (⇧ don de prophétie).

magie, art aux effets occultes ou apparemment inexplicables : **sorcellerie** (⇧ moyens archaïques et but néfaste) ; **occultisme** (⇧ général et moyens divers : *les sciences occultes*) ; **alchimie** (⇧ techn. et dans le but de maîtriser les secrets de la matière) ; **nécromancie** (⇧ évocation des morts).

magique, qui relève de la magie : **occulte, alchimique** (v. magie) ; **cabalistique** (⇧ mystérieux) ; v. aussi **surnaturel** ; emploi par ext. avec le sens de : **enchanté, merveilleux, féerique.**

magistrat, v. juge.

magnificence, v. luxe et beauté.

magnifique, v. luxueux et beau.

mahométan, v. musulman.

mahométisme, v. islam.

maigre, 1. qui a très peu de graisse, peu épais : **mince** (⇩ fort ; ⇧ désigne l'allure naturelle de qqn : *une femme mince et élancée*) ; **svelte** (id. ; ⇧ souplesse, élégance) ; **élancé** (id. ; ⇧ taille élevée) ; **décharné** (⇧ par manque de nourriture) ; **grêle** (⇧ fort, parfois fig. : *une voix grêle*) ; **sec** (⇧ idée d'étroitesse, d'aridité : *un petit homme sec*) ; **fluet** (litt. ; ⇧ idée d'une certaine fragilité, n'attire pas l'attention : *des doigts fluets*) ; **efflanqué** (id. ; ⇧ souligne un certain côté maladif : *un grand jeune homme efflanqué*) ; **étique, squelettique** (⇧ fort) ; **menu** (⇧ idée de petitesse : *couper en menus morceaux*) ; **émacié** (⇧ idée du résultat du jeûne, notamment ascétique : *l'un de ces solitaires de l'Athos au visage émacié*). ≈ expr. imagée fam. : **n'avoir que la peau sur les os.** 2. v. pauvre.

maigreur, état de ce qui est maigre : **minceur** (⇩ fort ; ⇧ positif) ; **sveltesse** (v. maigre) ; **émaciation** (⇧ extrême) ; **aridité** (⇧ uniqt sens fig., idée d'austérité ou de pauvreté) ; **sveltesse** (v. maigre) ; ***pauvreté** (id. ; ⇧ général et abstrait : *des propos d'une pauvreté affligeante*).

maigrir, devenir maigre : **mincir, s'amincir** (⇧ positif : *elle s'est joliment amincie depuis son régime*) ; **dépérir** (⇧ fort, perte des forces vitales : *ce malade dépérit à vue d'œil*) ; **se dessécher** (⇧ techn. : *cette plante se dessèche irrémédiablement*).

maillet, v. marteau.

maillot, v. tricot.

main, membre humain situé à l'extrémité du bras : **patte** (fam. ; ⇧ péjor., sauf en peinture : *on reconnaît la patte d'un maître*) ; **menotte** (diminutif ; ⇧ adressé aux enfants) ; **dextre** (litt. ; ⇧ main droite : *siéger à la dextre du Seigneur*).

maintenant, adv., au moment où l'on parle : **aujourd'hui** (⇧ ce jour, ou plus large, temps présent) ; **actuellement** (⇧ assez large : *actuellement, il est difficile de se prononcer*) ; **présentement** (vx). ≈ expr. **de nos jours** (⇧ insiste sur modernité).

maintenir, v. conserver.

mairie, siège de la municipalité : **hôtel de ville** (⇧ commune d'une certaine importance).

maison, lieu où l'homme habite : **demeure** (⇧ litt. et abstrait : *une demeure de rêve*) ; **habitation** (⇧ général : *différents types d'habitations*) ; **logement** (id. ; ⇧ administratif : *le service du logement dans une mairie*) ; **résidence** (⇧ vaste, avec terrain, en un sens mod. usuel : *une superbe résidence secondaire* ; sinon indique simplement le lieu où l'on réside) ; **foyer** (⇧ lieu où la famille habite : *il a besoin d'un foyer pour être rassuré*) ; **toit** (fig. : *il n'a pas même de toit pour la nuit*) ; **villa** (⇧ grand, hors du centre ville) ; **pavillon** (⇧ précis, maison isolée dans un jardin) ; **chalet** (⇧ en bois, montagne) ; **masure** (⇧ maison pauvre et en mauvais état) ; **taudis** (id. ; ⇧ sordide encore, logement en général et pas seulement maison) ; **chaumière** (⇧ recouvert de chaume, ancien) ; **bicoque** (fam. ; ⇧ maison en mauvais état) ; v. aussi **habitation** et **construction.**

maître, 1. personne qui en tient d'autres sous sa domination : **seigneur** (⇧ médiéval, féodal) ; **propriétaire** (⇧ dans le cas d'un esclave, rapport juridique) ; v. aussi **chef.** 2. v. propriétaire. 3. v. enseignant.

maîtriser, v. vaincre.

majeur, v. important.

majorité, le plus grand nombre : **la plupart** (⇧ vague, appelle un pluriel du verbe, dans l'usage courant : *la plupart des ménages possèdent au moins une voiture*) ; **le commun** (⇧ péjor., surtt expr. *le commun des mortels*). ≈ **la majeure partie, en majeure partie** (⇧ locutions : *les députés, en majeure partie, sont opposés à ce projet de loi*).

majuscule, grande lettre, opposée à *minuscule*: **capitale** (⇧ terme d'imprimerie); **lettrine** (id. ; ⇧ très agrandie, souvent ornée et encadrée, au début d'un paragraphe ou d'un chapitre).

mal, adv., autrement qu'il ne faut : **incorrectement** (litt. ; ⇧ précis : *un terme incorrectement employé*) ; **fâcheusement, malencontreusement** (⇧ idée de hasard malheureux : *ils ont malencontreusement choisi les couleurs*) ; **maladroitement** (⇧ idée d'inhabileté : *il a maladroitement assemblé les pièces du mécanisme*); **imparfaitement, incomplètement** (⇧ non fini). ≈ divers tours avec **façon, manière** et des adj. plus précis : **de façon incorrecte, *maladroite, désastreuse** ; v. bien, par nég.

mal, n. 1. ce qui cause une douleur, ou cette douleur même : v. douleur et malheur. || *Avoir mal :* v. souffrir. 2. ce qui a des effets néfastes : ***maladie** (⇧ médical : *une maladie grave*) ; **fléau** (⇧ fort et universel : *l'alcoolisme, ce fléau dont les racines sociales sont souvent évidentes*). 3. ce qui est moralement condamnable : v. faute.

malade, 1. adj., qui est atteint d'une maladie : **maladif** (⇧ qui est sujet à être souvent malade, d'une santé fragile); **souffrant** (⇩ fort, euphém. : *il est un peu souffrant ces temps-ci*) ; **indisposé** (id. ; ⇧ momentané : *il a été indisposé après le déjeuner*) ; **incommodé** (id. ; ⇧ faible). ≈ **mal en point** (id. ; ⇧ assez grave). 2. n., personne qui est soignée par un médecin : **patient** (⇧ qui est suivi par le même médecin) ; **client** (⇧ qui va consulter un médecin) ; **infirme** (⇧ fort, qui a perdu l'usage d'un organe ou d'une ou plusieurs fonctions).

maladie, altération repérable de la santé : **mal** (⇧ généralement : *un mal incurable*) ; **affection** (⇧ localisé et techn. : *une affection des bronches*) ; **indisposition** (⇧ bref et sans gravité : *une légère indisposition*) ; **infection** (⇧ médical, sous l'effet d'un agent infectieux, microbe, virus : *une infection pulmonaire*) ; **virus** (⇧ désigne une forme d'agent infectieux particulière : *le virus a déjà fait des milliers de victimes*) ; **épidémie** (⇧ désigne la transmission d'une maladie à une population entière : *une épidémie de choléra sévit en Amérique du Sud*).

maladif, v. malade.

maladresse, 1. manque d'habileté : **inhabileté** (⇧ fort et constant) ; **inaptitude** (⇧ précis : *l'inaptitude à la concentration*) ; **gaucherie** (⇧ manque de grâce : *il est d'une gaucherie ridicule*) ; **balourdise** (id. ; ⇧ fam.) ; v. aussi **incapacité**. 2. effet de ce manque d'habileté : **impair** (⇧ manque d'à-propos : *j'ai peur d'avoir commis un impair*) ; **bévue** (id. ; ⇧ idée de méprise grossière) ; **gaffe** (id. ; ⇧ familier).

maladroit, qui manque d'adresse : **malhabile** (litt. ; id.) ; **gauche** (⇧ disgracieux) ; **lourd** (⇧ désigne l'ensemble de la conduite de qqn) ; v. aussi **incapable**.

malaisé, v. difficile.

malaisément, v. difficilement.

malandrin, v. bandit.

malchance, manque de chance : **malheur** (⇧ fort et général) ; **guigne** (fam. ; ⇧ habituel : *porter la guigne à qqn*) ; **poisse** (id. ; ⇧ fam. encore) ; **guignon** (id. ; ⇧ très litt., idée de fatalité : *avoir le guignon*) ; **malédiction** (⇧ fort, idée de punition divine) ; v. aussi **hasard**.

malédiction, v. malchance.

malfaisant, v. méchant et mauvais.

malfaiteur, v. bandit.

malgré, en surmontant un obstacle : **contre** (⇧ concerne les personnes : *il a entrepris ses études contre l'avis de son père*) ; **nonobstant** (litt. et vx ; ⇧ idée d'incompatibilité : *nonobstant son poids important, l'oiseau s'envola*). ≈ **en dépit de** (litt. ; ⇧ idée du peu de souci : *en dépit de ses promesses, il n'est pas venu*) ; **au mépris de** (id. ; ⇧ fort : *il a agi au mépris des lois*) ; **n'en déplaise à** (id. ; ⇧ pour les personnes, idée d'une objection : *n'en déplaise à mes parents, je vais me marier, dit-elle*) ; v. bien que. || *Malgré tout*: **tout de même** (⇧ exprime une indignation, dans la langue orale : *tu devrais tout de même modérer tes propos*) ; **quand même** (id. ; ⇧ fam.) ; v. aussi **cependant**.

malhabile, v. maladroit.

malheur, 1. état douloureux, pénible : **peine** (⇧ psychologique : *elle m'a fait de la peine*) ; **affliction** (litt. ; ⇧ noble : *elle fut frappée d'une vive affliction*) ; **chagrin** (⇧ idée d'une sensibilité prompte à s'émouvoir, notamment enfants : *tu as du chagrin ?*) ; **détresse** (⇧ fort, situation pressante qui nécessite du secours : *ses yeux exprimaient toute sa détresse*) ; v. aussi **douleur** et **tristesse**. 2. **situation qui provoque cet état** : **misère** (⇧ situation matérielle et pitié qu'elle suscite : *je n'ai pu rester sans geste devant sa misère*) ; **disgrâce** (litt. ; ⇧ changement d'état) ; **infortune** (litt. ; ⇧ noble : *pour comble d'infortune, le roi perdit toute sa flotte*) ; **adversité** (⇧ général, désigne un ensemble de difficultés extérieures de tous ordres : *faire face à l'adversité*) ; **fatalité** (id. ; ⇧ désigne la cause éternelle d'un destin individuel : *il disait sans cesse : c'est la fatalité*) ; **épreuve** (⇧ précis, désigne les causes particulières du malheur et évoque la capacité de résistance du sujet : *cette nouvelle épreuve révéla son courage*) ; **revers (de fortune)** (litt. ; id. ; ⇧ changement soudain du cours des événements, d'un état favorable à un état défavorable) ; **traverse** (id. ; litt. ; ⇩ fort) ; **mésaventure** (⇩ fort, pour un événement fâcheux, mais non tragique : *il n'en finit jamais de conter ses mésaventures*). ≈ **coup du sort** (⇧ désigne une épreuve précise : *ce dernier coup du sort décida de sa vie*). 3. événement précis ayant des conséquences malheureuses : ***catastrophe** (⇧ caractère soudain, violent, et l'ampleur : *la sécheresse tourna à la catastrophe nationale*) ; **désastre** (id. ; ⇧ fort encore, conséquences irréparables : *le désastre de 1940*) ; **calamité** (⇩ fort ; ⇧ général) ; **fléau** (⇧ qui revient régulièrement : *la sécheresse, ce fléau des tropiques*).

malheureux, 1. qui éprouve une douleur morale : **affligé** (litt. ; ⇧ fort : *affligé par des malheurs répétés*) ; **abattu** (⇧ fort, évoque la prostration physique : *trop abattu pour se soucier encore de ses affaires*) ; **accablé** (id. ; ⇧ s'emploie surtt comme part. passé : *il fut accablé par la nouvelle*) ; ***triste** (⇩ fort ; ⇧ désigne un état d'âme moins violent : *les souvenirs de cette époque la rendent triste*). 2. qui est frappé par un événement funeste : **infortuné** (litt. ; ⇧ noble, vocabulaire de la tragédie classique : *O père infortuné !*) ; **misérable** (id. dans ce sens : *songez à cette misérable enfant qui devient orpheline*) ; **malchanceux** (⇧ répétition d'événements comme une fatalité) ; **pauvre** (fam. dans ce sens : *pauvre de moi*).

malhonnête, qui enfreint les règles de l'honnêteté : **déloyal** (⇧ moral, en rapport avec les engagements pris : *il s'est montré déloyal en nous abandonnant*) ; **tricheur** (⇧ dans un contexte de jeu) ; **corrompu** (⇧ se laisse acheter : *des politiciens corrompus*) ; **prévaricateur** (id. ; ⇧ fort et litt.) ; **frauduleux** (⇧ pour des actes : *il doit sa fortune à quelques opérations frauduleuses*) ; ***voleur** (⇧ direct, vol ; ⇩ idée de ruse pour parvenir à ses fins) ; **escroc** (fam. en ce sens ; ⇧ désigne qqn qui est connu pour sa malhonnêteté en affaires : *méfie-t'en, c'est un escroc notoire*) ; **canaille, fripouille** (id. ; ⇧ fort).

malhonnêteté, infraction à l'honnêteté : **déloyauté, fraude, tricherie, escroquerie** (v. malhonnête) ; **forfaiture** (⇧ jurid., concerne les fonctionnaires, ou litt., manque de loyauté) ; **malversation** (⇧ dans des affaires qui vous sont confiées) ; **corruption** (⇧ se laisser acheter).

malicieux, v. malin.

malin, qui use de son intelligence, souvent aux dépens d'autrui : **malicieux** (⇩ fort, domaine privé ou domestique, se dit souvent des enfants, introduit fréquemment l'idée d'ironie : *il le considérait avec un sourire malicieux*) ; **rusé** (⇧ idée de calcul dans une fin précise : *il est suffisamment rusé pour parvenir à ses fins*) ; **madré, matois** (id.) ; **futé** (id. ; ⇧ finesse acquise avec l'expérience) ; **astucieux** (⇩ volonté de tromper : *elle est plus astucieuse que les autres, elle trouve toujours la réponse*) ; **débrouillard** (fam. ; ⇧ qui se sort d'embarras : *il est assez débrouillard pour se passer de nous*) ; v. aussi **intelligent**.

malingre, v. faible.

malmener, v. maltraiter.

malpoli, v. impoli.

malpropre, v. sale.

malpropreté, v. saleté.

malsain, qui présente des risques pour la santé : **insalubre** (⇧ uniqt pour un lieu : *des marécages insalubres*).

maltraiter, agir brutalement avec qqn : **malmener** (⇩ fort, souvent fig. : *pris dans la dispute, il fut malmené par les deux interlocuteurs*) ; **rudoyer** (id. ; ⇧ surtt en paroles : *mon fils, en grandissant, finit par me rudoyer*) ; **houspiller** (⇧ reproches) ; **brutaliser** (⇧ fort, évoque une violence physique : *elle a dû être brutalisée, elle porte encore des marques sur le visage*) ; **molester** (id. : *le maire fut molesté par les manifestants*) ; **éreinter** (fig., au sens mod. ; ⇧ critique en vue de faire déchoir : *le peintre, éreinté par la presse, n'a rien vendu*) ; **tyranniser** (fig. ; ⇧ idée de répétition : *notre patron nous tyrannise, à force d'exigence*) ; **martyriser** (⇧ très fort, pour une victime innocente). ≈ **rouer de coups** (⇧ fort et précis, évoque une agression violente) ; **infliger un, de mauvais traitement(s)** (⇧ fort et général) ; **administrer une volée de bois vert** (⇧ au fig., critique cinglante) ; v. aussi **frapper** et **torturer**.

malveillance, v. haine.
malversation, v. malhonnêteté.
maman, v. mère.
mangeable, qui peut être mangé: **comestible** (⇧ uniqt capacité alimentaire, indépendamment du goût: *des champignons comestibles, mais peu savoureux*); **consommable** (id.; ⇧ plus vague encore: *un produit tout juste consommable*); v. aussi **nourrissant**.
mangeaille, v. nourriture.
manger, avaler de la nourriture: **s'alimenter** (⇧ techn., envisage plutôt l'effet de nutrition: *ce malade a encore des difficultés pour s'alimenter*); **ingérer, ingurgiter** (⇧ techn. encore); **consommer** (⇧ large, insiste sur le produit ingéré, comme objet d'une utilisation qui le fait disparaître: *il consommait beaucoup de yaourts*); **se nourrir** (id.; ⇧ général: *les carnivores se nourrissent de viande*); **se restaurer, se sustenter** (⇧ neutre, prendre un repas); **dévorer** (⇧ animalité, d'où voracité: *dévorer sa proie; affamé, il dévora le gigot*); **avaler, engloutir** (fam.; ⇧ grande quantité et voracité); **s'empiffrer, bâfrer** (id.; ⇧ emploi intr. pour *bâfrer*); **grignoter** (⇧ petite quantité et lenteur: *j'ai grignoté par-ci par-là au buffet*); **se régaler** (⇧ idée de plaisir gustatif: *je me suis régalé d'un rôti bien tendre*). ≈ **prendre un petit déjeuner, déjeuner, dîner, souper** (⇧ précis, selon le moment de la journée); **se mettre à table** (⇧ pour entamer un repas); **faire bonne chère** (litt.; ⇧ plaisir et finesse).
manie, habitude bizarre ou goût excessif: **tic** (⇧ précis, grimace ou geste brusques et répétés: *avoir des tics*); **obsession** (⇧ fort, marque l'envahissement: *cette obsession de la perfection l'a rendu insupportable*); **fureur** (⇧ fort, goût passionné: *il fut pris d'une fureur pour le violon*); **toquade** (fam.; ⇩ durable: *le cheval est sa dernière toquade*). ≈ **idée fixe** (⇧ précis, insiste sur l'objet: *la propreté était devenue chez elle une véritable idée fixe*).
manier, avoir en main pour utiliser: **manipuler** (⇧ techn.: *il faut manipuler cet appareil avec précaution*); **manœuvrer** (⇧ précis, désigne une opération particulière: *ce levier de vitesses n'est pas facile à manœuvrer*); **employer, utiliser** (⇧ général: *j'ai eu l'occasion d'utiliser une clé magnétique*); **gérer** (fig.; ⇧ jurid., pour des biens); v. aussi **utiliser**.
manière, v. façon et sorte.
manifestation, 1. regroupement de personnes exprimant leur opinion en public: **défilé** (⇧ passage dans les rues); **regroupement** (⇧ vague, souligne la réunion); ***rassemblement** (id.: *le gouvernement a interdit tout rassemblement sur la voie publique*); **attroupement** (⇧ insiste sur la présence de nombreuses personnes en un même lieu public, surtt langage administratif: *la police a dispersé un attroupement illicite*); **sit-in** (⇧ anglais, position assise sur place); v. aussi **réunion**. 2. v. signe.
manifeste, v. évident.
manifester, 1. v. montrer et indiquer. 2. **défiler, se regrouper, se rassembler, s'attrouper** (v. manifestation).
manœuvre, v. ruse.
manœuvrer, v. manier.
manoir, v. château.
manque, ce qui rend incomplet: **absence** (⇧ neutre: *une absence grave de discernement*); **défaut** (⇧ soutenu, en ce sens, qui altère la qualité: *c'est un défaut de cohérence qui a gâché son travail*); **vide** (⇧ fort: *un regrettable vide de personnalité*); **déficience** (⇧ didactique, faiblesse: *ce système souffre de sérieuses déficiences; une déficience en calcium*); **privation** (⇧ évoque ce qui n'est pas présent, mais devrait l'être: *la peine d'emprisonnement légal ne comporte pas d'autre astreinte que la privation de liberté*); **carence** (⇧ techn.: *une importante carence en vitamines; une carence d'autorité paternelle*); v. aussi **lacune**. ≈ pour *par manque de*: **faute de, en l'absence de** (⇧ désigne l'absence d'une chose importante qu'il faut pallier: *faute d'infirmières, le service a fermé*).
manquement, v. faute.
manquer, 1. intr., être absent. ≈ **faire défaut** (⇧ insiste sur le caractère regrettable du manque: *l'humour lui fait sévèrement défaut*); **être absent** (⇧ pour les personnes, surtt: *trois élèves étaient absents aujourd'hui*); **être manquant** (⇧ surtt pour les choses: *il y a des livres manquants dans la bibliothèque*). 2. tr. ind., manquer de, ne pas avoir. ≈ **avoir besoin de** (⇧ idée de la nécessité de l'objet); **être privé de** (⇧ fort: *c'est un homme privé de sens de l'humour*); **être dépourvu de** (⇧ radical et parfois péjor.: *il est totalement dépourvu d'originalité*); **être à court de** (⇧ pour un manque qui advient par épuisement d'une ressource: *être à court d'argent*). || *Manquer de* + inf.: v. faillir. 3. tr., ne pas réussir, ne pas atteindre: **rater** (fam.; ⇧ peut s'employer absolument: *tous ses effets ont raté*); **louper** (⇧ fam. encore: *elle a loupé ses examens*); **gâcher** (⇧

idée de gaspillage : *elle avait le sentiment d'avoir gâché sa vie*). ≈ **laisser échapper** (⇧ irrémédiable : *il a laissé échapper toutes ses chances*).

mansarde, v. chambre.

manteau, vêtement chaud porté sur les autres : **pardessus** (⇧ pour les hommes, souvent en drap) ; **gabardine** (⇧ long, imperméable) ; **pèlerine** (⇧ sans manches, avec capuchon : *la pèlerine des gardiens de la paix*) ; **cape** (⇧ ample et sans manches) ; **pelisse** (⇧ doublée de fourrure) ; **imperméable** (⇩ chaud ; ⇧ contre la pluie).

manuel, v. livre.

manufacture, v. usine.

manufacturier, v. industriel.

manuscrit, v. livre.

maquillage, v. déguisement.

maquiller, v. déguiser.

marais, terrain imprégné d'eau stagnante : **marécage** (⇧ grand : *toute cette région est un vaste marécage*) ; **palud** ou **palus** (litt., même sens que marais) ; **étang** (⇧ proche du lac : *assécher un étang par drainage*).

maraudage, v. vol.

marauder, v. voler.

marchand, v. commerçant.

marchandise, produits à vendre : **produits** (⇧ précis : *on trouve les produits ménagers dans les grandes surfaces*) ; **denrée** (id., pour l'alimentation : *il faut préserver d'abord les denrées périssables*) ; **article** (⇧ désigne le détail : *cet article est endommagé, il faut le retirer des rayons*) ; **fourniture** (id. ; ⇧ désigne les marchandises livrées : *les fournitures scolaires ne sont pas encore arrivées*) ; **cargaison** (⇧ spécial, pour les marchandises transportées sur un bateau) ; **fret** (id. ; ⇧ vaut également pour l'avion et le camion) ; **camelote** (fam. ; ⇧ de mauvaise qualité, ou simplement expressif).

marche, 1. au pr., action de marcher : **démarche** (⇧ désigne la manière : *il avait une démarche saccadée et précipitée à la fois*) ; **allure** (id. ; ⇧ général : *l'allure nonchalante qu'elle adoptait en promenade*) ; **pas** (⇧ précis : *un pas rapide*) ; **train** (au propre dans l'expression : *aller grand train*). 2. au fig., développement d'une chose : **cheminement** (⇧ désigne un parcours dans son ensemble : *la maladie a suivi un cheminement inattendu*) ; **évolution** (⇧ suppose une comparaison au point de départ : *l'évolution des mentalités est plus lente à la campagne*) ; **progrès** (⇧ précis, désigne le sens montant et positif : *le progrès des sciences*) ; **cours** (⇧ général : *le cours des événements m'inquiète*) ; **tour, tournure** (id. : *l'affaire a pris la tournure qu'il avait souhaitée*). 3. **degré** (de l'escalier).

marché, 1. lieu de vente, public et vaste, ouvert régulièrement : **foire** (⇧ grand, dates fixes et éloignées, où l'on vend du bétail ou autres marchandises, et où l'on organise, souvent, des réjouissances) ; **braderie** (⇧ petit, souvent vêtements à bas prix) ; **bazar** (⇧ à l'origine en Orient, avec toutes sortes d'articles) ; **souk** (⇧ en Afrique du Nord ou, fig., parfois péjor.) ; **halle** (⇧ précis, emplacement couvert sur une place publique) ; **bourse** (⇧ petit et souvent organisé par des particuliers, toujours avec un complément : *bourse aux livres*). 2. ensemble de possibilités d'échange de marchandises, terme d'économie : **économie** (⇧ général, ensemble des conditions d'échange) ; **débouchés** (⇧ insiste sur la possibilité de vendre un produit : *l'Asie du Sud-Est offre d'importants débouchés pour la vente de machines-outils*) ; **cours** (⇧ insiste sur la valeur atteinte par certaines marchandises ou certains titres : *le cours des changes*).

marcher, 1. se déplacer sur ses jambes : **aller** (⇧ vague : *ne va pas si vite*) ; **cheminer** (litt. ; ⇧ idée de faire route : *nous cheminions et bavardions toujours ensemble*) ; **déambuler** (⇧ idée de nonchalance et d'absence de but précis : *je déambulais au hasard des rues*) ; **se *promener** (⇧ idée de loisir : *j'aime me promener un peu, seul, le soir*) ; **flâner** (⇧ idée de hasard : *elle flânait au gré de son caprice*) ; **errer** (id. ; ⇧ fort, souvent idée d'une perte d'orientation : *ils erraient sur les grands chemins*) ; **arpenter** (⇧ à grands pas ; verbe tr. : *l'angoisse le poussait à arpenter les couloirs*) ; **trotter** (fig. et fam. ; ⇧ allure assez vive : *les enfants trottent en revenant de l'école à l'heure du goûter*). 2. fig., pour des choses, surtt des mécanismes, être en cours ou en état de fonctionnement : **fonctionner** (⇧ technique : *la machine à laver ne fonctionne plus*) ; **tourner** (⇧ vague : *ce moteur tourne parfaitement*) ; **aller** (id. ; ⇧ fam., plutôt appréciation de l'état général de qqch. : *les affaires ne vont pas bien*).

mare, amas d'eau immobile : **flaque** (⇧ petit, souvent formée par la pluie : *j'aimais sauter à pieds joints dans les flaques*) ; **étang** (⇧ grand : *les nénuphars se sont ouverts sur l'étang*) ; **bassin** (⇧ idée d'aménagement : *nous avons mis*

des poissons dans le bassin au fond du parc) ; **lagune** (⇧ étendue d'eau séparée par un cordon littoral).
marécage, v. marais.
marée, mouvement de montée et descente de la mer sur les côtes : **flux et reflux** (⇧ précis, en fonction de la direction) ; **flot** (⇧ au sens précis de marée montante, plutôt rare ; sinon assez vague) ; **jusant** (⇧ marée descendante, très technique).
marge, v. bord.
mari, v. époux.
mariage, 1. union conjugale : **union** (⇧ général : *leur union fut annoncée longtemps à l'avance*) ; **alliance** ou **mésalliance** (⇧ sg. ou pl., désigne l'intérêt des familles : *son père ne lui a jamais pardonné ce qu'il considérait comme une mésalliance*) ; **lit** (⇧ rare, dans certaines expressions : *un enfant d'un premier lit*) ; **noce** (⇧ sg. ou pl., désigne la fête du jour du mariage : *ce fut une belle et joyeuse noce* ; au pl., dans certaines expressions : *épouser en secondes noces*) ; **hymen** (litt. : *leur amour fut consacré par un juste hymen*) ; **hyménée** (⇧ poét.). 2. v. union.
marier (se), contracter un mariage : **épouser** (⇧ verbe tr. : *il a épousé une amie d'enfance*) ; **s'*unir** (⇧ général : *ils se sont unis très jeunes*) ; **s'établir** (⇧ désigne les conditions matérielles de l'établissement du couple) ; **se caser** (fam. ; ⇧ avec l'idée de se créer une condition sociale stable : *leur dernière fille a bien du mal à se caser*).
marin, adj., relatif à la mer : **maritime** (⇧ spécial : *une grande gare maritime*) ; **naval** (⇧ qui a rapport aux vaisseaux : *d'importants combats navals)* ; **nautique** (⇧ qui a rapport à la navigation : *des cartes nautiques*).
marin, n., homme qui navigue sur la mer : **matelot** (⇧ précis, désigne le grade inférieur dans l'équipage, ou plus techn. : *un matelot expert*) ; **navigateur** (⇧ désigne le chef d'une expédition : *les grands navigateurs et leurs découvertes*) ; **marinier** (⇧ eau douce, ou vx) ; **batelier** (⇧ uniqt eau douce) ; **mousse** (⇧ jeune et novice : *ce mousse est devenu la mascotte de l'équipage*). ≈ **loup de mer** (fam. ; ⇧ désigne l'expérience).
marinier, v. marin.
maritime, v. marin.
marmaille, v. enfant.
marque, 1. signe matériel qui fait reconnaître qqch. ou qqn : ***signe** (⇧ général : *il jugea d'après ces signes que ce ne pouvait être qu'une maladie infectieuse*) ; ***trace** (⇧ caractère accidentel : *ces animaux avaient laissé sur leur passage des traces très nettes*) ; **empreinte** (⇧ précis : *ces empreintes de mains dans l'argile nous renseignent sur leur taille*) ; **indice** (⇧ spécial, souvent dans le cadre d'une enquête) ; **symptôme** (id. ; ⇧ médical, ou par ext. : *la crise de l'immobilier est le symptôme d'une crise économique*) ; **témoignage** (id. ; ⇧ souvent en histoire : *cette peuplade nous a laissé plusieurs témoignages de sa civilisation*) ; **repère** (⇧ abstrait, idée d'orientation : *nous trouvâmes plusieurs repères qui nous dirigèrent vers la bonne route*) ; v. aussi **preuve**. 2. signe matériel pour se faire identifier : **sceau** (⇧ officiel et ancien : *le roi apposait son sceau sur ses édits*) ; **cachet** (⇧ précis, marque sur de la cire au dos d'une lettre) ; **signature** (⇧ précis, nom stylisé et manuscrit) ; **label** (⇧ domaine commercial : *ce label est la garantie d'une bonne qualité*) ; **griffe** (id. ; ⇧ domaine artistique : *c'est la griffe d'un grand couturier*) ; v. aussi **emblème**.
marquer, v. indiquer et écrire.
marrant, v. comique.
marrer (se), v. rire.
marri, v. triste.
marteau, outil pour frapper : **maillet** (⇧ léger, plutôt en bois : *nous emportons toujours un maillet en camping*) ; **masse** (⇧ grand et lourd : *enfant, je ne pouvais soulever la masse pour abattre les cloisons*).
martyriser, v. maltraiter.
masque, v. déguisement.
masquer, v. déguiser et cacher.
massacre, v. assassinat.
massacrer, v. tuer.
masse, v. foule, quantité et beaucoup.
masse, v. marteau.
massif, v. lourd.
mastiquer, v. mâcher.
masure, v. maison.
match, v. compétition.
matelot, v. marin.
matériau, v. matière.
matériel, 1. adj., qui se rapporte à la matière : **physique** (⇧ général : *les phénomènes physiques*) ; **concret** (⇧ large, opposé à abstrait : *il faut appuyer votre démonstration sur des exemples concrets*) ; **corporel** (⇧ précis, ayant rapport au corps : *le bien-être corporel*) ; **palpable** (id. ; ⇧ que l'on peut toucher : *il faut pour l'accuser des preuves palpables*) ; **tangible** (litt., id. : *il ne se satisfaisait que de récompenses tangibles*) ; ***visible** (⇧ précis, que l'on peut voir : *il*

exige pour nous croire des indices visibles); **charnel** (⇧ fort, chair); **terrestre** (⇧ religieux, opposé à céleste); **temporel** (id.; opposé à *éternel* ou *spirituel*: *le pouvoir temporel*). ≈ expr. **de ce monde** (⇧ religieux, ou plaisant). 2. n., ensemble d'objets: **attirail, outillage** (⇧ pour un métier, un sport, une discipline: *l'attirail du pêcheur*); **équipement** (⇧ **général**).

maternité, v. hôpital.

mathématique, 1. qui relève des mathématiques: **arithmétique, algébrique, géométrique**; v. aussi **logique**. 2. au pl., science des quantités abstraites: SPÉC. **arithmétique** (⇧ nombres); **algèbre** (⇧ procédures formelles); **géométrie** (⇧ figures); v. aussi **calcul**.

matière, 1. ce qui constitue les corps: **substance** (⇧ général, surtt vocabulaire spécialisé, philo. ou chimie, etc.: *c'est une substance difficile à extraire*); **matériau** (id.; ⇧ en construction: *le bois est un matériau noble*); **corps** (⇧ philo., dans ce sens, ou religieux: *ceci regarde le corps, non l'âme*); **chair** (id.; ⇧ surtt religieux). 2. fig., ce qui constitue un discours ou une pensée: ***sujet** (⇧ précis, ce dont on parle: *un sujet de conversation*); ***thème** (id.; ⇧ général: *un des thèmes favoris de la campagne électorale, l'environnement*); **objet** (⇧ idée de cause: *l'objet de ma visite*); **motif** (id.; ⇧ particulier: *c'est un motif de licenciement*); **fond** (⇧ général, opposé à la forme: *le fond de votre article est clair, mais il reste des problèmes de vocabulaire*); **propos** (litt. dans ce sens; ⇧ idée de but du discours: *revenons à notre propos*) 3. catégorie de savoir étudiée: **discipline** (⇧ large: *tous les savants de la discipline*); **spécialité** (⇧ étroit).

matin, début de la journée: **matinée** (⇧ large, jusqu'à la mi-journée: *une matinée bien remplie*); **aube** (⇧ précis, première lueur du jour): *demain, dès l'aube* (HUGO); **aurore** (id., après l'aube, juste avant le lever du soleil, surtt poétique: *les douces nuances roses de l'aurore*); **crépuscule (du matin)** (vx; ⇧ symétrique du crépuscule du soir, moment qui correspond à l'aurore). ≈ **lever du jour, point du jour; petit jour.**

mâtin, v. chien.

matinée, v. matin.

mausolée, v. tombe.

maussade, v. triste et mauvais.

mauvais, qui n'est pas bon, aux différents sens de ce mot: I. qui ne correspond pas à la fin qu'on en attend: 1. pour des choses seulement: **insatisfaisant**, ***insuffisant**, ***inefficace, inconfortable** (v. bon); **imparfait, défectueux** (v. imparfait); **faux, erroné** (⇧ pour un raisonnement, v. faux). 2. pour des personnes ou des choses: **détestable** (⇧ superlatif: *un mathématicien détestable*); **exécrable** (id.; ⇧ fort); **abominable** (⇧ degré extrême: *une abominable compilation*); **lamentable** (⇧ fort, avec idée de pitié: *un devoir lamentable*); **pitoyable** (id.); **déplorable** (id.; ⇧ idée de reproche: *la situation déplorable des monuments historiques*); **médiocre** (⇧ faible, souvent euphémisme: *des notes médiocres*). 3. pour des personnes uniqt, v. incompétent. 4. pour le temps qu'il fait: **maussade** (⇩ fort, pas vraiment beau sans être tout à fait mauvais); **épouvantable** (⇧ fort); également **détestable, exécrable, abominable**. 5. pour des aliments: **désagréable** (⇧ souligne l'effet sur les sens); **dégoûtant** (⇧ fort, v. ce mot); **répugnant** (id.); **immangeable** (⇧ qu'on ne peut manger); **imbuvable** (id.; ⇧ pour la boisson).

II. qui entraîne des conséquences négatives: **négatif** (⇧ vague, simple jugement peu favorable, opposé à positif: *les effets négatifs de l'industrialisation*); **nuisible** (⇧ effet général: *un insecte nuisible; une activité nuisible pour la société*); **néfaste** (id.; ⇧ fort: *une décision extrêmement néfaste pour le pays*); **nocif** (⇧ techn., médecine, etc., ou fig.: *un produit très nocif*); **malsain** (⇧ directement en rapport avec la santé, ou au fig.); **funeste** (⇧ idée de conséquences graves, en rapport avec la mort: *une funeste décision*); **catastrophique** (⇧ fort, conséquences très vastes); **désastreux** (id.); v. aussi **dangereux** et **défavorable**. ≈ v. nuire.

III. qui présente des dispositions morales négatives: 1. pour une personne: v. méchant. 2. pour un acte: **coupable** (⇧ insiste sur la faute: *une action coupable dont le remords le torturait*); **criminel** (⇧ fort); **méchant** (⇧ atténué et puéril en ce sens); **immoral** (⇧ souligne la condamnation par la morale: *un comportement immoral*); v. aussi **effrayant**.

maxime, v. pensée.

maximum, v. paroxysme et plus, adv.

méandre, v. courbe.

mécanisme, v. appareil.

méchanceté, caractère de ce qui est méchant: **malveillance** (⇩ fort: *il l'a toujours regardé avec malveillance*); **malignité** (litt.; ⇧ mesquinerie: *la malignité des arrivistes en affaires*); **mal** (⇧

fort, abstrait, considéré comme un principe : *les forces du mal*) ; **scélératesse** (litt. ; ⇧ intentions criminelles : *sa scélératesse sans bornes lui permit de consommer la perte de tous ses rivaux*) ; **perfidie** (litt. ; ⇧ vocabulaire de la tragédie : *une telle perfidie mérite un châtiment exemplaire*) ; **cruauté** (⇧ désigne le plaisir dans la méchanceté : *il exerçait souvent sa cruauté sur les animaux*) ; **noirceur** (⇧ général : *un personnage qui incarnait la noirceur*) ; v. aussi **barbarie**.

méchant, qui cherche à faire du mal : **malveillant** (⇩ fort, désigne souvent les propos ou intentions : *ce fut un échange de répliques malveillantes*) ; **malfaisant** (⇧ fort, évoque les moyens occultes : *les membres de cette secte sont des êtres malfaisants*) ; **malintentionné** (⇧ mesquinerie : *ce sont des personnes malintentionnées qui ont terni sa réputation*) ; **vilain** (⇧ souvent employé pour les enfants : *tu es un vilain garçon*) ; **nuisible** (⇧ évoque le danger potentiel pour autrui : *il faut bannir de notre entourage les gens qui paraissent nuisibles*) ; **cruel, perfide, scélérat** (v. méchanceté) ; **vache** (fam. ; ⇧ plutôt dur : *un prof vache*) ; v. aussi **mauvais** et **barbare**.

mécompte, v. échec.

méconnaissance, v. ignorance.

méconnaître, v. savoir (ne pas).

mécontent, qui n'est pas content : **insatisfait** (⇧ par rapport à un désir, une attente) ; ***contrarié** (⇧ fort : *contrarié par son échec*).

mécontentement, état de qqn de mécontent : **insatisfaction, contrariété** (v. mécontent).

mécréant, v. incroyant.

médecin, qui est habilité à soigner les malades : **docteur** (⇧ désigne le titre de la faculté de médecine ; courant dans certaines expressions : *faire venir le docteur*) ; **généraliste** (⇧ précis, qui exerce la médecine générale : *le médecin de famille est un généraliste*) ; **spécialiste** (⇧ précis, s'oppose au généraliste ; qui s'est spécialisé dans un domaine médical) ; **pédiatre** (⇧ précis, médecin pour enfants) ; **praticien** (⇧ général, s'oppose à chercheur) ; **thérapeute** (⇧ général et ancien, ou reviviscence moderne dans des médecines non officielles) ; **toubib** (fam. : *les toubibs du régiment*).

médiateur, v. intermédiaire.

médicament, v. remède.

médiéval, du Moyen Age : **moyenâgeux** (⇧ vague, plutôt qui rappelle le Moyen Age : *une fête moyenâgeuse*, mais *la civilisation médiévale*).

médiocre, v. moyen et mauvais.

médire, dire du mal de qqn : **dénigrer** (⇧ volonté de faire mépriser : *il passe son temps à dénigrer les talents de son rival*) ; **discréditer** (id. ; ⇧ systématique : *il est parvenu à discréditer son adversaire à force de mensonges*) ; **décrier** (id. ; ⇧ appliqué souvent aux choses : *cette mode est aujourd'hui très décriée*) ; **déprécier** (⇩ fort : *son œuvre a été dépréciée par une critique envieuse*) ; ***critiquer** (⇧ général) ; **détracter** (litt. : *il détracte les mérites de chacun*) ; ***calomnier** (⇧ fort et idée de mensonge : *les grands hommes sont toujours calomniés*) ; **diffamer** (⇧ porter atteinte à l'honneur : *on a injustement diffamé cet honnête homme*) ; **jaser** (⇧ fam., désapprobation dans le voisinage : *les gens vont jaser*). ≈ **dire pis que pendre de qqn** (familier).

médisance, action ou propos de celui qui médit : **dénigrement, calomnie, diffamation** (v. médire) ; **commérage** (⇧ bavardage mal contrôlé : *les commérages continuels ont rendu la vie impossible au village*) ; **potin** (id., fam. : *je refuse d'écouter ces potins de quartier*) ; **persiflage** (litt. ; ⇧ idée d'ironie : *il employait souvent un ton de persiflage qui agaçait ses professeurs*) ; **racontar, ragot, cancan** (fam. et péjor. ; s'emploient la plupart du temps au pluriel).

méditation, v. pensée.

méditer, v. penser.

meeting, v. rassemblement.

méfait, v. faute.

méfiance, fait de se méfier : **soupçon, suspicion, défiance** (v. méfiant) ; v. aussi **crainte**.

méfiant, qui se méfie : **soupçonneux** (⇧ fort et systématique : *son attitude soupçonneuse était le fruit de sa jalousie*) ; **défiant** (⇧ attitude de principe liée à l'expérience : *il devient défiant à l'égard des compliments*) ; **craintif** (⇧ nature timorée : *elle est craintive même avec ses proches*). ≈ **sur ses gardes** (⇧ occasionnel : *avec lui, soyez sur vos gardes*).

méfier (se), ne pas faire confiance : **se défier de**, (⇧ conscient) ; **se tenir sur ses gardes** (v. méfiant) v. aussi **soupçonner**.

mégarde, v. inattention.

mélancolie, v. tristesse.

mélancolique, v. triste.

mélange, ensemble d'éléments disparates : **assortiment** (⇧ soin apporté : *un délicieux assortiment de viandes*) ; **combinaison** (id. ; ⇧ précision : *une combinaison de couleurs heureuse*) ; **compo-**

sition (⇧ constitution d'un tout, notamment avec une valeur esthétique : *une composition florale*) ; **alliage** (⇧ spécifique, souvent en chimie : *un alliage de métaux*) ; **brassage** (⇧ vaste : *le brassage de populations engendré par les conquêtes*) ; **métissage** (⇧ précis, en parlant de races : *il est logique que le métissage progresse dans nos sociétés multiraciales*) ; **croisement** (id. ; ⇧ en parlant de races animales ou végétales) ; **amalgame** (⇧ choses qui ne s'accordent pas : *un amalgame confus de politique et de religion*) ; **mixture** (⇧ pour des substances, souvent liquides ; parfois péjor. : *je n'ai pu identifier cette mixture aigre qu'il nous a fait boire*) ; **compilation** (⇧ pour des écrits, formés à partir de renseignements tirés d'écrits antérieurs : *une compilation de manuels de rhétorique*) ; **pot-pourri** (⇧ en musique, ou par ext. : *un pot-pourri des succès des années 60*) ; **macédoine** (⇧ en cuisine : *une macédoine de fruits*).

mélanger, mettre ensemble divers éléments : **mêler** (⇧ soutenu, idée plus vague) ; **combiner** (⇧ idée de dosage : *il n'a pas bien su combiner la sévérité et l'indulgence*) ; **assembler** (⇧ neutre : *ces deux couleurs sont difficiles à assembler*) ; **associer** (⇧ précis : *ils ont associé leurs intérêts*) ; **joindre** (⇧ simple idée de mettre en contact : *joindre l'utile à l'agréable*) ; **entremêler** (⇧ fort : *il a créé ce beau massif décoratif en entremêlant deux essences*) ; **imbriquer** (id. ; ⇧ serré : *deux motifs imbriqués*) ; **fondre** (⇧ fort ; idée de disparition de toute différence : *le journal a fondu la rubrique littéraire dans son cahier culturel*) ; **amalgamer** (v. mélanger) ; v. aussi **unir**.

mêlé, joint à qqch. ou composé de divers éléments : **mélangé** (⇧ fort, idée que les éléments ne sont plus séparables : *deux couleurs mélangées composent une autre couleur*) ; **composite** (litt. ; ⇧ sens esthétique : *dans cet édifice composite, on ne distingue presque plus les divers styles*) ; **mixte** (⇧ idée d'état intermédiaire : *une activité mixte entre théorie et pratique*) ; **impur** (⇧ idée d'altération de la qualité : *le roman est un genre impur où plusieurs genres se mêlent*) ; **bigarré** (⇧ surtout pour les couleurs : *un foulard bigarré*) ; **bâtard** (⇧ spécifique, en parlant des races : *mon chien n'est pas de pure race, c'est un bâtard*).

mêler, v. mélanger. || *Se mêler* : agir dans un domaine qui ne vous concerne pas directement : **intervenir** (⇧ neutre, souligne simplement l'action : *les États-Unis hésitaient à intervenir dans le conflit*) ; **s'immiscer** (⇧ souligne le caractère anormal de l'intervention : *les gens n'aiment pas que l'on s'immisce dans leur vie privée*) ; **s'ingérer** (id.) ; **s'interposer** (⇧ entre deux combattants).

mélodie, phrase musicale : **air** (⇧ général : *tout le monde alors chantait cet air très connu*) ; **aria, ariette** (litt. ; ⇧ précis : *les arias de Bach*) ; **lied** (id. ; ⇧ nom allemand qui signifie chanson, et désigne une composition pour voix solo et piano : *les lieder de Schubert*), v. aussi **musique**.

mélodieux, v. musical.

membre, 1. v. organe. 2. au fig., pour les personnes qui font partie de qqch. : **adhérent** (⇧ précis, pour une association, personne qui paye des droits d'adhésion) ; **associé** (id. ; ⇧ dans le cadre d'un contrat) ; **affilié** (⇧ général : *je ne suis affilié à aucun parti*) ; **inscrit** (id. : *il faudra convoquer tous les inscrits du club*) ; **recrue** (fam. en ce sens ; ⇧ insiste sur le fait que l'on vient de le faire adhérer : *une très bonne recrue*). ≈ expr. verb., v. adhérer.

même, adv., marque un enchérissement : **aussi** (⇩ fort, simple idée de supplément : *il y avait aussi mon frère et sa femme*) ; **encore** (⇧ idée de quantité ou de répétition : *le problème de la fatigue se posera encore là-bas*) ; **également** (⇧ souligne l'idée de similitude : *l'on pourrait également penser à des substitutions plus complexes*). ≈ **de plus** (⇧ insiste sur la chose introduite : *de plus, il a refusé de payer*) ; **en outre** (litt. ; id. : *il faudra en outre réparer nos torts*) ; v. **comme** pour l'adv. et **semblable** pour l'adj.

même, adj., v. semblable.

mémoire, n.f., faculté de se souvenir : **souvenir** (⇧ précis, contenu de la mémoire : *de beaux souvenirs*) ; **réminiscence** (litt. ; ⇧ désigne plus précisément le procédé de la mémoire : *par une réminiscence capricieuse et confuse*) ; **souvenance** (litt. ; ⇧ dans des expressions comme : *avoir, garder souvenance de qqch.*). GÉN. ***pensée**.

mémoires, n. m. pl., récit de souvenirs : **souvenirs** (⇧ personnel et moins historique) : *Souvenirs d'enfance et de jeunesse* (RENAN) ; **autobiographie** (⇧ précis, centré sur la vie de l'auteur) ; **journal (intime)** (⇧ au jour le jour) ; **chronique** (⇧ historique, récit d'événements : *une chronique de ce quartier dans les années 30*) ; **annales** (id. ; ⇧

rigueur chronologique et méthodique : *trois frères ont tenu les annales du village à cette époque*).

menaçant, qui menace : **inquiétant** (⇧ subjectif : *un visage inquiétant*) ; **dangereux** (⇧ précis, fort : *l'approche de ces troupes est dangereuse pour notre camp*) ; **alarmant** (⇧ qui donne l'avertissement d'une menace : *il avait au téléphone un ton alarmant*) ; **imminent** (⇧ précis, idée de proximité ; ⇩ idée nécessairement négative : *l'attaque est imminente,* mais aussi bien : *sa nomination au ministère est imminente*) ; **comminatoire** (⇧ destiné à intimider) ; v. aussi **dangereux**.

menace, parole ou signe qui signifie un danger : **avertissement** (⇩ fort : *cet avertissement est le dernier*) ; **intimidation** (⇧ idée d'impressionner pour inspirer la crainte : *l'intimidation par la force physique est son arme favorite*) ; **chantage** (⇧ précis, idée de menace organisée pour parvenir à une fin précise : *il a cédé au chantage parce que le secret que détenait le malhonnête homme était trop important*) ; **ultimatum** (id. ; ⇧ dernière menace avant l'action, plutôt vocabulaire diplomatique et militaire, ou par ext. : *lancer un ultimatum*) ; ***danger**, **péril** (⇧ abstrait : *cette épidémie constitue un grave danger pour la population*).

menacer, adresser des menaces : **avertir**, **intimider** (v. menace). ≈ **lancer un avertissement, un ultimatum** ; **exercer un chantage** (v. menace) ; **mettre en demeure** (⇧ exigence très forte souvent assortie de menaces : *l'Irak fut mis en demeure de se retirer du Koweit sous peine d'une intervention armée*).

ménage, v. famille et nettoyer.

ménager, 1. traiter avec précaution : **épargner** (⇧ fort, éviter de faire du mal : *le conquérant épargna la population vaincue*) ; **économiser** (économiser ses forces) ; **respecter** (⇧ large, attitude qui tient compte de la dignité d'autrui : *respecter les morts*). ≈ **traiter avec ménagements** ; **prendre des gants** (fam.). 2. v. économiser.

mendiant, personne qui mendie pour vivre : **vagabond** (⇧ errance et absence de domicile : *des vagabonds qui traversent les villages*) ; **clochard** (⇧ dans les grandes villes, met l'accent sur l'aspect misérable) ; **miséreux** (⇧ grande pauvreté) ; **gueux** (vieilli ; ⇧ péjor. : *un repaire de gueux*) ; v. aussi **pauvre**.

mener, v. conduire.

meneur, v. chef.

menotte, v. main.

mensonge, propos contraire à la vérité, tenu volontairement : **invention** (⇧ général : *elle a déjà l'imagination fertile en inventions de toutes sortes*) ; **contrevérité** (id. : *vous dites des contrevérités, cent personnes en témoignent*) ; **tromperie** (⇧ volonté de mentir : *tes tromperies sont grossières, je les ai démasquées*) ; **duperie** (id. ; ⇧ litt.) ; **histoire** (fam. ; ⇧ long, s'emploie souvent au pl. : *raconter des histoires*) ; **fable** (id. ; ⇧ litt.) ; **fabulation** (⇧ accent sur l'excès et la complexité : *il avait monté toute une fabulation*) ; **balivernes** (⇧ propos sans fondement, fam. : *débiter des balivernes*) ; v. aussi faux et **tromperie**.

mensonger, v. faux.

mental, v. intellectuel.

mentalité, façon de penser collective : **pensée** (⇧ général : *la pensée de tous ces gens m'est très antipathique*) ; **esprit** (id. : *c'est un esprit de révolte qui les animait*) ; **état d'esprit** (id. : *c'est un état d'esprit qu'on ne retrouve que dans des circonstances exceptionnelles*) ; **opinion publique** (⇧ précis : *les sondages évaluent l'opinion publique*).

menteur, qui, volontairement, ne dit pas la vérité : **imposteur** (⇧ idée de dessein dissimulé : *un imposteur s'est fait passer pour toi afin d'entrer*) ; **fabulateur** (⇧ nature de qqn : *c'est un fabulateur-né*) ; ***hypocrite** (id. ; ⇧ dissimulation : *tu es un hypocrite, je ne t'écouterai plus*) ; **fourbe** (⇧ général : *celui qui feint la gentillesse n'est qu'un fourbe*) ; ***faux** (⇧ général : *c'est un homme faux, ne le crois pas*) ; **mythomane** (⇧ fait du mensonge une maladie : *les mythomanes parfois ne savent pas qu'ils mentent*) ; **tartufe** ou **tartufe** (⇧ allusion à la pièce de Molière : *il a toujours été un peu tartufe*) ; **hâbleur** (⇧ aime à se vanter).

mentir, tenir volontairement des propos contraires à la vérité : **feindre** (⇧ général, s'applique aussi bien à des sentiments ou attitudes morales : *il ne feint la générosité que pour s'attirer de la reconnaissance*) ; **abuser** (⇧ volonté de tromper : *il s'est laissé abuser par leurs discours spécieux*) ; **hâbler** (litt. ; ⇧ abondance, exagération et vantardise). ≈ **dire, faire un mensonge** ; **dissimuler, déguiser la vérité** ; **raconter des histoires** (fam.) ; v. aussi **tromper**.

menu, v. maigre et petit.

méprendre (se), v. (se) tromper.

mépris, fait de considérer comme inférieur et peu digne d'estime : **dédain** (⇧ vague, plutôt manque d'attention : *il* *regardait avec dédain ce menu fretin*) ; **arrogance** (id. ; ⇧ certaine attitude de défi) ; **hauteur** (⇧ façon d'affirmer sa supériorité dans ses manières, avec une certaine distance) ; **condescendance** (⇧ protecteur) ; v. aussi **irrespect**.

méprisant, qui méprise : **dédaigneux, arrogant, hautain, condescendant** (v. mépris).

méprise, v. erreur.

mépriser, considérer comme indigne d'intérêt ou d'estime : **dédaigner** (⇧ général : *il a dédaigné tous les conseils de ses parents*) ; **négliger** (⇧ idée d'inattention ou de paresse : *elle a tort de négliger les consignes de sécurité*) ; **mésestimer, méjuger** (litt. ; ⇧ idée d'erreur : *un directeur ne doit pas mésestimer les talents de ses employés* ; noter que l'on rencontre parfois *méjuger de*). ≈ **faire fi de** (litt. : *ne faisons pas fi des leçons des Anciens*) ; **(se) rire de, se moquer de** (⇧ fort, idée de moquerie) ; **regarder de haut** (⇧ pers.) ; **traiter avec *mépris**.

mer, vaste étendue d'eau salée : **océan** (⇧ plus important : *l'océan Atlantique*). ≈ **eaux, ondes, flots**.

mère, femme qui a enfanté : **maman** (fam. ; ⇧ idée de tendresse dans l'emploi) ; **marâtre** (péjor. ; ⇧ mère qui traite durement ses enfants : *la nature est une marâtre envers les êtres faibles*) ; **génitrice** (⇧ souligne la fonction biologique : *la reine est la seule génitrice dans une ruche*) ; **mère poule** (fam. ; ⇧ soins excessifs, parfois péjoratif).

mérite, v. qualité.

mériter, avoir droit à qqch. d'après des actions ou qualités précises : **valoir** (⇧ général) : *cette leçon vaut bien un fromage, sans doute* (La Fontaine) ; **encourir** (⇧ uniqt négatif : *encourir une amende pour infraction à une règle*) ; **réclamer** (⇧ vague : *ces propos réclament des preuves pour être divulgués*) ; **demander** (id. : *cette hypothèse demande confirmation*). ≈ **être digne de** (⇧ registre de l'amplification : *ton interprétation est digne des plus grands virtuoses*) ; **gagner** (⇧ dans certaines expressions : *elle gagnerait à être plus connue ; il l'a bien gagné*).

merveille, objet qui suscite une très forte admiration : **chef-d'œuvre** (⇧ surtt œuvre d'art, ou par ext. : *ce monument est un chef-d'œuvre*) ; **splendeur** (⇧ insiste sur la beauté rayonnante) ; v. aussi **miracle**.

merveilleux, v. extraordinaire et beau.

mésentente, v. désaccord.

mésestimer, v. mépriser.

mésintelligence, v. désaccord.

mesquin, v. avare et petit.

mesquinerie, v. petitesse.

message, v. lettre.

messager, personne chargée de porter un message : ***envoyé** (⇧ vague, simplement envoi par qqn) ; **émissaire** (id., litt.) ; **commissionnaire** (⇧ emploi précis) ; **héraut** (⇧ Antiquité et Moyen Âge, proclamation solennelle) ; **porteur** (⇧ chargé de remettre un pli).

messe, service religieux catholique : **office** (⇧ vague, toutes sortes de cérémonies, diverses religions) ; **service (religieux)** (id.) ; **culte** (⇧ protestant) ; v. aussi **cérémonie**.

mesure, 1. v. dimension. 2. ce que l'on décide en vue de qqch. : **dispositions** (⇧ idée de mise en ordre : *prendre ses dispositions en vue de sa mort prochaine*) ; **précautions** (⇧ idée de se prémunir contre des risques) ; v. aussi **préparation**.

mesurer, prendre la mesure de qqch. : **estimer** (⇧ de façon approximative : *estimer le coût des travaux*) ; **arpenter** (⇧ un terrain, pour mesurer la surface) ; **métrer** (id. ; ⇧ large : *métrer la surface au sol d'un appartement*) ; **jauger** (vx en ce sens, ou technique, pour un volume) ; v. aussi **estimer**.

métairie, v. ferme.

métamorphose, v. changement.

métamorphoser, v. changer.

métaphore, v. image.

métaphysique, v. philosophie.

métayer, v. fermier et agriculteur.

météorologie, v. temps.

météorologique, v. temps et climat.

métèque, v. étranger.

méthode, façon de procéder : **procédé** (⇧ concret : *un procédé de fabrication de l'azote*) ; **dispositif** (⇧ concret encore, insiste sur le support matériel : *un dispositif complexe de téléguidage*) ; **technique** (id. ; ⇧ idée de connaissances appliquées) ; **système** (⇧ global, suppose une combinaison de facteurs, mais souvent affaibli dans le langage courant : *un nouveau système de communication*) ; **démarche** (⇧ vague et général : *sa démarche intellectuelle consiste en généralisations progressives*) ; **ordre, logique** : *agir avec logique* ; v. aussi **moyen**.

méthodique, v. logique.

méticuleux, v. minutieux.

métier, v. profession.

métissage, v. mélange.

métropole, v. capitale.

mets, v. plat et nourriture.

metteur en scène, v. cinéaste.

mettre, 1. faire passer qqch. dans un lieu donné : **placer** (⇧ insiste sur le caractère approprié du lieu : *placer un livre sur le rayon supérieur*) ; **poser** (⇧ idée d'un support horizontal, situé en dessous : *j'ai posé mon porte-plume sur le bureau*) ; **déposer** (id. ; ⇧ idée d'emplacement sûr, emploi plus large : *déposer ses habits au vestiaire, de l'argent à la banque*) ; **ranger** (⇧ idée d'emplacement particulier, en bon ordre : *ranger ses affaires dans le placard*) ; **disposer** (id. ; ⇧ sur un plan horizontal, en un ensemble : *disposer les plats sur la table*) ; **installer** (⇧ idée d'une situation qui demande certaines dispositions : *installer son invité dans la chambre d'amis*) ; **introduire** (⇧ à l'intérieur de qqch. : *introduire la lettre dans l'enveloppe*) ; **insérer** (id.) ; **enfoncer** (id. ; ⇧ effort pour faire entrer) ; **glisser** (⇧ avec légèreté) ; **jeter** (⇧ avec violence : *jeter sa canne par terre*) ; **coller, ficher, flanquer, foutre** (fam. ; ⇧ nuance de familiarité croissante, le dernier franchement grossier). SPÉC. l'on pourra le plus souvent spécifier, en fonction du contexte, le verbe *mettre* pouvant équivaloir à une multitude de verbes de mouvement : **accrocher, suspendre**, etc. 2. placer des vêtements sur soi : **revêtir** (⇧ solennel : *il revêtit son uniforme*) ; **se vêtir de** (⇧ très soutenu, insistant, ou avec une détermination : *elle s'était vêtue de bleu*) ; **enfiler** (⇧ insiste sur le fait de glisser le corps dans le vêtement : *enfiler sa veste*) ; **passer** (id. ; ⇧ neutre, idée de changement d'habits : *elle passa une robe d'intérieur*) ; **endosser** (⇧ précisément sur le dos, notamment expr. figurée *endosser la soutane, l'uniforme*) ; v. aussi **habiller**. 3. faire apparaître dans un texte : ***utiliser, employer, avoir recours à** (⇧ souligne la fonction : *Ronsard utilise une métaphore filée dans le premier quatrain*) ; **introduire** (⇧ souligne la présence au milieu d'autre chose : *introduire un exemple historique dans l'argumentation*) ; **insérer** (id. ; ⇧ caractère d'adjonction) ; **rejeter, renvoyer** (⇧ pour un élément déplacé plus loin : *le verbe se trouve rejeté en fin de proposition*) ; également **placer, disposer**. ≈ **faire figurer** (⇧ idée de présence soulignée : *faire figurer les documents originaux dans l'appendice*). || *Se mettre à* : v. commencer.

meuble, objet d'assez grandes dimensions équipant un intérieur, et pouvant être déplacé, quoique généralement destiné à occuper une position fixe : **mobilier** (⇧ terme collectif : *il avait un faible pour le mobilier Empire*) ; **ameublement** (⇧ désigne la façon particulière dont un endroit est meublé : *un ameublement rustique*) ; **installation** (⇧ global) ; **décoration** (⇧ ornemental).

meubler, pourvoir de meubles : **équiper** (⇧ vague et général, plutôt utilitaire : *équiper la cuisine d'un réfrigérateur*) ; **aménager** (id. ; ⇧ organisation) ; **décorer** (v. meuble).

meuglement, v. mugissement.

meugler, v. mugir.

meurtre, v. assassinat.

meurtrier, v. criminel.

meurtrir, v. blesser.

meurtrissure, v. blessure.

microbe, animal microscopique responsable de certaines maladies : **bactérie** (⇧ particulier, plutôt genre végétal) ; **bacille** (id. ; ⇧ surtt certaines affections : *le bacille de Koch*) ; **virus** (⇧ petit, nature biologique différente : *le virus de l'hépatite A*) ; **animalcule** (⇧ général et un peu vx : *la goutte d'eau vue au microscope grouille d'animalcules*).

microbien, dû à un microbe : **bactérien, viral** (v. microbe) ; **bactériologique** (⇧ se dit plutôt des techniques en rapport avec les bactéries : *la guerre bactériologique*) ; **infectieux** (⇧ vague, idée d'infection, de contamination par l'agent).

microscopique, v. petit.

midi, v. sud.

miette, v. morceau.

mieux, v. bien.

mignon, v. beau.

migrant, v. émigré.

migration, v. émigration.

mijoter, v. cuire.

milieu, 1. v. centre. 2. ensemble des conditions naturelles ou sociales dans lesquelles vit qqch. ou qqn : **environnement** (⇧ notamment pour les conditions naturelles vues dans leur état d'ensemble : *les menaces qui pèsent sur l'environnement* ; pour une personne, plutôt relations immédiates : *un environnement familial peu stimulant*) ; **entourage** (⇧ uniqt personnes avec lesquelles on vit : *se fier trop à son entourage*) ; **classe** (⇧ uniqt social, assez marqué par la sociologie marxiste). 3. v. atmosphère.

militaire, adj., qui a rapport avec l'armée : **armé** (⇧ appliqué à des actions, souligne le recours aux armes : *une intervention armée sur le sol ennemi*) ; **guerrier** (⇧ insiste sur la guerre, notamment dans ses aspects moraux : *un peuple guerrier*) ; **belliqueux** (id. ; ⇧ souligne l'agressivité : *les intentions belliqueuses de Hitler*).

militaire, n., v. soldat.

mimer, v. imiter.

mimique, v. mouvement.

mince, v. maigre.

mine, apparence extérieure d'une personne : **physionomie** (⇧ apparence permanente du visage : *un jeune homme d'une physionomie avenante*) ; **figure** (⇧ dans l'emploi mod., insiste sur le visage, sinon expressions : *faire bonne figure*) ; ***apparence** (⇧ général, ce qui se manifeste : *un individu d'apparence peu engageante*) ; **allure** (id. ; ⇧ spécifique d'une personne : *un garde du corps à l'allure patibulaire*) ; v. aussi **visage**.

minet, v. chat.

mineur, v. petit.

miniature, v. image.

minime, v. petit.

minimiser, v. diminuer.

ministère, 1. services dirigés par un ministre : **portefeuille** (⇧ désigne le poste occupé : *un ministre sans portefeuille*) ; **cabinet** (⇧ groupe de collaborateurs du ministre). 2. v. gouvernement.

ministre, v. prêtre.

minois, v. visage.

minou, v. chat.

minute, v. moment.

minutie, v. soin.

minutieux, qui procède avec un soin très poussé, s'attachant aux moindres petites choses : **méticuleux** (⇧ fort, avec une certaine crainte de mal faire : *il faisait régner dans ses affaires un ordre méticuleux*) ; **consciencieux** (⇧ par honnêteté) ; **pointilleux** (⇧ dans le sens de ce qu'il exige des autres : *un correcteur pointilleux*) ; **tatillon** (fam., id. ; ⇧ péjor., idée de tracasserie) ; **vétilleux** (très soutenu ; ⇧ péjor., insiste sur des détails sans importance) ; v. aussi **soigneux**.

miracle, événement contraire à l'ordre naturel des choses, et, par ext., événement extraordinaire, dans un sens positif : **prodige** (⇧ vocabulaire de la religion antique, ou sens plus fort : *les prodiges annonciateurs de la mort de César ; un prodige d'agilité*) ; **signe** (⇧ langage spécialisé de la Bible) ; **merveille** (vx en ce sens, au propre ; ⇧ idée d'admiration : *la flèche était une merveille de grâce et de finesse*).

miraculeux, qui relève du miracle : **prodigieux, merveilleux** (v. miracle).

miroir, objet de matière polie qui reflète ce qui se présente devant lui : **glace** (⇧ uniqt de verre, plutôt de plus grande dimension : *s'attarder devant la glace*) ; **psyché** (⇧ grand et mobile) ; **rétroviseur** (⇧ dans un véhicule, pour voir derrière).

miroitant, v. brillant.

miroiter, v. briller.

mise, v. vêtement.

misérable, v. malheureux et pauvre.

misère, v. malheur et pauvreté.

miséricorde, v. pitié.

mission, 1. v. fonction. 2. au sens religieux, activité visant à convertir : **évangélisation** (⇧ uniqt christianisme, insiste sur le destinataire : *l'évangélisation de la Chine*) ; **apostolat** (⇧ insiste sur le dévouement, buts plus larges : *trente ans d'apostolat auprès des lépreux*).

missive, v. lettre.

mitiger, v. modérer.

mitonner, v. cuire.

mixte, v. mêlé.

mixture, v. mélange.

mobile, adj., qui se déplace ou peut se déplacer : **mouvant** (⇧ souligne le mouvement permanent : *le flot mouvant de la mer*) ; **agité** (⇧ souligne la force, et l'impulsion : *la surface agitée des flots*) ; **amovible** (⇧ que l'on peut enlever, pour des équipements divers : *un volet amovible*) ; v. aussi **changeant**.

mobile, n., v. cause.

mobilier, v. meuble.

moche, v. laid.

mode, n.m., v. façon.

mode, n.f., ensemble des attitudes et des goûts correspondant à un moment du temps : **vogue** (⇧ mode subite et très suivie : *le rock commençait d'être en vogue*) ; **engouement** (⇧ souligne le goût pour son objet : *l'engouement pour l'Orient est caractéristique des années 1820*) ; **goût (du jour, du temps)** (⇧ souligne l'élément d'appréciation) ; **style** (⇧ caractérise un certain type de réalisations, surtt artistiques et littéraires : *le style rétro*).

modèle, ce que l'on imite : **original** (⇧ par opposition à la copie : *nous n'avons conservé que peu d'originaux de la statuaire antique*) ; **prototype** (id. ; ⇧ surtt dans le cadre d'une activité techn. : *Saint-Vital de Ravenne fut le prototype d'un grand nombre d'églises à plan circulaire*) ; **archétype** (⇧ philo. et abstrait, modèle idéal, souvent au sens d'élément le plus représentatif d'une espèce : *Hegel constitue l'archétype du philosophe allemand voué à la spéculation abstruse*) ; **paradigme** (id. ; ⇧ souligne le sens de représentant de l'espèce) ; **type** (⇧ en ce sens, n'est guère utilisé que dans des expr. : *être le type* *même du savant distrait*) ; **patron** (⇧ terme de couture, mais également sens fig.) ; v. aussi **exemple**. || *Prendre modèle sur :* v. imiter.

modeler, v. sculpter.

modération, qualité de celui qui évite l'excès : **mesure** (⇧ large, sens de ce qui reste dans les normes : *savoir garder la mesure dans sa colère même*) ; **pondération** (id. ; idée d'équilibre) ; **discernement** (⇧ souligne la lucidité, la capacité à faire la part des choses : *ne punir qu'avec discernement*) ; **circonspection** (id. ; ⇧ idée de prudence) ; **modérantisme** (⇧ courant politique, souvent péjor.) ; **retenue** (⇧ capacité à ne pas se laisser aller : *faire preuve de retenue dans ses jugements*) ; **sobriété** (⇧ domaine alimentaire, style, décoration) ; **tempérance** (id., au sens mod., surtt boisson).

modéré, 1. qui fait preuve de modération : **mesuré**, **pondéré**, **circonspect**, **sobre**, **tempérant** (v. modération). 2. qui n'atteint pas un degré extrême : **tempéré** (⇧ surtt pour un climat, mais éventuellement aussi caractéristiques sociales ou morales) ; **équilibré** (⇧ souligne l'égalité des éléments : *une constitution équilibrée*) ; **modeste** (⇧ souligne l'élément de diminution : *un loyer modeste*) ; **raisonnable** (⇧ du point de vue de l'usage).

modérer, maintenir dans la juste mesure : **freiner**, **calmer** (⇧ surtt par rapport à des passions : *freiner leurs élans ; calmer l'enthousiasme de ses partisans*) ; **refroidir** (id. ; ⇧ aspect négatif) ; **régler** (⇧ soumission à des normes) ; **tempérer** (⇧ fait de ramener dans la mesure : *savoir tempérer ses ambitions*) ; **mitiger** (⇧ idée d'un adoucissement, par rapport à une position rigoureuse, et quelquefois même nette : *une appréciation mitigée sur la conduite des responsables*) ; **adoucir**, **atténuer** (⇧ affaiblissement : *atténuer la peine*) ; **édulcorer** (⇧ avec l'idée d'une perte de substance : *la casuistique jésuite visait à édulcorer la morale chrétienne*).

moderne, qui se rapporte à notre temps : **contemporain** (⇧ souligne la concomitance avec l'époque de celui qui s'exprime : *les difficultés de la société contemporaine*) ; **actuel** (⇧ souligne la proximité effective) ; ***présent** (⇧ souligne la position temporelle).

modeste, 1. qui ne prétend pas à la supériorité : **humble** (⇧ fort, notamment emploi religieux : *une servante humble et soumise*) ; **effacé** (⇧ souligne le fait de ne pas se mettre en avant). 2. v. modéré et petit.

modestie, 1. qualité d'un homme modeste : **humilité**, **effacement** (v. modeste). 2. v. petitesse.

modicité, v. petitesse.

modification, v. changement.

modifier, v. changer.

modique, v. petit.

moellon, v. pierre.

mœurs, v. habitude et caractère.

moi, v. âme.

moine, v. religieux.

moisi, v. pourri.

moisir, v. pourrir.

moisissure, v. pourriture.

moisson, v. récolte.

moissonner, v. récolter.

moitié, partie de ce que l'on divise en deux : ≈ avec l'adj. **demi** (⇧ souligne la diminution : *une demi-part de tarte*) ; avec le préfixe **mi-**, pour *à moitié* : *une province mi-française, mi-allemande.*

molester, v. maltraiter.

mollesse, caractère de ce qui est mou, au pr. ou fig. : **élasticité**, **souplesse**, **faiblesse**, **inconsistance**, **veulerie**, **nonchalance**, **indolence**, **ramollissement** (v. mou).

mollet, v. jambe.

môme, v. enfant.

moment, portion de temps : **instant** (⇧ élément ponctuel : *à cet instant précis, la porte s'ouvrit ; rien qu'un instant*) ; **temps** (⇧ vague et général, durée assez longue : *il revint au bout de quelque temps*) ; **point** (⇧ vague, sans précision du temps, mais souvent équivalent, quand l'idée de temps ne fait pas ambiguïté : *à ce point précis de l'intrigue, le personnage se trouve placé devant un grave dilemme*) ; **passage** (⇧ pour un texte, une œuvre littéraire : *le passage le plus palpitant du roman*) ; **jour** (⇧ tour du soleil) ; **heure** (⇧ un douzième de journée, mais par ext., emploi assez large : *en cette heure difficile de notre histoire*) ; **minute** (⇧ un soixantième d'heure, mais également emplois élargis : *une minute décisive de la course*) ; **seconde** (⇧ un soixantième de minute, emplois élargis comme équivalents d'instant : *je reviens dans une seconde ; une seconde d'inattention*) ; **date** (⇧ situation dans une chronologie) ; v. aussi **époque** et **occasion**. || *A ce moment* : v. alors.

monarchie, v. royaume.

monarchiste, v. royaliste.

monarque, v. roi.

monastère, v. couvent.

monde, 1. l'ensemble des réalités naturelles : **univers** (⇧ idée d'ampleur, notamment par rapport à la totalité des astres, etc.) : *cette éclatante lumière mise comme une lampe éternelle pour éclairer l'univers* (PASCAL) ; **cosmos** (⇧ ordre des choses, dans leur étendue, avec une nette insistance sur l'ordre astral : *l'exploration du cosmos*) ; **nature** (⇧ idée d'un développement interne régi par des lois) : *que l'homme contemple donc la nature entière dans sa haute et pleine majesté* (PASCAL) ; **création** (⇧ considéré comme l'œuvre de Dieu : *le spectacle admirable de la création*) ; **infini** (⇧ idée de grandeur sans limites, emphat.) : *qu'est-ce qu'un homme, dans l'infini ?* (PASCAL) ≈ **les choses** (⇧ considéré en tant qu'objet général de connaissance : *pénétrer l'essence profonde des choses*). 2. l'ensemble des régions de la terre : **terre (entière)** (⇧ valeur naturaliste ou emphat. : *des peuples venus de toute la terre*) ; **globe** (id. ; ⇧ litt. : *des quatre coins du globe*) ; **planète** (id. ; ⇧ emphat. et style mod. discutable) ; **humanité** (⇧ considéré du seul point de vue des hommes : *la dégradation de l'environnement compromet la survie de l'humanité*). ≈ avec des pluriels et des adj. indéfinis : **tous les peuples** ; **tous les pays** ; **toutes les nations**, etc. 3. v. gens.

mondial, qui s'étend au monde entier : ***international** (⇧ toutes les nations) ; **universel** (⇧ totalité : *une conflagration universelle*) ; **planétaire**, **cosmique** (⇧ à l'échelle de l'univers tout entier, y compris l'espace astral : *une vision cosmique de la destinée humaine*) ; v. aussi **général, international** et **complet**.

monnaie, v. argent.

monnayer, v. vendre.

monogramme, v. lettre.

monologue, discours d'une personne qui parle seule : **soliloque** (⇧ fait de s'entretenir avec soi-même, comme une sorte de dialogue intérieur) ; **aparté** (⇧ au théâtre, propos qui est supposé n'être pas entendu de l'interlocuteur : *dans la scène de la cassette, Harpagon exprime en aparté son étonnement croissant devant les réponses de Valère*) ; **tirade** (⇧ long discours tenu par un personnage, qu'il s'agisse d'un monologue ou d'un dialogue) ; v. aussi **discours** et **développement**.

monopoliser, se réserver pour soi seul : **accaparer** (⇧ souligne le fait de rassembler qqch., ou par ext. : *accaparer l'attention de l'auditoire*) ; **s'approprier**, **s'emparer de**.

monotone, sans variété : **uniforme** (⇧ aspect toujours semblable ; ⇩ dépréciatif : *des réactions uniformes devant les événements*) ; **répétitif** (⇧ répétition des mêmes éléments : *un discours plat et répétitif*) ; **monocorde** (⇧ uniqt pour une mélodie : *une longue complainte monocorde*) ; v. aussi **ennuyeux**. ≈ **toujours semblable**.

monotonie, caractère de ce qui est monotone : **uniformité**, **répétitivité**, **ennui** (v. monotone) ; **grisaille** (⇧ absence d'élément marquant : *la grisaille de la vie quotidienne*).

monstre, être dont la constitution semble s'opposer aux lois de la nature : **dragon** (⇧ être fantastique, *serpent géant*) ; **anormal** (⇧ neutre, souligne l'écart par rapport à la norme, adj. substantivé, dans le langage courant, mais plutôt en emploi uniqt adjectival dans le langage soutenu) ; **prodige** (⇧ en un sens positif : *un enfant prodige*). ≈ **créature de cauchemar** ; **être difforme** (⇧ souligne surtt la laideur) ; **enfant *anormal**.

monstrueux, v. effrayant.

mont, v. montagne.

montagne, portion de terrain particulièrement élevée : **mont** (⇧ nettement isolé, et surtout de registre litt., ou dans des expressions figées, notamment toponymes : *les monts du Lyonnais*) ; **pic** (⇧ très élevé et de forme aiguë) ; **aiguille** (id. ; ⇧ élancé) ; **piton** (id. ; ⇧ petit, simple élément aigu d'une montagne qui en comporte plusieurs) ; **massif** (⇧ ensemble de montagnes, assez regroupé : *le massif du Mont-Blanc*) ; **chaîne** (⇧ vaste ensemble se développant plutôt en longueur : *la chaîne des Alpes*) ; **cordillère** (id. ; ⇧ certains toponymes : *la cordillère des Andes*) ; **sierra** (⇧ pays hispaniques) ; **djebel** (⇧ pays arabes, surtt Afrique du Nord). SPÉC. **ballon, pic, puy**. GÉN. ***hauteur**.

montagneux, qui est couvert de montagnes : **montagnard** (⇧ qui est en rapport avec la montagne : *le climat montagnard*) ; **montueux** (⇧ faible, relief assez prononcé, sans être vraiment de la montagne) ; **accidenté** (⇧ souligne la présence de dénivellations assez fortes, sans autre précision : *la forêt de Fontainebleau, en plein Bassin parisien, présente des formes relativement accidentées*).

montant, v. prix.

montée, 1. fait de monter : **ascension** (⇧ important, montagne, aviation, etc., ou fig. : *l'ascension de l'Everest*) ; **esca-**

lade (id. ; ⇧ souligne la difficulté) ; **grimpée** (id. ; ⇧ emploi absolu : *fatigué par la grimpée*). 2. v. augmentation. 3. portion de parcours en pente : **pente** (⇧ neutre, souligne l'inclinaison : *en bas de la pente*) ; **côte** (⇧ sur une route : *la voiture cala à mi-côte*) ; **rampe** (⇧ aménagement particulier en vue de permettre l'accès à un niveau supérieur) ; **raidillon** (⇧ pour un chemin).

monter, 1. pour un être animé, accéder à un point plus haut : **grimper** (⇧ avec des efforts, plutôt une voie qui n'est pas faite pour cela : *grimper sur un arbre*) ; **escalader** (id. ; ⇧ souligne la difficulté : *escalader un mur*) ; **gravir** (⇧ souligne le franchissement d'une pente : *gravir l'escalier avec peine*). ≈ **faire l'ascension** (⇧ pour une montagne ou un monument très élevé : *faire l'ascension de la tour Eiffel*). 2. sens particulier, entrer dans un véhicule : **s'embarquer** (⇧ bateau, insiste sur l'installation pour le voyage). ≈ **prendre place dans, à bord de** : *il prit place à bord d'un cabriolet* ; **se mettre, s'installer au volant** (⇧ pour le conducteur). 3. pour un objet, passer à un niveau plus élevé : **s'élever** (⇧ progressif : *le niveau du fleuve s'élevait lentement*, et sens fig. : *le ton s'élève vers la fin de la strophe*). 4. v. augmenter. 5. v. préparer.

montrer, 1. faire voir : **présenter** (⇧ insiste sur le fait de mettre en présence, d'attirer l'attention, au besoin avec quelque explication : *présenter ses travaux au public savant*) ; **exposer** (id. ; ⇧ idée d'une présentation très ouverte) ; **étaler** (id. ; ⇧ certaine abondance ou complaisance : *étaler ses connaissances*) ; **déployer** (id. ; ⇧ forte idée d'abondance : *déployer ses trésors devant les envoyés du Grand Roi*) ; **exhiber** (id. ; ⇧ idée de recherche d'une impression : *exhiber ses titres*). 2. laisser apparaître : **manifester** (⇧ souligne le caractère évident : *manifester sa désapprobation*) ; **découvrir** (⇧ idée de ce qui était jusque-là caché : *découvrir ses intentions à un cercle d'amis*) ; **révéler** (id. ; ⇧ insiste sur le caractère jusque-là absolument caché, d'une façon volontaire ou non) ; **déceler** (⇧ notamment involontairement, et souvent avec un sujet inanimé : *une physionomie qui décèle un manque de franchise*) ; **témoigner** (⇧ surtt pour un sentiment, volontairement : *témoigner de la reconnaissance à son bienfaiteur*, ou involontairement, avec un sujet inanimé, **témoigner de** : *ces procédés témoignent d'une totale absence de scrupules*) ; **marquer** (id. ; ⇧ idée d'un signe plus concret : *marquer son respect par une attitude déférente*) ; **faire montre de** (⇧ idée d'une apparence peut-être trompeuse : *il faisait montre de beaucoup d'empressement*) ; **afficher** (id. ; ⇧ fausse apparence : *afficher un calme olympien*) ; v. aussi **indiquer** et **exprimer**. ≈ **laisser transparaître** (⇧ d'une façon incertaine ou voilée) ; **laisser, faire éclater** (⇧ très fort : *laisser éclater sa joie*. 3. v. prouver. 4. v. apprendre.

montueux, v. montagneux.

monument, v. construction et tombe.

moquer (se), 1. susciter le rire ou la dérision à propos de qqn ou qqch. : **plaisanter** (⇧ léger, aimable : *ils le plaisantaient sur son chapeau*) ; **rire de** (assez litt. ; ⇧ idée qu'on se moque d'une attitude vaine : *rire de ses prétentions*) ; **railler** (litt. ; ⇧ en sourdine, par petites touches, souvent assez dures : *railler sa manie d'entrecouper ses dires de mots de liaison*) ; **se gausser** (litt. ; ⇧ idée d'un rire assez franc) ; **persifler** (⇧ attitude de moquerie permanente et plutôt indirecte) ; **brocarder** (très litt. ; ⇧ attaque assez forte dans le ridicule) ; **charrier, blaguer** (fam. ; ⇧ gentiment) ; **ridiculiser** (⇧ très fort, déconsidérer par la moquerie : *ridiculisé, il se retira dans la plus extrême confusion*). ≈ **tourner en ridicule** (⇧ fort, malveillant) ; **tourner en dérision** (id. ; ⇩ fort) ; **accabler de *moqueries, sarcasmes** ; **se payer la tête de** (fam. ; ⇧ uniqt qqn : *allez-vous cesser de vous payer ma tête?*, en termes plus fam., *se payer la poire*) ; **mettre en boîte** (id. ; ⇧ gentil) ; avec inv., **faire rire à ses dépens** ; **être la risée de**. 2. ne pas tenir compte de qqch. : **se ficher (pas mal)** (fam. : *je me fiche pas mal du qu'en-dira-t-on*) ; **s'en balancer, s'en battre l'œil** (id.) ; **se foutre de** (grossier) ; v. aussi **mépriser** et **négliger**. ≈ **ne pas se soucier de** (⇧ indifférence) ; **n'avoir cure de** (litt. : *quant aux remarques narquoises, je n'en ai cure*) ; **ne rien avoir à faire de** (fam.), **à foutre de** (grossier) ; **ne rien avoir à secouer, à cirer** (très fam.) ; avec inv., **indifférer** ; **laisser indifférent** ; **laisser froid** (*ces critiques m'indiffèrent*) ; **ne pas toucher** (⇧ faible).

moquerie, action de se moquer : **plaisanterie, raillerie, persiflage, brocard, blague** (v. (se) moquer) ; **ironie** (⇧ ton général par lequel on se moque indirectement : *l'ironie de la remarque ne lui échappa pas*) ; **sarcasme** (⇧ fort, très dur) ; **risée** (⇧ surtt expr., *être la risée* *de*) ; **quolibet** (⇧ attaque assez vexante : *sortir de scène sous les quolibets du public*) ; v. aussi **rire**.

moqueur, qui se moque : **railleur, persifleur, blagueur, ironique, sarcastique** (v. (se) moquer et moquerie) ; **caustique** (⇧ idée d'une ironie mordante) ; **narquois** (⇧ moquerie plutôt retenue, sensible dans l'attitude amusée : *il l'observait avec un sourire narquois*) ; **gouailleur** (⇧ irrévérence à caractère plutôt populaire : *l'ouvrier parisien est volontiers gouailleur*).

moral, v. honnête et intellectuel.

morale, 1. l'ensemble des règles du comportement conforme au bien : **éthique** (⇧ philo., souvent préféré à *morale* dans certains contextes modernes : *une commission d'éthique*) ; **moralité** (⇧ caractère moral ou non d'une action : *un procédé d'une moralité douteuse*) ; v. aussi **bien**, n. 2. v. leçon.

moralité, v. bien, morale et leçon.

morceau, 1. ce en quoi se résout ce qui est brisé ou divisé : **fragment** (⇧ caractère incomplet : *un fragment d'une tragédie antique perdue*) ; **parcelle** (⇧ suppose plutôt un prélèvement : *des parcelles de minerai* ; ou plus large : *une parcelle de terrain*) ; **bout** (fam. ; ⇧ vague : *écrire à la va-vite sur un bout de papier*) ; **segment** (⇧ plutôt délimité sur une ligne : *segment de cercle*) ; **tronçon** (⇧ se dit surtt d'une route : *un tronçon d'autoroute*) ; **débris** (id. ; ⇧ souligne le fait que le tout a été brisé : *un débris de verre*) ; **tesson** (⇧ uniqt de poterie) ; **éclat** (id. ; ⇧ de qqch. qui a éclaté : *un éclat d'obus*) ; **lambeau** (id. ; ⇧ de ce qui a été déchiré : *un lambeau de vêtement*) ; **miette** (⇧ petit morceau de pain, surtt, ou par ext.) ; **quignon** (id. ; ⇧ mangeable, mais plutôt considéré comme insuffisant) ; **bouchée** (id. ; ⇧ toute nourriture : *l'avoir pour une bouchée de pain*) ; **lichette** (id. ; fam. ; ⇧ un peu plus important qu'une miette, susceptible d'être mangé) ; **quartier** (⇧ surtt pour ce qui se divise en morceaux réguliers, notamment fruit : *un quartier d'orange*) ; v. aussi **partie**. 2. v. texte.

mordiller, v. mordre.

mordre, attaquer avec les dents : **mordiller** (⇧ du bout des dents : *mordiller son crayon*) ; v. aussi **mâcher**.

morfondre (se), v. (s')ennuyer.

morigéner, v. réprimander.

morne, v. triste.

morose, v. triste.

morosité, v. tristesse.

mort, 1. adj., qui a cessé de vivre : **décédé, trépassé, disparu** (v. mort, n.f.) ; **défunt** (⇧ vocabulaire religieux ou officiel : *faire dire une messe pour un défunt*) ; **feu** (⇧ uniqt devant le nom propre ou une désignation individuelle, dans un style plutôt ironique). 2. n.m., celui qui est mort : **défunt, trépassé, disparu** (v.1) ; **cadavre** (⇧ insiste sur le corps : *la rue était jonchée de cadavres*) ; **corps** (id.) ; **restes, dépouille mortelle** (⇧ solennel) ; **cendres** (litt. : *le retour des cendres de l'Empereur ; paix à ses cendres !*) ; **macchabée** (argot).

mort, n. f., fait de perdre la vie : **décès** (⇧ officiel, euphém. : *s'absenter par suite du décès d'un proche*) ; **trépas** (litt. ; ⇧ emphat. : *fidèle jusque par-delà le trépas*) ; **fin** (soutenu ; ⇧ euphémisme, souligne les derniers moments : *il approche de la fin*) ; **disparition** (⇧ euphémisme, idée d'un manque : *la disparition de son mari l'a laissée profondément désorientée*) ; **départ** (id. ; ⇧ volonté très forte d'atténuation) ; **perte** (id. ; ⇧ du point de vue de ceux qui restent) ; **tombe, tombeau** (⇧ style orné, surtt expr. : *jusqu'à la tombe ; par-delà la tombe*, etc.).

mortel, v. homme.

mot, élément de langage porteur d'un sens à lui seul : **terme** (⇧ valeur de désignation : *l'auteur a eu recours au terme de* coursier *de préférence à* cheval, *pour ennoblir le style*) ; ***expression** (⇧ large, un ou plusieurs mots) ; **désignation** (⇧ rapport de l'expression à la chose : hyménée *est une désignation poétique pour le mariage*) ; **vocable** (⇧ lexicographie : *un vocable rare, vieilli*) ; v. aussi **expression, parole et nom**. SPÉC. il est souvent préférable de préciser quel type de mot est employé : **nom, verbe, adjectif, adverbe**, etc., en spécifiant encore davantage, éventuellement : *si l'auteur emploie le verbe d'état* demeurer, *c'est afin de souligner l'idée de permanence*.

moteur, dispositif assurant le mouvement d'un engin mécanique : **machine** (⇧ agencement mécanique, se dit notamment pour un navire : *stoppez les machines !*) ; **machinerie** (id. ; ⇧ aspect mécanique) ; **propulseur** (⇧ capacité à assurer l'avance, surtt véhicules maritimes ou aériens).

motif, v. cause.

motiver, v. causer.

mou, 1. qui n'offre pas de résistance à la pression : **tendre** (⇧ idée d'une certaine fragilité, facilité à entamer : *une jeune tige encore tendre*) ; **ramolli** (⇧ changement d'état); **malléable** (⇧ que l'on peut facilement modeler: *la terre humide était encore malléable*); **flasque** (⇧ manque de tension: *les joues flasques retombaient le long du visage*); **spongieux** (⇧ comme une éponge, retient l'eau); v. aussi **flexible**. 2. v. faible.

mouchard, v. espion.

moucharder, v. dénoncer.

moufle, v. gant.

mouillé, v. humide.

mouiller, mettre en contact avec un liquide: **imbiber** (⇧ imprégnation assez forte: *un buvard imbibé d'encre*); **humecter** (⇧ petite quantité: *humecter l'éponge pour effacer le tableau*); **tremper** (⇧ fait de plonger dans un liquide: *tremper sa plume dans le vinaigre*); **baigner** (id.; ⇧ prolongé); **inonder** (⇧ grande quantité d'eau qui submerge tout: *la cuve percée inonda le garage de gasoil*); **humidifier** (⇧ simple humidité: *humidifier l'atmosphère*); **(ré)hydrater** (⇧ techn., réapprovisionner en eau un tissu organique, etc.); v. aussi **arroser**.

moult, v. beaucoup.

mourant, qui est sur le point de mourir: **moribond** (⇧ idée de faiblesse, pathétique); **agonisant** (⇧ souligne le dernier combat); v. aussi **mourir**. ≈ **à toute extrémité**; **au plus mal**.

mourir, quitter la vie: **décéder**, **trépasser**, **disparaître** (v. mort); **périr** (⇧ mort violente: *tous les passagers périrent dans le naufrage*); **succomber** (⇧ idée de la victoire d'un mal quelconque: *succomber à une grave maladie*); **être emporté** (id.; ⇧ soudain); **s'éteindre** (⇧ doucement: *il s'est éteint dans son lit à l'âge de quatre-vingt-quinze ans*); **agoniser** (⇧ derniers moments: *il est en train d'agoniser*); **expirer** (⇧ le dernier moment: *il vient d'expirer*); **rendre l'âme**, **rendre le dernier soupir** (id.); **crever** (⇧ animaux, ou grossier: *qu'il crève!*); **claquer** (fam.). ≈ **trouver la mort** (⇧ accident: *quarante personnes ont trouvé la mort dans l'incendie du supermarché*); **laisser sa peau** (id.; fam.); **y rester** (id.); **passer de vie à trépas** (⇧ emphat. et ironique); **casser sa pipe** (fam.); **n'être plus** (⇧ uniqt *a posteriori*: *il n'est plus*).

mousse, v. marin.

mouvement, I. fait de ne pas occuper constamment la même position. 1. de façon linéaire: **déplacement** (⇧ souligne le passage d'un lieu à l'autre: *le déplacement des astres dans le ciel*); **circulation** (⇧ avec retour au point de départ, ou de façon collective et mal définie: *la circulation du sang*); **évolution** (id.; ⇧ se dit surtt du mouvement de troupes, cavaliers, danseurs, etc., dans un espace limité: *les évolutions de la ballerine sur la scène*); **marche** (⇧ fait d'avancer: *la marche du progrès*); **progression** (id.; ⇧ espace gagné par rapport au moment précédent); **avance** (id.); **course** (⇧ en ce sens, ne se dit guère que des astres: *observer la course des planètes*); **cours** (⇧ uniqt astres ou objets abstraits: *on ne peut arrêter le cours des événements*). 2. en restant sur place: **agitation** (⇧ fort et désordonné: *l'agitation des flots, de la foule affairée*); **fluctuation** (⇧ idée de haut et de bas, surtt pour des termes abstraits: *la fluctuation des cours du pétrole*). SPÉC. **balancement** (⇧ mouvement d'aller et retour régulier, surtout en avant et en arrière, ou fig.: *le balancement régulier des branches*); **ondulation** (⇧ image de l'onde); **oscillation** (id.; ⇧ régularité quasi géométrique); **va-et-vient** (⇧ souligne l'aller et retour: *le va-et-vient du pendule*). 3. en particulier pour un corps humain: **geste** (⇧ côté maîtrisé, et souvent significatif: *l'appeler avec de grands gestes*); **gesticulation** (id.; ⇧ désordonné et rapide: *se livrer à des gesticulations frénétiques*); **contorsion** (id.; ⇧ forcé et disgracieux); **mimique** (⇧ volonté d'expression); ***signe** (⇧ pour indiquer qqch.: *lui adresser un signe de la main*).

II. la force qui fait changer de position: **impulsion** (⇧ considéré comme communiquée d'ailleurs); **élan** (id.; ⇧ par suite d'un mouvement préalable: *l'élan donné par la descente de la côte*); **branle** (vx; ⇧ surtt expr. **mettre en branle**: *il a mis en branle un processus qui lui échappe*); **dynamique** (⇧ abstrait: *communiquer une dynamique nouvelle aux recherches sur l'atome; observer la dynamique de la strophe*).

III. v. sentiment.

mouvoir (se), v. bouger.

moyen, adj., ce qui se trouve entre deux extrémités: **intermédiaire** (⇧ passage); **modéré** (⇧ retenue); **courant**, **ordinaire** (⇧ de qualité moyenne); **passable** (id.); **médiocre** (id., ⇧ fort).

moyen, n., 1. ce qui permet d'arriver à un but: ***façon** (⇧ très général, insiste sur le comment: *il existe de nombreuses façons de frauder le fisc*); **manière** (id.); **procédé** (⇧ mise en œuvre, notamment techn.: *un procédé littéraire usuel comme l'antithèse; un procédé de fabrication*); **méthode** (⇧ complexe et élaboré: *la meilleure méthode pour rete-*

nir ses conjugaisons) ; **système** (id. ; ⇧ fam. en ce sens) ; **truc** (id.) ; **technique** (⇧ insiste sur l'aspect techn.) ; **artifice** (⇧ souligne le caractère peu naturel : *le monologue constitue souvent un artifice littéraire destiné à nous révéler la pensée du personnage*) ; **biais** (⇧ indirect : *s'en tirer par un biais*) ; **secret** (⇧ caché, ou rare, difficile, magique : *avoir le secret de se faire aimer*) ; v. aussi **ruse** et **façon**. || *Au moyen de* : **grâce à** ; **à l'aide de** ; **par**. ≈ expr. verb. avec ***utiliser**, **avoir recours à** : *l'auteur a recouru au style indirect pour rapporter les propos* pour, *l'auteur rapporte — au moyen du —*. 2. au pl., v. bien, n.

muet, v. silencieux.

mugir, crier pour les bovidés : **meugler**, **beugler** (⇧ vaches, bœufs, taureaux) ; au fig., faire un bruit sourd : **gronder** (⇧ orage, vent).

mugissement, cri des bovidés : **meuglement**, **beuglement** (v. mugir).

multiple, v. beaucoup.

multiplication, v. augmentation.

multiplicité, v. nombre.

multiplier, v. augmenter.

multitude, v. abondance, beaucoup et foule.

muni, qui possède qqch. : **pourvu**, **équipé**, **doté** (v. fournir) ; **doué** (⇧ uniqt être vivant, faculté : *un animal doué de raison*) ; v. aussi **avoir**.

munir, v. fournir. || *Se munir* : **se pourvoir**, **s'équiper**, **se doter** (v. fournir).

mur, construction de maçonnerie destinée à assurer la séparation d'un espace clos : **muret** (⇧ de faible hauteur) ; **murette** (id.) ; **paroi** (⇧ considéré de l'intérieur : *venir buter contre la paroi*) ; **cloison** (⇧ séparation entre deux pièces : *une cloison peu épaisse qui n'isolait guère du bruit*) ; **muraille** (⇧ surtt fortifications : *la Grande Muraille de Chine*).

mûr, v. prêt et mûrir.

muraille, v. mur.

muret, v. mur.

mûrir, devenir mûr : **se faire** (⇧ fig., idée d'amélioration). ≈ **parvenir à maturité**, **à maturation**.

murmure, v. bruit.

murmurer, 1. faire entendre un son très léger : **chuchoter** (⇧ idée de conversation, ou fig.) : *les buissons chuchotaient comme d'anciens amis* (Hugo) ; **susurrer** (⇧ très doucement, surtt à l'oreille) ; **marmonner** (⇧ paroles indistinctes que l'on garde pour soi : *de dépit, il resta à marmonner dans son coin*) ; **bougonner**, **grogner** (id. ; ⇧ mécontentement souligné) ; **grommeler** (id.) ; **marmotter** (⇧ tr., des paroles rapides et peu nettes). 2. v. se plaindre.

muse, v. inspiration.

museau, v. visage.

musée, local où se trouvent exposés des objets : **galerie** (⇧ pour les œuvres d'art, notamment salles d'exposition privées, ou noms figés : *la Galerie des Offices*) ; **pinacothèque** (⇧ uniqt peinture, surtt appellations figées, à l'étranger : *la Pinacothèque de Brera*) ; **muséum** (⇧ histoire naturelle, surtt appellations figées). ≈ **collection** (**de peinture**, **de sculpture**, etc.) (⇧ plutôt privé, ou insistance sur le contenu : *les grandes collections publiques américaines*).

musical, qui a rapport à la musique : **mélodieux** (⇧ souligne la musique qui se dégage, du point de vue de la perception : *les accents mélodieux du violon*) ; **mélodique** (⇧ éléments techn. de la mélodie : *la ligne mélodique de l'air ; les recherches mélodiques dans l'agencement des syllabes*) ; **harmonieux** (⇧ souligne l'accord, souvent au fig. : *une construction harmonieuse*) ; **harmonique** (⇧ point de vue techn., v. mélodieux, mélodique) ; **rythmé** (⇧ retour régulier d'éléments semblables : *un air entraînant rythmé*) ; **rythmique** (id. ; ⇧ considéré du point de vue techn. : *l'aspect rythmique de la composition*) ; **polyphonique** (⇧ à plusieurs parties : *une composition polyphonique du* XVI*e* *siècle*) ; **euphonique** (⇧ surtt en littérature, souligne la recherche de l'accord des sons).

musicalité, v. musique.

musicien, personne qui s'occupe de musique : **compositeur** (⇧ qui compose) ; **virtuose** (⇧ talent exceptionnel) ; **mélomane** (⇧ qui s'intéresse à la musique : *c'était un mélomane averti*). SPÉC. **pianiste**, **violoniste**, **guitariste**, etc. ≈ **joueur de piano**, **de violon**, etc. ; **amateur de musique**.

musique, ce qui touche à l'arrangement harmonieux des sons : ***mélodie** (⇧ ligne générale des notes, peut désigner une composition musicale simple : *la mélodie évoque les complaintes orientales ; une mélodie populaire*) ; **air** (id. ; ⇧ courant) : *il est un air languissant et funèbre* (Nerval) ; **harmonie** (⇧ accord entre les sons, dans une composition polyphonique, surtt) ; **musicalité** (⇧ qualité musicale de qqch. : *la musicalité remarquable des vers de Verlaine*) ; **composition** (⇧ vague, s'applique à un morceau composé particulier : *une composition pour clavecin de Scarlatti*) ; ***rythme** (⇧ retour des éléments sonores semblables : *un rythme endiablé ; étudier le rythme d'une strophe*) ; **polyphonie, euphonie** (v. musical) ; v. aussi **chant**. GÉN. **son**.

musulman, de la religion islamique : **islamique, mahométan, sunnite, chiite** (v. islam).

mutation, v. changement.

mutilé, v. infirme.

mutuel, qui relève de l'un et de l'autre : **réciproque** (⇧ retour : *liés par un amour réciproque*) ; **partagé** (⇧ souligne la communauté, ne se dit que des sentiments) ; **bilatéral** (⇧ vocabulaire diplomatique : *un accord bilatéral entre les puissances belligérantes*).

mutuellement, de façon mutuelle : **réciproquement, bilatéralement.** ≈ **l'un l'autre.**

mystère, ce qui se cache aux yeux du plus grand nombre : **secret** (⇧ ce que qqn cache à autrui, ou par ext. : *percer les secrets de la Grande Pyramide*) ; **énigme** (⇧ idée de ce qui suscite une volonté de déchiffrement : *l'énigme des statues monolithiques de l'île de Pâques*) ; **arcanes** (⇧ idée d'un secret ésotérique : *les arcanes de la Kabbale*). ≈ expr. avec ***caché, *mystérieux.**

mystérieux, qui recèle un mystère : **secret, énigmatique** (v. mystère) ; **ésotérique** (⇧ réservé à quelques initiés) ; **cabalistique** (⇧ idée d'une science secrète compliquée) ; **occulte** (id.) ; **incompréhensible** (⇧ faible, souligne simplement la difficulté à comprendre) ; **inexplicable** (id.) ; v. aussi **étrange**, **caché** et **imaginaire**.

mystification, v. tromperie.

mystifier, v. tromper.

mythe, v. légende.

mythique, v. imaginaire.

mythologie, ensemble des récits plus ou moins liés aux croyances religieuses de l'antiquité : **fable** (vx ; ⇧ au sg., envisage la mythologie comme source d'ornements littéraires : *recourir à des exemples empruntés à la fable*) ; **légende** (⇧ large, souligne l'aspect imaginaire) ; **panthéon** (⇧ s'applique uniqt aux dieux : *Pluton est une figure du panthéon antique, régnant sur l'empire des morts*). GÉN. ***croyances** (**antiques, païennes**). ≈ **le mythe, les mythes** (**grecs, antiques**) ; **récits mythiques, légendaires** ; **traditions légendaires, héroïques, épiques.**

mythologique, qui relève de la mythologie : **fabuleux, légendaire** (v. mythologie).

mythomane, v. menteur.

N

nabot, v. nain.

nage, fait de se déplacer sur l'eau à l'aide de mouvements du corps : **natation** (⇧ considérée comme un sport : *pratiquer la natation*).

nager, v. flotter et nage.

naguère, v. autrefois.

naïf, qui est disposé à faire confiance à autrui sans précaution : **candide** (⇧ absence de toute idée de mal : *un jeune homme simple et candide*) ; **crédule** (⇧ fait de croire ce que l'on dit) ; **innocent, ingénu** (⇧ absence de toute expérience) ; **niais** (⇧ péjor., manque de finesse et d'intelligence : *un grand dadais totalement niais*) ; **simplet** (⇧ manque d'intelligence, mais plutôt avec commisération : *excusez-la, elle est un peu simplette*).

nain, d'une taille inférieure à la normale : **nabot** (⇧ péjor., insultant, souligne la laideur : *on allait donc la marier à ce nabot !*) ; **freluquet** (fam. ; ⇧ manque de vigueur générale).

naissance, 1. fait de naître : **nativité** (⇧ uniqt religieux) ; **enfantement, procréation, génération** (⇧ avec un complément, v. enfanter) ; **genèse** (⇧ pour une réalité abstr., lent : *la genèse des espèces*). 2. v. commencement.

naître, 1. sortir du ventre de sa mère : **venir au monde** (⇧ souligne le moment précis) ; **voir le jour** (id. ; ⇧ litt.). 2. v. commencer.

naïveté, caractère de ce qui est naïf : **candeur, crédulité, innocence, ingénuité, niaiserie, simplesse** (v. naïf).

narguer, v. affronter.

narquois, v. moqueur.

narrateur, v. auteur et personnage.

narration, v. histoire.

narrer, v. raconter.

natation, v. nage.
nation, v. pays.
nationalisation, fait de nationaliser : collectivisation, **étatisation**, **expropriation** (v. nationaliser).
nationaliser, confier la propriété d'un bien à l'Etat : **collectiviser** (⇧ dans le cadre d'un régime socialiste, collectiviste : *Staline a collectivisé l'agriculture soviétique*) ; **étatiser** (⇧ rôle de l'Etat, plutôt polémique) ; **exproprier** (⇧ désigne seulement l'opération par laquelle un propriétaire se voit dépossédé de son bien : *les terrains ont été expropriés en vue de la construction de la voie ferrée*).
nationalisme, v. patriotisme.
nationaliste, v. patriote.
nativité, v. naissance.
naturalisme, v. réalisme.
nature, 1. ce qui constitue l'être profond de qqch. : **essence** (⇧ en ce qu'il a de plus spécifique : *l'essence même de l'Etat est l'exercice de l'autorité*) ; **substance** (⇧ aspect de réalité consistante : *les mots sont la substance de la poésie*) ; **définition** (⇧ dans des expr. comme : *par définition, un poète est un imaginatif*) ; v. aussi **cause**. 2. les qualités profondes d'une personne : **naturel** (⇧ dispositions psychologiques et morales : *d'un naturel distrait*) ; **tempérament** (⇧ aspect physiologique supposé des dispositions : *d'un tempérament sanguin et excessif*) : **complexion** (id. ; ⇧ aspect physiologique, rare et savant) ; **constitution** (id. ; ⇧ physique encore) ; v. aussi **caractère**. 3. v. sorte. 4. v. monde.
naturel, adj., 1. qui n'est pas touché par l'activité humaine : **brut** (⇧ aspect primitif de ce qui appellerait plutôt transformation : *une pépite d'or brut*) ; **pur** (⇧ absence de souillure : *l'eau pure des sources de haute montagne*) ; **authentique** (⇧ non-falsification : *un authentique vin de pays*). 2. v. inné. 3. v. simple.
naturel, n., 1. v. caractère. 2. absence d'affectation : **franchise**, **sincérité** ; **spontanéité** (⇧ sans artifice, *elle a répondu avec franchise*) ; **fraîcheur**, **simplicité** (⇧ fort) ; **aisance**, **facilité** (⇧ sans embarras, *parler avec aisance*).
naufrage (faire), v. couler.
nauséabond, v. dégoûtant.
nautique, v. marin.
naval, v. marin.
navigateur, v. marin.
naviguer, faire voyage sur l'eau : **bourlinguer** (⇧ idée de navigations nombreuses, pour un marin expérimenté : *il avait bourlingué en mer de Chine*) ; **croiser** (⇧ pour une escadre de guerre : *la Troisième Flotte croise en Méditerranée*) ; **voguer** (⇧ poét.) : *un soir, t'en souvient-il, nous voguions en silence* (Lamartine) ; **cingler** (id. ; ⇧ idée de trajet aisé et lointain : *cingler vers le large*).
navire, v. bateau.
navrant, v. triste.
néanmoins, v. cependant.
néant, v. rien.
nécessaire, 1. dont on ne peut se passer : **indispensable** (⇧ besoin absolu : *un équipement indispensable pour un spéléologue*) ; **primordial** (⇧ souligne le besoin premier, surtt pour un terme abstrait : *une qualité primordiale pour un enseignant est la patience*) ; **impératif** (⇧ souligne le fait que cela s'impose) ; v. aussi **utile** et **falloir**. 2. v. falloir et devoir. 3. v. inévitable et fatal.
nécessairement, v. inévitablement et falloir.
nécessité, v. besoin et pauvreté.
nécessiter, v. besoin (avoir).
nécessiteux, v. pauvre.
nécromancie, v. magie.
nécromancien, v. magicien.
nécromant, v. magicien.
nécropole, v. cimetière.
nef, v. bateau.
néfaste, v. mauvais.
négatif, v. mauvais.
négligence, manque de soin : **laisser-aller** (fam. ; ⇧ état général de manque de volonté) ; **insouciance** (⇧ état d'esprit, avec l'idée d'une attitude agréable : *il vivait dans l'insouciance, sans se préoccuper du lendemain*) ; **nonchalance** (⇧ idée de paresse) ; **incurie** (⇧ se dit plutôt de personnes ayant des responsabilités, notamment les gouvernants : *l'incurie administrative*) ; **relâchement** (⇧ baisse d'attention) ; **omission** (⇧ oubli).
négligent, qui manque de soin : **insouciant**, **nonchalant** (v. négligence).
négliger, 1. traiter sans sérieux ni attention : **laisser aller** (v. négligence) ; **se désintéresser** (⇧ fait de penser à autre chose : *après la mort de son épouse, il se désintéressa totalement de l'éducation de ses enfants*) ; **délaisser** (⇧ abandon : *une enfant délaissée ; délaisser ses affaires*) ; v. aussi **mépriser**. ≈ avec nég. **ne pas s'occuper de**. 2. ne pas accorder d'importance. ≈ avec nég. : **ne pas tenir compte de** ; **ne faire aucun cas de** ; **prendre par-dessus la jambe** (familier).
négoce, v. commerce.
négociant, v. commerçant.
négociation, v. conversation.

nerveux, qui a tendance à se placer dans des états d'émotivité extrême: **énervé** (⇧ dans une situation précise: *il semblait très énervé*; v. aussi le verbe énerver); **tendu** (id.; ⇧ idée de préoccupation extrême); **excité** (⇧ propension à manifester sa nervosité par des comportements, et sur la cause); **agité** (id.; ⇧ mouvement: *très agité, il ne cessait de regarder convulsivement derrière lui*); **fébrile** (id.; ⇧ comme sous l'effet de la fièvre); **hystérique** (id.; ⇧ état de crise, souvent pathologique); v. aussi **inquiet**.

nervosité, état d'une personne nerveuse: **énervement, tension, excitation, agitation, fébrilité, hystérie** (v. nerveux).

net, v. propre.

nettoiement, v. nettoyage.

nettoyage, fait de rendre propre: **nettoiement** (⇧ considéré comme un service général, ou opération de grande ampleur); ***lavage, lessivage, débarbouillage, détachage, purification, désinfection, décrassage** (v. laver).

nettoyer, rendre propre: **briquer** (fam.; ⇧ à fond); **essuyer** (⇧ avec un chiffon, pour enlever la poussière, etc.); **épousseter** (⇧ superficiel); v. aussi laver. ≈ **faire le ménage**.

neuf, v. nouveau.

neutralité, fait de rester en dehors d'un conflit: **impartialité** (⇧ ne pas prendre parti); **équilibre** (⇧ fait de ne pas pencher plus d'un côté que de l'autre); **non-intervention** (⇧ terme de politique internationale, fait de ne pas intervenir, pour une puissance étrangère); **laïcité** (⇧ uniqt pour une institution au regard des options confessionnelles: *la laïcité de l'école publique*); v. aussi **justice**.

neutre, qui garde la neutralité: **impartial, laïc**; **non engagé** (⇧ manifeste la réserve vis-à-vis de l'action); v. aussi juste. ≈ **tenir la balance égale entre**; **ne pas prendre parti, ne pas se décider pour**; **ne pas intervenir, se prononcer**.

névrose, v. folie.

névrosé, v. fou.

niais, v. naïf.

niaiserie, v. naïveté.

nicher, v. habiter.

nier, déclarer qqch. faux: **dénier** (⇧ en droit: *dénier à son adversaire la qualité dont il excipait*); **démentir** (⇧ des faits); **contester** (⇧ idée de critique des fondements de l'affirmation); v. aussi **contredire**.

nippé, v. habillé.

nippes, v. vêtement.

niveau, v. hauteur. || *Niveau de vie*: **train de vie** (⇧ insiste plutôt sur la dépense); **standard de vie** (⇧ américanisme, plus général, insiste sur la norme dans une collectivité); **standing** (⇧ l'apparence de richesse: *un immeuble de grand standing*); v. aussi **luxe**.

noble, 1. personne appartenant à l'ordre de la noblesse, catégorie supérieure des sociétés d'ancien régime: **aristocrate** (⇧ général, dans des sociétés où n'existe pas forcément une noblesse proprement dite, parfois péjor.: *les aristocrates du Faubourg Saint-Germain*); **seigneur** (⇧ implique une position dominante réelle: *les seigneurs et les paysans du Moyen Age*); **gentilhomme** (⇧ terme d'ancien régime: *pour occuper certains offices, il fallait être né gentilhomme*); **grand** (⇧ terme d'ancien régime, s'applique seulement à la très haute noblesse); **hobereau** (⇧ à la campagne, plutôt dépréciatif); **nobliau** (⇧ de petite noblesse, péjor.: *les nobliaux de province désargentés*); **hidalgo** (⇧ Espagne, sens de l'honneur exacerbé et ridicule). 2. v. élevé.

noblesse, 1. catégorie sociale supérieure: **aristocratie** (v. noble). 2. v. élévation.

noce, v. mariage et débauche.

nocif, v. mauvais.

nœud, disposition d'un fil et d'un cordage permettant d'attacher qqch.: **boucle** (⇧ insiste sur le simple fait de recourber sur soi-même: *faire une boucle à ses lacets*).

noir, 1. v. sombre. 2. v. triste. 3. adj. et n., personne de couleur noire: **nègre** (⇧ vieilli, souvent senti comme dépréciatif: **la traite des nègres**); **africain** (⇧ limité, Afrique). ≈ **homme de couleur**.

nom, 1. ce par quoi qqch. est désigné dans une langue: **désignation** (⇧ insiste sur la correspondance entre le mot et la chose: *la désignation d'un objet peut varier en fonction des registres techniques*); **appellation** (⇧ lié au fait de nommer: *ce produit a reçu une appellation différente depuis quelque temps*); **dénomination** (⇧ pour établir un caractère particulier); v. aussi **mot**. SPÉC. **patronyme** (⇧ nom de famille); **prénom**; **surnom**; **sobriquet** (id.; ⇧ péjor.). 2. partie du discours, terme grammatical: **substantif** (⇧ technique).

nomade, qui n'a pas de domicile fixe: **vagabond** (⇧ insiste sur la démarche au hasard, souvent dépréciatif, misère: *un vagabond qui couchait dans les granges*); **ambulant** (⇧ insiste sur le fait de se déplacer, plutôt dans le cadre d'une activité précise : *un rétameur ambulant*) ; **itinérant** (id. ; ⇧ cadre mieux établi) ; **forain** (⇧ se dit surtt aujourd'hui des travailleurs ambulants des fêtes et des foires).

nombre, 1. expression d'une quantité mathématique : **chiffre** (⇧ s'applique en principe plutôt au signe, mais par ext., équivaut à nombre : *croire que le chiffre treize porte malheur*) ; **numéro** (⇧ dans un système de repérage par numérotation : *vous aurez le numéro cinq*). 2. quantité dénombrable : **compte** (⇧ idée d'une quantité précise : *y a-t-il le compte de sacs prévu ?*) ; **effectif** (id. ; ⇧ pour des personnes : *l'effectif de la classe s'est trouvé d'un seul coup réduit de moitié*) ; v. aussi **quantité** et **beaucoup**.

nombreux, v. beaucoup.

nomenclature, v. liste.

nomination, fait de nommer à un poste : **désignation, affectation, titularisation, promotion** (v. nommer).

nommer, 1. v. appeler. 2. établir dans un poste : **désigner** (⇧ fait de choisir entre plusieurs : *il a été désigné pour occuper le portefeuille des Travaux publics*) ; **affecter** (⇧ idée de diriger une personne déjà choisie vers un poste précis, dans l'administration : *les jeunes recrutés sont fréquemment affectés en province*) ; **titulariser** (⇧ accès à une situation définitive) ; **promouvoir** (⇧ avancement).

nonchalance, v. négligence et paresse.

nonchalant, v. négligent et paresseux.

nonobstant, v. cependant et malgré.

normal, qui est conforme à ce qui est défini d'avance : **légitime** (⇧ renvoie au droit : *cette démarche est entièrement légitime*) ; **usuel** (⇧ conforme à l'usage : *le subjonctif est en français l'expression usuelle de l'ordre à la troisième personne*) ; v. aussi **courant** et **habituel**.

norme, v. règle.

nostalgie, v. regret. || *Avoir la nostalgie* : v. regretter.

nostalgique (être), v. regretter.

notabilité, v. personnalité.

notable, v. important et personnalité.

note, 1. ensemble de brèves indications écrites : **remarque** (⇧ à propos d'autre chose : *l'auteur avait jugé bon d'ajouter une remarque dans la marge*) ; **réflexion** (⇧ large, suppose une activité de pensée particulière) ; **indication** (⇧ avec un but d'éclaircissement sommaire) ; **annotation** (⇧ précisément ce que l'on ajoute à un texte : *les annotations du commentateur*) ; **apostille** (⇧ avec caractère d'ajout à la fin) ; v. aussi **explication**. 2. jugement porté sur un travail ou une personne, éventuellement en termes chiffrés : **appréciation** (⇧ circonstancié) ; **évaluation** (moderne).

noter, 1. écrire qqch. pour ne pas l'oublier, ou, par ext., prendre soin de loger dans sa mémoire : **enregistrer** (⇧ fait de graver dans la mémoire : *j'ai bien enregistré votre commande*) ; **consigner** (⇧ dans un aide-mémoire quelconque : *consigner les événements de ce jour dans son journal*) ; **relever** (⇧ vague : *un fait que j'ai relevé dans le journal*) ; v. aussi **écrire**. ≈ **prendre (bonne) note**. 2. porter une appréciation sur la valeur d'un travail : **apprécier, évaluer** (v. note).

notion, v. idée.

notoire, v. célèbre.

notoriété, v. célébrité.

nouer, v. attacher.

nourrir, 1. procurer à un être vivant de quoi entretenir sa vie : **alimenter** (⇧ direct et concret, ou techn.) ; **sustenter** (⇧ savant, insiste sur la capacité de maintenir en vie : *avoir du mal à se sustenter*) ; **restaurer** (⇧ après un moment de jeûne : *nous allons enfin pouvoir nous restaurer après cette longue marche*) ; **rassasier** (⇧ insiste sur l'effet totalement obtenu) ; **gaver** (⇧ jusqu'à l'extrême limite des possibilités : *se gaver de bonbons*) ; **gorger** (id. ; ⇧ litt.) ; **ravitailler** (⇧ large, fournir de la nourriture à un individu ou une collectivité) ; **entretenir** (⇧ sens général, permettre de vivre : *entretenir une cocotte*). SPÉC. **allaiter** (⇧ pour un bébé, au lait, et surtt au sein). || *Se nourrir* : **s'alimenter, se sustenter, se restaurer, se gaver, se gorger** ; **se repaître** (⇧ bêtes fauves : *le lion se repaît d'antilopes*, ou sens fig. : *se repaître de scandales)* ; v. aussi **manger**. 2. v. élever.

nourrissant, pour une nourriture, qui a un pouvoir de nutrition important : **nutritif** (⇧ techn. : *la valeur nutritive d'un aliment)* ; **substantiel** (⇧ apport) ; **reconstituant** (⇧ fait de rendre des forces) ; **alimentaire** (⇧ souligne simplement l'appartenance à la catégorie des nourritures : *un produit alimentaire*). ≈ **qui tient au corps** (fam.).

nourrisson, v. bébé.

nourriture, ce qui nourrit : **aliment** (v. nourrir) ; **alimentation** (⇧ général, considéré dans ses modalités habituelles : *une alimentation malsaine*) ; **nutrition** (id. ; ⇧ physiologique, insiste sur la qualité du processus : *la nutrition des nouveau-nés*) ; **manger** (cour., ou vx : *on peut apporter son manger*) ; **mangeaille** (⇧ animaux, et fam. pour les hommes) ; **vivres** (⇧ ce que l'on stocke pour se nourrir : *les vivres vinrent à manquer*) ; **ravitaillement** (id.) ; **provisions** (id.) ; **victuailles** (⇧ ensemble de nourritures, plutôt considérées comme provisions : *déballer les victuailles pour le pique-nique*) ; **chère** (⇧ ce que l'on sert à un repas, d'une certaine qualité ou quantité : *faire maigre chère*) ; **soupe** (id. ; fam., notamment militaire : *la soupe est-elle bonne ?*) ; **pitance** (⇧ portion donnée à chacun, surtt expr. : *une maigre pitance*) ; **subsistance** (⇧ envisagé en général comme ce qui assure la vie : *assurer sa subsistance en donnant des leçons de piano*) ; **pain** (id. ; ⇧ surtt expr. *gagner son pain*) ; **croûte** (fam., id. : *gagner sa croûte*) ; v. aussi **plat** et **repas**.

nouveau, 1. qui date de peu de temps : **récent** (⇧ souligne la proximité dans le temps : *une décision récente de la direction*) ; **frais** (⇧ id. ; ⇧ souligne le fait que le temps n'a pas encore altéré la chose : *nouvelles fraîches*) ; **moderne** (⇧ par rapport à l'époque actuelle : *les habitudes modernes*) ; **neuf** (⇧ souligne l'opposition avec ce qui est vieux, idée positive : *un habit neuf ; le bonheur est une idée neuve en Europe*) ; **novateur** (⇧ pour des projets, des idées : *une position novatrice en matière de poésie*) ; **renouvelé** (⇧ par reprise dans une nouvelle perspective : *l'auteur nous propose une image renouvelée de la Chine antique*) ; **inédit** (⇧ pour un livre, et par ext., pour une idée, une habitude, etc. : *un spectacle inédit*) ; **original** (⇧ différence avec ce qui est habituel) ; **révolutionnaire** (⇧ en un sens affaibli, qui vient tout changer : *une découverte révolutionnaire*). 2. v. autre.

nouveauté, qualité de ce qui est nouveau : **fraîcheur, modernité, originalité** (v. nouveau).

nouvelle, v. information.

noyau, v. centre.

nu, qui n'est pas habillé : **déshabillé** (⇧ insiste sur l'absence de vêtements) ; **dévêtu** (id. : *une beauté dévêtue*). ≈ **à poil** (fam.) ; **dans le plus simple appareil** (⇧ humoristique) ; **en tenue d'Adam, d'Eve** (id.).

nuage, formation de vapeur d'eau circulant dans le ciel : **nuée** (⇧ litt., ou menace d'averse) ; **nue** (vx et poétique).

nuance, v. couleur et différence.

nue, v. nuage.

nuée, v. nuage.

nuire, porter du tort : **gêner** (⇧ obstacle plus que véritable tort) ; **compromettre** (⇧ pour une chose ou une pers., idée de mettre en danger le succès : *la grêle a compromis la récolte ; cette bévue compromet ses chances de réussite*) ; **léser** (⇧ idée d'une grave altération, surtt pour des affaires personnelles : *léser la réputation de qqn*). ≈ **causer du tort, porter tort ; porter atteinte, préjudice ; faire du mal ; être nuisible, nocif, néfaste**, etc. (v. mauvais).

nuisible, v. mauvais.

nuit, v. obscurité.

nul, v. aucun et incapable.

nullité, v. incapacité.

numéraire, v. argent.

numéro, v. nombre et spectacle.

nuptial, v. conjugal.

nutritif, v. nourrissant.

nutrition, v. nourriture.

O

obéir, faire ce que l'on ordonne : **suivre** (⇧ exécution de l'ordre : *il n'a fait que suivre les ordres de ses supérieurs*) ; **exécuter** (id. ; ⇧ réalisation) ; **observer** (⇧ des commandements généraux : *observer les commandements de Dieu*) ; **se soumettre** (⇧ forte idée d'attitude forcée, subie : *il se soumit aux exigences du conquérant*) ; **s'incliner** (id. ; ⇧ après une certaine résistance : *s'incliner devant la volonté de son père*) ; **se plier à** (id. : *se plier à tous les caprices de son maître*) ; **obtempérer** (⇧ par suite d'un ordre ayant le caractère d'un avertissement, d'une sommation : *il obtempéra à l'injonction de l'agent de ville*) ; **déférer à** (⇧ par respect : *déférer à son désir*) ; **s'exécuter** (⇧ emploi absolu, plutôt contrainte : *sommé de présenter ses excuses, il s'exécuta sur l'heure*).

obéissance, fait d'obéir : **exécution, observation, soumission** (v. obéir ; ⇧ en emploi avec un compl. de la chose accomplie : *l'exécution des ordres reçus,* etc. ; seul *soumission* peut s'employer absolument ou avec un compl. de la pers. : *faire preuve d'une soumission aveugle à ses chefs*) ; **docilité** (⇧ la bonne volonté) ; **subordination** (⇧ ordre hiérarchique) ; **servilité** (⇧ d'une façon indigne d'un homme libre : *une soumission qui frisait la servilité*).

obéissant, qui obéit : **soumis, docile, servile** ; **discipliné** (⇧ obéissance aux règles et acceptation de la hiérarchie : *un soldat discipliné*).

objecter, v. répondre.

objectif, adj., v. juste.

objectif, n., v. but.

objection, v. critique.

objectivité, v. justice.

objet, v. chose.

obligation, 1. fait d'être obligé de faire qqch. : **contrainte, astreinte** (v. obliger) ; v. aussi **contrainte**. 2. v. devoir.

obligatoire, à quoi l'on est obligé : **obligé, forcé** (v. obliger)

obliger, mettre dans l'impossibilité de ne pas faire qqch. : **contraindre** (⇧ fort, soutenu, pas nécessairement de façon directe : *le contraindre à résigner ses fonctions*) ; **forcer** (⇧ idée d'une action directe et éventuellement violente, ou contrainte très forte : *il a été forcé de se rendre*) ; **réduire à** (⇧ idée d'une conséquence finale : *ils l'ont réduit à user d'expédients*) ; **condamner** (id. ; ⇧ idée d'une fatalité : *il s'est vu condamné à mener cette vie misérable*) ; **astreindre** (⇧ idée d'une tâche pénible, imposée par obligation ou devoir : *être astreint à se lever de très bonne heure*). ≈ avec le verbe **imposer** + n. : *je lui ai imposé une heure de travail quotidien.*

obnubiler, v. obséder.

obscène, qui choque les convenances en matière sexuelle : ***grossier** (⇧ condamnation pour vulgarité) ; **grivois** (⇧ en conservant un certain bon ton apparent : *raconter avec verve une anecdote grivoise*) ; **leste** (id. ; ⇧ certaine désinvolture : *risquer un propos un peu leste*) ; **graveleux** (⇧ surtt sous-entendus) ; **égrillard** (id. ; ⇧ retenu, avec un aspect un peu pervers) ; **polisson** (id. ; ⇧ certain aspect joyeux) ; **ordurier** (⇧ fort) ; **scatologique** (⇧ à base d'allusions à la défécation) ; **pornographique** (⇧ s'applique plutôt à des œuvres à caractère obscène : *littérature, cinéma pornographiques*) ; **immoral, licencieux** (⇧ par rapport à un sens de la morale) ; **cochon** (fam. : *un roman cochon*) ; v. aussi **indécent**.

obscénité, caractère de ce qui est obscène, ou propos obscène : **grossièreté, grivoiserie, polissonnerie** (v. obscène).

obscur, 1. v. sombre. 2. qui n'est pas clair : **ténébreux** (⇧ fort, évoque une profonde obscurité : *Une ténébreuse affaire* [BALZAC]) ; **embrouillé** (⇧ insiste sur les tenants et aboutissants : *la situation était particulièrement embrouillée*) ; v. aussi **incompréhensible** et **compliqué**. 3. pour des pensées ou des propos : **hermétique** (⇧ suppose un déchiffrement : *le style hermétique de Mallarmé*) ; **ésotérique** (⇧ réservé à des initiés : *des philosophes qui tenaient à s'exprimer en termes ésotériques*) ; **abscons** (⇧ extrêmement mystérieux) ; **abstrus** (id.) ; **sibyllin** (⇧ évoque un oracle incompréhensible, avec l'idée d'allusions) ; **alambiqué** (⇧ par recherche excessive) ; **déroutant** (⇧ impression d'étrangeté) ; v. aussi **caché**.

obscurcir, rendre moins clair : **assombrir** (⇧ faible : *l'horizon s'assombrit : un orage se prépare*) ; **noircir** (⇧ coloration) ; **voiler** (⇧ par suite de l'interposition de qqch. : *le ciel se voile*).

obscurité, 1. manque de lumière : **ténèbres** (⇧ fort et litt.) : *bientôt nous plongerons dans les froides ténèbres* (BAUDELAIRE) ; **noir** (⇧ courant : *avoir peur du noir*) ; **nuit** (⇧ précisément période de disparition du soleil, ou par ext.) ; **ombre** (⇧ faible, ou poétique). 2. manque de clarté : **hermétisme, ésotérisme** (v. obscur).

obsédé, v. obséder.

obséder, constituer une idée fixe pour qqn : **obnubiler** (⇧ savant et fort : *il était obnubilé par la réussite au concours*) ; **hanter** (⇧ une crainte, un remords : *hanté par la conscience de sa faute*). ≈ **être une idée fixe.**

obsèques, v. enterrement.

observation, 1. fait de prêter une attention minutieuse à un phénomène : **étude** (⇧ large, suppose de la réflexion : *se livrer à l'étude des crustacés*) ; **examen** (⇧ avec un dessein méthodique, sur un cas précis) ; v. aussi **analyse**. 2. v. obéissance. 3. v. reproche. 4. v. remarque.

observer, 1. v. regarder. 2. se livrer à l'observation : **étudier, examiner, analyser** (v. observation). 3. v. obéir et respecter.

obsession, ce qui obsède : **hantise, idée fixe** (v. obséder) ; v. aussi **manie**.

obsolète, v. démodé.

obstacle, 1. ce qui empêche de passer : **barrage** (⇧ érigé intentionnellement sur toute la largeur de la route) ;

barricade (id. ; ⇧ dans un contexte insurrectionnel) ; **barrière** (⇧ général). 2. ce qui gêne la réalisation de qqch. : **entrave** (⇧ fort, et souvent opposé intentionnellement : *les tarifs douaniers constituent une entrave à la liberté du commerce*) ; **frein** (⇩ fort, seulement ce qui ralentit : *mettre un frein au développement économique et social*) ; **écueil** (⇧ fig., litt. : *voilà l'écueil sur lequel vient buter toute politique autoritaire*) ; **résistance** (⇧ opposition voulue : *l'application de la réforme se heurte à de fortes résistances*) ; **opposition** (id. ; ⇧ fort) ; **empêchement** (⇧ obstacle occasionnel, dans l'emploi mod. : *être retenu par un empêchement*) ; **contretemps** (id. ; ⇧ par rapport à un programme d'action) ; v. aussi **difficulté** et **gêne**.

obstination, fait d'être obstiné : **entêtement, opiniâtreté, acharnement, ténacité, persévérance** (v. têtu).

obstiné, v. têtu.

obstruer, v. boucher.

obtempérer, v. obéir.

obtenir, recevoir ce que l'on a cherché : **gagner** (⇧ idée de mérite : *gagner le cœur de sa bien-aimée*) ; **acquérir** (⇧ fait de chercher : *il a acquis le droit d'être respecté*) ; **se procurer** (id. ; ⇧ vague) ; **conquérir** (id. ; ⇧ de vive force, ou fig. : *conquérir l'affection générale*) ; **remporter** (⇧ un prix, un succès : *remporter un vif succès dans son rôle*) ; **décrocher** (id. ; ⇧ fam., également pour les diplômes : *décrocher le bac*) ; **capter** (⇧ par un moyen détourné : *il a su capter l'affection de ce vieillard*) ; v. aussi **avoir**.

obturer, v. boucher.

occasion, v. cas.

occasionnel, v. accidentel.

occasionner, v. causer.

occire, v. tuer.

occulte, v. caché et magique.

occupant, v. habitant.

occupation, 1. ce à quoi l'on emploie son temps : **activité** (⇧ large, insiste sur ce que l'on fait : *des activités de plein air*) ; **passe-temps** (⇧ insiste sur le caractère accessoire) ; v. aussi **travail** et **distraction**. 2. v. **invasion**.

occupé, qui a beaucoup de choses à faire : **accaparé, pris** (⇧ idée de manque de liberté : *il était toujours très pris*) ; **affairé** (⇧ surtt agitation, pas toujours efficace) ; **absorbé** (⇧ idée d'une attention constante).

occuper, 1. v. habiter. 2. remplir le temps : **employer** (⇧ souligne l'activité : *j'emploie mes heures de loisir à faire des mots croisés*) ; **meubler** (⇧ fait de remplir du temps libre). (|| *S'occuper* : déployer une activité dans un domaine quelconque : **se charger de** (⇧ responsabilité : *il se charge de l'entretien de la voiture*) ; **se consacrer** (⇧ occupation qui prend tout entier : *se consacrer à la politique*) ; **vaquer à** (⇧ temps disponible : *vaquer à ses occupations habituelles*) ; **se mêler de** (⇧ intervention inopportune : *mêlez-vous de ce qui vous regarde !*) ; **s'intéresser à** (⇧ vague, simple curiosité) ; v. aussi **travailler**. ≈ **passer, consacrer son temps à** ; **être chargé de, avoir la charge, la responsabilité de** (⇧ idée d'une délégation) ; **prendre soin** (⇧ idée d'attention particulière : *prendre soin de la basse-cour*). 3. pour des affaires, prendre le temps de qqn : **prendre, absorber** (v. occupé) ; **accaparer** (⇧ entièrement : *accaparé par son travail*). 4. garnir de troupes : **envahir** (⇧ entrée en force dans le pays) ; **s'emparer de** (⇧ fait de prendre possession de qqn ou qqch., retenir l'attention de qqn). ≈ **se rendre maître de** (⇧ idée de domination : *les Romains se rendirent maîtres de la Gaule*).

occurrence, v. cas.

océan, v. mer.

octroyer, v. attribuer.

odeur, émanation venant frapper l'odorat : **parfum** (⇧ uniqt agréable : *le parfum des prairies fraîchement coupées*) ; **senteur** (litt. ; ⇧ agréable également, mais pas de façon aussi nette) ; **arôme** (⇧ surtt en liaison avec des produits comestibles) ; **fumet** (id. ; ⇧ au cours de la cuisson) ; **fragrance** (très litt. ; ⇧ agréable et plutôt léger : *saisi par la fragrance des jasmins*) ; **effluves** (⇧ simple émanation, mais en général odorant, très litt.) ; **puanteur** (⇧ odeur très désagréable : *dans ces pays, la puanteur des rues est indescriptible*) ; **relent** (id. ; ⇧ reste d'odeur persistant : *un relent de vieille huile traînait dans la cuisine*) ; **remugle** (id. ; ⇧ odeur stagnante, moisissure, décomposition) ; v. aussi **goût**.

odorat, sens qui perçoit les odeurs : **flair** (⇧ pour un animal, avec capacité de se guider). ≈ **faculté olfactive** (⇧ technique).

œil, organe de la vue : **pupilles** (⇧ partie centrale) ; **quinquets, mirettes** (argotique) ; v. aussi **regard** et **vue**.

œil-de-bœuf, v. fenêtre.

œuvre, v. travail et livre. || *Œuvre d'art* : **chef-d'œuvre** (⇧ de grande qualité : *La Joconde est le chef-d'œuvre de Léonard*) ; **ouvrage** (⇧ insiste très fortement sur le travail accompli, se dit plutôt d'un travail impliquant une activité techn. : *un magnifique ouvrage de marqueterie*) ; **création** (⇧ fait de produire à partir de rien) ; **réalisation** (⇧ vague et abstrait, insiste sur le fait de donner l'existence, par des moyens complexes, plutôt architecture qu'arts plastiques : *le château d'Ancy-le-Franc est la plus connue des réalisations de Serlio en France*) ; v. aussi **tableau, sculpture**.

œuvrer, v. travailler.

offense, ce qui porte atteinte à la dignité de qqn : **affront** (⇧ souligne l'honneur blessé : *ressentir ce manque d'égards comme un affront*) ; **outrage** (⇧ fort, surtt au sens fig.) ; **camouflet** (⇧ humiliation : *il eut à subir le camouflet de se voir éliminé dès le premier tour*) ; v. aussi **injure**.

offenser, infliger une offense : **outrager** (v. offense) ; v. aussi **humilier** et **injurier**. ≈ **infliger un affront, un camouflet** (v. offense) ; **atteindre, blesser dans son honneur, sa dignité**.

office, v. fonction, pièce attenante à la cuisine et messe.

officiel, qui est annoncé ouvertement dans un cadre collectif : **public** (⇧ insiste sur l'annonce à tous ou le lien avec l'Etat : *le service public*) ; **solennel** (⇧ gravité dans la présentation : *une cérémonie solennelle de remise des diplômes*) ; **gouvernemental** (⇧ précisément en rapport avec le gouvernement : *on le tient de source gouvernementale*) ; **officieux** (⇧ par voie indirecte, mais de source autorisée : *sa nomination au consulat de Florence est officieuse*).

officieux, v. officiel.

offrande, v. don.

offre, v. proposition.

offrir, 1. v. donner. 2. v. proposer.

offusquer, v. choquer.

oiseau, vertébré à deux ailes : **volatile** (⇧ dépréciatif, basse-cour, etc.) ; **volaille** (⇧ uniqt basse-cour) ; **oisillon, oiselet** (⇧ petit).

oiseux, v. inutile.

oisif, v. inactif.

oisiveté, v. inaction.

ombrage, v. ombre.

ombre, 1. espace sombre délimité par l'interposition d'un corps devant une source de lumière : **ombrage** (⇧ agréable, bucolique : *se reposer sous les ombrages*) ; **couvert** (⇧ sous l'abri d'un ensemble d'arbres) ; **pénombre** (⇧ semi-obscurité) ; **demi-jour** (id.) ; **clair-obscur** (⇧ terme de peinture, ombre relative mise en évidence par des éclairages contrastés). 2. v. obscurité. 3. v. fantôme.

omettre, v. oublier.

omission, v. oubli.

on, v. gens.

onde, v. eau.

ondoyant, v. changeant.

onéreux, v. cher.

ongle, partie dure du derme située à l'extrémité des doigts : **griffe** (⇧ pointu, animaux) ; **serres** (id. ; ⇧ oiseaux de proie) ; **sabot** (⇧ équidés).

onirique, v. imaginaire.

opéra, spectacle de théâtre musical : **opérette** (⇧ musique légère).

opération, 1. v. calcul. 2. acte chirurgical : **intervention** (⇧ vague, souligne la nécessité d'une action extérieure).

opérer, 1. agir. 2. faire subir une opération chirurgicale. ≈ au passif, **subir une opération, une intervention** (v. opération) ; **passer sur le billard** (fam.).

opiner, v. accord (être d').

opiniâtre, v. têtu.

opiniâtreté, v. entêtement.

opinion, ce que l'on pense de qqch., sans réflexion particulière : **avis** (⇧ par rapport à une situation particulière, dans le cadre d'une pluralité d'opinions : *demandez-lui son avis sur la question*) ; **point de vue** (id. ; ⇧ aspect personnel) ; **impression** (⇧ vague et global, sans certitude : *il avait conservé de cette rencontre une impression défavorable*) ; **position** (⇧ tranché, dans un débat : *sa position restait inébranlable*) ; **sentiment** (⇧ très soutenu : *j'aimerais connaître votre sentiment là-dessus*) ; **sens** (⇧ uniqt expr. **à mon sens** = **à mon avis**, litt.) ; v. aussi **idée, croyance** et **pensée**. ≈ expr. verb., v. croire et penser.

opportun, v. convenable.

opportunité, v. cas.

opposant, v. ennemi.

opposé, v. contraire.

opposer (s'), v. refuser.

opposition, 1. v. désaccord. 2. fait de se trouver logiquement opposé : **antinomie, antithèse, divergence, concurrence, contradiction, incompatibilité, contraste, antagonisme** (v. contraire).

oppresser, v. étouffer.

oppression, situation de domination écrasante d'une pers. par une autre : **domination** (⇧ neutre, n'implique pas nécessairement de violence : *sous la domination romaine, la Gaule prospéra*) ; **écrasement** (⇧ précisément en tant que processus : *l'écrasement des serfs par le système de la corvée*) ; **tyrannie, despotisme, *dictature**.

opprobre, v. honte.

opter, v. choisir.
option, v. choix.
opulence, v. richesse et luxe.
opulent, v. riche.
opuscule, v. livre.
orage, phénomène météorologique marqué par de la pluie, du vent et des éclairs : **tempête** (⇩ nécessairement éclairs ; ⇧ forte perturbation : *les tempêtes d'équinoxe*) ; **bourrasque** (id. ; ⇧ rapide et violent) ; **tourmente** (⇧ extrêmement fort) ; **ouragan** (⇧ d'une ampleur considérable, graves destructions, surtt pays tropicaux) ; **cyclone** (id.) ; **typhon** (id. ; ⇧ surtt Asie) ; **trombe, tornade** (id. ; ⇧ limité). ≈ **coup de tabac** (⇧ argot maritime).
oraison, v. prière.
orbe, v. cercle.
orchestre, ensemble de musiciens : **formation** (⇧ général : *une formation qui monte*) ; **ensemble** (⇧ petite dimension) ; **fanfare** (⇧ instruments à cuivre et à percussion, militaire, etc. : *la fanfare municipale*) ; **harmonie** (id. ; ⇧ général) ; **clique** (id. ; ⇧ attaché à un régiment). SPÉC. **trio, quatuor, quintette** (⇧ ensembles de musique de chambre à trois, quatre, cinq musiciens).
orchestrer, v. organiser.
ordinaire, v. courant.
ordonnance, v. loi.
ordonner, 1. mettre en ordre : **disposer, organiser, assembler, enchaîner, agencer, répartir, distribuer, ordonnancer, orchestrer** (v. ordre). 2. v. commander.
ordre, 1. façon dont sont disposées des choses, avec l'idée d'une certaine régularité : **disposition** (⇧ neutre, indique seulement la figure d'ensemble : *étudier la disposition des tables pour l'examen*) ; **organisation** (⇧ en vue d'une fin, avec une structure claire : *l'organisation d'un chapitre ; l'organisation de la société*) ; **suite** (⇧ disposition linéaire : *saisir la suite des idées*) ; **succession** (id.) ; **assemblage** (⇧ idée d'une imbrication) ; **enchaînement** (id. ; ⇧ idée d'un lien linéaire : *l'enchaînement des paragraphes repose sur des formules générales de transition par récapitulation*) ; **agencement** (⇧ idée d'une répartition sur un plan, ou au fig. : *étudier l'agencement des images dans le corps du texte*) ; **répartition** (⇧ souligne l'affectation d'un objet à une place précise, dans le cadre d'un ensemble) ; **distribution** (⇧ se dit surtt des pièces d'une maison) ; **ordonnance** (⇧ surtt pour une architecture, ou ce qui suppose un plan : *la belle ordonnance de la façade*) ; **ordonnancement** (id.) ; **orchestration** (⇧ image de la composition musicale). 2. état d'équilibre d'une collectivité : **discipline** (⇧ observation des règles) ; **paix (sociale)** (⇧ absence de conflits). 3. v. commandement. 4. v. sorte.
ordures, ce qui reste des éléments de consommation, et est destiné à être jeté : **immondices** (⇧ produits en décomposition) ; **gadoue** (⇧ produit que l'on utilise comme engrais) ; v. aussi **déchet**.
ordurier, v. obscène.
oreille, organe de l'audition : **ouïe** (⇧ abstrait, désigne la faculté d'entendre : *avoir l'ouïe fine*) ; **audition** (⇧ acte d'entendre ou capacité d'entendre : *il avait des difficultés d'audition*).
oreiller, pièce de literie destinée à soutenir la tête : **traversin** (⇧ en longueur, se place en principe sous l'oreiller, quand il y en a un) ; **polochon** (id. ; fam. : *ils se livrèrent une fameuse bataille de polochons*).
organe, 1. partie du corps affectée à une fonction particulière : ***membre** (⇧ uniqt bras et jambes). ≈ **partie du corps**. 2. v. journal. 3. v. voix.
organisation, 1. v. ordre. 2. v. association. 3. v. préparation.
organiser, 1. v. ordonner. 2. v. établir. 3. v. préparer.
orgueil, estime excessive de soi-même : **vanité** (⇧ accompagnée d'un certain ridicule, et souvent liée à des choses futiles : *d'une vanité sans bornes, il se figurait toujours qu'il était l'objet de l'attention générale*) ; **prétention** (id. ; ⇧ notamment dans ce que l'on demande pour soi : *sa prétention le faisait se juger toujours digne des plus grands égards*) ; **suffisance** (⇧ contentement permanent de soi) ; **jactance** (id. ; ⇧ très péjor., ridicule) ; **fatuité** (id.) ; **présomption** (⇧ trop grande assurance face à une tâche à accomplir, qui dépasse les possibilités) ; **mégalomanie** (⇧ folie des grandeurs) ; **hybris** (⇧ terme grec, élévation de soi au-delà de la condition humaine) ; **démesure** (id.) ; **fierté** (⇧ en bonne part, sens aigu de sa dignité : *il avait trop de fierté pour condescendre à cette bassesse*) ; **amour-propre** (id. ; ⇧ en particulier au regard des offenses que l'on peut endurer : *une cuisante blessure d'amour-propre*) ; **morgue** (⇧ attitude de dédain causée par l'orgueil) ; **hauteur** (id. ; ⇩ fort) ; **superbe** (id. ; ⇧ avec une certaine prestance : *un individu arrogant et plein de superbe*) ; v. aussi **honneur** et **mépris**.
orgueilleux, qui a tendance à l'or-

gueil : **vaniteux, prétentieux, suffisant, fat, présomptueux, mégalomane, hautain** (v. orgueil).

orienter, v. diriger.

orifice, v. trou.

original, 1. qui tranche sur le commun : **singulier** (⇧ caractère unique : *un singulier personnage*) ; **excentrique** (⇧ fait de ne pas suivre les habitudes : *quel excentrique !*) ; **inhabituel** (⇧ opposé aux habitudes) ; **insolite** (id. ; ⇧ fort) ; **personnel** (⇧ en bonne part : *un style très personnel*) ; **caractéristique** (⇧ aspect facilement identifiable) ; v. aussi **étrange, rare** et **individuel**. **2.** v. nouveau. 3. v. premier.

originalité, fait de trancher sur le commun : **singularité, excentricité, personnalité** (v. original) ; **idiosyncrasie** (savant ; ⇧ contenu précis de l'originalité) ; **caractéristique, spécificité, particularité** (v. qualité).

origine, v. commencement.

originel, v. premier.

ornement, ce qui orne : **décoration, enjolivement, enjolivure, parure** (v. orner) ; **décor** (⇧ ensemble des décorations) ; **ornementation** (⇧ désigne plutôt la façon dont les ornements sont appliqués : *l'ornementation des porcelaines de Limoges*) ; **fioriture** (⇧ superflu et un peu maniéré : *il ne s'embarrassait pas de fioritures*).

orner, contribuer à la beauté de qqch., par des éléments divers : **décorer** (⇧ s'applique plutôt à un édifice : *décorer la salle de bal de guirlandes*) ; **embellir** (⇧ vague, souligne l'accroissement de beauté : *des statues embellissaient les allées*) ; **enjoliver** (id. ; ⇧ même différence qu'entre *beau* et *joli*) ; **parer** (⇧ litt. et même vx pour une chose, surtt pers. : *parée de tous ses bijoux*) ; **enrichir** (⇧ vague, souligne l'effet plus intense, pour une chose ou un style : *enrichir le style de comparaisons*) ; **égayer** (id. ; ⇧ idée de gaieté) ; **rehausser** (id. ; ⇧ effet de mise en valeur : *un dessin rehaussé d'aquarelle ; rehausser l'expression par des adjectifs évocateurs*) ; **émailler** (⇧ idée d'ornements disposés çà et là : *émailler ses phrases de termes archaïques*) ; **agrémenter** (id. ; ⇧ idée d'élément agréable et inutile) ; **ornementer** (⇧ s'applique à des ornements au sens techn., architecture, peinture, orfèvrerie, etc., ou par ext. : *une frise ornementée de rinceaux*).

orteil, v. doigt.

orthodoxe, v. catholique.

orthodoxie, v. catholicisme.

os, partie dure du corps, en assurant le soutien : **squelette** (⇧ ensemble des os) ; **ossature** (⇧ ensemble envisagé du point de vue de la masse et du pouvoir de soutien : *un homme à la puissante ossature*) ; **ossement** (⇧ uniqt pour les os secs).

oscillation, v. mouvement.

osciller, v. se balancer.

oser, ne pas craindre de faire qqch. : **se risquer** (⇧ idée d'acceptation du risque, et, par ext., signale l'hésitation : *ils se risquèrent enfin à approcher*) ; **se hasarder** (id. ; ⇧ fort) ; **se permettre** (⇧ uniqt nég. l'idée d'un manque de respect : *qui se permet de m'interrompre ?*). ≈ **avoir l'audace, la hardiesse, l'impudence**, etc. (v. audace) ; **avoir le *courage** ; avec nég. **ne pas *craindre, *hésiter à.**

ossement, v. os.

ossuaire, v. cimetière.

otage, v. prisonnier.

ôter, v. enlever.

oubli, 1. fait d'oublier : **négligence, omission** (v. oublier) ; **amnésie** (⇧ maladie effaçant les souvenirs). 2. v. ingratitude.

oublier, 1. ne pas garder en mémoire : **désapprendre** (⇧ uniqt pour un ensemble de connaissances : *il a désappris le grec*). ≈ **perdre le souvenir** : *il a perdu tout souvenir de ses années d'exil* ; avec nég. : **ne pas se *rappeler, garder souvenir**, etc. (v. se rappeler) : *il ne gardait pas le moindre souvenir de —*. 2. ne pas penser à faire qqch. : **négliger** (⇧ par inattention, ou manque d'intérêt : *il avait négligé de faire ses devoirs, préférant aller jouer*) ; **omettre** (⇧ vague, signale simplement le fait de ne pas faire).

oubliette, v. prison.

oublieux, v. ingrat.

ouïr, v. entendre.

ouragan, v. orage.

ourdir, v. préparer.

outil, v. instrument.

outrage, v. offense.

outrager, v. offenser.

outrecuidance, v. arrogance.

outrecuidant, v. arrogant.

outrer, v. indigner.

ouverture, 1. fait d'ouvrir : **débouchage, décachetage** (v. ouvrir). 2. v. inauguration. 3. v. fenêtre. 4. v. trou. 5. partie ouvrante d'un objet : **goulot** (⇧ bouteille).

ouvrage, v. travail et œuvre.

ouvrer, v. travailler.

ouvrier, personne qui travaille sous les ordres d'un patron, plutôt dans l'industrie ou l'artisanat : **travailleur** (⇧ vague, insiste sur l'effort, souvent emploi dans discours marqués par l'idéologie socialiste) ; **prolétaire** (⇧ en principe sans aucune ressource, surtt idéologie marxiste) ; **salarié** (⇧ général, qui touche un salaire) ; **employé** (⇧ signale uniqt l'emploi, mais en général plutôt pour des activités non manuelles) ; **manœuvre** (⇧ emploi manuel sans qualification) ; **journalier** (⇧ payé à la journée, surtt agriculture, jusque vers milieu xxe siècle) ; **compagnon** (vx ; ⇧ artisanat, ouvrier qualifié qui travaille avec un patron) ; v. aussi **employé**. ≈ avec le collectif **main-d'œuvre** (⇧ envisagée comme moyen de production : *il est difficile de trouver de la main-d'œuvre qualifiée dans cette région*) ; **personnel** (⇧ ensemble des employés d'une entreprise).

ouvrir, 1. ôter ce qui ferme : **entrouvrir** (⇧ à demi) ; **entrebâiller** (id. ; ⇧ uniqt une porte) ; **enfoncer** (⇧ une porte, par la force) ; **forcer** (id. ; ⇧ également pour divers objets, serrure, etc.) ; **crocheter** (⇧ uniqt une serrure : *crocheter les coffres de la banque*) ; **déboucher** (⇧ une bouteille) ; **décacheter** (⇧ une lettre) ; **déballer** (⇧ un paquet). 2. v. commencer. || *S'ouvrir* : pour une fleur, ou objet du même type, passer de bouton à fleur : **éclore** (litt., en ce sens) ; **s'épanouir** (⇧ largement) ; **se déployer** (⇧ pour la corolle elle-même, en plein épanouissement).

ovation, v. applaudissement.

ovationner, v. applaudir.

P

pacifique, v. paisible.

pacte, v. traité.

pagaie, v. rame.

pagaille, v. désordre.

paganisme, 1. religion polythéiste : **idolâtrie**, **polythéisme** (v. païen). 2. v. incroyance.

page, v. feuille et passage.

paie, v. salaire.

paiement, 1. action de payer : **acquittement** (⇧ spécialement à propos de dettes) ; **versement** (⇧ avec une idée d'étalement dans le temps : *crédit gratuit en trois versements*). 2. v. salaire.

païen, 1. adepte d'une religion polythéiste, par opposition au judaïsme, christianisme, islamisme : **infidèle** (⇧ général, pour caractériser ce qui n'est pas la « vraie » foi) ; **idolâtre** (⇧ spécialement culte des images) ; **polythéiste** (⇧ insiste sur la pluralité des divinités) ; **profane** (⇧ celui qui n'a pas été initié à la religion). 2. v. incroyant.

paire, ensemble de deux choses : **couple** (⇧ liens conjugaux, ou emplois techniques : *un couple d'hirondelles*).

paisible, 1. personne ou endroit dont émane une impression de paix : **calme**, **tranquille** (⇩ prononcé) ; **placide** (⇧ pour désigner qqn qui ne réagit pas aux sollicitations extérieures) ; **serein** (⇧ réfléchi, inaltérable) ; **pacifique** (⇧ par opposition à belliqueux) ; **pacifiste** (⇧ impliquant une doctrine de refus absolu de la guerre ; on peut être pacifique sans être pacifiste) ; **non-violent** (id. ; ⇧ large, plus philo. que politique). 2. v. tranquille.

paix, 1. état de non-guerre : **concorde** (⇧ certaine harmonie entre les personnes) ; **entente** (⇧ état de collaboration paisible) ; **trêve** (⇧ pour désigner un intervalle entre deux moments de violence) ; **armistice** (⇧ arrêt des hostilités). ≈ **cessez-le-feu** (id. ; ⇧ précaire). 2. v. tranquillité.

palabre, v. discussion.

palabrer, v. discuter.

palais, v. château.

pâle, très peu coloré 1. en parlant de la peau : **pâlot** (⇩ fort, plutôt fam. et affectueux) ; **blême** (⇧ fort, sous le coup d'une émotion) ; **livide** (⇧ fort encore, après une commotion) ; **hâve** (⇧ pour désigner un visage amaigri au teint de malade) ; **terreux** (id. ; ⇧ idée de grisaille inquiétante). 2. en parlant d'une couleur : **pastel** (⇧ fort pour désigner une couleur à peine pigmentée) ; **blafard** (⇧ péjor., pour un blanc mat qui fait mal aux yeux, peut également convenir à un teint). ≈ en modifiant la notation de couleur précise : **bleu ciel**, **vert d'eau**, **jaune paille**, **rose tendre**, etc.

palefroi, v. cheval.

palier, 1. sorte de plate-forme à laquelle aboutit un escalier : **pas-de-porte** (⇧ général, valable pour un rez-de-chaussée) ; **seuil** (id.) ; **étage** (⇧ uniqt en hauteur, souligne le niveau de l'immeuble : *faire une pause à chaque étage*). 2. v. stade.

palissade, v. clôture.

palliatif, v. remède.

pallier, v. remédier.

palpable, v. matériel.

palpitant, v. intéressant.

palpiter, v. battre.

pâmer (se), v. (s') évanouir.

pâmoison, v. évanouissement.

pamphlet, v. satire.

panacée, v. remède.

pancarte, objet plat sur lequel figurent des signes ou inscriptions visant à donner un avis au public : **écriteau** (id. ; ⇧ strictement inscription) ; **panneau** (⇧ grand : *un panneau publicitaire*) ; **affiche** (⇧ uniqt en papier, collée sur un mur) ; **enseigne** (⇧ pour indiquer un commerce : *l'enseigne lumineuse d'un supermarché*) ; **panonceau** (⇧ spécialement pour désigner l'étude d'un officier ministériel, notaire, etc.) ; **étiquette** (⇧ de petites dimensions, pour identifier un produit).

panégyrique, v. éloge.

panier, ustensile souvent en osier tressé qui sert de contenant pour les provisions du marché : **cabas** (⇧ grand, aplati, souvent en tissu) ; **sac** (⇧ général, pour mettre toute sorte de choses, en cuir, toile ou matière plastique) ; **corbeille** (⇧ pour être posé plutôt que porté : *corbeille à pain, à linge, à papiers*).

panique, v. crainte.

panne, v. arrêt.

panneau, v. pancarte.

panonceau, v. pancarte.

panorama, v. paysage.

panse, v. ventre.

panser, v. soigner.

pantalon, v. culotte.

panthéon, v. mythologie.

pantoufle, v. chausson.

pape, évêque de Rome, chef de l'Eglise catholique : **souverain pontife** (⇧ solennel) ; **Saint-Père** (⇧ impliquant plutôt une croyance en son statut et sa mission) ; **Sa Sainteté** (⇧ personnel, pour parler de lui).

paperasse, v. papier.

papier, 1. ce sur quoi l'on écrit : **feuille** (⇧ prêt à l'usage). 2. ce qui est écrit sur la feuille : **écrit** (⇧ pour désigner une œuvre : *une fois l'écrivain mort, ses écrits ont été légués à la Bibliothèque nationale*) ; **manuscrit** (⇧ écrit à la main, par ext. texte tapé à la machine, au lieu de **tapuscrit**) ; **document** (⇧ officiel et administratif) ; **paperasse** (fam. ; ⇧ documents administratifs nombreux et fastidieux) ; v. aussi **texte** et **article**.

papotage, v. bavardage.

papoter, v. bavarder.

paquebot, v. bateau.

paquet, assemblage de plusieurs objets liés ou enveloppés pour être transportés : **colis** (⇧ envoi par la poste) ; **bagage** (⇧ ensemble de ce qu'on emporte avec soi lorsqu'on part en voyage) ; **paquetage** (⇧ ensemble de ce que doit porter un soldat en campagne) ; **sac, valise** (⇧ objets plus précis pouvant entrer dans la composition d'un bagage) ; **balluchon** (⇧ petit que le bagage, minimum d'effets personnels, plutôt porté sur le dos).

paquetage, v. paquet.

parabole, v. fable.

parachever, v. finir.

paradis, 1. v. ciel. 2. tout lieu de bonheur : **nirvāna** (⇧ bouddhiste, par ext. pour désigner l'absence de soucis) ; **havre** (⇧ litt., fort, on précise souvent *havre de paix, de grâce*, etc.) ; **éden** (⇧ image de paradis terrestre : *l'éden océanien*).

paradoxe, opinion contraire à l'opinion commune ; **originalité, singularité** (⇧ large, plutôt ensemble d'un comportement) ; **anomalie** (⇧ péjor.) ; **absurdité** (⇧ pour insister sur le fait qu'il n'y a rien à comprendre) ; **énormité** (id. ; ⇧ très péjor., thèse outrée qui ne tient aucun compte du réel) ; v. aussi **contradiction** et **raisonnement**.

parage, v. environ.

paragraphe, v. développement et passage.

paraître, 1. devenir visible : **apparaître** (⇧ qui provoque un étonnement) ; **éclore, naître** (⇧ êtres vivants, ou par ext. : *les premières fleurs qui éclosent au printemps, ce sont les primevères*) ; **se montrer** (⇧ acte gouverné par une volonté) ; **se manifester** (id.) ; **se présenter** (id. ; ⇧ cérémonieux, sauf pour les pensées : *cette idée se présente à mon esprit*) ; **se révéler** (⇧ que l'on ne devinait pas : *un défaut de fabrication s'est révélé à l'usage*) ; **surgir** (⇧ pour une apparition brusque) ; **poindre** (⇧ pour un début d'apparition, surtt pour le jour) ; **percer** (id. ; ⇧ pour insister sur la difficulté de l'apparition : *le soleil perça sous les nuages*) ; v. aussi **naître** et **arriver**. ≈ **faire son apparition** : *l'homme a fait son apparition sur terre il y a environ un million d'années* ; **entrer en scène, faire son entrée, son apparition sur scène** (⇧ pour un personnage, dans une pièce, ou par ext., dans un récit, ou même dans l'histoire). 2. être visible : **transparaître** (⇩ fort, indique qu'un obstacle est surmonté : *malgré sa politesse, un agacement transparaissait*) ; **se manifester** (⇧ de façon à se désigner à l'attention : *on attendait qu'il intervînt, mais il ne s'est pas manifesté ; lorsqu'on a la rougeole, de petits boutons se manifestent*). 3. v. sembler.

parallélisme, v. analogie.

paralysé, v. paralytique.

paralysie, perte de la mobilité, au pr. ou fig. : **parésie** (⇧ vocabulaire médical, dysfonctionnement du système musculaire) ; **hémiplégie** (id. ; ⇧ précis, moitié du corps) ; **blocage** (⇧ large pour désigner l'arrêt d'un mouvement : *le trafic routier est paralysé, les voitures sont bloquées*) ; **sclérose** (⇧ pour marquer que l'activité se ralentit, plutôt par manque de renouvellement).

paralytique, qui a perdu sa mobilité : **paralysé** (⇧ insiste moins sur l'état et davantage sur le résultat : *après son attaque, il est resté paralysé*) ; **handicapé** (⇧ large, n'implique pas forcément une perte totale de la mobilité) ; v. aussi **infirme**.

parasite, v. inutile.

parc, v. jardin.

parcelle, v. champ.

parce que, énonce une cause : **car** (⇧ dans un raisonnement, pour prouver ce qui vient d'être dit, et le faire de façon brève) ; **en effet** (id. ; ⇧ pour annoncer un développement explicatif ; ne se met pas nécessairement en tête de proposition) ; **puisque** (⇧ introduit de la subjectivité dans la cause : *puisque tu me le demandes, j'accepte que tu viennes avec tes amis*) ; **vu que** (⇧ pour insister sur ce qui détermine à faire telle chose plutôt que telle autre ; plutôt style administratif, officiel) ; **attendu que** (id. ; ⇧ aspect officiel plus marqué) ; **étant donné que** (⇧ pour marquer les étapes d'un raisonnement ; se place, du moins dans la langue soutenue, au début de la phrase : *étant donné que tu n'as pu faire ton travail et que tu m'as menti, tu seras puni*) ; **comme** (⇧ valeur d'insistance, implique une conséquence nécessaire : *comme je te connais, je me méfie*) ; **du moment que** (id. ; ⇧ implique une conséquence obligatoire : *du moment que tu as travaillé, tu dois recevoir un salaire*) ; **d'autant que** (⇧ pour indiquer une cause surdéterminante : *si tu es malade, tu ne te plaindras pas, d'autant que tu auras été prévenu*). ≈ avec inv., en recourant à l'expression de la conséquence, v. donc ; l'on pourra également penser à des tours participiaux, d'un style toujours très soutenu, et quelquefois un peu lourd : *ne pouvant se permettre une critique directe du régime, les philosophes recouraient volontiers à l'ironie et aux allusions* pour *les philosophes —, parce qu'ils ne pouvaient —* ; les relatives peuvent jouer le même rôle : *les philosophes, qui ne pouvaient se permettre —, recouraient —* ; ou encore les tours nominaux, avec des noms d'action ou d'état et des prépositions à sens causal, à **cause de, en raison de, pour, par suite de**, etc. : *par suite du manque de personnel de surveillance, des salles ont été fermées* pour *parce qu'il manquait du personnel —*.

parcimonie, v. économie.

parcimonieux, v. économe.

parcourir, 1. emprunter toutes les voies possibles : **sillonner** (⇧ pour parler de routes : *les routes sillonnent la montagne*, ou avec une idée de méthode : *pour retrouver l'enfant, ils ont sillonné toute la contrée*) ; **battre** (⇧ avec une idée de recherche : *battre la campagne*) ; **courir** (⇧ surtt expr. figées : *courir le monde*) ; **couvrir** (⇧ uniqt avec l'idée de la distance parcourue : *pour rejoindre ses maîtres, le chat a couvert 200 km en quinze jours*). 2. v. lire.

parcours, v. chemin.

pardessus, v. manteau.

pardon, action d'enlever à une faute son caractère fautif : **absolution** (⇧ dans le langage religieux au sujet des péchés, ou ironiquement : *après ce que tu m'as fait, je ne sais pas si je vais te donner l'absolution*) ; **acquittement** (⇧ dans le langage juridique, pour déclarer l'accusé non coupable) ; **grâce** (⇧ pour désigner une action soumise au bon vouloir d'une autorité : *la grâce présidentielle est une survivance du droit régalien*) ; **miséricorde** (⇧ emploi absolu, pour désigner une action gouvernée par la bonté) ; **amnistie** (⇧ acte officiel, souvent collectif : *tous les 14 Juillet, on assiste à une amnistie des prisonniers en fin de peine*) ; v. aussi **excuse**.

pardonner, v. excuser.

paré, v. prêt.

pareil, v. semblable.

parent, qui a un lien de parenté 1. notamment, au pl., pour désigner le père et la mère (v. ces mots) : **géniteur** (⇧ ironique) ; **vieux** (fam.). 2. sens plus large : **famille** (⇧ collectif, au sens strict) ; **proche(s)** (⇧ aussi bien la famille que les amis) ; **entourage** (⇧ large encore) ; **allié** (⇧ par lien matrimonial entre les familles) ; **collatéral** (⇧ généalogie, indirect) ; v. aussi **famille**.

parenté, v. famille et ressemblance.

parenthèse, v. digression.

parer, 1. v. orner. 2. v. remédier.

paresse, comportement qui consiste à se laisser aller, à ne rien faire : **fainéantise** (⇩ état permanent ; ⇧ ponctuel ; on dit *vivre dans la paresse* et non *dans la fainéantise*) ; **indolence** (⇧ disposition générale qui empêche d'être actif) ; **nonchalance** (⇧ manque d'intérêt pour l'action) ; **inertie** (⇧ incapacité de bouger et d'entreprendre) ; **flemme** (fam.) ; v. aussi **inaction**.

paresseux, porté à la paresse : **fainéant, indolent, nonchalant, inerte, flemmard** (v. paresse).

parfaire, v. finir.

parfait, tel que rien de mieux n'est concevable : **excellent** (⇧ idée de louange) ; **magistral** (⇧ pour une action, une œuvre, digne d'un grand maître) ; **idéal** (⇧ conformité à une idée précise de la perfection, ou affaibli) ; **accompli** (⇧ s'applique surtt à une personne, idée d'un parcours achevé et d'un capital de qualités : *un cavalier accompli*) ; **impeccable** (⇧ surtt pour un travail, sans faute : *ces mots tracés d'une plume impeccable*) ; **irréprochable** (id.) ; **incomparable** (⇧ emphat.) ; v. aussi **bon** et **complet**. ≈ expr. avec **trouver à redire** : *l'on ne peut rien trouver à redire à sa prestation* pour *sa prestation a été parfaite* ; **au-dessus de toute critique** ; et surtt avec des tours nég. appliqués à des noms : **sans (le moindre) *défaut** ; **sans faille** ; **sans bavure** (fam.), ou, avec valeur comparative : **sans pareil, sans égal, sans rival**.

parfaitement, 1. sans aucune faute : **excellemment, magistralement, impeccablement, irréprochablement, incomparablement** (v. parfait) ; **merveilleusement** (⇧ idée d'admiration, surtt pour une compétence) ; **admirablement** (id.) ; v. aussi **bien**. ≈ **sans la moindre faute** ; **à la perfection** : *elle jouait à la perfection de plusieurs sortes d'instruments* ; **à ravir** (id. ; ⇧ admiration, idée de beauté, un peu vx) ; **on ne peut mieux** (⇧ fam. : *il connaît on ne peut mieux les milieux d'affaire*) ; **sur le bout des doigts** (id. ; ⇧ surtt pour un savoir : *connaître ses déclinaisons sur le bout des doigts*) ; avec des tours périphrastiques de comparaison : **on ne saurait mieux** ; **rien n'est plus**, etc. : *on ne saurait mieux exprimer l'atmosphère idyllique des temps bibliques qu'Hugo ne le fait dans ce vers* pour *Hugo exprime parfaitement —* ; ou *rien ne peut davantage suggérer l'atmosphère — que ce vers de Hugo*. **2.** v. complètement.

parfois, v. quelquefois.

parfum, v. odeur.

parité, v. égalité.

parjure, v. infidèle et infidélité.

parking, v. garage.

parlement, v. assemblée.

parler, I. intr. **1.** prononcer des mots : **dire** (⇧ toujours avec un compl. : *il a dit des bêtises toute la journée*, à l'exception de tours comme *j'ai dit ; j'ai dit ! inutile de répliquer*) ; **s'exprimer** (⇧ adéquation des mots avec la pensée, ou fait de communiquer librement son opinion : *je n'arrive pas à m'exprimer en anglais ; le poète ne s'exprime pas ici en son nom propre ; on n'a pas ici le droit de s'exprimer*) ; **baragouiner** (⇧ maladresse extrême dans l'expression) ; **jargonner** (⇧ emploi de mots peu intelligibles, notamment employés par des spécialistes) ; v. aussi **dire, discourir** et **bafouiller**. ≈ **prendre la parole** (⇧ passage du silence au discours) ; **tenir des propos** (⇧ en les qualifiant : *l'auteur tient ici des propos audacieux pour son temps* pour *parle audacieusement*) ; **exprimer, exposer son opinion, ses idées**, etc. (⇧ expression de la pensée) ; **avoir la langue bien pendue** (fam. ; ⇧ idée d'abondance habituelle) ; avec nég. **ne pas se taire, rester muet, rester coi**, etc. (v. se taire). 2. v. bavarder.

II. tr. indirect, *parler de*, prendre qqch. pour sujet de discours : **traiter de** (⇧ soutenu, idée d'un discours organisé et didactique : *c'est un ouvrage qui traite des problèmes contemporains de la démocratie*) ; **toucher à** (⇧ simple sujet partiel) ; **évoquer** (⇧ indirectement, notamment traitement poétique, littéraire au sens strict : *Lamartine évoque ici la mort de sa bien-aimée, survenue quelque temps auparavant* ; *Rousseau évoque dans* Les Confessions *les doux moments passés aux Charmettes en compagnie de Mme de Warens*) ; v. aussi **raconter, rappeler, peindre**. ≈ **aborder la question, le *sujet de** : *Zola s'est efforcé d'aborder la question du droit de grève dans* Germinal ; **soulever la question** (⇧ avec argumentation) ; **avoir pour *sujet** : *un roman ayant pour sujet le début de la guerre d'Espagne* ; avec inv. **le *sujet, motif (traité, abordé) est —** : *le principal motif abordé dans le passage est celui* *de la fuite du temps*; ou avec des expr. comme **il est question** (⇧ pour un sujet abstrait), **jouer un rôle** (⇧ pour des personnes : *un livre où il est surtout question de morale politique, où le personnage de Bonaparte joue un rôle central*).

parodie, v. imitation.

parodier, v. imiter.

paroi, v. mur.

parole, 1. ce qui est dit : ***mot** (⇧ très général : *sur ces mots, il quitta l'assemblée*) ; **propos** (⇧ insiste sur le contenu : *il préféra ignorer les propos de son adversaire*) ; ***discours** (⇧ ensemble suivi) : *il lui tint à peu près ce discours* (LA FONTAINE) ; **dire** (⇧ rapportés indirectement : *si l'on en croit ses dires*) ; **verbe** (⇧ concernant le ton : *quand il a bu, il a le verbe haut*) ; v. aussi **développement, discours, dire, mot** et **expression. 2.** v. langue.

paroxysme, phase aiguë d'une situation plutôt négative : **accès** (⇧ fort, plutôt affection : *un accès de goutte*) ; **crise** (id. ; ⇧ large, plutôt durée) ; **exacerbation** (⇧ processus de développement de l'acuité : *l'exacerbation des tensions ethniques*) ; **summum, maximum** (⇧ point le plus fort ; ⇩ nécessairement négatif : *le roi Louis XIV au summum de sa gloire*) ; **sommet** (id. ; ⇧ neutre) ; **faîte** (id.) ; **acmé** (id. ; savant) ; **comble** (id. ; ⇧ idée d'exagération : *c'est le comble du sans-gêne*, ou idée de perfection sans qu'une retombée soit envisagée : *je suis au comble du bonheur*) ; **apothéose** (⇧ uniqt positif : *l'admission sous la Coupole constitua l'apothéose de sa carrière d'homme de lettres*). ≈ **le plus haut.**

parquer, v. garer.

parquet, v. sol.

parsemer, v. répandre.

part, morceau d'un tout **1.** qui revient à qqn : **lot** (⇧ attribué par le sort) ; **portion** (⇧ concret, en général petite quantité : *comme les vivres s'épuisaient, ils ont dû limiter les portions*) ; **ration** (id. ; ⇧ souligne la part attribuée à chacun, dans le cadre d'une répartition stricte : *les rations de viande étaient assez maigres*). 2. v. partie. || *A part* : v. sauf.

partage, fait de partager entre plusieurs personnes : ***distribution, répartition, attribution** (v. partager) ; **partition** (⇧ ne se dit guère que du partage d'un territoire entre diverses nations : *la partition de l'Allemagne après la Seconde Guerre mondiale*) ; **démembrement, division, morcellement** (⇧ d'un empire).

partager, 1. séparer en parts : **couper** (⇩ idée de répartition) ; **diviser** (⇧ abstrait : *on coupe un gâteau, on divise une somme*) ; **fractionner** (⇧ idée de petite quantité : *le terrain était immense, mais ils ont dû le fractionner pour le vendre*) ; **scinder** (⇧ soutenu, souvent avec l'idée d'une partition en deux : *l'assemblée s'est scindée entre partisans du oui et partisans du non*) ; **démembrer, morceler** (⇧ un domaine, *morceler les propriétés entre les héritiers*) ; v. aussi **couper, diviser** et **séparer. 2.** donner une part de ce que l'on a : **distribuer** (⇧ idée de plusieurs destinataires, peut impliquer une totalité : *il a distribué toute sa fortune aux pauvres sans rien garder pour lui*) ; **répartir** (⇧ façon dont s'opère le découpage en parts, notamment selon des critères d'équité : *en cas de disette, il faut répartir les vivres avec discernement*) ; **attribuer** (⇧ définitif, par une instance d'autorité : *attendez que l'on vous attribue un ordre de passage*) ; v. aussi **distribuer.**

partance, v. départ.

partenaire, v. allié.

parterre, composition fleurie ou plantée dans un jardin : **plate-bande** (⇧ étroit, pour border les allées) ; **massif** (⇧ compact, en général peu élevé) ; **planche** (⇩ pour parler des fleurs que des légumes).

parti, 1. ensemble d'hommes réunis par des opinions semblables : **camp** (⇧ idée d'un affrontement avec d'autres groupes, plus large ; ⇩ structuré : *à chaque crise internationale grave, le camp des pacifistes s'oppose à celui des bellicistes*) ; **clan** (⇧ petit, un peu péjor. : *tout l'art des gouvernants est de réduire leurs opposants à ne former qu'un clan inoffensif*) ; **coterie** (⇧ petit, avec une idée d'élitisme : *jaloux de leurs prérogatives, ils ne m'ont pas admis dans leur coterie*) ; **formation, groupe, organisation** (⇧ politique) ; **faction** (⇧ péjor., plutôt lié à l'idée de violence : *il a fallu mater les diverses factions qui voulaient renverser la république*) ; **ligue** (id. ; ⇧ souvent désignation officielle d'organisations para-politiques : *la Ligue des Droits de l'Homme*) ; **mouvement** (⇧ idée d'action : *on peut compter sur les mouvements de jeunesse comme celui-ci pour faire bouger les choses*). **2.** v. décision et choix. || *Prendre parti* : **prendre position ; se déterminer pour, en faveur de ; opter pour qqn ou qqch. (au détriment de).**

partial, qui fait entrer de la subjectivité

dans un jugement : **partisan** (⇧ idée de conformité *a priori* aux idées d'un parti : *comment pourrais-je prendre en compte un avis aussi partisan*) ; **préconçu** (⇧ idée d'injustice due à une idée établie d'avance : *les idées préconçues sur ce qu'est la normalité ont été mises à mal par Michel Foucault*) ; **prévenu** (⇧ idée d'injustice due à un préjugé contre qqn : *je reconnais que je suis prévenu contre lui*) ; **tendancieux** (⇧ pour un jugement qui ne respecte pas les faits, mais les interprète dans une direction prédéterminée : *une interprétation tendancieuse de la position gouvernementale*) ; v. aussi **injuste**. ≈ **de parti pris** ; **manquer d'objectivité** ; **nourrir des préventions contre qqn** (⇧ comme prévenu).

partialité, v. partial et injustice.

participation, fait de participer : **collaboration, coopération, contribution** (v. participer) ; **part prise** (⇧ souligne l'élément apporté : *il est difficile d'estimer la part prise par l'inculpé aux atrocités collectives qui lui sont reprochées*) ; v. aussi **présence** et **responsabilité**.

participer, apporter sa contribution à telle ou telle entreprise : **prendre part à** (⇧ idée d'action délibérée : *alors que personne ne t'y invitait, tu as pris part à la conversation*) ; **se *mêler à** (⇧ idée d'intrusion) ; **collaborer** (⇧ aide apportée à qqn pendant un certain temps : *nous avons collaboré au projet, mais il n'a pu se réaliser*) ; **coopérer** (id. ; ⇧ idée d'entente : *si l'on veut coopérer à la bonne marche de cette communauté, il s'agit que chacun y mette du sien*) ; **contribuer** (⇧ avec l'idée d'un résultat : *nous avons contribué au lancement de notre société*) ; **être de** (⇧ large, insiste sur la présence davantage que sur l'action : *il a beau être fatigué, il est de toutes les fêtes*) ; v. aussi **assister**.

particularité, v. caractéristique et qualité.

particulier, 1. qui appartient en propre à qqn ou qqch. : **personnel** (⇧ uniqt pers. : *il a sa façon personnelle de voir les choses*) ; **spécifique** (⇧ précis et déterminé : *dire moins qu'il n'en fait est une attitude qui lui est spécifique*) ; **propre** (⇧ pour insister sur le fait que la qualité n'appartient qu'à une personne : *Van Gogh avait une habitude de peindre par bâtons, non par courbes, qui lui était propre* ; v. aussi **individuel**. 2. qui donne à qqch. son caractère distinctif : **singulier** (⇧ pour marquer qu'une seule pers. ou chose possède la qualité : *ce produit a des composants singuliers qui lui donnent une saveur inimitable*) ; ***caractéristique** (⇧ pour insister sur ce qui fait qu'on reconnaît telle chose ou telle personne : *comment s'appelle ce gaz qui a une odeur de pourriture si caractéristique ?*) ; **distinctif** (⇧ ce qui permet de ne pas confondre : *les billets de banque ont des marques distinctives qui empêchent qu'on les falsifie*). 3. qui ne correspond pas à ce que l'on attend habituellement : **bizarre** (⇧ un peu péjor. : *ce gâteau au chocolat a un goût bizarre*) ; **spécial** (⇧ qui convient à certaines personnes : *exiger un traitement spécial ; le théâtre d'avant-garde, c'est assez spécial !*). ‖ *En particulier* : v. particulièrement.

particulièrement, d'une manière particulière : **notamment** (⇩ traitement privilégié : *je me suis intéressé à la chanson, et notamment à Barbara*) ; **surtout** (⇧ au détriment du reste : *j'avais beaucoup de choses à faire, mais je me suis surtout reposé*) ; **spécialement** (⇧ présence fortement marquée de l'élément envisagé : *l'on se reportera à ce sujet à divers ouvrages, mais tout spécialement au Littré*) ; **éminemment** (⇧ soutenu, idée d'une supériorité très forte par rapport au reste : *j'aime les œuvres fin de siècle, mais c'est Huysmans qui m'attire éminemment*) ; **principalement** (⇧ avec idée de première place dans la hiérarchie : *il est principalement kantien, mais n'en méconnaît pas pour autant la philosophie post-kantienne*). ≈ **en particulier** (⇧ pour distinguer une chose dans un groupe : *les autres peuvent rester, mais c'est à vous en particulier que ce discours s'adresse*) ; **entre autres** (⇧ annonce la mention d'éléments d'un groupe : *la plupart des écrivains du* XIX*e*, *Hugo entre autres, ont manifesté un attrait puissant pour les thèmes médiévaux*).

partie, 1. ce dont un tout est constitué : **élément** (⇧ en attente d'un compl. : *vous voyez bien un élément du problème, mais vous négligez de nombreuses données*) ; **part** (⇧ surtt expr. figées : *une grande part de la littérature moderne relève du genre romanesque*) ; ***morceau** (⇧ idée de cassure : *le vase s'est brisé en mille morceaux*) ; **fraction** (⇧ idée de petite quantité : *cela n'a duré qu'une fraction de seconde*) ; **coin** (⇧ concret, local : *ce coin de la maison est réservé à mes grand-mères*) ; **parcelle** (⇧ d'un terrain, ou divers emplois fig. : *il a combattu sans céder une parcelle de terrain ; il ne cédera pas une parcelle de son pouvoir*) ; **pan** (⇧ autonome, abstrait, qui forme une cohérence : *tout un pan du travail a été abattu, il faut entamer une autre phase*) ; **tranche** (⇧ idée de planification : *la première tranche des travaux est terminée*). 2. élément de classification : **branche** (⇧ idée d'un tout qui est ramifié comme un arbre : *Descartes pensait que médecine, mécanique et morale étaient les trois branches de la philosophie*) ; **embranchement** (id. ; ⇧ spécialisé, pour distinguer, en sciences naturelles, les grandes divisions des règnes : *poissons, batraciens, reptiles, oiseaux, mammifères, sont les cinq classes de l'embranchement des vertébrés*) ; **division** (⇧ abstrait : *un exposé qui contient trop de divisions perd de sa cohérence*) ; **subdivision** (⇧ divisions plus fines : *dans les sondages, il peut y avoir une division hommes/femmes, puis des subdivisions selon l'âge, la catégorie socio-professionnelle, etc.*) ; **secteur** (⇧ domaine défini : *tout un secteur de la chimie a des applications qui nécessitent un strict contrôle éthique*). 3. élément d'une œuvre écrite : **livre** (⇧ grande division de certains ouvrages : *les* Essais *de Montaigne comportent trois livres*) ; **chant** (id. ; ⇧ pour un poème épique : *le chant VI de l'*Enéide) ; **mouvement** (id. ; ⇧ pour une œuvre musicale, et par ext. pour les parties d'un passage donné, envisagées de façon globale, en termes dynamiques : *il a voulu écouter une symphonie, mais il s'est endormi avant le troisième mouvement ; le texte s'organise autour de deux mouvements successifs, un mouvement d'ascension auquel succède un mouvement plus statique et méditatif*) ; **chapitre** (⇧ petite division correspondant en principe à une unité d'action ou de pensée : *à chaque fin de chapitre, tout l'art du romancier est de donner envie de lire le chapitre suivant*) ; **paragraphe** (⇧ petite division encore, à l'intérieur d'un même chapitre, chaque fois qu'on va à la ligne : *un paragraphe par idée, une idée par paragraphe*) ; **alinéa** (id. ; ⇧ techn.) ; **strophe** (⇧ division régulière d'un poème) ; **articulation** (⇧ souligne la structure : *la première articulation du texte s'organise autour d'une reprise anaphorique*) ; v. aussi **passage**. || *En partie* : **partiellement** ; **presque**. ≈ **pour une part** ; **dans une certaine mesure** ; avec nég. **pas *totalement**.

partir, 1. quitter un lieu : **s'en aller** (⇧ courant) ; **filer** (⇧ fam., idée de volonté de se soustraire à l'attention, notamment pour échapper à des poursuites : *ne vous dérangez pas, je file ; le coupable s'est dépêché de filer*) ; **se sauver** (⇧ vitesse et discrétion : *je l'ai invité à dîner, mais il était pressé et a préféré se sauver*) ; **s'éclipser** (id. ; ⇧ soutenu) ; **se retirer** (⇧ soutenu, ou ironique : *impuissant à la convaincre, il s'est retiré sans avoir obtenu satisfaction ; puisque c'est ça, je me retire dans mes appartements*) ; **décamper** (⇧ familier et idée de fuite : *quand j'ai vu qu'ils se faisaient menaçants, j'ai décampé sans demander mon reste*) ; **détaler** (id. ; ⇧ vitesse) ; **démarrer** (⇧ uniqt pour un véhicule à moteur) ; v. aussi (s')enfuir. ≈ **tirer sa révérence** (⇧ ironique, pour signifier à qqn qu'on est heureux de se séparer de lui) ; **prendre congé** (⇧ cérémonieux et lent : *permettez, madame, que je prenne congé*) ; **prendre le large** (⇧ image du navire). 2. v. commencer.

partisan, 1. qui est attaché à un parti, au sens large : **fidèle** (⇧ idée de confiance : *j'ai beau avoir des fidèles, je me sens bien isolé*) ; **allié** (idée de hiérarchie : *des alliés le sont en principe au même titre les uns envers les autres ; des partisans le sont par rapport à qqn*) ; **adepte** (⇧ par rapport à une doctrine : *les adeptes du yoga sont en général des gens paisibles*) ; **apôtre** (⇧ idée de propagation de la doctrine : *Gandhi était l'apôtre de la non-violence*) ; **sectateur** (id. ; ⇧ péjor.) ; **prosélyte** (id. ; ⇧ souvent ironique, image de l'adhésion récente à une religion : *il soutient peut-être des thèses bizarres, mais il a ses prosélytes*) ; **suppôt** (⇧ litt., se dit surtt du diable, ou par ext. : *c'est un suppôt du pouvoir en place*) ; **supporter** (⇧ mod., sport) ; v. aussi **membre**. 2. v. partial.

partition, v. partage.

partout, en tous lieux. ≈ **de tous côtés, de toutes parts** (⇧ indique une visée tournée vers l'extérieur : *une île est une terre environnée de toutes parts par la mer*) ; **en tout lieu, en tout endroit** ; **sur l'ensemble du territoire, de la planète**, etc.

parure, v. ornement.

parution, v. édition.

parvenir, v. arriver et réussir.

pas, 1. action de marcher : **enjambée** (⇧ grand espace parcouru : *avec ses grandes enjambées, il ne va pas mettre longtemps à arriver*) ; **foulée** (⇩ grand espace, souvent en courant : *faites le tour du terrain en petite foulée*). 2. façon de marcher : **allure** (⇧ rapide en général : *à vive allure et à grands pas ; à toute* *allure*, très vite); **démarche** (⇧ lent et posé: *Delphine Seyrig avait une démarche d'une grande distinction*); **port** (⇧ aspect majestueux: *avoir un port de reine*).

pas, adv. négatif: **point** (⇧ fort; ⇩ courant en français mod.): *Va, je ne te hais point* (CORNEILLE); **aucunement, nullement** (⇧ pour insister sur une résolution: *je n'ai nullement, aucunement, l'intention de me laisser faire*).

passable, v. acceptable, moyen.

passablement, v. assez.

passade, v. amour.

passage, 1. lieu par où l'on passe: **pas** (⇧ uniqt expr. figées, toponymie: *le pas de Roland*); **défilé** (⇧ étroit: *coincés dans le défilé, les ennemis ne purent se déployer*); **boyau** (⇩ ample; ⇧ long, en général curviligne, notamment système de tranchées); **galerie** (⇧ en général dans un édifice, ou un souterrain); **couloir** (⇧ pour mener d'une pièce à une autre); **corridor** (id.; ⇧ d'un appartement à un autre); **brèche** (⇧ idée d'un mur enfoncé: *ils se sont engouffrés dans la brèche*); **trouée** (id.; ⇧ large); **ouverture** (⇧ général); **détroit** (⇧ précis, pour un passage navigable naturel entre deux mers). 2. endroit, moment d'une œuvre: ***morceau** (⇧ nettement découpé: *en classe, on étudie la littérature sous forme de morceaux choisis*); **pièce** (⇧ uniqt pour un poème, considéré par rapport à l'ensemble du recueil: « A Villequier », *pièce tirée des* Contemplations); **extrait** (⇧ morceau tiré d'une œuvre complète: *étudier une œuvre complète vaut mieux que se contenter de quelques extraits*); **page** (⇧ forte cohérence, endroit en général connu: *cette page célèbre a souvent été mal interprétée*); **fragment** (⇩ forte cohérence, idée de discontinuité: *l'interprétation des fragments retrouvés d'Héraclite est très problématique*); **développement** (⇧ traitement d'une idée ou d'un thème: *pour nous en tenir au développement qui nous intéresse, l'on notera la place dominante qu'y occupe le motif de la lumière*); **alinéa** (à la ligne); **paragraphe** (⇧ en principe, simple passage compris entre deux alinéas); v. aussi **partie, texte** et **développement**.

passager, qui ne dure pas longtemps: **momentané** (⇧ souligne l'instant: *une absence momentanée*); **temporaire** (⇧ pour une durée déterminée, assez courte: *un travail temporaire*); **provisoire** (⇧ qui est destiné à céder la place à autre chose: *une installation provisoire sous la tente, en attendant l'achèvement de la maison*); **précaire** (⇧ terme jurid., ou souligne la menace d'une fin prochaine); **éphémère** (⇧ peu de durée, fragilité de l'instant: *un bonheur éphémère*); **fugitif** (⇧ fuite du temps); **fugace** (id.); **évanescent** (⇧ très litt., qui s'évanouit aussitôt: *sensation évanescente*); v. aussi **rapide, vite** et **fragile**. (≈ avec nég., v, **durable**: **peu durable**, etc.

passant, personne qui passe: **promeneur** (⇧ idée de loisir: *les promeneurs du dimanche*); **flâneur** (id.; ⇧ sans but précis); **badaud** (⇧ idée d'oisiveté et de contemplation du spectacle de la rue: *au moindre événement, les badauds s'attroupent*); **chaland** (id.; ⇧ plutôt vx); **piéton** (⇧ par opposition aux automobilistes).

passant, adj., où beaucoup de monde passe: **embouteillé** (⇧ en parlant de voitures, qui gênent le trafic: *des rues embouteillées*); **fréquenté** (⇧ souvent dans un lieu clos: *à cette heure, la piste de danse n'est plus très fréquentée*); **couru** (⇧ idée de succès dû à la mode: *les vernissages des grandes galeries sont très courus*).

passé, n., temps situé avant le moment présent. ≈ **temps anciens, ancien temps** (⇧ idée d'éloignement: *dans l'ancien temps, les dames portaient de longues robes*); **jours d'autrefois** (⇧ idée de nostalgie: *songer aux jours d'autrefois*); v. aussi autrefois.

passé, adj., qui appartient au passé: **révolu** (⇧ idée d'une fin: *l'Ancien Régime, une époque désormais révolue*); v. aussi **démodé** et passé, n.

passer, I. intr. 1. aller d'un lieu à un autre: **aller** (⇧ large; ⇩ idée d'un point de départ: *je passe dans la salle de bains* insiste moins sur l'idée que l'on quitte la pièce que *je vais dans la salle de bains*); v. aussi **aller**. 2. se déplacer d'un mouvement continu: **circuler** (⇧ rapide: *le musée était bondé, je n'ai pu que circuler devant les tableaux*); **évoluer** (⇧ gracieux en général: *évoluer sur une scène*); **glisser** (⇧ idée de ne pas s'attarder, ou de ne pas remarquer: *il a glissé sur la difficulté*); en ce sens, on peut trouver une idée morale de pardon, de mansuétude: **pardonner** (v. ce mot); v. aussi **éviter**. 3. être dans une succession temporelle: **s'écouler** (⇧ lent: *lorsque l'on s'ennuie, on sent le temps s'écouler*); **s'enfuir, s'envoler, filer, fuir** (⇧ rapide: *les heures se sont envolées, et je n'ai pas travaillé*); **disparaître, s'éva-

nouir, **s'évaporer, s'effacer** (⇧ insiste sur l'absence constatée en fin de compte : *cette bizarre sensation s'est peu à peu évanouie*).
II. tr. 1. traverser un lieu ou une épreuve : **franchir** (⇧ idée d'obstacle : *j'ai franchi la rivière avec les plus grandes difficultés*) ; **surmonter, vaincre** (⇧ abstrait, uniqt difficulté, épreuve : *il a surmonté toutes les épreuves*). 2. déborder une limite : **dépasser** (⇧ passer un peu plus loin : *il a dépassé le cap de la soixantaine*) ; **surpasser** (⇧ laudatif : *c'est un enfant précoce qui a surpassé tout ce qu'on pouvait espérer*) ; **outrepasser** (⇧ idée de transgression : *tu outrepasses tes droits*). 3. v. transporter. ‖ *Se passer* : exister à un moment donné pour un événement : **avoir lieu** (⇧ idée de situation chronologique : *une bataille qui eut lieu du temps de Louis XIV)*; **se dérouler** (⇧ idée d'un événement qui dure : *une corrida se déroule en trois tiers temps*) ; **se produire** (⇧ idée d'événement soudain : *il se produisit alors un curieux phénomène*) ; v. aussi **arriver**. ‖ *Se passer de* : v. s'abstenir.

passe-temps, v. occupation.

passion, 1. v. enthousiasme. 2. sentiment violent : **impulsion** (⇩ idée d'une force qui pousse dans un sens : *il ne parvenait pas à dominer ses impulsions agressives*) ; **pulsion** (id. ; ⇧ psychologique) ; v. aussi **sentiment, affection** et **amour**. 3. fougue dans l'expression d'un sentiment : ***émotion** (⇩ fort : *c'est avec une émotion certaine qu'il a évoqué la mémoire de son prédécesseur*) ; **sensibilité** (⇧ discret, avec l'idée d'une qualité de mise en œuvre d'un sentiment : *tu as fait une lecture pleine de sensibilité*) ; **chaleur** (⇧ intense et intime : *il y a une chaleur dans sa voix qui est plus que séduisante*) ; **flamme** (⇧ bref, mais aussi intense : *déclamer un texte avec flamme*).

passionnément, avec passion. ≈ avec **fougue** (⇧ pour décrire une action : *les jeunes réagissent avec fougue*) ; avec **ardeur, emportement, impétuosité, véhémence** ; **à la folie** (⇧ fort : *je t'aime à la folie*).

passionner (se), v. (s') enthousiasmer.

passivité, v. inaction.

pasteur, v. berger et prêtre.

pastiche, v. imitation.

pasticher, v. imiter.

pastoral, v. campagnard.

pathétique, v. dramatique et émouvant.

pathologique, v. maladif.

patience, action de supporter, qualité de celui qui supporte : **flegme** (⇧ absence de réaction face à des agaceries : *mon père est d'un flegme à toute épreuve*) ; **sang-froid** (⇧ devant une situation inquiétante : *il a fait face à la situation avec beaucoup de sang-froid*) ; **indulgence** (⇧ idée que l'on ne réagit pas par bonté : *malgré son indulgence légendaire, il a été obligé de faire un exemple*) ; **longanimité** (id. ; ⇧ très soutenu) ; **endurance** (⇧ idée de résistance aux difficultés : *une ascension qui demande beaucoup d'endurance*) ; **persévérance, persistance** (⇧ idée d'obstination dans ce que l'on fait : *il faut une belle persévérance pour faire une collection de timbres*).

patient, qui a de la patience : **calme, flegmatique, indulgent, longanime, endurant, persévérant, persistant** (v. patience).

pâtir, v. souffrir.

pâtisserie, v. gâteau.

patois, v. langue.

patrie, partie de la terre à laquelle on est attaché par ses origines ou un lien sentimental : **pays** (⇧ strictement géographique, sans l'idée d'attachement) ; **cité** (⇧ connoté politiquement, image de la cité grecque : *Aristote comme Rousseau pensaient qu'une cité devait avoir une taille moyenne*) ; **nationalité** (⇧ uniqt avec l'idée d'origine : *quelle est votre nationalité ?*) ; v. aussi **pays**.

patrimoine, v. bien et héritage.

patriote, qui aime sa patrie : **nationaliste** (⇧ politique et intransigeant, s'oppose souvent à internationaliste) ; **cocardier** (⇧ fort et souvent péjor. : *il est tellement cocardier qu'il nie la réussite économique des parcs d'attractions américains*) ; **chauvin** (⇧ péjor. et avec une idée de mauvaise foi : *il est chauvin au point de dire que si l'équipe gagnante n'est pas la sienne, c'est qu'elle a triché*).

patriotisme, fait d'être patriote : **nationalisme, chauvinisme** (v. patriote).

patron, v. chef.

patron, v. modèle.

patte, v. jambe.

pause, v. arrêt et repos.

pauvre, 1. qui possède juste le minimum vital : **misérable** (⇧ fort au point d'exciter la compassion : *les misérables sont un reproche permanent pour ceux qui vivent dans le luxe*) ; **indigent** (⇧ fort et impliquant le manque, souvent terme administratif : *les indigents ne peuvent pas payer d'impôts*) ; **nécessiteux**

(⇧ fort, avec l'idée d'une aide à apporter pour permettre une vie correcte : *le RMI est fait pour les nécessiteux*) ; **déshérité** (⇧ terme de description sociale, avec une nuance apitoyée : *les rues des grandes villes américaines sont peuplées de déshérités de toutes sortes*) ; **fauché** (fam. ; ⇧ momentané : *j'aimerais bien aller au cinéma, mais je suis fauché*). ≈ **avoir des ennuis pécuniaires, des problèmes financiers ; manquer de tout ; être d'une extrême *pauvreté, plongé dans le plus grand dénuement**, etc. ; **être dans la dèche, la mouise** (fam. et très fam.) ; **ne pas avoir un sou (vaillant)** (fam.). 2. qui est insuffisant en quelque manière, en parlant d'une chose, sol, pensée, style, etc. : **ingrat** (⇧ qui ne compense pas le travail fourni, surtt pour un sol) ; **maigre** (⇧ idée de manque de substance, d'éléments nutritifs : *une maigre pitance*) ; **aride** (⇧ idée de sécheresse) ; **stérile** (⇧ fort, ne donne aucun fruit) ; **nu, sec, dépouillé** (⇧ pour des notions abstraites : *l'esthétique zen est une esthétique dépouillée*) ; **indigent** (⇧ péjor., fort, absence de toute idée : *une pensée indigente*) ; **superficiel** (id. ; ⇧ péjor., souligne le manque de profondeur : *un devoir superficiel, qui manque d'exemples*).

pauvreté, état de celui qui est pauvre : **misère, indigence, nécessité** (v. pauvre) ; **besoin** (⇧ idée d'un manque à combler pour vivre mieux : *être dans le besoin*) ; **dénuement** (⇧ fort : *vivre dans le dénuement le plus complet*) ; **besoin, gêne** (⇩ fort, parfois momentané : *c'était une période de ma vie où j'étais dans la gêne*) ; **embarras** (id.) ; **impécuniosité** (très soutenu et litt. ; ⇧ pour désigner le manque d'argent).

pavé, v. pavement.

pavement, ensemble de blocs de pierre qui servent de revêtement pour les sols : **pavage** (⇧ le revêtement considéré dans son ensemble : *le pavage de la rue est à refaire*) ; **pavé** (⇧ concret) ; **dallage** (⇧ avec des dalles) ; **carrelage** (id. ; ⇧ avec des carreaux, en principe intérieur : *il a dû casser le carrelage à cause d'une fuite d'eau*) ; **macadam** (⇧ lisse, en extérieur, plutôt sur une route : *les brusques coups de frein laissent des traces sur le macadam*) ; v. aussi **route**.

pavillon, v. maison et drapeau.

paye, v. salaire.

payer, 1. donner la somme correspondant au prix de qqch. : **s'acquitter de** (⇧ en parlant de dettes) ; **régler** (⇧ pour mettre les choses en ordre, ou terme de commerce : *avant de quitter un restaurant, on est censé régler l'addition*) ; **rembourser** (⇧ avec une idée de crédit : *il me reste à rembourser mon réfrigérateur*) ; **financer** (⇧ avec une idée de durer, en assurant l'approvisionnement : *mes parents financent mes études*) ; **verser** (⇧ avec une idée de régularité ou de précision : *ils me versent tous les mois une sorte de pension*) ; **solder** (⇧ précis, acquitter un compte en payant d'un coup ce qui était encore dû) ; v. aussi **acheter**. 2. donner à qqn le prix de son travail : **rémunérer, rétribuer** (⇧ officiel, avec l'idée d'une compensation pour une participation quelconque : *quand je tonds la pelouse, il me rétribue avec un billet de cent francs*) ; **récompenser** (⇧ avec l'idée d'un bon vouloir, et sans que ce soit forcément de l'argent que l'on donne : *je ne peux pas te payer, mais si tu m'aides, je saurai te récompenser*) ; **appointer** (⇧ somme ne constituant pas un salaire, mais versée régulièrement : *le journal appointait un correspondant à Tananarive*) ; **indemniser** (⇧ avec l'idée d'une contrepartie après une perte ou un inconvénient subis : *indemniser le propriétaire du terrain exproprié*) ; **dédommager** (id. ; ⇧ insiste sur le dommage : *elle se servait de lui comme d'un commissionnaire et ne l'a même pas dédommagé*) ; **soudoyer** (⇧ malhonnêtement un membre du camp adverse : *le gardien s'est laissé soudoyer par les malfrats*). ≈ **verser un salaire, une rétribution**, etc. (v. salaire) et **toucher un salaire**, etc. pour *être payé*. 3. subir la conséquence d'une faute : **expier** (⇧ moral) ; **réparer** (⇧ action concrète, ou ext. morale).

pays, 1. entité géographique et politique donnée : **nation** (⇧ indépendance politique, insiste sur le sentiment d'appartenance de la population : *les nations européennes*) ; **Etat** (id. ; ⇧ aspect politique) ; **peuple** (⇧ communauté humaine, à une large échelle : *le peuple juif*) ; ***patrie** ; **territoire** (⇧ administratif, pour désigner un espace soumis à un même pouvoir : *les territoires d'outre-mer*) ; **terre** (⇧ lien personnel : *j'ai beau voyager, je sais où est ma terre*) ; **région** (⇧ vaste étendue à l'intérieur d'un pays : *la région bordelaise*, ou vaste étendue de pays : *les régions tropicales*) ; **contrée** (⇧ aspect : *le Pays basque est une contrée verdoyante*). 2. v. village.

paysage, spectacle offert par une portion de nature : **site** (⇧ caractère propre du lieu : *un site particulièrement pittoresque*) ; **vue, panorama** (⇧ ampleur du point de vue); **perspective** (⇧ succession des plans); **décor** (⇧ envisagé en tant que constituant le cadre d'une scène: *le chapitre commence par décrire le décor naturel de la scène*); **cadre** (id.; ⇧ vague: *se plaire à vivre dans un cadre champêtre*). ≈ **coup d'œil** (⇧ vision: *la terrasse de Meudon offre un coup d'œil remarquable sur Paris*).

paysan, v. agriculteur.

peau, 1. enveloppe qui couvre le corps de divers animaux: **épiderme** (⇧ partie superficielle de la peau, et synonyme courant et plaisant); **couenne** (⇧ argot ou plaisant); **cuir** (⇧ épaisseur); **pelage** (⇧ couvert de fourrure, pour les animaux: *le pelage gris du loup*); **mue** (⇧ résidu d'une peau abandonnée: *la mue du serpent*); **tégument** (⇧ scientifique et large, également pour les végétaux). 2. membrane qui recouvre certains fruits et légumes: **pelure** (⇧ que l'on ôte en pelant: *une pelure d'oignon*); **écorce** (⇧ épais et sec: *écorces d'orange*); **zeste** (⇧ pour les agrumes: *le zeste d'un citron*).

peccadille, v. faute.

péché, v. faute.

pécuniaire, v. financier.

pédagogie, v. enseignement.

pédagogue, v. enseignant.

pègre, v. bandit.

peigner, passer un peigne: **coiffer** (⇧ un arrangement harmonieux: *n'oublie pas de te coiffer avant de sortir*); **brosser** (⇧ à l'aide d'une brosse); **arranger** (⇧ vague, ne concerne pas uniquement les cheveux); **démêler** (⇧ idée de nœuds qu'il faut défaire: *il faut se démêler les cheveux avant de se laver la tête*).

peindre, 1. colorer une surface: **laquer** (⇧ passer une sorte de peinture brillante, la laque); **ripoliner** (id.; ⇧ avec du Ripolin, idée de soin); **badigeonner** (⇧ rapide et grossier: *alors que nous comptions faire de grands travaux, nous avons dû nous contenter de badigeonner la cuisine*); **barbouiller** (⇧ manque de soin: *je l'ai laissé seul cinq minutes, il en a profité pour barbouiller tout le mur*); **barioler** (⇧ couleurs criardes et sans harmonie); **peinturlurer** (id.; ⇧ péjor.). 2. faire un tableau: **brosser** (⇧ grossier et rapide, ou en parlant des fonds); **croquer** (⇧ en insistant sur le coup de main: *en quelques coups de pinceau, il avait croqué son modèle impromptu*); **portraiturer** (⇧ en parlant d'un portrait). ≈ **faire de la peinture**; **faire de l'aquarelle, de la gouache** (⇧ selon le type de peinture employé). 3. faire imaginer au moyen de mots: **dépeindre** (⇧ précis); **décrire** (id.; ⇧ idée de procédé littéraire plus net: *Balzac aime à décrire en détail le décor de ses romans*); **portraiturer** (⇧ personne); **représenter** (⇧ objet reproduit: *il m'a suffisamment représenté la situation pour que j'intervienne*); **détailler** (⇧ insiste sur le détail); **présenter** (⇧ général et vague, pour la première fois); v. aussi **raconter** et **représenter**. ≈ l'on pourra recourir, métaphoriquement, aux termes de la seconde rubrique: *Flaubert croque le personnage de Homais en quelques traits satiriques acérés*; expr. **faire la description, le portrait**; **tracer le tableau, le portrait**: *Stendhal trace un tableau rapide de la société milanaise sous l'Empire, au début de* La Chartreuse; **brosser une fresque** (⇧ uniqt pour un morceau d'histoire: *brosser une fresque des premières années de la Révolution*).

peine, 1. v. punition. 2. v. tristesse. 3. activité qui coûte: **mal** (⇧ vague: *il n'est arrivé au terme de son travail qu'avec beaucoup de mal*); **effort** (⇩ idée d'une certaine douleur: *il n'a pas reculé devant l'effort*); **labeur** (⇧ précis pour désigner un travail pénible: *un tel labeur suppose une santé de fer*); **tâche** (⇧ délimité et qui requiert des compétences spécifiques: *j'accomplirai sans état d'âme la tâche qui m'incombe*). || *Se donner de la peine*: **se donner du mal**; **se démener** (⇧ idée de démarches nombreuses); **se décarcasser** (fam.). || *A peine*: **presque pas**; **très peu**; **même pas, pas même** (⇧ restrictif: *il n'y a même pas dix minutes qu'il est parti*); **tout juste**.

peiner, v. souffrir.

peintre, celui qui peint 1. en tant qu'artisan: **badigeonneur** (v. peindre). 2. en tant qu'artiste: **barbouilleur** (⇧ péjor.); **rapin** (⇧ débutant dans un atelier). SPÉC. **aquarelliste, fresquiste, pastelliste** (⇧ selon la techn.); **animalier, portraitiste, paysagiste** (⇧ selon le sujet).

peinture, 1. ouvrage peint: **tableau** (⇧ surface autonome: *pour décorer, on accrochera des tableaux au mur*); **toile** (⇧ peint obligatoirement sur toile, souvent laudatif: *une toile de maître*); **croûte** (⇧ fam., péjor.: *il a trouvé le moyen de payer très cher pour une croûte infâme*). SPÉC. **fresque** (⇧ peint au mur sur un enduit); **aquarelle, gouache, lavis** (⇧ diverses techniques); **paysage, portrait, marine, nature morte,**

académie (⇧ selon le sujet). 2. représentation d'un spectacle par des mots : **description, portrait, représentation, présentation** (v. peindre) ; v. aussi **histoire.**

peinturlurer, v. peindre.

pelage, v. peau.

peler, v. éplucher.

pèlerine, v. manteau.

pellicule, v. film.

pelouse, surface d'herbe tondue. ≈ par métonymie, avec **herbe, gazon** (v. herbe) ; v. aussi **prairie.**

pénaliser, v. punir.

pénalité, v. punition.

penchant, v. goût et tendance.

penché, qui s'écarte vers le bas, à partir de la position verticale : **incliné** (⇩ risque de chute).

pencher, v. abaisser.

pendant, prép. exprimant la simultanéité : **durant** (⇧ idée de durée, soutenu : *il a été malade durant la nuit* ; postposé, *durant* indique, dans certaines expr., qu'il n'y a pas eu interruption : *il a été malheureux sa vie durant*) ; **au cours de** (⇧ pour marquer une étape ou un événement dans une durée : *au cours de la visite médicale, on s'est rendu compte qu'il était sourd*) ; **en** (⇧ large : *il prend ses vacances en juillet*) ; **dans** (⇧ repère par rapport à une période : *il s'arrête de fumer cinq fois dans l'année*) ; **de** (⇧ valeur générale, figée : *conduire de nuit exige une vigilance particulière*). ‖ *Pendant que* : **cependant que** (⇧ litt. : *pour ce aimez-moi cependant qu'êtes belle* [Ronsard]) ; **quand, lorsque** (⇧ large) ; **tandis que** (⇧ pour marquer une simultanéité parfaite entre deux événements : *tandis qu'il me téléphonait, mon café refroidissait*) ; **puisque** (nuance causale dans certains cas : *puisque j'y pense...* pour *pendant que j'y pense...*). v. aussi **quand.**

pendre, fixer par le haut : **suspendre** ; **accrocher** (⇧ général, avec un crochet) ; ***attacher** (⇧ fixation).

pendule, v. horloge.

pénétration, v. intelligence.

pénétrer, 1. v. entrer. 2. v. comprendre.

pénible, qui donne de la peine. 1. physiquement : **dur** (⇧ cour.) ; **ardu** (⇧ fort, idée de difficulté : *une tâche ardue*) ; **contraignant** (⇧ pour insister sur le fait que la peine résulte d'une obligation : *avoir un emploi du temps contraignant*) ; **éprouvant** (⇧ fort, la peine est une véritable épreuve : *j'ai eu une journée éprouvante*) ; **ingrat** (⇧ fait que l'on n'est pas récompensé de ses efforts : *le travail à la chaîne est un travail ingrat*) ; **laborieux** (⇧ idée de temps nécessité pour mener à bien telle ou telle affaire : *une tâche laborieuse*) ; v. aussi **difficile.** 2. moralement : **gênant** (⇧ impliquant une autre personne : *tu me mets dans une situation gênante*) ; **embarrassant** (id. ; ⇧ fort) ; **navrant** (⇧ idée de grave contrariété : *tu as un comportement navrant*) ; **affligeant** (⇧ fort, idée de tristesse) ; **déplorable** (⇧ moralement répréhensible : *il a eu une réaction déplorable*).

pensée, 1. faculté de penser : **compréhension** (⇧ pour une situation précise : *la compréhension des données du problème requiert une attention particulière*) ; **entendement** (⇧ précis en tant que faculté de comprendre : *cela dépasse l'entendement*) ; **raison** (id. ; ⇧ faculté de raisonner, d'enchaîner des idées : *perdre la raison*) ; **esprit, imagination** (⇧ faculté de produire des images, en insistant plutôt sur l'irréalité : *une imagination débordante*) ; v. aussi **connaissance, intelligence, raison** et **imagination.** 2. fait de penser : **méditation** (⇧ assidu et appliqué : *la méditation réclame un silence total*) ; **cogitation** (⇧ précis et agité : *cet imprévu a nécessité de sa part une cogitation intense*) ; **spéculation** (⇧ très théorique) ; **conception** (⇧ avec l'idée que qqch. est conçu) ; **réflexion** (⇧ soutenu et approfondi : *la moindre décision lui demande des heures de réflexion*). 3. ce que l'on pense : **avis** (⇧ ponctuel : *avant de m'acheter ce costume, je voudrais avoir ton avis*) ; **idée, opinion** (⇧ ancré dans la durée : *les opinions politiques de Diderot*) ; **point de vue** (⇧ pour désigner l'angle sous lequel on aborde une question : *s'efforcer de comprendre le point de vue d'autrui*) ; v. aussi **idée, opinion** et **croyance.** 4. vérité frappante, énoncée avec concision : **mot** (⇧ avec l'idée de brio intellectuel : *Sacha Guitry a eu ce mot : je suis contre les femmes — tout contre*) ; **aphorisme** (⇧ avec une teneur morale, formule courte et qui donne à penser : *presque toute la production de Cioran est constituée d'aphorismes*) ; **maxime** (⇧ précepte de vie : *La Rochefoucauld est célèbre par ses maximes*) ; **sentence** (⇧ dogmatique, ou à forme litt. : *Montaigne avait fait graver ses sentences préférées sur les murs de sa librairie)* ; **apophtegme** (⇧ soutenu, pour désigner les propos édifiants d'un Ancien : les apophtegmes des Pères du désert).

penser, utiliser rationnellement son

esprit 1. intr. : **raisonner, méditer, cogiter, spéculer, réfléchir** (v. pensée). 2. tr. : **imaginer** (⇧ à propos d'une chose très étonnante : *je n'imagine pas qu'il ait pu commettre un acte aussi bas*) ; **supposer** (⇧ pour admettre une hypothèse : *Monsieur Durand, je suppose*) ; **présumer** (id. ; ⇧ nuance de doute) ; v. aussi **croire**. ≈ expr. nominales avec **pensée, idée, opinion** (v. ces mots). 3. tr. ind., penser à qqch. : **faire attention** ; **prendre garde** (⇧ avec une idée de danger à éviter : *prenons garde à ne pas le froisser*) ; **s'aviser** (⇧ soudaineté dans la perception de qqch. que l'on n'avait pas d'abord remarqué : *je me suis avisé du mauvais réglage de la plaque électrique quand le lait eut débordé*) ; **se rendre compte** (⇧ pour dire qu'un phénomène arrive à la claire conscience). 4. **réfléchir, songer, envisager** ; v. aussi **(se) rappeler**.

penseur, v. philosophe.

pensionnaire, qui paye une pension pour être hébergé et nourri : **hôte** (⇧ dans une pension de famille, hôtel : *Balzac a décrit avec minutie les hôtes de la pension Vauquer*) ; **interne** (⇧ dans un établissement scolaire, par opposition à externe). GÉN. ***élève**.

pensum, v. punition.

pente, 1. portion de terrain penchée : **inclinaison** (⇧ abstrait, sans considération de haut ni de bas : *l'inclinaison n'est pas suffisante pour permettre un bon écoulement des eaux*) ; **déclivité** (⇧ techn. : *il faut augmenter artificiellement la déclivité du terrain*) ; **descente** (⇧ de bas en haut) ; **versant** (⇧ en considérant un côté de ce qui en a deux : *escalader un sommet par le versant nord*) ; v. aussi **montée**. || *En pente* : **pentu** (⇧ litt.) ; **raide**. (⇧ forte pente) ; **escarpé** (id. ; ⇧ difficile d'accès : *hauteur escarpée*) ; **abrupt** (⇧ très raide). ≈ **à pic** (⇧ vertical). 2. v. tendance.

pénurie, v. manque.

pépé, v. grand-père.

perceptible, v. visible.

perception, v. sensation.

percer, 1. faire un trou : **trouer** (⇧ net et définitif : *il a troué sa chemise avec sa cigarette*) ; **transpercer, enferrer** (⇧ avec une épée) ; **perforer** (⇧ de part en part : *le coup de revolver lui a perforé les poumons en plusieurs endroits*) ; **forer, vriller** (⇧ technique) ; **cribler** (id. ; ⇧ idée de coups : *criblé de balles*) ; **crever** (⇧ idée d'un contenu qui s'échappe : *crever des pneus, des baudruches, un abcès*). 2. v. réussir.

percevoir, 1. v. voir, entendre, sentir. 2. **recevoir** ou prendre une somme due : **toucher** (⇧ général, recevoir une somme : *j'ai touché une somme qui correspond à je ne sais quoi*) ; **empocher** (⇧ fam. ; ⇩ idée de somme obligatoirement due : *j'ai empoché le magot*) ; **recouvrer** (⇧ idée de rentrer en possession de qqch. : *recouvrer une créance*) ; **encaisser** (⇧ pour un commerçant, lorsqu'il met l'argent dans sa caisse) ; **lever** (vx ; ⇧ en parlant d'un impôt : *lever la taille sur les paysans*) ; **prélever** (⇧ prendre une somme sur une autre : *ils ont oublié de prélever la cotisation patronale*).

percher (se), se placer en hauteur : **se jucher** (litt.).

perdre, 1. être privé de ce que l'on possédait : **égarer** (⇧ en sous-entendant que la perte n'est pas définitive : *j'égare mes lunettes vingt fois par jour*) ; **paumer** (fam.). ≈ **ne plus savoir où l'on a mis** (courant). || *Perdre ses forces* : v. s'affaiblir. || *Perdre la vie* : v. mourir. || *Perdre la raison* : v. fou. || *Perdre connaissance* : v. (s')évanouir. 2. être séparé de qqn. ≈ **être en deuil de** (⇧ si la personne est morte) ; avec inv., v. mourir. || *Se perdre* : **s'égarer** (⇧ de son chemin) ; au fig., s'éloigner du sujet : **se noyer** (⇧ dans les détails, digressions) ; **s'embrouiller** (⇧ ne pas être clair) ; **disparaître** (⇧ perte avec regret : *les bonnes manières disparaissent* pour *se perdent*). 3. v. gâcher.

perdu, 1. qui n'a plus de recours : **cuit, fichu, foutu** (⇧ de fam. à vulgaire) ; **fini** (⇧ socialement : *c'est un homme fini*). 2. pour qualifier l'état de santé de qqn : **condamné** (⇧ les médecins ont prévu la mort) ; **incurable** (⇧ en parlant de la maladie). ≈ **on ne peut plus rien pour lui ; il est au dernier stade ; c'est la fin**. 3. v. éloigné.

père, 1. celui qui a une progéniture : **papa** (⇧ enfantin, courant) ; **paternel** (fam. : *il faut demander l'autorisation du paternel*) ; **vieux** (fam. ; ⇧ assez tendre) ; **géniteur** (⇧ ironique). 2. celui qui est à l'origine de qqch. : v. inventeur. 3. au pl., ceux dont on descend : **ancêtres** (⇧ assez loin dans le temps, mais avec le sentiment d'un lien : *en écrivant la vie de ses ancêtres, on parvient à mieux se connaître*) ; **aïeux** (id. ; ⇧ litt.) ; **ascendants** (⇧ dont on descend par un lien de sang, objectif, terme de recherche généalogique : *dans son questionnaire préliminaire, le médecin pose des questions sur les maladies contractées par des ascendants*).

pérégrination, v. voyage.

perfection, qualité de ce qui est parfait : **excellence** (⇩ fort, n'implique pas un achèvement : *toute l'excellence des hommes n'est rien par rapport à la perfection divine*) ; **précellence** (⇧ litt., pour une qualité éminente et incomparable : *la précellence de la langue française*) ; **idéal** (⇧ ce qui incarne une réalité dans son essence indépassable : *toujours tendre à l'idéal*) ; **achèvement** (⇧ idée que rien ne peut aller au-dessus : *son intronisation marqua l'achèvement de son bonheur*) ; **comble** (⇧ idée que qqch. est pleinement rempli : *le comble du raffinement*) ; **épanouissement** (⇧ sommet d'un développement : *parvenues à leur plein épanouissement, les fleurs se fanent très vite*) ; v. aussi paroxysme. || *A la perfection* : v. parfaitement.

perfectionnement, v. amélioration et progrès.

perfectionner, v. améliorer.

perfide, v. infidèle.

perfidie, v. infidélité.

perforer, v. percer.

performance, ce qui est accompli malgré des difficultés : **résultat, temps, score** (⇧ sport, pour enregistrer une donnée chiffrée) ; **réussite** (⇧ large et laudatif) ; **coup de maître** (⇧ exceptionnel) ; **record** (⇧ idée de meilleur résultat par rapport à soi, ou aux autres : *quel record ! il a su se taire pendant dix minutes*) ; v. aussi **exploit**.

péril, v. danger.

périlleux, v. dangereux.

périmé, v. démodé.

période, v. époque.

péripétie, v. événement.

périphérie, v. tour et banlieue.

périphrase, façon d'exprimer la notion contenue par un mot en plusieurs : **circonlocution** (⇩ rhétorique ; ⇧ l'essentiel, considéré comme gênant, est retardé : *il s'est enferré dans des circonlocutions telles que je n'ai pas compris pourquoi il venait me voir*) ; **ambages** (id. ; surtt expr. *sans ambages*, directement) ; **détours** (⇧ large, fait de ne pas aller droit au but : *après bien des détours, il s'est décidé à me demander de l'argent*) ; **euphémisme** (⇧ pour adoucir une réalité trop cruelle ou choquante). ≈ **précautions oratoires** (⇧ pour préparer son auditoire, qui risque d'être choqué : *il ne s'embarrasse pas de précautions oratoires*).

périple, v. voyage.

périr, v. mourir.

permanent, v. durable et toujours.

permettre, 1. laisser le droit de faire qqch. : **autoriser** (⇧ droit donné officiellement : *quand tu auras fait tes devoirs, je t'autorise à aller jouer*) ; **habiliter** (⇧ jurid. : *être habilité à signer à la place du ministre*) ; **donner** (⇧ construction impersonnelle, idée de faveur spéciale : *puisqu'il m'est donné de fréquenter le Président, je ne me prive pas de lui faire connaître mon opinion*) ; **consentir à** (⇧ effort fait sur soi : *je consens à ce que tu viennes avec moi si tu te tiens tranquille*) ; **tolérer** (⇧ avec n. ou proposition complétive, se contenter de ne pas interdire) ; **dispenser** (⇧ permettre de ne pas faire : *je te dispense de corvée pour aujourd'hui*). ≈ **donner, accorder la permission, l'autorisation, le droit de** (v. permission) ; avec nég., v. interdire. 2. supporter qu'une chose soit faite : **tolérer** (⇧ réticence dans l'acceptation : *je tolère qu'il me parle comme à un égal, à condition qu'il n'aille pas plus loin*) ; **souffrir** (id. ; ⇧ fort, souvent dans des tours négatifs : *je ne saurais souffrir qu'il me parle sur ce ton*) ; **accepter** (⇧ neutre) ; **laisser** (⇧ vague : *on l'a laissé faire ce qu'il voulait*) || *Se permettre* : v. oser.

permis, qu'on a le droit de faire : **autorisé** (v. permettre) ; **licite** (⇧ qui ne s'oppose à aucune loi : *ramasser le bois mort dans la forêt est tout à fait licite*) ; **légal** (⇧ prescription par la loi) ; **légitime** (⇧ idée d'équité) ; **loisible** (⇧ litt., notion de libre choix, dans tour impersonnel : *il vous est loisible de rester, si cela vous agrée*). ≈ avec inv., en recourant aux tours **avoir le droit, la permission**, etc. (v. permission) ; avec nég., v. interdit.

permission, droit accordé par un supérieur : **autorisation, habilitation, consentement, dispense** (v. permettre) ; **droit** (⇧ général, lié à celui qui le reçoit : *tu n'as pas le droit de sortir avant l'heure*) ; **agrément** (⇧ terme officiel : *il n'avait pu obtenir l'agrément de ses supérieurs*) ; **accord** (⇩ idée d'autorité ; ⇧ idée d'entente : *pour toute construction mitoyenne, il faut l'accord des voisins*) ; **aval** (⇧ idée de soutien, de cautionnement par l'autorité : *je crois qu'il n'y aura pas de problème politique, le directeur m'a donné son aval*) ; **bénédiction** (id. ; ⇧ ironique et fam.) ; **consentement** (⇧ vague et subjectif : *se marier sans le consentement de ses parents*).

pernicieux, v. mauvais.
pérorer, v. discourir.
perpétrer, v. faire.
perpétuel, v. durable.
persévérance, action de persévérer ou attitude de celui qui persévère : **obstination** (⇧ continuité dans le temps : *la difficulté de l'entreprise a fini par avoir raison de son obstination*, parfois péjor.) ; **opiniâtreté** (id. ; ⇧ fort, jamais péjor. : *des efforts opiniâtres pour obtenir son diplôme*) ; **ténacité** (⇧ fait que l'on n'abandonne pas : *Démosthène s'est dressé contre Philippe avec une ténacité admirable*) ; **fermeté** (⇧ idée d'immobilité, pour qui s'en tient à ses résolutions) ; **entêtement** (⇧ péjor., contre toute raison : *l'entêtement de Napoléon a été cause de sa désastreuse retraite de Russie*).
persévérant, qui persévère : **obstiné, opiniâtre, tenace, ferme, entêté** (v. persévérance).
persévérer, v. continuer.
persistant, v. durable.
persister, v. continuer.
personnage, personne figurant dans une œuvre littéraire, picturale ou cinématographique : **héros, héroïne** (⇧ premier rang dans la hiérarchie des personnages : *le héros des* Misérables *est Jean Valjean*) ; **protagoniste** (id. ; l'emploi au pl. est abusif, mais courant) ; **narrateur** (⇧ raconte fictivement l'histoire : *le narrateur de* La Recherche du temps perdu) ; **figure** (⇧ impression produite, plutôt employé avec un nom apposé : *la figure d'Harpagon domine la pièce de bout en bout*) ; **caractère** (⇧ considéré sous l'angle psychologique : *Balzac a créé des centaines de caractères*) ; **type** (⇩ individualité ; ⇧ uniqt traits généraux : *on parle de types pour les personnages de la commedia dell'arte*). ≈ **acteur** peut s'employer rapporté à l'action, l'intrigue, mais absolument pas isolément, auquel cas il désignerait l'interprète d'une pièce : *les principaux acteurs du drame sont Fabrice et la Sanseverina*).
personnalité, 1. v. caractère et âme. 2. personne connue : **notable** (⇧ local, officiel : *les notables ruraux*) ; **notabilité** (id.) ; **sommité** (⇧ savoir). ≈ **homme célèbre, connu.**
personne, être humain considéré comme existant séparément : **individu** (⇧ caractère unique, souvent péjor. : *les goûts varient souvent en fonction des individus* ; *la direction tient à ce qu'aucun individu ne pénètre dans l'enceinte*) ; v. aussi **homme**.
personnel, v. individuel.
personnification, v. représentation.
personnifier, v. représenter.
perspective, v. paysage.
perspicace, v. intelligent.
perspicacité, v. intelligence.
persuader, v. convaincre.
perte, 1. fait de perdre qqch. : **disparition** (⇧ fin de la présence) ; **gaspillage** (⇧ emploi inutile : *un gaspillage de ressources*) ; **déperdition** (id. ; ⇧ force : *une déperdition d'énergie*). 2. v. mort.
pertinence, v. intérêt.
perturbation, v. trouble.
perturber, v. troubler.
pesant, v. lourd.
pesanteur, v. lourdeur et poids.
pessimisme, fait d'être pessimiste : **défaitisme, désabusement** (v. pessimiste) ; v. aussi **découragement** et **tristesse**.
pessimiste, qui envisage toujours le pire : **défaitiste** (⇧ considère la bataille comme perdue d'avance, au pr. ou fig. : *ne te laisse pas décourager par ce défaitiste*) ; **alarmiste** (⇧ fait que l'on propage vers autrui une appréciation négative des choses : *si l'on écoutait les alarmistes de tout poil, on ne mangerait plus rien, car tout donne le cancer*) ; **désabusé** (⇧ n'attend rien de l'avenir par suite d'une déception : *ne me demandez pas d'être enthousiaste, je suis désabusé*) ; v. aussi **triste**.
petit, 1. physique, aux dimensions très réduites : **minuscule** (⇧ fort : *il habite une chambre minuscule*) ; **microscopique** (id. ; ⇧ fort encore, souvent plaisant : *il dit que j'ai une écriture microscopique*) ; **écrasé** (⇧ pour ce qui n'a pas toute sa grandeur : *un nez écrasé*) ; **étroit, exigu** (⇧ pour un espace : *l'intérieur d'un sous-marin est généralement exigu*) ; **riquiqui** (id. ; fam. ; ⇧ emplois expressifs assez larges) ; **infime** (⇧ fort, pour une quantité : *la somme qui reste à payer est infime*) ; v. aussi **nain** et **court**. ≈ **de faible *grandeur, taille, hauteur, dimension** : *un immeuble de faible hauteur.* 2. par ext., de faible importance ou valeur : **faible** (⇧ fort et général, restrictif, surtt pour une quantité ou un terme abstrait : *une faible somme d'argent ; de faibles possibilités de résistance*) ; **réduit** (id. ; ⇧ manque : *une intelligence très réduite ; un espoir réduit de le sauver*) ; **limité** (id. : *il n'avait que des chances limitées de s'en tirer*) ; **mince** (id.) ; **modique** (⇧ pour parler d'argent : *une*

somme modique) ; **dérisoire** (⇧ à ce point que c'en est ridicule : *les assurances contre le vol accordent des remboursements dérisoires*) ; **insignifiant** (⇧ qui n'est pas en assez grande quantité pour avoir une influence quelconque : *il a fait des bénéfices insignifiants*) ; **négligeable** (id. ; ⇧ fait qu'on peut ne pas en tenir compte : *une quantité négligeable de matière*) ; **imperceptible** (⇧ à ce point qu'on ne peut le percevoir : *des traces imperceptibles*) ; **succinct** (⇧ qui se limite à de grandes lignes, pour une explication : *un exposé succinct de la situation*) ; **secondaire** (⇧ en importance seulement : *un auteur secondaire*) ; **mineur** (id. : *écrivain mineur, affaire mineure*). 3. manque absolu de grandeur d'âme : **mesquin, borné** (⇧ fam.) ≈ avec un tour privatif **peu important ; de peu d'importance, de faible valeur ; de rien du tout** (fam. : *faire des histoires pour une affaire de rien du tout*) ; v. aussi **peu**.

petit, n., v. enfant.

petit à petit, v. peu à peu.

petitesse, qualité de ce qui est petit : **faiblesse, modicité** et **modestie, faible importance** (v. petit) ; **médiocrité** (⇧ idée d'insatisfaction : *déçu par la médiocrité de ses émoluments*) ; **mesquinerie** (⇧ sentiments).

peu, en faible quantité, 1. adv. : **guère** (⇩ précis, toujours dans une tournure négative : *je n'ai guère voyagé*) ; **faiblement** (⇧ manque de force ou d'intensité : *la lampe éclaire faiblement*) ; **médiocrement** (⇧ indique un degré légèrement plus élevé : *être médiocrement satisfait*) ; **moyennement** (id. ; ⇧ positif : *être moyennement convaincu par l'orateur*) ; **à peine** (⇧ à la limite de l'inexistence : *il s'est à peine restauré avant de partir*). ≈ tours nég. **pas beaucoup, presque pas** (⇧ de plus en plus faiblement : *il n'a pas beaucoup, presque pas avancé depuis la dernière fois*). 2. *un peu*, pas beaucoup, mais en quantité non négligeable : **quelque peu** (⇧ litt. : *tu es quelque peu présomptueux*) ; **un tantinet** (⇧ plaisant). 3. *un peu de* : **un soupçon de** (⇧ petite quantité encore : *ajoutez un soupçon d'armagnac ; avec un soupçon d'humour*) ; **une pointe de** (⇧ pour changer une saveur, au pr. ou au fig. : *une pointe de coriandre, de moquerie*) ; **un zeste** (id. ; ⇧ rare et expressif) ; **un brin de** (id. ; ⇧ également emplois pour désigner une action rapide : *faire un brin de toilette, un brin de causette*) ; **une larme, une goutte, un doigt de** (⇧ nuances diverses en rapport avec l'image culinaire). || *Peu à peu*, par petites étapes : **progressivement, petit à petit** (⇧ temps : *petit à petit, il est devenu farouche*) ; **pas à pas** (⇧ moyens mis en œuvre pour arriver à un résultat : *il est monté pas à pas dans la société*) ; **graduellement** (⇧ étapes successives : *en venir graduellement à la conclusion attendue*) ; **de jour en jour** (⇧ avec l'idée d'une progression rapide : *les nouveau-nés se transforment de jour en jour*) ; **insensiblement** (⇧ idée d'une progression si lente qu'on ne la remarque pas : *je me suis insensiblement détaché d'elle*).

peuple, vaste ensemble d'hommes qui vivent dans un même endroit : **peuplade** (⇩ vaste et déterminé : les peuplades gauloises) ; **nation** (⇧ considération d'une entité politique : *les nations doivent être solidaires*) ; **collectivité** (⇧ administratif, pour désigner un groupe aux intérêts communs : *les impôts sont destinés à assurer les besoins de la collectivité*) ; **masse** (⇧ force politique : *les masses ouvrières sont grandement désabusées*) ; **prolétariat** (⇧ désigne les ouvriers, plutôt vocabulaire marxiste : *la dictature du prolétariat*) ; **population** (⇧ emploi démographique, ou insiste sur l'effet de masse : *la population française dépassera bientôt la barre des soixante millions ; la population accepte difficilement les restrictions alimentaires*) ; **populace, vulgum pecus** (⇧ péjoratif) ; **vulgaire** (⇧ par opposition à l'élite).

peupler, v. habiter.

peur, v. crainte.

peur (avoir), v. craindre.

peureux, v. lâche.

pharisaïsme, v. hypocrisie.

pharisien, v. hypocrite.

phase, v. stade.

phénomène, v. événement.

philosophe, 1. n., personne qui tente une réflexion méthodique sur les grands problèmes que posent l'action et la connaissance : **penseur** (⇧ général ; ⇩ idée de système : *Alexis de Tocqueville, penseur politique du* XIXe *siècle*) ; **moraliste** (⇧ général, s'intéresse aux mœurs et énonce des préceptes : *La Rochefoucauld et les autres moralistes du* XVIIe *siècle*) ; **sage** (⇧ idée d'une compétence morale et d'une certaine mise en pratique des préceptes énoncés : *depuis les stoïciens, la maxime du sage est de vivre selon la nature*) ; **théoricien** (⇧ activité abstr., système : *un théoricien de la monnaie*) ; **idéologue** (id. ; ⇧ péjor. : *les* *idéologues du parti*). SPÉC. **métaphysicien, logicien, esthéticien, épistémologue** (⇧ selon la spécialité); **stoïcien, épicurien, aristotélicien, platonicien, cartésien, kantien, hégélien**, etc. (⇧ selon l'école) ≈ **doctrine, éthique.**

philosophie, discipline réfléchissant sur les grands principes: **morale, sagesse** (v. philosophe); **métaphysique** (⇧ sur les questions les plus abstraites, existence de Dieu, immortalité de l'âme, nature de l'être, etc.; souvent équivalent assez direct de *philosophie*); **idéologie** (⇧ péjor.). ≈ **doctrine, éthique.** GÉN. ***pensée.**

philosophique, qui a trait à la philosophie: **théorique, idéologique, métaphysique** (v. philosophe et philosophie).

phrase, ensemble de mots formant un sens indépendant et isolé par la prononciation: **proposition** (⇧ uniqt unité logique: *cette phrase se compose de deux propositions coordonnées*); **période** (⇧ oratoire); v. aussi **expression.**

physionomie, v. mine et physique.

physique, adj., v. matériel.

physique, n., ensemble des traits du corps: **physionomie** (⇧ expression des traits, surtt du visage: *avoir une physionomie agréable*); **apparence, air, aspect** (⇧ général, pas seulement sur corps humain: *être d'une complexion robuste*); v. aussi **mine** et **nature.**

pièce, 1. partie d'un tout; d'un appartement; d'un assemblage: **élément, fragment, morceau, partie**; **salle** (⇧ usage déterminé: *salle de jeux, salle de séjour, salle d'eau*, ou plutôt grande dimension: *le palais comprend plusieurs salles*). SPÉC. **salon, cabinet** (⇧ vx ou spécialisé: *le cabinet des antiques*), **chambre, cuisine, entrée, vestibule.** 2. monnaie métallique: **sou** (vx, sauf dans expr. *pas un sou*); v. aussi argent. 3. ouvrage dramatique: **représentation** (⇧ mise en scène de l'ouvrage: *la pièce n'est pas mauvaise, mais la représentation est ratée*); **saynète** (⇧ court, moins de personnages); **spectacle** (⇧ général, en insistant sur ce qui est vu: *Mesdames et Messieurs, le spectacle va commencer*). SPÉC. ***comédie, *tragédie, drame, farce, sotie.**

pied, membre inférieur de l'homme: **patte** (⇧ animal); **peton** (⇧ petit, affectueux).

piège, 1. engin dissimulé pour capturer les animaux: **collet** (⇧ système simple pour prendre de petits animaux par le cou: *le braconnier a posé ses collets pendant la nuit*); **lacet** (id.; ⇩ nécessairement par le cou); **filet** (⇧ mailles pour prendre plusieurs animaux, surtt oiseaux), par ext., pour le fait de prendre qqn., dans expr. comme *coup de filet*: plan mis au point par la police pour prendre des malfaiteurs; *tendre un filet*: tendre un piège au sens 2.; **nasse** (id.; ⇧ avec des bords rigides). SPÉC. **ratière, taupière, souricière** (⇧ pour rat, taupe, souris; également sens figuré pour *souricière*, plutôt pour une ruse policière); **appeau, leurre** (⇧ pour attirer les animaux en les trompant par des bruits ressemblant à leurs cris, ou des congénères déjà pris). 2. artifice destiné à mettre qqn en difficulté: **chausse-trappe** (⇧ idée de chute, au pr. comme au fig.: *dans ses dictées, Bernard Pivot s'ingénie à multiplier les chausse-trappes*); **traquenard** (⇧ fort, suppose l'élaboration de tout un système: *il avait beau être sur ses gardes, il est tombé dans un véritable traquenard*); **embuscade** (⇧ idée de se cacher pour surprendre un ennemi, garde en général le sens concret: *leurs effectifs étant fort réduits, ils ne purent s'en sortir qu'en préparant une embuscade*); **guet-apens** (id.; ⇧ retors en général, ligue de plusieurs individus, peu de chances de salut); **embûche** (⇩ fort, seulement idée d'obstacle mis sur la route de qqn pour l'empêcher d'arriver à ses fins: *j'ai surmonté toutes les embûches qu'il m'avait tendues*); v. aussi **ruse.**

pierre, 1. fragment d'un minéral solide que l'on trouve sous l'écorce terrestre: **caillou** (⇧ petites dimensions: *les enfants aiment beaucoup lancer des cailloux dans l'eau*); **gravier** (⇧ petit encore, ensemble de très petits cailloux: *les pneus de la voiture font crisser le gravier*); **galet** (⇧ arrondi, poli, se dit des pierres que l'on trouve au bord de la mer ou dans les torrents); **rocher** (⇧ gros et abrupt, éventuellement lieu d'escalade: *une des curiosités de Biarritz est le rocher de la Vierge*); **roche** (⇧ désigne plutôt la matière, ou un ensemble plus important de celle-ci: *pour faire passer le train, il a fallu creuser la roche*); **roc** (id.; ⇧ dureté: *il est solide comme le roc*); **minéral** (⇧ désigne exclusivement la matière, dans ses diverses espèces: *le quartz est un minéral cristallin translucide*). 2. fragment d'une variété de pierres servant à la construction: **pavé** (⇧ spécialement pour couvrir le sol, à l'extérieur, forme carrée et rectangulaire); **moellon** (⇧ taillé, pour les murs); **parpaing** (⇧

artificiel, en ciment); **boutisse** (⇧ technique, pierre qui, dans un mur, ne montre qu'une de ses extrémités); **bloc (de pierre)** (⇧ masse); **dalle** (⇧ pour revêtir le sol ou les murs; ou béton, pour couvrir un plafond). 3. pierre précieuse: **gemme** (⇧ général, plutôt à l'état naturel); **pierreries** (⇧ pierre arborée en bijoux). SPÉC. **diamant, émeraude, saphir, rubis**, etc.; v. aussi **bijou**.

piété, v. religion.

piétiner, 1. s'agiter en restant sur place et en frappant le sol de ses pieds: **trépigner** (⇧ fort, signe de colère: *c'est un enfant capricieux qui trépigne facilement dès qu'il n'obtient pas immédiatement ce qu'il veut*); **piaffer** (⇧ fort encore, d'abord pour un cheval, et par ext. accompagné de bruits divers, pour marquer l'irritation: *piaffer d'impatience*); **patauger** (⇧ dans l'eau ou la boue, et, par ext., dans un milieu d'où l'on a du mal à sortir; avec la même métaphore, fam.: **ramer**). ≈ **ne pas avancer**; **ne pas progresser**; **faire du sur place** (fam.). 2. marcher plusieurs fois sur qqch.: **fouler** (⇧ litt.). 3. par ext., ne pas respecter des valeurs: **fouler (aux pieds)**; **bafouer** (⇧ faire comme si les valeurs n'existaient pas: *tu as bafoué son honneur*); **braver** (⇧ idée d'une provocation: *braver tous les interdits*); **outrager** (⇧ en voulant nuire à une dignité: *outrager les bonnes mœurs*).

pieux, v. croyant.

pigeon, 1. oiseau qui roucoule: **colombe** (⇧ litt., utilisé comme symbole: *la colombe de la paix*); **ramier** (⇧ variété de pigeon sauvage, assez gros); **biset** (id.; ⇧ petit); **palombe** (⇧ même espèce que le ramier, Sud-Ouest, dans le cadre de la chasse); **tourterelle** (⇧ petit, clair). 2. homme que l'on exploite à son insu: **dupe** (⇧ soutenu, insiste sur le fait que l'on est trompé); **dindon** (⇧ fam., surtt expr. *être le dindon de la farce*); **cave** (⇧ argot, celui qui n'est pas du milieu); **gogo** (fam.; ⇧ à qui l'on fait croire ce que l'on veut: *les voyantes profitent des gogos*).

pilastre, v. colonne.

pilier, v. colonne.

pillage, action de piller: **razzia** (⇧ total, origine arabe: *faire une razzia*); **saccage** (⇧ insiste sur la destruction plutôt que sur le vol: *les cambrioleurs ont effectué un saccage en règle*); **déprédation** (id.); **rapine** (⇩ organisé; ⇧ circonstanciel: *vivre de rapine*); **curée** (⇧ idée d'une rage finale, image de la chasse à courre); v. aussi voler et détruire. ≈ **mise à sac** (⇧ militaire, ou fig.: *la mise à sac de Haguenau par les troupes françaises*).

pillard, celui qui pille: **brigand** (⇧ mode de vie de celui qui vole avec violence); **détrousseur** (⇧ attaque les voyageurs); **saccageur, écumeur** (v. piller); v. aussi **voleur**.

piller, 1. dépouiller avec violence de son contenu de valeur: **dévaster, ravager, saccager** (⇧ destruction); **dévaliser** (⇧ en privant de tout ce qu'il a: *dévaliser une caravane*); **écumer** (⇧ sur une étendue plus vaste, de façon systématique: *des bandits écument la région*); v. aussi **voler**. ≈ **mettre à sac** (v. pillage). 2. v. imiter.

pilote, v. conducteur.

piloter, v. conduire.

pingre, v. avare.

pingrerie, v. avarice.

pipe, tuyau à cheminée pour fumer du tabac: **calumet** (⇧ très long tuyau, indien: *le calumet de la paix*); **bouffarde** (⇧ grosse, tuyau court); **brûle-gueule** (⇧ court encore); **chibouque** (⇧ turc); **narguilé** (⇧ long tuyau qui communique avec un flacon d'eau aromatisée, oriental).

pipi, v. urine.

pique-nique, v. repas.

piquer, 1. enfoncer un objet pointu dans qqch. ou qqn: **aiguillonner, éperonner** (⇧ pour exciter un animal, au pr., ou une pers., au fig.); **larder** (⇧ idée de coups multiples: *il lui a lardé le corps de coups de poignard*); **cribler** (id.); v. aussi **percer**. 2. v. voler.

pisser, v. uriner.

piste, v. trace et chemin.

pitance, v. nourriture.

pitié, sentiment qu'inspire la douleur d'autrui: **miséricorde** (⇧ insiste sur la conséquence qui est le pardon, plutôt religieux); **compassion** (⇧ certaine participation à la douleur d'autrui: *toutes les misères lui inspiraient de la compassion*); **commisération** (id.; ⇧ dédaigneux); **sympathie** (⇧ dans son sens étym.); v. aussi **bonté**. || *Avoir pitié*: **s'apitoyer sur** (⇧ un peu condescendant); **compatir** (v. pitié); **plaindre** (⇧ en exprimant sa pitié, et de façon assez lointaine: *les méchants sont plus à plaindre que leurs victimes*). ≈ **éprouver de la pitié, commisération**, etc.; **se laisser toucher**, ***émouvoir**.

pittoresque, 1. adj., qui retient l'attention par une originalité particulière, qui en ferait un bon sujet de tableau, notamment: **typique** (⇧ aspect caractéristique, d'une région, etc. : *un village typique*) ; **coloré** (⇧ couleur, notamment pour une scène : *le spectacle coloré des souks*) ; **exotique** (⇧ sensation de pays étranger) ; v. aussi **original**. 2. n., même sens : **exotisme** (v. 1) ; **cachet** (⇧ marque particulière, positive : *une vieille maison pleine de cachet*). ≈ **couleur locale** (⇧ originalité propre au pays).

placard, v. buffet.

place, 1. v. lieu. 2. v. travail. 3. espace dégagé dans une ville : **esplanade** (⇧ vaste : *l'esplanade des Invalides*) ; **rond-point** (⇧ à un carrefour : *le rond-point de l'Etoile*) ; **forum** (⇧ Antiquité).

placer, v. mettre.

plafond, v. sol.

plage, v. bord.

plagiat, v. imitation.

plagier, v. imiter.

plaider, v. défendre.

plaidoirie, v. défense.

plaidoyer, v. défense.

plaie, v. blessure.

plaindre, v. pitié (avoir). || *Se plaindre*, exprimer sa souffrance ou son insatisfaction : **se lamenter** (⇧ fort, cris, parfois ironique : *ils ne cessent de se lamenter du poids des impôts*) ; **récriminer** (⇧ avec une valeur de protestation plus ou moins latente : *quoi qu'on fasse, ils récriminent*) ; **rouspéter** (id. ; fam.) ; **râler** (id.) ; **protester** (⇧ net et franc, avec idée de refus d'une décision : *protester contre l'abus de pouvoir*) ; **regimber** (⇧ mauvaise volonté) ; **grogner** (⇧ par des sons indistincts ou, par ext., fam., mauvaise humeur, mécontentement) ; v. aussi **gémir**.

plainte, 1. fait de se plaindre : **lamentation, récrimination, rouspétance, protestation** ; **grognements** (v. se plaindre) ; **doléances, jérémiades** (⇧ fam.). 2. v. gémissement.

plaire, être agréable à qqn : **satisfaire** (⇧ idée d'un résultat conforme à l'attente : *le travail ne le satisfaisait pas*) ; **contenter** (id.) ; **convenir** (⇧ marque un rapport d'accord avec le destinataire) ; **ravir, enchanter** (⇧ fort, plaire extrêmement, et surtt négatif : *cette proposition ne m'enchante guère*) ; **charmer, captiver, fasciner, séduire** (id. ; ⇧ fort : *l'orateur a su séduire son auditoire*) ; **agréer** (très litt. ; ⇧ surtt expr. polies : *si cela vous agrée*) ; **dire** (⇧ surtt expr. fam. : *cela ne me dit rien ; est-ce que cela te dirait d'aller faire un tour ?*) ; **chanter** (⇧ uniqt expr. fam. *quand cela lui chante*). ≈ v. aimer et vouloir.

plaisanter, se livrer à des propos ou des actes destinés à faire rire : **blaguer** (⇧ fam.) ; v. aussi **(se) moquer**.

plaisanterie, acte ou propos destinés à faire rire : **blague** (fam.) ; **facétie** (⇧ soutenu, plutôt plus élaboré) ; **boutade** (⇧ uniqt propos rapide dit pour rire : *ce n'était qu'une boutade*) ; **calembour** (⇧ en jouant sur les mots) ; **jeu de mots** (id.) ; **farce** (⇧ mystification : *une farce de 1er avril*) ; **canular** (⇧ id. ; ⇧ élaboré, argot normalien : *on lui a monté un canular, en lui faisant croire qu'il allait être élu à l'Académie*) ; **niche** (id. ; fam. ; ⇧ intime, surtt enfants) ; v. aussi **moquerie**.

plaisir, excitation agréable des sens ou de l'esprit : **satisfaction, contentement** (v. plaire) ; **agrément** (⇧ vague, léger, plutôt attaché à l'objet : *trouver infiniment d'agrément à sa compagnie*) ; **volupté** (⇧ fort, litt., surtt sensuel) : *là tout n'est qu'ordre et beauté, luxe, calme et volupté* (BAUDELAIRE) ; **délices** (id.) ; **jouissance, délectation** (id. ; ⇧ activité par laquelle le plaisir est savouré : *tout à la délectation du spectacle*) ; v. aussi **bonheur** et **joie**.

plan, 1. dessin représentant l'ouvrage que l'on veut réaliser : **projet** (⇧ but visé) ; **épure** (⇧ techn., divers aspects) ; **schéma** (⇧ grossier) ; v. aussi **dessin**. 2. v. carte. 3. (pour un texte) v. composition. 4. v. projet.

plancher, v. sol.

planque, v. cachette.

planquer (se), v. cacher.

plante, être vivant non pourvu de mobilité : **végétal** (⇧ scientifique : *de nombreux végétaux fixent l'azote*).

plat, adj., qui ne présente pas de partie saillante : **égal** (⇧ absence de différences de niveau, surtt espace : *une terrasse parfaitement égale*) ; **uni** (id. ; ⇧ insistance sur relief) ; **plan** (⇧ techn. ou vx : *une surface plane*). ≈ **sans relief, sans aspérité**.

plat, n., 1. récipient où l'on sert de la nourriture : **assiette** (⇧ petit, pour chaque convive) ; **vaisselle** (⇧ collectif et général : *laver la vaisselle*) ; **service** (⇧ ensemble de plats, assiettes, etc., destinés à aller ensemble : *le service de Limoges de ma tante*). 2. nourriture servie avec un accommodement : **mets** (⇧ soutenu, plutôt raffiné : *l'on servit de nombreux mets délicats*) ; **spécialité** (⇧ préparé spécialement dans la maison) ; **service** (vx ; ⇧ dans un banquet, plats servis ensemble à table) ; v. aussi **nourriture**.

plein, 1. dont la limite de contenance

est atteinte : **rempli** (⇧ processus : *une valise remplie d'affaires*) ; **bourré** (⇧ extrême limite du remplissage, ou par ext., fam. : *un dossier bourré de documents ; un devoir bourré de fautes d'orthographe*) ; **bondé** (id. ; ⇧ uniqt pour un lieu : *la salle était bondée*) ; **comble** (id.). 2. où se trouve une grande quantité de qqch. : **rempli, bourré** (v. 1.) ; **farci** (id. ; ⇧ péjor.) ; **riche en** (⇧ idée positive : *une terre riche en ressources minérales*) ; **couvert** (⇧ pour une surface : *un chien couvert de puces ; une étagère couverte de livres*). ≈ avec les verbes **déborder, regorger** (⇧ idée d'abondance : *l'étalage regorgeait de victuailles*) ; **fourmiller** (⇧ vague : *une page qui fourmille d'erreurs* ; également avec inv. *une page où les erreurs fourmillent*) ; v. aussi **abonder**. || *Plein de* (fam.) : v. beaucoup. 3. qui offre une qualité à un haut degré : **rempli** (⇧ litt., conserve l'image de la contenance : *un cœur rempli d'amour pour ses semblables*) ; **débordant** (id. ; ⇧ fort : *une femme débordante de vitalité*) ; **brûlant** (id. ; ⇧ uniqt passion vive) ; **dévoré** (id. : *dévoré de ressentiment*) ; **empreint** (⇧ large, indique une simple présence : *des conseils empreints de sagesse*). ≈ l'on aura surtout recours à des compl. de n. marquant la qualité, seulement possibles avec un adj. : *un conseil d'une grande sagesse ; une prose d'une subtile élégance* pour *plein de sagesse, d'élégance* ; expr. **marqué au coin** (⇧ souligne la présence positive : *une réflexion marquée au coin du bon sens*).

pléthore, v. abondance.

pleur, v. larme.

pleurer, verser des larmes : **sangloter** (⇧ convulsivement, plutôt de façon assez peu bruyante) ; **pleurnicher** (⇧ de façon assez faible, péjor. : *arrête donc de pleurnicher*) ; **larmoyer** (id.) ; **chialer** (⇧ argot, péjor.) ; v. aussi **gémir** et **crier**. ≈ **répandre, verser, des larmes, des pleurs** ; **pousser des sanglots** ; **fondre en larmes, éclater en sanglots** (⇧ déclenchement du processus : *en apprenant sa note, elle fondit en larmes*).

pleutre, v. lâche.

pleuvoir, verbe impersonnel, désigne un phénomène météorologique, consistant en chute d'eau à partir des nuages : **bruiner** (⇧ petite pluie fine) ; **pleuvoter, pleuvasser, pleuviner, pluviner, pluvioter** (⇧ fam., selon régions, petites gouttes) ; **flotter** (fam.). ≈ avec un compl., **tomber** : *il tombe des gouttes, des trombes d'eau.*

plier, 1. tr., faire coïncider en les appliquant l'une sur l'autre deux parties d'une surface : **replier** (⇧ ce qui a d'abord été déplié, mais ext. : *replier la carte routière*) ; **courber** (⇧ pour un élément étiré et plutôt rigide : *courber l'échine ; courber un tube*) ; **recourber** (⇧ ustensile : *recourber un fil de fer*). 2. intr., se déformer par rapport à la ligne droite : **se courber** (v. 1.) ; **ployer** (⇧ sous une force assez nette : *ployer sous le fardeau*) ; **fléchir** (⇧ simple commencement). 3. v. céder.

plissé, qui présente des plis : **froissé** (⇧ négatif) ; **froncé** (⇧ décoratif).

plonger, tr., mettre dans l'eau : **immerger** (⇧ techn. : *la partie de l'objet immergée dans le liquide*) ; **tremper**. ≈ avec le verbe **baigner**, pour l'objet : *le corps baignait dans son sang.*

ploutocrate, v. riche.

pluie, eau tombant du ciel : **averse** (⇧ violent et soudain) ; **ondée** (⇧ passager) ; **giboulée** (id. ; ⇧ printemps) ; **crachin** (⇧ fin et permanent, régions maritimes surtt) ; **bruine** (⇧ fin).

plupart (la), v. majorité.

plus, adv. marquant la supériorité, en quantité ou qualité : **davantage** (⇧ insistant, plutôt quantitatif : *il réfléchit davantage que son ami ; il a davantage d'argent*). ≈ avec des adj. à valeur de comparatif : **supérieur**, et des verbes marquant la supériorité : **l'emporter sur, dominer** : *les adjectifs d'intensité (pré-) dominent nettement dans la seconde partie* pour *il y a plus (ou davantage) d'adjectifs —* ; **le maximum** pour *le plus possible* (cour.) ; v. aussi **paroxysme**. || *De plus* : adv. marquant l'addition d'une réflexion : **en outre** (⇧ soutenu) ; **d'autre part** (⇧ marque que l'introduction d'un point de vue différent) ; **par ailleurs** (id.) ; **d'ailleurs** (⇧ pour un renforcement) ; **au surplus** (⇧ recherché) ; **au demeurant** (⇧ marque que l'on élève des réserves sur ce qui vient d'être dit, soit que l'on reconnaisse l'insuffisance de l'argument, soit que le contenu en soit défavorable) ; ***aussi, également** (⇧ avec des tours de transition : *l'on notera aussi que —*) et, négativement, **non plus** (id. : *il ne faut pas non plus négliger la rédaction hâtive du poème, le fait que le poème a été rédigé à la hâte*) ; v. aussi.

plusieurs, nombre indéterminé d'éléments : **quelques(-uns)** (⇧ faible : *il manque quelques ornements de style*) ; **certains** (⇧ idée d'une désignation, assez vague : *certains doutent de la réalité du phénomène*) ; **d'aucuns** (id. ;

⇧ uniqt pronom, très litt.) ; **différents** (⇧ pour souligner qu'il n'y en a pas qu'un seul : *un sujet traité par différents auteurs*) ; **maint** (⇧ uniqt adj., archaïsant, en assez grand nombre : *maint explorateur s'est englouti dans ce désert*) ; v. aussi **beaucoup**. ≈ **un certain nombre, un bon nombre (de)** ; **pas mal de** (fam.).

poème, v. poésie.

poésie, 1. activité consistant à écrire des vers : **vers** (⇧ moyen d'expression : *un écrivain plus doué pour la prose que pour les vers*) ; **lyrisme** (⇧ expression personnelle : *le lyrisme romantique*) ; **versification** (⇧ technique matérielle de la fabrication de vers) ; **muse** (⇧ surtt expr. toutes faites : *taquiner la muse*, ou expr. poétique). 2. texte en vers : **poème** (⇧ précis : *un poème d'amour*) ; ***vers** (⇧ insiste sur l'apparence, surtt pour un morceau court : *dans ces vers, Baudelaire laisse s'exprimer son mal de vivre*) ; **pièce (de vers)** (⇧ composition globale). SPÉC. **sonnet** (⇧ quatorze vers, rimes déterminées ; N.B. tout poème assez bref ne doit pas être automatiquement considéré comme un sonnet !) ; **ode** (⇧ célébration, strophes assez développées, mouvement solennel) ; **fable** (⇧ but moralisateur et souvent animaux) ; **épopée** (⇧ long récit en plusieurs chants, à sujet héroïque : *l'épopée homérique*) ; v. aussi **strophe**. GÉN. ***texte** et ***passage**.

poète, écrivain qui fait des vers : **rimeur** (⇧ dépréciatif, aujourd'hui : *un méchant rimeur*) ; **versificateur** (id. ; ⇧ insiste sur la seule capacité à fabriquer des vers, sans qualité poétique réelle : *un obscur versificateur du XIXe siècle*). GÉN. ***auteur**.

poids, ce que pèse qqch. : **lourdeur** (⇧ effet produit : *évaluer la lourdeur de la tâche*) ; **densité** (⇧ par rapport au volume) ; **pesanteur** (⇧ savant, ou effet moral : *la pesanteur des habitudes*).

poignant, v. émouvant.

poing, v. main.

point, adv. nég., v. pas.

point, v. lieu et degré.

point de vue, v. opinion.

pointu, qui se termine en pointe : **aigu** (⇧ soutenu) ; **aiguisé** (⇧ toute la lame) ; **piquant** (⇧ insiste sur l'effet) ; **effilé** (⇧ souligne l'amincissement progressif et extrême : *une lame effilée*).

poison, produit toxique : **venin** (⇧ d'un animal). ≈ **substance toxique** (⇧ chimique), **vénéneuse** (⇧ végétal).

poivrot, v. ivre.

polémique, v. discussion.

poli, qui se comporte à l'égard d'autrui conformément aux règles admises : **courtois** (⇧ large, sincère : *son adversaire au jeu se montra très courtois*) ; **civil** (vx ; ⇧ certaine amabilité) ; **correct** (⇧ simple respect strict des règles élémentaires : *pendant l'occupation, l'armée ennemie est restée correcte avec la population civile*) ; **galant** (⇧ à l'égard d'une dame : *soyez un peu galant, jeune homme*) ; v. aussi **aimable**. ≈ **bien élevé** (⇧ ensemble de l'attitude) ; expr. verb. **avoir de bonnes manières** ; v. aussi **politesse**.

police, institution chargée de prévenir ou réprimer les délits : **gendarmerie** (⇧ dépend de l'armée).

policier, membre de la police : **gendarme** (v. police) ; **agent (de police)** (⇧ en uniforme, agissant en public) ; **flic** (fam.) ≈ **gardien de la paix**.

politesse, qualité d'une personne polie : **courtoisie, civilité, correction, galanterie, bonne éducation, bonnes manières** (v. poli) ; **savoir-vivre** (⇧ complet, ensemble de règles à tenir en diverses circonstances dans la bonne société).

politique, adj., qui a rapport à la vie de l'Etat : **public** (⇧ davantage lié à l'idée d'institution : *participer à la vie publique*) ; **parlementaire** (⇧ lié au régime d'assemblée : *les débats parlementaires*) ; **électoral** (⇧ lié aux élections : *il faisait preuve de générosité à des fins d'abord électorales*). || *Homme politique* : **politicien** ; **politicard** (⇧ fam., péjor.) ; **homme d'Etat** (⇧ responsabilités importantes : *Thiers, homme d'Etat français du XIXe siècle*).

politique, n., l'ensemble des activités en rapport avec la conduite de l'Etat : **diplomatie** (⇧ uniqt entre nations) ; v. aussi **Etat**. ≈ **affaires publiques, vie publique** (⇧ directement en rapport avec le service de la collectivité) ; **vie parlementaire** (⇧ régime d'assemblée).

polluer, v. salir.

pollution, v. saleté.

poltron, v. lâche.

poltronnerie, v. lâcheté.

polythéisme, v. paganisme.

polythéiste, v. païen.

poncif, v. lieu commun.

populace, v. peuple.

populaire, qui touche le peuple : **démocratique** (⇧ idée d'une large diffusion : *la télévision est un loisir démocratique*) ; **plébéien** (⇧ idée péjor. : *il avait des goûts plébéiens*) ; **prolétarien** (⇧ lié aux plus basses couches de la population, souvent ironique, ou idéologie marxiste : *partager un casse-croûte prolétarien*).

popularité, v. gloire, célébrité.

population, v. peuple et habitant.

porc, animal domestique : **cochon** (⇧ castré, ou désignation courante) ; **pourceau** (⇧ litt. : *pourceau d'Epicure*) ; **truie** (⇧ femelle) ; **goret**, **porcelet** (⇧ petit).

port, lieu où s'abritent des bateaux : **rade** (⇧ vaste) ; **havre** (vx, ⇧ surtt emplois fig. : *un havre de paix*).

porte, passage donnant accès à un édifice : **entrée** (⇧ général : *l'entrée du collège était gardée par le concierge*) ; **accès** (id. ; ⇧ général encore, insiste sur la possibilité de pénétrer : *l'accès du stade était interdit*) ; **portail** (⇧ grand : *le portail du château*) ; **porche** (⇧ ensemble architectural, surtt église : *le porche nord de Notre-Dame*) ; **portière** (⇧ uniqt véhicule) ; **huis** (vx).

portée, v. importance.

porter, 1. maintenir en position élevée en usant de sa force : **tenir** (⇧ vague, sans idée de force : *tenir un bâton*) ; **soutenir** (⇧ plutôt négativement en empêchant de tomber, avec un sujet animé ou inanimé : *les colonnes soutiennent l'entablement*) ; **supporter** (id. ; ⇧ idée de poids important). 2. déplacer un fardeau dans une direction : **apporter** (⇧ souligne l'arrivée à destination : *l'on m'a apporté le journal*) ; **transporter** (⇧ souligne le trajet, surtt pour un véhicule) ; **livrer** (⇧ à domicile) ; v. aussi **conduire**. 3. v. avoir.

portière, v. porte.

portrait, v. peinture.

portraiturer, v. peindre.

pose, v. position.

poser, 1. v. mettre. 2. verbe sans valeur propre, *poser une question* : **soulever** (⇧ idée de matière à réflexion ou discussion : *les philosophes du XVIIIe ont été les premiers à soulever le problème de la légitimité de l'esclavage*).

position, 1. v. lieu. 2. façon de se tenir, pour une personne : **attitude** (⇧ vague et général) ; **pose** (⇧ spectacle donné : *se figer dans une pose peu naturelle*) ; **posture** (⇧ fonction : *la posture recommandée pour le lancer du disque*). 3. v. opinion.

posséder, v. avoir.

possesseur, v. propriétaire.

possession, 1. fait de posséder : **propriété** (⇧ juridiquement reconnu, uniqt un bien : *jouir de la propriété de la maison*) ; **détention** (⇧ pour un bien, également, sans nécessairement un droit, plutôt bien meuble : *la détention d'armes de gros calibre est interdite à un particulier*) ; **jouissance** (⇧ terme de droit, simple droit d'usage, sans titre de propriété) ; **usage** (id.). 2. v. bien.

possibilité, 1. fait de pouvoir qqch. : **pouvoir** (⇧ libre décision) ; **moyen** (⇧ intermédiaires mis en œuvre : *il n'avait aucun moyen de faire appel de la décision*) ; **faculté** (⇧ emplois plutôt figés : *il s'est vu refuser la faculté de choisir*) ; v. aussi **permission**. ≈ v. pouvoir. 2. fait pour une chose de pouvoir se produire : **éventualité** (⇧ vague, envisage le fait sans s'interroger sur ses chances d'arriver : *l'on ne peut écarter l'éventualité d'un conflit armé*) ; **chance** (⇧ pour un événement favorable : *il y a de grandes chances que tout s'arrange*) ; **probabilité** (⇧ avec de grandes chances : *étant donné la probabilité d'un échec, il faut se réserver une échappatoire*) ; **virtualité** (v. possible) ; v. aussi cas.

possible, 1. que l'on peut faire : **faisable** (⇧ action concrète, surtt avec des sujets indéterminés : *cela me paraît faisable*) ; **réalisable** (⇧ idée de passage du projet à l'exécution : *ce programme ne me semble pas réalisable en si peu de temps*) ; **applicable** (⇧ pour une mesure, une prescription : *un décret difficilement applicable*) ; **exécutable** (⇧ pour un ordre ou un projet) ; **praticable** (⇧ pour un moyen) ; v. aussi **pouvoir**. 2. qui peut arriver : **éventuel**, **probable** (v. possibilité ; *éventuel* ne s'emploie qu'avec un nom : *l'éventuel retour de la monarchie*, *probable* peut apparaître dans une construction impersonnelle : *il est probable qu'il renoncera*) ; **vraisemblable** (⇧ hypothèse considérée comme conforme à l'ordre habituel des choses) ; **plausible** (⇧ pour un fait ou une supposition dont on ne rejette pas d'emblée la réalité : *invoquer un prétexte plausible*) ; **pensable** (⇧ par rapport à une représentation mentale, en n'écartant pas l'éventualité : *une option pensable*) ; **concevable** (id. ; ⇧ abstrait) ; **potentiel** (⇧ envisagé en fonction des possibilités dont le développement est inclus dans une réalité : *le danger potentiel représenté par la dissémination des armements nucléaires*) ; **virtuel** (id. ; ⇧ abstrait). ≈ avec le verbe **pouvoir**, **il se peut**, **se pourrait** pour *il est possible*; avec des tours négatifs : **il n'est pas *impossible**, **on ne peut exclure**, **ne pas être exclu**, **à exclure** : *on ne peut exclure l'éventualité d'une rupture* pour *une rupture est possible*; expr. **être de l'ordre du possi-**

ble (⇧ pour une éventualité modérément probable : *une défaillance humaine est toujours de l'ordre du possible*).

postérieur, v. suivant.

postérité, v. avenir et descendant.

postiche, v. artificiel.

postier, agent des postes : **facteur** (⇧ porte le courrier) ; **préposé** (⇧ bureau).

postulat, v. supposition.

posture, v. position.

potable, v. buvable.

potage, v. soupe.

potager, v. jardin.

potentat, v. roi.

potentiel, v. possible.

potin, v. médisance.

pouffer, v. rire.

poulain, v. cheval.

poupon, v. bébé.

pour, prép. suivie d'un infinitif : **afin de** (⇧ intentionnel, et — quelquefois faussement — recherché). ≈ **dans l'intention, le but de** (⇧ spécifient davantage la finalité : *un adjectif expressif utilisé dans l'intention de marquer une nuance affective*) ; **en vue de** (⇧ objectif visé à plus ou moins long terme : *une décision prise en vue de limiter les accidents de la route*) ; expr. nom. avec ***but, intention** : *le but visé par l'emploi de cette antithèse est l'accentuation du contraste* pour *l'auteur emploie cette antithèse pour accentuer* — ; expr. verbales avec des verbes d'intention : ***vouloir, se proposer de, viser à**, etc. : *en recourant à la métaphore, l'auteur se propose de, vise à* — pour *l'auteur recourt à la métaphore pour* — (v. but). || *Pour que*, locution conj. : **afin que**. ≈ **dans le but, l'intention que** sont lourds, et il est préférable de recourir à des tours nominalisés, avec noms d'action ou infinitif.

pourchasser, v. poursuivre.

pourpre, v. rouge.

pourquoi, adv. interrogatif de cause. ≈ **pour quelle cause, raison, motif** (⇧ souligne la cause, v. cause) ; **dans quel *but, dans quelle intention** (⇧ souligne la finalité). || *C'est pourquoi* : v. ainsi.

pourri, qui est en passe de se détruire par voie de décomposition : **décomposé, corrompu, putréfié, gâté** (v. pourrir).

pourrir, pour une substance organique, se détruire par altération de ses parties : **se décomposer** (⇧ plutôt les restes d'un être vivant : *une charogne qui achevait de se décomposer*) ; **se corrompre** (⇧ scientifique, abstrait : *tomber malade par suite de l'absorption de viandes corrompues*) ; **se putréfier** (id. ; ⇧ abstrait encore) ; **se gâter** (⇧ concret, plutôt produits alimentaires) ; **s'avarier** (id.).

pourriture, fait de pourrir : **décomposition, corruption, putréfaction** (v. pourrir).

poursuite, v. recherche.

poursuivre, 1. chercher à rejoindre un être qui s'enfuit : **pourchasser** (⇧ avec une intention hostile, dans le but d'éliminer : *pourchasser un cambrioleur*) ; **traquer** (id. ; ⇧ en ne laissant pas échapper). 2. v. continuer. 3. v. rechercher.

pourtant, v. cependant.

pourtour, v. tour.

pourvoir, v. fournir.

pourvu, v. muni et avoir.

pousser, 1. appliquer une force sur un corps de façon à le faire avancer : **appuyer sur** (⇧ insiste sur l'application de la force : *il appuya sur le bouton*) ; **presser sur** (id. ; ⇧ fort) ; **repousser** (⇧ qqch. qui avance en direction du sujet : *repousser la porte*) ; **bousculer** (⇧ une personne, assez fort, plutôt par inadvertance : *pressé de sortir, il bouscula plusieurs personnes au passage*) ; **chasser** (⇧ de façon à faire partir au loin : *le vent chasse les feuilles*) ; **propulser** (⇧ en imprimant un élan, notamment pour une force motrice) ; **entraîner** (⇧ en tirant, mais avec extension en un sens assez vague, pour tout déplacement provoqué). || *Pousser à*, exercer une action morale visant à déclencher un comportement chez qqn : **inciter à** (⇧ net, mais cependant de façon plutôt indirecte : *inciter à la violence raciale*; *les derniers développements de l'affaire l'ont incité à donner sa démission*) ; ***inviter** (⇧ explicitement, avec politesse ou ironie : *ils l'ont invité à se retirer*) ; **engager** (id. ; ⇧ positif : *on l'a vivement engagé à accepter cette proposition*) ; **amener** (⇧ comme conséquence plus que résultat visé : *la réflexion l'a amené à modifier son point de vue*) ; **conduire** (id. ; ⇩ directement) ; **induire** (id. ; ⇧ très indirectement) ; **entraîner** (⇧ indirectement et contre son gré) ; v. aussi **amener** et **encourager**. ≈ expr. **à l'instigation de** pour *poussé par*. 2. se développer pour une plante ou divers organes, cheveux, ongles, etc. : **croître** (⇧ soutenu, fort et positif : *les jeunes branches croissaient à vue d'œil*) ; **venir** (⇧ par rapport aux capacités du terrain : *la vigne ne vient pas bien dans la vallée*) ; **se développer** (⇧ général).

poutre, pièce de bois soutenant une toiture : **solive** (⇧ fonction principale de soutien) ; **madrier** (⇧ vague, toute fonction de soutien) ; **poutrelle** (⇧ s'emploie pour le métal).

pouvoir, verbe, marquant 1. une possibilité matérielle : **savoir** (⇧ uniqt avec négation et au conditionnel, dans des expr. figées : *je ne saurais m'en passer*). ≈ **être *capable de** (⇧ facultés propres : *je ne suis pas capable d'accomplir un tel exploit*) ; **être susceptible** (⇧ en fonction de l'attente : *une proposition susceptible de vous intéresser*) ; **être en état, en mesure, à même de** (⇧ insiste plutôt sur les circonstances : *ne pas être en mesure de répondre à la demande*) ; **avoir la *possibilité** ; pour *ne pas pouvoir* : **être hors d'état de, dans l'impossibilité de, l'incapacité de** (v. incapacité) ; v. aussi 2., dans des emplois par ext.. 2. une permission. ≈ **avoir le droit, la *permission**, etc. ; **être autorisé à** (⇧ officiel, fonction) ; avec inv., v. interdire et permettre : *il m'est permis, il ne m'est pas interdit* pour *je peux* ; **rien n'interdit** pour *l'on peut* (ou *il est possible*) : *rien n'interdit d'employer le verbe* aimer *avec la préposition* à *et l'infinitif* ; v. aussi possible.

pouvoir, n., 1. v. possibilité. 2. v. autorité. 3. v. gouvernement.

pragmatique, v. réaliste.

pragmatisme, v. réalisme.

prairie, terrain planté d'herbe : **pré** (⇧ mieux délimité : *emmener les vaches au pré*) ; **pâturage** (⇧ nourriture des bêtes) ; **pâture** (id.) ; **herbage** (id. ; ⇧ vague) ; **alpage** (⇧ pâturage d'été en montagne) ; **estive** (id. ; régional) ; v. aussi **champ** et **herbe**.

praticable, v. possible.

praticien, v. pratiquer et médecin.

pratiquant, v. croyant.

pratique, v. commode.

pratiquer, 1. faire passer de la théorie à la pratique : **appliquer** (⇧ en rapportant à un domaine précis : *appliquer sa méthode au traitement des affections pulmonaires*) ; v. aussi **utiliser**. ≈ expr. **mettre en pratique** ; **mettre en œuvre** (⇧ souligne le passage à l'acte). 2. avoir une activité : **exercer** (⇧ une profession : *exercer la médecine*) ; **se livrer à** (⇧ en acte : *se livrer à sa gymnastique matinale*) ; **vaquer à** (id. ; ⇧ idée de temps disponible : *vaquer à ses activités habituelles*) ; **s'adonner à** (⇧ idée d'une activité régulière, plutôt d'agrément : *s'adonner à l'athlétisme*) ; v. aussi **faire**.

pré, v. prairie.

préalable, v. avant.

préambule, v. introduction.

précaire, v. passager et fragile.

précarité, caractère de ce qui est précaire : **fugacité, évanescence** (v. passager) ; **caducité** (⇧ litt., choses humaines condamnées à disparaître : *la caducité des grandeurs terrestres*) ; **vanité** (id. ; général, religieux et moral) ; v. aussi **brièveté** et **fragilité**. ≈ **caractère précaire, *passager, fugitif**, etc. (v. passager et bref).

précaution, v. prudence et mesure.

précautionneux, v. prudent.

précédent, v. antérieur.

précéder, se trouver avant qqch. : **devancer** (⇧ avec l'idée d'une avance : *vous avez été devancé par vos concurrents*). ≈ en recourant à la préposition **avant** ainsi qu'aux adj. **antérieur, précédent**, etc. (v. antérieur), au n. **antériorité** : *l'octroi de la liberté de culte en France est antérieur à la Révolution* ou construction avec *l'antériorité de l'octroi de la liberté de culte par rapport à la Révolution* pour *a précédé la Révolution*.

précepte, v. commandement.

précepteur, v. enseignant.

précieux, v. cher.

précipice, v. ravin.

précipitation, v. vitesse.

précipité, v. rapide.

précipiter, v. jeter et accélérer.

précis, qui se présente sans indétermination : **déterminé** (⇧ caractère fixe : *en un point déterminé de la ligne*) ; **exact** (⇧ souligne l'absence d'approximation : *la date exacte de l'éclipse*) ; **juste** (⇧ pour une heure : *à l'heure juste*) ; **rigoureux** (⇧ qualité générale d'un discours, d'une pensée : *une démonstration rigoureuse*) ; **détaillé** (id. ; ⇧ insiste sur le rendu des détails : *une description détaillée*) ; **minutieux** (id. ; ⇧ fort). ≈ v. précision.

préciser, présenter de façon plus précise : **déterminer** (⇧ souligne les éléments qui caractérisent : *déterminer la nature d'une substance*) ; **délimiter** (⇧ insiste sur les limites : *délimiter les différents domaines de responsabilité*) ; **détailler** (⇧ en mentionnant les différents détails : *détailler les modalités de l'accord*) ; **expliciter** (⇧ par rapport à ce qui reste sous-entendu : *les motivations du comportement demanderaient à être explicitées*) ; **clarifier** (⇧ insiste sur la clarté) ; v. aussi **définir, caractériser** et **ajouter**.

précision, qualité de ce qui est précis : **exactitude, justesse, rigueur, minutie** (v. précis) ; v. aussi **clarté** et **minutie**. ≈ pour *avec précision, de façon précise* :

sans ambiguïté; sans omettre aucun détail; avec toute la rigueur nécessaire; ne rien laisser dans l'ombre.

précoce, qui se produit tôt: **prématuré** (⇧ péjor., trop tôt: *une initiative prématurée qui a semé le trouble dans les esprits*); **hâtif** (⇧ trop précoce, surtt pour décision, jugement: *il faut se défier des jugements hâtifs*, ou pour des produits de la terre: *une variété de pommes hâtives*).

préconiser, v. recommander.

prédiction, fait d'annoncer qqch. à l'avance: **prophétie** (⇧ vocabulaire religieux, de la part de Dieu: *les prophéties juives annonçaient la venue du Messie*); **oracle** (⇧ Antiquité classique, par révélation divine: *les oracles d'Apollon à Delphes*); **prévision** (⇧ par simple déduction rationnelle: *les prévisions météorologiques*); **horoscope** (⇧ astrologie); **pronostic** (id.; ⇧ pour un résultat: *les pronostics sur le résultat des courses*); **pressentiment** (⇧ intuition confuse de l'avenir: *être saisi d'un pressentiment angoissant*); **prémonition** (id.; ⇧ idée d'une intuition plus ou moins surnaturelle).

prédire, annoncer à l'avance: **prophétiser, prévoir, pronostiquer, pressentir** (v. prédiction); **promettre** (⇧ événement positif: *il avait été promis à Israël la venue d'un sauveur*); **deviner** (⇧ insiste sur la conscience intérieure plutôt que sur l'annonce: *il avait deviné le résultat des élections*). GÉN. **annoncer**. ≈ **avoir la prémonition** (⇧ sentiment intérieur confus de ce qui va advenir: *il eut soudain la prémonition d'une catastrophe*).

préface, v. introduction.

préférence, v. choix.

préférer, v. choisir.

préjudice, v. dommage.

préjugé, idée établie sans raison: **prévention** (⇧ méfiance instinctive: *nourrir des préventions contre la médecine moderne*). ≈ **idée préconçue, toute faite**; expr. verb. **être prévenu contre**.

prélever, v. percevoir.

prématuré, v. précoce.

prématurément, v. tôt.

préméditer, v. projeter.

premier, ce qui vient avant tout le reste: **initial** (⇧ souligne le fait de commencer une série dans le temps: *la phase initiale des travaux*); **primitif** (⇧ dans le temps, qui a précédé et été remplacé: *le projet primitif des* Essais); **originel** (id.; ⇧ insiste sur le point de départ); **original** (⇧ uniqt par rapport à des copies: *l'édition originale*); v. aussi **antérieur**. ≈ **de départ** (cour.: *leur projet de départ consitait à explorer les rives de l'Orénoque*).

premièrement, au commencement: **d'abord** (⇧ simple, dans le fil d'un exposé ou d'un récit: *on envisagera d'abord des questions de méthode*); **tout d'abord** (id.; ⇧ fort). ≈ **en premier lieu** (⇧ souligné); **en premier** (⇧ dans une série); **dans un premier temps**; **pour commencer**; **au préalable, à titre préalable, en préliminaire** (⇧ pour des considérations un peu extérieures au sujet même).

prémunir, v. garantir.

prendre, 1. mettre dans sa main: **saisir** (⇧ soutenu, souligne la vivacité); **attraper** (id.; ⇧ courant); **empoigner** (⇧ fort, en serrant énergiquement: *ils empoignèrent le coupable par le col de sa veste*); **agripper** (id.). 2. mettre sous son pouvoir, une chose ou un être vivant: **s'emparer de** (⇧ idée d'agressivité: *s'emparer d'une place forte*); **capturer** (⇧ uniqt un être vivant: *capturer un ours*); **attraper** (id.); **intercepter** (⇧ au passage); **se saisir de** (⇧ acte par lequel on opère la prise); **s'approprier** (⇧ propriété plus ou moins durable); **s'arroger** (⇧ un droit, indûment). ≈ **mettre la main sur** (⇧ une chose: *la Prusse mit la main sur la Silésie*). 3. v. enlever et voler. 4. en un sens vague, marque l'affectation de qqch. à une destination, à partir d'un ensemble donné, notamment pour des objets abstraits: **choisir** (⇧ dans certains emplois: *choisir pour exemple, pour modèle*); ***trouver** (⇧ hasard: *une formule que Montaigne a trouvée chez Horace*); **emprunter** (⇧ transfert: *une idée empruntée au stoïcisme*); **considérer** (⇧ en vue d'une démonstration: *si l'on considère la majorité des humains*). 4. v. geler. || *S'en prendre à*: v. attaquer. || *Prendre part*: v. participer.

préoccupation, v. souci.

préoccupé, v. soucieux et inquiet.

préoccuper, v. soucier et inquiéter.

préparation, fait de préparer: **organisation** (⇧ ordre); **préparatifs** (⇧ aspect concret: *les préparatifs du départ*); **apprêts** (⇧ vx, compliqué); v. aussi **mesure**.

préparer, 1. faire ce qu'il convient pour que soient réalisées les conditions préalables à qqch.: **apprêter** (⇧ proximité de l'échéance: *apprêter la salle pour le repas*); **dresser** (⇧ uniqt pour une table, en vue d'un repas); **disposer** (⇧ vague, souligne la mise en place des éléments : *disposer les chaises pour l'entrevue*) ; **accommoder** (⇧ un plat). 2. mettre en œuvre un projet : **organiser** (⇧ aspect de coordination des facteurs : *organiser un complot*) ; **machiner** (id. ; ⇧ péjor. : *machiner un traquenard*) ; **monter** (id. ; ⇧ surtt pour divers projets politiques, ou de même ordre : *monter une cabale*) ; **échafauder** (⇧ souligne l'imagination nécessaire : *échafauder un stratagème*) ; **combiner** (id. ; ⇧ souligne les éléments de calcul) ; **travailler à** (⇧ positif, œuvre : *travailler à une refonte du dictionnaire de l'Académie*) ; **élaborer** (id. ; ⇧ travail plus directement en rapport avec la conception : *élaborer une réforme de l'orthographe*) ; v. aussi **projeter**. || *Se préparer*, **s'apprêter, se disposer** ; **s'habiller** ; **menacer, se tramer** : *un mauvais coup est en train de se tramer.*

prépondérance, v. supériorité.

prépondérant, v. principal.

prérogative, v. privilège.

près, adv. de lieu marquant la proximité : **proche** (⇧ adj., soutenu) ; **à côté de** (⇧ en principe idée d'une rangée, mais emploi courant pour marquer une faible distance : *être assis à côté d'une jolie femme ; la Samaritaine est à côté du Louvre*) ; **aux côtés de** (⇧ uniqt personne). ≈ **à proximité** (⇧ localisation : *tenir un café à proximité de la Bastille*) ; **à deux pas, quelques pas** (id. ; fam.) ; **aux environs, aux alentours, dans le voisinage, dans les parages** (v. environ) ; avec nég. **non loin de** ; **à peu de distance** ; **peu éloigné de** ; verbes **avoisiner** ou **jouxter** (litt., jurid.) : *un pré avoisinant la maison.*

présage, v. signe.

prescription, v. commandement.

prescrire, v. commander.

présent, adj. 1. qui est là. ≈ avec **assister à** : *il a assisté à l'entretien* pour *il était présent* —. 2. qui appartient au temps où l'on parle : **actuel** (⇧ présence effective : *les difficultés actuelles de la politique gouvernementale*) ; **contemporain** (⇧ simultanéité : *la littérature contemporaine*) ; **moderne** (⇧ par opposition à ce qui est passé : *un auteur moderne*) ; **récent** (⇧ il y a peu de temps : *une publication récente*) ; v. aussi **nouveau**.

présent, n., le temps où l'on se trouve : || *A présent* : v. **maintenant**. ≈ **l'époque actuelle** ; **les temps modernes**.

présent, v. don.

présenter, 1. mettre sous le regard physique ou intellectuel : **exposer** (⇧ idée d'étendue, pour un étalage, un développement : *il lui exposa longuement toutes ses difficultés*) ; **exhiber** (⇧ pour montrer) ; **poser** (⇧ pour un cadre, décor : *après avoir posé les principaux éléments du décor*) ; v. aussi **montrer** et **expliquer**. ≈ **faire connaître** ; **porter à la connaissance** : *l'auteur porte d'abord à notre connaissance les événements intervenus antérieurement au début de l'action*). 2. être affecté de telle ou telle particularité, *présenter de graves inconvénients* : **avoir, posséder** (⇧ vague) ; **offrir** (⇧ positif : *une solution qui offre beaucoup d'avantages ; un paysage qui offre de magnifiques points de vue*) ; **comporter** (id. ; ⇧ didactique : *comporter des risques*) ; v. aussi **avoir**. ≈ **n'être pas dépourvu, sans** : *un zézaiement qui n'était pas sans agrément*). || *Se présenter* : **paraître, se montrer** ; **comparaître** (⇧ tribunal) ; **survenir** (⇧ souvent négatif : *une difficulté est survenue), **s'offrir** (⇧ positif : *c'est une bonne occasion qui s'offre à toi)* ; **se porter** (⇧ élections : *se porter candidat).*

préserver, v. conserver et garantir.

présomption, v. orgueil.

présomptueux, v. orgueilleux.

presque, adv. marquant un léger manque par rapport à un accomplissement de la notion : **quasi** (⇧ caractère négligeable du manque, s'emploie suivi d'un trait d'union devant un substantif : *des robes quasi identiques ; une quasi-révolution*) ; **quasiment** (id. ; fam.) ; **approximativement** (⇧ de façon grossière : *des segments approximativement perpendiculaires*). ≈ **à peu près, à peu de chose près** (⇧ approximation : *un trait à peu près droit*) ; **pour ainsi dire** (⇧ légère réserve) ; tours avec **il s'en faut de peu, peu s'en faut** : *il s'en est fallu de peu qu'il atteigne la cible* pour *il a presque atteint — ; trois mètres ou peu s'en faut* pour *presque trois mètres* ; v. aussi **faillir**.

presse, v. journal.

pressé, qui n'a pas beaucoup de temps devant lui : **impatient** (⇧ disposition psychologique). ≈ **avoir hâte de** pour *être pressé* ; v. aussi **(se) dépêcher**.

pressentiment, v. prédiction.

pressentir, v. prédire.

presser, v. pousser. || *Se presser*, v. (se) dépêcher et accélérer.

preste, v. rapide.

prestige, v. gloire.

presto, v. vite.

présumer, v. supposer et penser.

présupposer, v. supposer.

prêt, qui est en état d'agir : **paré** (⇧ par

suite d'une mise en alerte, d'une préparation : *paré contre toute éventualité*) ; **équipé** (⇧ fourniture d'éléments utiles) ; **disposé** à (⇧ marque plutôt la préparation psychologique : *les troupes étaient disposées à marcher sur la Chambre*) ; **décidé, déterminé, résolu à** (⇧ prise de décision). ≈ **en état (de)** (⇧ souligne le bon fonctionnement).

prétendre, v. dire.

prétendu, qui est dit à tort être tel : **soi-disant** (⇧ emploi strict uniqt pour des personnes se désignant comme telles : *le soi-disant comte de Monte-Cristo*) ; **supposé** (⇧ doute).

prétentieux, v. orgueilleux.

prétention, v. orgueil.

prêter, 1. mettre à la disposition de qqn en attendant que cela soit rendu un jour : **avancer** (⇧ des fonds, souligne le fait de fournir immédiatement : *il m'a avancé de quoi payer mon loyer*). 2. v. attribuer.

prétexte, v. cause.

prêtre, spécialiste de la religion et du sacré : **ecclésiastique** (⇧ catholique, plus large) ; **abbé** (⇧ prêtre catholique, sans notation particulière, souvent dans le cadre des relations sociales ordinaires, un peu vieilli : *l'abbé ne trouva rien à répondre à l'argumentation du notaire*) ; **curé** (id. ; ⇧ chargé d'une paroisse, ou péjor. et fam. : *le curé de Saint-Sulpice* ou *à bas les curés*) ; **pasteur** (⇧ protestant) ; **rabbin** (⇧ juif) ; **ministre (du culte)** (⇧ terme administratif) ; v. aussi **religieux**. ≈ **clergé** (⇧ ensemble des religieux).

preuve, ce qui démontre la vérité de qqch. : **argument** (⇧ n'a qu'une valeur relative, contribuant à persuader, mais pas nécessairement concluant : *avancer une série d'arguments en faveur de son hypothèse*) ; **démonstration** (⇧ fondée sur un enchaînement logique : *la démonstration de l'impossibilité de la quadrature du cercle*) ; **confirmation** (⇧ venant après une première supposition : *l'observation du mouvement des planètes apporta la confirmation de la validité de l'hypothèse*) ; **indice** (⇧ simple signe marquant une probabilité : *de nombreux indices tendent à corroborer cette idée*) ; **marque** (id. ; ⇧ idée de signe laissé en place : *laisser des marques de son passage*) ; v. aussi **signe**. ≈ **raison, motif de croire, d'accepter, d'admettre** : *Montaigne voit dans la variation des coutumes juridiques une raison d'admettre la relativité des valeurs* pour — *une preuve* ou *un argument en faveur de la relativité* — ; v. aussi **cause** et **prouver**.

prévenir, v. avertir et devancer.

prévention, v. préjugé.

prévenu, v. accusé.

prévision, v. prédiction.

prévoir, v. prédire.

prévoyance, v. prudence.

prévoyant, v. prudent.

prier, 1. s'adresser à la divinité, ou à une personne placée en une position équivalente : **invoquer** (⇧ fort, idée d'appel : *invoquer tous les dieux de l'Olympe*) ; **implorer** (id. ; ⇧ fort et suppliant) ; **supplier** (id.) ; **adjurer** (id. ; ⇧ fort encore) ; **intercéder** (⇧ pour un intermédiaire : *Sainte Mère de Dieu, intercédez pour nous*). 2. v. demander.

prière, 1. activité consistant à s'adresser à Dieu : **invocation, imploration, adjuration** (v. prier) ; **oraison** (⇧ intense, mystique ou liturgique) ; **méditation** (⇩ marqué religieusement, plutôt intériorisation d'une lecture, d'un événement, etc.). 2. v. demande.

primauté, v. supériorité.

primitif, v. barbare et premier.

primitivement, v. commencement.

prince, v. roi.

principal, 1. adj., qui doit passer en premier : **premier** (⇧ vague : *la première exigence à laquelle il convient de satisfaire*) ; **primordial** (id. ; ⇧ fort : *la clarté est une qualité primordiale du style*) ; **majeur** (id.), **essentiel** (⇧ caractère inhérent à la chose : *l'introduction est la partie essentielle d'un bon développement*) ; **fondamental** (⇧ idée que tout repose sur la chose : *des notions fondamentales pour l'intelligence de la théorie des groupes*) ; **dominant** (⇧ insiste sur le rapport avec les autres éléments : *l'Angleterre a joué un rôle dominant dans la diplomatie européenne du* XIX*e siècle*) ; **prédominant** (id. ; ⇧ fort) ; **prépondérant** (id. ; ⇧ idée de large supériorité) ; **capital** (⇧ insiste sur l'importance, dans l'absolu). ≈ **le plus important** (v. important). 2. n., : **l'essentiel, le plus important** (v. 1.) ; **le tout** (⇧ vague et courant : *le tout est de ne pas prendre trop de retard*).

principe, idée générale sur laquelle repose une doctrine ou une forme d'action : **axiome** (⇧ mathématique ou philosophique : *la géométrie euclidienne se déduit à partir d'un assez petit nombre d'axiomes*) ; **postulat** (id. ; ⇧ au sens strict, plutôt ce que l'on demande d'admettre, mais emploi souvent plus large) ; **dogme** (⇧ doctrine religieuse se voulant révélée : *les dogmes catholiques*) ; v. aussi **idée, pensée, règle, élément**.

prise, v. capture.

prison, lieu où l'on enferme qqn : **geôle** (vx) ; **cachot** (⇧ lieu restreint, particulièrement dur) ; **maison d'arrêt** (⇧ provisoire, officiel) ; **pénitencier** (⇧ ensemble plus vaste) ; **taule** (argot) ; **bloc** (fam. ; ⇧ employé plutôt par la police : *je m'en vais vous mettre au bloc, mon gaillard !*). ≈ adj. **carcéral** (⇧ en rapport avec la prison : *la discipline carcérale*).

prisonnier, personne gardée en prison : **détenu** (⇧ administratif : *la maison d'arrêt contient de nombreux détenus*) ; **captif** (⇧ Antiquité, ou figuré et litt. : *il se sentait captif au cœur de cet univers industriel*) ; v. aussi **emprisonner**.

privation, v. manque.

privé, 1. qui manque de qqch : **dépourvu de** (⇧ de ce que l'on devrait posséder : *un contrat dépourvu de toute garantie sérieuse*) ; **dénué de** (⇧ idée simplement négative : *un bruit dénué de fondement*) ; **démuni de** (⇧ idée de manque de ressources) ; **dépouillé de** (⇧ par suite d'une perte : *un arbre dépouillé de ses feuilles*). ≈ avec **sans** (v. ce mot) : **sans ressources**, etc. 2. v. individuel.

priver, 1. enlever à qqch. ou qqn ce qu'il possède : **démunir**, **dépouiller** (v. privé) ; **frustrer** (⇧ de ce qui revient à une pers.) ; v. aussi **enlever** et **déposséder**.

privilège, **avantage** consenti uniqt à quelques pers. : **prérogative** (⇧ droit particulier attaché à une fonction : *la dissolution de la Chambre est une prérogative du Président de la République*) ; **apanage (exclusif)** (⇧ litt., souvent fig. : *la parole est un apanage de l'espèce humaine*) ; **faveur** (⇧ par la volonté de qqn).

prix, ce que coûte qqch. : **valeur** (⇧ général, pas nécessairement monétaire : *une toile d'une valeur inestimable ; la valeur d'un acte dépend de l'intention qui préside à son accomplissement*) ; **coût** (⇧ envisagé en termes de dépenses) ; **montant** (⇧ d'une somme) ; **tarif** (⇧ pratiqué habituellement) ; **cours** (⇧ dans le cadre d'une cotation : *le cours du mark*). ≈ v. cher et valoir.

probabilité, v. possibilité.

probable, v. possible.

probe, v. honnête.

probité, v. honnêteté.

problème, 1. v. question. 2. v. difficulté.

procédé, v. moyen.

procéder, v. agir.

procès, démarches entreprises en justice : **procédure** (⇧ cours de l'affaire) ; **affaire** (⇧ vague et général : *où en est votre affaire ?*) ; **poursuites** (⇧ uniqt pour le pénal : *un délit susceptible de donner lieu à des poursuites [judiciaires]*).

procession, v. défilé.

prochain, v. deuxième et autre.

proche, qui n'est pas loin 1. dans l'espace : **voisin** (⇧ étroit : *des villes voisines*) ; **avoisinant** (⇧ uniqt espace assez large : *les régions avoisinantes*) ; **rapproché** (⇧ surtt usage concret : *une haie trop rapprochée de la maison*, ou dans le temps : *des naissances très rapprochées*) ; **contigu** (⇧ souligne la situation bout à bout : *deux appartements contigus*) ; **adjacent**, **attenant** (id.) ; **limitrophe** (id. ; ⇧ surtt pays). ≈ v. près de ; avec nég. **peu éloigné**, etc. ; v. aussi loin et éloigné. 2. **dans la pensée** : v. semblable et ressembler. 3. par la naissance : v. parent.

proclamer, v. déclarer.

procurer, v. fournir.

prodigalité, v. dépense.

prodige, v. miracle.

prodigieux, v. extraordinaire.

prodigue, v. dépensier.

prodrome, v. cause.

productif, v. fertile.

production, ce que l'on produit : **produit** (⇧ concret : *les produits de la terre*) ; **productivité** (⇧ insiste sur l'importance du produit par rapport à la quantité de travail) ; **rendement** (id. ; ⇧ concret : *il faudrait augmenter le rendement de l'atelier*) ; v. aussi **récolte**.

produire, 1. v. faire. 2. v. causer. 3. porter du fruit, pour un sol : **donner** (⇧ courant) ; **rapporter** (id. ; ⇧ soutenu). ‖ *Se produire* : v. arriver.

produit, v. production et recette.

proférer, v. dire.

professer, v. enseigner.

professeur, v. enseignant.

profession, activité fournissant à qqn ses moyens d'existence : **métier** (⇧ concret, souvent manuel) : *soyez plutôt maçon si c'est votre métier* (Boileau) ; ***travail** (⇧ général, synonyme courant : *quel est votre travail ?*) ; **activité (professionnelle)** (id. ; ⇧ officiel) ; **gagne-pain** (⇧ insiste sur le fait de permettre la subsistance, plutôt au détriment du choix volontaire : *des leçons de piano constituaient son maigre gagne-pain*) ; **carrière** (⇧ envisagé en fonction de toute une vie : *faire choix d'une carrière*).

profit, 1. v. utilité et avantage. 2. ce que rapporte financièrement qqch : **gain** (⇧

dans une opération précise : *compter ses gains en fin de jeu*) ; **bénéfice** (⇧ insiste sur ce qui reste par rapport à la dépense : *empocher un gros bénéfice sur la vente des articles de pêche*) ; **intérêt** (⇧ sur une somme d'argent prêtée : *un intérêt de quinze pour cent*) ; **rapport** (⇧ considéré comme relatif à la somme investie : *une action d'un bon rapport*) ; **revenu** (⇧ régulier : *les revenus de ses placements*) ; v. aussi **recette**.

profitable, v. utile.

profiter, 1. tirer un avantage d'une situation : **exploiter** (⇧ insiste sur l'activité intelligente : *exploiter les difficultés d'un concurrent pour se placer sur le marché*) ; **bénéficier** ; v. aussi **utiliser**. ≈ **mettre à profit** ; **tirer parti, avantage de**. 2. savoir tirer du plaisir d'une situation : **jouir de** (⇧ insiste sur le plaisir : *jouir d'une retraite bien méritée*) ; **goûter** (⇧ fait d'apprécier : *goûter un repos bienfaisant*) ; **savourer** (id. ; ⇧ fort encore).

profond, 1. dont la distance entre le fond et la surface est importante : **haut** (⇧ surtt pour une étendue d'eau). 2. d'une grande intensité, pour une pensée, un mystère : **pénétrant** (⇧ insiste sur le fait que la pensée va loin dans la compréhension des choses) ; **impénétrable** (⇧ difficulté d'accès : *un mystère impénétrable*).

profondeur, 1. distance entre la surface et le fond : **hauteur** (v. profond). 2. intensité : **pénétration** (v. profond) ; **portée** (⇧ point jusqu'où va la chose : *un aphorisme d'une grande portée morale*).

profusion, v. abondance.

progrès, fait pour qqch. d'aller en s'améliorant : **développement** (⇧ général, mais surtt économique : *le développement de l'industrie au XVIIIe siècle*) ; **amélioration** (⇧ neutre : *l'amélioration de la circulation urbaine ; des résultats en amélioration*) ; **perfectionnement** (id. ; ⇧ souligne l'idéal visé : *le perfectionnement incessant de l'outillage mental de l'être humain*) ; **évolution** (⇧ organique, pas à pas ; ⇩ nécessairement positif) ; **avancée** (⇧ progrès ponctuel : *cette découverte représente une importante avancée dans le traitement médical du cancer des os*) ; v. aussi **changement**. ≈ **pas en avant** (comme avancée) ; **marche en avant** (⇧ emphat. : *rien ne peu arrêter la marche en avant de l'humanité vers plus de bonheur et de liberté*) ; v. aussi **changement** et **augmentation**.

progresser, faire des progrès : **se développer, s'améliorer, se perfectionner, avancer, faire un pas en avant** (v. progrès) ; v. aussi **changer**. ≈ **faire, accomplir, des progrès**.

progressif, qui se fait peu à peu : **graduel, insensible** (v. peu à peu).

progressivement, v. peu à peu.

prohiber, v. interdire.

projet, ce que l'on a l'intention de faire : **dessein** (très soutenu) ; **propos** (id. ; ⇧ délibération intérieure) ; **plan** (⇧ prévision des détails d'exécution : *un plan remarquablement bien conçu*) ; **intention** (⇧ simple volonté, plus ou moins vague : *dissimuler ses intentions*) ; v. aussi **but**.

projeter, 1. se donner une fin précise : **se proposer** (v. projet ; notamment dans un exposé : *nous nous proposerons d'éclairer quelques aspect majeurs de la sensibilité des Lumières*) ; **envisager** (⇧ vague : *il envisageait au départ un simple recueil de réflexions diverses*) ; **songer à** (id. ; ⇧ vague encore) ; **préméditer** (⇧ avec réflexion poussée à l'avance, notamment en matière criminelle : *préméditer un hold-up*) ; v. aussi **préparer**. ≈ **avoir en tête** ; **avoir dans l'idée** ; **nourrir, caresser, le projet, l'intention** (v. projet) : *il avait un moment caressé l'intention de faire publier ses mémoires*) ; également en tournant avec le mot ***projet** : *son projet initial consistait en un simple recueil d'aphorismes* pour *il avait initialement projeté* —. 2. v. jeter.

prolétaire, v. ouvrier.

prologue, v. introduction.

prolonger, v. allonger.

promenade, fait de se promener : **tour** (⇧ surtt dans expr. *faire un tour*) ; **balade** (fam.) ; **excursion** (⇧ tourisme) ; **randonnée** (⇧ marche à pied, pour le plaisir) ; **virée** (fam. ; ⇧ avec un but précis).

promener (se), se déplacer dans un but d'agrément : **faire un tour, se balader** (v. promenade) ; v. aussi **flâner** et **errer**.

promeneur, personne qui se promène : **excursionniste, randonneur** (v. promenade) ; **touriste** (⇧ dans un cadre de visite plus systématique des curiosités) ; v. aussi **passant** et **voyageur**.

promesse, fait de promettre ou ce que l'on promet : **assurance, engagement** (v. promettre) ; **serment** (⇧ insiste sur le fait de jurer).

promettre, déclarer solennellement que l'on fera qqch. : **jurer** (⇧ fort, avec un serment : *il m'a juré de ne pas recommencer*) ; **assurer** (⇧ faible, insiste sur la solidité de la déclaration : *l'assurer de son soutien*) ; **s'engager à** (⇧ idée d'une mise en cause de la personne qui promet, souvent jurid. : *s'engager à respecter les clauses du contrat*). ≈ **donner sa parole** (⇧ idée d'engagement très fort) ; **faire la promesse, le serment, donner l'assurance** (v. promesse).

promontoire, v. cap.

promotion, v. avancement.

prompt, v. rapide.

promptement, v. vite.

promptitude, v. vitesse.

prononcer, v. dire.

pronostic, v. prédiction.

pronostiquer, v. prédire.

propagande, v. publicité.

propager, v. répandre.

propension, v. tendance.

prophétie, v. prédiction.

prophétiser, v. prédire.

propice, v. favorable.

propos, v. parole et projet.

proposer, présenter à qqn une possibilité en lui laissant le choix de l'accepter ou de la refuser : **offrir** (⇧ soutenu, positif : *il m'a offert de l'accompagner en Italie*) ; **présenter** (⇧ neutre) ; **soumettre** (⇧ proposer au jugement de qqn) ; **suggérer** (v. proposition). ≈ **faire la proposition, l'offre.**

proposition, fait de proposer : **offre** (v. proposer) ; **suggestion** (⇧ ce que l'on conseille plus ou moins indirectement : *faire une suggestion au conseil d'administration*).

propre, 1. adj., qui n'est pas sale : **net** (⇧ insiste sur l'ordre, la clarté : *un petit intérieur bien net*) ; **impeccable** (⇧ large et fort, sans défaut : *une chemise impeccable*) ; **immaculé** (⇧ superlatif, sans tache, plutôt pour un objet blanc, ou clair) ; **correct** (⇧ idée de conformité aux usages) ; **présentable** (⇧ atténué, susceptible d'être offert à la vue) ; avec nég. **sans tache**. ≈ **bien tenu, bien entretenu** (⇧ pour une maison, insiste sur le ménage) ; expr. nom. avec propreté : **d'une grande, parfaite propreté** ; v. aussi **laver**. 2. v. capable. 3. v. particulier et individuel. 4. n., v. qualité.

propreté, fait de n'être pas sale : **netteté, bonne tenue, bon entretien** (v. propre).

propriétaire, personne qui possède qqch. en fonction d'un titre jurid. : **possesseur** (⇧ simple possession, mais souvent équivalent : *quand on a la chance d'être possesseur d'un si beau domaine*) ; **détenteur** (id.). ≈ pour *être propriétaire*, v. avoir.

propriété, 1. titre donnant le droit d'avoir un bien : **possession, détention** (v. propriétaire). 2. v. bien. 3. v. qualité.

proscrire, v. interdire.

prospection, v. recherche.

prospère, v. riche.

prospérer, v. réussir.

prospérité, v. richesse.

prostituée, femme vivant de ses charmes ; **courtisane** (⇧ luxe) ; **péripatéticienne, pute, putain** (⇧ vx ou argotique) ; **fille** (vx ou péjor.). ≈ **fille de joie, femme publique.**

protecteur, v. défenseur.

protection, v. défense et abri.

protéger, v. défendre.

protestation, v. plainte.

protester, v. (se) plaindre.

prouver, établir qu'une chose est vraie : **démontrer, confirmer, marquer** (v. preuve) ; **montrer** (⇧ vague, moins rigoureux que *démontrer* : *on a montré la réalité d'influences orientales sur la pensée grecque*) ; **établir** (⇧ idée d'une solide vérité : *établir de façon définitive la rotondité de la terre*) ; **corroborer** (⇧ avec un sujet inanimé, apporter un supplément de preuve : *les observations récentes ont corroboré les hypothèses d'Einstein*) ; **témoigner** (⇧ même construction, plutôt signe d'une existence : *les très nombreuses statistiques témoignent du sérieux de la recherche entreprise*) ; **attester, faire foi** (id.) ; **indiquer** (id. ; ⇧ vague) ; **justifier** (⇧ une affirmation : *justifier ses dires par des arguments*). ≈ **faire, apporter la preuve, la démonstration.**

provenir, v. venir.

proverbe, petite réflexion toute faite transmise par la tradition : **dicton** (⇧ populaire) ; **adage** (⇧ savant) ; v. aussi **pensée.**

provision, v. nourriture.

provisoire, v. passager.

provoquer, v. causer.

proximité, v. près.

prudence, qualité d'une personne qui n'agit pas à la légère : **mesure, précaution** (⇧ uniqt par rapport à l'action : *s'avancer avec précaution* ; *prendre des précautions*) ; **prévoyance** (⇧ idée de la prise en compte de l'avenir : *par prévoyance, il s'était ménagé un petit capital*) ; **circonspection** (⇧ idée d'une certaine méfiance) ; v. aussi **méfiance.**

prudent, qui a de la prudence : **précautionneux, prévoyant, circonspect** (v. prudence) ; v. aussi **méfiant.**

pseudo, v. faux.

psychique, v. intellectuel.

psychologie, v. caractère et âme.
psychologique, v. intellectuel.
public, 1. adj., qui relève de la collectivité : **commun** (⇧ souligne la participation : *le bien commun*) ; **officiel** (⇧ en relation avec les institutions, ou que l'on fait connaître à la collectivité : *l'annonce officielle de leur mariage*) ; v. aussi **général**. 2. n., personnes auxquelles s'adresse une prestation artistique : **assistance** (⇧ ceux qui sont présents : *saluer l'assistance*) ; **salle** (⇧ concret, dans un spectacle) ; **auditoire** (⇧ ceux qui écoutent, mais aussi, par ext., personnes qui prêtent attention à un auteur, etc. : *une œuvre poétique réservée à un auditoire restreint*) ; **audience** (⇧ mesure de l'accueil fait à une œuvre : *un roman qui n'a eu qu'une faible audience*). ≈ **spectateurs, auditeurs** ; v. aussi **lecteur**.
publication, v. édition.
publicité, activité visant à vanter un produit auprès du public : **réclame** (⇧ précis, un acte particulier, un peu vx : *une réclame de produits d'entretien*) ; **propagande** (⇧ large, également courants politiques, religieux, etc. : *ne pas se laisser intoxiquer par la propagande ennemie*) ; **affiche, placard** (⇧ concret).
publier, v. éditer.
pudeur, v. décence.
puéril, v. enfantin.
puis, v. ensuite.
puissance, v. force et autorité.
puissant, v. fort.
pull-over, v. tricot.
punir, faire subir un désagrément en compensation d'une faute : **châtier** (⇧ soutenu, fort : *le criminel est toujours châtié*) ; **corriger** (⇧ un enfant, par un châtiment corporel) ; **sanctionner** (⇧ administratif : *il a été sanctionné par ses supérieurs*) ; **réprimer** (⇧ avec un compl. inanimé, de façon officielle : *réprimer l'alcoolisme au volant*) ; **condamner** (⇧ fort, juridique) ; **sévir** (⇧ mesures draconiennes). ≈ **infliger une *punition, un châtiment**, etc.
punition, fait de punir : **châtiment, correction, sanction** (v. punir) ; **condamnation, peine** (⇧ dans le cadre légal : *la peine prévue est de deux mois de prison*) ; **pénalité** (id. ; ⇧ limité, souvent sport, jeu, etc.) ; **pénitence** ; **consigne, retenue** (⇧ scolaire) ; **colle** (⇧ argot scolaire) ; **pensum** (⇧ vx, à exécuter par un écolier).
pur, 1. qui n'est mêlé à rien d'autre : **absolu** (⇧ pour des termes abstraits : *la vérité absolue*) ; v. aussi parfait. 2. qui n'est pas souillé par des choses sales, basses ou simplement matérielles : **vierge** (⇧ idée d'absence de contact : *la neige vierge*) ; **limpide** (⇧ pour une eau, ou une âme) ; **chaste** (⇧ précisément par rapport à la sexualité) ; v. aussi **propre**. 3. avec valeur restrictive, *une pure fiction :* v. seulement.
pureté, qualité de ce qui est pur : **limpidité, chasteté** (v. pur) ; v. aussi **propreté**.
purification, 1. v. lavage. 2. **affinement, épuration** (v. purifier).
purifier, 1. v. laver. 2. débarrasser d'éléments adventices, sales, ou bas : **raffiner** (⇧ pour une substance matérielle : *du sucre raffiné*) ; **affiner** (id.) ; **épurer** (id. ; ⇧ éléments extérieurs, et également sens fig. : *épurer les eaux, les rangs du parti ; une notion d'amour très épurée*) ; **assainir** (⇧ rendre plus sain).
pusillanime, v. lâche.
putréfier (se), v. pourrir.
putsch, v. coup d'Etat.

Q

quai, 1. ouvrage d'accostage près d'une voie d'eau : **embarcadère, débarcadère** (⇧ emplacement aménagé pour l'embarquement ou le débarquement des passagers ou des marchandises) ; **cale** (⇧ partie du quai descendant jusqu'au bord de l'eau pour le chargement ou le déchargement d'un bateau) ; **appontement** (⇧ échafaudage ajouté pour faciliter l'accostage). 2. dans les gares, trottoir qui s'étend le long des voies : **plate-forme**.
qualifier, 1. caractériser un être ou une chose : **appeler, nommer** (⇧ insiste sur le nom : *appeler cette plante rhododendron*) ; **traiter de** (⇧ péjor. : *traiter de gredin*) ; v. aussi **appeler** et **nommer**. || *Se qualifier de*, se donner qualité de : **se dire** (⇧ se prétendre sans que cela puisse être vérifié : *il se dit savant*) ; **s'intituler** (⇧ se donner un titre, plus prétentieux, sauf pour un livre). 2. reconnaître apte une équipe, un athlète, à

disputer d'autres épreuves : **autoriser** (⇧ donner pouvoir) ; **homologuer** (⇧ confirmer par une autorité).

qualité, 1. élément caractéristique d'une chose ou d'une personne : **caractère** (⇧ ce qui est propre à une chose ou une personne : *la flexibilité est le caractère distinctif du roseau*) ; ***nature** (id. mais pour la personne) ; **essence** (⇧ propriété fondamentale de la chose) ; **attribut** (⇧ propriété inhérente à un être : *le langage est un attribut de l'homme*) ; **propriété** (⇧ appartenance au seul terme concerné : *les propriétés de l'acide chlorhydrique*) ; **caractéristique** (id. ; ⇧ en vue d'une description ou d'une identification : *vous préciserez les caractéristiques du produit fourni*) ; **particularité** (id. ; ⇧ différence par rapport aux autres : *une des particularités de la poésie moderne est l'abandon général de la métrique régulière*) ; **spécificité** (id.) ; **singularité** (id. ; très remarquable, unique) ; **propre** (id. ; ⇧ pour un élément particulièrement caractéristique : *rire est le propre de l'homme*) ; **vertu** (vx ou médical ; ⇧ surtt pour un produit à effet sur l'organisme : *les vertus de la camomille*). 2. excellence en quelque chose : **valeur** (⇧ estimation : *un travail de grande valeur*) ; **excellence** (⇧ superlatif) ; **supériorité** (⇧ par comparaison) ; **sérieux** (⇧ pour un travail, uniqt : *le sérieux de ses recherches*) ; **vertu** (⇧ pour une pers., plutôt moral : *apprécié pour ses vertus de courage et d'honnêteté*) ; **mérite** (⇧ large, idée d'une action ou d'une qualité digne de louange et de récompense : *une étude qui n'est pas sans mérites ; un sujet plein de mérites*) ; v. aussi **avantage, capacité** et **solidité**. ≈ **bons côtés** (⇧ par opposition à des défauts : *il a ses bons côtés*). || *En qualité de*, locution prép. : **comme** (⇧ vague : *il exerce comme médecin*) ; **à titre de** (id. ; *il a été employé à titre de secrétaire*) ; **en tant que** (id.).

quand, 1. conj. exprimant une relation temporelle : **lorsque, comme, à l'instant où** (⇧ simultanéité) ; **alors que** (⇧ idée de durée) ; **toutes les fois que, chaque fois que** (⇧ répétition : *chaque fois qu'il vient, une dispute éclate*). 2. adv. interrogatif : **à quel moment**.

quantité, 1. désigne ce qui peut être nombré : ***nombre** (⇧ uniqt discontinu : *le nombre de sacs de blé*) ; **montant** (⇧ pour un prix : *à combien s'élève le montant de vos honoraires ?*) ; v. aussi **nombre** et **volume**. 2. désigne une présence abondante : **multitude** (⇧ présence concrète) ; **foule** (id., uniqt pers., à fam.) ; **masse** (⇧ idée d'une présence continue et dense, style plutôt courant : *une masse de travail*) ; **somme** (⇧ insiste sur le total : *une importante somme d'argent, de travail*) ; **myriade** (litt. ; ⇧ indénombrable : *une myriade d'étoiles*) ; **nuée** (⇧ à propos de choses et d'êtres en mouvement : *une nuée d'oiseaux*) ; **kyrielle** (⇧ longue suite qui n'en finit pas : *une kyrielle d'injures*) ; **flopée** (id. ; ⇧ fam. : *avoir une flopée d'enfants*) ; v. aussi **beaucoup** et **abondance**.

quartier, 1. partie d'une ville : **pâté (de maisons)** (⇧ forme groupée) ; **îlot** (⇧ caractère particulier : *un îlot insalubre*) ; **ghetto** (⇧ quartier juif, ou, par ext., quartier marqué par une composition ethnique ou sociale exclusive : *les ghettos noirs de Chicago*). GÉN. **secteur, zone** : *la zone industrielle, résidentielle.* SPÉC. **faubourg** (⇧ à la périphérie : *les faubourgs ouvriers de la capitale*). 2. v. morceau.

quasi, v. presque.

quasiment, v. presque.

quelquefois, de façon assez exceptionnelle : **parfois** (⇧ soutenu, plutôt plus rarement). ≈ **un certain nombre de fois** (⇧ nombre limité, tour un peu lourd) ; **des fois** (fam.) ; **de temps en temps** (⇧ retour périodique : *il lui rendait visite de temps en temps*) ; **de temps à autre** (id. ; ⇧ rarement) ; **à l'occasion** (id.).

quenotte, v. dent.

querelle, v. dispute.

quereller (se), v. (se) disputer.

querelleur, qui cherche à provoquer la dispute : **batailleur** (⇧ qui aime se battre ou contester) ; **agressif** (⇧ général : *avoir un comportement agressif*) ; **hargneux** (⇧ avec un fond de méchanceté) ; **chamailleur** (fam. ; ⇧ fort) ; **boutefeu** (⇧ qui excite les désaccords, style imagé). ≈ **mauvais coucheur** (fam. ; ⇧ d'un caractère difficile).

quérir, v. chercher.

question, 1. fait de demander une information : **interrogation** (⇧ avec l'idée que celui à qui elle s'adresse doit une réponse, ou plus général) ; **colle** (fam. ; ⇧ question embarrassante : *poser une colle*). 2. point à discuter : **problème** (⇧ fait qui soulève la discussion : *les progrès de la génétique posent des problèmes moraux*) ; **affaire** (⇧ général, suppose divers embarras : *l'affaire des réparations envenima les rapports entre la France et l'Allemagne*) ; **énigme** (⇧ idée d'un mystère à résoudre) ; v. aussi discussion et **sujet**. ≈ **sujet de discussion ; objet de réflexion.**

quête, v. recherche.

quiétude, v. tranquillité.

quignon, v. morceau.

quiproquo, v. erreur.

quitter, 1. se séparer de qqn : **laisser** (⇧ idée que la personne que l'on quitte reste sur place, plutôt dans la même situation : *je vous laisse*) ; **abandonner** (⇧ désintérêt à l'égard de ce que l'on quitte : *abandonner ses enfants dans la forêt*) ; **s'en aller, prendre congé de** (⇧ simple fait de dire adieu à des amis ou supérieurs avant de partir, *eh bien ! je vous quitte*) ; **rompre avec** (⇧ cesser toute relation, notamment liaison amoureuse) ; **plaquer** (fam. ; ⇧ abandon subit, personne ou activité : *elle s'est fait plaquer par son amant* ; *il a plaqué ses études*) ; **planter là** (⇧ quitter brusquement, et souvent rupture d'une liaison sentimentale) ; v. aussi **laisser, abandonner** et **divorcer**. ≈ **laisser tomber** (fam. ; ⇧ brusquement et cavalièrement : *laisser tomber un ami en difficulté* ou sentimental). 2. partir d'un lieu : **s'absenter** (⇧ avec espoir de retour) ; **s'enfuir** (⇧ avec rapidité, pour échapper à qqch.) ; **déloger, déménager** (⇧ d'un logement) ; **évacuer** (⇧ de façon collective, en mettant fin à une occupation, légitime ou non : *la population a dû évacuer la région par suite des inondations* ; *les troupes russes évacuent la Pologne*) ; **s'expatrier** (⇧ en changeant de patrie) ; ***renoncer à** (⇧ vague, surtt occupation : *renoncer à son emploi, sa patrie*) ; v. aussi **renoncer**. 3. v. enlever.

quoique, v. bien que.

quolibet, v. injure.

R

rabâcher, v. répéter.

rabaisser, v. abaisser.

rabrouer, v. réprimander.

raccommoder, 1. remettre en bon état un objet de tissu : **recoudre** (⇧ ce qui est décousu ou déchiré : *recoudre un ourlet*) ; **repriser** (⇧ ce qui est déchiré à cause de l'usure) ; **rafistoler** (fam. ; ⇧ grossièrement, dans un but provisoire) ; **rapiécer** (⇧ en rajoutant une ou plusieurs pièces au tissu) ; **rapetasser** (⇧ rapiécer grossièrement) ; **stopper** (⇧ reprendre la trame d'une étoffe) ; **ravauder** (⇧ en parlant de vieux vêtements) ; v. aussi **réparer**. 2. v. réconcilier.

raccourcir, v. diminuer.

race, groupe auquel on appartient par la naissance, par des caractères communs transmissibles par voie génétique : **ascendance** (⇧ ensemble des générations dont est issue une personne : *il est d'ascendance bretonne*) ; **ethnie** (⇧ large, plus culturel que strictement génétique, s'emploie souvent de nos jours là où l'on aurait utilisé *race* au début du siècle : *le Niger est un territoire où se mêlent les ethnies touareg et négro-africaines*) ; **origine, extraction** (⇧ origine sociale d'où l'on tire sa naissance : *être de haute, basse extraction*) ; **maison** (⇧ litt., famille noble : *être de bonne maison*) ; **filiation** (⇧ succession des liens de parenté dans une même famille à travers les générations) ; **lignée, rang, lignage** (⇧ les ascendants considérés comme constituants d'une race : *les nobles d'un même lignage*) ; v. aussi **famille.**

racheter (se), v. se rattraper.

racisme, fait d'être raciste : **xénophobie, antisémitisme.**

raciste, qui n'aime pas certaines races : **xénophobe** (⇧ étrangers en général) ; **antisémite** (⇧ juifs).

raconter, faire un récit : **narrer** (⇧ litt. : *narrer l'aventure par le menu*) ; **relater** (⇧ dans le but de fixer un souvenir historique : *les annales carolingiennes relatent rapidement la défaite de Roncevaux*) ; **rapporter** (⇧ faire connaître des faits dont on a été témoin ou dont on est sûr : *rapporter une conversation mot pour mot*) ; **conter** (⇧ faits inventés : *conter des histoires*) ; **réciter** (⇧ dire de mémoire : *réciter un poème*) ; **rendre compte** (⇧ faire le récit de ce qu'on a fait pour justifier : *rendre compte de sa conduite*) ; **retracer** (⇧ en mettant l'accent sur les faits marquants, surtt pour un livre : Guerre et Paix *de Tolstoï retrace les principaux épisodes de la campagne de Russie*) ; **décrire** (⇧ fait de mettre sous les yeux, comme un tableau : *Stendhal décrit au début de* La Chartreuse de

Parme *diverses phases de la bataille de Waterloo*) ; **peindre** (id. ; ⇧ idée de représentation plus forte) ; **dépeindre** (id.). ≈ **faire le récit de** (v. histoire) ; **faire revivre** (⇧ recréation de l'atmosphère) ; **préciser les circonstances** (⇧ précis, dans le but de fournir des explications : *il précisa les circonstances de son enlèvement*).

rade, v. golfe.

radical, v. complet.

radicalement, v. complètement.

radier, v. renvoyer.

radin, v. économe.

raffiné, qui est délicat, d'une grande subtilité : **subtil** (⇧ souligne l'attention à des éléments très ténus : *un art subtil, tout en nuances*) ; **élégant** (⇧ habillement) ; **sophistiqué** (⇧ recherche de l'artifice qui manque de simplicité : *une femme sophistiquée*) ; **quintessencié** (⇧ litt., exagérément recherché) ; **alambiqué** (⇧ confus à force de raffinements : *des circonlocutions alambiquées*) ; **précieux** (⇧ exagéré) ; v. aussi **délicat** et **difficile**.

raffinement, fait d'être raffiné : **subtilité, sophistication** (v. raffiné) ; **finesse** (⇧ insiste plutôt sur le jugement) ; **délicatesse** (⇧ sensibilité à de petites nuances) ; **élégance** (⇧ habillement) ; **préciosité** (⇧ exagération dans le raffinement).

raffoler, v. aimer.

raffut, v. bruit.

rafiot, v. bateau.

rafistoler, v. raccommoder.

rafraîchir, v. refroidir.

rafraîchissement, v. boisson.

rage, v. colère.

rager, v. colère (être en).

rageur, v. coléreux.

ragot, v. médisance.

ragoûtant, v. appétissant.

raid, v. invasion.

raide, sans souplesse, qu'on ne peut plier : **rigide** (⇧ concret : *ce livre a une couverture rigide* ou sens moral : *une moralité rigide*) ; **empesé** (⇧ pour le tissu : *un col empesé*) ; **ankylosé, engourdi** (⇧ gêne physique momentanée) ; **inflexible** (⇧ qui ne peut être changé : *demeurer inflexible dans ses résolutions*) ; **inébranlable** (⇧ qu'on ne peut bouger, ou fig. : *il reste inébranlable face aux critiques*) ; **rigoureux** (⇧ surtt pour qui applique les lois ou pour leur application, avec sévérité : *un juge rigoureux, une mesure rigoureuse*) ; v. aussi **ferme**.

raideur, fait d'être raide : **rigidité, inflexibilité, rigueur** (v. raide).

raidillon, v. chemin.

raidir, rendre difficile à plier : **tendre** (⇧ en exerçant une traction aux extrémités : *tendre un ressort*) ; **bander** (⇧ avec effort, comme un arc : *bander un arc, bander ses muscles*).

raie, v. ligne.

railler, v. (se) moquer.

raillerie, v. moquerie.

railleur, v. moqueur.

raison, 1. faculté intellectuelle grâce à laquelle l'homme peut connaître et juger : ***intelligence** (⇧ ensemble des facultés mentales : *test d'intelligence*) ; **entendement** (⇧ compréhension, philo. ou vx : *perdre l'entendement*) ; **discernement** (⇧ faculté de juger sainement des choses : *agir avec discernement*) ; **réflexion** (⇧ idée d'un temps passé à raisonner) ; **modération** (⇧ retenue vis-à-vis des excès) ; **jugement** (⇧ faculté de choisir : *faire preuve d'un jugement sûr*) ; **bon sens** (id. ; ⇧ dans des comportements simples : *un solide bon sens paysan*) ; **sens commun** (id. ; ⇧ idée d'une attitude conforme à la norme) ; **jugeote** (id. ; ⇧ fam. : *cet enfant a de la jugeote*) ; **sagesse** (id. ; ⇧ général et noble : *la sagesse voudrait que l'on renonce à ce projet*) ; **réalisme** (⇧ sens des réalités, terme plutôt marqué d'une coloration moderne : *son réalisme le retenait de se lancer dans cette aventure séduisante*) ; ***équilibre** (⇧ psychologique, idée d'un esprit en bonne santé porté à juger avec mesure : *savoir garder son équilibre dans des circonstances difficiles*) ; ***raisonnement** (⇧ démarche de l'esprit guidé par la raison : *le simple raisonnement montre l'absurdité de cette position*) ; **science** (⇧ insistance sur le savoir, mais également attitude rationnelle face à la réalité : *il croyait aux pouvoirs de la science*) ; v. aussi **intelligence, raisonnement, connaissance** et **pensée**. ≈ **esprit humain** (⇧ par opposition aux révélations surnaturelles : *le XVIIIe siècle a fait confiance aux progrès de l'esprit humain*; **sens du réel, des réalités** (v. réalisme). ‖ *Avoir raison* : **être dans le vrai**. ≈ l'on aura souvent intérêt, notamment dans l'ordre des grandes idées, à recourir à des tours nominaux, avec **opinion, idée**, etc. : *l'opinion de Rousseau sur l'inégalité paraît fondée* plutôt que *Rousseau a raison*. 2. v. cause.

raisonnable, 1. qui se laisse guider par la raison : ***intelligent, modéré, réfléchi, sensé, réaliste, équilibré** (v. raison) ; v. aussi intelligent. ≈ **doué de juge-**

ment, de bon sens, ou simplement **de bon sens** : *un homme de bon sens*, etc. (v. raison). 2. v. logique.

raisonnement, 1. fait de parvenir à une conclusion à l'aide de la raison : **déduction** (⇧ progression à partir du point de départ : *par déduction, il en conclut que le major ne pouvait être l'assassin*) ; **inférence** (⇧ passage d'une proposition à une autre : *il contestait l'inférence de sa présence sur les lieux à sa complicité*) ; **syllogisme** (⇧ forme précise et techn. de raisonnement, à partir de deux prémisses) ; **sophisme** (⇧ raisonnement faux, mais apparemment logique) ; **paralogisme** (id.) ; **démonstration** (⇧ enchaînement, prouvant qqch. : *une démonstration rigoureuse du théorème de Pythagore*) ; **argument** (⇧ dans le cadre d'une volonté de prouver, pas nécessairement raisonnement : *le principal argument était l'absence de traces*) ; **argumentation** (id. ; ⇧ ensemble d'arguments organisés : *il n'est pas toujours facile de suivre le fil de l'argumentation*) ; v. aussi **conclusion**. 2. v. raison.

raisonner, se servir de sa raison pour juger : **penser** (⇧ général, former des idées) ; **philosopher** (⇧ former des idées abstraites, générales, tendant à constituer un corps de doctrine) ; **ratiociner** (⇧ péjor., s'égarer dans des considérations compliquées) ; **ergoter** (⇧ remettre en question en insistant sur des détails) ; **discuter** (⇧ idée de débat, en pesant le pour et le contre : *discuter un texte de loi*) ; **disputer** (⇧ litt., remettre en question : *des goûts et des couleurs on ne dispute point*) ; **calculer** (⇧ agir avec préméditation : *chacun de ses actes est calculé*).

ralentir, 1. tr., diminuer la vitesse de qqch. : **retarder** (⇧ insiste sur le temps ajouté : *retarder l'arrivée des renforts*) ; **freiner** (⇧ idée d'un obstacle, frein : *freiner le zèle de ses subordonnées*) ; v. aussi **modérer**, **freiner** et **retarder**. 2. intr., diminuer sa vitesse : **freiner** (⇧ avec le frein, surtt mécanique) ; **rétrograder** (⇧ automobile, en changeant de vitesse) ; **décélérer** (⇧ assez savant ou technique) ; v. aussi **freiner**. ≈ expr. **perdre de la vitesse**.

râler, v. (se) plaindre.

ramassage, fait de ramasser : **collecte** (v. ramasser).

ramasser, 1. rassembler des objets pris par terre ou çà et là : **collecter** (⇧ systématique : *collecter les ordures ménagères*). 2. v. récolter.

rame, instrument destiné à la propulsion manuelle d'une embarcation : **aviron** (⇧ technique) ; **pagaie** (⇧ à deux pales).

rameau, v. branche.

rampe, v. montée.

ramure, v. branche.

ranch, v. ferme.

rancune, souvenir amer que l'on garde d'une offense : **rancœur** (⇧ diffus, vague quant à son objet : *il gardait de la rancœur d'avoir été écarté des affaires*) ; **ressentiment** (⇧ souvenir d'une injure que l'on sent encore : *nourrir de vifs ressentiments contre qqn*) ; **aigreur** (⇧ désagrément que l'on fait sentir : *manifester de l'aigreur dans ses paroles*) ; **amertume** (⇧ regret, certaine tristesse : *l'amertume d'un artiste qui n'a pas réussi à se faire connaître*).

randonnée, v. promenade.

rang, 1. disposition de choses sur une même ligne : **rangée** (⇧ idée d'un ordre précis : *une rangée de colonnes*) ; **ordre** (⇧ disposition selon une manière particulière, mais pas forcément en ligne : *mettre de l'ordre dans des papiers*) ; **ligne, alignement** (⇧ disposition sur une ligne droite : *alignement de soldats*) ; **file** (⇧ suite de choses disposées les unes derrière les autres : *se mettre en file indienne*) ; **haie** (⇧ file de personnes bordant une voie : *des grenadiers formant la haie*). || *Se mettre sur les rangs*, se placer en concurrence avec d'autres pour obtenir un poste : **postuler** (⇧ pour un emploi) ; **être candidat** (⇧ à un titre ou un examen) ; **se présenter** (⇧ en vue d'une appréciation : *se présenter à un concours*) ; v. aussi **file** et **ligne**. 2. v. place. 3. situation dans un ordre : **condition** (⇧ place dans la société : *un homme de haute condition*) ; v. aussi **race**. ≈ **de haute volée** (⇧ catégorie sociale élevée).

rangée, v. rang.

rangement, fait de ranger : **classement, tri, étiquetage, remise en ordre** (v. ranger).

ranger, disposer en rang ou dans un certain ordre : **aligner** (⇧ disposer sur une ligne droite) ; **disposer** (⇧ arranger, mettre dans un certain ordre : *disposer des fruits sur un étalage*) ; **ordonner, classer** (⇧ par catégories : *classer des papiers*) ; **trier** (⇧ séparer, choisir parmi plusieurs : *trier des raisins*) ; **étiqueter** (⇧ mettre une étiquette dans un but de différenciation : *étiqueter des articles*) ; **remiser** (⇧ mettre sous un abri : *remiser une voiture*) ; v. aussi **ordonner**. ≈ **mettre en ordre** (⇧ disposer d'une manière particulière) ; **mettre en rang** (v. rang) ; **mettre de l'ordre** (⇧ vague, faire disparaître du désordre : *mettre de l'ordre dans ses affaires*).

ranimer, rendre la vie et par ext. redonner de la vigueur : **revigorer** (⇧ redonner force et puissance : *les harangues du chef revigorèrent l'armée*) ; **ressusciter** (⇧ rendre la vie à ce qu'on croyait mort : *ressusciter de vieilles rancœurs*) ; **rallumer** (⇧ donner une nouvelle force : *rallumer des conflits*) ; **attiser** (⇧ stimuler ce qui n'est pas tout à fait éteint : *attiser un feu*) ; **revivifier** (⇧ redonner une force physique : *ses vacances en montagne l'ont revivifié*) ; **raviver, réveiller** (⇧ redonner vie, éclat : *réveiller des souvenirs douloureux*) ; **réconforter** (⇧ apporter un soutien : *réconforter un ami affligé par un décès*) ; **ravigoter** (⇧ fam.) ; v. aussi **ressusciter**.

rapace, v. avare.

rapacité, v. avarice.

rapetasser, v. raccommoder.

rapetisser, v. diminuer.

rapide, 1. qui est caractérisé par la vitesse : **vif** (⇧ qui réagit rapidement : *un esprit vif*) ; **preste** (⇧ rapide et adroit) ; **diligent, prompt** (id.) ; **véloce** (⇧ agile : *un cheval véloce*) ; **hâtif** (⇧ réalisé avec précipitation : *un travail hâtif*) ; **expéditif** (⇧ fait promptement parfois au détriment de la qualité : *un jugement expéditif*) ; **précipité** (⇧ qui survient plus vite que prévu : *un départ précipité*) ; **accéléré** (⇧ rapide) ; **sommaire** (⇧ trop rapide et incomplet : *un résumé sommaire de l'ouvrage*) ; v. aussi **bâcler**, passager et vite. 2. v. **chute**.

rapidement, v. vite.

rapidité, v. vitesse.

rapiécer, v. raccommoder.

rapine, v. vol.

rappeler, faire revenir en mémoire : **remémorer** (⇧ remettre en mémoire : *remémorer un fait à qqn*) ; **retracer** (⇧ raconter de manière vivante, de façon à faire surgir des images : *retracer la vie quotidienne sous la Révolution*) ; **évoquer** (⇧ rappeler puissamment au souvenir au moyen d'associations d'idées : *évoquer des souvenirs communs*) ; **commémorer** (⇧ en organisant une manifestation officielle). || *Se rappeler*, avoir dans la mémoire : **se souvenir** (⇧ soutenu) ; **se ressouvenir** (⇧ retour après un oubli : *je me suis alors ressouvenu que j'avais laissé le dossier à la maison*) ; **se remémorer** (id. ; ⇧ litt., surtt scène marquante) ; **revoir** (⇧ idée que l'on assiste à nouveau à la scène : *je vous revois comme si c'était hier, assis au pied de cet arbre*) ; **retenir** (⇧ graver dans sa mémoire pour ne pas oublier : *retenir une leçon*). ≈ **avoir, garder souvenir, mémoire** ; **avoir souvenance** (⇧ litt., assez vague) ; avec inv., **revenir à l'esprit** : *une formule m'est revenue soudain à l'esprit, en vous écoutant* ; avec nég., **ne pas *oublier, avoir oublié**.

rapport, 1. le fait de comparer les êtres et les choses selon des critères propres à les mettre en relation : **relation** (⇧ rapport logique : *mettre en relation les marées avec les phases de la lune*) ; ***ressemblance, *analogie** (⇧ rapport de ressemblance : *la langue italienne a des analogies avec le latin*) ; **connexion, liaison, correspondance** (⇧ rapport de réciprocité) ; **affinité** (⇧ rapport de ressemblance naturelle : *affinités entre la poésie et la musique*) ; **corrélation** (⇧ rapport plutôt indirect : *il existe une corrélation entre la croissance économique et l'emploi*) ; **concordance** (⇧ conformité, accord) ; **liens** (⇧ vague : *les liens entre le surréalisme et le marxisme*) ; **référence** (⇧ uniqt dans l'expr. *mettre en référence*) ; **liaison**. 2. récit visant à rendre compte de l'état de qqch. ou d'une conduite : **compte rendu** (⇧ transmission à une autorité) ; **exposé, relation, communication** (⇧ officiel). 3. v. profit.

rapporter, 1. v. porter. 2. v. raconter. 3. fournir du profit : **rendre** (⇧ vague : *un investissement qui rend bien*) ; **profiter** (⇧ souligne le destinataire : *des mesures financières qui ne profitent qu'aux monopoles*) ; v. aussi **produire**. ≈ pour *qui rapporte* : **lucratif, rémunérateur** (⇧ idée de gain). 4. v. dénoncer.

rapprocher, v. comparer.

rapt, v. enlèvement.

rare, qui n'est pas courant : **rarissime** (⇧ superlatif) ; **exceptionnel** (⇧ qui se situe en dehors de l'ordinaire, de la règle : *bénéficier d'une faveur exceptionnelle*) ; **inhabituel** (⇧ qui n'est pas usuel) ; **inusité** (id. ; ⇧ surtt pour une expression) ; **inusuel** (id. ; ⇧ rare) ; **insolite** (id. ; ⇧ idée de surprise, de bizarrerie qui retient l'attention : *un bruit insolite dans le moteur*) ; **inaccoutumé** (⇧ qui n'est pas dans les usages, ou simplement peu fréquent : *il est inaccoutumé de saluer sans enlever son chapeau ; il faisait preuve d'un zèle inaccoutumé*) ; **extraordinaire** (⇧ qui arrive rarement, avec l'idée de qqch. d'excessif en bien comme en mal) ; **curieux** (⇧ surprenant) ; **singulier** (⇧ qui ne ressemble pas aux autres : *je m'en vais vous raconter une singulière aventure*) ; v. aussi **étrange**. ≈ **peu *courant, peu commun, peu *habituel**.

raser, 1. v. détruire. 2. v. longer.

rassasié, qui n'a plus faim : **assouvi** (⇧ dont la faim ou les désirs ont été satisfaits : *assouvi de vengeance*) ; **repu** (⇧ pour les animaux surtt ; pour les personnes, indique un excès de nourriture : *après avoir mangé l'agneau, le loup, repu, s'endormit*) ; **soûl** (⇧ rassasié jusqu'au dégoût) ; v. aussi **satisfait**.

rassemblement, personnes groupées ensemble : **attroupement** (⇧ rassemblement tumultueux, sans ordre : *attroupement de badauds devant une maison en flammes*) ; **manifestation** (⇧ démonstration collective dans un but de revendication) ; **regroupement** (⇧ mettre de nouveau en groupe, ou à caractère permanent : *le regroupement des soldats après la bataille ; un regroupement d'anciens combattants*) ; **meeting** (⇧ en salle, discours) ; v. aussi **réunion**.

rassembler, v. unir.

rasséréner, v. tranquilliser.

rassurer, v. tranquilliser.

rater, 1. v. manquer. 2. v. échouer.

ratiociner, v. raisonner.

ration, v. part.

rationalisation, méthode d'organisation du travail déduite par le raisonnement afin d'obtenir un meilleur rendement : **normalisation, standardisation** (⇧ unification des éléments de construction) ; **taylorisme** (⇧ du nom de l'inventeur du système, division poussée des tâches).

rationnel, v. logique.

rattacher, v. unir.

rattraper, 1. v. rejoindre. 2. réparer une erreur. || *Se rattraper* : **se reprendre** (⇧ corriger ce que l'on vient de dire : *sentant qu'il avait commis une bévue, il se reprit*) ; **se ressaisir** (⇧ redevenir maître de soi en calmant ses émotions) ; **se racheter** (⇧ compenser moralement : *se racheter de son crime*) ; **se réhabiliter** (id. ; ⇧ idée de toute une vie).

raturer, v. effacer.

ravage, v. dégât.

ravager, causer des dégâts avec violence : **dévaster** (⇧ changer un pays en un désert) ; **saccager** (⇧ piller totalement en détruisant ce que l'on laisse : *les cambrioleurs ont saccagé l'appartement*) ; **ruiner** (⇧ détruire tout ce qui faisait la fortune et la valeur d'un pays : *l'inondation des mines pendant la Première Guerre mondiale ruina les bassins houillers*) ; **anéantir** (⇧ détruire complètement : *tout le massif forestier a été anéanti par l'incendie*) ; v. aussi **détruire**.

ravauder, v. raccommoder.

ravi, v. content.

ravin, creux géologique étroit et profond produit par l'écoulement violent des eaux : **précipice** (⇧ lieu profond et très escarpé : *les routes de montagne sont en certains endroits étroites et bordées de précipices*) ; **ravine** (⇩ profond) ; **crevasse** (⇧ fente, déchirure du sol : *les crevasses des glaciers sont dangereuses*) ; **gouffre** (⇧ insiste sur la profondeur, on ne voit pas le fond : *le gouffre du désespoir*) ; **abîme** (id. ; ⇧ litt., surtt emploi fig. : *rouler au bord de l'abîme*).

ravir, v. enlever.

ravissant, v. beau.

ravitaillement, v. nourriture.

raviver, v. ranimer.

rayonner, jeter des rayons : **irradier** (⇧ scientifique, se séparer en rayons, ou fig.) ; v. aussi **briller**.

razzia, v. invasion.

réactionnaire, qui s'oppose au progrès social et politique et veut faire revivre les choses du passé : **conservateur** (⇩ fort, simplement attaché à l'ordre établi) ; **intégriste** (⇧ réactionnaire en matière religieuse : *les intégristes sont très attachés à la célébration des offices religieux en latin*) ; **fondamentaliste** (id. ; ⇧ attaché à une lecture littérale des textes saints : *les fondamentalistes anglo-saxons s'opposent à l'enseignement de la théorie de l'évolution des espèces*) ; **ultra** (⇧ monarchiste extrémiste, ou par ext.) ; **immobiliste** (⇧ qui ne veut rien changer, par idéologie ou impuissance à innover : *l'instabilité parlementaire condamne souvent les gouvernements à se montrer immobilistes*) ; **rétrograde** (⇧ péjor., qui va en arrière, désir de rétablir des pratiques surannées).

réalisable, v. possible.

réalisateur, v. cinéaste.

réalisation, fait de réaliser : **exécution, concrétisation, accomplissement** (v. réaliser).

réaliser, 1. rendre réelle une chose qui n'était jusque-là présente que dans les esprits : **exécuter** (⇧ mettre à effet : *exécuter un projet*) ; **effectuer** (⇧ fait de passer à l'acte, ou affaibli : *effectuer un voyage en Italie*) ; **concrétiser** (⇧ fait de donner une traduction palpable à des idées en l'air : *un projet qui tarde à se concrétiser*) ; **accomplir** (⇧ pour les grandes choses : *accomplir des exploits*) ; **mener à bien (à bout)** (⇧ terminer heureusement : *cette affaire a été menée à bien*) ; **commettre** (⇧ un acte blâmable : *commettre un délit*) ; v. aussi **faire.** ≈ **faire passer dans les actes.** || *Se réaliser :* **1. arriver, se produire** (⇧ événement). **2. s'épanouir** (⇧ atteindre à sa plénitude, *il s'épanouit pleinement dans ce travail).* 2. v. comprendre.

réalisme, 1. fait d'avoir le sens du réel : **opportunisme, pragmatisme** (v. réaliste) ; v. aussi raison. 2. courant artistique consistant à représenter la nature sous son aspect réel, avec ce qu'elle peut avoir de laid et de vulgaire : **naturalisme** (⇧ idée d'un parti pris scientifique cherchant à introduire dans le roman la méthode des sciences expérimentales : Le Docteur Pascal *de Zola est une illustration du naturalisme*) ; **vérisme** (id. ; ⇧ littérature italienne du XIXe siècle). 3. fait de se montrer très proche de la réalité observée dans la description : **crudité** (v. réaliste). ≈ **observation de la nature ; fidélité au détail concret, au modèle ; soin du détail ; précision du rendu, rendu illusionniste** (⇧ surtt en peinture, insiste sur la restitution du sentiment de la chose vue : *le rendu illusionniste si apprécié des maîtres hollandais*).

réaliste, 1. qui pour agir prend en considération des données réelles : **concret** (⇧ qui se fonde sur des faits tangibles) ; **matérialiste** (⇧ dont l'idéologie repose sur la seule prise en compte des données matérielles) ; **opportuniste** (⇧ partisan d'adoucir la rigueur de ses principes pour arriver plus sûrement à ses fins) ; **pragmatique** (⇧ privilégie l'action par rapport aux considérations philosophiques) ; **terre à terre** (⇧ attaché au concret dans un sens très direct, et plutôt par opposition à des considérations nébuleuses). 2. adepte du courant réaliste : **naturaliste, vériste** (v. réalisme). 3. qui peint avec une scrupuleuse exactitude : **cru** (⇧ au point d'en être choquant : *une anecdote un peu crue*) ; v. aussi **vrai.** ≈ **criant de vérité** (⇧ fort, insiste sur l'exactitude : *Balzac brosse un tableau criant de vérité de la société paysanne de la Restauration*).

réalité, v. vérité.

rebelle, v. révolutionnaire.

rebeller (se), v. (se) révolter.

rébellion, v. révolution.

rebiffer (se), v. résister.

rebut, v. déchet.

rebuter, v. décourager.

récapitulation, v. résumé.

receler, v. cacher et contenir.

recenser, v. dénombrer.

récent, v. nouveau.

réception, action de recevoir chez soi avec un certain cérémonial : **gala** (⇧ repas d'apparat) ; **soirée** (⇧ réunion après le dîner pour jouer, danser : *donner une soirée dansante*) ; **cocktail** (⇧ réunion mondaine où l'on sert des alcools : *organiser un cocktail à l'occasion d'un vernissage*).

recette, ce qui est reçu en argent ou en nature : **produit** (⇧ richesse tirée d'une chose en argent ou en nature : *il vit du produit de la vente de ses terres*) ; **rendement** (⇧ rapport entre l'investissement et ses résultats : *le taylorisme a permis d'augmenter le rendement des usines*) ; **revenu** (⇧ ce que rapporte un capital ou un emploi) ; **rentrée, gain** (⇧ ce que l'on gagne : *réaliser des gains énormes aux courses*) ; v. aussi **profit** et **rapport.**

recevoir, 1. prendre ce qui est offert : **accepter** (⇧ donner son consentement : *accepter une invitation*) ; **agréer** (⇧ approuver) ; v. aussi **obtenir, avoir** et **prendre.** 2. accepter chez soi : **accueillir** (⇧ recevoir qqn) ; **héberger** (⇧ loger : *héberger des amis pour une nuit*) ; **abriter** (⇧ souligne l'abri) ; **régaler** (fam. et vx, ou litt. ; donner un festin : *régaler ses amis*). ≈ **donner, offrir l'hospitalité.** 3. être frappé de qqch. : **essuyer** (⇧ subir, souffrir : *essuyer le feu de l'ennemi ; essuyer un refus*) ; **récolter** (⇧ de mauvaises choses : *son discours n'a récolté que des sifflets*).

réchaud, v. fourneau.

réchauffer, v. chauffer.

recherche, 1. action de faire un effort pour trouver qqch. : **quête** (⇧ litt., recherche longue : *la quête du Saint-Graal ; être en quête d'un emploi*) ; **chasse, poursuite** (⇧ idée d'un objectif que l'on cherche à obtenir : *la poursuite de la fortune*) ; **fouille, investigation** (⇧ recherche fouillée à propos d'un objet particulier) ; **enquête** (⇧ ordonnée par une autorité, ou en vue de déterminer des responsables : *une enquête policière*) ; **prospection** (⇧ examen d'un terrain ou d'une clientèle en vue de déterminer le potentiel qu'ils peuvent détenir : *prospection minière*) ; **perquisition** (⇧ jurid.). 2. caractère de ce qui, en littérature, mode, art, témoigne d'un travail particulièrement poussé dans le but de marquer une distinction : **art** (⇧ neutre et positif) ; ***raffinement** (⇧ minutieux, délicat) ; **préciosité** (⇧ surtt au XVIIe siècle, mais également plus large, raffinement dans l'expression bizarre) ; **affectation** (⇧ péjor., artifice trop poussé et voyant) ; **apprêt** (⇧ en mauvaise part, soin excessif) ; v. aussi **raffinement**.

recherché, qui témoigne de recherche : ***raffiné, précieux, affecté, apprêté** (v. recherche) ; **maniéré** (⇧ application un peu trop minutieuse et faussement élégante) ; **étudié, travaillé** (id., avec plus de recherche) ; voir aussi **compliqué**.

rechercher, 1. v. chercher. 2. tâcher d'obtenir : **poursuivre** (⇧ image d'une course derrière l'objet : *poursuivre une femme de ses assiduités*) ; **briguer** (⇧ avec ardeur, un poste, une faveur des autorités : *briguer un ministère*) ; v. aussi **demander**.

récidiver, v. recommencer.

récipient, tout ustensile propre à contenir un liquide : **vase** (⇧ destiné à recevoir le plus souvent fleurs et parfums) ; **pot** (⇧ réservé à un usage utilitaire : *pot à lait, pot de chambre*) ; **plat** (⇧ pièce de vaisselle plus grande et plus creuse que l'assiette : *plat à poisson*).

récit, v. histoire.

récital, v. concert.

réclamation, v. demande.

réclame, v. publicité.

réclamer, v. demander.

réclusion, v. emprisonnement.

récolte, fait de ramasser un produit agricole arrivé à maturité : **cueillette** (⇧ fruits) ; **vendange** (⇧ raisins) ; **moisson** (⇧ céréales) ; **ramassage** (⇧ produits poussant au niveau du sol : *le ramassage des pommes de terre*) ; **arrachage** (⇧ produit situé dans le sol : *l'arrachage des betteraves*).

récolter, faire la récolte de qqch. : **cueillir, vendanger, moissonner, ramasser, arracher** (v. récolte).

recommandation, v. avertissement.

recommander, inviter qqn à faire qqch., dans son intérêt : **conseiller** (⇧ intérêt de la pers. plus net : *tout le monde me conseille d'abandonner la partie*) ; **exhorter** (⇧ vague, quant au contenu, et pressant) ; **préconiser** (⇧ une solution précise à un problème : *il préconisait l'abstention*) ; **pistonner** (⇧ fam.) ; v. aussi **avertir**.

recommencer, 1. faire à nouveau qqch : **refaire** (⇧ qqch. de mal fait ou de détruit : *vous me referez cette page de copie*) ; **reprendre** (⇧ ce qui a été interrompu : *reprendre des études*) ; **se remettre** (id.) ; v. aussi **répéter**. 2. faire une seconde fois une action : **réitérer** (⇧ notamment une erreur, une remarque : *malgré des observations réitérées*) ; **récidiver** (⇧ négatif, plutôt une mauvaise action, notamment pour un malfaiteur : *après ce premier roman manqué, il récidive avec une tragédie*). ≈ **revenir à la charge** (⇧ fort). 3. pour une chose, avoir lieu une nouvelle fois : **se reproduire** (⇧ idée de conditions identiques : *si cela se reproduit, il faudra sévir*) ; **se renouveler** (id.) ; **se répéter** (id.) ; **se réitérer** (⇧ dans un contexte de mise en garde : *il ne faudrait pas que le fait se réitère*) ; **reprendre** (⇧ après une interruption : *les hostilités ont repris*) ; **repartir** (id. ; ⇧ pour un processus : *le feu est reparti*) ; v. aussi **revenir**.

récompense, ce que l'on donne à qqn pour marquer son mérite : **prix** (⇧ désigne une récompense précise dans le cadre d'une institution, ou expr. litt., comme mot-outil : *remporter le prix d'excellence ; sa nomination au poste de secrétaire d'Etat a été le prix de son ralliement*) ; **salaire** (id. ; ⇧ uniqt mot-outil, en ce sens) ; **gratification** (⇧ somme d'argent, pour un service particulier) ; **prime** (id. ; ⇧ en plus d'un salaire régulier : *toucher une prime d'assiduité*).

récompenser, donner une récompense : **payer** (⇧ surtt expr. figées : *il a été bien mal payé de son dévouement*) ; **gratifier** (⇧ surtt avec un compl. : *on le gratifia d'une augmentation substantielle*) ; **reconnaître** (⇧ uniqt avec un compl. inanimé : *reconnaître les services rendus*) ; v. aussi **payer**.

réconciliation, fait pour des personnes de mettre fin à leur différend : **raccommodement** (⇧ pour un conflit peu grave) ; **arrangement** (⇧ modalités de l'accord) ; **rapprochement** (⇧ indique seult que les positions deviennent moins opposées : *l'amorce d'un rapprochement entre les socialistes et les communistes*).

réconcilier (se), mettre fin à un conflit : **se raccommoder, se rapprocher** (v. réconciliation) ; **se rabibocher** (fam.). ≈ **faire la paix** : *après des semaines sans s'adresser la parole, ils ont fini par faire la paix*) ; **trouver un arrangement**.

réconforter, v. consoler.

reconnaissance, sentiment que l'on éprouve en retour d'un service rendu : **gratitude** (⇧ fort et litt. : *empli d'une intense gratitude à l'égard de son bienfaiteur*) ; **gré** (⇧ uniqt expr. *en savoir gré* à qqn, assez affaibli) ; **obliga-**

tion (⇧ motif de reconnaissance : *avoir de grandes obligations à...).*

reconnaître, 1. établir un lien entre ce que l'on voit et ce que l'on connaît déjà : **identifier** (⇧ insiste sur le fait de constater ce à quoi ou à qui l'on a affaire : *il identifia le repris de justice au premier coup d'œil*) ; **remettre** (⇧ uniqt une pers., surtt dans expr. : *je n'arrive pas bien à vous remettre*). 2. v. avouer. 3. v. récompenser.

reconstituant, v. nourrissant.

reconstituer, v. reconstruire.

reconstitution, v. reconstruction.

reconstruction, fait de reconstruire : **réfection, restauration, reconstitution** (v. reconstruire) ; **anastylose** (⇧ archéologie, fait de redresser les colonnes et les parties effondrées d'un édifice antique).

reconstruire, construire à nouveau : **rebâtir, réédifier** (v. construire) ; **refaire** (⇧ de façon partielle : *ils ont refait les cheminées du château*) ; **restaurer** (⇧ seulement rétablissement dans l'état primitif : *restaurer un monument historique*) ; **reconstituer** (id. ; ⇧ de façon plus systématique, à partir d'un état plus altéré : *il est question de reconstituer une partie de la ville romaine*) ; v. aussi réparer.

record, v. performance.

recordman, v. champion.

recoudre, v. raccommoder.

recouvrer, v. retrouver.

recouvrir, v. couvrir.

récréation, v. repos.

récrier (se), v. protester.

récrimination, v. plainte.

récriminer, v. (se) plaindre.

recru, v. fatigué.

recrudescence, v. augmentation.

recruter, v. embaucher.

rectification, v. correction.

rectifier, v. corriger.

recueil, v. livre.

recueillir, v. recevoir. || *Se recueillir* : v. penser.

recul, fait de reculer : **repli, retraite, régression, rétrogradation** (v. reculer).

reculé, v. éloigné.

reculer, 1. partir en arrière, au sens pr. ou fig. : **se replier** (⇧ militaire, recul stratégique : *les troupes françaises se replièrent derrière la Marne*) ; **régresser** (⇧ par rapport à un chemin accompli, au pr., et surtt au fig. : *à partir de l'époque d'Auguste, la civilisation antique ne fit plus que régresser*) ; **rétrograder** (id. ; ⇧ rare en ce sens) ; **refluer** (⇧ pour des eaux, ou une masse de personnes). ≈ **battre en retraite** (⇧ militaire) : **opérer un repli (stratégique)** (⇧ comme se replier) ; **faire marche arrière** (⇧ automobile, ou au fig., revenir sur une décision sous la pression). 2. v. retarder.

récupérer, v. retrouver.

récurer, v. laver.

récurrence, v. fréquence.

récurrent, v. fréquent.

récuser, v. refuser.

rédacteur, v. auteur et journaliste.

rédaction, v. écrire.

reddition, v. capitulation.

rédiger, v. écrire.

redire, v. répéter.

redite, v. répétition.

redondance, v. répétition.

redondant, v. inutile.

redonner, v. rendre.

redoubler, v. répéter.

redoutable, v. effrayant.

redouter, v. craindre.

redresser, v. relever.

réduction, v. diminution.

réduire, v. diminuer.

réel, adj., v. vrai.

réel, n., v. vérité.

réellement, v. vraiment.

refaire, v. recommencer.

réfectoire, local où l'on mange : **cantine** (⇧ école, entreprise) ; **cafétéria** (⇧ café, plats au choix, souvent annexe d'une entreprise) ; **mess** (⇧ officiers).

référence, v. renvoi et rapport.

référendum, v. vote.

référer (se), v. (se) rapporter.

réfléchir, 1. v. penser. 2. v. refléter.

reflet, 1. image d'un objet renvoyée par une surface réfléchissante : **réflexion** (⇧ processus optique) ; **réverbération** (id. ; ⇧ puissance de la lumière : *une intense réverbération de la lumière du soleil par l'eau*). 2. v. expression.

refléter, 1. renvoyer une image : **renvoyer** (⇧ vague, n'insiste pas sur la forme) ; **réfléchir** (⇧ processus physique : *les surfaces lisses réfléchissent aisément la lumière*) ; **réverbérer** (v. reflet). 2. v. exprimer.

réflexion, 1. v. pensée. 2. reflet.

refluer, v. reculer.

réforme, changement apporté à une disposition d'ordre social, plutôt en vue de l'améliorer : **amélioration** (⇧ insiste sur le mieux : *l'amélioration du fonctionnement de la justice*) ; **innovation** (⇧ emploi absolu, souligne seulement la nouveauté : *procéder à des innovations orthographiques*) ; **amendement** (⇧ litt. en ce sens, uniqt au sg., élimination d'une imperfection : *travailler à l'amen-*

dement de la nature humaine) ; v. aussi changement.

réformer, apporter des réformes : **améliorer, innover, amender** (v. réforme) ; v. aussi changer. ≈ **apporter des réformes, des *changements à ; introduire des réformes, des changements dans.**

réfrigérateur, machine destinée à maintenir des aliments au froid : **frigidaire** (⇧ terme courant, mais impropre, correspondant à une marque répandue) ; **frigo** (⇧ diminutif de frigorifique, fam. pour le réfrigérateur ou les entrepôts frigorifiques plus importants) ; **congélateur** (⇧ froid plus intense, permettant la congélation et la conservation de longue durée) ; **glacière** (⇧ par simple présence de glace, sans mécanique). ≈ **chambre froide** (⇧ pièce réfrigérée pour conservation en masse) ; **entrepôt frigorifique** (id.).

réfrigérer, v. refroidir.

refroidir, rendre plus froid ou devenir plus froid : **réfrigérer** (⇧ entretenir le froid par des moyens mécaniques) ; **climatiser** (⇧ diminuer la température d'un local par des moyens mécaniques) ; **rafraîchir** (⇩ froid, surtt pour consommation : *mettre des boissons à rafraîchir*) ; **frapper** (⇧ fort, uniqt boissons, surtt au participe passé : *un café frappé*).

refuge, v. abri.

réfugié, v. émigré et fuyard.

refus, fait de ne pas accepter : **inacceptation, veto, fin de non-recevoir** (v. refuser) ; **rejet** (⇧ uniqt avec un compl. : *par suite du rejet de sa proposition*).

refuser, ne pas accepter qqch. : **décliner** (⇧ poli, un honneur, une invitation : *il déclina leur proposition*) ; **repousser** (⇧ fort : *repousser toutes les offres d'emploi*) ; **rejeter** (⇧ fort encore, avec une certaine violence : *rejeter toute perspective de négociation*) ; **s'opposer** (⇧ général, position hostile, v. ce mot : *il s'opposait à l'indépendance des colonies africaines*) ; **exclure** (id. ; ⇧ idée d'une possibilité que l'on refuse d'envisager : *exclure l'éventualité d'une rencontre*). ≈ **opposer un refus (formel), une fin de non-recevoir à ; mettre son veto, opposer un veto** (⇧ terme de droit constitutionnel, à l'origine, mais emploi élargi : *la Grèce oppose son veto à la reconnaissance de la Macédoine*) ; et surtt avec nég. **ne pas accepter, accorder ; ne pas vouloir (de) ; ne pas consentir à** : *il ne consentit pas à se rendre à la Cour* pour *il refusa de—*.

réfutation, v. preuve.

réfuter, v. prouver.

regagner, v. retrouver.

regard, façon de fixer les yeux : **coup d'œil** (⇧ rapide : *jeter un coup d'œil à son voisin*) ; **œillade** (⇧ intention amoureuse : *décocher des œillades enjôleuses à l'alentour*) ; v. aussi **œil** et **vue**.

regarder, voir intentionnellement : **observer** (⇧ volonté plus nette et action plus durable, dans le but de prendre connaissance : *observer avec attention la couverture du livre*) ; **examiner** (id. ; ⇧ neutre) ; **scruter** (⇧ acuité du regard et fait de chercher qqch. : *scruter l'horizon avec inquiétude*) ; **considérer** (⇧ marque la fixité, et surtt une certaine part d'interrogation : *il le considéra avec curiosité*) ; **contempler** (⇧ idée d'admiration : *il ne se lassait pas de contempler le ciel étoilé*) ; **fixer** (⇧ simple fixité attentive) ; **dévisager** (id. ; ⇧ sur le visage, de façon peu polie : *il n'arrêtait pas de le dévisager*) ; **lorgner** (id. ; ⇧ discrètement et avec une intention) ; **reluquer** (id. ; fam.) ; v. aussi **voir**. ≈ expr. **couver, dévorer des yeux, du regard** (⇧ une pers., avec aspect affectif) ; **fixer les yeux sur ; tourner les yeux vers ; jeter un coup d'œil** (⇧ rapide, sur une pers., ou, au fig., pour prendre connaissance de qqch. : *j'ai jeté un coup d'œil à votre article*).

regimber, v. résister.

régime, v. Etat.

région, v. pays.

registre, v. cahier.

règle, ce par quoi des comportements sont ramenés à un modèle unique : **norme** (⇧ soumission à un cadre général : *la monogamie est la norme en Europe en matière de lien conjugal*) ; **loi** (⇧ caractère contraignant, en fonction d'une décision publique, ou par ext. : *la loi des trois unités*) ; ***principe** (⇧ vague et général, ce sur quoi l'on s'appuie : *les grands principes de l'analyse numérique*) ; **exigence** (⇧ souligne l'attente au regard de la fonction : *une pièce qui ne répond pas aux exigences du goût classique*) ; **convention** (⇧ règle admise sans nécessité absolue, mais par accord plus ou moins général, parfois péjor. : *les conventions de la bienséance*) ; **critère** (⇧ éléments d'appréciation : *les critères des Anciens en matière de morale politique ne coïncidaient pas nécessairement avec les nôtres*) ; **canon** (⇧ en matière esthétique : *les canons de la beauté classique*) ; **règlement** (⇧ ensemble de règles imposées dans une institution : *le* *règlement du lycée interdit le port d'insignes*); v. aussi **principe** et **habitude**.

régler, 1. v. arranger. 2. v. payer.

règne, **pontificat** (⇧ pape); **empire**, **emprise**, **domination**, **pouvoir**, **prédominance** (⇧ général, pour désigner tout phénomène ou mouvement dominant: *sous l'emprise de la violence*). || *Sous le règne de:* à l'époque de; v. royauté.

régner, v. gouverner.

régression, v. recul.

regret, tristesse éprouvée 1. à l'égard de ce que l'on a perdu: **nostalgie** (⇧ idée de mélancolie: *la nostalgie de l'enfance*). 2. de ce que l'on a fait: **repentir** (⇧ d'une faute du point de vue moral); **remords** (id.; ⇧ sentiment cuisant: *accablé par les remords, il ne parvenait pas à trouver le sommeil*); **pénitence** (⇧ religieux, idée d'une volonté de réparer); **repentance** (id.); **contrition** (id.; ⇧ sentiment sincère de la faute). ≈ **mauvaise conscience** (⇧ état général marqué par des remords plus ou moins nets).

regretter, 1. éprouver de la tristesse à l'idée de ce qu'on a perdu: **se languir** (⇧ vague, douleur diffuse). ≈ **éprouver de la nostalgie** (v. regret). 2. marquer son mécontentement et son opposition: **déplorer** (⇧ fort: *on déplore le manque de réaction des autorités*). ≈ **être désolé**, **s'en vouloir** (⇧ surtt par rapport à soi). 3. prendre conscience d'une faute: **se repentir**; **avoir mauvaise conscience** (v. regret). ≈ **venir à résipiscence** (⇧ reconnaissance de sa faute, avec amendement, surtt vocabulaire religieux, ou fig.).

régulariser, v. unifier.

réhabiliter, v. réparer et rétablir.

reine, v. roi.

réintégrer, v. rétablir.

réitérer, v. recommencer.

rejet, v. refus.

rejeter, v. repousser et refuser.

rejeton, v. fils.

rejoindre, se rendre auprès de qqn qui vous devance: **rattraper** (⇧ idée de personne qui s'éloigne et risque d'échapper: *il rattrapa le peloton en bas de la côte*); **retrouver** (⇧ une personne avec laquelle on a des liens: *il est allé retrouver des amis au café*); **rentrer à**, **retourner à**, **revenir à**, **regagner** (⇧ un lieu que l'on a quitté: *regagner ses pénates*); **rallier** (⇧ militaire).

réjoui, v. joyeux.

réjouir (se), éprouver de la joie devant qqch: **se féliciter** (⇧ d'une action qui vous concerne: *il se félicitait d'avoir vendu ses titres à temps*). ≈ v. joyeux.

réjouissance, v. fête.

relâche, v. arrêt et repos.

relâcher, v. lâcher.

relater, v. raconter.

relation, 1. v. rapport. 2. v. histoire. 3. au pl., **fréquentations**, **amis**, **contacts** (⇧ mod.).

relaxer, v. innocenter.

relever, 1. placer plus haut: **remonter** (⇧ ce qui tombe: *remonter son pantalon*); **retrousser** (⇧ un vêtement, en le repliant: *elle retroussa sa robe pour passer le ruisseau*); **redresser** (⇧ ce qui est courbé ou penché: *redresser la tête*). 2. v. augmenter. 3. v. noter.

relier, v. unir.

religieux, adj., 1. qui a rapport à la religion: **sacré** (⇧ surtt expr. figées: *art sacré, musique sacrée*); **ecclésiastique** (⇧ directement lié à l'Eglise comme institution: *les propriétés ecclésiastiques*); **théologique** (⇧ pour ce qui touche aux idées: *les idées théologiques de Hugo sont souvent assez confuses*); **monastique** (⇧ relatif à la vie des moines); **mystique** (⇧ doctrine philo. et religieuse). 2. v. croyant.

religieux, religieuse, n., personne appartenant à un ordre religieux: **moine**, **moniale** (⇧ dans un cloître); **régulier** (⇧ par opposition à séculier, soumis à une règle, assez spécialisé); **nonne** (id.; ⇧ pour une femme, vx); **frère** (⇧ surtt avec un n. pr.); **sœur** (id., au f., mais emploi isolé plus large, dans le langage courant: *elle a été élevée chez les sœurs*); **bonne sœur** (id.; fam.); **congréganiste** (⇧ large, appartenant à une confrérie); v. aussi prêtre.

religion, 1. ensemble de croyances relatives à la divinité: **culte** (⇧ envisagé dans ses manifestations rituelles, cérémonies, etc.: *le culte vaudou est largement pratiqué dans les Antilles*); **confession** (⇧ appartenance à un groupe particulier: *il est de confession protestante*); **théologie** (⇧ ensemble d'idées théoriques sur Dieu: *la théologie déiste de Voltaire*); v. aussi **croyance**. ≈ **position**, **doctrine**, **idées religieuses**. 2. tendance à pratiquer la religion: **piété** (⇧ pratique et conviction); **dévotion** (id.; ⇧ spécialisé: *dévotion au Sacré-Cœur* ou péjor.); **ferveur** (⇧ intense).

reliquat, v. reste.

reluire, v. briller.

remaniement, v. correction.

remanier, v. corriger.

remarquable, qui mérite d'attirer l'attention : **notable** (⇧ pour un événement, digne d'être retenu : *les faits notables du règne de Charles IX*) ; **frappant** (id. ; ⇧ idée d'un effet sur la sensibilité) ; **marquant** (id. ; ⇧ que l'on retient) ; **saillant** (id. ; ⇧ se détache par rapport aux autres) ; **supérieur** (⇧ uniqt pour un homme, idée de talent particulier) ; **émérite, éminent** (id. ; ⇧ se distingue particulièrement) ; v. aussi **extraordinaire** et **important**.

remarque, 1. ce que l'on dit à qqn à propos de sa conduite : **observation** (⇧ négatif : *il ne supportait pas qu'on lui fasse des observations*) ; v. aussi **critique** et **reproche**. 2. v. note.

remarquer, v. constater.

remède, 1. ce qui sert à soigner une maladie : **médicament** (⇧ particulièrement produit administré au malade) ; **potion** (vx ; ⇧ sous forme de boisson : *une potion analgésique*) ; **traitement** (⇧ désigne l'ensemble des soins) ; **drogue** (vx en ce sens ; ⇧ produit médicamenteux, souvent péjor. : *il se bourrait de drogues, convaincu de leur efficacité*) ; **contrepoison, antidote** (⇧ contre un poison) ; **panacée** (⇧ médicament universel charlatanesque, surtt en emploi figuré, dans expr. : *ce n'est pas une panacée*). 2. ce qui sert à combattre un mal : **palliatif, parade** (v. remédier).

remédier, supprimer ou atténuer un mal : **pallier** (⇧ par une compensation : *pallier le manque de ressources par l'organisation*) ; **suppléer** (id. ; ⇧ idée de remplacement) ; **parer** (⇧ idée de défense : *parer à cet inconvénient*) ; **obvier** (id.). ≈ **porter remède**.

remémorer (se), v. se rappeler.

remercier, 1. marquer sa reconnaissance en disant merci : **rendre grâces** (⇧ litt. ou religieux). 2. v. renvoyer.

réminiscence, v. mémoire.

rémission, v. interruption.

remontrance, v. reproche.

remords, v. regret.

remplacement, fait de remplacer : **substitution, interversion, renouvellement** (v. remplacer).

remplacer, 1. mettre qqch. à la place d'autre chose : **substituer** (⇧ savant, suppose que l'on enlève le premier objet : *substituer son nom à celui de son rival*) ; **intervertir** (⇧ idée d'échange réciproque : *intervertir les deux lettres*). ≈ **mettre à la place**. 2. se procurer un objet à la place d'un autre détérioré ou usé : **changer de** (⇧ courant : *il a changé de voiture*) ; **renouveler** (⇧ un ensemble : *renouveler sa garde-robe*). 3. prendre la place d'autre chose : **se substituer** ; **succéder à** (⇧ selon une continuité : *il a succédé à son père à la tête de l'affaire familiale*) ; **supplanter** (⇧ à la suite de l'élimination du précédent) ; **évincer** (⇧ surtt un rival) ; **suppléer** (⇧ idée de compensation d'un manque ou d'une absence : *il suppléait le directeur empêché*). ≈ **être mis à la place** ; **être mis pour** (⇧ notamment grammaire : *le pronom est ici mis pour le nom*) ; **tenir lieu** (⇧ idée d'une insuffisance) ; **constituer un ersatz** (⇧ surtt produit de substitution, ou fig.).

rempli, v. plein.

remplir, v. emplir.

remporter, 1. v. obtenir. 2. v. vaincre. 3. v. gagner.

remuer, I. tr. 1. v. déplacer. 2. imprimer un mouvement sans changement de place : ***bouger** (⇧ courant) ; **agiter** (⇧ fort : *il agitait son drapeau dans tous les sens*) ; **secouer** (⇧ fort, en imprimant une impulsion à l'ensemble de l'objet ou de son contenu : *secouer le prunier*) ; **brasser** (⇧ une matière meuble ou fluide, au moyen d'un instrument ou de la main) ; **tourner** (⇧ pour la salade) ; **manier** (⇧ insiste sur l'utilisation, assez large) ; **manipuler** (id. ; ⇧ souligne l'aspect gestuel : *manipuler le vase avec précaution*) ; v. aussi **secouer**. 3. intr., subir un mouvement sans changement de position : **s'agiter, bouger** (v. 2) ; **gesticuler** (⇧ uniqt pour une personne, surtt avec les bras) ; **gigoter** (id. ; fam. ; ⇧ avec tout le corps : *cet enfant n'arrête pas de gigoter*) ; v. aussi **bouger**.

remugle, v. odeur.

rémunération, v. salaire.

rémunérer, v. payer.

rencontre, 1. fait de rencontrer qqn : **entrevue** (⇧ volontaire et officiel : *l'entrevue d'Erfurt*). 2. v. compétition.

rencontrer, 1. se trouver en présence d'une autre personne : **tomber sur** (courant ; ⇧ par hasard : *je suis tombé sur un vieil ami au sortir du train*) ; **croiser** (⇧ rapide, chemins qui se rejoignent). ≈ **avoir une entrevue** (v. rencontre). 2. v. trouver.

rendement, v. production.

rendez-vous, fait de fixer à qqn un lieu et un moment pour le rencontrer : **assignation** (⇧ terme de justice) ; **rancard** (fam.).

rendre, 1. donner de nouveau ce que l'on a reçu : **restituer** (⇧ ce que l'on détient indûment : *restituer les fonds que l'on avait détournés*) ; **redonner** (⇧ vague, insiste sur le don, et peut désigner simplement le fait de procurer à nouveau à qqn ce qu'il a perdu : *redonner espoir*) ; **rétrocéder** (⇧ jurid. : *il lui a rétrocédé ses droits sur la succession*) ; **rembourser** (⇧ une somme d'argent) ; **retourner** (⇧ une action : *lui retourner la politesse*). 2. v. exprimer. 3. v. traduire. 4. v. vomir. || *Se rendre* : v. aller.

renfermer, v. contenir.

renforcer, rendre plus fort : **consolider** (⇧ une construction, ou au fig. : *consolider les échafaudages*) ; **affermir** (⇧ uniqt au fig., rendre plus ferme : *affermi dans sa résolution par ces derniers événements*) ; **étayer** (⇧ au moyen d'appuis, au pr. ou fig.) ; **fortifier** (⇧ uniqt une place forte ou au fig. : *sa position en est sortie fortifiée*).

renfrogné, v. triste.

renfrognement, v. tristesse.

reniement, v. conversion.

renier, v. (se) convertir.

renifler, v. sentir.

renom, v. célébrité et gloire.

renommée, v. célébrité et gloire.

renoncer, cesser de vouloir posséder ou faire qqch. : **abandonner** (⇧ vague : *abandonner ses droits, son projet*) ; **se désister** (⇧ emploi absolu, en vue d'une candidature, d'une prétention à un droit) ; **se dessaisir** (⇧ marque davantage l'abandon effectif : *il s'est dessaisi de la couronne*) ; **se dépouiller** (id. ; ⇧ idée d'une forte dépossession volontaire : *se dépouiller de tous ses biens*) ; **résigner** (⇧ une fonction) ; v. aussi **quitter**. ≈ expr. **baisser les bras** (⇧ par découragement) ; pour *renoncer à* + inf., on pourra employer **abandonner l'idée de** ; v. aussi **finir**.

renouveler, v. changer et remplacer.

renouvellement, v. changement.

renseignement, v. information.

renseigner, fournir des renseignements : **informer** (⇧ large, insiste sur le contenu instructif : *il était mal informé sur la situation dans les Balkans*) ; **éclairer** (⇧ apporter ses lumières, courant) **tuyauter** (fam. ; v. information) ; v. aussi **apprendre**. ≈ **fournir des informations, renseignements, indications, tuyaux** (v. information).

rentrer, v. revenir.

renversement, v. destruction.

renverser, v. détruire.

renvoi, 1. fait de renvoyer qqn : **exclusion, expulsion, licenciement, radiation, révocation, remerciement, mise à la porte, mise à pied** (v. renvoyer). 2. indication invitant à se reporter à un document quelconque pour comprendre le passage : **référence** (⇧ valeur d'autorité : *la référence de la note 10 est erronée*) ≈ **faire référence à** (⇧ général).

renvoyer, 1. ôter à qqn la place qu'il occupe : **exclure** (⇧ d'un établissement scolaire, d'une collectivité : *il a été exclu du collège*) ; **expulser** (⇧ fort, avec une certaine violence, au moins morale) ; **licencier** (⇧ l'employé d'une entreprise : *licencier l'ensemble du personnel, pour des raisons économiques*) ; **radier** (⇧ un fonctionnaire : *il a été radié de la Fonction publique*) ; **révoquer** (id.) ; **congédier** (⇧ un employé de maison, ou rapports privés, ou vx : *le roi décida de congédier le surintendant*) ; **remercier** (⇧ euphémisme, surtt fonctions impliquant un contact direct avec l'employeur) ; **vider, virer, balancer** (fam.). ≈ **mettre à la porte** (⇧ cru) ; **mettre dehors** (fam. ; ⇧ fort) ; **mettre à pied** (⇧ temporaire : *l'usine a mis à pied un quart du personnel pour une semaine*). 2. faire revenir qqch. en arrière : **relancer** (⇧ activement : *il relança la balle à la volée*) ; **répercuter** (⇧ un son, ou fig. : *répercuter le bruit, la nouvelle*) ; **réexpédier** (⇧ lettre, colis) ; v. aussi **réfléchir**. 3. inviter à se reporter à un document : ≈ **faire référence** (v. renvoi).

repaître (se), v. nourrir et manger.

répandre, 1. v. verser. 2. placer les éléments d'une matière ou d'un tout sur une large surface : **disperser** (⇧ insiste sur l'écart entre les éléments, la séparation : *disperser les débris dans les bois*) ; **disséminer** (⇧ souligne surtt l'écart et la grandeur de la surface : *des maisonnettes disséminées dans la montagne*) ; **éparpiller** (id. ; ⇩ fort) ; **semer, parsemer** (⇧ idée de distribution régulière + complément du contenant : *parsemer le sol de gravier*). 3. donner davantage d'étendue à un phénomène : **diffuser** (⇧ idée d'un élargissement : *diffuser une nouvelle*) ; **propager** (id. ; ⇧ s'applique notamment aux nouvelles, idées, calamités : *propager le christianisme* ; *propager la terreur*) ; **colporter** (⇧ uniqt rumeurs) ; **vulgariser** (⇧ pour une doctrine, surtt scientifique, ou une technique, faire connaître à un large public). || *Se répandre* : 1. pour un liquide, couler largement sur une surface : **se déverser** (⇧ fort). 2. pour un phénomène, tendre à occuper une plus grande étendue : **se diffuser, se propager, se vulgariser** (v. 3) ; **s'étendre** (⇧ insiste plutôt sur la surface gagnée que sur le mouvement : *la rébellion est en train de s'étendre*).

réparation, fait de réparer : **rafistolage, réfection, réhabilitation, raccommodage, rapiéçage, rapetassage, dépannage, révision, remise en état** (v. réparer).

réparer, remettre en état ce qui est abîmé : **arranger** (fam. ; ⇧ avec des moyens de fortune : *arranger la clôture avec du fil de fer*) ; **rafistoler** (fam. ; ⇧ souligne le caractère hâtif, plutôt objet de dimension moyenne) ; **retaper** (id. ; fam. ; ⇧ large : *retaper une vieille ferme*) ; **refaire** (⇧ en reprenant entièrement : *refaire la peinture de la chambre*) ; **réhabiliter** (⇧ une habitation devenue plus ou moins insalubre : *les vieux quartiers de Lyon sont en train d'être réhabilités*) ; **raccommoder** (⇧ vêtement) ; **rapiécer** ; (id. ; ⇧ en mettant des pièces) ; **rapetasser** (id. ; ⇧ rapide et grossier) ; **dépanner** (⇧ un moteur, insiste sur la remise en marche) ; **réviser** (id. ; ⇧ surtt mise au point de l'ensemble) ; v. aussi **reconstruire, rétablir** et **raccommoder**. ≈ **remettre en état**.

repartir, 1. v. partir et revenir. **2.** v. répondre.

répartir, v. distribuer et ordonner.

répartition, v. distribution et ordre.

repas, nourriture prise à un moment donné : **déjeuner** (⇧ midi) ; **dîner** (⇧ soir) ; **souper** (id. ; ⇧ régional, ou tard dans la nuit) ; **petit déjeuner** (⇧ matin) ; **goûter** (⇧ pour enfants, dans l'après-midi) ; **quatre-heures** (id. ; fam. : *vous n'avez pas encore pris votre petit quatre-heures ?*) ; **collation** (⇧ simple, éventuellement entre les repas principaux) ; **casse-croûte** (fam. ; rapide) ; **pique-nique** (⇧ en plein air) ; **banquet** (⇧ organisé, avec solennité : *le banquet des pompiers*) ; **festin** (⇧ très abondant et raffiné, plutôt cour royale, etc., ou fig. : *un festin de Sardanapale*) ; **bombance** (⇧ très abondant, uniqt expr. *faire bombance*) ; **ripaille** (id.) ; **gueuleton** (fam. ; ⇧ insiste sur l'abondance, mais pas nécessairement solennel : *il était amateur de bons gueuletons*) ; **agapes** (⇧ originellement premiers chrétiens, a pris le sens de repas abondant entre familiers) ; v. aussi **nourriture**.

repentir (se), v. regretter.

repentir, v. regret.

répercussion, v. conséquence.

répercuter, v. renvoyer.

repère, v. marque.

repérer, v. découvrir.

répertoire, v. liste.

répéter, dire une deuxième fois : **redire** (⇧ fait de prendre la parole une seconde fois : *faudra-t-il donc toujours vous le redire ?*) ; **reprendre** (⇧ une expression déjà employée plus haut : *le poète n'hésite pas à reprendre trois fois l'interjection* hélas) ; **réemployer** (id. ; ⇧ insiste sur l'utilisation) ; **redoubler** (⇧ double emploi : *redoubler l'expression*) ; **rabâcher** (⇧ une idée, que l'on reprend sans cesse à tout propos : *rabâcher les mêmes conseils*) ; **ressasser** (id. ; ⇧ dans un contexte littéraire ou idéologique : *un lieu commun cent fois ressassé*). ≈ avec les verbes **revenir** (surtt pour une expression) et **recommencer** (v. ces mots) : *c'est un terme qui revient souvent* pour *ce terme est répété —*. ‖ *Se répéter* : v. recommencer.

répétition, 1. fait de répéter : **reprise, rabâchage, ressassement** (v. répéter) ; **redite** (⇧ porte sur le contenu et non nécessairement sur les mots : *une dissertation encombrée de redites*) ; **redondance** (⇧ présence de plusieurs mots de même sens) ; **anaphore** (⇧ figure de rhétorique, reprise en début d'expression). **2.** v. fréquence.

répit, v. délai et repos.

repiet, v. gras.

réplique, v. réponse.

répliquer, v. répondre.

répondre, dire qqch. en relation avec ce qui vient d'être dit par qqn d'autre, notamment une question, et, par ext., agir en retour : **répliquer** (⇧ vif et énergique, parfois agressivité : *il lui répliqua qu'il n'avait qu'à se mêler de ses affaires*) ; **riposter** (⇧ emploi absolu, idée de vigueur : *ils ripostèrent par des coups*) ; **contre-attaquer** (⇧ image militaire) ; **rétorquer** (⇧ opposer un argument en sens contraire) ; **repartir** (id. ; vx) ; **objecter** (⇧ en présentant une objection). ≈ **faire remarquer** (⇧ pour amener un argument).

réponse, fait de répondre ou ce que l'on répond : **réplique, riposte, contre-attaque, repartie, objection** (v. répondre).

reporter, v. retarder.

reporter, n., v. journaliste.

repos, 1. temps d'inactivité destiné à lutter contre la fatigue : **détente** (⇧ diminution de la tension nerveuse : *vous avez besoin de détente*) ; **délassement** (⇧ activité reposante) ; **relaxation** (⇧ mod., technique contrôlée) ; **pause** (⇧ interruption passagère : *une courte pause après l'effort*) ; **récréation** (⇧ au sens mod., surtt à l'école, pause entre les cours) ; **relâche** (⇧ marque l'abandon temporaire du travail, surtt expr. *s'accorder un moment de relâche*) ; **répit** (⇧

fait que les événements extérieurs vous laissent en paix, surtt expr. négatives : *ses occupations ne lui laissent pas un moment de répit*) ; v. aussi **distraction** et **vacance**. 2. v. tranquillité. 3. v. sommeil.

reposer (se), prendre du repos : **se détendre, se délasser, se relaxer** (v. repos) ; **souffler** (⇧ image du souffle à reprendre : *laissez-moi donc un peu souffler jusqu'à la rentrée*). ≈ **prendre du repos ; faire une pause** (v. repos) ; **reprendre son souffle ; reprendre haleine**.

repoussant, v. laid.

repousser, faire s'éloigner de soi avec une certaine force : **rejeter** (⇧ insiste sur la force, une pers. ou un élément abstrait : *il a été rejeté par sa famille ; rejeter sa proposition*) ; **écarter** (⇧ faible, marque seulement l'éloignement : *écarter qqn des affaires ; écarter un projet*) ; **éconduire** (⇧ un solliciteur ou un prétendant) ; **refouler** (⇧ surtt envahisseur) ; v. aussi **refuser** et **chasser**.

répréhensible, v. condamnable.

représentation, fait de représenter qqch. ou l'objet qui représente : **reproduction, figure, description, symbole, personnification** (v. représenter) ; ***image** (⇧ concret) ; ***peinture** (id. ; ⇧ souligne le travail d'imitation) ; v. aussi **image** et **peinture**.

représenter, 1. faire une image de qqch. ou être à l'image de qqch. : **reproduire** (⇧ similitude : *reproduire les traits du grand homme*) ; **figurer** (⇧ vague, parfois indirect) ; **décrire** (⇧ par des mots) ; **dépeindre** (id. ; ⇧ idée de peinture : *dans* La Comédie humaine, *Balzac a voulu dépeindre les mœurs de la société de son temps*) ; **symboliser** (⇧ par un rapport d'analogie : *la montagne symbolise la révélation prophétique*) ; **personnifier** (⇧ pour une allégorie : *Vénus personnifie l'amour*) ; **incarner** (⇧ pour un personnage qui correspond à une idée ou une catégorie : *Harpagon incarne l'avarice*) ; v. aussi **dessiner, peindre, exprimer, traduire**. ≈ **être l'*image, la figure, le symbole**. 2. v. jouer.

réprimande, v. reproche.

réprimander, adresser des reproches à qqn : **gronder** (⇧ intime, enfants : *il s'est fait gronder par sa mère*) ; **disputer** (fam. ; ⇧ surtt expr. *se faire disputer*) ; **attraper** (id.) ; **rabrouer** (⇧ en réponse à une tentative de se mettre en avant, une initiative malencontreuse) ; **engueuler** (⇧ fort, très fam.) ; **enguirlander** (id. ; ⇧ amusant) ; **houspiller** (⇧ fort) ; **blâmer** (⇧ objet de désapprobation : *blâmer sa conduite en cette affaire*) ; **sermonner** (⇧ considérations moralisatrices) ; **chapitrer** (id.) ; **tancer** (très litt.) ; **gourmander** (id.) ; **semoncer** (vx) ; **reprendre** (litt. ; ⇧ sur un point de détail) ; **admonester** (⇧ solennel et soutenu : *il admonesta le père de famille indigne*) ; **morigéner** (id. ; ⇧ très litt., plutôt moral) ; v. aussi **critiquer** et **désapprouver**. ≈ **adresser des reproches, réprimandes**, etc. (v. reproche) ; **faire des reproches ; laver la tête, passer un savon, tirer les oreilles, sonner les cloches, secouer les puces** (expr. familières).

reprise, v. répétition.

repriser, v. raccommoder.

reproche, jugement défavorable sur son comportement adressé à qqn : **réprimande, engueulade, blâme, admonestation, savon** (v. réprimander) ; **observation** (⇧ assez bénin) ; **remontrance** (⇧ circonstancié et solennel) ; **objurgation** (⇧ fort, véhément, avec valeur de mise en garde solennelle : *malgré ses objurgations, son ami s'obstinait dans ses errements*) ; **semonce** (⇧ avec perspective de mesures de rétorsion) ; v. aussi **accusation, critique** et **désapprobation**.

reprocher, faire connaître à qqn sa désapprobation sur un point particulier : **imputer** (⇧ comme chef d'accusation : *on lui imputait la perte du Canada*) ; v. aussi accuser, désapprouver et critiquer. ≈ **faire grief** (⇧ insiste sur la responsabilité : *il lui faisait grief de son manque de solidarité*).

reproduction, v. image.

reproduire, 1. v. imiter. 2. v. représenter. 3. v. recommencer. || *Se reproduire*, 1. avoir des descendants : **se perpétuer** (⇧ noble, idée de survie) ; **se multiplier** (⇧ idée de grand nombre : *les lapins se multiplient malgré la myxomatose*) ; **proliférer** (id. ; ⇧ fort) ; **se propager** (⇧ idée d'extension) ; v. aussi **enfanter**. 2. v. recommencer.

réprouver, v. désapprouver.

républicain, v. démocrate.

république, v. démocratie.

répudiation, v. divorce et refus.

répudier, v. divorcer et refuser.

répugnance, v. dégoût.

répugnant, v. dégoûtant.

répugner, v. dégoûter.

répulsion, v. dégoût.

réputation, v. célébrité.

requérir, v. demander.

requête, v. demande.

réquisitoire, v. accusation.

rescapé, v. survivant.
rescousse, v. aide.
réserve, 1. ensemble d'objets que l'on garde pour un usage éventuel : **provision** (⇧ surtt nourritures : *faire des provisions pour l'hiver*) ; **stock** (⇧ fait d'accumuler) ; **potentiel** (⇧ force, puissance). 2. v. restriction. 3. v. discrétion.
réservé, v. discret.
réservoir, aménagement destiné à contenir un liquide : **citerne** (⇧ maison ou destinée au transport) ; **château d'eau** (⇧ ville) ; **retenue** (⇧ barrage).
résidence, v. habitation.
résider, v. habiter.
résidu, v. reste et déchet.
résignation, attitude de celui qui se résigne : **acceptation, soumission** (v. se résigner) ; **démission** (⇧ abandon de toute initiative) ; **passivité** (⇧ manque de réaction) ; **fatalisme** (⇧ soumission aveugle au destin inéluctable).
résigner, v. renoncer.
résigner (se), accepter avec soumission une réalité déplaisante : **se résoudre** (⇧ plutôt avec un inf., idée d'une décision finale : *il s'est résolu à en finir*) ; **accepter** (⇧ faible, souligne simplement le fait de ne pas s'opposer : *accepter son sort*) ; **se soumettre** (⇧ idée d'une position d'infériorité : *se soumettre à l'adversité*) ; v. aussi **(se) décider**.
résipiscence, v. regret.
résistance, 1. v. solidité. 2. fait de s'opposer à une entreprise hostile : **opposition** (⇧ large, souligne l'action en sens contraire : *il ne tint aucun compte de l'opposition de sa famille*) ; **inertie** (⇧ en n'agissant pas). SPÉC. **combat, lutte, rébellion** (⇧ refus de soumission).
résistant, v. solide.
résister, 1. s'opposer fermement à une action dirigée contre soi : **s'opposer** (v. résistance) ; **repousser** (⇧ direct et efficace : *nos troupes repoussent l'envahisseur*) ; **se défendre** (⇧ vague, souligne la volonté de se protéger) ; **tenir, tenir bon** (⇧ fait de ne pas céder) ; **lutter, tenir tête** (⇧ attitude de défi) ; **se rebiffer** (id. ; fam. ; ⇧ attitude agressive, plutôt après un moment d'acceptation : *il va finir par se rebiffer*) ; **regimber** (⇧ moral, souligne la mauvaise volonté) ; v. aussi **(se) révolter** et **(se) plaindre**. ≈ avec nég. **ne pas *céder à, s'incliner devant** : *ne pas céder à la tentation*; expr. fam. **ruer dans les brancards** (⇧ fort). 2. v. supporter.
résolu, v. décidé.
résolution, v. décision.
résonner, faire entendre un son : **retentir** (⇧ fort : *il entendit alors sa voix retentir dans le couloir*) ; v. aussi **sonner**.
résoudre, 1. trouver la solution d'un problème : **deviner** (⇧ par intuition) ; **régler** (⇧ difficulté pratique plutôt que problème intellectuel : *il a réglé la question en supprimant le poste*) ; **solutionner** (⇧ néologisme, peu recommandé). ≈ ***trouver, apporter une (la) solution** (v. solution) ; v. aussi **remédier**. 2. v. décider.
respect, sentiment que l'on éprouve devant une personne dont on apprécie la valeur ou la dignité : **considération** (⇧ faible, simple appréciation du mérite : *il avait beaucoup de considération pour cette personne*) ; **déférence** (⇧ marque surtt l'attitude extérieure : *malgré sa déférence apparente*) ; **égards** (id. ; ⇧ attention et ménagements : *prenez soin de le renvoyer avec beaucoup d'égards*) ; **vénération** (⇧ fort, presque religieux : *tenir son maître en vénération*) ; **révérence** (id. ; ⇧ rare).
respecter, 1. v. honorer. 2. ne pas enfreindre des commandements ou des règles : **garder** (⇧ loi religieuse : *garder les commandements de Dieu)*; **observer** (⇧ souligne le fait de suivre avec soin : *observer les dispositions légales*) ; **se conformer** (id.) ; v. aussi **obéir**.
respiration, activité de l'organisme consistant à absorber et rejeter de l'air : **inspiration** (⇧ fait entrer l'air) ; **expiration** (⇧ fait sortir l'air) ; **aspiration** (⇧ avec volonté d'attirer à soi qqch., liquide, etc., ou tout simplement beaucoup d'air) ; **souffle** (⇧ surtt considéré en tant que faculté : *avoir le souffle court*) ; **haleine** (⇧ air rejeté, et surtt odeur de celui-ci, ou emplois figés : *hors d'haleine)*.
respirer, absorber et rejeter de l'air : **inspirer, expirer, aspirer, souffler** (v. respiration) ; **haleter** (⇧ avec rapidité et difficulté, effort, asphyxie) ; **inhaler** (⇧ un gaz) ; **humer** (⇧ une odeur).
responsabilité, fait d'être responsable : **culpabilité** (v. responsable) ; v. aussi **participation**.
responsable, 1. qui doit rendre compte d'une action : **comptable** (litt. ; ⇧ surtt expr. *en être comptable devant, à : vous en serez comptable devant Dieu*) ; **coupable** (⇧ souligne la faute) ; **cause** (⇧ souligne la conséquence, surtt expr. *vous risquez d'être cause d'un grand malheur*) ; **auteur** (id. ; ⇧ d'un acte répréhensible, en termes soutenus, sinon un peu vx et litt. : *l'auteur du meurtre*; *il s'est fait l'auteur de sa propre*

perte) ; v. aussi **coupable** et **cause**. ≈ **la *responsabilité lui en incombe** pour *il en est responsable*; **porter des responsabilités, une part de —**. 2. v. chef.

ressaisir, v. retrouver.

ressasser, v. répéter.

ressemblance, présence d'éléments qui se ressemblent : **parenté, rapprochement** (v. ressembler) ; **similitude** (⇧ abstrait, plutôt moins précis : *il existe des similitudes entre les croyances de tous les peuples*) ; v. aussi **analogie** et **rapport**. ≈ **éléments, aspects communs, voisins, apparentés** ; v. aussi ressembler.

ressembler, présenter une apparence similaire : **se rapprocher** (⇧ parenté plus vague : *des styles qui se rapprochent sans être tout à fait identiques*) ; **rappeler** (⇧ idée d'une analogie qui suggère un rapprochement : *le dôme de la Sorbonne rappelle un peu celui de Saint-Pierre de Rome*) ; **tenir de, s'apparenter** (⇧ souligne une sorte de famille commune : *les églises romanes de l'Espagne du Nord s'apparentent à celles du Midi de la France*). ≈ **faire penser** ; expr. avec l'adj. ***semblable** ou les noms ***ressemblance, *analogie** : **présenter des analogies, offrir des similitudes**, etc. (v. ressemblance et rapport).

ressentiment, v. haine et rancune.

ressentir, être sujet à un sentiment : **éprouver** (⇧ fait d'être exposé à un affect ou un événement : *éprouver du chagrin ; éprouver une perte grave*) ; **sentir** (vx en ce sens). ≈ **être atteint** (⇧ d'un mal : *être atteint d'une passion dévorante*) ; **être dévoré** (id. ; ⇧ fort : *il était dévoré de jalousie*) ; **être en proie à** (id. : *être en proie à tous les tourments de la passion la plus vive*) ; avec inv., **inspirer** : *il lui inspirait de l'inclination, de la pitié* pour *elle éprouvait pour lui de l'inclination, de la pitié* ; avec **donner** (id. ; vx) ; v. aussi **avoir**.

ressortir, v. résulter.

ressortir à, v. dépendre.

ressource, v. moyen.

ressouvenir (se), v. (se) rappeler.

ressusciter, 1. reprendre vie : **revivre** (⇧ réalité abstraite, ou effet moral : *la campagne revit au printemps*) ; **renaître** (id. ; ⇧ éventuellement réincarnation : *faire renaître le vignoble anglais* ; *renaître dans une vie ultérieure*). ≈ **revenir à la vie** ; **être rappelé à la vie**. 2. rendre la vie : **réanimer** (⇧ syncope, coma) ; v. aussi **ranimer**.

restaurant, établissement où l'on sert à manger : **auberge** (⇧ campagnard ou style rustique, souvent également hôtel) ; **brasserie** (⇧ en principe avec bière, et service à toute heure) ; **taverne** (⇧ terme archaïque, désignation un peu recherchée) ; **bistrot** (⇧ en principe seulement boisson, mais s'applique à certains restaurants parisiens offrant une cuisine de qualité dans un cadre d'une fausse simplicité) ; **pizzeria** (⇧ italien, pizza) ; **self(-service)** (⇧ où l'on se sert soi-même) ; **grill** (⇧ en principe grillades, plutôt sur des voies de communication) ; **restoroute** (⇧ sur une autoroute) ; **fast-food** (⇧ américain, plats rapides tout préparés) ; **snack(-bar)** (id. ; ⇧ choix plus large) ; **couscous** (⇧ arabe) ; **gargote** (fam. ; ⇧ cuisine quelconque) ; **resto** (⇧ abréviation fam. très courante) ; v. aussi **cantine**.

restaurer, v. reconstruire et rétablir.

reste, 1. ce qui reste après qu'on a enlevé qqch. d'un tout : **restant** (⇧ surtt choses matérielles, ou fam. : *enlever le restant de charbon*) ; **complément** (⇧ par rapport à une somme d'argent : *ses parents ont fourni le complément de la mise de fond initiale*) ; **différence** (id. ; ⇧ large) ; **appoint** (⇧ la petite monnaie qui complète la somme pour faire le prix exact) ; **excédent** (⇧ en plus de ce qui suffit à l'utilisation) ; **reliquat** (⇧ somme restant après un ensemble de dépenses, notamment quand on arrête un compte). 2. v. déchets. 3. ce qui vient après dans une lecture, un discours, etc. : **suite** (⇧ large : *je n'ai pas entendu la suite*). ≈ **ce qui s'ensuit**. 4. au pl., v. mort.

rester, 1. ne pas cesser d'être en un même lieu : **demeurer** (⇧ soutenu, plutôt plus long : *il demeura à ses côtés jusqu'à la fin de ses épreuves*) ; **s'attarder** (⇧ marque le dépassement du délai prévu : *s'attarder à contempler le paysage*) ; **s'éterniser** (id. ; ⇧ semble ne jamais finir) ; **se fixer** (⇧ définitivement : *séduit par le charme de la région, il décida de se fixer sur place*) ; **s'établir** (id.) ; **se maintenir** (⇧ idée d'une résistance : *les Arabes se sont maintenus en Sicile jusqu'à la fin du XIe siècle*). 2. ne pas cesser d'exister ou d'être dans un état donné : **demeurer** (⇧ soutenu : *Balzac demeure le plus lu des romanciers français*) ; **subsister** (⇧ emploi absolu : *il subsiste des traces de l'occupation romaine en Germanie*) ; **persister** (id. ; ⇧ pour un phénomène : *la pluie a persisté jusqu'au soir*) ; **se maintenir** (id. ; ⇧ du point de vue du terme d'arrivée : *la situation s'est maintenue jusqu'à il y a peu*) ; v. aussi **continuer**. ≈ **continuer d'être, à être** ; **être toujours**.

restituer, v. rendre.
restreindre, v. limiter et diminuer.
restriction, 1. ce qui limite la portée d'une affirmation, d'un jugement, d'une attitude : **réticence** (⇧ hésitation à prendre position trop nettement : *il ne l'autorisa pas à s'embarquer sans réticences*) ; **atténuation** (⇧ limite la force du propos, de la mesure) ; **réserve** (⇧ évite de se prononcer entièrement, souvent désapprobation voilée : *faire des réserves quant à la moralité du projet*). 2. v. diminution.
résultat, 1. v. conséquence. 2. v. solution.
résulter, être la conséquence de qqch. : **provenir** (⇧ surtt concret : *la fuite provient du mauvais entretien des canalisations*) ; **venir de** (id.) ; **procéder** (id. ; ⇧ abstrait et savant : *une confusion qui procède d'un manque de rigueur dans la définition des termes*) ; **découler** (⇧ souligne l'enchaînement logique : *il découle de votre raisonnement que la vie n'a pas de sens ; les récents troubles découlent de la politique irresponsable des autorités*) ; **ressortir** (id. ; ⇧ exclusivement argumentation logique) ; **s'ensuivre** (id. ; ⇧ emploi absolu : *il s'ensuit que l'hypothèse de départ était erronée*) ; v. aussi **venir**. ≈ **trouver son origine dans** ; **avoir pour *cause** ; **être le résultat, la *conséquence** ; avec inv. et les verbes **déduire, conclure** : *il est possible d'en déduire* pour *il en résulte* ; v. aussi **causer, cause** et **conséquence** ; **(être) dû à** (⇧ souligne une cause ou une responsabilité : *un retard dû à un incident technique*).
résumé, forme résumée d'un texte ou d'un discours : **abrégé, condensé, contraction, récapitulation** (v. résumer) ; **synthèse** (⇧ présentation globale des résultats de travaux scientifiques) ; **abstract** (⇧ anglicisme, milieux scientifiques).
résumer, présenter des propos sous une forme aussi brève que possible : **abréger** (⇧ souligne simplement le fait de rendre plus bref : *une édition abrégée du Gaffiot*) ; **condenser** (id. ; ⇧ volonté de présenter le plus de choses possible sous le moindre volume possible : *vous condenserez l'article en trois cents mots*) ; **contracter** (⇧ terminologie scolaire, exercice de résumé en un nombre de mots donné) ; **récapituler** (⇧ à la fin d'un développement, pour rappeler l'essentiel).
résurrection, **renaissance, retour à la vie, réanimation** (v. ressusciter) ; **reviviscence** (⇧ d'un phénomène tombé en désuétude : *la reviviscence des parlers régionaux*) ; **réincarnation** (⇧ passage d'une âme dans un nouveau corps) ; **métempsycose** (id. ; ⇧ le phénomène considéré dans sa généralité).
rétablir, donner à nouveau l'existence à ce qui avait été supprimé : **restaurer** (⇧ surtt institutions : *restaurer l'ordre, la monarchie*) ; **réinstaller** (id. ; ⇧ un régime ou un dirigeant) ; **ramener (au pouvoir)** (id. ; ⇧ d'ailleurs) ; **réintégrer** (⇧ une pers. dans ses fonctions) ; **reconstituer** (⇧ un élément formant un tout : *reconstituer une ligue dissoute ; reconstituer les éléments du puzzle*) ; v. aussi **reconstruire**. ≈ **remettre en place**. || *Se rétablir* : v. guérir.
rétablissement, v. guérison.
retarder, apporter un retard à une action : **retenir** (⇧ uniqt une personne en ne la laissant pas partir à temps : *j'ai été retenu par un visiteur*) ; **repousser** (⇧ une échéance : *les élections ont été repoussées à l'automne*) ; **reporter** (id.) ; **reculer** (id.) ; **renvoyer** (id.) ; **remettre** (id.) ; **différer** (⇧ insiste sur le délai : *différer son départ d'une semaine*) ; **ajourner** (⇧ souligne le fait de ne pas faire aussitôt, sans précision de terme : *la décision a été ajournée*) ; **surseoir à** (id. ; ⇧ souligne une hésitation, plutôt juridique) ; v. aussi **ralentir**.
retenir, 1. empêcher de se diriger dans un sens, au pr. ou fig. : **rattraper** (⇧ après l'amorce du mouvement : *le rattraper par la manche alors qu'il enjambait déjà le bastingage*) ; **arrêter** (id. ; ⇧ insiste seulement sur la cessation du mouvement) ; **contenir** (⇧ moral : *il ne parvenait pas à contenir son indignation*) ; **réprimer** (⇧ uniqt mouvement psychologique : *réprimer sa curiosité*) ; **réfréner** (id.) ; **maintenir** (⇧ en empêchant un changement de direction, au pr. ou fig. : *maintenir dans le droit chemin*) ; v. aussi **modérer**. 2. v. (se) rappeler.
retentir, v. résonner.
retentissement, v. conséquence.
retenu, v. discret.
retenue, v. discrétion.
réticence, v. restriction.
retiré, v. éloigné.
retirer, v. enlever. || *Se retirer* : v. partir.
retombée, v. conséquence.
rétorquer, v. répondre.
retouche, v. correction.
retoucher, v. corriger.
retour, fait de revenir : **réapparition** (⇧ après une absence qui pouvait sembler

définitive) ; **rentrée** (⇧ pour des personnages occupant une position en vue : *faire sa rentrée sur la scène*) ; **rappel** (⇧ à un poste qui suppose une désignation : *le rappel de Necker*) ; **réveil** (⇧ pour un phénomène qui semblait disparu, assoupi : *le réveil des nationalités*) ; v. aussi **résurrection**.

retourner, v. revenir.

retracer, v. raconter.

retrancher, v. enlever.

rétrécir, v. diminuer.

rétrécissement, v. diminution.

rétribuer, v. payer.

rétribution, v. salaire.

rétrograder, v. reculer.

retrouver, 1. trouver ce que l'on avait perdu, où dont l'on s'était séparé : **récupérer** (⇧ ce qui vous avait été enlevé : *récupérer ses biens*) ; **recouvrer** (id. ; très soutenu) ; **reprendre** (⇧ insiste sur l'action : *il a repris le terrain perdu*) ; **reconquérir** (id. ; ⇧ action militaire ou fig.) ; **ravoir** (⇧ uniqt à l'inf. dans des expr. *essayer de ravoir ; ne pas parvenir à ravoir*). ≈ **rentrer en possession de** ; **remettre la main sur**. 2. v. rejoindre.

réunion, 1. v. union. 2. présence d'un groupe de personnes en un même lieu : **séance** (⇧ d'une institution régulière : *une séance de l'Institut, du comité directeur*) ; **colloque** (⇧ en vue de discussions scientifiques) ; **congrès** (id. ; ⇧ important) ; **séminaire** (id. ; ⇧ régulier) ; v. aussi **assemblée, rassemblement**.

réunir, v. unir.

réussir, 1. obtenir le résultat que l'on vise : **parvenir** (⇧ souligne le point d'aboutissement : *il n'est pas parvenu à entrer à l'Académie*) ; **arriver à** (id. ; ⇧ courant). ≈ **trouver moyen** (fam.) ; **mener à bien** (⇧ uniqt avec un n. : *mener à bien une entreprise*). 2. pour une chose, donner le résultat escompté : **aboutir** (⇧ marque plutôt le terme d'une entreprise assez durable : *ses recherches, ses démarches n'ont pas abouti*) ; **déboucher** (id. ; ⇧ uniqt négatif) ; **prospérer** (⇧ pour des affaires, très favorablement : *son commerce prospère*) ; **marcher** (id. ; ⇧ faible et courant). ≈ **avoir du succès, être couronné de succès**. 3. s'élever dans la hiérarchie sociale : **parvenir** (⇧ péjor.) ; **arriver** (id.) ; **percer** (⇧ fait de se distinguer du commun) ; **faire son trou** (fam.).

réussite, fait de réussir : **succès** (⇧ concret, souligne le résultat : *un brillant succès*) ; **victoire** (⇧ image militaire) ; **triomphe** (id. ; ⇧ fort, gloire : *sa réélection fut un triomphe*).

revanche, v. vengeance.

rêvasser, v. rêver.

rêvasserie, v. rêve.

rêve, 1. travail de l'imagination pendant le sommeil, ou dans un état de demi-conscience : **songe** (⇧ litt.) ; **cauchemar** (⇧ effrayant) ; **vision** (⇧ idée d'une action plus nette sur les sens, avec une valeur plus ou moins surnaturelle, mais souvent affaibli : *tout occupé de ses visions d'avenir*) ; **rêverie** (⇧ uniqt en état de veille : *s'abandonner à la rêverie*) ; **rêvasserie** (id. ; ⇧ dépréciatif, vague et sans contenu) ; **songerie** (⇧ soutenu, souvent préoccupation relativement sérieuse). 2. v. désir.

réveil, 1. fait de se réveiller : **éveil** (⇧ pour la première fois, en principe ; plutôt litt. au sens premier, sinon insiste sur la première apparition : *l'éveil de la conscience morale*) ; v. aussi **commencement**. 2. v. horloge. 3. v. retour.

réveiller, 1. tirer du sommeil : **éveiller** (v. réveil). ≈ **tirer du sommeil** ; **tirer du lit** (fam.). 2. redonner de l'activité à ce qui était en sommeil : **ranimer** (⇧ image du feu : *ranimer de vieilles rancunes*) ; **raviver** (⇧ idée de rendre plus fort, de rendre vie : *raviver des craintes ancestrales*) ; v. aussi **ressusciter**. ≈ **faire revivre, renaître, resurgir, reparaître, réapparaître, remonter**. ‖ *Se réveiller* : 1. sortir du sommeil : **s'éveiller** (v. réveil) ; **se lever** (⇧ fait de quitter le lit). 2. reprendre de l'activité : **se ranimer, se raviver, revivre, renaître, resurgir, reparaître, réapparaître, remonter** (v. réveiller, ressusciter et revenir) ; v. aussi **recommencer** et **ressusciter**.

révélation, 1. fait de faire connaître : **communication, divulgation, dévoilement** (v. révéler). 2. v. inspiration.

révéler, faire connaître : **communiquer** (⇧ neutre, simple fait de transmettre l'information) ; **dévoiler** (⇧ idée de vérité cachée ou mystérieuse : *dévoiler le complot ; dévoiler le secret de la création*) ; **découvrir** (litt. ; ⇧ vague : *il hésitait à lui découvrir son amour*) ; **divulguer** (⇧ idée de rendre public : *divulguer les noms des inculpés*).

revenant, v. fantôme.

revendication, v. demande.

revendiquer, v. demander.

revenir, 1. venir à nouveau : **repasser** (fam. : *je repasserai prendre des nouvelles*). 2. se diriger à nouveau vers son point de départ : **rentrer** (⇧ fait de pénétrer dans un espace, maison, pays, etc. : *il ne rentrera pas avant cinq heures*) ; **retourner** (⇧ en s'éloignant du point de repère de celui qui parle : *vous ne le trouverez pas ici, il est retourné chez lui*) ; **s'en retourner** (litt. ; id. ; ⇧ fait de se mettre en route) ; **repartir** (⇧ départ : *déçu, il a préféré repartir chez lui*) ; **regagner** (⇧ soutenu, insiste sur le chemin : *il ne parvint à regagner sa patrie qu'à grand-peine*). 3. faire son apparition à une nouvelle reprise, pour un événement, une expression dans un texte : **reparaître** (⇧ souligne la manifestation : *c'est une tendance qui reparaît avec toutes les périodes de crise*) ; **réapparaître** (id.) ; **resurgir** (⇧ uniqt phénomène : *la question a resurgi récemment*) ; **remonter** (⇧ surtt pour des sentiments, des souvenirs : *de vieilles craintes remontaient en lui*) ; v. aussi recommencer et (se) réveiller. ≈ **faire sa réapparition** ; avec inv., **l'on retrouve, l'on voit réapparaître, resurgir**. 4. v. valoir.

revenu, v. profit.

rêver, 1. faire un rêve : **songer, cauchemarder, rêvasser** (v. rêve). 2. v. vouloir.

réverbération, v. reflet.

réverbérer, v. refléter.

révérence, v. respect.

révérer, v. honorer.

rêverie, v. rêve.

revers, v. échec.

revêtir, 1. v. habiller. 2. v. recouvrir.

revirement, v. changement.

réviser, v. corriger.

révision, v. correction.

revivre, v. ressusciter.

révolte, v. révolution et indignation.

révolté, v. révolutionnaire et (s')indigner.

révolter (se), 1. se soulever, se rebeller, s'insurger (v. révolution). 2. *Etre révolté :* v. **(s')indigner**.

révolu, v. passé.

révolution, 1. mouvement de révolte généralisé contre un pouvoir politique, débouchant en général sur un changement de régime : **révolte** (⇧ limité, sans perspectives politiques nettes, ou également attitude personnelle : *la révolte des esclaves des Antilles* ; *la révolte de Baudelaire contre la société*) ; **soulèvement** (id. ; ⇧ général, surtt contre un occupant : *le soulèvement de la Pologne contre les Russes*) ; **émeute** (id. ; ⇧ simple mouvement très limité dans le temps et l'espace : *des émeutes éclatèrent devant les boulangeries par suite de l'augmentation du prix du pain*) ; **rébellion** (id. ; ⇧ attitude générale, refus d'obéissance notamment) ; **insurrection** (⇧ mouvement général armé, dirigé contre le pouvoir : *l'insurrection de Paris en 1871*) ; **coup d'Etat** (⇧ mené par des milieux associés au pouvoir, armée, etc. : *le coup d'Etat du 18 Brumaire*) ; **sédition** (vx ; ⇧ terme polémique, tentatives de lutte contre le pouvoir, plus ou moins ouvertes : *ces éléments qui fomentent la sédition dans le Royaume*) ; **jacquerie** (⇧ révolte paysanne sous l'Ancien Régime). 2. v. changement.

révolutionnaire, 1. qui participe à une révolution politique ou la prépare : **révolté, émeutier, rebelle, insurgé, séditieux** (v. révolution) ; **factieux** (⇧ attitude plus ou moins dissimulée, ou menées indirectes) ; **subversif** (⇧ activité de sape par rapport à l'ordre établi : *des tracts subversifs destinés aux recrues*) ; **agitateur** (⇧ nom, désigne un élément subversif particulièrement actif : *la population des grandes villes chinoises subissait l'influence d'agitateurs à la solde de l'Union soviétique*). 2. v. nouveau.

révolutionner, v. changer.

révoquer, v. renvoyer.

revue, v. journal.

rhétorique, v. éloquence.

rhume, affection bénigne du nez : **coryza** (⇧ médical) ; **refroidissement** (⇧ vague).

riant, v. beau.

ricanement, v. rire.

ricaner, v. rire.

riche, 1. qui possède de grands biens : **aisé** (⇩ fort, seulement vie très facile : *des bourgeois aisés*) ; **fortuné** (⇧ fort, insiste sur la possession des biens, surtt héréditaires) ; **rupin** (fam.) ; **opulent** (⇧ fort, ne se dit plus guère des personnes : *une opulente demeure*) ; **prospère** (⇧ réussite, pour des affaires, ou une collectivité : *une industrie prospère* ; *une nation prospère*) ; **richissime** (⇧ superlatif : *un armateur richissime*) ; **millionnaire** (⇧ fort, million) ; **milliardaire** (⇧ fort encore) ; **nabab** (id. ; fam.) ; **cossu** (⇧ surtt pour les choses, petite aisance voyante) ; **huppé** (fam. ; ⇧ idée de haute société) ; **nanti** (⇧ polémique, par opposition aux pauvres) ; **possédant** (id.) ; **ploutocrate** (id. ; ⇧ idée d'un pouvoir confisqué, terme d'extrême droite) ; **gros** (id. ; ⇧ assez large emploi à gauche également). ≈ **avoir de l'argent** ; **à l'aise, à son aise** : *il est très à l'aise* ; **avoir de quoi** (fam.) ; **rouler sur l'or** (fam.) ; **cousu d'or** (fam.) ; **plein aux as** (très fam.). 2. v. luxueux. 3. v. abondant.

richesse, 1. fait d'être riche : **aisance, fortune, opulence** (v. riche) ; **argent** (⇧ vague, souvent considérations moralisatrices, ou politiques : *l'argent ne fait pas le bonheur; le mur d'argent*) ; **abondance** (⇧ pour une collectivité : *et la paix dans nos murs ramena l'abondance*) ; **prospérité** (id.). 2. v. bien, n.

rictus, v. grimace.

ridicule, 1. de nature à provoquer la moquerie : **risible** (⇧ pour un inanimé, moins fort : *une attitude risible*) ; **grotesque** (⇧ fort : *un costume grotesque*) ; v. aussi **comique** et **stupide**. 2. v. petit.

ridiculiser, v. se moquer. || *Se ridiculiser,* se rendre ridicule. ≈ **se couvrir de ridicule, de honte** ; **se couvrir de pipi** (très familier).

rien, 1. l'absence de toute chose : **néant** (⇧ uniqt terme philo., emphat. : *la créature n'est qu'un pur néant; sombrer dans le néant*). ≈ expr. composées : **pas le moindre, la moindre** : *ne pas laisser la moindre chose sur son passage* pour *ne rien laisser* —, et avec des noms divers (**pas la moindre trace**, etc.) : *pas un seul petit morceau de mouche ou de vermisseau* (La Fontaine) ; **aucun être, aucune créature** (⇧ emploi plutôt philo.) ; v. aussi **aucun**. 2. v. bricole.

rigoler, v. rire.

rigolo, v. amusant.

rigoureux, v. précis et sévère.

rigueur, v. précision et sévérité.

rimailleur, v. poète.

rime, terminaison phonétique identique de deux fins de vers : **assonance** (⇧ uniqt son de la voyelle, surtt moyen âge) ; **homéotéleute** (nom masculin ; ⇧ rhétorique, à la fin de deux membres d'une expression) ; **consonance** (⇧ vague, évoque une similitude : *rechercher la consonance des termes*).

rimeur, v. poète.

ripaille, v. repas.

riposte, v. réponse.

riposter, v. répondre.

rire, verbe, 1. être sujet à un mécanisme physiologique déclenché par des choses drôles : **sourire** (⇧ léger, simple mouvement de la bouche et des lèvres : *un mot spirituel qui fait cependant moins rire que sourire*) ; **rigoler** (fam.) ; **ricaner** (⇧ méchamment, en se moquant : *ils ricanaient derrière lui sans cesse*) ; **glousser** (fam. ; ⇧ de façon étouffée, par saccades) ; **pouffer, éclater (de rire)** (⇧ de façon soudaine et irrésistible) ; **se désopiler, s'esclaffer** (id. ; ⇧ fort : *il n'arrêtait pas de s'esclaffer bruyamment*) ; **se tordre** (plutôt fam.) ; **se gondoler, se bidonner, se marrer, se poiler** (fam., par ordre de familiarité). ≈ **se tordre de rire** (⇧ très fort) ; **crouler de rire** (⇧ pour un groupe : *la salle croulait de rire*) ; **être pris d'un fou rire** (⇧ subitement, sans pouvoir s'arrêter, souvent sans raison réelle) ; **mourir de rire** (⇧ superlatif) ; **être écroulé (de rire)** (plutôt fam., surtt sans complément). || *Faire rire* : **amuser** (⇩ fort ; ⇧ vague) ; **réjouir** (⇩ fort, simple amusement) ; **égayer** (id.) ; **dérider** (⇧ sourire, sur un public jusque-là assez grave : *rien ne parvenait à le dérider*) ; v. aussi **divertir**. ≈ **déclencher, susciter le rire, l'hilarité** (⇧ pour la personne ou le personnage, à leurs dépens) ; **être d'un comique irrésistible** (⇧ pour la scène, le passage) ; **produire, créer un effet comique** ; **susciter le comique** ; **exploiter le comique de situation, de mots, de caractère**, etc. ; v. aussi **comique**. 2. v. (se) moquer.

rire, n., fait de rire : **sourire, ricanement, gloussement, éclat de rire** (v. rire, verbe) ; **hilarité** (⇧ réaction générale accompagnée de rire) ; **rigolade** (id. ; fam. ; ⇧ notamment expr. *aimer la rigolade, prendre qqch. à la rigolade*) ; **risée** (⇧ toujours au pl., expression de la moquerie : *sortir sous les risées*) ; v. aussi **plaisanterie**.

risée, v. rire.

risible, v. ridicule.

risque, 1. v. danger. 2. ce qui est susceptible de se produire, en mal : **aléa** (⇧ idée de sort défavorable ou non : *la mévente est un des aléas du commerce*) ; **éventualité** (⇧ neutre, positif ou négatif : *accepter l'éventualité d'une défaite*) ; **responsabilité** (⇧ dans la mesure où le risque entraîne des conséquences dont on aura à rendre compte) ; v. aussi **possibilité**.

risquer, 1. agir en acceptant une part de hasard dans l'issue de ses actes : **exposer** (⇧ souligne les atteintes dont on peut être l'objet : *exposer sa vie dans les combats*) ; **hasarder** (⇧ surtt pour une mise de fonds, souligne le hasard plutôt que la perte éventuelle : *hasarder son capital dans cette affaire*) ; **tenter** (⇧ neutre). || *Se risquer* : **se hasarder** (⇧ dans un lieu précis : *se hasarder sur le glacier*) ; **s'aventurer** (id. ; ⇧ lieu plus vague : *s'aventurer dans la forêt vierge*). 2. être en état de subir des conséquences négatives : **s'exposer** (v. 1 : *il s'expose à être mis à la porte*) ; **friser, frôler** (⇧ au passé, souligne que la conséquence a été évitée de peu : *on a frôlé la catastrophe*). ≈ **courir, encourir le risque de** ; **être à deux doigts de** (fam. ; ⇧ comme friser, frôler : *il a été à deux doigts de la mort, d'y rester*) ; v. aussi **faillir**. 3. verbe auxiliaire d'aspect, indique une éventualité redoutée, *il risque de pleuvoir.* ≈ en plus de certains auxiliaires de mode, **pouvoir** notamment : *il se pourrait, il se peut,* l'on recourra aux expressions avec ***craindre**, **il est à craindre, on peut craindre** : *des réactions vives sont à craindre, à redouter* ou encore *à envisager* pour *il risque d'y avoir des réactions vives.*

rite, 1. v. cérémonie. 2. v. habitude.

rituel, 1. v. cérémonie. 2. v. habituel.

rivage, v. bord.

rival, v. concurrent.

rivalité, v. concurrence.

rive, v. bord.

rivière, eau qui s'écoule dans un lit régulier : **fleuve** (⇧ important, plutôt tributaire d'une mer) ; **ruisseau** (⇧ petit, tranquille) ; **ruisselet** (id. ; ⇧ diminutif) ; **ru** (⇧ intermittent, et de faible longueur, en zone de plaine, souvent désignation locale dans le Bassin parisien) ; **rigole** (⇧ simple effet d'écoulement, parfois dépréciatif pour une rivière insignifiante : *l'on avait du mal à reconnaître le légendaire Ilissos dans cette méchante rigole malodorante*) ; **torrent** (⇧ violence, surtt montagne) ; **gave** (id. ; ⇧ Pyrénées) ; **oued** (⇧ intermittent, arabe) ; **cours d'eau** (⇧ général) ; v. aussi **affluent**.

robe, vêtement surtt féminin enveloppant le corps sans séparer les jambes : **jupe** (⇧ uniqt au-dessous de la ceinture) ; **tunique** (⇧ antique, assez court, ou de même type, pour un vêtement mod.) ; **toge** (⇧ romain) ; **soutane** (⇧ ecclésiastique) ; **aube** (id. ; ⇧ costume liturgique).

robuste, v. fort.

robustesse, v. force.

roc, v. pierre.

roche, v. pierre.

rocher, v. pierre.

rôder, v. errer.

rognure, v. déchet.

roi, chef d'un état monarchique : **monarque** (⇧ techn., ou emphat. : *notre auguste monarque*) ; **souverain** (⇧ position dominante : *le souverain de Grande-Bretagne*) ; **prince** (⇧ petit, ou style noble et vieilli : *le prince de Monaco* ; *nous vivons sous un prince ennemi de la fraude* [MOLIÈRE] ; **roitelet** (⇧ diminutif : *un de ces roitelets des Balkans*) ; **empereur** (⇧ empire, plus important, ou simple différence de terminologie) ; **sultan** (⇧ arabe : *le sultan du Maroc*) ; **émir** (id. ; ⇧ de rang inférieur : *l'émir du Koweït*) ; **magnat, potentat** (⇧ idée de prétention à la puissance absolue, plutôt péjoratif : *un potentat oriental*) ; **despote** (⇧ négatif, mauvais roi) ; **tyran** (id.). ≈ **tête couronnée** (⇧ au pl., emploi plutôt ironique : *cette ville d'eaux était au XIX*[e] *siècle le rendez-vous de toutes les têtes couronnées d'Europe*).

rôle, v. fonction.

roman, genre littéraire fondé sur un récit fictif et généralement, dans la littérature mod., en prose : **nouvelle** (⇧ court : *une nouvelle d'anticipation*) ; **feuilleton** (⇧ livré par fragments dans un journal) ; **conte** (⇧ aspect imaginaire) ; v. aussi **histoire** et **livre**. ≈ **œuvre romanesque** (⇧ pour l'ensemble des romans d'un auteur : *l'œuvre romanesque complète de Zola comprend un nombre considérable de titres*) ; **littérature, écriture, genre romanesque** (⇧ pour le genre considéré en lui-même : *Valéry n'a jamais éprouvé grande attirance pour le genre romanesque*) ; l'on fera remarquer que *romantique* n'est absolument pas synonyme de *romanesque*, et renvoie à un courant littéraire précis du XIXe siècle.

romanesque, v. roman.

romantique, v. sensible.

rompre, v. casser et (se) séparer.

rond, adj., en forme de cercle : **circulaire** (⇧ géométrique) ; **sphérique** (⇧ volume complet, techn. : *la terre est sphérique*) ; **hémisphérique** (⇧ demi-sphère : *une coupole hémisphérique*).

rond, n., v. cercle.

ronfler, v. dormir.

ronger, user avec les dents ou fig. : **attaquer** (⇧ vague, notamment fig. : *le vinaigre attaque le calcaire*) ; **éroder** (⇧ action des éléments : *des roches érodées par le vent*) ; **corroder** (⇧ action chimique, corrosive) ; **grignoter** (fam.) ; v. aussi **user**.

rôtir, v. cuire.

roublard, v. rusé.

roué, v. rusé.

rouerie, v. ruse.

rouge, **vermillon** (⇧ assez vif, surtt pour désigner certaines teintes de peinture) ; **carmin** (id. ; ⇧ sombre) ; **pourpre** (⇧ foncé et éclatant, coloration artificielle, notamment utilisée pour les emblèmes de souveraineté anciens) ; **vermeil** (⇧ très vif, surtt pour le teint) : *le teint frais et la bouche vermeille* (MOLIERE) ; **incarnat** (⇧ très litt., couleur de chair) ; **écarlate** (⇧ très vif, se dit notamment du teint d'une personne congestionnée : *sous la remarque, il devint écarlate*) ; **cramoisi** (id.) ; **empourpré** (id., ⇧ par la honte) ; **rubi-**

cond (id.) ; **rougeaud** (⇧ fam.) ; **rougeâtre** (⇧ vaguement rouge) ; **rougeoyant** (⇧ reflets).

rougeâtre, v. rouge.

rouler, 1. v. tourner. 2. v. tromper.

rouspéter, v. (se) plaindre.

route, 1. lieu aménagé pour la circulation : **piste** (⇧ aménagement sommaire) ; **autoroute** (⇧ aménagement complexe pour la vitesse) ; **autostrade** (id. ; ⇧ rare) ; **voie** (⇧ uniqt romaine, ou spécifié : *voie express*) ; **chaussée** (⇧ partie destinée plus directement à la circulation : *écartez-vous de la chaussée*) ; v. aussi **chemin et rue**. GÉN. **voie de communication**. 2. v. chemin. 3. v. voyage.

routine, v. habitude.

royalisme, doctrine préconisant le régime monarchique : **monarchisme** (⇧ techn.) ; **légitimisme** (⇧ particulier, attachement à la branche aînée, en France).

royaliste, partisan du roi : **monarchiste, légitimiste** (v. royalisme) ; **ultra** (⇧ particulièrement ardent, Restauration).

royaume, Etat dirigé par un roi : **principauté** (⇧ petit).

royauté, fait qu'un roi dirige l'Etat : **monarchie** (⇧ technique et général : *la monarchie capétienne*) ; **règne** (⇧ fait concret de la présence d'un souverain donné au pouvoir : *le règne de Louis le Grand*) ; **trône** (⇧ envisage le pouvoir royal comme disponible : *menacer le trône des Bourbons*) ; **couronne** (id. ; ⇧ large).

rubrique, v. article.

rudimentaire, v. simple.

rue, espace destiné à la circulation à l'intérieur d'une ville : **ruelle** (⇧ petit) ; **venelle** (id. ; ⇧ étroit, souvent mal famé) ; **avenue** (⇧ grand) ; **boulevard** (id. ; ⇧ en principe à la place d'anciennes fortifications, ou par ext. selon un schéma circulaire) ; **cours** (⇧ large et planté d'arbres) ; **mail** (id.) ; v. aussi **route** et **chemin**.

ruelle, v. rue.

ruine, 1. v. destruction. 2. fait de perdre sa fortune : **faillite** (⇧ jurid. et commercial : *il a été acculé à la faillite*) ; **banqueroute** (id. ; ⇧ finance) ; v. aussi **échec**. 3. ce qui reste d'un édifice détruit : **décombres** (⇧ peu de temps après la destruction, encore sensible : *se frayer un chemin dans les décombres de la maison bombardée*) ; **reste** (⇧ la survie par rapport à l'histoire : *les restes de Pompéi*) ; **vestiges** (id. ; ⇧ surtt archéologie : *les vestiges de la Rome antique*).

ruiner, 1. v. détruire. 2. faire perdre sa fortune. ≈ **acculer à la faillite, la banqueroute** (v. ruine).

ruineux, v. cher.

ruisseau, v. rivière.

ruisseler, v. couler.

ruisselet, v. rivière.

rumeur, v. bruit.

rupture, v. divorce et désaccord.

rural, v. campagnard.

ruse, moyen mis en œuvre pour arriver à ses fins en trompant l'adversaire : **astuce** (⇧ vague et innocent : *user d'une astuce pour passer la douane sans encombre*) ; **stratagème** (⇧ idée d'un calcul élaboré, notamment en matière militaire, ou par ext.) ; **subterfuge** (id. ; ⇧ façon de se tirer d'embarras) ; **artifice, feinte** (⇧ idée d'une fausse apparence) ; **manœuvre** (⇧ dans un contexte d'intrigue : *écarter un rival par une manœuvre politique*) ; **combine** (id. ; fam. ; ⇧ emplois plus larges) ; **perfidie** (⇧ idée de grave manquement à la loyauté) ; **fourberie** (id. ; ⇧ dissimulation) ; **rouerie** (⇧ tendance générale à l'emploi de la ruse) ; **roublardise** (id. ; ⇧ positif et amusant) ; v. aussi **tromperie** et **moyen**.

rusé, qui sait trouver des ruses : **astucieux, combinard, perfide, fourbe, roué, roublard** (v. ruse) ; **retors** (⇧ capacité à arriver à son but par des détours souvent complexes) ; **matois** (⇧ dissimulation et expérience : *un vieux paysan matois*) ; **madré** (id.) ; **cauteleux** (⇧ apparente amabilité) ; v. aussi **malin** et **intelligent**.

rustique, v. campagnard.

rythme, retour régulier de séquences sonores équivalentes : **cadence** (⇧ vague, idée de régularité plus nette : *la cadence du vers s'accélère vers la fin de la strophe*) ; **tempo** (⇧ strictement musical, insiste sur le retour et la périodicité choisie : *un tempo particulièrement vif*) ; **mesure** (⇧ techn., nature de la séquence rythmique, ou par ext.) ; **mouvement** (⇧ vague, considération d'ensemble) ; **balancement** (⇧ vague, se dit surtt à propos d'une phrase oratoire, avec ses éléments parallèles : *la correspondance des membres contribue au balancement de la période*) ; **clausule** (⇧ élément rythmique placé à la fin d'une phrase ou d'un membre de phrase : *les clausules françaises reposent le plus souvent sur des agencements de termes binaires ou ternaires*).

S

sable, fine poudre de silice : **arène** (⇧ poétique).
sabot, v. chaussure.
sabre, v. épée.
sac, 1. objet en matière souple destiné à transporter des objets : **besace** (vx) ; **cartable** (⇧ écolier) ; **serviette** (id. ; ⇧ petit, pour des documents divers) ; **sacoche** (id. ; ⇧ vague) ; **cabas** (⇧ gros, pour des courses) ; **filet** (id. ; ⇧ petit, fait de mailles) ; **carnier** (⇧ pour le gibier) ; **gibecière** (id.) ; v. aussi **panier**. 2. v. pillage.
saccager, v. ravager.
sacré, pourvu d'un caractère particulièrement respectable en raison d'un rapport avec la divinité ou, par ext., avec des valeurs supérieures : **saint** (⇧ uniqt religieux : *un lieu saint*) ; **sacro-saint** (⇧ fort, et plus large : *il considérait la propriété comme un droit sacro-saint*) ; **inviolable** (⇧ uniqt protection solennelle contre les atteintes : *les droits inviolables de tout être humain*) ; **tabou** (⇧ idée d'une protection magique, un peu superstitieuse : *le sexe était un sujet tabou*).
sadique, v. barbare.
sadisme, v. barbarie.
sagace, v. intelligent.
sagacité, v. intelligence.
sage, v. prudent.
sagesse, v. prudence et philosophie.
saillant, 1. qui est en relief : **proéminent**. 2. v. remarquable.
sain, 1. qui est en bonne santé : **dispos** (⇧ pour une circonstance donnée : *il se leva le lendemain, frais et dispos*) ; **valide** (⇧ idée de capacité d'action par opposition aux gens qui en sont privés : *réquisitionner tous les hommes valides*). ≈ **en bonne, parfaite santé** ; **en bonne forme** ; **en bon état** ; **sur pied** (⇧ après une maladie : *il se trouva bientôt sur pied*). 2. qui ne présente pas de risques pour la santé : **hygiénique** (⇧ insiste sur un soin particulier pour les risques de maladie : *un régime parfaitement hygiénique*) ; salubre (⇧ pour un lieu) ; **profitable**, **salutaire** (⇧ pour la santé) ; **diététique**, **équilibré** (⇧ nourriture : *des repas équilibrés*).
saint, v. sacré.
sainteté, v. vertu.
saisir, v. prendre.
saison, v. époque.
salaire, somme d'argent versée à un employé en échange de son travail : **paye** (⇧ vague, courant : *il dépensait aussitôt au café une bonne part de sa paye du mois*) ; **rémunération** (⇧ général et administratif : *ne percevoir qu'une modique rémunération*) ; **émoluments** (id. ; ⇧ employé ou fonctionnaire, salaire considéré globalement : *à combien se montent vos émoluments ?*) ; **appointements** (id.) ; **vacation** (⇧ notaire, expert...) ; **rétribution** (⇧ aspect de compensation de l'effort : *accepter de travailler sans rétribution*) ; **traitement** (⇧ fonctionnaire) ; **solde** (⇧ militaire) ; **honoraires** (⇧ profession libérale) ; **gages** (vx ; ⇧ personnel de maison) ; **cachet** (⇧ pour artistes).
salarié, v. ouvrier.
sale, qui n'est pas propre : **malpropre** (⇧ soutenu ; ⇩ fort : *il essuya les verres avec un torchon malpropre*) ; **taché**, **maculé** (⇧ insiste sur les taches) ; **souillé** (id. ; ⇧ fort, très soutenu) ; **crasseux** (⇧ souligne la présence d'une couche de matière adventice, ou par ext. : *des mains crasseuses ; une pièce crasseuse*) ; **graisseux**, **poisseux** (id.) ; **pollué** (⇧ plutôt pour un liquide, élément malsain : *une eau polluée*) ; **dégoûtant** (⇧ fort, suscite la répulsion) ; **répugnant** (id. ; ⇧ fort) ; **dégueulasse** (id. ; ⇧ très fam.) ; **sordide** (⇧ pour un local, avec idée de misère).
saleté, 1. fait d'être sale : **malpropreté**, **crasse**, **pollution** (v. sale). 2. élément qui salit : **impureté** (⇧ dans un liquide).
salir, 1. rendre sale, au sens pr. : **tacher**, **souiller**, **polluer** (v. sale) ; **maculer** (⇧ uniqt emploi avec un complément : *une copie maculée de taches d'encre*). 2. au sens fig. : **souiller** ; **flétrir** ; **ternir** (⇧ faible : *il a terni sa réputation par ses dernières compromissions*) ; **entacher** (⇧ avec un complément : *entacher d'opprobre un nom jusque-là illustre*) ; **éclabousser** (⇧ indirectement : *il a été éclaboussé par cette affaire*).
salle, v. pièce.
salubre, v. sain.
saluer, 1. adresser une salutation à une personne que l'on rencontre. ≈ **dire bonjour** ; **donner le bonjour** (fam. ; ⇧ de manière indirecte : *vous lui donnerez le*

bonjour de ma part); **adresser une salutation**. 2. faire part de son respect, de son admiration pour qqn: **acclamer**; **applaudir** *(il fut acclamé par la critique)*; **honorer** (⇧ fort).

salut, 1. fait de saluer: **salutation** (⇧ insiste sur l'attitude). ≈ **adieu, bonjour, bonsoir**... 2. action de sauver: **rachat, rédemption** (⇧ religieux).

salutation, v. salut.

sanction, v. punition.

sanctionner, v. punir.

sanctuaire, v. église.

sandale, v. chaussure.

sanglot, v. larme.

sangloter, v. pleurer.

sans, prép. marquant la privation. ≈ avec des adj. marquant la privation comme **privé de, dépourvu de**, etc. (v. privé): *un oiseau dépourvu d'ailes* pour *sans ailes*.

santé, état de bon fonctionnement du corps, et, par ext., de l'âme: **forme (physique)** (⇧ moderne, état plus superficiel: *il cultivait sa forme en faisant du jogging*); **complexion, constitution** *(elle est de bonne constitution)*; **nature** (⇧ large); v. aussi **guérison**. ≈ pour *être en bonne santé*: **en bon état**; **en bonne, pleine forme** (v. aussi **sain**); **aller, se porter bien**; **se porter comme un charme**.

sarcasme, v. moquerie.

sarcastique, v. moqueur.

sarcophage, v. cercueil et tombeau.

satire, 1. texte littéraire visant à se moquer de qqn ou qqch.: **épigramme** (⇧ en vers, bref, ou par ext.: *lancer une épigramme rageuse contre son rival*); **pamphlet** (⇧ violent, dénonciation: *le pamphlet de Chateaubriand intitulé* De Buonaparte et des Bourbons); **diatribe** (id., ⇧ amer); **libelle** (⇧ petit écrit diffamatoire); **catilinaire, philippique** (⇧ litt.). 2. v. critique.

satisfaction, v. plaisir.

satisfaire, fournir à qqn ce qu'il attend: **contenter** (⇧ idée de plaisir plus forte); **convenir** (⇧ neutre); v. aussi **plaire**. || *Se satisfaire*: v. (se) contenter.

satisfait, v. content.

sauf, adj. v. sauvé.

sauf, prép. marquant l'exception: **excepté** (⇧ soutenu, ou plutôt didactique, officiel); **à l'exception** (⇧ réserve: *à l'exception d'un nombre restreint de zélateurs, le public fit mauvais accueil à ses dernières pièces*); **à l'exclusion** (id.; ⇧ cas particulier: *il pardonnait à tous, à l'exclusion des chefs de partis*); **en dehors de** (⇧ accompagné d'une constatation négative: *en dehors de quelques cas précis, on trouvera difficilement d'illustration probante de ce principe*); **hormis** (id.; ⇧ rare); **fors** (vx); **à part** (⇧ neutre, simple considération annexe: *personne, à part lui*); **sinon** (⇧ uniqt suivi d'un complément prépositionnel, d'un adverbe, d'une proposition, marque l'exception par rapport à une négation, tour soutenu: *un moyen auquel il ne faut recourir sous aucun prétexte, sinon en cas d'urgence*); **si ce n'est** (id.); **à moins de, sous réserve de** (+ inf.). ≈ **si l'on excepte, exclut, laisse de côté**; **mis à part** (⇧ expression d'une réserve: *tout peut aller, mis à part l'introduction*); **abstraction faite** (id.; ⇧ idée d'une vision globale qui laisse de côté quelques détails jugés peu importants); en situation négative, le tour **ne... que** peut se substituer à *sauf*; v. seulement.

saugrenu, v. bizarre.

saut, fait de sauter: **bond, sautillement** (v. sauter).

sauter, s'élever en l'air en se projetant au moyen des jambes: **bondir** (⇧ d'un mouvement soudain: *il bondit sur son siège à l'annonce de la nouvelle*); **sautiller** (⇧ à plusieurs reprises, par petits sauts); **tressauter** (⇧ simple petit mouvement, sous l'effet de la peur ou la surprise).

sautiller, v. sauter.

sauvage, 1. v. barbare. 2. qui redoute la compagnie: **farouche** (⇧ insiste sur la crainte, notamment pour les animaux); **insociable** (⇧ uniqt refus de la société); v. aussi **timide**.

sauvagerie, v. barbarie.

sauvé, qui est tiré d'un danger: **sain et sauf** (⇧ fort, affectif: *il est revenu sain et sauf de son expédition sur l'Amazone*); **indemne** (⇧ souligne l'absence de blessures). ≈ avec les noms **rescapé** (⇧ personne qui a échappé à un malheur: *un des rescapés du naufrage*); **survivant**.

sauvegarder, v. conserver.

sauver, tirer d'un danger: **protéger** (⇧ idée de qqch. qui s'interpose: *son casque l'a protégé*); **tirer d'affaire** (⇧ ordinaire, difficulté moins grave); **racheter** (⇧ religieux: *le Christ est venu racheter l'humanité*); v. aussi **protéger**. || *Se sauver*: v. (s')enfuir.

sauveur, celui qui sauve: **sauveteur** (⇧ sens matériel: *les sauveteurs l'ont retrouvé sur le canot pneumatique*); **rédempteur** (⇧ sens religieux).

savant, 1. adj., qui sait beaucoup de choses: ***instruit** (⇧ met l'accent sur l'enseignement reçu) ; **cultivé** (⇧ savoir général : *très cultivé, il n'avait de compétences particulières dans aucun domaine*) ; **érudit** (⇧ savoir très poussé dans un domaine particulier, plutôt fondé sur des lectures : *très érudit en épigraphie grecque*) ; **docte** (vx ou ironique) ; **calé** (fam.).

savant, n., personne qui s'occupe de recherches scientifiques : **scientifique** (⇧ moderne) ; **chercheur** (⇧ recherche).

savate, v. chaussure.

saveur, v. goût.

savoir, verbe, v. connaître.

savoir, n., v. connaissance.

savoir-vivre, v. politesse.

savourer, prendre du plaisir à absorber qqch. et, par ext., à éprouver une sensation quelconque : **déguster** (⇧ idée d'absorption délicate, surtt alimentaire : *déguster un vin de Touraine*) ; **goûter** (⇧ vague, surtt sens figuré, dans l'emploi moderne : *goûter les plaisirs de l'existence*) ; v. aussi **profiter**.

savoureux, v. bon.

scabreux, v. obscène.

scandaliser, v. indigner.

scène, v. événement.

scepticisme, v. doute.

sceptique, v. incrédule et incroyant.

schéma, v. dessin et plan.

sciemment, v. volontairement.

science, v. connaissance.

scientifique, v. savant.

scinder, v. séparer.

scintillant, v. brillant.

scintiller, v. briller.

scission, v. séparation.

sclérose, v. paralysie.

scrupule, v. hésitation.

scruter, v. regarder.

scrutin, v. vote.

sculpter, dégager une forme d'un bloc de matière dure : **tailler** (⇧ simple appareillage : *tailler les pierres de la façade*) ; **façonner, modeler** (⇧ matière meuble : *modeler la glaise en forme de visage*) ; **ciseler** (⇧ superficiel, ou idée d'un travail très fin).

sculpteur, celui qui sculpte : **tailleur de pierres, modeleur** (v. sculpter) ; **statuaire** (⇧ pour des statues, plutôt métier qu'art).

sculpture, 1. fait de sculpter : **taille, modelage, ciselage** (v. sculpter). 2. objet sculpté : **statue** (⇧ précis, figure isolée : *la statue de Louis XIV sur la place Vendôme*) ; **statuette** (id. ; ⇧ petit) ; **figurine** (⇧ de très petite dimension, plutôt en matière fragile : *des figurines de cire*) ; **bas-relief** (⇧ seulement en partie dégagé de la pierre : *les bas-reliefs de l'Arc de Triomphe*) ; **buste** (⇧ uniqt tête et torse) ; **modelage, ciselure** (v. sculpter) ; **statuaire** (⇧ collectif, l'ensemble des statues d'un lieu, d'une époque : *la statuaire du Parthénon*) ; **plastique** (⇧ didactique, pour les caractères généraux d'un type de sculpture : *la plastique égyptienne*).

séance, 1. temps pendant lequel dure une assemblée : **session** (⇧ ensemble des séances ayant lieu pendant une période donnée). 2. temps pendant lequel est donné un spectacle : **représentation** (⇧ théâtre, cinéma) ; **projection** (⇧ uniqt film) ; v. aussi **pièce** et **spectacle**.

sec, qui manque d'humidité : **desséché** (⇧ insiste sur la privation progressive d'eau : *une feuille desséchée*) ; **déshydraté** (id.) ; **tari** *(source tarie)* ; **aride** (⇧ uniqt pour un lieu : *les zones arides du sud du Maghreb*).

sécher, 1. tr., priver d'humidité : **dessécher** (⇧ forte privation, avec altération de la substance) ; **essorer** (⇧ linge, après lavage) ; **déshydrater** (⇧ technique, industriel : *déshydrater le fourrage*) ; **assécher** (⇧ une terre : *assécher les marais*). 2. intr., perdre peu à peu son humidité : **se dessécher, se déshydrater** (v. 1.).

second, v. deuxième.

secondaire, qui n'est pas de première importance : **mineur** (⇧ l'aspect négligeable : *un incident mineur*) ; **accessoire** (⇧ par rapport à l'essentiel : *des développements accessoires*) ; **subsidiaire** (⇧ qui vient en plus : *des considérations subsidiaires*) ; **négligeable** (⇧ dont on peut ne pas tenir compte : *des erreurs somme toute négligeables dans un si important travail*) ; **subalterne** (⇧ inférieur) ; **anodin** (⇧ sans gravité) ; v. aussi **petit**. ≈ avec nég., **peu important** (v. important).

seconder, v. aider.

secouer, v. remuer.

secourir, v. aider.

secours, v. aide.

secousse, ce qui secoue : **cahot** (⇧ véhicule) ; **choc** (⇧ vague, notamment moral) ; **commotion** (id. ; ⇧ uniqt moral).

secret, adj., v. caché et mystérieux.

secret, n., 1. ce qui est caché au plus grand nombre : **mystère** (⇧ large, idée de ce qui échappe à la compréhension : *il y a un mystère là-dessous*) ; **arcanes** (⇧ uniqt secrets destinés aux initiés, dans une science occulte, ou fig. : *les arcanes* *de la cabbale*) ; **cachotterie** (⇧ ce que l'on dissimule, plutôt par enfantillage : *se faire des cachotteries entre voisins*) ; v. aussi **mystère**. 2. v. moyen.

secrètement, sans que personne le sache : **clandestinement** (⇧ en se cachant des autorités, en dehors de la légalité : *s'introduire clandestinement en France*) ; **confidentiellement** (⇧ insiste sur le petit nombre d'initiés admis à savoir) ; **furtivement** (⇧ insiste sur la discrétion et la rapidité, comme un voleur : *traverser furtivement le potager*) ; **subrepticement** (⇧ en échappant à l'attention des personnes présentes : *s'emparer subrepticement du portefeuille*). ≈ **en secret** (id.) ; **en cachette** (⇩ fort, simple idée de dissimulation : *manger des bonbons en cachette*) ; **en catimini** (id. ; fam.) ; **sous le manteau** (⇧ de façon clandestine, plutôt pour des activités à caractère commercial : *une revue que l'on vendait sous le manteau*) ; **à l'insu de** (⇧ avec un complément adapté : *il a quitté le collège à l'insu de tous ses camarades*).

secteur, v. partie et domaine, zone.

sectionner, v. couper.

séculaire, v. vieux.

sécurité, situation d'absence de danger : **sûreté** (⇧ concret : *la sûreté d'un coffre* mais plutôt *la sécurité des personnes*) ; **confiance** (⇧ moral, pour celui qui la ressent, ou celui qui l'inspire : *se reposer sur lui en toute confiance*).

sédition, v. révolution.

séducteur, personne qui séduit : **don Juan** (⇧ nombreuses conquêtes) ; **suborneur** (⇧ en un cas précis, terme très péjor. : *lâche suborneur d'une innocence aveugle*) ; **enjôleur** (⇧ général) ; **tombeur** (⇧ fam.).

séduire, 1. capter l'amour d'une personne à des fins immorales : **suborner** (v. séducteur) ; **détourner** (⇧ juridique, pour un mineur) ; **débaucher** (⇧ livrer à la débauche) ; **déshonorer** (⇧ perte d'honneur, pour une femme, vx). 2. v. plaire et charmer.

séduisant, v. beau.

segment, v. morceau.

seigneur, 1. v. noble. 2. v. Dieu.

séisme, v. tremblement de terre.

séjour, v. vacances.

séjourner, v. habiter.

sélection, v. choix.

sélectionner, v. choisir.

selon, prép. indiquant la dépendance à l'égard d'un élément extérieur : **d'après** (⇧ notamment pour la source d'une information, souligne l'origine : *d'après Littré, le terme serait veilli* ; *il choisira d'après divers critères*) ; **en fonction de** (⇧ rapport de corrélation : *établir son emploi du temps en fonction de la météorologie* ; *la réponse sera à nuancer en fonction du contexte*) ; **suivant** (id. ; ⇧ dépendance ou variabilité : *suivant le temps, j'irai ou non à la plage ; chacun en jugera suivant ses convictions*) ; **conformément à** (⇧ rapport d'adéquation : *il a agi conformément aux principes de la morale catholique*). ≈ l'on pourra tourner en usant du verbe ***dépendre** : *la réponse dépendra du contexte ; mon choix dépendra du temps*, etc. ; pour l'indication d'une opinion, *selon Pascal*, l'on pourra aussi recourir à : **pour**, et aux diverses expressions de la pensée ; v. penser et dire.

semblable, adj. 1. dont la forme est la même : ***même** (⇧ souligne que l'on a affaire à la chose dont il est question et pas à une autre, avec insistance très forte sur la ressemblance totale : *elles avaient toutes deux la même robe ; deux auteurs de même tempérament*) ; **identique** (⇧ fort, aucune différence : *deux exemplaires identiques*) ; **pareil** (⇧ vx ou fam. en ce sens) ; **analogue** (⇧ ressemblance plus vague : *les deux ouvrages procèdent d'une démarche analogue*) ; **voisin** (id. ; ⇧ lâche, plutôt pour des termes abstraits : *Rousseau et Voltaire professent des opinions voisines en matière de religion*) ; **proche** (id.) ; **comparable** (id. ; ⇧ lointain) ; **apparenté** (⇧ en vertu d'une origine commune, ou par ext.) ; **équivalent** (⇧ identité de fonction, de valeur) ; **similaire** (⇧ appartenant à un même type : *l'auteur a facilement recours à l'interjection ou à des procédés similaires*) ; **ressemblant** (⇧ valeur de la reproduction : *un portrait très ressemblant*). ≈ avec ***ressembler** et ***ressemblance** : *des styles qui se ressemblent* pour *des styles semblables* ; avec restriction **peu *différent** et avec le verbe ***différer peu** : *le baroque italien et le classicisme français diffèrent assez peu l'un de l'autre* pour *sont assez semblables*. 2. qui correspond à ce qui vient d'être mentionné, ou visé, *de semblables procédés ne méritent que le mépris* : **pareil** (⇧ fort et péjor., très litt., ou expr. : *en pareil cas*) ; **tel** (⇧ affectif : *rien ne peut justifier une telle désinvolture*). ≈ **de ce genre, de cette *sorte**, etc., ou **ce genre, cette *sorte de** : *ce genre d'attitude me révolte* pour *une semblable attitude*—.

semblable, n., v. autre.

semblant (faire), donner l'impression que l'on fait qqch. sans le faire réellement : **feindre** (⇧ soutenu : *il feignit de l'approuver*) ; **simuler** (⇧ avec un complément nominal, idée d'une attitude assez élaborée : *simuler la folie*) ; **jouer** (⇧ avec un complément du nom de personne, au pl. : *jouer les innocents*) ; **faire** (id. ; ⇧ fam. : *faire le naïf*). ≈ **faire mine** (⇧ simple expression, notamment d'une intention : *faire mine de s'en aller*) ; **faire comme si** (assez fam. : *il fit comme s'il n'avait rien entendu*).

sembler, être en apparence, au regard de qqn : **paraître** (id. ; ⇧ litt., insiste sur l'apparence, emploi avec l'inf. peu courant : *il paraît plus vieux qu'en réalité*) ; **avoir l'air** (id. ; ⇧ courant, souligne l'impression produite : *avoir l'air peu intelligent ; avoir l'air de comprendre*). ≈ **donner l'impression** (⇧ uniqt avec un inf., insiste sur l'effet produit : *donner l'impression de nourrir des intentions peu claires*). || *Il semble* (tournure impersonnelle) : **il paraît** (⇧ renvoie à une rumeur : *il paraît qu'on lui a attribué la Légion d'honneur*) ; **il apparaît** (⇧ affirmatif, conclusif : *il apparaît que nous avons fait fausse route*) ; **il s'avère** (⇧ souligne le fait constaté). ≈ avec un verbe au conditionnel et l'indéfini **(l')on dirait** ; avec inv. **(l')on a (j'ai) l'*impression, le sentiment que**, etc. pour *il semble, il me semble que* ; v. aussi **penser**.

semence, v. graine.

semer, mettre des graines en terre : **répandre** (⇧ large, simple fait de disperser, et surtt fig. : *répandre la bonne parole*) ; **ensemencer** (⇧ avec pour complément la terre concernée : *ensemencer le champ*).

sénile, v. âgé.

sénilité, v. vieillesse.

sens, 1. faculté perceptive. SPÉC. **vue, ouïe, odorat, toucher, goût.** ≈ **organes des sens, de la perception** ; v. aussi **sensation**. || *Bon sens* : v. intelligence. 2. v. sensualité. 3. ce que qqch. veut dire : **signification** (⇧ large, éventuellement indirect : *la signification de son geste m'échappe*) ; **interprétation** (⇧ insiste sur l'activité de compréhension : *une formule qui prête à plusieurs interprétations possibles*) ; **traduction** (id. ; ⇧ d'une langue étrangère, ou par ext.) ; **acception** (⇧ uniqt d'un mot, en référence aux divers sens possibles : *le terme doit être pris ici en une acception nouvelle*) ; **valeur** (id. ; ⇧ vague) ; **entente** (⇧ uniqt expr. *à double entente*). ≈ expr. **façon de comprendre, d'entendre** (⇧ dans le cas d'une diversité d'interprétations : *l'on peut suggérer une autre façon d'entendre cette morale*) ; v. aussi **signifier**. 3. détermination d'un mouvement par rapport à l'espace, et plutôt la ligne, où il se situe : **direction** (⇧ large, ensemble de l'espace : *dans quelle direction se trouve Amiens ?* mais *dans quel sens circulent les tramways ?*) ; **orientation** (⇧ large encore, référé aux axes de repère, ou fig. : *ses travaux vont prendre une nouvelle orientation*). GÉN. **côté** (courant) : *de quel côté vous dirigez-vous ?*

sensation, 1. faculté par laquelle l'âme appréhende immédiatement les phénomènes extérieurs : **perception** (⇧ insiste sur le passage par les organes des sens, et la dimension active : *la perception des nuances colorées varie selon les individus*) ; **sens** (⇧ au pl., désigne directement l'aspect organique du processus). 2. v. impression.

sensationnel, v. extraordinaire.

sensibilité, v. sentiment.

sensible, 1. dont les émotions sont facilement déclenchées : **délicat** (⇧ en mauvaise part, affecté par la moindre chose) ; **fragile** (id. ; ⇧ fort, idée de menace sur les nerfs) ; **vulnérable** (id.) ; **émotif** (⇧ souligne l'émotion : *très émotif, il s'effrayait d'un rien*) ; **impressionnable** (id. ; ⇧ souligne l'effet produit par un spectacle) ; **sentimental** (⇧ attaché au côté affectif des choses, souvent en mauvaise part : *très sentimentale, elle était déçue par la vulgarité du monde qui l'entourait*) ; **romantique** (⇧ porté à idéaliser les sentiments) ; **compatissant** (⇧ porté à plaindre autrui) ; **touché** (⇧ en acte : *il se montra touché par son malheur*) ; **douillet** (trop sensible, négatif) ; v. aussi **bon**. 2. v. visible.

sensualité, ensemble des sensations relatives aux plaisirs des sens : **chair, sexualité, sexe** (v. sensuel) ; **sens** (⇧ au pl., très litt. : *tout adonné à la vie des sens*) ; **concupiscence** (⇧ terme religieux, insiste sur le désir en tant que source de péché) ; **jouissance, volupté** ; v. aussi **désir**.

sensuel, qui a rapport aux plaisirs des sens : **charnel** (⇧ forte insistance sur **l'élément matériel, et souvent sexuel, par euphémisme** : *refréner ses appétits charnels*) ; **matériel** (⇧ vague et philosophique) ; **sexuel** (⇧ directement en rapport avec le plaisir des rapports entre sexes, terme plutôt didactique et moderne, souvent évité par euphémisme dans un registre littéraire : *la vie sexuelle des Papous*).

sentence, v. jugement.

sentier, v. chemin.

sentiment, 1. mouvement de l'âme lié aux manifestations affectives : **émotion** (⇧ fort, idée d'un trouble consécutif à un choc, extérieur ou intérieur : *l'émotion esthétique suppose une attitude de totale disponibilité à l'œuvre*) ; **affect** (⇧ didactique, plutôt jargon psychologique, idée d'une présence sous-jacente plutôt que nettement affirmée : *il est difficile de rendre compte de la complexité des affects intervenant dans la relation d'un fils avec sa mère*) ; **affection** (⇧ ne s'emploie guère qu'avec un complément, pour désigner ce qui affecte l'âme, très litt. ou philo.) ; **disposition** (⇧ plutôt au pl., à l'égard de qqn, ou en vue d'une action à venir : *je l'ai trouvé dans de fort inquiétantes dispositions*; *d'abord porté à l'exercice de la vengeance, Auguste évoluera peu à peu vers des dispositions plus conciliantes*) ; **impulsion** (⇧ avec une force poussant à une réaction : *céder à une impulsion irraisonnée*) ; **passion** (vx). GÉN. **mouvement** : *un mouvement de pitié, de colère*; *tâcher de rendre compte des divers mouvements de son cœur*. 2. v. impression. 3. v. opinion.

sentir, 1. prendre conscience de qqch. par la voie des sens, ou sans intervention directe de l'intelligence : **percevoir** (⇧ technique, souligne l'activité de l'esprit : *il m'a semblé percevoir une secousse, une légère amélioration de la situation*) ; v. aussi **remarquer**. 2. v. ressentir. 3. percevoir par le nez : **flairer** (⇧ pour un animal, avec l'idée d'une identification de l'objet) ; **humer** (⇧ en insistant, par plaisir ou curiosité : *humer le fumet des cuisines*) ; **renifler** (⇧ en aspirant par petits coups). 3. avoir une odeur : **puer** (⇧ sentir mauvais, à éviter dans un registre soutenu, sauf pour des fins expressives, avec ou sans complément : *il puait le tabac*) ; **empester** (id. ; ⇧ fort, usage sans restrictions : *elle empestait le parfum bon marché dont elle abusait*) ; **embaumer** (⇧ positif, un peu maniéré) ; **fleurer** (⇧ positif, pour une légère senteur, litt. : *un linge qui fleure bon la lavande*). ≈ **avoir une *odeur** (⇧ toujours suivi d'un déterminant).

séparation, 1. fait pour deux choses de n'être pas ou plus contigus ou ensemble : **division** (⇧ d'un tout en parties) ; **scission** (⇧ pour un groupe constitué : *la scission du parti socialiste*) ; **démarcation** (⇧ pour souligner une différence : *la ligne de démarcation entre les zones libre et occupée*) ; v. aussi **différence**. 2. v. divorce.

séparer, rompre la continuité ou éloigner l'un de l'autre : **détacher** (⇧ en rompant un lien, au pr. ou fig. : *détacher le papier du mur*) ; **écarter** (⇧ toujours avec deux objets, souligne la distance) ; **disjoindre** (id. ; ⇧ technique) ; ***diviser** (⇧ insiste sur la totalité existant auparavant, surtt abstrait : *diviser ses adversaires*; *diviser en trois questions principales*) ; **dissocier** (id. ; ⇧ souligne le refus de considérer en même temps : *les deux affaires doivent être dissociées*) ; **scinder** (⇧ idée de coupure d'un tout). || *Se séparer*: **se détacher, s'écarter, se diviser, se scinder** ; **rompre** (⇧ sentimental) ; v. aussi **divorcer**.

sépulcre, v. tombe.

sépulture, v. tombe.

séquestrer, v. enfermer.

serein, v. tranquille.

sérénité, v. tranquillité.

série, v. suite.

sérieux, 1. qui n'est pas enclin à s'amuser : **austère** (⇧ fort, idée d'un refus des plaisirs : *la morale austère du calvinisme*) ; **sévère** (id. ; ⇧ fort, idée d'un refus de la facilité et de l'indulgence, ou fig. : *le style sévère des édifices espagnols*) ; **grave** (⇧ idée de préoccupations importantes, un peu vx : *il prit un air grave pour leur annoncer la nouvelle*) ; **raisonnable, réfléchi, sage** (⇧ qualité morale, par opposition à la frivolité). 2. qui présente une importance particulière, notamment en fonction d'un risque : **grave** (⇧ fort : *une maladie très grave*) ; v. aussi **important**.

serment, v. promesse.

sermon, discours fait à l'église : **homélie** (⇧ techn.) ; **prône** (vx) ; **prêche** (⇧ suite de sermons, ou vx) ; **prédication** (⇧ général). ≈ **oraison funèbre** (⇧ uniqt funérailles).

sermonner, v. réprimander.

serré, se dit d'objets ou de personnes ne disposant pas d'espace entre eux, et exerçant une pression les uns sur les autres : **tassé** (⇧ fort, idée d'accumulation volontaire, ou par ext.) ; **entassé** (id. : *entassés dans des wagons à bestiaux*) ; **rapproché** (⇧ simple idée de proximité ; ⇩ pression) ; **pressé** (⇧ pression) ; **comprimé** (id. ; ⇧ fort) ; **compressé** (id.) ; **dense** (⇧ abstrait ou vue d'ensemble : *une foule dense*). ≈ **les uns contre les autres** ; **les uns sur les autres** (fam. ; ⇧ superlatif) ; **à touche touche** (fam. ; ⇧ fort).

serrer, 1. exercer une pression par contact contre qqch., et notamment de plusieurs côtés: **presser** (⇧ vague, un seul côté); **comprimer** (⇧ avec sujet inanimé, au point de réduire le volume, ou par ext.: *un dossier qui lui comprimait les côtes*); **écraser** (id.; ⇧ fort, au point de porter atteinte à l'objet, plutôt par en haut, ou par hyperbole); **étreindre** (⇧ qqn). 2. réunir très près l'un de l'autre, de façon à ce que s'exerce une pression, ou par ext.: **tasser, entasser, rapprocher** (v. serré).

servante, personne qui assurait le service dans une maison riche, dans la société traditionnelle: **domestique** (⇧ général, terme moderne également: *la maîtresse de maison était très exigeante envers les domestiques*); **femme de chambre** (⇧ attachée à la maîtresse, vx); **soubrette** (id.; ⇧ uniqt dans le théâtre classique); **femme de ménage** (⇧ chargée des tâches ménagères); **employée de maison** (id.); **bonne** (id.; ⇧ familier).

serveur, personne qui assure le service dans un café: **garçon** (⇧ courant); **barman** (⇧ au bar, anglicisme).

service, action faite pour être utile à qqn: **bienfait** (⇧ idée de position supérieure, très positif, appelant la reconnaissance: *il l'a trahi après avoir été comblé de bienfaits par lui*); **faveur** (id.; ⇧ souligne la position supérieure, ou politesse: *pourriez-vous me faire la faveur de m'entendre un moment?*); **aide** (⇧ vague et général: *solliciter l'aide d'un ami*); **appui, soutien** (⇧ pour une entreprise précise, notamment une demande de faveur).

serviette, v. sac.

servir, mettre ses facultés à la disposition de qqn: **suivre** (⇧ vague, surtt un chef: *il se décida à suivre le roi de Navarre*); v. aussi **aider**. ≈ **se mettre au service, à la disposition de.** || *Servir à.* ≈ **être utile; avoir pour utilité** (v. utile, utilité). || *Servir de*: **tenir lieu de** (⇧ soutenu: *ce vieux poids me tient lieu de presse-papiers*); avec inv., **utiliser, se servir de qqch. comme**: *je me sers de vieux pots de moutarde comme pots à confiture* pour *de vieux pots de moutarde me servent de* —; v. aussi **remplacer.** || *Se servir de*: v. utiliser.

serviteur, comme servante, au masculin: **domestique** (v. servante); **valet de chambre, de pied** (⇧ attaché au maître, vx); **laquais** (⇧ accompagne dans les déplacements); **larbin** (fam.; ⇧ péjoratif).

servitude, v. esclavage.

session, v. séance.

seul, 1. qui n'a pas de compagnie: **solitaire** (⇧ durable, ou tempérament, s'applique également à des noms abstraits: *mener une existence solitaire*); **isolé** (⇧ souligne l'absence de personnes dans le voisinage, par distance physique ou morale: *il se sentait très isolé au sein de la classe*); **esseulé** (id.); **retiré** (⇧ souligne l'éloignement de la société: *il vit retiré dans un ermitage*). 2. tel qu'il n'y en a pas d'autre: **unique** (⇧ fort: *mon unique espoir*); **exclusif** (⇧ disposant d'un privilège, ou ext.: *dépositaire exclusif de la marque*); **dernier** (⇧ après que tous les autres ont disparu: *le dernier recours*). ≈ **seul et unique** (⇧ insistance); v. aussi **seulement.**

seulement, adv. marquant la restriction: **ne... que** (⇧ restrictif, en quantité ou intensité: *il n'y a que trois jours qu'il est parti; il ne cherche qu'à provoquer des difficultés*); **uniquement** (⇧ insistant, marque une certaine exclusion des autres possibilités: *je voulais uniquement lui faire peur, et non le tuer*); **exclusivement** (id.; ⇧ fort encore, rejette catégoriquement tout autre choix: *à utiliser exclusivement en cas d'incendie*); **simplement** (⇧ avec idée d'atténuation, de condition suffisante: *pour saisir la portée du passage, il faut simplement se reporter au début du livre*). ≈ avec les adj. **seul** et **simple**: *seule la patience peut venir à bout d'une telle tâche* pour *c'est seulement, il n'y a que la patience qui* —; *une entrée réservée aux seuls usagers* pour *réservée seulement* —; *faire une simple visite* pour *faire seulement une visite*; avec nég. **pas (guère) plus de** (⇧ dans le seul ordre quantitatif: *on ne trouve guère plus de quelques adjectifs dans le début de la description*).

sévère, 1. qui fait acte d'autorité de façon affirmée, notamment en punissant: **strict** (⇧ idée d'application exacte de la règle: *un maître très strict*); **rigoureux** (⇧ en ce sens, se dit uniqt d'une règle: *un collège où s'est maintenue la tradition d'une discipline très rigoureuse*); **rigoriste** (⇧ excès dans la sévérité des principes: *une morale rigoriste*); **rigide** (⇧ souligne le refus de tout assouplissement: *une morale rigide, un père rigide*); **intransigeant** (id.); **inflexible** (id.); **dur** (⇧ idée de manque de compréhension, et de caractère pénible); **draconien** (⇧ uniqt abstraction, particulièrement fort: *des règlements draconiens*). 2. v. sérieux.

sévérité, autorité particulièrement forte et sans ménagements : **rigueur, rigidité, dureté, intransigeance** (v. sévère).
sévir, v. punir.
sexe, v. sensualité.
sexualité, v. sensualité.
sexuel, v. sensuel.
siècle, v. époque.
siège, ce sur quoi l'on s'assied. SPÉC. **chaise** (⇧ avec dossier, sans accoudoirs) ; **fauteuil** (⇧ avec dossier et accoudoirs) ; **tabouret** (⇧ sans dossier ni accoudoirs) ; **banc** (⇧ en longueur) ; **banquette** (id. ; ⇧ adossé à une paroi) ; v. aussi **canapé**. 2. fait d'assiéger une ville : **investissement** (⇧ la mise en place du dispositif militaire) ; **blocus, encerclement**.
sieste, v. sommeil.
siffler, faire entendre un son long et strident produit par les lèvres, ou de même type : **siffloter** (⇧ sur un air, plutôt gaiement).
siffloter, v. siffler.
sigle, v. emblème.
signal, v. signe.
signaler, v. indiquer.
signature, nom propre figurant à la fin d'un document : **paraphe** (⇧ particulièrement complexe, pour décourager l'imitation) ; **émargement** (⇧ sur un document administratif, pour attester la prise de connaissance : *une liste d'émargement*) ; **griffe** (⇧ couturier) ; **sceau, seing** (⇧ historique : *l'édit de Nantes porte le sceau du roi*).
signe, 1. qui indique ou dévoile l'existence d'autre chose : **marque** (⇧ élément fortement lié à ce qui est désigné : *toujours accorder son consentement est une marque de faiblesse*) ; **indice** (⇧ simple probabilité : *il existe de nombreux indices, mais aucune preuve établie, de sa culpabilité*) ; **indication** (id.) ; **manifestation** (⇧ ce qui se révèle extérieurement d'une réalité cachée : *le fait de se frotter le menton constituait chez lui une manifestation d'embarras*) ; **expression** (id. ; ⇧ volonté de communiquer plus ou moins directe) ; **symptôme** (⇧ d'une maladie, d'un état de fait : *les symptômes de la varicelle ; des symptômes de crise sociale*) ; **syndrome** (id. ; ⇧ ensemble de symptômes caractérisant une affection) ; **signal** ⇧ donné volontairement : *il devait donner le signal du départ en agitant un drapeau*) ; **symbole** (⇧ selon une signification déterminée par convention, renvoyant à une notion abstraite : *la colombe est le symbole de la paix*) ; v. aussi **marque, preuve** et **emblème**. ≈ pour *être signe de* : v. indiquer et signifier. 2. v. lettre. 3. v. mouvement.
signification, v. sens.
signifier, 1. avoir pour sens : **vouloir dire** (⇧ courant) ; **désigner** (⇧ insiste plutôt sur un rapport direct entre un objet ou une notion, pris globalement, et le signe : *le pronom indéfini* on *désigne ici l'interlocuteur*) ; **renvoyer à** (id. ; ⇧ indirect et vague) ; **exprimer** (⇧ large et indirect : *un adjectif qui exprime le trouble, la sensibilité*). ≈ expr. nom. avec ***sens, signification**. 2. v. indiquer, montrer, prouver.
silence, absence de paroles ou de bruit : **mutisme** (⇧ uniqt fait de ne pas parler : *rien ne pouvait entamer son mutisme*) ; **discrétion** (⇧ silence gardé intentionnellement : *la discrétion de la presse sur ce sujet est étonnante*) ; v. aussi **tranquillité**.
silencieux, qui ne parle pas ou ne fait pas de bruit : **muet** (⇧ ne parle pas) ; v. aussi **tranquille** et **(se) taire**.
sillage, v. trace.
sillonner, v. parcourir.
similaire, v. semblable.
similitude, v. ressemblance et analogie.
simple, 1. dont la composition ne comporte pas un très grand nombre d'éléments, sans complication : **dépouillé** (⇧ pour un élément esthétique, sans ornement : *une architecture, un style très dépouillé*) ; **sobre** (id. ; ⇧ modération dans l'emploi des ornements) ; **naturel** (⇧ sans artifice) ; **austère** (id. ; ⇧ fort, refus de tout aspect trop plaisant) ; **sommaire** (⇧ péjor. ; ⇧ sans grande élaboration : *un équipement sommaire*) ; **embryonnaire** (id. ; ⇧ idée de début seulement) ; **rudimentaire** (id. ; ⇧ idée de manque de technique). 2. v. facile. 3. qui ne s'embarrasse pas de manières : **sans-façon** (⇧ surtt dans les relations humaines). 4. v. naïf. 5. peu évolué : **primitif** (⇧ insiste sur le début de la civilisation, ou ext. : *un confort primitif*) ; **fruste** (⇧ manque de recherche) ; **rudimentaire** (id.) ; **rude** (⇧ pour un comportement, des pers. : *les mœurs encore rudes de ces montagnards*).
simplicité, 1. absence de complication : **dépouillement, sobriété, austérité** (v. simple). 2. v. facilité.
simulation, v. imitation.
simuler, v. imiter et semblant (faire).
simultané, qui se produisent en même temps, pour plusieurs événements : **concomitant** (id. ; ⇧ technique) ; **synchrone** (id.).

simultanément, v. ensemble.

sincère, 1. qui dit ce qu'il pense : **franc** (⇧ large, caractère général) ; **loyal** (id., ⇧ qualité) ; **direct** (⇧ sans précautions ni circonlocutions, plutôt moderne). ≈ **sans détour, sans arrière-pensées.** 2. conforme à ce que l'on pense ou ressent profondément : **authentique** (⇧ souligne l'expression du naturel : *pour la philosophie des Lumières, le Bon Sauvage était porteur d'une forme plus authentique des sentiments humains*) ; **véridique** (⇧ vérité objective : *un témoignage véridique*) ; v. aussi **vrai.** ≈ **réellement, profondément ressenti, éprouvé.**

sincérité, 1. qualité de celui qui dit ce qu'il pense : **franchise, loyauté** (v. franc). 2. qualité de ce qui est vraiment pensé ou éprouvé : **authenticité** (v. sincère) ; v. aussi **vérité.**

singer, v. imiter.

singulariser (se), v. (se) distinguer.

singularité, v. originalité et qualité.

singulier, v. original et particulier.

sinistre, v. triste.

sinon, v. sauf.

sinueux, v. courbe.

sinuosité, v. courbe.

site, v. lieu et paysage.

situer (se), v. (se) trouver.

situation, 1. v. position. 2. ensemble des événements et des circonstances, arrivant à un moment donné : v. cas et état. ≈ en emploi absolu, **état de choses** (⇧ vague).

sketch, v. comédie.

sobre, v. modéré et simple.

sobriété, v. modération et simplicité.

sobriquet, v. surnom.

social, qui concerne la société : **collectif** (⇧ groupe, large ou restreint : *inapte à toute discipline collective*) ; v. aussi **politique.**

socialisme, doctrine politique insistant sur le rôle de la collectivité, notamment dans l'action en faveur des classes défavorisées : **collectivisme** (⇧ insiste sur l'importance de l'action collective, contre la propriété privée, plutôt péjoratif) ; **communisme** (⇧ radical, pour la suppression de toute propriété privée) ; **marxisme** (id. ; ⇧ lié à la pensée de Karl Marx) ; **social-démocratie** (⇧ forme atténuée du socialisme : *la social-démocratie suédoise*) ; **progressisme** (⇧ insistance sur l'innovation, vocabulaire socialiste, et surtt marxiste : *les progressistes ont remporté une importante victoire contre la réaction*) ; **étatisme** (⇧ insiste sur le rôle de l'Etat, péjoratif). SPÉC. **babouvisme, fouriérisme, travaillisme...**

socialiste, adepte du socialisme : **collectiviste, communiste, marxiste, social-démocrate, progressiste** (v. socialisme) ; **social** (⇧ simplement préoccupé par le sort des classes défavorisées : *un maire ayant des idées sociales*).

société, 1. ensemble des hommes regroupés par des institutions collectives : **collectivité** (⇧ idée de groupe : *on ne peut toujours s'en remettre à la collectivité pour régler toutes les difficultés*) ; **communauté** (⇧ idée de solidarité, de valeur morale) ; v. aussi **Etat** et **civilisation.** GÉN. **monde** (⇧ très vague, avec idée de spécificité historique, souvent : *dans le monde moderne, il n'y a plus de place pour les grands enthousiasmes collectifs*). ≈ **organisation sociale, collective.** 2. groupement à but économique : **compagnie** (⇧ dans un nom : *la Compagnie du gaz*) ; **entreprise, établissement** ; **trust** (⇧ important, plutôt péjor. : *les trusts automobiles*) ; **cartel** (⇧ ensemble de grandes sociétés, en quête d'un monopole) ; **holding** (⇧ uniqt financier) ; **consortium** ; v. aussi **entreprise.** 3. v. association.

sœur, 1. celle qui a les mêmes parents : **frangine** (fam.). 2. v. religieuse.

sofa, v. canapé.

soi-disant, v. prétendu.

soif, 1. besoin de boire : **altération** (⇧ savant). || *Avoir soif* : **être altéré, assoiffé** (v. altéré). 2. v. désir.

soigner, 1. traiter qqn avec beaucoup d'attention : **choyer** (⇧ soutenu, idée d'affection particulière : *un enfant choyé*) ; **dorloter** (⇧ avec idée d'une affection un peu excessive : *il a été tellement dorloté qu'il a perdu tout sens de l'effort*) ; **chouchouter** (id. ; fam.). ≈ **prendre soin de** : *prenez bien soin de lui !* 2. prendre les mesures nécessaires pour conduire à la guérison : **traiter** (⇧ pour un médecin : *il est traité par le docteur Untel*) ; **panser.** 3. faire avec beaucoup d'attention : **s'appliquer** (⇧ effort méticuleux : *il s'applique à ses devoirs*) ; **fignoler** (⇧ jusque dans les moindres détails) ; **peaufiner** (id.) ; **lécher** (id. ; ⇧ expressif).

soigneusement, avec soin : **minutieusement, méticuleusement, consciencieusement, scrupuleusement** (v. soigneux et minutieux). ≈ **avec soin** (⇧ souligne l'attention en acte).

soigneux, qui fait attention : **minutieux** (⇧ souci du détail, v. ce mot) ; **méticuleux** (id.) ; **consciencieux** (⇧ en conformité avec le sens de ses responsabilités morales, souvent affaibli pour désigner un travail correct, sans plus); **scrupuleux** (⇧ en tenant un compte un peu exagéré des exigences, ou très fort); **rigoureux** (⇧ strict).

soin, 1. attention particulière apportée à qqch.: **conscience, minutie, scrupule** (v. soigneux); v. aussi **attention**. 2. ce que l'on fait pour guérir qqn: **traitement** (v. soigner); **thérapeutique** (⇧ savant); **cure** (⇧ ensemble des soins appliqués, en fonction de l'objectif).

soir, fin de la journée: **soirée** (⇧ envisagé comme temps s'étalant en durée: *comment allons-nous occuper la soirée?*); **crépuscule** (⇧ moment autour du coucher du soleil). ≈ **tombée de la nuit** (⇧ moment précis, surtt complément de temps: *à la tombée de la nuit*); **entre chien et loup** (id.; ⇧ moment indistinct entre jour et nuit); **à la brune** (id.).

soirée, v. soir et réception.

sol, 1. v. terre. 2. ce qui se trouve sous les pieds, dans un édifice: **plancher** (⇧ en bois, ou par ext., en élévation: *le plancher de la salle était branlant*); **parquet** (⇧ fait de planches assemblées visibles); **carrelage** (⇧ carreaux); **dallage** (⇧ dalles); **plafond** (⇧ situé au-dessus de la pièce).

soldat, membre d'une armée, plutôt de rang inférieur: **militaire** (⇧ fonction, de tout grade); **homme** (⇧ pour souligner la position de dépendance hiérarchique: *le capitaine partit en avant des lignes avec cinq de ses hommes*); **guerrier** (⇧ participation à la guerre, plutôt civilisations anciennes ou primitives: *les guerriers spartiates*); **combattant** (⇧ dans le cadre de l'action armée: *les combattants du Viêt-nam)*; **conscrit, recrue** (⇧ jeune appelé), **troufion, bidasse, troupier** (argot; ⇧ incorporé dans les forces armées).

solde, v. salaire.

solennel, v. officiel.

solennité, v. cérémonie.

solidarité, fait de se prêter secours face à la difficulté: **entraide** (⇧ aide fournie); **coopération** (⇧ activité en commun); v. aussi **aide**.

solide, 1. qui est d'une consistance serrée, ne cédant pas facilement à la pression, par opposition à liquide, gazeux: **dur** (⇧ courant, souligne la difficulté à entamer, surtout par rapport à un élément mou, malléable: *la glaise présente ici et là des noyaux plus durs*); **ferme** (id.; ⇧ insiste surtt sur la résistance); **dense** (⇧ insiste plutôt sur la proportion de matière par rapport au volume); **consistant** (⇧ souligne l'adhérence mutuelle de la matière). 2. qui ne se laisse pas briser ou détruire facilement: **résistant** (⇧ souligne la capacité de s'opposer à une atteinte, pour un objet, plutôt informe, ou une pers.: *une roche très résistante; un malade très résistant*); **robuste** (id.); **incassable** (⇧ que l'on ne peut casser: *des verres incassables*); **inusable** (⇧ résiste à l'usure); **indestructible** (⇧ par hyperbole, très solide); **inébranlable** (⇧ que l'on ne peut même pas faire bouger: *un rocher inébranlable*, et au fig. *une conviction inébranlable*); v. aussi **fort** et **dur**. 3. pour une démonstration, un argument, qui peut difficilement être refusé ou réfuté: **fort** (⇧ puissance de persuasion: *il existe des arguments assez forts en faveur de l'existence d'Homère*); **irréfutable** (⇧ sans aucune réplique possible: *une preuve irréfutable de l'innocence de Dreyfus*); **inattaquable** (id.; ⇩ fort); **imparable** (⇧ auquel on ne peut rien opposer); v. aussi **évident**. ≈ expr. **de poids**: *il existe des arguments de poids pour admettre cette hypothèse.*

solidité, qualité de ce qui est solide: **dureté, fermeté, densité, consistance, résistance, robustesse, indestructibilité** (v. solide); **poids** (⇧ pour un argument); v. aussi **force**. GÉN. pour un argument: **valeur**.

soliloque, v. monologue.

solitaire, v. seul.

solitude, fait d'être seul: **isolement** (⇧ coupure d'avec les autres, même dans la foule: *son isolement croissant lui pesait*); **délaissement** (⇧ insiste sur le peu d'intérêt venant d'autrui); **retraite** (⇧ loin du monde, volontaire); **désert** (très litt., en ce sens; ⇧ insiste sur le lieu, vide de tout peuplement).

solliciter, v. demander.

solution, ce qui résout un problème: **réponse** (⇧ souligne l'aspect de question: *la réponse à la devinette*); **clef** (⇧ pour une énigme: *la clef du message secret*); **résultat** (⇧ d'une opération arithmétique, ou d'un problème appelant une solution chiffrée: *parvenir au bon résultat*); **résolution** (⇧ d'un problème); **issue** (⇧ pour une situation difficile: *trouver une issue au conflit acceptable par toutes les parties*); **porte de sortie** (id.; ⇧ situation embarrassante); **remède** (⇧ pour une situation critique: *un remède à la crise du logement*); v. aussi **moyen** et **remède**. ≈ expr. **façon, moyen de résoudre, régler, de remédier à, de porter remède à, de**

pallier, de se tirer d'embarras et diverses expr. verb. avec ces mêmes verbes (v. remédier, résoudre).

solutionner, v. résoudre.

sombre, qui manque de lumière : **obscur** (⇧ fort et soutenu : *une nuit obscure*) ; **noir** (⇧ courant, fort, notamment expr. figées : *il faisait nuit noire ; il y faisait noir comme dans un four ; un cabinet noir*) ; **foncé** (⇧ pour une teinte, tirée vers le sombre : *un bleu très foncé*) ; **ténébreux** (⇧ très fort et litt. : *dans la forêt ténébreuse*). ≈ surtt avec nég. **peu clair, mal éclairé** ; avec le verbe **voir** : *l'on n'y voyait goutte* pour *il faisait très sombre.*

sombrer, v. couler.

sommaire, v. rapide.

somme, 1. v. total. 2. v. quantité.

sommeil, fait de dormir : **somme** (vx ou fam. ; ⇧ petit moment de sommeil : *faire un petit somme dans l'après-midi*) ; **roupillon** (id. ; très fam. : *piquer un petit roupillon*) ; **sieste** (⇧ sommeil pris dans l'après-midi) ; **repos** (très soutenu ; ⇧ souligne l'action réparatrice, pas obligatoirement sommeil) ; **endormissement** (⇧ fait d'être endormi, notamment au sens fig., classique ou régional) ; **assoupissement** (⇧ sommeil léger ou temporaire : *un moment d'assoupissement*) ; **torpeur** (⇧ état d'engourdissement lié au sommeil : *il était plongé dans une profonde torpeur*) ; **léthargie** (⇧ maladif, drogue, ou fig., inaction) ; **dodo** (⇧ enfantin). ≈ par métonymie, l'on aura souvent recours, notamment dans le langage courant, à **nuit** : *avez-vous passé une bonne nuit ?* pour *—joui d'un bon sommeil*; v. aussi **dormir**. || *Avoir sommeil*, avoir envie de dormir : **être pris de somnolence** (⇧ état intermédiaire entre veille et sommeil, plus ou moins léger) ; **s'assoupir** (⇧ nettement dans l'état de sommeil) ; v. aussi **(s')endormir**.

sommeiller, v. dormir.

sommet, 1. partie la plus élevée d'un objet en hauteur : **haut** (courant ; ⇧ vague : *le haut de la butte*) ; **faîte** (⇧ notamment d'un bâtiment, arbre, ou fig. : *le faîte du toit*) ; **cime** (⇧ uniqt montagne) ; **crête** (id. ; ⇧ allongé : *suivre la ligne de crête*). 2. v. paroxysme et maximum.

somnolence, v. sommeil.

somnoler, v. dormir.

somptueux, v. luxueux.

son, 1. tout ce qui s'entend : **bruit** (⇧ à l'exclusion de la valeur musicale : *le bruit du verre qui casse*) ; **sonorité** (⇧ pourvu d'une qualité particulière : *un vers d'où se dégagent des sonorités éclatantes*) ; **ton** (⇧ avec valeur expressive, ou technique musicale : *le ton de sa voix traduisait l'irritation*) ; **timbre** (⇧ qualité particulière d'une voix, d'un instrument : *une cloche au timbre un peu grêle*) ; **résonance** (⇧ en arrière-plan) ; v. aussi **bruit** et **musique**. 2. effet acoustique précis, notamment dans une langue : **phonème** (⇧ appartenant au système de la langue : *les voyelles nasalisées sont des phonèmes particulièrement fréquents en français*) ; **note** (⇧ sur l'échelle musicale). SPÉC. **consonne** (⇧ faiblement sonore) ; **voyelle** (⇧ fortement sonore).

songe, v. rêve.

songer, v. rêver et projeter.

sonner, 1. v. résonner. 2. faire entendre un bruit comparable à celui des cloches : **tinter** (⇧ espacé, avec résonance) ; **tintinnabuler** (id.) ; **carillonner** (⇧ à toute volée).

sonnerie, v. cloche.

sonore, 1. dont le son est perçu facilement et plutôt agréablement : **bruyant** (⇧ bruit, plutôt désagréable) ; **retentissant** (⇧ fort, éclat) ; **éclatant** (id. ; ⇧ fort). 2. qui a rapport au son : **phonétique** (⇧ concernant les sons de la langue) ; v. aussi **musical**.

sonorité, v. son.

sophisme, v. raisonnement.

sophistiqué, v. raffiné.

sorcellerie, v. magie.

sorcier, v. magicien.

sort, v. hasard et destin.

sorte, division d'une catégorie générale : **espèce** (⇧ rigoureux, surtt pour les catégories d'êtres vivants : *il existe plusieurs espèces de crustacés*, ou comme qualifiant assez vague, plutôt pour des termes abstraits : *un crime de cette espèce mérite le plus rigoureux des châtiments*) ; **genre** (⇧ catégorie assez vaste et indéterminée, sauf emploi en sciences naturelles, assez rare : *parmi les nombreux genres de style, celui de Hugo se détache avec une physionomie toute particulière*) ; ***type** (id. ; ⇧ insiste sur l'apparence, la forme : *La Fontaine utilise conjointement plusieurs types de vers*) ; **forme** (id. ; ⇧ insiste sur la manifestation ; ⇩ sur la division : *une forme de pensée assez répandue ; on peut imaginer d'autres formes d'intervention de l'auteur*) ; ***catégorie** (⇧ général, insiste sur la volonté de classification : *deux termes de la même catégorie grammaticale ; un message qui s'adresse à une catégorie de personnes bien définie*) ; **variété** (⇧ pour désigner les diverses ramifications d'une même espèce végétale : *une variété nouvelle de pommier*). || *Une sorte de*, qqch. qui présente une parenté avec : **une espèce, un genre de** ; **une manière, façon de** (⇧ très littéraire).

sortie, lieu par où l'on sort : **issue** (⇧ ce qui permet de sortir, pour celui qui le souhaite : *une voie sans issue*).

sortir, 1. aller hors d'un lieu : **quitter** (+ compl. direct : *il quitta la salle*) ; **s'en aller** (⇧ courant, emploi absolu uniqt) ; v. aussi **partir** et **s'enfuir**. 2. pour un flux quelconque, venir d'un contenant : ***jaillir** (⇧ idée de jet, au pr. ou fig. : *l'eau jaillissait du robinet*; *des paroles désordonnées jaillissaient de sa bouche*) ; **s'échapper** (⇧ souligne l'aspect anormal). || *Se sortir :* se dégager d'une position ou situation désagréable, **réchapper** (⇧ sain et sauf) ; **s'en tirer, se dépêtrer** (⇧ familier).

sot, v. stupide.

sou, v. argent.

soubrette, v. servante.

souci, 1. pensée concernant plutôt l'avenir, plus ou moins proche, et constituant une cause de trouble pour l'esprit : **préoccupation** (⇧ insiste sur la place prise dans la pensée : *l'évolution de la situation financière constituait pour lui un sujet de préoccupation*) ; ***inquiétude** (⇧ fort, mêlé d'une peur diffuse : *il était en proie à de graves inquiétudes quant au sort de sa famille*) ; v. aussi **inquiétude**. 2. v. volonté.

soucier, v. inquiéter. || *Se soucier*, marquer de l'intérêt pour qqn ou qqch. : **penser à** (⇧ vague) ; **s'occuper** (⇧ souligne l'activité : *elle s'occupe beaucoup de sa famille)*; **veiller sur** (⇧ idée d'attention et de protection, pour une pers. : *il veillait sur les études de son pupille*) ; **se préoccuper** (⇧ intérêt fort et actif : *il faudrait se préoccuper de l'organisation de la rentrée*) ; **s'inquiéter** (⇧ en un sens faible, pour une tâche imminente : *il serait temps de s'inquiéter de son examen*) ; v. aussi **(s')occuper** et **penser**. ≈ **prendre soin** (⇧ pour une personne).

soucieux, qui se fait du souci : **préoccupé** ; v. aussi **inquiet**.

soudain, adj., qui se produit sans qu'on s'y attende, en un instant : **subit** (⇧ soutenu, notamment pour des événements graves : *une mort subite*) ; **brutal** (⇧ souligne la violence morale : *la cessation brutale des approvisionnements*) ; **brusque** (id. ; ⇩ fort : *un brusque arrêt cardiaque*) ; **fulgurant, foudroyant** (id. ; ⇧ superlatif : *une décision foudroyante*) ; v. aussi **imprévu** et **immédiat**. ≈ v. soudain, adv.

soudain, adv., de façon soudaine : **subitement, brutalement, brusquement** (v. soudain) ; **soudainement** (⇧ insiste sur la manière, ne constitue donc pas un mot de liaison aussi net que *soudain* : *soudain, il se tut* mais *il se figea soudainement*; en pratique, quelques confusions) ; **tout à coup** (⇧ dans le fil d'un récit : *tout à coup, il s'interrompit*) ; **à l'improviste** (⇧ imprévu : *il débarqua à l'improviste*) ; **inopinément** (id.) ; v. aussi **aussitôt**. ≈ **d'un seul coup** ; **sans prévenir**.

soudoyer, v. payer.

souffle, v. respiration et vent.

souffler, v. respirer et (se) reposer.

soufflet, v. gifle.

souffleter, v. gifler.

souffrance, v. douleur.

souffrant, v. malade.

souffrir, 1. éprouver de la douleur : **avoir mal** (⇧ courant ; ⇩ fort : *j'ai mal à la tête*) ; **peiner** (⇩ fort, plutôt difficulté à faire une tâche : *il peinait à monter la côte*) ; **pâtir** (litt. ; ⇧ uniqt avec un complément, indique plutôt une conséquence fâcheuse : *il a beaucoup pâti de l'injustice de ses maîtres*). ≈ **éprouver, ressentir de la *douleur, souffrance** (v. douleur) ; **être en proie à d'atroces souffrances** ; **être au supplice** (⇧ très fort) ; **être torturé** (⇧ avec complément : *être torturé par le chagrin*) ; **être endolori** (⇧ pour une partie du corps : *sa main était endolorie*) ; avec inv., **faire mal**. 2. v. subir. 3. v. supporter. 4. v. permettre.

souhait, ce que l'on souhaite : **vœu** (⇧ litt., ou formules de politesse : *voilà qui allait combler tous ses vœux*; *mes meilleurs vœux de rétablissement*) ; v. aussi **désir**.

souhaiter, v. vouloir.

souiller, v. salir.

souillure, v. saleté.

soûl, v. ivre.

soulagement, sentiment que l'on éprouve quand on vient de se voir débarrassé d'une inquiétude, d'un désagrément : **réconfort** (⇧ aide apportée : *il éprouva un grand réconfort à l'idée de ne plus se savoir seul*) ; **apaisement** (⇧ après un moment de trouble) ; **allégement, délivrance** (⇧ délivré d'un poids).

soulager, v. calmer et consoler.

soûler (se), v. (s')enivrer.

soulèvement, v. révolution.

soulever, v. lever. || *Se soulever* : v. (se) révolter.

soulier, v. chaussure.
souligner, v. insister.
soupçon, fait de supposer qqn coupable : **doute** (⇧ général, idée que l'on ne sait pas) ; **suspicion** (⇧ attitude générale de soupçon : *regarder tout le monde avec suspicion*) ; v. aussi **méfiance**.
soupçonner, supposer que qqn est coupable : **suspecter** (⇧ considérer comme suspect, plus appuyé) ; **douter de** (id.) ; **flairer** (⇧ avec une action pour complément : *je flaire la mauvaise foi*) ; **présumer, prévoir** (⇧ neutre) ; v. aussi **(se) méfier**.
soupçonneux, v. méfiant.
soupe, plat liquide et salé, comportant divers aliments mélangés : **potage** (⇧ soutenu, ou régional) ; **bouillon** (⇧ uniqt liquide : *un bouillon de poule*) ; **consommé** (⇧ surtt viande, cuisiné).
soupente, v. chambre.
souper, n., v. repas.
souper, verbe, v. manger.
soupirant, v. amant.
souple, v. flexible.
souplesse, **flexibilité, agilité** (⇧ idée d'adresse) ; **légèreté** (⇧ donne le sentiment de ne pas peser).
source, v. cause.
sourd, 1. qui n'entend pas : **dur d'oreille** (⇧ faible). 2. bruit étouffé : **amorti, assourdi, étouffé, voilé.**
sourire, v. rire.
sous-entendre, faire comprendre qqch. sans le dire : **présupposer** (⇧ tenir pour acquis au préalable). ≈ **parler à demi-mot** ; **faire allusion à** ; **faire des allusions, des sous-entendus.**
sous-entendu, que l'on sous-entend : **implicite** (⇧ pour une idée, va de soi).
soustraire, v. enlever.
soutenir, 1. v. porter. 2. v. affirmer.
soutien, v. aide.
souvenance, v. mémoire.
souvenir, v. mémoire et (se) rappeler.
souvenir (se), v. (se) rappeler.
souvent, adv. marquant qu'un événement se produit assez fréquemment dans une période donnée : **fréquemment** (⇧ idée de fait habituel, plutôt que strictement factuel : *oublier fréquemment ses affaires ; un terme qui revient fréquemment dans la prose classique*) ; **couramment** (⇧ idée d'un fait répandu, habituel : *un tour dont la langue littéraire use couramment*) ; v. aussi **habituellement**. ≈ **à plusieurs (de nombreuses) reprises** ; **plusieurs, de nombreuses, maintes fois** (⇧ archaïsant pour le dernier) ; avec les adj. **fréquent, *habituel, *courant** : *faire de fréquents arrêts* pour *s'arrêter souvent* ; *on relève l'emploi fréquent de l'apostrophe* pour *l'auteur emploie souvent l'apostrophe* ; avec le n. **fréquence** (v. ce mot).
souverain, v. roi.
spacieux, v. grand.
speaker, speakerine, personne qui parle à la radio ou la télévision : **présentateur, -trice** ; **annonceur.**
spécial, v. particulier.
spécificité, v. qualité.
spécifique, v. particulier.
spécimen, v. exemple.
spectacle, 1. v. vue. 2. ce que l'on propose à voir à un public : **représentation** (⇧ sur une scène, plutôt théâtre) ; v. aussi **pièce.**
spectateur, v. public.
spectre, v. fantôme.
spéculation, v. pensée.
spéculer, v. penser.
sphère, v. boule et domaine.
spirituel, v. intellectuel.
spleen, v. tristesse.
splendeur, v. beauté.
splendide, v. beau.
spolier, v. déposséder.
spontané, v. inconscient et volontaire.
spontanément, v. inconsciemment et volontairement.
sport, activité physique faite dans un esprit de jeu ou de compétition : **gymnastique** (⇧ particulièrement mouvements divers) ; **athlétisme** (⇧ individuel, course, etc.) ; **exercice** (⇧ général, plutôt en vue de la santé : *vous devriez faire davantage d'exercice*).
square, v. jardin.
squelette, v. carcasse.
stable, v. immobile.
stade, état par lequel passe un phénomène en mouvement : **étape** (⇧ idée de progression : *la première étape d'un processus révolutionnaire*) ; **phase** (⇧ insiste sur la durée : *la maladie est d'abord passée par une phase d'incubation*) ; v. aussi **degré.**
stance, v. strophe.
standing, v. niveau.
star, v. artiste.
station, v. arrêt.
stationner, arrêter son véhicule quelque part : **se garer** (⇧ à une place fixe) ; **se ranger** (⇧ pour laisser le passage libre) ; v. aussi **(s')arrêter.**
statuaire, v. sculpture.
statue, v. sculpture.
stature, v. taille.
stérile, qui ne porte pas de fruits, au pr. ou fig. : **improductif** (⇧ souligne la

production) ; **pauvre** (⇧ large) ; **ingrat** (⇧ récompense mal la peine que l'on se donne) ; **infécond** (vx) ; **infertile, aride** (⇧ terre). ≈ avec nég., **peu fertile, productif**.

stigmate, v. cicatrice.

stigmatiser, v. critiquer.

stimuler, v. exciter.

stopper, v. arrêter.

stratagème, v. ruse.

strict, v. sévère.

strophe, division d'un poème, comprenant un certain nombre de vers : **couplet** (⇧ dans une chanson) ; **laisse** (⇧ chanson de geste) ; **stance** (⇧ vieilli au sens de strophe, utilisé plutôt pour des passages lyriques dans le théâtre) ; v. aussi **paragraphe**. SPÉC. **quatrain** (⇧ quatre vers) ; **tercet** (⇧ trois vers).

structure, v. composition.

studio, v. appartement.

stupéfaction, v. surprise.

stupéfait, v. surpris.

stupéfiant, v. surprenant.

stupéfier, v. surprendre.

stupeur, v. surprise.

stupide, qui est dépourvu d'intelligence : **sot** (⇩ fort ; plutôt tendance à manquer d'esprit assez souvent, soutenu) ; **bête** (id. ; ⇧ courant : *il est bête à manger du foin*) ; **idiot** (⇧ très fort, proche de la débilité mentale, au sens litt., sinon fam.) ; **borné** (⇧ insiste sur les limites de l'intelligence, avec un accent mis sur le refus de sortir d'idées préconçues : *comment peut-on être aussi borné !*) ; **obtus** (*esprit obtus*) ; **bouché** (fam.) ; **inintelligent** (⇧ très soutenu, faible, plutôt en rapport avec une activité de compréhension au sens strict, et surtt pour des termes inanimés : *une position inintelligente)* ; **crétin, imbécile** (⇧ surtt en un sens fam., dans l'usage moderne, plutôt substantivés : *quel crétin !)* ; **abruti** (id. ; ⇧ fort) ; con (argotique).

stupidité, 1. fait d'être stupide : **sottise, bêtise, inintelligence, abrutissement** (v. stupide) ; **crétinisme, imbécillité, connerie** (argotique, v. stupide). 2. parole ou action stupide : **sottise, bêtise, imbécillité, connerie**, (argotique) ; **ineptie** (⇧ souligne le caractère incohérent : *il ne débite que des inepties*) ; **insanité** (⇧ très soutenu, à la limite du délire) ; v. aussi **absurdité**.

style, 1. façon d'écrire caractéristique d'un auteur : **écriture** (⇧ général, ensemble des moyens d'expression : *une écriture dense et travaillée*) ; **plume** (⇧ général, seulement emplois avec des qualificatifs assez vagues : *avoir une belle plume*) ; **manière** (⇧ souligne l'aspect caractéristique : *la manière de Voltaire est inimitable*) ; **tour** (id. ; ⇧ surtt pour caractériser une certaine allure de la phrase) ; **facture** (⇧ qualité de fabrication : *un vers d'une belle facture classique*) ; **ton** (⇧ large, plutôt attitude par rapport à ce que l'on a dit : *user d'un ton pathétique, humoristique, lyrique* ; *l'on notera l'art du mélange des tons*) ; **goût** (⇧ attitude esthétique, surtt propre à une époque, un courant : *le goût classique ne tolère pas la recherche gratuite de l'ingéniosité verbale*). 2. tout ce qui touche aux moyens d'expression par opposition au fond : **forme** (⇧ très général : *la forme très classique du poème ne doit pas dissimuler l'audace du dessein*) ; **technique** (⇧ aspect artisanal) ; **expression** (⇧ maniement de la langue). ≈ **procédés (d'expression) mis en œuvre** (⇧ détail technique).

subalterne, v. inférieur.

subconscient, v. inconscient.

subdiviser, v. diviser.

subdivision, v. partie.

subir, v. supporter.

subit, v. soudain (adj.).

subitement, v. soudain (adv.).

subjectif, v. individuel.

sublime, v. beau.

subordonné, v. inférieur.

suborner, v. séduire.

suborneur, v. séducteur.

subrepticement, v. secrètement.

subsidiaire, v. secondaire.

subsistance, v. nourriture.

subsister, v. rester.

substance, v. matière.

substantif, v. nom.

substituer, v. remplacer.

substitution, v. remplacement.

subterfuge, v. ruse.

subtil, v. intelligent et délicat.

subtiliser, v. voler.

subtilité, v. intelligence.

subversif, v. révolutionnaire.

succéder, v. remplacer.

succès, v. réussite.

successeur, 1. v. remplaçant. 2. personne qui se situe dans la continuité d'une autre : **continuateur** (⇧ souligne la suite dans une entreprise) ; **héritier** (⇧ qui garde le dépôt spirituel : *Rome est l'héritière de la Grèce*) ; **épigone** (⇧ très litt., plutôt péjor. : *les grands romantiques et leurs épigones de la fin du siècle*).

succession, v. héritage et suite.

successivement, v. suite (à la).

succinct, v. court.

succomber, v. mourir.

succulent, v. bon.
sud, un des points cardinaux : **midi** (⇧ litt. ou pour désigner une région : *le Midi de la France*). ≈ avec les adj. **austral** ou **méridional** : *la partie méridionale de l'Argentine* pour *la partie située au sud* —.
suer, excréter de la sueur : **transpirer** (⇧ soutenu pour l'homme) ; **exsuder, suinter** (⇧ pour des choses : *les murs suitent*). ≈ **être en eau, en nage** (⇧ fort et expressif).
sueur, excrétion des glandes de la peau : **transpiration** (v. suer).
suffire, être en quantité assez importante. ≈ avec l'adv. ***assez**.
suffisamment, v. assez.
suffoquer, v. étouffer.
suffrage, v. vote.
suggérer, v. recommander et indiquer.
suggestion, v. avertissement.
suicider (se), v. (se) tuer.
suite, 1. ce qui vient après : **prolongement** (⇧ d'une ligne, ou fig. : *le prolongement de l'avenue*) ; **continuation** (⇧ souligne la continuité). 2. ensemble de choses qui se suivent : **série** (⇧ assez développé : *une série de termes renvoyant au registre affectif*) ; **succession** (⇧ souligne le fait que chaque élément fait place au suivant : *il faut respecter la succession des chapitres* ; *une succession d'événements malencontreux*) ; **enchaînement** (id. ; || ⇧ événements) ; **chaîne** (id. ; ⇧ rare) ; **gamme** (⇧ insiste sur la variété : *toute une gamme de produits d'entretien*) ; v. aussi **ensemble**. 3. v. conséquence.
suite (tout de), v. aussitôt.
suivant, adj. qui vient après : **ultérieur** (⇧ loin, dans le cours du discours ou du temps, par rapport au moment où l'on se situe : *renvoyer à des développements ultérieurs*) ; **postérieur** (⇧ loin par rapport au moment considéré) ; v. aussi **deuxième** et **autre**. ≈ **qui *suit** (courant ; ⇧ dans un discours : *le vers qui suit*) ; **d'après** (⇧ style relâché).
suivant, prép., v. selon.
suivre, 1. aller derrière qqn : **talonner** (⇧ de très près, plutôt dans l'idée d'une poursuite) ; **filer** (⇧ pour surveiller : *être filé par la police*) ; **pister** (id.) ; v. aussi **poursuivre** et **accompagner**. ≈ **marcher à la suite de** ; **emboîter le pas à** ; **être sur les talons de** (⇧ idée de poursuite, tout près : *leurs limiers sont sur mes talons*). 2. venir après qqch. : **succéder** (⇧ idée d'un enchaînement, et d'un changement : *une mélodie allègre succède à la lamentation des violons*. ≈ **faire suite** : *un long monologue fait suite à la scène du défi* ; **découler de, résulter de**. 3. v. obéir.
sujet, 1. ce dont on traite : **thème** (⇧ vague et général : *les voyages constituaient le thème principal de leur conversation*) ; **matière** (⇧ apport d'idées : *l'évocation de la nature constitue pour un poète une matière inépuisable*) ; **idée, thème** (id.) ; **question** (⇧ suppose un débat d'idées : *tous les ouvrages consacrés à la question)* ; **motif** (⇧ insiste sur l'objet de représentation : *un sonnet dont le motif principal est la fuite du temps*) ; **objet** (⇧ idée de but : *l'objet du débat*) ; **propos** (⇧ but principal et démarche générale : *le propos de l'essai consiste en une méditation sur la relativité des critères de jugement*). ≈ **source d'inspiration** (⇧ large, en vue d'une création poétique ou artistique) ; **point de départ** (⇧ très vague) ; expr. avec le verbe **traiter** (v. parler). 2. v. cause. 3. v. citoyen.
sultan, v. roi.
summum, v. paroxysme.
superbe, v. beau.
superficie, v. surface.
superficiel, v. léger.
superflu, v. inutile.
supérieur, qui est plus fort, noble, élevé : **meilleur, exceptionnel, prééminent, transcendant** (⇧ fort, philo.). ≈ avec le verbe ***surpasser**.
supériorité, fait d'être supérieur : **prééminence** (⇧ dignité qui fait passer en premier : *la prééminence de l'exécutif sur le législatif dans la constitution française*) ; **prédominance** (id. ; ⇧ emploi également pour des choses, avec l'idée d'une supériorité en nombre ou en importance : *l'on notera la prédominance des teintes sombres dans la première partie de la description*) ; **précellence** (⇧ très litt., par une qualité : *la précellence de la langue française*) ; **prépondérance** (⇧ fait de peser d'un plus grand poids : *combattre la prépondérance britannique dans l'océan Indien*) ; **primauté** (⇧ fait d'être au premier rang) ; **transcendance** (⇧ absolu, philo.) ; **suprématie** (⇧ du point de vue du pouvoir, très fort). ≈ v. surpasser.
supplanter, v. remplacer.
suppléant, v. remplaçant.
suppléer, v. remplacer.
supplément, ce qui vient en plus : **complément** (⇧ avec l'idée de ce qui permet d'atteindre la totalité : *attendre un complément d'information*) ; **surcroît**

(⇧ négatif, quantité : *un surcroît de travail occasionné par les retards*) ; **surplus** (⇧ en plus de ce qui suffit déjà).

supplice, 1. souffrance infligée volontairement à qqn : **torture** (⇧ en vue d'obtenir des aveux) ; **tourment** (⇧ vx en ce sens, sinon sens assez vague). 2. v. douleur.

supplier, v. demander et prier.

supporter, 1. v. porter. 2. être soumis à un mal quelconque, avec l'idée d'une certaine résistance : **subir** (⇧ neutre, mot outil : *subir des persécutions, une opération*) ; **endurer** (⇧ au sens courant, implique l'idée d'une certaine fermeté, sinon, litt. : *il a enduré ses souffrances sans jamais se plaindre*) ; **accepter** (⇧ idée de soumission, résignation : *accepter le châtiment céleste*) ; **tolérer** (⇧ sens médical : *son organisme ne tolère pas les antibiotiques*) ; **souffrir** (vx en ce sens, sauf expr. figées : *souffrir mille morts, souffrir le martyre*). ≈ **être victime de** (⇧ pour des atteintes d'origine humaine : *être victime d'un attentat*) ; **être soumis à** (id.).

supposer, 1. considérer comme vrai, sans pouvoir se fonder sur des preuves : **présumer** (⇧ très soutenu, plutôt en matière de faits concrets : *je présume qu'il a pris un autre chemin*) ; **imaginer** (id. ; ⇧ reconstruction) ; **conjecturer** (⇧ par une démarche rationnelle). ≈ **émettre la supposition, l'hypothèse** (v. supposition). 2. pour une chose, un fait, entraîner l'existence ou la vérité d'autre chose, comme préalable : **présupposer** (⇧ souligne l'antériorité : *une démonstration qui présuppose la connaissance de plusieurs théorèmes*) ; **impliquer** (⇧ déduction, plutôt résultat : *des contacts qui impliquent une connivence*). 3. v. demander. 4. *Etre supposé* (faire qqch.) : **être censé**.

supposition, ce que l'on suppose : **présomption, conjecture** (v. supposer) ; **hypothèse** (⇧ élaboré, souvent à caractère intellectuel, objet de discussion : *l'hypothèse d'une participation de La Rochefoucauld à la rédaction de* La Princesse de Clèves *a été souvent envisagée*).

supprimer, v. enlever et détruire.

suprématie, v. supériorité.

sûr, 1. qui n'a aucun doute : **certain** (⇧ fort) ; **assuré** (⇧ uniqt avec un complément, plutôt soutenu : *il est assuré d'avoir raison*) ; **convaincu** (⇧ idée d'une idée à laquelle l'intéressé adhère profondément : *il est convaincu de l'existence des extra-terrestres*) ; **persuadé** (id.). 2. v. évident.

suranné, v. démodé.

surclasser, v. surpasser.

surcroît, v. supplément.

sûrement, de façon sûre : **certainement** (v. sûr) ; v. aussi **évidemment**. ≈ **sans aucun doute** et **sans doute** (⇧ la seconde expression exprime en fait une simple probabilité, comme *sûrement* dans de nombreux emplois courants).

sûreté, v. sécurité.

surface, limite extérieure d'un volume : **superficie** (⇧ pour une mesure ou pour opposer au dedans : *la terre n'avait été humectée qu'en superficie*) ; **aire** (⇧ uniqt mesure, terme technique un peu vx). || *En surface* : **en apparence, en façade, à** ou **de l'extérieur**.

surgir, v. paraître.

surmonter, v. vaincre et surpasser.

surnaturel, qui procède d'une force dépassant la nature, divine, etc. : **miraculeux** (⇧ pour une intervention ponctuelle : *une guérison miraculeuse*) ; **inexplicable** (⇧ faible, simple constat de manque d'explication : *il se produit en ce lieu un certain nombre de phénomènes inexplicaples*) ; **surhumain** (⇧ insiste sur la force, le prodige : *doué de pouvoirs surhumains*) ; v. aussi **divin** et **magique**.

surnom, nom donné en plus du nom ordinaire : **sobriquet** (⇧ familier) ; **pseudonyme** (⇧ en principe pour se dissimuler, dans le cas notamment d'un auteur).

surpasser, se montrer supérieur à qqn ou qqch. : **dépasser** (⇧ idée de processus évolutif : *la production industrielle française dépasse maintenant celle du Royaume-Uni*) ; **l'emporter (sur)** (⇧ idée de simple degré : *le souci de plaire l'emporte sur celui d'instruire dans la plupart des fables de La Fontaine* ; également emploi absolu) ; **dominer** (id. ; ⇧ emploi absolu : *c'est le lyrisme qui domine dans le passage*) ; **prédominer** (id. ; ⇧ uniqt emploi absolu) ; **primer** (id. ; ⇧ idée de priorité) ; **surclasser** (⇧ différence de qualité : *un produit qui surclasse tous ses équivalents*). ≈ **laisser loin derrière (soi)** (⇧ superlatif, idée de concurrence, ou fig.) ; **prendre le pas sur** (⇧ pour des préoccupations) ; avec l'adj. **supérieur** (v. ce mot).

surplus, v. supplément.

surprenant, qui surprend : **étonnant, stupéfiant, renversant, confondant, déconcertant** (v. surprendre).

surprendre, produire un effet psychologique lié au fait que l'on n'attendait pas la chose : **étonner** (⇧ fort, avec idée d'interrogation provoquée : *cela m'étonne toujours de voir les gens se quereller pour de pareilles broutilles*) ; **stupéfier** (⇧ beaucoup plus fort, choc) ; **renverser** (⇧ fort encore : *j'en ai été renversé*) ; **confondre** (id. ; ⇧ litt.) ; **ébahir** (⇧ idée d'admiration, souvent : *j'ai été ébahi par sa virtuosité*) ; **déconcerter** (⇧ de sorte que l'on ne sait plus très bien comment réagir) ; **intriguer** (⇧ curiosité). ≈ avec inv., **en rester bouche bée** (⇧ comme ébahi).

surpris, que qqch. surprend : **étonné, stupéfié** et **stupéfait, renversé, confondu, ébahi, déconcerté, intrigué, bouche bée** (v. surprendre) ; **interloqué** (⇧ au point d'en perdre la parole, ou par ext.).

surprise, fait d'être surpris : **étonnement, stupéfaction, confusion, ébahissement** (v. surprendre).

sursis, v. délai.

surtout, v. particulièrement.

surveillant, personne qui surveille : **garde** (⇧ contre des éléments hostiles) ; **maître d'internat** (⇧ école) ; **pion** (id. ; fam.).

surveiller, regarder attentivement pour noter ce qui se passe, en vue d'un risque quelconque : **guetter** (⇧ en attendant un événement particulier, et notamment une occasion : *le renard guettait les poules*) ; **veiller sur** (⇧ dans une intention de protection) ; **contrôler** (⇧ à des fins de vérification : *contrôler les entrées*) ; v. aussi **regarder**.

survenir, v. arriver.

survivant, pers. qui reste vivante après une catastrophe : **rescapé** (surtt naufrage).

susceptible, v. capable et pouvoir.

susciter, v. causer.

suspecter, v. soupçonner.

suspendre, 1. v. pendre. 2. v. interrompre.

suspicion, v. soupçon.

sustenter, v. nourrir.

susurrer, v. murmurer.

svelte, v. maigre.

syllogisme, v. raisonnement.

symbole, v. image et emblème.

symbolique, qui désigne indirectement qqch., à la façon d'un symbole : **métaphorique, allégorique** (v. image) ; **figuré** (⇧ large, pour tout terme qui n'est pas entendu au sens propre : *la flamme est ici prise au sens figuré de passion amoureuse*) ; **imagé** (⇧ présence d'image : *les fables s'efforcent de présenter des vérités morales sous une forme imagée, attrayante pour un jeune public*) ; **emblématique** (⇧ comme un emblème, un signe consacré à cet usage : *le coq gaulois, figure emblématique de la nation française*).

symboliser, v. représenter.

symétrie, fait pour une figure de présenter des parties correspondantes par rapport à un axe : **parallélisme** (⇧ superposition directe : *l'on notera le parallélisme des deux hémistiches*) ; **équilibre** (⇧ impression produite : *le parfait équilibre des deux ailes du palais*) ; v. aussi **analogie, rapport** et **ressemblance**.

symétrique, qui présente une symétrie : **parallèle** (v. symétrie) ; v. aussi **semblable**.

sympathie, v. amour.

sympathique, qui produit une impression favorable : **cordial** (⇧ idée de sentiments communicatifs) ; **chaleureux** (id. ; ⇧ fort) ; v. aussi **aimable**.

symptôme, v. signe.

syncope, v. évanouissement.

synonyme, terme qui a le même sens qu'un autre : **équivalent, équivalence** (⇧ large, expression qui peut être utilisée pour rendre la même idée : *dictionnaire des synonymes et des équivalences*).

synthèse, fait de réunir ensemble deux positions : **fusion** (⇧ idée d'une complète assimilation réciproque : *le christianisme est né à certains égards d'une fusion du judaïsme et de l'hellénisme*) ; **combinaison** (⇧ souligne la part des divers éléments) ; **compromis** (⇧ uniqt pour une position, idée de concessions de part et d'autres : *Corneille réalise un compromis entre classicisme et baroque*) ; **syncrétisme** (⇧ uniqt pour des doctrines religieuses, provenant d'un mélange).

système, v. théorie et moyen.

T

table, meuble à pieds devant lequel il est possible de s'asseoir : **bureau** (⇧ pour écrire) ; **guéridon** (⇧ petit, uniqt pour poser des objets).
tableau, v. peinture.
tabou, v. sacré.
tabouret, v. siège.
tache, v. saleté.
tâche, v. travail.
taché, v. sale.
tacher, v. salir.
tâcher, v. essayer.
tact, v. toucher.
taillader, v. couper.
taille, 1. mesure de la hauteur d'une personne : **stature** (⇧ soutenu, debout : *un homme de stature imposante*). 2. v. grandeur.
tailler, v. couper.
taillis, v. bois.
taire (se), ne pas parler. ≈ **garder le silence** (⇧ ne pas commencer à parler) ; **rester silencieux** ; **ne rien dire** ; **ne pas dire un mot** ; **ne dire, souffler mot** ; **tenir sa langue** (⇧ pour ne pas révéler qqch. : *saurez-vous tenir votre langue ?*) ; **la boucler** (⇧ très familier).
talent, v. génie et intelligence.
talonner, v. suivre.
tandis que, v. pendant que.
tangible, v. matériel et visible.
tantôt, v. après-midi.
tapage, v. bruit.
taper, v. frapper.
tapir (se), v. (se) blottir.
tapis, pièce d'étoffe nouée ou tissée disposée sur le sol : **moquette** (⇧ recouvre tout le sol) ; **carpette** (⇧ petit tapis) ; **paillasson** (⇧ pour s'essuyer les pieds) ; **descente de lit** (⇧ au pied d'un lit) ; **kilim** (⇧ oriental, tissé) ; **tapisserie** (⇧ sur le mur, plutôt décoré) ; **tenture** (id. ; ⇧ tendu ; ⇩ nécessairement décoré).
tapisserie, v. tapis.
tarabiscoté, v. compliqué.
tard, à un moment avancé dans le temps : **tardivement** (⇧ souligne le retard : *ne réaliser que tardivement son erreur*).
tarder, ne faire qqch. qu'assez tard : **traîner, lambiner** (fam.). ≈ **être long à, lent à** ; **mettre du temps** (⇧ expressif : *il met bien du temps à se décider !*) ; avec inv., **falloir du temps à** : *il lui a fallu du temps pour comprendre* ; avec nég., **ne pas se dépêcher de** ; v. aussi **retarder**.
tare, v. défaut.
tarif, v. prix.
tarte, v. gâteau.
tartufe, v. hypocrite.
tartuferie, v. hypocrisie.
tas, ensemble d'objets en grand nombre placés les uns sur les autres : **pile** (⇧ ordonné, vertical : *une pile de plateaux*) ; **amas** (⇧ concentration en un lieu : *un amas de particules*) ; **monceau** (⇧ fort : *il trouva un monceau de détritus devant sa porte*) ; **accumulation** (⇧ neutre et abstrait, souligne plutôt le processus progressif) ; **amoncellement** (id. ; ⇧ masse). || *Un tas de :* v. beaucoup.
tasser, v. serrer.
tâter, v. toucher.
taudis, v. maison.
taule, v. prison.
taureau, v. vache.
taverne, v. restaurant.
taxe, v. impôt.
technique, v. art et moyen.
teinte, v. couleur.
téméraire, v. courageux.
témérité, v. courage.
témoignage, 1. fait de rendre compte d'un fait auquel on a assisté : **déposition** (⇧ uniqt devant un tribunal). 2. v. preuve.
témoigner, v. montrer.
tempérament, v. caractère.
tempérance, v. modération.
température, v. climat et temps.
tempérer, v. modérer.
tempête, v. orage.
temple, v. église.
temporaire, v. passager.
temps, 1. la succession des moments, considérée en elle-même ou en l'une de ses parties, plus ou moins étendue : **durée** (⇧ extension d'un phénomène donné : *s'embaucher pour la durée des vendanges ; la durée trop brève de la vie*) ; **âge, ère, période** (⇧ rapporté à un repère assez long : *une brève période de calme entre deux révolutions*) ; v. aussi **moment** et **époque**. SPÉC. **année, mois, jour, heure, minute, seconde** : *ne disposer que de quelques minutes* pour — *de peu de temps*, etc. 2. les conditions météorologiques : **climat** (⇧ général, pour une région donnée : *le climat de la*

Corse est plus ensoleillé que celui de la région parisienne) ; **température** (⇧ uniqt chaleur) ; **intempéries** (⇧ mauvais temps, pluie, etc.). ≈ **conditions atmosphériques, météorologiques, climatiques.**

tenace, v. persévérant.

ténacité, v. persévérance.

tendance, disposition qui porte à un certain comportement : **penchant** (⇧ attirance : *avoir un penchant pour la boisson*) ; **prédisposition** (⇧ idée d'un caractère inné, souvent médical : *une prédisposition innée à la violence*) ; **propension** (⇧ souligne la réalisation fréquente : *une propension au doute*) ; **instinct** (⇧ considéré comme une force en soi, dispositions innées : *l'instinct de conservation* ; *céder à ses mauvais instincts*) ; **pulsion** (⇧ vocabulaire psychanalytique, tendance très forte, liée au désir) ; **impulsion** (⇧ subit) ; **pente** (⇧ uniqt expr. : *suivre sa pente naturelle*, pour *céder à ses tendances naturelles*). || *Avoir tendance à*, être disposé à faire qqch., ou, plus largement, aller dans un certain sens, pour une personne ou un phénomène : **être porté à, sur** (⇧ personne, psychologique : *être porté sur les boissons fortes*) ; **tendre à** (⇧ général).

tendre, verbe, 1. exercer une force aux extrémités d'un objet souple pour le rendre droit : **raidir** (⇧ insiste sur le résultat, avec idée de manque de souplesse) ; **bander** (⇧ uniqt un arc ou, par ext., ses forces). 2. *Tendre à*, v. tendance (avoir).

tendre, adj., v. mou et affectueux.

tendresse, v. affection.

ténèbres, v. obscurité.

ténébreux, v. sombre et obscur.

tenir, avoir dans les mains : **retenir** (⇧ pour empêcher d'échapper : *retiens bien la poignée !*) ; **serrer** (⇧ insiste sur la force) ; **porter** (⇧ idée de soutien) ; v. aussi **avoir**. || *Tenir pour* : v. considérer comme.

tentation, v. désir.

tentative, v. essai.

tenter, v. essayer.

ténu, v. fin.

tenue, v. vêtement.

tergiverser, v. hésiter.

terme, v. mot et fin.

terminaison, élément qui termine un mot : **désinence** (⇧ grammatical).

terminer, v. finir.

terminologie, v. mot.

ternir, v. salir.

terrain, espace de terre considéré en fonction de la propriété ou de l'usage : **terre** (⇧ noble, grand : *posséder de vastes terres en Hongrie*) ; **propriété, domaine** (id.), **champ** (⇧ usage agricole) ; **lopin (de terre)** (⇧ petit) ; **parcelle** (id.) ; **emplacement** (⇧ en fonction de l'affectation : *chercher un emplacement pour un immeuble*).

terre, 1. v. monde. 2. élément situé sous les pieds, et notamment travaillé à des fins agricoles : **sol** (⇧ souligne le niveau superficiel, ou l'usage agricole : *une fenêtre au ras du sol ; un sol fertile*) ; **humus** (⇧ produit de décomposition des végétaux) ; **glèbe** (⇧ uniqt agricole, vx). 3. terrain cultivé, vocabulaire agricole : **champ, *terrain.**

terrestre, v. matériel.

terreur, v. peur.

terrible, v. effrayant.

terriblement, v. très.

terrifiant, v. effrayant.

terrifier, v. effrayer.

territoire, v. pays.

terroriser, v. effrayer.

tertre, v. hauteur.

test, v. essai.

tester, v. essayer.

tête, 1. partie supérieure du corps : **crâne** (⇧ partie osseuse, ou par ext. fam. : *ne rien avoir dans le crâne*) ; **chef** (vx) ; **caboche** (fam.). 2. v. cerveau.

têtu, qui refuse de renoncer à ses entreprises ou ses idées : **entêté** (id.) ; **buté** (⇧ refus de changer, très péjor.) ; v. aussi **persévérant.**

texte, partie de discours écrit : **écrit** (⇧ uniqt œuvre entière) ; **extrait, passage** (⇧ uniqt partie de l'œuvre) ; **morceau** (⇧ insiste sur le caractère bref, partiel) ; **original** (⇧ par opposition à la copie : *l'original du contrat*) ; **document** (⇧ général) ; v. aussi **livre, passage** et **partie.**

théâtral, v. dramatique.

théâtre, genre littéraire destiné à être représenté sur une scène : **scène** (⇧ uniqt certaines expr. : *écrire pour la scène*) ; **spectacle** (⇧ général). ≈ **littérature dramatique** (⇧ très didactique) ; avec le pluriel de **pièce** ; v. aussi **comédie, drame.**

thème, idée se proposant au traitement littéraire : **motif** (⇧ insiste plutôt sur le traitement lui-même : *la description d'un paysage idyllique constitue un motif fréquent de la pastorale classique*) ; v. aussi **idée, sujet** et **lieu commun.**

théologie, v. religion.

théologique, v. religieux.

théorie, 1. fait de considérer les choses abstraitement, par opposition à la pratique : **spéculation** (⇧ activité de réflexion pure) ; v. aussi **pensée**. 2. ensemble d'idées sur un point donné : **système** (⇧ suppose une théorie globale et organisée, surtt philosophique : *le système kantien*) ; v. aussi **pensée** et **idée**.

thérapeutique, v. soin.

thésauriser, v. économiser.

thèse, v. idée.

thuriféraire, v. flatteur.

ticket, v. billet.

timbre, v. son.

timbré, v. fou.

timide, v. qui craint d'avoir affaire à autrui : **réservé** (⇧ simple attitude de retrait) ; v. aussi **craintif** et **gêné**, **maladroit**.

timidité, fait d'être timide : **réserve** (v. timide) ; v. aussi **crainte**, **gêne**, **maladresse**.

timoré, v. craintif.

tinter, v. sonner.

tirade, v. développement et monologue.

tirer, 1. exercer une force motrice à partir de l'avant de qqch. : **traîner** (⇧ souligne la résistance au mouvement, par la masse ou le frottement, notamment : *traîner le corps sur le sol*) ; **remorquer** (⇧ pour des moyens de transport : *remorquer une voiture accidentée*) ; **tracter** (id. ; ⇧ dispositif mécanique prévu à cet usage : *tracter une caravane*) ; **haler** (⇧ uniqt pour une péniche, à partir de la rive). 2. faire sortir, au pr. ou fig. : **sortir** (⇧ insiste sur l'aboutissement, à l'extérieur : *sortir le dossier du tiroir* ; *il l'a sorti de la misère*) ; **arracher** (⇧ surtt emploi fig., en ce sens : *arracher l'orpheline aux griffes de ses persécuteurs* ; *l'arracher à une mort certaine*) ; **extraire** (⇧ souligne la présence à l'intérieur : *extraire une poussière de l'œil*) ; v. aussi **enlever** et **sauver**. 3. désigne l'origine d'un élément, surtt au participe passé : **extraire** (⇧ surtt pour un texte : *une citation extraite des* Fables *de La Fontaine*) ; **prendre** (⇧ vague, courant, surtt avec la prép. *dans* en ce sens : *une dictée prise dans Duhamel*) ; **emprunter** (⇧ souligne l'usage : *une expression empruntée à Pascal*). ≈ **venant de** ; **issu de**. 4. mettre en action une arme à feu : **faire feu** (⇧ soutenu, ou militaire) ; **lâcher** (⇧ soutenu, uniqt avec un complément : *lâcher un coup de feu*) ; **canarder** (fam. ; ⇧ à plusieurs reprises, plutôt depuis un lieu abrité).

tissu, objet fait de fils tissés : **étoffe** (⇧ matériau : *l'étoffe de ce pantalon est fragile*) ; **textile** (⇧ produit industriel : *les textiles artificiels*) ; **toile** (⇧ fin et résistant : *toile à matelas*) ; **drap** (vx en ce sens).

titre, 1. désignation d'un livre : **intitulé** (⇧ dans la mesure où le titre désigne le contenu, notamment pour des ouvrages didactiques : *un mémoire dont l'intitulé porte sur les cultures vivrières dans le nord du Sénégal*) ; v. aussi **nom**. 2. appellation désignant un honneur ou une compétence : **rang** (⇧ place dans une hiérarchie : *avoir rang de comte*). 3. v. diplôme.

toile, v. tissu et peinture.

toilette, 1. v. (se) laver. 2. v. vêtement. 3. lieux d'aisance : **cabinets** (⇧ un peu vx) ; **W.-C.** ou **water-(closet)** (fam.) ; **latrines** (⇧ pour le passé, ou public) ; **urinoir** (⇧ uniqt urine) ; **vespasienne** (id.) ; **lavatory** (⇧ vx, villes) ; **chiottes** (⇧ argotique).

toit, 1. partie supérieure d'un édifice : **toiture** (⇧ aspect technique, charpente, etc. : *il faut procéder d'urgence à la réfection de la toiture*) ; **couverture** (⇧ uniqt l'élément couvrant, tuiles, etc.) ; **comble** (⇧ uniqt pour désigner les pièces aménagées à ce niveau : *habiter sous les combles*). 2. v. maison.

tolérance, v. indulgence.

tolérer, v. permettre et supporter.

tombe, lieu où l'on enterre : **tombeau** (⇧ aspect monumental) ; **sépulture** (⇧ vague, envisage seulement la fonction : *le corps restera-t-il sans sépulture ?*) ; **fosse** (⇧ élément creusé dans le sol, et emplois dans expr. : *emporter son secret dans la fosse*) ; **caveau** (id. ; ⇧ aménagé par une maçonnerie : *un caveau de famille*) ; **pierre (tombale)** (⇧ insiste sur la dalle, souvent équivalent soutenu) ; **mausolée** (⇧ particulièrement monumental : *le mausolée de Napoléon*) ; **sépulcre** (⇧ très litt., emphatique).

tombeau, v. tombe.

tomber, 1. être entraîné vers le bas par son poids : **trébucher** (⇧ pour une pers., plutôt en butant sur qqch. : *trébucher sur un pavé*) ; **culbuter** (id.) ; **chuter** (fam.) ; **choir** (vx) ; **s'étaler** (fam. ; ⇧ en longueur : *s'étaler de tout son long sur le trottoir*) ; **s'affaler** (⇧ volontairement : *s'affaler sur le canapé*) ; **dégringoler** (⇧ le long d'une pente, ou à partir d'une position supérieure, pour une pers. ou une chose, expressif : *dégringoler tout le long de l'escalier*) ; **se renverser** (⇧ pour un objet en position verticale : *la bouteille s'est renversée*) ; **s'écrouler**, **s'effondrer** (⇧ pour une construction : *la pile de cageots s'effondra soudain sur son passage*). ≈ **faire une chute** (⇧ violent: *faire une chute de cheval mortelle*); **se casser la figure, la binette** (fam. et très fam.); **perdre l'équilibre** (⇧ uniqt amorce de chute). 2. v. pleuvoir. || *Tomber sur*: v. trouver.

tome, v. livre.

ton, 1. v. son. 2. v. style.

tonnerre, v. foudre.

toqué, v. fou.

tordu, v. courbe.

tornade, v. orage.

torpeur, v. sommeil.

torrent, v. cours d'eau.

torride, v. chaud.

tortueux, v. courbe.

torture, v. douleur.

torturer, infliger une vive souffrance, de la part d'une personne ou d'un sentiment: **faire souffrir** (⇧ vague); **tourmenter** (⇧ surtout moral: *tourmenté par le remords*); **martyriser** (⇧ fort, uniqt action d'une personne); **persécuter** (id.; ⇧ par des brimades incessantes); **supplicier** (⇧ fort); v. aussi **contrarier**.

tôt, avant qu'il se soit écoulé beaucoup de temps: **précocement** (⇧ par rapport à un développement: *la civilisation est apparue précocement au Moyen-Orient*); **prématurément** (⇧ trop tôt); v. aussi **vite**. ≈ **de bonne heure** (⇧ le matin, ou sens fig.: *Victor Hugo montra de très bonne heure des dispositions pour la poésie*).

total, v. complet et tout.

totalement, v. complètement.

totalité, v. tout.

touche, v. peu.

toucher, verbe, 1. approcher l'épiderme, et surtt la main, d'un objet quelconque: **effleurer** (⇧ léger); **frôler** (id.); **tâter** (⇧ dans l'intention de prendre connaissance: *tâter l'étoffe d'un vêtement*); **palper** (id.; ⇧ insistant). 2. être en contact direct avec qqch. ≈ **être contigu, adjacent, limitrophe** (v. proche): *des appartements contigus* pour *—qui se touchent*. 3. v. percevoir. 4. parvenir jusqu'à un corps, pour un projectile: **toucher** (⇧ fort: *il a été touché au bras*).

toucher, n., 1. sens lié à la peau: **tact** (⇧ savant). 2. fait de toucher: **contact**. ≈ **sensations tactiles**.

touffu, v. épais.

touiller, v. mélanger.

toujours, sans interruption ou sans fin dans le temps: **éternellement** (⇧ uniqt par rapport à la fin); **continuellement** (⇧ par rapport à une interruption: *il pleut continuellement en cette saison*); **constamment** (id.; ⇧ pour un phénomène discontinu: *il vient constamment me déranger*); **perpétuellement** (id.; ⇧ sur une durée plus longue); **invariablement** (⇧ sans exception); **immanquablement** (id.). ≈ **à (tout) jamais** (⇧ sans fin, très solennel: *il vivra à tout jamais dans la mémoire des hommes*); **sans cesse, sans arrêt, sans relâche, sans interruption** (⇧ très courant pour les premières expr.); **tout le temps** (⇧ courant); **de tout temps** (⇧ idée de valeur générale pour l'histoire: *de tout temps, il s'est trouvé des esprits libres*); avec les verbes outils ***cesser, arrêter** et la nég.: *ne pas cesser de parler* pour *toujours parler*; *il n'a jamais cessé d'y avoir des troubles dans la société* pour *il y a toujours eu —*, etc.; **à chaque fois** (⇧ répétition); **à tous les coups** (id.; ⇧ fam.).

toupet, v. audace.

tour, n.m., 1. limite extérieure d'une figure, considérée comme se refermant sur elle-même: **pourtour** (⇧ insiste sur la position ainsi désignée, notamment à l'extérieur: *des stèles disposées sur le pourtour de l'église*); **contour** (⇧ pour souligner le dessin d'une figure: *une forme aux contours un peu flous*); **circonférence** (⇧ géométrique, uniqt courbe: *la circonférence du cercle*); **périmètre** (id.; ⇧ large, toute figure); **périphérie** (⇧ d'une agglomération); **alentours** (id.; ⇧ souligne le voisinage: *les alentours de la maison*); v. aussi **bord** et **environs**. 2. fait pour un mobile de tourner une fois sur lui-même: **rotation** (⇧ mathématique, insiste sur le mouvement: *la rotation de la terre*); **révolution** (⇧ uniqt astronomie). 3. v. voyage et promenade. 4. v. plaisanterie. 5. v. expression.

tour, n.f., 1. élément de fortification: **donjon** (⇧ tour principale d'un château); **tourelle** (⇧ petit); **beffroi** (⇧ hôtel de ville). 2. v. clocher.

tourelle, v. tour.

tourisme, v. vacances et voyage.

touriste, v. vacancier et voyageur.

touristique, v. pittoresque.

tourment, v. douleur.

tourmenter, v. torturer.

tournant, v. courbe.

tournée, v. voyage.

tourner, I. intr. 1. être soumis à une rotation: **rouler** (⇧ dans un plan vertical: *la bille roulait sur le plancher*); **tournoyer** (⇧ idée de force et de nombreux tours: *les feuilles tournoyaient dans la bourrasque*); **tourbillonner** (id.;

⇧ fort) ; **virevolter, voltiger** (⇧ dans l'air) ; **pivoter** (⇧ sur un axe, de façon contrôlée : *une porte pivotante*) ; **graviter, orbiter** (⇧ uniqt astronomique : *les satellites qui gravitent autour de Jupiter*, ou par ext., pour des personnes qui sont attirées par une autre) ; **pirouetter** ; v. aussi **bouger**. 2. infléchir sa direction : **virer** (⇧ pour un navire, mais ext.) ; **obliquer** (⇧ du point de vue général de l'itinéraire : *obliquer sur la droite*) ; **prendre** (id. ; ⇧ vague : *il faut prendre sur la gauche, après le carrefour*).

II. tr. 1. imprimer une rotation, surtt pour faire apparaître une autre face : **retourner** (⇧ changement de face : *retourner le disque*) ; **tordre** (⇧ en déformant par une double torsion : *tordre un fil de fer*). 2. placer dans une nouvelle direction : **diriger** (⇧ vague : *diriger le jet vers le parterre*) ; **orienter** (⇧ souligne la position) ; **braquer** (⇧ pour une arme, ou, par métaphore, le regard). || *Se tourner* : **se diriger, s'orienter** ; **s'adresser à** (⇧ pour une demande).

tournoyer, v. tourner.

tournure, v. expression et apparence.

tousser, être pris de spasmes de la gorge : **éternuer** (⇧ une seule fois) ; (⇧ contraction musculaire unique) ; **toussoter** (⇧ faible).

toussoter, v. tousser.

tout, 1. adjectif ou pronom indéfini marquant qu'un ensemble est considéré sans qu'il y manque aucun élément : **la totalité (de)** (⇧ fort, sans aucune exception : *la totalité de la ville a été détruite*) ; **l'ensemble** (⇧ vague, idée d'une valeur générale : *l'ensemble de la critique lui est hostile ; l'ensemble du texte est dominé par la recherche de l'effet*) ; **l'intégralité (de)** (⇧ pour une réalité plutôt continue, qui serait susceptible d'être présentée incomplètement : *lire l'intégralité de* La Recherche du temps perdu) ; **la somme (de)** (⇧ idée d'ajouts successifs : *la somme de ses efforts se réduisait à peu de chose*). ≈ l'on recourra surtt aux adj. **complet, entier, total** (v. complet), aux adv. **complètement, entièrement, totalement** (v. complètement), ainsi qu'aux expr. adverbiales : **dans sa totalité, son ensemble, son intégralité, sa globalité** (⇧ marque une approximation, pour cette dernière expr.) : *l'humanité entière, l'humanité (les hommes) dans son (leur) ensemble, sa (leur) totalité* pour *toute l'humanité (tous les hommes)* ; *la ville a été entièrement, complètement rasée* pour *toute la ville* —. 2. dans un sens distributif : **chaque** (⇧ soutenu : *venir le voir chaque jour*) ; **quiconque** (⇧ très litt., avec idée d'éventualité : *je défie quiconque de s'exprimer avec plus de grâce*, et surtt dans des constructions relatives : *quiconque a parcouru* Les Provinciales *ne saurait qu'être d'accord avec moi* pour *tous ceux qui* —).

toutefois, v. cependant.

tout-puissant, v. fort.

tracas, v. ennui.

trace, 1. marque laissée par un passage : **empreinte** (⇧ dans le sol ou équivalent : *les empreintes des sabots*) ; **piste** (⇧ ensemble des traces, indiquant le chemin suivi) ; **sillage** (⇧ d'un navire sur l'eau). 2. v. marque.

tracer, v. dessiner et écrire.

tradition, v. habitude.

traditionnel, qui correspond aux coutumes ou façons de penser héritées du passé : **ancestral** (⇧ transmission par la lignée : *rester fidèle aux croyances ancestrales*) ; **classique** (⇧ qui a valeur de modèle reconnu : *la formule classique d'introduction d'un récit*) ; **conventionnel** (⇧ qui est admis par un accord tacite, souvent un peu péjor. : *un sonnet très conventionnel*) ; **rituel** (⇧ dans le cadre d'un cérémonial, ou par ext. : *la visite rituelle du jour de l'an*) ; v. aussi **habituel**.

traducteur, qui traduit une langue dans une autre : **interprète** (⇧ de profession : *il est interprète auprès de l'O.N.U.*) ; **truchement** (vx).

traduction, fait de traduire : **interprétation, déchiffrement** (v. traduire) ; **version** (⇧ savant, pour désigner les diverses traductions possibles ou existantes : *les meilleures versions latines du Nouveau Testament*).

traduire, 1. exprimer d'une langue dans l'autre : **interpréter** (⇧ large, plutôt sens général, également dans la même langue) ; **déchiffrer** (⇧ langage difficile, ou inconnu : *Champollion réussit à déchiffrer les hiéroglyphes*) ; **rendre** (⇧ pour un passage précis : *la poésie du texte est mal rendue par la traduction*). 2. v. exprimer. 3. v. indiquer.

trafic, 1. v. commerce. 2. v. circulation.

trafiquant, v. commerçant.

tragédie, v. drame.

tragique, v. dramatique.

trahir, 1. abandonner la cause de qqn pour celle de ses ennemis : **tromper** (⇧ général) ; **abandonner** (v. ce mot) ; **livrer** (⇧ pour le mettre au pouvoir de ses ennemis) ; **vendre** (⇧ dénoncer par intérêt) ; **lâcher** (fam.) ; **déserter** (⇧ militaire, ou fig.). ≈ **faire défection** (v.

trahison); **passer à l'ennemi**; **laisser tomber** (fam.). 2. v. indiquer.

trahison, fait de trahir: **abandon, lâchage** (v. trahir); **traîtrise** (⇧ tendance à trahir, ou très litt.); **défection** (⇧ simple départ, sans autre intention: *les plus fidèles finirent par faire défection*); **retournement** (⇧ changement d'attitude et de camp); **désertion** (⇧ militaire); **félonie, forfaiture** (⇧ archaïsant). ≈ **passage à l'ennemi**.

train, 1. moyen de transport par rail: **chemin de fer** (⇧ général); **voie ferrée** (⇧ insiste sur le support). 2. v. luxe.

traîner, v. tirer.

trait, 1. v. ligne. 2. v. visage. 3. v. qualité.

traité, 1. convention entre nations: **accord** (⇧ vague; ⇩ officiel: *les accords de Yalta*); **convention** (⇧ portée plus large, dans un domaine: *la convention de Genève sur les armements chimiques*); **pacte** (⇧ solennel, idée d'un accord où chacun trouve son intérêt, souvent contre d'autres: *le pacte germano-soviétique*). 2. v. livre.

traitement, 1. façon de traiter: **comportement, conduite, procédé** (v. traiter). 2. v. soin. 3. v. salaire.

traiter, 1. avoir une attitude donnée envers qqn: **se comporter** (⇧ souligne l'attitude: *il s'est affreusement comporté avec elle*); **se conduire** (id.; ⇧ souligne l'aspect moral); **en user avec** (très litt.; ⇧ surtt péjor.: *en user ainsi avec sa mère!*). ≈ **user de procédés (inqualifiables, intolérables) avec** qqn. 2. v. nommer. 3. v. parler et sujet.

traître, v. infidèle.

traîtrise, v. trahison.

trajet, v. chemin.

tramer, v. préparer.

tranche, v. morceau et partie.

trancher, v. couper.

tranquille, qui est exempt d'agitation, aussi bien pour un lieu que pour une personne, au sens moral: **calme** (⇧ absence d'agitation, maîtrise de soi: *un hôtel très calme; savoir rester toujours calme*); **paisible** (⇧ sensation de paix, ou absence d'agressivité); **serein** (⇧ souligne l'intensité de l'état, avec l'idée d'une certaine plénitude: *ciel serein; vieillesse sereine*); **rassuré, rasséréné** (v. tranquilliser); **impassible** (⇧ fort, aucune marque d'émotion); **coi** (⇧ uniqt pour une pers. dans l'expr. *se tenir coi*); **dormant** (⇧ uniqt pour l'eau). ≈ **maître de soi** (⇧ contrôle des émotions).

tranquillement, de façon tranquille: **calmement, paisiblement, sereinement**. ≈ **en toute tranquillité**; **en toute quiétude**; avec nég. **sans crainte**; **sans inquiétude**.

tranquilliser, ramener la tranquillité chez qqn: **rassurer** (⇧ devant une menace, une peur: *il le rassura sur ses intentions*); **calmer** (⇧ par rapport à une émotion, une excitation, s'applique également à des états, des processus: *sa colère finit par se calmer*); **apaiser** (⇧ idée de paix, après un moment de trouble, également pour des termes abstraits: *apaiser ses craintes*); **rasséréner** (⇧ comme serein, v. tranquille). ≈ pour *se calmer*: **reprendre, retrouver son calme**; **reprendre ses esprits** (⇧ après une période de perte de contrôle).

tranquillité, état de ce qui est tranquille: **calme, paix, apaisement, sérénité, impassibilité, maîtrise de soi** (v. tranquille); **sang-froid** (⇧ face à une situation difficile: *faire preuve de beaucoup de sang-froid au moment crucial*); **quiétude** (vx; ⇧ ne se dit guère que dans l'expr. *en toute quiétude*); ***sécurité** (⇧ par suite d'absence de crainte); v. aussi sécurité.

transcrire, v. écrire.

transférer, v. déplacer.

transformation, v. changement.

transformer, v. changer.

transgresser, v. désobéir.

transition, passage progressif d'un élément à un autre, notamment dans un texte: **passage** (⇧ général); **glissement** (⇧ aspect progressif et peu visible: *on notera le glissement insensible d'un argument à l'autre*); **raccord** (⇧ volonté de lier deux éléments distincts: *une scène rapide destinée à servir de raccord entre le monologue et la scène de l'aveu*); **liaison** (⇧ vague). ≈ expr. avec l'adj. **intermédiaire**: *une scène intermédiaire.*

transitoire, v. passager.

translucide, v. transparent.

transmettre, v. envoyer et confier.

transparent, à travers lequel on peut voir: **translucide** (⇧ laisse seulement passer la lumière); **diaphane** (id.; ⇧ rare, insiste sur la finesse, pour une matière quelconque, souvent par hyperbole: *une main diaphane*).

transpercer, v. percer.

transpiration, v. sueur.

transpirer, v. suer.

transport, fait de déplacer un chargement: **déplacement** (⇧ pour des personnes); **transfert** (id.; ⇧ passage d'un point à un autre: *le transfert d'un prisonnier de la Santé aux Baumettes*); **acheminement** (⇧ fait de transporter

qqch. d'un endroit à un autre). SPÉC. **charroi** (⇧ par chariot); **camionnage, roulage, brouettage, héliportage**, etc.
transporter, déplacer un chargement: **charrier** (⇧ uniqt marchandises: *charrier du charbon*); **véhiculer** (⇧ uniqt personnes); v. aussi **porter** et transport.
trappe, v. piège.
traquenard, v. piège.
traquer, v. poursuivre.
traumatisme, v. choc.
travail, 1. activité impliquant un effort déployé en vue d'un résultat utile: **activité** (⇧ général: *la richesse est le fruit de l'activité humaine*); **tâche** (⇧ que l'on confie à qqn: *avoir du mal à venir à bout de la tâche*); **besogne** (id.; ⇧ dans le cadre d'une répartition des tâches); **devoir** (⇧ scolaire: *faire ses devoirs au dernier moment*); **effort** (⇧ souligne seult l'application de la volonté à vaincre une difficulté: *une réalisation qui a représenté une somme d'efforts considérable*); **peine** (id.; ⇧ fort, surtt expr. figées: *récolter le fruit de ses peines*); **corvée** (⇧ particulièrement pénible); **labeur** (vx ou litt.: *après une vie de dur labeur*); **ouvrage** (vx en ce sens, surtt expr.: *que chacun vaque à son ouvrage*); **boulot** (fam.). 2. activité exercée dans un cadre socialement déterminé: **emploi** (⇧ travail fourni pour un patron; *chercher un emploi*); **place** (id.; ⇧ position sociale, un peu vx: *avoir une bonne place*); **situation** (id.; ⇧ vague); v. aussi **profession**. 3. résultat de l'activité en question: **ouvrage** (⇧ aspect achevé: *être fier de son ouvrage*; *un bel ouvrage de ferronnerie*); ***œuvre** (id.; ⇧ emphatique, notamment artistique, ou souligne l'origine: *les boiseries sont l'œuvre d'un très habile menuisier*); **réalisation** (⇧ vague, souligne le fait de donner l'existence: *ce modèle est une réalisation collective*).
travailler, se livrer au travail: œuvrer (⇧ uniqt dans un sens très large, plutôt fig.: *œuvrer pour la bonne cause*); **bosser, boulonner** (fam.); **bûcher, piocher, chiader** (fam.; ⇧ dans un cadre scolaire). ≈ **effectuer un travail** (⇧ ponctuel, surtt avec qualificatif: *effectuer un travail dur et répétitif*); **avoir, occuper un *emploi**.
travailleur, 1. personne portée au travail: **bosseur** (fam.); **studieux** (⇧ uniqt scolaire); **bûcheur** (id.; fam.). ≈ **bourreau de travail** (⇧ superlatif). 2. v. ouvrier.
travers, n., v. défaut.
travers (de), qui n'est pas droit: **de guingois** (⇧ pittoresque).
traversée, fait de traverser: **passage** (⇧ insiste sur le but: *le passage de la mer Rouge* mais *la traversée de l'Atlantique*); **franchissement** (⇧ souligne le dépassement d'une limite, d'un obstacle).
traverser, aller de l'autre côté de qqch.: **passer, franchir** (v. traversée).
travestir, v. déguiser.
travestissement, v. déguisement.
trébucher, v. tomber.
tremblement, fait de trembler: **vibration, frisson, frémissement**.
tremblement de terre, agitation du sol: **séisme** (⇧ fort); **secousse** (⇧ limité).
trembler, 1. être agité de légères secousses régulières: **vibrer** (⇧ pour un solide, de façon très régulière sous l'effet d'une onde: *le haut-parleur vibre trop*); **frissonner** (⇧ pour un corps, de froid ou de peur); **grelotter** (id.; ⇧ uniqt froid); **frémir** (⇧ très léger tremblement, notamment pour de l'eau sur le point de bouillir, ou surtt fig., de peur: *une laideur à frémir*); **trembloter** (⇧ de façon superficielle, plutôt maladive: *un vieillard à la main tremblotante*); v. aussi **bouger**. ≈ **avoir la tremblote** (⇧ constant, comme trembloter). 2. v. craindre.
trembloter, v. trembler.
tremper, v. mouiller.
trépas, v. mort.
trépasser, v. mourir.
trépigner, v. piétiner.
très, adv. marquant une forte intensité: **extrêmement** (⇧ fort: *une analyse extrêmement rapide*); **excessivement** (⇧ fort encore); **fortement** (⇧ avec un participe: *il est fortement déconseillé de nourrir les animaux*; *une pensée fortement marquée d'influences orientales*); **particulièrement** (⇧ pour souligner l'intensité par comparaison: *un livre particulièrement intéressant*); **remarquablement** (id.; ⇧ souvent nuance d'étonnement ou d'admiration); **prodigieusement** (id.; ⇧ idée d'effet produit: *un exposé prodigieusement ennuyeux*); **incroyablement** (id.); **invraisemblablement** (id.; ⇧ péjor.: *des considérations invraisemblablement compliquées*); **infiniment** (⇧ très fort, plutôt précieux, ou très expressif: *une tâche infiniment difficile*); **furieusement** (vx; ⇧ style précieux); **terriblement, affreusement, effroyablement, épouvantablement, abominablement** (⇧ pour des effets

néfastes, souvent très péjor., gradation du premier au dernier de la liste : *il était terriblement vexé ; un style abominablement prétentieux*) ; **fort** (vx ou litt. : *un repas fort agréable*) ; **bien** (⇧ expressif, affectif : *vous arrivez bien tard*) ; **rudement, drôlement** (fam.) ; **vachement** (très fam. : *un type vachement chouette !*) ; **bigrement, bougrement** (fam. ; un peu vx). ≈ avec les préfixes : **ultra-** ; **extra-, hyper-, sur-, super-**, dont on n'abusera pas en style soutenu : *ultrabref ; hypersensible* ; avec l'adj. ***grand** (v. ce mot) et des tours nominaux : *d'une grande, remarquable, incroyable, beauté, précision* pour *très beau, précis*, ou encore *d'une grande, effroyable, épouvantable cruauté* pour *très cruel.*

trêve, v. paix.

tribord, v. droite.

tribu, ensemble d'hommes vivant à l'état primitif : **peuplade** (⇧ large) ; **ethnie** (⇧ renvoie à un ensemble culturel : *l'ethnie touareg*) ; **clan** (⇧ idée de liens familiaux, ou fig. ; ⇩ nécessairement primitif : *les clans écossais ; la classe était divisée en petits clans*).

tribunal, institution chargée de juger : **cour** (⇧ terme officiel, notamment pour certaines juridictions) ; **palais (de justice)** (⇧ désigne l'endroit).

tricher, v. tromper.

tricheur, v. trompeur.

tricot, vêtement du haut du corps, plutôt de laine : **pull (-over)** (⇧ terme anglais, courant) ; **chandail** (⇧ soutenu) ; **gilet** (⇧ ouvrant, porté sous la veste) ; **sweater** (id. ; ⇧ de femme) ; **maillot** (⇧ fin, à manches courtes, souvent porté à même le corps) ; **tee-shirt** (id. ; anglicisme).

trier, v. choisir.

trinquer, v. boire.

triomphe, v. victoire et réussite.

triompher, v. vaincre, réussir et gagner.

tripoter, v. toucher.

triste, qui se trouve plongé dans la tristesse ou inspire la tristesse : **attristé** (⇧ en rapport avec un fait : *attristé de ce deuil*) ; **affligé** (id. ; ⇧ fort) ; **chagrin, sombre** (⇧ souligne la physionomie : *je le trouve bien sombre, ces jours-ci ; faire sombre figure*) ; **renfrogné** (id. ; ⇧ souligne davantage encore la physionomie) ; **morne** (⇩ fort, plutôt absence de gaieté) ; **morose** (id. ; ⇧ fort et durable) ; **maussade** (⇧ mauvaise humeur) ; **mélancolique** (⇧ état vague, sans justification nette : *se trouver d'humeur mélancolique*) ; **marri** (vx ; ⇧ uniqt pour marquer un résultat désagréable : *tout marri de sa bévue*) ; **lugubre** (⇧ pour la mine, le ton) ; **lamentable** (⇧ pour un événement, fort) ; **affligeant** (id. ; ⇧ provoque la tristesse) ; **navrant** (id. ; ⇧ fort).

tristesse, état de douleur morale : **affliction, renfrognement, morosité, mélancolie** (v. triste) ; **chagrin** (⇩ fort, notamment enfants) ; **spleen** (⇧ comme mélancolie, plus vague : *un moment de spleen*) ; **vague à l'âme** (id.) ; **cafard** (fam. ; ⇧ fort, plutôt sans objet précis) ; **dépression** (⇧ plus ou moins pathologique) ; **déprime** (fam. ; id.).

trogne, v. visage.

trombe, v. orage.

tromper, conduire à une opinion fausse : **leurrer** (soutenu ; ⇧ idée d'une fausse apparence : *leurré par la réputation de sérieux de son partenaire*) ; **duper** (⇧ dans le cadre d'une ruse nettement élaborée) ; **berner** (id. ; ⇧ idée d'un certain ridicule de celui qui se laisse ainsi tromper) ; **égarer** (⇧ idée de fausse route : *il s'est laissé égarer par ces mensonges*) ; **abuser** (⇧ idée de bonne foi surprise) ; **frauder** (⇧ emploi absolu, surtt se dérober à la loi, ou aux règles) ; **tricher** (⇧ se dérober aux règles du jeu) ; **avoir** (fam. ; ⇧ surtt expr. *se faire avoir*). ≈ **induire en erreur** (⇧ idée d'une conséquence plus ou moins involontaire : *induit en erreur par la similitude des termes*) ; pour *être trompé* : **se laisser, faire duper, berner** ; **se laisser, faire, avoir, posséder** (fam.). || *Se tromper* : **s'égarer, s'abuser** (⇧ surtt expr. figées : *je m'égare*, en incise, et *si je ne m'abuse*) ; **errer** (⇧ très litt.) ; **se méprendre** (⇧ idée d'une confusion). ≈ **faire erreur** (⇧ vague, objectif) ; **être dans l'erreur** (⇧ forte idée morale) ; **se ficher dedans, se mettre le doigt dans l'œil** (fam.).

tromperie, fait de tromper : **duperie, fraude, tricherie** (v. tromper) ; **supercherie** (⇧ idée d'illusion, de coup monté) ; **fourberie** (⇧ très péjor.), **mystification** (⇧ faire croire à qqch. avec mise en scène) ; **imposture** (⇧ surtt usurpation de personnalité, de rang, etc.) ; **imposture** (⇧ surtt en prenant la place de qqn) ; **mystification** (⇧ mise en scène) ; v. aussi **ruse** et **mensonge**.

trompeur, adj., qui trompe : **décevant** (⇧ par rapport à une attente) ; **fallacieux** (⇧ idée de fausseté : *des promesses fallacieuses*) ; **captieux** (⇧ propos, ont l'air vrai) ; v. aussi **faux**).

trompeur, n., personne qui trompe : **fraudeur, tricheur** (v. tromper) ; **escroc** (⇧ malfaiteur, qui soutire de l'argent) ; v. aussi **menteur** et **voleur**.

tronc, partie de l'arbre à partir de laquelle se détachent les branches: **fût** (⇧ partie située au-dessous des branches, ou insistance sur le bois); **tige** (⇧ végétal moins robuste).

tronçon, v. morceau.

trône, v. royauté.

trop, adv. indiquant le dépassement de la mesure: **excessivement** (⇧ fort); **exagérément** (⇧ souligne l'intention: *un style exagérément fleuri*); **démesurément** (⇧ insiste sur la quantité, l'étendue: *des phrases démesurément longues*). ≈ *par trop*; **à l'excès**.

trotter, v. courir.

trou, partie vide dans un ensemble continu: **ouverture** (⇧ par rapport à un intérieur: *ménager une ouverture dans la boîte pour permettre à l'animal de respirer*); **orifice** (id.; ⇧ débouché d'un dispositif creusé); **creux** (⇧ incurvation très forte, surtt dans la terre, moins net); **excavation** (id.; ⇧ creusé artificiellement); **cavité** (id.; ⇧ naturel); **brèche** (⇧ dans un mur); ***lacune** (⇧ idée de manque, surtt abstrait: *une lacune dans le catalogue*).

trouble, n., état de ce qui est troublé: **agitation** (⇧ insiste sur le mouvement: *un état d'agitation extrême*); **perturbation** (⇧ dans un groupe: *semer la perturbation*); **confusion** (⇧ à la fois chez une personne émue, ou dans la société); v. aussi **désordre** et **révolution**.

trouble, adj., pas net: **flou, brumeux** (⇧ contours indistincts); **confus, indistinct** (⇧ vue, idée); **équivoque, louche, suspect** (⇧ affaires).

troubler, mettre du désordre dans un état de choses, notamment dans un esprit: **agiter** (⇧ souligne le mouvement, en particulier moral); **perturber** (⇧ fort: *perturber la circulation*); **déranger, désorganiser**.

trouer, v. percer.

troupe, v. armée et groupe.

troupeau, groupe d'animaux: **harde** (⇧ uniqt cervidés); **meute** (⇧ uniqt canidés).

trouvaille, v. découverte.

trouver, 1. voir ou faire entrer en sa possession une chose que l'on cherche ou dont on ignorait l'existence: ***découvrir** (⇧ souligne l'aspect inconnu: *découvrir un trésor; ne pas parvenir à découvrir l'origine de l'expression*); **tomber sur** (⇧ souligne le hasard: *je suis tombé sur cet article en feuilletant une revue*); **relever** (⇧ au fil d'une lecture, etc.: *relever quelques inexactitudes dans la préface*); **dégoter** (fam.; ⇧ péjor.: *où a-t-il dégoté cette fille?*); **dénicher** (id.); v. aussi **découvrir.** ≈ **mettre la main sur** (⇧ objet perdu, ou idée d'une trouvaille particulière, plutôt fam.: *si je pouvais mettre la main sur mes lunettes!*). || *Se trouver*, être à un endroit: **se situer** (⇧ position géographique: *où se situe Buenos Aires?*); **figurer** (⇧ dans un livre, un ensemble: *la phrase figure dans le livre III des* Essais); v. aussi **être**. 2. v. considérer.

truc, v. chose et moyen.

tube, v. tuyau.

tuer, ôter la vie: **assassiner** (⇧ en commettant un crime: *le roi fit assassiner le duc de Guise*); **abattre** (⇧ un animal, ou, pour un homme, de façon très brutale: *il l'abattit sur le champ*); **descendre** (fam.; ⇧ avec une arme à feu); **achever** (⇧ pour un blessé); **liquider** (⇧ pour se débarrasser de qqn, surtt dans un cadre politique); **éliminer** (⇧ insiste uniqt sur le terrain laissé libre: *éliminer ses rivaux*); **supprimer** (id.); **exécuter** (⇧ légalement); **mettre à mort** (id.); **exterminer** (⇧ en masse: *les nazis entreprirent d'exterminer le peuple juif*); **massacrer** (id.; ⇧ idée de violence plus nette); **occire, trucider** (vx ou plaisant); **zigouiller** (fam.). ≈ **faire mourir, périr, disparaître.** || *Se tuer*: **se suicider** (⇧ insiste sur la volonté délibérée); **se supprimer** (id.; ⇧ euphémisme: *il a encore tenté de se supprimer*).

tuerie, v. assassinat.

tueur, v. assassin.

tunique, v. robe.

tuyau, 1. long cylindre destiné à transporter des fluides: **tube** (⇧ vague, peut être fermé et destiné à contenir diverses matières: *un tube d'aspirine*); **conduit** (⇧ uniqt pour le transport de fluides: *conduit d'aération*); **gaine** (⇧ uniqt aération). 2. v. information.

tuyauter, v. renseigner.

type, v. homme et sorte.

typique, v. caractéristique et pittoresque.

tyran, v. dictateur et roi.

tyrannie, v. dictature.

tyrannique, v. dictatorial.

U

ulcérer, v. énerver.
ultérieur, v. suivant.
ultimatum, v. commandement.
ultime, v. dernier.
ultra, v. royaliste.
unanime, qui exprime l'opinion d'un grand nombre : **collectif** (⇧ qui touche ou réunit un ensemble de personnes : *un jugement collectif*) ; **commun** (⇧ idée de réunion autour de préoccupations, de principes, d'intérêts identiques : *un souci commun*).
unanimement, qui est décidé par tous : **absolument, collectivement** (v. unanime). ≈ expr. **à l'unanimité, au complet, comme un seul homme, de concert, de conserve, d'un commun accord, d'une seule voix, en chœur, faire chorus, sans exception, tous à la fois, tous ensemble.**
unanimité, v. accord.
uni, 1. qui constitue un tout : **intime** (⇧ très étroitement uni par un lien profond : *des amis intimes*) ; **confondu, fondu, fusionné, incorporé, cumulé** (v. unir). 2. qui est composé d'éléments formant un tout : **marié, accouplé, couplé, jumelé, apparié, regroupé, assemblé, rassemblé, réuni, joint, connecté, lié, soudé, associé** (v. unir) ; **conjoint** (id. ; ⇧ mouvement simultané des deux éléments amorçant une relation : *un effort conjoint*) ; **enchaîné, en chaîne** (id. ; ⇧ sens plus spécifique d'un lien découlant d'une succession évidente : *commettre des erreurs en chaîne*) ; **attaché** (id. ; ⇧ sens plus fort avec relation de dépendance : *il lui est très attaché*) ; **solidaire** (id. ; ⇧ relation d'interdépendance : *copilote et pilote solidaires dans la course*) ; **coordonné** (⇧ idée d'organisation : *une action coordonnée,* ou d'assortiment : *une nappe et des serviettes coordonnées*) ; v. aussi **allié**. 3. qui est formé d'éléments de même nature : **uniforme** (⇧ dont tous les éléments sont identiques : *un ciel uniforme*) ; **homogène** (⇧ dont aucun point de la structure ne diffère des autres : *un espace homogène*). 4. qui n'offre pas d'inégalité : **égal** (⇧ sans variation : *parler d'une voix égale*) ; **lisse, poli, ébarbé, limé, rasé, rogné** (id. ; ⇧ qui ne présente pas ou plus d'aspérités, pour une surface : *un mur lisse ; une lame ébarbée*) ; **régulier** (⇧ qui est symétrique en parlant d'une surface ou constant en parlant d'un mouvement : *un horaire régulier*) ; **continu** (⇧ qui est exempt de rupture : *un discours continu*) ; **unicolore** (⇧ d'une seule couleur) ; v. aussi **usé** et **plat**.
unicolore, v. uni.
unifier, réunir des éléments différents en une seule et même réalité : **fusionner** (⇧ unifier par interpénétration des éléments : *fusionner deux entreprises*) ; **standardiser, normaliser** (⇧ spécialement employé dans le domaine industriel en tant qu'effort visant à réduire les différents types d'un même produit afin d'augmenter son rendement : *standardiser les machines-outils*) ; **harmoniser** (⇧ accord) ; **réunifier** (⇧ rendre uni de nouveau ce qui avait été séparé : *l'Allemagne réunifiée*) ; **uniformiser** (⇧ faire effort pour rendre identique, supprimer ou réduire les différences : *uniformiser un programme*) ; v. aussi **unir**.
uniforme, v. semblable et monotone.
uniformité, v. monotonie.
union, rapport existant entre les différents éléments d'un ensemble considéré comme formant un tout : **unité** (⇧ fort, idée de valeur) ; **intimité, fusion, mariage, accouplement, appariement, (re)groupement, assemblage, réunion, connection, solidarité, association** (v. unir et uni) ; **unisson, à l'unisson** (⇧ identité de pensées ou de sentiments : *parler à l'unisson*) ; v. aussi **amour** et **affection, accord.**
unique, v. seul.
uniquement, v. seulement.
unir, 1. rassembler en un tout : **confondre, fondre** (⇧ dont les éléments ne sont plus distincts : *leurs vies se sont confondues le jour de leur rencontre*) ; **fusionner** (id. ; ⇧ idée de transformation de la nature des éléments : *les deux noyaux atomiques ont fusionné*) ; **incorporer** (⇧ disparition de l'identité d'un composant dans un corps plus vaste : *le beurre incorporé à la pâte*) ; **cumuler** (⇧ réunion en la possession d'une seule personne, ou attribution à une seule chose : *cumuler les charges électives ; cumuler les inconvénients*) ; v. aussi **mélanger**. 2. faire communiquer des éléments distincts : **marier** (⇧ souligne l'union, avec l'idée d'une harmonie :

savoir marier les couleurs; *le soleil marié avec la mer au crépuscule*); **accoupler, coupler, jumeler** (⇧ union plus stricte, par deux, idée de sexe plus nette pour le premier terme: *accoupler des bovins*; *jumeler deux communes*); **apparier** (id.; ⇧ litt.); **(re)grouper** (⇧ en un même endroit, ou analogie: *les effectifs groupés dans la cour*; *regrouper les restes de l'armée en fuite*); **assembler, rassembler** (id.; ⇧ souligne l'imbrication: *les membres assemblés, la session put commencer*; *rassembler le peuple français*); **réunir** (⇧ idée de retour à une union antérieure, ou action d'un agent extérieur: *la troupe réunie par le metteur en scène*); **allier, liguer** (⇧ nations, diplomatique ou militaire); **joindre** (⇧ souligne la relation: *joindre une pièce au dossier*); **lier** (id.; ⇧ souligne la continuité, notamment logique: *des événements liés entre eux*); **relier** (id.); **connecter** (id.; ⇧ didactique, et vocabulaire des transmissions); **associer** (⇧ en ce sens, surtt pour une opération de l'esprit: *associer les deux phénomènes*); **souder** (⇧ image de l'application de deux métaux l'un contre l'autre, souligne l'union: *une communauté très soudée*); v. aussi **attacher**. || *S'unir*: **se confondre, se fondre, se marier, s'accoupler, s'apparier, se grouper, s'assembler, se rassembler, se réunir, s'allier, se liguer, s'associer** (v. unir).

unité, v. union.

univers, v. monde.

universel, 1. en parlant d'une personne, qui est à même de traiter tous les types de sujet: **complet** (⇧ complémentarité des qualités: *un homme complet*); **polyvalent** (⇧ multiplicité des compétences: *un employé polyvalent*); **encyclopédique** (⇧ domaine de la connaissance, signalant un savoir extrême chez une personne: *ses réponses dénotaient un esprit encyclopédique*); **omniscient** (id.; ⇧ qui possède la connaissance de tout ou, par hyperbole, qui donne le sentiment de la posséder: *elle savait toujours ce que nous ignorions tous: elle était omnisciente*). ≈ **bon à tout, à toutes mains.** 2. v. général et mondial.

université, au sens large, ensemble des enseignants de l'école publique, quel que soit leur degré: **académie** (⇧ axé davantage sur la notion de circonscription administrative: *l'académie de Paris*); **faculté** (⇧ spécialement, corps professoral de l'enseignement supérieur chargé au sein d'une même université de l'enseignement d'une discipline particulière: *la faculté des lettres*); v. aussi **école** et **enseignement**. ≈ expr. **alma mater** (latin, au propre « mère nourricière », désignation de l'Université qui peut être soit familière, soit d'un niveau de langue relevé, selon le contexte).

urbain, 1. qui relève de la ville: **citadin** (id.); **municipal** (⇧ concernant la commune, du point de vue administratif: *le conseil municipal*); **communal** (id.; ⇧ sens plus général: *école communale*). 2. v. poli.

urbanisme, v. architecture.

urgent, qui doit être fait très vite: **pressant** (⇧ pour une action concrète: *une affaire pressante*).

urine, liquide sécrété par l'organisme grâce à l'action des reins, destiné à évacuer les déchets toxiques se présentant sous forme de solution: **pisse** (id.; vulgaire); **pipi** (fam.; ⇧ langage enfantin qui est à son origine: *faire pipi dans sa culotte*); **pissat** (⇧ spécialement, urine de certaines espèces animales; terme familier quand il s'applique à l'homme: *pissat de cheval*).

uriner, évacuer l'urine, verbe rarement employé dans le langage courant: **pisser** (⇧ vulgaire au sens d'uriner); **se mouiller** (⇧ idée de faire sur soi); **compisser** (⇧ vx ou plaisant, arroser d'urine quelqu'un ou quelque chose dans son emploi transitif, uriner en grande quantité dans son emploi intransitif: *compisser sur un portrait*). ≈ expr. **faire pipi** (⇧ par euphémisme); **lâcher, tomber de l'eau.**

urne, v. vase.

usage, 1. le fait de se servir d'un objet dans le but de répondre à un besoin spécifique: **utilisation** (⇧ rendant davantage compte de la manière dont on se sert d'un objet: *l'utilisation judicieuse de l'hétérométrie constitue l'un des charmes majeurs de la versification de La Fontaine*); **consommation** (⇧ exprimant la dégradation ou la destruction de l'objet utilisé: *la société de consommation*); **application** (⇧ centré sur le type d'utilisation possible d'une technique: *l'application industrielle de la machine-outil*); **destination** (id.; ⇧ idée d'usage préalablement établi, but de la fabrication d'un objet: *une machine à destination du découpage de carrosserie*); **emploi** (id.; ⇧ axé sur la manière dont l'objet est utilisé: *l'emploi d'une antithèse constitue dans ce vers le moyen de souligner un élément de fort contraste plastique*); **recours** (⇧ souligne l'utilisation dans une situation donnée: *il faut noter le* *recours, fréquent chez Pascal, aux métaphores de la flamme*) ; **maniement** (⇧ utilisation manuelle d'un objet : *le maniement de toutes les ressources de la langue littéraire*) ; **abus** (⇧ usage excessif, généralement dans un sens péjoratif : *multiplier les abus d'alcool*) ; v. aussi **utilité**. 2. fait de faire fonctionner : **activité** (⇧ possibilité de créer ou d'exercer un effet, vieilli dans ce sens : *l'activité sournoise de certains métaux que l'on nomme radioactivité*) ; **exercice** (⇧ moyen ou fait d'exercer un effet : *l'exercice de la logique supprime les égarements)* ; **fonctionnement** (⇧ manière dont un effet se produit : *fonctionnement d'une porte automatique*) ; **marche** (id.) ; **jeu** (id. ; ⇧ idée de fonctionnement facile, sans entrave ni restriction : *le jeu des pistons dans un moteur bien huilé*). ≈ expr. **mettre en service** (⇧ faire entrer en fonction : *mettre en service un distributeur de boissons*) ; **hors d'usage** (⇧ n'être plus en fonction). 3. dans le domaine de la langue, le fait d'utiliser les éléments du discours : **emploi** (⇧ concernant plus particulièrement un sous-ensemble de la langue qui peut être réduit à un mot : *faire un emploi fautif du verbe « mystifier » au sens de « mythifier »*). 4. v. habitude. 5. v. propriété.

usagé, v. usé.

usé, 1. éprouvé par un usage intense ou prolongé, l'action d'un agent extérieur : **effrité** (id. ; ⇧ insiste sur l'idée de tomber en poussière : *une grange effritée*) ; **corrodé** (id. ; ⇧ action chimique : *cuivre corrodé par de l'acide*) ; **érodé** (id. ; ⇧ idée de corrosion, soit par un agent chimique, soit par un agent naturel : *un sommet érodé par l'action des glaciers*) ; **rongé, grignoté** (⇧ usé petit à petit par l'action des dents ou par une action qui ressemble à celle des dents : *une vigne rongée par le mildiou*) ; **entamé, mangé, mordu** (id.) ; **vermoulu** (id. ; ⇧ objet de bois attaqué par les vers : *ce vieux meuble vermoulu*) ; **éraflé** (id. ; ⇧ qui présente une ou plusieurs déchirures superficielles : *une porte éraflée*) ; **rayé** (id. ; ⇧ avec idée de surface un peu plus entamée, quoique toujours superficiellement atteinte : *une vitre rayée*) ; **râpé, élimé** (⇧ se dit surtout d'un tissu ayant subi une usure par frottement : *une chemise élimée aux manches*) ; **effrangé, effiloché** (id. ; ⇧ dont les fils pendent : *un veston effiloché par les ans*) ; **émoussé** (⇩ tranchant, au propre ou au figuré : *une lame émoussée* ; *un courage émoussé*) ; **épointé** (⇧ dont la pointe est usée ou cassée) ; **sapé, miné** (⇧ pour un édifice, un relief, attaqué à la base : *une falaise sapée par la marée*) ; v. aussi **détériorer, percer** et **effacer**. 2. qui est âgé ou qui a servi longuement : **usagé** (⇧ qui a été beaucoup utilisé, mais n'est pas pour autant en mauvais état : *un habit usagé*) ; **défraîchi** (⇧ qui n'a plus toute sa fraîcheur : *un bouquet défraîchi*) ; **décati** (id. ; fam., ⇧ frappé par l'âge : *un pauvre homme décati*) ; **décrépit** (id. ; ⇧ idée de déchéance physique : *une tête restée droite sur un corps décrépit*) ; **fané, flétri, ridé** (id.) ; **fripé** (id. ; ⇧ idée d'être froissé, chiffonné : *un tissu fripé*) ; **culotté** (⇧ spécifiquement pour une pipe dont le fourneau est tapissé d'un dépôt noir accumulé par l'usage) ; v. aussi **vieux** et **démodé**. 3. qui est vidé de sa force primitive par une trop grande fréquence d'emploi : **banal** (⇧ qui manque d'originalité : *échanger des phrases banales*) ; **stéréotypé** (id.) ; **éculé** (⇧ défraîchi par un usage répété : *un argument éculé*) ; **rebattu** (id.) ; **commun** (⇧ habituel, ordinaire, coutumier : *être d'une éloquence peu commune*) ; v. aussi **lieu commun**.

user, 1. produire un phénomène d'usure sur qqch. ou sur qqn : **effriter, corroder, éroder, ronger, érafler, rayer, râper, émousser, saper, miner** (v. usé) ; v. aussi **détériorer, percer** et **effacer**. 2. v. utiliser.

usine, établissement industriel de grande taille servant à produire, transformer ou conserver des matières et matériaux ou des sources d'énergie : **centrale** (⇧ tout particulièrement destinée à la production d'énergie électrique : *une centrale hydro-électrique*) ; **raffinerie** (⇧ usine qui se consacre exclusivement au raffinage d'une matière brute : *raffinerie de pétrole*) ; **fabrique** (⇧ établissement moins grand qu'une usine, ne possédant pas les mêmes ressources mécaniques et chargé essentiellement de la sous-traitance de matières premières : *fabrique d'ustensiles de cuisine*) ; **atelier** (⇧ lieu où travaillent des ouvriers ou des artisans, qui peut être une partie spécifique d'une usine : *l'atelier de montage*, ou un lieu de production en soi : *un atelier de couture*) ; **manufacture** (⇧ lieu assez vaste où la production est prioritairement axée sur la qualité de la main-d'œuvre : *manufacture de porcelaine*) ; **industrie** (⇧ notion plus générale, ne portant pas spécialement sur un type d'établisse-

ment, mais plutôt sur l'activité elle-même : *l'industrie chimique*) ; v. aussi entreprise.
ustensile, v. instrument.
usuel, v. courant et habituel.
usure, fait d'user, au sens de détériorer par l'usage : **effritement, corrosion, érosion, grignotage, effilochage, émoussement** (v. usé).
usurpateur, v. remplaçant.
utile, qui sert à qqch. : **nécessaire** (⇧ fort, v. ce mot) ; **indispensable** (⇧ fort encore) ; **profitable, salutaire** (⇧ idée d'un gain matériel ou moral : *ce séjour ne peut que lui être profitable, à tous égards*) ; **bon** (⇧ vague). ≈ expr. verb. avec **servir, rendre service** : *un équipement qui peut rendre les plus grands services à l'alpiniste* pour *un engin très utile* ; expr. nom. avec **utilité, intérêt** : *d'un grand intérêt*, etc.
utilisation, v. usage.
utiliser, chercher à obtenir un effet donné grâce à un objet ou à une chose : **employer** (⇧ large, abstrait, souligne la fonction ou l'application à un but : *employer des méthodes peu recommandables* ; *employer un terme rare et archaïsant*) ; **user de** (⇧ litt.) ; **se servir de** (⇧ courant : *il ne sait pas se servir d'une scie électrique* ; *Voltaire se sert du genre du conte à des fins de satire sociale et religieuse*) ; **recourir à** (⇧ pour répondre à une situation difficile, ou simplement par rapport à un besoin précis : *il a dû recourir à la force* ; *recourir à l'expression imagée*) ; **appliquer** (⇧ idée de passage à la pratique, pour une réalité abstraite : *appliquer un théorème bien connu*) ; **emprunter** (⇧ pour un moyen de transport : *emprunter l'avion pour se rendre aux Etats-Unis*) ; **manier** (⇧ avec les mains, continûment, ou dans des expressions : *manier la pioche* ; *manier le paradoxe*). ≈ expr. **avoir recours à, mettre en œuvre, mettre en jeu, faire jouer** ; **faire usage de.**
utilité, fait d'être utile : **nécessité, profit** (v. utile) ; **intérêt** (⇧ vague, idée de participation : *l'intérêt de cette innovation m'échappe*) ; **fonction** (⇧ large, désigne ce à quoi sert qqch. : *la principale fonction de l'introduction est de présenter les circonstances du récit*) ; **destination** (id. ; ⇧ souligne le but attaché à la chose) ; **usage** (id. ; ⇧ utilisation habituelle) ; **emploi** (id ; ⇧ spécifique) ; v. aussi **usage.**
utopie, v. illusion.
utopique, v. impossible.

vacance, au pluriel, période de cessation des activités courantes, notamment de la scolarité ou du travail : **congé** (⇧ avec notion d'autorisation de s'absenter : *poser un jour de congé*) ; **week-end** (id. ; ⇧ congé régulier de fin de semaine : *passer un week-end à la mer*) ; **pont** (id. ; ⇧ congé accordé entre deux jours fériés : *bénéficier d'un pont à la Toussaint*) ; **campos** ou **campo** (id. ; fam., ⇧ concernant plutôt les élèves : *donner campos à une classe*) ; **permission** (id. ; ⇧ spécifiquement, droit de s'absenter accordé à un militaire : *partir en permission*) ; **loisir** (⇧ temps qui est laissé vacant par l'activité ordinaire et dont chacun peut disposer à son gré : *profiter de ses heures de loisir*) ; ***repos** (⇧ temps d'arrêt ménagé dans une activité pénible : *prendre quelques jours de repos*) ; **répit** (id. ; ⇧ arrêt généralement de courte durée : *avoir un répit entre deux réunions*) ; **pause, coupure** (id.) ; **relâche** (id. ; ⇧ litt. ; concerne aussi l'arrêt d'activité d'une salle de spectacle : *jour de relâche*) ; **arrêt** (id. ; ⇧ la durée reste plus imprécise, il peut s'agir tout aussi bien d'une pause que d'une interruption définitive) ; **séjour** (⇧ le fait de passer ses vacances dans un lieu précis : *un séjour à la campagne*) ; **villégiature** (id. ; ⇧ idée de repos : *aller en villégiature*). ≈ expr. **prendre la clé des champs** (⇧ se rendre libre sans autorisation : *au lieu de se rendre à son travail, il a pris la clé des champs*) ; **école buissonnière** (id. ; ⇧ pour un écolier qui ne se rend pas à l'école : *faire l'école buissonnière*) ; **temps libre, temps à soi, faire le pont, semaine anglaise** (⇧ repos hebdomadaire du dimanche et de la totalité ou d'une partie du samedi).
vacancier, qui prend des vacances : **estivant** (⇧ séjour d'été) ; **touriste** (⇧

qui visite des monuments ou sites); **visiteur** (⇧ spécialement par rapport au site visité : *le mont Saint-Michel accueille chaque année de nombreux visiteurs*) ; v. aussi **voyageur**.

vacant, v. libre.

vacarme, v. bruit.

vaccin, substance préventive destinée à immuniser contre une maladie : **immunisation** (id.) ; **inoculation** (id. ; ⇧ mais peut aussi désigner toute injection de germes toxiques dans l'organisme qu'elle soit ou non à destination immunitaire : *inoculation par morsure*) ; **sérum** (⇧ substance liquide injectable dans le corps humain, utilisée parfois à titre préventif : *mettre un malade sous sérum*).

vache, 1. ruminant femelle : **génisse** (⇧ particulièrement, jeune vache qui n'a pas encore mis bas) ; **taure** (id. ; ⇧ terme dialectal) ; **vachette** (⇧ petite vache par la taille) ; **taureau** (⇧ mâle) ; **veau** (id., ⇧ jeune) ; **bœuf** (id. ; ⇧ castré) ; **dugon** ou **dugong** (⇧ vache marine, nom d'un mammifère de l'océan Indien). **2.** v. méchant.

vachement, v. très.

vagabond, n., personne qui erre ou qui mène une existence errante, soit par choix personnel, soit par nécessité : **nomade** (⇧ personne sans domicile fixe qui se déplace continuellement et qui n'appartient pas à la catégorie des forains : *un peuple de nomades*) ; **bohémien** (id. ; ⇧ qui appartient à une tribu nomade abusivement supposée venir de Bohême : *des Bohémiennes qui disaient la bonne aventure*) ; **gitan** (id. ; ⇧ qui vient d'Espagne) ; **tsigane** ou **tzigane** (id. ; ⇧ nom d'un peuple venu de l'Inde) ; **romanichel** (id. ; ⇧ péjor.) ; **forain** (⇧ pour un commerçant dont l'activité s'exerce dans les foires et qui va de foire en foire : *un marchand forain*) ; **rôdeur** (id. ; ⇧ qui inquiète, qui semble préparer un mauvais coup : *il faut toujours se méfier des rôdeurs*) ; **camp volant** (⇧ du vocabulaire militaire, unité de combat légère et mobile qui transporte son campement avec elle ; par extension, personne qui vit de cette façon : *passer une nuit en camp volant*) ; **chemineau** (⇧ vx, celui qui vit de travaux occasionnels ou de petits vols en parcourant les chemins) ; **trimardeur** (id. ; ⇧ pop.) ; **routard** (id. ; ⇧ mais plutôt avec idée de s'engager librement sur les routes, plus proche d'aventurier) ; **clochard** (⇧ qui vit dans les villes, sans domicile et sans travail : *un pont abritant des clochards pour la nuit*) ; **clodo** (id. ; ⇧ fam.) ; **cloche** (id. ; ⇧ désigne aussi l'ensemble des clochards).

vagabond, adj., v. errant.

vague, n. f., ondulation qui se produit à la surface d'un liquide ou d'un fluide consécutivement à l'action de forces modifiant son comportement : **vaguelette** (id. ; ⇧ vague de petite taille : *les vaguelettes qui léchaient les galets*) ; **moutons** (id. ; ⇧ qui présentent de l'écume à leur crête : *les moutons d'une mer inoffensive*) ; **clapotage, clapotement, clapotis** (⇧ bruit que font des vagues de petite taille en venant mourir sur le rivage ou contre des récifs : *le clapotis des flots contre les rochers*) ; **flots** (⇧ nom donné aux eaux vives : *les flots tranquilles des mers sans marée*) ; **flot** (id. ; ⇧ au sg., désigne davantage l'eau en tant que matière continue : *le flot nous portait vers le large*) ; **flux** (⇧ spécialement, marée montante : *s'attarder à suivre le flux de la mer*) ; **reflux** (⇧ marée descendante) ; **agitation** au sens de turbulence parcourant un liquide) ; **barre** (id. ; ⇧ particulièrement, mouvement violent de la houle sur les hauts-fonds) ; **mascaret** (id. ; ⇧ au sens de raz de marée ou de forte agitation produite par l'affrontement du flux et du reflux à l'embouchure d'un estuaire) ; **houle** (⇧ agitation de la surface de la mer sans déferlement des vagues : *navire bercé par la houle*) ; **houles** (⇧ au pl., hautes vagues produites par une grande perturbation des flots : *les houles venues du large*) ; **roulis** (⇧ mouvement transversal dû à la houle) ; **tangage** (id. ; ⇧ mais le mouvement s'effectue d'avant en arrière) ; **onde** (⇧ vx ou litt. au sens de masse d'eau agitée d'un mouvement dans le sens de la hauteur, en déplacement ou paraissant en déplacement : *se laisser porter par l'onde*; mouvement similaire, au sens actuel, pour ce qui concerne les fluides ou les flux d'énergie : *mesurer la fréquence d'une onde électromagnétique*) ; **lame** (⇧ mouvement de mer engendré par l'action spécifique du vent : *des lames s'élevaient de part et d'autre de la coque*) ; **rouleau** (⇧ lame en forme de rouleau qui vient se briser sur une plage : *nous nous promenions en contemplant les rouleaux qui venaient mourir à nos pieds*) ; **ressac** (⇧ agitation due au reflux des vagues consécutif à un choc contre une surface : *le ressac des vagues frappant la falaise*) ; **remous** (id. ; ⇧ dans tout liquide ou fluide, avec une idée de reflux concentrique : *les remous de la roue à aubes*). ≈ expr. **vagues déferlantes** ; **lame de fond.** 3. n. m., ce qui est imprécis : **flou, imprécision.** || *Vague à l'âme :* **mélancolie, spleen** ; v. aussi **tristesse.**

vague, adj., qu'il est malaisé de cerner par défaut de définition ou définition défectueuse : **imprécis** (⇧ dont les contours ne sont pas nets, qui n'est pas délimité avec suffisamment de rigueur : *les lignes imprécises des toits dans le brouillard*) ; **trouble, indistinct, indiscernable, imperceptible, insaisissable** (id.) ; **étouffé, assourdi** (⇧ pour le son : *un bruit de pas étouffé*) ; **sourd** (id. ; ⇧ sens figuré, ce qui se montre peu : *une douleur sourde*) ; **indéterminé** (⇧ qui reste non fixé : *une date indéterminée*) ; **indécis** (id. ; ⇧ qui ne peut être reconnu ou évalué de façon certaine : *un résultat indécis*) ; **indéfini, illimité** (id.) ; **inconsistant** (id. ; ⇧ au sens moral : *un caractère inconsistant*) ; **fluide** (id. ; ⇧ qui se dérobe quand on croit le saisir : *une image fluide sortie du passé*) ; **flou** (id. ; ⇧ peut avoir aussi le sens d'incertain : *une approche floue du sujet*) ; **vaporeux** (id. ; ⇧ idée de forme estompée) ; **incertain** (id.) ; **nébuleux, nuageux, brumeux, fumeux, voilé** (id.) ; **approximatif** (id. ; ⇧ concerne davantage le domaine intellectuel : *avoir un aperçu approximatif de la situation*) ; **indéfinissable** (⇧ dont la nature ne peut être établie : *avoir un pressentiment indéfinissable*) ; **flottant** (⇧ n'est pas fixé, *il a sur ce point précis des idées flottantes*).

vaguement, d'une manière vague, peu marquée ou confuse : **confusément** (⇧ dans un grand désordre, à demi-mot : *il admit confusément qu'il avait menti*) ; **indistinctement** (⇧ sans permettre de saisir clairement : *exposer indistinctement ses arguments*) ; **obscurément** (id. ; ⇧ sens également de ce qui a lieu progressivement et en secret : *elle sentait qu'un changement se produisait obscurément dans ses pensées*).

vaillance, v. courage.

vaillant, v. courageux.

vain, v. inutile.

vaincre, 1. triompher militairement : **battre** (⇧ obtenir la victoire en l'emportant sur l'adversaire : *ils ont quand même fini par les battre*) ; **triompher** (⇧ remporter une victoire brillante : *il ne vous faut pas vaincre, mais triompher*) ; **abattre** (⇧ jeter à terre, faire choir ce qui était debout, parfois en tuant : *abattre un cavalier*) ; **accabler** (id. ; vx, ⇧ idée d'achever : *accabler l'ennemi dans ses derniers retranchements*) ; **anéantir** (⇧ vaincre en réduisant à néant : *l'armée fut anéantie près de la rivière*) ; **écraser** (id. ; ⇧ avec idée de faire succomber sous une force trop grande) ; **terrasser** (⇧ avec violence : *saint Michel terrassant le dragon*) ; **annihiler** (id. ; ⇧ avec idée de neutralisation) ; **décimer** (⇧ idée de victoire s'accompagnant d'un grand nombre de victimes dans les rangs adverses : *une fois que les défenseurs furent décimés, ils purent entrer dans la ville*) ; **exténuer** (⇧ vaincre en affaiblissant, l'emporter en menant une lutte longue et acharnée : *exténuer les troupes ennemies par un long harcèlement*) ; **entamer** (⇧ commencer à vaincre, créer une brèche dans le camp ennemi, s'introduire dans ses lignes : *les fantassins réussirent à entamer le flanc nord*) ; **enfoncer** (⇧ faire céder, forcer à plier ou à rompre : *quand les lignes furent enfoncées, la débandade commença*) ; **culbuter** (id. ; ⇧ idée de renverser brutalement la position ennemie : *leur attaque fut si violente qu'ils culbutèrent les troupes du front*) ; **bousculer** (id.) ; **défaire** (id. ; ⇧ litt., mettre en déroute : *les Romains défirent les Carthaginois puis pillèrent la ville*) ; **débander** (id. ; ⇧ vx) ; **balayer** (id.) ; **chasser, repousser, refouler** (⇧ idée de vaincre en forçant à reculer : *l'armée royale refoula les hordes barbares jusqu'aux frontières*). ≈ expr. **avoir le dessus, prendre le dessus, battre à plate couture** (fam. ; ⇧ vaincre totalement, écraser, par allusion aux coutures battues pour être aplaties), **mettre en fuite, mettre en déroute, réduire à, réduire en** (⇧ diminuer, affaiblir, soumettre), **tailler en pièces** (⇧ découper en morceaux). 2. v. surmonter. 3. v. gagner.

vainqueur, 1. qui a remporté la victoire : **triomphateur** (⇧ qui remporte une victoire brillante : *être accueilli en triomphateur*) ; **conquérant** (⇧ qui assure des conquêtes, remporte des victoires par la force des armes : *une armée de conquérants*). 2. v. gagnant.

vaisseau, v. bateau.

vaisselle, ensemble des récipients qui servent à la préparation ou à la consommation de la nourriture. SPÉC. **assiette, déjeuner, légumier, plat, plateau, saladier, saucière, soucoupe, soupière, sucrier, tasse**, etc. ; v. aussi **instrument.**

valable, 1. qui répond à certaines normes préétablies : **valide** (⇧ qui est en vigueur, qui produit le résultat attendu : *un passeport valide pour trois ans* *encore*) ; **effectif** (⇧ insiste davantage sur l'effet obtenu : *une permission effective*) ; **légal** (⇧ qui est en conformité avec ce qu'exige la loi : *une durée légale*) ; **recevable** (⇧ auquel rien ne s'oppose d'un point de vue juridique : *un appel recevable*) ; **réglementaire** (⇧ qui est en accord avec un règlement donné : *une tenue réglementaire*) ; **régulier** (⇧ qui respecte les règles, les adopte, s'y plie : *être en situation régulière*) ; **normal** (⇧ qui suit la norme, ne dévie pas de ce qui est habituel : *une réaction normale*). ≈ expr. **en vigueur, en cours, en règle, de mise, ad hoc** (⇧ qui est exactement prévu pour l'effet désiré), **à propos** (⇧ qui survient au moment opportun). 2. qui est d'une valeur admise par tous : **acceptable** (⇧ qui reste assez bon pour être accepté : *une explication acceptable*) ; **passable** (id.) ; **admissible** (⇧ qui peut être admis, mais n'est recevable que faute de mieux : *entretenir des principes qui restent encore admissibles*) ; v. aussi **bon, intelligent**.

valet, v. serviteur.

valeur, v. prix et qualité.

valide, 1. v. valable. 2. v. sain.

valise, bagage plat et rectangulaire, portable à la main au moyen d'une poignée : valoche (fam.) ; v. aussi **sac**. GÉN. **bagage**. SPÉC. **malle, cantine, coffre, mallette, attaché-case, vanity-case.**

vallée, espace constitué d'une bande de forme oblongue enclavée entre deux reliefs de plus haute altitude : **val** (id. ; vx, surtout employé dans la langue poétique et dans des expressions figées comme *par monts et par vaux* ou *à vau-l'eau*) ; **vallon** (⇧ vallée de petite taille située entre deux coteaux, souvent de paysage proche de celui des collines et présentant un décor champêtre : *un vallon verdoyant*) ; **combe** (⇧ régionalisme, vallée profonde) ; **gorge** (⇧ vallée très encaissée et de largeur réduite : *les gorges du Tarn*) ; **cañon** ou **canyon** (id. ; ⇧ idée de gorge creusée par l'érosion de l'eau au milieu d'une chaîne de montagnes : *le grand canyon*) ; **col** (⇧ passage dépressionnaire entre deux sommets de montagne : *fermer un col pour cause d'enneigement excessif*) ; **couloir** (⇧ spécifiquement, ravin creusé dans le flanc d'une montagne) ; **défilé** (id. ; ⇧ passage étroit dont le franchissement ne peut se faire qu'en formant une file : *une longue colonne d'hommes traversant le défilé*) ; **ravin** (⇧ vallée de petite taille dont les versants sont abrupts : *tomber dans un ravin*) ; **cluse** (id. ; ⇧ spécialement dans le Jura) ; **ravine** (id. ; ⇧ petit ravin) ; **valleuse** (⇧ sèche, au-dessus d'une falaise) ; **bassin** (⇧ dépression naturelle de très grande taille : *le Bassin parisien*) ; **cuvette** (id. ; ⇧ insiste sur le fait qu'aucun des bords de la dépression n'est affaissé : *la région est une véritable cuvette qui concentre les orages*) ; **dépression** (⇧ segment de la surface du globe terrestre qui s'est effondré). GÉN. **creux**.

valoir, 1. être équivalent à une certaine valeur : ***coûter** (⇧ être équivalent à une somme d'argent : *cet appareil ne coûte vraiment pas cher*) ; **faire** (id. ; ⇧ au sens de valoir un certain prix : *cela fait cent francs*). ≈ expr. **revenir à, se monter à, s'élever à, être de *prix, se vendre, équivaloir à**. 2. être équivalent à autre chose ou à quelqu'un du point de vue de la valeur : **égaler** (⇧ être au même niveau que : *il l'égale en tout, sauf dans les affaires*) ; **atteindre** (id. ; ⇧ pour les personnes, dans le sens d'élever sa valeur à la hauteur de celle d'un autre dans un domaine déterminé : *il faut beaucoup de constance pour atteindre à sa bonté*). 3. être utile, servir efficacement, posséder une valeur déterminée (v. valable). 4. être d'une valeur qui justifie l'intérêt : **mériter** (⇧ être d'un prix, réel ou moral, qui donne droit à quelque chose : *Paris vaut bien une messe*). ≈ expr. **valoir la peine**. 5. v. causer. 6. valoir mieux, expr. fam. pour dire d'une chose qu'elle est préférable à une autre. ≈ expr. **c'est préférable, c'est mieux ainsi**.

valse, v. danse.

valser, v. danser.

vanité, défaut présenté par une personne qui fait étalage d'une autosatisfaction souvent hors de proportion : ***orgueil, fatuité, suffisance, prétention, ostentation** ; **complaisance** (⇧ faire preuve d'indulgence envers soi-même, se trouver du mérite, se regarder avec bienveillance : *il se voit avec une complaisance incroyable*) ; **jactance** (⇧ idée d'arrogance, concernant une personne qui a une opinion élevée d'elle-même et en témoigne auprès des autres : *faire preuve d'une jactance insupportable*).

vanter, v. louer. || *Se vanter*, grossir ses propres mérites, faire preuve de vanité : **s'enorgueillir** (⇧ fort et favorable, par rapport à un mérite : *une ville qui s'enorgueillit de compter Chateaubriand au nombre de ses enfants*) ; **bluffer** (⇧ fam., tenter de tromper qqn, tout en sachant que l'on ne dit pas la vérité : *je suis sûr qu'il nous a bluffés avec ses airs innocents*) ; **exagérer** (⇧ trop) ; **pavoiser** (⇧ se montrer particulièrement joyeux, enthousiaste ; faire preuve d'une joie excessive, disproportionnée à sa raison d'être : *il n'y a pas de quoi pavoiser*). ≈ expr. **se flatter de, se faire fort de, se targuer de, tirer vanité, orgueil, gloire de, se glorifier de, se faire valoir, se prévaloir de, se mettre en valeur, se faire mousser, se croire** (⇧ fam. ; avoir des illusions sur soi-même : *il se croyait intelligent quand il multipliait les maladresses*), **se prétendre** (⇧ se déclarer comme, affirmer que l'on est ou que l'on possède ce que l'on dit être ou posséder : *elle se prétendait d'une élégance raffinée*) ; **se donner les gants de** (fam.), **s'applaudir de** (⇧ manifester ouvertement de l'admiration pour soi-même : *il s'applaudissait de s'être montré si vigilant*) ; **s'attribuer qqch., faire profession de, se piquer de.**

variation, v. changement.

varié, qui n'est pas uni ou uniforme, qui ne forme pas une identité unique : **divers** (⇧ vx ou litt. au sens de qui présente différents aspects : *une foule diverse attendait devant la porte* ; au pl., qui ne forment pas une unité de nature, dont les qualités sont différentes : *une boutique emplie d'antiquités diverses*) ; **multiple** (id.) ; **nombreux** (id. ; ⇧ pour ce qui est de la quantité) ; **diversifié** (⇧ au pl., qui sont rendus différents les uns des autres ; au sg., dont les composantes sont contrastées ou nuancées : *un vocabulaire diversifié*) ; **composite** (⇧ qui est constitué d'éléments de nature différente : *une décoration composite*) ; **hétérogène, hétéroclite** (id. ; ⇧ diversité de nature) ; **complexe** (id. ; ⇧ insiste sur le nombre et les rapports imbriqués des éléments) ; ***différent** (⇧ qui ne présente pas d'identité avec : *un sac avec différents objets*) ; **divergent** (⇧ qui s'éloigne d'un autre : *les intérêts divergents du comité d'entreprise*) ; **inégal** (⇧ qui n'est pas de même importance ou qui est irrégulier : *un relief inégal*) ; **irrégulier** (id.) ; **changeant** (⇧ qui n'est pas stable, qui peut se transformer : *une humeur changeante*) ; **mêlé** (⇧ qui est fait d'éléments mélangés : *un sang mêlé*) ; **mélangé, mâtiné, panaché** (id.) ; **disparate** (id. ; ⇧ qui est fait d'éléments disharmonieux : *un décor fait d'objets disparates*) ; **discordant** (id.) ; **nuancé** (⇧ qui n'est pas d'un seul tenant, dont les éléments s'écartent les uns des autres par des nuances souvent subtiles : *une opinion nuancée*) ; **bigarré** (⇧ formé de plusieurs couleurs ou d'éléments divers : *un public bigarré*) ; **multicolore** (id. ; ⇧ pour les couleurs) ; **multiforme** (id. ; ⇧ pour ce qui est de l'aspect).

varier, v. changer.

variété, 1. caractère d'un ensemble dont les éléments sont diversifiés : **diversité, différence, disparité, bigarrure, multiplicité** (v. varié) 2. v. sorte.

vase, n. m., 1. récipient ayant une valeur soit historique, soit artistique, réservé à la décoration ou à une utilisation digne de sa valeur : SPÉC. **urne** (⇧ vase arrondi, notamment vase dans lequel on enferme les cendres des morts : *des urnes funéraires*) ; **jarre** (⇧ assez grand) ; **amphore** (⇧ vase grec à pied étroit et garni de deux anses) ; **jatte** (⇧ récipient rond ou arrondi, très évasé, dépourvu aussi bien de manche que d'anse : *une jatte en faïence*) ; **potiche** (⇧ vase de grande taille en porcelaine d'Extrême-Orient : *des potiches de Chine*) ; **jatte** (⇧ en terre, surtt produit alimentaire : *une jatte de lait*). GÉN. ***récipient**. 2. récipient domestique dans lequel on place des fleurs coupées : **porte-bouquet** (⇧ vase de très petites dimensions qui est destiné à être suspendu : *accrocher des porte-bouquets sur les murs*) ; **uniflore** (⇧ vase uniflore, qui ne porte qu'une fleur).

vase, n. f., mélange de terre et d'eau : **boue, limon, fange** (⇧ épais).

végétal, v. plante.

végétarien, adepte du végétarisme, diététique écartant la viande de l'alimentation, mais autorisant l'usage d'autres produits animaux, tels que les œufs ou le lait : **herbivore** (⇧ qui se nourrit d'herbe et de feuilles ; se dit surtout pour les animaux et prend un caractère ironique dans la désignation d'un être humain : *c'est un herbivore plus scrupuleux qu'un ruminant*) ; **frugivore** (⇧ didactique, qui se nourrit de fruits) ; **végétalien** (⇧ adepte du végétalisme, régime prônant l'élimination de tout produit issu du règne animal, œufs, laitages, beurre et miel y compris) ; **macrobiotique** (⇧ régime formé de légumes naturels et de céréales, excluant tout produit d'origine industrielle ou ayant subi un traitement chimique).

veiller, 1. rester en éveil au lieu de dormir comme l'heure l'exigerait. ≈ expr. **être de garde, monter la garde, être en éveil, être vigilant, rester éveillé.** 2. faire attention à qqch. ou à qqn, rester au chevet de qqn : **garder** (⇧ prendre soin de qqn : *garder un malade*) ; **soigner** (⇧ apporter des soins afin de rétablir la santé ; se préoccuper du bien-être de qqn, veiller à son confort : *il la soigne comme si elle était sa fille*) ; **secourir, défendre, aider** (id. ; ⇧ au sens d'apporter de l'aide) ; **assister** (id. ; ⇧ vx au sens d'apporter des soins : *assister celui qui souffre*) ; **bichonner, bouchonner, cajoler, chouchouter, choyer, dorloter** (id. ; ⇧ au sens de se préoccuper du bien-être de quelqu'un) ; **surveiller** (⇧ exercer une observation soutenue : *surveiller ses paroles*) ; **préserver** (⇧ assurer la sécurité de qqn ou de qqch., veiller à écarter ce qui pourrait lui nuire : *préserver du malheur*) ; **chaperonner** (id. ; ⇧ avec idée d'empêcher aussi toute déviation d'une ligne de conduite convenue : *chaperonner sa filleule pour sa première sortie*) ; v. aussi **protéger** et **soigner**. ≈ expr. **prendre soin de, donner des soins à, prendre garde à, appliquer son attention à.**

veine, v. chance.

vélo, abréviation de *vélocipède*, moyen de locomotion à pédales et à deux roues ; **bicyclette** (⇧ insiste sur le fait que l'appareil est actionné au moyen des pieds : *faire un tour à bicyclette*) ; **bécane, biclou** (id. ; ⇧ fam.) ; **clou, biclou** (id. ; ⇧ pop. et péjor.) ; **tandem** (⇧ bicyclette à deux sièges et deux pédaliers placés l'un derrière l'autre : *un couple qui se promène en tandem*) ; **bicross** (⇧ vélo utilisé pour le tout terrain et ne possédant ni suspension, ni garde-boue) ; **vélocross** ou **V.T.T.** (⇧ vélo tout terrain apparenté au bicross) ; **cycle** (⇧ désigne très généralement tous les moyens de locomotion possédant deux ou trois roues, qu'ils soient actionnés par les pieds ou par un moteur : *un magasin de cycles*) ; **tricycle** (⇧ cycle possédant trois roues) ; **triporteur** (⇧ tricycle sur lequel est aménagée à l'avant une caisse permettant le transport de marchandises de faible poids) ; **vélo-pousse** (⇧ voiture tirée par une bicyclette dans les pays d'Extrême-Orient : *il faut visiter Shanghai en vélo-pousse*) ; **vélomoteur** (⇧ actionné par un moteur et non par les pieds). ≈ expr. **petite reine.**

vélocité, v. vitesse.

vendeur, v. commerçant.

vendre, 1. remettre qqch. à qqn en contrepartie d'une certaine somme d'argent : **débiter** (⇧ se défaire d'une marchandise en la vendant au détail : *il a débité tout un rayon de boissons dans la journée*) ; **écouler** (id. ; ⇧ disparition régulière et continue de la marchandise) ; **épuiser** (id.) ; **exporter** (⇧ vendre hors du pays de production) ; **trafiquer** (⇧ aussi bien acheter que vendre dans l'illégalité : *trafiquer grâce aux réseaux de contrebande*) ; **solder** (⇧ vendre à prix réduit afin d'écouler une marchandise qui n'a pas été vendue dans les délais souhaités : *solder une robe*) ; **liquider** (id. ; ⇧ avec idée d'une volonté de se débarrasser rapidement d'une marchandise restante : *à partir d'aujourd'hui, les grands magasins liquident leur collection d'hiver*) ; **sacrifier** (id. ; ⇧ vendre à des prix très bas, sans faire de bénéfice, voire à perte : *des prix sacrifiés*) ; **brader** (id. ; ⇧ avec idée d'obtenir, si possible, un bénéfice : *brader son dernier cageot de tomates*) ; **bazarder** (id. ; ⇧ fam., se débarrasser coûte que coûte et très vite de ce qui reste : *bazarder les derniers articles de l'étalage*) ; **mévendre** (⇧ vx, vendre à perte) ; **laisser** (⇧ vendre à un prix qui est à l'avantage de l'acheteur : *laisser pour presque rien*) ; **détailler** (⇧ fait de vendre une marchandise au détail, par quantités limitées : *détailler des pièces détachées*) ; **adjuger** (⇧ attribuer à qqn dans une vente publique : *adjuger une antiquité au plus offrant*) ; **placer** (⇧ vendre pour le compte d'un tiers : *placer une assurance*) ; **céder** (⇧ donner la propriété de qqch. à une autre personne, contre une somme ou en contrepartie d'autre chose : *céder un bail*) ; **rétrocéder** (⇧ redonner la propriété de qqch. à la personne qui vous l'a cédée ou revendre à un tiers un bien acquis : *rétrocéder un fonds de commerce*) ; **aliéner** (⇧ jurid., se déposséder d'un bien ou d'un droit, soit en le monnayant, soit en le donnant : *aliéner une propriété*) ; **négocier** (⇧ pratiquer le commerce en général, qu'il s'agisse de vente ou d'achat : *négocier un contrat*) ; **fournir** (⇧ vendre à des magasins ou à des entreprises) ; **brocanter** (vendre des antiquités, des objets insolites ou anciens) ; **cameloter** (⇧ vendre comme un marchand ambulant, sur un étalage improvisé) ; **démarcher** (⇧ vendre à domicile) ; **fourguer** (⇧ fam., vendre une marchandise de qualité mauvaise ou douteuse : *fourguer une voiture usagée*) ; **refiler** (id. ; ⇧ en mettant à profit une inadvertance de l'acquéreur : *refiler une armoire mitée*) ; **coller** (⇧ fam., idée de vendre, ou de donner, en obligeant la personne à accepter) ; **réali-**

ser (⇧ transformer en argent une valeur, un bien ou un placement : *réaliser ses actions*) ; **monnayer** (⇧ échanger un bien matériel, une compétence ou un talent personnel contre de l'argent : *monnayer ses dons*) ; **échanger** (⇧ fait de donner qqch. contre autre chose, qu'il s'agisse d'argent ou non) ; **troquer** (id. ; ⇧ concerne uniquement l'échange de deux biens, hors de tout rapport d'argent). ≈ expr. **s'écouler, s'épuiser, se défaire de qqch., se séparer de qqch., faire du dumping** (⇧ économie, vendre à l'étranger à des prix inférieurs aux prix du pays), **casser les prix** (id. ; ⇧ fam.). 2. v. dénoncer et trahir.

vénéneux, v. empoisonné.

vénération, v. respect.

vénérer, v. honorer.

vengeance, désir d'obtenir une réparation morale par une forme de violence compensatrice à la suite d'un tort subi ; acte par lequel cette réparation est obtenue : **réparation** (⇧ fait d'être dédommagé d'un tort, sans qu'il entre nécessairement une part de violence physique ou morale dans l'affaire : *obtenir réparation*) ; **riposte** (⇧ contre-attaque immédiate et rapide : *l'agresseur fut victime d'une riposte instantanée*) ; **représailles** (id. ; ⇧ idée de riposte à un acte ignoble ou bafouant toutes conventions : *organiser des représailles*) ; **vendetta** (⇧ coutume corse qui amène deux familles ennemies à entrer dans un cycle de vengeances mutuelles ; par ext., toute vengeance personnelle : *se lancer dans une vendetta*) ; **rétorsion** (⇧ s'applique à un Etat qui prend contre un autre les mêmes mesures répressives que celui-ci a pris contre lui) ; **vindicte** (⇧ justice relevant de l'autorité, qui poursuit et punit les crimes commis contre la société : *la vindicte publique*) ; **talion** (⇧ châtiment par lequel le coupable est soumis au même dommage que la victime : *pratiquer la loi du talion*) ; **revanche** (⇧ acte par lequel une personne reprend l'avantage sur la personne ou la force impersonnelle qui l'en avait dépossédé : *prendre sa revanche sur le destin*). ≈ expr. **œil pour œil, dent pour dent.**

venger (se), tirer réparation de celui qui vous a offensé. ≈ **tirer vengeance** (⇧ de l'offense) ; **prendre sa revanche** (⇧ compensation).

venin, v. poison.

venir, 1. se rendre ou arriver au lieu où se trouve la personne qui parle : **avancer** (⇧ aller de l'avant, se porter devant soi : *la technologie avance à pas de géant*) ; **progresser** (id. ; ⇧ idée de gagner du terrain sur qqn ou qqch. : *progresser dans la neige*) ; **marcher** (⇧ se déplacer à pied, avec une idée de destination moins forte : *croyez-vous qu'ils marchent vers nous ou qu'ils marchent sur nous ?*) ; **arriver** (⇧ insiste sur l'achèvement du trajet et le fait que le lieu soit atteint ; peut, par anticipation, s'appliquer à une personne dont le déplacement est sur le point de s'achever : *où sont-ils, je ne les vois pas ? — Ils arrivent*) ; **rappliquer** (id. ; ⇧ pop., peut avoir aussi le sens de revenir : *je le croyais parti, et voilà qu'il rapplique !*) ; **entrer** (⇧ pénétrer dans un lieu fermé en venant de l'extérieur : *les invités entrèrent par le portail de l'ouest*) ; **pénétrer** (id.) ; **monter** (id. ; ⇧ se dit quand il s'agit d'entrer dans un lieu surélevé : *monter en voiture*). ≈ **se rendre à, se transporter, se déplacer** (⇧ idée de mouvement qui peut aussi désigner un mouvement s'éloignant du lieu de la personne qui parle, du type *aller* : *se déplacer en autocar*) ; **se diriger vers** ; **se pointer** (fam. ; ⇧ au sens d'*arriver* : *nous nous sommes pointés à l'improviste*) ; **s'amener** (id.) ; **sortir de** (⇧ se rendre auprès de la personne qui parle en quittant un lieu : *je sors tout juste de la piscine*). 2. pour une chose abstraite, commencer à se manifester : **entrer** (⇧ faire son apparition : *cette idée m'est entrée dans l'esprit et je ne peux plus l'en faire sortir*) ; **apparaître** (id. ; ⇧ insiste sur le moment de l'apparition : *la complexité de ce travail n'apparaîtra que tardivement*) ; **naître** (id.) ; **jaillir** (id. ; ⇧ soudaineté de l'apparition : *la clé du mystère jaillira de quelque source imprévue*) ; **surgir** (id.) ; ***commencer** (⇧ entreprendre qqch., en être au tout début : *commencer à chercher*) ≈ **se présenter** ; **se dévoiler, se révéler, se découvrir** (⇧ idée de disparition d'un obstacle gênant la vue : *le remède se révéla tout à coup à son esprit*). 3. v. aller. 4. avoir pour origine : **provenir** (⇧ venir de, être issu de, plutôt lieu, chose ou abstr. : *ces billets proviennent du butin d'un hold-up*) ; **dériver** (id. ; ⇧ qui est originaire de : *un nom commun dérivé d'un nom propre*) ; **découler** (⇧ idée de conséquence naturelle : *ce faux pas découle d'une erreur de jugement*) ; ***résulter** (id. ; ⇧ apparaître comme la conséquence de qqch., à tort ou à raison : *il résulte de leur débat que plus personne ne comprend rien à l'état présent des recherches*) ; **émaner** (⇧ pers.

ou institution, plutôt abstr. : *une décision qui émane des plus hautes instances de l'Etat*) ; **sortir de** (v. sens 1 : *ces pierres sortent de la carrière*) ; **se déduire de, procéder de** (⇧ être originaire de, au sens de *découler*: *les promesses qui procèdent du cœur sont les seules de valeur*). ≈ **(être) dû à** (⇧ pour une cause, une responsabilité : *l'érosion due aux marées*) ; **(être) issu de** (⇧ image de la génération).

vent, 1. déplacement de masses d'air d'intensité plus ou moins grande : **souffle** (⇧ mouvement de l'air dans l'atmosphère : *un souffle régulier chasse les nuages*) ; v. aussi **orage**. SPÉC. **alizé** (⇧ vent de l'est qui souffle sur le Pacifique et l'Atlantique : *suivre les caprices des alizés*) ; **sirocco** ou **siroco** (⇧ vent saharien du sud-est, tout à la fois chaud et sec : *être pris dans le sirocco*) ; **fœhn** (⇧ vent chaud et sec qui souffle dans les Alpes sur les versants suisses et autrichiens) ; **mistral** (⇧ vent du Rhône et de la Méditerranée qui souffle violemment du nord ou du nord-ouest en direction de la mer : *être emporté par le mistral*) ; **tramontane** (id. ; ⇧ vent froid du Languedoc et du Roussillon) ; **aquilon** (⇧ poét., vent du nord, violent et glacial ; peut désigner par ext. tous les vents qui soufflent violemment ou le nord lui-même : *voguer vers l'aquilon*) ; **bise** (⇧ vent froid, sec, soufflant du nord ou du nord-ouest : *subir les morsures piquantes de la bise*) ; **blizzard** (⇧ vent violent du Grand Nord qui se propage en soulevant une tempête de neige : *se perdre dans le blizzard*) ; **brise** (⇧ vent doux en général : *la tiédeur de la brise*) ; **zéphyr** (⇧ poét., brise très douce, paisible et plaisante : *sentir le zéphyr qui caresse sa peau*) ; **bouffée** (⇧ souffle irrégulier qui se manifeste par périodes assez courtes entrecoupées de temps d'arrêt : *une bouffée d'air vint nous rafraîchir le visage*). 2. déplacement d'air en général et plus particulièrement émission de gaz intestinaux : **flatuosité** (⇧ gaz éjecté du tube digestif) ; **pet** (id. ; ⇧ vulgaire, éjection d'un gaz intestinal accompagnée d'une émission sonore) ; **vesse** (⇧ vulgaire et rare ; éjection d'un gaz accompagnée d'une odeur désagréable, mais sans émission sonore). GÉN. **gaz**.

vente, action de donner qqch. en contrepartie d'une somme d'argent : **débit, adjudication, écoulement, exportation, liquidation, solde, placement, brocante, mévente, aliénation, braderie** (v. vendre) ; **criée** (⇧ vente publique de biens qui se pratique aux enchères : *vendre à la criée*) ; **chine** (⇧ brocante, système de vente de porte-à-porte) ; **démarchage** (id.) ; **télévente** (⇧ vente à distance au moyen du téléphone ou du minitel de produits offerts par l'intermédiaire de la télévision). ≈ **faire du porte-à-porte, vendre aux enchères**.

ventre, 1. partie du corps humain anatomiquement située entre la taille et la poitrine, qui correspond à la plus grande part de l'abdomen : **abdomen** (⇧ anatomie, partie du corps située sous le diaphragme et au-dessus du bassin, contenant le système reproducteur, le système urinaire et la majeure partie du système digestif : *faire pratiquer une radiographie de l'abdomen sans préparation*) ; **épigastre** (⇧ partie haute et moyenne de l'abdomen, située au niveau de l'estomac) ; **hypogastre** (⇧ partie basse de l'abdomen, située au niveau du bassin). 2. au sens restreint, partie basse de l'abdomen faisant saillie : **sac** (⇧ pop., pour désigner l'abdomen en tant que lieu où sont engrangés les aliments ingérés) ; **paillasse** (⇧ pop., dans l'expr. *crever la paillasse à qqn*, pour signifier *étriper*). 3. concernant l'intérieur de l'abdomen, organes chargés des fonctions digestives : **panse** (⇧ fam., se dit d'un gros ventre, d'un ventre bien nourri : *se remplir la panse*) ; **bedaine** (⇧ fam., se dit d'un ventre bien rond) ; **brioche** (id. ; ⇧ fam., dans les expr. *prendre de la brioche, avoir de la brioche*) ; **bedon** (id. ; ⇧ fam.) ; **bidon, bide, buffet** (id. ; ⇧ fam.) ; **rondeur** (⇧ général, désigne toute partie du corps plus ronde que ne le prévoit la norme : *ses rondeurs sont charmantes*) ; **embonpoint, corpulence** (id.) ; **rotondité** (id. ; ⇧ fam.). 4. chez la femme, centre de la fécondation, principe de la maternité : **utérus** (⇧ anatomie, organe féminin de l'appareil reproducteur abritant l'œuf jusqu'à sa maturation) ; **sein** (⇧ vx ou litt. dans ce sens : *grandir dans le sein d'une femme aimante*) ; **entrailles, flanc** (id.). 5. chez les animaux, partie du corps correspondant à la face antérieure ou inférieure : **abdomen** (v. sens 1., désigne la partie postérieure du corps de certains insectes).

ver, 1. animal de petite taille, mou, au corps fait d'anneaux formant un cylindre : **lombric** (⇧ ver de teinte rougeâtre communément appelé *ver de terre*). 2. classe zoologique : **helminthe** (⇧ nom donné à un ver de type parasite, quel qu'il soit, concernant l'homme ou les animaux) ; **ténia, taenia** ou **ver solitaire** : variété du bothriocéphale à corps formé de nombreux anneaux plats, parasite du système intestinal où il s'implante grâce à ses crochets et ses ventouses. 3. larve d'insecte : **chenille** (⇧ notamment, larve des papillons, mais le nom peut par extension s'appliquer à d'autres espèces : *la chenille qui devient chrysalide*) ; **asticot** (⇧ larve de la mouche à viande, dont on se sert comme appât pour la pêche). GÉN. **larve**.

verbal, qui se fait par la parole et non par l'écrit ; qui manque de consistance réelle, qui ne concerne que les mots eux-mêmes et non ce qu'ils désignent : **oral** (⇧ insiste plus sur l'idée de transmission d'une information par le canal de la parole que sur l'idée d'utilisation de la parole et non de l'écrit : *un examen oral*) ; **parlé** (⇧ qui s'opère par l'intermédiaire de la parole ; proche du sens d'*oral*, mais avec l'accent mis tout particulièrement sur la personne qui parle, insistant sur l'idée de continuité dans le discours et occultant la présence de la personne qui écoute : *faire un compte rendu parlé de l'événement*) ; **formel** (⇧ qui est en relation avec la forme et non avec le fond : *tenir des propos formels sur le sens de la vie*).

verdâtre, v. vert.

verdeur, v. jeunesse et force.

verdir, acquérir la couleur verte, que ce soit de soi-même ou sous l'action d'un agent extérieur : **verdoyer** (⇧ produire l'impression d'une domination de la couleur verte ; se dit notamment de la végétation qui s'offre au regard de l'homme : *la nature qui verdoie sous un soleil tranquille*) ; **blêmir** (⇧ au fig., perdre ses couleurs, en parlant notamment du visage, sous le coup d'une émotion négative : *blêmir de rage*) ; **pâlir** (id.) ; **blanchir** (id. ; ⇧ toujours au fig., devenir blanc à la suite d'un reflux du sang, apparenté à *verdir* qui signifie devenir d'un vert très pâle proche du blanc : *blanchir de frustration*). ≈ **colorer en vert, peindre en vert**.

verger, v. jardin et champ.

vergogne, v. honte.

véridique, v. vrai.

vérification, acte par lequel on s'assure de la valeur d'une chose, soit de sa valeur matérielle, soit de sa conformité avec ce qui en est dit : **contrôle** (id. ; ⇧ idée de chercher à vérifier une aptitude à qqch. ou la capacité à produire un effet souhaité : *contrôler les connaissances de qqn*) ; **surveillance** (id. ; ⇧ contrôle suivi) ; **épreuve** (⇧ tester une qualité afin de s'assurer qu'elle ne présente pas de défaut grave : *être mis à l'épreuve*) ; **contre-épreuve** (id. ; ⇧ épreuve opérée à rebours d'une première épreuve afin de s'assurer de la rigueur des résultats obtenus : *procéder par épreuves et contre-épreuves*) ; **essai** (id. ; ⇧ avec une idée de rectification possible des défauts repérés : *commencer les essais d'un nouveau prototype*) ; **expérience, test** (id.) ; **expérimentation** (id. ; ⇧ suite d'expériences à caractère scientifique cherchant à établir ou à rectifier une théorie) ; **confirmation** (⇧ fait d'assurer qu'un événement déclaré a bien eu lieu ou qu'un propos est conforme à la vérité : *donner la confirmation d'un soupçon*) ; **justification** (id. ; ⇧ donner la preuve de qqch. : *justification d'un point d'histoire*) ; **démonstration** (⇧ acte par lequel on établit que qqch. est vrai : *une démonstration de bonne volonté*) ; **pointage** (⇧ contrôle à l'aide d'une liste sur laquelle les différents éléments contrôlés recoivent une marque les signalant comme tels : *opérer le pointage d'un équipement de plongée*) ; **récolement** (id. ; ⇧ didactique) ; **filtrage** (⇧ au sens fig., contrôle qui s'opère par refoulement ou élimination des éléments non conformes à ce qui est attendu : *filtrage d'informations*) ; **examen** (⇧ soumettre à une observation attentive : *les techniciens achèvent l'examen du matériel*) ; ***critique** (id. ; ⇧ examen qui vise à porter un jugement : *faire la critique d'une procédure*) ; **jugement, étude, considération, observation, analyse** (id.) ; **expertise** (id. ; ⇧ examen pratiqué par des personnes considérées comme aptes à juger de l'authenticité d'un fait ou d'un objet : *une expertise d'art*) ; **contre-expertise** (⇧ expertise pratiquée à la suite d'une première expertise et visant à la confirmer ou l'infirmer : *demander une contre-expertise*) ; **révision** (⇧ vérification de l'état de qqch. : *révision d'une voiture*) ; **confrontation** (⇧ action de mettre en présence différents éléments afin de vérifier leur concordance : *provoquer une confrontation*) ; **épluchage** (⇧ au sens fig., examen minutieux de qqch. : *se livrer à l'épluchage d'un registre*) ; **évaluation** (⇧ idée de juger de la valeur de qqch. : *il a demandé une évaluation des biens en sa possession*) ; **inspection** (id. ; ⇧ enquête menée par l'observation : *faire l'inspection des lieux*) ; **contre-enquête** (⇧ enquête visant à confirmer ou infirmer les résultats d'une première enquête).

vérifier, opérer une vérification : **contrôler, surveiller, éprouver, essayer, expérimenter, tester, confirmer, justifier, démontrer, pointer, récoler, filtrer, examiner, critiquer, juger, considérer, observer, étudier, analyser, expertiser, réviser, confronter, éplucher, évaluer, inspecter** (v. vérification) ; **voir** ; **repasser** (⇧ refaire dans le but de s'assurer que tout correspond à ce qui était attendu ou aux résultats précédemment obtenus : *repasser une opération*) ; **revoir** (id.). ≈ **s'assurer de, se rendre compte de, passer en revue, faire l'inventaire**.

véritable, v. vrai.

vérité, 1. ce qui s'impose à l'esprit comme étant d'une valeur absolument parfaite : **lumière** (⇧ mod., qui rend lumineux, évident, ce qui était caché ou insondable : *faire la lumière sur un paradoxe apparent*) ; **clarté** (id. ; ⇧ vx ou litt., au sens de vérité révélée à l'esprit : *son raisonnement jette une clarté nouvelle sur ce point délicat*) ; **lueur** (id.) ; v. aussi **connaissance**. 2. ce qui correspond à un principe considéré comme universellement supérieur : **sagesse** (⇧ vx ou litt., connaissance vraie de ce qui est et de ce qui existe : *posséder la sagesse du monde*) ; **sapience** (⇧ vx, qui participe tout à la fois de la sagesse et de la science) ; ***raison** (⇧ philo., connaissance naturelle de qqch., par opposition à la révélation ; ce qui est tenu spontanément pour vrai parce que conforme au mode de fonctionnement de la pensée : *la* Critique de la raison pure *de Kant*) ; **conscience** (⇧ connaissance de soi, jugement de valeur porté sur soi-même) : « *science sans conscience n'est que ruine de l'âme* », (Rabelais, *Pantagruel*) ; v. aussi **connaissance**. 3. ce qui est réel, conforme à la **réalité**, en accord avec la perception humaine du réel ou tenu pour tel par la personne qui parle : **véracité** (id. ; ⇧ qui est vrai ou qui se croit sincèrement vrai : *la véracité d'un témoignage*) ; **authenticité, véridicité** (id. ; ⇧ opposition avec le faux : *une anecdote d'une authenticité douteuse*) ; **exactitude** (⇧ ce qui répond à la réalité ou à la vérité : *il a rapporté l'événement avec exactitude*) ; **existence** (⇧ fait d'exister : *croire à l'existence de Dieu*) ; **réalité** (⇧ souligne le rapport avec les choses : *il est difficile d'établir la réalité des souvenirs de voyage de Baudelaire*) ; **objectivité** (id. ; ⇧ qui n'est pas influencé par un préjugé ou un défaut d'ouverture d'esprit : *raconter avec objectivité le déroulement d'une scène*) ; **correction** (id. ; ⇧ au sens de respect des normes établies, de rigueur dans le traitement : *interpréter avec une parfaite correction la pensée de qqn*) ; **fidélité, rigueur, rectitude** (id.) ; **justesse** (⇧ ce par quoi qqch. répond en tous points à la destination qui lui est réservée : *un raisonnement d'une grande justesse*) ; **vrai** (⇧ ce qui est réel ou correspond à notre perception du réel : *plaider le faux pour savoir le vrai*) ; **vraisemblance** (⇧ ce qui présente toutes les apparences de la vérité, sans que l'on puisse juger s'il s'agit d'une simple apparence ou d'une réalité : *son récit est d'une telle vraisemblance qu'il est difficile de faire la part des choses*) ; **crédibilité** (id. ; ⇧ qui est digne d'être cru) ; **réalisme** (⇧ uniqt qualité esthétique d'une reproduction suggérant le sentiment de la chose vraie : *le réalisme très cru de certaines descriptions de Zola*). 4. type de proposition que l'on peut ou que l'on doit tenir pour conforme à ce qui est : **certitude** (⇧ ce dont nul ne peut douter, qui emporte l'adhésion de l'esprit : *les certitudes dépassent souvent les moyens d'être certain*) ; **évidence, sûreté, conviction** (id.) ; **axiome** (⇧ vérité qui ne peut être démontrée, mais dont l'évidence suffit à l'admettre comme telle) ; **postulat** (id.) ; **truisme** (⇧ vérité si évidente qu'il semble superflu de l'énoncer : *s'il est sorti, c'est qu'il n'est plus ici*) ; **dogme** (⇧ partie d'une doctrine qui est posée comme une vérité fondamentale, inaltérable et inaliénable : *les dogmes de la foi*) ; v. aussi **idée**. ≈ **vérité première, lieu commun, assurance de** (⇧ vx : *se réconforter dans l'assurance d'une victoire prochaine*), **point de vue, article de foi** (⇧ même sens que *dogme*), **parole d'évangile**. 5. v. sincérité.

vermeil, v. rouge.

verre, 1. substance solide transparente, relativement fragile, obtenue par la fusion de silicates alcalins, de potasse et de soude. spéc. **cristal** (⇧ verre au plomb à usage alimentaire ou décoratif, plus lourd que le verre ordinaire : *un vase de cristal*) ; **pyrex** (⇧ verre résistant à de haute température : *un plat en pyrex*) ; **plexiglass** ou **plexiglas** (⇧ verre de sécurité composé en fait d'un dérivé plastique transparent imitant le verre : *une vitre en plexiglas*). 2. tout morceau de cette substance destiné à un usage particulier : **vitre** (⇧ panneau de verre : *nettoyer les vitres de la maison*) ; **carreau**

(⇧ plaque de verre servant à laisser passer la lumière à travers une porte ou une fenêtre: *vitre à grands ou à petits carreaux*); **vitrine** (⇧ devanture d'une boutique exposée derrière une vitre: *lécher les vitrines*); **vitrage** (⇧ désigne la totalité des vitres d'un endroit donné: *refaire le vitrage du jardin d'hiver*); **vitrail** (⇧ ensemble formé par des morceaux de verre teintés de couleurs diverses et collés à fin de constituer un motif décoratif: *un vitrail représentant saint Michel terrassant le dragon*); **verrière** (⇧ vx au sens de vitrail de grande taille; mod., sens de vitrage de grande dimension: *prendre le thé sous la verrière*); **verroterie** (⇧ verre de couleurs diverses qui sert à faire des bijoux fantaisie: *elle est couverte de verroterie*); **clinquant, pacotille** (id.); **pare-brise** (⇧ vitre située à l'avant d'un véhicule). 3. v. lunettes. 4. v. glace. 5. spécialement, récipient servant à recevoir un liquide consommable: **coupe** (⇧ verre à pied de forme large et assez peu profonde); **flûte** (⇧ verre à pied de forme étroite et profonde); **gobelet** (⇧ verre plus haut que large et dépourvu de pied); **godet** (id.; ⇧ de petite taille et dépourvu également d'anse); **timbale** (id.; ⇧ fait de métal); **quart** (⇧ gobelet d'une contenance approximative d'un quart de litre, plus souvent en métal qu'en verre ou en terre cuite: *recevoir son quart de rhum*); **chope** (⇧ récipient de forme cylindrique destiné à la consommation de la bière: *une chope de bière brune*). 6. par métonymie, le contenu de ce récipient: **drink** (⇧ boisson contenant de l'alcool: *proposer un drink*); **chopine** (⇧ fam., verre ou bouteille de vin); **canon** (id.); **bock** (⇧ verre de bière d'environ un quart de litre); **demi** (id.). ≈ **prendre un pot, boire un godet, se faire offrir la chopine, lever son verre, porter un toast, offrir la tournée.**

verrière, v. fenêtre et verre.

verrou, pièce de métal qui glisse horizontalement dans un crampon ou dans une gâchette afin d'assurer la fermeture d'un battant de porte ou de fenêtre: **targette** (⇧ petit verrou qui coulisse grâce à un bouton); **loquet** (⇧ système vertical similaire à celui du verrou).

verrouiller, v. fermer.

vers, prép. 1. indiquant la direction dans laquelle a lieu le mouvement, qu'il soit concret ou abstrait: **à** (⇧ met plus l'accent sur la destination que sur le mouvement: *je viens à toi puisque tu ne viens pas à moi*). ≈ **à la rencontre de, du côté de, en direction de, dans la direction de.** 2. donnant une approximation d'une valeur: **à** (⇧ entre des nombres: *on lui donnait de vingt à vingt-cinq ans*, tandis que *vers* ne peut s'employer qu'au contact d'un seul numéral: *on lui donnait vers les vingt-cinq ans*); **ou** (id.; ⇧ d'emploi plus correct dans cette fonction: *il avait vingt ou vingt-cinq ans*); **environ** (id; ⇧ donne une approximation plus générale encore, un simple ordre d'idée: *il avait environ vingt ans quand il est parti*); **approximativement** (id.); **dans** (⇧ approximation, surtout par excès, en ce qui concerne une grandeur quantitative: *cela coûte dans les cinq cents francs*); **quelque** (id.; ⇧ approximation plutôt par défaut: *il a gagné quelque deux millions à ce qu'on m'a dit*). ≈ **à peu près.**

vers, n. partie constituante d'un poème qui possède sa propre unité interne régie par des lois métriques, syllabiques et rythmiques: **verset** (⇧ biblique); v. aussi **poésie**. SPÉC. **octosyllabe, décasyllabe** (⇧ dans la versification française, vers de huit, ou dix syllabes); **alexandrin** (⇧ vers de douze syllabes décomposé en deux hémistiches de six syllabes — alexandrin classique — ou de quatre et huit syllabes — alexandrin romantique); **mètre** (⇧ mesure du vers latin ou grec composée de deux pieds, peut se dire par extension du vers lui-même); **hexamètre** (⇧ mètre de l'épopée antique).

versant, v. pente.

versement, v. paiement.

verser 1. répandre ou faire se répandre un liquide ou qqch. qui est assimilé à un liquide: **transvaser** (⇧ faire passer d'un récipient dans un autre: *transvaser d'une bouteille dans une carafe*); **soutirer** (id.; ⇧ avec idée de procéder lentement afin de ne pas faire passer avec le liquide les dépôts éventuels: *soutirer du vin*); **entonner** (id.; ⇧ verser dans un tonneau: *entonner un vin nouveau*); **couler** (id.; ⇧ transférer un liquide d'un endroit dans un autre: *couler d'une bassine à l'égout*); **déverser** (id.); **transvider** (id.; ⇧ ne s'applique pas exclusivement à un liquide); **transfuser** (id.; ⇧ se dit spécialement du sang qui passe d'un corps dans un autre); **infuser** (id.; ⇧ vx au sens de faire pénétrer un liquide); **servir** (⇧ pour ce qui est de verser une boisson à table: *servir un verre de cognac*); **donner** (id.); **pleurer** (⇧ verser des larmes: *pleurer toutes les larmes de son corps*);

épancher (⇧ vx ou poét. au sens de faire couler) ; **instiller** (⇧ verser goutte à goutte vers l'intérieur : *instiller par perfusion*) ; **distiller** (⇧ verser goutte à goutte vers l'extérieur : *distiller son venin*) ; **arroser** (⇧ verser un liquide sur qqch. ou qqn pour l'humidifier : *arroser le gazon*) ; **épandre** (⇧ vx ou litt., verser en grande quantité : *épandre un produit traitant sur des cultures*) ; **répandre** (id.) ≈ **faire couler, vider dans, vider sur.** GÉN. **mettre.** 2. v. payer.

versification, technique qui régit la construction du vers : ***poésie** ; **métrique** (⇧ partie de la versification qui concerne la mesure à l'intérieur du vers, le rythme et les regroupements de syllabes) ; **prosodie** (⇧ partie de la versification qui s'occupe de la quantité des voyelles et des syllabes et de leur agencement mélodique).

version, v. traduction.

vert, adj., 1. qui présente une couleur verte similaire aux plantes chlorophylliennes : **verdoyant** (⇧ pour un paysage, des végétaux). 2. qui est de couleur verte, d'une nuance de vert : **sinople** (⇧ terme de blason, émail héraldique de couleur verte) ; **glauque** (⇧ d'une couleur verte se rapprochant de celle de la mer : *un étang glauque*) ; **pers** (⇧ litt., couleur mélangée de vert et de bleu : *des yeux pers*) ; **verdâtre** (⇧ vert un peu trouble, qui paraît passé ou mêlé d'un peu de gris : *un marais verdâtre*) ; **olivâtre** (⇧ proche du vert olive) ; **vert-de-gris** (⇧ de la couleur du dépôt qui se forme à la surface de certains métaux, tels le cuivre et le bronze, quand ceux-ci sont exposés à un air chargé d'humidité) ; **céladon** (⇧ pâle) ; **jade** (⇧ pierre fine). 3. v. pâle. 4. v. jeune.

verticalement, qui suit une ligne verticale : **debout** (⇧ poser dans le sens vertical sur l'une de ses extrémités : *mettre debout*) ; **droit** (⇧ perpendiculaire au plan horizontal) ; **perpendiculairement** (id. ; ⇧ vx au sens de *verticalement*). ≈ **à plomb, d'aplomb.**

vertige, sensation d'être pris dans un mouvement tournant ou oscillant qui entraîne le décor avec soi et perturbe le sens de l'équilibre : **éblouissement** (⇧ trouble s'emparant du sens de la vue et qui provoque une sensation de déséquilibre : *être victime d'un éblouissement passager*) ; **étourdissement** (⇧ perte de connaissance momentanée ou partielle : *avoir un étourdissement*) ; **déséquilibre** (⇧ manque d'équilibre dont la cause peut être un agent extérieur ou intérieur, sans que sa nature ou ses effets associés soient précisés) ; v. aussi **évanouissement**.

vertu, v. qualité.

vertueux, v. honnête.

veste, pièce de vêtement à manches, ouvert sur le devant, couvrant le corps des épaules à la taille ou aux hanches : **veston** (⇧ faisant partie d'un complet masculin : *veston de smoking*) ; **jaquette** (⇧ féminine serrée à la taille, boutonnée par devant et se prolongeant sur l'arrière par des basques ; vx au sens de vêtement de cérémonie masculin : *porter une longue jaquette noire*). SPÉC. **blazer** (⇧ en flanelle, portant la plupart du temps un écusson, originaire de la tradition des collèges anglais : *un blazer bleu marine*) ; **anorak** (⇧ courte, imperméable et munie d'un capuchon : *un anorak de ski*) ; **blouson** (⇧ veste courte, plutôt ample, souvent resserrée sur les poignets : *un blouson de pilote*) ; **canadienne** (⇧ avec fourrure) ; **boléro** (⇧ veste courte) ; **saharienne** (⇧ en toile) ; **vareuse** (⇧ uniforme).

vestige, v. ruine.

vêtement, 1. au sg., sens didactique d'objets conçus pour couvrir le corps humain saisis comme formant un tout : **garde-robe** (id. : *se constituer une garde-robe*) ; **trousseau** (id. ; ⇧ ensemble des effets qu'emporte une jeune fille au moment de son mariage) ; **layette** (id. ; ⇧ ensemble des vêtements d'un nouveau-né). 2. au pl., ensemble des objets qui ont pour destination de couvrir le corps humain, à l'exception des chaussures : **habillement** (⇧ tous les habits qui couvrent qqn : *choisir son habillement*) ; **vêture** (id. ; ⇧ vx ou litt.) ; **costume** (⇧ pièces de deux ou trois vêtements — pantalon, veste et gilet éventuel — qui constituent un ensemble : *un costume de cérémonie*) ; **ensemble** (id. ; ⇧ sens plus large) ; **complet** (id. ; ⇧ constitué de deux ou trois pièces, vêtement masculin d'une certaine élégance) ; **tailleur** (id. ; ⇧ ensemble féminin composé d'une veste ou d'une jaquette et d'une jupe : *un tailleur chic*) ; **uniforme** (⇧ costume qui est identique pour tous les membres d'un même groupe : *un uniforme militaire*) ; **livrée** (id. ; ⇧ pour la domesticité d'un endroit déterminé : *un maître d'hôtel en livrée*) ; **habits** (⇧ vx au sg. au sens de *costume* ; sens mod. au pl., identique à celui d'*habillement* : *porter des habits neufs*) ; **mise** (⇧ manière dont une personne est vêtue : *on vous jugera sur votre mise*) ;

toilette (id. ; ⇧ insiste sur l'aspect esthétique davantage que sur la rigueur de la tenue : *soigner sa toilette*) ; **ajustement** (⇧ vx au sens de façon dont la toilette de qqn est accommodée : *vérifier son ajustement avant de sortir*) ; **tenue** (⇧ vêtements et accessoires qui forment ensemble un habillement spécifique : *tenue de soirée*) ; **fringues** (⇧ fam., ensemble des vêtements : *faire attention à ses fringues*) ; **frusques** (⇧ pop., les habits en général et plus particulièrement les habits de mauvaise qualité : *porter des frusques en piteux état*) ; **nippes** (⇧ vêtements usés, frustes : *de vieilles nippes*) ; **fripes, friperie** (id.) ; **défroque** (id. ; ⇧ vieux vêtements abandonnés) ; **guenilles** (id. ; ⇧ vêtements réduits à l'état de lambeaux : *un mendiant en guenilles*) ; **hardes** (id. au sens péjor.) ; **haillon** (⇧ lambeau qui fait usage de vêtement) ; **loque** (id.) ; **oripeaux** (id. ; ⇧ idée d'un vestige de l'ancienne apparence qui souligne plus qu'il n'estompe l'usure du temps) ; **effets** (⇧ ensemble des vêtements et du linge : *les effets personnels*) ; **affaires** (⇧ objets personnels, peut désigner les vêtements au sens restreint) ; **accoutrement** (⇧ vx au sens de vêtement ; mod., ensemble de vêtements offrant une allure inhabituelle : *se présenter dans un drôle d'accoutrement*) ; **dessous** (⇧ vêtements féminins qui se portent sous les autres vêtements : *des dessous en dentelle*) ; **linge, lingerie** (id.) ; **sous-vêtement** (id. ; ⇧ se dit plus généralement aussi bien des vêtements féminins que masculins) ; **pelure** (⇧ fam. et fig., vêtement en général, mais sert plus particulièrement à désigner le manteau) ; **parure** (⇧ ensemble des vêtements saisis dans leur aspect esthétique : *une parure de toute beauté*) ; **atours** (⇧ vx ou plaisant pour parler de la toilette féminine, insistant sur l'aspect ornemental : *se parer de ses plus beaux atours*) ; v. aussi **déguisement** et **(s')habiller**.

vétille, v. bricole.

vêtir, v. habiller.

vétuste, v. vieux.

veuf, veuve, 1. dont le conjoint est décédé : **douairière** (⇧ veuve bénéficiant de droits sur les biens de son époux décédé ; par ext., dame âgée appartenant à la haute société). 2. fam., momentanément séparé de son conjoint : **seul** (v. ce mot).

veule, v. lâche.

viande, partie molle du corps des animaux, considérée comme nourriture : **chair** (⇧ large, en tant que telle : *la chair du bras*).

vibrer, v. trembler.

vicaire, v. prêtre.

vice, v. défaut.

victime, qui subit une action s'exerçant à son détriment : **hostie** (⇧ vx au sens de victime offerte à l'occasion d'un sacrifice rituel : *l'hostie est placée sur l'autel*) ; **martyr** (⇧ personne persécutée pour avoir proclamé une foi contraire à celle en vigueur ou s'être érigée en défenseur d'une cause condamnée ; par ext., toute victime innocente qui est mise à mort dans des souffrances atroces : *les martyrs de la déportation*) ; **proie** (⇧ personne dépouillée, attaquée ou capturée sciemment ; personne qui est ou semble faire l'objet d'une persécution exercée par une force intangible : *être la proie de ses obsessions*) ; **jouet** (⇧ personne qui est manipulée par une force supérieure la dirigeant à son gré : *elle est le jouet de ses promesses*) ; **souffre-douleur** (⇧ personne victime de mauvais traitements, physiques et moraux, exercés sur elle de façon constante par son entourage : *c'est le souffre-douleur de l'école*) ; v. aussi **mort**. ≈ **tête de Turc** (⇧ même sens que *souffre-douleur*), **bouc émissaire** (⇧ celui ou celle sur le compte de qui est rejetée une faute qui n'est pas de son fait : *pour justifier cette aberration, il fallait bien trouver un bouc émissaire*).

victoire, v. réussite.

victorieux, v. vainqueur.

victuaille, v. nourriture.

vide, adj. 1. qui ne contient rien : **libre** (⇧ pouvant laisser place à un contenu : *la place est libre*) ; **vacant** (id. ; ⇧ pour une habitation, une place dans la société : *un emploi vacant*) ; **inoccupé** (⇧ sans occupants : *un emplacement commercial inoccupé*) ; **inhabité** (id. ; ⇧ pour une habitation, une région) ; **désert** (id. ⇧ surtt pour un lieu : *le salon était désert*) ; **disponible** (⇧ général, en fonction d'un usage : *un appartement disponible*). 2. qui est sans consistance, sans effet réel, sans intérêt : **futile** (⇧ peu sérieux) ; **creux** (⇧ manque de contenu de pensée) ; **insignifiant, vain, léger** (id. ; ⇧ manque de consistance) ; **prétentieux** (⇧ idée d'une ambition mal fondée) ; v. aussi **inutile**. ≈ **sans consistance, dépourvu de**. 3. pour une surface, où il se trouve peu d'objets, et, par extension : **dénudé** (⇧ qui est à nu : *un arbre dénudé*) ; **nu** (id.) ; **chauve** (id. ; ⇧ fig. et litt.) ; **désertique** (⇧ qui, comme le désert, est vide de toute présence : *une* *contrée désertique*) ; v. aussi **privé (de)** et **stérile.**

vide, n. espace ne contenant aucun corps : **vacuité, néant** (⇧ fort) ; **inanité** (état de ce qui est vain) ; **vanité, inutilité** (id.) ; v. aussi **trou** et **manque.**

vider, débarrasser ou dépouiller de son contenu : **débarrasser** (⇧ avec idée de soulagement : *débarrasser le grenier*) ; **délester, dégager, décharger, déménager, soulager, déblayer, enlever, ôter, désobstruer** (id.) ; **nettoyer** (id. ; ⇧ rendre propre, clair) ; **dépeupler** (⇧ de sa population) ; **dégarnir** (⇧ priver de ce qui lui donnait un contenu : *dégarnir une pièce*) ; **désemplir** (⇧ rare, partiellement : *désemplir une bouteille aux trois quarts*) ; **vidanger** (⇧ pour le réservoir d'une automobile) ; **transvaser, transvider** (v. verser) ; **évacuer** (⇧ vider la place, quitter dans sa totalité un lieu : *évacuer un immeuble*) ; v. aussi **sécher, ranger, priver (de)** et **enlever.** ≈ **faire place nette.**

vie, 1. propriété d'un organisme se développant dans le monde : **existence** (⇧ qualité de ce qui possède une réalité sensible, qui est perceptible, saisissable : *discuter de l'existence de Dieu*). 2. propriété de ce qui possède une certaine forme d'activité et notamment une activité intense : **vitalité** (⇧ caractère de ce qui se montre d'une vie éclatante, rayonnante, qui est plein d'énergie : *c'est un enfant remuant, d'une exceptionnelle vitalité*) ; **ardeur** (id.) ; **fougue, impétuosité** (id. ; ⇧ idée de témérité, d'excès : *se laisser emporter par sa fougue*) ; v. aussi **force.** 3. ensemble des phénomènes se rattachant au fonctionnement des organismes en évolution : **fécondation** (⇧ action qui permet d'engendrer un être vivant à partir de la fusion des éléments mâle et femelle constituant son code génétique : *fécondation* in vitro) ; **reproduction, génération** (id.) ; **procréation** (id. ; ⇧ litt.) ; **naissance** (⇧ début de la vie dans le monde : *le jour de sa naissance*) ; **genèse** (⇧ ensemble de ce qui a contribué à faire naître qqch. : *la genèse d'un roman*). ≈ **mettre au monde, donner le jour** pour *donner la vie.* 4. durée d'activité d'un organisme entre sa naissance et sa mort ; ce qui constitue cet ensemble : **existence** (⇧ insiste sur ce qui fait ou qui a fait le contenu d'une vie : *avoir une existence heureuse*) ; **jours** (id. ; ⇧ saisie du temps de vie dans son aspect segmentaire, morceau par morceau, contrairement à *existence* qui porte une idée de continuité dans le déroulement : *couler des jours paisibles*) ; v. aussi **destin.** ≈ l'on tournera fréquemment, pour insister, par des tours tels que **durée de la vie, des jours, de l'existence** : *il n'a cessé de se cultiver pendant toute la durée de ses jours*, et l'on recourra éventuellement à l'indication du terme : **jusqu'à sa mort, jusqu'à la fin de ses jours.**

vieillard, homme très âgé : **patriarche** (⇧ idée d'ascendant d'une famille nombreuse qui vit et gravite autour de lui : *un patriarche rustique*) ; **ancien** (⇧ celui qui a précédé les autres par l'âge, dans une fonction, une profession, ou dans le monde : *demander l'avis des anciens*) ; **doyen** (id. ; ⇧ celui qui est le plus âgé dans un domaine spécifique : *le doyen de l'université*) ; ***vieux** (⇧ qui est d'un âge avancé ou qui paraît l'être : *il faisait plus vieux avec la barbe*) ; **barbon** (⇧ vx ou plaisant, homme d'un âge très avancé) ; **birbe** (id. ; ⇧ vx, pop. et péjor.) ; **croulant** (id. ; ⇧ fam.) ; **vioc ou vioque** (id. ; ⇧ pop.) ; **grand-père** (⇧ père du père ou de la mère de qqn, qui paraît à ce titre âgé, mais qui peut être jeune : *un grand-père de quarante ans*) ; **pépé, pépère, papi** ou **papy** (id. ; ⇧ langage enfantin) ; **aïeul** (id. ; ⇧ vx) ; **ancêtre** (id. ; ⇧ idée d'origine lointaine : *l'ancêtre d'une famille*). ≈ **vieux monsieur, vieil homme, vieilles gens** ; **vieux machin, vieux fossile, vieux beau** (fam.).

vieille, femme âgée : **grand-mère** (⇧ mère du père ou de la mère de qqn, qui peut être jeune bien que sa position familiale la laisse paraître âgée : *sous certaines latitudes, il est fréquent de trouver des grand-mères de trente ans*) ; **douairière** (v. veuve) ; **ancienne** (v. vieillard). ≈ **vieille femme, vieille dame, bonne femme.**

vieillesse, dernier stade de la vie, au cours duquel les facultés acquises et développées précédemment déclinent le plus souvent : **vieillerie** (id. ; ⇧ fam. et plaisant) ; **âge** (⇧ idée de temps écoulé depuis la naissance : *c'est l'âge qui le rend si oublieux de ses devoirs envers les autres*) ; **vieillissement** (⇧ le fait de devenir vieux, d'entrer dans le processus qui doit conduire à la vieillesse : *un vieillissement progressif mais inéluctable*) ; **sénescence** (⇧ didactique, vieillissement physiologique, ralentissement des fonctions vitales par l'usure du temps) ; **sénilité** (⇧ manifestations pathologiques de la vieillesse qui surgissent sous forme de régression partielle ou totale des facultés : *être frappé de* *sénilité*) ; **décrépitude** (⇧ vx au sens de déchéance physique provoquée par la vieillesse : *tomber en décrépitude*) ; **ancienneté** (v. vieux) ; **antiquité** (id. ; ⇧ ce qui est d'une époque lointaine) ; **caducité, archaïsme, affaiblissement, vétusté, désuétude, obsolescence** (v. usé) ; **longévité** (⇧ durée de vie exceptionnellement longue, plutôt dans un sens positif : *faire preuve d'une grande longévité*) ; v. aussi **âge** et **décadence.** ≈ **troisième âge, quatrième âge, grand âge.**

vieillir, s'avancer dans le temps, gagner en âge, s'acheminer vers la vieillesse : ***changer** (⇧ modifier, rendre différent sous l'effet de l'âge : *il a changé depuis la dernière fois que je l'ai vu*) ; **mûrir** (⇧ atteindre ou approcher de la maturité : *laisser mûrir une récolte*) ; **grandir** (id. ; ⇧ au sens de croître, de gagner en importance : *il a grandi plus vite que nous ne le pensions*) ; **dater** (⇧ moment où l'existence de qqch. a commencé : *cette rancune date de l'après-guerre*) ; **décliner** (⇧ aller en diminuant, s'amoindrissant, en décroissant ou en perdant de son importance : *elle s'est mise à décliner dès l'âge de la retraite*). ≈ **être *démodé, n'être plus dans la course** ou **dans le coup** (⇧ fam.), **passer de mode** ; **se faire vieux** ; **sucrer les fraises** (⇧ fig. et fam.).

vierge, 1. adj., qui n'a jamais eu de relations sexuelles ; n.f., vx ou didactique au sens de fille n'ayant jamais eu de rapports sexuels : **pucelle** (id. ; ⇧ fam. dans ce sens en parlant des jeunes filles) ; **puceau** (id. ; ⇧ fam. en parlant des jeunes gens) ; **demi-vierge** (⇧ jeune fille encore vierge, mais dont les mœurs sont particulièrement dissolues) ; **rosière** (⇧ vx, fam. et plaisant au sens de jeune fille vertueuse et vierge) ; **chaste** (⇧ qui se tient à l'écart des plaisirs et des tentations de la chair : *savoir rester chaste ou sombrer dans la luxure*) ; **vestale** (⇧ fig. et litt., femme chaste et pure : *une vraie vestale d'une probité absolue*). ≈ **jeune fille.** 2. la *Sainte Vierge*, pour désigner Marie, mère de Jésus : **madone** (⇧ représentation de la Vierge Marie portant l'enfant Jésus : *une madone au centre d'un triptyque*) ; **pietà** (⇧ représentation de la Vierge Marie tenant sur ses genoux le Christ détaché de la Croix) ; **Notre-Dame** (⇧ désignation de la Vierge Marie au cœur de l'église catholique). ≈ **Bonne Dame, Bonne Mère, Mère de Dieu** ; adj. **marial** (⇧ de la Vierge : *culte marial*). 3. qui est inutilisé, pur ou disponible : **blanc** (⇧ qui est libre de toute trace ou de toute inscription : *une page blanche* ; *être blanc comme neige*) ; **immaculé** (id. ; ⇧ qui est pur, sans une tache ou vierge de faute morale : *l'Immaculée Conception*) ; **pur, net** (id.) ; **vide** (v. ce mot) ; **brut** (⇧ qui est encore à l'état naturel, qui n'a pas été travaillé ou altéré : *un diamant brut*) ; **sauvage** (id. ; ⇧ qui n'a pas été atteint par la civilisation, qui reste dans son état naturel : *une contrée sauvage*) ; **naturel** (id.) ; **intact** (⇧ qui n'a pas été touché, transformé ou altéré, en parlant d'une personne : *sa foi dans le genre humain est intacte*) ; v. aussi **neuf, pur** et **innocent.** ≈ **sans tache, non écrit.**

vieux, 1. qui est âgé : **âgé** (id. ; souvent par atténuation et euphémisme) ; **centenaire** (⇧ qui a cent ans : *un arbre centenaire*) ; **séculaire** (id.) ; **millénaire** (⇧ qui a mille ans : *une tradition millénaire*). 2. qui présente les caractères d'une personne âgée : **décrépit, caduc** (v. usé) ; **vieillissant** (⇧ qui est en train de vieillir : *un champion vieillissant*) ; **sénile** (⇧ qui est atteint de maux propres à la vieillesse) ; **gâteux** (id. ; ⇧ particulièrement, dont les facultés intellectuelles sont affaiblies par l'âge : *maintenant, il est devenu tout à fait gâteux*). 3. qui est depuis longtemps dans un état ou dans une profession : **ancien** (id.) ; **vétéran** (id. ; ⇧ avec une idée d'expérience acquise encore plus prononcée : *c'est un vétéran des finesses boursières*). 4. dont l'origine est lointaine : **arriéré** (⇧ qui appartient au passé : *avoir des principes arriérés*) ; **ancien** (id.) ; **antique** (⇧ qui remonte à un passé lointain : *un vase antique*) ; **ancestral** (id.) ; **historique** (⇧ qui est en relation avec l'histoire, qui se rattache à un événement connu ou à une période donnée : *un récit historique*) ; **lointain, éloigné** (⇧ qui est à une grande distance dans le temps, distance difficilement estimable, ou qui paraît à une distance équivalente : *un souvenir lointain*) ; **antédiluvien** (⇧ qui date d'avant le déluge) ; **immémorial** (⇧ qui date d'un temps dont la mémoire a perdu le souvenir : *un rite immémorial*) ; v. aussi **usé.** 5. v. démodé.

vif, 1. qui manifeste de l'excès dans ses actes, qui s'emporte facilement : **fébrile** (⇧ qui est animé d'une agitation excessive : *depuis ce matin, ses gestes sont de plus en plus fébriles*) ; **brusque** (⇧ qui se montre rude, brutal : *un geste brusque*) ; **brutal** (⇧ qui se fait avec une certaine violence, physique ou morale : *une parole brutale*) ; **emporté** (⇧ qui est sujet à se mettre facilement en colère : *un caractère emporté*) ; **fougueux, pétulant, impétueux** (⇧ qui est tout à la fois violent et rapide : *une réaction impétueuse*) ; **enthousiaste** (⇧ qui éprouve une sorte d'excitation optimiste et joyeuse : *elle est enthousiaste à l'idée d'appuyer son projet*) ; v. aussi **impatient**. GÉN. **excessif**. 2. qui agit avec promptitude : **éveillé** (⇧ qui est pleinement conscient des choses et le manifeste : *il a l'air éveillé des garçons intelligents*) ; **prompt, rapide, fringant, sémillant** (⇧ vif et gai) ; **alerte, allègre** (⇧ léger) ; v. aussi **intelligent** et **moqueur**. 3. qui est d'une grande intensité, pour les choses : **éclatant** (⇧ très brillant : *un soleil éclatant*) ; **radieux, resplendissant, étincelant, flamboyant, éblouissant** (id.) ; **voyant** (id. ; ⇧ qui se voit de loin par son caractère clinquant : *un pantalon rouge à carreaux extrêmement voyant*) ; **criard, tapageur** (id. ; ⇧ qui choque la vue : *des couleurs criardes*) ; **cuisant** (id. ; ⇧ avec idée de douleur infligée : *une défaite cuisante*) ; **aigu** (id.) ; **mordant** (⇧ qui fait l'effet d'une morsure, essentiellement en parlant du froid : *un vent mordant*) ; **piquant, pénétrant, perçant** (id.) ; **ardent, brûlant, effréné, frénétique** (⇧ pour un sentiment, de plus en plus fort, jusqu'à une sorte de folie, pour le dernier terme : *un désir effréné de jouissance*) ; v. aussi **fort** et **grand**. 4. en ce qui concerne le style, qui possède de la force et de l'expressivité : **sensible** (⇧ qui est tout en nuances, en sensibilité) ; **rapide** (⇧ qui est fait de phrases courtes, enlevées, allant à l'essentiel du récit) ; **pressé** (id. ; ⇧ qui est concis, précis et bref) ; **nerveux** (id. ; ⇧ qui est agressif à la lecture, rugueux) ; **animé** (⇧ qui est plein de vie).

vigne, 1. plante qui produit le raisin et permet la fabrication du vin : **cépage** (⇧ désigne la variété de plant de vigne cultivée dans un endroit donné : *cépage blanc*) ; **cep** (⇧ pied de vigne) ; **pampre** (⇧ branche de vigne avec ses feuilles et ses grappes ; au sens litt., peut désigner une tonnelle sur laquelle croît une vigne grimpante ; au sens poét., désigne le raisin ou la vigne elle-même) ; **sarment** (⇧ rameau de la vigne qui a mûri sous la chaleur) ; **lambruche** ou **lambrusque** (⇧ vx ou régional, pour nommer la vigne sauvage). 2. le lieu où est plantée la vigne : **terroir** (⇧ se dit d'un sol susceptible de recevoir la culture d'un vin) ; **vignoble** (⇧ plantation de vignes : *les vignobles du Limousin*) ; **coteau** (⇧ petite colline, en l'occurrence sur laquelle sont plantées des vignes) ; **treille** (⇧ ceps de vigne qui croissent sur un treillage) ; **cru** (⇧ vin qui est produit dans une région déterminée : *un cru d'une grande année*) ; **château** (⇧ appellation contrôlée de certains vins dont les vignes occupent les terres de châteaux du bordelais : *château petit village*).

vigneron, celui qui cultive la vigne : **viticulteur** (⇧ qui assure la production du vin) ; **vendangeur** (⇧ qui fait la récolte du raisin) ; **œnologue** (⇧ spécialiste de la fabrication du vin).

vignette, v. image.

vigoureux, v. fort.

vigueur, v. force.

vilain, v. laid.

villa, v. maison.

village, v. ville.

ville, important rassemblement d'habitations et de gens dans un périmètre délimité en vue de former une organisation sociale : **hameau** (⇧ habitations réunies à l'écart d'un village, formant une agglomération qui n'est pas une commune) ; **lieu-dit** ou **lieudit** (id.) ; **commune** (⇧ petite subdivision administrative du territoire français) ; **village** (⇧ groupe d'habitations rurales d'assez grande importance, développant une activité sociale propre) ; **localité** (id.) ; **bourg** (⇧ village de grande importance, le plus souvent lieu de marché) ; **bourgade** (⇧ petit bourg dont les habitations sont assez espacées) ; **centre** (⇧ lieu où sont regroupées les différentes activités d'une ville) ; **cité** (⇧ ville de grande taille qui est perçue essentiellement en tant que personne morale ; partie la plus ancienne d'une ville : *parcourir les pavés de la cité*) ; **citadelle** (⇧ forteresse qui assurait autrefois le commandement d'une ville ; aujourd'hui, peut désigner au sens figuré un centre commandant un certain type d'activité : *la citadelle de l'industrie électronique*) ; **capitale** (⇧ première ville en importance à l'intérieur d'un pays, d'une province ou d'un Etat en général : *savoir distinguer la capitale économique de la capitale politique*) ; **métropole** (id.). GÉN. **agglomération**.

villégiature, v. vacance.

vin, boisson alcoolisée obtenue par la fermentation du raisin : **rouge** (⇧ vin fabriqué à partir de raisins noirs ayant subi une macération achevée) ; **rouquin** (id. ; ⇧ pop.) ; **cru** (⇧ vin produit dans une région délimitée) ; **vinasse** (⇧ vin de mauvaise qualité : *boire de la* *vinasse*) ; **piquette** (id.) ; **piccolo** ou **picolo** (⇧ vin de pays, léger et de couleur claire) ; **pinard** (⇧ pop., désigne un vin ordinaire et parfois, par extension, n'importe quel type de vin) ; **picrate** (id.) ; **litre, litron, chopine** (⇧ désigne le contenu par le contenant). SPÉC. **clairet** (id. ; ⇧ rouge léger, d'une couleur pâle) ; **rosé** (id. ; ⇧ vin de raisins noirs à fermentation courte, incomplète) ; **blanc** (⇧ vin fait à partir de raisins blancs) ; **mousseux** (⇧ vin rendu pétillant par fermentation naturelle : *servir du mousseux avec le dessert*) ; **bordeaux, champagne, bourgogne, beaujolais, blanquette, clairette** (⇧ selon le cru).

vindicte, v. vengeance.

violence, 1. expression brutale d'un sentiment, d'une émotion ou d'une sensation : **agressivité** (⇧ qui fait se mettre en position d'attaquant, chercher à provoquer, à réagir : *je la trouve ce matin d'une rare agressivité*) ; **dureté** (⇧ ne faire preuve d'aucune clémence ou d'aucune considération pour qqn et le traiter brutalement : *se montrer d'une dureté inflexible*) ; **rudesse, brusquerie** (id.) ; **brutalité** (⇧ qui possède un caractère emporté, qui est prompt à faire usage de violence : *tout le monde se demande comment elle peut supporter sa brutalité*) ; **déchaînement, furie, impétuosité** (⇧ violence s'accompagnant de vitesse d'exécution : *un assaut plein d'impétuosité*) ; v. aussi **force, barbarie** et **colère**.

violent, 1. qui ne s'impose aucune retenue : **impétueux, véhément, virulent** (⇧ violent et rapide) ; **vif** (v. ce mot) ; **déchaîné** (⇧ qui agit sans restriction) ; **démesuré** (⇧ qui dépasse les limites admises) ; **excessif, épouvantable, terrible** (id. ; ⇧ qui va trop loin, qui est trop poussé : *une réaction excessive*) ; **agressif** (⇧ qui fait usage de sa force contre autrui : *un tempérament agressif*) ; **sanguinaire** (id. ; ⇧ litt., qui aime répandre le sang : *une brute sanguinaire*) ; **furieux, frénétique** ; **tempétueux** (⇧ agité et troublé à la manière d'une tempête : *une histoire tempétueuse*) ; **fébrile** (⇧ au sens d'agitation, plus avec une idée de désordre dans l'action que de violence organisée dans un but déterminé : *un coup d'état fébrile*) ; **convulsif, nerveux** (id.) ; **dur, rude, brusque** (⇧ qui traite brutalement, sans ménagement) ; **brutal** (⇧ fort) ; v. aussi **barbare, coléreux** et **fort**. 2. v. vif.

violet, couleur violette, mélange de bleu et de rouge : **lilas** (⇧ violet teinté de rose) ; **mauve** (⇧ violet pâle : *une robe mauve*) ; **pourpre** (⇧ rouge foncé tirant sur le violet) ; **lie-de-vin** (id. ; ⇧ couleur rouge mêlée de violet) ; **aubergine** (⇧ violet foncé semblable à celui de l'aubergine) ; **prune** (id. ; ⇧ violet foncé de certaines prunes : *un tailleur prune*) ; **indigo** (⇧ bleu foncé mêlé de reflets violets ou rouges) ; **ultraviolet** (⇧ fréquence de lumière qui se situe au-delà du spectre du violet : *les rayons ultraviolets émis par le soleil*).

violon, 1. instrument de musique à quatre cordes, que l'on place entre l'épaule et le menton et dont les notes sont émises à l'aide d'un archet : **alto** (⇧ violon de taille supérieure à celle du violon courant et accordé une quinte audessous : *violon alto*) ; **violoncelle** (⇧ violon de très grande taille, dont on joue en le maintenant entre les jambes, et qui émet des sons de basse) ; **contre-basse** ou **basse** (⇧ instrument de taille supérieure à celle du violoncelle et possédant un son encore plus grave) ; **viole** (⇧ ancêtre du violon : *jouer de la viole de gambe*) ; **crincrin** (⇧ fam., violon de mauvaise qualité : *rien de plus désagréable qu'un archet qui grince sur un crincrin*). SPÉC. **Stradivarius** (⇧ violon signé de ce nom, rare et de très haute qualité). 2. par extension, désigne le musicien qui joue de l'instrument : **violoniste** (v. ce mot).

violoniste, joueur de violon : **violon** (⇧ musicien qui joue du violon, surtout dans un orchestre : *premier violon*) ; **violoneux** (⇧ ménétrier ; au sens fam., peut désigner un joueur de violon assez médiocre : *la mélodie hésitante d'un violoneux*) ; **ménétrier** (⇧ violoniste de village qui accompagne les noces et fait danser les convives).

virage, v. tournant.

virer, v. tourner et renvoyer

virtualité, v. possibilité.

virtuel, v. possible.

virus, v. microbe.

visage, 1. partie antérieure de la tête humaine : **face** (id. ; ⇧ appréciation morale plus que physique : *se voiler la face*) ; **figure** (id. ; ⇧ désigne tout à la fois le visage et l'aspect qu'il revêt : *faire bonne figure*) ; **balle, bouille** (id. ; ⇧ fam.) ; **portrait, bille, poire, pomme** (id. ; ⇧ pop.) ; **bobine** (id. ; ⇧ pop. et péjor.) ; **front** (⇧ litt., pour désigner l'ensemble du visage) : *« A ton front inondé des clartés d'Orient »*, (NERVAL, « Myrtho », *Les Chimères*) ; **traits** (⇧ lignes qui donnent son apparence propre au visage : *des* *traits fins et réguliers*) ; **linéaments** (id. ; ⇧ traits tout juste esquissés, à peine visibles) ; **faciès** (⇧ aspect du visage dans le vocabulaire scientifique, ou idée d'aspect caractéristique : *un homme au faciès oriental*) ; **trogne** (⇧ fam., qui est amusant ou grotesque ; spécialement, visage de gros mangeur, de buveur, qui présente un aspect rouge et enflé : *juger qqn à sa trogne*) ; **museau** (⇧ fam., désigne le visage par analogie avec le faciès animal : *avoir un drôle de museau*) ; **mufle, hure, groin, truffe** (id.) ; **nez** (⇧ désigne le visage par sa partie proéminente : *il a quand même osé montrer son nez dans les environs*) ; **gueule** (pop., ⇧ axé sur la bouche : *avoir la gueule de travers*) ; **margoulette** (id.) ; **trombine** (⇧ pop., désigne aussi bien le visage que l'ensemble de la tête : *il a une trombine assez bizarre*) ; **binette, fiole, tronche** (id.) ; **effigie** (⇧ visage gravé sur une pièce de métal : *une pièce à l'effigie de Napoléon*) ; **teint** (⇧ insiste sur la couleur du visage : *avoir le teint frais*) ; **frimousse** (⇧ fam., visage d'enfant ou assimilé au visage d'un enfant : *avez-vous vu sa jolie frimousse ?*) ; **minois** (id.). 2. v. apparence.

visible, 1. qui est perceptible par la vue : **observable** (⇧ qui peut être étudié, regardé attentivement : *l'univers observable*) ; **perceptible** (⇧ qui peut être saisi au moyen des sens, très généralement, qu'il s'agisse de la vue ou d'un autre sens : *une lumière perceptible*) ; **apparent** (⇧ peut être vu) ; **ostensible** (⇧ montré) ; **percevable** (id. ; ⇧ rare dans ce sens) ; **distinct** (⇧ qui est de contours nets, dont l'image ne peut être confondue avec une autre) ; **net, précis, clair** (id.). 2. v. évident. 3. v. matériel.

vision, 1. v. vue. 2. v. pensée, idée, opinion. 3. apparition ou révélation dans le domaine du mental, qui peut sembler surnaturelle : **apparition** (⇧ manifestation de l'invisible dans le domaine du visible : *l'apparition d'un fantôme*) ; **manifestation** (id.) ; **épiphanie** (⇧ relig. cathol., apparition de Jésus-Christ aux Rois mages) ; **révélation** (⇧ ce qui dévoile à l'homme une vérité cachée : *avoir la révélation d'une réalité différente*) ; **hallucination** (⇧ voir ce qui n'existe pas : *être le jouet d'une hallucination*) ; **phantasme** ou **fantasme** (⇧ création de l'imaginaire qui permet d'échapper à l'emprise du réel : *un fantasme courant*) ; **obsession** (⇧ image qui revient à l'esprit de façon cyclique et fréquente : *ne pouvoir se détacher d'une obsession*) ; **hantise** (id.) ; v. aussi **rêve**.

visite, 1. action d'aller voir qqn : **entrevue** (⇧ rencontre entre personnes ayant à s'entretenir d'un sujet déterminé : *une entrevue entre le chef de l'Etat et les représentants de l'opposition*) ; **rendez-vous** (id. ; ⇧ sens plus général, indique une rencontre prévue, mais n'implique pas de motif particulier) ; **contact** (id.) ; **rencontre** (id. ; ⇧ mais n'implique pas nécessairement qu'il y ait eu concertation sur l'heure ou le lieu : *une rencontre fortuite*) ; **audience** (⇧ recevoir qqn qui le demande afin d'écouter ce qu'il souhaite dire : *accorder une audience*) ; **réception** (⇧ le fait de recevoir chez soi : *une réception mondaine*) ; **entretien** (⇧ échanger des paroles avec qqn, v. conversation) ; **démarche** (⇧ se rendre auprès de qqn afin d'obtenir qqch. : *une démarche délicate*) ; **demande, requête, sollicitation** (id.) ; **tête-à-tête** (⇧ réunion de deux personnes qui sont seules ensemble : *un tête-à-tête amoureux*) ; **visitation** (⇧ religion catholique, visite de la Sainte Vierge à sainte Elisabeth enceinte de saint Jean Baptiste). 2. personne qui va voir une autre personne : **visiteur** (id. ; *recevoir un visiteur* ou *recevoir une visite*). 3. v. voyage.

visiter, v. voyager.

visiteur, 1. personne qui se rend auprès d'une autre : **visite** (v. ce mot) ; **hôte** (⇧ personne qui reçoit l'hospitalité d'une autre personne : *être l'hôte du maître de maison*) (v. invité). 2. personne qui visite un lieu : **contrôleur, enquêteur, examinateur, explorateur, voyageur, excursionniste, inspecteur** (v. visite) ; **promeneur** (⇧ personne qui visite un endroit en flânant) ; **touriste** (⇧ personne qui visite un pays pour le plaisir du dépaysement) ; **vacancier** (id.) ; **estivant** (id. ; ⇧ touriste de l'été : *être envahi par les estivants*) ; **villégiaturiste** (⇧ personne qui est en séjour de repos dans un endroit).

visqueux, v. gras.

visser, v. fixer.

vital, v. important.

vite, qui se fait en peu de temps, s'accomplit dans des délais brefs : **rapidement** (⇧ à grande vitesse : *prendre rapidement une décision*) ; **presto** (⇧ musique, mouvement rapide ; fam., rapidement : *il faut le faire presto*) ; **prestissimo** (⇧ très rapidement) ; **subito** (⇧ fam., tout de suite) ; **promptement** (⇧ litt., qui se fait dans un laps de temps très court : *courez promptement le rattra-*

per) ; **dare-dare** (id. ; ⇧ fam.) ; **prestement** (id. ; ⇧ ajoute l'idée d'agilité à celle de vitesse : *ils partirent prestement par la porte de derrière*) ; **vivement** (⇧ qui est exécuté avec ardeur, entrain, énergie : *s'attaquer vivement aux obstacles*) ; **expéditivement** (⇧ qui se fait très vite, ou trop rapidement pour que l'on puisse le tenir pour efficace : *liquider expéditivement les affaires courantes*) ; **rondement** (⇧ qui est rapide et efficace : *un problème rondement résolu*) ; **hâtivement** (⇧ qui se fait trop vite : *chercher hâtivement à réparer sa faute*) ; **précipitamment** (id. ; ⇧ avec idée d'une hâte plus grande encore) ; **brusquement** (⇧ d'une manière soudaine, inattendue : *il est arrivé brusquement*) ; **soudainement**, **inopinément** (id.) ; **raide** (⇧ d'un coup brutal : *tomber raide*) ; **tôt** (⇧ vx au sens de rapidement : *avoir tôt fait de boucler ses valises*; mod., qui survient un peu plus vite que ce qui est attendu : *il nous a prévenus assez tôt*) ; **bientôt** (⇧ dans des délais brefs : *elle sera bientôt chez vous*) ; **incessamment** (id. ; ⇧ presque tout de suite, dans un laps de temps très court). ≈ **en hâte, en toute hâte, à la va-vite** ; **en moins de deux, en quatrième vitesse, en cinq sec, tambour battant** (fam.) ; **en un tour de main** ; **en un tournemain** (vx) ; **en un clin d'œil** (fam.) ; **à la volée** (⇧ en saisissant une opportunité) ; **à toute vitesse, au galop, au trot, comme l'éclair** ; **à toute vapeur, à toute pompe** (fam.) ; **à toutes jambes, à perdre haleine.**

vitesse, qualité de ce qui couvre un grand espace en peu de temps, qui se fait dans un rythme supérieur : **rapidité, promptitude, vivacité, prestesse, hâte, précipitation** (v. vite) ; **agilité** (⇧ vivacité et légèreté : *l'agilité d'un chat*) ; **célérité** (⇧ qualité de ce qui exécute promptement : *venir à bout de sa tâche avec une grande célérité*) ; **diligence** (id. ; ⇧ vx ou litt.) ; **vélocité** (⇧ rare au sens de mouvement rapide ; au sens courant, agilité dans la pratique d'un instrument de musique : *la vélocité remarquable du guitariste*) ; **force** (⇧ la vitesse saisie dans sa capacité à exercer une action sur qqch. : *la force du vent*) ; **allure** (⇧ vitesse à laquelle un corps se déplace : *marcher à une bonne allure*) ; **train** (id. : *aller grand train*) ; **régime** (id. ; ⇧ surtout pour un moteur : *un bolide qui tourne à plein régime*) ; **ralentissement** (⇧ diminution de la vitesse : *le ralentissement d'une activité*) ; **décélération** (id. ; ⇧ accélération négative, qui se fait dans le sens contraire de celui du mouvement acquis : *décélération programmée de la navette spatiale*) ; **presse** (⇧ action d'aller plus vite, surtout pour le commerce et l'industrie dans les périodes exigeant une activité plus intense : *moment de presse dans un magasin*).

vitre, v. verre.

vivacité, caractère de ce qui est vif, actif, rapide, intense, emporté : **activité, enthousiasme** (v. vif) ; **alacrité** (⇧ rare, au sens d'entrain : *un homme d'une alacrité plaisante*) ; **brio** (⇧ vivacité technique pour un artiste ou vivacité dans l'expression) ; **animation** (⇧ dans une activité, des propos) ; v. aussi **vitesse, intelligence** et **force.**

vivant, qui est en vie : **animé** (⇧ que la vie habite : *les créatures animées*) ; **organisé** (⇧ qui possède des organes : *êtres organisés*) ; **debout** (id. ; ⇧ par opposition à la position couchée, assimilée à la mort : *rester debout*) ; **sauvé** (⇧ dont la destruction a été évitée : *un noyé sauvé in extremis*) ; v. aussi **vif, fort, vivre** et **ressusciter.**

vivre, 1. être vivant : **exister** (⇧ posséder une réalité : *faire exister son rêve*) ; **être** (id. dans le sens de vivre) ; **respirer** (⇧ style soutenu : *il ne respire que pour se venger*) ; **naître** (⇧ commencer à vivre dans le monde). ≈ **être animé, être au monde.** 2. exister pendant un certain temps : **durer** (⇧ résister à l'usure du temps : *c'est un appareil qui dure longtemps*) ; ***tenir** (id.) ; **rester** (⇧ être dans la continuité : *cela reste le meilleur de ce qu'elle a fait*) ; **passer** (⇧ aller vers la fin de la durée de qqch. : *passer le temps*) ; **couler** (id. ; ⇧ notion de bien-être, de passer paisiblement : *couler des jours heureux*) ; v. aussi **continuer.** ≈ **se conserver, se maintenir, se perpétuer** ; **faire l'épreuve de, faire l'expérience de.** 3. v. habiter.

vocabulaire, ensemble des mots fondamentaux d'une langue, d'un état de la langue, d'une science ou d'un art ; ensemble des mots propres à un domaine déterminé : **lexique** (id. ; ⇧ linguistique, ensemble des mots utilisés dans une langue ou un texte donnés : *le lexique de Racine ne contient guère plus d'un millier de mots*) ; **index** (⇧ ensemble de mots classés alphabétiquement à la fin d'un ouvrage) ; **concordance** (id.) ; **nomenclature** (⇧ classement de l'ensemble des mots employés dans un domaine précis : *la nomenclature scientifique*) ; **terminologie** (id. ; ⇧ sans idée de classement) ; v. aussi **mot, langue** et dictionnaire.

vociférer, v. crier.

vœu, v. volonté.

vogue, v. mode.

voie, 1. v. chemin. 2. v. moyen.

voilé, qui n'apparaît pas clairement, qui est flou, dissimulé, mal saisissable : **atténué** (⇧ qui est rendu moins vif, moins éclatant : *un reflet atténué*) ; **estompé** (⇧ qui manque de netteté : *des contours estompés*) ; **brumeux** (id.) ; **adouci** (⇧ qui est rendu plus doux) ; **amoindri** (⇧ qui est moins important : *un désir amoindri*) ; **affaibli** (id.) ; **tamisé** (⇧ pour une lumière, dont l'éclat est réduit : *un éclairage tamisé*) ; **sourd** (⇧ pour un son, qui est étouffé, atténué : *un bruit sourd*) ; **assourdi** (id. ; ⇧ qui est rendu sourd) ; v. aussi **cacher**.

voiler, v. cacher.

voilier, v. bateau.

voir, 1. percevoir une réalité extérieure par le sens de la vue : **percevoir** (⇧ recevoir une sensation nette, visuelle ou autre : *percevoir une image ou un bruit significatif*) ; **apercevoir** (⇧ voir brièvement, de façon précise ou imprécise : *nous l'avons à peine aperçu quand il est passé*) ; **découvrir** (id. ; ⇧ voir d'un endroit ce qui reste invisible d'un autre : *découvrir une rivière derrière une colline*) ; **repérer** (id. ; ⇧ fam. dans le sens d'avoir l'attention attirée par) ; **surprendre** (id. ; ⇧ voir ce qu'on voulait délibérément laisser dans l'ombre : *surprendre un secret*) ; **aviser** (⇧ vx au sens d'apercevoir ou de commencer à regarder qqch. ou qqn : *aviser un nouvel arrivant*) ; **entrevoir** (⇧ voir de façon imprécise, à moitié, ne pas saisir vraiment l'objet de la perception : *une jeune femme à peine entrevue*) ; **remarquer** (⇧ avoir la vue attirée par qqch. : *remarquer un détail insolite*) ; **noter** (id.) ; **discerner** (⇧ percevoir de manière claire et distincte : *discerner le sommet de la montagne*) ; **distinguer** (id.) ; **embrasser** (⇧ voir dans sa totalité : *embrasser la ville d'une hauteur*) ; v. aussi **regarder**. ≈ **avoir vue sur, être exposé à, planer sur**. 2. être mis en présence de qqn : **rencontrer** (⇧ être mis en présence de qqn : *rencontrer une connaissance dans la rue*) ; **croiser** (id. ; ⇧ rencontrer fortuitement) ; **visiter** (⇧ aller voir qqn) ; **recevoir** (⇧ accueillir quelqu'un chez soi : *recevoir des amis*) ; **fréquenter** (⇧ voir souvent, de façon régulière, par des liens de sympathie ou d'amitié : *fréquenter ses voisins*) ; **consulter** (⇧ aller voir qqn pour requérir son avis, lequel est admis compétent dans le domaine concerné : *consulter un médecin*) ; **souffrir** (⇧ voir qqn malgré soi : *souffrir la présence d'un importun*) ; **supporter** (id.) ; **connaître** (⇧ être contemporain de qqch. : *avoir connu la dernière guerre*) ; **vivre** (id.). ≈ **assister à**. 3. comprendre. 4. se déterminer sur, étudier qqch. : **considérer** (⇧ faire un examen critique de qqch. ; *considérer une question*) ; **analyser, envisager, observer** (id.) ; **étudier** (id. ; ⇧ considérer qqch. dans le but de prendre une décision : *étudier un problème sous tous ses angles*) ; **savoir** (⇧ avoir présent à l'esprit : *savoir ce qui est vrai et faux*) ; **connaître** (id.) ; **juger** (⇧ porter sur qqch. un jugement consécutif à l'analyse : *juger les torts de chacun*) ; **jauger, apprécier** (id.) ; **écouter** (⇧ au sens de faire attention aux données de qqch. : *écouter tous les points de vue*) ; **discerner** (⇧ constater avec précision, sans confusion possible : *discerner le bien du mal*) ; **discriminer, démêler, différencier, séparer, distinguer** (id.) ; **constater** (⇧ se faire une opinion par l'expérience même : *constater la vanité des grands desseins*) ; **éprouver** (id. ; ⇧ faire l'expérience de qqch. afin d'établir un constat : *éprouver une théorie*) ; **attendre** (⇧ voir venir, observer sans agir : *il faut attendre des jours meilleurs*). ≈ **s'apercevoir de, se rendre compte de.** ‖ *Faire voir* qqch. : **apprendre** (⇧ informer sur qqch. : *apprendre une nouvelle à qqn*) ; **découvrir** (⇧ montrer, révéler à qqn ce qui lui était caché : *il lui a tout découvert le soir même*) ; **dévoiler, révéler, montrer, exposer, présenter** (id.) ; **étaler** (⇧ faire voir dans sa totalité : *étaler ses qualités*) ; **exhiber** (id. ; ⇧ avec une idée d'indécence, de manque de pudeur, voire d'obscénité : *exhiber ses souvenirs de guerre*) ; **démontrer** (⇧ faire constater en prouvant ses assertions : *démontrer la validité d'un calcul*) ; **prouver** (id.) ; v. aussi **apprendre, montrer, indiquer** et **prouver**. ≈ **faire apparaître, faire entrevoir, faire paraître**.

voiture, moyen de transport constitué d'une surface portante montée sur des roues : **automobile** (⇧ uniqt à moteur) ; **auto** (id. ; ⇧ courant) ; **guimbarde** (id. ; ⇧ vieille et en mauvais état) ; **bagnole, tacot** (fam.) GÉN. **véhicule** (⇧ tout moyen de transport). SPÉC. **cabriolet, coupé, break, berline, camion** (⇧ forte charge, marchandises) ; **autobus, autocar, bus, car** (⇧ transport collectif de personnes) ; **torpédo** (⇧ vx, automobile décapotable dont la forme rappelle celle d'une torpille) ; **jeep** (⇧ automobile tous terrains) ; **commerciale** (⇧ automobile légère employée comme véhicule utilitaire) ; **conduite intérieure**.

voix, 1. ensemble des sons que les cordes vocales sont capables de générer : **articulation** (⇧ fait de donner une forme signifiante à ces sons : *soigner l'articulation des mots*) ; **phonation** (⇧ plus général, désigne l'ensemble de tout ce qui participe à la création d'un langage articulé) ; v. aussi son, parole, cri et chant. SPÉC. **baryton, basse, castrat, contralto, dessus, haute-contre, mezzo-soprano, soprano, sopraniste, taille** (vx), **ténor, ténorino** (⇧ types de voix existant dans le chant humain). 2. v. vote.

vol, moyen et fait de pouvoir se déplacer dans les airs : **volée** (⇧ distance que peut parcourir un oiseau sans escale ; groupe d'oiseaux qui volent ensemble : *une volée de moineaux*) ; **survol** (⇧ fait de voler au-dessus de qqch. : *le survol d'un champ*) ; **envol** (⇧ décoller du sol, prendre son vol : *l'envol des canards sauvages*) ; **essor** (id. ; ⇧ idée de décollage et de montée rapide vers le ciel : *prendre son essor*) ; **décollage** (⇧ moment où le sol est quitté : *effectuer un décollage hésitant*).

vol, fait de prendre ce qui appartient à un autre contre la volonté de cet autre ou sans le consulter : **spoliation** (⇧ fait de dépouiller qqn d'un bien) ; **appropriation** (⇧ faire sa propriété de qqch.) ; **détournement** (⇧ dévier pour son propre profit un bien de sa destination première : *détournement de fonds*) ; **malversation** (id. ; ⇧ se dit plutôt quand il s'agit d'un détournement de pouvoir à des fins de profit personnel : *se rendre coupable de malversation dans l'exercice de ses fonctions*) ; **soustraction** (⇧ délit qui consiste à retirer une pièce d'un dossier) ; **escamotage** (⇧ plus généralement, tout acte par lequel on retire qqch. de l'endroit où il devrait être) ; **subtilisation** (id. ; ⇧ rare) ; **racket** (⇧ extorsion de fonds : *le racket des magasins*) ; **brigandage** (⇧ vol, pillage s'accompagnant de violence : *le brigandage de grand chemin*) ; **pillage** (⇧ fait de voler en saccageant : *le pillage de la ville par les soldats vainqueurs*) ; **rapine** (id.) ; **piraterie** (⇧ pillage de navires en mer ; au fig., escroquerie) ; **flibuste** (⇧ vx, piraterie maritime des flibustiers ; mod., escroquerie, filouterie) ; **enlèvement** (⇧ action d'enlever qqn : *enlèvement avec demande de rançon*) ; **kidnappage, kidnapping** (id.) ; **hold-up** (⇧ attaque à main armée : *commettre un hold-up dans une banque*) ; **cambriolage** (⇧ pénétrer par effraction dans une propriété privée pour s'en approprier les objets de valeur : *cambriolage nocturne*) ; **fric-frac** (id. ; ⇧ fam.) ; **chapardage, larcin** (⇧ vol de petite envergure perpétré sans recours à la violence : *larcins et petits délits*) ; **grappillage** (id. ; ⇧ notion de petits profits peu légaux) ; **maraude, maraudage** (⇧ vol de produits fermier ou de la terre) ; **escroquerie** (⇧ vol commis par ruse, tromperie exercée sur autrui : *escroquerie à l'assurance*) ; **arnaque** (id. ; ⇧ fam.) ; **indélicatesse** (⇧ par euphémisme pour un acte malhonnête) ; **carambouille** ou **carambouillage** (⇧ escroquerie dont le principe est de revendre une marchandise qui n'est pas payée) ; **grivèlerie** (⇧ fraude qui consiste à ne pas payer dans un hôtel, un restaurant ou un café) ; **fripouillerie, friponnerie, entôlage, canaillerie** (⇧ actes destinés à s'approprier un bien par la ruse et la tromperie). ≈ **abus de confiance, vol à l'étalage, vol à la roulotte, vol à la tire, vol à la gare, vol à la rendez-moi**.

volage, v. infidèle.

volatiliser (se), v. disparaître.

voler, se déplacer ou se maintenir dans les airs : **planer** (⇧ se soutenir dans l'air sans faire de mouvement ou sans paraître en faire : *l'aigle qui plane au-dessus de la vallée*) ; **survoler** (⇧ voler au-dessus de : *survoler la mer*) ; **voleter** (⇧ voler en donnant de petits coups d'ailes : *un oiseau qui volète dans le feuillage*) ; **voltiger** (id.) ; **monter** (⇧ s'élever dans l'air : *avion qui monte en bout de piste*) ; **pointer** (⇧ au sens de monter très vite vers le ciel : *la fusée pointe vers l'espace*) ; **flotter** (⇧ se tenir en suspension dans l'air : *un nuage flottait au-dessus de nos têtes*). ≈ **s'élever, s'envoler, prendre son envol, prendre son essor**. 2. v. courir.

voler, s'emparer de qqch. qui n'est pas sa propriété : **dérober** (⇧ avec idée de rapidité et d'habileté dans l'exécution : *dérober une œuvre d'art*) ; **faucher, piquer** (id. ; ⇧ fam.) ; **s'emparer** (⇧ avec idée de violence : *s'emparer d'un trésor*) ; **choper, rafler** (id. ; ⇧ fam. ou pop.) ; **ratiboiser** (id. ; ⇧ fam., avec notion de dépouiller entièrement) ; **délester, dépouiller, détrousser, dévaliser** (id.) ; **déposséder** (id. ; ⇧ retirer à qqn ce qui lui revenait légitimement : *déposséder qqn d'un héritage*) ; **piller**

(id. ; ⇧ avec notion supplémentaire de saccage, de destruction gratuite : *piller une maison*) ; **rançonner** (⇧ exiger de qqn une somme d'argent en échange de sa vie ou de sa sécurité : *rançonner les passants*) ; **extorquer, soutirer** (id.) ; **escamoter** (⇧ en subtilisant, s'approprier sans qu'on le remarque : *escamoter des bijoux*) ; **soustraire, subtiliser, étouffer** (id.) ; **barboter, chaparder, chiper** (id. ; ⇧ fam. ou pop.) ; **cambrioler** (⇧ entrer par effraction chez qqn afin de le voler : *cambrioler une demeure isolée*) ; **détourner** (⇧ attirer à soi : *détourner des capitaux*) ; **escroquer** (⇧ voler en trompant : *escroquer un homme d'affaires*) ; **filouter, flouer, gruger, rouler, empiler** (id.) ; **carotter, entôler** (id. ; pop.) ; **estamper** (id. ; ⇧ fam. ; sens aussi de ne pas donner ce que l'on doit ou prendre plus qu'il n'est dû : *estamper un débiteur*) ; **étriller, tondre, écorcher** (id. ; ⇧ au sens de prendre plus qu'il n'est dû) ; **frustrer** (id. ; ⇧ au sens de ne pas donner ce que l'on doit) ; **piper** (⇧ tricher au jeu de dés) ; **exploiter** (⇧ s'approprier un profit illicite : *exploiter ses employés*) ; **griveler** (⇧ se nourrir ou se loger dans des restaurants, cafés ou hôtels et partir sans payer) ; **marauder** (⇧ voler des produits de la terre : *marauder dans les champs*) ; **ravir** (⇧ voler en enlevant de force qqch. ou qqn) ; **gratter** (⇧ fam., faire de petits profits avec ce qui ne vous appartient pas : *gratter quelque argent sur une facture*) ; v. aussi **enlever**. ≈ **s'attribuer, faire main basse sur**. GÉN. ***prendre**.

volet, panneau ou battant servant à protéger une vitre : **contrevent** (⇧ grand volet placé à l'extérieur et servant à protéger des intempéries : *fermer les contrevents avant l'orage*) ; **jalousie** (⇧ volet composé de lames verticales articulées, que l'on peut orienter à son gré : *regarder à travers la jalousie*) ; **store** (⇧ soit rideau composé de lamelles orientables qui se place à l'intérieur et que l'on peut enrouler ou dérouler vers le haut, soit grand rideau de fer qui ferme la devanture d'un magasin, sens plus proche de celui de volet : *baisser le store*) ; **persienne** (⇧ panneau à claire-voie qui se place à l'extérieur et qui sert à protéger du soleil ou de la pluie, sans entraver pour autant le passage de l'air).

voleur, personne qui commet un ou une série de vols : **brigand, détrousseur, cambrioleur, escamoteur, kidnappeur, ravisseur, escroc, fraudeur, filou, carambouilleur, pirate, flibustier, pipeur, racketteur, spoliateur, grappilleur, maraudeur, pillard** (v. vol, voler) ; **malandrin** (⇧ vx ou litt., voleur, vagabond dangereux : *une embuscade montée par des malandrins*) ; **larron** (⇧ vx, brigand) ; **gangster** (⇧ membre d'un gang : *une bande de gangsters*) ; **bandit** (⇧ vx au sens de brigand ; mod., homme d'une grande avidité, dépourvu de scrupule : *un bandit de la pire espèce*) ; **chenapan** (id. ; ⇧ vx ou plaisant) ; **gredin** (id.) ; **forban** (id. ; ⇧ peut avoir aussi le sens de corsaire) ; **corsaire** (⇧ au sens de pirate, désigné par le pouvoir officiel : *le très fameux corsaire Surcouf*) ; **truand** (⇧ sens plus général, désignant simplement un homme appartenant au milieu criminel, sans spécifier son activité : *un repaire de truands*) ; **malfaiteur** (id. ; ⇧ celui qui a commis des actes criminels, qu'il appartienne ou non au milieu) ; **scélérat** (⇧ toute personne qui a commis ou pourrait commettre une mauvaise action : *c'est un scélérat que personne ne soupçonne*) ; **coquin** (id.) ; **fripon** (⇧ voleur habile ou personne malhonnête) ; **pickpocket** (⇧ personne qui vole à la tire, soit des sacs, soit discrètement dans la poche des gens : *lieu où sévissent ordinairement les pickpockets*) ; **vide-gousset** (id. ; ⇧ fam.) ; **aigrefin** (⇧ escroc) ; **fripouille** (id.) ; **bonneteur** (⇧ escroc qui procède par amabilités) ; **concussionnaire** (⇧ agent public qui perçoit des sommes non dues) ; **trafiquant** (⇧ personne qui se livre à un commerce illégal : *un trafiquant d'alcool frelaté*) ; **kleptomane** ou **cleptomane** (⇧ personne qui vole sans nécessité, de manière maladive, sous le coup d'une pulsion irraisonnée : *le cleptomane vole malgré lui*) ; v. aussi **voyou**. ≈ **maître chanteur, monte-en-l'air, rat d'hôtel, coupeur de bourses** ; **chevalier d'industrie** (⇧ escroc).

volontairement, d'une manière voulue, intentionnelle, préméditée : **délibérément** (⇧ après réflexion : *trahir délibérément un secret*) ; **exprès, intentionnellement, sciemment** (id.) ; **volontiers** (⇧ de bon cœur, sans hésitation ni réticence : *accorder volontiers son aide*) ; **bénévolement** (⇧ gracieusement, gratuitement, sans rien attendre en échange : *se porter bénévolement au secours des nécessiteux*) ; **spontanément** (⇧ sans qu'on le demande, ou très volontiers) ; **librement** (⇧ sans contrainte) ; **consciemment** (⇧ en se rendant compte). ≈ **de bon, de son plein gré,**

de bon cœur, de bonne grâce (⇧ au sens de sans mauvaise volonté : *accepter de bon gré une proposition*), **à bon escient** (⇧ d'une manière convenable, pertinente) ; **à dessein** (⇧ dans le but de), **de propos délibéré** ; **de soi-même, en toute liberté.**

volonté, 1. ce qui est voulu par qqn : **dessein** (⇧ litt., projet vers la réalisation duquel toutes les forces d'une personne sont prêtes à se mobiliser : *former un dessein et ne plus en démordre*) ; **but, visée** (id.) ; **propos** (id. ; ⇧ litt.) ; **intention** (id. ; ⇧ ce par quoi on se définit un but : *avoir l'intention de persévérer dans sa voie*) ; **résolution** (id. ; ⇧ idée de réflexion plus poussée et de détermination plus grande dans la continuité : *prendre de bonnes résolutions*) ; **détermination, décision** (id.) ; **décret** (id. ; ⇧ litt., décision prise par une volonté supérieure : *les décrets de la Providence*) ; **projet** (id. ; ⇧ fort, impliquant moins d'engagement de la part de l'individu et qui peut être éventuellement abandonné : *multiplier les projets d'avenir*) ; **velléité** (⇧ faible, intention hésitante : *avoir une velléité de revanche*) ; ***désir** (⇧ souhait appuyé, et dans lequel on s'engage, de voir se réaliser qqch. : *avoir le désir de bien faire*) ; **souhait, vœu** (id. ; ⇩ fort) ; ***vue** ; **exigence** (⇧ ce que l'on veut de manière impérative : *être en position de formuler des exigences*) ; **bienveillance** (⇧ volonté de faire du bien à qqn : *considérer une affaire avec bienveillance*) ; **malveillance** (⇧ volonté de faire du mal à qqn) ; **gré** (⇧ ce qui convient, qui plaît à qqn : *agir selon son gré*) ; **guise, plaisir, convenance** (id.) ; v. aussi **but.** ≈ **prendre le parti de, parti pris.** 2. faculté de décider, de vouloir et de s'en tenir à sa décision quels que soient les obstacles : **volition** (⇧ faculté de vouloir) ; **vouloir** (id. ; ⇧ litt.) ; **caractère** (⇧ capacité à maintenir ses décisions malgré des événements contraires : *un caractère bien trempé*) ; **ténacité, obstination, opiniâtreté** (id.) ; **résolution** (⇧ faculté de se déterminer pour qqch. et de ne plus s'en écarter : *rien ne fera fléchir sa résolution*) ; **détermination, fermeté** (id.) ; **énergie** (⇧ force morale qui permet de reprendre l'ascendant quand la situation semble défavorable : *son énergie a triomphé de l'adversité*) ; **dynamisme, ressort** (id.) ; **initiative** (⇧ faculté de prendre les devants : *l'initiative est souvent déterminante dans un conflit*) ; v. aussi **courage.** ≈ **force d'âme.**

volontiers, v. volontairement.

volubile, v. bavard.

volume, 1. espace tridimensionnel occupé par un corps : **capacité** (⇧ propriété de ce qui peut contenir une certaine quantité d'une substance déterminée : *capacité d'un réservoir d'essence*) ; **contenance** (id.) ; **cubage** (id. ; ⇧ mesure en mètre cube, qui concerne très précisément la contenance ou les dimensions d'un objet selon les trois directions de l'espace, longueur, largeur ou profondeur et hauteur : *le cubage d'une citerne*) ; **grosseur** (⇧ dimensions d'un corps, réelles ou apparentes : *de la grosseur d'une balle de ping-pong*) ; **grandeur** (id. ; ⇧ s'emploie surtout en astronomie pour parler de la magnitude, ou taille apparente vue de la Terre, d'une étoile : *un astre de première grandeur*) ; **calibre** (⇧ diamètre d'un objet cylindrique ou sphérique : *le calibre d'une arme à feu*) ; **densité** (⇧ rapport entre la masse et le volume d'un corps : *un gaz très dense*) ; **solide** (⇧ géométrie, qui possède trois dimensions : *l'étude des solides et des plans*). GÉN. **mesure.** 2. intensité, quantité d'activité réalisable : **ampleur** (⇧ qualité de ce qui est au-delà du nécessaire : *une voix d'une ampleur étonnante*). 3. v. livre.

volupté, v. plaisir.

vomir, 1. rejeter brutalement, au sens concret : **rendre** (⇧ rejeter la nourriture et la boisson absorbées) ; **régurgiter** (id. ; ⇧ didactique, faire revenir de l'estomac vers la bouche : *régurgiter un repas*) ; **dégobiller, dégueuler** (id. ; ⇧ fam.) ; **restituer** (id. ; ⇧ fam.) ; **regorger** (id. ; ⇧ vx au sens de déborder d'un contenant trop rempli) ; **dégorger** (⇧ faire sortir, pour un liquide : *faire dégorger les escargots*) ; **évacuer** (⇧ faire sortir de l'organisme) (v. vider) ; **expulser** (id. ; ⇧ faire sortir violemment) ; **rejeter, chasser** (id.) ; **cracher, expectorer** (id. ; ⇧ faire sortir violemment par la bouche : *cracher du sang*). 2. au fig., v. détester.

voracité, v. faim.

vote, opinion exprimée sur une question donnée à l'intérieur d'un groupe de personnes : **voix** ; **suffrage** (⇧ acte qui permet d'exprimer sa volonté dans une circonstance où celle-ci est sollicitée : *le suffrage universel*) ; **consultation** (⇧ opération qui consiste à demander l'opinion d'un groupe de personnes sur un sujet donné : *une consultation électorale*) ; **élection** (⇧ acte par lequel une personne accède à une fonction grâce à l'obtention d'une majorité de voix dans une consultation : *élection municipale*) ; **urnes** (id.) ; **référendum** (⇧ question précise posée par le pouvoir exécutif à l'ensemble des citoyens et à laquelle la réponse ne peut être que oui ou non) ; **plébiscite** (id. ; ⇧ vx) ; **scrutin** (⇧ acte qui consiste à voter par l'intermédiaire d'un bulletin et d'une urne évitant de déclarer ouvertement son vote : *tour de scrutin*) ; **adoption** (⇧ acte par lequel une assemblée constituée promulgue un projet de loi : *adoption d'une loi à la majorité absolue*).

vouloir, manifester une volonté, une intention, un désir : **aimer** (⇧ avoir envie de qqch. sans le réclamer pour autant : *j'aimerais savoir s'il a finalement réussi*) ; **désirer** (⇧ avoir le désir de, être poussé par une force intérieure à obtenir qqch. : *s'il désire la rencontrer, rien ne pourra l'en empêcher*) ; **convoiter** (⇧ désirer de manière avide : *convoiter une propriété*) ; **briguer, envier, guigner** (id.) ; **souhaiter** (⇧ désirer de manière moins impérative, émettre un vœu : *je souhaite que vous lui disiez en face ce que j'en pense, afin qu'il comprenne son erreur*) ; **viser** (⇧ avoir pour but : *il vise la présidence à n'en pas douter*) ; **lorgner** (id. ; ⇧ fig., avoir des vues sur qqch. ou sur qqn : *lorgner une promotion*) ; **se proposer de** (⇧ souligne le but : *le fabuliste se propose d'instruire en divertissant*) ; **ambitionner** (⇧ avoir l'ambition d'aboutir à qqch. : *elle ambitionne d'acquérir une autonomie totale*) ; **chercher à** (id. ; + inf. : *chercher à convaincre le lecteur du bien-fondé de ses thèses*) ; **s'efforcer de** (⇧ difficulté : *une assonance par laquelle l'auteur s'efforce de traduire le murmure de la source*) ; v. aussi **commander, demander, accepter, décider** et **essayer**. ≈ **avoir envie de, avoir des vues sur, avoir dans l'idée, avoir en tête, avoir l'intention, le dessein, le projet de** (v. volonté) et **nourrir le dessein, le projet, l'ambition de** ; **se mettre en tête** ; pour *ne pas vouloir* : **refuser** (⇧ souligne la force d'opposition : *il refuse absolument de nous suivre*) ; v. aussi défendre et but. || *Vouloir bien* : v. permettre.

voyage, fait de se déplacer pour se rendre dans un lieu se trouvant à une distance assez grande : **excursion** (⇧ tourisme, pour le plaisir : *une excursion en Auvergne*) ; **virée** (fam.) ; **traversée** (⇧ voyage effectué sur ou au-dessus de la mer : *la traversée de l'Atlantique*) ; **navigation** (id. ; ⇧ indique seulement le fait de se déplacer sur l'eau ou dans les airs) ; **passage** (id. ; ⇧ au sens de traversée sur un navire) ; **croisière** (⇧ voyage d'agrément sur l'eau, qu'il s'agisse de la mer, de l'océan ou d'un fleuve : *croisière sur le Nil*) ; **tourisme** (⇧ fait de voyager pour le plaisir du dépaysement ou de la découverte : *faire du tourisme à l'étranger*) ; **odyssée** (⇧ voyage mouvementé, assimilé à celui d'Ulysse, rempli d'aventures : *ce séjour fut une véritable odyssée*) ; **visite** (⇧ en un lieu précis, pour voir : *la visite des châteaux de la Loire*) ; **pérégrination** (⇧ vx au sens de voyage au loin ; mod., sens de voyages ininterrompus en de nombreux endroits différents : *quand il en aura fini avec ses pérégrinations, nous le reverrons peut-être*) ; **expédition** (⇧ voyage d'exploration qui se fait au loin dans un milieu hostile ou présumé tel : *organiser une expédition dans la jungle amazonienne*) ; **incursion** (⇧ pénétration militaire dans des territoires étrangers ou soumis à une autorité différente : *une incursion des troupes rebelles*) ; **pèlerinage** (⇧ voyage vers un lieu saint : *le pèlerinage à Jérusalem*) ; **périple** (⇧ didactique, voyage maritime s'effectuant dans un mouvement circulaire ; cour., voyage par voie de terre : *un périple en forêt*) ; **circumnavigation** (⇧ didactique, voyage maritime autour d'un continent) ; **circuit** (⇧ voyage qui consiste à visiter successivement plusieurs lieux choisis par avance dans des délais précis : *un circuit touristique*) ; v. aussi **promenade** et **chemin**. GÉN. **déplacement**.

voyager, se déplacer vers un lieu lointain : **naviguer, visiter pérégriner, excursionner** (v. voyage) ; **bourlinguer** (⇧ naviguer fréquemment et durant de longues périodes de temps : *bourlinguer sur les mers du monde entier*) ; **circuler** (⇧ souligne les déplacements : *il avait beaucoup circulé au Moyen-Orient*). ≈ **se transporter, se balader, se promener, aller et venir, rouler sa bosse** (fam.). GÉN. **se déplacer, aller**.

voyageur, personne qui effectue un voyage : **explorateur, touriste, visiteur, excursionniste, promeneur** (v. voyage) ; **passager** (⇧ utilisateur d'un moyen de transport public : *vérifier la liste des passagers avant le décollage*) ; **globe-trotter** (⇧ personne qui parcourt le monde : *vivre en globe-trotter*) ; **nomade** (⇧ personne dont le mode de vie consiste à changer perpétuellement de lieu).

voyelle, v. son.

voyou, personne mal élevée, de mauvaise fréquentation, supposée capable d'exactions : **gredin** (⇧ personne qui n'a pas le sens de l'honneur : *il ne faut jamais se fier à un gredin*) ; **vermine** (⇧ personne méprisable et dangereuse) ; **crapule, canaille** (id.) ; **chenapan** (⇧ vx ou plaisant) ; **sacripant** (id. ; ⇧ fam.) ; **galopin** (⇧ enfant espiègle : *un petit galopin*) ; **polisson** (id. ; ⇧ enfant mal élevé traînant dans les rues) ; **garnement** (id. ; ⇧ vx au sens fort) ; **dévoyé** (⇧ qui n'est plus dans le droit chemin : *un dévoyé de la dernière heure*) ; **délinquant** (⇧ personne qui tombe sous le coup du code pénal pour une faute qu'elle a commise) ; **loulou** (⇧ mauvais garçon) ; **loubar(d)** (id.) ; **vaurien** (⇧ petit voyou : *c'est un vaurien, on ne fera rien de lui!*) ; v. aussi **voleur**. ≈ **gibier de potence, blouson noir.**

vrai, adj., 1. qui est conforme à la vérité : **véritable** (id.) ; **réel, authentique, véridique, exact, certain, sûr, évident, raisonnable, tautologique, orthodoxe, juste** (v. vérité : *une histoire véritable* — un peu vx — ; *dégager la véritable signification de ce symbole* ; *une intrigue romanesque développée à partir de faits authentiques* ; *un exposé exact de la situation* ; *des remarques justes*) ; **correct** (⇧ pour un raisonnement, un calcul) ; **positif** (⇧ qui est établi d'après les faits) ; **avéré** (⇧ reconnu comme étant vrai : *c'est aujourd'hui une idée avérée*) ; **indubitable** (⇧ qui ne fait aucun doute : *c'est un fait indubitable*) ; **infaillible** (⇧ qui ne présente aucune faille : *établir par un raisonnement infaillible l'immoralité de l'esclavage*) ; **incontestable** (⇧ qui ne souffre aucune contestation : *donner des preuves incontestables de sa bonne foi*) ; **indiscutable, indéniable** (id.) ; **fondé** (⇧ qui repose sur des faits : *l'accusation d'avoir abandonné ses enfants portée contre Rousseau paraît solidement fondée*) ; **prouvé, démontré**, établi, **vérifié, confirmé, corroboré**, etc. (v. prouver et vérifier) ; **historique** (⇧ conforme à l'histoire : *le fait est historique*) ; v. aussi **certain** et **vraisemblable**. ≈ avec la nég. de **douter, mettre en doute, nier** : *ses travaux reposent sur des données que l'on ne peut mettre en doute* ; *l'on ne peut nier que Rousseau fasse preuve le plus souvent d'une touchante sincérité* pour *il est vrai que Rousseau fait* —. 2. qui existe en soi : **réel** (v. vérité) ; **existant** (⇧ insiste sur la présence dans le monde d'un être donné) ; **effectif** (⇧ qui se traduit par un effet donné : *une anomalie effective*) ; **tangible** (⇧ qui peut être touché : *un objet tangible*) ; **concret** (⇧ qui correspond à qqch. de réel) ; **positif** (⇧ qui est utile). 3. v. sincère. 4. dans le domaine artistique, qui répond à notre sentiment de la réalité : **naturel** (v. vérité) ; **senti** (⇧ qui est conforme à la sensation que nous avons du réel : *une œuvre très sentie*) ; **vécu** (⇧ qui répond à l'expérience commune de la vie : *donner le sentiment du vécu*).

vrai, n., v. vérité.

vraiment, d'une manière vraie : **effectivement, réellement, véritablement, certainement, indubitablement, incontestablement, indiscutablement, indéniablement** (v. vrai). ≈ **en effet, en vérité, à vrai dire, à coup sûr, sans aucun doute.**

vraisemblable, qui semble vrai, qui peut être tenu pour conforme à la vérité : **crédible** (⇧ ce à quoi on peut accorder du crédit : *une histoire crédible*) ; **plausible** (⇧ qui peut être admis comme vrai : *avancer une explication plausible*) ; **admissible** (id.) ; **croyable** (⇧ qu'on peut croire : *ce qu'il a rapporté est à peine croyable*) ; **apparent** (⇧ qui a les apparences du vrai : *un mobile apparent*) ; v. aussi **possible** et **vrai**.

vraisemblance, v. vérité et possibilité.

vue, 1. sens qui permet la perception des images : **œil** (⇧ support organique permettant de voir : *avoir un œil averti*) ; **optique** (⇧ ce qui se rapporte à la vision) ; v. aussi **vision**. 2. fait de regarder : **regard** (⇧ attention visuelle portée à qqch. ou à qqn : *il la couvre d'un regard tendre*). 3. v. paysage. 4. v. apparence. 5. v. idée.

vulgaire, 1. v. courant. 2. péjor., qui n'est pas distingué : **bas** (id. ; ⇧ qui manque d'élévation morale : *un niveau de langue bas*) ; **trivial** (id. ; ⇧ très bas, choquant les bons usages : *être d'humeur triviale*) ; **grossier** (⇧ qui n'est pas fin : *une attitude grossière*) ; **gros, épais** (id.) ; **brut** (⇧ qui n'est pas dégrossi) ; **béotien** (id. ; ⇧ qui est lourd, pesant : *avoir des goûts béotiens*) ; **philistin** (id.) ; **effronté** (⇧ qui manque de respect : *faire une réponse effrontée*) ; **ordurier** (⇧ qui est obscène : *tenir des propos orduriers*) ; **populacier** (⇧ qui est de l'ordre du bas peuple : *une réunion populacière*) ; **poissard** (id.) ; **faubourien** (⇧ qui appartient au faubourg).

vulgariser, v. répandre.

vulnérable, v. fragile.

W, X, Y, Z

wagon, véhicule circulant sur rails et tiré par une locomotive : **voiture, benne, citerne, tombereau, tender, fourgon, plateau, truc** ou **truck, plate-forme.** SPÉC. **wagon-bar** (⇧ wagon dans lequel est installé le bar) ; **wagon-citerne** (⇧ wagon faisant office de citerne) ; **wagon-réservoir, wagon-foudre** (id.) ; **wagon-trémie** (⇧ wagon servant au transport de matériaux en vrac) ; **wagon-poste, wagon-restaurant, wagon-salon, wagon-lit, wagon frigorifique.**

week-end, v. vacance.

xénophobie, v. racisme.

yacht, v. bateau.

zébrer, rayer comme un zèbre : **rayer** (id. ; ⇧ laissant libre le sens des rayures) ; **hachurer, strier** (⇧ marquer de raies quelconques).

zèle, ardeur vive à servir qqn ou à s'employer dans une tâche : **émulation** (⇧ sentiment qui pousse à tenter de surpasser qqn : *travailler dans l'émulation ou dans la coopération*) ; **ferveur** (⇧ ardeur à servir la cause de Dieu : *la ferveur des fidèles*) ; **fanatisme** (⇧ zèle excessif, qui va jusqu'à l'aveuglement, la perte de jugement propre) ; **dévouement** (⇧ servir jusqu'au sacrifice de soi ou de ses intérêts : *un dévouement total envers son idéal*) ; **abnégation** (⇧ sacrifice volontaire de soi : *faire preuve d'abnégation*) ; **empressement** (⇧ s'efforcer ardemment de plaire : *pourvoir avec empressement aux moindres besoins de qqn*) ; **diligence** (id.) ; v. aussi **attention, courage** et **enthousiasme.** ≈ **feu sacré, bonne volonté.**

zeste, v. peu.

zigouiller, v. tuer.

zigzag, ligne brisée dont les angles sont tour à tour concaves et convexes : **lacet** (id. ; ⇧ qui forme une ligne à courbes contraires successives : *le lacet d'une route*) ; **détour** (⇧ idée d'allongement du chemin parcouru : *faire des détours incessants*) ; v. aussi **tournant.** ≈ **dents de scie.**

zone, partie d'une surface : **aire** (⇧ région d'extension limitée réservée à certains êtres, certaines créatures ou certaines activités : *aire de repos*) ; **ceinture** (⇧ bande d'espace entourant une région déterminée : *la petite ceinture parisienne*) ; **bande** (⇧ segment d'espace situé entre des segments de nature différente) ; **sphère** (⇧ zone circulaire à l'intérieur de laquelle s'exerce une activité donnée : *évoluer dans les hautes sphères*) ; **territoire** (⇧ étendue de terre habitée par un groupe humain) ; **domaine** (⇧ idée de l'ensemble des points d'application d'un pouvoir, d'une activité, etc.) ; **secteur** (⇧ segment de terrain dans les opérations militaires : *le secteur du bombardement*) ; v. aussi **région, pays, lieu** et **quartier.** GÉN. **espace.**

IMPRIMÉ EN FRANCE PAR BRODARD ET TAUPIN
Usine de La Flèche (Sarthe).
LIBRAIRIE GÉNÉRALE FRANÇAISE - 43, quai de Grenelle - 75015 Paris.

ISBN : 2 - 253 - 16001 - 6 31/6001/7